剑之王冠

A CROWN OF SWORDS

罗伯特·乔丹（Robert Jordan）著
李镭 译

上

时光之轮
The Wheel of Time 7

中国出版集团
東方出版中心

图书在版编目（CIP）数据

剑之王冠 /（美）乔丹（Jordan，R.）著；李镭译. —上海：东方出版中心，2011.7（2021.10重印）

（时光之轮；7）

ISBN 978-7-5473-0373-3

Ⅰ.①剑… Ⅱ.①乔…②李… Ⅲ.①长篇小说－美国－现代 Ⅳ.①I712.45

中国版本图书馆CIP数据核字（2011）第114347号

上海市版权局著作权合同登记：图字 09-2008-012 号

责任编辑　刘　琼（284424934@qq.com）
封面设计　布谷工作室　高　蕾
版式设计　一步设计
地图绘制　苗　伸

剑之王冠

作　　者　罗伯特·乔丹（Robert Jordan）
译　　者　李　镭

出版发行　东方出版中心
地　　址　上海市仙霞路345号
邮政编码　200336
电　　话　021-62417400
印 刷 者　山东韵杰文化科技有限公司

开　　本　710mm×1020mm 1/16
印　　张　39
字　　数　680千字
版　　次　2011年7月第1版
印　　次　2021年10月第4次印刷
定　　价　62.00元（上、下册）

各界赞誉

甫一出版即登上纽约时报畅销排行榜冠军。《时光之轮》系列不仅在销售成绩上获得肯定，作者罗伯特·乔丹恢弘的笔触更让全球四千万读者为之疯狂。

《时光之轮》被誉为“正统奇幻”及“剑与魔法”的最佳典范，该系列每一部都是一段独特的冒险，又相互交织成宏大的故事情节，作者通过巧妙的构思，将带你进入一个完全不同的史诗世界。

“《时光之轮》……在英语世界，极少有其他的奇幻传说能与它相提并论，能超越它的就更是微乎其微了。”

——芝加哥太阳报

“宏大的、令人敬畏的、丰富多彩的故事情节，让人不由得想起托尔金的作品。”

——出版人周刊

“罗伯特·乔丹开始统治由托尔金一手开创的世界。”

——纽约时报

“《时光之轮》系列是唯一一部我致以崇高敬意的作品，与之相比，几乎每一部我读过的其他奇幻作品都黯然失色……这个系列有可能会成为有史以来最伟大的奇幻著作，时间将会说明一切。”

——Abby Goldsmith（评论家）

“罗伯特·乔丹写下了关于光明和黑暗的鲜明形象，有时又有孩子气的惊奇，这里面虽然有着淡淡的托尔金风味，但他也创造了鲜明的自我写作风格。”

Pittsburgh Press

“《时光之轮》兼具文字的优美和情节的丰富，其中包含着格林兄弟的天真与魅力；赫胥黎的《勇敢新世界》的社会道德精神。这一切，再加上有血有肉的人物、隐秘晦涩的譬喻、趣味性的调剂、生动优美的自然风景，还有那种关于永恒的迷人感觉。作者借助一种语言创造了一个文学世界和这个世界可能具有的一切真实性。”

——布鲁斯特·米尔顿·罗伯森，默特尔海滩太阳报

“全方位感觉的史实。”

——星期日时报

“一场幻梦般的景象。”

——SFX（英国著名大型幻想综合网站）

“那些读奇幻的人可以欣喜若狂了，这是真正的艺术！”

John Lee（奇幻作家）

the Wheel of Time
死
艾戴沙
达刚河
班达艾班
阿拉多
亚库姆河
卡达
托门首
派理
黑
法美镇
阿摩斯平原
爱瑞斯洋
安达纳河
塔拉朋
坦其克
艾摩拉
阴影海岸
劲风岬
索马金
细岛

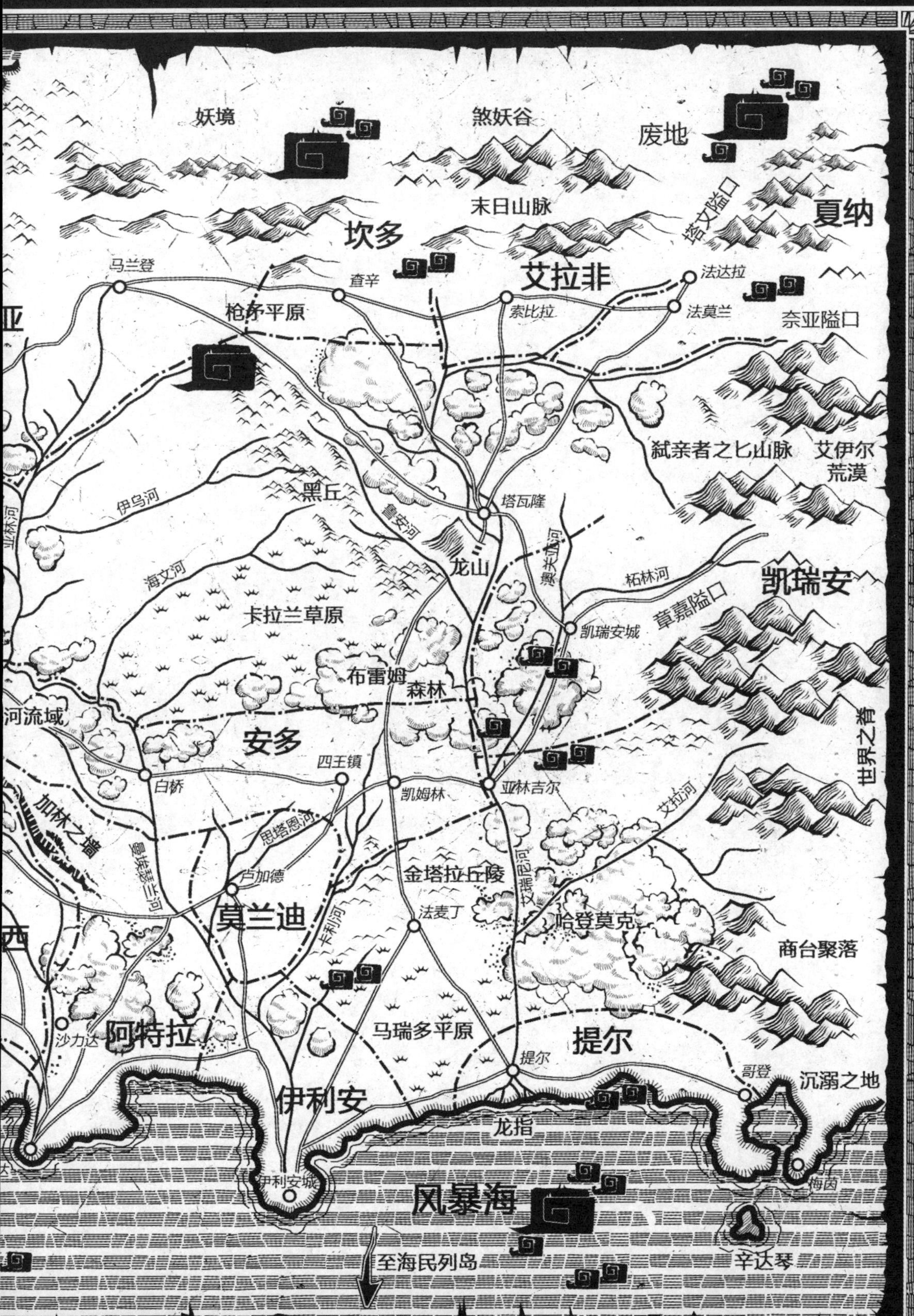
妖境
煞妖谷
废地
末日山脉
塔文隘口
夏纳
坎多
艾拉非
马兰登
查辛
法达拉
索比拉
法莫兰
奈亚隘口
枪矛平原
弑亲者之匕山脉
艾伊尔
荒漠
黑丘
伊乌河
塔瓦隆
鲁安河
龙山
柘林河
凯瑞安
海文河
卡拉兰草原
章嘉隘口
凯瑞安城
布雷姆
森林
安多
世界之脊
四王镇
白桥
凯姆林
亚林吉尔
加林之端
思塔恩河
艾拉河
卢加德
金塔拉丘陵
莫兰迪
卡利河
法麦丁
哈登莫克
商台聚落
沙力达
阿特拉
马瑞多平原
提尔
提尔
哥登
沉溺之地
伊利安
龙指
伊利安城
海因
风暴海
至海民列岛
辛达琴

主要人物表

暗帝：邪恶之源，创世时被封印在煞妖谷，现欲重回世界。封印逐步削弱。

兰德·亚瑟：来自两河流域伊蒙村的牧羊人，现在被宣称是转生真龙。

麦特·考索恩：来自两河流域伊蒙村，兰德好友，目前带领红手队军队。

佩林·艾巴亚：来自两河流域伊蒙村，兰德好友，现为伊蒙村领主。

艾雯·艾威尔：来自两河流域伊蒙村，目前被沙力达两仪师推举为新玉座。

奈妮薇·爱米拉：来自两河流域伊蒙村，已成为两仪师，擅长医疗。

伊兰·传坎：摩格丝女王的女儿，已成为两仪师，擅长制作法器。

柏姬泰：传说中能应瓦力尔号角召唤而来的英雄，后意外成为伊兰的护法。

明：一名拥有解读人类周遭灵光能力的少女，目前跟在兰德身边。

艾玲达：塔戴得艾伊尔苦漠氏族的枪姬众，目前正学习如何成为一位智者。

菲儿：沙戴亚元帅达弗朗·巴歇尔之女，原为号角狩猎者，嫁给了佩林。

罗亚尔：一名来自商台聚落的巨森灵，喜欢读书，酷爱树林。

汤姆·梅里林：一名走唱人，曾是安多女王摩格丝的宫廷吟游诗人。

泽凌·散达：提尔人，一名捕贼人。

史汪·桑辰：前任玉座，后遭废黜与静断，现管理流亡两仪师的情报网。

莉安：前任撰史者，后遭废黜与静断，现管理流亡两仪师的情报网。

爱莉达：白塔新任玉座，曾任摩格丝的顾问，拥有不稳定的预知能力。

埃拉娜·摩斯凡妮：一名绿宗两仪师，约缚了兰德。

凯苏安·梅莱丁：在世最年长的两仪师，属绿宗，在两仪师中具有传奇地位。

摩格丝：安多女王，后出逃，被圣光之子软禁。

盖温：摩格丝女王的儿子，现带领青年军为白塔效力。与艾雯相恋中。

加雷斯·布伦：被摩格丝女王驱逐的大将，现为流亡的两仪师统领军队。

马瑞姆·泰姆：一名伪龙，目前帮兰德训练一批能够导引的男性。

拉丹姆·埃桑瓦：圣光之子的最高裁判者。

艾阿蒙·瓦达：一名性情急躁的圣光之子指挥官，痛恨暗黑之友及两仪师。

莉妮：伊兰幼时的保姆，也是摩格丝及摩格丝之母的保姆，相当善解人意。

洛根：一名被驯御的有导引能力的伪龙，后被奈妮薇治愈，目前行踪不明。

目录

时光之轮7：剑之王冠（上）

大事记

时间之初：

创世主创世：

同一瞬间，暗帝撒丹被封印在煞妖谷，他是所有邪恶的源泉。他许诺谁若帮助他获得自由，他将给予曾服侍他的人难以想象的力量和财富，以及永生。

此时，在这个世界上，还有极少数能够操控至上力的人，他们可以利用至上力施行常人仅能够想象的巨大能力和奇迹，这些人被称作两仪师。他们成立了自己的组织，分为男性两仪师和女性两仪师。

两仪师中有些人因为追求永生和力量，成为暗帝撒丹的崇拜者，试图将暗帝从牢狱中拯救出来，他们和暗帝的其他追随者被称为暗黑之友。

传说纪元时期（起始时间不详，结束于世界崩毁之后）

大约三千年甚至更久以前，暗影战争爆发：

这是暗黑之友为拯救暗帝撒丹而发动的，又称作至上力之战。暗黑之友中最强大的十三个叫做背弃者。

同时，暗帝创造出兽魔人——一种人类跟野兽混血的扭曲种族，它们和暗黑之友一起进攻人类。

就在暗黑之友几乎快要成功时，男性两仪师路斯·瑟林·特拉蒙带领一百位男性两仪师（百盟团，传说纪元中力量最强大的战士），到煞妖谷重新封印了暗帝和那些背弃者，并制造了七片心灵之石，放置在暗帝囚禁之处的七处焦点上，一旦毁坏了这些心灵之石，暗帝就能被重新释放。

暗影战争结束之后，疯狂之年代开始：

在暗影战争中，当暗帝被路斯·瑟林·特拉蒙等男性两仪师封印时，他也发出了还击，用邪恶污染了真源男性的那一半，使得所有从真源获取力量的男性引导者都变得疯狂。

被称为“真龙”的两仪师路斯·瑟林·特拉蒙就找出了他所有的亲属，一个不留地全部杀死了，因此他得到了“弑亲者”的称呼。他最后毁灭了自己，但根据真龙预言，真龙将会在人类最危急的时刻转生，以拯救人类，不过转生真龙将会再度造成世界的崩毁。这段时间就被称为疯狂之年代，其确实长度无人知晓，但据信几乎延续了将近一百年，直至最后一名男性两仪师死亡。

疯狂之年代结束时，世界崩毁：

在疯狂之年代中，男性两仪师因为陷入疯狂而开始了毁灭世界的举动，这个世界的许多疆域因此而不宜人居，幸存者如同风中的沙砾一般四散飘零。这段大毁灭的经过被以“世界崩毁”之名记载于故事、历史和传说中。

世界崩毁之后，传说纪元结束。

灭后纪元时期（元年不详，大约是世界崩毁之后数百年，结束于兽魔人战争之后）

灭纪 300 年左右，十国联盟形成：

这是在世界崩毁、国家再度形成后所组成的联盟，他们的目的是摧毁暗帝。

灭纪 335—336 年，出现伪龙罗林・灭暗者。

灭纪 1000—1300 年左右，兽魔人战争期间：

这是持续了超过 300 年的一连串战争，在这段时间里，兽魔人的军队在全世界到处肆虐，他们的领袖是魔达奥，也是暗帝创造的生物。最后，大多数兽魔人都被消灭或者赶回妖境中。

在这漫长的战争中，有许多国家被彻底破坏，甚至还有些国家的疆域完全变得不宜人居。十国联盟也在兽魔人战争中被破坏，曼埃瑟兰就是在这场战争中灭亡的。

这段时间的历史都毁于战火，剩下的只有断简残篇。

灭纪 1300—1308 年，出现伪龙尤瑞安・石弓。

自由纪元时期（始自兽魔人大战之后，至百年战争结束）

自由纪 351 年，出现伪龙达维安。

自由纪 939—943 年，第二次龙之战争：

这是一场对抗伪龙桂尔·亚玛拉桑的战争。在这场战争中，一位名叫亚图的年轻国王有着非常突出的表现，即后来的亚图·鹰翼。

自由纪 943—994 年，亚图·鹰翼统治时期：

这名传奇君王的帝国包括了世界之脊西方的全部疆域，甚至远达艾伊尔荒漠以外的一些区域。他还于自由纪 992 年派出大军横渡爱瑞斯洋，期冀完成世界与民族的统一。但在他过世之后，这些远征军的联系就全都断绝了，而因为他的过世造成的权力虚悬，则直接引起了随后的百年战争。

自由纪 994—1117 年，百年战争：

这一连串战争的起源都是由于亚图·鹰翼的去世所造成的权力结构转移和变动所致。它们造成了巨大的破坏，爱瑞斯洋和艾伊尔荒漠之间的土地大都荒废，从暴风海到妖境之间的人群几乎全都被牵扯进去，历史纪录几乎全部被毁灭。亚图·鹰翼的帝国也在战争中分崩离析，之后，近代各国才陆续建立。

百年战争期间，圣光之子组织建立：

其目的是对抗日益猖獗的暗黑之友，它在随后的战争期间演化成一个完全的军事组织，痛恨两仪师，并且将所有支持或是与两仪师友好的人们视作暗黑之友。

新纪元时期（百年战争后直至目前）

新纪 976—978 年，艾伊尔战争：

新纪 972 年，安多王女提格兰的兄弟路克消失于妖境之后，提格兰随即也跟着失踪，这一意外引发了安多的继承之争，从而间接导致了艾伊尔战争。凯瑞安的国王雷芒死于这场战争中。

新纪 997 年，出现伪龙洛根。

新纪 998 年，出现伪龙马瑞姆·泰姆。

新纪 998 年，真龙现世：

在两河流域的小乡村伊蒙村，三名年轻人——兰德、麦特和佩林——遭到黑骑士和兽魔人的追杀，开始了对抗暗帝、拯救世界的旅程。转生真龙原来就是牧羊人兰德，他和他的朋友们，又会有怎样的传奇历险呢？

前情提要

时光之轮旋转不息，岁月来去如风，世代更替只留下回忆。在第三纪元，一个仿佛没有尽头的冬季，在遥远两河一个叫做伊蒙村的地方，三个本应过着平凡生活的乡下少年兰德、麦特和佩林，却被传说中黑暗的生物隐妖、兽魔人追捕逃离家乡。他们是可以改变并拯救世界的时轴。一番冒险后，他们来到妖境，在绿巨人的帮助下找到了世界之眼，而兰德作为转生真龙的潜质被激发出来，在世界之眼旁与暗帝展开了战斗。

兰德等人从世界之眼带回了传说中可以让历代死去的英雄重生，成为世界主宰的瓦力尔号角，可是不久，号角即被暗黑之友帕登偷走，围绕着号角的争夺战拉开帷幕。终于，在法美镇麦特吹响了瓦力尔号角，英雄们瞬间重生，佩林竖起了真龙旗，他们向着霄辰人的军队冲锋而去。此后，夏纳的战士目睹了兰德与暗帝在天空的战斗，聚集在了他的真龙旗下。真龙预言中，取得禁忌之剑凯兰铎，提尔之岩陷落，将是真龙转生的迹象之一。因缘的线索在提尔之岩交汇，兰德成为提尔的统治者。

与此同时，白塔却发生了变故，红宗两仪师爱莉达策动政变，静断了玉座史汪·桑辰和撰史者莉安，白塔分裂。兰德带领众人前往三绝之地，进入鲁迪恩的中心的兰德双臂上出现了龙形的印迹，这是艾伊尔人传说中随黎明而来之人的徽记。随后，在冷岩堡，他得到了艾伊尔部族首领们的承认。佩林则潜回家乡，抵抗圣光之子与兽魔人对两河的侵入，成为了那里的领主。

凯瑞安城前，兰德与未归顺他的伊尔人库莱丁展开决战，轻敌的库莱丁最终被麦特杀死。进入凯瑞安城的兰德迅速平衡了提尔人和凯瑞安人的地位，赢得了他们的遵从。为保护兰德，沐瑞舍身将弃光魔使兰飞儿推入从鲁迪恩带来的门型特法器，两人消失在未知的世界中。错以为伊兰之母摩格丝已死的兰德率领艾伊尔人通过信道来到安多王宫，遭到弃光魔使雷威辛的伏击，困境中兰德使出了禁忌的招数——烈火，将雷威辛彻底消灭，更抹去了他在因缘中的轨迹。

卷六中，分裂的白塔分别开始了对转生真龙兰德的怀柔与博弈，兰德则暂时停止了征服世界的脚步，在安多积蓄力量，等待伊兰到来继承安多王座，巩固自己的后方，并不断抗争着内心中路斯·瑟林的意志，然而山雨欲来，阴谋和猜忌如影随行……

弃光魔使狄芒德由一个叫赛夷鞑·哈朗的特别的魔达奥带领着觐见暗帝，随后，他将暗帝的话转告给其他使徒："御万众者，混沌之王"。在沙力达，明跟随九名两仪师组成的使节团前往兰德身边，奈妮薇与伊兰则从被束缚的魔格丁处习得各种失落的知识，引起两仪师们的关注。在白塔，接受护法训练的男子组成青年军，盖温成为他们的将领，护送一队两仪师前往兰德处，却不知道队伍中的两名红宗其实都是黑宗。沙度伊尔人的女首领瑟瓦娜来到这里，与这两名两仪师达成密议。一对男女被复活，并被赋予了新的名字：奥森加与亚兰加。

伪龙马瑞姆·泰姆来到兰德跟前，自荐为兰德寻找能够导引的男人，并且训练他们，尽管疑虑重重，兰德还是应允了他。麦特率领"红手队"，担负起牵制、误导沙马奥的任务，他从鲁迪恩特法器中获得的他人记忆里的军事知识，成为赢得胜利的保障。骚乱中麦特救了一个叫奥佛尔的孩子。兰德在会见从两河来的两仪师维林与埃拉娜，以及随她们而来的具有导引潜质的家乡女孩子们时，却意外被绿宗埃拉娜约缚。三名巨森灵前来寻找罗亚尔，他们分别是罗亚尔的母亲、长老，以及未来的新娘。兰德应他们的要求，打开通道把他们送往煞达罗苟斯，然后编制出阳极力结界，封闭了在那里的道门，再把巨森灵们送往两河的伊蒙村。期间，一名枪姬众在煞达罗苟斯失踪。

白塔派使者来到沙力达。在特·雅兰·瑞奥德中，奈妮薇与伊兰发现在艾博达有一个可以控制天气的碗形特法器，欲往寻找。艾雯则在梦中看见了自己与盖温的爱恋，随后便巧遇了护送白塔使节团而来的盖温，两人互诉衷肠，盖温想带艾雯逃离，被艾雯拒绝。兰德用至上力隐遁了前来告诫他当心的艾雯后，接见了从白塔来的两仪师。两仪师献上满箱财宝，要求兰德前往白塔，兰德未允后，又提议留一名两仪师在他身边，也被回绝。同时，兰德收到海民波涛长和海丹女王雅莲德·麦瑞萨·基加林示好的来信。

奈妮薇无意间发现静断其实是切断了火之力与魂之力的桥梁，于是治疗了洛根，又治愈了史汪与莉安，并与她们成为朋友。整个沙力达的两仪师为之震惊。亚兰加化名为哈丽玛，找到了潜伏在沙力达的黑宗黛兰娜。身处阿玛迪西亚的摩格丝错判了兰德的意图，与培卓·南奥签订协约，赋予了白袍众在安多的特权。

艾雯被沙力达的评议会召唤，获得智者们的认同后，冒险肉身进入特·雅兰·瑞奥德，来到沙力达。麦特也在兰德的要求下，改变计划带着艾玲达前往沙力达寻找伊兰。沙力达的两仪师为了制衡各方势力，将导引能力强大的艾雯推为新玉座，艾雯随即将奈妮薇和伊兰提升为两仪师，并宣布雪瑞安为撰史者。麦特的到来让众人颇感意外，然而伊兰并未跟从麦特，却迫使他转而护送她和奈妮薇前往艾博达寻找碗形特法器。艾雯又偷偷释放了洛根，希望他能去找兰德。哈丽玛解除了魔格丁的罪铐，魔格丁惊奇地发现解救她的人导引的竟是阳极力。

兰德在明的帮助下与沙力达的使节团展开周旋。成为两河领主的佩林与菲儿来到凯姆林会见兰德，却发现正是菲儿的父亲，沙戴亚的元帅巴歇尔守卫着这里，他们的婚姻得到了菲儿父母的祝福。

白塔的两仪师再次到来，然而这一次她们将十二名两仪师伪装成抬贡品箱子的女仆，在十三名两仪师的连接下，兰德终于被屏障，无法触动阳极力的兰德被劫持着向塔瓦隆的方向进发。瑟瓦娜杀害了反对自己的智者迪赛恩。佩林发现兰德失踪后，立即率领众人尾随营救，途中遇见沙力达的两仪师使节团，她们加入了佩林队伍。当他们就要赶上押送兰德的两仪师时，沙度艾伊尔人出现，混战开始了。此时兰德终于挣脱了束缚，救出了明，和两仪师展开对抗，并与盖温相遇。几乎同时，马瑞姆率领一队能导引的男人——殉道使前来，进一步扭转了局势。战斗结束，在古代两仪师的旗帜下，在场的塔瓦隆和沙力达的两仪师都被迫向转生真龙兰德宣誓效忠，又一个预言成为现实。

不再有繁荣，不再有美好，因为世界与转生真龙是一体的——他与世界密不可分。火焰的灵魂，石头的心，他骄傲地征服了骄傲的人们，强迫高昂的头向他低垂，命令山峰向他屈膝，海洋为他让路，天空也要匍匐在他脚下。我们只能祈祷，祈祷石头的心还记得泪水，火焰的灵魂还记得爱。

来自饱受争议的“真龙预言”译本
实奥塔诗人奇耶拉·忒盟德翻译
据信流传于自由纪 700 年到 800 年

序　言

闪电

爱莉达面前这扇高拱窗离地将近八十幅，已经离白塔的塔尖不远了。透过这扇窗户，爱莉达的视野可以拓展到塔瓦隆城外数里，越过艾瑞尼河岸边，直到远处连绵起伏的平原和森林。艾瑞尼大河从西北方流向这里，被这座白色围墙的巨型岛城一分为二。晨光中，长长的影子想必遮住了这座城市的许多地方，但爱莉达所在之处可以看清下面这座城市的任何角落。即使是传说中凯瑞安的“无尽高塔”也无法和白塔相比，塔瓦隆这些较矮小的塔群更不用说了——虽然它们有着人们广为传颂的“天脊拱桥”。

在这样的高度，持续不断的微风明显减轻了肆虐全世界的不正常高温。圣光节已经过去，皑皑白雪早该覆盖地面，但现在的气候却仿佛是最炎热的夏日。这是另一个最后战争临近、暗帝碰触世界的迹象，这样的迹象现在已经够多了。当然，无论在什么地方，爱莉达都不会让这种高温触及自身，凉风并不是她不顾这层层麻烦的阶梯，将自己的居所移到这简朴房间的原因。

这些房间里朴素的黄褐色地砖、白色大理石墙面和墙上装饰的几幅织锦挂毯，完全无法和远在下方的辉煌的玉座书房相比。爱莉达仍然会偶尔使用那间玉座书房——它在某些人的意识里是和玉座的权威连结在一起的。但她居住在这里，也经常在这里工作。她喜欢这里的景观：不是下面的城市、河流和森林，而是正在白塔旁边慢慢构建的那一片建筑。

被挖出的大坑和地基散布在曾经是护法训练场的地方，高耸的木制起重机和堆叠的大理石、花岗岩随处可见。石匠和工人们如同一群群蚂蚁在烈日下劳动，马车队络绎不绝地穿过大门，进入白塔周围的庭院，带来更多的石材。在工地的一侧放置着一座木制的“工作模型”——石匠们是如此称呼它的。它的体积大到足以让任何人蹲着走进里面的每一个房间，看清里面的每一处细节、每一块岩石应有的位置。毕竟，大多数的工人不善阅读——不论看的是文字还是石匠们的工程蓝图。整座“工作模型”就像某些贵族宅邸一样大。

既然任何国王和女王都有宫殿，为什么玉座只能居住在比普通姐妹稍好一些的房间里？玉座的宫殿应该像白塔一样宏伟，而且还要有一座比白塔更高十幅的尖塔。当石匠总管听到这个计划时，他脸上的血色立刻完全消失了。白塔是巨森灵的杰作，当时两仪师也使用了至上力予以巨森灵许多协助。但勒曼师傅只是看了爱莉达的脸一眼，就急忙一鞠躬，结结巴巴地说，一切都会如她所愿地完成，不过好像要完成这件事可能还是会有些问题。

爱莉达恼怒地咬住了嘴唇。她本来希望巨森灵石匠能够前来为她服务，但不知为什么，巨森灵只是顽固地坐守在他们的聚落里。她向位于黑丘的珍棠聚落发出召命（那里是距离塔瓦隆最近的聚落），却遭到了拒绝。巨森灵礼貌而明确地拒绝了她，拒绝了玉座，甚至没有任何解释。看起来，巨森灵选择了隐遁，要避开现在人类世界中的这些冲突。

爱莉达坚定地将巨森灵从思想中赶了出去，她一向以自己认清事情可行性的能力感到骄傲。巨森灵只是一件小事，他们和这个世界的唯一关系，就是他们在很久以前建造的那些城市，而他们现在已经极少去修缮那些建筑了。

下面那些像虫子一样在工地忙碌的人群让爱莉达微微皱起了眉，建筑正在一寸一寸地立起来，但进度实在太慢了。也许巨森灵是不会来了，不过她至少还有至上力可以使用，能够将地之力运用自如的姐妹非常少，但将石块固定、把石头结合在一起并不需要很多的地之力。是的，爱莉达的脑海中已经完整地构筑出了那座宫殿，那些柱廊，巨大的圆顶闪耀着镏金的光辉，高耸的尖塔直逼苍穹……爱莉达抬眼望向无云的天空，那座尖塔将会到达的地方，长长地吁了口气。是的，那些命令将要在今天发布。

她背后的高大时钟正鸣响起第三响，城市里的各式大钟也同时发出了鸣音。传到这么高的地方，那些钟声已经变得很小了。爱莉达微笑着离开窗边，抚平身上缀着红色条纹的奶油色丝裙，又整理了一下肩上宽阔的玉座圣巾。

在那座工艺精致的镏金座钟上，金、银和珐琅制成的小雕像正在随着钟声表演。长有尖角和利齿的兽魔人正从一位披着斗篷的两仪师面前逃走；在另一个场景中，一个男人——一名伪龙正竭力避开一道劈向他的银色闪电，那是从另一位姐妹手中发射出来的。在钟面的高处，戴着王冠的王者们都跪倒在玉座面前，那位玉座肩头的圣巾用七彩珐琅制成，上面的塔瓦隆之焰是一块巨大的月长石，在她的头顶上方则是一道黄金环拱。

爱莉达很少会笑，但每次看到这座钟时，她都会不由自主地轻笑出来。它是以灰宗晋升的玉座赛梅勒·索林森尼命令制作的，赛梅勒梦想着要让白塔恢复兽魔人战争以前的荣光。在那时，没有白塔的许可，任何统治者都无法保住自己的王位。赛梅勒伟大的计划最终变成了一场空，她自己的命运亦然。在三百年的时间里，这座钟被放在储藏室中，积满尘埃，成为没有人敢公然展示出来的尴尬装饰品。但爱莉达将它重新找了出来。随着时光之轮的转动，曾经出现过的还是有可能重现，并且终将重现。

这座钟的对面是通往起居室的门，里面还有爱莉达的卧室和更衣室。来自提尔、坎多和阿拉多曼的精美织锦上闪烁着金线与银线的光泽，在这个房间里以严谨的对称形式悬挂着：爱莉达喜欢严格的秩序。覆盖了大部分地板的丝绸地毯来自塔拉朋，上面绣着红色、绿色和金色的图案。丝质地毯是最为昂贵的。房间的每个角落里各有一个方形大理石基座，上面各放着一只白色的海民瓷器花瓶，每个花瓶里精心插放着二十四朵红玫瑰。在这种炎热干旱的气候下，要让这些玫瑰花绽放需要至上力的作用，爱莉达认为这么做很值得。这个房间里唯一的椅子（现在已经没有人坐在她面前了）和写字台，上面满是凯瑞安风格的镀金雕花——这实在是个简单的房间，它的天花板几乎还不到两幅高，但在宫殿完成之前，这里已经足够了，而且她很喜欢窗外的景观。

爱莉达所坐的这把高背椅的椅背上方镶嵌着由月长石组成的塔瓦隆之焰。抛光的桌面上非常干净，只有三只整齐排列的阿特拉雕漆匣。她打开那只有白云和金鹰雕刻的匣子，从里面的报告和信函上抽出一张薄薄的纸条。

这张纸条她一定已经读了上百次，一只鸽子在十二天前把它从凯瑞安带到这里来。在白塔，还没有几个人知道这张纸条的存在，而知道纸条内容的人只有她一个。想到这点，爱莉达不禁笑了出来。

鼻环已经套在公牛的鼻子上。我期待前往市场的愉快旅行。

没有签名，也不需要签名，只有盖琳娜·卡斯班会送出这个荣耀的讯息。除了自己之外，爱莉达相信能够完成这个任务的只有盖琳娜。当然，爱莉达并不会真正去信任任何人，但她对红宗首脑的信任总会比其他人更多一些，毕竟她晋升自红宗，而且至今她在许多地方仍然将自己视为红宗成员。

鼻环已经被套在公牛的鼻子上。

兰德·亚瑟——转生真龙，那个即将吞掉整个世界，并已经吞噬大半个世界的男人。兰德·亚瑟已经被屏障，并且处在盖琳娜的控制之中；而且支持他的那些人还不知道这件事。如果不是百分之百地确定这种情况，这封信中的言辞就绝不会是这样。根据早先得到的信息判断，兰德似乎是已经重新发现了穿行的方法，这种异能在世界崩毁时就失传了，但这并不能拯救他。而且，这一点反而被盖琳娜所利用。很显然，兰德习惯于不告知别人就随意前往其他地方。有谁会想到，这次他并不是自己离开，而是被抓走了？爱莉达的心中有一种强烈的想要放声大笑的冲动。

再过一个星期，顶多两个星期，兰德就会被带到白塔，被严密地监管，直到末日战争，而他对世界的破坏将从此被制止。让任何能够导引的男人拥有自由，都是疯狂的行为，让预言中注定将要在最后战争中与暗帝对抗的男人拥有自由，则是最疯狂的行为。虽然这种恶劣的天气似乎昭示着同样恶劣的前景，但爱莉达希望最后战争还可以再拖个几年，她需要用几年时间让这个世界步入正轨——从消除兰德已经造成的影响开始。当然，兰德如果还是自由的，那么他已经造成的破坏就绝对无法和他将要造成的破坏相比，更不用说他有可能在发挥作用之前就将自己杀死。那个麻烦的年轻人将要被安全地裹进襁褓里，像婴儿般放进母亲的臂弯里，直到他被带到煞妖谷。在那之后，如果他还活着……

爱莉达咬住嘴唇。根据真龙预言的内容推测，他大概不会活下来。毫无疑问，这会是最好的结局。

“吾母？”奥瓦琳的声音几乎让爱莉达吃了一惊，她走进来时竟然连门都不敲！“我从各宗派那里为您带来了讯息，吾母。”身材苗条、表情冰冷的奥瓦琳披着白色的窄圣巾，和她的衣服颜色完全一样，这些都表明她来自白宗。在她的嘴里，“吾母”这个词没有任何尊敬的含意，仿佛只是对另一个身份相当的人的称呼。

奥瓦琳的出现完全破坏了爱莉达的好心情。这名撰史者来自白宗，而不是红宗，这件事永远都在啮咬着爱莉达，让她明白自己的缺陷。至今为止，这些缺陷已经得到了部分修补，但还没完全除去。她已经懒得继续去懊悔她在安多以外的地方是那么地缺乏私人眼线，而前任玉座和撰史者的逃脱（一定是有人在暗中帮助她们逃走的），让她失去了一些关键的要素，以至无法掌握庞大的玉座情报网。

爱莉达很想掌握本该属于她的情报网，但依照以往的习惯，各宗派都只是把她们愿意和玉座分享的零星情报交送到撰史者那儿。而爱莉达相信，即使是这种零星的情报，奥瓦琳也没有完全告诉她。但她不能直接向各宗派询问情报，有这些缺陷就够糟的了，如果还向世人乞讨，那岂不是自曝其短？而这座白塔，重要性几乎就等同于整个世界。

爱莉达保持着和奥瓦琳一样的冷静，装作在检查匣中的文件，只是向奥瓦琳点了点头。她缓慢地一页一页翻阅着这些文件，又将它们缓慢地放回匣子里。实际上，她一个字都没看进去。让奥瓦琳等待是痛苦的，因为这样的反击实在太过渺小，而对于这名应该是她奴仆的人，她却只能进行这样的反击。

玉座能随心所欲发布任何法令，她的话就是法律，必须得到绝对执行。但实际上，没有白塔评议会的支持，许多法令就只是在浪费墨水和纸张。没有姐妹会违抗玉座，至少不会直接违抗，但有许多法令还需要上百个其他条件才能得到执行。在最好的情况下，所有这些条件将慢慢具备，但有时候，这个速度缓慢到最终的结果永远不会实现——而现在远不是最好的时候。

奥瓦琳只是站在她面前，平静得如同冰冻的池塘。爱莉达合上那只阿特拉漆匣，只是将那张表明了她必然胜利的纸条留在手中，她正不自觉地用手指抚摸着那张纸条，如同抚摸着一个护身符。“苔丝琳和裘丽恩终于肯告知她们安全到达之外的其他讯息了吗？”

爱莉达要提醒奥瓦琳，没有人能认为自己可以置身于玉座的权威之外。没有人在乎艾博达，爱莉达最不在乎，即使阿特拉的首都沉没到海里，除了那些商人之外，就连其余的阿特拉人也不会注意。苔丝琳在将近十五年前就已经进入了评议会。如果爱莉达能派遣一名宗派守护者，一名曾经支持她登上玉座的红宗守护者，作为使者去见一名权势低微的统治者——而除了许多谣言四处流传之外，没有人知道这是为什么——那么所有人都会害怕自己成为爱莉达的下一个目标。裘丽恩被派去的原因则有所不同，她得到绿宗守护者的位置只有几个星期，所有人都相信，绿宗会让她成为守护者只是表明她们不会被这位新的玉座吓倒。这位玉座也让裘丽恩经历了一次可怕的苦修。这种傲慢是绝对不会被纵容的，所有人也都应该明白这点。

爱莉达要让奥瓦琳明白，她是处在弱势的一方，但这名身材苗条的女人只是冷冷地微笑着。只要评议会还保持现状，她就可以无视玉座的权威。她漫不经心地翻检着手里的文件，从里面抽出一份：“苔丝琳和裘丽恩没有传来讯息，吾母，不过，从您已经收到的来自于诸王座的……”那种微笑逐渐变得明显，流露出某种危险的愉悦，“他们全都要试试自己的翅膀，看看您是否像……像您的前任那样强大。”即使是奥瓦琳也知道不要在爱莉达面前说出史汪·桑辰的名字。但奥瓦琳的话是真的，每一名国王和女王，即使是一些贵族，似乎也都在测试爱莉达权能的底限。她必须让他们看到一些实例。

奥瓦琳瞥了那张纸一眼，继续说道：“不过还是有来自艾博达的讯息，是灰宗送过来的。”她强调这个是要将碎片刺得更深吗？“伊兰·传坎和奈妮薇·爱米拉到了那里，她们正以两仪师的姿态行动，和前去见泰琳女王的……反叛的……使节们在一起。那里还有另外两名姐妹，没有确定身份，她们也许在和前两个人在做着同样的事。看来叛徒的名单并不完整，或者她们也许只是恰巧成为同伴，灰宗对此无法确定。”

“光明在上，为什么是艾博达？”爱莉达不屑地说道。如果有这方面的讯息，苔丝琳肯定会让她知道的。“灰宗一定只是听信了谣言。塔娜的讯息说她们在沙力达，和其他的叛徒在一起。”塔娜·弗尔的报告里还说史汪·桑辰也在那里；还有洛根·埃布尔拉，他正在那里传播阴险的谎言。没有任何红宗姐妹会自贬身份去承认这种事，更不会去否定这种事。那个叫史汪的女人一定参与了这桩污秽的阴谋，否则明天的太阳就会从西边升起来。为什么她不能爬到阴暗的角落里安静地死掉，不要让别人再看到她，就像其他被静断的女人那样？

爱莉达费力地压抑住自己想要深呼吸的冲动。当叛乱得到压制后，洛根就可以立刻被安静地吊死。绝大部分的世人都以为他早已经死了，且那种红宗扶植他成为伪龙的丑恶谣言也将随他一同死亡。当叛乱得到压制后，那个叫史汪的女人将会交出玉座眼线的控制关键，并供出帮助她逃跑的叛徒。爱莉达有些希望史汪供认的名单里会有奥瓦琳，不过这是个愚蠢的希望。“我看不出为什么那个叫奈妮薇的女孩会跑到艾博达去伪装成两仪师，伊兰更不可能这么做了，你说呢？”

“您命令要找到伊兰，吾母。您说，这就像用套索拴住兰德一样重要。当她在三百名沙力达叛徒中的时候，我们对此无能为力，但她在泰拉辛宫中不会得到很好的保护。”

“我没时间为谣言和胡扯烦恼。”爱莉达轻蔑地吐出这句话中的每一个字。奥瓦琳提到了兰德和套索，她是否知道了一些她不该知道的事情？“我建议你再读一遍塔娜的报告，然后自问一下，是否叛徒们会允许见习生假装戴上披肩。”

奥瓦琳明显忍耐着听爱莉达把话说完，然后又检查了一遍手中的数据，从里面抽出四张纸。

“灰宗的密探送来了草图。”她不带任何表情地说着，将那四张纸递了过来。

“那个密探不太擅长绘画，但伊兰和奈妮薇的形貌还是可以辨认的。”她等了一会儿，看爱莉达没有接过那些草图的意思，将草图又收回其他文件里。

爱莉达感到脸颊因愤怒和羞窘而变红，奥瓦琳没有一开始就拿出那四份草图，她巧妙地让爱莉达被她牵着鼻子走。爱莉达没有去看那些草图，现在任何东西都只会增加她的困窘。她的声音变得冰冷阴森：“逮住她们，并带回我面前来。”

奥瓦琳脸上漠然的表情让爱莉达又开始寻思，这个女人到底知道多少她不该知道的事情。那个叫奈妮薇的女孩和兰德来自同一个村子，她也许会成为一个牵制兰德的把柄。所有姐妹都知道这点，就像她们知道伊兰是安多的王女，以及她的母亲已经死了。有一些含混的谣言将摩格丝和白袍众牵扯在一起，这当然是无稽之谈，摩格丝绝对不会向圣光之子寻求帮助，她死了，甚至连尸体也没留下，而伊兰将成为女王。当然，要在安多贵族们将戴玲推上狮子王座之前，将伊兰从叛徒手里抓出来。比起其他特别有权力继承王座的贵族，伊兰重要得多，但这其中的原因是别人不知道的。当然，伊兰有朝一日会成为两仪师，这点也很重要。

爱莉达偶尔会有预言的能力——在她之前，很多人都认为这种异能已经失传了——而她很早就预见到安多王族掌握着赢得最后战争的钥匙。二十五年前，当摩格丝·传坎在继承战争后已经确定要继承安多王位时，爱莉达就把目标锁定在当时还是女孩的摩格丝身上。现在爱莉达还不知道伊兰究竟有多重要，但预言绝不会错。有时候，爱莉达几乎痛恨这种异能，她痛恨一切她不能掌握的事情。

“我想得到这四个人，奥瓦琳，”另外两个肯定是不重要的，但她不能心存侥幸，“立刻将我的命令发给苔丝琳，告诉她——还有裘丽恩——如果她们从现在开始再不送常规报告来，我会让她们希望自己从没被生出来过，也包括那个叫麦克拉的女人的讯息。”说出这个名字时，爱莉达的嘴角扭曲了一下。

这个名字也让奥瓦琳不安地动了动身子。这并不奇怪，伦蒂·麦克拉那种肮脏的药剂，会让任何一名姐妹感到不舒服。叉根并不是致命的药剂，虽然喝下它的人会陷入沉睡，但迟早还是会醒来，但能够抑制女人导引能力的药茶，却肯定蕴含着对两仪师的恶意。这个讯息是在盖琳娜离开后才传到白塔的，这点非常可惜，如果叉根对男人也有着对女人同样的功效，它肯定能让盖琳娜的任务轻松很多。

才一眨眼，奥瓦琳所有不安的神情已经消失，恢复了高傲的姿态，如同一堵冰墙般不可动摇。“如您所愿，吾母，我相信她们立刻就会二话不说地遵从您的命令，就像她们所应该做的那样。”

一阵突然的怒意扫过爱莉达的心中，如同野火扫过干燥的草原。世界的命运掌握在她手中，而她却感觉到脚下出现愈来愈多窒碍难行的碎石。那些叛徒和拒不从命的统治者们已经够让她头痛了，而她背后还有那么多心怀鬼胎或牢骚满腹的宗派守护者，那些人都成了她面前这个女人培养自身权势的肥沃土壤。现在她确定握在手里的宗派守护者只有六个，她怀疑至少有同样数量的守护者在表决之前会听从奥瓦琳的指示，除非奥瓦琳同意，否则任何重要的事情肯定无法在评议会中通过。没有公开的同盟，没有任何人承认奥瓦琳具有超越一名撰史者的影响和权势，但如果奥瓦琳反对……至少她们还没有到彻底拒绝爱莉达命令的程度，她们只是一味地拖延，让爱莉达的意愿经常无疾而终。这种情况当然无法令人高兴。在白塔的历史上，确实有一些玉座变成比傀儡强不了多少的角色——评议会在拒绝这种玉座的提议时尝到了甜头，便习惯了拒绝她的一切提议。

爱莉达握紧拳头，手中的纸条发出一阵轻微的窸窣声。

鼻环已经被套在公牛的鼻子上。

奥瓦琳看上去如同一座大理石雕像般沉静，但爱莉达已经不在乎了。那名牧羊人正在被带往这里的路上，叛徒必然受到镇压，评议会将被慑服，奥瓦琳迟早要跪倒在她面前，所有那些妄自尊大的统治者们都会向她乞求饶恕——从沙戴亚的泰诺比女王开始，这个女人一直对她的使者避而不见；然后是伊利安的马汀·斯戴潘诺王，他总是在左右逢源，想要同时讨好白塔和白袍众，据她所知，马汀甚至还在讨好兰德·亚瑟；伊兰会被安置在凯姆林的王位上，并将深知是谁让她坐上了王位，同时她的哥哥不会从中作梗。只要让这个女孩回到白塔，不必多久，她就能成为爱莉达手中的泥偶。

“我要把那些男人连根拔除，奥瓦琳。”不需要说明她指的是哪些男人。现在白塔里有一半的人唯一的话题就是那些黑塔中的男人，而另外一半也都在角落里悄声耳语着与他们有关的话题。

“有许多恼人的报告，吾母。”奥瓦琳又一次在她的文件中翻检着，但爱莉达认为她的这个动作只是为了找些事情做。奥瓦琳这次没有抽出任何报告，如果还有什么东西能持久地烦扰这个女人，那一定就是凯姆林城外那些不洁的垃圾了。

“更多谣言？你相信真的有几千人聚集在凯姆林，回应那污秽的特赦令？”这是兰德所有罪行中很严重的一桩，但还不足以为之过度担忧，他们只是一堆在伊兰于凯姆林加冕前必须清除的污秽而已。

“当然不，吾母，但——”

“托薇恩将成为这次行动的指挥官，这个任务理当由红宗完成。”托薇恩·加萨在被爱莉达召回之前已经离开白塔十五年了，和她一起遭到压制，“自愿”退位的另外两名红宗守护者——莉伦妮和苏塔玛——现在已经变成了神经质的女人。和那两个女人不一样的是，托薇恩在孤身流放的历程中只是变得更加刚强。“她要带五十名姐妹去。”爱莉达相信，那个黑塔里真正能够导引的人不会超过两或三个，五十名姐妹可以轻易压倒他们，但那里也许还有其他渣滓要处理——在那里混吃混喝的人、盲目跟从的人、脑子里充满各种虚妄幻想和疯狂野心的傻瓜。“她还要带上一百名……不，两百名卫兵。”

“你确定这样是明智的吗？那里有几千人的谣言一定是疯狂的，但一名在凯姆林的绿宗密探说黑塔现在的人超过四百。那个密探是个聪明人，他似乎是根据出城的补给马车数量判断人数的。而且你知道，有传闻说马瑞姆·泰姆也在那里。”

爱莉达竭力保持住面容的平静，而她的努力差点就失败了。她禁止人们提到马瑞姆的名字，但她现在却不能以此处罚奥瓦琳！这让她感到无比痛苦。这个女人直视着她的眼睛，现在连一个敷衍的“吾母”也懒得说了，而且她竟敢质问玉座是否明智！爱莉达是玉座！不只是一群平等的人之中的领导，而是玉座！

爱莉达打开那只最大的漆匣，映入眼帘的是许多放在灰色天鹅绒上的象牙小雕像。玩弄她的这些收藏品总是能让她抚平自己的心神，而且这样做可以产生的效果并不止这些。就像她的另一个兴趣——打毛线——一样，它能让任何前来谒见她的人明白她们的地位。在她的眼里，她们也许还不如这些匣子里的小雕像。爱莉达先是抚摸着一只姿态优雅、灵动而圆润的猫；然后是一个雕工细腻的长袍女子和一只精巧的小动物，那只小动物想必是雕工所想象出来的，长得就像一个浑身长满毛发的男人，正蜷伏在那名女子的肩头；最后，爱莉达选择了一条鱼，它的雕工是如此精致，虽然象牙本身已经因长久的岁月而泛黄，但它看上去仍然是那么地栩栩如生。

“四百名乌合之众，奥瓦琳。”爱莉达内心平静不少，因为她看到奥瓦琳也抿起了嘴唇。她的表情变化很细微，但爱莉达不会放过她那张面具上的任何一丝破绽。“如果真的有那么多人，也只有傻瓜才会相信那里能够导引的人会超过一或两个，最多也不过一两个！在十年时间里，我们只找到了六个有这种能力的男人，在过去二十年里也只有二十四个，你知道我们是如何搜索这个世界的。至于马瑞姆……”这个名字灼烧着她的嘴。那是唯一落入两仪师手中，又逃脱了被驯御命运的伪龙，这绝对不是她希望在自己统治时期被记录在史书里的事迹，尤其是她现在还没决定好该如何记录这件事。现在《历代记》中还没有任何关于马瑞姆被捉拿后的记录。

爱莉达的拇指抚过那条鱼的鳞片。“他死了，奥瓦琳，否则我们早就会听到他的讯息，而且他不会侍奉兰德。你能相信他从自称为转生真龙，转而去侍奉另一名转生真龙吗？你能相信他可以和达弗朗·巴歇尔一同待在凯姆林，却不被巴歇尔杀死吗？”当爱莉达想起沙戴亚元帅正在凯姆林听从兰德的调遣时，她的手指移动得更快了。泰诺比在玩什么把戏？但爱莉达并没有表现出这些情绪，她的面容像手上的象牙雕刻般沉静。

“二十四是一个危险的数字，”奥瓦琳的平静中似乎带着凶恶的预兆，“如同两千一样危险，记录在《历代记》中的只有十六个。现在最不该出现的事情就是那些年代重新出现，或者那些姐妹们知道事实，即使是那些被你召回白塔的姐妹也都保持着沉默。”

爱莉达刻意露出困惑的表情，就她所知，奥瓦琳是在成为撰史者之后才知道那些年代的事实。但爱莉达还知道许多更加私密的信息，那是奥瓦琳不可能知道的，至少她不可能肯定地知道。“女儿，无论出了什么事，我都不会有所畏惧，谁会处罚我进行苦修，以什么样的罪名？”这句话很巧妙地避开了事实，但它显然没有对奥瓦琳造成任何影响。

“《历代记》记录了一些玉座因为不明原因而进行公开的苦修，在我看来，有这种记录的玉座都是因为别无选择——”

爱莉达用力一拍桌子：“够了，女儿！我是白塔的法律！已经被隐瞒的仍然将被隐瞒下去，就像以前那二十年一样——这是为了白塔的利益。”直到此时，爱莉达才感觉到手掌的疼痛，她抬起手掌，看见那条鱼断成了两截。它有多久的历史了？五百年？一千年？现在她只能勉强做到让自己不因愤怒而颤抖，她的声音肯定因此变得粗重了。“托薇恩将率领五十名姐妹和两百名白塔卫兵前往凯姆林，镇压黑塔，她们将驯御所有能够导引的男人，将他们吊死，并把捕捉到的其余那些乌合之众也全都吊死。”对于这种严重违反白塔法律的命令，奥瓦琳甚至没有眨一下眼，爱莉达要在一切事情上成为白塔的法律，这一点她是认真的。“把那些战死的也都吊起来，让他们成为警告，告诫所有男人们不要妄想碰触真源。让托薇恩来见我，我想听听她的计划。”

“听从您的吩咐，吾母，”这个女人的回答仍如同她的面容一样冰冷平静，“但请允许我说一句，您也许应该重新考虑是否要派遣这么多姐妹离开白塔。很显然，叛徒们对您所提出的条件并不满意，她们已经离开了沙力达，正朝这里进军，我得到的情报是从阿特拉传出来的，但现在她们一定已经到了莫兰迪。她们还选出了一名玉座。”她看了最上面的文件一眼，仿佛是在搜寻伪玉座的名字：“似乎是艾雯·艾威尔。”

奥瓦琳将这项最重要的讯息一直留到现在才说；这样本来应该会激怒爱莉达的，但爱莉达却只是仰头哈哈大笑起来。她努力保持着庄重的仪态，让自己不至于狠狠地朝地板跺上一脚，奥瓦琳惊讶的表情让她的笑声更大了，甚至不得不用手指抹了抹眼睛。

“你完全没看出来，”爱莉达终于在笑声和喘息声中说出了话，“奥瓦琳，还好你是撰史者，不是宗派守护者，不然，在评议会里，像你这么盲目的人不出一个月就会被其他人关进笼子里，直到需要你表决时才会把你放出来。”

“我看得很清楚，吾母，”奥瓦琳的声音中没有任何温度，更贴切的说法是，她的声音冷得足已让四面墙结满冰霜，“我看见了三百名反叛的两仪师，也许还有更多，正朝塔瓦隆进军，陪同她们的还有一支由加雷斯·布伦率领的军队，那是一名威名卓著的将军。除去那些不实的报告，那支军队的人数也许会超过两万人。有加雷斯的率领，他们在沿途村镇还会招募到更多的士兵。当然，我不认为他们凭借这样的军力就能够占领这座城市，但我们绝不能等闲视之。库班将军应该被授命增加白塔卫兵的数量。”

爱莉达用厌恶的眼光看了那条断掉的鱼一眼。她站起身，大步走到离她最近的窗前，背对着奥瓦琳。下面正在建造的宫殿和她手中的纸条除去了奥瓦琳带给她的苦恼。

她低下头，带着微笑看着即将完工的宫殿。“三百名叛徒，是的，但你应该再读一读塔娜的报告，至少有一百名叛徒已经濒临崩溃边缘。”她对塔娜有着相当的信任，那名红宗两仪师的脑子从没糊涂过，她报告说那些叛徒即使看到影子也会被吓一跳，并且说她们是在绝望中寻找牧羊人的羔羊。当然，塔娜是一名野人，但她也是个相当有理智的人。塔娜很快就会回来了，那时她就能给出一份更完整的报告。但爱莉达已经不再需要这个了，她针对叛徒拟定的计划早已开始付诸实行，但这是她自己的秘密。

“塔娜总是相信她能让人们去做他们显然并不会做的事情。”奥瓦琳的语气是否在强调什么？爱莉达决定不去理会。她不得不对奥瓦琳太多的行为视而不见，但那一天总会来的，很快就会来了。

“至于她们的军队，女儿，塔娜说那里顶多有两三千个男人。如果她们有更多人，她们一定会努力让塔娜看到的，她们肯定会以此威慑我们。”在爱莉达的观念里，眼线们总是喜欢夸大其词，好让他们的情报显得更有价值。只有姐妹们会说真话，是可以相信的；至少红宗姐妹们是这样，至少一部分红宗姐妹是这样。“但即使她们真的有两万人，五万人，或是十万人，我也不会担心。你知道为什么吗？”当爱莉达转过脸时，奥瓦琳的表情依然静如止水，如同一张覆盖在盲目与无知上的面具。“你应该熟知所有白塔法律的条文，叛徒将受到什么样的处罚？”

“对于主犯，”奥瓦琳缓缓地说，“静断。”她微微皱起眉，裙摆随着双足的移动极轻微地晃动了一下。很好，就连见习生也知道这些，而奥瓦琳不会明白她为什么要这样问，非常好。“对于某些共犯，也是一样。”

“也许。”那些主犯中的大部分也许能躲过这一劫难，如果她们以正确的方式向爱莉达投降。法律中最轻微的惩罚是在全体姐妹前接受鞭笞，然后进行一年零一天的公开苦修。但并没有条文指明这种苦修必须一次完成。她们会偶尔进行一个月的苦修，直到十年后，她们仍然要为犯下的罪行做出补偿，仍然要记得反抗爱莉达会落得什么样的下场。当然，有一些人是必须静断的——雪瑞安，还有几名伪宗派守护者——不过只要足以让其余那些人恐惧就好了，没必要让白塔遭到削弱。白塔必须完整，必须强大；强大而且被她牢牢地握在手中。

“她们犯下的罪行里只有一条应该遭到静断的惩罚。”爱莉达说道。白塔在古代发生过叛乱，但这样的历史都被妥善地隐藏起来，极少有姐妹能知道这些事。《历代记》中的这些部分——那些被静断和被处死的名单只会向玉座、撰史者和宗派守护者们开放。另外知道它们的就只剩下不多的几名图书管理员了。奥瓦琳张开口，但爱莉达没让她有机会说话：“任何冒称自己为玉座的女人必须遭到静断，如果她们以为她们有胜利的机会，那么就该让雪瑞安成为她们的玉座，或是蕾兰，或是卡琳亚，或是其他人。”塔娜的报告中提及本已经退休的罗曼妲·卡辛也出现在沙力达，只要罗曼妲能看见十分之一的机会，她一定会用双手紧紧攥住圣巾。“但她们却选出一个初阶生！”

爱莉达饶富兴致地摇了摇头。她能引用法律中所有关于玉座选举的条文（毕竟，她自己也充分利用了这些条文）——那些条文中没有一个字提到必须是正式两仪师才能成为玉座。很显然，制定这些法律的人认为这一点是不言自明的事情，而那些叛徒们则是钻了这个漏洞。“她们知道她们的行为是毫无希望的，奥瓦琳，她们的计划中只有虚张声势和威胁恫吓。她们想要为自己将要受到的惩罚找一些保护伞，所以那个女孩就变成了她们抛出来的牺牲品。”这实在是一件可惜的事，那个名叫艾雯的女孩本来可以当成另一个控制兰德的把柄。而且，当她能够完全掌握自己的至上力时，她将成为千年来最强大的两仪师之一，这实在太可惜了。

“加雷斯·布伦和一支军队在我听来并不像是在虚张声势，”奥瓦琳说，“他们要用五到六个月的时间才能到达塔瓦隆。在这段时间里，库班将军可以扩充白塔卫兵——”

“她们的‘军队’！”爱莉达冷哼一声。奥瓦琳真是个傻瓜，虽然她有一副冰冷的外表，但她的内心却像是只胆小的兔子，再这样下去，她就要相信史汪胡说的弃光魔使已经得到自由了。当然，她还不知道这个秘密，但这不会有什么差别。“拿着草叉的农民、拿着弓箭的屠夫和骑在马背上的裁缝！他们每朝这里跨出一步，都妄想要攻破闪亮之墙。即使是亚图·鹰翼的大军也被挡在那道墙外，一筹莫展。”不，奥瓦琳不是一只兔子，而是一只黄鼠狼，但她迟早会变成爱莉达斗篷上的镶边黄鼠狼毛皮，光明会让这一天马上到来的。“他们每向这里走一步都会失去一个人，或者是十个人，如果我们的叛徒们最后出现在这里时只带着她们的护法，我完全不会感到奇怪。”已经有太多人知道了白塔的分裂，一旦这场叛乱被镇压，她可以让世人以为这是一种策略，或许是为了控制年轻的兰德而进行的计划的一部分。但这需要数年的努力，也许是数世代的努力，才能让世人的记忆消退。所有叛徒都要为此而跪在她面前，付出代价。

爱莉达紧握住拳头，仿佛是抓住所有那些叛徒的喉咙，或者是奥瓦琳的喉咙。“我要打碎她们，女儿，她们会像一堆烂瓜一样爆开。”她的秘密为她保证了这一点，无论加雷斯召集了多少农夫和裁缝，无论奥瓦琳是怎样想的。突然间，预言的力量抓住了她——那些是注定要发生的事情，就像已经摆在她面前的一切事实一样，对于这种力量的信心让她可以闭上双眼，迈步走到悬崖之外。“白塔将重新统一，只有一些渣滓将遭到抛弃，成为被嘲笑的对象，统一的白塔将变得更加强大。兰德·亚瑟将面对玉座，知晓她的愤怒。黑塔将陷入血与火焰之中，姐妹们将行走在它之上。这是我所预言的。”

像往常一样，爱莉达在预言时就开始浑身颤抖，大口喘着气。她强迫自己站直身体，让呼吸平缓下来，她从不曾让任何人看到她虚弱的模样，但奥瓦琳……奥瓦琳睁大了双眼，张着嘴，仿佛已经忘了要说些什么。一张纸从她手中滑了出来，她急忙将手指握紧，才没让它落到地上。只是在转瞬间，奥瓦琳已经重新戴上那副冰冷的面具，恢复了两仪师完美的平静，但刚才她绝对受到不小的震撼。哦，这样非常好，就让她为爱莉达必然的胜利而咬牙切齿吧！最好她把自己的牙齿咬断。

爱莉达深吸一口气，重新坐到写字台的后面，将那只断掉的象牙鱼拨到自己视线之外的地方。现在应该是进一步扩展胜利的时候了。“今天还有工作要做，女儿，先要通知卡莱琳·达欧崔女士……”

爱莉达解说着她的计划，对奥瓦琳已经知道的信息进行更详细地解释，又让她知道了一些她还不知道的事情。玉座毕竟还是要和她的撰史者合作，无论她有多么痛恨这个女人。看着奥瓦琳的双眼，想到她正在暗自揣度还有多少事情她仍不知道，爱莉达感到一阵愉快。当爱莉达发布命令，为爱瑞斯洋和世界之脊中间的这一片世界做出各种安排的时候，她的脑子里却在想象着年轻的兰德正被“运往”这里，如同一头被关在笼中的熊，她要教导他该用怎样的舞步来讨得自己的晚餐。

《历代记》中关于最后战争的纪录很难不牵扯到转生真龙，但她知道，有一个名字将要比其他所有名字写得更大——爱莉达·德·艾佛林尼·亚洛伊汉，莫兰迪北部一个小家族中最小的女儿，会成为历史上最伟大、最强大的玉座，这个世界历史上最强的女人，拯救了全人类的女人。

在枯草覆盖的山丘之间，站立着许多雕像般的艾伊尔人，他们丝毫没有理会随风而来的一团团尘土。本该在一年中的这个时节覆盖大地的皑皑白雪仍然不见踪影，这点也没有对他们造成任何困扰，他们之中没有人见过雪。而将要爬上天顶的太阳散发出来的高热，还不及他们在家乡已经习惯的热度。他们的注意力一直集中在南方的山地中，等待那个标志着沙度艾伊尔命运来临的信号。

瑟瓦娜的外表和其他人没有区别，但环绕在她周围的一圈枪姬众让她十分显眼。那些枪姬众都安闲地站立着，黑面纱已经遮住了她们眼睛以下的面孔。瑟瓦娜也在等待，而且内心并不像她的外表那么平静。但她不会因此忽视其他事情。这是为什么她会发出命令，其他人只能服从的原因之一。另一个原因是，她知道摒弃捆住双手的陈年旧习与传统后该做些什么。

她的绿眼睛闪动了一下，看到左侧的十二名男人和一名女人，他们全都拿着皮制的小圆盾和三四根短矛，身上灰褐色的衣服像在三绝之地中一样完美地与周围的环境融为一体。艾法琳灰色的短发藏在束发巾里，不时瞥一眼瑟瓦娜，如果一名枪姬众也会表现出不安，那就是艾法琳现在的样子。一些沙度枪姬众已经去了南方，加入那些在兰德·亚瑟身边蹦跳的傻瓜中，瑟瓦娜毫不怀疑其他枪姬众也在谈论这件事。艾法琳一定在怀疑，是否为瑟瓦娜提供枪姬众护卫（就好像瑟瓦娜曾经是枪姬众的一员般）可以平息这种议论。不过，至少艾法琳没有怀疑真正的权力握在谁的手中。

如同艾法琳一样，那些统领其余沙度战士团的男人们也不时地面面相觑，特别是身材粗壮的赛亚东代表马里克和刀疤脸的法阿达扎丁代表本督因。过了今天，将不会再有任何事情阻止沙度艾伊尔派遣一名男人前往鲁迪恩，接受成为部族首领的试炼。在那之前，瑟瓦娜一直都会执掌部族首领的权力，因为她是最后一名沙度首领的未亡人——最后两名首领的未亡人。就让那些在背后诋毁她带来厄运的人继续自寻烦恼吧！

她理了理手臂上的暗色披巾，调整了一下项链，黄金和象牙手镯随着她的动作发出轻微的碰撞声。这些项链大部分也是黄金和象牙的，但其中有一条用珍珠和红宝石串成的项链，它原先属于一名湿地女贵族。这条项链末端缀着一颗和小鸡蛋差不多的红宝石，正落在她的胸口上。现在那名女贵族已经穿上了白袍，和其他奉义徒一起在那座名叫弑亲者之匕的山脉里劳动。湿地人聚集了大量的财富。一颗巨大的祖母绿正在瑟瓦娜的手指上反射着阳光，闪耀绿色的火光——戒指是值得采纳的湿地人生活习惯之一，虽然有不少人会因此向她投来异样的目光。如果还能找到如此华丽的戒指，瑟瓦娜一定也会将它们戴在手上。

大多数人都相信马里克或本督因会成为第一个得到智者允许，进入鲁迪恩的人。在那十三个人里，只有艾法琳怀疑不会有任何男人能得到这样的允许。她只是怀疑而已。她很聪明，只将这种怀疑以非常谨慎的方式对瑟瓦娜一个人透露过，其他人的思想还局限在旧的框架里。不过，即使瑟瓦娜迫不及待地要立下新的规矩，她也知道要慢慢地引导他们就范。自从沙度人越过龙墙，进入湿地（和三绝之地相比，这里仍然算是湿润的），已经有许多事情改变了，但还有更多事需要改变。一旦兰德·亚瑟落入她手里，一旦她与卡亚肯——所有艾伊尔首领的首领——结婚（那些所谓转生真龙的故事只不过是湿地人的胡言乱语），艾伊尔人就会以新的办法任命部族首领和氏族首领，甚至是战士团的代表。兰德·亚瑟将任命他们，当然，是在她的指导之下，而这还只是开始。湿地人会把自己的权势与地位让自己的孩子，以及孩子的孩子继承，这是个不错的办法。

向南吹的风更强了，它会遮掩住湿地人马匹和马车的声音。瑟瓦娜又整理了一下披巾，压抑住自己面容的扭曲，无论如何，她一定不能表现出紧张的模样。她向右瞥了一眼，紧张的情绪瞬间就消失了，就如来时般快速。在那里聚集了超过两百名沙度智者，如果在平时，其中至少一部分人看她的眼神和秃鹰毫无差别，不过现在她们的目光全都集中在山坡的方向。不止一名智者在不安地调整披巾或抚平宽大的裙子。瑟瓦娜的嘴角微扬。一些智者的脸上出现了汗水。她们的荣誉和勇气都到哪里去了？

当一名年轻的刀手众出现在他们面前时，所有人都变得有些紧绷。那名沙汾奈一边跑下山坡，一边放低了面纱。他径直朝瑟瓦娜跑来，这是应该的，但让瑟瓦娜气恼的是，他高亢的声音所有人都能听到：“他们的一名前哨逃掉了！他受了伤，但仍然骑在马背上跑了。”

战士团的代表们没等他说完话就已经有了动作，这是绝对不可以的。他们是实际战斗的指挥者（瑟瓦娜自己从没用矛枪做过任何事），但她不会让他们有片刻忘记她是谁。“将所有握有枪矛的战士派出去，”她大声发出命令，“不要让他们做好准备。”话声一落，他们立刻不约而同不满地转向她。

“所有枪矛？”本督因难以置信地问道，“你的意思是除了掩护——”

马里克瞪着瑟瓦娜，用比本督因更大的声音说道：“如果我们不留下预备队，我们会——”

瑟瓦娜打断了他们的话：“所有枪矛！我们要与之舞蹈的人里面有两仪师，我们必须以最快的速度压倒他们！”艾法琳和其他大多数人脸上都毫无表情，但本督因和马里克皱起眉，仿佛仍想争辩。真是愚蠢。他们要与之舞蹈的大概只是几十名两仪师，再加上几百名湿地人士兵。他们拥有超过四万名持枪矛者，却还是希望能像与其他艾伊尔或湿地军队战斗时那样，留下掩护部队和预备队。“我所说的一切如同部族首领，”瑟瓦娜不该这么说的，但提醒一下这些人不会有什么坏处，“他们的人数少到我们一手就能掌握。”她吐出的每个字都充满了轻蔑。“如果枪矛行动得够快，他们就会被击垮。你们已经准备好为迪赛恩报仇，难道我闻到了恐惧的气味？对于几个湿地人的恐惧？沙度的荣誉消失了吗？”

这番话让他们的面孔都变得像石头般僵硬，这正是她所预期的效果。就连艾法琳在戴上面纱时，眼睛也变得如同两颗光亮的灰宝石。她的手指打出一段枪姬众手语。当战士团的代表们开始行动时，瑟瓦娜周围的枪姬众们也全都跟了上去。这并不是瑟瓦娜想要的结果，但至少那些枪矛们都在行动了。站在谷底，瑟瓦娜能看见那些仿佛突然从平地上冒出来的、身穿凯丁瑟的人影，所有那些人都正用快如奔马的速度大步朝南方奔去。现在没有时间可以浪费了。瑟瓦娜带着以后要和艾法琳谈一谈的心思，朝那些智者们转过头去。

这些都是最强的沙度智者，她们的数量是兰德身边两仪师的六到七倍，但瑟瓦娜在她们的眼神中看到了犹疑。她们虽然竭力用僵硬的表情隐藏住这种心思，但瑟瓦娜看到了她们闪烁的眼神、舔润嘴唇的动作。现在已经有许多传统被抛弃了，比如古老、强大得如同法律的传统——智者们不会参与战斗、智者们要远离两仪师。她们知道那些古代的传说——艾伊尔人因为辜负了两仪师而被流放到三绝之地；如果艾伊尔人再次辜负两仪师，就会被毁灭。她们都知道那些历史，那些兰德·亚瑟向全体艾伊尔人公布的故事——那些她们的祖先侍奉两仪师的故事。那时的艾伊尔人全都发誓绝不沾染任何暴力。

瑟瓦娜曾经相信所有这些故事都是谎言，但近来她已经相信了智者们全都把这些事当真，当然，并没有智者明白地告诉过她。但这不重要，瑟瓦娜本人从没依照成为智者的必须条件进入过鲁迪恩，但全体智者已经接受了她，不管其中一些人是多么不情愿。现在她们别无选择，只能继续接受，会有新的传统代替那些无用的老东西。

“两仪师，”瑟瓦娜轻声说道，伴随着手镯和项链的轻微碰撞声，智者们纷纷向她靠近，想要听清她所说的话，“她们控制着兰德·亚瑟——卡亚肯，我们必须把他从她们那里夺过来。”有一些智者皱起眉头，大多数智者相信她想要活擒卡亚肯，为死去的库莱丁——她的第二任丈夫复仇。她们理解这一点，但她们来这里不是为了这个目的。“两仪师，”瑟瓦娜愤怒地嘶声说道，“我们遵守了我们的誓言，但她们打破了她们的。我们什么也没触犯，但她们却触犯了一切。你们知道迪赛恩是怎么被谋杀的。”她们当然知道，她们望向她的目光突然间变得锐利了，杀死一名智者等同于杀死一名怀孕的女子、一名孩子或是一名铁匠。一些目光锐利得如同刀刃，比如赛莱维的、瑞埃勒的……“如果我们允许这些女人肆无忌惮地这样做，却无需付出任何代价，那么我们就连禽兽都不如，我们将没有任何荣誉。我要坚守我的荣誉。”

瑟瓦娜带着高贵的神态拢起裙子，高昂起头，朝山坡走去，她没有回头，确信其他人会跟在她身后。赛莱维、诺力和戴林会确保她们这样做。瑞埃勒、提盎、莫莱和其他那些在过去几天跟随她去看两仪师痛打兰德，并将他放回那只木箱里的智者也一样。她刚才的提醒对于这十三个人来说，比其他人更加严重。她们不敢辜负她，迪赛恩真正的死因将她们紧紧地拴在她身边。

智者们撩起裙子，迈开双腿，紧跟在那些持枪矛者身后跑开了；虽然她们的穿着让她们难以跟上那些穿着凯丁瑟、持枪矛的战士，但她们的速度仍然犹如疾飞。她们在起伏不定的丘陵间跑过了五里路程，最后跑上一座山丘，看到枪矛之舞已经以某种形式开始了。

成千上万戴着面纱的持枪矛者包围住湿地人的马车，形成一圈圈灰褐色的怒涛，向包围圈的中心涌去，那些马车则环绕在一片树丛周围。瑟瓦娜恼怒地吸了口气：那些两仪师甚至还有时间把她们的马匹全都牵进那一圈马车之中。环绕马车的枪矛不停地向她们施加着压力，箭雨朝那些湿地人倾泻，但那些在最前线的人似乎都在撞击着一道看不见的墙壁。一开始，射得最高的箭还能越过那道墙，但很快便被某种看不见的东西反弹回来。智者群间传来一阵低沉的议论声。

“你们看见两仪师在做什么？”瑟瓦娜质问道，那语气仿佛是她也能看清至上力的编织。她想要冷笑，那些两仪师都是傻瓜，还有她们所吹嘘的那个愚蠢的三誓。当她们最终决定把至上力当作武器，而不仅仅是一道障壁时，很可能已经太迟了。但她觉得智者们站在这里观察情况的时间似乎有些太久了。兰德·亚瑟就在那一圈马车里的某个地方，也许仍然像一匹丝绸般，被折叠起来放在箱子里，等待着她将他握进手心。如果两仪师能够控制住兰德·亚瑟，那么她也可以——她拥有这些智者的支持。她还能够从兰德·亚瑟那里得到她想要的承诺。“赛莱维，现在带着你的一半人手去西边，准备好和我一同进行攻击。为了迪赛恩，还有两仪师欠我们的义，我们要让她们承担义——比以往任何时候都更加严格地承担。”

谈论让某些人承担她们没有承认的义，只是一种愚蠢的吹嘘，但在那些女人愤怒的议论声中，瑟瓦娜听到她们凶狠地承诺要让两仪师承担那个义。只有那些依照瑟瓦娜的命令杀死迪赛恩的智者们一言不发地站立着。赛莱维微微抿起嘴唇，但最后她说道："就听你的，瑟瓦娜。"

瑟瓦娜轻松地大步奔跑着，率领她的一半智者赶往战场东侧——如果这片没有厮杀的混乱可以被称作战场的话。她本想留在一座视野良好的山丘顶上，就像一名指挥枪矛之舞的部族首领或战场指挥者那样。但在这件事上，没有任何人支持她，连赛莱维和其他那些知道迪赛恩死因秘密的人也是一样。智者们依照她的命令排开队伍，她们的样子和那些持枪矛者形成了鲜明的对比——白色的亚葛外衫和暗色的羊毛裙与披巾、光耀闪烁的手镯和项链，还有她们用头巾束起来的齐腰长发。她们相信，如果决定要投入枪矛之舞，就要全身全心地投入，而不是站在远离战场的山丘顶上。瑟瓦娜则相信她们并没有意识到，今天这场战争的真正主角是她们，而不是那些持枪矛者。过了今天，一切都将会发生改变。给兰德·亚瑟拴上缰绳，只是这改变中的一小部分。

在那些包围马车的持枪矛者之中，瑟瓦娜只能凭借身高区分男人和枪姬众。面纱和束发巾藏住了面孔，且瑟瓦娜分辨不出不同部族、氏族和战士团成员身上凯丁瑟的差别。包围圈最外围的人们都显得相当困惑，一边等待着前方状况的改变，一边低声嘟囔着。他们早已准备好要与两仪师来场闪电之舞，而现在他们却只能不耐烦地在原地绕圈子。这么远的距离，他们甚至无法用角弓将箭射进马车队里去。但瑟瓦娜相信，他们不必再等多久了。

她双手叉腰，对其他智者说道："在我左侧的打断两仪师进行的编织，在我右侧的进行攻击，枪矛向前！"发布命令后，她转回头，等着看到两仪师的毁灭——她们以为她们要对付的只有钢铁。

什么都没发生，在瑟瓦娜面前依旧只是一大群躁动不安的持枪矛者，她听到的最大声音只是矛杆和皮盾的撞击声。她忍住怒气，将它们缠绕起来，如同将丝线绕在纺锤上。她曾经坚信，在迪赛恩的尸体被公开展示后，这些智者们就已经下定了决心，但如果她们仍然认为攻击两仪师是无法想象的事，她会不择手段地让她们就范，即使要让她们蒙羞到穿上奉义徒的白袍。

突然间，一个人头大小的耀眼火球向马车飞去，发出一阵刺耳的嘶嘶声，然后是另一个，另外几十个。揪在瑟瓦娜心中的结松开了。更多火球从西边赛莱维那里飞过来，烟雾开始从燃烧的马车上升起，先是一缕缕的灰烟，然后是一团团浓重的黑烟。持枪矛者的嘟囔声发生了变化。瑟瓦娜面前的那些持枪矛者先前只是向前移动了一些，现在他们却推挤着涌上前去。马车那里传来了呼吼的声音，男人们愤怒地喊叫着，痛苦地嘶嚎着。两仪师们建立的那道障壁已经被摧毁。战斗开始了，而它只能有一个结果——兰德·亚瑟会成为瑟瓦娜的战利品。他将把艾伊尔拱手献给她，还有所有那些湿地人。在他死之前，他还会带给她继续统治艾伊尔的女儿和儿子们。她也许会很享受这样的过程。实际上，他非常英俊、强壮而且年轻。

瑟瓦娜并不认为两仪师会很容易被击败，而事实上也是如此。火球开始落在枪矛中间，将穿着凯丁瑟的身躯变成一支支火把，闪电从晴空中劈落，将人体和土石抛向空中。但智者们很快就从观察中学会了这些战斗方式，或者她们早已掌握了这些方法，只是刚才还有着最后的犹豫。大多数智者都极少进行导引，特别是在其他人能够看到的地方。只有智者们知道谁有导引能力。无论真正的情况如何，闪电才刚开始在枪矛间击下，很快地，便有更多闪电朝马车中间落去。

然而，并非所有的攻击都命中目标。现在，飞过空中的火球有一些已经像马那么大了，银色的闪电像落下晴空的长矛般刺向地面，其中却有一些在半途偏转，或者是尚未击中目标便已经猛烈地爆开，仿佛撞在无形的盾牌上；还有一些闪电是突然消失了。空气中充满吼叫与冲撞的声音，与之抗争的是各种喊叫与尖吼。瑟瓦娜欣喜地盯着天空，那番情景就像是她在书中读到的照明者的表演。

突然间，整个世界在她眼中变成了白色。她似乎飘浮了起来。当她恢复视力时，她正平躺在距离刚才站立点十几步以外的地面上，身上覆了一层尘土，每一寸肌肉都疼痛不堪。她挣扎着想要多吸进一些空气，觉得自己的头发仿佛都从头皮上挣脱开来。其他智者们也都倒在地上，她们中间出现了一个一幅宽的大洞，一缕缕蔓须般的轻烟正从一些人的衣服上飘扬起来。并不是所有人都被击倒了——火焰和闪电的战斗仍在继续——但倒下的人绝对不少。她必须逼她们起来，重新舞蹈。

瑟瓦娜强迫自己继续呼吸，踉跄着站起身，连身上的尘土都顾不得掸扫，就用力喊道："推进枪矛！"她抓住埃塔兰瘦骨嶙峋的肩膀，将这个女人拉起来，然后才从她那双蓝眸里看见了死亡的气息，便放开手，让她重新倒在地上。然后，她拉起仍然处在晕眩之中的德瑞拉，又从一名倒在地上的雷行众手中拿起一根短矛，将它高高地挥舞："枪矛向前！"一些智者依照她所说，真地冲进了持枪矛者的人群中。其他人的头脑还算清醒，她们纷纷开始扶起还能站立的人。火焰和闪电的风暴仍然持续着，瑟瓦娜在智者的队列中大步巡行，继续高喊着："推进枪矛！枪矛向前！"

瑟瓦娜觉得很想笑，她真的笑了，虽然她现在满身泥土，周围充满了战争的喧嚣，但她这一生中不曾如此愉快过。她几乎希望自己曾经选择成为一名枪姬众。当然，法达瑞斯麦不可能成为部族首领，正如同男人不能成为智者。枪姬众取得权势的办法只有放弃枪矛，成为智者。而身为部族首领的妻子，瑟瓦娜在一名枪姬众刚刚被允许持有矛枪，或是一名智者学徒还在汲水的年纪时，就已经在玩弄权力了。而现在，她拥有了这一切——智者和部族首领，虽然她还需要做一些事情，好让部族首领的名衔成为事实。只要她拥有权力，名衔并不重要，但为什么她不能两者兼得？

一阵突来的尖叫声让她转过身，惊讶地看见一头毛发粗硬的灰色大狼咬断了多瑟莱的喉咙。未经思索，她就用手中的短矛刺穿了那头狼的肋侧。当那头狼扭曲着身体，一口咬住矛杆时，另一头齐腰高的狼已经越过她，扑到一名持枪矛者的背上。然后是另一头狼，更多的狼，放眼望去，所有地方都有狼牙在撕裂穿着凯丁瑟的躯体。

瑟瓦娜抽回短矛，一种茫然的恐惧戳进她的心中。两仪师召唤狼来为她们战斗。她没办法让自己的目光离开那头被自己杀死的狼。两仪师……不，不！这不能改变任何事，她不会让任何事有所改变。

她终于让自己的视线转到一旁，但还没等她再次向智者们发出激励的喊声，又有一番情景让她瞠目结舌——一队披挂着赤红色头盔和胸甲的湿地人骑兵，挺着骑枪冲进了持枪矛者的队列，并且纷纷举起长剑，大力砍杀。他们是从什么地方来的？

瑟瓦娜并没有意识到自己已经将这个想法大声说了出来，直到瑞埃勒回答她说："我告诉过你，瑟瓦娜，但你就是不听。"那名火焰色头发的女子厌恶地看着瑟瓦娜手中沾满鲜血的矛枪。智者不该使用矛枪，而瑟瓦娜则炫耀般地将矛枪斜倚在臂弯里——她看见首领们都是这么做的。瑞埃勒只得继续说道："湿地人从南方向我们发动了进攻，湿地人和斯威峨门。"她说出最后这个意为"龙之枪矛"的词汇时，语调里充满了轻蔑。"还有枪姬众，而且……而且他们之中也有智者。"

"她们是来战斗的？"瑟瓦娜稍后才意识到自己声音中难以置信的语气。南边那些被太阳晒瞎的傻瓜还在称呼自己为艾伊尔，但既然她能够抛弃那些过时的传统，她们当然也能这么做，但她并没有想到这一点。毫无疑问，是索瑞林带她们来的，那名老妇人让瑟瓦娜联想到了一场势不可挡的山崩。"我们必须立刻对她们发动攻击，她们不能得到兰德·亚瑟，或是阻挠我们为迪赛恩进行的复仇。"看到瑞埃勒睁大的双眼，她急忙又加上最后这一句。

"她们是智者。"瑞埃勒用刻板的声音说道。瑟瓦娜痛恨这句话，但她明白瑞埃勒的意思。智者们加入枪矛之舞已经非常糟糕了，而即使是瑞埃勒也不会同意智者攻击智者这件事。她当时同意必须置迪赛恩于死地——只有这样做，才能让其他智者和持枪矛者同意攻打两仪师，才能让兰德·亚瑟落入自己手中，才能得到整个艾伊尔。但那是秘密进行的，参与其中的都是志同道合的人，而这次无论她做些什么，都会暴露在所有人面前。这些傻瓜和懦夫！

“那么，就和所有你可以与之战斗的敌人作战吧，瑞埃勒。”瑟瓦娜用最轻蔑的语气吐出每一个字。瑞埃勒只是点点头，调整了一下披巾，又瞥了瑟瓦娜臂弯里的短矛一眼，才转身回到队列里。

也许可以让那些从南边赶来的智者们先行动，然后对她们发动突袭。但不管怎样，不能让她们夺走将要落入她手心的兰德·亚瑟。此刻她是多么希望能够来个会导引又不至于桀骜不驯的智者，多么希望能够站到一座山丘上，看看战局到底有了什么样的变化。

瑟瓦娜紧握住手中的短矛，一边留意着周围的狼（她视线中，所有的狼，只要是还没死掉的，都正不畏死地攻击着身穿凯丁瑟的男女），接着又开始高声鼓励着沙度人。在南方，更多火焰和闪电落在沙度人群之中，不过瑟瓦娜看不出沙度的攻势受到了什么影响。虽然战场上不断有火焰、土石和人体炸上半空，但持枪矛者们仍然都在猛烈地向前冲击着。

“推进枪矛！”她挥舞着手中的短矛，厉声高喊着，“推进枪矛！”在一片混乱的持枪矛者之中，她看不到任何在额头上绑着红头巾的愚蠢斯威峨门。也许他们的人数太少，完全不足以造成任何影响，那一点湿地人已经分散到战场各处，看上去也是少得可怜。她亲眼看到一名湿地人连人带马被蜂拥而上的枪矛所淹没。“推进枪矛！推进枪矛！”她的嗓音充满了喜悦。即使两仪师们召来一万头狼，即使索瑞林带来一千名智者、十万柄枪矛，今天的胜利显然已经属于沙度了，属于沙度，也属于她。祖矛沙度的瑟瓦娜——这个名字将被永远铭记。

突然间，一阵巨大的爆炸声出现在战场上的咆哮之中，那似乎是从马车的方向传来的，但瑟瓦娜看不出究竟是智者们还是两仪师导致了那场爆炸。她不喜欢自己不明白的事情，不过也不打算问瑞埃勒或者其他人，让她们有机会嘲笑自己的无知和缺乏力量。在场的人之中，只有她是缺少这种力量的。虽然智者们并不把它当一回事，但另一件瑟瓦娜不喜欢的事情就是别人拥有她所没有的力量。

她的眼角瞥到持枪矛者之中出现了一片光芒，仿佛是某种东西在转动。当她转头去看的时候，那里已经什么都没有了。同样的事情又发生了一次。一片光芒出现在她的视野边缘，她看过去时又是一无所获。有太多事情她不明白。

她一边发出鼓励的叫喊，一边去看沙度智者们的队列。一些智者的模样相当狼狈，头巾脱落，长发披散，裙子和外衫上满是泥土，甚至有烧焦的痕迹。至少有十来名智者躺在地上，被摆放成一排，不停地发出呻吟。还有七个人一动也不动，面孔被披巾覆盖。吸引她目光的是那些还站着的智者——瑞埃勒和一头罕见黑发已凌乱不堪的奥拉里斯；莎莫林，近来她开始习惯敞开衬衣的领口，胸前露出的肌肤比瑟瓦娜还多；莫莱，她的长脸比平时更加严峻；矮胖的提盎、皮包骨的贝林德，还有像大多数男人一样高的穆达拉。

如果她们之中有人做了一些之前没做过的事情，应该要有人告诉她。迪赛恩的秘密让她们和她紧紧相系，即使对于一位智者，这样的罪行被揭露时，随之而来的也只能是一生的痛苦——以及比痛苦更可怕的羞耻，才足以承担这样的义。然而更有可能的是，她们会被剥光衣服，扔到荒野去自生自灭，像野兽般遭到所有人猎杀。尽管如此，瑟瓦娜相信她们仍然像其他智者一样喜欢对她隐瞒一切——那些智者们在学徒生涯中以及前往鲁迪恩的旅程上学会的事。瑟瓦娜必须对此采取措施，但这是以后要做的事情。她不会问她们正在做什么，这样只能显示出她的弱点。

她转回头去看战场，发现战局已经失去了刚才的平衡，而且似乎是对她有利。落在南边的火球和闪电还像刚才那样猛烈，但已经逐渐向马车处推进，西边和北边也是一样。落向马车的火球和闪电大多数仍然无法击中目标，但两仪师的力量明显是比刚才减弱了。她们不得不在防御方面采取更多的行动。她就要胜利了！

就在这个火热的想法掠过她脑海时，那些两仪师平静了下来，只有在南边，火焰和闪电还落在持枪矛者之中。瑟瓦娜张开嘴，想要发出胜利的呼喊，但随即又领悟到了什么，让她没有发出声音。火焰和闪电的风暴扑向马车，却仍然撞在某种看不见的障壁上。燃烧的马车上腾起烟柱，然后沿着某种球形的轮廓弯曲、聚集，最后从那个轮廓最顶端的一处洞中飘散开来。

瑟瓦娜猛地转过身，望着那些智者们，有几名智者甚至转过头，不敢去看她的眼睛，抑或是不敢看她拿着那根短矛的样子。瑟瓦娜知道，她们一定以为自己真地要使用这短矛了。她确实有这样的想法。

“为什么你们没有阻止她们？”瑟瓦娜吼道，“为什么？你们应该阻止她们的一切行动，不能让她们再做出任何障壁！”

提盎仿佛是要将胃里的一切东西吐出来的样子，但她将双手叉在粗壮的腰上，毫不躲闪地看着瑟瓦娜：“那不是两仪师。”

“不是两仪师？”瑟瓦娜喊道，“那会是谁？另一方的智者？我早就告诉过你们，我们必须攻击她们！”

“那不是女人干的，”瑞埃勒说道，她的声音有些犹豫，“那不是……”她面色苍白地吞了口口水。

瑟瓦娜缓缓转回身，盯着那座透明的穹顶，直到此时，她才想起要呼吸。某样东西正随着喷涌的烟雾一起从圆顶最高处的洞中升起来——一面湿地人的旗帜，那些烟尘完全无法将它遮住。那是一面猩红色的旗帜，上面有一个半白半黑的圆形图案，黑白两色在圆形中央相交会，形成一条蜿蜒的曲线。瑟瓦娜在那些斯威峨门的头巾上也见过这个图案，那是兰德·亚瑟的旗帜。难道他已强大到能够挣脱禁锢，压倒所有那些两仪师，并升起那面旗帜？一定是这样的。

火焰和闪电的风暴仍然撞击着那座穹顶，但瑟瓦娜听到背后传来的窃窃私语。那些女人想要撤退了。瑟瓦娜没有这个打算，她早已明白，获取权势的快捷方式就是征服那些已经拥有权势的男人，当她还是个小孩时，她已经相信自己生来就拥有征服他们的武器。沙度的部族首领苏拉迪克在她十六岁时就拜倒在她脚下。当苏拉迪克死掉时，她已经选择了最有可能成功的对象，莫拉丁和库莱丁都相信只有自己得到了她的青睐。当莫拉丁像其他许多男人一样没能从鲁迪恩中回来时，一个微笑让库莱丁相信自己征服了她。但部族首领的权力和卡亚肯相比，显得那样黯淡，而现在呈现在她面前的却远远超越了她原本的想象。她颤抖着，仿佛在出汗帐篷里看到了最美丽的男人。等到兰德·亚瑟落入她的手中，她就能征服整个世界。

“用力攻击！”她命令道，“再用力一些！我们要为了迪赛恩挫败这些两仪师！”她一定要得到兰德·亚瑟。

突然间，战场前方传来一阵喊叫，那是男人的声音，是尖叫的声音。瑟瓦娜看不到前面发生了什么事，只能无奈地咒骂。她又一次高喊着命令智者们施加更多的压力，但不管她如何叫喊，落在穹顶上的火焰和闪电开始变得稀少。很快地，她也依稀看到了前面的一些情景。

在靠近马车的地方，成堆的人体和泥土随着雷鸣般的爆炸声飞向半空，爆炸的地方不只是一个点，而是一条弧线。地面又一次爆炸，接着是第二次、第三次，每次都距离马车更远一些。不只是一条弧线，而是一整个由炸裂开来的土地、男人与枪姬众连缀出来的完美圆环。瑟瓦娜相信，这个圆环必然是绕到马车的另一边，将马车整个围住。一次、一次、又一次，环形爆炸不断地扩展。突然间，持枪矛者们冲过她身边，挤进智者们的队列里，头也不回地逃走了。

瑟瓦娜用手中的短矛抽打着他们的头和肩膀，丝毫不在意矛锋上出现的红色。“停下来，战斗！停下来，为了沙度的荣誉！”他们只是没命地跑着，完全不在意她的命令。“你们没有荣誉！停下来战斗！”瑟瓦娜将短矛刺进一名枪姬众逃兵的后背，但其他人只是踩过那名女子的身体。这时，瑟瓦娜发觉有一些智者不见了，另一些智者正抱起那些受伤的人。瑞埃勒转过头也要逃，瑟瓦娜抓住那名高个儿女子的手臂，用短矛威胁她。她不在乎瑞埃勒的导引能力。“我们必须坚持住！我们仍然能得到他！”

瑞埃勒的脸上只有恐惧。“如果我们留下来，就必死无疑！或者我们会被她们用铁链拴在兰德·亚瑟的帐篷外！如果你愿意，就留下来等死吧，瑟瓦娜，我不是岩狗众！”她用力挣脱瑟瓦娜的手，向西方逃去。

瑟瓦娜在原地又站了一会儿，任由慌乱的男人和枪姬众们从她的身边推挤而过，然后她丢下短矛，摸了摸腰间的口袋，那里有一只雕刻着细密花纹的小石匣。她曾经想过要将这个东西丢掉，但这是她的一根备用弓弦。她拢起裙子，露出双腿，加入了混乱的逃亡中。其他人只是在惊恐中逃跑，但她的脑中却在酝酿新的计划。她会让兰德·亚瑟跪倒在她面前，还有那些两仪师。

奥瓦琳终于离开了爱莉达的居室，像任何时刻一样冰冷而高傲，但在心里面，她觉得自己就像是一块被拧紧的湿抹布。她努力让自己以平稳的步伐走下弯曲的长阶梯。即使在这样的高度，这些阶梯仍然是大理石砌成的。穿制服的仆人们在为自己的事务忙碌的同时，纷纷向她鞠躬或行屈膝礼，他们只看得见平静而高贵的撰史者。随着楼层的降低，奥瓦琳开始看到其他的姐妹们，其中有许多戴着表明宗派所属的披肩，仿佛在强调她们是正式的两仪师。当奥瓦琳经过时，她们都会看她一眼，奥瓦琳在不少人的眼里看到了不安。唯一对她视而不见的只有黛妮勒，一名心不在焉的褐宗姐妹。黛妮勒参与了推倒史汪·桑辰、让爱莉达成为玉座的行动，她是个孤单的人，即使在褐宗里也没有朋友，但她似乎并没有意识到自己已经被孤立了。显得有些神思恍惚的她，似乎也没察觉到自己已经被挤到了一边。但有这种表现的仅她一人。贝莉萨是一名身材削瘦、目光严厉的灰宗两仪师；凯拉有着在提尔人之中偶尔一见的淡金色头发和蓝眼睛，以及在绿宗里经常能见到的傲慢。她们两个向她行了屈膝礼。诺琳本来作势要行礼，但后来并没有这么做。这个女人像黛妮勒一样有双大眼睛，也几乎像黛妮勒一样神色恍惚，缺少朋友。她对奥瓦琳怀有怨恨——她认为如果要从白宗里推选撰史者，那也应该是诺琳·多瓦那，而不是奥瓦琳。

姐妹并不需要对撰史者行屈膝礼，但毫无疑问，她们认为必须由奥瓦琳来缓和爱莉达的严苛。而另一些人也许是在怀疑奥瓦琳接受了什么样的命令，今天玉座是否又挑了某个姐妹的毛病。除非得到召唤，否则即使是红宗也不会靠近玉座居室五层内的空间。当爱莉达走下来的时候，绝对不止一名姐妹会躲起来。白塔中的空气似乎比外面更加酷热，而让气氛变得沉重的原因与那些叛徒和能够导引的男人一点关系也没有。

有几名姐妹似乎想要对奥瓦琳说话，但奥瓦琳只是匆匆走过她们身旁，甚至连基本的礼仪都没有。她几乎也没去在意当她拒绝停步时，那些两仪师目光中的担忧。爱莉达占满了她的脑海，就像其他人一样。爱莉达，一个有着许多面的女人。

第一眼看上去，她是个高贵、矜持、美丽的女人；第二眼，她变得如同出鞘的钢刃。当其他人试图用劝说、外交手腕和贵族游戏解决问题时，她却喜欢强势压人，用绝对的力量压倒一切。所有认识她的人都认为她是聪明的，但和她共处过一段时间后就会发现，虽然她很有头脑，但她只会看到她想看的东西，只专注于让她认为是事实的东西成为事实。她有两个无疑是令人感到恐惧的特点——较小的一点是她经常会取得成功，较大的一点是她的预言能力。

预言的能力经常会被忘记，它是那样突兀而稀少，以至于它每次出现时，都会像迅雷般震撼人们的神经。没有人知道它什么时候会来，连爱莉达自己也不知道；没有人能够预先断言它接下来会表明什么。现在，奥瓦琳几乎感觉到爱莉达的影子正跟随着她，监视着她。

但杀死这个女人也许仍然是有必要的。如果真的有此必要，爱莉达将不是第一个被她秘密杀死的人。奥瓦琳仍然在犹豫的原因是她没有得到这样的命令，甚至没有得到这样的许可。

奥瓦琳走进自己的居室时，心中才感到一阵轻松，仿佛爱莉达的影子不能越过这个门槛。真是个愚蠢的想法，如果爱莉达已经有所怀疑，即使是三千里的距离也无法阻止她将双手伸向奥瓦琳的喉咙。现在，爱莉达会认为她正在勤奋地工作，亲手用玉座的签名和印信发布命令；但哪些命令会真正得到实行并不是爱莉达所能决定，也并非奥瓦琳自己所能决定。

这间居室比爱莉达占据的那间要小得多，而且天花板更高，一座阳台也可以俯瞰百尺以下白塔前方的巨大广场。有时候，奥瓦琳会站在阳台上，眺望铺展在她面前的塔瓦隆，这座全世界最宏伟的城市，充满了成千上万连当棋子的资格都没有的人。房间里的家具来自阿拉多曼，淡色条纹的木材上镶嵌着珍珠贝和琥珀，亮色的地毯上绣着花卉和螺旋纹样，颜色更加鲜亮的壁挂上绣着森林、花朵和悠闲嬉戏的鹿。它们属于这房间的前一名拥有者，奥瓦琳没有淘汰它们，并不只是因为不想将时间浪费在这种事情上，它们也在提醒她失败的代价。莉安·沙瑞福曾经试图玩弄权谋，但她失败了，现在她被永远地切断了与至上力的联系，成为一名只能依靠别人的施舍而活着的难民，注定要在悲苦的一生之后默默死去。奥瓦琳知道有少数几名女性在遭受静断之后活了下来，但她对那些女性的故事深表怀疑；她也绝不想亲眼见证那种人的存在。

她朝起居室内部走去。太阳刚刚爬过天顶，耀眼的光芒倾泻而至，但她刚刚走出几步，屋里的光线突然变得如同黄昏一般阴暗。这并没有让她感到吃惊。她立刻转过身，跪倒下去："伟大的主人，我以我的生命侍奉您。"一名高峻的女人带着阴影和银光站在她面前，是麦煞那。

“告诉我发生了什么事，孩子。”那声音如同水晶般悦耳动听。

奥瓦琳跪在地上，重复了爱莉达所说的每一个字，虽然她怀疑这样是否有必要。一开始，她还省略了一些不重要的细节，但麦煞那总是能发现她有所遗漏，并且命令她描述爱莉达说每一个字时的每一个手势和脸上的表情。很显然地，麦煞那偷听了她们所有的对话。奥瓦琳曾经试图查出她是怎么做到的，但从未成功过；不过在其他的事情上，她倒是能归纳出合理的结论。

奥瓦琳也遇到过其他使徒，当然，只有那些傻瓜会称他们为弃光魔使。兰飞儿也来过白塔，还有古兰黛，她们拥有超凡绝伦的知识与力量；和她们相比，奥瓦琳只不过是一名为各种杂役奔忙的奴仆，要为她们的一句赞赏而欣喜得颤抖不已。拜拉奥曾经在深夜将奥瓦琳从床上拉起来，将她带到她完全不认识的地方，那时奥瓦琳只想回到自己床上去，那比一个能够导引的男人站在她面前更让她感到恐慌。对于拜拉奥，她甚至算不上是一条蠕虫，算不上是一个生命。她只是拜拉奥手中的一颗棋子，要依照拜拉奥的命令行动。而她见到的第一个是伊煞梅尔，那还是见到其他人之前数年的事情，是伊煞梅尔将她从黑宗里挑选出来，让她成为现在这个宗派的首脑。

她对每一名使徒下跪，说她以生命侍奉他们，尊奉他们的命令，而所有这些话都是真的。不论他们下的是什么命令，她都会毫无例外地执行——毕竟，他们的位阶仅次于至尊暗主，她也想得到他们已经拥有的不朽生命，她愿意服从一切命令来换取这样的奖赏。在所有她为之下跪的人中，只有麦煞那不曾让她见过真实的面孔。这件用黑影和银光编织的斗篷一定是用至上力制成的，但她看不出编织的方式。她曾经感受过兰飞儿和古兰黛的力量，从一开始就知道她们有远远凌驾于她之上的强大力量，但在麦煞那身上，她……找不到任何感觉，仿佛这个女人完全不能导引。

由此得出的结论清晰而又令人震惊——麦煞那如此隐藏自己，是因为她也许会被奥瓦琳认出来。她一定就居住在白塔内部。虽然这听起来不太可能，但奥瓦琳找不到其他更合适的解释；而且，她一定是一名姐妹，而不是出卖劳力和汗水的仆人。但会是谁？在爱莉达发出召命前，太多女人已有好几年没回到白塔，她们之中有太多人没有亲密朋友，或者根本没有朋友。麦煞那一定是她们之中的一人。奥瓦琳很想知道到底是谁，即使她暂时还无法利用这个信息，但更多的信息就意味着更多的力量。

“那么，我们的爱莉达又有了一个预言。”麦煞那以优美的声音说道。奥瓦琳这才惊讶地意识到，自己的复述已经结束了。她的膝盖疼痛难忍，但她知道，如果没有得到允许，最好不要站起来。一根被阴影笼罩的手指正若有所思地敲击着银色的嘴唇。有没有哪位姐妹做过这样的姿势？“她所表露的信息是如此笃定，又是如此渺茫，这实在让人感到怪异。毕竟，这是一种非常罕见的异能，而且大多数预言只有诗人能够明白。总是直到最后无可挽回时，我们才能明白它真正的含意。”奥瓦琳保持着沉默，使徒不会与她交谈，他们只会对她发出命令和要求。“有趣的预言，叛徒们分崩离析——像一个烂瓜——这也是预言的一部分吗？”

“我不确定，伟大的主人。”奥瓦琳缓缓说道。爱莉达是那样说的吗？但麦煞那只是耸了耸肩。

“答案只有两种，是或不是；而不管答案是那一个，我们都能加以利用。”

“她是危险的，伟大的主人，她的异能会揭示出不该被揭示的信息。”

清脆的笑声回应了奥瓦琳。“什么样的信息？关于你的？关于你黑宗的姐妹？或者也许你认为应该保护我的安全？有时候你真是个好女孩，孩子。”那笑声显得很愉快。奥瓦琳感觉自己的脸在发烫，她希望麦煞那认为这只是因为她感到羞耻，而不是发怒。“你认为我们的爱莉达应该被除掉吗，孩子？我想，还不行，她还有用处。年轻的兰德还没落入我们的手心。即使在那之后，我们依然可以利用她。将她的命令发布下去，并确保它们得到执行，看着她玩弄她的小游戏实在让人愉快。你们这些小孩们有时候还真的有些宗派的样子了。她能够成功地绑架伊利安王和沙戴亚女王吗？你们这些两仪师以前经常这么做，不是吗？不过这两千年里，你们没再这样做过了。她会让谁登上凯瑞安王位？对于达林大君而言，成为提尔国王的诱惑是否能够胜过他对于两仪师的反感？我们的爱莉达是否会先被她的挫败噎住喉咙？真是可惜，她拒绝扩大军队，我本以为她的野心会让她迫不及待地这样做。”

这次接见将要结束了——这样的接见总是在奥瓦琳做完报告，并接受了命令之后就会结束，但奥瓦琳还有问题要问。“黑塔，伟大的主人。”奥瓦琳悄悄舔了舔嘴唇。自从伊煞梅尔出现在她面前之后，她学会了许多事情。使徒并非是全知全能的。奥瓦琳能够成为黑宗的首脑，是因为伊煞梅尔杀死了黑宗的前任首脑——贾娜·玛莱瑞，伊煞梅尔在发现贾娜的行动后，恼怒地杀死了她。但在贾娜死后的两年时间里，直到另一位玉座死亡，贾娜所开始的事情仍然无法完全终结。奥瓦琳经常在思忖：玉座曦云·飞宇的死是否与爱莉达有关？黑宗从来没有想要谋杀这位玉座。贾娜杀死了泰姆拉·奥班亚——曦云之前的玉座，她将那位玉座如同一串葡萄般榨干，却没有得到什么汁液。虽然那位玉座在表面上是死于睡梦中，但在伊煞梅尔发现真相后，奥瓦琳和其他十二名大理事会的姐妹必须付出痛苦的代价才让伊煞梅尔相信，她们并没有参与此事。使徒不是全知全能的，虽然他们知道许多别人根本想不到的事情。不过，向使徒提问也是一件危险的事情，“为什么”是最危险的词汇，使徒从来不喜欢被问到“为什么”。“派遣五十名姐妹去镇压黑塔是安全的吗，伟大的主人？”

麦煞那一语未发，两只精光闪烁的眼睛如同两轮圆月瞪着奥瓦琳。奥瓦琳不禁感到背脊一阵寒冷，贾娜的命运闪现在她的脑海中。贾娜表面上属于灰宗，她从未对不知用途的特法器表现出兴趣——直到有一天，她被一件几百年中无人问津的特法器攫住了。那件特法器是如何被启动的，至今仍然是个谜。在十天时间里，没有人能接触到贾娜，人们只能听到她喉咙里发出扭曲的尖叫。白塔中的大部分人都将贾娜视作美德的典范。最后，身在塔瓦隆和能够及时赶回塔瓦隆的每一名姐妹，都参加了贾娜的葬礼。

“你很好奇，孩子，”麦煞那最后说道，“如果方向正确，这将会成为一种财富，而如果方向错了……”威胁的语气悬挂在空中，如同一把闪光的匕首。

“我的方向将依从您的命令，伟大的主人，”奥瓦琳发出粗重的呼吸声，她觉得嘴里有如尘土般干涩，“只依从您的命令。”但她还是会确保随同托薇恩前往镇压黑塔的两仪师中没有黑宗。麦煞那向她逼进，让她不得不仰起头才能看到那张黑影与银光交织的脸。突然间，奥瓦琳开始怀疑这位使徒是否知道她在想什么。

“如果你要侍奉我，那么你就必须全心全意地侍奉和遵从我，而不是色墨海格、狄芒德、古兰黛或其他任何人，只能是我。当然，还有暗主，但除了暗主之外，我要高于所有人。”

“我以生命侍奉您，伟大的主人。”奥瓦琳的话语沙哑，但她努力说清楚每一个字。

很长一段时间里，那双银光四射的眼睛眨也不眨地俯视着她。然后，麦煞那说道：“很好，我会教导你，但记住，学生不是教师。你要学什么由我来选择，我决定什么时候使用它们。如果我发现你把它们传出去——就算只有一丝一毫，或是未经我的指示就利用它们，我将消灭你。”

奥瓦琳的喉咙不那么干涩了，那优美的声音中没有恼怒，只有确定：“我以生命侍奉您，伟大的主人，我只要活着就会遵从您，伟大的主人。”她刚刚从使徒那里学到了某些她原本不相信自己能学到的事情，而知识就是力量。

“你有一点力量，孩子，不是很多，但已经够用了。”一道编织仿佛是凭空出现。“这个，”优美的声音说道，“就是通道。”

当摩格丝带着胜利的微笑将一颗白棋放在棋盘上时，培卓·南奥哼了一声。如果是一般的棋手，大概还会再争上二十几手，但他能够看到那个必然的结果；

摩格丝也一样能看到。一开始，坐在棋盘对面的那名金发女子总是刻意失手，让棋局显得很惊险，以勾起培卓·南奥的兴趣，但她很快就知道了，这么做只会招致一次次惨败。而且培卓很聪明，能够看穿她的把戏，并不会对此有些许容忍。现在，摩格丝用尽她全部的技巧才赢得将近半数的棋局。已经有许多年没人能给培卓带来如此多的失败了。

“这一局是你的，”南奥对摩格丝说。安多女王点了点头。她将再次成为女王。培卓会为她确保这一点。摩格丝现在穿着绿色的丝裙，缎带高领直至下巴。虽然平润的脸颊上闪着一层汗光，但她身上的每一寸都彻彻底底地是一位女王。她显得非常年轻，根本不像是一名有了伊兰和盖温那么大子女的女人。

“你没发现我看出你在第三十一手时设下的陷阱，培卓大人，而你把我在四十三手的伪装当成真正的进攻。”她的蓝眼睛里闪耀着兴奋的神情，摩格丝喜欢胜利，即使这只是一场棋局。

当然，这些棋局和这些礼貌都是对培卓进行的哄骗。摩格丝知道自己是圣光城堡中的一名囚犯，一名奢华的囚犯，虽然名义上并不是这样。而且还是一名秘密的囚犯。培卓并没有禁止关于她的传闻四处播散，但也没有公开宣布她在这里的讯息。安多和圣光之子间有过漫长而激烈的对抗。在挟持摩格丝进军到安多境内之前，培卓不会公布任何讯息，摩格丝也很清楚这一点。很有可能摩格丝也知道自己安抚培卓的手段都已经被他看穿。摩格丝签署的条约让圣光之子在安多拥有了他们在阿玛迪西亚之外的任何地方都不曾拥有的权力。培卓相信，摩格丝已经在计划该如何削弱圣光之子对安多的控制，以及该如何尽快除去这种控制。摩格丝会签署条约只是因为她被逼进了角落，但即使被困在角落里，摩格丝仍然继续以相当优秀的技巧反击着，正如同她在这个棋盘上所做的事情一样。虽然姿容曼妙，但她是一名强硬的女人，不，强硬就是强硬，就是这样了。现在她确实过度地享受着这盘棋局，这也让培卓得到许多愉悦，所以培卓无法将此看成是她的失误。

如果培卓年轻二十岁，他也许会在摩格丝真正布局的游戏中多来几手。他已经做了许多年的鳏夫，而圣光之子最高领袖指挥官的职位让他没有多少时间享受女人的欢愉。实际上，他几乎享受不到什么权位之外的快乐。如果他年轻二十岁——嗯，或者是二十五岁——而摩格丝又没有被塔瓦隆女巫训练过。当然，在摩格丝面前，这件事是很容易被忘记的。白塔是罪恶和暗影的渊薮，虽然摩格丝在白塔只居住了几个月的时间，但她已经深受影响。如果培卓许可，至高裁判者拉丹姆·埃桑瓦会立刻对她进行审判，并将她吊死。想到这里，培卓有些遗憾地叹了口气。

摩格丝一直保持着胜利的微笑，但那双大眼睛却一直在审视着培卓的面孔，其中流露出她无法隐藏的聪慧。培卓拿起银酒罐，倒满摩格丝和自己的杯子，放置银酒罐的大碗里盛着冷水，这些水不久前还是冰块。

“培卓大人……”适度的犹豫，纤细的手向培卓半伸过来，停在棋盘中间，还有对他的尊称。摩格丝曾经只是直呼他的名字，而且口气比叫一名喝醉的马夫时更加轻蔑。若不是他太清楚她的底子，她的犹豫就会是适度的了。“培卓大人，你肯定可以命令加拉德前往安多吧！那样我就能见到他，只要一天就可以。”

“我很抱歉，”培卓毫不迟疑地回答，“加拉德的职责是坚守他在北方的岗位。你应该为他感到骄傲，他是圣光之子中最优秀的一名年轻军官。”摩格丝的继子是控制她的手段之一，而现在最好的办法就是让加拉德远离摩格丝。那个年轻人是名好军官，也许是培卓时代加入圣光之子中最好的军官。他已经立下誓言，所以不需要让他知道他的母亲在这里，而且是一位名义上的“客人”，以免他的誓言受到考验。

摩格丝微微抿了一下嘴唇，但这个几乎难以察觉的失望表情很快就消失了。这不是摩格丝第一次提出这个请求，也不会是最后一次，摩格丝·传坎不会因为被击败过就轻易投降。“就照你的意思吧，培卓大人。”摩格丝说道。她的声音是如此恭顺，让正在喝酒的培卓几乎呛了一下。对摩格丝而言，恭顺是一种新的战术，她要适应这种战术一定还有些困难。“这只是一名母亲的——”

“大人？”一个浑厚的声音从门口传来，“恐怕我有重要的讯息要立刻秉告您。”埃布尔玳·奥墨那身穿代表圣光之子指挥官的金白色战袍，骨骼粗大的面孔在鬓角处能看到几片斑白，显得深邃又深思熟虑。从头到脚，他都显出一副威严而令人敬畏的样子，而实际上，他是个傻瓜。当然，这并不是一眼就能看出来的事情。

摩格丝在埃布尔玳面前绷紧了一下身体，不过这只是一个很小的动作，大多数人都不会注意到。摩格丝相信埃布尔玳是圣光之子的间谍主管——所有人都相信这一点——并且认为这是个像拉丹姆一样可怕的男人，甚至更加可怕。就连埃布尔玳自己也不知道他只是个装饰品，存在的意义就是让人们不会注意到真正的间谍管理者——那个只有培卓自己才知道的人，塞班·巴尔沃，培卓干瘦矮小的秘书。尽管是装饰品，一些有用的信息偶尔确实会从埃布尔玳的手中流出去；偶尔还会有相当危急的信息，只是这种情形非常罕见。培卓相信，除非是兰德·亚瑟已经站在圣光城堡的大门外，否则这个家伙不会如此冒失地闯进来。圣光在上，但愿这只不过是埃布尔玳又一次的愚蠢表现。

“恐怕今天上午的棋局要结束了。”培卓站起身，对摩格丝说道，然后向摩格丝微一鞠躬。摩格丝也随之起身，稍稍点头作为还礼。

“也许今晚我们还可以再见面？”摩格丝的声音仍旧保持着那种温顺的腔调，“你愿意和我共进晚餐吗？”

当然，培卓接受了她的邀请。他不知道摩格丝的新战术会指向何方——当然，绝不会是像一些蠢蛋所以为的那样——不过培卓觉得顺从摩格丝、观察她会如何行动会是一件很有趣的事情。这个女人总是让人感到惊讶，她受到那些女巫污染实在是件很可惜的事情。

埃布尔玳一直走到用金箔铺在地板上的阳光普照图案中间，那个图案又已经被脚步和膝盖磨损了，在许多世纪里，它已经被磨损了无数次。这是一个朴素的房间，里面的装饰除了地板上的这个图案之外，只有悬挂在高高的天花板之下的敌军战旗，这些被虏获的战旗也在漫长的岁月中破旧磨损了。埃布尔玳冷眼看着摩格丝绕过他身边，一副对他视而不见的样子。当房门在摩格丝身后关上时，他说道：“我还没找到伊兰和盖温，大人。”

“这就是你的‘重要’讯息？”培卓气恼地问道。塞班报告说摩格丝的女儿在艾博达，仍然和那些女巫们搅和在一起，关于她的命令已经被传达给贾西姆·卡林丁。据推测，摩格丝的另一个儿子也还在白塔里，但塞班在塔瓦隆的眼线很少。培卓长饮一口凉酒，感觉到体内骨骼的衰老、脆弱和冰冷，但暗帝造成的高温足以让他的皮肤渗出汗水，并烤干他的喉咙。

埃布尔玳愣了一下。“啊……不，大人，”他在白色上衣的口袋里摸索着，拿出一支小骨管，上面有三道红色的条纹，“您说过，这种东西只要被鸽子送到，就要立刻被送交——”话没说完，培卓已经伸手把那根管子夺了过去。

这正是培卓等待的东西，正是为了等它，圣光之子军团才没有驱赶摩格丝向安多前进。培卓希望这不是瓦拉丁在疯狂中的胡言乱语，希望那个人没有因为见到混乱的塔拉朋就变得神经错乱。安多必须等待，其他更多的事情也必须等待。

“我……我已经确认白塔真的分裂了，”埃布尔玳继续说道，“那个……黑宗已经占领了塔瓦隆。”提到那些异端时，他的声音变得非常紧张。黑宗当然是不存在的，所有女巫都是暗黑之友。

培卓没理会他，低头用拇指的指甲撬开骨管的蜡封。他利用塞班将这样的谣言散播出去，现在，它们传回了他这里。埃布尔玳相信传进他耳朵里的每一个谣言，而且他会把所有谣言都塞进耳里。

“有报告说女巫们在协助那名叫兰德的伪龙，大人。”

那些女巫们当然会协助他！他是她们一手创造出来的，是她们的傀儡。培卓忽略了那个仍然在喋喋不休的傻瓜，转身走到棋桌旁，从骨管中抽出一个细小的纸卷。除了他之外，任何人都不能知道这种纸片中记录的信息，而且知道有这种纸片存在的人也只有极少几个。当培卓展开那张薄纸时，他的手一直在颤抖，自从七十多年前，他第一次踏上战场后，他的手就再没有颤抖过。现在这双手看上去只剩下一些骨骼和筋腱，但它们仍然有足够的力量去完成他要做的事。

纸条上的字迹并非来自瓦拉丁，而是亚西迪·费沙，他被培卓派往塔拉朋，去完成另一项任务。读过纸条上的文字后，培卓的肠胃纠成一团。记录这些信息用的是正常的语言，不是瓦拉丁的暗语，现在瓦拉丁的报告总像是一个濒临疯狂的人写出来的，但亚西迪却证实了情况比瓦拉丁的报告更加严重。兰德是一头狂暴的野兽，一个必须被阻止的破坏者，但现在又有一头疯兽出现了，一头也许比塔瓦隆女巫驯服的伪龙更加危险的野兽。光明在上，他该如何同时与两头疯兽作战？

"似……似乎泰诺比女王已经离开了沙戴亚，大人，还有……真龙信众们在阿特拉和姆兰迪各处烧杀抢掠。我听说瓦力尔号角已经在坎多被找到了。"

培卓有些烦躁地抬起头，发现埃布尔玳正站在他身旁，一边舔着嘴唇，一边用手背抹去额头的汗水。毫无疑问，他很想瞥一眼纸条上写了什么。嗯，过不了多久，所有人都会知道的。

"似乎你那些荒唐的幻想中有一个还不算是非常荒唐。"培卓说道。这时，他感觉到刀刃穿过了他的肋骨。

培卓的身体在一瞬间因为惊骇而僵在原地，让埃布尔玳有时间拔出匕首，并再一次将它刺进去。培卓并不是第一个这样死掉的最高领袖指挥官，只是他从没想过这样做的会是埃布尔玳。他想要抓住这名刺客，但他的手臂已经失去了力量，他将全身重量靠在埃布尔玳的手臂上，两个人彼此注视着。

埃布尔玳满脸通红，一副泫然欲泣的样子。"一定要这样做，一定要这样做，你让那些女巫在沙力达肆意妄为，还有……"他似乎是突然意识到自己正用手臂抱着那个被他刺杀的人，于是他急忙将培卓推开。

现在，力量又从培卓的腿上流走了，他重重地跌在棋桌上，把棋桌撞翻在地，黑色和白色的棋子散落在抛光的木地板上。银酒罐撞击地面，发出响亮的声音，葡萄酒洒了一地。培卓骨骼中的寒意立时涌向他全身。

培卓不确定是否只是他的时间变慢了，还是一切事情确实发生得这么快。靴子撞击地面的声音传来。培卓无力地抬起头，看见埃布尔玳张大了嘴，圆睁着双眼，正在艾阿蒙·瓦达面前一步步向后退去。埃布尔玳穿着金白色指挥官战袍和纯白的上衣，样子高大威武；艾阿蒙并不算高，也不显得孔武有力，但他黝黑的面孔像往常般冰冷严厉，他的手中握着一把剑，是那把他极度珍视的苍鹭徽剑。

“叛徒！”艾阿蒙咆哮着，用那把剑刺穿了埃布尔玳的胸膛。

培卓如果做得到，一定会笑出声来，但他连呼吸都感到困难了。他能听到血液的气泡在喉咙中爆裂的声音。他从没喜欢过艾阿蒙，实际上，他非常轻视这个人；但必须有人知道这件事。他的目光挪动着，在手边不远处找到那张来自坦其克的纸条，也许这张纸条会被遗忘在这里，但如果他用手抓住它，它就不会被忽略掉——它绝对不能被忽略掉。培卓觉得自己的手仿佛是在地面上缓慢地蠕动着，碰到了那张纸条，他努力要攫住它，却只是将它向旁边推去。培卓的视野变得模糊了，他强迫自己看清楚，他必须……雾气变得更浓了。培卓告诫自己，并没有雾。雾继续变得浓重。在他看不见的地方隐藏着一个敌人，像兰德一样危险，比兰德更危险。那个讯息。什么？什么讯息？应该是跨上战马、抽出长剑的时刻，应该是最后战斗的时刻。光明啊，无论是胜利还是死亡，他来了！培卓想要吼叫。

艾阿蒙在埃布尔玳的袍子上擦净剑刃，才忽然发现这头老狼还在喘息，发出沙哑、模糊的声音。他扭曲着面孔弯下腰，想给培卓做一个了结，却被一只瘦削、细长的手抓住了手臂。

“现在你要成为最高领袖指挥官了吗，吾子？”拉丹姆那张憔悴的面孔完全是一副殉教者的模样，但他的黑眼睛里燃烧着猛烈的火焰。即使不知道他身份的人看见这双眼睛也会惊惶失措。“如果我证明你杀死了暗杀培卓·南奥的刺客，你很可能会成为最高领袖指挥官。但如果我看见你同样切开了培卓的喉咙，情况就不一样了。”

艾阿蒙朝他龇了一下牙齿当作是微笑，然后站直了身子。拉丹姆喜爱事实——真是个奇怪的喜好，拉丹姆可以将事实扭曲成各种模样，或者把它吊起来活活剥皮，任凭它尖叫，但据艾阿蒙所知，拉丹姆从没有说过谎。艾阿蒙看了一眼培卓失去焦距的眼睛，还有聚集在他身下的鲜血，感到很满意。这个老人的生命正在流逝。

“很可能，拉丹姆？”

至高裁判者的目光燃烧得更加炽烈，他向后退去，从培卓的血泊中移开雪白的长袍，即使艾阿蒙是指挥官，也不该用这么随便的口气跟他说话。“我说很可能，吾子，你不愿意承认必须将女巫摩格丝交给圣光之手，这点让我觉得很奇怪。除非你保证——”

“摩格丝还有用处。”打断拉丹姆的话让艾阿蒙感到很是愉快，他不喜欢这些自称为圣光之手的裁判者，他们只把没有武装、被锁链捆住的人当作敌人，而且他们还将自己和其他圣光之子区别开来，自成一统。拉丹姆的衣服上只绘着代表裁判者的猩红色牧人钩杖，没有艾阿蒙战袍上代表圣光之子的金色太阳图案。更恶劣的是，他们认为那些用刑架和热铁进行的工作是圣光之子唯一真正的工作。有谁会喜欢这样的人？“摩格丝会把安多送给我们，在我们得到安多之前，你不能处置她。而在那个先知的暴徒们受到镇压之前，我们还无法得到安多。”必须先处置那名先知，他在各处鼓吹转生真龙已经到来，他的暴徒烧毁了许多村庄，只因那些村庄没有及时向兰德宣誓效忠。现在培卓的胸膛已经看不到有起伏了。“除非你想在得到安多的同时丢掉阿玛迪西亚？我要吊死兰德，将白塔夷为平地，拉丹姆，我不会对你俯首帖耳，看着你把这一切都搞砸。”

拉丹姆没有退却，他并不胆小；至少在这座有几百名裁判者，而且大多数圣光之子都对他们毕恭毕敬的城堡里，他不会胆小。他并不在意艾阿蒙手中的剑，那张殉教者的面孔上出现了哀伤的神情，他的汗水看上去就像是遗憾的泪水。“既然是这样，既然坎维指挥官相信法律必须得到遵守，恐怕——”

“恐怕坎维会赞成我的，拉丹姆。”拂晓时坎维已经向艾阿蒙表明态度，那时候艾阿蒙率领半个军团进入城堡，坎维不是傻瓜。“问题并不在于我是否会在今天日落时成为最高领袖指挥官，而是应该由谁来引领圣光之手寻求事实。”

拉丹姆并不胆小，而且他比坎维更聪明一些，他既没有退缩，也没有质问艾阿蒙怎么会有这样的想法。“我明白。”过了一会儿，他用温和的语气说道，“你是要将法律完全玩弄于股掌之间吗，吾子？”

艾阿蒙几乎笑了起来。“你可以探察摩格丝，但还不能审讯她。等我利用过她之后，她就是你的了。”这也许需要一点时间，找到一个懂事的人坐上狮子王座绝对不会是一夜之间的事情，这个人必须要像这里的埃尔隆国王一样，能够认清自己与圣光之子之间的关系。

也许拉丹姆明白，也许他不明白，但他刚刚张开嘴，门口处突然传来一个吸气的声音。培卓那名满脸皱纹的秘书正站在那里，咬着嘴唇，眯起的眼睛试图审视房间里的所有地方，如果可以避开地上那两具尸体的话。

“一个哀痛的日子，塞班先生。”拉丹姆用吟咏的语调说道，他的声音中带着悲伤，但却依旧如同钢铁一般坚硬，“叛徒埃布尔玳刺杀了我们的最高领袖指挥官，光明照耀他的灵魂。”严整无误的事实。培卓的胸口完全没了动静。杀死他是理所当然的背叛。“艾阿蒙指挥官进来得太晚，没能挽救最高领袖指挥官的生命，但他杀死了罪恶深重的埃布尔玳。”塞班愣了一下，然后开始揉搓双手。

艾阿蒙每次看见这个鸟一般的家伙，都会有一种浑身发痒的感觉。“既然你在这里，塞班，你也许能有些用处。”他不喜欢没用的人，而这个穷酸文人看上去一点用处都没有。“将讯息传达给城堡中的每一名指挥官，告诉他们最高领袖指挥官被刺杀了，我将召集涂膏人议会。”他成为最高领袖指挥官之后的第一个命令，就是将这个干瘪的小个子踢出圣光城堡，把他踢得一路滚出去，然后选一个体面一点的人当自己的秘书。“不管埃布尔玳的主子是女巫还是那个先知，我一定要为他报仇。”

“您说得对，大人，”塞班的声音也是又干又瘪，“您说得对。”他似乎是发现自己终于能去看培卓的尸体了。当他一边打着哆嗦，一边鞠躬退下时，他几乎没有再看任何其他的东西。

“看起来，你将成为我们的下一任最高领袖指挥官了。”塞班离开后，拉丹姆说道。

“看来是这样。”艾阿蒙漠然答道。培卓伸出的手边有一张纸条，是那种用信鸽送来的纸条。阿蒙弯下腰，把它拿起来，然后恼怒地呼了口气。这张纸条被泼出的酒弄湿了，上面的墨水变成模糊一片，已经没人能看清上面写的是什么了。

“当你利用完摩格丝的时候，就要把她交给圣光之手。”这句话中没有半点询问的口气。

“我会亲自把她交给你。”也许能够先安排一点小东西，满足一下拉丹姆的胃口，同时也能够保证摩格丝的顺从。艾阿蒙将那张破纸扔到培卓的尸体上，这条老狼已经被年龄腐蚀掉了他的狡诈和勇气，现在该是艾阿蒙·瓦达惩治女巫和伪龙的时候了。

盖温趴伏在山丘上，在下午的阳光中眺望着那场灾祸。杜麦的井在距他几里外的南方，他和那个地方之间分布着一些低矮山丘的平原，现在他仍然能看到从燃烧的马车上飘起的烟尘。在他聚集了自己能找到的所有青年军，冲出战场之后，他不知道那里接下来又发生了什么事。兰德似乎已经控制了局势，他和那些能导引的黑衣男子已经压制了两仪师和艾伊尔人。盖温看见两仪师在逃跑，他知道该是离开的时候了。

他希望自己能杀死兰德，为了他的母亲——他的母亲是死在兰德手上的，艾雯向他否认这件事，但她没有证据——也为了他的妹妹，如果明说的是实话（他真该把明从两仪师的营地中带走，不管明是怎么想的。今天有太多事情让他觉得自己应该做出相反的决定）。如果明是对的，伊兰爱上了兰德，那么他即使为了终结这个可怕的命运也要杀死兰德。也许那些艾伊尔人已经替他做了这件事，不过他对此表示怀疑。

带着一丝苦涩的笑容，盖温抬起了望远镜。望远镜的一圈金箍上有一段铭文——“安多女王摩格丝送给她心爱的儿子盖温，愿他成为他的妹妹和安多的守护之剑”。现在，这段铭文也充满了苦涩的味道。

除了枯草和矮树丛之外，这里几乎没有别的东西，强劲的风掀起一波波浪潮般的尘土，偶尔在山丘的间隙中能看到影子一闪而过，说明那里有人在行动。盖温确信那是艾伊尔人，他们和周围的环境完美地融合在一起，这点穿着绿色外衣的青年军完全做不到。光明在上，但愿他没有找到的那些青年军也能逃过这场劫难。

他是个傻瓜，他应该杀死兰德，他必须杀死兰德。但他不能，不是因为那个人是转生真龙，而是因为他已经向艾雯承诺，绝不做任何对抗兰德的事。艾雯还是个地位低下的见习生，她匆匆离开凯瑞安，丢下了盖温，只留给盖温一封信。现在那封信在被读过许多遍之后，几乎要沿着折痕裂开了。如果艾雯已经去帮助兰德了，盖温丝毫不会感到惊讶。盖温不能食言，更不能让自己心爱的女子失望，无论他要为此付出什么样的代价。他希望艾雯会接受他以自己的荣誉而做出的这种折衷选择，他绝不会伤害兰德，但也不会帮助兰德——但愿光明让艾雯永远不要向他提出那种要求。据说爱情会搅乱男人的脑子，他就是最好的证据。

他忽然将望远镜压回到眼睛上。一个女人骑在一匹高大的黑马上，在开阔地带一路疾驰，盖温看不清她的面孔，但仆人们不可能身穿开叉的骑马裙，所以，至少有一位两仪师逃脱了。如果两仪师能够逃出来，也许青年军同样可以逃出来，运气好的话，他也许能在艾伊尔巡逻队杀死逃散的青年军之前找到他们。但首先，他要关注的是那位两仪师。因为许多事情，盖温并不愿意和两仪师同行，但如果丢下她一个人，她很可能会被一根流矢取了性命。盖温不能允许这种事情发生。他站起身，向那名女子挥了挥手。那名女子的坐骑却突然倒了下来，将她抛了出去。

盖温骂了一声，当他看见一支箭正插在黑马体侧时，不由得又骂了一声。他急忙仔细观察周围的地形，咬紧牙再次发出一声咒骂。大约二十多名戴着面纱的艾伊尔人正站在一座山丘顶上，盯着那名女子和她的马，他们和那位两仪师的距离还不到一百步。盖温快速地转移他的目光，那位两仪师已经摇摇晃晃地站了起来，如果她还保持着清醒，能够使用至上力，几名艾伊尔人将不会对她造成伤害，特别是如果她能够用那匹倒在地上的马当掩护，来躲避艾伊尔人的箭矢的话。但盖温还是必须尽快为那位两仪师提供保护。为了不让那些艾伊尔人看见自己，盖温滚下山顶，然后从山坡一直滑到山脚。

他在离开塔瓦隆时率领着五百八十一名青年军，他们全都接受过足够的训练，但在这座山谷里骑马等待他的青年军已经不到两百名了。在杜麦的井遭遇伏击之前，盖温已经有一个明确的想法，就是有人计划要让他和青年军们死在这次旅途中，无法回到白塔。为什么，他不知道，他也不知道这个阴谋是出自爱莉达还是盖琳娜，但谋划这次灾难的人显然成功了，虽然它的结果也许和预期并不完全一样。他不喜欢和两仪师同行——如果他可以选择的话——这点并不奇怪。

盖温停在一匹高大的灰色阉马旁，马背上的骑士很年轻，所有的青年军都很年轻——其中有许多人连续三天不刮胡子都没关系，甚至有一些人还根本不需要刮胡子。这名叫吉索的年轻人就属于那种在大多数早晨都不需要剃刀的孩子，但在他衣领上别着一枚银塔徽章，说明他是一名参与过废黜史汪战斗的老兵。那场战斗中留下的伤疤至今还在他的衣服下面，他的一双黑眸应该属于比他年长三十岁的男人。盖温忽然想到，自己的眼睛现在看上去又会是什么样子？

"吉索，我们要去救一位两仪师——"

一百名左右的艾伊尔人小跑着越过西边的山丘，发现了山下的青年军，立刻惊讶地停住脚步。但青年军在数量上的优势并没有让他们退缩，转瞬之间，他们已经戴上面纱，冲下山坡，两人一组，短矛同时刺向青年军和他们的坐骑。艾伊尔人已经知道了该如何与骑在马背上的人作战。而青年军也在刚刚的战斗中学习到该如何与艾伊尔人作战。在那样的战斗中，学习不够快的人活不了多久。他们携带的骑枪有一尺半细长的钢制枪尖，在枪尖末端的横档可以阻止枪尖刺得过深，而他们的剑技即使比不上剑技大师，也相距不远了。他们两三个人一组，每个人都守护着同伴的后背，并且不停地让自己的坐骑移动，不让艾伊尔人有机会割伤马的腿筋，只有速度最快的艾伊尔人能冲进他们用钢铁筑成的环壁。那些经过战争训练的马匹本身也是武器，它们会用马蹄踏碎敌人的头骨，咬住艾伊尔人的脑袋，像狗咬住老鼠般来回摇晃，将艾伊尔人的脸从口部撕裂。所有的马匹都在拼命地嘶鸣，人则在全力呼吼。喊声中散发着战场上炽烈的情绪——他们还活着，他们要看到明天的日出，即使他们为此要在深及腰际的血泊中跋涉。他们在杀戮中高喊，在死亡中高喊，所有的喊声都听不出任何差别。

盖温没时间去看或去听，他是青年军中唯一站立在地面上的，所以他吸引了许多人的注意。三名穿着灰褐色衣服的身影从马匹间蹿了过来，向他刺出长矛。也许他们以为三个人对付一名徒步的湿地人很容易取得胜利。盖温让他们失望了。他的剑随着一道寒光离开了剑鞘，又在同一道寒光中变幻出鹰曲背、紧藤缠橡和青湖月影掠无光。盖温接连三次感觉到剑刃划入血肉的阻力，那三名戴面纱的艾伊尔人也随之倒地。其中有两个还在虚弱地移动着，但已经失去了战斗能力。而盖温遭遇的下一场战斗就不同了。

一名比盖温高出一拳、身材瘦削的家伙，像蛇般晃动着身体，在舞动长矛的同时，用皮盾将盖温的剑挡在一旁，撞击在剑上的巨大力道让盖温的肩膀都为之震颤。断林舞变成破空斩，又变成扣扇斩，但只是在那名艾伊尔人的肋侧留下了几道割痕。而盖温的大腿上也出现了一道伤口，如果不是盖温及时躲闪，他的大腿也许就会被刺穿了。

他们不停地绕向对方的身侧，注意力完全集中在对方身上，温热的血液流到盖温的腿上。那名艾伊尔人不停地做出假动作，想要引诱盖温失去平衡。盖温努力挥舞着长剑，希望能够捕捉到那些刚一刺出就立刻收回的短矛。

最后决定胜负的还是一件偶然的事情。那名艾伊尔人突然绊了一下，没等他看见那匹阻挡自己的战马，盖温已经刺穿了他的心脏。

如果在以前，盖温会为这件事而感到懊悔，他从小受到的教育让他相信，如果两个男人必须进行战斗，这场战斗就应该是公平、清白、充满荣誉，但半年多以来的战争和冲突教给了他另一些东西。他一脚踏在那名艾伊尔人的身上，将长剑拔出来。不够华丽，但很快捷，在战场上，迟缓经常意味着死亡。

不过当盖温拔出剑刃时，他已经不需要着急了。战场上倒着许多青年军和艾伊尔人，一些人还在呻吟，一些人已经完全没了动静。其余的艾伊尔人都在朝东方逃窜，在他们身后有二十几名青年军在追赶，其中还包括一些本应该更清醒的人。“保持队形！”盖温喊道。如果那些白痴分散开来，艾伊尔人会把他们像碎肉般切开。“不许追击！保持队形！保持队形，烧了你们！”青年军们不情愿地勒紧了缰绳。

吉索掉转马头。“他们只是想从我们中间开出一条路来，好赶到他们的目的地，大人。”他的剑刃上还有鲜血滴淌下来。

盖温抓住自己枣红色牡马的缰绳，抓着还在流血的长剑就翻身上了马背。没时间去检视死者了。“忘记他们，那位两仪师正在等待我们的救援。哈尔，率领你的半支部队照看伤员。小心那些艾伊尔人，即使是濒死的艾伊尔人也不能掉以轻心，其余的人跟我来。”

哈尔举起手里的剑，向盖温行了个军礼，但盖温已经催马疾驰而去了。

这场冲突持续的时间不算长，但在这个时候，任何耽搁都可能是致命的。当盖温到达山顶时，他只看见了那匹死马，马背上的鞍囊被打开来。盖温用望远镜搜寻了一番，却完全没看到那位两仪师的影子。艾伊尔人也完全消失了，他的视线中没有半个活物。他只能看见被风吹起的尘土，还有马匹尸体旁随风摆动的一件裙子。

“她不可能跑得很远，”吉索说，“如果我们散开队形，就能找到她。”

“我们要在照看好伤者后再去寻找她。”盖温坚定地说。他不打算在周围有艾伊尔人活动的情况下分散自己的部下，距离日落只有一两个小时了，他希望在那之前能够在地势高处扎起一个滴水不漏的营地。必须有人向爱莉达报告这场灾难，盖温认为去面对爱莉达怒火的应该是一名两仪师，而不是他。

叹息一声，他掉转过枣红马，走下山坡去检查这回有谁上了死亡名单。这是他成为士兵以来第一次真正的教训——你必须在死亡名单上写下一些名字。他有一种预感，再过不久，这张名单就会加长许多。随着未来一些事件的发生，杜麦的井将被这个世界彻底遗忘。

第 1 章

迎新日

时光之轮旋转不息，岁月来去如风，世代更替只留下回忆；时间流淌，残留的回忆变为传说，传说又慢慢成为神话，而当同一纪元轮回再临时，连神话也早已烟消云散。在某个被称为第三纪元的时代，新的纪元尚未到来，而旧的纪元早已逝去。一阵风在末日山脉刮起。这阵风并非开始，时光之轮的旋转既无开始，也无结束。但这确实也是一个开始……

风向东北方吹去，焦热的太阳在无云的天空中愈升愈高。风吹过干热的树林，在棕褐色的树叶和枯瘦的枝干间穿行。风吹过零散的村落，那里灼热的空气也似乎在发出刺眼的光亮。风中没有凉爽，没有一丝雨意，更没有下雪的预兆。风吹过一道雕刻精致的高大石拱，有人说那曾经是一座巨型城市的城门，又有人说那是一座纪念碑，纪念的是一场早已被遗忘的战役。巨大的石块上只留下久经磨蚀、难以辨认的刻痕，无声地记述着科尔曼达失落久已的光荣。距离石拱不远的地方有几辆马车正沿着塔瓦隆大道缓缓前进，徒步的人们都用手遮挡着被马蹄、车轮和风掀起的灰尘，其中大多数人都不知道他们要去哪里。世界已经被颠覆，最后一些幸存而有秩序的地方也开始陷入混乱。恐惧将一些人赶离了家园，另外一些人因为他们也不明白的理由被吸引到了路上，虽然他们的心中也都满怀着恐惧。

风继续向前，越过灰绿色的艾瑞尼河。接连不断的航船仍然在把旅客和货物运往南方和北方，即使在这样的时刻，贸易仍然不可缺少，虽然没有人知道现在还有哪个地方的贸易是安全的。在河东岸，森林开始变得稀疏，出现愈来愈多覆盖着黄色枯草和零星小树丛的低矮丘陵。在一座这样的山丘上环绕着一圈马车，其中有许多马车的帆布车篷烧焦了，或者彻底被烧掉，只剩下一副铁框架。一棵枯死的小树被当成旗杆，绑在铁框架上。旗杆顶端飘扬着一面猩红色的旗帜，旗帜的中央绘着一只黑白两色的圆碟。有人称这面旗为光明之旗，或者是兰德·亚瑟之旗；还有一些人给这面旗取了个相当黑暗的名字。当他们在窃窃私语中说出这些名字时，总是会伴随着一阵颤栗。风将那面旗帜猛烈地抖动了两下，随后就迅速地离开了，仿佛很高兴能摆脱它。

佩林·艾巴亚坐在地上，宽大的后背靠着一只马车轮。他希望这阵风能够多吹一会儿，至少有风的时候感觉上还是会凉快一些，而且这阵从南方吹来的风带走了他鼻孔中死亡的气味，这股气味一直在提醒他应该要身处何地——他最不喜欢的地方。他现在所在的地方比那里好多了：他坐在马车圈里，背向北方，竭力想要忘掉在那个方向发生的事情。在战火中残存下来的马车都在昨天下午被拉到了这座山顶上，士兵们在感谢过光明仍然让自己呼吸之后，就积攒起力气做了这件事。现在，太阳又爬出了地平线，向大地投射下恼人的热浪。

佩林焦躁地搔着卷曲的短须，愈来愈多的汗水让他觉得刺痒难耐。除了艾伊尔人外，汗珠正在从所有人的脸上滚落。而水源在北方将近一里外之处——那个地方已经充满了恐怖和死亡的气味。大多数人会认为这是个公平的交易。佩林应该履行他的职责，但这一点愧疚感并不能让他站起来。

今天是迎新日，两河家乡的人会整天庆祝，整夜舞蹈。这是一个追念的日子，你要回想起一生中所有美好的事情。如果有人在这一天说出一句怨言，立刻就会有一桶凉水泼在他头上，替他洗去一年的晦气。在寒冷的季节里，没有人想受到这种祝福，但现在一桶凉水肯定是最让人高兴的事情。对一个运气好活下来的男人而言，佩林发现很难让自己有什么好心情。他在昨天，或者是在今天早晨，一切都结束之后，又了解了一些关于自己的事情。

他还能感觉到几匹狼，在那场战斗中活下来的狼几乎是屈指可数，现在它们正朝各个方向分散开来，远离这个地方，远离人类。狼已经成为这座营地中的一个话题，人们都在不安地思索着它们是从何处来，为什么要来这里。有几个人相信它们是应兰德的召唤而来，大多数人相信它们是被两仪师召唤来的，而两仪师们从不会说出她们的想法。狼对佩林没有任何指责，过去的事情已经过去了——只有佩林仍然无法适应它们的宿命观，它们来到这里是因为佩林向它们发出召唤。

魁梧的肩膀让他看上去没有他实际上那么高，而现在，将他身躯压得更矮的是沉重的责任。他不时能听到其他没有来的狼正在用轻蔑的语气和幸存的狼交谈：这就是参与两条腿事情的下场，不可能再有其他的结果。

佩林总是需要花费相当的力气才能控制住自己的思绪。他想回到两河的家乡，但他也知道这个愿望不太可能会得到满足，也许他永远都回不去了。他想要大声嚎叫说那些没有来的狼是对的。他想要和自己的妻子随便去什么地方，去过以前的那种生活。比起回到家乡的愿望，这个希望实现的几率也没好到哪儿去，也许更低。而比起缅怀家乡，比起狼的思维，更沉重地压在他心上的，是对菲儿的焦虑。那种感觉就像是有一头鼬鼠正在咬穿他的胸膛。菲儿在看着他离开凯瑞安时似乎真的是很高兴。他该怎样对她？他想不出有什么词汇能够形容自己对妻子的爱恋，对她的需要。但菲儿总是毫无理由地产生嫉妒之心，在他什么事也没做时感到受伤，又在他不明所以的状况下发火。佩林必须做些什么，但他该做什么？那个答案一直在躲避着他。他所能做的只有谨慎地思考，而菲儿却是阴晴不定，难以捉摸。

“那些艾伊尔人应该穿上些衣服。”亚蓝拘谨地嘟囔着，紧皱眉头的双眼盯着地面。他就蹲在佩林身边，一只手用力地抓着一匹长腿灰阉马的缰绳。他很少会远离佩林身边，绑在他背后的那把剑和他绿色条纹的匠民外衣极不协调。因为炎热的天气，他将外衣敞开着，又将一条手绢绑在额头上，防止汗水流进眼睛里。佩林曾经觉得这个男人的模样实在是太过俊秀，但现在亚蓝的脸上多了一层阴狠，也经常流露出愤怒的表情。“这太下流了，佩林领主。”佩林不情愿地将对菲儿的思念放到一旁。如果有时间，他总可以把关于菲儿的难题想清楚，他必须想清楚。“这是他们的方式，亚蓝。”

亚蓝的面孔扭曲了一下，仿佛是想吐口口水出来。“或许是吧！但这样是不成体统的。我想，这样可以控制住他们——没有人会在光着身子时跑很远，或者是制造麻烦——但这样很不体面。”

当然，他们身边到处都是艾伊尔人——高大、冷漠，穿着灰色、棕色和绿色的衣服，他们身上唯一的亮色是系在他们额头上的一条红头巾，红头巾上也有那种黑白两色的圆碟图案。他们自称为斯威峨门。有时候，这个词会刺激到佩林的记忆，仿佛他应该知道这个词似的。佩林问过一名艾伊尔人这个词的意思，而那名艾伊尔人只是瞪着佩林，好像佩林正在胡言乱语。艾伊尔人好像都在努力对这些红头巾视而不见。没有枪姬众会系上这种红头巾，所有的枪姬众，不管是白发苍苍还是乳臭未干，全都会用带着挑战意味又有些得意的眼神看着斯威峨门。而那些斯威峨门则会向她们报以冰冷的眼神，同时散发出一种渴望，或者是嫉妒的气味。佩林完全不明白这是怎么回事。不管这其中有什么隐情，这种情形并不是刚刚才出现的，不过它也不像是会引发暴力冲突的样子。有几位智者也在马车圈里，她们穿着宽大的裙子和白色外衫，尽管天气热得要命，她们依然围着披巾，黄金、象牙制成的手镯与项链闪烁着光泽，和她们身上朴素的衣衫形成鲜明的对比。有些智者似乎觉得枪姬众和斯威峨门之间的关系很有趣，而另外一些则显然对这点相当生气。所有这些智者、枪姬众和斯威峨门对于那些沙度人都视而不见，就像佩林对待一张凳子或者是一块地毯一样。

艾伊尔人昨天抓获了大约两百名的沙度俘虏，其中也有为数不多的枪姬众。看样子，这些俘虏并没有受到任何行动限制。如果能有人看守他们，再让他们穿上衣服，佩林一定会觉得更舒服一些，但他们却像出生时那样赤裸着身体，都在为诸如送水之类的差事忙碌着。在其他艾伊尔面前，他们像老鼠般恭顺，而艾伊尔之外的人如果注意到他们，他们就会回以骄傲而挑衅的目光。佩林不是唯一竭力装作丝毫不注意他们的人，亚蓝也不是唯一对此有微辞的人，营地中的许多两河人都像他们一样，有许多凯瑞安人在看见沙度俘虏时都显出一副惊骇不已的样子。而那些梅茵人只是摇摇头，仿佛这不过是个玩笑，他们还向那些赤裸的女子抛去一个别有意味的眼神。这些梅茵人就像艾伊尔人一样不知羞耻。

“高尔向我解释过这件事，亚蓝。你知道什么是奉义徒吗？为了负担节义，他们要在一年又一天的时间里侍奉别人。”亚蓝点点头。这很不错，佩林自己其实并不很明白这些事。高尔关于艾伊尔习俗的解释经常会让他更加迷惑，高尔总是认为这些都是不言自明的事情。“嗯，奉义徒绝对不能穿那些雅加德斯威的服装——这个词古语之意为‘持枪矛者’。”他看到亚蓝起了眉头，连忙补充了这一句。这时，佩林忽然意识到自己正在注视着一名女性沙度，而那名沙度正朝他的方向小步跑过来。那是一名身材高挑的年轻金发女子，虽然她的下巴上有一道细长的伤疤，全身其他地方还有不少伤疤，但她依然非常漂亮——而且是赤裸着。佩林急忙清了清喉咙，将视线转到一旁。他能感觉到自己脸颊的热度。“不管怎样，这就是他们……他们的方式。奉义徒只能穿长袍，但他们现在没有长袍。就是这样。”烧了高尔和他的解释吧！佩林心想，他们总能找到些东西把身体遮住的！

“金眼佩林，”一名女子的声音说道，“卡莱辉想知道你要不要水。”亚蓝的面孔已经变成了紫色，他转过身，背对着这名女子。

“不，谢谢。”佩林不需要抬头就知道说话的人是那名金发的沙度女子。他一直在望着另一个方向。艾伊尔的幽默感非常奇特，而枪姬众——卡莱辉就是一名枪姬众——的幽默感是艾伊尔人中最奇特的。他们很快就清楚了湿地人对于沙度俘虏的反应——实际上，只有瞎子才会看不出来——于是湿地人的身边忽然就多了许多奉义徒。而艾伊尔人看见湿地人脸红、口吃，甚至是大声斥骂的模样时，都笑得差点就要在地上打滚了。佩林相信那个卡莱辉和她的朋友们现在一定在看着他，这至少已经是第十次奉义徒女子被派来问他是不是需要水，或者是一块磨刀石，或者是其他什么愚蠢的东西了。

突然间，佩林的脑子里出现了一个念头，那些梅茵人就很少会被这样打扰，还有屈指可数的几名凯瑞安人和年纪大一些的两河人，他们也像梅茵人一样喜欢那些裸体的女子，虽然他们表现得不像梅茵人那样明目张胆，但奉义徒同样不会往他们那里跑。而奉义徒最经常去找的人是……斥骂声最大的凯瑞安人，还有两三个年轻的两河人，他们在女奉义徒面前害羞得几乎要钻进地里去了。他们都被骚扰得拔腿就跑，现在根本不敢接近马车……

佩林努力地抬起头，看着那名奉义徒的眼睛。盯紧她的眼睛，佩林慌乱地想。那是一双绿色的大眼睛，眼神中丝毫没有柔顺可言，她的气息里更是只有愤怒。“替我谢谢卡莱辉，告诉她如果她不介意的话，你可以为我的马鞍上些油。另外，我也没有干净的衬衫了，她介不介意你洗洗衣服？”

“她不会介意的。”这名女子用绷紧的声音说道，然后就转身跑走了。

佩林急忙将视线转到一旁，但还是看到了她的身体。光明啊，亚蓝是对的！但如果运气好的话，他也许能指望刚才的行动会阻止奉义徒继续打扰他。他也许能把这个方法告诉亚蓝，还有两河人，也许凯瑞安人也会听他的。

“我们要如何处置她们，佩林领主？”亚蓝仍然将头转向一旁，他所说的已经不再是奉义徒了。

“这要由兰德来决定。”佩林缓缓地说着。刚才一点满意的心情退去了，裸体的人们在身边走来走去只是个小问题，这个问题才是他真正极力避免的，就像他在避开北方的那些事物一样。

马车圈的另一边，有近二十几名女人坐在地上，她们全都穿着上等的旅行服装，其中许多人穿着丝绸，大部分都披着轻亚麻防尘斗篷。她们的脸上看不到一滴汗水，其中有三个人的面孔还很年轻。如果没有和菲儿结婚，佩林甚至可能会邀请她们跳舞。

但她们是两仪师。佩林冷冷地想。他曾经和一位两仪师跳过舞，那一次，当他发现自己面前是谁的时候，他差点把舌头吞下去。而那位两仪师是他的朋友，如果两仪师可以成为朋友的话。必须是多么近期加入的两仪师，我才能看出她们的实际年龄？其他两仪师的脸上看不到任何岁月的痕迹，也许她们才二十几岁，也许她们已经四十多岁了，佩林永远都无法确定这点。只有几名两仪师头发上显露出的灰丝说明她们已经上了年纪。对于两仪师的任何事情，佩林都无法确定。

“至少那些人已经不再危险了。”亚蓝说着，又朝稍远一些的三名两仪师瞥了一眼。

那三名两仪师之中的一个将脸埋在膝盖之间，不停地哭泣；另外两名形容枯槁，双眼失神，一个正漫无目的地拉着自己的裙子。她们从昨天开始就是这副模样，不过现在至少已经不再尖叫了。如果佩林理解得没错，她们应该是在兰德夺回自由时被静断了，她们再也不能导引至上力，对于两仪师，这样也许还不如当场死亡。

佩林本以为其他两仪师会安慰她们，照顾她们，但那些两仪师对她们这三名姐妹完全视而不见。而且佩林看得出来，她们是故意这样做的。被静断的两仪师也拒绝理睬那些两仪师。一开始，至少还有几名两仪师会单独走到那三个人身边，虽然她们的眼神依然保持着平静，但她们的气息中却充满了厌恶和不情愿。她们什么都没得到，甚至是一句话，一个眼神也没有。从今天早晨开始，就再没有两仪师靠近她们了。

佩林摇摇头，两仪师似乎总是忽略她们不想承认的东西，比如那些站在她们身边的黑衣男子。每一名两仪师身边都有一名殉道使看守，即使是那三名已经被静断的两仪师也不例外。那些殉道使似乎连眼睛都不曾眨一下，而他们在两仪师眼中却仿佛是完全不存在的。

佩林很佩服两仪师这点，他自己就无法忽视这些殉道使，而他甚至还不是他们的囚徒。这些殉道使中既有模样清秀的男孩，也有头发花白的老者、秃头的大叔，他们的危险并不来自于他们样式冷酷的高领黑外衣，或者是他们系在腰间的佩剑，每一名殉道使都能导引，也正是他们让那些两仪师无法导引至上力。能够使用至上力的男人——这是许多人的噩梦，当然，兰德能做这件事。但他是兰德，还是转生真龙。而这些人只会让佩林感到不寒而栗。

那些被俘两仪师的护法有许多在战斗中幸存下来，现在全都坐在和两仪师有一段距离的地方，三十多名多布兰大人手下戴钟形头盔的凯瑞安士兵，和同样数量、穿着红色胸甲的梅茵翼卫队在看守着他们。所有卫兵都保持严正警戒，仿佛是在看守一群老虎；佩林对卫兵的态度感到很满意。被俘的护法比两仪师还多，因为绿宗两仪师都有不止一名护法，而卫兵的数量则要比护法多许多，不过佩林觉得这些卫兵可能还是不够。

“光明啊，不要再让他们发生什么悲剧了吧！”佩林低声说道。昨晚，护法们曾经两次试图夺回自由，而镇压他们的主要力量并不是凯瑞安和梅茵人，而是殉道使。在暴动中并没有护法丧命，但至少有十来名护法断了骨头，且他们只得到了一般的治疗，因为那些两仪师被禁止对他们进行医疗。

“如果真龙大人不能做出决断，”亚蓝压低声音说，“也许应该另外有人来做，这也是为了保护他。”

佩林瞥了亚蓝一眼。“什么决断？两仪师们已经命令护法不要再企图暴动了，他们会听从他们的两仪师。”现在那些护法已经伤痕累累，被夺取了武装，双手又被绑在身后，但他们看上去仍旧像等待命令、随时都会勇猛冲杀的狼群，除非他们的两仪师获得自由，或者除非所有的两仪师获得自由，否则他们绝不会安定下来。两仪师和护法——简直就是一堆溅上一点火花就会燃起熊熊大火的橡木干柴，但两仪师和护法加在一起也比不上殉道使。

“我不是指那些护法，”亚蓝犹豫了一下，然后靠近佩林，将声音压低成沙哑的耳语，“两仪师绑架了真龙大人，他不能信任她们，永远也不能，但真龙大人同样不会去做他必须做的事情。如果两仪师在他知道之前死掉——”

“你在说什么？”佩林几乎要窒息了，猛地站起身。他已经不止一次怀疑亚蓝身上是否还留有一点匠民的特质。“她们已经没了力量，亚蓝！她们只是一群无助的女人！”

“她们是两仪师。”黑眼睛眨也不眨地注视着佩林的金眼，“她们不能信任，她们也不能被放走。谁能强迫两仪师违背自己的意志？她们使用那种力量的时间比那些殉道使要长久得多，她们一定更加了解那种力量。她们对于真龙大人来说是危险的，对您来说也是危险的，佩林领主，我已经看到她们在注意您了。”

在马车圈的另一边，那些两仪师正在悄声议论着，即使是佩林也听不到她们在说些什么。她们之中不时有人转过头来看他和亚蓝一眼，但她们真正注意的是他。佩林已经知道其中一些两仪师的名字：耐苏恩·比哈莱、依莲安·波罗黎、嘉德琳·亚鲁玎、柯尔伦·希尔丹、萨伦妮·耐姆达、爱萨·潘弗、简妮恩·帕莱拉、柏黛恩·尼拉姆和玛瑞斯·利芬，最后这几名是年轻的两仪师，但不管是年轻还是面容已经变得光洁无瑕，她们都用静如止水的眼神看着佩林，仿佛她们并不是被殉道使看押的囚犯，而是掌控全局的人。击败两仪师并不容易，让她们承认自己的失败就更不可能了。

佩林强迫自己相互紧握的双手分开，把它们放在膝盖上，尽量表现出一副平静的样子。她们知道他是时轴，因缘会因为他而改变形状，更糟糕的是，她们知道他以某种不为人知的方式和兰德有着紧密的联系，这种方式即使是佩林和兰德自己也不清楚。麦特是另一个时轴，是他们这个三角形中的一角，只是佩林和麦特都不像兰德那么强。只要有机会，这些女人一定会将他和麦特、兰德一起拘禁在白塔里，就像把山羊拴住，等待狮子的到来。她们刚刚还绑架了兰德，并且虐待他。亚蓝在一件事上是正确的，她们不能被信任，但亚蓝的建议……不，他不会那么做，他做不到！虽然这个建议似乎是个合理的推断。这个念头让佩林哆嗦了一下。

“我不要再听这些了。”佩林用低沉的声音说道。这名前匠民还想开口说些什么，但佩林打断了他的话：“一个字也不要说，亚蓝，你听到我的话了吗？一个字都不要说！”

“听从佩林领主的命令。”亚蓝嘟囔着，低下了头。

佩林希望自己能看到这个年轻人的脸。在亚蓝的气息中没有愤怒，也没有怨恨，这是最糟糕的，就在亚蓝提出那个谋杀的建议时，他也没有半点怒意。

有两名两河人爬上旁边一辆马车的车轮，越过车厢，向北方山下望去，他们都是在右侧腰上挂着一只箭囊，左侧腰上别着一柄几乎是短剑的长匕首。有三百多名两河人离开家乡，追随佩林来到这里。佩林不止一次咒骂过第一个称他为佩林领主的那个人，咒骂过他没有阻止别人这么称呼他的那一天。即使营地里充满了各种嘈杂的声音，佩林还是能清晰听到那两个人的交谈。

托德·亚卡比佩林年轻一岁，他长长地吁了口气，仿佛是第一次看到山下的那一片地方，佩林几乎能感觉到这个身材瘦长的小伙子下巴的动作。托德的母亲很高兴自己的儿子能够追随金眼佩林，争取自己的光荣。“一场名垂青史的胜利，”托德最后说道，“这就是我们赢得的，对不对，乔丁？”

头发花白的乔丁·巴兰像是一棵粗糙的老橡树，他是两河人队伍中少数几名上了年纪的人。除了谭姆·亚瑟以外，他是两河人中最好的射手，他的狩猎技艺也比任何其他两河人都要强。不过他在两河的名声并不好，在他年长到离开他父亲的农场前，除非必要，否则他没有多工作过一天，森林和狩猎才是他的最爱，他也喜欢在节日里痛饮到酩酊大醉。现在他大声地啐了口痰：“你是这么想的吗，男孩？真正赢得这场胜利的是那些该死的殉道使。要我说，我倒是欢迎这场胜利。可惜的是他们没有远远离开我们，去庆祝他们的胜利。”

“他们并不是那么坏，”托德表示反对，“我就不会介意自己成为一名殉道使。”托德的语气很像是在吹嘘自己的胆量，他身上也散发出外强中干的气味。佩林没有看他，但相信他一定在舔嘴唇。托德的母亲在几年前肯定还在用能够导引的男人吓唬这个孩子。“我是说，兰德……真龙大人，这个称呼听起来真奇怪，不是吗？兰德·亚瑟不就是转生真龙吗？”托德发出一个短短的、不安的笑声。“嗯，他能导引，而那并不会……他不会……我的意思是……”他吞了口口水，“而且，如果没有他们，我们该怎样对付那些两仪师？”这句话他是用耳语说出来的，现在他的身上散发出畏惧的气息。“乔丁，我们该怎么做？我是说，对那些两仪师战俘！”

年老的两河人又啐了口痰，声音比刚才更加响亮，他根本没有放低声音。乔丁总是不分场合、不分听众地说出自己的想法，这也是他坏名声的由来之一。“如果她们昨天都死了才好呢，孩子，我们迟早会因为她们而吃苦的。记住我的话，要吃大苦头了。”

佩林没有再听下面的话，这对他来说实在是不太容易。先是亚蓝，现在又是乔丁和托德，虽然他们两个的话不像亚蓝那么直接。乔丁这个浑球！不，也许和这个家伙相比，麦特也能算是个老实人，但他把话说出来，其他人总是会思考。没有两河人愿意伤害女性，但其他人又会如何看待这些两仪师战俘？会不会有人将心中的想法付诸行动？

佩林不安地扫视着马车圈，想到也许自己不得不充当那些战俘的保护人，这个想法让他一点也不觉得愉快，但他并没有将这个想法推开。他对两仪师没什么好感，尤其是对眼前这群两仪师，但他从小受到的教育就让他坚信，只要得到女人的许可，男人就必须保护这个女人的安全，哪怕要为此承受风险；至于是否喜欢这个女人，或者是认识这个女人，并不重要。确实，两仪师能够用许多办法紧紧掌握住一个男人，但现在她们被割断了与至上力的联系，她们就变得跟普通人一样了。每次佩林看她们的时候，内心都要如此交战一番。二十几名两仪师，二十几名如果没了至上力，也许就不知道该如何保护自己的女人。

佩林又瞥了那些殉道使卫兵一眼。他们的面孔都像死人般冷峻，只有那三个看守被静断两仪师的人还好一些。他们也竭力装出那种阴森的样子，但他们的努力中却夹杂了一些别的意味，佩林觉得是满意。但他无法靠近去探察他们的气息。看起来，殉道使们时刻都感觉到两仪师的威胁；当然，殉道使也在威胁着两仪师，也许他们只是会将这些两仪师静断。从佩林了解到的一点信息来看，被静断的两仪师虽然不会横尸当场，也没有几年的寿命了。

无论有什么样的道理，佩林只能不情愿地承认，不能干涉殉道使的行动，唯一能命令他们的人是兰德。他们只和同伴交谈，对战俘说话，佩林怀疑除了兰德之外，他们不会听任何人的话。现在的问题是，兰德会说出什么话？如果兰德说错了，他又该怎么做？

佩林将这些问题放到一旁，用一根手指挠了挠胡子。凯瑞安人对两仪师过于紧张，不会考虑要伤害她们；梅茵人对两仪师则太尊敬，但他还是会注意他们的行动。有谁能想到乔丁会说出那种话？在凯瑞安人和梅茵人之中，佩林有一些影响力，但如果他们有了乔丁那样的想法，佩林的影响力也起不了什么作用，毕竟他只是一名铁匠而已。然后还有艾伊尔人。佩林叹了口气，他甚至不确定兰德对艾伊尔人有多少真正的影响力。

周围聚集了这么多人，佩林很难分辨出他们个别的气息，但气味向他提供的信息并不比眼睛向他提供的少。那些在他附近的斯威峨门都散发着镇定但警觉的气息，宁和而强大，他们并没有表现出注意两仪师的样子；而那些枪姬众芳香的气息中压抑着锋利的怒意，当她们望向那些战俘时，气息就会变得更加充满压迫感；还有那些智者……

每一位从凯瑞安来到这里的智者都能导引，但她们并没有光洁无瑕的面容，佩林觉得这是因为她们极少使用至上力。不过，无论是容貌俊秀的伊达拉，还是满脸皱纹、白发苍苍的索瑞林，她们都拥有不亚于两仪师的雍容与镇静。在她们优雅华贵的眼睛里，完全没有两仪师的位置。

索瑞林的目光毫无停滞地扫过那些战俘，她正在轻声对伊达拉和另外一位智者说着话。那是一名高瘦的黄发女子，佩林并不知道她的名字。不过佩林很想知道她们在说些什么。

她们走过佩林身边，脸上的线条没有丝毫变化，但身上的气息就是另一回事了。当索瑞林的目光扫过那些两仪师时，她身上的气息显得冰冷、漠然、严厉而别有用心。当她向另外两位智者说话时，她们的气息也几乎变得和她一样了。

“一锅该死的杂烩。”佩林低声埋怨着。

“有麻烦？”亚蓝问道。他挺起身子，右手放在突出肩后的狼头剑柄上。他在很短的时间里就将这把剑练得十分纯熟，每次将这把剑抽出鞘时，他都没有半点不情愿的神情。

“没有麻烦，亚蓝。”这并不算是谎言。佩林把那些阴沉的想法甩到一旁，用认真的眼光去看面前这些人。他不喜欢自己看到的情景。两仪师只是他不喜欢的一部分。

凯瑞安人和梅茵人都带着猜疑的眼神看着艾伊尔人，而艾伊尔人回视他们的眼神中只有更多的猜疑，特别是对那些凯瑞安人。这并不让佩林感到惊讶，艾伊尔人对于出生在世界之脊这一侧的人没什么好感，尤其是凯瑞安人，事实上，艾伊尔人和凯瑞安人彼此痛恨到了无以复加的程度，他们双方至今也没有真正将敌意撇到一旁，只是双方都在忍耐而已。至少佩林相信他们还能继续忍耐下去——为了兰德。营地中笼罩着一种紧张的气氛，它正在侵蚀着所有人的心神。兰德被救出来了，暂时性的联盟还可以维系下去。艾伊尔人在看着凯瑞安人时都会握住他们的短矛；凯瑞安人的手指则会紧勒住他们的剑柄。梅茵人也是这样。他们和艾伊尔人没有什么争端，在艾伊尔战争时，他们和艾伊尔人打过仗，但那时所有人都在和艾伊尔人战斗。不过，如果营地里发生战斗，他们一定会毫不迟疑地投入其中。也许两河人也会搅进去。

情绪最为阴沉的是殉道使和智者们，那些穿着黑色外衣的男人完全不在意枪姬众、斯威峨门、凯瑞安人、梅茵人和两河人，但他们审视智者们的目光如同他们看着两仪师时一样阴森。这两种能够使用至上力的女人在他们眼中很可能并没有什么两样，她们是危险的敌人。十三名两仪师聚集在一起是极度危险的，而营地中聚集的智者远超过九十名。这个数量还不到殉道使人数的一半，但如果她们有这样的意愿，仍然能够造成巨大的破坏。那些女人能够导引，但看上去是服从兰德的；看上去是服从兰德，但她们仍旧是会导引的女人。

智者们看待殉道使的目光也几乎和她们看待两仪师的一样冰冷。殉道使是能够导引的男人，只是他们效忠于兰德，但……兰德是一个特例。根据高尔的说法，关于卡亚肯的预言中并没有提到他能导引。艾伊尔人似乎都装作这个令人烦恼的事实并不存在。但殉道使同样没有出现在预言里。这一定就像是发现自己要和一群狂暴的狮子并肩战斗，他们的忠诚能够持续多久？也许最好现在就把他们除掉。

佩林将头靠在马车轮上，闭起眼睛，挤出一丝沉郁的笑声，胸口无声地起伏着。在迎新日里，只能想美好的事情。*烧了我吧！*他带着讽刺的心情想，*我应该和兰德一起去的。*不，最好还是要知道，而且知道得愈早愈好，但光明在上，他应该做些什么？如果艾伊尔人、凯瑞安人和梅茵人因为这个讯息而开始彼此厮杀，或者发生更可怕的事情，那些殉道使和智者……这是一只装满蛇的桶子，从里面找出毒蛇的唯一办法只有将手伸进去。*光明啊，真希望我还在家里，和菲儿在一起，铁匠炉在等着我去工作，没有人会称呼我该死的领主。*

“您的马，佩林领主，您没有说是要快步还是毅力，所以我……”在佩林金色眼睛的瞪视中，肯利·麦金害怕地躲到他牵过来的深褐色牡马身后。

佩林向他做了个安慰的手势，这不是肯利的错，不能被纠正的事情就必须要忍耐。“放轻松，小子，你做得没错。快步是对的，你做了正确的选择。”他痛恨用这种方式和肯利说话。肯利个子不高，身躯壮实，刚刚到可以结婚或是离开家乡的年龄（*虽然他在努力蓄出和佩林一样的胡子*），但他曾经在伊蒙村英勇地和兽魔人作战，昨天也表现得很好。但该死的金眼佩林领主在赞扬他的时候，他还是会乐得合不拢嘴。

佩林站起身，从马车下面拿起战斧——他没办法彻底忘掉这把斧头，但至少可以暂时看不见它。他将斧柄插进腰间的带扣里。这是一把沉重的半月形战斧，斧刃背面竖着一根粗大的弯曲长钉，它的功用只有一个，就是杀戮。现在佩林的手掌已经非常适应斧柄了，这让他感到不舒服，他是否还记得铸铁锤的锤柄是什么样的感觉？除了“佩林领主”外，还有其他一些事情可能已经来不及改变了。佩林的一位朋友曾经劝告他要保留这把斧头，直到他开始喜欢使用它为止。在这样炎热的天气里，这个想法让佩林不由得打了个哆嗦。

佩林跨上快步的马鞍，亚蓝也骑上灰马，紧随在他身后。他们面朝南方，望着这一圈马车。罗亚尔这时刚刚小心地跨过交错在一起的车辕，他比最高的艾伊尔人还要高出半个身子，看上去只要踏错一步，就能将那些粗硬的车辕踩断。像往常一样，巨森灵的手里拿着一本书，一根粗手指插在他刚刚读到的书页处，他长外衣的大口袋也被书给撑得鼓鼓的。罗亚尔的早晨是在一片小树林中度过的，他说那里是一个宁静而且有阴凉的地方，但无论是否有阴凉，他也受到这种高热的影响。他看上去很疲惫，外衣没有穿好，衬衫的扣子没有扣，靴筒在膝盖下面翻卷了下去，或者影响他的不止是炎热。刚刚走进马车圈里，罗亚尔就停下了脚步，他偷偷望着两仪师和殉道使，毛茸茸的耳朵不安地抖动着。当他像茶杯般的大眼睛转向那些智者们的时候，他的耳朵又晃动了起来。巨森灵对于周围的情绪非常敏感。

当罗亚尔看见佩林时，便大步穿过了营地。佩林坐在马鞍上，比起罗亚尔还要矮两三拳。“佩林，”罗亚尔悄声说道，“这里完全不对，真的不对，而且这里很危险。”巨森灵的耳语听起来就像是一只体型有獒犬那么大的黄蜂发出来的。一些两仪师将头转向了他们这边。

“你说话的声音能再大一点吗？”佩林压低声音说道，“我想安多西部有些人还听不到你在说些什么。”

罗亚尔看起来很惊讶，然后他的面孔扭曲了一下，长眉毛垂到了脸颊上。“我知道该怎样小声说话。”这一次，大概距离他们三步之外的人都听不到他们在说些什么了，“我们该怎么做，佩林？违背两仪师的意愿拘禁她们是错误的，非常绝对的错误，以前我就说过，现在我还要这样说。而这件事甚至还不是这里最糟糕的，这里的感觉……只要一点火花，这个地方就会像装柴火的马车般猛烈地燃烧起来。兰德知道这里的情况吗？”

“我不知道。”佩林用这个答案回答了罗亚尔的两个问题。过了一会儿，巨森灵不情愿地点了点头。

“必须有人明白实际情况，佩林，必须有人采取行动。”罗亚尔向北方望去，目光越过了佩林背后的马车。佩林知道没办法再拖延了，不情愿地转过快步。他宁可就这样为两仪师、殉道使和智者担忧，直到自己的头发都掉光为止，但必须做的事情还是要去做。在迎新日里，只能想美好的事情。

第 2 章

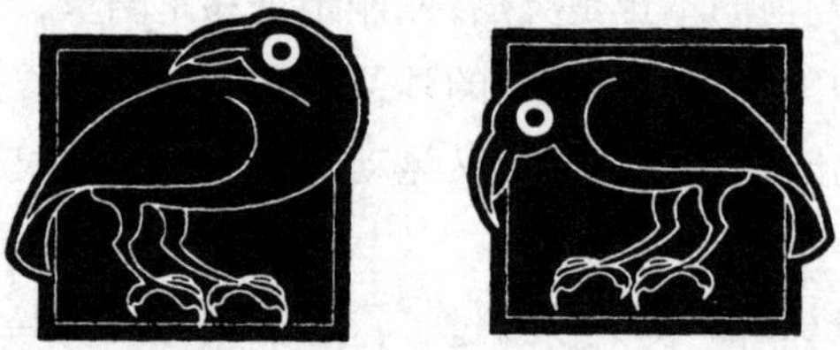

屠场

一开始，佩林并没有朝山坡下他前进的地方看过去，他应该在今天早晨和兰德一起去那个地方。现在，他只是待在这一圈马车的边缘，环顾着周围其他的地方；然而这里所有目光可及的东西，都让他的肠胃开始痉挛，就像是铁锤打在肚子上一样。

重击。东方一座平缓山丘上的十九座新出现的坟墓，埋葬着十九名再也无法看到家乡的两河人。通常，一名铁匠不可能看到人们因为自己的决定而死。所幸两河人听从了他的命令，否则这里会出现更多的坟墓。*重击*。一片片方形的土堆沿着山坡向旁边伸展开来，那是将近一百名梅茵人和更多凯瑞安人的坟墓，他们来到杜麦的井时就已经有了赴死的觉悟。不论他们原先前来的理由为何，他们听从佩林·艾巴亚的命令。*重击*。在西边起伏的山丘上，有一千座以上的坟墓，上千名艾伊尔人站立着被埋葬在那里，面朝着太阳升起的方向。足足一千人，其中有许多是枪姬众。死去的男人让佩林心中绞痛，死去的女人让他想坐在地上大哭。佩林努力告诉自己——来到这里是他们自己的选择，他们会不顾一切地来到这里。这是真的，但下达命令的是他，他要为这些坟墓负起责任。不是兰德，也不是两仪师，而是他。

活下来的艾伊尔人刚刚停止为他们死去的同胞歌唱，那是让人无法忘怀的歌声，它们的残断旋律一直萦绕在佩林的脑海：

生命是梦——不容阴影。
生命是梦——常怀苦痛。
梦的源头——我们祈求苏醒。
梦的源头——我们苏醒并启程。

谁会沉睡——当黎明在等待?
谁会沉睡——当甜美的风吹来?
梦必终结——新的一天已经到来。
梦的源头——我们苏醒并启程。

他们显然在这些歌曲中寻到了安慰。佩林希望自己也能得到安慰，但到目前为止，他觉得艾伊尔人似乎真的并不在乎自己的生死，这样太疯狂了。任何心智健全的人都想活下来，任何心智健全的人都会用最大的力气逃离战场，逃到最远的地方去。

快步甩了甩头，下方传来的气味让它的鼻孔不停地翕动着，佩林拍了拍褐色坐骑的脖子。亚蓝看着那些佩林竭力躲避的情景，嘴角露出了笑容。罗亚尔的脸上毫无表情，仿佛是硬木的雕像，他的嘴唇在轻轻开合，佩林觉得自己听到他说：“光明啊，让我永远也不要再见到这种景象吧！”他深吸了一口气，随其他人一起望向了杜麦的井。

从某种角度来说，那里并不像那些坟墓一样可怕——那些坟墓中的人有些佩林从小就认识——但那里的一切都向他迎面扑来，滞留在鼻孔中的气味仿佛也凝固成坚硬的岩石，砸在他的两眼之间。他想忘却的回忆如潮水般冲击着他的神经。杜麦的井曾经是一个杀戮之地，一片死地；而现在，那里的情景只有更加可怕。就在不到一里远的地方，烧焦的马车残骸立在一片小树林周围，树林里掩藏着低矮的石砌井沿，而在那周围……

一片沸腾的黑色海洋，组成它的是数以万计的秃鹫和乌鸦。它们形成此起彼落的波浪，覆盖了残破的地面，佩林甚至有些感激它们遮住了一些更加残忍的景象。殉道使的手段是佩林所见过最残忍的手段，他们以同样漠然的态度摧毁血肉和土石。有太多的沙度人死在那里，埋葬他们不知道需要多少人，多少时日，于是他们都被填进了秃鹰和乌鸦的肚子。死去的狼也都在那里，佩林想埋葬它们，但那不是狼的方式。三名两仪师的尸体也在那里被找到，她们的导引能力没能在那场疯狂的战争中拯救她们。死在那里的护法则有六名之多，他们被埋在靠近水井的空地上。

盘旋在死者身边的并不只是那些鸟。黑色羽毛的波浪不停地翻腾着的同时，穿行在其中的还有多布兰·塔波文大人和他超过两百名的凯瑞安骑兵，以及领军长海芬·努瑞勒和他的梅茵翼卫队。凯瑞安军官的背上都插着两支蓝色的小旗，旗上绣着白色的菱形花纹。多布兰自己并没有这样的装饰。梅茵人披挂着红色的盔甲，骑枪上飘扬着红色细带。他们的样子很勇敢，但多布兰并不是唯一用布捂住鼻子的人，不时会有骑兵在马鞍上倾斜身子，想要把已经吐空的胃吐得更空一些。徒步行走的马瑞姆·泰姆几乎像兰德一样高，他穿着黑色的外衣，两只袖子上缠绕着蓝金色的游龙图案，跟在他身后的是百余名殉道使，他们之中也有人不停地呕吐。那支队伍里还有为数众多的枪姬众，斯威峨门的数量超过了凯瑞安人、梅茵人和殉道使的总和，率领他们的是几十名智者。由这么多人组成这支队伍，是为了防止沙度发动反击，或是有人装死，对他们实施突袭。但佩林觉得任何在这里伪装成尸体的人很快就会疯掉。所有这些人都围绕着一个中心——兰德。

佩林原本也应该率领两河人到那里去，兰德曾经这样要求过。他对佩林说过，家乡的人是可以信任的，但佩林没有答应他。*他必须满足于只有我一个人前往，而且是再过一会儿*，佩林心想。再过一会儿，等到他能镇定地直视下面这一片屠宰场时。不，屠夫的刀子不会砍在人类身上，它们比不上斧头的凶狠，比不上秃鹰的贪婪。

那些黑衣殉道使融进了黑鸟的海洋里，死亡吞噬了死亡，其他人也总是被飞起的乌鸦遮挡住，但兰德在其中却非常显眼，他现在还穿着获救时那件破烂的白衬衫。佩林已经不确定他是否真的需要他们的营救了。佩林又看到了明，她紧随在兰德身旁，穿着粉红色的外衣和紧身裤，这让佩林的眉头紧皱了一下，那不是女孩应该去的地方。但自从兰德被救出之后，她就一直跟在兰德身边，比马瑞姆还要贴近。兰德在殉道使和佩林冲破两仪师的防御之前，就已经救出了他自己和明，几乎没有人知道他是怎么做到的。现在佩林怀疑兰德在明的心目中已经成为唯一安全的保障。

兰德偶尔会拍拍明的手臂，或者低下头，仿佛是在对明说话，但他并没有把注意力完全放在明身上。黑云般的食肉鸟盘旋在他们周围，小型鸟会躲开他们，去别的地方觅食；但秃鹰却总是不情愿让出自己的地盘，有的秃鹰甚至完全拒绝飞起，即使在后退时也要伸长没有羽毛的光脖子，发出挑衅的叫声。兰德不时会停下脚步，弯腰查看一具尸体，有时候，火焰会从他的手中喷出，击向不让路的秃鹰。每一次兰德检视尸体，枪姬众的首领南蒂拉或是她的副手苏琳都会和他发生争论。有时候智者也会参与这种争论，她们会拉着那具尸体的衣服，仿佛是在向兰德展示什么。兰德则会点点头，继续前进，但他也经常会回头看看，直到自己的注意力被另一具尸体所吸引。

“他在干什么？”靠近佩林膝盖的地方传来一个傲慢的声音。根据气息，佩林已经知道说话的人是谁。这名像雕像般典雅端庄的女性，穿着绿色的丝绸骑装和一件薄亚麻防尘斗篷——科鲁娜·奈齐曼是艾拉非国王培塔的妹妹，也是一名握有强权的贵族，成为两仪师之后，她的威仪当然不会有丝毫减损。佩林刚才一直在专心眺望下方的情景，并没有注意到她走到了自己身边。“为什么他要去那里？他不该这样做的。”

营地中的两仪师并非都是囚犯，那些不是囚犯的两仪师从昨天到现在都没出现在众人面前，佩林怀疑她们一定是在私下谈论些什么，或是在试图搞清楚目前的状况，甚至，她们也可能正在思索能够让她们钻过漏洞的办法。现在，她们突然全体出现在众人面前。碧拉·哈金是另一名绿宗两仪师，她正站在科鲁娜的身侧，虽然她有着光洁无瑕的面容和工艺精良的羊毛长裙，也有着和科鲁娜一样的傲慢神情，但她看上去还是像一名农妇。佩林知道，这位农妇会用严厉的口吻命令一名国王在走进她房间的时候脱下靴子，并警告他小心一点。她和科鲁娜一同领导着和随佩林前来杜麦的井的两仪师，或者这个领导权是轮流掌握在她们两人手中。佩林并不很清楚实际状况，更不清楚两仪师的任何状况。

另外七名两仪师像一群鹌鹑般聚集在不远的地方，但或许她们更像是一群骄傲的雌狮，因为她们的气息中有着掌控一切的气势。她们的护法排立在她们身后，如果说两仪师们有着外表的平静，这些护法则仿佛没有了任何情绪。他们是一群参差不齐的人，变色斗篷让他们身体的一部分似乎是完全消失了，不管高或矮，粗壮或削瘦，他们看上去就像是一群被磨损的皮带系着的纯粹暴力物。

那些女人中有两个是佩林认识的——维林·玛瑟雯和埃拉娜·摩斯凡妮。维林是褐宗两仪师，她的个子很矮，身材圆胖，有时候，她有着母亲般的慈祥，但有时候她却会像一只鸟审视虫子般看着你。埃拉娜属于绿宗，她肤色黝黑，身材苗条，相貌非常漂亮，但不知为什么，最近她的眼睛周围出现了许多憔悴的皱纹。这九名两仪师里有六名是绿宗的。以前，维林曾经告诫佩林不要对埃拉娜太过信任，而他确实也有这样的想法，不过，佩林更不信任的则是维林本人。他不信任任何两仪师，兰德也不信任她们，虽然她们昨天曾经为兰德奋力作战，虽然在战斗之后又发生了那样的事情。佩林仍然无法相信真的有那种事情发生，即使他也是在场的见证人之一。

十几名殉道使在距离这九名两仪师二十几步外的一辆马车周围闲晃着。一名叫查奥·葛德芬的趾高气扬的家伙今天早晨是他们的领头，这个表情严厉的男人即使只是一动不动地站着，也显得十分骄傲。这些人全都在外衣的高领上别着一只剑形的银色徽章。除了查奥之外，还有另外四五个人——包括葛德芬——在另一侧的衣领上别着用金红色珐琅镶嵌成龙纹的徽章，佩林相信这是一种表示阶级的标志，他在别的殉道使身上也看到了这些徽章。这些殉道使并不真的是在看守这九名两仪师，但他们会出现在两仪师出现的任何地方，并且总是睁大眼注意着这些两仪师。两仪师们表面上仿佛完全没注意到他们，但两仪师的气息中有警觉、困惑以及愤怒，她们会有这种情绪一定多少跟殉道使有些关系。

“嗯？”科鲁娜的黑眸不耐烦地闪烁着。佩林怀疑她从未容忍过谁让她等待。

“我不知道，”佩林说谎了，他又拍拍快步的脖颈，“兰德并没有将所有的事情告诉我。”

实际上，佩林知道一些（最起码他以为自己知道），但他并不打算把自己知道的事情告诉所有人，有权告知别人这些事的是兰德。兰德目光所注视的全都是枪姬众的尸体，佩林确信这一点。战场上只剩下沙度的枪姬众，但佩林不认为她们在兰德眼中会有什么差别。昨晚，佩林一个人离开马车，想独自静一静。当劫后余生的欢笑声远离他的时候，他看见了兰德——震撼世界的转生真龙坐在地上，一个人淹没在黑暗里，用手臂环抱着自己，身子微微前后摇摆着。

在佩林眼中，月光几乎像日光一样明亮，但就在此时，他宁可视野会模糊一些。兰德的面孔阴冷扭曲，既像是要嚎叫，又像是想哭泣，他的每一块肌肉一定都在奋力抗争着。两仪师那种阻隔外界炎热的方法，兰德和殉道使们也知道，但兰德现在并没有使用。这时的夜晚已经和酷暑时没两样了，滑过兰德脸颊的汗水和滑过佩林脸颊的一样多。

兰德并没有转过头，但佩林的靴子在干草中发出很大的声响。兰德一边摇晃着身体，一边沙哑地说道：“一百五十一人，佩林，一百五十一名枪姬众在今天死了，是为我而死的。你知道，我答应过她们。不要跟我吵！闭嘴！离开！”尽管汗流不止，但兰德还是在不停地打着哆嗦。“我不是指你，佩林，不是你，我必须守住我的承诺，你明白。不管那有多么痛苦，我必须守住，自己一个人守住，不管有多么痛苦。”

佩林竭力不去思考能够导引的男人的命运，那些幸运的会在发疯前死去，不幸的在死前还要经历疯狂。不管兰德会是幸还是不幸，一切都要取决于他，一切的一切。“兰德，我不知道该说什么，但……”

兰德似乎并没有听到，他不停地前后摇晃着，摇晃着。“查林艾伊尔加莱氏族的伊丝安，今天她为我死了。米雅各布马艾伊尔岩脊氏族的楚恩蒂，今天她为我死了。达茵艾伊尔的爱基林……”

除了停住脚步，倾听兰德用痛苦至极的声音背诵那一百五十一个名字之外，佩林什么都不能做。他一边倾听着，一边希望兰德还能够保持健全的神智。

但不管兰德的神智是否健全，佩林相信，即使现在他们发现身边少了一名枪姬众，她也必定跟其他战死的人一起被郑重地埋葬在了山丘上，他的名单也会增加到一百五十二个名字。这些事情——以及佩林自己的疑虑——与科鲁娜无关。只是兰德一定要保持清醒，至少是足够的清醒，没有其他选择的余地。光明啊，一定要这样！

*让光明烧了我吧，我怎么会如此冰冷地思考这种事。*佩林想道。

佩林从眼角看到科鲁娜的嘴唇立刻紧绷了起来，她不喜欢等待，更不喜欢不了解状况。她是个美女，但太过威严，脸上全都是颐指气使的神情。她不是个坏脾气的人，只是坚信她的一切想法都是正确的，必须得到实行。“有这么多乌鸦聚集在一个地方，其中一定有几百只，也许是几千只魔达奥的眼线。”她完全没有掩饰自己的焦躁，仿佛那几千名魔达奥的密探都是他带来的。“在边境国，我们一看见乌鸦就会杀死它，你有士兵，而且他们都有弓箭。”

这话并没有错，乌鸦很可能是暗影的间谍，但厌恶感立刻涌入他的胸中。厌恶和疲惫的感觉。“这样有什么意义？”这么多鸟，两河人和艾伊尔人即使射光所有的箭，也仍然会有间谍回到魔达奥那里去。没有人能分清楚哪只鸟是真正的间谍。“这里的杀戮还不够吗？很快又会有更多的杀戮了。光明啊，女人，即使是那些殉道使也觉得够了！”

那些望向这里的两仪师们纷纷挑起眼眉，没有人会这样对两仪师说话，即使是国王也不行。碧拉看着佩林的眼神仿佛是要把佩林从马鞍上揪下来，甩他一记耳光。科鲁娜则仍然盯着那片屠场，双手整了整裙子，她的脸上显露出冰冷而决绝的神情。

罗亚尔的耳朵颤抖着，他对两仪师有一种深厚但不安的尊敬。他的身高几乎是两仪师的两倍，但有时候，他却觉得似乎只要自己碍着了两仪师，她们就会直接踩着他的头顶走过去，完全不会注意到他的存在。

佩林没让科鲁娜有机会说话。给两仪师一根手指，她就会把你整只手臂都拉过来，然后还会向你索取更多。“你一直与我保持着距离，但我有一些事要告诉你。昨天，你没有服从命令，你是否想称此为改变计划？”科鲁娜张开嘴，但佩林继续说了下去，“那么就用这种说法也可以，如果你认为这样会好一些的话。”她和另外八名两仪师被命令要留在智者们身边，那里距离实际战场相当远，有两河人和梅茵人的守卫，但她们在战斗一开始时就冲进了战况最激烈的地区，一直停留在那些人们挥舞着枪矛，努力将彼此砍得粉碎的地方。“你将海芬·努瑞勒一直带在身边，半数的梅茵人因此而死亡。从现在起，你不能再为了实现你的计划而不顾一切，我不会再让你因为一个自以为正确的、心血来潮的想法，将别人的心思都抛到暗帝那里去，而导致这么多人的死亡。你明白吗？”

“你说完了吗，乡下男孩？”科鲁娜的声音平静得让人害怕，她看着佩林的面孔如同黑色的冰雕，而冰层下正燃烧着被冒犯的怒火。虽然站在佩林的坐骑旁，她却好像是在俯视着佩林。这不是两仪师的能力，佩林以前就看见菲儿这样做过，他怀疑大多数女人都知道这个办法。“对于昨天的状况，我会告诉你一些理由，但即使是最没有大脑的人也应该能推敲出原因。根据三誓，除非是抵抗暗影生物或者保卫自己和其他两仪师与护法的生命，否则两仪师不能使用至上力作为武器。我们可以听从你的命令，袖手旁观，很有可能直到末日战争爆发，我们都无法有所作为，直到我们自己陷入危险。我不喜欢为我的行为做解释，乡下男孩，不要再让我这样做了。你明白吗？”

罗亚尔的耳朵紧缩起来，他用力地盯着前方，显然，他希望自己能待在除了这里之外的任何地方，甚至回到一直希望他结婚的母亲身边也好。亚蓝大张着嘴，他总是装作两仪师不会对他有任何影响的模样。乔丁和托德爬下马车轮，乔丁还在故作悠闲地走向一旁；托德却已经在跑了，一边跑还一边回头窥望。

科鲁娜的解释听起来很有道理，也许她并没有说谎。不，根据三誓的另外一条，她只能说实话。但两仪师的话总是有另外的含意，她们不会告诉你全部的事实，或者她们会避开事实。两仪师可以让自己身临险境，从而能够使用至上力，但如果她们在那时不曾想过要抢在所有人之前得到兰德，佩林情愿把靴子吃下去。没有人能知道那时会发生什么事，佩林只是确信，她们的计划和实际发生的情况是完全不同的。

“他来了，”罗亚尔忽然说道，“看啊！兰德来了。”然后他的声音又压低成一阵耳语：“小心，佩林，”这是巨森灵的耳语，亚蓝和科鲁娜应该能清楚听见，也许碧拉也能听到，“她们没有对你立下任何誓言！”罗亚尔的嗓音又恢复成正常的隆隆声。“你认为他会跟我谈论营地里发生的事情吗？这样我才能写好我的书。”他正在写一本关于转生真龙的书，至少是在为这样的一本书做笔记。“当……当战斗开始的时候，我就什么都看不清了。”在战场上，罗亚尔一直和佩林并肩奋战，他的武器是一柄几乎和他等高的大斧，想要在那种环境里活下来，任何人都不可能太注意周围。如果光听罗亚尔的话，一般人会以为他在战况激烈时根本就不在场。“你认为他会跟我聊聊吗，两仪师科鲁娜？”

科鲁娜和碧拉交换了一下眼神，然后一言不发地向维林等人走去，佩林看着她们的背影。罗亚尔叹了口气，如同一阵风吹过洞穴。

“你真应该小心一些，佩林，”巨森灵低声说道，“你说话总是太过轻率。”他的声音就像是一只猫一样大的蜜蜂发出来的，至少现在已经不是一只獒犬那么大的黄蜂了。佩林觉得罗亚尔还是应该学习一下如何说悄悄话——毕竟他们还要在两仪师身边待上很长一段时间。他示意巨森灵不要说话，这样他才能听楚清别人的声音。那些两仪师又开始议论了，但没有一个字能传进佩林的耳朵，很显然，她们用至上力制造了一个结界。

殉道使们也发现了这个结界，现在他们已经不再保持着悠闲的姿态，而是将所有注意力都集中在两仪师身上。佩林看不出他们是否维持着阳极力，但他愿意拿快步当赌注，他们正在这样做。查奥冷冷地哼了一声，佩林觉得他正准备要使用阳极力。

过了一会儿，两仪师们应该是落下了她们的结界。她们都交叠双手，一言不发地向山下望去。殉道使们交换着眼神，查奥挥了挥手，他们又恢复成那种百无聊赖的模样。

查奥则显得很有些失望。佩林不悦地发出一声咆哮，转头向马车外望去。

兰德挽着明的手臂走上山坡，他不时会拍拍明的手，和她说几句话，有一次，他还仰头笑了两声。明也和兰德一同笑了起来，黑色的发卷在她的肩头来回晃动，看上去，他们就像是乡下的一对年轻情侣。但兰德的腰上挂着佩剑，有时候，他会将手放在剑柄上。马瑞姆走在他的另一侧。智者们紧随在他身后，枪姬众和斯威峨门环绕着他，后面则是凯瑞安人和梅茵人。

佩林松了口气，他不必走进那片屠场了，但他还是需要警告兰德今天上午他在营地中看到的混乱的敌意。如果兰德不听他的，他该怎么办？自从离开两河之后，兰德就变了，被柯尔伦率领的两仪师绑架之后，他变得更多。不，兰德一定要有清醒的神智。

兰德和明走进马车圈。那支队伍的大部分都留在外面，不过他们的身边绝不会缺少随员。

马瑞姆肯定会跟在兰德身边，他的肤色黝黑，稍微有点鹰钩鼻。佩林相信大多数女人都会被那副面孔所吸引，一些枪姬众就总会多看他几眼，她们从不会掩饰这种事。当马瑞姆走进马车圈时，瞥了查奥一眼，查奥极轻微地摇摇头，马瑞姆的脸上出现了一片阴霾，又立刻消失了。

南蒂拉和苏琳肩并肩紧跟在兰德身后，她们的身后没有跟着二十名枪姬众，这让佩林有些吃惊。佩林觉得，如果没有枪姬众在澡盆旁边守卫，她们甚至不会让兰德洗澡，佩林不明白为什么兰德能容忍这种事情。南蒂拉和苏琳的束发巾都围在肩上，头发剪得很短，只是在颈后垂着一根小辫子。南蒂拉是一位强健有力的女子，头上的金发已经有大部分变成了灰色，不过她冷峻的面容仍然相当俊美。苏琳的肌肉如同钢丝一般，脸上留着疤痕，她的头发已经白了，脸上都是皱纹，南蒂拉和她相比都变成了一名漂亮而柔弱的女人。她们也似乎是无意地瞥了殉道使一眼，然后用审慎的眼光看着那两群两仪师。南蒂拉用手指打出一段枪姬众手语，佩林总是希望自己能弄懂她们在说些什么，但枪姬众宁愿放弃枪矛，嫁给一个丑陋的男人，也不会教任何男人枪姬众手语。佩林一直没注意到的一名枪姬众跪坐在距离查奥几步外的一辆马车旁，用手语回应着南蒂拉；另一名正在囚犯旁边和自己的同伴玩着翻绳游戏的枪姬众，也立刻响应了南蒂拉。

艾密斯带着智者们走进马车圈，和索瑞林以及另外几名已经等在那里的智者碰了面。艾密斯的齐腰长发已经变成白色，与之相比，她的面容却显得非常年轻，她是一位重要的人物，在智者中的地位仅次于索瑞林。她们并没有用至上力遮蔽她们的谈话，但立刻有七八名枪姬众环绕住她们，开始轻声歌唱。这些枪姬众或站或坐，动作也不一致——她们在行动之前并没有人给她们统一的号令，但只有傻瓜会以为她们的行动出于巧合。

佩林叹了口气，似乎他与两仪师和智者们搅在一起之后，就总是在叹气。还有那些枪姬众。女人们的行动总是出乎他的预料。

多布兰和海芬牵着他们的坐骑，率领少数部下走在队伍的最后方。海芬终于见识了一场战斗，佩林想知道他是否急于再上战场，他的年纪和佩林差不多，而今天他的样子已经不像昨天看上去那样年轻了。多布兰留着灰色的长发，但前额的头发已经被剃光了，这是标准的凯瑞安士兵发式。他已经不年轻了。昨天那场战争肯定也不是他经历的第一场战争，但他看上去同样显得更老了，满是皱纹的脸上布满了忧虑。海芬也是一样。他们的眼睛都在望着佩林。

如果换作别的时候，佩林会等着看他们想说些什么，但现在，他只是滑下马鞍，把快步的缰绳扔给亚蓝，向兰德走去。其他人却已经抢在他前面来到兰德面前。只有苏琳和南蒂拉保持着沉默。

当兰德走进马车圈时，科鲁娜和碧拉就已经迈开了步子。佩林走近时，科鲁娜正庄重地对兰德说："昨晚你拒绝医疗，但任何人都能看出你还在痛苦之中，即使埃拉娜真的不打算跳出她的……"碧拉碰了一下她的手臂，让她停了一下，但她几乎立刻又开口了："也许你现在已经准备好接受治疗了？"她的语气听上去就像是在说："也许你已经明白自己的愚蠢了？"

"关于两仪师的事情必须进行处理，不能再耽搁了，卡亚肯。"艾密斯坚定地说道，她的声音盖过了科鲁娜。

"她们应该由我们来照管，兰德·亚瑟。"索瑞林说道。同时，马瑞姆也开口了："两仪师的问题不需要再处理了，真龙大人，我的殉道使知道该如何对付她们，她们可以被安全地拘禁在黑塔。"一双眼角微微上扬的黑眼睛对着科鲁娜和碧拉闪动了两下。佩林这才惊骇地意识到，马瑞姆指的是所有的两仪师，而不仅仅是现在的那些囚犯。虽然艾密斯和索瑞林都朝马瑞姆皱了皱眉，但她们看着那两名两仪师的眼神却带着同样的意思。

科鲁娜朝马瑞姆微笑着，朝智者们微笑着，那种冷冷的微笑很适合她的嘴唇。对于那名黑衣男子，她的表情似乎更加严厉，但她似乎并没有注意到马瑞姆的意图。"在这种情况下，"她以同样冰冷的语气说道，"我肯定两仪师柯尔伦和她的人会向我立下誓言，你不必担心……"

另一些人同时开口了：

"这些女人没有荣誉。"艾密斯轻蔑地说。这一次，她的语气明显地包含了所有两仪师。"她们的誓言能有什么用？她们——"

"她们是'歹藏'。"索瑞林用更加严厉的声音说道，仿佛是在对两仪师进行宣判。碧拉向她皱皱眉。佩林觉得那个词是古语（他又一次觉得自己应该知道这个词），但他不知道两仪师为什么会因为这个词而皱眉。或者为什么苏琳要忽然点头赞同那位智者，而那位智者还在说话，那势不可挡的样子就如同滚落山坡的巨石。“她们不该比其他——”

“真龙大人，”马瑞姆仿佛是在不耐烦地陈述显而易见的事实，“你当然想得到两仪师，想得到她们所有人，让你信任的人管束她们。这样的人还要有对付她们的能力，有谁会比——”

“够了！”兰德喊道。

所有人都陷入了沉默，但他们的反应完全不同。马瑞姆的脸上没有任何表情，身上散发出狂怒的气息。艾密斯和索瑞林交换着眼神，用几乎一致的动作整了整披巾，她们的气息也是相同的，和她们的表情一样，充满果断，她们要得到她们想要的，不管对方是不是卡亚肯。科鲁娜和碧拉也在交换眼神，她们用极小的声音交谈着——佩林从中得到的信息还比不上他从气味中得来的多。他眼中见到的是两名平静的两仪师，维持着颐指气使的威严，但他的鼻子却嗅到两个忧心忡忡的女人，而且恐惧不止一点。他确信，那是对于马瑞姆的恐惧，她们似乎仍然以为可以用某种方式影响兰德和智者们，但马瑞姆和殉道使却让她们感到畏惧。

明拉了拉兰德的袖子——她一直不停地端详在场的每一个人，她的气息几乎和两仪师一样充满了忧虑。兰德拍拍明的手，同时瞪着周围所有的人。当佩林张开嘴时，他也瞪了佩林一眼。从两河人到两仪师囚犯，营地中的每个人都看着这里，但只有少数站在附近的艾伊尔人能听清楚他们的谈话。人们会注意兰德，同时也会尽量远离他。

“智者们将负责看管这些囚犯。”兰德最后说道。索瑞林身上突然传来十分满意的气息，让佩林不由得用力揉了揉鼻子。马瑞姆恼恨地摇摇头，没等他说话，兰德已经转过头直视着他。兰德的一根拇指叉在腰带扣的后面，紧握住腰带扣的手指节都泛白了（那是一只雕成龙形的镀金带扣）；他的另一只手握住了裹着暗色野猪皮的剑柄。“殉道使的任务是训练和征募新兵，而不是负责看守，特别是看守两仪师。”佩林察觉到兰德在望向马瑞姆时身上散发出的气息，不由得寒毛直竖——憎恨，以及一点恐惧。光明啊，他千万不要疯掉。

马瑞姆不情愿地点了一下头：“听从您的命令，真龙大人。”明不安地瞥了那名穿黑衣的男人一眼，朝兰德更靠近了一些。

科鲁娜散发出松懈的气息，但她最后看了碧拉一眼，然后顽固地昂起了头。“这些艾伊尔女人很有价值——她们之中的一些人如果进入白塔，能够做得很好——但你不能将两仪师交给她们。这是不可想象的！两仪师碧拉和我会——”

兰德举起一只手，两仪师的声音消失了。也许是因为科鲁娜看见他那双铁蓝色的眼睛，也许是看见从他破损的衬衫袖子里露出的前臂——一条金红色的游龙正盘绕在前臂上，在阳光中闪耀着虹彩。“你是否已经向我宣誓？”科鲁娜的眼睛突了出来，仿佛胃部被狠狠地打了一拳。

片刻之后，虽然神情极为不愿，她仍点点头，脸上就像昨天那样充满了难以置信的表情。那时她在激战之后跪倒在那几座井旁，以光明和救赎与重生的希望立誓，会遵从转生真龙，侍奉他，直到最后战争的到来及结束。佩林理解她的震撼，即使没有三誓，科鲁娜也不可能否认这个誓言，否则佩林一定会怀疑自己的记忆力。九名两仪师跪在兰德面前，用难以置信的语气念诵着誓词，脸上带着震惊的表情。就是现在，碧拉的嘴唇紧皱了起来，仿佛她咬到一颗坏掉的杏。

一名艾伊尔男人加入这一小群人之中，他的身高和兰德差不多，有一张饱经风霜的脸，深红色的头发中带着一点灰。他向佩林点点头，又轻触了一下艾密斯的手臂，艾密斯也按了一下他的手。鲁拉克是艾密斯的丈夫，但艾伊尔人在旁人面前并不会有过于亲密的表现。鲁拉克还是塔戴得艾伊尔的部族首领——他和高尔是这里仅有的两名不系斯威峨门头巾的男人。从昨晚开始，他和一千名艾伊尔人一直在外面执行巡逻任务。

即使是一名远在别的城里的瞎子也能感觉到兰德周围的气氛，而鲁拉克并不是傻瓜。“现在时机对吗，兰德·亚瑟？”等到兰德示意他可以发言后，他才开口说道：“沙度的狗仍然在以最快的速度向东逃窜。我看见穿着绿色衣服的人骑马向北方去了，他们在躲避我们。你说过，如果他们不惹麻烦就放过他们。我想他们正在搜索逃亡的两仪师，有几名女人和他们在一起。”冰蓝色的眼睛瞥了那两名两仪师一眼，目光如同铁砧般平板而坚硬。鲁拉克曾经会在两仪师面前放轻脚步，那时候任何艾伊尔都会这样做，但这种行为在昨天以前就消失了。

“好讯息，如果能捉住盖琳娜，我愿意付出任何代价，不过这仍然是个好讯息。”兰德又握住剑柄，让剑刃在鞘中动了动，这个动作似乎是无意的。盖琳娜是一名红宗两仪师，也是囚禁兰德的两仪师首脑。今天兰德的反应已经相当平静了。昨天，得知盖琳娜逃走的讯息，兰德曾经暴跳如雷；即使是现在，兰德的气息仍然让佩林感觉皮肤发麻。“他们要付出代价，他们每个人都要付出代价。”没有人知道兰德所指的是沙度还是两仪师，或者两者皆是。

碧拉不安地摇摇头，兰德将注意力转回她和科鲁娜身上。“你们已经发誓效忠，我相信你们的誓言。”他抬起一只手，拇指和食指几乎贴在一起，似乎是在向两仪师们表明他信任的程度。“两仪师总是比其他人知道得更多，或者她们是这么认为的，所以我相信你们会按我的吩咐去做。但如果没有我或智者的许可，你们想洗个澡也不可以。”

这次是碧拉看上去被打了一下，她浅棕色的眼睛转向艾密斯和索瑞林，其中充满了忿恨。科鲁娜颤抖着，努力不做出同样的表现。两位智者只是整理了一下她们的披巾，她们又一次散发出同样的气息—— 一阵阵心满意足的气息，毫无同情心的心满意足。佩林觉得两仪师没有和他一样的嗅觉是件好事，否则她们很可能立刻发动战争，或者是抛下威严，拔脚就逃。如果换作是他，他就会这样做。

鲁拉克悠闲地站在一旁，端详着他短矛的矛尖。这是智者们的事情，他总是说，他不会在意智者们做了些什么，只要她们的手指不触及部族首领的事务。但马瑞姆……他也表现出不在意的模样，将双臂抱在胸前，用无聊的眼神扫视着营地。他的气息很奇怪，也很复杂，佩林只能认为这个男人现在的心情很愉快，觉得身边发生的一切都很有趣。

“我们立下的誓言，”碧拉将双手叉在宽大的腰臀上，“足以约束除了暗黑之友以外的任何人了。”她说出“誓言”这个词时的语气几乎和她说出“暗黑之友”这个词时一模一样，不，她们不喜欢她们立下的誓言。“你竟敢污蔑我们……？”

“如果我是那样想的，”兰德打断她的话，“你们就要和马瑞姆一起去黑塔了。你们发誓要遵从，好吧，那就遵从吧！”

很长一段时间里，碧拉犹豫着，却又在一瞬间恢复了任何两仪师都拥有的帝王般的尊严。一位两仪师可以让坐在王座上的女王也变得如同一名乡下蠢妇。碧拉行了个轻微的屈膝礼，僵硬地微微低下头。

科鲁娜想要控制住自己的努力显而易见，她的声音也和她故意做出的镇静神情一样脆弱。“那么我们必须征得这些有价值的艾伊尔女人的许可，才能询问你是否愿意进行治疗了？我知道盖琳娜很粗暴地对待你，我知道你从肩膀到膝盖都是鞭痕，接受治疗吧，求求你。”就连这句“求求你”听起来也像是一句命令。

明推了推兰德的手臂：“你该对此感到高兴的，牧羊人，就像我一样。你不喜欢伤痛的，必须有人对你进行治疗，否则……”她淘气地笑了笑，就和佩林记忆中被绑架前的明一样，“否则你连马鞍也坐不稳。”

“年轻男人和傻瓜，”南蒂拉忽然自言自语地说，“总是会忍受他们不必忍受的伤口，作为他们自豪的徽章，也彰显他们的愚蠢。”

“卡亚肯，”苏琳冷冷地朝自己面前的空气说道，“不是傻瓜，我觉得不是。”

兰德亲切地向明微笑了一下，然后斜眼瞪了南蒂拉和苏琳一眼。但是当他再次抬眼看着科鲁娜时候，他的目光又变成了石头。“好吧！”当科鲁娜向前迈步时，他又说道，“但不是你。”科鲁娜的表情僵硬得仿佛要裂开来一样。马瑞姆的嘴唇抽了一下，仿佛露出了一丝冷笑，然后朝兰德走去，但兰德并没有将目光从科鲁娜身上移开，只是伸手朝马瑞姆背后指了一下。“让她来，过来，埃拉娜。”

佩林愣了一下。兰德看都没看就准确地指出了埃拉娜，这让佩林觉得自己的后脑似乎被刺了一下，但他并没有想起什么确切的信息。兰德的行动似乎也刺激了马瑞姆，那个男人的面孔变成一张冰冷的面具，只有黑色的双眼在兰德和埃拉娜之间不停地闪动着，从他身上翻涌而出的气息在佩林的概念里只能被称之为“疑惑”。

埃拉娜也愣了一下，不知什么原因，和佩林一起赶往这里的路上，她的神情一直非常紧张，她表面的平静顶多也只是一层脆弱的掩饰。现在她抚弄着自己的裙子，毫不掩饰地抛给科鲁娜和碧拉一个挑衅的瞪视，然后以平稳的步伐走到兰德面前。另外两名两仪师看着她，如同两位老师看着自己的学生，却仍然无法相信这名学生能有良好的表现。佩林完全不明白这是为什么。她们也许是这队两仪师的首脑，但埃拉娜也是两仪师，和她们是一样的。佩林知道，这些全都是他自己的猜测。两仪师就像水林里靠近沼泽的那些盘曲复杂的溪流，无论表面有多么平静，总会有奔涌的暗流将你卷入其中，这个地方似乎出现了愈来愈多的暗流，它们的源头并不止是两仪师。

让佩林大吃一惊的是，兰德伸手挑起了埃拉娜的下巴。碧拉倒抽了一口气。佩林这次也赞同两仪师的看法，在家乡时，兰德对舞会上的女孩也不会如此冒犯，而埃拉娜根本不是舞会上的女孩。更让佩林惊诧的是，埃拉娜的脸红了，身上只是散发出犹疑的气息。根据佩林的经验，两仪师绝不会脸红，她们也绝不会有任何犹疑。

“治疗我。”兰德说道。这是一个命令，不是请求。埃拉娜脸上的红晕更深了，气息中流露出愤怒。当她捧住兰德的头颅时，双手还在不停地颤抖着。

佩林不自觉地揉搓着手掌，那只手掌昨天被艾伊尔人的矛刃割开了，科鲁娜治愈了他身上的几个伤口。他以前也接受过治疗，那种感觉就像是头朝下插进结冰的池塘里，你会大口喘气，全身哆嗦，膝盖发软，通常还会伴随着剧烈的饥饿感，但兰德只是一阵轻微的颤抖。

“你怎么能忍受这样的痛苦？”埃拉娜低声说。

“那么，已经结束了。”兰德说着，挪开埃拉娜的双手，从她面前转过身，连一声“谢谢”都没说。他仿佛是要说话的样子，却停了一下，半转过身望向杜麦的井。

“她们已经全部被找到了。”艾密斯轻声说。

兰德点点头，然后用更有精神的声音说道：“应该是离开的时候了。索瑞林，你能不能任命智者们去从殉道使手中接管囚犯？以及陪同科鲁娜和……其他从属于我的那些女人。”说到这里，他笑了一下，“我不想让她们因为无知而犯错。”

“听从您的吩咐，卡亚肯。”满脸皱纹的智者坚定地拉了拉披巾，望向那三名两仪师。“加入你们的朋友之中，直到我找人来牵住你们的手。”碧拉愤怒地紧皱眉头，科鲁娜的表情犹如严霜，这都在佩林的预料之中，埃拉娜却只是顺从地盯着地面，几乎可说是相当消沉。索瑞林并没有理会她们的反应，而是响亮地拍着手，催促着：“听到没有？快点！快点！”

两仪师不情愿地听从着索瑞林的命令，同时还得表现出仿佛她们的行为完全是出于自己的意愿。艾密斯靠近索瑞林身边悄声说了一些话，佩林没能听得很清楚，但那三名两仪师一定是听到了。她们停下脚步，三张非常惊讶的面孔转回头看着智者们。索瑞林只是更加响亮地拍着手，催促着她们。

佩林挠着胡子，却看见鲁拉克正望着自己。部族首领朝他微微笑了笑，耸耸肩，这是智者们的事，与他无关，艾伊尔人像狼一样乐天知命。佩林瞥了查奥一眼，那家伙正看着索瑞林对两仪师们训话。不，他看的是两仪师，如同一只狐狸盯着鸡窝里的母鸡。智者们一定比殉道使要好一些，佩林想，她们一定会更好一些吧！

佩林不知道兰德是否注意到了索瑞林的训话，他完全没理会智者的行为。“马瑞姆，智者们接管囚犯后，你就率领殉道使尽快返回黑塔，愈快愈好。记住要注意学习进展过快的人，记住我说过的征募新兵的事。”

“我不可能忘记，真龙大人。”黑衣男子不带任何情绪地回答，“我会亲自负责返程的事，但请允许我再说一次……你需要一名适当的荣誉近卫。”

“我已经给过你答复，”兰德不耐烦地说，“我要将殉道使派往更需要的地方，我也不缺乏人选。佩林，你愿意——”

“真龙大人，”马瑞姆打断他的话，“你需要有殉道使围绕着你，而且数量不应该太少。”

兰德转头看着马瑞姆，他的面孔如同两仪师一样冷静，但他的气息却让佩林的耳朵不由自主地要紧贴在脑袋上——剃刀般锋利的怒气突然消失，变成了刺探的好奇和雾一样难以捉摸的警觉，巨大的、带着杀戮气息的怒火又将这两种情绪完全吞没。然后兰德微微摇了摇头，气味变得如同岩石般坚决。没有人的气息能够改变得如此之快，没有人。

当然，马瑞姆只能用眼睛观察，他能知道的只有兰德在摇头，而且动作很轻。“想一想，你已经选择了四名献心士和四名士兵，你应该选择殉道使。”佩林并不明白马瑞姆在说些什么，他以为他们全都是殉道使。

“你觉得我不能像你一样教好他们？”兰德的声音很轻，如同剑刃在鞘中滑动的轻响。

“我想真龙大人非常忙碌，没时间教导他们。”马瑞姆毫不迟疑地答道，那种愤怒的气息又出现了，“这太重要了，挑选出最不需要被教导的人吧！我可以选择在最大的程度上满足——”

“一名，”兰德打断他的话，“我会选择的。”马瑞姆露出微笑，以默许的神情摊开双手，但挫败的气息几乎淹没了他的愤怒。又一次，兰德看也不看地指了一下，“他。”不过这次他似乎很是惊讶于自己的选择——他准确地指中一名中年男人，那个男人正坐在马车圈另一边的一只倒扣的桶子上，完全没注意兰德和聚集在兰德身边的人。他用手肘顶着膝盖，手掌撑住下巴，正皱起眉望着那些两仪师囚犯，剑和龙的徽章在他黑色外衣的高领上闪烁着。“他叫什么名字，马瑞姆？”

“柯朗，”马瑞姆审视着兰德，一边缓缓地说着。他的气息中有着比兰德更多的惊讶，并且同样含有恼怒。“柯朗·达西瓦，他来自黑丘的一处农场。”

“就是他了。”兰德说道，但他的声音并不是很确定。

“柯朗的力量成长得很快，但他的脑子经常是一团迷糊，总是不在清醒状态，也许是因为他喜欢做白日梦，也许阳极力的污染已经侵入了他的神经。你还是应该选择诺伊、罗查德，或者是——”

马瑞姆的反对似乎彻底消除了兰德的疑虑：“我说的是柯朗，告诉他，他要跟着我。然后将囚犯交给智者，你就可以离开了，我不打算用一整天时间争论这件事。佩林，让所有人做好上路的准备，然后来找我。”没有再多说一个字，兰德转身走开了，明仍然挽着他的手臂，南蒂拉和苏琳像影子般跟着他。马瑞姆的黑眼睛闪烁着，他是独自走开的，临走时，他向查奥、罗查德、托沃和齐斯曼喝喊着发出号令，黑衣男人们立刻跑了过去。

佩林的面孔扭曲了一下，他有许多事要告诉兰德，却根本没机会开口。不过，也许远离两仪师和智者们后再说才是正确的选择。还有马瑞姆。这里已经没什么工作还需要佩林了。理论上，佩林是这次营救行动的主导者，但鲁拉克比他更清楚该怎样做。只要给多布兰和海芬一个讯息，凯瑞安人和梅茵人也都可以打理好自己。他们仍然有话要说，但他们一直保持着沉默，直到和佩林独处，佩林问起他们的时候。

海芬立刻说道：“佩林领主，真龙大人自己去搜检那些尸体——”

“这似乎有一点……过分了，”多布兰轻声插嘴道，“你知道，我们在为他担心，有许多事情都要依靠他。”多布兰是一名战士，但他也是一名凯瑞安贵族，已经在权力游戏中沉浸日久。现在他说话很小心，就像所有凯瑞安人一样。

佩林并不熟悉权力游戏。“他还是神智健全的。”他坦率地说道。多布兰只是点点头，仿佛在说这是当然的。然后他又耸了一下肩，表明自己从来没有质疑过这一点，但海芬的脸已经红了。佩林看着他们分别朝自己的部下走去，他希望自己没有说谎。

佩林聚集起两河人，告诉他们为马匹备好鞍。他没有理会他们向他鞠躬致敬，他们看上去都是不假思索就这么做了。就连菲儿也说，两河人有时候行礼太过频繁了，她说他们仍然在摸索该如何与一位领主相处。佩林想要对他们高喊“我不是领主”，他以前这样做过，却没有收到任何效果。

当所有其他人都跑向他们的坐骑时，丹尼·鲁文和特尔·鲁文却没有行动。他们是一对堂兄弟——两名瘦高的小伙子，长得很像，只是丹尼蓄出了塔拉朋风格的向下弯的尖髭髯；而特尔在镐尖般的高鼻子下面留了一道阿拉多曼风格的黑色窄髭髯。难民们把许多新东西带进了两河。

“那些殉道使会跟我们一起走吗？”丹尼问。看到佩林摇头，他轻松地长长吁了口气，把自己的胡子都吹起来了。

“那两仪师呢？”特尔忧虑地说，“现在她们要得到自由了，是不是？我是说，兰德自由了——我是说真龙大人。她们不可能被当成囚犯，两仪师不会被这样对待的。”

“你们两个让所有人准备好启程就行了，”佩林说，“两仪师就让兰德去担心吧！”这两个家伙甚至连哆嗦的样子都很像，两根手指若有所思地挠着胡子，佩林急忙将自己的手离开下巴，一个男人在这么做的时候就仿佛他的胡子里长了跳蚤。

营地很快就忙碌了起来，所有人都在尽快地行动，但所有人都有事情还没做完。被俘两仪师的仆人和马车夫们忙着将最后一些物品放进马车，开始在一片鞍鞯的响声中排列成队伍。检查马鞍和缰绳的凯瑞安人和梅茵人似乎到处都是。没有穿衣服的奉义徒四处奔忙，虽然艾伊尔人似乎并没有什么可准备的。

马车圈外面的一片闪光宣告了马瑞姆和殉道使的离开，这让佩林感觉好了一些。不过还是有九名殉道使留了下来，除了柯朗之外，还有另外一名中年人，那是个有着农夫面孔的粗壮家伙。另一个跛了一条腿，头发镶了一圈灰白，看样子已经到了祖父的年纪。其余的都很年轻，其中有些人刚刚脱离了男孩的年纪，但他们都以镇静自若的神态看着身边忙碌的人们，如同已经见识过许多事情的男人一般。他们总是聚在一起，只和自己的人彼此交流，但柯朗似乎被他们排除在外，他站在距离他们几步远的地方，双眼茫然地盯着前方。佩林想起马瑞姆关于这个男人的警告，暗自希望他只是一个喜欢做白日梦的人。

佩林发现兰德正坐在一只木箱上，臂肘撑着膝盖。苏琳和南蒂拉轻盈地蹲在兰德两旁，全都刻意地避免去看兰德腰间的佩剑，她们的手里似乎是随意地握着短矛和皮盾。在这群忠于兰德的人之中，她们仍然警戒着任何靠近兰德的人或物。明盘腿坐在兰德脚边，朝兰德微笑着。

“我希望你知道自己在做什么，兰德。”佩林说着，挪开腰间的斧柄，让自己能蹲下来。除了兰德、明和两名枪姬众之外，其他人距离他都很远，不过佩林还是希望苏琳和南蒂拉能够到智者们那里去。没多说什么客套话，佩林直接把今天上午他所看到和嗅到的信息告诉了兰德，不过他没有说出自己靠嗅觉收集信息的手段。只有极少数人知道他和狼的关系，而兰德不包括在内。殉道使和智者们；殉道使和两仪师；智者和两仪师。在这片混乱而紧张的僵局中，冲突一触即发。佩林也没有忽略两河人。“他们都在担心，兰德。要知道，当有人开始担忧时，说不定已经有凯瑞安人和提尔人开始进行谋划了，他们也许只是要帮助囚犯逃走，也许还有更糟糕的想法。光明啊，我几乎能看到丹尼、班和另外五十个人就要帮助她们逃走了，如果他们知道该怎么做的话。”

“你认为还有另外一些事情会更可怕？”兰德平静地问。佩林感到皮肤一阵刺麻。

他直视着兰德的双眼，用同样平静的声音说：“更可怕一千倍。我不会参与谋杀，如果你这样做，我会阻止你。”两个人陷入一片寂静，不眨一下的蓝灰色眼睛望着不眨一下的金色眼睛。

明皱起眉看着他们两人，用怒气冲冲的声音说：“你们两个羊毛脑袋！兰德，你知道你绝不会下达那样的命令，或者让任何人发出这样的命令。佩林，你知道他不会那么做的。现在，你们两个要变得像两只被丢进同一个鸡栏的陌生公鸡一样吗？”

苏琳发出了笑声。佩林却想询问明对她刚才的判断有多确定，虽然这不是一个他能在这里提出的问题。兰德挠了一下头发，摇摇头，就像是一个人正在否定自己，一个精神有点问题的人。

“这肯定是不容易的，不是吗？”过了一会儿，兰德说道，他的表情很悲伤。“让人痛苦的事实是，我说不出什么是更坏的，我没有任何好的选择。她们要为她们自己负责。”他显得很沮丧，但愤怒正在他的气息中沸腾。“无论是生是死，她们都是压在我背上的重担，是生是死，她们都会把我的背脊给折断。”

佩林顺着兰德的目光望过去，看见了那些两仪师囚犯。现在她们都已经站起来，被聚拢在一起，即使这样，她们仍然努力要和那三名被静断的两仪师保持距离。围绕她们的智者正在执行命令。看着智者们的手势和两仪师们紧绷的面孔，佩林觉得也许智者们比兰德更适合管束她们，但他不确定。

“有没有看到什么，明？”兰德问。

佩林愣了一下，然后用警告的眼神瞥了一下苏琳和南蒂拉，但明只是轻声地笑了笑，她靠在兰德膝头，看上去真的很像佩林认识的那个明。从她在杜麦的井被救出到现在，她还不曾这样过。“佩林，她们知道我的事，智者们还有枪姬众，她们也许都知道了，她们不会在意的。”明有一种一直被她极力隐藏的能力，就像佩林一直隐藏他与狼的关系一样。“你不可能明白那是怎样的情形，佩林，当它开始的时候，我才十二岁，我还不知道要对此保密。所有人都以为我是假装的，直到我说临街的一个男人会和一个女人结婚。那时那个男人已经结婚了，当他带着那个女人私奔后，他的妻子带着一群人来到我姑妈家，说我要为这件事负责，说我在她丈夫身上使用了至上力，或者是给她的丈夫和那个女人喝了某种药剂。”说到这里，明摇摇头，“她并不清楚自己在做什么，她只是要找到一个发泄的对象，那时开始有谣言说我是暗黑之友。那座小镇里一直有白袍众在兴风作浪。拉娜姑妈说服我，要我承认只是偶尔偷听到了那对私奔男女的悄悄话。梅伦姑妈向大家承诺会为了我乱说别人的事情而打我的屁股，姜恩姑妈说她会好好地教训我。当然，她们没有这样做——她们知道事实，但如果她们不这样为我掩饰，如果她们不让大家明白我只是个孩子，我也许就会受伤，甚至被杀。大多数人不喜欢有人知道他们的未来，也不想知道自己的未来，除非那是美好的，就连我的姑妈们也不喜欢。但对于艾伊尔人，我的能力会被他们好意地认为是一种智者的能力。”

“有些人能做到别人做不到的事情。”南蒂拉说，仿佛这样的解释就足够了。

明笑着拍拍那名枪姬众的膝盖：“谢谢你。”然后她重新坐好，抬头看着兰德，她笑起来的时候真是光彩耀人。直到她恢复严肃的表情，佩林觉得那种光彩仍然没有完全褪去。严肃，而且不高兴。“至于说你的问题，我没有看到任何有用的。马瑞姆在他的过去和未来都充满了鲜血，但你也应该能想到这一点，他是个危险的男人，他们似乎正在聚集像两仪师一样的影像。”明透过低垂的睫毛瞥了柯朗和其他殉道使一眼，表明了她话中所指的是谁。大多数人的身上很少会产生影像，但明说两仪师和护法身边总是有影像环绕。“问题是，我看到的全都很模糊，我想这是因为他们一直都在维持着至上力。两仪师身边的影像总是很清晰，但当她们导引的时候，影像就变得模糊起来。科鲁娜她们的身上有各种影像，但她们总是站在一起，让影像全都……嗯……绞缠在一起，变得比囚犯身上的更加模糊。”

“不必在意那些囚犯，”兰德对她说，“她们会一直保持那种样子的。”

“但是兰德，我一直觉得有某种重要的事情，只是我还没办法辨别清楚，那是你需要知道的事情。”

“‘如果你并不知道一切，你也必须利用你所知道的继续下去。’”兰德带着玩笑的意味说道，“我似乎总是有不知道的事情。大多数时候，我知道的都不太够用，但除了继续下去，我别无选择，不是吗？”这句话里当然没有疑问。

罗亚尔走了过来，他显然已经很疲倦了，但还是充满了力量。“兰德，他们说已经做好出发的准备，但你答应过要尽快和我谈谈。”他的耳朵突然不好意思地抖动了两下，那种带着轰鸣的嗓音也变得哀伤。“我很抱歉，我知道这不会是令人高兴的事情，但我必须知道，为了那本书，为了诸纪元。”

兰德笑着站起身，拉住巨森灵敞开的外衣。“为了诸纪元？作者们都是这样说话的吗？不必担心，罗亚尔，那些事我还记得很清楚，我不会忘记的。”虽然兰德还在微笑，但一股严酷、刺鼻的气味突然从他身上发出来，又突然消失了。“还是先让我们回到凯瑞安，洗个澡，躺到床上以后再说吧！”兰德挥手示意柯朗到他身边来。

那个男人并不瘦小，但他移动时却显得很犹豫、瑟缩。他的双手收在腰间，更加深了佩林的这种印象。

“真龙大人？”他歪着脑袋说道。

“你能制造出信道吗，柯朗？”

“当然！”柯朗开始揉搓起双手，用舌尖舔着嘴唇。佩林有点好奇，这个男人一直都是这么战战兢兢的呢，还是因为他在和转生真龙说话？“只要学生表现出足够的力量，米海峨就会教导穿行的技巧。”

“米海峨？”兰德眨眨眼。

“是马瑞姆 · 马瑞姆大人的称号，真龙大人，在古语里，它的意思是，领导者。”那个家伙的笑容显得既紧张，又骄傲。“我在那座农场里看了很多书，卖货郎带来的每一本书我都看过了。”

“米海峨，”兰德不以为然地嘟囔着，“嗯，就这样吧！为我造一个通往凯瑞安附近的通道，柯朗。不知道我不在的时候这个世界变成了什么样子，我又应该为它做些什么。”然后他仿佛是有些悔恨地笑了笑。那笑声让佩林又觉得皮肤开始发麻。

第 3 章

黄金黎明的山丘

在凯瑞安城东北方几里外，是一座远离道路和人居的宽阔低矮山丘。地面逐渐向四周倾斜，稍微有一些起伏；如果没有偶尔出现的灌木丛阻挡，视野可以达到一里外之处，直到看见环绕在周围的森林。突然间，山丘顶上出现一道垂直的光丝，它比骑在马上的人要更高一些。光丝迅速旋转展开，变成一个方形的开口。开口所在的地面上，棕色的枯草都被劈成了两半，任何剃刀都无法削得如此整齐。

通道完全展开的同时，戴面纱的艾伊尔人从里面纷纷涌了出来，男人和枪姬众迅速向周围散开，包围了这座山丘。四名目光锐利的殉道使也随着艾伊尔人走出信道，占据了信道周围的位置，所有人都警觉地监视着环绕这里的森林。周围虽然只有被风吹动的尘土、杂草和树枝，四名殉道使却依然如同饥饿的猎鹰搜寻兔子一样盯着前方，兔子在提防鹰的时候也会有同样的专注，只是眼神绝不会如此凶恶。

涌出的人潮并没有中断，艾伊尔人走过后，紧跟着的是骑马的凯瑞安人，他们呈两列纵队跑出通道。殷红的光明之旗一过通道就立刻被高高举起，飘扬在他们头顶。队伍全部出了通道后，多布兰马上在前方的山坡重组队伍，士兵们都戴好了标显军阶的头盔和铁手套，骑枪抬起到完全相同的角度。他们都是经验丰富的老兵，只要多布兰一挥手，他们就会朝任何方向冲锋。

跟随着最后一名凯瑞安人的步伐，佩林骑着快步跑出通道，这匹深褐色的骏马从杜麦的井附近的山丘一跃跨进了凯瑞安的山丘，佩林不由自主地随着它的动作俯下了身体。通道的上缘和他的头顶还有相当的距离，但他见识过这种通道的破坏力，他不想拿自己的身体当实验。罗亚尔和亚蓝紧跟在他身后，巨森灵徒步走在地上，肩头扛着他的长柄大斧；走过通道时，他还要弯下膝盖。他们身后是两河人。他们还没接近那道门时就已经俯下了身体。拉德 · 亚戴举着红狼头旗，那是佩林的旗帜，因为所有人都是这样说的。特尔 · 鲁文举着红鹰旗。

佩林努力不去看那些旗，特别是那面红鹰旗。两河人对于这件事有着自己的理解，佩林是一位领主，所以他必须有旗帜。佩林是一位领主，但当他命令他们拿掉这些该死的旗帜时，旗帜消失的时间从不会很久。红狼头旗标志着一些不属于佩林，佩林也不想得到的东西；而红鹰旗……超过两千年以前，曼埃瑟兰在兽魔人战争中毁灭。将近一千年后，安多吞并了一部分曾经是曼埃瑟兰的地方，竖起这面旗帜就意味着对于安多的反叛。传说一直萦绕在一些人的脑海里，两河人也并没有多少自己是安多臣民的概念，但女王的意志是不容改变的。

佩林曾经见过新一代安多女王，那似乎已经是很久以前的事情了，而且还是在提尔之岩时。那个女孩那时并不是女王。严格来说，现在她也不是，她还没有正式在凯姆林加冕。伊兰是一名令人愉悦的年轻女孩，而且非常漂亮，虽然佩林并不会特别被她的金发吸引。当然，她有一点自负，毕竟她是一位王女。她应该很喜欢兰德，佩林不止一次见过他们在墙角里依偎在一起。兰德不止是要将安多的狮子王座给她，还要把凯瑞安的太阳王座也一并交到她手里。她肯定会很感激兰德，也很可能会因此而放过这面红鹰旗。看着两河人在这两面旗帜下列队，佩林摇了摇头，不管怎样，这件事可以留到以后再去担心。

两河人并不像军队般严整，他们大多像托德一样，是农夫的儿子和牧羊人，但他们知道该怎么做。每五人一组，其中第五个人抓住另外四匹马的缰绳，其他人则快速下马，擎起上弦的长弓。伫立在地上的人们排成有些松散的行列，他们四下环顾的目光中兴致胜过警戒，但他们预备弓箭的模样却十分熟练。即使已经拉紧弓弦，两河长弓仍然几乎和这些操弓人一样高。有了这些弓，两河人可以把箭射到超乎想象的远，同时准确地命中目标。

佩林希望今天两河人不需要用到他们的长弓。有时候，他会梦想一个从未出现过长弓的世界。而兰德……

“你相信我的敌人会在我……离开……的时候睡觉吗？”在他们等待柯朗打开通道时，兰德突然对他说了这句话。兰德穿了一件从马车里找出来的外衣，这件绿色羊毛外衣做工非常精致，但并不是兰德现在经常穿的样式。除了护法身上的衣着，以及艾伊尔的凯丁瑟，这是营地中唯一适合兰德的外衣了。实际上，佩林本以为兰德只会穿有刺绣的丝绸衣服，因为从昨天一直到今天早晨，他命令人们把所有马车从上到下翻找了一遍。

马车被排成一列，马脚都被拴住，帆布篷和铁架被拆了下来。科鲁娜和其他向兰德发过誓的两仪师们都坐在领头的马车厢里，郁郁寡欢。她们已经不再抗议，因为抗议起不了任何作用，但佩林仍然能听到冰冷而愤怒的嘟囔。至少她们勉强接受了。她们的护法站立在那辆马车的周围，沉默而严肃。那些两仪师囚犯都僵直而阴郁地站立着，周围环绕着所有没跟在兰德身边的智者们，也就是除了索瑞林和艾密斯之外的所有其他智者。囚犯们的护法被聚拢在一百步以外，他们用愤怒的眼光看着周围。虽然他们大多受了伤，又有斯威峨门看守，但他们身上仍然散发着冰冷致命的气息。科鲁娜的大黑马的缰绳被兰德握在手中，一匹四蹄健美的灰褐色母马成为了明的坐骑。除了它们，其他两仪师和护法的坐骑被分配给了殉道使，或者是充当马车队，其余的全都被拴在马车后面——这种分配引起相当大的骚动，相较起自己要徒步行进，两仪师和护法们更加无法容忍他们的坐骑被别人骑乘。

“你们相信吗？达莫？朱尔？”

兰德问的是两名正准备走过通道的殉道使。其中一名身材粗壮，有着农夫般的面孔，他用不确定的眼神看着兰德，接着看看身边那名跛腿、相貌坚毅的老人。他们都在衣领上佩着一只银剑徽章，却没有那枚龙形徽章。“只有傻瓜才认为他的敌人会在他背后无所事事，真龙大人。”那名老人用粗哑的声音说道。他的话听起来很像是一名士兵。

“你说呢，柯朗？”

柯朗愣了一下，似乎是很惊讶有人叫自己的名字。“我……是在乡下长大的。”他毫无必要地拉直自己的剑带，殉道使应该同时接受剑术和至上力的训练，但柯朗对前者却好像并不怎么了解。“我对敌人的事情知道得不多。”尽管他表现得很笨拙，但神态里也有着傲慢的成分，就像其他所有殉道使一样。

“如果你一直留在我身边，”兰德轻声说，“你就会知道了。”他的微笑让佩林打了个哆嗦。兰德微笑着下达了穿过通道的命令，仿佛他们将在通道的另一侧遭遇攻击一样。他对他们说，到处都有敌人，要永远记住这一点。到处都有敌人，而且你永远无法预知下一个会是谁。

队伍仍然不停地从通道中涌出，在一片喧嚣声中，马车从杜麦的井到达了凯瑞安。坐在第一辆马车上的两仪师们如同一群颠来倒去的冰塑雕像，她们的护法在马车旁边跑步前进，手握在剑柄上，眼睛不停地向四处搜寻着。显然，他们在警戒尚未出现的敌人同时，也在警戒着已经在这座山丘上摆好阵势的军队。智者们带着她们看管的囚犯，结队从通道中走出，一些智者用棍棒驱赶着负责看押的两仪师，那些两仪师则完全装作智者和棍棒根本不存在的样子。随后是沙度的奉义徒，他们在一名枪姬众的看管下四人一排跑过通道。那名枪姬众给他们指了一个集合地点，自己就加入其他枪姬众的行列中了。奉义徒们成排跪在那里，像松鸦一样赤裸，像鹰一样骄傲。身为战俘的护法跟在奉义徒后面，佩林从他们身上嗅到了强烈得盖过其他气味的怒火。然后是鲁拉克和其余的斯威峨门与枪姬众，以及另外四名殉道使。这四名殉道使各牵着两匹马，其中一匹是之前那些殉道使的坐骑。随后出现的努瑞勒和他的翼卫队都擎着他们系有红带子的骑枪。

当兰德命令梅茵人殿后时，梅茵人显得很骄傲，大笑着，声音响亮地向凯瑞安人吹嘘如果沙度杀回来，他们会如何英勇地战斗。不过，他们并不是真正的殿后，在所有人之后的是骑在科鲁娜的阉马背上的兰德和骑在灰母马上的明。索瑞林和艾密斯走在那匹黑马的另一侧，南蒂拉和六名枪姬众走在另一侧，柯朗牵着一匹模样驯顺的枣红马跟在他们身后。通道眨眼间一闪而逝，柯朗看着通道曾经所在的地方，眨眨眼，嘴角依稀露出一点微笑，然后笨拙地爬上那匹母马的马鞍。他似乎在和自己说着什么，也许是因为他的剑绊住了他的腿，让他差点从马背上摔下去。他总不会现在就已经疯了吧！

现在，这座山丘上所有的人都为抵抗显然是没有发生的攻击做好了准备。这是一支只有几千人的小部队，但在艾伊尔人这一次跨越龙墙之前，这已经是一支相当有规模的军队了。兰德策马向佩林缓缓走来，一边扫视着周围的原野。那两位智者紧跟着他，低声交谈着，同时看着他。南蒂拉和枪姬众跟在他们身后，仔细观察着所有方位。如果兰德是一头狼，佩林会认为他正在嗅着空气，确认四周的状况。他的高鞍头上横放着真龙令牌，那是一根两尺长的短枪，上面缀着白绿色的穗子，雕刻着龙纹。他不时将那根令牌在手中掂量一下，仿佛是在提醒自己不要忘记它。

兰德勒住马缰，像审视周围的原野般审视佩林。“我信任你。”最后，他一边说着，一边点了点头。明在马鞍上动了动。兰德又说道：“当然还有你，明；也还有你，罗亚尔。”巨森灵不安地耸了一下肩膀，犹豫地瞥了佩林一眼。兰德又向周围看了一圈，目光扫过艾伊尔人、殉道使和其他人。“我能信任的人是那么少。”他疲倦地悄声说道。他的气息非常混乱，就像是几个人的气息混杂在一起，愤怒和恐惧、坚定和绝望，而弥漫在所有这些气息之中的是——疲惫。

要把持住理智，佩林想这样告诉他，坚持住。但一阵愧疚感让他欲言又止。这句话是他想对转生真龙说的，而不是对他的儿时朋友说的。他希望自己的朋友保持清醒，但只有转生真龙是必须保持清醒的。

“真龙大人！”一名殉道使突然喊道。他看上去比男孩大不了多少，黑色的大眼睛就像女孩一样。他的衣领上既没有剑，也没有龙，但他的脸上带着同样的骄傲，佩林知道他的名字是佳哈·那瑞玛。“看西南方。”

那里出现了一个身影，从一里外的树林中跑出来，是一名将裙摆拉到大腿上的女人。佩林能清楚地看见她是一名艾伊尔人，他觉得那是一位智者，虽然仅靠外表一般人无法辨认，但他就是很确定。看到她的时候，佩林本已放下的心又提了起来。有人在这里，恰巧在他们走出通道的地方，这不会是好事。当佩林出发去援救兰德时，沙度又开始骚扰凯瑞安了。但对于艾伊尔人，智者就是智者，无论她属于那个部族。她们在部族之间彼此仇杀的时候也会相互拜访，喝茶聊天。如果有智者从两名拼杀在一起的艾伊尔人中间走过，两名艾伊尔人都会向后退去。也许昨天的事情改变了这个规矩，也许没有。佩林疲倦地叹了口气。这肯定不会是好讯息。

山丘上的每个人几乎都感受到了同样的气氛，队伍各处都开始了轻微的骚动，枪矛被举起，箭扣在弦上。凯瑞安人和梅茵人在马鞍上坐直了身体。亚蓝抽出长剑，眼里闪烁着期待的光芒。罗亚尔靠在大斧上，懊悔地用手指抚摸着斧刃，这把斧头与其他砍树用的斧头相差无几，除了它的末端用黄金镶嵌着树叶和藤蔓的花纹。经过昨天的战斗，这些镶嵌纹饰有些磨损了。如果巨森灵一定要再次使用这把大斧，他会的，但他会像佩林一样感到深深的悔恨。

兰德只是坐在马鞍上，望着那个身影，脸上没有任何表情。明让坐骑紧贴着兰德，伸手拍抚着他的肩膀，如同在安抚一头毛发竖起的獒犬。

智者们没有显露出任何困扰的模样，但她们并没有静立不动。索瑞林打了个手势，十二名看押两仪师的智者走到她和艾密斯身边。她们距离兰德和佩林都很远，佩林甚至听不清她们在说些什么。这些智者的头发里很少能看到灰色，索瑞林是她们之中唯一脸上有皱纹的，不过话说回来，这支队伍里的智者几乎没有一人有灰发，实际上，并没有很多艾伊尔人能够活到长出灰发的年纪。这些智者一定都具有相当的地位或影响力，不论她们是怎么决定这样的等级的。佩林曾经看到索瑞林和艾密斯与同样这批人会晤。会晤或许并不是一个确切的词，因为每次都是索瑞林说话，偶尔艾密斯会插一句话，而其他人只是在听着。这一次，仿佛是伊达拉说了一句反对的话，但立刻被索瑞林压制了下去；索瑞林甚至没有为了响应她而中断自己的滔滔不绝。然后索瑞林点出了两个人——索塔和珂赛恩，她们两个立刻提起裙子，朝那个跑来的人迅速地跑了过去。

佩林拍拍快步的脖子。不要再有杀戮了，现在还不要。

三位智者在将近半里外的地方会合。她们交谈了一会儿，然后全都朝山丘跑了过来，直接跑到索瑞林面前。新来的是一位年轻女子，鼻子很高，有一头浓密到令人难以置信的红头发。她匆忙地向索瑞林说话，索瑞林的面孔则变得愈来愈生硬。最后，那名红发女子结束了报告（或者是索瑞林打断了她的话），她们将面孔转向兰德，但没有一个人朝这里走过来。她们在等待着，双手交叠在腹前，披巾垂挂在手臂上，像两仪师一样难以捉摸。

“卡亚肯。”兰德压低声音，冷冷地嘟囔了一句。然后他滑下马鞍，又帮助明下了马背。

佩林和他们一起下了马，牵着快步向智者们走去。罗亚尔和他们走在一起，亚蓝骑在马上跟在他们身后，直到佩林发出命令他才下马。艾伊尔人不骑马，除非是不得已，而且他们认为骑在马上与一个人面对面是粗鲁的行为。鲁拉克和高尔也来到了他们身边，不知为什么，高尔紧皱着眉头。不用说，南蒂拉和苏琳也率领枪姬众跟随着兰德。

兰德刚一靠近，那名红发女子就说道：“柏尔和梅格纳向各个方向派出使者，等待你返回这座毁树者的城市，卡亚肯，但没有人能想到会是——”

“菲拉英！”索瑞林的声音尖锐得足以划出血来。那名红发女子硬生生闭上了嘴，牙齿发出响亮的撞击声，一双亮蓝色的眼睛紧盯着兰德，或者是在躲避着索瑞林的瞪视。

最后，索瑞林深吸一口气，将注意力转移到兰德身上，用僵硬的声音说：“营地里有麻烦，谣言是从毁树者之间传出来的，他们说你和两仪师一起去了白塔，要在玉座面前屈膝下跪。知道实情的人都不敢开口，否则最后的情况可能会变得更糟。”

“最后的情况怎样？”兰德平静地问，但从他身上流露出紧张的气息。明又开始拍抚他的肩膀。

“有许多人相信你抛弃了艾伊尔，”艾密斯以同样平静的口吻对他说，“荒季回来了。每天都有上千人抛下枪矛，从营地消失，他们无法面对我们的未来、我们的过去，其中一些人也许会去加入沙度。”片刻之间，她的声音里出现了厌恶的情绪。“有人在悄悄议论，真正的卡亚肯不会把自己交给两仪师。英狄瑞安说，即使你去了白塔，也绝不可能是出于自愿。他正准备率领柯代拉向北，向塔瓦隆进军，与他找到的任何两仪师进行枪矛之舞，杀死这次行军中遇到的任何湿地人，他说是湿地人背叛了你。提摩兰在暗中议论，说如果这些谣言是真的，你背叛了我们，他会率领米雅各布马返回三绝之地。但在此之前，他要看到你的死亡。曼德兰和强文没有发表任何议论，但他们同时在听取英狄瑞安和提摩兰的意见。”鲁拉克的面孔扭曲了，他从齿缝间倒吸了一口气，对一名艾伊尔而言，这种表现已经相当于一名湿地人在撕扯自己的头发了。

“这不是好讯息，”佩林说道，“但你们把它说得像是判决死刑一样，一旦兰德现身，谣言就会结束了。”

兰德用手挠了挠头发:“如果是这样，索瑞林看起来就不会像是吞下一条蜥蜴了。”而南蒂拉和苏琳现在的模样，仿佛是她们吞下的蜥蜴仍然在她们的肚子里来回乱爬。“你有什么还没告诉我，索瑞林？”

那名满脸皱纹的女人露出一个浅浅的、欣赏的微笑。“你能理解我们有言外之意，这样很好。”但她的声音仍然像岩石般冷硬，“你是和两仪师一同返回的，有些人会相信这意味着你已经向两仪师屈膝了。无论你怎样说，怎样做，他们会认为你已经被两仪师套上了缰绳。想要向他们解释清楚事实并不容易，而在他们知道你曾被两仪师囚禁之后就更困难了。秘密会找到跳蚤也钻不过的缝隙渗透出去，而被这么多人知道的秘密就已经生出翅膀了。”

佩林看了多布兰和海芬一眼，他们都和他们的部下一起望向此处。他不安地吞了口口水。有多少人追随兰德只是因为兰德可以倚重艾伊尔人的力量？肯定不是所有的人，肯定有许多人因为兰德是转生真龙而追随他。但受到艾伊尔人锋刃的光芒吸引或压迫的人，也许更多上五倍，甚至十倍。如果艾伊尔人离开了，或者是分裂了……

佩林不想去思考这种可能性。守卫两河已经是他能力的极限了，甚至可能已经超过了他的能力，不管是不是时轴，佩林并没有幻想过自己会名垂史册。那是兰德的事情。村庄里的问题才是他能力所及的事情。但他也无法阻止自己。他的思绪一团混乱。如果最糟糕的情况到来该怎么办？他的脑海中闪过一个个名字：谁会尽忠职守，谁会中途开溜？前者似乎很少，后者似乎太多。佩林感到喉咙一阵发干。有太多人一心只想着自己的利益，仿佛从没听说过转生真龙和最后战争的预言。佩林怀疑，即使末日战争开始，仍然会有许多人为自己的利益用尽心思。最可怕的是，这些人中绝大多数将不会是暗黑之友，他们只是一心为自己着想的普通人。罗亚尔的耳朵无力地低垂着，他也想到了这一点。

索瑞林刚刚和兰德说完话，她的眼睛却已经瞪向了兰德身边，愤怒的眼神几乎能在钢铁上钻出洞来。“你们被命令留在马车里。”碧拉和科鲁娜猛然停住脚步，埃拉娜差点撞到她们身上。“你们已经被告知，未经允许不得碰触至上力，但你们偷听了我们在这里所说的一切。你们会知道，我说过什么话，我就会怎么做。”

尽管面对着索瑞林可怕的目光，三名两仪师并没有退却。碧拉和科鲁娜显示出冰冷的威严，埃拉娜的眼神中更蕴含着挑衅的神情。罗亚尔的大眼睛转向她们，又转向智者，刚才只是垂下来的耳朵现在已经完全皱缩了起来，长眉毛一直低垂到脸颊上。佩林还在脑海中思考着一个个名字，只是心不在焉地好奇两仪师会怎样对抗智者。用至上力偷听——智者对此做出的反应绝不会只是索瑞林的两声咆哮，兰德的反应也绝不止于此。

但兰德看上去并没有理会她们，他的目光越过了索瑞林，就像是在倾听某个其他人听不到的声音。“湿地人呢？”他最后说道，“克拉瓦尔已经加冕成为了女王，对不对？”他并没有真正地询问。

索瑞林点点头，拇指扣击着腰带上匕首的握柄，但她的注意力一直都没离开那些两仪师。谁会成为湿地人的国王或女王对艾伊尔人来说并没有什么关系。特别是对于那些毁树的凯瑞安人。

一根冰柱戳进了佩林的胸膛。赛甘家族的克拉瓦尔想得到太阳王座并不是秘密，她从盖崔安国王被刺杀那天开始就在谋划这件事，那时候兰德甚至还未自称为转生真龙。当人们都已经知道，兰德意欲将太阳王座交给伊兰之后，克拉瓦尔仍然继续暗中计划着。没有几个人知道克拉瓦尔是一名冷血的杀人犯。而菲儿现在还在那座城市里，不过，至少菲儿不是孤身一人，贝恩和齐亚得会留在她身边。她们是枪姬众，也是菲儿的朋友，就是那种在艾伊尔人之中可以彼此称为姐妹的人，她们不会让菲儿受到伤害的。但那根冰柱并没有从佩林的胸中消失。克拉瓦尔恨兰德，她也恨兰德身边所有的人，比如兰德朋友的妻子。不，贝恩和齐亚得会保护菲儿平安的！

“现在的局面很微妙。”科鲁娜没理会索瑞林，又故意朝兰德靠近了一些，干瘦的索瑞林目光已经变得如同一柄大锤。“无论你怎么做，都会引起巨大的反应，我——”

“克拉瓦尔说了什么关于我的事？”兰德用一种过于随意的语调问着索瑞林，“她有没有伤害贝丽兰？”贝丽兰，梅茵之主，兰德委托她管理凯瑞安城。为什么他不问菲儿？

“贝丽兰·苏·潘恩崔平安无事。”索瑞林低声说着，目光却还停留在两仪师身上。表面上，科鲁娜仍然保持着平静，对于自己的话被打断的事不做理会，但她瞪向兰德的目光几乎能冻僵熔炉中的火焰。这时索瑞林向菲拉英打了个手势，示意她继续说下去。

那名红发女子愣了一下，然后清了清喉咙。很显然，她没想到自己会被允许说话，所以她匆匆地恢复威严的神情，如同匆忙中穿上一件礼服。“克拉瓦尔·赛甘说你去了凯姆林，卡亚肯，或者也许是去了提尔。但无论你去什么地方，所有人都必须记住你是转生真龙，必须遵从你的命令。”说完这句话，菲拉英哼了一声。转生真龙并不是艾伊尔预言的一部分，兰德对艾伊尔人来说只是卡亚肯。“她说你会回来，确认她登上王位的事实。她经常和首领们交谈，怂恿他们将军力移向南方，她说，这样做才是服从你的命令。她不喜欢会见智者，我们说的话都被她当成了耳边风。”然后菲拉英又哼了一声，这次几乎是和索瑞林同时出声。没有人能告诉部族首领们该做什么，而激怒智者的人更不可能说服首领们去做任何事。

这件事看在佩林眼里是很合理的——当他能够稍微放下对菲儿的挂念时。克拉瓦尔也许从未真正注意过那些“野蛮人”，从未真正搞清楚智者并不只是一些使用草药的女人，但她想让所有艾伊尔人都离开凯瑞安。问题是，如果处在这种环境里，是否会有首领听从她？不过兰德并没有问如此显而易见的问题。

“城中还出了什么事？你听到的任何事都可以，菲拉英，即使是一些看起来只对湿地人才重要的事情。”

菲拉英轻蔑地一甩红发：“湿地人就像是沙地蝇，卡亚肯，谁能知道他们认为什么是重要的？我听说，城里有时会发生奇怪的事情，同样的事在营地里也有发生。有时候人们会看到不可能的景象，只是偶尔，但那确实是不可能的，男人、女人和孩子都有人死亡。”佩林的皮肤一阵发麻。他知道，这就是兰德所说的“邪恶的泡沫”，它们从暗帝的牢狱中渗出，如同从沼泽中渗出的瘴气，它们飘浮在因缘中，直到突然破裂。佩林曾经见过这样的泡沫破裂，他绝不想再见第二次。“如果你是说湿地人所做的事，”菲拉英继续说道，“谁会有时间注意沙地蝇？除非它们咬了人。这倒让我想起一件事，我不明白那件事，也许你会明白。这些沙地蝇迟早会咬人的。”

“什么沙地蝇？湿地人？你在说些什么？”

菲拉英并不像索瑞林那样善于运用凶狠的目光，但佩林从没见过喜欢别人没有耐心的智者，即使是首领的首领也不行。她扬起下巴，收拢披巾，然后答道：“三天前，毁树者卡莱琳·达欧崔和托朗姆·瑞亚丁来到了这座城市附近，他们宣布克拉瓦尔是篡位者，但他们只是停留在城市南边，除了偶尔派几个人进城外，什么都没做。如果是在他们的营地之外，他们的一百个人即使只遇到一名持枪矛者，甚至是一名奉义徒，也会转头逃走。那个被称作达林·西斯尼拉的和其他提尔人昨天乘船到了城下，并加入了他们。他们从那时起就一直在设宴狂欢，大吃大喝，仿佛是在庆祝什么。毁树者的士兵依照克拉瓦尔的命令聚集在城里，他们戒备我们的营地比他们戒备另外那些湿地人更甚，但他们也没有任何行动。也许你知道这其中的原因，卡亚肯，我不知道，柏尔、梅格纳和营地中的其他人也不知道。”

卡莱琳女士和托朗姆大人统率着拒绝接纳兰德和艾伊尔的凯瑞安人；达林大君则统率着反对兰德的提尔人，这两支反抗军的规模都不大。前几个月，卡莱琳和托朗姆一直盘踞在世界之脊的山麓地带，只是发出各种恫吓和宣言；达林则是躲在哈登莫克做着同样的事情。但看起来他们已经不甘于躲藏了。佩林发现自己正用拇指轻轻地抚过斧刃。艾伊尔人的力量正在流失，而兰德的敌人正在聚集；现在只差弃光魔使亲自现身了，还有瑟瓦娜和她的沙度。这样，蜂蜜蛋糕上就连奶油都涂好了。但这些事并不比有人看见梦魇成真更加重要。菲儿一定要平安，一定要。

“戒备总比战斗好。”兰德若有所思地低声说着。他又像是在听某个看不见的人说话了。

佩林完全同意兰德的话——任何事都比战斗好。但是有敌人出现时，艾伊尔人并不这样认为，鲁拉克、索瑞林、菲拉英、南蒂拉和苏琳的表情都仿佛兰德是在说沙子比水更好喝。

菲拉英努力站直身体，在艾伊尔女人之中，她并不算是高个子，她的头顶几乎还不到兰德的肩膀，但她显然是想用鼻子顶住兰德的鼻子。“在那座湿地人的营地里差不多超过一万人，”她用责备的语气说道，“城里军队的规模也大致相当。对付他们很容易，就连英狄瑞安也记得你有过命令——除非自卫，否则不能杀死湿地人——但如果丢下他们不管，他们就会制造麻烦。何况还有两仪师在城里，谁知道她们会——”

“两仪师？”兰德的声音很冰冷，他握住真龙令牌的指节泛白了。“有多少？”佩林嗅到他身上散发的气息，感觉自己肩胛中间的皮肤在一阵阵发冷。突然间，他能感觉到那些两仪师囚徒正在看着这里，还有碧拉、科鲁娜，和其他两仪师。

索瑞林完全失去对科鲁娜的兴趣。她的双手叉在腰间，眯起眼睛：“为什么你没告诉我这个？”

“你没有给我机会，索瑞林。”菲拉英喘着气回应道。她缩起肩膀，蓝眼睛转向兰德，然后她的声音才恢复了坚定。“也许有十名或者更多，卡亚肯，我们在避开她们，尤其是自从……”然后她的目光转回索瑞林身上，喘息着说，“你并不想听湿地人的事，索瑞林，你说过，只说关于我们营地的事情。”转回到兰德这一边时，她又挺直了腰。“她们大多停留在阿瑞琳·多兰恩的屋檐下，卡亚肯，她们很少离开那里。”然后她再度缩了缩，对索瑞林说：“索瑞林，你知道，我本来会把一切都告诉你的，是你不让我说的。”当她意识到有多少智者在看着她，有多少智者开始微笑时，她的眼神变得更加慌乱，脸也红了。她的头在兰德和索瑞林之间来回转动着，嘴巴一开一合，却没有发出任何声音。一些智者开始用手捂住嘴，笑了起来，伊达拉甚至没有用手去掩饰笑容。鲁拉克仰起头，发出响亮的笑声。

佩林没有一点想笑的情绪。艾伊尔人甚至在剑刃刺进身体时仍然能找到好笑的事情，尤其是关于两仪师的事情。光明啊！佩林忍不住把自己认为最重要的事情喊了出来。“菲拉英，我的妻子，菲儿平安吗？”

菲拉英有些烦乱地瞪了佩林一眼，然后努力让自己恢复平稳的心态。“我想菲儿·艾巴亚很平安，瑟凯尔。”她用相当冷静的口气说着，一边还在试图用眼角观察索瑞林的动静。索瑞林的脸上没有半点笑容。她将双臂抱在胸前，望向菲拉英的目光让刚才她瞪着科鲁娜的目光都显得温柔了。

艾密斯用手按住索瑞林的手臂。“她没有错。”然后她又悄声耳语了几句，声音非常轻，只有索瑞林和佩林听到了。索瑞林犹豫了一下，点点头，凶狠的目光又恢复成她平时难以相处的眼神。艾密斯是佩林所见到唯一能做到这一点的人，也是索瑞林唯一不会抬腿就踩的人。不过，她也踩不倒鲁拉克，但那更像是巨大的山岩不在乎暴风雨的肆虐，而艾密斯是能够让雨停下来的人。

佩林想从菲拉英那里知道更多的事——她觉得菲儿很平安？但还没等佩林开口，科鲁娜带着她那种惯常的傲慢神态插话进来。

“现在，仔细听我说，”她一边说，一边在兰德的鼻子下面打着手势，“我说过，现在的局势很微妙，实际上，现在的局势远比你想象得更加复杂，也许只要吹一口气，精细的结构就会完全粉碎。碧拉和我会陪同你进入城市，是的，是的，埃拉娜，还有你。”她不耐烦地朝那名身材苗条的两仪师挥挥手。佩林觉得她正在努力使用她的交涉手段，她确实是在以居高临下的姿态睨视着兰德，但毕竟为身高所限，兰德只是俯视着双眼只能平视自己胸口的两仪师。“你必须接受我们的指引，只要一个错误的行动，说错一句话，你就会让凯瑞安蒙受你让塔拉朋和阿拉多曼所受到的灾难。更可怕的是，你会对许多你几乎一无所知的事造成无法估量的损失。”

佩林哆嗦了一下，没什么事能比这番话更激起兰德的怒火了，但兰德只是静静地听着，直到她说完，然后才转向索瑞林。“带领两仪师去营地，她们所有人，立刻就去，让所有人知道她们是两仪师。让所有人认为，只要你说‘跳’，她们就会跳，就像当卡亚肯这样说，你也会跳起来一样。这可以让大家相信，我并没有被两仪师拴上缰绳。”

科鲁娜的脸变成了亮红色，她的身上散发出强烈的怒火，让佩林的鼻子感觉一阵刺痛。碧拉努力想安抚科鲁娜，但并不是很成功，她看着兰德的眼神，仿佛是在看着一名不懂事的小孩子。埃拉娜则用力咬着嘴唇，仿佛在努力压抑着笑出来的冲动，但根据索瑞林和其他人身上的气息，埃拉娜一点也不该觉得高兴。

索瑞林向兰德微微笑了笑。“也许，卡亚肯，”她不置可否地说。佩林觉得任何人都不可能让索瑞林跳起来。“也许会的。”她的语气里并没有多少确认的成分。

兰德又摇摇头，就带着明离开了，枪姬众们跟随在后。他开始发出命令，分配好哪些人该与他同行，哪些人跟随智者。鲁拉克开始向斯威峨门发出命令。埃拉娜的目光一直跟随着兰德。佩林希望自己知道接下来会有什么样的事情发生。索瑞林和其他人也都看着兰德，她们的身上散发出各种气味，但其中绝对没有半点柔和。

佩林发现菲拉英一个人站着，他觉得现在是他的机会了，但是当他打算向菲拉英开口时，索瑞林、艾密斯和其他智者已经包围了她，把佩林彻底挤到了外面。她们在开始向菲拉英提出问题之前，又向远处走了一段路。在此之前，智者们最后瞪了科鲁娜和另外两名两仪师一眼，清楚地表明她们绝不会再容忍两仪师的偷听了。科鲁娜接收到了这个讯息，她死死地瞪着智者们，直到她的黑发几乎要竖起来。碧拉坚定地对科鲁娜说了什么，佩林很清楚地听到“理智”、“耐心”、“谨慎”和“愚蠢”几个词，但他并不确定这些词分别指的是谁。

“我们到达城市时一定会发生战斗。”亚蓝的声音里流露出渴望。

“当然不会，”罗亚尔顽固地说。他的耳朵抖动着，眼睛则不安地瞥着自己的斧头。“不会有战斗的，对不对，佩林？”

佩林摇摇头，他不知道，现在他只希望智者们能够离开菲拉英，只要一下下就行。她们到底有什么重要的事非说不可？

“女人，”高尔嘟囔着，“比喝醉的湿地人更奇怪。”

“什么？”佩林不经意地问。如果他直接冲进那群智者里去会发生什么事？仿佛是读懂了佩林的心思，伊达拉皱起眉瞪了佩林一眼，其他几名智者也做了同样的动作。有时候，女人似乎真的能看清楚男人的心思，嗯……

“我是说，女人很奇怪，佩林·艾巴亚。齐亚得告诉我，她不会将新娘花冠放在我的脚旁，她真的是这样对我说的。”这名艾伊尔人的语气中充满了反感。“她说她会当我是她的情人，她和贝恩的情人，但仅此而已。”如果是在以前，佩林一定会为此感到震惊不已，但佩林已经听过这种事情了。艾伊尔人对这种事有着令人难以置信的……自由开放。

“似乎我还不够当一名好丈夫。”高尔气愤地哼了一声，“我不喜欢贝恩，但如果能让齐亚得高兴，我会娶贝恩的。如果齐亚得真的不打算做新娘花冠，她就不该再引诱我了。如果我不能引起她足够的兴趣，让她嫁给我，她就应该让我离开。”

佩林对高尔皱起眉头。这名绿眼睛的艾伊尔人比兰德还要高，几乎比佩林高出一个头。“你说什么？”

“当然是齐亚得，你没在听吗？她在躲着我，但每次我看见她时，她都会停下脚步片刻，让我能将她看清楚。我不知道你们湿地人是怎么做的，但对我们来说，这是女人所使用的方法之一。当你最想不到的时候，她就会出现在你眼前，然后又离开。在今天早晨以前，我甚至不知道她就在和我们一起的枪姬众里。”

“你是说，她在这里？”佩林低声说道。那根冰柱又回到他的心口，而且变出锋利的刀刃，几乎要将他的心脏挖出来。“那么贝恩呢？她也在这里？”

高尔耸耸肩，“她们两个很少会离开对方，但我在意的是齐亚得，而不是贝恩。”

“烧了他该死的在意吧！”佩林喊道。智者们都转过头来看着他，实际上山丘上所有的人都在看着佩林。科鲁娜和碧拉完全不眨眼地看着他，脸上若有所思的神情让佩林觉得浑身不自在。佩林努力压低声音，但他无法压抑住自己激烈的心情。“她们应该保护她的！她在城里，就在王宫里，和克拉瓦尔在一起，克拉瓦尔！她们应该保护她的。”

高尔抓了抓头，看着罗亚尔。“这是湿地人的幽默吗？菲儿·艾巴亚已经不再穿短裙了。”

“我知道她不是小孩！”佩林深吸了一口气，想要保持语气平静实在非常困难，现在他觉得胃里充满了火热的胃酸。“罗亚尔，你是否能向高尔……解释这件事，让他明白，我们的女人不会拿着枪矛乱跑。克拉瓦尔不会直接向菲儿挑战。她会命令别人割断菲儿的喉咙，或者将菲儿扔进一口井里，或者……”佩林突然想起许多可怕的情景，他差点要把胃里的东西全吐出来了。

罗亚尔笨拙地拍了拍他的肩膀。“佩林，我知道你在担心，我知道如果我想到伊莉丝会有危险，我会有怎样的感受。”他耳朵上的绒毛在颤抖着。他实在没什么资格说这样的话，为了躲避他母亲和那名挑选了他的年轻巨森灵女子，他会用最大的力量逃跑。“嗯，佩林，菲儿正在等你，平安无事，我知道的，你也知道，她能照顾自己。她能照顾好她自己，也能照顾好你、我，还有高尔。”他发出一阵很勉强的、嗡嗡般的笑声，然后那笑声很快就消失了，表情变得沉重而严肃。“佩林……佩林，你知道你不能永远保护菲儿，无论你有多么想这样做。你是时轴，因缘为了某些目的让你出现，也会利用你达到这些目的。”

“烧了因缘吧！”佩林咆哮道，“全都烧了吧，只要她平安就好。”罗亚尔的耳朵因为惊讶而紧缩起来，就连高尔都显得很诧异。

*这让我成为了什么？*佩林心想。他曾经藐视过那些为自己的利益蝇营狗苟，却看不到暗帝的影子正在覆盖世界、最后战争即将到来的人，现在他又和他们有什么区别？

兰德在他身边勒住了缰绳：“一起来吗？”

“好。”佩林阴郁地说道。他没有能为自己的问题找到答案，但他知道一件事——对于他，菲儿就是全世界。

第 4 章

进入凯瑞安

佩林恨不得用比兰德更快的速度前进，但他知道，那样的话，马匹坚持不了很久。在一半的时间里，他们骑着马小跑前进，另外一半的时间里，他们和马匹一起放步前奔。兰德似乎察觉不到身边还有别人与他同行，但是在明的身体不稳的时候，他总是会伸手将她扶住。对于其他人，他似乎完全是处在另一个世界里，每次他注意到佩林或是罗亚尔，都会惊讶地眨眨眼。说实话，其他人的状况也不比兰德好多少。多布兰和海芬的士兵都直瞪着前方，心中揣摩着他们将会遇到的麻烦。两河人都受到了佩林情绪的影响，变得阴沉肃穆。他们喜欢菲儿（实际上，他们有些人甚至崇拜那女孩），如果菲儿真的受到伤害……就连亚蓝在意识到菲儿可能正身处险境后，战斗的热情也冷了下来。每个人都将注意力集中在引领他们赶往凯瑞安城的道路上，只有殉道使除外。他们跟随在兰德身后，如同一群乌鸦。他们仔细观察着不断掠过身边的原野，警戒着可能遇到的埋伏。柯朗却瘫坐在马鞍上，就像是一个麻布袋，当不得不跑步前进时，他就会闷闷不乐地嘟囔几声，然后瞪着周围，仿佛希望遭遇到伏击似的。

佩林清楚，他们不太可能遭遇伏击。苏琳和十二名法达瑞斯麦正在队伍前方、佩林的视线内小跑前进，还有一队同样数量的法达瑞斯麦跑在更前面，负责探路，另外有两队负责保护队伍的侧翼。她们之中有些人将短矛插在背后拴弓匣的带子里，矛尖从她们的脑后探出来，她们的手里拿着短角弓，弓弦上扣着箭。她们警觉地监视着任何可能威胁到卡亚肯的蛛丝马迹，同时以同等的注意力留心着兰德，仿佛兰德会再次从她们眼前消失。任何陷阱，任何危险，她们一定都能提前发现。

齐亚得是跟随苏琳的枪姬众之一，她是一名高个儿女子，有着暗红色的头发和灰眼睛。佩林望着她的后背，希望她能落后一些，跟自己说两句话。她也会不时瞥佩林一眼，但一直在躲着佩林，仿佛佩林身上有严重的传染病。贝恩并不在那支小队里。大多数枪姬众都和鲁拉克率领的斯威峨门在一起，行动速度慢一些，因为和他们一同前进的还有马车和囚犯们。

菲儿的黑母马跑在快步后面，它的缰绳拴在佩林的马鞍上。两河人把燕子从凯姆林带了过来，每次佩林看到这匹马跑在他身后，妻子的影像就会浮现在他的脑海里，她的高鼻子和性感的嘴唇，光彩熠熠的黑眼睛，还有那对高颊骨。菲儿很喜欢这匹马，也许就像喜欢他一样，一个既骄傲又美丽、性格如火的女人。达弗朗·巴歇尔的女儿不会隐忍任何事，甚至不懂得管住自己的舌头，这会让她在对付克拉瓦尔时处于非常不利的境地。

他们停下来四次好让马儿休息，但每次的耽搁都让佩林狠狠地咬牙，不过照顾好马匹是他的一个根深蒂固的习惯。他心不在焉地检查着快步的状况，照惯例喂它一点水。照顾燕子时，他则更加用心，如果燕子平安到达凯瑞安……一个念头深植在他心里：如果他将菲儿的坐骑安全地带到凯瑞安，菲儿就会安然无恙。这当然是一个荒唐的念头，一个男孩的幻想，一个小男孩愚蠢的幻想，但这个念头一直没有离开他的心里。

每次休息时，明都会努力让佩林安心。带着嘲弄的笑容，明说佩林看上去像是一个死在冬天上午的人，正等着有人将他的坟墓填满。她告诉佩林，如果佩林带着这样的表情去见菲儿，菲儿一定会在他面前将门摔上。但明最终也承认，她没有看到任何影像说明菲儿没有受到伤害。

“光明啊，佩林，”最后明一边套上灰色的骑马手套，一边用恼怒的语气说道，“如果有任何人想伤害那个女人，她也会让那个人在走廊里等，直到她有时间见他。”佩林差点对明吼起来。当然，他们两个实际上是很要好的朋友。

罗亚尔提醒佩林，号角狩猎者都是能够照顾好自己的人，而且菲儿在兽魔人袭击两河时也将自己保护得很好。“她不会有事的，佩林。”巨森灵扛着大斧，在快步旁边小跑着，同时还在热情地唠叨说，“我知道她会的。”但是这句话他已经说了二十遍，而且每一次他的热情都会消减一点。

巨森灵最后想鼓舞佩林的努力却有些超出他的意图。“我相信菲儿是能照顾自己的，佩林，她不是伊莉丝。我真是恨不得立刻成为伊莉丝的丈夫，好好照料她。我想，如果她改变了主意，我一定会死掉的。”说到这里，罗亚尔大张着嘴，一双大眼睛儿乎突出眼眶之外，耳朵抖动个不停。他踉跄了一下，差点摔倒在地上。“我从没想过要这样说，”他哑着嗓子说道，重新恢复稳健的步伐，但他的耳朵还在颤动，“我不确定我是想……我太年轻了，还不能……”他用力吞了口口水，带着责备的神情看了佩林一眼，又用同样的眼神瞥了前面的兰德一眼。“在两个时轴旁开口真不是件安全的事；什么话都有可能意外地冒出来！”当然，他不可能因为时轴的影响而说出自己根本没想过要说的话；不过如果没有时轴在他身边，他说出这些话的几率想必是千分之一，甚至百万分之一。罗亚尔自己也知道这点，而佩林还没见过什么事情把罗亚尔吓得如此厉害，过了很长一段时间之后，巨森灵的耳朵才停止了抖动。

菲儿充满了佩林的心思，但他并不是瞎子，不完全是。他们愈朝西南方前进，刚刚进入他的视野，却没进入他脑海的事情，也开始一点点渗进他的意识里。当他们从凯瑞安出发向北追击两仪师时，天气已经很热了。现在距离那时还不到两个星期，暗帝的手似乎将这个世界握得更紧了，大地在这只魔掌中被压得粉碎。干燥的草叶被马蹄踏成了粉末，枯萎的褐色藤蔓蛛网般攀附在山丘的岩石上；树枝上面的叶子都落光了，枝条本身也都已经干枯死去，随着干热的强风刮过，枯死的枝干也纷纷碎裂，常绿的松树和羽叶木上残存的枝叶也全都变得枯黄了。

又过了一两里，路旁出现农场和用暗色石块砌成的方形房屋。一开始，它们还只是在林间空地中单独出现。逐渐林地变得稀疏，只剩下一些称不上是树木的树，人工的景色变得愈来愈多。不时会有供大车通行的道路从大道上岔开来，消失在山丘后面。路旁用石墙围起的田地愈来愈多，其中大多数都荒芜了。许多房屋旁边或者倒着一把椅子，或者是能看到一个被丢弃的布娃娃。瘦得露出肋骨的牛和动作迟缓的羊零散分布在牧场上，还有许多乌鸦在那里争夺着倒毙的牲畜。本来是溪水欢快流淌的地方只剩下干泥地面上的几股细流，本该被白雪覆盖的农田变成一块块干裂的土地，粉碎的土壤成为一团团风中的飞灰。

一股高扬的尘土勾画着这支队伍行进的路途，直到窄土路变成通往章嘉门的宽阔石板路面。路上也有其他的行人，但数量非常少，而且通常都是目光迟钝，仿佛快要睡着样子。正在落下的太阳现在已经到了天顶和地平线的中点，空气像烤箱中一样干热。偶尔还有牛车和马车匆匆赶过，然后消失在小路或田间，那些车夫和乡民们都板着面孔，看那三面旗帜从他们身边经过。

一支上千人的武装队伍足以令人侧目，上千个全副武装的人，急匆匆地朝着某个既定的目标赶路。当他们从自己身旁消失时，实在是件值得感谢的事情。

最后，当太阳临近地平线时，出现了一块高地，再过两三里就要到凯瑞安了。兰德拉住缰绳，枪姬众们已经集结在一起。她们也都停下了脚步，但锐利的目光仍然不停地扫视着四周。

在城市周围没有树的山丘上看不到任何移动的东西，它们后面就是一片用灰色石块砌成的巨大建筑，一直向西延伸到澳关雅河岸边。方形的厚墙，方形的高塔，大小不一的船只停泊在河面上，有一些停在对岸的码头边——那里是谷仓的所在地。有几艘船正在风帆或长桨的驱动下前进，一切都呈现出和平、繁荣的景象。天空中没有一丝云彩，阳光刺眼；巨大的旗帜飘扬在城中的那些高塔上，当它们被风吹起时，佩林能清晰地看到它们上面的图案。猩红色的光明之旗，蜿蜒着金红色游龙的白色真龙旗，凯瑞安蓝底色上绣着金色朝阳的日升旗，还有第四面旗，跟另外三面一样突出：交错的黄色和红色底纹映衬着一个银色的菱形。

紧皱眉头的多布兰从眼前拿下小望远镜，把它放进马鞍上的一只雕花皮管里。“我本来还希望那些野人判断有误，但赛甘家族的旗帜和日升旗一同升起，这就表示克拉瓦尔确实登上了王座。她现在应该是每天向人们发放礼物：钱币、食物、华丽的服饰，这是凯瑞安加冕典礼的传统。一名统治者得到王位后的第一周，会是她最受到民众欢迎的时候。”他用眼角觑着兰德。他试图直言劝谏，但这么做的压力抹去了他脸上所有的表情。“如果人们不喜欢你所做的，他们就会暴动，街道上将血流成河。”

海芬的灰色阉马不停踢蹬着地面，显露出主人焦躁的心情。海芬的目光则一直不停地在兰德和那座城市间转换着。那不是他的城市，他绝不会在乎那座城市的街道上将要发生什么事，他在乎的只是他的主人的安全。

很长一段时间里，兰德只是眺望着那座城市，或者在表面上他是在这样做。无论他在看什么，他的脸上只有一片阴冷。明端详着他，眼神里满是担忧，也许还有怜悯。“我会努力让这种事不发生。”他最后说道，“达莫，和士兵们留在这里，明——”

明用激烈的语气打断他的话：“不！我要去你去的地方，兰德·亚瑟，你需要我，你知道的。”说到最后，她的语气已经近乎恳求，而不是要求了。但是当一个女人将双手叉在腰上，眼睛死瞪着你的时候，你很难认为她是在向你恳求什么。

“我也要去，”罗亚尔靠在长柄斧上说道，“我不在你身边的时候，你总是会做出一些特别的事来。”他的声音几乎显得有些哀伤了。“这样不行，兰德，这样的话我就没办法完成我的书了。如果我不是事件的见证人，我怎么能把记录做好？”

兰德仍然看着明，朝她抬起手，又让手落了下去。明毫不退缩地瞪着他。

“这……太疯狂了。”柯朗僵硬地拉住缰绳，催赶着他圆胖的坐骑靠近兰德，他的脸上满是不情愿的表情，也许就连殉道使也不愿意太过靠近兰德。“只要有一个人拿着一……一张弓，或者是一把匕首就够了，如果你没有及时发现。派殉道使去做需要做的事情吧！还有其他你认为有必要去做的事。打开一个通向王宫的通道，在那里的人发现之前，一切事情就都可以办妥了。”

“然后坐在这里过夜？”兰德让黑马转过身，面对着柯朗，“直到他们对这里有了充分的了解，可以打开通道？这个办法肯定会造成流血。他们已经在城墙上看见了我们，除非他们是瞎子，迟早他们会派人来查清楚我们是谁，有多少人。”队伍中其余的人都藏在高地的后面，他们的旗帜也都被藏在那里，但骑兵和枪姬众的混合部队肯定会引起很大的关注。“我会用我的办法解决这个问题，”兰德的声音和气息中都出现了怒意，“除非是无法避免，否则不能有任何人死亡，柯朗，我已经担负了太多的死亡。你明白吗？任何人都不能死！”

“听从真龙大人的命令。”那个家伙歪了歪脑袋。他的声音很刺耳，而他的气味中……

佩林揉搓着鼻子，这股气味……很轻，其中快速变换着恐惧、憎恨、恼怒和十几种情绪，变换的速度如此之快，以至于佩林根本来不及分清它们。佩林不再有犹疑——这个男人疯了，无论他的表情是多么正常。不过佩林没有心情在意这件事，已经这么近了……他猛地踢了一下快步的肚子，朝那座城市和菲儿直冲过去。他不会再等其他人了，甚至没去注意紧跟在他的身后的亚蓝，他不用看就知道亚蓝一定会跟着他的。现在他心中想的只有菲儿，如果他能将燕子平安地带进城里……他开始让马以快走的方式前进。一个全速疾驰的骑手非常抢眼，很容易引起人们的猜疑，这样反而会耽误时间。

其他人在很短的时间里就追了上来。明最终还是遂了自己的心愿，还有罗亚尔。枪姬众以扇形队伍跑在最前面，跑过佩林身边时，一些人向他投来同情的目光。齐亚得在跑过去时一直低头盯着地面。

“我还是不喜欢这个计划，”海芬在兰德身旁嘟囔着，“请原谅，真龙大人，但我确实不喜欢。”

多布兰在兰德的另一边，他哼了一声：“已经不需要讨论了，梅茵人，如果我们照你说的去做，不等我们前进一里，他们就会将城门死死地封住。”海芬气冲冲地低声咕哝了几句，还让他的马连跃了几下。他希望所有人都跟随兰德入城。

佩林回头望了一眼，目光越过那些殉道使，看到达莫·弗林和几名两河人还站在那道山脊上，他们的坐骑都被他们牵在身后。佩林叹了口气。他不会介意两河人跟随他们进城。但兰德也许是对的，而且多布兰也支持兰德。

有些地方也许有机会让几个人进去，但一支小型军队肯定会被挡在门外。如果城门关闭了，艾伊尔人就必须攻打这座城市——如果他们还愿意这么做的话——那么杀戮就会开始。兰德已经将真龙令牌塞进黑马的鞍囊里，只有握柄的末端露了出来，而他身穿的这件朴素外衣和转生真龙扯不上任何关系。这座城市里还没有人明白黑色外衣和殉道使代表着什么，即使他们之中有人能够导引，但几个人也比一支小型军队更容易被杀死。佩林见到过殉道使被沙度的枪矛刺穿身躯，他们的生命并不比其他人更强韧。

柯朗悄声嘀咕着，佩林听到他用同样轻蔑的语气说出“英雄”和“傻瓜”这两个词。如果不是菲儿，也许佩林会同意他的看法。途中，兰德向这座城市东方两三里外的艾伊尔营地望了一眼，让佩林立刻屏住了呼吸，但无论兰德是怎么想的，他还是沿着大道一直前进。没有任何事比菲儿更重要。没有任何事，不管兰德是怎么想的。

在距离城门半里处，他们进入了另一座营地。这座营地让佩林皱起了眉头。它相当巨大，几乎已经可以被当成是一座城市了，是由一些用零碎材料拼凑起来、摇摇欲坠的棚屋和帐篷所组成的。从这里直到高高的灰色城墙，曾经被烧成一片焦土。这个地方曾经被称为首门。在沙度将这里烧毁之前，这里遍布着弯曲的街道和小巷。当这支拥有巨森灵和枪姬众的奇怪队伍进入这个地方时，一些人沉默地盯着他们，但大多数人只是带着警觉、阴沉的表情忙着自己的事情，只有挡在他们面前的东西他们才会去注意。其中许多人身上穿着首门人鲜艳花哨的衣服，但都已经陈旧破烂了。也有许多人穿着凯瑞安城民色泽灰暗的衣服，还有乡下人的深色朴素衣服。这些人之中有许多脸上带着伤，甚至还有割砍的伤痕，大多数伤口都没有包扎。他们一定都是被克拉瓦尔驱赶出城的，他们自己绝对不会想离开城墙的庇护。首门人和难民们都害怕沙度人回来，就像是烫伤得痛彻心肺的人害怕烙铁一样。

通往章嘉门的大道直穿过这座营地。章嘉门是三重高大的方形城门，两侧有塔楼护卫，戴着头盔的士兵们在城垛上来回走动，从垛口中向下观望。还有一些士兵在眺望远处的那道山脊，更有几名插着背旗的军官在用望远镜进行观察。兰德的小队伍吸引了许多人的注意力。骑在马背上的人和艾伊尔枪姬众，这肯定是不寻常的组合。城墙上有人拿着十字弩，但并没有人亮出武器，箍铁的城门仍然敞开着。佩林屏住呼吸，他真想放开马缰，朝太阳王宫和菲儿直冲过去。

就在城门里有一座石砌的警卫室，进入城市的外地人都要在这里登记。一名方脸的凯瑞安军官紧皱着眉头看他们走过去，看到枪姬众时，他的眼神里充满了不安。但他只是站在旁边，看着他们。

“我告诉过你们，”他们走过警卫室以后，多布兰说道，“克拉瓦尔在加冕庆典期间会允许人们自由出入，就连被通缉的人也不会被挡在城外，或者是遭到逮捕，这是传统。”但听他的语气，他仿佛也刚刚松了一口气。明叹气的声音清晰可闻，罗亚尔呼气的声音在两条街以外就能听到。只有佩林的胸口仍然紧紧地绷着，连喘气都觉得困难。燕子已经在凯瑞安城里了，现在，只要他能把燕子带到王宫去。

凯瑞安城完全不负这座大都市的盛名，城中的山丘都被砌石覆盖，看不出丝毫原始的模样，挤满行人的宽阔街道都是完全平直的。在这座城市里，即使是小巷子也是平直相交的。随山丘起伏的街道并不多，它们往往直接从山丘中间切出一条通道。无论是店铺还是宫殿，所有建筑物都是严整的长方和正方形。有不少山丘顶还端立着被鹰架围绕的方形高塔，那些就是曾经被人们广为传诵的无尽高塔。它们在二十年前的艾伊尔战争中被烧毁，至今仍然在重建之中。这座城市看上去比岩石还要坚硬，是一个会让人感到伤痛的地方，而向所有地方延伸的阴影更加重了这种感觉。罗亚尔的绒毛耳朵几乎抖个不停，担忧的皱纹出现在他的额头上，眉梢晃呀晃，不停地拂过他的脸颊。

城里看不到什么加冕庆典的迹象，更没有任何迎新日的感觉。佩林不知道凯瑞安人是如何度过这个节日的，但在两河，迎新日的第二天——感念日——应该是欢庆的日子，人们会在这一天忘记冬天的寒冷和阴霾。而在这里，尽管街道上拥挤不堪，空气中却弥漫着一种接近寂静的气氛。如果是在其他地方，佩林会以为是因为不正常的高热压抑了人们的情绪。但除了首门人之外，凯瑞安人是一个严肃冷漠的社群，至少在表面上是如此；实际是什么情况，佩林宁愿不要去想。街上没有小贩和推车的卖货郎，乐手、杂耍艺人和演傀儡戏的也都不见了，那些人现在一定都去了城墙外的难民营。有几顶被涂成暗色的轿子紧闭轿门，在安静的人群中穿行着；其中一些轿子上插着代表家族的旗帜，比军官的背旗要稍大一点，它们行进的速度十分缓慢。同样在缓速前进的还有一些牛拉的大车，赶牛的车夫一声不响地走在车旁，只有轮轴的吱嘎声打破平静。外地人在这里显得很抢眼，不论他们穿的衣服色彩有多么暗淡，因为除了外地人之外，城里几乎没有人骑马。穿着暗色衣服、身材矮小的本地人看上去就像是一只只面色苍白的乌鸦。艾伊尔人在这些人群中当然也很突出，无论是孤身一人还是成群结队，他们所到之处，其他人都会远远躲开。

当兰德的小队伍走过人群时，周围的艾伊尔面孔都会转向他们。即使并非所有艾伊尔人都能认出穿着绿色外衣的兰德，但他们全都知道一名高大的湿地人被枪姬众所护卫意味着什么。这些艾伊尔面孔让佩林感觉背脊一阵凉——他们的脸上全都是若有所思的表情——现在佩林很感谢兰德把两仪师都丢在了后面。除了艾伊尔人之外，转生真龙一直在对他毫无察觉的人潮中穿行，而殉道使走在这支队伍的最后面。

凯瑞安王宫——太阳王宫，朝阳壮丽之宫（凯瑞安人喜欢响亮奢华的名号，他们取的名字一个比一个更华丽），座落在城中最高的山丘上，是一座用暗色方形石块砌成的巨型建筑，每个角落里都耸立着有阶梯的高塔。被命名为王冠大道的街道在这里变成一条通往宫殿的宽阔坡道。当他们走上这条坡道时，佩林深吸了一口气。菲儿就在前面，她一定要平安无事地在那里，无论出了什么事，她一定要平安。佩林摸了摸燕子的缰绳系在他马鞍上的绳结，又轻轻抚过腰间的战斧。马蹄铁在石板路面上发出响亮的敲击声。枪姬众们没有发出任何声音。

站在巨大青铜门两侧的守卫一边看着他们缓缓靠近，一边交换着眼神。对于凯瑞安士兵的装束来说，他们算是色彩丰富的——十名士兵穿着绘有金色日升图案的黑色胸甲，他们的长戟前端系有赛甘家族纹章的飘带。佩林几乎能清晰地看透他们的心思：十三个骑在马背上的人，从容不迫地前进，只有两个人披挂着盔甲——其中一个是梅茵人的红色盔甲。他们大概以为麻烦只会来自卡莱琳·达欧崔和托朗姆·瑞亚丁，梅茵人并不在他们的考虑范围内，而且这支队伍里还有一个女人和一位巨森灵，这些人应该不是来找麻烦的。但三十多名枪姬众跑在骑马的人前面，看上去绝对不可能只是来喝茶的。片刻之间，众人都没有行动。但忽然，一名枪姬众戴上了面纱，那些卫兵们立刻像被惊吓的鹅群般骚乱起来。一名卫兵将长戟斜扛在肩上，朝宫门跑过去。他刚跑了两步，就死死地站住，如同一尊雕像般。这时所有卫兵又都僵立在原地，只是脑袋在来回乱晃。

“很好，”兰德喃喃地说，“现在，把能流固定住，以后再处理他们。”

佩林不自在地耸耸肩。那些殉道使在他们背后展开队形，占据了坡道宽度的一大半，他们肯定是使用了至上力，这八个人大概有能力将整座太阳王宫撕裂。也许兰德自己一个人就有这样的能力。但如果那些高塔上在此时射下十字弩的箭雨，他们也会像其他人一样立刻死掉。想到这里，佩林觉得这条全无遮挡的坡道也不是那么宽阔了。

并没有人跑出来，宫殿高处的那些窄窗里和柱廊上向下窥望的眼睛，应该是没有看到什么异样。苏琳晃动着手指，打出一串枪姬众手语，那名戴上面纱的枪姬众急忙拉下脸上的黑纱，双颊泛起了红晕。她们缓步走上坡道。一些卫兵戴着头盔的脑袋还在拼命地摇晃着，眼珠来回乱转。其中一个人似乎已经晕过去了，下巴垂在胸前，颓然直立着，他们都大张着嘴，却发不出一丝声音。佩林竭力不去想是什么塞在他们的口里。一行人缓缓穿过青铜门，走进了宫前广场。

这里没有士兵，广场四周墙壁上的阳台里也没有人影。穿制服的仆人们跑出来，接过马缰，扶稳马镫。他们的眼神都很沮丧。在他们暗色的外衣和长裙左胸的部位绣着金色的朝阳，袖子上缀着红色、黄色和银色的条纹。这种衣着比佩林以前见过的凯瑞安仆人服装多了更多的色彩。他们不可能看得见外面的卫兵，即使他们看见了，大概也不会有什么其他的反应。在凯瑞安，仆人也受到了达斯戴马——权力游戏的影响，他们早已习惯对上位者的各种行为视而不见，注意太多不寻常的事情很容易让自己也卷入其中。在凯瑞安——也许在大多数国家里都是如此，握有权力的人就算将一般人民践踏致死，也不会有人注意。

一名身材矮壮的女人牵走了快步和燕子，却没有看佩林一眼。燕子已经到了太阳王宫，但佩林的心情却没有丝毫放松。他仍然不知道菲儿是死是生。蠢男孩的蠢幻想。

佩林调整了一下腰间的斧头，跟随兰德踏上广场尽头宽阔的灰色石阶。这次当亚蓝再次伸手到背后，想要抽出长剑时，他对着亚蓝点了点头。穿制服的男人打开了雕刻着凯瑞安日升图案的青铜大门。

曾经，规模如此宏大的大厅让佩林惊叹不已。厚重的黑色大理石方柱支撑着距离地面三十尺高的平直天花板，地板上交错铺着深蓝色和暗金色的地砖。镀金的凯瑞安日升图案镶嵌在天花板下方的墙壁上，再往下则是纪念凯瑞安在战场上各次胜利的浮雕。大厅里空空荡荡，只有屈指可数的几名年轻人聚集在一幅胜利浮雕下。当佩林和其余人走进来时，他们顿时安静了下来。

佩林发现他们都佩着剑，但并非都是男人。这七个人里有四个是女人，这些女人都穿着样式和明一样的外衣和紧身裤，头发则都像男人一样削短了。实际上，这些男人和女人都将头发结成了垂到肩膀的辫子，并用暗色丝带系住。其中一名女子穿着对凯瑞安人来说稍嫌苍白的绿色衣服，另一个穿着浅蓝色衣服，其余的人都穿着深色衣服，他们的胸口只有一两道彩色横纹。他们都在专注地审视着兰德的队伍——佩林发现自己吸引了他们最多的注意力，他的黄眼睛总是让人们感到惊诧，虽然他自己已经很少会意识到这点——他们在沉默中盯着兰德一行人，直到最后一名殉道使走进大厅，青铜大门关闭，关门的沉重响声掩盖住一阵激烈的窃窃私语。然后他们大摇大摆地走了过来，那些女人甚至显得比男人还要傲慢，就连他们跪下时都是一副傲气十足的模样。

那名穿绿色外衣的女人瞥了穿蓝外衣的女人一眼，看到她已经把头低了下去，才说道：“真龙大人，我是卡麦丽·诺拉森，赛兰蒂·戴伦金是我们团的代表——”那名穿着蓝衣服的女人用力瞪了她一下，让她不由得眨了眨眼睛。虽然她那样瞪了卡麦丽一眼，赛兰蒂的身上却散发出恐惧的气息，如果佩林没搞错她们谁是谁的话。卡麦丽清了清喉咙，继续说道：“我们以为您不会……我们没想到您会回来……回来得这么快。”

“嗯，”兰德轻声说道，“我想，大概没有人会以为我能回来……回来得这么快。你们不需要害怕我，完全不需要，如果你们相信什么事，那就相信吧！”让佩林惊讶的是，兰德在说话时一直看着赛兰蒂。赛兰蒂猛地扬起头，瞪着兰德。那股恐惧的气息消退了，虽然没有完全消失，但程度已经减弱了不少。兰德是怎么知道他们在害怕的？“克拉瓦尔在哪里？”兰德问。

卡麦丽张开嘴，但答话的却是赛兰蒂：“在太阳大厅。”当她说话时，她的语气开始逐渐变强，恐惧的气息变得更弱了。奇怪的是，她向明瞥了一眼，而此时佩林闻到了一丝嫉妒的气息。有时候，一些蛛丝马迹的气息会让佩林深感困惑。“她在举行第三次落日会议，我们不是重要人物，没资格参加。而且，我觉得我们这些战士团让她觉得很不安。”

“第三次，”多布兰喃喃地说道，“那就是说，她的加冕礼之后已经到了第九次日落，她没有浪费任何时间。那样的话，至少他们会集中在一起。任何阶级的人不能以任何借口缺席这种会议，无论是凯瑞安人，还是提尔人。”

赛兰蒂仍然跪在地上，只是直起身体，努力直视兰德的眼睛：“我们已经准备好为您跳刀刃之舞了，真龙大人。”苏琳摇摇头，哆嗦了一下。另一名枪姬众发出一声清晰可闻的呻吟，还有几名枪姬众的表情和气息都说明她们已经准备动武了。艾伊尔人一直都无法决定该如何对待这些年轻人。问题是，他们是在竭力想成为艾伊尔，信奉节义，至少是以他们的方式。这七个人还不算多，这样的傻瓜至少有几百个，全城到处都是他们的踪影。他们模仿艾伊尔人组成了战士团。和佩林谈过他们的艾伊尔人半数想帮助他们，另外一半却想掐死他们。

而佩林并不关心他们是否把节义搞得乱七八糟。“我的妻子在哪里？”佩林问道，“菲儿在哪里？”那些年轻的傻瓜们交换着戒备的眼神。他们在戒备什么？！

“她在太阳大厅，”赛兰蒂缓缓地说，“她……她是女王……是克拉瓦尔女士的近侍之一。”

“把你的眼睛塞回眼眶里，佩林，”明悄声说道，“菲儿这么做一定是有理由的，你了解她。”

佩林哆嗦了一下，竭力想理清自己的思绪。克拉瓦尔的近侍？菲儿一定有充分的理由，他非常确定这点。但那个理由是什么？

赛兰蒂他们又开始交换那种戒备的眼神，其中一名尖鼻子的男子用低微但严厉的声音说：“我们发过誓，不会告诉任何人！不告诉任何人！我们以清水发过誓！”

没等佩林来得及继续追问，兰德已经说道：“赛兰蒂，带我们去太阳大厅，不要将事情诉诸于刀剑。我来这里是为了正义的实现，为了每个人应得的正义。”

兰德声音中的某些东西让佩林的寒毛倒竖了起来，那是铁锤般的坚硬无情。菲儿必须有个好理由，必须。

第 5 章

断裂的王冠

虽然这里的走廊宽敞高大，但佩林却觉得很狭窄。尽管有灯光从装有镜子的镀金高灯架上散发出来，但周围仍然相当阴暗。墙上悬挂的织锦并不多，上面的内容大多是狩猎和战争的场面，画中人物和动物的动作都很不自然。稀疏的壁龛里放着杯碗和花瓶，偶尔会有一尊金、银，或是白色大理石的小雕像。就连这些雕像似乎也在强调它们冷硬的金属或岩石质地，仿佛雕刻它们的人对于曲线相当厌恶。

这里也弥漫着和城市中一样的寂静，他们的靴子踏在地上，响起一阵阵回声，一种空洞的不祥感似乎正在向他们逼近，佩林并不认为自己是唯一有这种感觉的人。罗亚尔几乎每走一步都会打个哆嗦，并不停地向两旁的岔道里窥望着，仿佛是在害怕有什么东西会突然跳出来。明的身体僵硬，迈出的每一步都很用力。当她偷看兰德时，脸上就会露出悲悯的神情，她似乎是在努力不让自己靠近兰德，同时又很讨厌自己这么做。那些年轻的凯瑞安人都像孔雀般昂首阔步地向前走，但当他们脚步踉跄时，这种傲慢的姿势就被破坏了。就连枪姬众们也如此，在她们之中，只有苏琳不会时常将手伸向垂在胸前的面纱上。

当然，到处都有仆人在忙碌着。面孔苍白窄长的男人和女人们穿着暗色外衣和裙装，在左胸绣有朝阳图案，袖子上缀着代表克拉瓦尔的纹饰。有些认出兰德的人惊愕地张大了嘴。有几名仆人跪倒在地，低垂下头，大多数仆人只是在深深鞠躬或行了个深深的屈膝礼后，就又开始忙着做自己的事情了，就像在广场上那些人的模样。对于上位者表示恰当的尊敬，无论他们是谁，遵从他们，忽视他们的所作所为，也许你就不会被麻烦缠上。这种生存方式总是让佩林感觉恼怒——没有人应该以这种方式生存。

两名穿着克拉瓦尔侍从服装的人站在通往太阳大厅的镏金大门前，紧皱眉头看着面前这些枪姬众，还有那些年轻的凯瑞安人。年长的人们就像艾伊尔一样，经常会以质问的目光去看那些效仿艾伊尔的年轻人。有许多父母都想结束自己孩子的这种蠢行，他们命令自己的儿女回归正道，让自己的武装部下和仆人赶走与儿女志同道合的伙伴，就像驱赶游民或流氓一样。如果这些看门人横起他们的镀金手杖，阻止赛兰蒂和她的朋友走进大厅，而不管他们是不是贵族，佩林丝毫不会感到奇怪，即使是枪姬众，也很有可能会被他们挡在门外。已经极少有凯瑞安人还敢称呼艾伊尔人为野蛮人了，至少不会当着艾伊尔人的面这么称呼他们，但他们大多数私底下还是这么想的。而当这两名看门人站直身体，深吸进一口气的时候，他们看见了枪姬众身后的兰德。他们的眼睛几乎从眼眶里突了出来，他们都侧目瞥了自己的同伴一眼，然后同时跪了下去。其中一个死死地盯着地面，另一个紧闭双眼，佩林听到那个紧闭双眼的人正以极其低微的声音祈祷着。

“他们是如此敬爱我。”兰德轻声说道。他听起来似乎变了个人。明碰了碰他的手臂，脸上露出难过的表情。兰德拍拍她的手，但并没有去看她，不知为什么，这似乎让明感到更痛苦了。

太阳大厅非常巨大，以直线折角式拱起的天花板，在最高处距离地面有一百五十尺。大型黄金吊灯悬挂在镏金锁链上，那些锁链粗得足以拉动城堡的大门。但这么宽广的大厅里，现在却显得非常拥挤。在中央走道两侧立着两排粗重的蓝黑条纹大理石方柱，人们都簇拥在这两排石柱后面。站在最后面的人首先发现了这些新来者。这些拥挤在大厅里的人穿着或长或短的外衣，有些人的衣服颜色鲜亮，或者装饰着绣花，有些人的衣服已经因为长途旅行而破损了。他们全都好奇而专注地盯着兰德一行人。在大厅后面的少数几名女子都穿着骑装，面孔像男人般坚毅，看人的时候也像男人一样毫不掩饰。

佩林认为他们是号角狩猎者。多布兰说过，所有能到这里来的贵族都会前来，而大多数号角狩猎者都是贵族，或者自称为贵族。不管他们是否认识兰德，他们肯定感觉到了什么。有许多只手都在下意识地寻找腰间的佩剑和匕首，但他们今晚并没有携带这些东西。大多数狩猎者在寻找瓦力尔号角的同时，也在寻找其他利益和名垂史册的机会，即使他们不认识转生真龙，他们也能够察觉到危险的征兆。

大厅里的其他人并不像他们那样习惯于面对危险，或者说，比起直接的危险，他们更熟悉隐藏的阴谋。佩林前行到中央走道三分之一处停下脚步，紧贴在兰德身后。这时，惊讶的呼声已经像风一样吹遍了整座大厅。面色苍白的凯瑞安领主们在暗色丝绸外衣的胸口上绣着彩色横纹，其中有一些剃光了前额，并敷了粉。凯瑞安女贵族在暗色高领长裙装的胸前同样有彩色横纹，从袖口延伸出来的丝绸缎带遮住了她们的双手；她们的头发被编成花样繁复的塔形发髻，其高度经常会超过一尺。提尔大君和地方领主们留着涂油的尖胡子，他们的天鹅绒帽子和外衣有红、蓝和其他各种颜色，灯笼袖上都绣着彩色条纹。提尔女贵族们穿着颜色更加鲜艳的长裙装，有着宽阔的缎带环领；她们头顶的小帽都装饰着珍珠、月长石、火滴石和红宝石。他们认识佩林，也认识多布兰，甚至是海芬和明，但最重要的是，他们认识兰德。这些人全都瞪大眼睛，张大了嘴，僵硬的模样几乎让佩林以为殉道使用至上力把他们绑了起来，就像是对付外面那些卫兵一样。大厅里充满了香水的气味，在那气味下却是汗水的咸味，在这些味道中流露出来的则是恐惧，一股瑟瑟发抖的气息。

佩林的注意力却全都集中在大厅的远端，放置太阳王座的深蓝色大理石高台上。那个王座闪耀着名副其实的金光泽，高高的椅背上是光芒四射的朝阳图案。克拉瓦尔缓慢地站起身，盯着站在走道中的兰德。她那身几乎是黑色的长裙装上没有半点代表贵族的横纹，但她头顶的无数发卷显然经过特别的修整，好让王冠能合适地戴在她的头上——那顶用黄金和黄钻制成的日升王冠。七名年轻女子站在太阳王座的侧旁，她们穿着暗色的紧身长裙装，缎带环领服贴着她们的下巴，裙子上的垂直条纹则是代表克拉瓦尔的黄色、红色和银色。看来，凯瑞安女王和女王近侍的衣着样式，与一般凯瑞安人是不同的。

王座后面的一丝晃动让佩林看到了第八名年轻女子，她藏在那里，但佩林只在乎克拉瓦尔右边的那名女子。菲儿，她那双眼角微扬的凤目也死死地盯着佩林，就像是两轮晶莹的黑色月亮。她冷静自若的面容虽然没有丝毫改变，但佩林觉得她脸上的肌肉正在变得愈来愈紧。佩林的鼻子能闻到她的气息，但大厅中的香水味和恐惧的气味几乎掩去了一切。菲儿出现在这座高台上是有原因的，是一个非常必要的原因，一定是。

兰德碰了一下苏琳的袖子，说道："在这里等。"苏琳皱起眉头，脸上的伤疤变得像她的头发一样白。她仔细地看着兰德的脸，然后才带着明显的不情愿点了点头。她用空出的一只手打了个手势，大厅里立刻响起另一阵惊呼声，枪姬众全部都戴上了面纱。这种局面其实有些好笑。那八个身穿黑衣、监视四周的男人也许能在枪姬众掷出第一根短矛前，就杀死大厅里的所有这些人。不过人们并不知道他们是谁，有着什么样的能力，没有人多看他们一眼，他们只是一小群带剑的男人而已，枪姬众才是值得注意的，还有兰德。难道这些人没注意到，这一小群男人像兰德一样一滴汗都没流？佩林觉得自己简直是已经在汗水中沐浴了。

兰德从枪姬众之中走了过去，明仍然紧跟在他身边。当兰德停住脚步时，以佩林为首，多布兰和海芬也跟了上来；当然，还有亚蓝，他就像佩林的影子一样。兰德将他们每一个人都仔细地审视一遍，然后缓缓点点头，他看佩林的时间最长，也花了最长的时间才对佩林点头。那名灰发的凯瑞安人和年轻的梅茵人面容如同死人一般。佩林不知道自己现在是什么表情，但他能感觉到自己紧咬的牙关。没有人能伤害菲儿，无论菲儿做了什么，无论出于什么样的原因，无论他要用什么样的手段保护她。

他们走过镶嵌在蓝色地板上的巨型黄金日升图案，直到王座前面才停住脚步，靴子敲击地板的声音在寂静的大厅中显得十分宏亮。克拉瓦尔双手抓住裙子，不停地舔着嘴唇，她的目光一直在兰德和大厅门口之间来回游移着。

“在找两仪师？”兰德的声音在大厅中响起一阵回声，他的微笑让人很不安，“我命令她们去了艾伊尔营地。如果艾伊尔人不能教会她们懂得礼貌，那么就没有人能做到了。”一阵惊骇的议论声在人群中响起，很快又沉寂了下去。恐惧的气息更强了。

克拉瓦尔哆嗦了一下，“为什么我要找——”她深吸一口气，恢复了庄严的神态。她是一名容貌俊美的中年女人，黑发上还没有半点灰丝，即使没有头上的王冠，她也有着帝王般的雍容仪表。她天生就是统治别人的人，至少她自己这样认为。她那双善于审时度势的眼睛显露出一种严酷的聪慧。“真龙大人，”她行了个非常深的屈膝礼，反而让这个动作看起来带有一点嘲讽的意味，“欢迎您回来，凯瑞安欢迎您回来。”

兰德缓缓地走上了王座高台，明仿佛要跟随他，但她只是双臂交叠站在原地。佩林则跟了上去，他要靠近菲儿，但他却突然停住。是菲儿的目光让他停下了脚步，那目光像克拉瓦尔的一样充满了刺探的意味。既是对兰德，也是对他。佩林希望能嗅到菲儿的气味，不是为了发现其中的原委，只是为了能嗅到她。但香水和恐惧的浪涛太过强烈了。为什么她不说话？为什么她不朝他走过来？或者给他一个微笑？一个微笑就好。

克拉瓦尔稍显有些僵硬，但也仅此而已。她的头顶不超过兰德的胸口，但加上塔形的发髻几乎就和兰德一样高了。兰德的目光扫过她的面孔，又依次扫过王座旁的那些女子。看到菲儿时，他也许停了一下，但佩林并不确定。

兰德用手按住太阳王座一侧厚重的扶手：“你知道我要把这个交给伊兰·传坎。”他的声音没有显露出任何情绪。

“真龙大人，”克拉瓦尔用平缓的声音回答道，“凯瑞安已经太久没有统治者了——一名凯瑞安人的统治者。您亲口说过，您对太阳王座没有兴趣。伊兰·传坎确实拥有些许的继承权，”她做了个小小的、否决意味的手势，“如果她还活着的话，有传闻说她已经死了，就像她母亲那样。”说出这件事是一个冒险的举动——有许多谣言说是兰德杀死了她们母女——但克拉瓦尔不是个胆小的人。

“伊兰还活着。”这句话就像兰德前面说的话一样刻板，但兰德的眼里燃烧着火焰。佩林也无法分辨出兰德的气味，但他不需要鼻子就知道，愤怒的风暴正在他面前凝聚。“她将戴上安多的王冠，以及凯瑞安的王冠。”

“真龙大人，已经做过的事不可能取消，如果您觉得遭到了冒犯……”

克拉瓦尔拼尽一切努力保持庄严和勇气，让自己不至于颤抖，但兰德已经伸手抓住了太阳王冠，随着一阵刺耳的金属折裂声，王冠断开了。当它离开克拉瓦尔的头顶时，她的塔形发髻几乎没有遭到破坏。然后王冠被缓缓拉直，有几颗闪亮的黄色石头从镶嵌它们的凹槽中蹦落在地上。兰德举起那根被拉直的金属条，缓缓地，那段金属又自行弯回成圆圈的弧度，直到接合在一起……也许殉道使们能看清发生了什么事，但佩林完全看不懂。那顶王冠明明断裂了，但只是一瞬间之后，它又完整如初。贵族们没有发出任何声音，甚至没有任何脚步挪动的声音。佩林觉得这种反应也许是因为恐惧所致，在他的鼻子里，彻底的惊骇已经压倒了任何其他气息，它所代表的不是颤抖，而是惶恐的痉挛。

“任何能做出来的事，”兰德轻声说，“都可以被复原。”

克拉瓦尔的脸上完全没了血色，从头顶垂下来的几绺发丝让她的样子显得有些狂乱，仿佛是被逼到了绝境。她咽着口水，反复张了两次嘴才发出声音：“真龙大人……”那是一阵带着喘息的耳语。但她接下来的声音愈来愈响，其中夹杂着绝望的情绪，她似乎已经忘了在场的所有其他人。“我一直遵循您制定的法律，施行您的政策，即使它们有悖于凯瑞安古老的律法，有悖于所有传统。”她可能指的是那种允许贵族在杀死农夫或工匠后可以摆脱罪名的法律和传统。“真龙大人，太阳王座应该由您指任的人坐上去，我……明白这一点，我……我错了，我不该在没有得到您的允许时就占据它。但我有这样的权力，这是血统赋予我的权力。如果我必须经由您的手才能得到它，那么就请把它给我吧！我有这个权力！”兰德只是看着她，什么都没说。他似乎是在倾听，但并不是在听克拉瓦尔说话。

佩林清了清嗓子。为什么兰德要做这种拖延？这件事已经结束了，或者是几乎结束了，就赶快把其他所有该做的事情解决掉吧！然后自己就能带着菲儿离开，好好和她谈一谈。于是佩林问道：“你是否有权力谋杀马林金大人和麦朗大君？”他确信这是克拉瓦尔干的，他们是克拉瓦尔在王位争夺中最大的竞争对手。至少克拉瓦尔和他们两个会这样认为。为什么兰德只是站在那里？这些事他也全都知道。“贝丽兰在哪里？”

这句话刚一说出口，佩林就恨不得把它再咽回去。菲儿只是瞥了他一眼，她的面容仍然像是罩着一副彬彬有礼的冰冷面具，但那一瞥足以让水中爆起火焰。俗话说，嫉妒的妻子就像是你床垫里的黄蜂巢，无论你怎么躲闪，早晚总是会被叮到。

“你竟敢用如此卑劣的罪行指控我？”克拉瓦尔问道，“你没有任何证据，本来就不可能有证据！我是无辜的。”突然间，她似乎回想起自己是在什么地方，正有无数贵族肩并肩地站在这里，听着、看着所发生的一切。不管怎样，她是有勇气的。她站直身体，努力瞪视着兰德的眼睛，同时又尽量不让自己的头仰得太高。“真龙大人，九天前，日出之时，我根据凯瑞安的律法和传统加冕为凯瑞安女王，我会遵守效忠您的誓言，但我是凯瑞安女王。”兰德只是盯着她，仍旧一言不发。佩林现在能确认，兰德感到了困扰。“真龙大人，我是女王，除非您废除我们所有的法律。”兰德保持着沉默，不眨眼地盯着她。

为什么他不结束这一切？佩林暗自寻思。

“这些对我的指控是虚假的，他们疯了！”看到兰德一直没说话，克拉瓦尔不安地转过头：“安诺拉，给我一些建议，安诺拉！给我建议啊！”

佩林觉得她是在对菲儿身边的某一名女子说话。从王座背后走出的那名女子并没有穿着近侍的条纹裙装，她有一张宽阔的脸、一张大嘴和鸟嘴般的高鼻子，她的一头黑发编成了几十根细长的辫子，她有一张光洁无瑕的脸。令佩林惊讶的是，海芬的喉咙里响了一声，然后那名梅茵人就露出了笑容，而佩林身上的汗毛早已竖直起来。

“我不能这样做，克拉瓦尔，”那名两仪师带着塔拉朋的口音说道，她的双手整理着有灰色流苏的披肩，“恐怕我让你误解了我们之间的关系。”她又深吸了一口气，才继续说下去：“不……不需要这样，兰德大人。”她的声音一时间变得有些不稳定。“或者是真龙大人，如果你希望我这样称呼你。我向你保证，我对你绝无恶意。如果我有的话，在你知道我的存在之前，我就会攻击你了。”

“如果你这样做，你早就死了。”兰德的声音如同冰冷的钢铁，他的表情比他的声音更加冷酷。“我并不是屏障你的人，两仪师。你是谁？为什么你会在这里？回答我！我没有太多耐心对付……你这种人，或者你想被揪到艾伊尔营地去？我打赌，那里的智者会让你供出所有的话。”

这个安诺拉不是个脑筋迟缓的家伙。她瞥了亚蓝一眼，又转头望向走道上殉道使站立的地方。她知道兰德所指的就是那些身穿黑衣的人，他们的脸上像她和兰德一样，看不见半点汗滴。年轻的佳哈看着她的样子，就像是鹰看着老鼠。罗亚尔也站在他们中间，一把大斧靠在他的肩头，看上去极不协调。而巨森灵的一只大手正努力地同时握住一只墨水瓶和一本书册，他笨拙地将书册的另一端顶在自己的胸口，另一只手则握着一根比佩林的拇指还要粗的钢笔，用最快的速度在书册上记录着什么。他竟然在这个地方做笔记！

贵族们和安诺拉同时听清楚了兰德的话。他们刚才一直在不安地看着那些戴面纱的枪姬众，现在他们则开始拼命从那些殉道使身边退开来，以至于他们挤得像是桶里的鱼。不时有人晕倒，但因为被挤在人群里，才没倒下去。

安诺拉颤抖着，调整了一下披肩，才恢复了两仪师的镇静和威仪。“我是安诺拉·勒瑞森，真龙大人，属于灰宗，”她完全没提及自己被屏障的事，以及有男人导引的事，仿佛她做出回答是完全出于自己的意愿，“我是梅茵之主贝丽兰的资政。”所以为什么海芬会像个疯子一样笑了起来，他认出了这个女人。佩林却一点也不觉得好笑。“您明白，这是必须保密的，”她继续说道，“因为提尔对于梅茵和两仪师的态度都很差。但我想，现在我已经不需要对这个身份保密了，是不是？”安诺拉又转向克拉瓦尔，语气也变得严厉：“我让你思考你应该想到的事情，但两仪师不会仅凭别人的命令就成为资政，尤其是当她们已经成为别人的资政时。”

“如果贝丽兰确认了你的故事，”兰德说，“我会让她负责监管你。”他又看了王冠一眼，才似乎第一次意识到这堆黄金和宝石还在自己手里。他非常轻柔地将它放到覆盖着丝绸的太阳王座上。“我不认为所有两仪师都是我的敌人，并不完全是，但我不会被阴谋陷害，不会被控制，不会再有这样的事了。选择权在你手上，安诺拉，但如果你选择错了，你就会到智者那里去，或者那时你已经没命了，我不会捆缚住殉道使的手脚，而你将为自己的错误付出代价。”

“殉道使，”安诺拉平静地说，“我明白。”但她还是用舌头舔了舔嘴唇。

“真龙大人，克拉瓦尔密谋要毁弃她立下的效忠誓言。”佩林是那么希望菲儿能开口说说话，但当菲儿真的开口说话时，他却吓了一跳。这时，菲儿已经走出了近侍的队伍，她谨慎地选择着言辞，并且以将要捕食的猎鹰般的姿态俯视着那个将要成为女王的人。光明啊，她真是美极了！“克拉瓦尔发誓在所有事情上遵从您，支持您的法律，但她在暗地里拟定计划，要从凯瑞安驱逐艾伊尔人，让他们前往南方，并在您回来之前将一切恢复旧貌。她还说，即使您能回来，您也不敢改变她所做的任何事。她把这些都告诉了她的近侍麦芮，麦芮把这些告诉我以后，很快就消失了。我没有证据，但我相信她已经死了。我相信克拉瓦尔在后悔自己向别人暴露了太多想法。”

多布兰抬步向高台上走去，他将头盔夹在胳膊下，面孔如同一块铁板。“克拉瓦尔·赛甘，”他庄重的声音传遍了大厅的每一个角落，“以我光明之下不朽的灵魂，我，多布兰，塔波文家族的家主，指控并确认你有背叛之罪，对此的处罚将是死刑。”

兰德仰起头，闭上了眼睛，他的嘴唇在微微翕动。佩林知道，只有自己和兰德能够听见他在说些什么。“不，我不能，我不会的。”佩林明白了他迟迟不行动的原因。兰德正在寻找解决的办法，佩林希望他能找到。

克拉瓦尔肯定没听见兰德在说些什么，但她也在寻找出路。她慌乱地向周围看着，看着太阳王座，看着其他近侍们，看着群集在下面的贵族，仿佛他们会上来保护她，但那些人的脚仿佛黏在地板上。他们都保持着谨慎的漠然，汗涔涔的面孔对着她，目光却在躲避着她。一些人的眼珠不时偷偷转向殉道使，没有人敢正眼瞧他们。贵族和殉道使之间原本已经拉开很远的距离，现在正进一步变得更远。

“谎言！”克拉瓦尔嘶声说道，她的手拉扯着裙摆，“全都是谎言！你这个卑鄙的——”她朝菲儿走进一步。兰德伸出手臂挡在她们中间，但克拉瓦尔似乎没看见他的这个动作。菲儿看上去则仿佛是希望兰德让克拉瓦尔这样做，任何攻击菲儿的人肯定会大吃一惊。

“菲儿没有说谎！”佩林咆哮着。至少她不会在这种事情上说谎。

克拉瓦尔再次恢复了镇静，虽然她个子不高，但她努力让自己的每一寸身高都发挥作用，佩林甚至对她的努力有些钦佩。但她谋杀了麦朗、马林金和那个麦芮，只有光明知道她还杀死了什么人。“我要求得到公正的对待，真龙大人，”她的声音冷静、庄重而高贵，“对于这些……恶行，没有任何证据。难道凭一个已经不在凯瑞安的人就能指控我说过我从没说的话？我要求真龙大人秉公判决。以您自己的法律，必须有证据才能指控罪名。”

“你怎么知道她不在凯瑞安了？”多布兰问道，“她在哪里？”

“我相信她已经走了，”克拉瓦尔向兰德回答道，“丢下了服侍我的工作，我用莉艾尔替换了她。”她朝左侧的第三名近侍指了一下。“我不知道她去了哪里。如果她还在这座城市里，就把她带来吧！让她当着我的面用那些荒谬的罪行指控我，我会把她的谎言摔回她的脸上。”菲儿用杀人的眼光看着她。佩林希望菲儿不会向她掷出藏在身上的匕首，在极度愤怒时她很有可能这样做。

安诺拉清了清嗓子，她一直过于仔细地审视着兰德，甚至让佩林都感到不舒服。她忽然让佩林想起了维林，维林也曾经用这种鸟观察虫子的眼神审视过他。“能否让我说一句，兰……啊……真龙大人？”看到兰德点头，她便整了整披巾，继续说道：“对于年轻的麦芮，我只知道有一天上午她还在这里，但没有等到天黑，她已经不见了踪影，没人知道她去了哪里。但马林金大人和麦朗大君就不一样了，梅茵之主带来了她的两名最优秀的捕贼人，他们擅长于侦破罪行。他们已经将两个人带到我面前，就是这两个人在街上刺杀了麦朗大君。不过这两个人坚称他们当时只是拉住了麦朗的手臂，实行刺杀的另有其人。捕贼人还将一名仆人带到我面前，就是她在马林金睡前爱喝的调味酒中下了药。她也说自己是无辜的，如果马林金不死，她那有病的母亲和她就都将性命难保。我相信她说的是实话。她供认后解脱的神情不可能是假装的。两名匪徒和那名女仆都承认了一点：他们得到的命令是出自克拉瓦尔女士本人之口。”

随着两仪师的陈述，挑衅的神情从克拉瓦尔脸上消失了，她的身体也像浸湿的抹布一样，一点点软了下去；她还能站着真是令人感到不可思议。“她们承诺过，”她喃喃对兰德说着，“她们承诺过你永远也不会回来。”克拉瓦尔急忙用双手捂住了嘴，但已经太迟了，她的眼睛从眼眶中突了起来。佩林希望自己没听到过从她喉咙中发出的声音，那不该是人类发出的声音。

“背叛和谋杀，”多布兰的声音听起来很满意，那种尖锐的呜咽声没有对他造成任何影响，“处罚仍然是一样的，真龙大人。死亡，根据您的新法，谋杀犯将被绞死。”不知为什么，兰德现在注视的人是明，明望向兰德的眼神里充满深深的哀伤。不是为了克拉瓦尔，而是针对兰德。佩林有些怀疑明看到了某个幻象。

“我……我要求被斩首。”克拉瓦尔用一种像是要被勒死的声音说道，她的脸上显露出颓丧的表情，此时，她似乎苍老了许多，眼睛里闪动着赤裸裸的恐惧，但仍然在做着最后的挣扎，争取最后那些微不足道的权利。“这是……这是我的权利，我不要……像平民一样被吊死！”

兰德似乎在和自己争斗着，他以那种令人不安的方式摇着头。当他最后开口说话时，他的声音如同冬夜般冰冷，和铁砧一样坚硬。“克拉瓦尔·赛甘，我剥夺你的爵位，”他说出的每个字都像一根深深打进墙壁的铁钉，“我剥夺你的领地、宅邸和财产，你所拥有的一切，除了你穿的这身衣服。你是否……你有没有一片农场？一个小农场？”

兰德的每一句话都让这个女人踉跄一下，她仿佛喝醉酒般摇晃着，发不出声音地说着“农场”这个词，好像以前从没听过这个词一样。安诺拉、菲儿，所有人，都带着困惑或好奇的神情望着兰德。佩林也一样。农场？刚才这座大厅是寂静的，现在这里连呼吸的声音都快消失了。

“多布兰，她有没有一个小农场？”

“她拥有……曾经拥有……许多农场，真龙大人。”那名凯瑞安人缓缓地回答，很显然，他并不比佩林更了解现在的状况。“其中大多数规模都非常庞大，但靠近龙墙的土地一直都被分割成许多小块，一般不超过五十皮。在艾伊尔战争期间，居住在那里的人把它们全都抛弃了。”

兰德点点头：“应该是对此进行改变的时候了，有太多土地荒废过久，我希望人们能迁回到那里，重新在那些土地上耕种！多布兰，你要找出克拉瓦尔在龙墙附近拥有的土地中最小的一块，克拉瓦尔，我将你流放到那个农场去。多布兰会让你得到农耕工作所需的一切，会有人教你照料土地。有卫兵看守你，确保你终生不会离开那处农场超过一日的距离。这是你的任务，多布兰。我希望她在一个星期之内上路。”多布兰满脸困惑地犹豫了一会儿，才点了点头。佩林现在听到大厅的人群中窃窃私语的声音，没有人明白为什么克拉瓦尔不会死，也没有人明白为什么会有这种处罚。财产没收的事情以前也有过，但从没有过没收一切财产和领地，爵位更是不可被剥夺的。贵族也会被流放，甚至是终生流放，但不会被流放到农场去做工。

克拉瓦尔立刻就做出了反应，她的眼睛向上一翻，全身瘫软地向下摔去，眼看就要从高台的阶梯上滚落。佩林冲过去想要扶住她，但已经有人在他之前行动了。还没等他迈出一步，克拉瓦尔已经停住了。她的脑袋歪在一边，全身无力地垂挂在半空中，显然已经失去了知觉。那股力量将她抬起，轻柔地放在了太阳王座前面。佩林相信这是兰德干的。殉道使们一定会任由她跌到地面上。

安诺拉啧了一声，她的脸上没有惊讶或不安的表情，只是双手的拇指和食指在不停地揉搓着。“我猜她应该宁愿被斩首。我会看管她的，如果你的手下，你的……殉道使……”

“她与你无关了，”兰德粗横地说道，“她还活着，而且……她是还活着。”他有些颤抖地、长长地喘了口气。明站在他的身边，仿佛很想为他做些什么。慢慢地，他的面孔恢复了坚毅的神情。“安诺拉，带我去见贝丽兰。放开她，佳哈，她不会惹麻烦，她只有一个，但我们有九个。我要知道我不在的时候都出了什么事情，安诺拉，还有贝丽兰瞒着我将你带到这里来是什么意思。不，不要说话，我会听她对我的报告。佩林，我知道你想和菲儿待一段时间，我——”

兰德的目光缓缓扫过大厅，扫过所有鸦雀无声地在下面等待的贵族。在他的注视下，没有人敢动，恐惧的气味覆盖了一切，异常刺鼻。除了那些狩猎者之外，所有站在这里的贵族都像克拉瓦尔一样对兰德立下了誓言。也许只要站在这里就算是对兰德的背叛了？佩林不知道。

“觐见结束了。”兰德说，“我会忘记现在就离开的所有面孔。”

站在最前面的是位阶最高、最有权势的一些人，他们开始以不算匆忙的速度向门口走去，一边还在躲避着站在走道中的枪姬众和殉道使。其余的人都在等待着轮到他们行动的时候。他们的脑子里一定都已经把兰德的话回想了无数遍。兰德所说的“现在”是多长的一段时间？脚步开始逐渐加快，裙摆被提了起来。最靠近门口的狩猎者们开始抢先溜了出去，开始是一个接一个，然后是成群结队。看到这种情况，凯瑞安和提尔的低阶贵族们开始抢在高阶贵族前面向外跑去。片刻之间，门口处出现了混乱，男人和女人们互相推挤，用手臂为自己开路，没有人再回头看一眼那个曾经在太阳王座上短暂地坐过、现在躺卧在王座前面的女人。

第 6 章

旧的畏惧，新的畏惧

兰德毫不费力地穿过混乱的人群，走了出去。也许是因为有枪姬众和殉道使为他开路，也许是兰德或那些黑衣人使用了至上力，他所到之处，人群就会立刻分散开来。明挽着他的手臂，安诺拉亦步亦趋地跟着他，总是想要和他说话。罗亚尔试图一边扛着他的斧头，一边费力地做着记录。佩林和菲儿一直都在望着对方，合拢的人群很快就将他们和兰德一行人隔开了。

过了很长一段时间，菲儿一直没说话，佩林也没有。他想说的话并不是那么容易说出口的，而且亚蓝就站在他们身边，像忠诚的猎犬般注视着他们。还有多布兰，那名凯瑞安人看着要由自己处置的、仍然不醒人事的女人，皱起了眉头。高台上就只剩下这几个人，海芬已经跟着兰德去找贝丽兰了。兰德一离开，其他近侍也全都朝门口跑了过去，没有再多看佩林或菲儿一眼。她们也同样没有理睬克拉瓦尔；她们看也不看她，拉起裙子就跑。现在人群里充满了抱怨和咒骂声——并不全都是男性的声音。即使兰德离开了，这些人仍然迫不及待地要离开这里，也许他们以为留在这里的佩林会监视他们的行为，并向兰德报告。但他们都没有回头看上一眼，所以没人知道佩林的视线根本不曾转向他们。

佩林登上高台，拉住菲儿的手，用力地嗅着她的气息。离她这么近，那些仍然盘旋在大厅里的香水味已经无法影响他了，任何其他的事情都可以等到以后再去处理。菲儿不知从什么地方拿出一把红绸扇子，在打开扇子之前，她先用扇子碰了碰自己的脸颊，然后又碰了碰佩林的脸颊。在沙戴亚的习俗中，有一整套用扇子表达的语言，菲儿曾经教过佩林一些。佩林希望自己知道这种碰触脸颊的动作是什么意思，那一定是某种美好的意思。不过，她的气息中还是带着一种佩林太过熟悉的尖刻意味。

“他应该送她去断头台的。”多布兰喃喃地说。佩林不安地耸了耸肩，从这个男人的语调中，佩林听不出他的意思是这样做才符合法律规定，还是那样做才更仁慈。多布兰不明白，兰德是绝对不可能这么做的。

扇子在菲儿的手里动得非常缓慢，最后完全停住了，菲儿越过扇缘侧眼瞥着多布兰。“她的死也许对任何人来说都是最好的，原本的法律要求就是死刑。你会怎么做，多布兰大人？”虽然她是侧眼望着多布兰，但她的眼神却非常直接，并且意味深长。

佩林皱起眉头。菲儿不对他说一句话，反而是和多布兰搭话？菲儿的体香中仍然混杂着嫉妒的气息，让佩林不由得叹了口气。

那名凯瑞安人漠然地看了菲儿一眼，同时将自己的铁手套插在剑带上：“依照命令行事。我要遵守我的誓言，菲儿女士。”

扇子猛然被打开，又猛然被合上，速度比佩林能想象得更快。“他真的把两仪师送到艾伊尔人那里去了？作为囚犯？”菲儿的声音中流露出不相信的意味。

“其中一些，菲儿女士。”多布兰在回答之前犹豫了一下，“有一些两仪师已经跪在他面前宣誓效忠了，这是我亲眼看到的。她们也都去了艾伊尔人那里，但我不认为她们可以被称为囚犯。”

“我也看见了，女士。”亚蓝站在台阶上插嘴道。菲儿瞥了他一眼，他的脸上立刻出现欢快的笑容。

红绸扇面快速地扇动着。菲儿却似乎没注意到她用扇子做了什么。“你们两个都看见了。”她的语气似乎是松弛了下来，她的气息也是一样。这样的松弛来得如此突然，让佩林愣了一下。

“那么你是怎么想的，菲儿？为什么兰德要说谎？而且很快所有人都会知道这件事了。”

菲儿并没有立刻回答佩林，她只是皱眉看着克拉瓦尔：“她还没醒过来？我想，现在应该没有关系了，她知道的比我能在这里说的更多。我们那么努力地隐瞒，她却把它透露给了麦芮，她知道的太多了。”

多布兰伸出拇指，用不算轻柔的动作拨开克拉瓦尔的一只眼睛。“就像是被铁锤给敲了一记，她没有在台阶上跌断脖子真是可惜。但她将要踏上流放之途，像农人一样生活了。”菲儿的身上飘出一阵短暂的恼怒、为难的气息。

佩林突然被一个念头击中——他的妻子对兰德说那些话的意图，还有多布兰间接拒绝了的动作。他身上的每一根毛发仿佛都要竖直起来。佩林早就知道，他娶了个危险的女人，但他一直都不知道菲儿有多么危险。亚蓝正盯着克拉瓦尔，咬住了嘴唇，身上散发出阴暗、危险的气息。为了菲儿，他能够做出任何事来。

“如果有什么事阻止她前往那个农场，我不认为兰德会高兴，”佩林轮流看着亚蓝和菲儿，坚定地说道，“我也不会喜欢。”他很为自己感到骄傲，他的话像他们的一样有着另外的含意。

亚蓝点了一下头——他明白了，但菲儿一边轻轻扇着绸扇，一边仍然想要表现出无辜的模样，仿佛是她并不明白佩林在说什么。突然间，佩林意识到并非所有的畏惧气息都来自于仍然拥挤在门口的人们，一股同样的气息正若隐若现地从菲儿身上飘出来，仿佛一根颤抖的细线。菲儿控制着自己的畏惧，但她的畏惧真实地存在着。

“怎么了，菲儿？光明啊，你原先以为是柯尔伦她们赢了，而不是——”菲儿的表情没有改变，但那一丝畏惧的气味变得更重了。“所以你没有一开始就把一切都说出来？”佩林轻声问，“你害怕我们回来的时候已经变成了傀儡，而控制线的是她们？”

菲儿看了在大厅门口迅速缩小的人群一眼，他们距离王座高台都已经很远了，而且人群中充满了嘈杂的噪音，但她还是压低了声音：“两仪师能做出这种事，我听说过。我的丈夫啊，没有人比我更清楚——即使是两仪师想让你变成傀儡也绝不是件容易的事，驯服你要比驯服那个转生真龙更困难。但是当你走进来的时候，我比你离开之后的任何时刻更感到害怕。”愉悦的细流涓涓而出，在他的鼻子里像是一个个细小的泡沫，然后是温暖的欢喜、爱意，充盈在她的气息中，清晰、纯粹、强烈，但最后所有这些又都消失了，只剩下那根若隐若现的、颤抖的细线。

“光明啊，菲儿，这是真的，兰德已经说得很清楚了。多布兰和亚蓝的话你也都听到了。”菲儿微笑着点了点头，继续扇着扇子，但那根细线仍然在佩林的鼻腔中颤抖。该死，要怎样才能说服她？“如果兰德让维林跳撒莎拉，你是不是就会相信了？如果兰德命令的话，维林会跳的。”佩林其实是在开玩笑，他知道女人跳撒莎拉绝不是件好事。菲儿曾经承认自己知道如何跳这种舞，但现在她总是会回避这个问题，就差直接否定自己以前说过这些话了。佩林只是想开个玩笑。但菲儿合上了扇子，在手腕上敲了敲，佩林知道这个意思：我会认真考虑你的建议。

“我不知道怎样才算是足够的证明，佩林。”菲儿轻轻打了个哆嗦，“如果白塔下达命令，有什么事是两仪师做不出来，或是无法忍受的？我研究过历史，我也学过该如何读取隐藏在文字里面的信息。玛什拉 · 多纳维为一个她憎恶的男人生了七个孩子；伊丝贝勒 · 德班易将她钟爱的兄弟们连同阿拉多曼的王座交给了他们的敌人；还有捷斯蒂安 · 雷迪尔……”她又哆嗦了一下，这次不是那么轻微了。

“放心，不会有事的，”佩林喃喃地说着，将菲儿搂进怀里。佩林也看过几本史书，但他从不曾读到过这些名字，贵族女儿受到的教育和铁匠学徒确实不一样。“是真的。”多布兰移开了目光。亚蓝也这么做，只是他脸上露出了高兴的笑容。

菲儿一开始抵抗了一下，但并不是很用力。佩林从来都不知道，菲儿什么时候不喜欢自己在别人面前抱她，什么时候又喜欢他这样。不过，如果菲儿不喜欢，肯定会明白让他知道。这一次，菲儿把脸依偎在他的胸口，也抱住了他，非常用力地抱着。

“如果任何两仪师伤害了你，”她悄声说道，“我就把她杀掉。”佩林相信菲儿是认真的。“你是属于我的，佩林·德·巴歇尔·艾巴亚，属于我的。”佩林也相信她的这句话。她将他抱得愈来愈紧，那股荆刺般的嫉妒气息也愈来愈浓，佩林差点就笑出了声，看来菲儿还是保留了在他身上捅一刀的权力。但那一丝没有消失的畏惧让佩林笑不出来，还有菲儿说的关于麦芮的事。佩林闻不到自己的气味，但他知道自己的气息中有什么——畏惧。旧的畏惧，新的畏惧——对于下一次的畏惧。

最后一批贵族从大厅里挤了出去，幸好没有任何人被踩倒在地上。佩林命令亚蓝去告诉丹尼带两河人进城（他很想知道亚蓝会怎么对两河人描述这里发生的一切），然后他搂住菲儿，两人一同走出了大厅，只留下多布兰和刚刚有清醒迹象的克拉瓦尔。佩林不打算让克拉瓦尔醒来的时候发现他在旁边，菲儿也是一样。她把手搭在佩林的手腕上，两人快步前行，想尽快地赶往他们的房间；虽然不一定是为了同样的理由。

那些贵族在离开大厅之后显然并没有减慢逃跑的速度，走廊里除了默默忙碌的仆人之外，已经看不见其他人了。但没走多远，佩林就从身后传来的脚步声判断，他们被跟踪了，现在应该已经没有人敢公开支持克拉瓦尔了，但如果还有忠心于克拉瓦尔的人，也许他们会想要利用兰德的朋友来打击兰德。

佩林猛地转过身，右手按在斧柄上，但他并没有拔出武器，而是愣在原地。跟着他们的是赛兰蒂和她的朋友们，除了原先那七个人之外，又有了八九张新面孔。佩林转过身时，他们吓了一跳，都用不安的眼神互相望着。他们之中有一些是提尔人，其中有一名提尔女子比在场大部分的人都要高，只比最高的那名凯瑞安男人矮一点，她穿着一件男式外衣和紧身马裤。赛兰蒂和其他女人也都是同样的装束，并在腰间佩着剑。佩林还不知道这种胡闹也传到了提尔人之中。

“为什么你们要跟着我们？”佩林问道，“如果你们想用你们那些羊毛脑袋的事情来烦我，我发誓我会把你们一脚踢到立春节去！”他以前曾经被这些白痴们骚扰过。他们脑子里想的只有他们的荣誉、决斗、俘获奉义徒，而最后这件事是让艾伊尔人咬牙切齿的真正原因。

“小心听我丈夫的话，”菲儿严厉地说道，“他可不是好惹的。”刚才那些瞠目结舌的表情消失了，那些人开始向后退去，忙不迭地向佩林鞠躬行礼，很快就从走廊的转角消失了。

“该死的小白痴们。”佩林嘟囔着，再次让菲儿挽住自己的手臂。

“我的丈夫虽然很年轻，但已经很有头脑了。”菲儿喃喃说着。她的语调相当严肃，但她的气味就是另一回事了。

佩林努力不哼出声来。确实，刚才那些人里有几个甚至比他还要年长一两岁，但他们全都像孩子一样，把艾伊尔的传统当作游戏。现在菲儿终于有了好心情，看来是可以和她谈一谈的时候了，关于这些事，他必须和她谈一谈。“菲儿，你怎么会成为克拉瓦尔的近侍？”

“那些仆人，佩林。”菲儿轻声说道，任何距离他们两步以外的人都绝对听不到她的声音。菲儿了解丈夫的听力，她完全清楚自己的丈夫和狼的关系；一个男人不可能向妻子隐瞒这样的事。她用扇子碰了碰自己的耳朵，这是在提醒佩林小心说话。“仆人很容易被忘记，但仆人也有耳朵。在凯瑞安，他们会倾听许多事情。”

在佩林眼中，这些穿制服的人们完全没有在注意听他们说话。他们不是很快就消失在岔路上，就是用接近于小跑的步伐匆匆而过。他们的眼睛全都盯着地面，一副诚惶诚恐的模样。在凯瑞安，任何讯息都传得很快，在太阳大厅里发生的事情应该已经流传出去了，它会成为街上人们的话题，也许它已经传到城外去了。毫无疑问，凯瑞安城里有两仪师、白袍众和各国君王的眼线。

尽管警告了佩林，菲儿还是用那种微不可闻的声音说：“克拉瓦尔知道我的身份以后，就迫不及待地接纳了我，我父亲和堂姊的名字给她留下了深刻的印象。”她稍微点了一下头，仿佛已经回答了佩林的一切问题。

这是个好答案，几乎是好的。菲儿的父亲是达弗朗，巴歇尔家族的家主，巴歇尔、泰尔和辛多纳的领主，妖境边界卫士，心地守卫者，沙戴亚女王泰诺比的元帅，而菲儿的堂姊就是泰诺比本人，这样的理由足以让克拉瓦尔邀请菲儿成为她的近侍了。但佩林现在才有充分的时间来理清这些事情。让他感到骄傲的是，现在他已经开始习惯菲儿的方式了，结婚会教会男人关于女人的事，至少是关于一个女人的事。菲儿没有正面回答他，让他更加确认了自己的一些想法。菲儿对于危险完全没概念，即使是她自己将会面临的危险。

当然，佩林不能在走廊里说这些事。即使他把声音压得很低，但菲儿没他那样的听力，而且毫无疑问，菲儿会坚持说距离他们五十步以内的仆人都在偷听他们说话。坚持着自己的耐心，佩林一直和菲儿走回他们的房间。回到这里，佩林几乎有了恍若隔世的感觉。房里的灯已经点亮了，灯光照射在暗色的抛光墙板上，让墙壁也似乎在微微发亮。那些墙板表面都雕刻着以同一中心向外展开的矩形，方形的石砌壁炉被清扫得干干净净，里头只放了几根羽叶木树枝，它们几乎还都是绿色的。

菲儿朝一张小桌子走去，那里放着两只金色的大水罐，罐壁上凝结着小水珠。“他们为我们准备了蓝莓茶和调味酒，我想，这酒是赛隆出产的，他们在宫殿地窖的水池里为饮料降温。你想喝哪一种？”

佩林解开腰带，将腰带和战斧一同扔在一张椅子上。在回来的路上，他已经非常仔细地想好自己该说些什么。菲儿可是个多刺的女人。“菲儿，我想念你，想念的程度我无法以言语形容，我也在担心你，但——”

“担心我！”菲儿猛地向佩林转过脸。她挺直身体，火烈的眼睛就像与她同名的猛禽“猎鹰”一样。她用扇子朝佩林的肚子指了一下，这不属于任何扇语，有时候她也会用匕首这样做。“你见到我之后说的第一句话却是在问……问那个女人！”

佩林惊讶地张大了嘴，他怎么能忘记刚才那股充满他鼻腔的气味？他几乎要摸摸鼻子，看那里是否流血了。“菲儿，我想要她的捕贼人，贝……”不，现在说出这个名字绝不是明智之举。“在我离开之前，她说她有了下毒的证据，那时你也听到了！我只是想要得到证据，菲儿。”

这没用，那股钉子般锐利的气味没有丝毫软化，其中还出现了一丝受伤害的刺鼻气息。光明在上，他说的哪句话伤到她了？

“她的证据！我所搜集的毫无用处，她的证据却将克拉瓦尔推上了断头台，或是原本应该会这样。”佩林抓住空档想开口，但菲儿并没有给他这个机会。她向他走过来，眼神有如匕首，同时也像挥舞匕首般挥舞着扇子，佩林只能一步步向后退去。“你知道那个女人在散播怎样的故事吗？”菲儿几乎发出了愤怒的嘶嘶声，即使是一条毒蛇也喷不出这么多毒液，“你知道吗？她说你不在这里是因为你去了离城不远的一座庄园，她可以去那里拜访你！我说了我准备好的故事——你去打猎了，只有光明知道你会用多少天去打猎！但所有人都相信我是在为你和她掩饰！为你们两个掩饰！克拉瓦尔对此感到很高兴。我相信，她接纳那个梅茵妓女成为近侍，只是为了能将我们凑在一起。‘菲儿，贝丽兰，来为我系好裙子。’‘菲儿，贝丽兰，来为发型师举镜子。’‘菲儿，贝丽兰，来为我搓背。’……然后她就能站在旁边，看着我们把对方的眼珠抓出来！这就是我所忍受的一切！为了你，你这个毛耳朵的——”

佩林的背撞在墙上，他觉得自己心里有什么忽然断裂了。他原本为菲儿感到害怕，简直是吓坏了，他愿意为了她与兰德或是暗帝本尊对抗。他确实是什么也没做，他根本没怂恿过贝丽兰，为了能将那个女人赶走，他已经用尽一切办法了，而她却是这样回报他的。

佩林温柔地握住菲儿的肩头，将她举起，直到那双清亮的凤眼平视着他。“听我说，”他平静地说道，至少，他是在竭力让自己的声音平静下来，不过那声音还是很像从他喉咙里喷发出来的咆哮，“你怎么能这样跟我说话？你怎么能？我害怕你受到伤害，担心得都快死了。我爱你，只爱你一个，我心里的女人只有你。你听到我说话了吗？听到了吗？”他将她抱在胸前，用力地抱着她，想让她永远留在那里。光明啊，他是那么害怕，直到现在，他甚至还在为那些可能发生的可怕事情发抖。“如果你出事了，我就活不下去了，菲儿，我会躺倒在你的墓前死去！你以为我不知道克拉瓦尔会盯上你吗？你却把自己送到她面前去了。”菲儿曾经对他说过，刺探情报是妻子的工作。“光明啊，女人，你很可能会落得像麦芮那样的下场。克拉瓦尔知道你是我的妻子，我的妻子。佩林·艾巴亚，兰德·亚瑟的朋友，你难道没有想过她会怀疑你？她可能会……光明啊，菲儿，她可能会……”

他忽然意识到自己所做的事情，菲儿在他的胸前发出声音，但他听不清楚菲儿在说什么，他很奇怪自己怎么没听到菲儿肋骨发出的吱嘎声。他一边咒骂自己，一边急忙松开菲儿，但还没等他道歉，菲儿的手指已经抓住了他的胡子。

“那么你是爱我的？”她轻声说，声音非常轻，非常温暖。她在微笑。“女人喜欢听这样的话，以正确的方式说出来。”她已经丢掉了扇子，空出的一只手从佩林的脸颊上滑了下来，指甲差点就抠出了血，但她有些喘息的笑声充满了热情，燃烧在她眼睛里的火焰和愤怒全无关系。“幸好你没有说你绝没有去看别的女人一眼，否则我会以为你已经瞎了。”

佩林惊讶得说不出话，惊讶得张不开口。兰德懂得女人，麦特懂得女人，但佩林知道自己永远也无法弄懂女人。菲儿有时像猎鹰，但她也像翠鸟，变化的速度永远比佩林想象得更快，而现在……那些刺鼻的气味完全消失了，取而代之的是另一种佩林熟悉的气味——属于菲儿的，纯粹、强烈、洁净。还有她的眼神，就像是收获季节的乡村女孩，当然，是性格如火的沙戴亚乡村女孩。

“至于说，你要躺在我的坟墓上，”菲儿继续说道，“如果你这样做，我保证我的灵魂一定会缠住你。你要哀悼我一段时间，然后你就要为你找一位新妻子，我希望，是一位令我满意的妻子。”她抚着他的胡子，轻声笑了出来。“你真的不太会照顾你自己，你知道的，我希望你答应我。”

最好不要咬牙。如果自己说不答应，她美妙的心情也许会立刻变成火焰风暴，那种变化的速度是他无法想象的。如果对她说自己会……根据她的气息判断，她说的每一个字都如同光明般真实，但即使是马都住到了树上，佩林也不会相信这些话。最后佩林清了清喉咙：“我需要洗个澡，我已经不知道自己有多久没见过肥皂了，现在我的气味一定像是从老畜栏里爬出来的。”

菲儿靠在他胸前，深吸一口气。“你的气味棒极了，就像你一样。”她用双手攀住了他的肩膀，“我觉得就像是……”房门砰的一声被撞开来。

“佩林，贝丽兰不在……抱歉，请原谅。”兰德来回挪动着脚步，完全没有转生真龙的样子。外面的走廊里站满了枪姬众。明将头探进门里，朝佩林笑了一下，又飞快地缩回门外。

菲儿安然自若地退到一旁，看她一本正经的模样，没人能猜到她刚刚说了些什么，或者她正打算说些什么，不过，在她的脸颊上出现了两片发亮的红晕。“您真是好心，真龙大人，”她用冰冷的语气说道，“在这个时候突然来访，很抱歉没听到您的敲门声。”也许那两片红晕中所包含的，除了羞窘之外，还有恼怒。

兰德的脸也红了，他用手抓了抓头发：“贝丽兰不在宫里，她整夜都待在河中的那艘海民船上，直到我快走到贝丽兰的寝室时，安诺拉才告诉我的。”

佩林很努力地不让自己打哆嗦。他为什么要一直提到这个女人的名字？“你是不是想跟我谈些别的，兰德？”他希望自己的语气中强调的意味不是那么强烈，但他也希望兰德能明白他的意思。他没有看菲儿，但他的鼻子在小心翼翼地探测着空气。没有嫉妒，还没有，不过有许多恼怒。

片刻之间，兰德只是盯着他——看穿他，在听着另外某些东西。佩林双手抱胸，不让自己发抖。

“我需要知道，”兰德最后说道，“你仍然不愿意统率攻击伊利安的军队吗？我必须知道，就是现在。”

“我不是将军。”佩林声音沙哑地说。在伊利安一定会有战斗发生。各种景象从他的脑海中逐一闪过。他的周围全都是人，斧头在他的手中飞舞，为他劈开一条路。然后是更多的人，无论他已经砍倒多少人，前面的人总是无穷无尽。在他的心中，一粒种子在萌发、成长，他不能再面对那些了，他不会了。“而且，我想我应该留在你身边。”明曾经这样说过，这是她看到的一个幻象中所表达的信息——有两次，佩林必须待在兰德身边，否则兰德就会遭遇灾难。杜麦的井也许是其中一次，但还有另外一次。

“我们全都必须冒险。”兰德的声音非常平静，也非常坚定。明又从门口探了探头，似乎是想走到兰德身边，但她最后瞥了菲儿一眼，还是留在了外面。

“兰德，那些两仪师……”聪明的人也许应该避开这个话题，但佩林从来就不被认为是个聪明人，“智者们一定是准备活剥了她们的皮，你不能让她们受到伤害，兰德。”门外的苏琳立刻将目光转移到他身上。

而佩林面前这个他以为很了解的男人笑了起来，笑声中带着喘息。“我们全都要冒险。”兰德重复了一遍。

“我不会让她们被伤害的，兰德。”

冰冷的蓝眼睛盯着他。“你不会？”

“我不会。”佩林毫不退让地说道，“她们是囚犯，对我们已经没有威胁了，而且，她们是女人。”

“她们是两仪师。”兰德的声音像极了亚蓝在杜麦的井那时候。佩林几乎要窒息了。

“兰德……”

“我在做我必须做的事，佩林。”片刻之间，他又变成了原先的兰德。片刻之间，他看上去几乎疲倦得快要死去。但这个瞬间很快就过去了，他又变成了那个新的兰德，坚硬得能在钢铁上留下痕迹。“我不会伤害任何不应该伤害的两仪师，佩林，我不能有更多的承诺了。既然你不想带领那支军队，我可以把你放在别的地方，你在那个位置能够发挥同样好的作用。我只能让你休息一两天，没有时间了，我们必须做我们要做的事。请原谅打扰了你，”他将手按在剑柄上，略微一鞠躬，“菲儿。”

佩林想要抓住他的手臂，但他已经走到了门外。没等佩林迈步，房门已经关上了。兰德已经不再是那个兰德了。一两天？光明在上，如果兰德不强迫他去军队聚集的马瑞多平原，那么又会要他去哪里？

“丈夫啊！”菲儿喘息着说，“你的勇气抵得上三个男人，但你的理智却像是个走路时要被牵着手的孩子。为什么男人只要有这么大的勇气，智力就会跟着下降？”

佩林气恼地哼了一声。他本来想说，有些女人明知道杀人犯在防备别人刺探自己，却还要冒冒失失去刺探那个杀人犯，但最后还是没说出口。女人总是说自己比男人们更加理智，但佩林觉得自己几乎没看过这方面的实例。

“嗯，也许我并不真的想知道这个问题的答案，即使你有答案。”菲儿环抱住佩林的脖子，用喉音朝他笑了两声。“而且，我并不想让他破坏我们的气氛，我现在仍然觉得自己像是个收获季的乡下女孩……为什么你在笑？不要笑我，佩林·德·巴歇尔·艾巴亚！停下来，我说，你这个笨呆子！如果你不——”

结束她唠叨的办法就是吻她。在菲儿的怀抱里，佩林忘记了兰德、两仪师和战争，菲儿在的地方，就是家。

第 7 章

陷阱和机关

兰德握着真龙令牌，感觉着上面雕刻的龙纹和他掌心的苍鹭烙印相互摩擦。他能清晰地感觉到上面的一条条纹路，如同自己的指尖从上面抚过去一样，但那却像是另外某个人的手。如果一刀将它割断，他会感觉到疼痛，但也仅此而已。他会继续前进。那会是其他人的疼痛。

他飘浮在虚空中，被未知的空旷所包围；阳极力充满了他，在冻碎钢铁的严寒和烧毁岩石的灼热中，要把他压成粉末，同时也将暗帝的污染压进他的骨骼。他有时会恐惧，这样的污染或许已经注入了他的灵魂。现在他已经不像以前那样觉得那么恶心、难受了，但感到更加恐惧。穿过火焰、寒冰和秽恶的洪流，他能够感受到生命，那是另一种无法形容的感觉。阳极力要毁灭他。充满他的阳极力为他带来无限的生命。它威胁着要埋葬他，同时又诱惑着他。为生存而战斗，为了避免被吞没而战斗，相比之下，纯粹的生命欢喜广阔得没有边际。即使在秽恶的纠缠中，它仍然是那样甜美。如果是洁净的，它又会是怎样？那是超出他想象的。他只想吸入更多，全部吸进来。

这样的诱惑是致命的，一次失足，导引的力量就会将他永远烧毁。一次失足，他的理智就会消失，也许连同他的肉体都会一并被摧毁，也许还有他周围的一切。

这不是疯狂，是为了存在下去而努力战斗。就像被蒙住眼睛，走在空中的一根绳索上，下面是立满了尖树桩的深坑。但沐浴在如此纯粹的生命力之中，想到要放弃它，就像是想到世界将永远变成灰色。不是疯狂。

他的思绪随着他和阳极力的舞蹈飞速旋转，在虚空表面滑过。看着安诺拉盯着他的那种两仪师特有的目光，贝丽兰在玩什么把戏？她从没提到过她有两仪师资政。还有凯瑞安的其他那些两仪师，她们是从哪里来的？为什么会来？城外那些叛军，是什么让他们有胆量行军至此的？他们有什么意图？该如何阻止他们，或是利用他们？他已经开始擅长利用别人了，虽然有时他仍会对自己的想法觉得恶心。瑟瓦娜和沙度。鲁拉克已经向弑亲者之匕山脉派去了探子，但那些探子顶多也只能确定沙度的位置和行动方向。智者们能够刺探沙度的计划，但智者们不会这么做。瑟瓦娜身上还有许多疑团。伊兰和艾玲达。不，他不要想到她们，不要想到，不要。佩林和菲儿。菲儿真是个性格如火的女人，用猎鹰作为她的名字很适合她，她成为克拉瓦尔的近侍真的只是为了搜集证据吗？如果转生真龙陨落，她也会保护佩林吧！如果她认为有必要，她会为了保护佩林而攻击转生真龙，她的忠诚是对佩林的，不过她会为了实现这样的忠诚而自行决定应该怎么做。菲儿不是那种听丈夫的话的柔顺女子。佩林那双金眼里散发出来挑战和轻蔑，为什么他在两仪师的事情上有如此激烈的反应？他在杜麦的井那里和科鲁娜一伙人打过不少交道，两仪师真的能在他身上动什么手脚吗？两仪师。兰德不自觉地摇摇头。绝不能再有了，绝对不能！信任就会遭到背叛，信任就是痛苦。

他想把这些思绪推开，这已经有点像胡思乱想了。没有人能活在绝对不信任的环境里。不能信任的只有两仪师。麦特，佩林，如果他不能信任他们……明，绝对不要怀疑明是不可信任的。他希望明能陪在他身边，而不是躺在她的床上。但所有那些身为囚犯的日子，那些充满焦虑的日子（明对他的忧虑比对她自己的还要多）；那些受到盖琳娜审问，当她的回答无法取悦两仪师时，她也同样要遭受虐待的日子——想到这里，兰德不禁咬牙切齿起来——所有这些，特别再加上最后接受治疗造成的影响，已经耗尽了明的精力。即使这样，明仍然一直陪在他身边，直到她不支倒地。最后是兰德将她抱到卧室去的，而她在半睡半醒之中还在说着要和他在一起。没有明在这里，他得不到安慰，也不会有笑容，更无法忘记转生真龙。留给他的只有和阳极力的战争，还有纷乱的思绪，还有……

他们必须要得到处置。你必须下手，你不记得上一次了吗？在那些井边的事情只是雕虫小技，烧毁整座城市是轻而易举的事情。我们曾经毁灭了世界！听到我的话了吗？他们一定要被杀死，把他们从世界的表面抹去！

这不是他的声音，虽然它在他的脑子里不停地叫喊着。不是兰德·亚瑟，是路斯·瑟林·特拉蒙，那个在三千年前就死掉的人。他在兰德·亚瑟的脑子里说话。至上力总是将他从兰德意识的阴影中拉出来，兰德一直觉得奇怪为什么会这样。他是路斯·瑟林的转生，是转生真龙，他无意否定这点。但每个人都是另外一个人的转生，另外一百个人、一千个人的转生，这是因缘造就的结果。每个人都会死去，然后转生，随着时光之轮的转动经历一次又一次的轮回，永远没有尽头。但其他人从不会和他们的前生对话，其他人的脑子里不会有别人的声音，除了疯子之外。

我呢？兰德心想。他的一只手紧握住真龙令牌，另一只手握住了剑柄。你呢？我们和其他人有什么不同？

只有寂静。路斯·瑟林经常都不会回答他。也许他永远都不要回答最好。

你是真的吗？那个声音最后带着疑问的意味说道。它通常不是拒绝回答，就是否认兰德的存在。我呢？我对某个人说话，我想我是这样做的。在一个盒子里，一个箱子。喘息的笑声，非常低弱。我是死了，还是疯了，或者两者都是？没关系，我肯定是该死的，我是该死的，这里是末日深渊，我是……该……该死的，那个笑声变得疯狂，这里是末……末日深……

兰德将那个声音压抑成如同小虫般的嗡嗡声，这是他被两仪师塞在箱子里的时候学会的办法。那时，他孤身一人沉陷在黑暗里，陪伴他的只有痛苦、干渴，还有那个死掉的疯子的声音。有时那个声音也会变成安慰，变成他唯一的伙伴，他的朋友。一些事情在他的脑海中闪过，不是景象，只是色彩和动作的残片。不知为什么，它们让他想到了麦特，还有佩林。这种光影残片的闪现是从他在那个箱子里时开始的，在那里，他的脑海中出现了这些光影，还有千万种其他的幻觉。盖琳娜、布莲安和嘉德琳每天在拷打过他之后，就将他塞进那个箱子里。他摇了摇头，不，他已经不在那个箱子里了。他感觉到握住令牌和剑柄的手指处传来了疼痛。只有记忆留了下来，记忆是没有力量的，他并没有……

“如果我们必须在你吃饭之前进行这次旅行，就让我们开始吧！其他人早就吃完晚饭了。”

兰德眨眨眼，苏琳在他的瞪视下后退了一步。苏琳是一个站在猛豹面前也不会退缩的女人。兰德让自己的表情和缓下来，至少他努力这么做。他觉得那张脸是别人的，只是戴在他脸上的一副面具。

“你还好吗？”苏琳问。

“我在思考。”兰德松开双手，耸了耸肩。他已经换下了从杜麦的井穿回来的外衣，现在他身上是一件没有装饰的蓝黑色衣服。这件外衣合适多了。即使已经洗过了澡，他仍然不觉得自己的身体是干净的，因为还有阳极力在他的体内。“有时候我会想太多事情。”

二十多名枪姬众簇拥在这个没有窗户、围着暗色墙板的房间一端。靠墙立着八支镀金灯架，灯架后面立着镜子用来增加照明。兰德很高兴有这些灯，他已经不再喜欢黑暗的地方了。这里还有三名殉道使，艾伊尔人聚在房间的一端，殉道使在另一端。乔南·亚德雷虽然有着这样的名字，却是个阿特拉人。他将双臂抱在胸前，一跳一跳的眼眉如同黑色的毛虫，看样子，他正陷入深深的思考之中。他差不多比兰德大四岁，现在他正为了得到献心士的银剑而努力。艾本·霍普维比起兰德第一次看见他时身上有了更多的肉，脸上的青春痘也少了一些，但他的鼻子和耳朵看上去仍然是身体上最大的部分，他总是用手指去摸衣领上的剑徽，仿佛是吃惊地发现它在那里一样。费德文·穆尔也有了那个剑徽，但他现在穿着一件绿色外衣，在袖口和翻领上有一点银线刺绣，好像是个富商或小贵族。他和艾本的年纪差不多，只是身体被艾本更壮实一些，脸上几乎没有青春痘。他的黑色外衣放在他脚边的皮袋子里，这似乎让他很不高兴。他们就是路斯·瑟林嚎叫着要毁灭的人，他们和其余所有殉道使。殉道使、两仪师，任何能够导引的人都会让路斯·瑟林变得狂暴凶野。

“想太多，兰德·亚瑟？”安奈拉一只手抓着一根短矛，另一只手抓着皮盾和三根短矛，但她的神态仿佛是正在向兰德晃动着一根手指。殉道使们都皱起眉看着她。“你的问题是，你任何事都不想一想。”其他一些枪姬众都轻声笑了起来。但安奈拉并不是在开玩笑。她比这里的其他枪姬众至少要矮一拳，有着一头火焰色的头发，也有着同样火烈的脾气。对于自己和兰德的关系，她有着特别的看法，她的朋友索麦莱点头表示同意她的看法。索麦莱有着亚麻色的头发，肩膀比安奈拉的头顶还要高。对于和兰德的关系，她的看法和安奈拉完全一致。

兰德没有理会安奈拉的评价，但他还是不禁叹了口气。索麦莱和安奈拉是最糟糕的。实际上，所有枪姬众都分不清他到底是应该是对之唯命是从的卡亚肯，还是唯一被枪姬众所知的枪姬众的孩子。枪姬众们全都把他看作是一个需要照顾的兄弟，甚至有少数枪姬众更把他看成是她们的儿子。刚刚脱离童稚没几年的嘉兰妮似乎也认为兰德是她的弟弟，而头发已经全灰，像苏琳一样满脸皱纹的克拉娜，却又像对待兄长般对待他。所幸她们只是在单独与兰德相处时会这样对待他。如果周围有别的艾伊尔人，她们就会把他当成是卡亚肯了。他对她们是有亏欠的，她们为他而死，无论她们怎么想，他对她们是有亏欠的。

“我不打算把整夜时间都浪费在这里，让你们玩‘吻雏菊’的游戏。”兰德说道。苏琳瞥了他一眼——无论是穿着裙装还是穿着凯丁瑟，女人们全都擅长抛出那种目光，就像农夫们擅长于抛撒种子一样。殉道使们没有再去盯着枪姬众；

他们将行囊背到了肩上。兰德曾经命令马瑞姆对他们严加训练，让他们成为武器，马瑞姆认真地执行了他的命令。他们都是优秀的武器，只要兰德能确定他们的锋刃不会突然倒转过来。

今晚他有三个目的地，其中一个是不能让枪姬众知道的，除了他自己之外，任何人都不能知道。另外两个之间的优先级是他早已确定的，但他还是犹豫了一下。这次行动很快就会被别人知道，但为了某些原因，他还是要尽量保密。

当通道在房间中央打开时，一股任何农夫都很熟悉的甜香气息飘了过来，那是马粪的气味。苏琳在戴上面纱时皱了皱鼻子，然后就率领半数枪姬众跃过了通道。看了兰德一眼之后，殉道使们也跟着过去了。他们都吸纳、维持了最大限量的阳极力。

因为这样，所以当他们经过兰德身边时，兰德能感觉到他们的力量。否则如果想确认一个男人是否有导引能力，就要费更大的力气和更长的时间，而且还需要对方的合作。没有人像他那么强大。现在还没有，除非一个男人的导引能力已经成长到了极限，否则没有人知道他的导引到底能有多强。费德文是他们三个之中最强的，但他有马瑞姆所说的阻滞。费德文并不相信自己的至上力能在一定距离外发挥作用，结果就是在五十步以外，他的能力就开始衰退了。到了一百步，他连一根阳极力的细线都编织不出来。看样子，男性导引能力的成长比女性快，这是一件好事。这三个人都已经可以制造出能够使用的信道了。只有乔南在这样做的时候还很勉强。兰德留下的所有殉道使都已经超过了这个水平。

*在还来得及的时候杀死他们，在他们发疯之前。*路斯·瑟林悄声说道。*杀死他们，杀死沙马奥，还有狄芒德，所有的弃光魔使。我必须把他们全部杀死，在还来得及的时候！*他又开始试图从兰德那里抢夺对至上力的控制。经过一番争斗，他失败了。最近他做这种争夺的次数似乎愈来愈多，他也总是想自己去抓住阳极力，这种尝试比前一种要危险得多。兰德相信当自己抓住真源时，路斯·瑟林是无法夺走的。但他怀疑，如果路斯·瑟林抢先抓住真源，他同样也无法从路斯·瑟林手中把它夺回来。

*那我呢？*兰德想道。那几乎已经是吼叫了，而且像路斯·瑟林一样凶恶。他被至上力包裹着，愤怒如同蛛网般覆盖在虚空的表面。*我也能引导。疯狂也等待着我，而你已经疯了！你杀死了你自己，弑亲者，在你杀死你的妻子、孩子和无数其他人之后。我不会进行不必要的杀戮！听见我说的话了吗，弑亲者？*回答他的只有静默。

兰德颤抖着深吸了一口气。覆盖在虚空表面的火焰蜘蛛网闪烁着，在远处发出刺眼的光芒。兰德以前从没这样对那个人说过话——那是一个人，不止是声音，而是拥有记忆的一个完整的人。也许这样能将路斯·瑟林赶走。那个人半数的嚎叫都是对他死去妻子的哀悼。他真的想把路斯·瑟林赶走吗？那个他被封闭进箱子里时唯一的朋友。

兰德答应过苏琳，要在数到一百下之后再过去，但他却是以五的倍数去数。然后他就跨过四百五十里的距离来到了凯姆林。

夜幕已经笼罩了安多的王宫，月影罩住了结构精巧的尖顶和黄金圆顶，但夜晚的微风并不能带走空气中的炎热。几乎还是圆形的月亮挂在空中，散发出些许的光亮。带着面纱的枪姬众在宫殿中最大的马厩后面奔跑着，她们身边是排列整齐的马车；这些马车是用来每天将马厩中的马粪拉出去的，它们的木板都已经被马粪浸透了。殉道使们都用手捂住了鼻子，艾本干脆把鼻孔捏住。

“卡亚肯数得真快。”苏琳嘟囔着，但她还是放下了面纱。这里并不会出现任何预料之外的状况，没有人会在这种地方停留。

其余的枪姬众过来之后，兰德关闭了通道。当通道一闪而逝时，路斯·瑟林低声说，*她消失了，几乎是消失了*。他的语气显得放松了下来。护法和两仪师之间的约缚在传说纪元并没有出现。

埃拉娜并没有真正消失，自从违抗兰德的意愿约缚了兰德之后，她的存在就不曾中断过。不过现在这种存在感确实减弱了，而这种减弱却让兰德想起了埃拉娜。一个人可以习惯于任何事情，并且把它当成是理所当然的。兰德在埃拉娜附近时，她的情绪就萦绕在他的脑海里，她的身体状况也是一样。如果兰德想到她，就会确切地知道她的位置，就像知道自己的手在哪里一样。但也就像他对自己的手一样，除非他刻意去想，否则手并不会干扰他的思维。在相隔很远的距离之后，兰德仍然能感觉到她在自己东边的某个地方。兰德想感觉到她。就算路斯·瑟林陷入沉寂，就算在那个箱子中的所有记忆被他从脑中抹去，他仍然有一个约缚来提醒他——永远不要信任两仪师。

突然间，他意识到乔南和艾本仍然维持着阳极力，便严厉地说道：“放开。”这是马瑞姆使用的命令。他感觉到阳极力从他们身上消失了。优秀的武器，至今仍然还是。*杀死他们，不要等到来不及的时候*。路斯·瑟林喃喃地说着。兰德故意放开了真源，虽然他并不愿意这样做。他总是痛恨这种放弃生命的感觉，他对周围的感知也变得迟钝了许多。他依然保持着紧绷的情绪，随时准备将真源再次抓紧，现在他总是这样。

我必须杀死他们。路斯·瑟林低声说着。

兰德猛地将那个声音推回去，命令一名叫作妮芮莉的枪姬众（*她是一名方脸的女子*）进入宫殿。然后他就在马车旁踱步，思绪又一次转动起来，比以前更快。

他不该到这里来的。他应该派费德文送一封信过来。伊兰。艾玲达。佩林。菲儿。安诺拉。贝丽兰。麦特。光明啊，他不该来的。伊兰和艾玲达。安诺拉和贝丽兰。菲儿和佩林，还有麦特。闪动的色彩，一闪而逝的动作。一个疯子在远处恼怒地嘟囔着。

慢慢地，他开始觉察到枪姬众们正在议论着什么，好像是关于这里的气味，她们在暗示这种气味和殉道使们有关。她们想让别人听到她们说话，否则她们就用手语了。这里的月光足够让她们看见彼此的手势，也足以让兰德看清艾本的脸色，以及费德文咬牙的模样。也许在杜麦的井之后，他们不再是男孩了，但他们仍然只有十五六岁。乔南的眼眉垂了下来，眉梢快要垂到脸颊上了，但至少没有人再次抓住阳极力。

兰德本想朝那三个人走去，转念一想，便用所有人都能听到的声音说："如果我能容忍枪姬众的愚蠢，你们也应该可以。"

艾本脸上的颜色变得更阴沉了，乔南咕哝了一声。他们三个全都将拳头放在胸前，向兰德致敬，然后他们开始相互交谈起来。乔南低声说了些什么，眼睛一直瞥着枪姬众，费德文和艾本笑了起来。这是他们第一次对枪姬众有这样的表现，以前他们总是既想多看这些陌生的人种两眼，又害怕这些在传说中杀人无数的艾伊尔会要了他们的性命。现在他们已经很难被什么东西吓到了，他们需要重新学习畏惧。

枪姬众们瞪了兰德一眼，开始使用手语了。偶尔她们还会轻笑两声。她们虽然对殉道使保持着警戒，但枪姬众就是枪姬众——艾伊尔就是艾伊尔——危险只会让她们觉得更有趣。索麦莱大声嘟囔着艾玲达会来对付他，众人用力地点头表明对她的赞同。那些传说里的英雄可从没有过如此混乱的人生。

妮芮莉回来之后，报告说她已经找到了达弗朗·巴歇尔和贝奥（部族首领贝奥负责统领驻扎在凯姆林的艾伊尔人）。兰德解下剑带，费德文也这样做。嘉兰妮拿出一个大皮袋，将剑和真龙令牌放了进去。然后她拎着那个袋子，仿佛里面装满了毒蛇，或者是腐烂的死尸。实际上，如果皮袋里装的真是这种东西，嘉兰妮就不会如此小心翼翼地提着它了。兰德从克拉娜手中接过一件有兜帽的斗篷，将手腕在背后交叉，让苏琳把它们捆起来。她低声嘀咕了两句，但还是把绳子绑得很紧。

"真是胡闹，就连湿地人也会觉得这是胡闹。"

兰德尽量不让自己退缩，苏琳的力气很大，而且她把所有的力气都用上了。"你从我们身边跑掉的次数太多了，兰德·亚瑟，你根本不注意照顾自己。"苏琳把兰德看成是一个和自己年纪相当的兄弟，只是这个兄弟有时候很不负责任。"法达瑞斯麦维护着你的荣誉，你却毫不在乎。”

费德文在双手被绑的时候显得很是气恼，虽然绑他的那名枪姬众看上去并没有用多少力气。乔南和艾本看着这一切，紧皱起眉头。他们像苏琳一样不喜欢这个计划，而且也不明白兰德到底要做什么。转生真龙并不需要为自己做解释，卡亚肯也是一样。不过殉道使什么都没有说。武器不会提问题。

苏琳绕到兰德面前，看着兰德的脸，她的呼吸停滞了。“她们这样对你。”她轻声说着，伸手握住了腰间的重匕首。那把匕首的钢刃长度超过了一尺，几乎可以算是一把短剑了，但只有傻瓜才会说艾伊尔人的腰间佩着一把“短剑”。

“给我戴上兜帽，”兰德粗声粗气地说，“这次行动的关键就是，我在见到贝奥和巴歇尔之前不能被别人看见。”苏琳犹豫着，注视着兰德的眼睛。“我说了，戴上兜帽！”兰德吼了一声。苏琳能用一双空手杀死大多数男人，但她将兜帽在兰德脸旁边整好的时候，手指非常轻柔。

嘉兰妮笑着拉下兰德的帽沿，遮住他的眼睛。“现在你可以确定没有人会认出你了，兰德 · 亚瑟，但你必须跟着我们走了。”几名枪姬众也笑了起来。

兰德全身僵硬，他差点就抓住了阳极力。路斯 · 瑟林胡乱地吼叫着。兰德强迫自己的呼吸平稳下来。他的眼前并不是一片黑暗，月光从帽沿下面渗透了进来。即使这样，当苏琳和安奈拉握住他的手臂，引领他向前走的时候，他还是踉跄了一下。

“我想你的年纪已经够大，应该能走得更好一些。”安奈拉带着嘲笑的口吻，故作惊讶地叨念着。苏琳抬起手，兰德过了一会儿才发觉她是在拍自己的手臂。

兰德眼前只能看见很小一片被月光照亮的石板地面，然后是石头台阶，被灯光照亮的大理石地面，有时又会是一段长长的地毯。当有人影从他眼前经过时，他总是会紧张地去感觉是否有人导引了阳极力，或者更糟糕的，是否有女人导引阴极力时那种刺麻感出现。现在他什么都看不见，很可能会无法及时发现突然出现的攻击。他能听见几名仍然在忙碌的仆人轻微而急促的脚步声，但对于看管着两名囚犯的五名枪姬众，没有人会过来找麻烦。现在是贝奥和巴歇尔住在这座宫殿里，他们的人管辖着凯姆林。宫殿的走廊里出现一些陌生人不会是奇怪的事。走在这里就像是行走在迷宫中一样，自从离开伊蒙村之后，他总是会走进一个接着一个的迷宫。甚至当他以为自己面前的道路毫无阻碍时，他其实仍然是陷在迷宫里。

如果我看见一条坦荡的道路，我能认出来吗？他心想。或者我会将它看成是一个陷阱？

*没有所谓坦荡的道路，只有陷阱、机关和黑暗。*路斯 · 瑟林的嚎叫声显得吃

力而绝望。就像兰德自己的感觉一样。

当苏琳终于引领众人走进一个房间，关上房门时，兰德用力扬起头，将兜帽甩到背后——随后他愣了一下。他预料到贝奥和巴歇尔会在这里，却没想到巴歇尔的妻子黛拉也在，同样没想到在场的还有麦兰和多灵达。

“你还活着，卡亚肯。”贝奥是兰德见过的最高的人。他盘腿坐在铺着白绿色地砖的地面上，显得闲适安逸，却又能在眨眼间就发动凌厉的攻击。这位高辛艾伊尔的部族首领已经不年轻了（没有任何部族首领是年轻的），他的深红色头发里有着不少灰丝，但任何以为他已经被岁月削弱的人，都会得到意想不到的悲惨教训。“愿你总是能找到清水和阴凉。我立在卡亚肯身边，我的枪矛立在我身边。”

“清水和阴凉是很好，”达弗朗·巴歇尔说道，他坐在一把镀金椅子里，一条腿搭在椅子扶手上，“但我自己更喜欢凉酒。”他比安奈拉稍高一点，蓝色短外衣敞开着，汗水在黝黑的脸庞上闪闪发光。他有一双眼角上翘、精光四射的眼睛，夹杂着些许灰色的浓密髭髯上面是高耸的鹰钩鼻。尽管他摆出一副慵懒的模样，但他比贝奥更像是个厉害的人物。“为了您脱离险境和您的胜利，我向您祝贺。但为什么您会伪装成一名囚犯到这里来？”

“我更想知道他是不是带来对付我们的两仪师。”黛拉插话道。这名身材高大的女人穿着一件绿丝绣金长裙。在场的枪姬众里，只有索麦莱比黛拉更高。菲儿的母亲留着长长的黑发，只是鬓角处的头发都已经变白了。她的鼻梁并不比她丈夫的矮多少，目光里有比她丈夫更多的烈性。在一件事上，她和她的女儿很像——她的忠诚是对丈夫的，而不是兰德。“你已经让两仪师成为了囚犯，我们现在是否可以期待白塔会为了取下我们的头颅而全体出动？”

“如果她们这样做，”麦兰整理着披巾，一边严厉地说道，“她们会得到她们应有的下场。”这位太阳色头发、绿眼睛、容貌美丽的智者，从面容判断，只比兰德大几岁。最近她成为了贝奥的妻子。无论是什么改变了智者们对于两仪师的看法，麦兰、艾密斯和柏尔是智者当中改变最大的。

“我想知道的是，”等在房里的第三名女子说，“你会如何处置克拉瓦尔·赛甘。”黛拉和麦兰气势逼人，多灵达的气势却压倒了她们两个，但兰德很难说清楚这是为什么。这位烟泉堡的顶主妇是一位坚定、有着母性威严的女子。她的相貌用“英俊”来形容更为贴切。她的眼角已经有了许多鱼尾纹，浅红色头发中的银丝几乎和贝奥头发里的灰丝一样多。任何有脑子的人都能看出来，在这三个女人里，她具有绝对的影响力。“麦兰说柏尔认为克拉瓦尔·赛甘并不重要，”多灵达继续说道，“但智者们会犯和男人同样的错误——当她们关注于眼前的战斗时，却看不见脚下的蝎子。”她朝麦兰抛出一个微笑，除去了刚才那番话中的尖刺。麦兰回报以一个微笑，向她表明自己并不介意。“顶主妇的工作就是在人们被螯伤前找到那些蝎子。”多灵达也是贝奥的妻子，这种事情一直让兰德感到惶恐不安——这三名艾伊尔人的婚姻完全出自于多灵达和麦兰的选择，身为男方的贝奥只能被动承受。在艾伊尔人当中，如果某个男人的妻子选择了一位姐妹妻子，那么这个男人并无权表达什么意见。

“克拉瓦尔已经被流放到农场去做工了。”兰德恼怒地说道。众人都朝他眨眨眼，寻思着这是不是个笑话。“太阳王座再次空出来，等待着伊兰的到来。”兰德考虑过是否要编织一个防止偷听的结界，但结界可以被任何进行探测的男人和女人察知，并让他们由此知道这里正有人在谈论重要的话题。不管怎样，这里所谈论的任何事，很快就会传遍从龙墙到大海的每一个地方。

费德文正在揉搓自己的手腕，嘉兰妮将匕首插回鞘里，没有人看他们一眼，所有的视线都集中在兰德身上。兰德皱眉看着妮芮莉，摇晃着被捆住的双手，直到苏琳割开了绳结。然后兰德说道：“我没想到会有这样一场家庭聚会。”妮芮莉看上去似乎有点羞愧，但房里只有她有这种表情。

“等到你结婚后，”巴歇尔带着微笑喃喃说道，“你就必须学习如何谨慎地选择有什么事情是应该向你的妻子隐瞒的。”黛拉瞥了他一眼，咬住了下唇。

“妻子们是巨大的安慰，”贝奥笑着说，“只要男人不告诉她们太多事情。”多灵达微笑着用手指抚过丈夫的头发——然后突然抓住他的头发，仿佛要把他的头揪下来一样。贝奥哼了一声，但不只是因为多灵达的手指。麦兰在自己宽大的裙子上抹了抹小刀，把它收回鞘里。这两个站在贝奥两侧的女人彼此笑了一下。她们的丈夫则揉着肩头凯丁瑟上的一小片血迹。黛拉若有所思地点点头，似乎是有了什么主意。

“我对哪个女人能有那么深的恨意，会让她成为转生真龙的妻子？”兰德冷冷地说。这句话在房里造成了一阵让人喘不过气的静默。

兰德努力想拉紧自己愤怒的缰绳。他应该想到这个的，麦兰不止是智者，她还是梦行者，就像艾密斯和柏尔一样。她们可以在梦中交谈，也可以在梦中将讯息告知他人。这真是个有用的技能。但至今为止，这个技能她们只为他使用过一次。她们是智者，做什么事要由她们自己决定。麦兰知道凯瑞安所发生的事情丝毫也不奇怪，她肯定也会把这些事全都告诉多灵达，这两个女人既是最好的朋友，也是姐妹。麦兰在告诉贝奥绑架的事情之后，贝奥就会把这件事告诉巴歇尔。期待巴歇尔会向他的妻子隐瞒这件事，就如同期待他不把家中着火的事情告诉黛拉。兰德一点一点地将怒火收了回来，在心里熄灭它们。

“伊兰到了吗？”他竭力让自己的声音显得随意，但是失败了。没关系，所有人都知道他会为此而焦虑。安多也许不像凯瑞安那样动荡，然而让这两个地方恢复平静最快的办法就是让伊兰登上王位，也许这也是唯一的办法。

“还没有。”巴歇尔耸耸肩，“但已经有传闻从南方传来，说一支有两仪师参加的军队正在莫兰迪的某个地方，或者也许是阿特拉。那可能是年轻的麦特和他的红手队，王女和逃出白塔的两仪师应该是和他们在一起。”

兰德揉搓着被绳子弄痛的手腕。刚才他会那么无聊地装成囚犯，都是为了躲过伊兰。伊兰，还有艾玲达。那样他就可以在她们不知道的情况下前来并离开。也许他会想办法看她们一眼。也许……他是个傻瓜，这点是确定无疑的。

“那些两仪师也向你宣誓效忠了吗？”黛拉的音调和她的表情一样冰冷。她不喜欢兰德，在她看来，她丈夫现在走的这条路早晚会让他的脑袋被插在塔瓦隆门口的矛尖上，而让她丈夫走上这条路的正是兰德。“你对两仪师做的那些事，白塔不会置之不理的。”

兰德向黛拉微一鞠躬。如果黛拉将他的这个动作看成是嘲讽，那就烧了这个女人吧！黛拉·尼·德·加林恩·巴歇尔从没有在称呼兰德时用过任何尊称，她甚至没叫过兰德的名字。她对兰德说话就像是在对一名步兵说话，而且还是一名愚笨又不被她信任的步兵。“如果她们选择立誓，我会接受她们的誓言。我怀疑她们之中到底有多少人真的想回到塔瓦隆。如果她们有别的选择，她们可以走自己的路，只要她们不和我对抗。”

“白塔已经在对抗你了。”贝奥说。他将拳头杵在膝盖上，身体向前倾过来。那双蓝眼睛比黛拉的声音更加冷酷。“来过的敌人还会再来，除非他们被阻止，我的枪矛会跟随卡亚肯到任何地方去。”麦兰点点头。她大概很想将每一名两仪师都屏障住，让她们跪倒在地上，甚至被捆住手脚。多灵达也在点头，还有苏琳。巴歇尔若有所思地用指节搔着胡子。兰德不知道是该笑还是该哭。

“难道你们不认为我的盘子早已经盛满，再也放不下一场对抗白塔的战争了吗？爱莉达是掐住了我的喉咙，但她已经遭到了挫败。”地面在火焰中崩裂，血肉四散纷飞。乌鸦和秃鹰都塞满了肚皮。有多少人死了？这只是挫败了爱莉达而已。“如果她够聪明，能够就此止步，我也会的。”当然，他不会信任爱莉达。那个箱子。他摇了摇头。依稀察觉到路斯·瑟林突然开始为那里的黑暗和干渴呻吟起来。他可以忽略，必须忽略，但他不能忘记，也不能信任。

贝奥和巴歇尔开始争论爱莉达既然已经开始行动，她是否有足够的智慧知道自己该停手了。兰德没有理会他们，而是走向墙边一张放置有各种地图的桌子。那面墙壁上挂着一幅织锦，织锦上描绘了一场安多白狮取得辉煌胜利的战役。很显然，贝奥和巴歇尔一直是在这个房间里拟定各种计划的。稍一搜检，兰德就找到了他需要的地图。那是一张巨大的卷轴地图，上面标明了从迷雾山脉到艾瑞尼河的全部安多领土，以及安多南边的一部分区域，包括海丹、阿特拉和莫兰迪。

“被关在毁树者国度的那些女人禁止制造任何麻烦，那么我们为何要允许其他那些女人肆意妄为？”麦兰说道，她显然是在回应某些兰德没听到的话，语气显得很恼怒。

“我们会做我们必须做的事，黛拉·德·巴歇尔。”多灵达平静地说。她的声音一直都是平静的。“坚持你的勇气吧！我们会去我们必须去的地方。”

“当你从悬崖上跳下去的时候，”黛拉答道，“你能做的只有坚持住自己的勇气，希望悬崖底下会停着一辆干草车。”她的丈夫笑出了声，仿佛她在说一个笑话。但黛拉的语气却不像是在开玩笑。

兰德展开地图，用墨水瓶和沙瓶压住四角，以手指丈量着地图上的距离。如果传闻属实，那么麦特的前进速度就不是很快；而红手队快速前进的能力已成为麦特的骄傲。也许是两仪师减缓了他的速度，那些女人还带着仆役和马车；也许那里的两仪师比他估计的要多。兰德意识到自己的双手握成拳头，便将它们放开。他需要伊兰。伊兰要掌握住这里和凯瑞安的王座，这是他需要她的原因，仅此而已。艾玲达……他不需要她，完全不需要，而且艾玲达也已经说清楚了，她同样不需要他。只要离开他，她就是安全的，他要让她们两个尽量远离他，这样才能保证她们的安全。光明啊，如果能看她们一眼就好了。但他需要麦特，佩林太顽固了。他不知道麦特怎么会在这么短的时间里就精通了战场上的一切知识，就连巴歇尔也钦佩麦特的观点，至少在战争方面是这样。

“她们将他当作歹藏对待。”苏琳恼恨地说，其他一些枪姬众的眼里也都射出了恼恨的目光。

“我们知道，”麦兰凶狠地说，“她们没有荣誉。”

“如果一切都像你所说的那样，那么他真的能隐忍下来，就此止步吗？”黛拉用不相信的口吻问道。

地图所标明的范围并没有向南扩展到凯瑞安——桌上没有一张地图上有伊利安的任何一部分出现，但兰德能够根据地图上的莫兰迪大致估算道尔隆丘陵的位置。那片地区在伊利安东北部边境，那里有一系列依附山丘而建的堡垒工事，任何入侵军队都不可能忽视那个地方。在东边大约两百五十里，穿过马瑞多平原，正驻扎着一支军队。自从二十年前，诸国聚集在塔瓦隆城下共同对抗艾伊尔人之后，世界上还没有出现过如此大规模的军队，也许要追溯到亚图·鹰翼的时代才能找到如此大规模的军队。提尔人、凯瑞安人、艾伊尔人全都被部署在那里，准备一举击溃伊利安。如果佩林不愿意率领这支军队，那么麦特就必须指挥他们。只是现在他没有足够的时间，他总是没有足够的时间。

“烧了我的眼睛吧！”巴歇尔喃喃地说道，“你从来没提到过这件事，麦兰。卡莱琳女士和托朗姆领主就在凯瑞安城扎营，还有达林大君也在那里？他们在这时候聚集在一起绝非偶然，那是一个挡在家门口的毒蛇坑。”

“让持枪矛者舞蹈吧！”贝奥说，“毒蛇死了就不会咬人了。”

沙马奥总是最擅长自我防御。这是路斯·瑟林在暗影之战中的记忆。两个处在同一颗脑子里的人，记忆总是会相互混淆的。路斯·瑟林会不会忽然发现自己正在回忆牧羊、劈柴和喂鸡的情景？兰德还能听到他微弱的嚎叫，关于杀戮，关于毁灭。每次想到弃光魔使，路斯·瑟林几乎都会被拉到他思绪的边缘。

“黛拉·德·巴歇尔说的是实话，”贝奥说，“我们必须坚持我们已经在走的路，直到我们的敌人被毁灭，或者是我们被毁灭。”

“这不是我的意思，”黛拉冷冷地说，“但你是对的，我们现在别无选择。敌人毁灭，或者我们毁灭。”

兰德研究着地图，死亡、毁灭和疯狂飘浮在他的脑海里。他的军队发动攻击之后，沙马奥很快就会前往那些堡垒。沙马奥和他弃光魔使的力量，传说纪元的知识。他自称为布兰德大人，九人议会的成员，那些拒绝承认弃光魔使已经逃出封印的人们也这样称呼他。但兰德知道他是谁。根据路斯·瑟林的记忆，他认识沙马奥的脸，对他的了解一直深入他的骨髓。

“戴玲·塔拉文会如何处置娜埃安·阿劳恩和爱伦娜·撒安德？”多灵达问，“我承认我不明白为什么要隔离她们。”

“她做的那些事并不重要。”巴歇尔说，“让我关心的是她和那些两仪师的会晤。”

“戴玲·塔拉文是个傻瓜，”麦兰喃喃地说，“她相信关于卡亚肯已经向玉座下跪的谣言。如果没有两仪师的允许，她连梳头都不敢。”

“你误解她了，”黛拉坚定地说，“戴玲有足够的力量统治安多，她已经在亚林吉尔证明了这一点。当然，她会听取两仪师的建议——只有傻瓜才会无视两仪师——但听取并不等于遵从。”

从杜麦的井带回来的马车需要重新进行搜索，那个雕刻成小胖男人形状的法器一定是在那些马车里。逃走的两仪师们不会知道那是什么，除非，也许，有人会拿走一样转生真龙的东西当作纪念品。不，它一定是在马车里。有了它，他的力量绝对就能超越任何的弃光魔使了。没有它……死亡、毁灭和疯狂。

突然间，那些他一直在无意中倾听的交谈引起了他的注意。“那是怎么回事？”他从那张象牙镶嵌的桌边转过身问道。

人们带着惊讶的表情转向他，本来斜倚在门框上的乔南站直了身子，轻松地蹲在地上的枪姬众立刻露出警觉的神情。她们本来只是在聊天，但现在她们在兰德身边时比原先更加警戒了。

麦兰用手指触摸着象牙项链，与贝奥和巴歇尔交换了个决定的眼神，然后她率先说道：“有九名两仪师正在银天鹅客栈里，在巴歇尔·巴歇尔所称的新城一带。”她说到“客栈”和“城”这两个词时，语气都很古怪。越过龙墙之前，她只是在书本里看过这种地方。“他和贝奥说我们不能去招惹她们，除非她们做出任何不利于你的事。我想，你已经知道了放任两仪师不管会有什么样的后果，兰德·亚瑟。”

“如果说有人犯错，”巴歇尔叹了口气，“那就是我犯了错，但我并不知道麦兰究竟想怎么做。几乎一个月以前，你刚刚离开后，就有八名两仪师住进了银天鹅客栈。偶尔会有新的两仪师来加入她们，偶尔也有人离开。但同时在那座客栈里的两仪师从没超过十个人。她们一直深居简出，没有制造过任何麻烦。据我和贝奥所知，她们没有向别人询问过任何事情。也有少数几名红宗两仪师进入凯姆林，她们的踪影被见到过两次。那些在银天鹅客栈里的两仪师全都有护法，这些却没有，我认为她们是红宗。被看见的红宗两仪师有两个或三个，她们在查问前往黑塔的那些男人。只过了一天左右，她们就离开了，我肯定她们并没有得到什么信息。黑塔在保密方面是一座坚固的堡垒。她们也没有制造麻烦。所以，除非我确定有必要，否则我宁可不去惹她们。”

“我指的不是这个。”兰德缓缓地说。他坐进一张正对着巴歇尔的椅子里，抓着椅子扶手，直到指节处开始疼痛。两仪师聚集在这里，两仪师聚集在凯瑞安，是巧合吗？路斯·瑟林吼叫着死亡和背叛，如同地平线远方的滚滚沉雷。应该警告马瑞姆，不是关于银天鹅客栈的两仪师——马瑞姆肯定已经知道了，为什么他没提到这件事？——而是要让马瑞姆记得离那些两仪师远一点，管住殉道使。如果杜麦的井是一个了结，那么现在就又有了新的开始。有太多事情似乎已经脱离了控制，他愈是努力想将一切掌握在手里，就有愈多出乎预料的事情，局势就变化得愈快。迟早一切都会坍塌下去，摔个粉碎。这个想法让他的喉咙发干。汤姆·梅里林曾经教过他一点抛球的小戏法，但他从不曾将这些戏法练得很纯熟。而现在，他必须能够将远比那些戏法复杂许多的手段运用自如。他希望能有东西润润自己的喉咙。

嘉兰妮站起身，跑到房间对面一张放着大银罐的小桌前，兰德这才意识到自己无意间把想法说了出来。她将一只锻银杯倒满，微笑着把它递给兰德。兰德接过杯子时，她张开了嘴，兰德本以为她会说些什么教训或挖苦的话，但嘉兰妮的表情变了变，只说了一声："卡亚肯。"就回到她原先的位置上。她那种严肃的模样仿佛是在仿效多灵达，或是黛拉。索麦莱用手语和她交谈，突然间，所有枪姬众红着脸，咬住嘴唇，像是拼命想要克制住笑意的样子，而嘉兰妮已经一脸通红。

银杯中的酒尝起来是用李子调味的。兰德还记得小时候河对岸果园里肥大甜美的李子，他爬上树去摘它们……他一扬头，将杯中的酒喝光。在两河有李子树，但没有李子果园，而且两河肯定没有那么宽阔的河面。把你那些该死的回忆留给你自己吧！他向路斯·瑟林喊道。他脑海里的那个男人只是自顾自地咯咯笑着。

巴歇尔对着枪姬众们皱起眉头，然后又瞥了贝奥和他的妻子们一眼。那三个人全都像石头般毫无表情。最后，巴歇尔摇了摇头，他和贝奥处得不错，但艾伊尔人总是令人困惑不解。"既然没有人会为我倒酒，"他一边说，一边站起身，为自己倒了杯酒，一口饮尽，然后抹抹胡子，"嗯，凉快多了。马瑞姆招募新兵的办法大概把所有愿意追随转生真龙的人都招揽来了。他还给了我一支不错的部队——那些遴选殉道使时被淘汰下来的男人。他们全都瞪大眼睛谈论那些一步就穿过空气中的窟窿，但这些人从来没接近过黑塔。我正在试验年轻的麦特想出的一些点子。"

兰德挥了挥拿着空杯子的手，挥开这个话题。"告诉我关于戴玲的事。"如果伊兰出了什么事，塔拉文家族的戴玲将会是安多王座的第一顺位继承人，兰德已经告诉过她，伊兰正在返回凯姆林的路上。"如果她以为她能得到狮子王座，我也可以为她找一座农场。"

"得到王座？"黛拉难以置信地说。她的丈夫大声笑了起来。

"我不明白湿地人的想法，"贝奥说，"但我不认为那个女人想要这个。"

"绝对不会。"巴歇尔拿起酒罐，为兰德倒了更多的调味酒，"一些低阶贵族本想拥戴她在亚林吉尔称王，好从中获利，而戴玲女士行动得很快，在四天时间里，她就绞死了其中两名带头的人，对另外二十人判处鞭刑，罪名是背叛王女伊兰。"他又赞许地笑了两声，他的妻子则哼了一声。如果换作是黛拉，从亚林吉尔到凯姆林的一路上大概都要立满绞刑架了。

"那么那些关于她要统治安多的谣言呢？"兰德问，"还有她为什么要监禁爱伦娜和娜埃安？"

"她们都在谋取王座。"黛拉说。她的黑眸里闪烁着恼怒的光芒。

巴歇尔点点头，他比他的妻子更平静。"三天前，克拉瓦尔加冕的讯息传来，使得你已经去了塔瓦隆的传言显得更加真实。两国的贸易恢复之后，每天都有许多鸽子在凯瑞安和凯姆林之间穿行，你甚至能踩着它们的背脊在天上走路了。”他放下酒罐，坐回椅子里。“娜埃安在那天上午宣布自己有权得到狮子王座，爱伦娜在中午之前发出了同样的宣告。日落时，戴玲、佩利瓦和鲁安逮捕了她们两人。第二天，他们宣布戴玲为安多摄政，直到伊兰返回凯姆林，那时他们将拥戴伊兰为安多女王。大多数安多贵族都已经宣布支持戴玲，我想，其中有些人是希望戴玲自己坐上王座的，但亚林吉尔让即使是最有权势的贵族也不敢乱说话了。”巴歇尔闭上一只眼睛，瞄着兰德。“至于你，他们全都绝口不提。这是好事还是坏事，像我这种脑子就想不清楚了。”

黛拉冷笑着望向兰德：“那些你允许他们随意进出宫殿的……势利小人，都已经逃离凯姆林了，有传闻说，他们之中的一些人已经逃离了安多。你应该知道的，他们或者支持爱伦娜，或者支持娜埃安。”

兰德小心地将装满酒的银杯放到椅子旁边的地毯上。他留下里尔、亚瑞米拉和其他人是为了迫使戴玲和她的支持者与他合作，他们绝对不会把安多丢给像里尔大人这样的人。只要有时间，只要伊兰回来，这种办法也许仍然有用。但所有的事情都变化得愈来愈快，远远超出他力所能及的范畴。不过，仍然有些事情是他能够控制的。

“费德文是一名殉道使。”他说道，“我在凯瑞安时，他可以向我报告这里的讯息，如果有必要的话。”说这句话时，兰德瞪了麦兰一眼，麦兰只是用最冷漠的目光回望着他。黛拉望向费德文的眼神就像是在看一只过于热情的狗丢在她的地毯上的死老鼠。巴歇尔与贝奥的目光则带着若有所思的意味。而处在众人目光焦点的费德文只是在努力地想把身体站直。“不要让任何人知道他是谁，”兰德继续说道，“任何人都不行，所以他才没有穿上黑衣。今晚我还要送两名殉道使到赛玛拉迪领主和维蓝芒大君那里去。当他们在道尔隆丘陵和沙马奥作战时，会用得上殉道使的。看样子，我还要在凯瑞安忙一段时间。”也许安多也有他要忙的。

“就是说，你终于要命令枪矛前进了？”贝奥问，“今晚你就会下达命令吗？”

兰德点点头，而巴歇尔怪笑了两声：“真该为这个好好喝几杯，不过现在这种天气已经让人的血变得像热麦片粥了。”他的笑容很快又变成了满面愁容。“烧了我吧！真希望我能在那里。不过，为转生真龙守住凯姆林应该也不是小事情。”

“你总是想到刀剑出鞘的地方去，丈夫。”黛拉的语气中充满了喜爱。

“那五分之一，”贝奥说，“沙马奥完结的时候，你会允许艾伊尔得到伊利安的那五分之一吗？”艾伊尔的传统允许他们在战争后拿走战败一方的五分之一财产，但兰德禁止他们在凯姆林这样做，他不会将一座受到任何伤害的城市交给伊兰。

“他们会得到那五分之一。”兰德说道，但他现在想的不是沙马奥或伊利安。快点带伊兰来，麦特。这个念头在他的脑海中疯狂地闪动着，压过了路斯·瑟林混乱的叫喊。快点把她带来，不要让安多和凯瑞安在我面前崩溃。

第 8 章

傀儡政权

“明天我们必须留在这里，”艾雯小心地在她的折叠椅里挪了挪身体，有时候，这把椅子会自己折叠起来，“加雷斯大人说军队已经开始缺乏补给了，我们的营地里所有的东西都很缺乏。”

她面前的桌子上放着两根短牛油蜡烛，这张桌子也是折叠的，但它比艾雯坐的椅子更稳固一些。这顶帐篷的正上方架着一根横杆，杆子上挂着一盏油灯，那两支蜡烛只是为了补充油灯光亮的不足。昏暗的黄色光线闪烁着，让同样昏暗的影子在帐篷布上舞动。这里和白塔恢弘堂皇的玉座书房完全无法相比，但这点并没有对她造成任何困扰。艾雯知道，自己和玉座应该拥有的威望仪表还有很远一段距离。她很清楚，自己身上只有肩头的七色圣巾能够让别人知道她是玉座，或者更多的人只会认为这是一个愚蠢的笑话。白塔的历史上倒是发生过不少奇怪的事情——史汪曾经告诉过她一些秘密的细节——但肯定没有发生过像她这样奇怪的事情。

“四或五天会好一些。”雪瑞安沉思着说道。她一直在研究放在腿上的一叠纸张。雪瑞安有些微胖，还有着高颧骨和一双眼角上翘的眼睛，虽然穿着深绿色的骑装，坐在桌前一张不太稳的凳子上，她仍然显得端庄典雅。她戴着撰史者的蓝色窄圣巾。和艾雯不同，任何人都会认为这条圣巾非常适合雪瑞安，有时候，雪瑞安似乎是相信那条七色的条纹圣巾就披在她自己的肩头。“也许应该更久一些，充分补充一下食粮不会有坏处。”

史汪坐在桌前另外一张摇晃的凳子上，微微摇了摇头，但艾雯并不需要她的提醒。“一天。”艾雯也许才十八岁，缺乏玉座的威仪，但艾雯并不傻。有太多两仪师在寻找理由，想要停下脚步（其中宗派守护者绝不在少数），如果她们停太久，想让她们重新上路也许就不可能了。雪瑞安张大了嘴。

“一天，女儿。”艾雯坚定地说，无论雪瑞安是怎么想的。事实是，雪瑞安·巴杨那是撰史者，艾雯·艾威尔是玉座；如果她能让雪瑞安明白这一点。白塔评议会就更糟糕了。艾雯想要大声喊叫，想砸东西，但在将近一个半月之后，艾雯仿佛已经用了一生的时间来练习在比这更严重的刺激面前保持面容的平静。“如果停留得更久，我们就要将这附近的区域吃成一片荒地了，我不会让人们遭受饥饿的苦难。从实际利益而言，如果我们从这里的人身上拿走太多东西，即使我们付了钱，他们也会给我们造成数以百计的问题。”

“当地人会袭击、偷取我们的牲口和运货马车。”史汪低声说。她没有看任何人，而是盯着自己灰色的裙裤，似乎是不经意地把自己的想法说了出来。“男人会在晚上用冷箭攻击我们的卫兵，也许还会放火。这不是好事，饥饿的人会因为绝望而不顾一切。”加雷斯大人也是这么对艾雯说的，辞句也几乎一样。

那名火色头发的女人严厉地瞥了史汪一眼。有许多两仪师都很难和史汪相处，她的面孔也许是这个营地里最著名的——年轻得就像见习生，甚至是初阶生，这是被静断的副作用，不过知道这件事的人并不多。只要史汪一出现在营地里，几乎立刻就会有姐妹盯着她。这位曾经是玉座的女人，遭到废黜并被切断了与阴极力的联系，随后却又得到治疗，恢复了至少一部分的力量。而在此之前，所有人都知道静断是绝对不可能被治疗的。有许多人热切地欢迎她再次成为姐妹的一员，既是为了她，也是为了在她身上发生的奇迹。在那之前，两仪师害怕遭到静断胜过害怕死亡。但也有同样多，甚至更多的人，给予史汪的只有冷漠和傲慢。她们认为都是因为史汪，她们才会落到现在这样的处境。

史汪应该教导新任玉座关于礼仪和类似的问题——雪瑞安属于这样认为的人之一。所有人都相信史汪痛恨这么做，除非是被点到，否则肯定只会紧闭双唇。她失去了往日的辉煌，不再是玉座，也不再拥有原来那么强大的力量。不过在两仪师看来，让史汪做这个工作并不算是残忍。过去的已经过去了，现在的一切都必须被接受，否则只会造成更大的痛苦。大体上，两仪师接受改变的速度很慢，然而一旦她们接受了，她们就会认为一直以来都是这个样子。

“一天，吾母，如您所愿。”雪瑞安最后叹了口气，微微低下头。艾雯相信，那不是因为屈服了，她只是在掩饰顽固的表情。只要雪瑞安能服从艾雯，艾雯会接受她的顽固。在这个时候，艾雯只能这样。

史汪也低下了头，为的是藏住一丝微笑。姐妹们会被分配不同的工作，但姐妹之间的尊卑次序是严格的，史汪的地位远低于雪瑞安，这是原因之一。

雪瑞安膝上的纸张是史汪报告的副本，正本放在艾雯面前的桌上。那是关于所有事情的报告，包括从蜡烛和豆子的数量到马匹的状况，以及加雷斯大人军队中相同方面的情况。那支军队的营地环绕着两仪师的营地，两个营地之间有一片大约二十步宽的环形空地。不过在很多方面上，或许两个营地之间的距离应该拉到一里远。令人惊讶的是，加雷斯大人像两仪师一样坚持必须有这样的距离。没有多少男人在两仪师身边会觉得舒服，这样的女人也不多。

身为撰史者，雪瑞安很想将这些小事的管理权从艾雯手中拿走。为此她向艾雯建议过许多次，玉座不该把精力耗费在这种日常杂务里。史汪则站在与雪瑞安对立的角度，强调一名优秀的玉座应该亲自关注这些事情，而不只是拿着几十名姐妹和职员的报告照本宣科，所以玉座每天都应该挑选其中一些事务进行检查，这样玉座就能了解有什么事情发生，需要采取什么措施，而不必等到有人带着紧急状况跑来求救，往往那时候事情已经无可挽回了。史汪称这个叫“时常感觉一下风向”。确保这些报告到艾雯的手里可能需要几个星期的时间，而艾雯相信，一旦她将这些交给雪瑞安，她以后所知道的将只能是一切行动的结果，或者一无所知。

当她们开始仔细阅读下一页报告时，帐篷里陷入了一片寂静。

这里并非只有她们三个。琪纱坐在帐篷一角的垫子上。“光线太暗对眼睛不好，”她几乎是自言自语地嘟囔着，手里正织补着艾雯的丝绸长袜，“我就不会在这么暗的光线里阅读。”艾雯的这名侍女双眼清亮，总是带着愉快的微笑。她的脾气很随和，总是用自言自语的方式向艾雯提各种建议，现在她仿佛已经服侍艾雯二十年，而不是短短的两个月。有时候，她的年纪仿佛比艾雯大了三倍，而不是实际上的一倍。今晚，艾雯怀疑琪纱这么说只是为了填补寂静造成的空虚。自从洛根逃走之后，营地里就出现了一种紧张的气氛。一个能够导引的男人，已经被屏障，并且被严密地看管着，但他却像一团雾般溜走了。每个人的心中都在揣测这是为什么，他在什么地方，他要做什么。艾雯比其他人更迫切地希望自己能知道洛根·埃布尔拉在哪里。

雪瑞安用力捏了一下手中的纸张，皱起眉看着琪纱。她不明白为什么艾雯会让她的侍女留在这样的会议之中，更不明白艾雯为什么会允许这名侍女如此胡言乱语。她也许没想到，琪纱的在场和她的胡言乱语经常会干扰她的思绪，让艾雯将不想接受的建议和不想做出的决定蒙混过去。琪纱自己则肯定没有过这样的想法，她抱歉地笑了笑，又开始手中的织补工作，只是偶尔还会自顾自地嘟囔几声。

“如果我们继续，吾母，”雪瑞安冷冷地说，“我们也许能在黎明之前结束。”

艾雯盯着这下一页的报告，揉搓着自己的额角。琪纱对于照明的建议也许是对的，她又开始觉得头痛了。不过，这也许是因为报告上载明了她们现有的金钱数量。艾雯读过的故事里从没提到过维持一支军队需要多少钱。还有两张纸条钉在这页报告上，它们来自两名宗派守护者——罗曼妲和蕾兰，她们都建议付给士兵薪饷的周期应该延长，这样就可以减少金钱开支。实际上，这不能被看作单纯的建议，因为罗曼妲和蕾兰也不仅仅是两名宗派守护者，其他的守护者都会听从她们，虽然不是在所有事情上。艾雯唯一能指望的守护者只有黛兰娜，但也绝不能指望她太多。蕾兰和罗曼妲很少能在某件事上达成共识，但无论她们在什么事情上达成共识，都要比这件事好一些。确实有一些士兵已经立下了誓言，但更多的士兵留在这里只是为了钱，以及在可能的胜利之后进行掠夺。

“士兵要像以前那样得到薪饷。”艾雯喃喃地说着，将那两张纸条揉成一团。她不打算让她的军队瓦解，更不会允许他们进行掠夺。

“遵命，吾母。”雪瑞安的眼里闪烁着喜悦。她一定也清楚金钱短缺的问题。任何以为雪瑞安缺乏智慧的人都是犯了很大的错误，但雪瑞安也有她的盲点，如果罗曼妲和蕾兰都说太阳将会升起，那么雪瑞安很可能会坚称太阳正在落下。反之也是一样，那两个人会不假思索地反对雪瑞安的一切提议。雪瑞安曾经对评议会有着举足轻重的影响力，但正是罗曼妲和蕾兰终止了她的这种影响力。不管怎样，艾雯可以对此加以利用。

艾雯的手指敲击在桌面上，当她发觉的时候，立刻停止了这个动作。一定要想办法筹到钱，但她没必要让雪瑞安看到她的忧虑。

“那个新人会做好的。”琪纱一边织补，一边嘟囔着，“当然，提尔人总是高扬着鼻子，不过赛勒梅知道一名侍女需要具备些什么。茉丽和我很快就能让她步入正轨了。”雪瑞安气恼地翻了翻眼睛。

艾雯则偷笑了一下。艾雯·艾威尔有三名侍女，这一点就像肩头的圣巾一样让艾雯难以置信。不过这个笑容眨眼间就消失了。侍女也要有薪酬，和三万名士兵相比，她们的薪酬很少；而且玉座也不可能自己洗衣服、缝补衬衣。不过即使只有琪纱一个人，艾雯也觉得绰绰有余了。如果她能够选择，她会把另外两名侍女立刻遣走。不到一个星期以前，罗曼妲决定玉座需要另一名侍女，于是在难民中挑出了茉丽（那些难民壅塞在每一个村庄里，直到他们被赶走）。很快地，蕾兰也不甘落后地从难民中挑出了赛勒梅。在艾雯知道这件事以前，这两个女人已经和琪纱一起挤在她的小帐篷里了。

这实在是件荒谬的事情：艾雯的钱不够支持她的军队前进到塔瓦隆一半的路程，却拥有三名侍女。而实际上，艾雯还有另一名仆人，只是她一个铜板也不会要——所有人都相信玛丽甘是玉座的女仆。

在桌子下面，她摸索着自己腰带上的荷包，感觉到里面的手镯。她应该再戴上它，这是她的责任，于是她从荷包里取出手镯，将它套在手腕上。这个银圈是用至上力制造的，在扣紧之后就看不到接痕了。而艾雯将它扣紧时，又恨不得立刻将它扯开。

情绪的洪流冲进了她意识中的一角，情绪和感觉仿佛集中在一只小口袋里，仿佛艾雯正在想象它，但那不是想象，那太真实了。这只手镯是罪铐的一半，它在艾雯和戴着另一半罪铐的女人之间造成了一种连结。另外那一半罪铐是一条银项链，戴着它的女人自己是无法将它摘下来的。这个连结不需要她们两个人拥抱阴极力就可以持续，而戴着手镯的艾雯永远都是这个连结的主导者。“玛丽甘”正在睡觉，她的双脚已经因为连续几天的奔波而酸痛不已。即使是在睡着时，恐惧仍然在她的情绪中占据着主要位置，只有憎恨偶尔会接近于恐惧的强度。艾雯不愿意戴上手镯，部分因为那个女人的恐惧不断啮咬着她，部分因为她曾经被系在罪铐的另一端，还有部分则因为她知道那个女人真正的身份。她痛恨分享那个女人的任何心情。

营地里只有三个女人知道魔格丁是这里的囚犯，正隐身于一群两仪师之中。如果这件事被揭发，魔格丁很快就会遭到审判，静断，并处以死刑。随后就会是艾雯，以及史汪和莉安——她们是另外两个知道这个秘密的女人。一旦被揭发，艾雯至少会被剥夺掉圣巾。

因为藏匿弃光魔使，让她逃避公正的审判，她严厉地想，*如果我只是被她们踢回到见习生的身份，那也许是我的幸运。*她不自觉地用拇指转动着戴在右手食指上的巨蛇戒。无论这样的惩罚有多么公正，那也不是艾雯会喜欢的。她原来被灌输的理念是——最睿智的姐妹才会被选为玉座。不过现在她已经学到了更多的东西。选举玉座是一场激烈的竞争，就像两河人选举村长一样，也许还要更激烈。当然，在伊蒙村没有人想过要反对艾雯的父亲，但艾雯听说过戴文骑和塔伦渡口的选举。史汪之所以能成为玉座，只是因为她之前的三位玉座都是在成为玉座后几年内就去世了，评议会想要一个年轻点的玉座。和一名姐妹谈论她的年纪就像是掴她的脸颊一样粗鲁无礼，不过艾雯已经有些了解两仪师能够活得多么长久。一名两仪师通常都是在得到披肩的七八十年之后才有可能被选为宗派守护者，而有资格被选为玉座的时间一般都比这个更加漫长得多。当时，评议会选择玉座时，候选者恰巧是四名获得披肩不到五十年的两仪师，那时白宗的希安妮·荷瑞蒙更是推荐了一名戴上披肩只有十年的女子。当评议会陷入这种僵局时，也许守护者们最终拥护史汪的原因是出于疲于应付，而不是她的管理才能。

而艾雯·艾威尔，这个在许多人眼中应该只是一名初阶生的女孩呢？一个有名无实的傀儡政权，轻易就可以被揪着鼻子向前走；一个和兰德·亚瑟在同一个村子里长大的女孩，最后这点肯定是让守护者们做出决定的原因之一。她们不会收回艾雯的圣巾，但艾雯也发现，她原来辛苦积攒下的一点威信已经荡然无存了。罗曼妲、蕾兰和雪瑞安也许真的有一天会开始甩彼此的耳光，打起来的原因肯定是应该由谁来揪住艾雯的脖子。

“那看上去很像是我见伊兰戴过的一只手镯。”雪瑞安向前倾过身体，想要看得更清楚些，她膝上的纸张随之发出一阵窸窣的声音。“奈妮薇也戴过，我记得她们都戴过。”

艾雯愣了一下，她还不够谨慎。“是同一只手镯，是她们离开时留给我的纪念。”转动着手腕上的这只银环，她感觉到一阵负疚的刺痛。这只手镯的做工非常精巧，让人看不出它的接合处。自从奈妮薇和伊兰前往艾博达之后，艾雯就几乎没想过她们了。也许她应该让她们回来，看样子，她们的搜索行动并不成功。但如果她们能找到那件东西……

雪瑞安皱起了眉。艾雯不知道是不是因为她的手镯，但她不能让雪瑞安对这只手镯有太多关注，如果雪瑞安又注意到“玛丽甘”脖子上的项链和这只手镯很配，那就是个让人头痛而难以应付的问题了。

艾雯站起身，抚平裙摆，绕过桌子。史汪今天得到了一些信息，艾雯可以充分地利用它们——她并不是唯一隐藏着秘密的人。当艾雯站到雪瑞安面前，近到对方没有空间站起来时，雪瑞安看起来很是吃惊。

“女儿，我听说在史汪和莉安到达沙力达的几天后，有十名姐妹离开了，除了蓝宗之外，每个宗派都有两名姐妹参与其中。她们去哪里了，为什么？”

雪瑞安眯起眼睛，但她的表情依然保持着平静。“吾母，我很难回想起每一个……”

“不要绕圈子，雪瑞安。”艾雯又靠近了一些，直到她们的膝盖几乎碰在一起。“不要用虚言掩饰，说实话。”

雪瑞安的额头上出现了一道皱纹：“吾母，即使我知道，您也不能让所有这些小事麻烦您的——”

“说实话，雪瑞安，完整的事实。我是否必须在全体评议会前质问你，为什么我不能从我的撰史者那里得到事实？我要知道，女儿，不管用什么方法，我要知道。”

雪瑞安转了一下头，仿佛是在为自己寻找出路。她的目光落在正忙于缝纫的琪纱身上，立刻显露出松了口气的模样。“吾母，明天，等到周围没有别人时，我肯定可以对所有的事给您一个满意的解释，我必须先和几位姐妹说一下。”

那么她们就能杜撰出雪瑞安明天应该告诉她什么了。“琪纱，”艾雯说，“请到外面去。”琪纱的样子像是专心地在做缝补，完全不在意周围发生了什么，但艾雯一说话，她立刻跳到地上，几乎跑着离开了帐篷。当两仪师发生口角时，任何聪明人都知道要离开现场。“现在，女儿，”艾雯说，“事实，你所知道的一切。现在这样是你能得到的最私下的场合了。”当雪瑞安又瞥向史汪时，艾雯这样对她说。

片刻之间，雪瑞安调整着自己的裙摆（或者不如说是在撕扯它），不停地躲避艾雯的目光。毫无疑问，她仍然在寻找借口，但三誓约束着她，她不能说不实之言。无论她怎么看待艾雯的真实地位，无论她在艾雯背后如何独断专行，但当着艾雯的面否定她的权威是不可能的，就连罗曼妲也要维持着表面上的恭谨，即使在很多时候这种恭谨非常勉强。

雪瑞安深吸一口气，将双手交叠在双膝间，低垂下头，不带感情地说道：“当我们知道红宗要为支持洛根成为伪龙而负责的时候，我们感觉到一定要为此采取一些行动。”这个“我们”所指的肯定是聚集在雪瑞安身边的那几名姐妹——卡琳亚、波恩宁和其余几个影响力与守护者相差无几的人。“爱莉达发出命令，要求所有姐妹回归白塔，所以我们选择了十名姐妹去服从她的命令，这是能够渗透进去的最快办法。现在她们应该已经进入白塔了，她们会不动声色地让白塔中的所有姐妹知道红宗对洛根所做的一切，而不必……”她犹豫了一下，然后又飞快地说道，“即使是评议会也不知道这件事。”

艾雯后退了一步，再次揉了揉额角。不动声色地，希望能藉此废黜爱莉达，这确实是个不坏的计划，它甚至有可能会产生效用。但那需要若干年的时间。而对于绝大部分姐妹来说，愈是无所事事地度过这段时间就愈好。等到足够久的岁月之后，她们就能让世界相信，白塔从不曾真正分裂过，那时知道现在这种状况的人也许就已经屈指可数了。也许，如果有足够长的时间，她们真的能找到办法把一切事情调整过来。“为什么要向评议会隐瞒这件事，雪瑞安？你肯定不会认为她们之中会有人将你的计划出卖给爱莉达吧！”现在营地中有一半姐妹会斜眼瞥着另一半姐妹，害怕她们在暗中支持爱莉达。

“吾母，任何以为我们现在的事业是个错误的姐妹，都不会让自己成为我们的宗派守护者。实际上，这样的姐妹早已应该都离开我们了。”雪瑞安并没有放松下来，但她的声音变成了那种耐心的、指导性的腔调，她认为这种腔调对艾雯的影响力最大。她是很善于改变话题的。“人们心中的疑虑是我们要面对的最糟糕的问题，大家彼此之间都没有真正的信任。如果我们能想办法——”

“黑宗，”史汪平静地打断了她的话，“这才是让你血液发冷的事情，就像一条银梭子鱼钻进了你的裙子里。有谁能知道哪个人是黑宗的，有谁能确定黑宗姐妹会做什么？”

雪瑞安狠狠地瞪了史汪一眼，但那股力道很快就从她身上消失了，或者说，是一种紧张代替了另外一种。她瞥了艾雯一眼，不情愿地点了点头。看到她嘴唇扭曲的模样，艾雯相信，她肯定又想要寻找逃避的借口，只是艾雯不会允许她这样做了。现在营地里的大多数姐妹都已经相信黑宗的存在了，但白塔已经连续三千年否认黑宗的存在，现在即使两仪师们相信了，也都伴随着深深的不安和怀疑。几乎没有人会谈及这个话题，无论她们有多相信。

“吾母，问题是，”史汪继续说道，“如果评议会发现了这个行动，会发生什么事。”她似乎又是在把自己思考着的事情说出来。“我想，任何守护者都不会接受这样的借口——她没有被告知这件事是因为她也许在暗中支持爱莉达。而如果说守护者们被怀疑是黑宗的……是的，我想她们一定会感到非常不愉快。”

雪瑞安的脸有些微微发白，不过她的脸没有变成惨白的颜色已经让艾雯感到奇怪了。宗派守护者们的反应绝不会是用一个“不愉快”就可以描述的，雪瑞安那时将要遭遇的问题更不止是“不愉快”那么简单。

现在应该是切实收取利益的时候了，但艾雯又想到了另一个问题。如果雪瑞安和她的朋友们已经派了……应该怎么称呼那些人？不是间谍，应该是被送进屋里去捉老鼠的鼬鼠——如果雪瑞安已经派遣鼬鼠进入了白塔，是否……

一阵突然的刺痛从她脑海深处的那只小袋里涌了出来，将其他所有的意识都挤走了。如果艾雯直接触及到那种感觉，她一定会痛晕过去，即使这样，她的眼球也猛然鼓胀了起来。一个能够导引的男人正在碰触环绕在魔格丁脖子上的项链，这个连结不允许男人介入。痛苦，以及一些艾雯从不曾在魔格丁身上感知过的东西——希望。然后一切都消失了，那些知觉，那些情绪。项链断开了。

“我……需要一些新鲜空气。”艾雯努力地说道。雪瑞安和史汪都站起了身，但艾雯挥手示意她们坐下。“不，我想单独待一会儿。”她匆忙地说道。“史汪，向雪瑞安问明她对于那些鼬鼠所了解的一切。光明啊，我说的是那十名姐妹。”她们目瞪口呆地盯着她。不过感谢光明，当艾雯从横杆的钩子上提下油灯，跑出去时，她们并没有跟在她身后。

玉座不该慌不择路地奔跑，但艾雯现在已经差不多是在这样做了。她用空出的一只手提起裙裤，用近乎小跑的步伐向前走着。无云的天空中，月亮洒下充足的光芒，在帐篷和马车上留下斑驳的影子。营地中的人们大多已经入睡了，但不时仍然可以看到一堆堆低矮的营火。还有一些护法和少数的仆人保持着清醒。如果她用跑的，就会引来太多双眼睛注意她。现在她最不想出现的事情就是有人向她伸出援手。她意识到自己在剧烈地喘息，并不是因为剧烈的运动，而是因为惊恐的心情。

艾雯将脑袋和油灯探进“玛丽甘”的小帐篷时，发现里面空空如也，本来被拿来当成地铺的毯子被散乱地扔到了一旁。

如果她仍然在这里呢？艾雯心中寻思着。还有那个让她自由的人也在这里吗？颤抖着，她缓缓地退了出来。魔格丁有很多理由——私人的理由——不喜欢她，而唯一可以和这名弃光魔使单独对抗的姐妹——在她能够导引的时候——远在艾博达。魔格丁可以在其他人毫不知情的情况下杀死艾雯，甚至即使有姐妹感觉到了她的导引，在这样的营地里也不会非常惹人注目。更可怕的是，魔格丁也许不会杀死她，而直到魔格丁带着她远离此地之后，别人才会发现出现了异常。

“吾母，”琪纱在她身后惊诧地说道，“您不该暴露在夜晚的空气中，夜晚的空气是坏空气。如果您想见玛丽甘，我会为您叫她来的。”

艾雯差点跳了起来，她一直都没察觉到琪纱在跟着她。她逐一审视聚拢在附近营火边的人们。他们待在火边不是为了在这种邪恶的炎热中取暖，只是为了相互交谈、取乐。他们距离这里都很远，但也许有人看见过刚才谁进入了“玛丽甘”的帐篷。有些人来过“玛丽甘”的帐篷，但其中没有男人，男人来到这里是非常引人注目的。“我想她已经跑掉了，琪纱。”

“什么，那个坏女人！”琪纱喊道，“我一直都说，她有一张刻薄的嘴和一双卑劣的眼睛。您从难民之中救了她，她却像个贼一样溜走了，如果不是您，她早就在路上饿死了，这种人真没良心！”

琪纱跟着艾雯回到了艾雯睡觉的帐篷，一路上都在唠叨着“玛丽甘”的忘恩负义，以及应该如何处罚这种人。要抽这种人鞭子，要在他们逃跑之前抢先把他们赶走。她还拐弯抹角地提醒艾雯，最好检查一下珠宝首饰是否完好无损。

艾雯几乎没听见琪纱在说些什么，她的思绪在飞快地旋转着。这不可能是洛根干的，是吗？他不可能知道玛丽甘，更不可能回来救她，是吗？而兰德召集的那些男人，那些殉道使呢？所有的村庄里都流传着关于殉道使和黑塔的谣传，人们全都在悄悄地议论这件事。大多数姐妹都装作不在乎有几十名天生能导引的男人聚在一起——只是谣言比实际情况夸张许多，谣言总是非常夸张的。但艾雯想到那些人的时候，脚趾总是害怕得想要缩起来。殉道使是可以……但为什么？殉道使怎么会知道这件事？他们跟洛根一样，不可能知道这件事。

艾雯努力躲避着那唯一符合情理的结论，那是比洛根，甚至比殉道使更加可怕的事情——一名弃光魔使放走了魔格丁。奈妮薇告诉过她，雷威辛已经死在兰德手上。兰德也杀死了伊煞梅尔，或者据推测是这样的。阿极罗和巴萨摩也死了。沐瑞杀死了拜拉奥，那么剩下的就只有亚斯莫丁、狄芒德和沙马奥。沙马奥在伊利安，没有人知道另外两个在哪里。在女性的弃光魔使之中，沐瑞和兰飞儿同归于尽，但所有其他人都还活着，也没有人知道她们在哪里。“玛丽甘”的逃脱当然与她们无关，这是个男人干的。是哪一个？为了抵御弃光魔使对营地的攻击，她们早已制定了计划。这里没有任何姐妹能够单独抵挡弃光魔使，但如果她们连结起来就是另一回事了，任何进入营地的弃光魔使都会发现身边围满了连结在一起的两仪师。但她们必须先认出弃光魔使来。不知为什么，弃光魔使并没有那种光洁无瑕的面孔，也许这是因为他们和暗帝的联系造成的。他们……想到这里，艾雯觉得不寒而栗，她必须让自己的思路清晰一些。

“琪纱？”

“……看样子您的头痛了，需要按摩一下……是，吾母？”

“找史汪和莉安来。让她们来找我，但不要让其他人知道。”

琪纱咧嘴一笑，行了个深深的屈膝礼之后就跑开了。她几乎无可避免地要知道围绕在艾雯身边的暗流，但她觉得所有这些策划和密谋都很有趣。当然，她知道的不过是表面的一些东西，而且连这些也是所知有限。艾雯不怀疑她的忠诚，但琪纱如果了解了旋涡深处的那些事情，她的兴奋或许就会变成其他的情绪了。

艾雯导引至上力点亮了帐篷里的油灯，然后吹熄手中的提灯，小心地将它放到角落里。她应该要想清楚，但她仍然觉得自己只是在黑暗中摸索。

第 9 章

一对银梭子鱼

艾雯坐在椅子里，这是营地中为数不多的几把真正的椅子之一，上面有一些样式朴素的雕花，看上去很像农人家中最好的扶手椅，宽大而舒适；不过她坐在上面时总会有点负罪感，毕竟这把椅子耗用了不少马车上宝贵的空间——艾雯坐在那里，努力想把自己的思绪理清楚。这时，史汪一把掀开帐帘，迈步走了进来。史汪并不高兴。

“光明在上，您为什么要跑掉？”她的语调并没有随她的表情一同改变。即使用最尊敬的腔调，史汪还是可以将人痛斥一番，而她的一双蓝眸盯着艾雯，射出的目光就像制鞍匠的锥子一样锋利。“雪瑞安像赶苍蝇一样把我拨到了一边，”那精巧得令人惊讶的小嘴恨恨地扭曲着，“她几乎像您一样飞快地离开了。您没意识到她已经把她自己交给您了吗？她交出的不仅是她自己，还有爱耐雅、摩芙玲和其他人。您也知道，今晚她们一定会把水往外舀并将漏洞都填平。她们能做到，我不知道她们会怎么做，但她们能做到。”

几乎就在史汪说出最后一句话时，莉安走了进来。莉安是一名腰肢纤细、身材高挑的女子，因为同样的原因，她古铜色的面容像史汪一样年轻。而实际上她也和史汪一样，比艾雯的母亲还要年长。莉安看了史汪一眼，在帐篷允许的范围内用力一甩手："吾母，这是一场愚蠢的冒险。"她那双秋波流转的黑眸里现在闪耀着愤怒的光亮，但即使是在她发怒时，声音依然有种慵懒妩媚的感觉，而艾雯还记得以前莉安那种清晰庄重的声音。"如果有任何人看见史汪和我一起——"

"即使整个营地知道了你们所谓的争吵只是在掩人耳目，我也不在乎！"艾雯厉声打断了她的话。她在她们三个周围编织了一个很小范围的防偷听结界。只要她一直维持着这个编织，而不将它固定住，那么就没有人能在不被她发现的情况下穿过这个结界。

实际上，艾雯还是在乎这件事的，也许她不该叫她们两人一起来。那时她一心只是想叫这两名她唯一能指望的姐妹过来。营地里所有的人都知道，这位前任玉座和她的前任撰史者极端痛恨彼此，就像史汪痛恨教导她的继任者一样。如果有任何姐妹发现了这个事实，她们在未来很长的一段时间里也许就都要在苦修中度过了，而且会是相当艰苦的苦修——两仪师痛恨被别人愚弄，即使是国王做了这样的事，也要付出代价——不过，她们这种所谓的彼此痛恨造成了一种特别的效果：在其她姐妹，包括宗派守护者的意识里，如果她们两个同时确认一件事，那么那件事就一定是正确的。静断所造成的另外一种效果非常有用，一种其他人并不知道的效果——三誓已经无法约束史汪和莉安了，她们现在可以像羊毛商人一样满口谎言。

这座营地中到处都是阴谋诡计，就像是一片在迷雾中萌生着许多诡怪植株的恶臭沼泽。也许任何两仪师聚集的地方都是这样，经过了三千年在密谋中的生活，即使那些密谋不是不可或缺，它们已经成为大多数姐妹的第二天性。但真正让艾雯感到恐怖的是，她发现自己也已经开始喜欢上所有这些诡计；并非因为这些谋略本身，而是因为其中曲折的谜团。即使是最复杂的拼图游戏，也绝对无法引起她这么大的兴趣。人们会怎么说她，她不想知道。无论其他人怎么想，她是两仪师，她必须同时接受这其中的好与坏。

"魔格丁逃走了。"艾雯毫不停顿地说道，"一个男人从她身上移除了罪铐，一个能够导引的男人。我在她的帐篷里没找到项链，我想，他们之中的一个人带走了它。应该能借助某种方法使用这只手镯找到项链，但如果有这种方法，我也不知道该怎么做。"

这番话立刻抹去了两人脸上严厉的表情，莉安腿一软，像一只麻袋般跌坐在凳子上。史汪缓缓地坐到帆布床上，双手紧握膝头，后背挺得笔直。艾雯发觉她的裙子上绣着一些蓝色的小花，在裙摆处有一圈宽阔的提尔迷舞花纹，另一圈花纹围绕在她的胸衣上。艾雯觉得这种打扮和史汪惯有的风格很不协调。现在史汪的衣服不再只是合适，而是显得很漂亮，实际上，这些服饰的变化并不算大——

史汪从不会把任何事做得很极端——艾雯觉得这些变化就像史汪表情的变化一样激烈。而更让艾雯困惑的是，史汪痛恨这种改变，并且在抵制它。

而莉安则以真正的两仪师风格拥抱一切的改变。同样是一名恢复了青春的女人——艾雯听一名黄宗姐妹惊叹过，从她能检查到的所有方面来看，她们两个都正值适合生育的年纪——莉安的模样仿佛是从没当过撰史者，从没有过与现在不同的面容。原来那个公事公办、绝无废话的女人，变成了一名柔媚妖娆的、完美的阿拉多曼女子。就连她的骑装也被剪裁成她家乡的风格。轻薄的浅绿色丝绸质料几乎是半透明的，对于满是风尘的长途旅行而言，没有半点实用价值。莉安借口说静断已经断绝了原先所有的约束和联系，所以没有回归蓝宗，而是选择了绿宗。改变宗派是不被许可的，但在此之前，还没有人被静断后又被治愈过。史汪则直接回归了蓝宗，虽然对于要“恳请和乞求接纳”这种白痴仪式充满了怨言。

“哦，光明啊！”莉安重重地坐到凳子上，完全失她平时的优雅，“我们应该一开始就对她进行审判。和放走她相比，我们从她身上学到的东西没有任何价值！”莉安确实是惊吓过度了，她平时都不会直接陈述这么明显的事情，她的脑子绝不像外表那样变得慵懒。慵懒妩媚的阿拉多曼女人同样以世界上最精明的商人而著称。

“该死！我们应该严密看管她的。”史汪咬牙恨恨地说道。

艾雯挑起了眼眉。史汪受到的震撼一定像莉安一样剧烈。“由谁去看管，史汪？芙芮恩？瑟德琳？她们甚至不知道你们两个和我是一党。”一党？五个女人，芙芮恩和瑟德琳肯定不愿意追随她们，特别是芙芮恩。奈妮薇和伊兰当然也算在内，肯定还有柏姬泰，即使她不是两仪师。她们有很长一段时间都过着同舟共济的生活，但隐秘的行动和谋略仍然只能是艾雯的主要力量，尤其是在人们认为她玩不出这些把戏时。“我该如何向其他人解释，为什么她们要看管我的女仆？那能对我们有什么样的好处？而且那一定是弃光魔使干的。你真的认为芙芮恩和瑟德琳两个人加在一起可以阻挡弃光魔使吗？即使我与罗曼妲和蕾兰连结在一起，我也没有这样的信心。”罗曼妲和蕾兰在营地中是力量仅次于艾雯的人，她们像以前的史汪一样强大。

史汪明显是在努力抹去脸上的怒容，但还是不禁哼了一声。她经常说，如果她不能再次成为玉座，她就会教导艾雯成为历史上最优秀的玉座，但从山顶的狮子转变成脚下的老鼠仍然是困难的。因此，艾雯对史汪有着特别的宽容。

“我想让你们两个去询问一下魔格丁帐篷附近的人，一定有人看见了那个男人，他肯定是走过去的。如果他在魔格丁的帐篷里打开通道，就要冒着将魔格丁切成两段的风险，无论他的编织有多么小，这个可能性都非常大。”

史汪又哼了一声，声音比刚才的更大。“这有什么用？难道您要像走唱人的蠢故事里那些愚蠢的英雄一样去追赶她，把她捉回来？或者是把她和其他所有弃光魔使都用绳子一次绑回来？顺便还可以取得最后战争的胜利？即使我们得到了从头到脚的详细描述，我们也不知道弃光魔使们都是什么样子。这是我听过最没用的一桶该死的鱼肠——”

“史汪！”艾雯坐直身体，厉声说道。容忍也是有限度的，即使是罗曼妲也不能在她面前如此放肆。

史汪的脸颊上慢慢浮现红晕，她揉搓裙子，躲避着艾雯的目光，努力想控制住自己，过了许久才说道：“请原谅，吾母。”她说的这句话听起来几乎是真心的。

“今天对史汪来说是艰难的一天，吾母。”莉安带着那种俏皮的微笑向艾雯说道。她现在很擅长于这种笑容，但她一般都是用它来加速某个男人的心跳。当然，她不是一个头脑混乱的人，很清楚在什么时候该做什么。“不过迄今为止，她的大多数日子都很艰难。当然，只要她能够学会在生气时不要把每件东西都扔到加雷斯·布伦的脸上——”

“够了！”艾雯喊道。莉安只是想从史汪那里分担一些压力，但艾雯没心情应付这种事。“我想知道关于魔格丁被放走的一切细节，即使只是那个放走她的男人的身材高矮也行，任何细节都可以，只要能够让他不仅是藏身于黑暗中的一个阴影。我这样的要求应该不至于逾越我所拥有的权限。”莉安静静地坐着，盯着脚趾前地毯上的绣花。

史汪整张脸几乎都红了，看上去就像是落日的余晖映照在她白皙的脸上。“我……乞求您的原谅，吾母。”这一次，她听起来确实像是在悔过。她艰困地望向艾雯的眼睛，这个动作也表达了同样的意思。“有时候，我很难……不，这不是借口，我乞求原谅。”

艾雯用手指抚着圣巾，一语不发，不眨眼地看着史汪。这是史汪自己教她的办法。但过了一会儿，她开始不安地在帆布床上动了动身体。当你知道自己犯了错，寂静就会像针一样扎心，这根针会让你彻底地意识到自己的错误，在很多情况下，沉默是种非常有用的工具。“既然我已经想不起有什么需要我原谅，”最后，艾雯平静地说道，“请求原谅似乎是没必要的。但，史汪……不要让这种事再发生了。”

“谢谢您，吾母。”史汪的嘴角微微扭曲，似乎是在苦笑，“请容我说一句，我似乎已经把您教得很好了，但我能否建议一下……”她等待着，直到艾雯不耐烦地点点头。“我们之中的一个应该将您的命令带给芙芮恩或瑟德琳，让她们去问，而且我们应该表现出因为当这样的信使而非常气恼。比起我和莉安，她们去做这件事更不容易引起人们的猜疑，所有人都知道您是她们的恩主。”

艾雯立刻就同意了史汪的建议。直到现在，她还是没办法很清晰地思考问题，否则她自己就能预见到这一点了。那种头痛的感觉又回来了。琪纱说这是因为艾雯缺乏睡眠。但当你觉得自己像是一面绷紧的鼓膜，想要好好睡一觉是非常困难的。艾雯觉得自己应该有一个更大的脑子，才不会像现在这么紧张，才有足够的空间塞满所有那些忧虑。嗯，至少现在她能抛掉那个窝藏魔格丁的秘密，将那些技巧传授出去：包括用至上力易容的方法，以及如何在其他能导引的女人面前隐藏自己导引能力的技巧。在这之前，向两仪师们透露从魔格丁那里榨取来的知识有太大的危险，因为这些可能导致她们发现魔格丁的真实身份。

*换来的只是几声赞扬而已。*艾雯讽刺地想。当她公布了久已失传的穿行异能时，她得到了姐妹们的热烈赞扬，至少那是她自己发现的。她在公布那些从魔格丁身上榨取来的知识时，获得了更多赞誉（*每次从魔格丁身上榨取知识，就像拔掉她的一颗臼齿那样困难*），但这些赞誉丝毫没有改善她的状况。任何人都会拍着一名天才儿童的脑袋称赞她，同时也不会忘记她是个儿童。

莉安行了个屈膝礼之后离开了。临走时，她又冷冷地说，如果某人会有一个失眠的夜晚，她是不会感到同情的。史汪仍然等在帐篷里，不能让别人看见她和莉安同时离开。一段时间里，艾雯只是看着面前这名女子，两个人都没说话。史汪似乎陷入了沉思。最后，她仿佛愣了一下，然后站起身，抚平裙摆，显然是准备离开了。

“史汪。”艾雯缓缓地张开嘴，却发现自己并不知道该怎么说。

史汪似乎是认为她明白艾雯的意思。“您不仅是正确的，吾母，”她直视着艾雯的眼睛，“您也是仁慈的，太仁慈了。我要说，您不该这样，您是玉座，不能有人冒犯、冲撞您。如果您让我进行苦修，甚至让罗曼妲来同情我，那也没有超过我应得的。”

“下次我会记住这点。”艾雯说。史汪低下头，仿佛是接受了艾雯的话。也许真的是这样，但除非史汪有更多的改变，否则就会有下一次，会有更多次——艾雯觉得史汪不太可能改变那么多。“但我想问的是加雷斯大人……”一切表情都从史汪的脸上消失了。“你确定不让我……介入调解一下？”

“为什么我会想要这样，吾母？”史汪的声音比冷掉的清汤更冰凉，“我唯一的职责就是教导您礼仪，以及将我从眼线那里得到的报告交给雪瑞安。”史汪仍然拥有她以前的一部分情报网，虽然现在那些眼线是否知道自己的情报会送到谁的手里很值得怀疑。“为了不干扰我的工作，加雷斯·布伦已经很少占用我的时间了。”史汪几乎总是直接叫加雷斯·布伦的名字，即使在他的名字上加一个头衔，她也总是带着忿恨的语气。

“史汪，一座烧毁的畜栏和几头母牛不至于让你付出这么大的代价。”和雇佣并养活如此众多的士兵相比，那肯定不是什么大事。艾雯以前也用这种话劝慰过史汪，而这次她所得到的僵硬回答也是一样的。

“谢谢您，吾母，但我不会让他说我违背了自己的誓言，我发过誓要用工作清偿我的债务。”忽然间，史汪僵硬的神情融化在一阵笑声里。当史汪提及加雷斯大人时，很少会这样，在这种时候，她的脸上往往只会满是怒容。“如果您要担心某个人，那就担心他吧！不必是我。要对付加雷斯·布伦，我不需要别人的帮助。”

这才是奇怪的地方，现在史汪导引至上力的能力确实不强，但也还没弱到需要为加雷斯·布伦当仆人的地步。史汪经常要将双手和手臂连续几个小时泡在热肥皂水里，为他清洗衬衫和内衣裤。也许她这么做是为了发泄自己对于某人的怒火，而不必将这些怒火郁积在肚子里，无论原因为何，史汪的这种行为惹出不少议论，让许多人都以奇怪的眼光看着史汪。毕竟，史汪是两仪师，即使在两仪师中的位阶并不算高。加雷斯·布伦对付史汪脾气的办法总是会激怒史汪，让史汪对他发出可怕的威胁，用盘子和靴子丢他。但虽然史汪能够用风之力将他捆住，让他一根指头都动不了，她现在却从不会在加雷斯·布伦身边碰触阴极力，即使是为他忙碌家务，甚至要对他挥拳相向时，史汪也只会动用自己的体力。至今为止，史汪还把这些当作秘密隐瞒着大多数人，但当她怒不可遏，或是当莉安开玩笑时，还是会有一些内情被透露给艾雯。艾雯完全不明白这其中的奥妙。史汪并不是一个软弱或愚蠢的人，她也没有向谁表示谦卑过，也没害怕过谁，她不……

“你该走了，史汪。”很显然，有些秘密仍然是艾雯不会知道的，“已经很晚了，我知道你想睡了。”

“是的，吾母。还有，谢谢您。”史汪说道。艾雯不知道她在感谢自己什么。

史汪离开后，艾雯又一次揉搓额角。她想要走一走，帐篷里太狭小了；这顶帐篷几乎已经是营地中最大的帐篷，但它也才十二尺见方，而且它已经被帆布床、椅子、凳子、盥洗架、立镜和三个装满衣服的箱子挤满了。这些是琪纱、雪瑞安、罗曼妲、蕾兰和另外十二名宗派守护者为她添置的。她们总是不停地为艾雯添置东西，从衬衣、长袜到可以在接见国王时穿着的华丽衣衫，一应俱全。很快艾雯就需要第四个箱子了。也许雪瑞安和宗派守护者们希望华贵的服装可以迷惑住艾雯，让她没有心思去想别的事情。而琪纱只是认为玉座一定要有符合身份的穿着。看样子，仆人像评议会一样，相信正确的礼仪是非常重要的事情。很快赛勒梅就要来了，今天该由她来服侍艾雯宽衣就寝——又是另外一场礼仪。只是，夹在自己的头脑和不得休息的双脚之间，艾雯还没有睡意。

艾雯没有熄灭帐篷里的油灯，就抢在赛勒梅到来之前走出了帐篷。散步会让她的头脑清晰，也许还能让她感到足够的疲倦，从而睡个好觉。让自己入睡对艾雯来说并不困难，能够梦行的智者早已经教会了她这个技巧；但想要在睡眠中得到休息就是另一回事了，特别是当她的思绪仍然在因各种忧虑而沸腾的时候。带给她忧虑的有罗曼妲、蕾兰、雪瑞安、兰德、爱莉达、魔格丁，还有这种天气，以及其他各种她一时无法想到的事情。

艾雯避开了靠近魔格丁帐篷的地方。如果她亲自去询问，就会让一个逃跑的仆人显得太重要。也许是她太多虑，但缜密思考一切事情并判断已经成为她的一部分，她所进行的游戏不允许她出现闪失。对看似安全的地方掉以轻心，很可能会导致危险和失误。看似软弱的地方必须谨慎地加以重视，这又是史汪的教诲。她确实是在竭尽全力教导艾雯，而且她对这场游戏非常了解。

帐篷外面的月影中已经看不到什么人在走动了，只有不多的几个人懒散而疲倦地待在营火旁。在白天艰苦的跋涉和夜晚的劳动之后，他们已经被耗尽了体力。那些看到艾雯的人都疲惫地站起身，向走过的艾雯行礼，嘴里嘟囔着“光明照耀您，吾母”或是之类的话。偶尔会有人要求她的祝福，艾雯就会简单地说一句：“光明保佑你，我的孩子。”他们之中有一些年纪已经可以当艾雯的祖父母了，但他们在坐回去时，脸上都会绽放出喜悦的光彩。艾雯很想知道他们真正相信她哪一点，他们真正知道些什么。所有两仪师向她们以外的世界展示出一个牢不可破的表面，这个外部世界里也包括她们的仆人。但史汪说过，如果你相信一名仆人知道的东西是他应该知道的两倍，那么你只知道了事实的一半。不管怎样，那些鞠躬、屈膝礼和喃喃的问候声一直跟随艾雯从一群人走向另一群人，向她证明了，确实有一些人并没有把她看成是评议会别有用心地扶植起来的小孩。

艾雯走过一片空旷地。这片地方被一圈立柱和拴在立柱上的绳子围绕起来。这时，一道刺眼的银光亮起，飞速旋转着形成了一个通道，那并不是真正的光线，它不会映出任何影子。艾雯停下脚步，在一根立柱旁看着，而周围那些坐在营火边的人甚至不会抬头看上一眼，现在他们已经习惯这种情景了。十几名姐妹，两倍于姐妹数量的仆人和一些护法从里面快步走了出来。他们带回来讯息。他们抬着的柳条笼里装的是从沙力达鸽房中取回的鸽子。现在沙力达已经在这座营地西南五百里之外地了。

不等通道关闭，那些人就开始四散分开。有些人去宗派守护者那里，有些人返回自己的宗派，有些人则直接回到自己的帐篷。在大多数夜晚，史汪会和她们一起行动。史汪很少会信任别人带给她的情报，即使那些情报大多都是用密码书写成的。两仪师拥有庞大无比的情报网，但这些情报网现在大多遭到了严重的削弱。似乎各个宗派的大部分密探都变得非常低调，可能要到白塔的“困难”被解决之后，他们的活动才会恢复。而许多姐妹个人的眼线已经完全不知道他们要为之效劳的人在什么地方了。

有几名护法看见了艾雯，便恭谨地向她鞠躬；至少他们会尊敬艾雯肩上的圣巾。两仪师也许会看不起艾雯，但评议会已经确定她为玉座，盖丁们不需要更多的解释了。有一些仆人们也向艾雯鞠躬或行屈膝礼。但匆匆离开通道的两仪师们没有一个人看她一眼，也许她们只是没注意到她，也许。

实际上，之所以还有些人能够从她们的眼线那儿得到情报应该算是魔格丁的“礼物”。有足够的力量制造信道的姐妹全都在沙力达停留了足够长的时间，对那里相当熟悉，所以她们能从沙力达穿行到几乎所有的地方。而如果想要依靠穿行回到沙力达，她们就要用半个晚上了解她们当天扎营的地点。而艾雯从魔格丁那里审问出一种方法，可以从一个你不了解的地点快速到达一个你了解的地点，这个办法叫作浮行，比穿行慢。它不是一个失传的异能，因为根本没人听过这个名字，所以就连“浮行”这个名字都被认为是艾雯发明的。任何能够穿行的人都能浮行，所以每晚姐妹们都会浮行到沙力达，检查那里的鸽房，然后再通过穿行回来。

这番情景本来应该让艾雯感到高兴——反叛的两仪师获得了白塔以为已经永远失落的异能，甚至还有新的异能，这些能力会帮助她们推翻爱莉达。但艾雯并不高兴，她心里反而有一种酸楚，并不是因为被姐妹们看轻，至少这不是主要原因。她继续向前走着，营火距离她愈来愈远，最终消失在夜幕里。现在围绕在她身边的全都是马车的黑影，这些马车大多数有罩着帆布的铁架。远处是月光中显得有些苍白的帐篷。更远的地方，军队的营火爬上了四周的山丘，如同星星落在地面。无论别人怎么想，渺无音讯的凯姆林才是让她内心纠结的地方。

她们离开沙力达的那一天恰好有一封信到达，但直到几天之前，雪瑞安才告知艾雯。就在告诉艾雯时，雪瑞安仍不断警告她要对信的内容保密。除了评议会之外，还没有人知道这件事。这座营地里隐藏着成千上万个秘密，艾雯相信，如果不是她一直在追问兰德的事情，她到现在都不会知道这封信。她能够回想起那上面被谨慎选择的每一个字。那封信的字迹极为细小致密，纸张又是那么薄，艾雯甚至有些吃惊钢笔尖没有把信纸戳破。

> 我们在我们所说的客栈住得很好，而且我们已经见到了羊毛商人。奈妮薇对他的描述没有错，而且我们感觉到他是个非同凡响的人。不过他对我们很有礼貌，我想他有些怕我们，这是件好事。情况对我们有利。

你可能已经听说了关于这个地方男人的谣言，包括一个来自沙戴亚的人。恐怕这些谣言都是真实的。不过我们还没见过他们，如果可以，我们会尽量避开他们。同时追赶两只野兔，两只都追不上。

维林和埃拉娜在这里。她们带着一群和羊毛商人来自同一地区的年轻女子。我会把她们送到你那里进行训练。埃拉娜和羊毛商人建立了关系，这将十分有用，但这也造成了麻烦。我相信一切都会发展顺利的。

梅兰娜

雪瑞安重视的是信中所写的好讯息。梅兰娜是一名经验丰富的交涉者，她已经到达了凯姆林，并且顺利地得到了兰德——也就是信中所说的“羊毛商人”的接待。对雪瑞安而言，这是很精彩的讯息，而维林和埃拉娜将带领两河女孩到这里成为初阶生。雪瑞安确信她们一定在迎头朝这个方向赶来，她似乎认为艾雯一定会为了能见到同乡而充满期待。梅兰娜可以控制一切，梅兰娜知道她在做什么。

“那只是一桶马汗。”艾雯在黑夜中喃喃地说道。一名大牙缝的家伙扛着一只大木桶从她身边经过，听到她的话，那个家伙张大嘴盯着她，惊讶得忘记鞠躬。

兰德，对人有礼貌？！艾雯亲眼见过他与柯尔伦·希尔丹的第一次会面。那是爱莉达的使者，用“专横跋扈”来形容还差不多。为什么他对待梅兰娜会有不同？而梅兰娜认为他在害怕，认为这是好事情。兰德很少会害怕，甚至在他应该害怕的时候，他也不会。而如果他真的害怕了，梅兰娜应该明白，恐惧会让最温和的男人也变得危险，她应该明白兰德本身就是危险的。埃拉娜所建立的关系是什么？艾雯并不完全信任埃拉娜，这个女人有时候会做出极为奇怪的事情，也许只是心血来潮，也许是有更深层的动机。艾雯不会忽略埃拉娜是否想要爬到兰德的床上去，在一个这样的女人手中，兰德也会变成一块黏土。如果真的是这样，伊兰一定会折断埃拉娜的脖子，但如果只有这样，那还算是好的。而最糟糕的是，沙戴亚的鸽舍里一直没再出现过梅兰娜的鸽子。

梅兰娜应该送些讯息回来的——即使只是报告她和使节团其余的成员前往了凯瑞安。最近智者们顶多也只是告知艾雯，兰德还活着，不过看样子兰德是在凯瑞安。而且据艾雯观察，他在那里什么事都没做，这足以引起艾雯的警觉。雪瑞安却有不同的看法。有谁能知道男人做事有什么动机？也许他们自己也不知道，而对于一个能够导引的男人来说……平静就证明了一切顺利。梅兰娜如果遇到任何真正的困难，肯定会报告的。她一定是在前往凯瑞安的路上，或者已经到了那里，在她取得进一步胜利之前，也没必要进行报告。而且，兰德到达凯瑞安本身就是一个胜利，梅兰娜的次要目标之一就是让他离开凯姆林，这样伊兰就能安全地返回那里，得到狮子王座了，而且凯瑞安的危险也消失了。虽然有些令人难以置信，但智者们说，柯尔伦和她的使节团已经离开凯瑞安，正在返回塔瓦隆的路上。或者这件事并非那么令人难以置信，也许这是因为兰德的决定，也许那些两仪师另有图谋。然而对于艾雯，这一切都……有问题。

“我必须去找他。”艾雯又说道。只要一个小时，她就能把一切搞清楚。兰德的内心仍旧会是兰德。“就是这样，我必须去找他。”

“这不可能，您知道的。”

艾雯牢牢地控制住了自己，没让自己跳起来，但直到她借助月光看清来的人是莉安后，她的心脏仍然在快速地跳动。“我以为你是——”艾雯不由自主地说道。她差点就说出魔格丁的名字。

那名身材高挑的女子走到艾雯身边，开始和艾雯一起散步，同时还小心地观察着身边是否有其他姐妹经过。莉安不像史汪那样有理由待在艾雯身边，如果有人看到她们在一起，虽然不会造成什么直接的坏处，但……

“不应该”并不总是意味着“不会”，艾雯提醒自己。她从肩头拿下圣巾，将它叠好，放在一只手里。现在从远处看，她和莉安也许会被认为是一对见习生，有许多见习生缺乏足够的镶边长裙可穿。虽然这个想法并不能给艾雯太多安慰。

“瑟德琳和芙芮恩正在玛丽甘周围的帐篷查问，吾母，她们并不是很高兴。带信过去时，我认为自己愤懑的样子很逼真。因为瑟德琳的阻止，芙芮恩才没有因为这个而责骂我。”莉安有些喘息地低声笑着。让史汪咬牙切齿的事情却往往会让莉安觉得很有趣，现在莉安绝佳的适应性很得其他姐妹的宠爱。

“很好，很好。”艾雯不经意地说，“莉安，梅兰娜有些问题，否则他就不会在凯瑞安毫无动静了，而梅兰娜也不会这样一直保持沉默。”在远处，一只狗正在向月亮吠叫，然后其他狗也叫了起来，直到某个人高喊一声，那些狗吠声立刻停了下来。艾雯觉得她没听懂他们在讲什么也许是件幸运的事。有一些士兵带着狗；在两仪师的营地里没有狗，那里有一些猫，但是没有狗。

“梅兰娜知道她在做什么，吾母。”那声音听起来很像是一阵叹息。莉安和苏琳都同意雪瑞安的看法，所有人都赞同雪瑞安，除了艾雯之外。“把任务交给一个人，就必须信任她。”

艾雯哼了一声，抱起双臂。“莉安，如果一块湿布戴上披肩，那个男人也能在那块湿布上激起火花，而我从没见过哪个两仪师的脾气能够和湿布一样好。”

“我见过一两个。”莉安咯咯笑着，但她很快又重重地叹了口气，“但梅兰娜确实不是这种人。他真的相信他能在白塔里找到朋友？奥瓦琳？我想，这也许会增加梅兰娜的困难。但我很难想象奥瓦琳会进行任何可能失去她现有位置的冒险，她的野心比普通人的三倍还要多。”

“他说他有一封来自奥瓦琳的信。”艾雯仍然能看到兰德同时从爱莉达和奥瓦琳那里收到信时那种得意的样子，那时她还没离开凯瑞安。“如果那封信真的是奥瓦琳写的，那么也许奥瓦琳的野心让她认为只要将兰德争取到她那一边，她就可以取代爱莉达。他认为他很聪明，莉安，也许他是很聪明，但他不相信自己需要任何人的帮助。”兰德会一直以为他能独自掌控一切，直到他的这个幻想让他重重地跌了个跟斗。“他的里里外外我都知道，莉安，他一直待在智者周围，似乎被她们感染了，或者是智者们被他感染了。无论宗派守护者们怎么想，无论你们怎么想，两仪师的披肩给他留下的印象绝不会比给智者们留下的更多。迟早他会激怒一名姐妹，让那名姐妹对他进行反击。或者她们之中的一个人会无视于他的强大，忽略了他当下的脾气，把他推上错误的方向。如果出了那种事，也许就无法挽回了，我是唯一能安全地和他交涉的人，唯一一个。”

“他不可能像……像那些艾伊尔女人一样……令人恼怒。”莉安表情冷漠地嘟囔着。就连她也认为和智者们的交往很难有什么乐趣可言。“不过这没关系，‘玉座就像白塔本身一样尊贵……’”

两个女人出现在前方的帐篷之间，她们一边走一边谈，移动得很慢。虽然因为距离和阴影的关系看不到她们的脸，但从她们走路的仪态看来，她们很显然是两仪师。她们正朝艾雯和莉安走过来，莉安很快就躲进马车之间昏暗的影子里。

愤怒的表情立刻占据了艾雯的面孔，她差点就要把莉安揪出来，和她继续散步。就让一切都公开吧！她要站在评议会面前，告诉她们，她们要明白玉座的圣巾并不止是一块漂亮的围巾，她要……跟着莉安躲进马车，她示意莉安继续朝里面走，她不能因为一时意气用事就把一切都扔进粪堆里去。

只有一条白塔的法律明确地限定了玉座的权力。恼人的传统有一堆，不方便的事实则更多，但法律只有一条，但对于艾雯要做的事情，没有任何东西会比这条法律更糟糕了。“玉座就像白塔本身一样尊贵，她就是白塔的核心，没有绝对的必要，她绝不能陷身于危险之中。因此，除非白塔评议会宣布白塔进入战争状态，否则玉座在有意要面临任何危险之前，都要寻求白塔评议会半数以上成员的同意，而且无论白塔评议会多数成员做出何种决议，玉座都要服从。”艾雯不知道是哪一位玉座的轻率举动导致了这条法律的产生，但这是一条已经被遵守了两千年的法律。对大多数两仪师而言，任何被遵守了这么久的法律都会被罩上神圣的光环，改变它是不可想象的。

罗曼妲曾经对艾雯引用过这条……这条该死的法律，那时她对艾雯说话的口气就像是教训一个智力不完全的呆子。如果安多王女不能被允许待在距离转生真龙一百里的范围内，那么她们会给玉座限定多大的距离？当时蕾兰的语气甚至有些失望，那很可能是因为她同意罗曼妲的意见，这点几乎让她们两个拒绝表达自己的想法。没有她们两个的同意，想要争取评议会半数以上的同意，几乎就像要争取她们全体同意一样不可能。光明啊，即使是宣布进入战争状态也需要她们半数以上的同意！而如果艾雯无法争取到许可……

莉安清了清嗓子："如果您秘密地过去，您将不会取得什么成果，吾母。而评议会迟早会发现您的行动，到那时，我想您大概想要一个小时的自由也很困难了。她们不敢派警卫看管您，但她们会有别的办法，我可以从……很多地方引用这样的例子。"除非有保护结界，否则莉安从不会提及那些隐藏的纪录。

"我那么容易被人看穿吗？"过了一会儿，艾雯问道。在她们周围只有马车，马车下面的一堆堆黑影是熟睡的马车夫和马夫。

"不，吾母，"莉安轻声笑着，"我只是在想如果我是您，我会怎么做。但既然众所周知我已经丢弃了所有的尊贵和理智，那么玉座自然不能拿我当作榜样。我觉得您必须让年轻的兰德大人按照他自己的意志行事，至少在一段时间里需要如此，而您现在要致力于清理挡在您面前的障碍。"

"他的意志正在牵着我们所有人冲向末日深渊。"艾雯嘟囔着，不过她并不是要和莉安争论。必须想个办法能在清除自己所有障碍的同时，阻止兰德犯下危险的错误，但艾雯想不出有这样的办法，至少在这群鼓噪的青蛙之间她想不出来，那些马车夫和马夫的鼾声就像一百个锯子在锯着满是硬结的树干。"这里真不是个散步的好地方，我想我应该回床上去了。"

莉安侧过头："既然这样，吾母，请您原谅，在加雷斯大人的军队里有个男人……毕竟，有谁听说过绿宗两仪师没有护法呢？"听她突然变快的语调，艾雯觉得她倒像是来这里和情人幽会的。

回到两仪师的营地时，最后的营火都已经熄灭了，没有人敢在这种干燥的天气里留下继续燃烧的灰烬，只有几缕轻烟还在月光里缓缓上升——一些人并没有把熄灭火堆的工作做好。一个男人在帐篷里嘟囔着梦话，不时有一两声咳嗽和打呼声从帐篷里飘出来，除此之外，营地里没有丝毫动静。所以当一个人从影子里走到艾雯面前时，艾雯吃了一惊，特别是这个人穿的是一件初阶生的白色裙装。

"吾母，我有话要对您说。"

"妮可拉？"艾雯费了不少力气才把每一个初阶生的名字都记清楚。姐妹们在行军的一路上搜罗了这么多初阶生，所以要记住名字实在不是件容易的事。主动搜寻初阶生的行为遭到不少人诟病——传统上，白塔要等待有志向的女孩自己提出要求，最好是女孩主动来到白塔，但现在营地中的初阶生已经是历年来白塔拥有的初阶生的十倍了。不过，妮可拉是一名应该被记住的初阶生，而且艾雯经常发现这名年轻女子在注视自己。“提亚娜如果发现你这么晚还没睡会不高兴的。”提亚娜·诺思勒是初阶生师尊，以同时拥有承载初阶生泪水的柔软肩膀和严格执法的强硬意志而著称。

妮可拉哆嗦了一下，仿佛是要逃跑的样子，但她最后还是站直了身体，汗水在她的脸颊上闪烁着光亮。黑夜里的温度比白天还是要低一些，但只有戴上披肩的人才能学习不受冷热影响的简单技巧。“我知道我应该先求见两仪师提亚娜，然后请她允许我来见您，吾母，但她绝不会让一名初阶生来打扰玉座的。”

“为了什么事，孩子？”艾雯问道。这个女人比艾雯至少年长六七岁，但对初阶生必须如此称呼。

妮可拉揉搓着自己的裙子，又向前走了一步。一双大眼睛有违初阶生礼仪地直视着艾雯。“吾母，我希望能将自己提升到我的最高限度。”她的手揪着身上的衣服，但她的声音像两仪师一样冰冷沉静，“我不是说她们在压抑我，但我相信，我可以变得比她们所要求的更强，我知道我可以。您从来没被压抑过，吾母，没有人像您一样这么快就获得力量，我只要求能得到同样的机会。”

在妮可拉背后的影子动了一下，露出另一个女人满是汗水的面孔，这个人穿着短外衣和宽松的裤子，带着一张弓。她的头发被编成六股辫子，悬垂在腰间，脚上穿着一双高跟短靴。

妮可拉·崔荷尔和爱瑞娜·诺麦希这对朋友看上去总让人觉得奇怪。像许多年长的初阶生一样（现在比艾雯年长将近十岁的女人也要接受测试，虽然有许多姐妹在抱怨，这些初阶生已经年纪太大，不可能接受纪律的管束），妮可拉饥渴地学习着。呈递给艾雯的报告不止一次地提到这种情况，妮可拉的潜质非常强，在现存于世的两仪师中，只有奈妮薇、伊兰和艾雯的实力会强过她。实际上，妮可拉不停地有着巨大的进步，以至于她的导师常常不得不减缓她的步伐。有些姐妹报告说，她学习编织极为神速，如同她早已对它们了如指掌，不仅如此，至今为止她已经显露出两种异能。其中能“观见”时轴的异能作用不大，但另外一个则是很强大的异能——预言；虽然至今为止，还没有人明白她所预言的内容是什么意思，而她自己则完全不记得自己说出的任何一个字。总之，后起之秀妮可拉已经被明确标记在两仪师需要注意的名单之中。那些不同意对十七八岁以上的女子进行测试的姐妹，都在她面前哑口无言了。

而爱瑞娜是一名号角狩猎者，她总是像男人那样昂首阔步，当她不练弓时，就会向周围的人讲述她的冒险——那些她亲身经历过的和那些她将要经历的。实际上，她手里的这张弓和她的这身衣服大概都是在模仿柏姬泰，除了这张弓本身之外，她对于其他事情并没有什么兴趣。偶尔她会与男人调情——以相当直率大胆的方式——但最近她这样的动作也少了。也许长途跋涉让她疲累得不想这样做了，但她对于弓箭还是一样喜爱。艾雯不明白，为什么她还要跟着她们。爱瑞娜当然不会相信瓦力尔号角会出现在她们的行军途中，她也不可能想到圣号角会刚好就藏在白塔里。知道这件事的人非常少，艾雯甚至不确定爱莉达知道此事。

爱瑞娜看起来像是个矫揉造作的傻瓜，对于妮可拉，艾雯则有着很大程度的同情。她理解这个女人的不满，明白她迫切想要提升自己的心情，艾雯自己也曾经有过这样的阶段，也许现在还是处在这样的境地里。“妮可拉，”艾雯温柔地说道，“我们全都有自身的限制，比如无论我如何努力，我也无法及得上两仪师奈妮薇。”

“但我只想要一个机会，吾母。”妮可拉恳求地绞动着手指。她的声音也显出一点激动，眼睛仍然直视着艾雯。“您所拥有的那种机会。”

“那是因为我没有选择，因为我不知道有什么更好的方法，我所做的被称作‘迫进’，妮可拉，那是非常危险的。”在史汪为此对艾雯道歉之前，艾雯并不知道这个名词，而那是艾雯唯一一次看见史汪真正露出后悔的表情。“你知道，如果你试图导引的阴极力超过你可以控制的程度，你就要冒着被烧毁的危险，而那样你就永远不可能到达你真正力量的极限了。你最好学会耐心。只有到你做好准备的时候，姐妹们才会让你前进。”

“我们是和奈妮薇、伊兰乘同一艘船来到沙力达的。”爱瑞娜突然说道，她盯着艾雯，眼里充满了挑战的神情，“还有柏姬泰。”不知为什么，她说到这个名字时显得很苦涩。

妮可拉做了一个噤声的手势：“不需要提起那种事。”奇怪的是，她的语气似乎并不是在表达她话中的意思。

艾雯竭力压下心中忽然出现的不安，她希望自己的表情能够有妮可拉一半沉静，“玛丽甘”也是坐那艘船来到沙力达的。一只猫头鹰在她们头顶上发出一阵啸声，让艾雯打了个哆嗦。有些人相信，在月光中听到猫头鹰的叫声，意味着会有坏讯息到来。艾雯并不是个迷信的人，但……“不需要提起什么？”

另外两名女子交换了个眼神，爱瑞娜点点头。

“是在从河边到沙力达的途中。”妮可拉的语气中有些不情愿，而她的眼睛还是盯着艾雯的眼睛，“爱瑞娜和我听见汤姆·梅里林和泽凌·散达在聊天。他们一个是走唱人，一个是捉贼人？泽凌说，如果那个村子里有两仪师——那时我们还无法确定两仪师在沙力达聚集的事——如果她们知道奈妮薇和伊兰一直假装成两仪师，那么我们就是在往一群银梭子鱼里跳。我想那应该是非常不安全的意思——”

“那名走唱人看见我们，就要泽凌安静下来，”爱瑞娜插嘴道，手指摩搓着腰间的箭囊。“但我们听见了。”她的声音像她的目光一样严厉。

“我知道现在她们两个都是两仪师了，吾母，但如果有人发现这件事，她们仍然会有麻烦，不是吗？我是说，如果被姐妹们发现的话。任何伪装成两仪师的人如果被发现的话都会有麻烦，即使是在许多年以后。”妮可拉的面容没有改变，但她的眼睛似乎突然紧紧地盯住艾雯，她专注地又向前靠近了一些。“任何人都是，对不对？”

艾雯的沉默让爱瑞娜的胆子大了起来，她咧开嘴笑了，在这样的黑夜里，那种笑容让人感到非常不愉快。“我听说那个叫史汪的女人还是玉座的时候，派遣奈妮薇和伊兰离开白塔去完成某项任务。我听说你同时也被她派出去了。当你们回来的时候，你们陷入了各种各样的麻烦。”她的声音里流露出狡诈的暗示，“你还记得她们伪装成两仪师吗？”

她们都在看着艾雯，爱瑞娜骄傲地靠在她的弓上，妮可拉则一副期待的模样，面前的空气简直就要爆裂开了。

“史汪·桑辰是两仪师，”艾雯冷冷地说，“奈妮薇·爱米拉和伊兰·传坎也是，你们应该对她们表现出应有的尊敬。对于你们，她们是两仪师史汪，两仪师奈妮薇和两仪师伊兰。”两个女人惊讶地眨了眨眼。实际上，艾雯的胃正在狂怒地颤抖。今晚她遇到了这么多事情，而现在她又被人威胁，威胁她的竟然是这些……她想不出一个足够凶狠的词汇。伊兰肯定能想出来，伊兰会倾听马夫、车夫和其他各种人的对话，记住那些她本该拒绝去听的辞句。艾雯打开圣巾，仔细地将它披在肩头。

“我不认为您明白了我的意思，吾母，”妮可拉急忙说道，她的声音中没有恐惧，只有企图实现目的的强硬，“我只是担心，如果有人发现您曾经——”艾雯没有给她继续说下去的机会。

“哦，我明白，孩子。”这个愚蠢的女人是个孩子，无论她今年到底几岁。其他年长初阶生所犯的错误通常只是对派去教导她们的见习生过于傲慢，即使是最愚蠢的人也明白绝不能顶撞两仪师。艾雯的怒火已经到了白热的程度，这个女人竟然有胆来冒犯她。她们两个都比她高，但艾雯将双手叉在腰间，挺起了胸膛，那两个人立刻矮缩了下去。“你是否明白对一位姐妹进行指控，是多么严重的事情？特别是指控者只是区区一名初阶生的时候？而你所谓的证据只不过是一段你偷听到的对话，说出这段话的两个人更是身在千里之外！提亚娜会活剥了你的皮，让你将一生剩余的时间全都用来洗碗盘。”妮可拉一直想要插话，看样子，她是想要道歉了。她狂乱地想要把一切都改变过来，但艾雯没再理会她，而是转向了爱瑞娜。那名狩猎者又退了一步，舔舔嘴唇，表现出明显的不安神情。“不要以为你能轻松无事地走开，即使是一名狩猎者也会因为这样的事情而被揪到提亚娜面前。如果你的运气好，也许你不会被绑在车辕上，这是他们对付犯偷窃罪的士兵的手段。不管怎样，你最后会被一个人扔在路上，陪伴你的只有满身鞭痕。”

艾雯深吸一口气，双手在小腹前紧握，让它们不至于颤抖。对面的两个女人显露出遭受打击的模样，差点就要从艾雯面前逃走了，艾雯希望那些低垂的目光、消颓的双肩和来回挪动的脚步不是伪装的。艾雯可以立刻就将她们送到提亚娜那里去，她不知道对于威胁玉座的人会有什么样的处罚，看样子，最少也要将她们驱逐出营地。对于妮可拉，要等到她的导师认为她的导引能力不会在无意中伤害到她自己和别人时才可以。那样的话，妮可拉·崔荷尔将永远不能成为两仪师，她的潜质就彻底被浪费了。

只是……任何冒充两仪师的女人如果被逮住，都会遭到严厉的处罚，让她直到数年之后仍然会为此哭泣哀嚎。如果是这样做的见习生被逮住，她能做的只有幻想这是在别人身上发生的事。奈妮薇和伊兰现在肯定是安全的，她们已经是真正的两仪师了；她自己也一样。只是，这样的事情只要变成人们偷偷谈论的话题，那么评议会承认她是真正玉座的机会将彻底消失。比起偷偷去见兰德，再回来把一切向评议会当面说清楚，这件事的影响一样恶劣。她不敢让这两个人看到她有一丝犹豫，甚至是一丝怀疑。

“我会忘掉这件事。”艾雯厉声说道，“但如果我听到任何关于这件事的蛛丝马迹，无论是从谁的嘴里说出来的……”她颤抖着吸了口气——如果她真的听到人们议论这件事，那么她几乎就什么都不能做了——但从她们惊惶失措的样子看来，她们的理解与艾雯的担忧完全相反。“在我改变主意之前回到床上去。”

那两个人立刻弯腰行屈膝礼，口中忙不迭地说着“是的，吾母”、“不会的，吾母”、“遵从您的命令，吾母”，然后转身就跑掉了。一边跑，她们还一边回头窥望着，脚下的每一步都比前一步更快，直到她们开始拔腿狂奔。艾雯必须用稳定的步伐走开，虽然她也很想狂奔。

第 10 章

看不见的眼睛

当艾雯回到帐篷里时，赛勒梅正在等她。她是一名瘦得露出肋骨的女人，有着提尔人的深色肌肤，和几乎在任何情况下都不会改变的自信神情。琪纱是对的，她永远都翘着高鼻子，仿佛是闻到什么不好的味道。但如果说她在其他侍女面前有多么傲慢自大，她在主人身边就完全是另一个样子了。艾雯一走进帐篷，赛勒梅就深深地行了个屈膝礼，额头几乎碰到了地毯，裙子也被展开到这个狭窄空间所允许的最大限度。没等到艾雯在帐篷里迈出第二步，她就跳起身，开始忙着为艾雯解钮扣，在艾雯身边来回乱转。赛勒梅没什么脑子。

“哦，吾母，您又没戴帽子就出去了。”其实艾雯从没戴过这个女人喜欢的串珠帽，或者是茉丽中意的绣花天鹅绒软毛，或是琪纱推荐的羽毛帽。“怎么了，您在发抖。没有披肩和阳伞的话，您绝对不该出去的，吾母。”阳伞怎么能让她停止发抖？赛勒梅自己的脸颊上正不停地渗出汗珠，无论她怎么擦也没办法擦干净，而她却根本没有想一下为什么艾雯会发抖。“而且您一个人在晚上出去，这是不正确的，吾母。而且，外面有那么多士兵，他们都是粗人，根本不懂得尊重女性，他们就连两仪师也不尊重。吾母，您绝不能……”

艾雯任由这些愚蠢的话语流过脑子，也任由这个女人帮自己脱下衣服，完全不去理会她。如果命令她保持安静，所换来的将是无数受伤的眼神和责备的叹息，结果不会有任何差别。除了没脑子的喋喋不休外，赛勒梅在工作上很尽职尽责，不过就是夹杂着太多花哨的手势和恭顺的屈膝礼。似乎没有人能比赛勒梅更傻了。她永远都在关注外表是否端庄美丽，永远都在担心别人会如何看待主人的外表。对于她，能够被视为人的只有两仪师和贵族，还有那些人身边的高阶仆从。别人在她的眼中都是无关紧要的，也许她并不认为那些“别人”会思考。艾雯不会忘记是谁第一眼就看上了赛勒梅，谁看上了茉丽。实际上，琪纱是雪瑞安送给艾雯的礼物，但琪纱不止一次向艾雯表现了她的忠诚。

艾雯想告诉自己，赛勒梅口中所说的“发抖”只是因为她强烈的愤怒，但她知道，一条恐惧的小虫正在她的胃里翻滚。她已经走了太远，还有太多事情要做，她不能任由妮可拉和爱伦娜在她的轮子里插进一根棍子。

当艾雯从一件干净的衬衣领口处探出头来时，她注意到那个瘦女人的一句唠叨，不由得愣了一下。“你说母羊奶？”

“哦，是的，吾母。您的皮肤是如此柔嫩，除了在母羊奶中洗浴之外，不可能有其他办法能将皮肤保养得这么好。”

也许她真的是个白痴。艾雯将拼命表示反对的赛勒梅推出帐篷，自己梳了头，打开帆布小床，将已经没有用的罪铐手镯放进雕花象牙小匣里，那个匣子中还有另外几件艾雯的首饰。最后，艾雯吹熄了灯。*全是我自己做的*，她在黑暗中讽刺地想着。*赛勒梅和茉丽一定要气疯了。*

在入睡之前，艾雯封好帐篷的入口，又掀开帐帘上的一个小窗。外面是月光映照下的平静安宁，一阵苍鹭的叫声传来，却又戛然而止。周围的黑暗中还有猎人在活动。片刻之后，有一道影子从帐篷前晃了过去，那看上去像是个女人。也许是白痴的赛勒梅，也许是整天阴沉着脸的茉丽，或者是其他什么人；甚至可能是妮可拉和爱瑞娜，虽然这个可能性非常小。艾雯带着微笑，松开手中窗口的盖布。无论那个窥探者是谁，她不会看见今晚艾雯要去哪里。

智者教艾雯的入睡方法很简单。闭上眼睛，依次感觉身体的每一部分放松下来，将呼吸调节到和心跳同频，放松意识，任由它四处飘浮。除了一个细小的角落之外，一切都在飘浮。睡眠很快就涌了上来，但这是梦行者的睡眠。

她变成无定形的状态，飘浮在一片星星的海洋里。在一片无尽的黑暗中，闪烁着难以记数的光点，就好像黑夜中数不清的萤火虫。这些都是梦，全世界所有的地方，所有人的睡梦，或者也许是所有可能世界里所有人的梦。这里是真实和特·雅兰·瑞奥德之间的空隙，分割醒来的世界和梦的世界的间隔。无论她看向何方，都有成千上万只萤火虫消失——那些做梦的人都醒来了；又有成千上万只萤火虫出现，代替了原来消失的。一幅无比巨大的、永远在改变的闪烁的美景。

艾雯没有浪费时间欣赏这番景色，这个地方同样充满了危险，其中一些是致命的。艾雯知道自己能避过其中一些，但如果她在这里逗留太长时间，就可能有一个针对她的危险出现，如果陷入这个危险之中，她完全不敢想象自己会有什么样的结果。艾雯一边全神贯注地警戒着周围的情况，一边向前移动。她没有行进的感觉，那就像是她一动不动地站立着，那片闪烁的海洋在她身边翻涌盘旋，直到一个光点固定在她面前。这些闪光的星星看上去一模一样，但艾雯知道现在她面前的是奈妮薇的梦。至于她怎么会知道，这就是另外一回事了，就连智者们对此都说不清楚。

艾雯曾经考虑过寻找妮可拉和爱瑞娜的梦。只要她将她们的梦找出来，她就有办法将恐惧深植到她们的骨头里去，她不认为这样做有什么禁忌，让她到这里来的动力是履行职责的决心，而不是对于禁忌的恐惧。她以前就做过不被允许的事情，而且她确信，如果有必要，她还是会那样做。*做你必须做的，然后为此付出代价。*为她标记出那些禁忌区域的女人同时也教给她这句话。但即使那两个人真的睡了，想寻找完全陌生的梦境也是件辛苦而不容易成功的事情。也许需要许多天的努力，最终却可能一无所获。

穿过永恒的黑暗，艾雯缓缓向奈妮薇的梦靠近。实际上，她仍然感觉自己一动也不动，而那个光点慢慢变大，变成一颗耀眼的珍珠，一个虹彩跃动的苹果，一轮满月，直到它充满她的视野，变成全部的世界。但艾雯并没有碰触它，她和这个梦境之间仍然隔着容不下发丝的一层空间。然后，她用最轻柔的动作穿过那层空间。她同样不明白自己这种没有躯体的存在状态，智者们说这是她的意志，但她仍然不明白为什么可以是这样。碰触到那个梦时，她觉得就像是用指尖碰到了肥皂泡。她极为小心地维持着这种碰触。闪耀的墙壁变幻着光彩，如同旋转的玻璃，又像心脏般发出一阵阵脉动，如同有生命的物体。艾雯的碰触稍稍用力一些，她能够“观见”里面，“观见”奈妮薇梦的内容。更加用力，她走了进去，变成了这个梦的一部分。这个行动是有风险的，特别是如果做梦的人意志坚定的话。无论是观察还是走进一个人的梦，都会对这个梦造成影响。比如做梦的人恰好梦到一个她特别感兴趣的男人的话，那么梦行者的突然闯入就会令她大为光火。而如果采用一种攫取的方式，就像将一颗水珠滚过桌面一样，艾雯就能把奈妮薇从她的梦里抓出来，带进一个由艾雯自己构筑的梦境——特·雅兰·瑞奥德之中的一部分。在那里，一切都将由艾雯控制。当然，这种行为是被禁止的，而且艾雯不认为奈妮薇会喜欢这样。

奈妮薇，我是艾雯，你们绝对不能回来，除非你们找到那个碗。我已经解决

掉一个关于爱瑞娜和妮可拉的麻烦，她们知道你们伪装的事情。下次我在小白塔见你的时候，会向你解释清楚。小心，魔格丁已经逃走了。

那个梦开始收缩，肥皂泡破了。尽管是传达给奈妮薇如此糟糕的讯息，但如果艾雯有喉咙的话，她还是会笑出声。一个没有实体的声音在一个人的梦里能够导致令人惊讶的效果，特别是当做梦的人害怕被那个说话的人窥看自己的梦时。奈妮薇不会忘记这一次的，即使艾雯本来无心窥看她的梦。

光点的海洋再次旋转，直到艾雯固定住另外一个点。那是伊兰的梦。这两个女人在艾博达睡觉的地方很可能距离不超过三十尺，但距离在这里是没有意义的，或者这里的距离有着和醒来后的世界不同的意义。

这一次，当艾雯传达讯息时，梦境突然发生波动，改变了。虽然新出现的梦和周围的梦看不出区别，但艾雯知道它改变了。是否这些话将伊兰拉进了另一个梦？但这些话会留下来，伊兰清醒后仍然会记得它们。

针对妮可拉和爱瑞娜的事情做完之后，该是她将注意力转移到兰德身上的时候了。不幸的是，兰德的梦就像两仪师的梦那样对她毫无用处。像两仪师一样，兰德用某种手段屏障了自己的梦，虽然男人为梦设下的屏障和女人的显然不同。两仪师的屏障如同一层水晶甲壳，是用魂之力编织的、没有任何缝隙的球体，但无论它看上去有多么透明，它就像钢铁一样坚硬。艾雯已经不记得自己曾经用过多少小时努力窥看兰德的梦，最终却一无所获。两仪师的屏障看上去光亮透明浑然一体；兰德的却显得昏暗而散乱。看着它，就像看进一滩泥水，有时候艾雯觉得有什么东西正在那些灰褐色的漩涡深处移动，但却永远看不清那是什么。

又一次，光点之海旋转，停顿，艾雯找到了第三个女人的梦。这次她很小心。当她靠近艾密斯的梦时，就像是在靠近她母亲的梦。实际上艾雯不得不承认，她在很多地方想效仿艾密斯，她渴望得到艾密斯的敬意，就像她渴望得到评议会的承认。如果实在要让她在这两者之间选择一个，她会选择艾密斯。确实，没有任何宗派守护者能让她像对艾密斯那样尊敬。推开缺乏自信的心情，艾雯竭力让自己的“声音”柔和一些，却没能成功。

艾密斯，我是艾雯，我必须和你谈谈。

我们会来的。一个低沉的声音传向她。那是艾密斯的声音。

艾雯吃惊地后退一步，她有点想笑自己。也许智者们只是在提醒她，和长年累月进入梦境的智者们相比，她的经验还少得可怜。

突然间，她从眼角处发现了一点动静。那些光点中的一个滑过闪烁的海洋，正朝她这里冲过来，变得愈来愈大。在一阵慌乱之中，艾雯逃走了，她再一次希望自己能有一个喉咙，好让自己尖叫，就算是能喊一声也好。而在她心灵的角落里，她却想留在原地，等待着。

这次那些星星并没有移动，它们彻底消失了。艾雯靠在一根粗大的红石柱旁，不停地喘息着，觉得心脏都要从胸口跳出来了，仿佛刚刚快跑了一里路。过了一会儿，她低头看着自己，笑了两声，然后努力让自己的呼吸平稳下来。她穿着一条有些闪亮的绿色丝绸长裙，在胸衣和裙摆下沿用金线绣着华美的图案，清醒时，她绝对不会穿这么暴露的胸衣。一条宽织金腰带让她的腰显得比实际上更细。也许现在她的腰真的比实际上更细。在特·雅兰·瑞奥德，一个人可以依照自己的想象重塑自己的样貌。如果不够小心，内心中不经意的想法也会体现在自己的外表上。盖温·传坎对她造成了不幸的影响，非常不幸。

她心中的那一小部分仍然希望自己等在那里，被盖温的梦俘虏、吸纳。如果一名梦行者深爱着某个人，或者是没理由地恨着某个人，特别是这样的情绪占据了她的心灵时，她就会被拖进那个人的梦里。她会吸引那个梦，那个梦也会吸引她，如同磁石吸引铁屑。艾雯肯定不恨盖温，但她现在不能陷入他的梦里，今晚不行。如果她进去了，就要一直等到盖温醒来她才能离开。在盖温的梦里，艾雯比醒来时更加美丽；奇怪的是，盖温却不会像他醒来时那样俊美。在如此强烈的爱或恨之中，无论是坚强的意志还是集中心智，都已经没有意义了。一旦进入这样的梦里，在做梦的人醒来之前，是不可能离开的。艾雯记得盖温在梦中对她做的事，记得他们在梦中做的事，她感觉脸庞在剧烈燃烧着。

"幸好没有宗派守护者能看见我，"她嘟囔着，"否则她们就只会把我当成是一个女孩了。"成年女子不会因为一个男人而心烦意乱，只想留在他身边，任何有智力的女人都不可能这样。盖温的梦会成真，但时机要由艾雯来选择。获得母亲的允许也许要困难一些，但即使母亲不瞥盖温一眼，应该也不会反对艾雯的抉择。玛琳·艾威尔相信女儿的判断，现在应该是她的小女儿表现出一些判断力的时候了。艾雯·艾威尔决意将那些幻想先放到一旁，等到其他更好的时机再拾起它们。

艾雯向周围看了一圈，立刻就希望能继续让盖温充满自己的思绪。数不清的粗重石柱朝四面八方延伸，支撑起一片高大的拱状天花板和一个巨型穹顶。从穹顶垂挂下黄金锁链，挂在锁链末端的镏金吊灯都没有点亮。但这个没有光源的空间里还是有一种光，既不明亮，也不昏暗。这就是石之心大厅，在被称作提尔之岩的巨型堡垒中心。实际上，这是那个地方在特·雅兰·瑞奥德中的投影，在很多地方，它都和真实的石之心毫无差别。这里是艾雯以前和智者们见面的地方，当时是智者选择了这里。这一点很奇怪。艾雯觉得智者们应该选在鲁迪恩（现在那里已经不再是禁忌之地了），或者是在艾伊尔荒漠里别的什么地方，或者是智者们现在身处之地。除了巨森灵聚落之外，醒来的世界中的所有地方在梦的世界里都有投影。实际上，即使是聚落也有它们的投影，只是那里无法进入，就像曾经封闭的鲁迪恩。当然，两仪师的营地不在考虑之内。已经有相当数量的两仪师得到了特法器，让她们可以进入梦的世界。因为并不真正理解自己在做什么，所以她们经常会首先进入营地在特 · 雅兰 · 瑞奥德中的投影，仿佛还是在营地里进行一次正常的旅行。

就像法器和超法器一样，根据白塔的法律，特法器也是白塔的财产，无论是谁恰巧拥有了它们。不过白塔极少对外界的这些宝物宣布拥有权，所以才会有提尔之岩的大收藏，收藏了许多白塔以外的法器和特法器。两仪师们相信这些宝物迟早会回归她们手中，如果有必要，白塔非常善于等待。而那些被个别两仪师掌握的特法器都是评议会的礼物，或者说，是某些宗派守护者的个别赠礼。实际上它们只是被借用出去，没有任何这样的宝物会真正赠与某个人。是伊兰学会了仿制进入梦境的特法器，她和奈妮薇各拿了一个，其余的以及伊兰制造的其他特法器现在都是评议会的财产，这也意味着雪瑞安和她的小团体能够随时使用它们。蕾兰和罗曼妲肯定也有这样的权力，不过她们通常是派遣其他两仪师进入特 · 雅兰 · 瑞奥德，而不是亲自行动。梦的世界里已经有几百年时间看不见两仪师的身影了，即使现在，两仪师们在梦的世界里还有相当的困难，尽管大多数两仪师相信她们可以自学关于梦的世界的知识。尽管如此，艾雯仍然很害怕今晚有两仪师跟随她来到这里。

似乎是担心被人窥看的情绪让艾雯变得更加敏感，她又开始有那种被看不见的眼睛监视的感觉。在特 · 雅兰 · 瑞奥德里，这种感觉总是会出现，就连智者们也不知道为什么。也许真的有人在监视她，那并不是罗曼妲和蕾兰。艾雯用一只手抚过柱子，绕着柱子缓缓走了一圈。她的眼睛紧盯着这片消失在阴影里的红石柱森林。围绕着她的光是不真实的，任何人在那些阴影里会看到同样的光包围着自己，而阴影则遮住了艾雯。这里确实有其他人出现，但艾雯对那些人没兴趣。那往往只是人们在自己的梦中偶尔擦过梦的世界的影子，持续的时间不会超过几次心跳。任何人都有可能发生这种事。在这种极少出现的情况里，普通人不会遇到什么危险，这对他们来说是一种幸运。黑宗两仪师的手中也有能够进入梦的世界的特法器，那是她们从白塔偷走的。更可怕的是，魔格丁像梦行者一样了解特 · 雅兰 · 瑞奥德，也许魔格丁对这里的了解更深，她能控制这个地方和任何进入这个地方的人，易如反掌。

此时，艾雯真希望自己能在魔格丁还是囚犯时检查那个女人的梦境，只要一次也好，这样她至少能把她的梦境和其他人的梦区分开来。但即使真的识别出魔格丁的梦，也无法确定现在她人在何处，而且艾雯更有可能被不由自主地吸进去。她对魔格丁的感觉更多的是鄙视，而这名弃光魔使对她肯定有无尽的痛恨。发生在某个人梦境中的事情是不真实的，甚至不像特·雅兰·瑞奥德中这样真实，但经历过那些事的人会清楚地记住，仿佛它们真正发生过一样。如果真的在魔格丁的梦里度过一晚，艾雯很可能在余生中的每一次入睡时都会回忆起那个噩梦，即使在醒来的时候也不会忘记。

艾雯又转了一圈。那是什么？一名肌肤黝黑、有着帝王般仪容的美丽女子戴着珍珠小帽，穿着有缎带高领的长裙，从阴影中走过，又消失了。一个提尔女人的梦，一名女大君，或者是她让自己在梦中成为了一名女大君。而醒来后，那也许只是一名平庸矮胖的女人，一名农妇，或者一名商人。

如果要窥探梦境的话，洛根的总比魔格丁的好。艾雯同样不知道洛根在哪里，但对于洛根的计划，艾雯也许有一些了解。当然，被拖进洛根的梦里也许并不比被拖进魔格丁的梦好多少。洛根痛恨所有两仪师，但安排他逃走是必须要做的事，艾雯只希望为此付出的代价不会太高。忘记洛根吧！魔格丁才是危险的，特别是在这里，魔格丁会向她追来，魔格丁……

突然间，艾雯察觉到自己的动作是多么沉重，不禁发出气恼的声音，差点叫出声来。她身上华丽的丝裙变成了加雷斯·布伦的重骑兵身上那种全副重甲，一顶有面甲的头盔包裹住了她的头颅，头盔上还有塔瓦隆之焰形状的钢制顶饰。这实在让人生气，她早已不应该如此容易地失去控制了。

艾雯用力将这身盔甲改变成她以前和智者们见面时穿的衣服——深色羊毛长裙和宽松的白色亚葛外衫，就像在智者身边学习时那样。最后她又披上了一条深绿得接近黑色的流苏披肩，用叠起的方巾将头发束到背后。艾雯没有模仿智者们身上的珠宝，那一堆堆简直是累赘的项链和手镯——智者们会因此笑话她的。一个女人需要用经年累月的时间收集她的装饰品，而不能在梦中一眨眼就获得。

“洛根正在前往黑塔的路上。”艾雯大声说道。她希望洛根会这样做，至少在那里，洛根会受到一些约束——这也是出于她的希望。不管怎样，如果洛根再次被捉住并被驯御，兰德就不能怪罪任何追随她的两仪师了。“而魔格丁并不知道我在哪里。”艾雯竭力让自己的声音显得坚定。

“为什么你会害怕那个暗影灵魂？”身后有一个声音问道。艾雯立刻跳了起来，差点就要跳到半空中了。这里是特·雅兰·瑞奥德，她是个梦行者；当艾雯恢复理智时，她的双脚已经离开了岩石地面。哦，是的，不能再犯这种初学者的错误了。如果这种情况继续下去，下次琪纱向她道早安时，她也要从床上跳起来了。

艾雯让自己缓缓地落回地面，同时希望脸不要红得太过厉害。也许她还能保留一点尊严。

也许。但柏尔满是沧桑的脸上出现了比平时更多的皱纹，笑得咧开的嘴角几乎贴到了耳朵。和艾密斯与麦兰不一样，柏尔不能导引。导引和梦行没有关系，她像另外那两个人一样有着丰富的梦行技巧，在某些领域里，她的能力还要更强。艾密斯也在微笑，虽然不像柏尔笑得那么厉害，而太阳色头发的麦兰已经仰头哈哈大笑了。

“我从没见过有人……”过了一会儿，麦兰才费力地说道，“像只兔子一样。”她轻轻跳了一下，一直向上跃起了三尺。

“最近我对魔格丁造成了一些伤害。”艾雯很为自己平静的神情感到自豪。她喜欢麦兰——这个女人在有了孩子之后就不是那么多刺了，她的肚子里正怀着一对双胞胎——但此时此刻，艾雯觉得如果能把她掐死一定会让自己很高兴。“我的一些朋友和我至少抹去了她的傲慢，我想，她应该在找机会让我偿还代价。”她心中一激动，又改变了身上的穿着。她穿上了现在每天都穿的骑装，质料是发光的绿色丝绸，黄金巨蛇戒环绕在她的手指上。她不能把一切都告诉她们，但这些女人也是她的朋友，她们应该多知道一些信息。

“对于自尊的伤害比对于肉体的伤害更让人难以忘记。”柏尔的声音苍凉而高亢，充满了力量，如同一片铁打的芦苇。

“仔细说说看，”麦兰带着期待的微笑说道，“你们是怎么羞辱她的？”柏尔的微笑同样充满了热情。生活在一个严酷的环境里，你或者学会对残忍的现实发笑，或者只能终生哭泣。在三绝之地，艾伊尔人很早以前就学会了笑，羞辱敌人被他们认为是很重要的一门艺术。

艾密斯盯着艾雯的新衣服看了一会儿，然后说道：“我想，这件事可以等到以后在说。你说，我们要谈谈。”然后她指了一下智者们喜欢进行交谈的地方——大厅中心，巨型穹顶下方。

为什么她们总喜欢在那个地方交谈，这是另一个艾雯一直都感到迷惑的问题。三名女人盘腿坐在地上，整理好她们的外衫。距离她们只有几步远的地方，一柄闪耀的水晶剑插在岩石地面上，智者们并不在意那个东西——那东西不属于她们的预言。她们也从不在意那些忽隐忽现的人影。

传说中的凯兰铎确实可以被当成一把利剑使用，但实际上，它是一件男性超法器，传说纪元最强大的宝物之一。想到男性超法器，艾雯不禁微微一颤。如果这世上能够导引至上力的男性只有兰德一个就好了。当然还有那些弃光魔使。但现在又有了许多殉道使。借助凯兰铎，男性导引者能在转瞬间毁灭一座城市。艾雯不禁握紧裙子，远远绕开了它。兰德在石之心大厅拿起凯兰铎，实现了预言，然后他又依照自己的想法将凯兰铎放回这里，用阳极力编织的陷阱包围它。这些陷阱也会投影到特·雅兰·瑞奥德里。如果在这里进行错误的编织，同样会触动它们。有些东西在特·雅兰·瑞奥德里实在是太真实了。

艾雯来到三位智者面前，努力不去想禁忌之剑。智者们都将披巾扎在腰间，解开了外衫的系带，这是艾伊尔女人和朋友共处时的样子，她们的帐篷总是搭在炎热的太阳下面。艾雯没有坐下，如果这让她看起来像是一名求告者，或者是在接受智者们的考验，那就这样吧！在她心里，她确实有这样的想法。“我还没有告诉你们我为什么会离开你们，而你们也没有问过。”

“你准备好的时候自然会告诉我们。”艾密斯满意地说。艾密斯的面容看上去差不多和麦兰一样年轻，但她的齐腰长发却像柏尔的一样白——她在比艾雯稍微年长一点时头发就开始变白了——她是这三名女子的首领，而不是柏尔。艾雯第一次感到好奇，艾密斯到底有多大年纪，但她不能问智者的年纪，就如同不能问两仪师的年纪。

“当我离开你们的时候，我是一名见习生。你们知道白塔的分裂。”柏尔严肃地摇摇头，她知道，但她不明白，她们全都不明白。对于艾伊尔人，部族或战士团产生分裂冲突是一种不可思议的事。对智者们而言，也许这更是证明了两仪师的名不副实。艾雯继续说着，她对于自己冷静、稳定的声音感到很吃惊：“反对爱莉达的姐妹们拥戴我成为了她们的玉座。当爱莉达被推翻时，我将坐上白塔的玉座。”她在自己的肩头加上七色圣巾，等待着。她曾经对她们说过谎，那是对节义的严重违背。这次她不知道她们会如何对待这个被她隐瞒了一段时间的事实，不过，至少她们要先相信她的话。而智者们只是一言不发地看着她。

“这是小孩才会做的事情。”过了一会儿，麦兰谨慎地说道。她的肚子还没有大起来，但她已经焕发出母亲的光彩，让她比平时更加美丽，而且又多了一分内在的、不可动摇的镇定。“孩子们全都想玩枪矛，全都想当部族首领，但最终他们明白了，部族首领很少会亲自舞起枪矛。于是他们做了一个傀儡，把它立在山顶上。”大厅一侧的地板突然升了起来，平滑的地砖变成一段在烈日下曝晒了无数岁月的褐色山脊。在它的最高处立着一个用小树枝和一点破布做成的人偶。“这就是领导他们进行枪矛之舞的部族首领，‘他’被立在山顶上，好看清下面的战场，但孩子们只是依照自己的意愿奔跑。他们的部族首领只是一堆木棍和破布。”一阵风吹起那些布条，让那个人偶显得更加空虚。随后，山脊和人偶都消失了。

艾雯深吸一口气。当然，她已经主动选择了依照节义为她的谎言付出代价，这意味着她原先那些谎言等同于从没被说出过。而智者们对她现状的诠释直指核心，就好像她们已经在两仪师的营地里生活了几个星期。柏尔端详着地板，不想去看艾雯羞愧的面容。艾密斯则用手撑着下巴，锐利的蓝眼睛似乎是要把艾雯的心挖出来。

“确实有一些两仪师是这样看待我的。”艾雯又深吸了一口气，才把事实说出来，“现在能够真正服从我的两仪师屈指可数。等到我们结束战役时，她们会知道我是她们的首领，会按照我说的去跑。”

“回到我们身边来吧！”柏尔说，“你有太多荣誉感，她们无法与你相比。索瑞林已经为你在出汗帐篷里挑选了十几名年轻男子，她非常想看见你做出新娘花冠。”

“我希望她能参加我的婚礼，柏尔。”和盖温的婚礼，艾雯这样希望着。她会约缚盖温，她明白自己的梦，但只有希望和确定的爱情能预期他们的结合。“我希望你们都在，但现在我已经做出了我的选择。”

柏尔本来还想继续争辩，麦兰也有这样的意图，但艾密斯抬起一只手。她们闭上了嘴，虽然都显得很不高兴。“她的决定中有巨大的节。她不会从敌人面前逃跑，而是会让敌人因她的意志而屈服。我希望你有一段优秀的舞蹈，艾雯·艾威尔。”艾密斯曾经是一名枪姬众，至今她仍然时常把自己看成是一名枪姬众。“坐下，坐下。”

“她的荣誉是她自己的，”柏尔皱起眉望着艾密斯，“但我还有另一个问题。”她水蓝色的眼睛转向艾雯，从里面射出的目光像艾密斯的一样锐利。“你会率领这些两仪师向卡亚肯下跪吗？”

正准备坐下的艾雯惊讶得差点摔在地上，但她的回答没有丝毫犹豫：“我不能这样做，即使我能，我也不会这样做。我们的忠诚是对于白塔、对于两仪师这个整体，这忠诚甚至超越了我们对故乡的忠诚。”这是真的，至少在理论上是真实的，但艾雯不知道智者们又会因此而怎样看待她和其余那些姐妹的反叛。“两仪师甚至不会对玉座发誓效忠，当然也不会对任何男人发誓，就像你们绝不会对部族首领下跪一样。”她学着麦兰的样子做出一个幻象。这只需要她集中精神相信那幻象是真实存在的。如果你知道怎样做，特·雅兰·瑞奥德有无穷的可变性：凯兰铎的另一侧，三位智者在一名部族首领前屈下双膝，那个首领的样子像极了鲁拉克，那三位智者的模样则是艾雯面前这三位智者的翻版。艾雯只将这副影像持续了很短的一瞬。柏尔瞥了它一眼，重重地哼了一声。这种事太荒谬了。

“不要拿那些女人和我们相比。”麦兰的绿眸又绽放出旧时的锋芒，声音更是如同剃刀的刀刃。

艾雯没有开口，智者们似乎很轻视两仪师——除了她之外的所有两仪师，而且是具有相当恶意的轻视，艾雯觉得智者们或许也憎恨着把她们和两仪师联系在一起的那些预言。在她被召唤到评议会那里任命为玉座之前，雪瑞安和她的那一小群朋友们曾经有规律地和三位智者在这里会见，但后来这种会见终止了，因为艾雯终于被召唤了回去，同样是因为智者们拒绝掩饰对那些两仪师的轻蔑。在特·雅兰·瑞奥德中会面，熟悉周围环境的人甚至可以任意改变对方的状态，智者们正是这样做的。现在艾雯觉得智者和她之间也出现了距离。有一些事情她们肯定是不想和她讨论的，比如兰德的计划。以前艾雯是她们的一分子，一个学习梦行的学生；以后，她将是两仪师，甚至在艾雯没有说刚才那番话时已经是这样了。

“艾雯·艾威尔会做她必须要做的事情。”艾密斯说。麦兰注视着她，双手没必要地整理着披巾，又抚了抚几根长长的象牙和黄金项链，但什么都没说。艾密斯似乎比原来具有更高的权威了，原本艾雯见过的智者里，能轻易让其他智者服从的只有索瑞林一位。

这时，柏尔想象的热茶出现在艾雯面前。就像在帐篷里一样，地上放着雕着狮子的黄金茶壶和边缘有绳结花纹的银托盘，小巧的绿色茶杯是海民瓷器。茶水品尝起来很真实，甚至喝下去的感觉也很真实。虽然茶里加了一些艾雯不知道的甜浆果或是香草，但它对艾雯的舌头来说还是太苦了些。艾雯想象茶水中加了一点蜂蜜，然后又喝了一口。太甜了。稍微一丁点蜂蜜。味道正好。这样的事情不能用至上力去做。艾雯怀疑是否能有人做出如此精妙的编织，能把茶水中的蜂蜜也移走。

顷刻之间，艾雯只是坐在那里，凝视着自己的茶杯，想着蜂蜜、茶和精细的阴极力编织，但这并不是她沉默的原因。智者们想要指引兰德的欲望并不亚于爱莉达、罗曼妲、蕾兰，或者是其他任何两仪师，当然，她们只想为卡亚肯指出一条最有利于艾伊尔的道路，而那些姐妹们是想将转生真龙导向最有利于世界的方向——至少她们自己是这么想的。艾雯觉得自己和她们没有差别。帮助兰德，不要让他和两仪师爆发无可挽回的冲突，这些也意味着在指引他。*只是，我是对的。*她提醒自己。*我所做的一切在考虑所有人的同时也都是在为他好，那些人都没有为他考虑。*最好要记住，这些女人并不只是她的朋友和卡亚肯的追随者。没有人只有简单的一面，这是艾雯正在学习的。

“我不认为你仅仅想告诉我们现在你是湿地人的女人首领了。”艾密斯一边啜着茶水一边说，“你的烦恼是什么，艾雯·艾威尔？”

“让我烦恼的事情和以前一样。”艾雯用微笑让自己的心情轻松下来，“有时候，我觉得兰德要让我现在就满头灰发了。”

“没有男人，女人就不会有灰发。”如果在平时，这会是麦兰开的一个玩笑。柏尔也很可能会开一个玩笑，取笑麦兰是如何从她这短短两个月的婚姻中就学到这么丰富的、对于男人的经验。但现在不是开玩笑的时候，三位智者只是看着艾雯，等待着。

好吧，兰德是一件严肃的事情，艾雯只希望她们能够像她一样看待这件事。用指尖支撑着茶杯，艾雯将一切都告诉了她们——关于兰德的一切，最后是凯姆林的寂静令她感到的恐惧。“我不知道他做了什么，梅兰娜又做了什么，所有人都对我说梅兰娜的经验是多么丰富，但梅兰娜没有对付过他那样的人。对于关系到两仪师的事情，如果你在一片牧场上藏了一只杯子，他仍然会做到在三步之内就踩到它。我知道我能比梅兰娜做得更好，但——”

“你可以回来。”柏尔再次提出建议，艾雯坚定地摇摇头。

“身为玉座，我能做得更多，而且玉座并不能随心所欲地去任何地方。”艾雯咬了一下嘴唇。她不喜欢承认这点，特别是在面对这些女人时。“如果没有评议会的允许，我甚至不能去见他。我现在是两仪师，我必须遵守我的法律。”说这句话时，她的语气比她想象的更激动。那是一条愚蠢的法律，但艾雯还没找到方法绕过它。智者们的脸上几乎完全没有表情，艾雯相信她们一定都在肚子里不相信地窃笑着。即使是部族首领也无权限定智者的行动。

三个女人交换了一下意味深长的眼神。然后艾密斯放下茶杯说道：“梅兰娜·亚博瑞和其他两仪师跟随卡亚肯去了毁树者的城市，你不需要害怕卡亚肯会对她或是你的任何其他姐妹招待有失。我们会尽量帮助卡亚肯保持和两仪师之间的良好关系。”

“这听起来不像是兰德。”艾雯犹疑地说。那么雪瑞安对于梅兰娜的看法是没有错的，但为什么她要一直保持沉默？

柏尔咯咯笑着：“大多数父母和儿女之间的麻烦都要比卡亚肯和梅兰娜·亚博瑞一行人之间的麻烦多。”

“只要他不再孩子气就好。”艾雯也笑了，智者们的情绪让她放了心。如果智者们认为任何姐妹对兰德造成了影响，她们说话的样子一定会凶狠得像是要把钉子咬断。而另一方面，梅兰娜一定也对兰德造成了影响，否则她现在就应该离开了。“但梅兰娜应该送报告过来，我不明白她为什么没这样做，你们确定他们之间没有任何……”艾雯不知道该如何说下去。兰德不可能阻止梅兰娜送一只鸽子回来。

“也许她是派人骑马回来送信。”艾密斯的面孔稍有些扭曲。像所有艾伊尔人一样，她觉得骑马是不适当的行为——只要用自己的两条腿就好了。“她并没有带来湿地人用的那种鸟。”

“真是愚蠢。”艾雯嘟囔了一声，甚至用愚蠢都不足以形容梅兰娜。身为两仪师，梅兰娜的梦肯定有屏障，想要在梦里和她说话也不可能了。光明啊，这实在太令人焦急了！艾雯专注地向前倾过身子："艾密斯，答应我你不会阻止兰德和她对话，或者刺激她发怒，让她做出愚蠢的事情。"智者们很擅长做这种事，给两仪师添麻烦几乎已经成为她们的一项异能。"梅兰娜只是要让兰德相信，我们对他没有恶意。我相信爱莉达的裙子后面一定藏着某些肮脏的阴谋，但我们没有。"她要确保她的两仪师们真的没有这种想法。她会做到的。"答应我，好吗？"

智者们交换着意味不明的眼神，她们不可能喜欢让两仪师接近兰德，特别是让两仪师没有任何障碍地接近兰德。毫无疑问，每次梅兰娜和兰德会谈时，智者们肯定希望她们之中的一员会在场。只要智者的妨碍不是太严重，梅兰娜应该是可以忍受的。

"我答应，艾雯·艾威尔。"艾密斯最后说道。她的声音僵硬得就如同从石头中雕刻出来的一样。

也许艾雯要求她们许诺的做法冒犯了她们，但艾雯只觉得仿佛是心头的一块大石被移开了。实际上是两块大石。兰德和梅兰娜没有彼此勒住对方的喉咙；而梅兰娜将有机会完成她的任务。"我早就知道，我会从你们那里得到未经修饰的事实，艾密斯。我真说不出自己有多么高兴，如果兰德和梅兰娜之间出现什么问题……谢谢你们。"

艾雯忽然惊讶地眨了眨眼。片刻之间，艾密斯穿上了凯丁瑟，还打了一些小手势，也许那是枪姬众手语。柏尔和麦兰依然在啜着茶，仿佛丝毫也没注意到艾密斯的异状。艾密斯一定是希望自己能在别的某个地方，远离兰德对每个人的生活造成的混乱。对于一位智者和梦行者而言，在特·雅兰·瑞奥德中失去自我控制，哪怕只是很短的一瞬也是很羞耻的事情。对于艾伊尔人，羞耻的伤害要远大于肉体的伤痛，不过那必须是有别人见证的羞耻。如果没有别人看见，或者看见的人不承认，那就是从没发生过的事情。真是一个奇怪的族群，但艾雯肯定不想羞辱艾密斯，所以她竭力压抑住自己，假装什么事情都没有发生一样。

"我必须请你们帮一个忙，这很重要，不要告诉兰德和其他任何人关于我的事。我是说，关于我今天所讲的事。"她举起圣巾的一端。智者们的表情变得比岩石更加坚硬。"我不是要你们说谎，"艾雯急忙又说道，在节义的观点里，要求别人说谎并不比亲口说谎好多少，"只是不要提起这件事。兰德已经派人来'援救'我了。"*如果兰德知道是我说服麦特跟着奈妮薇和伊兰去了艾博达，他会发多大的火？*艾雯心想。但她必须这样做。"我不需要援救，我也不想他这么做，但他以为他知道的比任何人都多。我害怕他也许会亲自来捉我。"而更让她害怕的是他一个人出现在营地里，暴跳如雷，周围却有三百名两仪师包围着他。或者他会带一些殉道使过来？不管怎样，这都会是一场灾难。

“这实在是很……不幸。”麦兰嘟囔着。她很少会修饰自己的话语。柏尔喃喃地说道：“卡亚肯非常刚愎任性，就像我认识的所有男人和极少数几个女人那样。”

“我们会担负起你的信任，艾雯·艾威尔。”艾密斯严肃地说。

智者们这么快就同意了，让艾雯不由得眨了眨眼，但也许这不是很值得惊讶的事。对于她们，卡亚肯只是另一名首领，而智者们的许多事情是不会让首领们知道的。

她们之间没有什么事情需要说了，但她们还是继续喝茶，聊了一会儿。艾雯很想多学习一些在梦中行走的知识，但她不想在艾密斯在场时提出要求，那样艾密斯就会走掉。比起学习，艾雯更想让艾密斯多陪她一会儿。智者们在闲聊中透露的唯一和兰德有关系的事情，是麦兰发牢骚说兰德应该了结掉沙度和瑟瓦娜了，柏尔和艾密斯立刻同时对她皱了皱眉。麦兰的面孔一下子变成红色。毕竟，瑟瓦娜是智者——艾雯只能对这个事实感到无奈，即使是卡亚肯也不会被允许干涉智者的事情，哪怕是沙度智者的事情。艾雯也不能告诉她们关于自己现状的细节。智者们刚才直接就说到了最让她感到羞耻的地方，这当然不会鼓励她再提起这些事（现在艾伊尔的思维和行为方式已经在艾雯心中打下了深深的烙印，她甚至觉得如果自己没有遇到过艾伊尔，那一定是件羞耻的事）。而智者们关于如何对付两仪师的建议可能连爱莉达都不会采纳，那只会导致一场两仪师的暴动。更糟糕的是，即使没有艾雯火上浇油，她们对两仪师已经是怒火中烧了。艾雯曾经一度想在智者和白塔之间建立某种联系，但现在除非她能先熄灭这股怒火，否则她的心愿永远也无法实现。这是另外一件她完全不知道该怎样去做的事。

“我必须走了。”最后艾雯一边说一边站起了身。她的身体还睡在帐篷里，但如果她留在特·雅兰·瑞奥德中，就无法得到真正的休息。智者们也跟随她站了起来。“希望你们全都要小心。魔格丁恨我，她肯定会想伤害我的任何朋友。她对梦的世界非常了解，至少像兰飞儿一样了解。”这是艾雯能找到的最贴切的说法了，她不太敢说魔格丁比智者们更了解这个地方，艾伊尔人的骄傲都是带刺的。不过智者们都明白艾雯的意思，而且没有觉得被冒犯。

“如果暗影灵魂要威胁我们，”麦兰说，“我想他们现在应该已经行动了，也许他们相信我们对他们不是威胁。”

“我们已经瞥到了一些肯定是梦行者的人，其中还包括男人。”柏尔难以置信地摇摇头。无论她对弃光魔使有怎样的了解，她总是认为男性梦行者就像长了腿的蛇一样荒谬。“他们在躲避我们，他们所有人。”

“我认为我们像他们一样强大。”艾密斯说道。在至上力上，她和麦兰并不比瑟德琳和芙芮恩更强，实际上，她们并不算弱，大多数两仪师都不如她们，只是绝不可能和弃光魔使相比。但在梦的世界，关于特·雅兰·瑞奥德的知识经常像阴极力一样强大，很多时候还要更强大。在这里，柏尔和任何姐妹都是平等的。“但我们会小心的，被低估的敌人往往是致命的敌人。”

艾雯抓住艾密斯和麦兰的手，向柏尔微笑着说道：“我永远也无法向你们说明白，你们的友谊对我来说意味着什么，你们对我来说意味着什么。”不管怎样，这是最真实的话。“全世界似乎在我眨眼时也会发生变化，而你们是我能依靠的很少的几块基石之一。”

“全世界都在改变，”艾密斯悲哀地说，“就连高山也会被风粉碎，没有人能两次爬上同一座山丘。希望我们在你眼中能够永远都是朋友，艾雯·艾威尔，愿你永远都能找到清水和阴凉。”说完这句话，智者们就回去了。

这时的艾雯朝凯兰铎紧皱双眉，却没有真正在看它。这种状态一直持续到她突然愤怒地摇了一下头。她竟然一直在回想那个无尽的星星海洋，心想只要在那里等得够久，盖温的梦就会重新找到她，包容她，然后就是盖温的双臂，那样她就会有一个美好的夜晚。她是在孩子气地浪费时间。

艾雯坚定地让自己回到睡眠的身体中，但她不打算进入普通的睡眠，她早已不再这样做了。她脑海中的一角仍然保持着完全的清醒，收集、整理着她的梦，记录下那些可能有预言成分的，哪怕其中只有一星半点的可能。至少现在她能掌握这些信息了，虽然迄今为止，她能够从中解读的唯一信息是那个表明盖温将成为她的护法的梦。能够这样做的女人被称为梦卜者，除了她之外，其他梦卜者早已经死了很久。就像梦行一样，梦卜和至上力完全无关。

她首先会梦到盖温，也许这是无法避免的，因为她在想他。

她站在一个巨大、昏暗的房间里，周围的一切都很模糊，看不清楚。只有盖温缓缓地朝她走来。一名高大俊美的男子（*她真的曾经以为他的哥哥加拉德会比他更英俊？*），有着金色的头发，眼睛是最奇妙的深蓝色。他和她之间还有一段距离，但他能看见她，他凝视着她，就像是弓箭手在望着自己的目标。空气中有一阵微弱但刺耳的摩擦声。艾雯低头看去，便立刻想要尖叫起来。盖温赤着脚，踏在铺满碎玻璃的地面上，他每一次缓慢地向前迈步，脚下的玻璃都会随之再一次碎裂。即使是在如此昏暗的光线中，艾雯还是能看见他身后的血迹。艾雯挥舞着手臂，努力想发出喊声要他停下来，努力想向他跑去，但转瞬间，艾雯已经到了别的地方。

在梦的道路上，艾雯飞过一段漫长而笔直的大道，两边都是覆盖着青草的平原。她低下头，看见一个男人骑着黑色的战马，是盖温。然后艾雯就站在大道中央。盖温拉紧了缰绳。这一次不是因为他看见了她，而是原本笔直的大道在艾雯站立的地方分岔了，而且岔路都翻过了一座高大的山丘，完全看不见它们延伸到了什么地方。但艾雯知道。走上其中一条岔道，盖温将死于暴力；走上另一条，盖温会在度过漫长的人生之后寿终正寝。在其中一条路上，盖温会和她结婚；在另一条上则不会。她知道路的终点，却不知道哪条路通往哪个终点。

突然，他看见了她，或者似乎是看见了她。他露出微笑，然后掉转马头，朝其中一条岔路走去……然后艾雯就进入了另一个梦，另一个，又是另一个，又是……

并非所有的梦都和未来有关。还有和盖温亲吻的梦；像儿时那样，在凉爽的春季草原和姐妹们奔跑的梦；在一个噩梦里，两仪师们挥舞着鞭子，在一条没有尽头的走廊中追赶她，各种丑恶的东西从周围的黑影中冒出来，狞笑的妮可拉在评议会面前指控她，汤姆·梅里林当场作证。艾雯把这些梦都丢弃掉，只收集了一些有特别信息的梦，希望以后能够从里面读出一些讯息来。

艾雯站在一面广阔无垠的墙壁前，在那墙壁上抓着，努力想用两只手将它推倒。砌成它的不是砖块或石块，而是数不清的圆形碟子，每张碟子一半是白色，一半是黑色。这是古代两仪师的徽记，它们和暗帝牢狱的七道封印完全一样。现在那些封印中有几个已经碎裂了，仍然完好的也都变得异常脆弱，但那是用至上力也无法破坏的昆达雅石制造的。艾雯面前的这堵墙却坚不可摧地屹立着，无论她如何用力敲打也没有丝毫改变。她没办法让这堵墙倒下。也许重要的是那个徽记。也许她努力想要扳倒的是两仪师，是白塔。也许……

麦特坐在一座被夜色笼罩的山丘顶端，看着一场盛大的照明者烟火表演。他猛然伸出手，抓住了天空中一道燃烧的光，火焰的箭从他握紧的拳头里喷闪而出。一阵恐惧突然充满了艾雯的内心。许多人会因此而死亡。世界会改变。但这个世界正在改变，它一直都在改变。

在腰间和肩膀上的皮带将她固定在断头台上，刽子手的斧刃正在落下，但她知道，在某个地方，某些人正在奔跑。如果他们跑得够快，斧头就会停住。否则……在她意识的角落里，她感觉到一阵寒意。

洛根在大笑着，走过了地上的某样东西，坐在一块黑石头上。她低头看去，觉得洛根刚才踏过的是兰德的身体。兰德平躺在一座尸架上，双手交叠在胸前，但是当艾雯碰触他的面孔时，他的脸像纸偶般裂开了。

一只金鹰展开翅膀碰触到她，她仿佛是和那只鹰被绑在了一起，她知道那只鹰是女性。一个垂死的人躺在一张窄床上，阻止他死去是非常重要的事情，但在外面，一座火葬堆正在被建起。欢乐和悲伤的歌曲响起。一名深色皮肤的年轻人手中拿着一样东西，那件东西发出刺眼的光芒，让她无法看清楚那是什么。

一幕一幕纷至沓来，艾雯竭尽全力挑选着，努力想弄明白其中的意思。她在这种状况下无法休息，但她必须完成工作。她会做她必须要做的事。

第 11 章

一个誓言

“您要求在日出前叫醒您，吾母。”艾雯的眼睛猛地睁开。她已经给自己设定了一个醒来的时间，只是要再稍晚一些。躺在枕头上的艾雯用力盯着悬在上方的这张脸——一张面相苛刻的脸上满是汗水，在早晨睁开眼看见的第一个情景就是这种样子，并不会让人感到高兴。茉丽的态度很恭敬，但皱紧的鼻子、永远下垂的嘴角和一双充满责难神情的黑眼睛表明，任何人的优点在她眼中至少都要打个对折，无论那些优点是真的还是装出来的。她平板的腔调里几乎听不出什么情绪。

“希望您睡得好，吾母。”她这样说着，表情却很像是在谴责艾雯的懒惰。她的黑头发覆盖住双耳，形成紧密的发卷，似乎正在痛苦地扯着她的脸。她总是穿着一身深灰色的厚衣服，无论她为此出了多少汗也不见她换一件，只是因此变得更加阴沉。

没能真正地稍微休息一下，让艾雯感到很遗憾。她打着哈欠，离开帆布窄床，用盐刷牙，洗净手脸。这时茉丽为她准备好白天穿的衣服、长袜和干净的衬衣。然后艾雯忍受茉丽为她穿衣服的过程，“忍受”这个词很合适。

“恐怕有一些打结的头发会扯到您的头皮，吾母。”这名永远闷闷不乐的女人嘟囔着，将发梳插进艾雯的头发。艾雯几乎要对她说，自己并不是故意在睡觉时把头发弄乱的。

“我知道今天我们要在这里休息，吾母。”看着镜子中茉丽的身影，艾雯觉得她像是在责备自己实在太懒惰了。

“这身蓝衣服很适合您的肤色，吾母。”茉丽一边说，一边为艾雯系上扣子，她的表情中充满了对奢侈浮华的指责。

艾雯想到今晚会由琪纱来服侍她，心中不由得松了口气。她披上圣巾，几乎不等那个女人帮她整理好就跑了出来。

东方的山丘上甚至还看不到一点太阳的边。营地位于一座宽阔的山谷之中，被长长的山脊和杂乱的山丘环绕着。那些山有的高达几百尺，看上去就像是被巨大的手指捏挤过。已经变得模糊的黑影仍然覆盖着营地，不过身在这从未真正消失的高温中，人们都已经起床了。烹调早餐的味道充盈在空气中，人们都在忙碌着，不过营地中并没有出现即将开始行军的匆忙景象。只有穿白裙的见习生仍然用近乎奔跑的速度快步前行，明智的初阶生永远都会用最快的速度完成她的杂务工作。当然，护法从不会表现出着急的模样，但就连为两仪师送早餐的仆人们似乎都有些悠闲，至少和初阶生相比是这样的。整座营地都在尽量“享受”这个停下来扎营的日子。一根起重杠杆滑落时传来的撞击声和咒骂声表明了马车匠人正在进行修理；远处传来的铁锤敲击声是蹄铁匠在重新为马匹钉马蹄铁；十二名蜡烛匠已经排列好他们的模具，大锅也已经烧热，准备开始熔炼一直被小心储藏的制蜡材料；更多的黑色大锅立在火上，烧煮着洗澡和洗衣的热水，男人和女人们已经在锅旁边堆积了大量的衣服。对于所有这些活动，艾雯却几乎都没有注意。

艾雯知道茉丽不是有意这样做的，她的表情一直都是那个样子，不过即使是罗曼妲亲自来当侍女，大概也不会比她更糟糕。这个想法让艾雯大声笑了出来。罗曼妲如果成为了某位女士的侍女，一定会让她的女主人一刻不得休息地忙碌着，她却会成为被侍候的人。一名正从铁烤箱顶上耙去煤灰的灰发厨子向艾雯咧嘴一笑，仿佛是在分享艾雯愉快的心情。然后他发现眼前是玉座，而不是一个恰好走过的年轻女子时，他急忙苦着脸向艾雯鞠躬，立刻又回到工作上了。

如果艾雯遣走茉丽，罗曼妲只会找一名新的间谍替补，茉丽则又会继续她从一个村庄到另一个村庄的乞讨生涯。调整了一下自己的衣服（她确实是还没等茉丽把她的衣服彻底整理好就溜出来了），艾雯的手指在腰间碰到了一只亚麻小袋子。她不需要将那只袋子举到鼻子下面，就能嗅到一阵玫瑰花瓣混合药草的清冷香气。艾雯叹了一口气，茉丽是有张刽子手的面孔，而且肯定也是罗曼妲的间谍，但她还是在尽力做好自己的工作。为什么一切总会如此复杂？

走到被她用来当作书房的帐篷时（有许多人都称呼这里为玉座的书房，就如同它是白塔中的那个房间一样），一种阴郁的报复心态代替了对茉丽的担忧。今天是休息日，但雪瑞安肯定会在她之前来到这里，拿着一大捆各式各样的陈情书。一名洗衣妇乞求宽恕，她被指控偷窃罪，她把珠宝缝在自己的衣服里面，被别人发现；一名铁匠请求发给他一份资格证明，除非他要离开，否则那东西对他不会有用处；一名马具匠人请求玉座为她祈祷，让她能生下一个女儿；一名加雷斯大人的士兵请求玉座祝福他和一名女裁缝的婚姻。这其中总会有不少年长初阶生的陈情书，请求不要去见提亚娜，或是不要承担额外的劳役。任何人都有权力向玉座陈情，但那些服务于白塔的人很少会这么做，初阶生更不会。艾雯怀疑雪瑞安是在努力搜集更多的陈情书，就像给猫爪子涂上奶油。艾雯为这些事务忙碌不堪，撰史者就能够安心解决比较重要的问题。这个早晨，艾雯觉得自己也许会让雪瑞安吃掉所有这些陈情书当作早餐。

但是当艾雯走进帐篷时，雪瑞安并不在里面。回想起昨晚的事情，这也许没什么好惊讶的。不过帐篷并不是空的。

“今晨的光明照耀您，吾母。”瑟德琳行了个深深的屈膝礼，披肩上的褐色流苏也随之摇晃起来。瑟德琳拥有传说中那种阿拉多曼女子的优美身姿，但她的高领长裙显得相当谦逊，但阿拉多曼女人并不是以谦逊著称的。“我们依照您的命令做了，但所有人都没看见昨晚有人靠近玛丽甘的帐篷。”

“那些男人里面有几个记得看到了哈丽玛，”芙芮恩面色阴沉地说，她只是朝艾雯稍微屈了一下膝盖，“但除此之外，他们几乎连自己是不是回帐篷睡过觉都记不住了。”有许多姐妹不喜欢黛兰娜的这个秘书。芙芮恩又用更加恼怒的声音说道：“我们在外面的时候遇到了提亚娜，她命令我们立刻回床上去睡觉。”她不自觉地揉搓着披肩上的蓝色流苏。新任两仪师总是会戴着她们的披肩，即使是在没必要的场合里，史汪是这么说的。

艾雯给了她们一个微笑（她希望这个微笑里能有足够的鼓励神情），然后小心地坐到小桌子后面。那把折叠椅还是歪了一下，直到她用力蹬直双腿，才把椅子稳定住。一份折叠起来的文件从石雕墨水瓶下露出一角，艾雯立刻想把手伸向它，但又阻止了这个冲动。有太多姐妹把礼貌看得过轻，她不想成为那些人中的一员，而且，她对这两个人负有责任。

“很为你们的难处感到抱歉，女儿。”她们是艾雯成为玉座时提拔成为两仪师的，所以也面临着和她一样的困境，而且她们没有玉座圣巾的保护，大多数两仪师仍然把她们像见习生一样对待。宗派内部的事务很少会为外人所知，但有传闻说，她们确实是在经过恳求之后才被允许进入宗派的，而且宗派还为她们指定了监护人来监督她们的行为。没有人曾经听说过这样的事情，然而所有人都把这个看作是理所当然的。艾雯一直没有帮助过她们，虽然这也是一件有必要做的事情。“我会去和提亚娜谈一谈。”也许这样能有些作用，也许这样的作用能持续一天，或者是一小时。

“谢谢您，吾母，”瑟德琳说，“但这不需要麻烦您。”她的手指还是在揉着披肩。过了一会儿，她才又说道：“提亚娜想知道为什么我们那么晚还没睡，我们没有告诉她。”

“这件事不需要保密，吾女。”但她们没有找到目击者实在是很可惜，魔格丁的援救者总应该留下一个影子，这种毫无线索的情形是最令人害怕的。她又瞥了那份被压住的文件一眼，心中渴望着要阅读它。也许史汪已经发现了什么。“谢谢你们两个。”瑟德琳意识到这是艾雯在请她们离开，但芙芮恩仍然立在原地。

“我真希望能握住誓言之杖，”芙芮恩带着挫折的神情对艾雯说，“那样您就能知道，我说的都是真的。”

“现在不是打扰玉座的时候。”瑟德琳说道，然后交叠起双手，再次转向艾雯。她的脸上除了耐心之外，还有着另外的情绪。她的导引能力显然比芙芮恩强，所以她一直都是她们两个之中的领导者，而这次她却打算退让，艾雯很想知道这是为什么。

“并不是誓言之杖让女人成为两仪师。”无论一些人是怎么以为的，“对我说实话，我会相信的。”

“我不喜欢您，”芙芮恩用摇头来强调自己的语气，她的一头黑卷发也随之摆动起来，“您一定知道这一点。当您还是初阶生时，当您结束逃亡，返回白塔时，您一定认为我对待您很恶劣，但我现在仍然相信，您得到的惩罚还不到您应得的一半。也许我承认这些能帮助您知道我说的是实话。即使是现在，我们仍然并非别无选择，罗曼妲就提出她可以保护我们，蕾兰也说过同样的话。她们说，返回白塔时，她们就会让我们经历试炼，并正式成为两仪师——”芙芮恩的脸上出现了怒意。瑟德琳转了一下眼珠，插话道：

“吾母，芙芮恩一直在旁敲侧击，但她想说的是我们并非是别无选择才会依附您，而我们这样做也不是为了感谢您给予我们披肩。”她咬了一下嘴唇，仿佛是在让自己相信，艾雯以这种方式提升她们成为两仪师，并不是真的要获取她们的感激之心。

“那是为什么？”艾雯靠回到椅子里，椅子晃了一下，但稳住了。

没等瑟德琳再张开口，芙芮恩立刻就说道：“因为您是玉座。”她的声音仍然很愤怒。“我们能够看见发生了什么。一些姐妹认为您是雪瑞安的傀儡，但大多数人相信是罗曼妲或蕾兰在命令您向什么地方前进，何时该迈步，这是不正确的。”她紧皱起眉头，脸上满是阴霾。“我离开白塔是因为爱莉达的行为不正确。她们让您成为玉座，所以我就是您的人，如果您能接纳我，如果您能信任我，即使没有誓言之杖，您一定要相信我。”

“还有你，瑟德琳？”艾雯飞快地问道，同时努力让自己的面容保持平静。知道那些姐妹的想法已经让她非常不舒服了，而亲耳听到却是……那么痛苦。

“我也是您的人，”瑟德琳叹息着说，“如果您愿意接纳我。”她沮丧地摊开手。“我知道，我们并不算什么，但看起来我们似乎是您所拥有的一切了。必须承认，我仍然心存犹豫，吾母，芙芮恩一直坚持我们要这样做，坦白说……”她又一次整了整披肩，声音变得坚定了。“坦白说，我看不出您怎么能赢过罗曼妲和蕾兰，但我们要像两仪师那样做，即使我们还不是真的两仪师。吾母，无论您怎么说，我们依然还不是两仪师，必须要其他姐妹也都将我们看成是两仪师的时候才可以，而这要一直等到我们接受试炼，并立下三誓时。”

艾雯从墨水瓶下面抽出那份叠起的文件，一边思考着，一边用手指抚摸着那张纸片。这是芙芮恩一直坚持的？感觉上就像狼要成为牧羊人的亲密朋友一样不可能。艾雯觉得“不喜欢”完全不足以形容芙芮恩对她的感觉，而这个女人一定也知道艾雯并不把她当作是一个可以成为朋友的人。如果她们接受了宗派守护者的安排，告诉艾雯这件事也是一个消除艾雯疑虑的好办法。

“吾母……”芙芮恩刚刚开口，又停了下来，对自己这么做感到惊讶，这还是第一次她对艾雯这样说话。她深吸一口气，继续说道：“吾母，我知道要让您相信我们一定还有一段艰难的时间，因为我们从没握住誓言之杖，但——”

“希望你不要再提起那件事了。”艾雯说。还是小心点为妙，但她不能因为害怕阴谋而拒绝一切帮助。“难道你们认为人们相信两仪师是因为那三誓？了解两仪师的人都知道，如果一名姐妹愿意，她能够随意玩弄事实，将事实变化成各种模样。我认为三誓对我们造成的伤害和它带来的帮助一样大，也许更大。我会相信你们，直到我知道你们对我说了谎；我会信任你们，直到你们向我表明，你们不值得信任。所有人对于其他人都是这样做的。”艾雯觉得那些誓言并不会真正改变这种待人方式。对于一名姐妹，她仍然只能像信任一般人那样给予信任。那些誓言只是让人们对此保持警觉，不断地思考两仪师是否在玩弄权术，怎样在设置骗局。“另一件事，你们两个是两仪师，我不想再听到任何关于必须接受试炼，或是握持誓言之杖的话题。你们不得不承受那些流言蜚语已经很糟糕了，你们自己也不要再这样说，明白吗？”

站在桌子对面的两名女子急忙低声响应说自己已经明白了，然后她们两个又对视了不短的一段时间，这次显出犹豫神色的是芙芮恩。最后，瑟德琳绕过桌子，跪到艾雯的椅子旁边，亲吻她的戒指。“以光明和我救赎与重生的希望起誓，我，瑟德琳·戴柏，发誓忠诚于您，艾雯·艾威尔，我将忠实地侍奉您，遵从您，无论痛苦或光荣。”她带着疑问的神情看着艾雯。

艾雯能做的只有向她点点头。这不是两仪师的方式，这是贵族向君主立誓的方式，甚至有一些君主也不会强迫贵族立下如此重的誓言。瑟德琳刚刚带着一丝放松的微笑站起身，芙芮恩已经取代了她的位置。

“以光明和我救赎与重生的希望起誓，我，芙芮恩·欧兰代……”

艾雯不可能要求得更多了，至少不会有其他姐妹对她这么做。如果艾雯想让那些姐妹为她拿防尘斗篷过来，也是绝对不可能的。

芙芮恩说完之后，仍然跪在地上，只是僵直地抬着头。“吾母，我需要进行苦修，因为我对您说了我不喜欢您。如果您同意，我会为自己进行安排，但这是您的权力。”她的声音像她的动作一样刚硬，其中没有一丝恐惧，看起来就像是准备好瞪走一头狮子，而且还非常渴望这么做。

艾雯咬住嘴唇，差点大声笑了起来，她觉得想让自己的张脸保持平静真不是一件容易的事，也许她们会误以为她在打嗝。无论她们如何坚称自己不是真正的两仪师，芙芮恩的表现却和两仪师完全一样。有时候，为了维持自尊和谦逊的适当平衡（这种平衡被认为要付出很大的代价，它一般是两仪师苦修的唯一理由），姐妹们会选择苦修，不过不会有人想要被命令进行苦修。被别人强加于己身的苦修被认为是一种严厉的方式，而由玉座下达命令比由宗派下达命令更加严厉，但不管是哪种方式，有许多姐妹在被迫服从上级制裁时都会表现得极度傲慢。因为谦逊，所以傲慢——史汪如此称呼这种状态。艾雯一时倒是很想叫芙芮恩吃下几块肥皂，再看看她的表情——芙芮恩的舌头总是让艾雯觉得不高兴——不过实际上她当然不能这样做……

“我不会因为有人说实话而命令她苦修，女儿，也不能因为某个人不喜欢我就命令她苦修。是否喜欢都随你的心情，只要坚守你的誓言就可以了。”除了暗黑之友外，任何人都不能违背这个誓言，当然，任何事也都有其他方法可行。但在一个人要抵挡一头熊时，即使是细棍子也总比没有好。

芙芮恩睁大了眼睛。艾雯示意她站起来，同时叹了口气。如果芙芮恩和她易位而处，芙芮恩一定会用力把她的鼻子压到泥地里去。

“我要让你们去完成两个任务，做为这个誓言的开始，女儿。”艾雯继续说道。

她们全都仔细地听着，芙芮恩甚至完全没有眨眼，瑟德琳用一根手指若有所思地按着嘴唇。这一次，当艾雯让她们离开时，她们同声说道：“遵从您的命令，吾母。”又以相同的幅度行了屈膝礼。

但艾雯的好心情很快就跑掉了。瑟德琳和芙芮恩一离开，茉丽就捧着装有早餐的托盘走了进来。当艾雯为玫瑰香囊感谢她时，她只说了一句：“我有一点空闲时间，吾母。”看她的表情，就像是在指责艾雯逼她做了太多的工作，而艾雯自己整天游手好闲。这肯定不会让炖水果变得香甜，这个女人的表情甚至会弄酸薄荷茶，让焦皮小面包硬得好像石块一样。所以艾雯在开动之前就让她离开了。茶水还是有些淡，茶叶现在已经非常短缺了。

压在墨水瓶下的那份文件并不能让艾雯的心情变好。“梦里没有任何有趣的东西。”是史汪精细的笔迹，那就是说，史汪昨晚也进入了特·雅兰·瑞奥德。她一直在那里搜集大量情报，那些一般都是和魔格丁无关的情报。如果要让史汪去梦的世界里追踪魔格丁，那简直是发疯的愚蠢行为，而且肯定会一无所获。

艾雯皱起眉头，不只是因为史汪的一无所获。史汪昨晚在特·雅兰·瑞奥德，意味着今天莉安会来找她抱怨。自从史汪教导一些姐妹关于梦的世界的知识后，她就被明确地禁止拥有任何可以进入梦的世界的特法器。实际上史汪知道的并不比其他两仪师多多少，而在教导的过程中，史汪的舌头一直很尖刻，也没有任何耐心。大部分时间她还能控制住自己的脾气，但有两次她高声叫骂起来，甚至还挥拳相向。她只是被禁止使用那些特法器对她来说应该算是一种运气。莉安可以要求使用这种特法器，但经常是莉安拿到之后，由史汪秘密使用。这是她们真正为之而争吵的不多几个问题之一。如果她们能做到，她们恨不得每晚都进入特·雅兰·瑞奥德。

艾雯皱着眉导引了一点火之力，将那张纸的一角点燃，拿着它直到火苗快烧到自己的手指。即使有人搜遍了她的一切物品，也不能找到任何可以引起怀疑的东西。

早餐几乎吃完了，她仍然是一个人，这种情况并不常见。雪瑞安也许是在躲着她，但史汪应该已经来了。她将最后一块圆面包塞进嘴里，用最后一口茶冲下去，站起身打算去找史汪——她要寻找的目标也恰好在这时走进了帐篷。如果史汪有一根尾巴，现在那根尾巴一定已经把她的帐篷甩倒了。

“你去了哪里？”艾雯一边问，一边编织出一个防止偷听的结界。

“亚尔丁把我从毯子里揪出来，”史汪满脸怒容地坐到了一张凳子上，“她还以为能从我的嘴里套出玉座的眼线，没有人能做得到，没有人！”

当史汪刚刚到达沙力达时，她只是一名被静断的逃亡者，一个全世界都以为已经死掉的废黜玉座。只是因为她知晓玉座情报网的密探信息，姐妹们才收留了她，而且她还掌握着蓝宗的情报网。在成为玉座之前，她已经是那个情报网的管理者了，这些让她有了一定的影响力，就像莉安在塔瓦隆的密探让莉安有了影响力一样。而亚尔丁·斯通勃利的到来改变了史汪的状况。她是史汪下一任的蓝宗情报主管，在知道史汪已经联系到一些蓝宗的密探，并将从他们那里得到的情报交给宗派之外的人后，亚尔丁愤怒异常。而亚尔丁本身职位的暴露（即使在蓝宗内部，也只有两三名姐妹知道这件事）更是让她几乎要被气死，她不仅夺回了蓝宗情报网的控制权，用一里外就能听到的粗野喊声咒骂史汪，更恨不得要掐断史汪的喉咙。亚尔丁来自于安多境内，迷雾山脉中的一个矿业村落，据说她的歪鼻子就来自她还是女孩时的一场拳脚斗殴。而亚尔丁的行为则引起了其他人的思考。

艾雯坐回那张不稳定的椅子里，将早餐托盘推到一旁。“亚尔丁不会从你手中夺走那些资源的，史汪，其他人也不行。”当亚尔丁重新接管蓝宗的眼线时，其他人已经在考虑蓝宗不该同时也接管玉座的情报网，但是也没有任何人认为那个情报网应该由艾雯控制。评议会本想得到它，罗曼妲和蕾兰都对此发表了意见，当然，她们都想成为第一个从玉座情报网接收情报的人。亚尔丁认为既然史汪是蓝宗的，这部分情报网就应该加入蓝宗情报网中。而现在，雪瑞安很满意能像以往那样，首先获得史汪的所有报告；至少通常是如此。“她们不能让你放弃这个资源。”

艾雯重新倒满了茶杯，又将茶壶和蓝釉蜜盅放到靠近史汪的桌边上。史汪却只是盯着它们，怒意已经从这个女人的身上消失了，她颓然坐在凳子上。“您从没有考虑过力量，”她半是自言自语地说道，“您知道这一点，是否您比其他人更强，但您不会去考虑它。您只是知道，她顺从您，或者您顺从她。以前，没有人比我更强，没有人，自从……”她的目光落在自己的手上。那双手正不安地在膝头绞动着。“有时候，当罗曼妲教训我，或者是蕾兰教训我的时候，那就像是一阵强风向我迎面撞来。她们现在远远超过了我，我应该管住我的舌头，直到她们允许我说话，甚至连亚尔丁也是一样，而她只不过是中等水平而已。”史汪强迫自己抬起头，绷紧的嘴唇中发出苦涩的声音。“我想我应该把自己调整到现实中来。这种习惯在我们之中已经是根深蒂固了，在我们为披肩接受试炼之前就已经深植在我们心里。但我不喜欢这样，我不喜欢！”

艾雯从墨水瓶和沙罐旁边拿起钢笔，一边摇着笔杆，一边字斟句酌地回答道：“史汪，你知道我是怎样看待改变的。有太多事情，我们会这么做只是因为两仪师总是这样做，但情况在改变，无论有谁相信一切都应该恢复成原来的样子。在我之前，就没有过非两仪师而成为玉座的先例！”艾雯的这句话其实又牵涉到了白塔的秘密记录——史汪经常说，没有任何事是白塔历史上没发生过的，但这件事确实是第一次发生——但史汪仍然是气馁地坐在对面，像一只空虚的麻袋。“史汪，两仪师的方式不是唯一的方式，甚至不可能永远都是最好的方式。我要让我们能够一直以最好的方式做事。任何不能学会改变，或者不愿学会改变的人，最好都要学着忍受它。”艾雯向前倾过身子，竭力让自己的表情充满了鼓励。“我从没弄清楚智者们如何决定该服从谁的意见，但那绝对不是由至上力的强弱决定的，即使是能够导引的智者也要服从不能导引的。在她们之中，索瑞林的力量比不上任何一名见习生，但即使是力量最强的智者也会依照她的吩咐跳舞。”

“野人。”史汪不以为然地说，但她的声音缺乏力度。

“而对于两仪师，我被选为玉座并不是因为我是最强的。评议会也总是选择最聪明、最富有技巧的两仪师作为使者和资政，而不是力量最强的。”最好不要说明是什么样的技巧，史汪本人肯定也极为擅长这些技巧。

“评议会？评议会也许会派我去煮茶，然后等她们坐定后就会把我轰出去。”

艾雯坐回到椅子里，将钢笔扔在桌上。她很想用力摇晃这个女人。史汪在无法导引时也一直在努力奋斗着，难道现在她的膝盖发软了？艾雯很想告诉她关于瑟德琳和芙芮恩的事，这应该能帮助她振作一下，也能让她承认艾雯的能力。但这时，艾雯看见一名橄榄色皮肤的女子骑马从敞开的帐篷门外经过，她戴着遮挡阳光的灰色宽边帽，仿佛正陷入沉思之中。

“史汪，那是麦瑞勒。”说完这句话，艾雯就冲了出去。“麦瑞勒！”她喊道，史汪需要一个胜利好从她嘴里洗去被欺凌的味道，也许这正是她所需要的。麦瑞勒是雪瑞安那个小团体里的人，而她显然有着自己的秘密。

拉住栗色阉马的缰绳，麦瑞勒向周围看了一圈，当她看见艾雯时不禁愣了一下。从她的表情判断，这名绿宗姐妹并没有意识到自己正走过的是营地的哪个部分，一件薄防尘斗篷遮住了她浅灰色的骑装。“吾母，”她犹豫地说，“请您原谅，我——”

“我不会原谅你。”艾雯打断她的话，让她打了个哆嗦。毫无疑问，昨晚雪瑞安已经和她们商议过了，“我要和你谈谈，现在。”

史汪也走了出来，但她没有去看战战兢兢地从马鞍上下来的麦瑞勒，而是把目光投向那一排排帐篷。那里站着一名身材健壮的灰发男人，他穿着浅黄色外衣，外面套着一副有凹痕的胸甲。他正朝她们这里走过来，身后还牵着一匹高大的枣红马，他的出现是一件令人惊讶的事。加雷斯经常只是通过信使与评议会沟通，即使在很偶尔的情况下他来到两仪师营地，等到艾雯听说的时候，往往也已经走了。史汪的面容恢复了两仪师的平静，那种神色甚至会让看到的人忘记她的年轻与秀美。

加雷斯瞥了史汪一眼，然后下意识地以优雅的姿势将佩剑扶到一旁，单膝向艾雯跪倒。他是个饱经风霜的男人，个子不算高，而他的动作身姿让他比看上去要更高一些，但其中没有任何艳俗的成分。他满脸汗水的宽脸露出一本正经的表情。“吾母，我是否能和您单独谈一谈？”

麦瑞勒转过身，似乎是要离开的样子，艾雯喊道：“你就留在这！站在原地！”麦瑞勒的下巴垮了下来。麦瑞勒的惊诧一方面是因为艾雯命令般的声音，一方面也是因为自己的服从。但出现在她脸上的失败情绪很快就被冰冷的镇定所替代了，只有她的手指还在紧握着缰绳。

加雷斯甚至没有眨一下眼，但艾雯相信，他至少对艾雯现在的状态有了一点了解。艾雯怀疑没有什么事能让这个男人感到惊讶或不安。只是看了他一眼，史汪就已经在准备反击了，虽然显然是史汪挑起了他们之间大多数争端。她已经将拳头叉在腰间，一双眼睛直瞪着他，这种怒气勃勃的瞪视会让所有人感到不安，更何况有这种目光的人还是一位两仪师。而现在麦瑞勒也正用不善的眼神看着加雷斯。“我本打算今天下午让你来的，加雷斯大人，所以请你原谅，我们可以那时再谈。”艾雯确实有一些问题要问他。

加雷斯并没有接受艾雯的拒绝。“吾母，我的一支巡逻队在日出前找到了一样东西，我想您应该亲自去看看，我已经为您准备好了护卫——”

“不需要护卫。”艾雯飞快地打断了他的话，“麦瑞勒，你跟我们来。史汪，你是否可以去叫人带我的马过来？不要耽搁。”

如果史汪那些零碎的线索真的指出了某个重点，那么跟麦瑞勒骑马离开这里要比在这里与她对质更好，而且艾雯可以在马背上向加雷斯提出问题。不过这两件事都不会让她着急。艾雯刚刚看见蕾兰从帐篷群里大步向她走来，塔其玛走在她身边。除了一个特例之外，所有在史汪被废黜前就成为宗派守护者的人或者追随了蕾兰，或者追随了罗曼妲，而大部分新选出的守护者都依照自己的决定行动。在艾雯看来，她们比那些老守护者稍微好一点——只是很少一点。

即使还有一段距离，艾雯已经能看出蕾兰强硬的气势，似乎无论是什么东西挡在她面前，她都会一举冲破。史汪也看见了她，但史汪完全没有停顿地跑走了，并没有向她行屈膝礼。除非艾雯立刻跳上加雷斯的马，否则大概是没办法躲开蕾兰了。

蕾兰站到艾雯面前，但钉子般的目光指向了加雷斯。她一定是在考虑加雷斯在这里干什么，不过她还有更大的鱼要放到锅里。“我必须和玉座谈一谈。”她不容分说地朝麦瑞勒那里指了一下，“你等在那里，我也有话要跟你说。”加雷斯微一鞠躬，牵着坐骑朝蕾兰指的地方走去。任何有脑子的男人很快都会知道，和两仪师争论不会有什么好处，和宗派守护者争论的结果只会更糟。

没等蕾兰开口，罗曼妲突然也出现在艾雯面前，身上散发出迫人的压力，让艾雯一开始甚至没注意到瓦瑞琳跟随在她身后——这名红头发、身材苗条的灰宗守护者比大多数男人还要高几寸。唯一让艾雯惊讶的是罗曼妲这么晚才出现，她和蕾兰总是像鹰一样盯着对方，绝不让对方单独靠近艾雯。这两个女人身上同时出现了至上力的光晕，而且她们各自编织了一个阻止偷听的结界，将这五个女人包覆在其中。她们用挑战的目光彼此瞪视着，神情冰冷肃穆，都拒绝消去自己的结界。

艾雯咬住了舌头，在公共场合里，一场谈话是否要设立结界保护要由在场最强的姐妹决定。理论上，玉座在场时当然要由玉座来决定，当然，艾雯并不期待她们会为此而向她道歉。如果艾雯一定要求道歉，她们会道歉的，但那种道歉的样子就会像是在安慰刚刚会走路的坏脾气小孩。艾雯咬住了舌头，但心中如同热油翻滚。史汪去哪了？这不公平——她知道，为马备好鞍需要一些时间——但她真希望能抓住自己的裙子，好让自己的双手不会去揉搓额角。

罗曼妲首先移开了瞪视蕾兰的目光，并非因为她失败了。她突然一步绕到艾雯的另一边，让蕾兰的瞪视落了空，反而显得有些愚蠢。“黛兰娜又在惹麻烦了。”罗曼妲高亢的声音几乎可说有着甜美的音色，但是当她用加重的语气说出那个没有头衔的名字时，嗓子里如同喷出一根刀刃般。罗曼妲的头发已经完全变成了灰色，在颈后盘成一个整齐的圆形发髻，但漫长的人生岁月肯定没有消磨她的锐气。塔其玛有一头黑色的长发，肤色如同年代久远的象牙。她身为褐宗守护者几乎有九年时间了，无论是在教室还是在评议会，她都是一个强有力的角色，但她现在只是恭顺地站在罗曼妲背后一步的地方，双手交叠在小腹前。罗曼妲一直在用和索瑞林一样的强硬手腕统率着她的小团体，她是一名坚决认为力量压倒一切的人。在这一点上，蕾兰似乎也比她差不了多少。

“黛兰娜计划要在评议会中发表一个提议。”蕾兰气恼地插话道。现在她完全不去看罗曼妲了，罗曼妲竟然和她有相同的见解，罗曼妲竟然抢在她前面说话，这些都让她感觉更加气愤。察觉到蕾兰恼恨的心情，罗曼妲的嘴角扬了扬，算是笑了一下。

“关于什么的提议？”艾雯问。艾雯在拖延时间。她相信自己知道那个提议的内容，所以她很费力气才压抑住自己叹息的冲动，才没有用双手去揉搓额角。

“当然是关于黑宗的，吾母。”瓦瑞琳答道。她抬起头，仿佛是对这个问题感到惊讶。她应该会感到惊讶。黛兰娜对黑宗的问题有着近乎偏执的兴趣。“她想让评议会公开指称爱莉达为黑宗两仪师。”蕾兰抬了一下手，她立刻闭上嘴，蕾兰对于她的追随者比罗曼妲更宽容一些，或者也许她只是没有罗曼妲那么强硬的手腕。

“您必须和她谈一下，吾母。”有必要的时候，蕾兰会使用很温暖的微笑。史汪告诉过艾雯，她们曾经是朋友，蕾兰也曾经以欢迎的姿态接纳史汪的回归。但艾雯觉得这个微笑更像是一个熟练的工具。

“要跟她说什么呢？”艾雯的双手拼命想去揉一下额头。这两个人都在努力确保评议会只会通过她们各自想要通过的议题（其中与艾雯想法相符的并没有多少），结果是评议会几乎无法通过什么决议。她们现在却想让艾雯来调解宗派守护者的矛盾？黛兰娜确实会支持艾雯的意见——当那些意见符合她的意思时。黛兰娜更是一棵墙头草，最后会随着确定决议而见风转舵，即使她最近几乎总是站在艾雯这边，也没什么意义，黑宗似乎才是她唯一确定不移的方向。是什么拖住了史汪？

“告诉她，她必须停止这样做，吾母。”蕾兰的微笑和声音就像是在安慰一名正在向她倾诉的女儿，“这种愚蠢的行径——比愚蠢更糟糕的行径——会让我们所有人都坐到匕首尖上的，甚至已经有一些姐妹开始相信这件事了，吾母。很快这种说法就会在仆人和士兵之间传开来。”她带着疑虑的眼神看了加雷斯一眼。加雷斯似乎正试图和麦瑞勒聊天，麦瑞勒则盯着这五名被结界包覆的女人，用戴手套的手不安地抚摸着缰绳。

“相信一件明白的事情不能被说成是愚蠢，”罗曼妲喊道，“吾母……”在她的嘴里，这个称谓听起来很像是“孩子”。“必须阻止黛兰娜的原因是她这么做不会有什么好效果，反而很可能会受到伤害。也许爱莉达真的是黑宗，我个人对此表示强烈的怀疑，但黛兰娜的依据只是那个下流的哈丽玛带来的一些流言蜚语。爱莉达是个顽固而不知错的人，但我不能相信她是邪恶的。即使她真的是，鼓吹这种事情只会让外人对所有两仪师产生怀疑，并让黑宗藏得更深。我们不该吓跑那些黑宗，总有办法可以把她们挖出来。”

蕾兰重重地哼了一声：“即使这些胡言乱语是真的，任何有自尊的姐妹都不会屈从于你的手段，罗曼妲，你的建议已经近乎审讯了。”艾雯困惑地眨眨眼。对于这件事，史汪和莉安完全没有对她透露过丝毫的讯息。幸运的是，守护者们并没有多注意她，就像平时一样。

罗曼妲将双拳叉在腰间，绕过艾雯，站到蕾兰面前。“非常时期需要非常手段，当然，我不排除有人要坚持把自己的尊严放在揭发暗帝奴仆的工作之上。”

“你这句话很危险，听起来就像是一种指控。”蕾兰眯起眼睛。

现在微笑的人变成了罗曼妲，只不过这个微笑冰冷而坚硬。“我会是第一个照我的方法去做的人，蕾兰，如果你愿意做第二个。”

蕾兰真的发怒了，她朝罗曼妲走了半步，罗曼妲也向她倾过身体，用下巴对着她，她们看上去像是立刻就要抓住对方的头发，把对方推到地上乱打一通。两仪师的尊严都已经被她们抛在了脑后。瓦瑞琳和塔其玛也彼此凶狠地瞪视着，如同支持各自主人的女仆，又像是一只长腿鹭鸶和一只鹪鹩正在酝酿着一场激战，她们好像全都忘了艾雯。

史汪戴着一顶大草帽跑了过来，她牵着一匹有白色后蹄的褐色母马。当她看见结界中的情景时，马上停住脚步。她的身边还跟着一名马夫，那是一个高瘦的家伙，穿着一件磨损的长背心和一件满是补丁的衬衫，牵着一匹高大的花色马。他是看不见这两重结界的，但他能看清这些两仪师的样子，立刻就瞪大了眼睛，然后又舔了舔嘴唇。路过这里的人都已经远远地绕到了帐篷群里，装作什么都没看见，这些人里有护法、仆人，也有两仪师。只有加雷斯皱起眉头审视着她们，仿佛是在好奇这些两仪师正在争吵什么。麦瑞勒正在重新系紧她的鞍囊，显然打算离开了。

“等你们决定我应该说些什么之后，”艾雯对四名宗派守护者宣布，“我就能决定该做什么了。”她们真的已经忘记她了。当她从罗曼妲和蕾兰之间穿过去，走出两重结界时，她们都愣住了，四双眼睛惊讶地盯着她。当然，她穿过结界的时候没有多费半点力气，这种结界是不会阻挡任何有形物体的。

当艾雯骑上花色马时，麦瑞勒深吸了一口气，顺从地也骑上了马背。结界消失了，但至上力的光晕仍然包围着两名守护者。她们两个看着艾雯，一脸挫败的神情。艾雯急忙从马鞍上拎起轻亚麻防尘斗篷，披在背后；又从斗篷的口袋里找出一副骑马手套，从高鞍头上拿起一顶宽边帽。这顶深蓝色的帽子很配她的衣服，帽子前面用别针固定着一簇白色的羽毛。这肯定是琪纱的手艺。炎热她可以忍受，但刺眼的阳光就是另一回事了。她摘下别针和羽毛，将它们放进鞍袋里，然后将帽子戴在头上，系好勒住下巴的缎带。

“我们可以走了吗，吾母？”加雷斯问道。他早已经上了马。刚才还挂在马鞍上的头盔已经罩住了他的头，将他的脸挡在一片钢栅后面。那种样子看上去很自然，仿佛他天生就是穿戴盔甲的人。

艾雯点点头。宗派守护者们并没有拦阻他们。蕾兰不会在公开场合大声喊叫让艾雯停下，这有失她的颜面，但罗曼妲……当坐骑向前行进时，艾雯终于松了口气，但她还是觉得脑袋就要爆开了。她能对黛兰娜做什么？她能做什么？

这个地区的主要道路是一条宽阔而坚硬的实土路，马蹄踩在上面并不会溅起尘土；这条路穿过军营，沿着军营和两仪师营地之间的空地绕了一圈。跑在最前面的加雷斯拐了过去，带领她们穿过另一边的军营。

虽然军营中的人是两仪师营地的三十倍，甚至更多，但这里的帐篷肯定没有两仪师的营地那么多。这些帐篷零散分布在平地和山丘上，但大多数士兵是露天而眠的。已经很难记起上次下雨是什么时候了，天空中肯定看不见一丝云彩。奇怪的是，这里的女人比两仪师营地里的还要多——虽然夹杂在这么多男人里，而且第一眼看上去她们的数量好像很稀少——这些女人中有正在大锅旁忙碌的厨师，有努力清洗脏衣堆的洗衣妇，还有一些人的工作位置在马匹和马车旁。其中有相当数量的人是士兵们的妻子，她们或者在缝补衣服，或者在小锅旁烹调菜肴。到处都有兵器工匠在用大铁锤锻打钢铁；造箭人增加着他们脚边箭矢的数量；蹄铁匠检查着马匹。到处都是各种样式和大小的马车，也许有几百甚至几千辆。这支军队似乎把一路上所有的马车都带来了。大多数征收粮草的人已经被派出去了，只有不多的几辆高轮大车和载重马车正离开营地，去寻找农场和村庄。当艾雯一行人骑马经过时，到处都有士兵站起身高喊“加雷斯大人！”和“公牛！公牛！”公牛是加雷斯·布伦的徽记。没有人为两仪师和玉座欢呼。

艾雯在马鞍上转过身，想确认一下麦瑞勒是否还跟在后面。她还在，正任由她的坐骑向前奔跑，只是和艾雯已经拉开了一段距离。她的脸色有点苍白。史汪跑在队伍的最后面，好像是牧羊人在照管落单的羊；或者她只是害怕让她的马跑到前头去。那匹褐色马体型圆胖矮小，但即使是一匹马驹对史汪来说也像战马那样难以对付。

艾雯对自己的坐骑有些气恼。这匹马的名字叫戴夏，在古语中是光荣之意，而艾雯更愿意骑着贝拉。那匹多毛的小母马只比史汪现在骑的这匹褐色马稍微瘦一点，艾雯就是骑着那匹马离开了两河。艾雯觉得现在这匹可以被当作战马的坐骑，让自己显得像是个小娃娃般。但玉座必须有符合身份的坐骑，绝不能用多毛的拉犁马凑合，这种规矩让艾雯觉得自己就像是一名处处受限的初阶生。

艾雯转回身问道：“你认为前面会有敌人吗，加雷斯大人？”

加雷斯瞥了她一眼。离开沙力达时，艾雯就问过同样的问题；在穿过阿特拉时，艾雯又向他问过这样的问题。问这个问题的次数应该还不至于让他起疑心，艾雯心想。

“莫兰迪就像阿特拉一样，吾母。邻居总是把全部精力用在谋划、算计邻居上，或者直接和邻居作战。除了战争之外，没有别的理由能让他们结盟；而且即使他们有了盟约，也会非常薄弱。”加雷斯的语调中带着嘲讽的意味。他曾经是安多女王的卫队大将，和莫兰迪人有着长年累月的小规模冲突。“恐怕安多就是另一回事了，我并不期待前往那里。”他转向另一边，爬上一座山丘的缓坡，以躲过三辆在岩石地面上隆隆驶过的马车。

艾雯竭力不让自己的面孔扭曲。安多。以前，加雷斯对那个地方绝口不提。这里是昆巴丘陵的末端，再往北就是莫兰迪的首都卢加德了。即使他们的运气好，至少也要十天以上才能到达安多边境。

“当我们到达塔瓦隆时，加雷斯大人，你计划如何攻占那座城市？”

“还没有人问过我这个问题，吾母。”加雷斯以前的语气只是冷漠，现在则是明确的否定了。“等我们到达塔瓦隆的时候，如光明所愿，我的军队数量就是现在的两到三倍了。”艾雯想到要付给那么多士兵薪饷，不禁哆嗦了一下。加雷斯似乎并没注意到。“那时候，我可以包围那座城市。最困难的事情是寻找船只，将它们击沉，封锁北港和南港。那些港口和桥头城镇的封锁是攻城的关键，吾母。塔瓦隆比凯瑞安和凯姆林加在一起还要大，一旦食品供给中断……”他耸耸肩，“当不必行军时，大多数军人所做的事情只有等待。”

“那么如果你没有那么多士兵呢？”艾雯从没想过会让那么多人陷入饥饿，包括妇女和孩子。她从没真正想到过除了两仪师和士兵之外，其他人也会被卷入其中，无辜受难。她怎么会如此愚蠢？她曾经见过凯瑞安战争的结果。加雷斯似乎完全不在乎这些，当然，他是一名士兵，穷困和死亡已经成为士兵们的日常生活。“如果你只有……比如说……你现在统率的这些士兵呢？”

“围攻？”他们谈论的内容终于把麦瑞勒从沉思中吸引了过来。麦瑞勒踢了一下自己的栗色马，让它向前赶过来。有几个人急忙向一旁跳开，其中还有人摔在了地上。一些人愤怒地张开嘴，但当他们看到麦瑞勒不受岁月侵蚀的面孔时，又急忙把嘴闭上，只向麦瑞勒怒目而视，而他们对麦瑞勒来说也许是完全不存在的。“亚图·鹰翼用二十年的时间围攻塔瓦隆，最后还是失败了。”她忽然意识到还有别人在听，就压低了声音，但语气中仍然充满了尖刻的讽刺。“你想让我们等待二十年吗？”

这些尖酸的话语拂过加雷斯·布伦的耳朵，没有留下一点痕迹。“那么您打算发动直接攻击了，两仪师麦瑞勒？”他的语气就像是在问麦瑞勒茶想要甜一点还是苦一点，“一些亚图·鹰翼的将军们尝试过直接攻击，但他们的士兵都被屠戮殆尽，没有军队能攻破塔瓦隆的城墙。”

艾雯知道，这种说法并不完全正确。在兽魔人战争中，一支由惊怖领主率领的兽魔人军队曾经攻掠并烧毁了白塔本身的一部分；在第二次龙之战争末期，一支想要援救桂尔·亚玛拉桑的军队也攻进了白塔。但麦瑞勒不可能知道，加雷斯更不可能知道，这些都只记载于白塔的秘密史籍中，收藏在白塔图书馆里。白塔有一条本身就是秘密的法律，如果泄露这部史籍的存在，或是泄露这条法律本身的存在，罪名都是叛乱。史汪说过，在阅读这部史籍时，也能从字里行间寻找到一些暗示，它们表明仍然有一些事实没有被记录在这部书中。两仪师非常善于隐藏事实，甚至是向她们自己隐瞒，只要她们认为这是有必要的。

“无论是有十万士兵，还是只有现在这些士兵，”加雷斯继续说道，“都会是由我带头冲锋，我的目标就是封锁港口，亚图的将军们没能做到这一点，两仪师总是能及时升起铁链，阻止他们的船只进入港口，那些船不等到达航线区就被两仪师们弄沉了。食物和供给源源不断地被运进塔瓦隆。您要求的直接攻击最终会发生的，但请容我说一句，必须等到城市被削弱之后才可以。”

麦瑞勒张开嘴，然后又缓缓地闭上，很显然，她想说些什么，却又不知道有什么可说。加雷斯·布伦刚刚来到沙力达时，雪瑞安、麦瑞勒和其余那几个管理沙力达的人就已经向他承诺过独立领军的权力。不管麦瑞勒如何气恼，这一点是无法反悔的，即使是宗派守护者也无法忽略这个承诺，虽然做出承诺的并不是她们。至今为止，加雷斯都能避开两仪师对军队的干涉。

艾雯感觉有些难受。她见过战争，一些情景出现在她的脑海里。男人们拼争着，在塔瓦隆的街道上杀出一条血路，然后死亡。她看见一个方下巴的男人一边用舌头舔着嘴角，一边在打磨一枝矛尖。他会死在那些街道里吗？那个灰发、秃顶的男人正用手指仔细地抚过每一支箭，然后将它们插进自己的箭囊里，他会死吗？那个小伙子正在炫耀他的高筒靴，他还那么年轻，甚至不需要刮胡子。光明啊，这里有这么多男孩。有多少人会死掉？为了她，为了正义，为了公理，为了世界，但实际上只是为了她一个人。史汪抬起手，又放下来，就算她离艾雯再近一些，她也不能在众人面前拍玉座的肩膀。

艾雯挺起后背。“加雷斯大人，”她用绷紧的声音说道，“你想让我看什么？”她觉得加雷斯在回答她之前又瞥了麦瑞勒一眼。

“最好您自己来看，吾母。”

艾雯觉得自己的脑袋就要裂开了。如果史汪的线索真的指向某些问题，她也许应该剥掉麦瑞勒的皮。如果那些事并不存在，她就应该剥掉史汪的皮，或许她应该同样把加雷斯·布伦算进去。

第 12 章

胜利的上午

环绕营地的散乱丘陵和山脊全都显示出干旱与这种不明高热所造成的后果，实际上，这是挟带着污秽气息的炎热。就连最迟钝的洗碗工也能察觉到暗帝对世界的碰触了。西边的森林已经被他们甩在身后，这里只有从山坡的岩石缝隙中长出的矮小橡树，样子陌生的酸胶树和松树，以及一些艾雯叫不出名字的树。所有的树都赤裸着枝干，变成了棕色或黄色，这不是冬天造成的干枯，是因为炎热和缺乏湿气导致的。全世界都在死亡，如果这种气候不尽快改变。跑过最后一片军营之后，一条向西南方流淌的河水出现在他们眼前，这是雷森德尔河。这里的河道有六十尺宽，在河道两侧是布满砾石的干硬泥地。河水冲过岩石，形成一个个漩涡，这些漩涡以前肯定会对渡河的人造成很大的危险。但是当艾雯一行人踏进河水中时，河面只淹至马腿的膝盖位置。这时，艾雯觉得自己的问题并不是那么重要，尽管头痛得厉害，她还是为奈妮薇和伊兰做了小小的祈祷，她们的搜寻比她所要解决的问题更加重要。如果艾雯失败了，世界还会存留下来，但如果奈妮薇和伊兰失败了，这个世界就不会再有未来。

他们以慢跑的速度向南前进。当山坡过陡，或者马匹要穿过树林或灌木丛时就让马速减缓下来，在平地上则用尽量快的速度前进。加雷斯的大鼻子阉马脚步坚实强劲，几乎完全不在乎是不是有山坡，地面是平坦还是崎岖。戴夏也一直以轻快的步伐前进。有时候，史汪的圆胖小马显得很吃力，但那也可能是它背上的骑手在给它添麻烦。虽然史汪在马背上已经度过了许多时间，但她现在还是一名非常糟糕的骑手，笨得就像是一只在陆地上奔跑的鸭子。上坡时，她几乎是用双臂环抱着那匹母马的脖子；下坡时，她又仿佛要从马鞍上掉下来。现在她的眼睛已经瞪得和她的坐骑差不多一样大了。麦瑞勒看着史汪的样子，似乎是恢复了一点好心情。她的白蹄栗色马像燕子般以精巧的步伐奔跑着，她自己则以充满信心的挺拔身子坐在马鞍上。和她相比，加雷斯就像是个不起眼的木桩。

他们没有走出很远，就看见西边的山脊上出现了骑兵，那是一支大约有上百人的队伍。正升起的太阳在他们的胸甲、头盔和枪尖上洒下点点光芒。在他们头顶上方飘扬着一面白色的长三角旗，艾雯还看不清那面旗帜的图案，但她知道那上面绣着一只红手。她没想到会在如此靠近两仪师营地的地方遇到他们。那队骑兵出现后，就一直和他们保持着平行路线前进。

“向龙立誓的畜生。”麦瑞勒嘟囔着。她戴着手套的双手紧紧地抓住缰绳——是因为愤怒，而不是因为恐惧。

“红手队在巡逻。”加雷斯平静地说。他瞥了艾雯一眼，继续说道：“上次我和塔曼尼大人聊天时，他似乎对您非常关心，吾母。”他这么说的时候语气依旧十分平静。

“你和他聊天？”麦瑞勒脸上一切的平静神情都消失了，她终于可以把压抑在心中的对艾雯的愤怒完全释放到加雷斯身上了，因此她的全身都开始颤抖。“这已经很接近于背叛了，加雷斯大人，这就是背叛！”史汪已经把注意力都用在自己的坐骑和山脊上的人身上了，所以无暇去看麦瑞勒，但她还是哼了一声。以前还没有人把红手队和背叛相提并论。

他们沿着山谷拐了个弯，映入眼帘的是一片位在山坡上的农场，或者曾经是一片农场。那座石砌小屋的一面墙已经倒塌了，被灰烟覆盖的烟囱旁散立着几根烧焦的木柱，如同肮脏的手指。没有顶的畜棚变成了一个空空的石头匣子，零散的灰烬痕迹标志着曾经立有棚屋的地方。在阿特拉境内各处，他们也看见了同样的景象。有时候是整个村子被烧毁，死人躺在街上，成为乌鸦、狐狸和野狗的食物，从遥远的塔拉朋和阿拉多曼传来的故事突然变成了活生生的现实。现在真是盗匪横行——艾雯强烈地希望会是这样，但所有幸存者的嘴里都有一个词：“真龙信众。”姐妹们全都在谴责兰德，仿佛那些房舍都是他亲手点燃的。但只要可以，她们仍然会利用他，如果找到方法，她们仍然会控制他。两仪师里面，并非只有艾雯坚信要做自己必须去做的事。

麦瑞勒的怒气对加雷斯的影响就像雨滴对石块的影响般微不足道。艾雯看着加雷斯的样子，突然觉得仿佛有一团风暴正在他头顶吹袭，洪水在他的膝下卷起一个个漩涡，但他却只是迈着稳定的大步向前行进。“两仪师麦瑞勒，”加雷斯带着本应属于麦瑞勒的平静神情说道，“当一万人正跟在我背后的时候，我希望能知道他们的意图，特别是现在的那一万人。”

这是个危险的话题。加雷斯突然说起真龙信众而提到了她的名字时，艾雯已经为了那个男人提起她的事恨得牙根发痒了。她刚刚还在庆幸这个问题被轻轻带过，加雷斯却又开始说真龙信众的事，艾雯惊讶得立刻在马鞍上坐直了身体。“一万？你确定？”红手队在麦特的率领下刚刚到达沙力达时只有六千人。

加雷斯耸耸肩：“我在一路上不断招募新兵，他也是一样。加入他的人没有加入我的人多，但有些人确实对服侍两仪师有自己的看法。”在三名两仪师聚在一起时谈论这种事，绝对会引起许多人的不安，加雷斯说话时则带着一丝嘲讽的微笑。“而且，红手队在凯瑞安的战斗似乎为它赢得了相当的荣誉。人们都说，申鞑卡汉永远不会失败，不论他们与对手的力量相差多么悬殊。”无论是在这里还是在阿特拉，人们会加入这两支军队的原因是，许多人都认为两支军队必定意味着一场战争，袖手旁观的结果也许和选择了错误的一方一样可怕，胜利的一方不会给中立者留下生存空间。“我的队伍里有一些从塔曼尼那里逃出来的新兵，有些人似乎认为红手队的运气是和麦特·考索恩联系在一起的，没有了他，也就没有了运气。”

麦瑞勒的嘴唇扭曲成冷笑的形状。“这些蠢莫兰迪人的恐惧肯定是有用的，但我不认为你也是傻瓜。塔曼尼跟随我们是因为害怕我们也许会转而反对他珍贵的真龙大人，但如果他真的想要攻击，难道你不认为他们现在就会这样做吗？等到更重要的事情结束之后，这些真龙信众就可以一次处理掉。然而，和他联络……”麦瑞勒哆嗦了一下，不过她还是竭力维持住表情的镇定，但声音却仿佛能点燃木柴，“我警告你，加雷斯大人……”

艾雯没有注意去听在说些什么，加雷斯在提到麦特时又看了她一眼，姐妹们认为她们知道红手队和麦特的状况，并且对此并不会给予太多关注。而加雷斯显然与她们不同。她侧过头，让帽沿遮住自己的脸，用眼角的余光打量着加雷斯。加雷斯已经立下誓言，要为她们组建并统率军队，直到爱莉达垮台。但为什么他要立下那样的誓言？他完全也可以立下某个不是那么严重的誓言，即使那样，姐妹们也会接受他的誓言，因为她们只是将这支军队当作吓唬爱莉达的愚人节面具；而且有加雷斯·布伦率领一支军队跟随在身边，也会让艾雯和许多两仪师有种安全感。就像艾雯的父亲一样，加雷斯在任何情况下都能让身边的人感到安定，可以依赖。想到这里，艾雯突然意识到，如果加雷斯反对自己，也许会像评议会反对自己一样糟糕，更不要说加雷斯手中已经有了如此大规模的一支军队。史汪唯一给过加雷斯的正面评价（即使那时史汪立刻又想把这个评价转移到别人身上）是，他是个厉害的对手。任何让史汪有这样的评论的人都是必须加以留心的。

他们跑过一条小溪，溪水只能沾湿马蹄。一只全身污泥的乌鸦正在吃一条被困在浅滩里的鱼，马匹经过时，它展开翅膀仿佛想要飞走，但很快就又全神贯注地啄食眼前的美味食物。

史汪也在看着加雷斯，当她忘记拉紧缰绳或用力夹住马腹时，她的矮马跑得就顺畅多了。艾雯曾经向史汪询问过加雷斯的动机，但史汪在提到加雷斯时往往只会发表一堆冷嘲热讽。她要不是对加雷斯从头恨到了脚底，就是爱上了他，而想象史汪陷入爱河，就像是想象那只乌鸦在游泳。

红手队骑兵所在的山脊现在只能看见一些枯死的针叶树了。艾雯没注意到那些骑兵是在什么时候消失的。麦特竟然被称颂为卓越的将领！即使是会游泳的乌鸦也没这么荒谬。她只能勉强相信兰德的评价，却无法从心里接受这种说法。自以为是是危险的，她看着加雷斯，这样提醒自己。

“……应该被抽鞭子！”麦瑞勒的声音仍旧充满了火气，“我警告你，如果我听说你再去见真龙信众……”

雨水仍然在徒劳地冲刷着岩石表面，至少看上去是这样的。加雷斯轻松地坐在马鞍上，偶尔会说一句“是的，两仪师麦瑞勒”或者“不会，两仪师麦瑞勒”，无论肯定还是否定，他的声音都是一样漠然，视线也一直停留在周围的原野上。毫无疑问，那些士兵从出现到消失的一举一动都被他看在眼里。但不管他如何有耐心（艾雯相信这种耐心中绝对没有恐惧的成分），艾雯自己却一点也没有继续听下去的心情。

“安静，麦瑞勒！没有人要对加雷斯大人采取任何措施。”艾雯揉搓着额角，考虑着要让营地中的一名姐妹为她进行治疗。史汪和麦瑞勒在这方面都没什么能力，但如果她的头痛只是缺乏睡眠和忧虑所导致的，治疗也无法产生什么作用。她不想让人们议论她已经因压力而垮掉了。而且，还有其他的方法可以对付头痛，但不是在这里。

麦瑞勒咬住嘴唇，向旁边一甩头，脸颊上出现了红晕。加雷斯则突然开始专注地看着一只红翅膀的鹰在他们的左侧盘旋，勇敢的男人应该知道什么时候需要小心。那只鹰收起翅膀，向一片干枯的羽叶木后面直扑下去。艾雯能体会它的心情。她自己正在向看不见的目标垂直扑落，希望自己选择了正确的目标，希望她落下的地方会有目标。

她深吸一口气，希望自己的声音能够显得更坚定。“不过，加雷斯大人，我想你最好还是不要继续和塔曼尼见面了，现在你应该已经知道他的意图了。”光明啊，但愿塔曼尼不要说出太多事情吧！可惜的是她不能派史汪或莉安去警告塔曼尼。即使塔曼尼真的会接受警告，姐妹们也会认为她这么做跟冒险和兰德接触没有多大差别。

加雷斯在马鞍上一鞠躬。“听从您的命令，吾母。”他的声音里并没有嘲讽，一路上他的语气里都没有半点嘲讽，他显然已经学会了该如何与两仪师说话。史汪紧皱眉头看着他，也许史汪能搞清楚加雷斯的忠诚到底是针对谁的。虽然对加雷斯恨得咬牙切齿，但史汪很大一部分时间都是在他身边度过的，实际上，她并不需要在加雷斯身上花那么多时间。

艾雯努力让自己的双手抓住戴夏的缰绳，不去抚摩额头。“还有多远，加雷斯大人？”维持耐心更让她感到费力。

“再走一会儿就到了，吾母。”因为某些原因，加雷斯又向麦瑞勒转过头，“不远了。”

进入他们视野的农场愈来愈多，平地上和山坡上都有，艾雯觉得这些都无法和伊蒙村相比。低矮的灰石屋舍和谷仓，没有篱笆的草原上只有几头瘦得露出肋骨的牛和一些羸瘦的黑尾绵羊。不过被烧毁的农场并不算多，它们零散分布在完好的农场之中。烧毁它们的目的应该是警告当地人，不向转生真龙立誓效忠会得到什么样的下场。

在一处农场上，艾雯看见了加雷斯大人的征粮队和一辆马车。加雷斯在经过他们身边时向他们点了点头，而这些人也没有打着白色三角旗，所以艾雯立刻就判断出他们的身份。红手队一直都在炫耀自己的身份，除了旗帜以外，有些人最近还在手臂上系了一条红巾。那些骑在马背上的人看管着大约六头牛和二十几只羊，还有一些人正从谷仓里将许多麻袋搬运出来。一名神情消沉的农夫和他的家人在旁边看着，他们都只穿着深色的粗羊毛衣服。几名女孩戴着深兜帽，其中一名女孩把脸埋在妈妈的裙子里，显然是在哭泣，几名男孩都紧紧地握着拳头，仿佛想要打架的样子。这名农夫会拿到钱的，但如果他不愿意卖出这些食物，如果他胆敢对抗二十名全副武装的士兵，那些被烧毁的农场就会让他冷静下来。加雷斯的士兵经常会在那些废墟中找到被烧焦的尸体，其中男人、女人和小孩都有，从尸体的样子上往往还能看出挣扎着想要逃出来的痕迹。

艾雯很希望能有办法让农夫和村民们相信，她的军队并不是强盗。她非常想，但她不知道该怎么做，否则她就只能让自己的士兵忍饥挨饿，直到他们逃光。如果姐妹们不明白强盗和红手队的不同，那又怎么能指望普通人会正确地看待这支两仪师的军队？那座农场已经被甩到了身后，艾雯强迫自己不回头去看，回头也不会改变任何事。

加雷斯并没有胡说，差不多就在与营地直线距离三四里的地方（因为道路曲折，所以他们走了大约两倍的路程），他们从一座山的山腰绕过去，看见一些灌木丛和树林。加雷斯在这里拉住了缰绳。太阳这时升到了天顶高度的一半。下方出现了另一条路，比穿过军营的那条路更窄，更曲折。“他们认为夜间赶路可以躲过强盗。”加雷斯说，“看结果，这应该不是个坏主意，或者他们就是有暗帝的运气。他们是从凯姆林来的。”

那是一支商队，五十几辆马车排成大约十队，沿道路排开来，马车周围全都是加雷斯的士兵。有几名士兵已经下了马，正在指挥一些人将商队马车上的桶和袋子搬到六辆士兵们的马车上。一名穿着深色朴素裙装的女人正挥舞着双臂，神情激动地指着这样或那样东西，仿佛是在大声抗议，又像是在和士兵们讨价还价。而她的随从们只是面色阴沉地聚在一起，一言不发。更远一些的地方，一株枝干伸展的橡树上垂挂着许多可怕的‘果实’——每根树枝上都有一个人被拴住脖子吊在上面。那些光秃秃的树枝上站满了乌鸦，让那棵树看上去几乎像是覆满了黑色树叶，这些大乌鸦可不是一点鱼肉就能喂饱的。即使在很远的距离，这番景象还是让艾雯的脑袋和肠胃感到极不舒服。

“这就是你想让我们看的？这些商人？或者是那些强盗？”她看着那些被吊着的尸体，其中并没有穿裙装的，如果是强盗干的，他们吊起来的人就会同样包括女人和孩子。这种杀戮可能是任何人做的——加雷斯的士兵、红手队（红手队像两仪师的士兵一样，把他们捉住的所谓真龙信众全部吊死，但对两仪师们而言并没有造成什么差别），甚至是本地的领主也可能会这样做。如果莫兰迪的贵族们通力合作，现在这里所有的强盗可能都已经被吊死了，但让这些贵族合作就像命令猫跳舞那么难。等等，加雷斯刚才提到了凯姆林。“这和兰德有关吗？还是和殉道使有什么关系？”

这一次，加雷斯毫不掩饰地让自己的视线在艾雯和麦瑞勒之间来回移动。麦瑞勒颓然坐在马鞍上，脸藏在帽沿的阴影里，满面阴郁，完全不再是刚才那名充满自信的骑手了。加雷斯看了半晌，似乎是做出了决断。“我觉得您似乎应该在其他人之前先知道此事，但也许是我误会——”他又看了麦瑞勒一眼。

“知道什么，你这个耳朵里长毛的蠢货？”史汪怒气冲冲地说着，将矮胖的坐骑向前催了催。

艾雯一边向史汪打个手势，一边说道：“麦瑞勒能听到我听的一切，加雷斯大人，她拥有我完全的信任。”

那名绿宗两仪师猛一抬头。从她震惊的眼神看来，似乎并没想到艾雯会那样说。最后，加雷斯点了点头。

“我知道，情况已经……改变了，是的，吾母。”他摘下头盔，将它挂在鞍头，然后有些不情愿地开口，谨慎地选着合适的字眼，“商人喜欢传播谣言，就像狗身上带着虱子一样，那些商人就带来了一个相当耸动的谣言。当然，我不是说我相信他们的话，但……”加雷斯似乎是在犹豫，“吾母，他们在路上听到一个故事，说兰德·亚瑟已经去了白塔，并向爱莉达宣誓效忠了。”

片刻之间，麦瑞勒和史汪脸上的血液仿佛都被抽干了，她们的样子就像是看到了无可挽回的灭顶之灾，麦瑞勒甚至在马鞍上摇晃了一下。而艾雯只能盯着加雷斯，然后仿佛回过神来一样突然大笑起来，让周围的人又吓了一跳。戴夏惊讶地跳了两步，最后立定在岩石山坡上。艾雯的神经也在此时镇定了下来。“加雷斯大人，”她一边说，一边拍了拍坐骑的脖子，“不会有这种事情发生的，相信我，昨晚我已经确认这件事了。”

史汪立即如释重负地吁了口气，随后麦瑞勒也做了同样的动作。艾雯看见她们的模样，又有了想笑的冲动，她们的样子就像是被大人安慰床下没有怪物的孩子，而不是波澜不惊的两仪师。

“听到您这样说实在是太好了，”加雷斯的话音里没有任何情绪，“但即使我遣走我所有的部下，这个故事还是会传到我的队伍里，它会像野火掠过这片原野般迅速传遍整支军队。”艾雯的笑意立刻消失了。如果放任不管，这确实会酿成灾难。

“明天我会派遣姐妹向你的士兵们公布事实。六位了解状况的两仪师是否足够？这里的麦瑞勒，以及雪瑞安、卡琳亚、波恩宁、爱耐雅和摩芙玲。”这些姐妹不会喜欢与智者们见面，但她们也不能拒绝她的要求。因为她们同样会努力阻止这个谣言的流传，至少她们应该会努力这样做。麦瑞勒稍微退缩了一下，随之又听天由命地抿了抿嘴。

加雷斯将一只手臂靠在头盔上，端详着艾雯和麦瑞勒，他一直都没有瞥史汪一眼。他的枣红马在岩石上蹬了两下，一群浅蓝色翅膀的鸽子从几步外的灌木丛中飞上半空，让戴夏和麦瑞勒的栗色马惊退了几步。加雷斯的坐骑纹丝不动。他显然已经听说过通道的事情，只是他不可能真正知道所谓的通道是什么，而且他肯定不知道特·雅兰·瑞奥德。两仪师习惯于隐瞒秘密，而且反叛的两仪师不会让爱莉达知道这些秘密，尤其是梦的世界，因为外人看不到关于它的迹象，所以这个秘密是很容易守住的。不管怎样，加雷斯不会对这些事主动提出疑问，也许他现在已经习惯了两仪师和她们的那些秘密。

“只要她们直接把情况说清楚，”最后加雷斯说道，“但即使她们只有些许的隐晦……”他的目光并不是在胁迫，只是在强调重点，他似乎很满意自己从艾雯脸上看到的讯息。“看来您做得很好，吾母，我希望您能继续获得成功。今天下午我会来找您，我们应该定期见面，我会前去您指派给我的一切地方。我们应该开始拟定坚实的计划，确保您在我们到达塔瓦隆后能立刻登上玉座。”

加雷斯的语气仍然带着戒备，很可能他并没有完全确信未来会有什么样的进展，或者能对麦瑞勒信任到什么程度。而艾雯在片刻之后才意识到他在做什么，这让她的呼吸停滞了一下。也许她已经习惯于两仪师别有深意的言辞，但……加雷斯刚刚所说的意思是，这支军队是她的。艾雯确信这一点——不是评议会的，不是雪瑞安的，是她的。

“谢谢你，加雷斯大人。”这样似乎并不够，因为加雷斯只是谨慎地点了一下头，然后目不转睛地看着她，仿佛是在确认她刚才的想法。突然间，艾雯心中出现了成千上万个问题，其中大多数即使是在只有他们两个人的时候也不能提出来的。可惜的是，艾雯还不能让自己完全信任这个男人。保持谨慎，直到你完全确信，然后再给自己多一点谨慎。这句古老的谚语很适合用在所有与两仪师有关的事情上。即使是最好的男人也会向他们的朋友透露一些事情，也许愈是机密的信息，他们愈喜欢挂在嘴边。“我相信你还有上千件事情要关心，所以今天上午你的时间并不充裕。”艾雯说着，收拢了缰绳，“你去忙你的事情吧！我们要单独跑一会儿。”

加雷斯当然表示反对，他几乎变成了一名护法，喋喋不休地谈论着两仪师也不可能同时兼顾所有地方，也会被一支暗箭杀死。艾雯决定，下一个这样教训她的男人一定要为此付出代价。三名两仪师的战力绝不亚于三百个男人。不过，虽然加雷斯一直还在不悦地嘟囔着，但除了遵命之外，他别无选择。戴上头盔后，他并没有循原路返回，而是策马沿着崎岖的山坡向商队跑去。在艾雯看来，他这样做确实会更好一些。

“你来带路，史汪。”加雷斯跑出十几步之后，艾雯说道。史汪瞪着加雷斯的背影，仿佛他一直都在骚扰她。然后她哼了一声，扶正草帽，掉转马头——或者说是猛地扯过马头，催赶着矮马向前走去。艾雯示意麦瑞勒跟上，像加雷斯一样，这个女人别无选择。

一开始，麦瑞勒不停地用眼角瞥着艾雯，显然以为艾雯立刻就要提起派遣姐妹前往白塔的事情，并在为隐瞒这件事而寻找借口。艾雯在马背上沉默得愈久，她就愈难以在马鞍上坐稳。没多久，麦瑞勒就开始舔嘴唇了，她还保持着两仪师的平静，但这层平静的外壳上已经出现了裂缝。沉默真是个非常有用的工具。

一段时间里，她们只能听到马蹄声和灌木丛中偶尔的鸟鸣。但随着史汪在返回营地的路上稍微向西一拐，让她们都知道接下来的目的地。麦瑞勒似乎是更加不安了，仿佛她的屁股下面铺了一层荨麻般。也许史汪搜集的那些零碎信息确实有些价值。这时史汪又向西拐了个弯，她们面前的道路两侧出现了两座奇怪的山丘，模样就像是正在朝对方鞠躬。麦瑞勒在这里勒住了缰绳。

“在……在那个方向有一座瀑布，”她一边说，一边指向东方，“在干旱之前，它也不是很大，但即使是现在，那里也很漂亮。”史汪也停下来，带着一点微笑回头看过来。

麦瑞勒在隐藏什么？艾雯对这一点很好奇。她瞥了那名绿宗姐妹一眼，却惊讶地发现麦瑞勒帽沿阴影的边缘闪烁着一丝汗光。能让两仪师出汗的事情——艾雯绝对不会放过。

“我想史汪带的路肯定能让我们看到一些更有趣的东西，对不对？”艾雯一边说一边掉转马头。麦瑞勒几乎要蜷缩在马鞍上了。“走吧！”

“您全都知道了，是吗？”当她们跑过那两座山丘时，麦瑞勒一边微微颤抖，一边嘟囔着。现在已经有不止一滴汗水从她的脸上滑落——她受到的震撼一定彻底撼动了她的心扉。“一切的一切，您怎么……”突然间，她在马鞍上绷直了身体，两只眼睛紧盯着史汪的后背。“是她！史汪从一开始就是您的人！”她的语气几乎可以用愤慨来形容，“我们怎么都瞎了眼？但我仍然不明白，我们一直都那么谨慎。”

“如果你想要隐瞒什么，”史汪头也不回地说道，“那就不要故意到南方去买硬币胡椒。”她的声音里充满了轻蔑。

硬币胡椒是什么东西？她们在说什么？麦瑞勒的身体在发抖，史汪并没有加重语气就似乎快把麦瑞勒压倒了。麦瑞勒又舔了舔嘴唇，仿佛她的唇忽然干裂了。

“吾母，您必须明白我这么做的原因，我们的原因。”她的声音已经到了狂乱的边缘，仿佛她只穿着衬衣，面前却站着一半的弃光魔使。“不只是因为沐瑞这样要求，不只是因为她是我的朋友，我不想让他们死。我恨那样！我们之间的束缚有时候对我们很严厉，但对他们只会更严厉。您必须明白，您必须明白！”

就在艾雯认为麦瑞勒要把一切都说出来的时候，史汪拉住坐骑，转头看着她们（这让艾雯差点就要甩史汪一巴掌）。”如果你带我们走完剩下的路，对你也许会更轻松一些。”史汪冰冷而又厌烦地说道，“合作也许能让状况更和缓一点，虽然也许只是一点。”

“好，”麦瑞勒点着头，两只手不自然地揉搓着缰绳，“好的，当然。”

随后她走到了最前面，眼里就像是马上要落下泪水的模样，史汪跟在后面。

艾雯相信，在这一瞬间，史汪露出松了口气的神情。艾雯觉得自己就要爆炸了。什么束缚？和谁的束缚？让谁死？“我们”指的又是谁？雪瑞安她们？但她不能问史汪，麦瑞勒会听到她们的对话，而在这个时候暴露自己的无知不会是个好主意。一无所知的时候，闭上嘴才算聪明。谚语就是这么说的。艾雯又想起了另一个谚语——隐瞒一个秘密，就要隐瞒另外十个秘密。除了跟在这两名姐妹身后，继续保持沉默之外，艾雯什么都做不了。但史汪是应该受到指责的，史汪不该向她隐瞒秘密。艾雯咬着牙，努力显示出耐心和冷漠的样子。聪明的样子。

继续向西走了一两里，麦瑞勒走上一座长满松树和羽叶木的低矮山丘。两株巨大的橡树压抑了这里所有植物的生长，在厚重紧密的枝干下立着三个满是补丁的尖顶帐篷，还有一排拴住的马和一辆大车，另外有五匹高大的战马被小心地分开系住。妮索·达晨穿着样式朴素的青铜色骑装，等在一顶帐篷门前的遮阳篷下，仿佛正要迎接客人。萨林·荷甘站在她身边，穿着在盖丁之中很流行的橄榄绿色外衣。妮索的这名护法是个蓄着浓重黑胡子的秃头男子，身材就像是矮树桩般，但还是要比妮索高。几步之外，麦瑞勒三名护法中的两名正谨慎地看着艾雯一行人朝这片林子里走过来。这两名护法是身材瘦高、黄头发的柯利·曼金，和黝黑高大，剃光了上唇、只在下巴有胡须的努何·杜曼德，但所有这些人都没有露出惊讶的表情，也没有像麦瑞勒一样舔着嘴唇。不过，如果妮索是在欢迎她们，为什么还要不停地摩搓骑裙的裙摆？她的样子就像是宁可遭到屏障，被推到爱莉达面前。

有两个女人从一顶帐篷的门缝里向外窥望一眼，立刻又缩回了头，但艾雯还是认出了她们——是妮可拉和爱瑞娜。突然间，艾雯感到非常不安。史汪带她来这里是要让她看什么？

史汪神情安闲地下了马。“带他出来，麦瑞勒，就是现在。”她终于报了仇。锉刀和她现在的声音相比，也会显得像玻璃一样平滑。“现在还想隐瞒就太晚了。”

麦瑞勒对史汪皱了一下眉，但这个动作看上去实在很勉强。她努力打起精神，从头上扯下兜帽，一言不发地下了马，朝一顶帐篷快步走去，消失在里面。妮索紧盯着她，一双本来就已经很大的眼睛瞪得更大了——她似乎被冻结在原地。

现在只有史汪靠在艾雯身边，其他人应该听不到她说话。“为什么你要打断她的话？”艾雯尽量压低声音，“她肯定就要坦白……不管那是什么，我现在却还一点头绪都没有。什么是硬币胡椒？”

“在夏纳和马吉尔非常普遍的一种胡椒，”史汪用同样低微的声音说，“今天早晨我摆脱亚尔丁的时候刚刚听说这种东西。我必须让她带路，实际上我知道的不多，看样子，发现这些并没有太大的意义。我不知道妮索会与此有关，我本以为她们两个连话也不会多说过一句的。”她瞥了那名黄宗姐妹一眼，有些不悦地摇摇头，史汪无法容忍自己在信息探察上的失误。“除非我变得又蠢又瞎，这两个……”她扭曲着面孔，仿佛是吃了一嘴脏东西。艾雯能看出来，她是在匆忙地想找一个合适的称谓。突然间，史汪抓住艾雯的袖子。“他们来了。现在你就自己拿主意吧！”

麦瑞勒第一个走出帐篷，她身后是一名只穿着靴子和马裤，手里却握着剑的男人。那个男人必须弯下腰才能走出帐篷门。他的胸毛不算多，胸口布满纵横交错的伤疤；他的肩膀比艾雯的头顶还要高，在场的护法全都比他矮。艾雯注意到他的头发被一条绕过额角的皮绳系成一束，其中的灰发比艾雯上次见到他的时候更多了，但亚岚·人龙的刚硬丝毫没有减损。艾雯觉得这个令她迷惑的拼图中似乎有几片被摆在了正确的位置上，但她仍然无法将这个拼图完全看清楚。岚曾经是沐瑞的护法——那位两仪师将艾雯、兰德和其他人带出两河的日子，似乎已经在一个纪元以前了。现在沐瑞已经被兰飞儿杀死，在那之后，岚几乎是立刻就从凯瑞安消失了。也许史汪已经明白了一切，但艾雯仍然是有如坠入五里雾中。

麦瑞勒低声对岚说了些什么，又碰了碰他的手臂。岚稍微退缩了一下，如同一匹受惊的马，但他坚毅的面孔一直对着艾雯。最后，他点点头，转过身，走进橡树的树阴里，然后双手握紧剑柄，高举过头，剑刃倾斜向下。他用一只脚的前脚掌撑住身体，就不再有半分动作了。

片刻之间，妮索皱起眉头看着岚，仿佛也像艾雯一样正在面对着一个混乱复杂的拼图。然后，她的目光和麦瑞勒的交会在一起，两个人又一同望向艾雯。她们没有向艾雯走过来，而是先走在一起，焦急地用耳语交谈起来。至少她们一开始是在交谈，然后妮索就只是站在那里，不相信或者是否决地摇着头。“是你把我拖进来的！”最后妮索大声吼道，“我竟然会信你的话，我真是个瞎眼的傻瓜。”

“这应该……很有趣。”史汪说道。这时，那两名姐妹终于朝艾雯和她走了过来。史汪的语气听起来很不高兴。

麦瑞勒和妮索一边走，一边匆匆地整好头发和裙装，让一切恢复正常。艾雯仍然不知道这次麦瑞勒和妮索到底被抓住了什么马脚，但她们显然是要以最好的状态来面对她的责难。

“请先进来吧，吾母。”麦瑞勒指着最近的帐篷说道，她的面容冷静如常，但声音中一点极轻微的焦躁出卖了她的心情。当然，她已经抹去了脸上的汗水，也没有新的汗滴再渗出来。

“谢谢，不必了，女儿。”

“要来些调味酒吗？”妮索带着微笑问。这名黄宗姐妹将双手抱在胸前，看上去还是有些焦躁。“史汪，让妮可拉拿些调味酒来。”史汪没有动作。妮索惊讶地眨眨眼，咬了一下嘴唇，但她的微笑立刻回到脸上，她又将声音提高了一点。“妮可拉？孩子，拿些调味酒来，可能只有用干黑梅酿的了。”她急忙又转头对艾雯说，“不过是很滋补的。”

“我不想要调味酒。”艾雯只说了这么一句。妮可拉从帐篷后面走出来，不过她丝毫没表现出着急要遵从命令的样子，她只是盯着这四名两仪师，咬着下唇。妮索厌恶地瞪了她一眼，却什么都没有说——又有一片拼图复位了——艾雯的呼吸也轻松了一点。“女儿，我想要的，我所需要的，只是一个解释。”

不管那两名姐妹如何努力，她们的伪装终究是薄弱的。麦瑞勒恳求地伸出双手：“吾母，沐瑞选择我并非只因我们是朋友，我的两名护法——艾瓦和努何原先都属于已经去世的姐妹，几个纪元以来都不曾有其他姐妹拯救过多余一名护法。”

“我被卷进来只是因为他的意识，”妮索急忙说道，“我对于意识上的疾病有些兴趣，而他肯定是有这类疾病的。是麦瑞勒把我拖进来的。”

麦瑞勒抚弄着裙子，阴沉地瞪了那名黄宗姐妹一眼，而她也回报以一个饶富兴味的眼神。“吾母，当一名护法的两仪师死去时，他就仿佛是吞掉了这个死亡，并被这个死亡吞噬了自己的内心，他——”

“我知道，麦瑞勒。”艾雯严厉地打断了她的话。关于这种事，史汪和莉安已经和她说过不少，只是她们都不知道，艾雯对这件事如此感兴趣的原因是盖温。麦瑞勒管约缚叫作“可怜的束缚”，也许真的是这样，当一名姐妹的护法死去时，哀恸就会包覆住她的心。有时候，她能控制住这种哀恸，将它压抑在心中，但它迟早会咬穿她的心防，奔涌出来。在其他人面前，无论史汪伪装得有多么好，她仍然会在许多夜晚为她的奥瑞克暗自哭泣，他正是在史汪被废黜的那一天被杀害的。但即使是几个月的泪水又怎能和死亡本身相比？有无数的护法在为他们的两仪师复仇时死去。他们的心中在那时只剩下了对死亡的渴望。而让艾雯感到最为恐怖的，也许是所有护法们都明白这些，他们知道，如果两仪师死亡，他们的命运将会怎样，知道自己会受到什么力量的驱使，知道他们无法改变这一切。艾雯不能想象他们需要什么样的勇气才能接受这种束缚。

艾雯向旁边迈了一步，好让自己能看清岚。岚仍然纹丝不动地站着，看上去甚至连呼吸都没有了。妮可拉显然忘记了端饮料过来，她盘腿坐到地上，也在看着岚。爱瑞娜蹲在妮可拉身边，双手揪着自己的辫子，注视岚的神情比妮可拉更加专注（妮可拉偶尔还会偷偷瞄艾雯和其他两仪师一眼）。其余护法都聚在了一起，一边装作也在看着岚，一边在密切地注视着他们的两仪师。

一阵热风吹过，卷起铺在地上的枯叶。就在这一瞬间，岚突然以令人震惊的速度动了起来。他舞出一个又一个剑式，剑刃随着他的动作变成了一阵旋风，速度愈来愈快，但每一个剑式却又完美到无懈可击的程度。艾雯等待他停下，或者至少是速度慢下来，但艾雯不知道自己要等到什么时候。他的速度只是在持续变得更快。爱瑞娜的下巴慢慢垮了下来，同时敬畏地睁大了眼睛；妮可拉也和她一样。她们向前倾过身体，仿佛是两个正在看着餐桌上的糖果的孩子。就连其他护法现在也开始注意岚了，但和那两名初阶生不同，他们的目光都像是在看着一头随时都有可能扑向众人的狮子。

“看得出你们在努力地操练他。”艾雯说。这确实是拯救护法的一种办法。很少有姐妹愿意做这种尝试，因为失败的可能性太大，而这样做的姐妹却要为此付出太大的代价。再次约缚他是第一步，毫无疑问，麦瑞勒已经处理好这个细节了。可怜的奈妮薇，她也许会掐死麦瑞勒，但她也可能会支持一切能让岚活下来的手段。可能。而对于岚，无论他受到什么样的惩罚都不为过——他明明知道奈妮薇正因他而憔悴，却任由自己被另一个女人约缚。

艾雯觉得必须保持自己的声音清晰冷静，但必定还是有部分情绪泄漏了出来，因为麦瑞勒又开始试图解释了：

“吾母，转移一个约缚并没有那么严重，这实际上就像一个女人决定在她死后要由谁来照顾她的丈夫，她一定要让自己的丈夫归属于正确的人。”

艾雯狠狠地瞪着麦瑞勒，让麦瑞勒不由得后退了一步，差点被自己的裙子绊倒。不过艾雯这么做只是因为她对此感到惊讶。每次艾雯以为自己已经知道了最古怪的传统时，都会有一个更加古怪的传统忽然冒出来。

“我们并非都是艾博达人，麦瑞勒，”史汪冷冷地说，“护法也不是丈夫，对我们大多数来说不是。”麦瑞勒忿忿地抬起头。确实有一些姐妹和护法结婚，不过这样的人并不多。没有人会认真追究这种事，但有谣传说，麦瑞勒和她的三名护法都结了婚，这肯定是对传统的冒犯，即使是艾博达的法律也不允许这样。“并没有那么严重，你是这样说的，麦瑞勒？没那么严重？”史汪的表情和语气都仿佛是吃到了某种腐坏的东西。

“并没有法律禁止这样做。”妮索表示反对，她说话的对象是艾雯，不是史汪。“没有法律禁止转移约缚。”然后她皱眉瞪了史汪一眼，似乎是想让史汪闭上嘴，退到后面去。但史汪显然没受到影响。

“这些并不是重点，不是吗？”史汪问道，“即使已经过了——四百年，对不对？已经有四百年，甚至更久没有发生过这样的事——即使传统已经改变，如果你和沐瑞所做的只是单纯转移约缚，那你们很可能只需要躲过一些人的视线和责难，但你们没有征求他的许可，对不对？他没有选择。你也许是违背他的意愿约缚他的，实际上，你该死的就是这么做的！”

所有的拼图终于都出现在它们的位置上。艾雯知道自己应该像史汪一样感到嫌恶，违抗男人意愿的约缚和强奸没两样，而岚在这种事情上毫无抵抗力的程度，就像是一个乡下女孩被岚这么高大的男人逼到谷仓角落一样，或许是三个像岚这么高大的男人。在一千年前，两仪师们对这种事并非如此反感——即使是在今天，对于男人接受约缚时是否真正了解状况并真心同意，两仪师之中仍然会偶尔引发争论。有时候，伪善像阴谋和隐藏秘密一样，是两仪师精通的一项技艺。但问题是，艾雯知道岚一直拒绝承认他对奈妮薇的爱，他总是胡说些什么他注定会被杀死，不能让奈妮薇因他而成为寡妇。男人们总是在满口胡言乱语时却以为自己是理智而实际的。无论岚对她说些什么，如果奈妮薇有机会，她会放过岚而不约缚他吗？艾雯自己又会放过盖温吗？盖温说他会接受约缚，但如果他改变了主意……

妮索嗫嚅着嘴唇，但是找不到合适的言辞。她瞪着史汪，仿佛这都是史汪的错，但这跟她瞪着麦瑞勒的凶狠目光比起来，根本算不上什么。“我真不该听你的话，”她狠狠地说道，“我一定是疯了！”

麦瑞勒仍然保持着平静的面容，但她的身子微微晃动了一下，仿佛是膝盖软了。“我不是为了我自己才这样做的，吾母，您一定要相信我。这是为了救他。只要他安全了，我就会将约缚转给奈妮薇，沐瑞是想让我这样做的，只要奈妮薇——”

艾雯扬起一只手，麦瑞勒立刻闭上嘴，仿佛是艾雯捂住了她的嘴。“你要将岚的约缚转移给奈妮薇？”

麦瑞勒不确定地点点头，妮索点头的幅度则比麦瑞勒还要大，史汪则嘟囔着重复错误只会让结果更糟糕。岚的动作仍然没有慢下来。两只蚱蜢从岚背后的落叶中跳出来，岚转过身，剑光一闪，两只虫子几乎同时被劈碎了。

“你们的努力有收获吗？他是否比以前好些了？他在你们这里有多久了？”

“只有两个星期，”麦瑞勒回答，“今天是第二十天。吾母，这种治疗可能需要几个月，而且治疗结果也不能保证。”

“也许应该试试别的方法了。”艾雯自言自语地说道。她是在说服自己。岚现在的状况是任何人都难以掌握的，但不管有没有约缚，他应该属于奈妮薇，而不是麦瑞勒。

但是当艾雯向岚走过去的时候，心中突然冒出了强烈的疑虑。岚在剑舞中转过身，剑锋直接朝艾雯刺来，却蓦然停在半空，距离艾雯的脸只有几寸远。有人在艾雯背后惊呼了一声，艾雯则很高兴喊出声来的不是她自己。

紧皱的眉头下，一双气势夺人的蓝眸注视着艾雯，岚的面孔如同由刚硬线条组成的石雕。他缓缓地放下长剑。虽然外衣已经被汗水湿透，但岚的呼吸丝毫不显急促。“那么现在的玉座就是你了，麦瑞勒告诉我，她们推选出新的玉座。看来，你和我在很多地方非常像。”他的微笑像他的声音、他的眼神一样冰冷。

艾雯调整圣巾的手停了下来。她暗自提醒自己是两仪师，是玉座，但她还是想要拥抱阴极力。原来她一直都没发觉岚是一个多么危险的人。“奈妮薇现在也是两仪师了，岚，她需要一名优秀的护法。”她的背后传来一阵女人的嘟囔声，但艾雯一直把目光钉在岚身上。

“希望她找到一名传说中的英雄，”岚大笑了一声，“她的脾气需要一位英雄来对付。”

冰冷生硬的笑声让艾雯确认了自己的判断。“奈妮薇在艾博达，岚，你知道那是多么危险的一座城市，她正在搜寻一件我们迫切需要的物品。如果黑宗两仪师知道了她的任务，她们一定会不择手段地杀死她，并夺取那件物品。如果弃光魔使知道了……”艾雯之前就觉得岚的脸色很苍白，但现在他听见奈妮薇面临危险时，眼角突然痛苦地紧绷起来，这让艾雯确信，有权力得到他的是奈妮薇，不是麦瑞勒。“我要派你去找她，以一名护法的身份去守护她。”

“吾母！”麦瑞勒在后面急迫地说道。

艾雯一甩手，示意她噤声。“奈妮薇的安全就在你的手中，岚。”

岚没有犹豫，甚至没有瞥麦瑞勒一眼。“到艾博达至少需要一个月，爱瑞娜，给曼塔备鞍！”就在她将要转过身去时，岚抬起手，仿佛是要碰触艾雯的圣巾。“我向你和奈妮薇道歉，为了将你们带出两河。”然后他就迈着大步离开了，消失在他刚才走出来的帐篷里。没等岚走出两步，麦瑞勒、妮索和史汪已经跑过来将艾雯围在中间。

“吾母，您不知道您在做什么，”麦瑞勒喘息着说，“您这是在给一个小孩一盏点亮的油灯，又让他去谷仓里玩耍。当我感觉到岚的约缚转移到我身上时，我就在为奈妮薇做准备了，我本以为还能有一些时间，但她在眨眼间已经有了披肩，她还没有做好掌握岚的准备，吾母。不能是岚，不能是现在这种样子的岚。”

艾雯努力让自己平静下来，她们仍然不明白。“麦瑞勒，即使奈妮薇连一个火星也导引不出来……”奈妮薇确实不行，除非她处在愤怒的状态，“即使是这样，事情也不会有差别，你明白这一点，这与她是否能掌握他无关。有一件事是你做不到的，你没办法给岚一个任务，让岚相信自己必须活着去完成它。”这是拯救护法的最后一种方法，这个方法应该会比其他的办法都来得有效。“对于岚，只有奈妮薇的平安才是重要的，他爱她，麦瑞勒，而奈妮薇也爱着他。”

“怪不得……”麦瑞勒低声说道。但妮索难以置信的声音压过了她：

“哦，肯定没这回事，不能是岚。奈妮薇也许是爱岚的，或者她以为自己爱着岚，但自从岚还是一个没有胡须的少年时，女人们就在不停地追逐着他，偶尔也能将他虏获一天或一个月。他那时是个很漂亮的男孩，虽然现在他的样子已经有了巨大的变化，但他依旧充满了吸引力。”妮索瞥了麦瑞勒一眼，麦瑞勒微微皱起眉头，双颊出现一点红晕。这样的反应不算强烈，但也能说明一切了。“不，吾母，任何自以为虏获亚岚·人龙的女人，最终都会发现她们只是抓住了一把空气。”

艾雯不由得叹了口气。有些姐妹相信，对于约缚断裂的护法，最好的解救之道就是将他放进女人的怀中，让他和女人一同入梦，那样男人们就不会一心只想着死亡了。麦瑞勒似乎是打算亲自这样照顾岚。至少，麦瑞勒没打算和岚结婚，如果她是要将约缚转移给奈妮薇的话。只要奈妮薇不知道有这回事，她这样做就不必有什么担心。

“就这样吧！”艾雯心不在焉地对妮索说。爱瑞娜正熟练地勒紧曼塔的肚带，那匹高大的黑色战马高昂着头，并没有排斥爱瑞娜的动作，显然这不是爱瑞娜第一次碰触这匹黑马了。妮可拉站在远处的那株橡树旁边，双臂抱在胸前，盯着艾雯和其他人，看上去仿佛是要逃跑的样子。“我不知道爱瑞娜从你们这里得到了什么，”艾雯低声说，“但对于妮可拉的额外课程要立刻停下来。”

麦瑞勒和妮索不约而同地被吓了一跳，史汪的眼睛瞪得如同两只茶杯，幸好她在别人注意到之前就恢复了平静。“您真的是什么都知道，”麦瑞勒无力地低语道，“爱瑞娜只想待在岚身边，我想她是相信岚能够教导她作为号角狩猎者所需要的技能，或者也许她能让岚跟随她一同进行狩猎圣号角之旅。”

“妮可拉想成为第二个卡黎韩，”妮索挖苦般地悄声说道，“或者是第二个沐瑞，我想她是认为自己有办法让麦瑞勒将岚的约缚转给她。嘿！岚终于还是没有被藏住，但至少我们能让她们两个得到她们应得的处置。无论我会得到什么惩处，只要想想她们要尖叫上一整年，我也就高兴了。”

史汪终于意识到自己所遭遇的问题，她的脸上出现了恼怒的表情，同时注视艾雯的目光里充满了讶异。别人已经完全掌握了状况，她却仍一无所知，这种情形对她而言也许就像是艾雯被妮可拉和爱瑞娜威胁那样令人恼恨。或者也许还是不一样的，毕竟妮可拉和爱瑞娜不是两仪师，史汪只是还不能适应现在这种急遽变化的状况，其实几乎所有两仪师都不适应现在的状况。

妮可拉立刻就处在几道冰冷目光的笼罩之下，她向后退去，背脊撞在橡树干上。等回到营地之后，她很可能会和她身上这件满是污点的白裙一同被扔进滚水里。爱瑞娜仍然在专心地照看岚的坐骑，完全没发现自己已经大祸临头了。

“这样处置是正确的，”艾雯表示同意，“但你们两个也要得到公正的处置。”

没有人再看妮可拉了，麦瑞勒睁大的眼睛几乎要占满整张脸，妮索的眼睛睁得比麦瑞勒更大，她们两个似乎都失去了开口说话的勇气。史汪的表情显得严厉而又满意，一直以来的那种恭谨神情完全消失了。她肯定认为麦瑞勒和妮索绝对不值得姑息，艾雯也同意这种看法。

“这件事我回来之后还要再谈。”当岚重新走出帐篷时，艾雯对她们说道。岚将佩剑绑在背后，肩上扛着鞍袋，绿色外衣和衬衫都没有扣扣子。会变幻颜色的护法斗篷垂挂在他的背后，随着他的脚步不停地扭曲着其他人的视觉。

艾雯撇下那些为即将到来的命运而心惊肉跳的姐妹们，朝岚走了过去。如果她们因此而以为能够松一口气的话，史汪会继续勒住她们的喉咙。“我可以让你不必用一个月的时间就能赶到艾博达。”她对岚说道。岚只是不耐烦地点点头，然后就叫爱瑞娜把曼塔牵过来，他猛烈的气势令人畏惧，如同高山上厚重的积雪，随时都有可能轰然塌落。

艾雯在他刚才舞剑的地方编织出一个足有八尺多高的空间裂隙，裂隙对面是一片没有边际的黑暗和一艘漂浮在黑暗中的渡船。浮行需要一个承载的平台，不过平台的样式可以随编织者的意愿而改变。每一名姐妹似乎都有自己喜欢的样式，艾雯所喜欢的就是这种船舷上有矮栏杆的木头驳船。如果她从这艘船上跌落下去，她还能在脚下造出另一艘船，只是那样的话，她就不知道自己会从什么地方出来了。对于任何不能导引的人，这种跌落只能意味着在这片黑暗中永远地落下去。只有在靠近船头的地方有一点光，从裂隙外射入的阳光轻易就把那点光淹没了，但它确实是存在的。至少艾雯能在这种光里看清周围，就像在特·雅兰·瑞奥德中一样。她不止一次地怀疑过，这片黑暗其实正是梦的世界的一部分。

岚不需要指示就牵起马缰，跟在艾雯身后。走过空间裂隙时，他仔细地检查这个入口，他的靴子和曼塔的马蹄踏上船板时他开始打量这片黑暗。而他只问了一个问题：“我用多久能到艾博达？”

“不会到艾博达，”艾雯一边说着，一边导引至上力关闭了裂隙，“不是直接到达那座城市。”渡船的移动是无法被感觉到的，这里没有半点风，也没有任何航标，但他们确实是在动，而且速度很快，比艾雯能想象到的任何移动都更快，他们要跨越的距离超越了六百里。“我能把你放在距离艾博达只有五六天路程的地方。”她见过奈妮薇和艾雯在依靠穿行前往艾博达时编织的信道，凭记忆，她可以借助浮行到达那个地方。

岚点点头，继续向前望去，仿佛能看到他们的目的地。他让艾雯想到了一支被扣在弓弦上的箭。

“岚，奈妮薇住在泰拉辛宫里，是泰琳女王的客人，她也许会否认她有危险。”她肯定会否认，依照艾雯对奈妮薇的了解，奈妮薇还会因为别人担心她的安危而生气。“尽量不要在她面前提起这个，你清楚她有多么顽固，但也绝对不要掉以轻心。如果有必要，就在不让她知道的情况下保护她。”

岚什么都没说，甚至没有瞥艾雯一眼。艾雯觉得如果自己是岚，现在一定有上百个问题想问。“岚，当你找到她的时候，你一定要告诉她，麦瑞勒会将你的约缚转给她，只要你们三个人聚在一起的话。”艾雯曾经考虑过亲自把这件事告诉奈妮薇，但她还是觉得最好不要让奈妮薇知道岚正赶往她那里。对于岚，奈妮薇糊涂得就像……就像……就像我对盖温一样，艾雯忧郁地想。如果奈妮薇知道岚就要来到她身边，她可能就没心思去想别的事情了，那时最好的状况就是伊兰要独立承担所有的任务。奈妮薇将两眼迷蒙，什么都看不清楚，甚至会跌进白日梦里，完全无法醒来。“你听到我的话了吗，岚？”

“泰拉辛宫，”岚的声音里没有任何情绪，他的视线也没有丝毫移动，“泰琳女王的客人。也许她会否认自己身处险境，她很顽固，仿佛我不知道这点。”这时他将面孔转向艾雯，而艾雯几乎希望他不要将脸转过来。现在艾雯的身体中充满了阴极力，充满了温暖、喜悦、力量和纯粹的生命，但那双冰冷的蓝眸里蕴含着一种刻板而原始的狂怒、对生命的否认。这双眼睛让艾雯感觉到恐怖。“我会把她所需要知道的一切告诉她，你看，我听进去了。”

艾雯让自己直视岚的眼睛，压抑住颤抖的冲动，但岚已经将目光移开了。他的脖子上有一道瘀伤，那也许（仅仅是也许）是被咬伤的。也许她应该警告岚，让岚在向奈妮薇解释他和麦瑞勒之间的关系时不要太……强调细节，这个想法让艾雯觉得脸颊发烫。她竭力不去看那道瘀伤，但一旦她注意到了，她就很难再去注意别的细节了。但无论如何，他应该不至于那么愚蠢，不能期望男人有理智，但也不能以为男人很迟钝。

他们在寂静之中继续漂浮，进行着无法察觉的移动。艾雯并不害怕弃光魔使或其他什么人会突然出现在这里，浮行有它自身的特异之处，这个过程隐密且安全。即使两名姐妹在同一个地方先后编织出裂隙，向同一个目的地浮行，她们也不会看见彼此，除非是她们所处的地点完全相同，做出的编织完全相同，任何细节都不能有丝毫差别；而这点说来容易，却很难做到。

一段时间之后（这里的时间很难确定，但艾雯相信应该还不到半个小时），渡船突然停了下来。他们处在艾雯的编织里，感觉不到任何变化，但艾雯能够知道船停下来，就如同她刚才知道船在飞速行进。她在船首处打开一个裂隙（她不知道在船尾打开裂隙会发生什么事情，也不想对此进行求证，即使是魔格丁也不敢这么做），示意岚先出去。她一走出这个空间，渡船就会消失，这也和特·雅兰·瑞奥德一样。

岚牵着曼塔走出裂隙，当艾雯走出来时，他已经跨上了马鞍。为了回去方便，艾雯没有闭合裂隙。她的周围全都是起伏不定的低矮山丘，一直绵延到看不见的远方，地面上覆盖着枯草，整片原野上没有一棵树，零星分布的灌木丛也全部都枯干了。曼塔的马蹄扬起一团团尘土，空中的太阳比莫兰迪的更加炽烈。展开翅膀的秃鹰分别在南方和西方盘旋着。

“岚——”艾雯还想叮嘱岚要注意该对奈妮薇说些什么，但岚抢在她前面开口了。

“你说，五或六天，”他的眼睛一直注视着南方，“我能更快。她会安全的，我保证。”曼塔不耐烦地踢蹬起来，这匹战马能够了解主人的心意，但马缰仍然松垂在岚的双手中。“自从离开伊蒙村，你已经有了相当大的进展。”他低头看着艾雯，露出笑容，虽然蓝眼睛里仍然散发着阴森的寒气，但这个笑容是温暖的。“现在，麦瑞勒和妮索已经有把柄落在你手上，不要再让她们敢于反抗你。听从您的命令，吾母，我的责任还没结束。”他微一鞠躬，便催马向前走去，确定马蹄扬起的尘土不会溅到艾雯身上之后，曼塔在他的叱喝中开始扬蹄疾驰。

看着曼塔以愈来愈快的速度向远处跑去，艾雯闭上了嘴。是的，岚在剑舞中已经注意到了周围发生的一切，他注意到了，并且做出正确的评估。即使是艾雯戴着圣巾这般不可思议的事情，他也没有产生任何误解。奈妮薇最好聪明一些，她总是严重低估男人的思考能力。

“至少她们不可能遭遇到真正严重的问题。”艾雯大声对自己说。岚这时已经翻过一座山丘，彻底消失了。如果艾博达真的有危险，伊兰和奈妮薇一定早就和她联系了。艾雯有太多事情要做，所以她们不能经常碰面，但她们已经确定了一个在特·雅兰·瑞奥德中的沙力达为对方留下讯息的方式。

一阵如同来自烤箱中的热风向艾雯卷起一片沙尘，艾雯用圣巾的一角捂住口鼻，一边咳嗽着，一边匆忙走进空间裂隙，踏上了浮行的渡船。回程寂寞而无聊，艾雯一直在担心自己送走岚是否正确，将奈妮薇蒙在鼓里是否正确。*已经完成了*，她一直这么对自己说，但这并不能让她的心神平静下来。

当艾雯回到那座山丘顶端橡树下的小营地中时，麦瑞勒的第三名护法艾瓦·哈克米也出现在营地里。他有个鹰钩鼻，浓密的胡须如同向下弯曲的钩子，里面已经出现了许多灰丝，所有这四名护法都在努力地工作着。帐篷已经被放倒，就要被完全折叠起来了。妮可拉和爱瑞娜来回奔跑着，将营地中的用具装载到马车上，那里面包括毯子、碗盘和黑铁盥洗壶。现在她们两个已经不敢有丝毫怠慢了，不过她们至少有一半的注意力都集中在树林旁的史汪和另外两名姐妹身上。护法们对这三名两仪师的关注只有更多，他们的耳朵似乎都竖了起来，两仪师的问题在他们心中造成的压力，可能比对两仪师自己更大。

“……不要这样和我说话，史汪。”说话的是麦瑞勒，即使是站在空地另一边的艾雯也能清楚地听到她的话，而且她冰冷的语气足以让气温凉了下来。她将双臂抱在胸前，挺直身子，将自己所有的每一点强悍的气势都发挥出来。“听见我的话了吗？不要这样跟我说话！”

“你不明白适当的礼仪吗，史汪？”妮索的双手紧握裙子，徒劳地想阻止自己身体的颤抖，她声音中的热度丝毫不亚于麦瑞勒的冷冽。“如果你忘记了，我们可以教你再次学会它！”

史汪双手叉在腰间，用力摇着头，努力地回瞪着她们。“我……我只是……”当她看见艾雯出现，放松的表情立刻绽放在她的脸上。“吾母……”她几乎是喘息着说道，“我正在向她们解释她们可能遭受的处罚。”她长长地吸了口气，才继续镇定地说，“当然，评议会一定会向她们提出质询。我想，评议会的第一个措施很可能是让她们两个将护法转移给别人，毕竟她们似乎是喜欢这样的。”

麦瑞勒紧闭双眼，妮索转过头看着那些护法。她的表情仍然能保持平静，虽然在她的脸颊上能看到一点红晕，萨林却踉跄了一下，飞步向妮索跑来。但妮索立刻抬手制止了他。一名护法能感觉到他的两仪师的心情，她的痛苦、恐惧和愤怒，那种感觉敏锐又精确，正如同原先艾雯戴上罪铐时对魔格丁的感觉一样。营地中所有的盖丁都已经踮起脚尖，仿佛是要采取什么紧急的行动，他们也许不知道是什么事情让他们的两仪师陷入疯狂的边缘，但他们知道这两名两仪师就要崩溃了。

这正是艾雯要达到的效果，虽然她心中对此感到厌恶。所有这些手腕和计谋都是一场激烈的角逐，但这样做……*我在做我必须做的。*她这样告诫自己，同时又不知道这是不是一种自我安慰，或者是在为自己的行为找借口。“史汪，请让妮可拉和爱瑞娜回到营地去，”让这两个女人知道太多事情是危险的，“我们不能不防备她们的舌头，在那里让她们知道有什么在等着她们。告诉她们，因为玉座的仁慈，所以她们还有一次机会，但她们绝不会再有更多机会了。”

“我想这个我能做到。”史汪拢起裙子，大步向远处走去。没有人能迈出史汪那样的步伐，但她也明显是想远离麦瑞勒和妮索。

“吾母，”妮索谨慎地选择着言辞，“在您离开以前，您说了些什么……那意思似乎是……我们可以避免我们不得不面对的……”她又瞥了萨林一眼。麦瑞勒一直在审视着艾雯，她也许精通于保持两仪师的镇定，但十根手指已经紧紧地绞在一起，指节的轮廓明显突出在薄皮手套上。艾雯抬手示意她们暂时噤声。

妮可拉和爱瑞娜已经在马车旁站住了，看到史汪朝她们走过来，她们的身子僵硬得如同两根木桩。有这种反应是正常的，因为史汪的模样就像是要直接从她们身上踩过去。当爱瑞娜转过头，开始考虑逃走时，史汪已经伸手抓住了她们两人的耳朵。艾雯听不清史汪在说些什么，只是爱瑞娜已经不再挣扎着想要挣脱史汪的手。她的双手握住了史汪的手腕，她的这个动作现在似乎只是为了防止自己跌坐在地。妮可拉的脸上浮现出恐惧的神情，以至于艾雯开始怀疑史汪是否做得有些过分了。但无论史汪怎么说也许都不算过分，因为现在的状况让艾雯还不能去处置她们的罪责。艾雯真想有一种异能，让她可以得到所有她不知道的信息，一种安全的方法。

虽然艾雯不知道史汪说了些什么，但是当史汪松开那两个女人的耳朵时，她们立刻向艾雯转过身，行了个屈膝礼。妮可拉的脸几乎碰到了地面，爱瑞娜则差点栽倒在地。史汪用力一拍手，那两个女人立刻跳起来，手忙脚乱地从一排马匹中牵出两匹长毛载货马，爬上没有马鞍的光马背，用最快的速度跑出了营地，她们的动作快得像是长了翅膀。

“她们即使是睡觉时也不敢说出今天的事了，”史汪回到艾雯身边，刻薄地说，“至少我还能对付初阶生和一些无赖，至少。”她的目光停留在艾雯脸上，对旁边两名姐妹完全视而不见。

艾雯压抑住一阵叹息的冲动，向麦瑞勒和妮索转过身。她必须为史汪做些什么，但这并不是她现在要做的事，眼前这两名绿宗和黄宗的姐妹正警觉地盯着她。“现在的情形很简单，”艾雯用坚定的语气说道，“没有我的保护，你们很可能会失去你们的护法。等到评议会最终处置你们的时候，你们肯定会认为即使被活着剥皮也是好的，你们的宗派同样无法宽恕你们。也许要到数年之后，你们才能抬起头来，也许还要许多年，姐妹们才不会对你们另眼相向。但我为什么要保护你们免受公正的裁决？这让我也要背负责任，而且你们也许会做出同样的事情，也许更糟。”艾雯现在处理问题的方式受到了智者们的影响，但这并不是确切的节义。“如果我要负起这样的责任，那么你们也必须有你们的责任，我必须能够绝对信任你们，而要做到如此，我只知道一个办法。”她想到了芙芮恩和瑟德琳，“你们必须向我宣誓效忠。”

麦瑞勒和妮索刚才一直紧皱着眉头，她们大概在寻思艾雯的目的，但她们肯定没想到艾雯会有这样的要求。现在她们的表情确实值得一看。妮索的下巴垮了下来；麦瑞勒看上去就像是被铁锤敲中了眉心，就连史汪也难以置信地倒抽一口气。

“不……不可能，”麦瑞勒慌乱地说道，“没有姐妹曾经……没有玉座要求过……你不会真的以为……”

“哦，闭上嘴，麦瑞勒，”妮索喝道，“这全都是你的错！我真不该听你的……嗯，发生的已经发生了，过去了就无法挽回。”她从低垂的睫毛下窥视着艾雯，嘴里嘟囔着：“您真是个危险的年轻女人，吾母，非常危险的女人。在您决定歇手以前，您也许会让白塔更加破碎。如果我能确定这一点，如果我有勇气担负起我的职责，面对我的……”但她还是动作流畅地跪了下去，将嘴唇按在艾雯的巨蛇戒上。“以光明和我重生与救赎的希望……”她的誓词与芙芮恩和瑟德琳的并不完全一样，但内容同样郑重，甚至更加郑重。根据三誓，两仪师不能立下并非本意的誓言。当然，除了黑宗之外。黑宗似乎能够不受三誓束缚，能够说谎，这两个女人是否属于黑宗只能留待以后去察证了。站在一旁的史汪这时瞪大了眼睛，嘴唇一开一合，仿佛是正在泥地中挣扎的鱼。

麦瑞勒还想争辩，但艾雯只是向她伸出了戴着戒指的右手。麦瑞勒的膝盖终于痉挛着跪了下去，她用痛苦的语调立下誓言，然后抬起了头。“您已经做了以前从未有过的事情，吾母，破坏先例永远都是危险的。”

“这不会是最后一次，”艾雯对她说，“实际上……我对你们的第一个命令就是你们不能对任何人谈论史汪的事情，让别人对史汪产生怀疑。第二个命令是，你们要服从史汪向你们下达的任何命令，就像服从我一样。”

两名两仪师立刻转头看向史汪，脸上没有任何表情。“遵从您的命令，吾母。”她们齐声喃喃地说道，而史汪则好像要晕过去的样子。

当她们走到大路上，转向东方，逐渐靠近两仪师和军队营地时，史汪的眼神仍然显得很茫然。太阳还没有越过天顶，像几个星期以来的大多数上午一样，这个上午发生了许多事。艾雯松开马缰，任由戴夏缓步向前。

“麦瑞勒是对的。”最后，史汪在艾雯身边低声说道。因为背上的骑士心思在别处，那匹矮母马开始以平稳的步伐小跑起来，史汪现在倒很像是一名合格的骑士了。“宣誓效忠，没有人这样做过，没有人。就连秘密的史籍中对此也没有任何记载，而且还要求她们服从我。您不止是改变了一两件事，您是在一场暴风雨中想要重新拼装承载我们的小船！一切都在改变。还有妮可拉！在我的日子里，一名初阶生只要有了威胁两仪师的念头， 都会为此而付出令她们害怕得失禁的代价！”

“这不是她们第一次试图这样做了。”艾雯用尽可能简短的言辞向史汪描述了她的遭遇。

艾雯本以为史汪会为此而大发雷霆，但她只是平静地说道：“恐怕我们这两名爱冒险的少女要出事了。”

“不！”艾雯猛地扯住缰绳。史汪的母马又向前走了几步，史汪一边恼怒地悄声咒骂着，一边费力地拉住马缰，让坐骑掉转过头。她看着艾雯，眼神中的责备与无奈比蕾兰更加有过之而无不及。“吾母，她们有一根能砸破您的头颅的大棒，如果她们聪明得能想得到的话。到时候，即使评议会没有强迫您进行苦修，您也会发现自己原先抱持的希望都被扔到地平线另一端去。”史汪厌烦地摇摇头。“我已经知道您会这样做，在我派遣您……我知道你们一定会……但我从没想过，伊兰和奈妮薇会愚蠢到带着知道这件事的人回来。如果这件事被揭发了，那两个女孩就是自作自受，但您不能让这件事被揭发。”

“妮可拉和爱瑞娜身上不能出任何事，史汪！如果我因为她们所知道的事情而杀死她们，那么谁又会是下一个？反对我的罗曼妲和蕾兰？这种行为什么时候能够停下来？”艾雯感觉到对自己的厌恶。曾经，她可能还不理解史汪话中的意思，知道总比无知好，但无知往往会让人觉得更舒服。艾雯轻踢了一下戴夏的腹侧，催促它前进。“我不会让一天的胜利因为谈论谋杀而遭到玷污。麦瑞勒甚至不是开始，史汪。今天早晨，芙芮恩和瑟德琳就等在……”史汪让圆胖的坐骑靠近艾雯，开始听她说话。

艾雯所说的事情显然没让史汪因妮可拉和爱瑞娜而绷紧的神经松弛下来，但艾雯的计划让她的眼里闪出一点火星，在唇角出现一丝期待的微笑。当她们到达两仪师营地时，史汪已经迫不及待地要开始她的下一个任务了。她要去通知雪瑞安和麦瑞勒的其他朋友，她们要在中午前往玉座书房。她甚至可以很诚实地说，她们不会遇到任何特别的、史无前例的事情。

虽然口中在说着胜利，但艾雯并不觉得有多振奋，她几乎没有去听人们向她祝福的喊声和请求得到祝福的呼声，只是向人群挥挥手做为回应。她知道，大部分向她欢呼的人都被她忽略掉了。她不能将谋杀当作自己的手段，但妮可拉和爱瑞娜确实需要被监视。*我能不能找到一个地方，在那里不会有这么多层出不穷的难题？*艾雯心想。*如果一次胜利不会永远都伴随着一个新的危险就好了。*

当艾雯走进帐篷时，她的心情沉到了脚底，头正一阵阵地抽痛，她已经在希望自己能彻底远离这座帐篷了。两份经过仔细折叠的纸张被整齐地放在桌上，每一份上都印着蜡封，并且签上了“奉上塔瓦隆之焰”的字样。除了玉座以外的任何其他人拆开这种蜡封，都会被看成是对于玉座的冒犯。艾雯希望自己不必打开它们。她确信自己知道这是谁写的。不幸的是，她是正确的。

罗曼妲建议（*更确切地说，应该是“要求”*）玉座应该发布一条“奉上评议会”的法令——密封的信笺上如果有“奉上评议会”的字样，则只有宗派守护者能够开启并阅读里面的内容——要逐一召见姐妹们，任何拒绝前来觐见的都要被屏障，被怀疑为黑宗。而召见姐妹的理由却相当含混。不过，这个理由在今天早晨却被蕾兰透露了不少。蕾兰自己的信笺则充满了她的风格，就像母亲教训孩子，向艾雯逐一指出怎么做对她才好，对所有人才好。她想让艾雯发布的法令只需要依据“奉上巨蛇戒”的规定——这样的信笺内容只能让所有姐妹知道，当然，这种信笺中的内容也是她们必须知道的——蕾兰认为应该禁止提到黑宗，这样做的人应该被以煽动混乱论罪并予以惩罚。这在白塔律法中是一条严重的控罪。

艾雯呻吟一声，跌坐在折叠椅里，椅子一歪，差点让她摔倒在地毯上。她可以拖延回避，但她们会持续不断地逼迫她批准这些白痴的行径，而且迟早她们其中的一个会谦逊地向评议会提出她的建议，那就是把狐狸扔进鸡窝里了。她们瞎了吗？煽动混乱！蕾兰这么做会让所有姐妹相信，不仅她们之中有黑宗，而且艾雯很可能就是黑宗的一员。在那之后，大批两仪师跑回白塔，拜倒在爱莉达脚下的情况就指日可待了。罗曼妲的办法则会直接引发政变。在秘密历史中，这样的政变有六次。三千年历史中有六次也许并不算多，但每一次都导致了玉座和整个评议会垮台。罗曼妲和蕾兰都知道这些。蕾兰身为宗派守护者有将近四十年的时间，所有秘密纪录她肯定都已经看过；而罗曼妲在许多姐妹隐退到乡间的年纪后，仍然牢固地把持着黄宗守护者的位子，甚至有人说，她的权力并不比任何坐在她上面的玉座小。迄今为止，几乎还没有人能在这样的年纪继续被选为宗派守护者，但罗曼妲不会让权力脱离自己的手心。

不，她们没有瞎，她们只是在害怕；所有人都在害怕，包括她自己。即使是两仪师，在害怕时也无法冷静地思考。艾雯重新将那两封信笺折好，她很想把它们揉成一团，在脚底踩扁它们。她的头快要炸开来了。

“我能进来吗，吾母？”哈丽玛·撒兰诺没等回答就摇曳着腰肢走进了帐篷。哈丽玛的身姿能吸引住所有十二岁以上的男人，甚至已经被埋进坟墓两天的男人也不例外，实际上，即使是她将自己的身体隐藏在厚厚的斗篷里，男人的眼睛仍然不会放过她。她的黑色长发晶莹闪烁，仿佛每天都会用新鲜的雨水清洗这头黑发，而只有这样的秀发才配得上她的容貌。“两仪师黛兰娜觉得您也许会想要看看这个，今天上午，她将这个放在评议会的面前。”

评议会没有告知她就举行了会议？是的，她是离开了，但即使没有明确的法律规定，传统上评议会也必须在告知玉座之后才能召开。当然，如果评议会决定废黜她就另当别论了。但此时此刻，她几乎要把评议会对她的漠视当成是一种幸运了。她看着哈丽玛放在桌上的文件，就像是看着一条毒蛇。上面并没有蜡封，连最新进的初阶生也可以一窥其中的内容，看来黛兰娜是一点也不在意。当然，文件的内容是宣称爱莉达为暗黑之友。这并不比罗曼妲和蕾兰的谏言更糟糕，但如果现在评议会已经发生骚乱，她绝不会有任何惊诧。

“哈丽玛，我希望你在卡布娜死去时已经回家了。”或者至少黛兰娜有足够的理智，没有让评议会知道关于这个女人的信息。当然，身为玉座的艾雯对这个女人也没有更多了解。

“我应该不会这样做，吾母。”哈丽玛的绿眸闪烁着挑战或挑衅的神情。她看别人的时候只有两种方式：毫无畏惧地盯着对方，以及慵懒的、别具深意的眼神，这双眼睛已经引起不少人的误解。“两仪师卡布娜已经告诉我她所了解到一切关于爱瑞娜的信息，以及她自己的计划。卡布娜是我的朋友，也是您的朋友，是所有爱莉达反对者的朋友，所以我别无选择。我只能感谢光明，她提到了沙力达，所以我知道应该去哪里。”她将双手叉在纤腰上（艾雯只有在特·雅兰·瑞奥德里才能拥有如此纤细的腰），专注地盯着艾雯。“您的头又在痛了，对不对？卡布娜经常会这样头痛，有时候甚至会严重到让她的脚趾都蜷缩起来。那时她就必须泡在热水里，直到她能忍受住这种疼痛才会出来穿上衣服，有时候，这种头痛会持续好几天。如果我没有来，您的头痛最后也会变成那么严重。”她绕过椅子，开始按摩艾雯的头。哈丽玛的手法很有技巧，头痛都随着她的动作而融化掉了。“这种头痛会频繁发生，您不可能如此频繁地让姐妹为您进行治疗，毕竟这只是因为您的神经紧张，连我都能感觉到。”

“我想我是不能。”艾雯嘟囔着。无论其他人怎么说，艾雯喜欢这个女人，不只是因为她抚平疼痛的技巧。哈丽玛平实而开朗，无论她用了多少时间让自己获得更多的城市风格，她仍然是一名乡下女子。她尊敬玉座，又有着一种让艾雯喜欢的不拘小节，这甚至让艾雯有时会有些吃惊，但艾雯确实对此感到愉快。就连琪纱也没能做得比她好。琪纱是艾雯的朋友，但她毕竟是一名仆人，而哈丽玛从不曾向艾雯表现过哪怕是最轻微的谄媚。不过，艾雯确实希望哈丽玛在卡布娜从马上摔下来跌断脖子时就回家去。

如果姐妹们接受卡布娜的观点，那会让一切简单许多——爱莉达要静断她们之中的半数人，杀死另外一半——但实际上她们都认为哈丽玛对卡布娜的观点只是断章取义。现在姐妹们真正担心的是黑宗的问题。女人们不喜欢被她们一直否认的事情吓得半死。她该如何在将暗黑之友从两仪师中连根拔除的同时，又不会把姐妹们吓得惊惶失措？该如何阻止迟早都可能出现的两仪师逃亡的情形？光明啊，她该怎么做？

“让自己的精神放松，”哈丽玛轻声说，“脸松弛下来，让自己的脖颈松弛下来，肩膀……”她的声音似乎有催眠的效果，轻柔地抚过艾雯身体的每一部分，让它们逐一放松下来。

有些女人不喜欢哈丽玛，只是因为她的长相，仿佛所有男人都是好色的，都在梦想着要得到她。许多女人都说哈丽玛在引诱所有穿裤子的人，艾雯无法赞同这种看法，但哈丽玛承认自己喜欢看男人。对她最严厉的批评也不过是她喜欢卖弄风骚，她自己也对这种评价感到愤怒。从与哈丽玛的第一次谈话中——那是洛根逃跑的后一天，两仪师们本打算在那一天将洛根斩首，同时也是她头开始痛的时候——艾雯就知道哈丽玛不是傻瓜，不是只知道甩动裙摆的没大脑的女人。艾雯怀疑哈丽玛也许和茉丽有点像——她们都没办法控制自己的表情和神态。因为嘴形的关系，哈丽玛的微笑总会有些挑逗或嘲讽的味道。她对于男人、女人和小孩都是这么微笑的。当她只是看着别人时，人们却认为她是在卖弄风骚，这不能说是她的错。而且，她从不曾对别人提起过艾雯的头痛，如果她说了出去，黄宗两仪师们立刻会将她团团围住——这如果不是在表示忠诚，至少也是友谊。

艾雯的眼睛落在桌面的文件上，她的意识在哈丽玛揉按的手指间飘浮着。投向干草堆的火把已经准备好了。距离安多边境还有十天，除非加雷斯大人愿意毫无怨言地、在不知道原因的情况下催促部队加速前进。她能将这些火把再挡住十天吗？南港，北港，攻陷塔瓦隆的关键。不采纳史汪的建议，她怎么能确保妮可拉和爱瑞娜的安静。在到达安多之前，她需要安排每一名姐妹进行测试。她拥有能够作用于金属和岩石的异能，这在两仪师之中是非常罕见的。妮可拉。爱瑞娜。黑宗。

“您又紧张起来了，不要再担忧评议会的事情了。”那些在她头顶上四处移动的手指停了一下，又开始动了起来。“今天晚上会更适合，等您洗个热水澡之后，我可以按摩您的肩膀和后背，每一个地方。现在您僵硬得像一根树桩，不过到那时，您的身体就会柔软下来，您甚至可以向后弯曲，将头从脚踝之间穿过去。您的神经和身体都会柔软下来。没有别人的帮助，一个人是不可能真正放松的。只要把您放在我的手里就好了。”

艾雯几乎已经要睡着了，不是梦行者的睡眠，而是真正的睡眠。她已经多久没有真正睡过一觉了？一旦黛兰娜的提议被公布，营地立刻会变成一锅沸水，甚至不必等到她告诉罗曼妲和蕾兰，她不打算宣布她们的法令。但还有一件事是她今天需要关心的，这是她需要保持清醒的原因。“这样很好。”她低声嘟囔着。这句话并不止是在说今晚的按摩。很久以前，她就发誓要让雪瑞安跪倒在她面前，今天就是这一天。她终于要成为真正的玉座了。“很好。”

第 13 章

风之碗

艾玲达本想坐在地板上，但另外三个女人占据了这个船舱里狭小的空间，所以她只能满足于盘腿坐在靠墙的雕刻木椅上。这个样子并不很像是坐在椅子上的姿势，但至少舱门是紧闭的，而且船舱里没有窗户，只是在靠近天花板的墙壁上镂空雕刻着一些蔓草花纹。艾玲达不必看到包围她的水面，但盐味仍然不停地从墙壁的镂空花纹里涌进来，撞击船壳的波浪和划动的船桨引起一阵阵让艾玲达感到难受的起伏，就连外面尖锐悠长的鸟叫声也让人不由得想到广阔的水面。艾玲达看见过人们为了抢着一步就能跨过的水面而死亡，但这片水实在是苦得超出想象。它看上去和尝起来完全不一样。她们登上这艘小船（这艘船上的两名桨手都用一种古怪的、恶意的眼光瞟着她们）时所在的河面至少曾经有半里宽。半里宽的水面，却没有一滴适合饮用。谁能想到会有无用的水？

这时，小船晃动的方式改变了，变成了前后起伏不定。她们已经离开了那条河，进入了被称作“海湾”的地方了吗？伊兰说过，那是宽广得多的水面。艾玲达紧抓住膝头，拼命地去想一些别的事情，如果船舱里其他的人看到她害怕了，这种羞耻一定会一直跟随她到世界末日。最糟的是，她会在这里是出于自己的建议；她听到过伊兰和奈妮薇谈论海民的生活，但她没想到这种感觉会如此糟糕。她怎么可能想得到呢？

现在她身上的蓝色丝绸长裙让她感到难以置信的平滑。她将注意力集中到这上面。她还是没办法完全适应裙装，她仍然在渴望着智者们强迫她烧掉的凯丁瑟。现在她却穿上了一件丝裙，她还拥有另外三件！丝绸长袜代替了结实的羊毛袜。丝绸衬裙让她以从未有过的方式感觉着自己的肌肤，她不能否认这身衣服很漂亮，无论她觉得自己的样子有多么奇怪。丝绸是珍贵而稀少的，一个女人即使只有一块丝绸方巾，在节日上戴一戴，也会让其他女人感到羡慕。而那些湿地人就不一样了，虽然不是她看见的每个人都穿戴着丝绸，但在某些时候，至少每两个人里就有一个人身上有丝绸。一批批船队从三绝之地对面的土地上带来了大批丝绸。是船从海洋中运过来的。如果艾玲达理解得没错，海洋中的水面会一直填满地平线，在那里完全看不到陆地。这是不可能的，但这个想法总是让她想发抖。

舱中的人看上去都没有要说话的样子。伊兰心不在焉地转动着右手的巨蛇戒，盯着某样并不在这四壁之中的东西。她的心神经常会被忧虑充满。她要承担两个责任，其中一个更贴近她的心，但她选择了她认为是更重要、更符合荣誉的一个。她有权力也有义务成为安多的女王——就是那一群湿地人的首领，但她选择了继续寻猎的任务。她这样做是把其他事情置于她的部族和团体之上，但艾玲达能感觉到她的自豪。伊兰对于荣誉的观念有时就像是让女人成为首领一样奇怪，她能够成为首领只是因为她的母亲曾经是首领，但她做得很好。柏姬泰穿着宽松的红裤子，黄色短上衣——艾玲达很羡慕她能够穿裤子——现在她正玩弄着自己齐腰长的金色辫子，像伊兰一样神情恍惚，仿佛是在思考着什么。也许她是在分担伊兰的忧虑。她是伊兰的第一名护法，这点引来泰拉辛宫里面那些两仪师的无穷烦恼，而那些护法们却似乎完全不在意这件事。湿地人的传统真是奇怪，他们自己却完全意识不到这一点。

伊兰和柏姬泰是没有心思说话，坐在艾玲达旁边，面对着她的奈妮薇·爱米拉则以严肃的表情杜绝了任何说话的可能。是奈妮薇，不是奈妮薇·爱米拉，湿地人喜欢别人只叫他们的名字。艾玲达在努力记住这一点。艾伊尔人只有在对爱人时才会这么叫，而兰德·亚瑟是艾玲达曾经有过的唯一的爱人，她甚至还不能这样亲密地叫他。但艾玲达必须学会湿地人的方式，如果她要与他们之中的一员结婚的话。

奈妮薇深褐色的眼睛仿佛穿过了艾玲达的身体，在望着艾玲达背后的某个地方。她紧抓住黑色的粗辫子，指节都泛白了，而她的脸色不仅是在发白，甚至有些发绿。她不时会发出一声微弱的呻吟。她并不经常出汗。她和伊兰也把这个技巧传授给艾玲达。奈妮薇简直是个谜，她有时候会勇敢到几近疯狂，并且非常害怕别人会认为她懦弱胆怯；而现在她却毫不掩饰地在她们面前显露出她的羞耻。她显然并不害怕这么多水，难道是这种令人不舒服的晃动让她变成这样的吗？

又是水。艾玲达闭上眼睛，不去看奈妮薇的脸。但这只是让鸟叫声和波浪拍击声更加充满她的脑海。

“我一直在想，”伊兰忽然开口，然后她停了一下，“你还好吗，艾玲达？你……”艾玲达脸红了。不过伊兰至少没有大声询问艾玲达，为什么一听到她说话就会像兔子一样跳起来。伊兰似乎意识到自己差点就损害了艾玲达的荣誉，所以当她继续说下去的时候，脸上也飞起两抹红晕。“我在想妮可拉和爱瑞娜，还有艾雯昨晚告诉我们的事情。她们不会给她制造麻烦吧，会吗？艾雯会怎么做？”

“解决掉她们。”艾玲达用拇指在脖子上一抹。终于有人和她说话了，松弛的心情让她差点喘了口大气。伊兰显得非常吃惊，她有时候实在是过于心软了。

“也许这么做是最好的。”柏姬泰说道。柏姬泰从没说过她的姓是什么，艾玲达认为她是一个有很多秘密的人。“时间久了，爱瑞娜难免不会做出些事情来，但……不要这样看着我，伊兰，不要让你掉进自己脑子里那点正义和愤慨的窠臼。”柏姬泰在伊兰身边有时是一名忠心耿耿的护法，有时却又仿佛是伊兰年长的首姐妹，不容置疑地教导伊兰各种人情世故。现在，她正一边说话，一边带着教训的神情向伊兰晃动着一根手指。“如果玉座能够用洗衣服或其他杂役解决掉那两个人，她就不会告诫你和奈妮薇远离这起事端。”

伊兰重重地哼了一声，但她并不能否认这一点。她调整了一下自己的绿色丝裙，它的裙摆不知何时已经被拉了起来，露出里面蓝色和白色的两层衬裙。伊兰的穿着属于本地风格，在她的手腕和脖子上都系着奶油色的缎带，它们和伊兰脖子上的织金短项链都是泰琳·青泰拉送给她的礼物。艾玲达不喜欢这种穿着，这衣服的上半身就像那条项链一样紧贴着身体，一处椭圆形的开口甚至露出了伊兰的乳沟，平时在所有人面前暴露自己的身体和在出汗帐篷里不一样。城中街道上的那些人并不是奉义徒。艾玲达自己的衣服有一直顶到下巴的缎带高领，也没有半点额外的开口。

“而且，”柏姬泰继续说道，“我觉得玛丽甘应该更让你们担心。她就一直让我感到恐惧。”

这个名字立刻在奈妮薇身上引起了反应，她的呻吟声停止了，而且她也坐直了身体。“如果她追踪我们，我们就要再次想办法对付她。我们要……我们要……”奈妮薇深吸一口气，瞪着舱中的其他人，仿佛她们正在和她争吵。然后她虚弱地说：“你们觉得她会吗？”

“烦恼是没有用的。”伊兰对奈妮薇说。艾玲达心想，如果一名暗影灵魂盯住了她，她肯定没办法像伊兰这么镇静。“我们必须照艾雯说的那样去做，并且要多加小心。”奈妮薇低声嘟囔了些什么，可能是对伊兰的话表示赞同。

船舱中又陷入了寂静，伊兰的表情比刚才更加沉闷，柏姬泰将下巴支在一只手上，紧皱眉头望着前方。奈妮薇仍然在悄声嘀咕着，她已经将双手按在肚子上，不时会做出一个吞咽的动作。水浪拍击声和鸟叫声似乎更大了。

“我也一直在想……”艾玲达和伊兰还没有彼此接受到首姐妹的程度，但艾玲达相信她们会的。她们已经为彼此梳过头发，每晚她们都会分享绝不告诉别人的秘密，但那个叫明的女人……等以后再说吧！等到她们单独相处的时候。

“想什么？”伊兰嘴里问着，心思却明显还在别的地方。

“我们的搜寻。我们要取得成功，但我们和成功之间的距离仍然和刚开始的时候一样遥远。难道我们不该利用手中的一切武器吗？麦特·考索恩是时轴，但我们一直在躲避他。为什么不让他与我们合作？有了他，也许我们就能找到那个碗了。”

“麦特？”奈妮薇难以置信地喊道，“那就像是在你的衬衣里塞满荨麻一样！即使那个碗就在他的口袋里，我也无法忍受他。”

“哦，安静，奈妮薇，”伊兰冷静地低声说道。她若有所思地摇摇头，完全没注意到奈妮薇瞪向她的目光。奈妮薇是个“多刺”的人，但她们都已经习惯了。“为什么我没想到这点？这实在太明显了！”

“也许，”柏姬泰冷冷地嘟囔着，“是因为你对麦特的成见太深了，以为他只是个无赖，所以你看不到他的作用。”伊兰扬起下巴，冷冷地瞪着柏姬泰，但她忽然又扭曲了一下面孔，不情愿地点点头。她不是那么容易接受批评的。

“不！”奈妮薇的声音尖锐却又虚弱，她脸上苍白的影子变得更深了，而且这已经不再是船颠簸造成的了。“你们不可能真有此意吧！伊兰，你知道他会制造出什么样的麻烦，他是多么顽固，他会坚持带上他的那些士兵，让这次的搜寻变成节日游行。想一想，带着一票士兵能在拉哈德区找到什么？！而且他一参与进来就会想要掌控一切，他会四处吹嘘那件特法器。他比范迪恩、艾迪莉丝和茉瑞莉更坏一千倍。他会为了看熊一眼而钻进熊窝里去！”

柏姬泰从喉咙里发出一个声音，仿佛是觉得很有趣。奈妮薇阴沉地瞪了她一眼。她温柔又无辜地看着奈妮薇，让奈妮薇发出一阵窒息的声音。

伊兰说话了，她的声音有一种抚慰人心的力量，艾玲达觉得她也许能让因水而起的血仇化为无形。“他是时轴，奈妮薇，他会改变因缘，改变事情发生的几率。我已经准备好承认我们需要运气，时轴比运气更强。而且，这样我们可以同时达到两个目的。我们不该让他随意行动，无论我们有多么忙。这样对任何人都没有好处，对他最没有好处。他需要成为能发挥作用的、适当的同伴，我们要让他成为这样的人，我们从一开始就应该收紧他的缰绳。”

奈妮薇用力地平整着自己的裙子。她自称像艾玲达一样对穿衣打扮没兴趣（她总是叨念着结实朴素的羊毛衣服对所有人都好），但她身上的蓝色裙子和裙摆与袖子上的黄色花纹，都是她自己选择的样式。这套裙装全部用丝绸缝制而成，上面还装饰着刺绣，艾玲达相信它的缝纫和剪裁都非常精致。

这一次，奈妮薇似乎终于明白她不可能让局势随着自己的意愿发展了。有时候她会在这种情况下爆发出不可思议的怒气，当然，她不会承认自己是在乱发脾气，不过这次她凶狠的目光很快就消退成闷闷不乐的模样。“谁去跟他说？无论谁去，他都会逼着那个人乞求他才肯罢休。你们知道他会的。与其让我去求他，我还不如嫁给他！”

伊兰犹豫了一下，然后坚定地说：“柏姬泰会去的。她不会去求他，只会平等地和他说话。如果你用坚定、自信的声音说话，大多数男人都会听从你的。”奈妮薇看上去有些犹疑，柏姬泰则在凳子上猛然直起身子，这是艾玲达第一次看见柏姬泰有吃惊的表现。如果柏姬泰现在的表情出现在别人身上，艾玲达就能有把握地说那个人是有一点害怕。身为一名湿地人，柏姬泰表现得像法达瑞斯麦一样好，而且她使用弓箭的技巧实在是强得惊人。

“你是最合适的人选，柏姬泰。”伊兰继续快速地说了下去，“奈妮薇和我是两仪师，艾玲达也是一样，我们不可能在和他对话时仍然保持应有的尊严。你知道他是什么样的人。”那种坚定、自信的声音能起多大作用？艾玲达只记得索瑞林能够用这种声音指挥所有男人，但索瑞林并没有和麦特·考索恩打过交道。“柏姬泰，他不可能认出你。如果他认出了你，他早就会说些什么了。”

不管那是什么意思，柏姬泰靠在墙上，交叉十指，捧着肚子。“我应该知道，你迟早是要报复我的，因为我说过你应该高兴你的屁股不会……”她停住了口，一丝满意的笑纹出现在她的唇角。伊兰的表情没有任何改变，但很显然，柏姬泰认为自己已经复仇了。她一定能从护法的约缚上感觉到一些什么。伊兰的屁股怎么了？有时候，艾玲达完全想不通湿地人怎么会如此……奇怪。柏姬泰仍然带着那一丝微笑，继续说道：“我不明白的是，为什么他一看见你们两个就会显得异常恼火。那不可能是因为你们把他拉到这里来，是艾雯让他到这里来的，我看见他对待艾雯比对大多数两仪师都更加尊敬。而且，我见过他从‘流浪的女人’里走出来的样子，他看上去情绪很不错。”柏姬泰的微笑变成露齿的笑容。伊兰则不以为然地哼了一声。

“这是一件我们需要改变的事情，正派女人不可能和他一起待在那种地方。

哦，把那种傻笑从你的脸上抹去，柏姬泰。我发誓，你像他一样坏，至少有时候是这样。”

“那个男人生来就是要被审讯的。”奈妮薇没好气地嘟囔着。

突然间，艾玲达身边的一切都震了一下，这让艾玲达想起她们是在一艘船上，而这艘船现在停下来了。大家急忙站起身，抚平裙子，披上了轻斗篷。艾玲达没有这样做，这里的阳光不算强烈，她不必用兜帽遮住自己的眼睛。柏姬泰也只是将斗篷搭在一侧的肩膀上，然后就推开了舱门。没等她迈步，奈妮薇已经一只手捂着嘴，冲了出去。

伊兰先系好斗篷的丝带，又整好兜帽，让金红色的发卷从脸侧均匀地垂下来。“你说的话不多，姐妹。”

“我只说了我必须说的，做决定的是你们。”

“但关键的想法是你提出的。有时候，我觉得我们这些人的脑子都不管用了。嗯，”她向舱门转过身，又停了一下，“有时候，长时间待在水面上会让我不安。我想我会只看着船，看着我自己，而不去看其他地方。”艾玲达点点头，她的这位姐妹有一颗精细的心。她们一同走上了舷梯。

在甲板上，奈妮薇刚刚推开柏姬泰搀扶的双手，扶着船栏直起了腰。当她用手背去抹嘴的时候，那两名桨手都饶富兴致地看着她。这两名家伙都光着上身，两侧耳朵上都挂着一个黄铜环，他们一定经常使用别在背后腰带上的弯匕首。不过他们大部分的注意力都集中在手中的长柄船桨上，他们不停地前后走动着，使这艘小船能够贴附在一艘大船旁边。那艘大船的规模几乎让艾玲达停止了呼吸，在它旁边，艾玲达脚下的这艘船忽然变得特别窄小。那三根粗大的桅杆比艾玲达进入湿地以来见过的一切树都更高。她们会选择这艘船，是因为它是停泊在海湾中几百艘海民船里最大的一艘，在一艘如此巨大的船上，艾玲达觉得自己肯定能忘记环绕在她周围的水面。只是……

伊兰并没有承认她的羞耻，而且，姐妹即使知道你心底最深处的羞耻也是没有关系的，但艾密斯说过，她太骄傲了。她强迫自己转过身，向小船外面望去。

艾玲达一生中还没见过这么多的水，即使把她以前见过的每一滴水都加在一起，也没有眼前这么多，所有这些灰绿色的水都在不停地波动着，掀起一片片白色的泡沫。艾玲达急忙移开目光，竭力避免再去看那些水。这里的天空都变得更加巨大、浩瀚，熔金般的太阳正从东方冉冉上升。一阵阵风不断地吹过，仿佛永远不会止歇，不过这些风至少比陆地上的要凉爽一些。飞鸟结成云团一般的群落，从空中飞过，这样的云基本是灰色和白色，偶尔也有黑色的。所有的鸟都在发出尖锐的叫声。有一种鸟，除了头部以外全身都是黑色的，它们贴着水面飞行，不时将向下弯曲的长嘴探进水里。一种难看的褐色鸟（伊兰管它们叫鹈鹕）会突然收起翅膀，逐一扑进水里，溅起巨大的水花，然后冒出水面，扬起大到难以想象的嘴。到处都有船只，其中有许多几乎和艾玲达背后的那艘船一样大。比较小的，只有一根或者两根桅杆的船只挂着三角帆，在海湾中来回穿行。还有像她乘坐的这种没有桅杆的小船，有着高而尖的船头和靠近船尾的低平船舱。它们在水面上航行的动力是一对、两对或三对船桨。一种窄长的小船足有二十对桨，看上去就像是掠过水面的百足虫。这里也能看见陆地，距离艾玲达大概有七八里远。阳光照射在城市的白色建筑上，泛起一片耀眼的亮色。

艾玲达吞了口水，以更快的速度转过了身，她觉得自己的脸色一定比奈妮薇刚才更白。伊兰正在看着她，同时竭力保持面容的平静，但湿地人的表情是那么明显，艾玲达一眼就看出了她的意思。"我是个傻瓜，伊兰。"即使是对伊兰，只叫她的名字也让艾玲达感到不安，等到她们成为首姐妹，成为姐妹妻子时，一定就容易多了。"聪明的女人应该听从睿智的建议。"

"你比我更勇敢。"伊兰回答道。她的声音很严肃。她是另一个一直在否认自身勇气的人，也许这也是湿地人的传统？不，艾玲达听到过许多湿地人谈论他们自己的勇敢，比如这些艾博达人，他们只要一开口就离不开吹嘘自己的胆量。伊兰深吸一口气，似乎是在坚定自己的意志，然后才说道："今晚我们谈一谈兰德的事。"

艾玲达点点头，但她不明白刚才还在说勇气的伊兰，为什么会忽然提起这件事。不过，如果姐妹妻子不能详细谈谈她们的丈夫，她们又怎么能共同拥有这个丈夫？年长的女人和智者们都这样跟她说过。当然，她们并不总会提出有建设性的意见。她曾经向艾密斯和柏尔抱怨说她一定是病了，因为她觉得兰德·亚瑟带走了她的一部分，而那两位智者只是大笑着跌坐在地上。你会明白的，她们一边笑着一边对她说，如果你是穿着裙子长大的，你就会明白得更早。就好像她只想当一辈子枪姬众，只想和她的枪之姐妹四处乱跑一样。也许伊兰能感觉到像她一样的空虚。谈论他也许能填补这样的空虚，但她的心却仿佛更空了。

艾玲达感觉到了逐渐增大的说话声，又过了一会儿，她才听清楚那个声音。

"……你们这些戴耳环的小丑！"奈妮薇正朝着那艘大船上一名皮肤黝黑的男人挥舞着拳头，那个男人只是一言不发地俯视着奈妮薇。艾玲达看不见奈妮薇身周有阴极力的光晕。"我们不是来请求乘船旅行的，不管你们会不会搭载两仪师都没关系！你立刻把梯子放下来！"那两名桨手的笑容立刻消失了。他们显然没认出巨蛇戒，而且他们肯定不高兴知道他们船上的这些女人是两仪师。

"哦，天哪！"伊兰叹了口气，"我必须去处理一下，艾玲达，否则我们就要浪费掉这个上午。奈妮薇也就白白吐掉早餐的麦片粥了。”然后她走过甲板（艾玲达能够叫出这艘小船各部分的正确名称，她对此感到很自豪），向大船上的那个男人喊道：“我是伊兰·传坎，安多的王女以及绿宗两仪师，我的同伴说的是实话。我们不是来乘船远行的，但我们有紧急的事情要和你们的寻风手谈一谈。”

那个男人皱起了眉，然后一言不发地突然离开了。

“那个女人也许会以为你要泄露她的秘密，”奈妮薇嘟囔着，拉起斗篷，用力系上领口处的缎带，“你知道她们非常害怕两仪师发现她们会导引，然后把她们都掳到白塔去。伊兰，只有傻瓜才会相信在狠狠威胁过别人之后，自己还可以什么事也没有地走开。”

艾玲达突然笑了起来，奈妮薇惊讶地瞪了她一眼——奈妮薇显然没弄懂自己话中的可笑之处。伊兰的嘴唇也在微微抖动，无论她如何努力想要控制住它们。艾玲达觉得自己永远也没办法明白湿地人的幽默，他们总是对一些奇怪的事情感到很可笑，却往往会错过最好的笑话。

然后伊兰付了钱给那两名桨手，并叮嘱桨手要等她们回来。奈妮薇一边埋怨伊兰给的钱太多了，一边警告两名桨手，如果他们敢偷偷溜走，她一定会甩他们的耳光——这让艾玲达又笑了起来。就在这个时候，不管寻风手是否感觉受到了威胁，海民似乎已经决定让她们上船了。船上没有放绳梯下来，而是垂下了一片木板，系住木板的两根绳子另一端系在一根从船桅上转过来的杆子上。奈妮薇坐到那片木板上，一边用凶狠的眼神警告那些桨手——不要企图抬头看她的裙子底下。伊兰红着脸，用手将裙摆紧裹在腿上。当她摇摇晃晃地升上去，消失在大船的船舷后面时，那种弯着腰的姿势仿佛随时都有可能一头栽下来。还是有一名船夫忍不住抬起了头，却被柏姬泰一拳打在鼻子上。柏姬泰升上去的时候，他们全都用力低着头。

艾玲达腰带上的匕首很小，刀刃还不到半尺长。但是当她把匕首抽出来时，两名桨手全都担忧地皱起了眉。她一扬手臂，匕首旋转着飞过那两名桨手的头顶，铿的一声戳在小船头的粗木柱上。两名桨手立刻趴在甲板上。艾玲达将斗篷像披巾一样搭在臂弯里，把裙子拉到膝盖以上，迈过船桨，拔回匕首。然后她坐到垂下来的木板上。她没有将匕首插回鞘内。那两个男人交换着困惑的眼神，但他们一直都没敢抬起眼来。也许她已经开始对湿地人的传统有点了解了。

上了大船的甲板，艾玲达惊讶地抽了一口气，差点忘了要从小木板上跳下来。她在书中读过亚桑米亚尔的记载，但书中所闻和亲眼所见是完全不同的，就像这里的咸水只有亲口尝到才知道是什么滋味。这些人的肤色都很深，比艾博达人更深得多，甚至比大多数提尔人还要深。他们都有着黑色的直发和纯黑色的眼睛，两只手上都刺着文身。光着上身、赤着脚的男人们腰间系着颜色鲜亮的窄腰带，深色的宽松裤子仿佛浸过油一样，女人们的宽松上衣也都是颜色鲜艳。所有人全都在不停摇摆的船上平稳迅捷地做着各种事情，他们的身子随着船的轻晃优雅地摇摆。根据艾玲达读过的记载，海民女人对待男人有着非常奇怪的习俗——全身一丝不挂地跳舞，只用一片纱巾遮住身体，甚至更糟。不过现在让她惊讶的是这些女人的耳环，她们大多戴着三四个耳环。耳环上缀着光亮的宝石，其中有几个人的鼻子上还穿着小圆环！男人们也都戴着耳环，脖子上还挂着粗大的金链和银链。他们都是男人啊！一些湿地男人会戴耳环——大多数艾博达人都戴耳环。但这些男人竟然戴着这么多耳环！还有项链！湿地人的方式确实很奇怪。在艾玲达读到的记载中，海民绝不会离开他们的船，书里还说他们会吃掉同胞的尸体。她知道不能完全相信书里的话，但如果连男人都会戴项链，谁又知道他们还有什么异于常人的地方。

那个来接待她们的女人穿着和其他人一样的裤子、外衣和腰带，只是她的衣服质料是黄色丝绸锦缎。她的腰带系成错综复杂的结饰，末端一直垂到膝盖。她的一条项链上缀着一只工艺精巧、花纹细腻的小金匣。一股甜美的麝香气息围绕着她。她的面容严峻肃穆，头发多已经变成了灰色。她的耳朵上各挂着五只粗厚的小金环，其中一只金环上连着一根细链，细链的另一端连接着穿在她鼻子上的一个同样的金环。细链上挂着许多抛光的黄金小徽章，随着她上下地打量着她们，那些小徽章不停地晃动着，在阳光下闪闪发光。

艾玲达不禁伸手抚过自己的鼻子——戴着那条链子，一定会不时扯到自己的鼻子，勉强压制住想笑的欲望。湿地人的传统怪异得难以置信，尤其是这些海民。

“我是梅玲·丁·特莱奥·破浪，”那个女人说道，“索玛林部族的波涛长，驰风号的领航长。”波涛长是像部族首领一样的重要人物，但她却显出一副心神不宁的样子。她端详了她们许久，最后目光落在伊兰和奈妮薇戴着的巨蛇戒上，然后她似乎是无可奈何地吁了口气。“是否愿意随我来，两仪师？”她对奈妮薇说道。

这艘船靠近船尾处比甲板高出了许多。她领着她们走进那里的一道门，然后是一段向下的走廊，最后她们来到一个天花板低矮的大房间——船舱里。艾玲达怀疑兰德·亚瑟甚至不能在这些粗重的屋梁下站直身体。除了几只漆光匣子外，这里所有的东西都是被固定住的——沿墙壁排列的箱子、有房间一半那么长的长桌和长桌周围的扶手椅，无一例外。很难想象如此规模的大船会完全是用木头制的。虽然已经在湿地待了这么久，看到这么多抛光的木材还是让艾玲达差点倒抽了口气，它们几乎像那些镀金灯盏一样闪闪发亮。那些灯现在并没有点亮，它们被固定在某种笼子里，这样它们在颠簸的船上也不会剧烈晃动，而且能够一直保持火焰向上。实际上，这艘船现在几乎没有任何晃动，至少和她们刚才乘坐的那艘小船相比，这艘船好多了。但不幸的是，这个船舱的一面墙壁，也就是这艘船的船尾是一排窗户，镀金绘彩的百叶窗现在恰巧又全都敞开着，让艾玲达能够清楚地看到外面的海湾。更糟糕的是，艾玲达从这些窗户中完全看不到陆地。完全没有陆地！艾玲达用力收紧自己的喉咙。不能说话，她不能尖叫，虽然这是她最想做的事。

片刻之间，艾玲达的视线完全被窗外的景象抓住了，以至于又过了一会儿，她才意识到舱中的人。真不错！如果他们愿意，他们在这段时间里可以轻松地杀掉她。这些人并没有表现出任何的敌意，但对于湿地人保持怎样的警觉都不为过。

一名身材瘦高、眼窝深陷的老人轻松地坐在一只箱子上，在他头顶，所剩不多的头发都已经白了。他的黝黑面容看上去很和善，但十几个耳环和他脖子上的数条粗金链让艾玲达觉得他的模样实在很古怪。像甲板上的海民一样，他赤着脚，光着上身，只是他的裤子是用蓝黑色丝绸做的。他的长腰带是亮红色，腰带上插着一把象牙握柄的长剑和两把弯曲的匕首。艾玲达轻蔑地瞥了那把长剑一眼。

引起艾玲达更多注意的是一名身材苗条、面容俊俏的女人。她交叠着双臂，紧皱眉头，表情严峻，仿佛是预兆着某些可怕的事情。她的两侧耳朵上各戴着四个耳环，鼻炼上的徽章也比梅玲·丁·特莱奥的少，她的衣服质料是红黄两色的丝绸。她能够导引，在这么近的距离，艾玲达能够确信这一点。她一定是她们要找的女人，那名寻风手。不过，真正让艾玲达无法移开视线的是另一名女人，伊兰、奈妮薇和柏姬泰的注意力也全都集中在那个女人身上。

那个女人正从一张摊开在桌面的地图上抬起头看着她们，从她的满头白发看来，她的年纪也许和房间里的那名老人一样大。她的个子很矮，可能比奈妮薇还要矮。她的身材似乎曾经非常强健，现在正开始变得圆胖起来。她的下巴像锥子一样朝前突出，黑眸里闪烁着智慧和力量。不是至上力，而是一种领袖的力量，非常强大。她的裤子是绿色的丝绸锦缎，上衣是蓝色丝绸。她的腰带像那位老人一样，是亮红色的，腰带上别着一把镀金刀鞘的宽刃短匕首，匕首柄端的圆头上镶嵌着红色和绿色的宝石——艾玲达相信那是火滴石和翡翠。这个女人鼻链上的徽章比梅玲·丁·特莱奥的要多一倍，另一根更细的金链连接着她两侧耳朵上的各六只耳环。艾玲达差点再次用手按住自己的鼻子。

那名白发女子一言不发地站到奈妮薇面前，粗鲁地上下打量着她，特别对她的面孔和她右手指上的巨蛇戒皱起了眉。片刻之后，她哼了一声，开始用同样专注的目光察看伊兰，然后是柏姬泰。最后，她说道："你不是两仪师。"她的声音就像是翻滚的岩石。

“以九风和带来风暴者的胡子起誓，我不是。”柏姬泰回答道。有时候，她说的话就连伊兰和奈妮薇也弄不懂。但那名白发女子仿佛是被吓了一跳的样子，然后她盯着柏姬泰看了很久，才皱着眉头转向艾玲达。

“你也不是两仪师。”经过同样的察看之后，她用那种坚硬的声音说道。

艾玲达感觉那个女人仿佛翻过了她的衣服，正将她的身体抛来转去，好将她看得更清楚一些。她挺起身子：“我是艾玲达，来自塔戴得艾伊尔，苦漠氏族。”

那个女人的惊讶程度足有对于柏姬泰的两倍之多。她瞪大一双黑眼睛。“你的穿着与我预期的完全不同，女孩。”说完这句话，她就走回到桌子的另一端，将双手叉在腰间，盯着她们四个，仿佛是在看着一群她从没见过的动物。“我是耐丝塔·丁·瑞埃斯·双月，亚桑米亚尔的诸船长。你们是怎么得到信息的？”

从第一次接触那个女人的目光开始，奈妮薇就一直满脸怒容，她不客气地说道：“两仪师自然会知道她们应该知道的。我们本以为会得到更加礼貌的接待，就像我们上次在海民船中时那样。也许我们应该去找找别人，并非所有人都会闹牙痛的。”耐丝塔·丁·瑞埃斯的表情更加阴沉了。伊兰及时插了进来，她取下身上的斗篷，将它放到桌边。

“光明照耀您和您的船，诸船长，愿劲风鼓满您的帆篷。”她行了个有深度的屈膝礼。艾玲达现在已经能够判断这些礼仪的意思了，但她仍然认为这看上去是女人能做出的最笨拙的事。“如果我们有语言顶撞，请您原谅，我们并不想冒犯亚桑米亚尔的女王。”伊兰同时瞥了奈妮薇一眼，似乎是想要她也说些什么，但奈妮薇只是耸了耸肩。

伊兰再次介绍了自己和其他同伴。不过她得到的响应很奇怪。王女的身份并没有引起任何反应，虽然这在湿地人中被认为是崇高的地位。当她说出自己和奈妮薇分别是绿宗两仪师和黄宗两仪师时，耐丝塔·丁·瑞埃斯哼了一声，那名瘦高的老人用锐利的目光看了她们一眼。伊兰眨眨眼，停了一下，但她很快又毫无滞涩地说道：“我们来这里有两个目的。比较次要的目的是询问你们将如何帮助转生真龙，就是那个根据真玳预言，被你们称作克拉莫的人。更重要的目的是寻求寻风手的帮助。很抱歉，”伊兰温和地说道，“我还不知道她的名字。”

那名能够导引的苗条女子立刻红了脸。“我是多芮勒·丁·爱兰·长羽，两仪师，如光明所愿，也许我能帮忙。”

梅玲·丁·特莱奥也表现出不安的样子。“我的船欢迎你们，”她低声说道，“在你们离开他的甲板前，光明的仁慈将一直眷顾你们。”

耐丝塔·丁·瑞埃斯的表情却没有改变。“契约是属于克拉莫的，”她用严厉的口吻说道，同时用力做了个劈砍的手势，“陆民与此无关，虽然他们也必须承认他的到来。你，女孩，奈妮薇，哪艘船曾经让你们乘坐？谁是他的寻风手？”

“我记不起来了。”奈妮薇做作的语调和她脸上冰冷的微笑显得很不协调，她紧紧抓住辫子，但至少还没有拥抱阴极力。“我是两仪师奈妮薇，不是女孩。”

耐丝塔·丁·瑞埃斯双手按在桌上，瞪视奈妮薇的目光让艾玲达想起了索瑞林。“也许你是忘了，但我会知道是谁泄露了不该泄露的信息，那时她就可以学会该如何保持沉默了。”

“裂开的帆就已经裂开了，耐丝塔。”那名老人忽然说道，他的浑厚声音完全不像是如此削瘦的人能发出来的。艾玲达原本以为他是一名护卫，但他的语气表明他和诸船长有着同等的地位。“最好问一问两仪师要向我们寻求什么样的帮助。克拉莫已经到来，狂怒的海洋将涌起无止境的风暴，预言的末日将在海面上横行。她们是两仪师？”说出最后这句话时，他向寻风手挑起了眉弓。

寻风手用尊敬的语调低声回答：“其中三人能导引，包括她。”她指了一下艾玲达。“我从没遇到过像她们这么强大的人，她们一定是两仪师，否则又有谁敢戴上这样的戒指？”

耐丝塔·丁·瑞埃斯挥手示意她安静，然后用铁一般的目光望向那名老者。“两仪师从不会寻求帮助，巴洛克，两仪师从不需要外人的力量。”老人温和地回望着她。片刻之后，诸船长却叹了口气，仿佛是被老人的威势压倒了。但她转向伊兰的目光却丝毫没有缓和。“你要我们做什么……”她犹豫了一下，“安多的王女？”她的语气中充满了怀疑。

奈妮薇表现出要进行反击的模样（在泰拉辛宫中，艾玲达不止一次听到过那些两仪师激烈而冗长的训话，她们老是忘记奈妮薇和伊兰同样是两仪师。而如果某个甚至不是两仪师的人也要否认奈妮薇和伊兰的身份，也许会因此而酿成一起流血事件也说不定），但奈妮薇刚刚张开口，伊兰就碰了碰她的手臂，又用艾玲达听不清的耳语向她说了些什么。结果奈妮薇什么都没说出来，只是双颊仍然通红，辫子仿佛也会被她从头皮上慢慢拔下来。也许伊兰真的能平息争夺清水的血仇。

当然，伊兰也不可能对诸船长的话感到高兴。耐丝塔·丁·瑞埃斯不仅不相信她的两仪师身份，甚至对她的王女身份公开表示怀疑。其他人也许会以为伊兰仍然平静如常，但艾玲达能看出她表现出的一些迹象。高高抬起的下巴表示着愤怒，那双眼睛睁大到了极限，伊兰心中的怒火肯定能压倒奈妮薇的余烬。柏姬泰也将身体的重心转移到了脚尖上，面容仿佛石雕，目光如同火焰。她并不常反应伊兰的情绪，除非那情绪非常强烈。艾玲达伸手握住腰间的匕首，做好拥抱阴极力的准备。她会首先杀死那名寻风手，那个女人的导引能力并不弱，她会是危险的。这里还有许多船，她们还可以再去找别人。

“我们在寻找一件特法器。”除了声音异常冰冷，任何不了解伊兰的人都会以为她是绝对平静的。她正看着耐丝塔·丁·瑞埃斯，但她是在对所有人说话，特别是那名寻风手。“有了它，我们相信我们可以改变现在这种恶劣的气候。这种气候给你们造成的伤害，一定不比对陆民造成的伤害小。巴洛克说到过无止境的风暴。你们在海洋中一定也能看到暗帝对这个世界的碰触，风暴之父的碰触，就像我们在陆地上所看到的一样。有了那件特法器，我们能改变现状，但只有我们无法做到这一点。这需要许多女人协力合作，也许需要能够充满一个连结的十三名女人。我想，这些女人中应该包括寻风手。在世的两仪师中，没有人对气候的了解能够像寻风手这般详细透彻。这就是我们寻求的帮助。”

房里陷入一片死寂，直到多丽勒·丁·艾兰小心地说：“这件特法器，两仪师，它叫什么名字？它看上去是什么模样？”

“就我所知，它没有名字。”伊兰回答道，“它是一只厚重的水晶碗，很浅，但直径超过了两尺，在它里面雕刻着云的图案。当对它进行导引时，那些云就会动起来——”

“风之碗。”寻风手兴奋地打断了伊兰的话，然后她仿佛是不自觉地朝伊兰走去，“她们有了风之碗。”

“你们真的得到它了？”梅玲·丁·特莱奥盯住伊兰，目光中充满期待，且她也在不知不觉间迈出了一步。

“我们正在寻找它。”伊兰说，“但我们知道它在艾博达，如果它就是你们所说的——”

“它一定是，”梅玲·丁·特莱奥喊道，“就是你所说的，一定是！”

“风之碗，”多丽勒·丁·艾兰喘息着说，“想一想，两千年之后，它将在这里再次被找到！一定是克拉莫，他一定已经——”

耐丝塔·丁·瑞埃斯用力拍了一下双手。“这就是波涛长和寻风手的风范吗？或者你们只是刚刚上船的两名甲板女孩？”梅玲·丁·特莱奥的脸立刻红了起来，但其中透露出一种自豪的愤怒。她僵硬地低下头，这个动作里也包含着自豪。多丽勒·丁·艾兰的脸比波涛主妇的更要红上一倍，她弯下腰，用指尖分别碰触了前额、嘴唇和心口。

诸船长先是皱起眉看了她们一会儿，然后才继续说道：“巴洛克，召集港口中的其他波涛长，以及十二首，让寻风手全都随她们一起来。让她们明白，如果她们不以最快的速度行动，你会用她们的帆索把她们吊起来，让她们只能用脚趾碰触甲板。”巴洛克站起身时，她又说道：“哦，安排好茶水，制定这份协议大概会很让人口干舌燥。”

那名老人点点头，仿佛吊起波涛长和为她们备茶都是同样平常的事。他最后看了艾玲达和其他人一眼，以海民那种略有些摇摆，却又流畅平稳的步伐走了出去。艾玲达在他的注视下改变了自己的想法，也许首先杀死寻风手是一个错误的决定。

巴洛克出去没多久，一名身材清瘦、面容秀气的年轻男子就走了进来。他的两侧耳朵上分别只有一个小耳环。在他的手上捧着一只木制托盘，盘中放着一只黄金把手的蓝釉方形茶壶和厚陶的蓝色大茶杯。耐丝塔·丁·瑞埃斯挥手示意他出去。年轻男子离开后，波涛长说道：“如果让他听到不该听的东西，就会有许多谣言被传播出去了。”然后她命令柏姬泰倒茶。让艾玲达惊讶的是，柏姬泰听从了她的命令，也许柏姬泰自己也在为此而惊讶。

诸船长让伊兰和奈妮薇坐到桌子一端的椅子里，显然她是要和她们开始商谈了。艾玲达和柏姬泰被请到了桌子的另一端。艾玲达拒绝了椅子，柏姬泰选了一张坐了下去，那张椅子的扶手本来是张开的，柏姬泰坐进去之后，不知怎么弄的，椅子扶手被扣合在了一起。波涛长和寻风手也被排除在这次商谈之外。她们三个说话的声音非常小，艾玲达完全无法听清楚。不过她能看见耐丝塔·丁·瑞埃斯在强调每一件事情时都会用手指像矛一样戳着。伊兰将下巴抬得更高了。奈妮薇先前的表情也许还算平静，现在她恨不得要把全身的重量都压到自己的辫子上。

“如光明所愿，也许我应该和你们谈一谈。”梅玲·丁·特莱奥看着艾玲达和柏姬泰，“但我想，我应该先听听你的故事。”然后她就坐到了柏姬泰面前。柏姬泰似乎被她的举动给吓到了。

“也就是说，如光明所愿，我可以先和你聊聊。”多丽勒·丁·艾兰对艾玲达说道，“我在书中读过艾伊尔人的故事。如果你愿意，请告诉我，如果艾伊尔女人每天都要杀死一个男人，你们之中怎么可能还有男人活下来呢？”

艾玲达竭力不显露出吃惊的样子。这个女人怎么能相信这种胡言乱语？

“你什么时候在我们之中生活过？”梅玲·丁·特莱奥一边啜饮着茶，一边向柏姬泰问道。柏姬泰则用力靠在椅背上，仿佛要翻过椅背，爬到椅子后面去。

在桌子远端，耐丝塔·丁·瑞埃斯的声音提高了一些：“……来找我，而不是我找上你们，这是我们协议的基础，即使你们真的是两仪师。”

巴洛克走进房间，在艾玲达和柏姬泰之间停了一下。“看样子，你们的船在你们上来之后马上就离开了，不过别担心，驰风号会安排小船送你们上岸。”然后他走到伊兰和奈妮薇身边，坐到椅子里，加入她们的商谈。这样，海民一方也可以在一个人说话时，由另一个人不动声色地进行观察了。伊兰和奈妮薇失去了一个优势，一个她们需要的优势。“当然，这个协议要以我们为主。”巴洛克的语调仿佛是不相信还能有别的方式。诸船长则安静地审视着伊兰和奈妮薇，像是一个女人正看着两只她准备为筵席而宰杀的羊。巴洛克的微笑几乎像父亲一样慈祥。“提出要求的一方当然要付出比较高的代价。”

“但你一定在我们之中生活过，才会知道这个古老的誓言啊！”梅玲·丁·特莱奥坚持说道。

“你还好吗，艾玲达？”多丽勒·丁·艾兰问，“虽然这里的海水很平静，对陆民还是有影响……没有吗？我的问题有没有冒犯你？那么告诉我，艾伊尔女人真的将男人捆上，才会和他……我是说，当你和他……当你……”她的脸颊浮现红晕，露出虚弱的微笑。“有许多艾伊尔女人都像你一样拥有那么强大的力量吗？”

这时，艾玲达的脸上已经失去了所有血色。不是因为寻风手愚蠢的问题，也不是因为柏姬泰显露出一副如果能打开围住她的椅子扶手，立刻就会逃走的样子，同样不是因为奈妮薇和伊兰发现自己在那两名老海民面前变得如同两名懵懂无知的小女孩。她们全都要怨怼她了，而且确实是她错了。正是她提出，如果她们在找到那件特法器之后无法带着它回到艾雯身边，为什么不先去海民那里寻求帮助？不能浪费时间空等到艾雯·艾威尔通知她们可以回去的时候。她们会责备她，而她会承担她的义。但现在盘旋在她脑子里的却是她在甲板上看到的那些紧密排列在一起的小艇，它们没有任何可以做为遮蔽的舱篷。她们会责备她，但亏欠她们的总能还清。如果要她坐在那种敞开的小艇里，渡过七八里的水面，那样的羞耻要比她这次亏欠她们的更严重一千倍。

“你们能给我一只水桶吗？”她虚弱地问寻风手。

第 14 章

白羽毛

第一眼看上去，白银舞台很有些名不副实。艾博达人喜欢庄重华丽的名字，而且似乎愈是名不副实，他们愈喜欢。比如说麦特在这座城市里见过的最阴森的客栈，还散发着一股陈旧的臭鱼气味，招牌上的名字却是“女王的光辉”，而“天堂金冠”则只是河对面拉哈德区一个脏污的窟窿，只有一扇蓝色的门，让它看起来还有些房子的模样。在那里，肮脏的地板上有许多黑色的污渍，那都是一场场刀战留下的陈旧痕迹。现在麦特觉得，这座白银舞台实际上是一个赛马场。

他摘下帽子，用宽阔的帽沿为自己扇风，甚至系在脖子上用来隐藏伤疤的黑丝巾也被他松开了。虽然时间还是早晨，但空气中已经透出高热。人群拥挤在跑道两侧的看台上，喧闹的人声几乎淹没了头顶传来的海鸥叫声，这就是所谓的白银舞台。穿着他们公会的白色汗衫的制盐工人；为了躲避真龙信众从内地跑出来的、面容憔悴的农夫；仍然用透明的纱巾遮住他们浓密的胡须的衣衫破烂的塔拉朋人。织布工穿着垂直条纹的汗衫，印刷工的汗衫则是水平条纹的；印染工的双手一直到臂肘处都染着颜色；阿玛迪西亚农民穿着单调的黑色衣服，将衣扣一直扣到了领子上，让自己热得要命；莫兰迪的乡下人穿着各种颜色的长围裙，那些围裙窄得似乎只适合于放在橱窗中展览。这里甚至还有几名古铜色皮肤的阿拉多曼人，男性阿拉多曼人都穿着短外衣，如果他们还有外衣的话，而女性阿拉多曼人身上的羊毛或亚麻衣裙是如此轻薄，以至于看上去就像丝绸般紧贴在身上。这里还有各行各业的学徒，以及来自码头和仓库的劳工；皮革工人在人群中总是能有一块完全属于自己的空间，因为他们身上的气味实在让人难以忍受；面孔肮脏的街童警觉地观察着四周，伺机偷窃他们能摸到的一切，但拥挤在一起的劳动者身上实在是没什么钱。所有这些人都摩肩接踵地挤在一起。

所有这些穷人都被立柱和麻绳挡在看台上，下面的位置则是为拥有金银、出身好、穿戴好、做上等事情的人准备的。自鸣得意的仆人将调味酒斟进主子的银杯里，女仆们不停地为女主人摇着羽毛扇。这里甚至还有一名抹着白脸、戴着黑白两色的帽子、外衣上缀着铃铛的傻瓜跳来跳去。戴着天鹅绒高帽、腰佩细剑的傲慢男人在四处昂首阔步，他们的头发一直垂到肩膀的丝绸外衣上。有刺绣的窄翻领上缀着金或银链。女人们的头发有长有短，和男人们的大致相当，不过她们的发型样式很多。她们戴着装饰羽毛的宽边帽，或是用细纱遮住面孔。长裙无论是本地风格还是外地风格，都是低胸样式。习惯从鼻尖上面看人的贵族们，都撑着颜色鲜艳的阳伞，戴着用黄金、象牙和宝石制成的闪闪发光的戒指、耳环、项链和手镯。身材丰满的商人和放债人则只能在衣服上装饰一点缎带，戴着一个镶嵌光亮石子的戒指或胸针，他们带着谦逊的神情向贵族们鞠躬或行屈膝礼，那些受到他们奉承的人很可能都欠他们一大笔钱。财富在白银舞台不停地易手，赌注只是其中的一部分，据说，生命和荣耀也在下面这层观众之间易手。

麦特戴上帽子，抬起手，一名博彩登记人走了过来。这是一名面孔瘦削的女人，鼻子像锥子般尖利。她摊开双手，向麦特一鞠躬，以公事公办的口吻说道："阁下如果愿意下注，我会如实记录。"艾博达口音显得轻柔而快速，有一些尾音都被省略了。"簿子已经打开了。"确实，标记着赌注的簿子就绣在她红马甲的胸部，这是一种非常古老的传统，几乎从开始记录赌注时起就有了。不过麦特怀疑这里只有他一个人知道这一点，麦特记得许多他从没见过的事情，那些历史往往都已经在时间中化成了灰烬。

那名妇人的书记手里捧着一块石板，上面写着每匹马的赔率。麦特迅速瞥了一眼上午第五场的赔率，然后用白垩粉笔在石板上写下自己的赌注，点点头。疾风虽然赢得了几场比赛，但它的赔率只能排到第三，麦特转身对自己的同伴说："全都压在疾风身上吧，拿勒辛。"

那名提尔人犹豫了一下，用手指拈着他涂了油的黑胡子。汗滴在他的脸上闪着光，但他一直穿着有蓝色条纹灯笼袖的外衣，头顶的蓝色天鹅绒方帽也完全挡不住阳光。"全部，麦特？"拿勒辛轻声问道，他不想让登记赌注的人听到，在赌注下定之前，赔率随时都有可能变化。“烧了我的灵魂吧，还是那匹小花斑马看起来能跑得很快，还有那匹浅褐色、有银鬃毛的阉马。”这两匹马是今天最被看好的，它们刚刚来到这座城市，也像所有的新东西一样，得到了巨大的期待。

麦特完全没有向进入赛道的那十匹马瞥上一眼。他已经仔细地看过了那些马，而且奥佛尔会帮他确定疾风的能力。“全部。某个白痴将那匹花斑马的尾巴结成了辫子，现在它已经被苍蝇骚扰得快半疯了；那匹褐马是很卖弄，但它的蹄子后面有一块死结，它也许能在一些乡下赛场上夺冠，但今天它就完了。”麦特熟悉马，关于马的信息是属于他自己的，他的父亲亚贝·考索恩很擅长相马，而且把这项技能全部传授给了麦特。

“我觉得它还是有些脚力的。”拿勒辛嘟囔着，但没有再和麦特争论。

博彩登记人眨眨眼，看着拿勒辛一边叹气，一边从鼓胀的外衣口袋中掏出一袋袋金币。一开始她还想表示反对，但杰出与荣耀博彩公会一直都宣称，他们会接受任何数量的赌注。他们甚至还与船主和商人赌船只是否会沉没，或者商品的价格将如何波动。不过那就是公会本身的行为，而不是个别博彩登记人所做的事情了。没多久，所有金子都被放进那名登记人的箍铁箱子里，每只箱子都由两名胳膊像麦特的腿一般粗的大汉抬着，那名登记人身边还跟着一些目光凶恶、身上带着伤痕的保镖，从他们的皮背心中露出的手臂更加粗大。他们都拿着长长的箍铜棍棒。登记人的另一名手下递给她一份空白赌单，那上面印着一条纹理细腻的蓝鱼（每一名登记人都有自己的徽记），她在上面写下赌注和马匹的名字，然后从一名漂亮女孩捧着的漆匣中拿出一支小刷子，在赌单背面画上一个代表这场比赛的记号。那名女孩身材苗条，有一双黑色的大眼睛，她向麦特送来一个微笑，那名瘦脸妇人的脸上则肯定没有丝毫笑意。她又鞠了个躬，随意甩了那女孩一巴掌，然后就一边和她的书记耳语着，一边走开了。那名书记正匆忙地用一块布擦抹着他的石板，当他再次举起石板时，疾风的赔率已经降到了最低。那个女孩偷偷揉着自己的脸颊，皱起眉看了麦特一眼，仿佛这一巴掌完全是麦特的错。

“希望这里会有你的运气。”拿勒辛说着，小心吹干赌单上的墨水。如果赌单上有了墨水的污渍，去找登记人要账时很容易惹怒登记人；而艾博达人本身就是非常容易发怒的。“我知道你不经常失手，但我见过你失手的时候。烧了我吧，我真的见过。今晚我还要去舞场上会一个女人，只是个女裁缝……”拿勒辛是一名贵族，但不是个坏人，这种事对他来说应该是很重要的。“不过她漂亮得会让你口干舌燥。她喜欢黄金做的小东西，她也喜欢烟火……我听说有照明者参加今晚舞会的演出，你会对这个有兴趣的。不过还是需要一点黄金让她笑。如果我不能让她笑，那她就不会和我做朋友了，麦特。”

“你会让她笑的。”麦特心不在焉地说。那些马正在走进出发位置，奥佛尔骄傲地坐在疾风背上，咧开那张大得不寻常的嘴笑着，嘴角几乎一直延伸到两侧招风耳的耳根下。在艾博达的赛马中，所有骑手都是小男孩。在数里以外的内陆，人们则让小女孩充当骑手。奥佛尔是今天骑手中年龄最小的，也是体重最轻的，不过那匹长腿的灰阉马并不需要这个优势。“你会让她一直笑到站不起来的。”拿勒辛向麦特皱了皱眉，麦特却仿佛完全没注意到。这个男人应该知道，麦特从不曾为黄金担心过，他也许不是永远的赢家，但也相差不多。他的运气与疾风是否会赢无关，麦特确信这一点。

他也不在乎黄金，他在乎奥佛尔。并没有规则阻止男孩们用手中的鞭子抽打他们的对手。迄今为止的所有比赛中，疾风全都保持在领先的位置，但如果奥佛尔受了伤，哪怕只是一点擦伤，麦特就会听到没完没了的责备。这些责备分别来自于他的旅店老板娘安南大妈、奈妮薇、伊兰、艾玲达和柏姬泰。麦特从没想过那名前枪姬众和被伊兰当作护法的怪女人会有母爱之心，但她们一直都想背着他把奥佛尔带出“流浪的女人”，带进泰拉辛宫去。当然，有那么多两仪师的地方绝对不适合奥佛尔，或者是任何男孩。但如果奥佛尔身上多了一个肿块，赛塔勒·安南就有可能夺走负责照顾他的权力。而奥佛尔如果不能参加赛马，他每天晚上肯定会哭着入睡，女人永远也不明白这种事。麦特又开始暗自咒骂拿勒辛偷偷带着奥佛尔和疾风参加的那第一场赛马。当然，他们必须找些事情来打发无聊的时间，但他们可以找些别的事情做啊！在女人们的眼里，即使去偷钱包也未必比这个更糟。

“捕贼人也来了。”拿勒辛说着，将赌单塞进口袋里。他的语气中并没有很明显地带着嘲讽。“至今为止，他做得还真好。如果能再带上五十名士兵，我们一定能处理得更好。”

泽凌故意大步穿过人群。他是一名黝黑、强健的男人，拿着一根与他等高的细竹竿当作手杖。他戴着一顶红色塔拉朋锥形平顶帽，一件朴素的外衣在腰间束紧，下摆却一直垂到靠近靴子的地方。他的这身衣服已经很破旧了，显然不是富人的穿着。照常理他不会被允许走到绳子下面来，但他惟妙惟肖地装出一副相马的样子，还在手中掂着一个价值丰裕的金币。几名博彩登记人的保镖怀疑地瞟了他几眼，但那个金币让他顺利地通过了。

“嗯？”看到捕贼人走到面前，麦特不带好气地哼了一声，拉低了帽沿。“让我来说吧！她们又溜出宫了。没有人看见她们离开，没有人该死的能猜到她们去了哪里。”

泽凌小心地将那个硬币放进外衣口袋里，他不会赌博，每一个流进他手中的钱币都会被他妥善保管好。“她们四个人乘一辆马车，从王宫一路到河边，然后在那里雇了艘小船。汤姆雇了另一艘船跟踪她们。她们的穿着看来不像是要做什么不愉快的事情。不过说实在的，贵族们就是在泥里爬也要套上丝绸。”他向拿勒辛咧嘴笑了笑。后者双手抱胸，装作专心观察那些马的样子。泽凌的笑容也仅限于龇一下牙。他们两个都是提尔人，但贵族和平民间的鸿沟在提尔非常显著，这两个群体对彼此没有任何善意。

“女人！”附近几名衣着华美的贵族女子都从阳伞下斜眼瞪向麦特，麦特则皱眉回望着她们。不过其中有两个倒是很漂亮。随后她们都笑了，并且开始七嘴八舌地议论起来，仿佛麦特刚刚做了件很有趣的事情。女人总是在你以为她们一直都会是某个样子时突然换了张嘴脸，让你只能承认自己大错特错。但麦特答应过兰德，要保护伊兰平安到达凯姆林，也要保护奈妮薇和艾雯。他也答应了艾雯，要保护伊兰、奈妮薇在艾博达的平安，更不要说艾玲达了——只有这样伊兰才会跟他去凯姆林。而她们从没告诉过他为什么要到这里来。自从到了这个该死的城市之后，她们对他说的正经话一共不超过二十个字！

“我会保护她们的，”麦特低声喃喃道，“即使我必须把她们塞进桶里，再用大车把她们运到凯姆林去。”他也许是这个世界上唯一能以如此坦然的方式这样谈到两仪师的男人，这点连兰德和那些聚集在兰德麾下的男人也做不到。麦特碰了碰衬衫下面的狐狸头徽章，确认它还在。他从不会将它摘下来，甚至是洗澡的时候也不会，它并不能彻底保证他的安全，但他还是多加小心比较好。

“对于不懂得照顾自己的女人来说，塔拉朋一定是个可怕的地方。”泽凌嘟囔着。他正看着三名戴面纱的男人穿着破烂的外衣和曾经是白色的裤子，手忙脚乱地向看台上方跑去。他们身后是两名挥舞棍棒的登记人保镖。没有法律规定穷人不能进入绳圈内，但那些保镖会确认这一点。刚才瞪麦特的两名漂亮女子似乎是在私下打赌，赌那些塔拉朋人能否逃脱保镖的追打。

“我们这里已经有很多女人了，没心情再去招惹是非。”麦特对泽凌说道，“回到她们上船的那个地方去，等着汤姆，告诉他，我需要他尽快来见我。我想知道那些该死的傻女人到底要干什么。”

泽凌的样子并不像是认为麦特很傻，但自从来到这里之后，他们一直在努力探察那些女人的行踪，结果一个多月过去了，他们仍然一无所获。泽凌最后瞥了那些逃跑的穷人一眼，迈着悠闲的步伐开始沿原路返回。他的手里又开始掂着那个金币了。

麦特皱眉向跑道对面望去，那里和他的距离不到一百五十尺，几个人影逐一映入他的眼帘——一名驼背的白发老男人；一个鹰钩鼻、面孔尖削，戴着一顶羽毛帽子的女人；一个高个子家伙留着金色的发辫，看上去好像一只穿绿丝衣的鹳；一名嘴唇丰满、身材有点圆胖的年轻女子的穿着简直让她的上半身呼之欲出。炎热持续的时间愈长，艾博达女人身上的衣服就变得愈少、愈薄，但现在麦特对这点没什么兴趣。已经过去几个星期了，他在这几个星期里却连那些女人的影子都没瞥到过一次。

柏姬泰肯定不需要别人的保护，她是一名号角狩猎者，任何想找她麻烦的人最终都会明白自己犯了怎样的错误。而艾玲达……如果有人不小心对她多看了两眼，她大概会立刻用匕首戳穿那个人，倒是需要有人防止她随便这么做。在麦特看来，艾玲达只要不用匕首去刺伊兰，她想怎么攻击其他人就随她去吧！那名王女永远都会扬着她的鼻子，只有在兰德身边时眼神才会变得温柔一些。她不会像艾玲达那样直接用匕首去杀人，但对于想多看她一眼的男人，她的凶狠程度绝不亚于艾玲达。兰德知道如何对付女人，但他和这两个女人搅在一起，明显是跳进了熊窝里，离大难不远了。麦特甚至不太明白，为什么灾难还没发生。

不知为什么，麦特的目光飘回到那名尖削面孔的女人身上。她很漂亮，不过看上去也很狡猾，麦特觉得她的年龄大概和奈妮薇差不多，相隔这么远的距离，这点并不好判断。不过麦特能够像评判马一般准确地评判女人。当然，女人远比马更能愚弄人。她的身材很苗条。为什么她会让他想到麦草？在那顶羽毛帽下面，她的头发是黑色的。不过这并不重要。

柏姬泰和艾玲达不需要他的照顾，伊兰和奈妮薇也是一样，虽然她们固执、自以为是、一心只想立功，但她们有能力保护自己。她们这样整天偷偷摸摸的，和她们以前的风格完全不同。不过这也许是她们固执的另一种表现。她们总是先指责男人多管闲事，不问青红皂白地把男人轰走；然后又指责男人在被需要的时刻没有及时出现。当然，即使是到了那样的时刻，她们仍然不会承认她们是需要男人的。帮助她们是对她们的妨碍，但袖手旁观又会变成靠不住的废物。

对面那名狐狸面孔的女人又出现在麦特的视线中，这次麦特想到的不是麦草，而是马厩。这没有任何意义。麦特倒是在马厩里和不少年轻女子相会过，其中有一些也不是那么年轻了。那个女人穿着一件剪裁合体的蓝丝长裙，顶住下巴的高领上绣着雪白的缎带，袖口的缎带盖住了她的双手。一名女士。麦特像躲避死亡一样躲避贵族女子，这种女人像弹拨竖琴般玩弄她们的傲慢，男人只能跟在她们的屁股后面，对她们言听计从。麦特·考索恩不是这样的人。奇怪的是，那个女人正用一簇羽毛为自己扇风。她的侍女呢？一把匕首。为什么她会让他想到一把匕首？还有……火焰？至少，是某种会燃烧的东西。

麦特摇摇头，努力将注意力集中在重要的事情上。其他人的回忆，关于战争、宫廷和几个纪元前就消失的国家。这些记忆填塞了他本身记忆的空穴，而他自己的生活却变得稀薄，或者完全不存在了。他能记得自己跟着沐瑞和岚逃出两河，但从那时一直到凯姆林的那段记忆却仿佛什么都没有。这样的空穴在他的记忆中俯拾皆是。如果他成长过程中的岁月都已经一段段地消失了，为什么他应该回忆起他所遇到的每一个女人？也许她只是让他回想起某个在一千年前就已经死掉的女人。光明在上，这种事对他来说并不稀奇，甚至连柏姬泰也偶尔会勾起他的一些回忆。嗯，现在让他脑子打结的女人一共有四个，而她们都是很重要的。

奈妮薇她们一直都在躲着他，好像他身上长了跳蚤一样。他已经去了宫里五次，她们却只见过他一次。即使是在那一次里，她们也只是告诉他她们非常忙碌，就把他送了出来，如同打发送信的小孩。这一切只能说明她们认为他会妨碍她们现在的行动，也就意味着，她们现在的行动是危险的。她们并不是彻底的白痴，虽然经常会犯傻，如果她们看到了危险，那就一定是危险的。在这座城里的某些地方，只要是陌生人，或者是显露出自己的口袋里有一个硬币，也许就会招来刺向胸口的匕首，如果她们不能及时察觉，即使是导引也救不了她们。而麦特却只能干坐在这里，身边还带着拿勒辛和十二名红手队的勇士。还有汤姆和泽凌，他们两个已经住进了泰拉辛宫内的仆人区里，现在却也只能靠数手指打发时间。那些固执的女人早晚要让自己的喉咙被别人割开。“要是我能插手就不会了。”麦特狠狠地嘟囔着。

“什么？”拿勒辛说，“看，它们就位了，麦特。光明烧了我的灵魂吧！希望你是对的，我可看不出那匹花斑马有什么半疯的样子，它很想跑呢！”

那些马都在不停地踏着蹄子，在一双双高立柱之间的空隙里站好。立柱的顶端都挂着彩带，被暖热的微风吹起，飘扬在半空中。彩带有蓝、绿等各种颜色，其中有一些绘着彩色条纹。赛道是一千五百尺长的、结实的红土路面。赛道尽头有一排彩带颜色与起点完全对应的立柱。每一名骑手跑到赛道尽头时，必须绕过与起点处自己右手立柱彩带颜色相同的立柱，然后再跑回来。马匹队列的两端各站着一名博彩登记人。两个人一男一女，都是身材圆胖，各高举着一块白巾。博彩登记人轮流负责这个岗位，这时他们就不能接受赌注了。

“烧了我吧！”拿勒辛还在嘀咕着。

“光明啊，小伙子，放轻松，你就等着去搔你那个女裁缝的下巴吧！”一阵呼喊声掩盖了麦特随后的话音，随着那两块白巾挥下，赛马猛地冲了出来，但马蹄击地的声音完全被人们的喊声淹没了。刚刚跑出十步，疾风已经领先了。奥佛尔紧紧地趴在它的脖子上。那匹银色鬃毛的褐马只落后一个马头。花斑马跟在后面。骑手们都扬起了马鞭，拼命地抽击着自己的坐骑。

“我告诉过你，那匹褐色马是危险的！”拿勒辛呻吟着说，“我们不该把一切都赌上去的。”

麦特根本无心回答。他的口袋里还有一袋钱，另外还有一些零钱，他管这袋钱叫种子，有了它，不管里面的硬币多么少，只要再有一场骰局，他就能弥补这次比赛可能造成的一切损失。现在赛马已经跑完了赛道的一半，疾风仍然领先，褐色马紧随在后，剩下的赛马都被它们甩到了后面。那匹花斑马只排在了第五位。转弯之后才是危险的时候，跑在后面的男孩会在那时鞭打向回跑的领先者。

麦特的视线一直紧随着赛马，中途恰巧扫过对面那个女人的狐狸面孔……然后他急忙将目光转了回来。人群的喊声和尖叫声逐渐低沉了下去。那个女人正朝赛马挥舞着她的扇子，并且兴奋地在原地跳跃着。但是突然间，麦特看见她穿着淡绿色裙装和富丽的灰色斗篷，她的头发用泡纱缎带系住，以优雅的姿势提起裙子，朝距离凯姆林不远的一座马厩中走了过去。

兰德仍然躺在麦草中，发出一阵阵呻吟，不过高热似乎已经过去，至少他不再呼唤并不在那里的人了。麦特怀疑地看着那个女人跪在兰德旁边，也许她真的像她所说的那样，能帮上忙。这样一名高贵的女士在乡村的马厩里干什么？麦特抚摸着外衣里面匕首柄头镶嵌的红宝石，对于自己为什么会信任任何人感到奇怪，信任绝不会有好下场，绝对没有。

“……像只小猫一样虚弱。”那个女人一边伸手到斗篷下面，一边说道，“我想……”

一把匕首突然出现在她手中，射向麦特的喉咙，如果不是麦特早有警觉，他肯定是死了。麦特俯下身子，又伸手抓住她的手腕。煞达罗苟斯的刀刃从鞘中抽出，压在女人白嫩的细颈上。女人立刻全身僵硬，竭力想看到那段微微压进自己皮肤的利刃。麦特想要划开她的喉咙，尤其是在他看见那把已经戳进马厩墙壁的匕首后。在那段细窄的锋刃周围，一圈烧焦的黑色在逐渐扩大，一缕浅灰色的烟气冉冉上升，很快就变成了火苗。

麦特打了个哆嗦，用手揉揉眼睛。携带那把煞达罗苟斯的匕首差点就让他丢掉了性命，他记忆中的空穴也是因此而产生的，但他怎么能忘记一个想要杀死他的女人？那个女人几乎承认自己是暗黑之友了。把她关起来之后，他们将那个女人的匕首扔进水桶里，结果整整一桶水几乎都沸腾了。一名猎杀兰德和他的暗黑之友，现在她和他同在艾博达，同在一座赛马场里，这会是巧合吗？时轴也许是答案——麦特把这件事视为和那该死的瓦力尔号角一样令他避之惟恐不及的事物——但事实是，弃光魔使知道他的名字。那座马厩并不是暗黑之友试图杀死麦特·考索恩的唯一地点。

麦特突然踉跄一下，因为拿勒辛用力地拍着他的后背。“看啊，麦特！天堂的光明啊，看啊！”

赛马已经纷纷绕过立柱，开始往回奔驰。疾风挺直脖子，鬃毛和尾巴都飘飞起来，奥佛尔紧贴在它的背上，仿佛变成了马鞍的一部分，这个男孩的骑术就像是与生俱来的。在四个马身之后，花斑马拼命地挥动四蹄，骑手还在徒劳地抽着鞭子。他们如同闪电般跑过最后一段赛程。排在第三位的马落后了三个马身。那匹银鬃褐色马跑到了最后。哀嚎声和失落的嘀咕声一下子压倒了胜利的欢呼声。输掉的赌单都被扔在了赛道上，仿佛在红土地面上覆盖了一层白雪。几十名登记人的仆役立刻跑出去将它们收拾干净，为下一场比赛清理出赛道。

“我们必须找到那个女人，麦特，我不会让她不付账就逃掉的。”根据麦特听到的传闻，博彩公会对于第一次逃账的登记人会处以极其严厉的惩罚，如果再犯，下场就是死亡。但这个公会是个平民组织，拿勒辛自然不会信任他们。

“她就在那里。”麦特随便指了一下，视线却一直没离开那名狐狸脸的暗黑之友。那个女人瞪着自己的赌单，又将它扔在地上，甚至拉起裙摆，狠狠地踩了它几脚，她显然没有把注下在疾风身上。然后，她扭曲着面孔开始挤进人群。麦特的身体僵了一下。她要走了。“收好我们赢的钱，拿勒辛，然后带奥佛尔回旅店。如果他错过了阅读课，你就要在安南大妈让他去参加下一场比赛前亲吻暗帝的妹妹了。”

“你要去哪里？”

“我看见一个曾经想要杀死我的女人。”麦特头也不回地说道。

“下次给她几样小东西！”拿勒辛在他背后喊道。

跟踪那个女人并不困难，那顶白羽毛帽就像是举在众人头顶的一面旗帜。走过实土的看台，是一片宽敞的空地，那里停着许多漆光马车和轿椅，车夫和轿夫们都在注意走出来的观众们。麦特的坐骑果仁正和其他几十匹马由“久远与崇高马夫公会”看管着。在艾博达，大多数行业都有自己的公会，任何侵占公会地盘的外来者都只能以悲惨的结局收场。麦特停住脚步，但那个女人还在贵族和有钱人乘坐的代步工具旁继续前行，没有女仆，甚至没有轿椅。只要是有钱骑马的人就不会在这种炎热的天气里步行。*我的小女士遭遇坎坷了吗？*

白银舞台位于粉刷着白色石膏的高大城墙南边。那个女人一直走了百多步的路程，来到有尖顶的宽阔的摩丁门前面，走了进去。麦特装作若无其事的样子跟在后面。摩丁门内是有十幅长度的城墙隧道，虽然光线在这里变得阴暗，但她的帽子很容易就能看到，必须步行的人们很少会戴这样的羽毛帽。她似乎是有明确的目的地。那顶羽毛帽在麦特前面的人群中招摇过市，速度不快，但一直在前进着。

艾博达在上午的阳光中闪耀着白色的光芒。白色的宫殿，白色的圆柱，围着雕铁栏杆的阳台，紧邻着它们的却是涂着白色石膏的裁缝铺、鱼贩摊子和马厩。高大的白色房屋的拱形窗户上，百叶窗全都紧闭着。旁边是白色的客栈，只有客栈门前的招牌上能看到各种彩色图案。露天市场中有一排排长长的棚子，棚子下面能看到活羊、活鸡、小牛、鹅和鸭子，它们让这里变得像畜栏一样喧闹。棚子前面，就是它们已经被屠宰并被悬挂起来的同伴。放眼望去，到处都是白色，如果不是白色的石块，就会被涂上白色的石膏，不过其间也点缀着红色、蓝色或金色芜菁形状的圆顶和棱角风格的尖塔。它们的周围都围绕着不少阳台。这座城市里有许多广场，广场中或立着带基座的大雕像，或装点着喷泉，但现在在喷泉中喷出的水流只会让人想到身边的炎热。所有这些广场上都挤满了人。

这座城市里现在充满了难民，商贩、贸易者，其他形形色色的各类人物也云集于此。一些人的不幸总会为另一些人带来好处。曾经从沙戴亚前往阿拉多曼经商，和从阿玛迪西亚前往塔拉朋经商的人，现在都顺流而下来到了艾博达。所有人都在忙碌着，也许是为了上千的金币，也许是为了一个小钱，为了能度过今天的一点食物。弥漫在空气中的有香水气味，也有尘土和汗味，它们闻起来都有一股绝望得不顾一切的味道。

满是驳船的运河横穿过这座城市，上面横跨着几十座桥梁，有些桥窄得无法让两人并行；有些桥却宽大到上面排列着鳞次栉比的店铺。在一座这样宽大的桥上，麦特突然发觉那顶白羽毛帽停下了，麦特便也在川流不息的人潮中停下脚步。这里的店铺只是一些木头小屋，它们的门窗上挂着沉重的木板，到了晚上，店主会用这些木板将店铺封住。现在它们都被拉了上来，露出店铺的招牌。羽毛帽上方的那块招牌上画着一座金色的天秤和一把锤子，那是金匠公会的标记，但很显然，这家金店的生意并不好。这时人群稍稍分开了一下，麦特看见那个女人正在回头观望。他急忙躲进右侧一个狭窄的货摊里，在这个货摊的后墙上挂着许多戒指，货架上放着雕刻成各种印章形状的石块。

“大人想要做一个新玺戒吗？”一个长得像鸟一样的家伙在柜台后面问道。他一边向麦特鞠躬，一边揉搓着双手，这名骨瘦如柴的家伙大概不会害怕他的商品被偷走；在这个小房间的角落里，一个独眼大汉坐在一张凳子上，他的身高恐怕要超过这间小屋的屋顶。他的膝盖中间靠着一根钉头大棒。“大人您看，我可以刻制任何花纹的印章。当然，这里也有可以试戴的戒指，我能制作各种大小。”

“让我看看那个。”麦特随便指了一下，他需要找个理由站在这里，直到那个女人继续前行。他也应该利用这段时间决定下一步该怎么做。

“这是长形风格的，大人，现在很受欢迎。是纯金的，不过也有白银材质。

我想这个尺寸刚刚好。大人想要这样的吗？也许大人想看看我雕刻的纹理有多精细？大人是想要金的，还是银的？”

麦特语焉不详地支吾了两声，将那个戒指套在左手的食指上，装模作样地观赏着上面那块用来雕刻印章的黑色卵圆形石块，但实际上他一直透过眼角盯着街对面的那个女人。那个女人一直在迎着阳光观看一条扁宽金项链。

艾博达城有治安官，但效率并不是很好，而且也很少能在街上看到他们。麦特没有证据指控那个女人是暗黑之友，而且即使他的指控被接受了，只需要几个钱币，那个女人也可以安然脱身。地方法官也许比治安官更难收买，但除非有当权者介入，否则足够的金钱可以收买这里的任何官员。

人群中突然出现一阵混乱——一名白袍众走了过来。他戴着圆锥形的头盔，炼甲长衫如同白银般闪亮耀眼。随着他大步前行，绣着金色阳光普照图案的雪白罩袍在他的背后飘起。周围的行人纷纷为他让出道路。没有人愿意挡住圣光之子的路，也没有人想去看那张岩石般的面孔。但那名狐狸脸的女人不仅正毫不掩饰地看着他，而且还在微笑。麦特的指控也许不能将她送进监狱，但也许现在她的行为真的会引燃某场灾祸。这座城市里本来已经塞满了关于泰拉辛宫中有暗黑之友的谣言。白袍众极其善于煽动暴乱，对于他们，两仪师就是暗黑之友。当圣光之子走过那个女人身边时，那个女人带着明显的遗憾神情放下项链，转身打算离开了。

“大人看看合适吗？”

麦特愣了一下，他已经忘记那个骨瘦如柴的男人和手指上的这个戒指了。“不，我不想……”麦特皱起眉，又拉了一下手指上的戒指，它竟然动都不动一下！

“不要再拉了，小心把石头弄下来。”既然没办法从麦特身上赚到钱，麦特也就不再是什么“大人”了。那个家伙哼了一声，一双刀子般的眼睛死盯着麦特，惟恐他溜走。“给你涂些油就好了，迪利，油瓶在哪里？”那名保镖眨眨眼，一边用手搔着头，仿佛是在思考油瓶是什么。现在那顶白羽毛帽已经走过这座桥的一半了。

“我买下了！”麦特喊道。没时间耽搁了。他从外衣口袋里掏出一把钱，将它们丢在柜台上，其中大部分是金币，只夹杂了几个银币。“够了吗？”

那名戒指匠人的眼珠立刻突了起来。“有一点太多了……”他的声音也开始有些发抖。他的两只手犹豫地罩在那堆硬币上方，然后用两根手指挑出两个银币。“这么多？”

“剩下的给迪利好了！”麦特咆哮着。那个该死的戒指现在却从他的手指上滑了下来。那个瘦子急忙将钱币收进了柜台，现在想要反悔这笔买卖已经太迟了。

麦特一边寻思着自己到底多付了多少钱，一边将那个戒指塞进口袋里，然后拔腿就去追赶那名暗黑之友。但现在他已经看不到那顶帽子了。

一对超过十二尺的白色大理石女人雕像装饰着桥的另一端，它们彼此对称，都袒露着一侧的乳房，一只手指向天空。在艾博达赤裸胸膛代表坦诚与真实。麦特完全不在乎别人的瞪视，纵身攀上其中的一座女人像，抱住那个女人的腰部以保持平衡，向远处望去。沿着运河的街道在不远处有两条岔路，到处都挤满了行人、大车、货车、轿椅和马车。有人在朝他粗声地叫嚷着说“真正的女人会更温暖些”，人群里随之发出一阵哄笑声。那顶白羽毛帽在左侧岔路口的一辆蓝漆马车后面出现了。

麦特跳到地上，快步向那里跑去，被他撞到的人发出一阵咒骂声，他却充耳不闻。这是一场奇怪的追逐，在这么一大群人中间，各种车辆一直在挡住他的路，也让他无法清楚看到那簇白羽毛。他又跑上一座宫殿的大理石台阶，向远方看了一眼，然后跑下来继续向前追赶。然后他跳上一座喷泉的边沿，下一次是一只倒扣在墙边的桶、一只刚刚从牛车上卸下的板条箱。有一次，他甚至跳上一辆马车的侧边，让马车夫用鞭子把他赶了下来。虽然这样费力地又跑又跳，但他和那名暗黑之友的距离并没有缩短多少。直到这时，他仍然不知道抓住那个女人之后该怎么办。突然间，当他跳上一座大房子前的墙墩时，那个女人就彻底消失了。

麦特拼命搜索这条街道的各个地方，但人群中一根白羽毛都看不到。这里有好几栋规模和他背后那栋房子类似的建筑，还有几座高矮各异的宫殿、两间客栈、三家酒馆。一家门前招牌上画着匕首和剪子的刀具店；一家摆着不下五十种鱼的大鱼摊；两名地毯匠人在遮阳棚下展示着他们的地毯。还有一家裁缝铺和四个布料摊，两家贩卖漆器的商店、一个金匠铺、一个银匠铺、一个马坊……这条街上的房子太多了，那个女人可能走进任何一道门里，或者她有可能转进一条麦特没看见的巷子里去。

麦特跳下来，一边嘟囔着，一边戴好帽子……然后看见了她。她正在对街一座宫殿的宽阔台阶上，几乎已经走到台阶顶端，消失在那一排高大的凹槽圆柱后面了。这座宫殿并不大，只有两根细尖塔和一座装饰红色条带的梨形圆顶。艾博达宫殿的第一层全都是仆人房、厨房或类似的房间，更好的房间都在高层，能吹到海风的地方。穿着黑黄两色制服的守门人向那个女人深深鞠了个躬，早早便打开了雕花大门。门里的一名仆人向她行了个屈膝礼，说了些什么，立刻又转过身，引领她向宫殿深处走去。显然那座宫殿里的人认识她。

大门关上后又过了一会儿，麦特仍然一动也不动地打量着那座宫殿。这座宫殿在艾博达远远算不上华丽，但只有贵族才能居住在这样的建筑里。“末日深渊啊，是谁住在这里？”他喃喃说着，摘下帽子为自己扇风。不会是她，否则她就不用走路了。只要他在这条街上的酒馆里打听一下就能知道，但有外地人在打听这座宫殿的讯息也会传进这座宫殿里，里面的人不会毫无警觉的。

有人说了一声：“贾西姆。”麦特一转头，看见一名瘦骨嶙峋的白发老人正靠在附近的阴凉里。麦特用疑问的眼神看着他，他朝麦特笑了笑，露出缺少牙齿的牙床。他佝偻的肩膀和带着悲哀神情的褶皱脸庞，与他身上工艺精致的灰色外衣完全不相称，尽管他的领口上装饰着一点缎带，但他看起来就是一副落魄模样。“你问谁住在里面，车尔森宫现在是贾西姆·卡林丁居住在此。”

麦特的帽子停了一下。“你是说那名白袍众使者？”

“是的，他还是圣光之手的裁判者。”老人用一根粗糙的手指敲击着鸟喙般的鼻侧，看样子，他的手指和鼻子都断过不止一次了。“最好别招惹那种人，即使一定要去打扰他，也要三思而后行。”

麦特不经意地哼起了一段“来自高山的暴风”。确实是个不该去打扰的家伙，裁判者是一帮最凶恶的白袍众。而现在，一名白袍众裁判者却有一名暗黑之友访客。

“谢谢……”麦特愣了一下。那名老者消失了，完全隐没在了人群里。奇怪的是，麦特觉得自己似乎见过那张脸。也许是那些古老记忆中一个早已死去的人吧！也许……麦特的脑海里仿佛爆开了照明者的烟火，猛然被点亮了。白头发，有鹰钩鼻的老人，他在白银舞台里出现过，就站在那个女暗黑之友身边不远处。麦特以指尖转着帽子，不安地向那座宫殿皱起眉。他从未陷进过这种困境里。他能感觉到骰子在他的脑海中突然开始旋转。这不是个好兆头。

第 15 章

虫子

贾西姆继续在信纸上写了一会儿，才抬起头去看走进房里的夏安女士，这是她对自己的称呼。三只蚂蚁陷在信纸上的墨水笔迹里，正徒劳地挣扎着。一切都会灭亡，但蚂蚁、蟑螂之类的小虫却似乎会永远兴旺繁荣下去。贾西姆小心地按下吸墨纸，他不打算因这几只蚂蚁而得重新把信写一遍。如果不能送出这份报告，或者在报告上写下失败的讯息，他也许就要像这些被困住的虫子一样等待毁灭了，而对于另一种失败的恐惧已经揪紧他的胃肠。

他并不害怕夏安看见他写下的字句，除了他之外，只有两个人懂得这种密码。现在有许多“真龙信众”正在执行任务，每一队都有一些他最信任的人作为核心，更多的人则只是纯粹的盗匪。或者也真的有人信守誓言、忠于那个叫兰德的人。培卓·南奥也许不会喜欢后者，但他的命令是要让阿特拉和莫兰迪落入鲜血与混乱之中，只有培卓和圣光之子能够拯救他们，并且让那个所谓的转生真龙为这些事情负责，而这些他都做到了。恐惧已经掐住了两个国家的喉咙。关于女巫的谣言也在四处传播，这倒是圣光之子原先没料到的好事。塔瓦隆女巫和真龙信众。两仪师诱拐年轻女孩，拥立伪龙。村庄被烈火吞噬，男人们被钉在自家谷仓的门板上。这里的街道上也有半数谣言是关于这些事情的。培卓会喜欢的，他也会发出更多的命令，但贾西姆不明白培卓为什么会要他在泰拉辛宫中抓到伊兰·传坎。

另一只蚂蚁爬过象牙镶嵌的写字台，来到信纸上，贾西姆伸出大拇指摁死了它，却弄糊了一个字，整个报告都要重新誊写了。他非常想喝杯酒，门口桌上的水晶瓶里盛着白兰地，但他不想让这个女人看见他喝酒。压抑住一声叹息，他将信纸推到一旁，从袖子里抽出一条手绢，擦了擦手。“那么，夏安，你终于有讯息可以报告了？或者你只是来要钱的？”

夏安坐进一张雕花扶手椅里，懒懒地朝他笑着。“进行搜寻，自然需要应得的开支，”她用近似安多贵族的口音说道，“特别是在我们不想引起别人猜疑时。”

大多数人在贾西姆·卡林丁的注视下都会感到局促不安，即使放在他手边的只是一支钢笔。贾西姆面孔刚硬，眼窝深陷，包覆住外衣的白色罩袍上绣着金色的阳光普照图案，和代表圣光之手的猩红色牧羊人钩杖。但蜜丽·斯甘却完全不在意他这副凶狠的模样，这是她的真名，只是她以为贾西姆并不知道这个名字。她是白桥附近村子里一名制鞍匠的女儿。在十五岁时，她曾经去过白塔，这是另一个她以为只属于她自己的秘密。这不是个好的开始，因为女巫们告诉她不可能学会导引，所以她成为了暗黑之友。但在不到一年的时间里，她不仅在凯姆林建立了自己的势力，还第一次杀了人；在随后的七年里，她又杀了十九个人。她是一名最优秀的刺客，也是一名能找到任何人、任何东西的猎手。这是她被派到贾西姆身边时他所得到的信息。现在她在艾博达也建立了自己的情报网，其中有几个人甚至是真正的贵族，而且几乎所有成员都是年长的人，但这些细节对于侍奉暗主的人们而言并不重要。贾西姆也有自己的情报网，领导他的情报网的是一名面容粗糙、掉光牙齿的独眼乞丐，他习惯于一年只洗一次澡。如果不是处在现在这样的环境里，贾西姆也要向老库利下跪——这是这名恶臭的流氓唯一承认的称呼。蜜丽·斯甘肯定要匍匐在老库利的脚下，还有她那个圈子里的每一个成员，无论他们是不是贵族。每当贾西姆想到如果那个蓬头垢面的老乞丐走进这个房间，“夏安女士”一定会闪电般跪倒在地上，而现在她却只是翘着腿坐在自己面前，一边微笑，一边抖着穿软鞋的脚，仿佛很不耐烦的样子，他就会恼火异常。她被命令要绝对服从贾西姆，这个命令来自一个即使是老库利也要匍匐跪拜的人物。贾西姆现在迫切希望取得成功。培卓的计划可以被当作粪土，但那个人的命令是绝不能辜负的。

“借口很容易就能找到，”贾西姆一边说，一边将钢笔放在象牙笔架上，接着把椅子往后一推，“但任务一定要完成。”他的个子很高，外表也很有威胁感，他知道，墙上的镀金镜子里照出的是一个危险而有力的男人。“即使是因为买衣服、饰品和赌博而花掉应该用来搜寻情报的钱。”那只抖动的脚停了一下，然后又抖动起来，但夏安的微笑已经显得有些勉强，脸色也变白了。她的手下会对她言听计从，但如果贾西姆说一句话，他们立刻会将她倒吊起来，活剥了她的皮。“你没有什么进展，对不对？实际上，你应该什么事也没做。”

“我遇到了困难，你知道的。”她喘着气说道，但她仍然努力直视着贾西姆的眼睛。

“借口。你要告诉我困难已经被克服了，而不是你被绊倒在地上。如果你这次真的跌倒了，那你就要一失足成千古恨了。”贾西姆转过身，背对着她走到窗前。他也会面临同样的命运，而他不想冒险让这个女人看清他现在的眼神。阳光穿过雕花石栏，照进房间里。这是个高大宽敞的房间，铺着白绿两色的地砖，墙壁被粉刷成亮蓝色。厚实的宫殿墙壁可以挡住外面的热浪，但炎热还是会从窗户渗进来，贾西姆几乎能感觉到房间对面的白兰地，现在他恨不得这个女人立刻离开。

“贾西姆大人，我怎么能公开向任何人询问跟至上力有关的事情？这肯定会导致猜疑，而且你知道，这座城市里有两仪师。”

贾西姆从漩涡状雕刻的缝隙中望着下方的街道，因为闻到的气味而皱了皱鼻子。许多种气味混成了一团。一名艾拉非人将头发结成两根辫子，背上捆着一把弯剑，他将一个硬币扔给一名独臂乞丐，那名乞丐满面愁容地看着这个施舍，然后将它塞进自己的破衣服里，继续向行人哭喊行乞。一名穿着破烂的亮红色衣服，和颜色更加鲜亮但同样破烂的黄裤子的人从一家店铺中跑了出来，胸前紧抱着一匹布；一名白发妇人紧追在后面高喊着。她将裙子一直拉到膝盖上，跑得飞快，甚至那名挥舞着棍棒的魁梧保镖也只能跑她身后。一辆红漆马车的车门上绘着金币和张开手掌的图案，那是放债人的标志。那辆车上的马车夫正在向一辆帆布篷车上的车夫挥舞着鞭子，后者的车挡住了红漆马车的路。这两辆马车立刻把街道堵住了，随之而来的是周围的一片咒骂声。肮脏的街童蜷缩在一辆毁坏的大车后面，手里抓着从乡下运到城里来的干瘪小果子。一名戴着面纱的塔拉朋女人正挤过人群，她的一头黑发被梳成细长的辫子，许多男性的目光都落在她那件肮脏但贴身得暴露的红色长裙上。

“大人，我需要时间，时间！我做不到不可能的事，更不可能在几天时间里就做到。”

全都是垃圾——伺机掠夺金银的人、号角狩猎者、贼、难民，甚至还有匠民。渣滓。挑起暴乱是很容易的事，这些污秽也能借机清理一下。外地人永远都是首选目标，可以把一切不幸都归罪于他们的恶行。还有遭到邻居敌视的倒霉鬼；售卖草药、治疗疾病的女人；没有朋友的单身汉。只要有正确而谨慎的引导，一场漂亮的暴乱就能把泰拉辛宫，以及里面的荡妇泰琳和那些女巫一同烧掉。他瞪着下方的人群。当然，暴乱很容易失控，保安官也会来搅局，一些真正的暗黑之友难免会遭到逮捕。如果被逮捕的人里有他的手下，那就不好了。即使他们都平安无事，一场持续几天的暴乱也会打断他们的搜寻工作。泰琳并不重要，不值得冒这么大的险。实际上，她根本没有任何价值，现在还没有。他能让培卓失望，但绝不能辜负他真正的主人。

“贾西姆大人……”夏安的声音里出现了挑衅的意味，贾西姆将她扔到一边太久了。“贾西姆大人，我的一些手下想知道为什么我们要寻找……”

贾西姆打算猛然转过身，狠狠瞪夏安一眼——他需要成功，而不是借口，更不是疑问！但这时夏安的声音逐渐被他忽略。贾西姆没有转身，目光落在站在对街的一名年轻男子身上。他穿着一件蓝色外衣，袖子和翻领上的金红色刺绣是普通贵族的两倍。他比大多数人都要高。现在他正用一顶黑色的宽边帽扇着风，一边调整着脖子上的围巾，同时还在和一名佝偻的白发男人说话。贾西姆认识这个年轻人。

他突然觉得仿佛有一根带结的绳子勒住了他的头，并且愈勒愈紧。片刻之间，一张藏在红色面具后面的脸充满了他的视野。黑夜般的眼睛紧盯着他，那是充满火焰的无尽洞窟，在他的脑子里，整个世界都爆炸成一片火焰。无数影像涌进他的脑海，让他连尖叫声都发不出来。三名年轻男子的影像出现在半空中，其中一个开始闪光，就是这个站在街上的男人。那光芒愈来愈亮，直到它几乎能刺瞎一切生物的眼睛，但它还在变亮，刺灼着贾西姆的眼睛。一只弯曲的黄金号角朝那个人迅速飞去，它的号声吸引着他的灵魂。然后它在一片闪耀中变成一个金光四射的戒指，将他吞了下去，让他陷入极度严寒之中，直到他最后一点清醒的意识也相信自己的骨头一定已经都变成了碎片。一把握柄上镶着红宝石的匕首直射向他，弯曲的刀刃正中他的眉心，刺进他的皮肉，直到覆金的刀柄也消失在他的身体里。痛苦抹去了他的所有意识。他会向创世主祈祷自己能够永远地消失，但他已经忘记该如何祈祷。他也忘记如何尖叫，忘记人类能够尖叫，忘记了自己是个人。影像还在连续不断地涌入，连续不断……

贾西姆伸手抚着前额。他奇怪着为什么手在颤抖，为什么他会头痛，一定有某种……他呆愣地望着街道。只是眨眼之间，一切都改变了。行人不同了，马车驶走了，取而代之的是其他颜色的马车和轿椅。真正糟糕的是，麦特也不见了。他真想一口吞下那一整瓶白兰地。

这时他才忽然意识到夏安已经不再说话了。他转过身，想继续教训那个女人。

夏安正向前倾过身体，像是要站起来的样子。她的一只手放在椅子扶手上，另一只手抬了起来，似乎是在打手势。她的窄脸上一副恼怒的神情，但不是对贾西姆的。她的身体没有丝毫移动，眼睛也不眨一下，贾西姆甚至不能确定她是否在呼吸，不过他的注意力已经完全不在这个女人身上了。

“你在沉思？”沙马奥问道，“我能否期望你是在思考我给你的任务？”沙马奥比一般人要稍高一点，身躯健壮，肌肉坚实，穿着一件伊利安风格的高领外衣，衣服上覆盖着细密的金线刺绣，甚至让人很难看出它的绿底色。他这样的体魄并非只是因为弃光魔使的身份。他的蓝眼睛比冬天之心更寒冷。一道铅色的伤疤从他金色的发际一直延伸到金黄色的、被理成方形的胡子里，看上去和他的脸形与装束很相称。无论什么东西，只要挡住他的路，都会被他踢开、踩扁，或者彻底抹去。贾西姆知道，就算是他从未见过沙马奥，一旦与他面对面，这名弃光魔使想必也能让他的胃纠结在一起。

他急忙离开窗前，跪倒在使徒面前。他确实蔑视塔瓦隆女巫，他蔑视任何使用至上力的人，凡人根本不该碰触这种力量，正是因为凡人对它的滥用，世界才因此毁灭。但使徒不是凡人，至少他们不完全是凡人，如果他立下足够大的功劳，他也将不再是凡人。“伟大的主人，我刚刚看见麦特·考索恩了。”

“在这里？”沙马奥似乎有些迷惑，这让贾西姆感觉有点奇怪。使徒低声地说了些什么，贾西姆听到其中一个词，血色立刻从他的脸上消失了。

“伟大的主人，您知道我绝不会背叛——”

“你？蠢货！你还不配。你确定你看见的是麦特·考索恩吗？”

“是的，伟大的主人。就在街上，我知道我能再找到他。”

沙马奥皱起眉头俯视着他，一只手抚着胡子。他的目光似乎已经穿透贾西姆·卡林丁，投射到遥远的地方。贾西姆不喜欢这种彻底被忽视的感觉，尤其他明白，自己是真真正正地被忽视掉了。

“不，”沙马奥最后说道，“你现在搜寻的是最重要的东西，它是不可取代的，你知道这些就好了。杀死麦特当然是一件好事，但如果那件东西引起别人的注意就不好了。如果那东西已经被注意到，如果他对你的搜寻感兴趣，那就杀死他，否则，可以等到以后再处理他。”

“但——”

“我说得不够清楚吗？”沙马奥的伤疤将他的微笑扯到了脸的一旁，“最近我看见了你的妹妹凡诺拉，她看上去状况不太好，一直在尖叫和哭泣，不住地抽搐，揪自己的头发。在魔达奥的手里，女人总是会得到比男人更痛苦的待遇，但魔达奥也要为它们自己找乐子。不必担心她会受苦太久，兽魔人一直都是很饥饿的。”笑容从沙马奥的脸上消失了，他的声音硬得如同一块石头。“那些不遵守命令的人也会被放到炉火上烤熟。凡诺拉的表情像是在微笑，贾西姆。你在烤肉叉上旋转的时候会微笑吗？”

贾西姆努力抑制自己的反应，但还是吞了口口水，才压下因为凡诺拉而感到的心痛。凡诺拉有着轻灵的笑声和高超的骑术，在别人害怕行走的路上，她敢纵马疾驰。她是贾西姆最疼爱的妹妹，她死了，但他并没有死。她并不知道自己是为什么死的，也许这也算是一点仁慈吧！“我的生命就是为了侍奉和遵从，伟大的主人。”贾西姆不相信自己是懦夫，但没有人会违背使徒，至少不会有第二次违背他们的机会。

“那么就找到我想要的！”沙马奥咆哮道，“我知道它就藏在这座苍蝇窝一样的小城里！特法器、法器、超法器！我一直在搜集它们，寻找它们！你给我找到它们，贾西姆。不要让我失去耐心。”

“伟大的主人……”贾西姆努力想让自己干燥的喉咙有一些潮气，“伟大的主人，这里有女巫……有两仪师，我不知道有多少，但如果她们听到风声——”

沙马奥挥手示意他闭嘴，然后将双手握在背后，快速来回踱了三趟。他看上去并不是在担忧，只是在……考虑着什么。最后，他点点头。“我会派你……或者某个人……去对付这些两仪师。”他短短地笑了一声。“我几乎希望能亲眼看看她们的面孔，很好，你还可以再有一些时间，之后也许别人会有机会。”他用一根手指挑起夏安的一绺头发。夏安仍然一动不动地停在原地，两只眼睛眨也不眨地瞪着前方。“这个孩子肯定会欣然接受这个机会的。”

贾西姆抑制住一阵恐惧的刺痛。使徒们毁掉某个人就像他们扶植起某个人一样轻松，也一样随意，失败永远都不会得到原谅。“伟大的主人，请您原谅，我是否能知道……您是否……您会不会——”

“你没有什么运气，贾西姆，”沙马奥的脸上又露出微笑，“为了执行我的命令，你最好希望以后的好运能多一些。看来，至少有人正在确保伊煞梅尔的命令仍然会得到执行。”沙马奥在微笑，但他的脸上没有半点愉悦的神情。也许是因为那道伤疤的存在。“你辜负了他，你也因此而失去了你的全部家人，是我保住了你的命。很久以前，我曾经见过三名魔达奥让一个男人逐一交出他的妻儿们，然后又乞求他们砍下他的右腿、左腿、手臂，最后烧掉了他的眼睛。”那种轻松平静的陈述传进贾西姆的耳朵里，比任何吼叫和咆哮都更加可怕。“它们喜欢这样的游戏，这你知道的。它们总是让人类乞求它们拿走最心爱的东西。它们想知道人类最终能放弃到什么程度。当然，它们留下了那个男人的舌头，但那时那个男人已经没什么可以奉献出来了。他曾经拥有权势、俊美和名誉，令所有的人羡慕，但最后他被扔给兽魔人时，不会有任何人羡慕他了，你绝不会相信他那时发出的声音。找到我想要的，贾西姆，你不会希望我收回保护你的双手吧！”

突然间，使徒面前出现一道闪光的竖线。它似乎在以某种形式旋转着，并迅速扩大，最后变成了一个方形的……空洞。贾西姆惊讶得张大了嘴，他从那个洞中看到许多灰色石柱和一片厚重的浓雾。沙马奥走了进去，那个洞立刻收缩成一道耀眼的光，然后也消失了，只留下贾西姆视野中一片强光过后的紫黑色残像。

贾西姆摇晃地站起身。失败永远都要受到惩罚，但违背使徒的命令则必死无疑。

突然间，夏安开始动了，她完成从椅子上站起手的动作。“你给我记住，博斯。”她才说了这么一句，立刻又停住了。她盯着贾西姆曾经站立的那个窗口，然后四下里张望着，寻找贾西姆。看到贾西姆时，她吓了一跳，眼珠都从眼眶里突了出来，好像贾西姆就是使徒似的。

违逆使徒必死无疑。贾西姆将双手压在额角上，他觉得自己的头就要爆炸了。

“这座城市里有一个男人，叫作麦特 · 考索恩，你要……”夏安愣了一下，贾西姆皱起眉头：“你知道他？”

“我曾经听过这个名字。”夏安谨慎地说道。贾西姆相信她的语气里还蕴含着怒意。“和兰德·亚瑟联系在一起的人不可能默默无闻。”贾西姆向她靠近了一步，她不由得交叉双臂，似乎是要保护自己，同时她很努力地撑住双腿才没有向后退去。“一个肮脏的乡下男孩在艾博达能做什么？他是怎么——”

“不要用愚蠢的问题干扰我，夏安。”他的头从不曾像现在这么痛过，就像有一把匕首正从他的双眼间刺进他的颅骨。*必死无疑*……“你要让你的手下立刻找到麦特，找到他和他全部的同伴。”老库利今晚会来，从那些马厩后面溜进来，她不需要知道这里还会有其他人。“这是最重要的任务，不能受到任何干扰。”

“但我本以为——”

贾西姆抓住她的脖子，让她无法发出声音。一把细长的匕首出现在她手中，但贾西姆几乎立刻扭开了她的手腕。她抽搐着、挣扎着，却还是被贾西姆将她的脸压在了桌上。她的脸颊正好压在那封本来要呈递给培卓 · 南奥的信上，染上了一片片墨水渍。那把匕首尖锋被推到她的眼睛前面，她的全身都僵住了，匕首的刀刃切在信纸上，恰好压住一只蚂蚁的一条腿，那只蚂蚁立刻像她刚刚那样徒劳地挣扎起来。

“你是一只虫子，蜜丽，”头脑中的疼痛让他的声音变得极其凶狠，“该是你明白这一点的时候了。一只虫子和其他虫子没什么区别，如果有一只虫子不能胜任……”夏安的眼睛看着贾西姆按下的手指。当那只蚂蚁被压碎时，她哆嗦了一下。

“我的生命就是为了侍奉和遵从，主人。”她喘息着说道。每次贾西姆看见她和老库利在一起时，她都会这样对老库利说，但她以前从不曾对贾西姆这么说过。

“那么你就遵从……”*违逆者必死无疑，必死无疑。*

第 16 章

面颊上的碰触

泰拉辛宫中到处都是闪亮的大理石和纯白色的石膏，阳台上的雕铁栏杆也被漆成白色。立柱走廊足有四层楼高。鸽子盘旋在尖圆顶和被阳台环绕的高尖塔周围。这些建筑外壁镶嵌的红色和绿色瓷砖在太阳下闪闪发光。宫殿中的尖角宫门穿过高耸的墙壁，通往各个庭院和花园。六十尺宽的雪白大阶梯从莫海拉广场一直通向宫门。广场的喷泉中央有一尊超过二十四尺的巨大雕像，雕像的一只手指着大海；它应该是为了纪念某位早已死去的女王而建的。宫门像那些阳台护栏般雕刻出卷须花纹，并且包覆着一层黄金。

十几名卫兵站在宫门两侧，在阳光下不停地出着汗。他们穿着绿色的外衣和闪亮的胸甲，宽松的白裤子被扎进深绿色的靴子里。反射阳光的金色头盔上围着白布巾，用绿色的绳子系住，长长的尾端一直垂到卫兵的背后，甚至连他们的战戟和短剑鞘上也都闪耀着黄金的颜色。他们是观赏用的卫兵，并不是战斗用的。但是当麦特站在台阶顶端时，他能看见他们手上生满老茧。以前他总是从马厩那里进入泰拉辛宫，顺便看看这座宫殿里的马匹，不过这一次，他要走贵族们走的路。

“光明祝福这个地方。”他对卫兵的长官说道。那是一个并不比他年长多少的男人。艾博达是个讲礼貌的城市。“我要给两仪师奈妮薇和两仪师伊兰留一封信，如果她们已经回来了，我想当面交给她们。”

那名长官盯着他，同时惊讶地看着那段阶梯。他的尖顶头盔上系着金色的绳子，麦特相信这代表着某种阶级，不过具体情形他并不了解。这个人手里拿着的也不是战戟，而是一根镀金棒，像赶牛棒一样，它的一端是尖的，另一端有个钩子。看他的表情，似乎以前根本没有人走过这条路。他审视着麦特的衣着，显然在认真地思考着。最后，他决定不能将麦特拒之门外。他叹了口气，向麦特响应了一句祝辞，又询问过麦特的姓名后，就打开宫门上的一道小门，引领麦特一直走进一座宏伟的前厅。这座前厅周围有五座石雕栏杆的阳台，大厅的穹顶上绘着云朵和太阳，像是天空的样子。

那名军官弹了一下手指，一名身材苗条的年轻女仆应声而至，她的白色外裙左侧裙摆被缝起来，露出里面的绿色衬裙，在她的左胸部位绣着绿色的船锚和剑。她一脸吃惊的神情，快步跑过红蓝两色的大理石地板，分别向麦特和那名军官行了个屈膝礼。她留着黑色短发，样貌甜美，橄榄色的皮肤如同丝绸般光滑柔美。像艾博达平民服装一样，她的制服领口深而且窄。麦特告诉她自己此行的目的，看见她瞪大眼睛，才发觉她的黑眼睛竟然这么大。严格来说，两仪师在艾博达并非不受欢迎，但大多数艾博达人对两仪师都会敬而远之。

“是的，剑尉，”她一边说着，又行了个屈膝礼，“当然，剑尉。请随我来，大人。”

艾博达的建筑物外观都是在阳光下耀眼夺目的白色，但内部却装饰着各种缤纷的颜色。泰拉辛宫中似乎有几里长的宽阔走廊。麦特先走过一段蓝色天花板和黄色墙壁的走廊，随后的一段走廊墙壁是浅红色，天花板则是绿色的。每走过一段路，颜色都会改变，除了匠民之外，任何人在这里都会感到眼花撩乱。在走廊交会处，地面上都会用小块瓷砖铺出复杂的漩涡、螺旋和环形图案，墙壁上稀疏的几幅丝绸挂毯上绣着海洋的景色。拱形小壁龛里摆放着雕花水晶碗、小雕像和黄色的海民瓷器。偶尔会有一名穿制服的仆人安静地跑过，他们的手里经常会有一只金或银的托盘。

通常看到这种财富的展示会让麦特感到舒适。有钱的地方，钱就总是会沾一些在他的手指上，但这一次，麦特走出的每一步都让他感到不耐烦且焦虑。上次骰子在他脑海中如此急速旋转时，他正率领着三百名红手队，上千名加贝瑞的白狮兵挡在他面前的山脊上，另外还有一千名白狮兵紧追在他身后。而他只是想逃离那场混乱。那一次，他借助那些不属于他的记忆和不同寻常的好运，避免了灭顶之灾。骰子的旋转几乎总是意味着危险，或者还有一些他仍不清楚的东西。也许有那么一两次，这种情形并非预示麦特的脑袋会被敲碎，不过它通常总是会给麦特·考索恩带来一次壮烈牺牲的机会。也许在泰拉辛宫中不会有这样的事情，但“也许”并不能让骰子消失。他要留下他的信，如果有机会，他要揪住奈妮薇和伊兰的脖子，好好和她们谈一谈，谈到让她们的耳朵发烫，然后再离开这里。

那名年轻女孩在麦特前面一步不停地走着，最后他们来到一个和公牛般粗壮的矮个子男人面前，看样子，他的年纪只比这个女孩大一点，也是一名仆人。他穿着白色紧身裤、宽松袖子的白衬衫和绿色长马甲，马甲的一片圆形的白底色上也绣着代表密索巴家族的船锚与剑徽章。“简先生，”她一边说，一边又行了一个屈膝礼，“这位是麦特大人，他希望为尊贵的两仪师伊兰和尊贵的两仪师奈妮薇留下一封信。”

“很好，海瑟，你可以走了。”他向麦特鞠了个躬，“请随我来，大人。”

简将麦特领到一名肤色黝黑、面孔严肃、接近中年的女子面前，向她一鞠躬。“卡琳夫人，这位是麦特·考索恩大人，他想为尊贵的两仪师伊兰和尊贵的两仪师奈妮薇留下一封信。”

“很好，简，你可以走了。请随我来，大人。”

卡琳带着麦特快步走过一段大理石楼梯，麦特踏上的每一级阶梯都被漆成黄红相间。他们见到了一个叫作梅泰德的瘦削女人，麦特跟着她见到了叫作波朗的身材粗壮的男人，他带领麦特见到了叫作麦迪克的秃头男人。这些人一个比一个年长。麦特随着秃头男人到了一个地方，五条走廊在这里交会，如同一只轮子的轮辐。麦迪克将他交给了一个名叫拉伦的圆胖女人，这个女人神态庄重，鬓角已经有了一缕灰丝。像卡琳和梅泰德一样，她戴着被艾博达人称作婚姻匕首的小刀，那把匕首由一根白银短项链拴住握柄，倒挂在她丰满的乳房之间。匕首柄上嵌着五颗白色的石子，其中两颗被嵌上了红边；另外还有嵌着四颗红色的石子，其中一颗环绕着黑边。这代表着她有九个孩子，已经死去了三个，其中有两个男孩是在决斗中死去的。拉伦向麦特行过一个屈膝礼后，就向一条走廊中走去，但麦特追上去，抓住了她的手臂。

拉伦微微扬起黑色的眼眉，瞥了他的手一眼。她身上除了婚姻匕首外并没有其他任何武器，但麦特立刻缩回了手。根据艾博达的习俗，拉伦只能对自己的丈夫使用这把匕首，不过麦特这么样做确实很失礼，而且没必要。尽管如此，麦特还是用强硬的声音说：“我还要走多久才能留下这张字条？告诉我她们的房间。两个两仪师不可能很难找，这里又不是该死的白塔。”

“两仪师？”一个带着沉重伊利安口音的女人声音在麦特背后响起，“如果你真的是在寻找两位两仪师，那么你已经找到了。”

拉伦的表情没有变化，或者几乎没有变化，她那双几乎是纯黑色的眼睛越过麦特，向后面望去。麦特相信，拉伦的眼神已经因为忧虑而绷紧了。

麦特摘下帽子，脸上露出疲惫而轻松的微笑。那个银狐狸头就挂在他的脖子上，两仪师对他无可奈何，嗯，至少她们要对付他并不容易。狐狸头并非完美无缺。麦特的微笑变得不那么轻松了。

在他面前站着两个迥然不同的女人。其中一个身材窈窕，脸上带着动人的微笑，金绿色的长裙上显示出姣好的胸部轮廓，如果不是那张光润无瑕的面孔，麦特倒是很想和她聊上一阵。那张美丽的脸上有着一双能够让任何男人陷进去的大眼睛。这样的人儿却是两仪师，实在太可惜了。另外一位女士也有光润无瑕的面孔，但麦特仔细看了一会儿之后，才相信那种满面怒容的样子只是她的一般表情。一身几乎是黑色的暗色长裙遮住了从她的下巴到手腕的所有部位，这让麦特感觉有些庆幸。她看上去瘦得就像一根老荆棘，而且她肯定是吃了荆棘当早餐。

"我想给奈妮薇和伊兰留下一封信，"麦特对她们说，"这个女人……"他眨眨眼，向走廊对面望去。仆人们匆匆地来回奔忙着，但拉伦已经不见了踪影，麦特没想到她会走得这么快。"不管怎样，我只是要留下个字条。"麦特忽然警觉起来，"你们是她们的朋友吗？"

"严格来说，算不上。"那名美丽的女子说道，"我是裘丽恩，这位是苔丝琳，你是麦特·考索恩。"麦特的胃纠紧了。这座宫殿里有九名两仪师，他遇上的这两个却是爱莉达一党的，而且其中还有一个属于红宗。他不是害怕她们，但他还是克制住自己的双手，才没让它们握住衣服里面的那个狐狸头。那个仿佛是吃了荆棘的……苔丝琳向他靠近了一步。根据汤姆的说法，她是宗派守护者，但到底为什么宗派守护者会来到这里，就连汤姆也不清楚。"如果可以的话，我们会当她们的朋友。她们确实需要朋友，麦特先生，你也是。"她的眼睛仿佛是要在麦特的脑袋上钻出两个洞来。

裘丽恩走到麦特身侧，将一只手按在麦特的衣领上。如果换成其他女人，麦特一定会以为那种微笑是对他的邀请。裘丽恩是绿宗的。"她们正处在危险之中，而且完全看不到她们正面临着什么。我知道你是她们的朋友，你也许能让她们明白，要在一切无可挽回之前放弃她们现在的愚蠢行为。走得太远的蠢孩子会终究，明白自己将受到什么样严厉的惩罚。"

麦特想要后退，但苔丝琳已经站到他面前，几乎要贴上他了。他只是在脸上做出最傲慢的笑容。在家乡的时候，这种表情总是会为他惹上麻烦，但他觉得现在应该这样做。他脑海中的骰子应该和这两个人无关，否则它们现在就不会继续旋转了，而且他有那个徽章。"如果要我说，她们看上去很不错。"奈妮薇确实需要被好好教训一顿，伊兰也许比她更糟糕，但麦特不打算任由跟前这两个女人说奈妮薇的坏话；如果这样做也是在袒护伊兰，那么他也很愿意。“也许你们才应该放弃你们的愚蠢行为。”裘丽恩的微笑消失了，苔丝琳的脸上却出现了微笑，虽然麦特觉得那很像是用剃刀刻出来的。“我们知道你，麦特先生。”她看上去很想要剥掉某个人的皮，也许她想剥掉所有人的皮。“据说你是时轴，你自身也和危险联系在一起。看样子，传闻并非虚言。”

裘丽恩的脸变得如同一片冰。“处于你这样位置的年轻男人必须寻求白塔的保护，才有可能保证自己拥有未来，你绝不该离开这种保护。”

麦特的胃纠得更紧了。她们还知道什么？狐狸头徽章的事她们肯定不知道吧！奈妮薇和伊兰知道，艾迪莉丝和范迪恩也知道，天知道她们把这些事都告诉了谁，肯定不会是她们两个。但在麦特的概念里，还有比时轴和狐狸头更糟糕，甚至比兰德更糟糕的事。如果她们知道了那个该死的号角……

突然间，麦特猛地向后退去，他踉跄着，差点丢掉了手中的帽子。一名身材苗条的女子从背后揪住他的衣领，这名女子束在背后的头发几乎已经全白了，但脸上仍旧没有任何皱纹。苔丝琳立刻拉住了麦特的袖子。麦特认识这名穿着朴素灰裙的白发两仪师，她应该是艾迪莉丝，或者是范迪恩。她们两个是姐妹——真正的姐妹，而不止是两仪师对彼此的称呼。她们也许是孪生姐妹。麦特从来无法区分她们。她和苔丝琳彼此瞪视着，眼神冰冷而平静，就像同时抓住一只老鼠的两只猫。

“不需要把我的外衣扯烂，”麦特竭力想把他的衣服从两个女人的手中拉出来，“我的衣服！”他不确定她们是否听到了。即使戴着那个狐狸头，他也不打算伸手去掰开那些女人紧握的手指——除非他不得不这么做。

这名白发两仪师身边还有另外两名两仪师。其中一名是深色皮肤的矮个子女人，有一双充满好奇的眼睛，披着在背后有塔瓦隆之焰图案的棕色流苏披肩。她的年纪似乎只比奈妮薇大一点，麦特知道她叫赛芮萨·托玛瑞斯，成为两仪师只有两年时间。

“你现在就要在这里进行绑架吗，苔丝琳？”另外一名两仪师质问道，“不能导引的男人不该会引起你的兴趣。”她的个子很矮，皮肤白皙，蓝色长裙上点缀着灰色的缎带，光润的脸上带着高雅而自信的冷笑，带着凯瑞安口音的话语中充满了当权者的气势。他可真是把院子里所有最强大的狗都引来了。

汤姆一直没弄清楚领导爱莉达使节团的是裘丽恩还是苔丝琳，而那些拥戴艾雯的白痴们派来的使节团首脑肯定是这个茉瑞莉没错。

麦特觉得苔丝琳报回给茉瑞莉的微笑像是把自己的脸削下一层。“不要欺哄我，茉瑞莉，麦特·考索恩有很大的价值，对他放手不管是错误的。”他在她们口里简直就变成了一样东西！

“不要为我而引起争斗。”麦特说。他没办法把衣服从任何人手里拉出来。“这边有的是，每个人都能分一杯羹。”

五双瞪向麦特的眼睛让他很后悔自己说了那句话。两仪师没有幽默感。麦特又将拉衣服的力量加大了一些，范迪恩（或者艾迪莉丝）立刻用更大的力量，差点将衣服从麦特的手里拉出来。麦特现在决定将这名两仪师当作范迪恩，她是绿宗的。麦特总觉得这个女人想把他头下脚上地倒吊起来，把那个徽章的秘密从他身上摇晃出来。现在她正在微笑，像是明白麦特的心思，又像是觉得很有趣。麦特自己当然看不出任何有趣的地方。其他人并没看麦特多久，麦特在她们眼里似乎已经消失了。

“现在他所需要的，”裘丽恩坚定地说，“就是得到妥善的保护，不只是为了他的安全。三个时轴出自同一个村子，其中一个还是转生真龙，麦特先生应该立刻被送往白塔。”麦特觉得这个女人一点也不美丽了。

茉瑞莉只是摇着头。“你高估了你们在这里的地位，裘丽恩，你以为我会允许你得到这个男孩吗？”

“你才高估了你们的地位，茉瑞莉。”裘丽恩向前走了一步，俯视着她的对手，她扬起嘴角，露出一副纡尊俯就的样子。“否则你就会明白，只是为了不要冒犯泰琳，我们才没有限制你们的面包和清水，安静地等待你们返回白塔。”

麦特本以为茉瑞莉会继续冷笑，但茉瑞莉只是微微侧过头，仿佛要避开裘丽恩的目光。

“你们不敢。”赛芮萨脸上两仪师的冷静仿佛是一副面具。她的双手平稳地调整着披肩，但脸上的面具却无法遮住她的呼吸声。

“这些都是小孩的游戏，裘丽恩。”范迪恩冷冷地说道。她想必是范迪恩没错，她是这三个人里面唯一真正波澜不惊的。

茉瑞莉的脸上泛起两股淡淡的红晕，仿佛白发两仪师的话是对她说的，但她的目光仍然坚定地盯着裘丽恩。“不要期望我们会屈服，我们有五个人，加上奈妮薇和伊兰就是七个。”最后这句话是她想了一下之后才说出来的，而且语气中带着不情愿。

裘丽恩挑起眼眉。苔丝琳瘦骨嶙峋的手指并没有放开麦特的衣服，范迪恩当然也是，但她同时在用一种难以理解的表情看着裘丽恩和茉瑞莉。两仪师是一个奇怪的族群，当你明白她们的意思和穿行于她们之间的暗流时，往往已经太迟了；而围绕两仪师的暗流会在不知不觉间将男人淹死。麦特觉得也许他真的应该掰开这两名两仪师的手指了。

拉伦的突然出现让麦特省了这份力气。这名圆胖的女人竭力控制着呼吸，仿佛是飞奔过来的一样，她展开裙子，行了个深深的屈膝礼。“请原谅打扰你们，两仪师，但女王召见麦特大人。请原谅，请原谅，如果我不能立刻带麦特大人过去，也许我丢掉的就不止是一对耳朵了。”

两仪师们看着她，直到她开始显得慌乱不安，然后这两群两仪师又彼此瞪视着，像是要压倒对方一样，接着她们又将目光转向麦特，麦特只想知道是否会有人放开他。

“我不能让女王等我，不是吗？”他有些高兴地说道。光看这些两仪师僵硬的表情，不明所以的人一定会以为麦特刚刚捏了她们之中某个人的屁股，就连拉伦的眉毛也不以为然地垂了下来。

“放开他，艾迪莉丝。”茉瑞莉最后说道。

麦特朝放开他的白发女人皱起眉。她们两个真的应该在衣服上稍稍弄出一些区别来，比如说别个铭牌，哪怕只是绑上不同颜色的发带也好。她又给了麦特一个饶富兴致的、似乎是洞悉他心思的微笑。麦特恨这种微笑，这是女人的伎俩，不是两仪师的。女人们总是想让你相信她们知道某些事情，其实她们知道的根本是另一套。

“苔丝琳？”麦特问道。表情严厉的红宗两仪师还在用两只手抓着他的外衣。她完全没理会其他人，只是抬头盯着麦特。“女王？”

茉瑞莉又张开嘴，但她犹豫了一下，显然是改变了她要说的内容。“你要在这里抓他多久，苔丝琳？也许你要向泰琳解释为什么她的召唤受到了忽视。”

“想想你要把自己和谁绑在一起吧，麦特先生。”苔丝琳说道。她仍然盯着麦特：“错误的选择会导致不幸的未来，即使对时轴而言也是如此，想清楚。”然后她才放开手。

麦特跟在拉伦身后，他不允许自己显出匆忙的样子，但他确实希望眼前的这个女人能走快一点。可她在前面四平八稳地走着，就好像是个女王，是个两仪师。当他们走到第一个转角处时，麦特回头看了一眼，那五名两仪师仍然站在原地，全都在盯着他。仿佛麦特的回望是一个讯号，她们一言不发地彼此望了一眼，就各自朝不同的方向走开了。艾迪莉丝是朝麦特这个方向走过来的，但她在距离麦特还有十几步时，又向麦特笑了笑，就消失在走廊旁的一道门里。暗流。麦特宁可在脚尖能碰到底的池塘里游泳。

拉伦等在转角处，双手叉在粗腰上，面容显得有些过于平静。麦特怀疑，她的脚正在裙子下面不耐烦地拍着地面。他给了拉伦一个最动人的微笑。无论是叽叽喳喳的女孩还是灰发的祖母，都会在这个微笑中软化下来。它曾经为麦特赢得了许多香吻，也让他摆脱了数不清的困境，它几乎像鲜花一样好用。“做得很好，谢谢你，我相信女王并没有想过要见我。”如果泰琳真的想见他，他却不想见泰琳，贵族的一切问题到了王室就要更加严重三倍，那些充满了国王、女王和同类人物的古老记忆，丝毫没有改变他的看法。“那么，请你告诉我奈妮薇和伊兰——”

奇怪的是，麦特的微笑没有产生任何效果。“我不会说谎的，麦特大人，否则我的耳朵真的会保不住。女王正在等您，大人，您真是个非常勇敢的男人。”她转过身，又用很低的声音说了一句：“或者是一个彻头彻尾的大傻瓜。”麦特怀疑这句话原本是不该让他听见的。

那么他或者是去见女王，或者是在这片没有尽头的走廊里继续走下去，直到撞上某个会把他想要的信息告诉他的人。他决定去见女王。

泰琳·青泰拉，光之仁慈，阿特拉女王，四风之主，风暴海的守护者，密索巴家族家主，正在一个黄色墙壁、淡蓝色天花板的房间里等着麦特。她站在一座巨大的白色壁炉前，这座壁炉的楣石上雕刻着暴风肆虐的大海。麦特发现，这个女人很值得看上几眼。泰琳已经不年轻了，光亮的黑色长发铺展在她的肩头，但鬓角已经有了些灰丝，浅浅的皱纹也出现在她的眼角。在她的脸颊上两道细细的伤疤虽然已经被长久的岁月抚平，但多少还是留下了一些痕迹。她并非很漂亮，她的面容更近似于英俊，但她很……让人难忘。她黑色的大眼睛望着麦特，散发出迫人的气势，那是一双鹰的眼睛。她的实权并不大——进入阿特拉境内，即使快马加鞭跑上三天也未必能进入她的实际控制区，但麦特觉得她甚至能让两仪师在她面前退却。麦特想到了戴卡兰的伊丝柏丽，那位女王曾经让玉座安嘉拉主动去拜访她，这也是一个古老的记忆，戴卡兰早已在兽魔人战争中毁灭了。

“陛下，”麦特说道，他摘下帽子，以漂亮的花式深深鞠了个躬，“听从您的召唤，我来了。”

不管是否气势迫人，麦特很难不去看女王白鞘婚姻匕首后面那片宽阔的、被缎带围住的裸露皮肤，那是很养眼的景象。当然，女人将胸部裸露得愈多，她就愈不想让你看到，至少在表面上是这样。白色的匕首鞘——麦特已经知道她是个寡妇了。不过这些都没关系，既然他已经和一个狐狸脸的暗黑之友纠缠在一起了，多一个女王也没什么。完全不去看她的胸部确实很难，不过麦特还是控制住了自己。如果他再看下去，泰琳很可能会召唤卫兵，而不是将那把嵌满宝石的小匕首插进织金腰带里去。或许这是骰子仍然在旋转的原因：被送到刽子手那里的可能性，绝对会让这些骰子翻滚起来。

泰琳走过房间，缓缓地在他身边绕行，一层层丝绸衬裙翻起白色和黄色的花边。“你会说古语。”最后她站定在麦特面前，她的声音低沉悦耳。没等待麦特回答，她走到一把椅子前面，坐了下去，调整好她的绿色裙子。这是一个下意识的动作。她的眼睛一直在盯着麦特，让麦特觉得她也许已经看出来他的内裤是什么时候洗的了。“你想要留下一封信，我这里有纸笔。”她朝一面镀金镜子下的小写字台比了个手势。

一阵海风从高大的三拱窗吹进来。虽然不算凉，但应该会让人觉得很舒服，但麦特觉得现在比他在街上的时候还要热。这和泰琳的目光无关。Deyeniye, dyu ninte concion ca'lyet ye——这就是他刚才说的。该死的古语又在他不注意时从他嘴里冒出来了，他本以为自己已经控制住这个小麻烦。现在那些骰子还不知道要在什么时候、为了什么事情才会停下来，他最好注意一下自己的举止，再把嘴巴闭紧一些。“非常感谢，陛下。”他非常确定这次用的是平常的语言。

那张桌子上已经放好了洁白厚实的纸张。桌面稍微有些倾斜，高度也很适合书写。麦特将帽子靠在桌腿上。他能从镜子里看见泰琳，泰琳正在看着他。为什么他不能管住自己的舌头？他将一支金笔在墨水里蘸了蘸——女王必定都用些这样的东西——先仔细思考了一下要写的内容，他才俯下身去。他的手又笨又僵，对于书写，他没有任何好感。

我跟踪一名暗黑之友到了贾西姆·卡林丁临时居住的宫殿。她曾经想要杀死我，也许同样想要杀死兰德。她和那座宫殿里的人很熟，仿佛是那里的老朋友。

片刻之间，麦特盯着这段文字，咬着笔杆，直到他发觉已经在软金上咬出了牙痕。也许泰琳不会注意的。她们需要知道贾西姆是什么人。还有什么？他又加了几行解释。他不想让她们产生反感。

你们最好理智一些。如果一定要四处逛荡，至少让我派一些人跟着你们，以免你们的脑袋被敲开来。不管怎样，现在我还不能带你们回艾雯那里吗？这里除了炎热和苍蝇之外，什么都没有。我们在凯姆林也能找到这两样东西。

就这样吧！她们不能要求更令人舒服的话了。

小心地吸干纸上多余的墨渍，他将这张纸折了两折。一只小金碗里盛着沙子和一块热煤，他将那块煤吹亮，点燃蜡烛，将红色的蜡漆烧化。当他将蜡漆滴到信纸封口上时，突然想到自己的口袋里还有一个玺戒，虽然上面只有一些那名戒指匠人为了显示手艺而雕刻的花纹，但总比什么都没有要好。那个戒指比这片融化的蜡漆要长一些，但大部分印纹都被压上了。

麦特现在才第一次仔细观看他买来的这个戒指，戒指上的印纹是一个新月形的轮廓，里面，一只奔跑的狐狸惊起了两只鸟。这让麦特笑了笑。如果印纹是一只手就好了，那就能代表红手队，不过这样也不错。想要与奈妮薇和伊兰周旋，他确实要像狐狸那般狡猾。虽然他更希望她们不要像那些鸟一样四处飞奔……而且，那个徽章让他很喜欢狐狸，他在信纸外侧写上奈妮薇的名字，想了一下，又加上伊兰的名字。她们两个无论是谁都好，最好快点看到这封信。

麦特拿着那封信转过身，手却突然碰触到泰琳的胸口。麦特吓了一跳，急忙踉跄着向后退去，一下子靠在写字台上。他紧盯着泰琳，同时竭力不让自己的脸红起来。他让自己看着泰琳的脸，只有她的脸。他没有听到泰琳走过来，因此最好也装作刚才那次碰触完全没发生过的样子，泰琳也许只会以为他是个蠢笨的人，这样大家都不会很难堪。“这里有些内容您是应该知道的，陛下。”他们之间太过贴近，让麦特没办法把信举起来，“贾西姆·卡林丁在招待暗黑之友，我的意思不是指他在逮捕他们。”

“你确定？当然，你是确定的，没有人会凭空进行这样的指控。”泰琳的额头上出现了一道皱纹，但她又摇摇头，眉头也舒展开了。“让我们说些更高兴的事情吧！”

麦特差点叫出来。他在告诫她来访的白袍众使者是暗黑之友，而她却只是皱皱眉？

“你是麦特·考索恩大人？”在说出麦特的头衔时，泰琳的声音里带着一点疑问。她的眼睛审视着麦特，更像是一双鹰的眼睛，一位女王不可能喜欢来见她的人冒充自己是贵族。

“只是麦特·考索恩。”麦特相信泰琳能听出谎话，而且，麦特从来都不喜欢让别人以为自己是贵族，他这样做只是迫不得已的。在艾博达，任何时候都有可能发生决斗，但只有贵族才会向贵族挑起决斗。即使是这样，在过去一个月里，麦特已经敲破了不止一颗脑袋，让四个男人血洒当场，又曾经逃了半里路，只是为了躲避一个女人。泰琳的目光让他感到紧张。那些骰子仍然在他的脑海里乱转，他想离开这里。“如果您能告诉我可以将这封信留在什么地方，陛下——”

“王女和两仪师奈妮薇很少提到你。”泰琳说道，“但一个人应该学会倾听别人没有说出口的信息。”她以随意的姿态伸出手，碰了碰麦特的脸颊。麦特也不很确定地抬起手，刚才他在咬笔杆的时候有把墨水沾到脸上吗？女人喜欢把东西收拾整齐，这也包括整顿男人，也许女王也是这样的。“她们不说，但我能听得出来，你是个难以驯服的流氓、一个赌徒和追逐女人的人。”她看着他，表情没有丝毫变化。她的声音也一直是坚定而冷静的，但是当她说话时，她的手指又抚过了麦特另一侧的脸颊。“难驯服的男人经常都是最有趣的，值得和他们聊聊。”她的指尖画出了他嘴唇的轮廓，“一个桀骜不驯的流氓和两仪师一同旅行，一个时轴。我想，他还让两仪师感到有点害怕、不安，多么强的男人才能让两仪师感到不安？你会如何扭曲艾博达的因缘，麦特·考索恩？”她的手停在麦特的脖子上，麦特能感觉到自己的脉搏在她手指的压迫下跳动着。

麦特的下巴垮了下来，他又用力向后靠去，让写字台和墙壁发出一连串的碰撞声。他现在如果要离开这里，大概只能把泰琳推到一边，或者是从她的裙子下爬过去了。女人不该有这种行为！哦，一些古老的记忆告诉他女人确实会这么做，但那些女人的事情在他的脑子里都已经模糊了。他能清楚记得的都是些战场上的事情，这对于现在的他根本没有任何帮助。泰琳在微笑，她的嘴唇微微弯曲上扬，但那双紧盯着他的微笑，完全像是一只伺机掠食的猛禽。麦特觉得自己的头发都要竖起来了。

泰琳的眼睛向麦特肩后的镜子闪了一下，然后她突然转过身，丢下目瞪口呆的麦特向对面走去。“我必须再安排和你见面，麦特先生，我——”她的声音戛然而止，房门也在同时完全被打开了。麦特先是吃了一惊，但他很快就意识到，泰琳是在镜子里看见房门已经开始移动了。

一名身材瘦高的年轻男子走了进来，他有些跛，肤色黝黑，一双锐利的眼睛只是向麦特瞥了一下，就没再理会他。他的黑发一直垂到肩头，身上的衣服肯定不是属于一般人的，绿色丝绸质地，一条金链缀在胸前，领子上有金色的老虎刺绣，肩背部位也装饰着刺绣。“母亲，”他一边说着，一边向泰琳鞠躬，并用手指碰了自己的嘴唇。

“贝瑟兰。”泰琳用温暖的声音叫出这个名字，然后亲吻了他的双颊和眼睑。她和麦特说话时那种坚定、冰冷的声音似乎从来就不存在。“看来还算顺利。”

“不是很好。”那个男孩叹了口气。尽管目光如电，但他的神态和声音都显得很温和。“耐文在第二回合划伤了我的腿；在第三回合时，他滑倒了，所以我刺穿了他的心脏，而不是他的右臂。那种冒犯不值得被杀死，现在我却必须对他的未亡人致以哀悼了。”他似乎对这种哀悼就像对耐文的死一样懊悔。

泰琳喜气洋洋的面孔根本就不像是个刚刚听到儿子将杀人的行径告诉自己的女人。“去拜访时尽量简短一些。但愿我是看错了吧！但黛玟妲是那种想得到慰藉的寡妇，那么你或者是娶了她，或者是杀死她的兄弟们。”听她的语气，第一种选择要糟糕得多，第二种倒仅仅只是令人有些厌恶。“儿子，这是麦特·考索恩先生，他是一个时轴，希望你能和他成为朋友。也许你们两个应该一起在苏万夜跳跳舞。”

麦特又吓了一跳，他最不希望的事情就是身边跟着一个喜欢决斗的男人，而且这个男人的母亲还喜欢摸他的脸。“我不太喜欢舞会，”他立刻就说道。艾博达人对于庆典狂欢喜欢得毫无道理。迎新日刚过，他们又连续庆祝了五天，其中两天是整日的狂欢，而不是简单的晚宴。“我都是在酒馆里跳舞，那很粗俗，你们不会喜欢的。”

“我喜欢酒馆里粗俗的舞蹈。”贝瑟兰微笑着说道，他的声音还是那么温柔，“舞会是为老人和他们的宠物准备的。”

这之后，事情就变得不可收拾了，还没等麦特明白发生了什么事，泰琳已经将他塞进袋子里，又将袋口紧紧地缝了起来。麦特和贝瑟兰将一同参加那个庆典，以及其他所有庆典，贝瑟兰称之为狩猎。当麦特想也不想地说出要狩猎女孩时（麦特如果稍微想一下，也绝对不会在一个人的母亲面前说出这种话），那个男孩笑着说道：“女孩或者战斗，温润的嘴唇或者闪光的剑刃，无论是什么样的舞蹈，都会是最有趣的。不是吗，麦特？”泰琳宠爱地向贝瑟兰微笑着。

麦特努力发出一个虚弱的笑声。这个贝瑟兰是个疯子，他和他母亲都是。

第 17 章

逻辑的胜利

终于得到泰琳的许可之后，麦特走出了这座宫殿。他非常想拔腿就跑。肩胛骨之间的皮肤传来一阵阵刺痒，他几乎忘记了还在脑中旋转的骰子。最糟糕的时刻莫过于当贝瑟兰以玩笑的口气提醒他母亲，应该找个漂亮男孩去参加舞会时，泰琳一边笑着抱怨女王没时间去寻找年轻男人，一边用那双该死的鹰眼看着麦特。现在麦特知道为什么兔子要跑得那么快了。麦特木然地走过莫海拉广场，什么都不去在意，现在即使奈妮薇和伊兰在他身边和贾西姆·卡林丁打成一团，或者是爱莉达突然从那尊雕像下面的喷泉里冒出来，他也会完全视而不见。

流浪女人的大厅里很昏暗，不过从雕刻着藤蔓花纹的百叶拱窗外透进来的光线，已经足以让麦特看清这里的一切。比起阳光刺眼的室外，这里要凉快一些。麦特如释重负地摘下帽子。空气中悬浮着一片淡淡的烟草味。一些邋遢的松枝被挂在窗户上，作为庆祝苏万夜的装点。在房间一角，两个女人吹着长笛，一个男人将小鼓放在膝盖间敲打着，他们奏出的音乐高亢而充满了节奏感。麦特现在已经开始喜欢这种音乐了。虽然还不是时候，但酒馆里已经有了一些客人。外地来的商人穿着朴素的羊毛外衣，少数几名艾博达人大多穿着各种公会的马甲。没有学徒和旅人。在如此靠近王宫的地方，流浪女人的吃喝与住宿花费绝对不可能算是廉价的。

角落里的一张桌子上传来骰子碰撞桌面的声音，这又勾起了麦特脑海里的感觉。他转头看向另一侧，他的三名部下正坐在那里的一张凳子上。柯力芬是名肌肉坚实的凯瑞安人，他的大鼻子让眼睛看上去比实际更小。他赤裸着上身，将有刺青的双臂抱在头顶。车尔 · 万宁正将一卷绷带缠在他身上；他的身材足有柯力芬的三倍大，但他看上去就像是一袋奶油堆在凳子上。他的外衣似乎已经一个星期没离开他的身体了——实际上它一直都是这样，即使女仆在一个小时前刚刚熨过它。一些商人不安地看着这三个人。艾博达人则不会这样，因为他们经常会见到更糟糕的家伙。

哈南是个方下巴的提尔人，在左侧脸颊上刺着一只粗糙的鹰。他是红手队的骑兵队长，现在他正在斥责柯力芬："……不要在乎那些该死的鱼贩说些什么，你这个山羊生下来的癞蛤蟆，你要学会用手里那根该死的棒子，不要随便就接受那种该死的挑战，只因为——"他看见麦特，急忙闭上嘴，努力装作刚才什么话都没说，这让他的样子看上去仿佛正在牙痛。

麦特知道，如果自己追究下去，柯力芬就不得不把匕首插进自己的肚子里，或者做出其他蠢事了，所以他只能懒洋洋地靠在桌边，仿佛什么都没看见。说实话，这种事其实很平常，车尔是他的部下中唯一身上没有超过二十条伤疤的人，因为某些原因，喜欢惹事的男人们总是会远远避开车尔，就像他们避开拿勒辛那样。不过车尔好像很喜欢现在这种没有争端的情况。"汤姆或泽凌来过吗？"

车尔仍然头也不抬地缠着绷带。"连一根头发也没见到，拿勒辛倒是露了脸。"

车尔的话里没有"大人"之类的胡话，他从不掩饰对于贵族的厌恶，但不幸的是，他也从不掩饰对伊兰的敬意。"在你的房间里丢下了一只箍铁的箱子，然后就唠叨着什么小东西之类的话走掉了。"他仿佛是要从牙缝里啐痰一样，但他瞥了女仆一眼，又闭上了嘴。安南大妈会跟所有在她地板上吐痰、扔吃剩的骨头，甚至是敲烟斗的人拼命。"那个男孩又去马厩了，"没等麦特问，他又说道，"跟他在一起的有他的书和老板娘的一个女儿。另一个女孩儿打了他的屁股，因为他拧了她的屁股。"给绷带打上最后一个结之后，车尔责备地看了麦特一眼，仿佛这都是他的错。

"可怜的小东西，"柯力芬嘟囔着，来回转了几下身体，看看绷带绑得够不够紧。他在一只手臂上刺了一头老虎和一头野猪，在另一只手臂上刺了一头狮子和一个女人，那个女人除了披着长头发之外，什么衣物也没穿。"他还在流鼻涕。但是当蕾拉让他牵手时，他的脸都开始放光了。"这些男人全都很照顾奥佛尔，就像是一群看护幼鸟的公鹅，虽然肯定不会有任何母亲想让自己的儿子接近这种人。

“他会好好活下去的。”麦特冷冷地说。那个孩子也许已经习惯这些“叔叔”了，以后他们大概会给他一个刺青，不过至少奥佛尔没有溜出去和街上那些小孩混在一起，他似乎就喜欢给成年女人制造麻烦。“哈南，你等在这里，如果你看到了汤姆和泽凌，就拖住他们。车尔，我想让你去看看从车尔森宫能探听到什么讯息，它就在三塔门旁边。”

麦特犹豫着，环视了一下大厅的情形。女侍们从厨房里进进出出，递着食物和更多的酒，大多数客人似乎都专注在他们手中的银酒杯。两名穿着裁缝公会马甲的女人正在低声争论着什么，她们都将调味葡萄酒放在了一旁，从桌子两边俯过身子瞪着对方。一些商人似乎正在讨价还价，摇晃着双手，又用手指蘸着酒浆在桌面上写出一个个数字。音乐的声音应该能掩盖住说话声，但麦特还是压低了嗓音。

关于贾西姆·卡林丁和暗黑之友的讯息，让车尔的脸上顿时充满了怒容，他仿佛就要不顾一切地啐痰了。哈南低声咒骂着肮脏的白袍众。柯力芬建议到保民兵那里去指控贾西姆，车尔和哈南立刻瞪了他一眼，他便将鼻子埋进了淡啤酒杯里。他是麦特所知的少数几个能在这种天气里喝下艾博达淡啤酒的人之一。

“小心。”车尔站起身时，麦特警告他。不过麦特并不怎么担心，肥胖的万宁走起路来却显得令人惊讶地轻盈，他至少在两个国家里都算是最好的盗马贼，他甚至能从护法的眼皮下面溜过去，但……“白袍众和暗黑之友都是狠毒的人。”车尔只是咕哝了一声，示意柯力芬收好衬衫和外衣，跟他一起走。

“大人？”哈南说，“大人，我听说昨天在拉哈德区起了一场雾。”

刚要转身离开的麦特停了下来。哈南看起来很担忧，能让他担忧的事情并不多。“什么意思？一场雾？”在这种炎热的天气里，米汤般厚重的雾也持续不了一次心跳的时间。

骑兵队长不舒服地耸耸肩，盯着自己的杯子。“一场雾。我听说那里有……一些东西。”他抬起头看着麦特。“我听说人们突然就消失了，有些人身体的一部分被吃掉了。”

麦特努力让自己不发抖。“那场雾消失了，对不对？你不在那里。如果想要担忧的话，就担忧吧！这是你唯一能做的。”哈南犹疑地皱起眉，但这是事实，那些邪恶的泡沫（兰德和沐瑞都是这样称呼它们的）会在什么时候爆裂，没有人知道，即使是兰德也无法阻止它们。为这种事担忧就像是担忧走在大街上是否会有瓦片掉下来砸到脑袋，甚至比起后者来更加没意义，因为你至少可以决定留在屋里。

但有一些事情是值得担忧的，拿勒辛已经把他们赢的钱留在了楼上，该死的贵族们扔起金币来就像泼水一样。麦特留下哈南一个人端详酒杯，向大厅后面的楼梯走去。还没等他走到那里，一名女侍叫住了他。

凯拉是一名腰肢纤细、嘴唇丰满、双眼有如烟雨般朦胧的女孩。“有个男人来找您，大人。”她一边说，一边甩动着自己的裙子，从长睫毛下看着麦特，她的声音里也有一股朦胧的意味。“他说他是照明者，但我看他倒像是个流浪汉。他点了一顿饭，但安南大妈拒绝他之后，他就走了，他说要你来付这笔账。”

“下次就给他一顿饭吧，小鸽子，”麦特一边说着，一边让一个银币落进她敞开的领口里，“我会跟安南大妈说的。”麦特确实想找一名照明者——真正的照明者，而不是在纸筒里塞满锯屑当烟火卖的骗子。不过现在这件事并不重要，他先要去关照放在楼上没有任何守卫的金子。还有拉哈德区的雾，还有暗黑之友，还有两仪师，还有发了疯的泰琳，还有……

凯拉咯咯笑着，像一只被爱抚的猫般扭来扭去。“您要我送一些调味酒去您房间里吗，或者是别的什么，大人？”她的笑容里充满了期待，动人极了。

“也许以后吧！”麦特说着，用指尖轻敲一下她的鼻子。她又开始笑了，她总是这样，如果安南大妈允许，她肯定会把自己的裙摆缝高，露出大腿，甚至更高。但这位旅店老板娘对于她的女侍看管得几乎就像对她的女儿一样严谨。“也许以后吧！”

麦特小步跑上宽阔的石砌楼梯，将凯拉抛在脑后。他该对奥佛尔怎样做？如果那个男孩以为他能那样对待女人，总有一天他会发现自己陷进真正的麻烦。麦特决定要让奥佛尔尽量远离哈南他们，那些男人对一个男孩会产生坏影响。但现在最重要的是让奈妮薇和伊兰尽快离开艾博达，如果真的出了什么事情就来不及了，这才是最重要的！

麦特的房间就在二楼的前面，从窗户可以直接俯瞰莫海拉广场。当麦特走到房门前时，他背后突然传来地板的咯吱声。在一百家旅馆里，这都不是值得注意的事情，但流浪女人的地板是从不会发出响声的。

麦特回过头——刚好来得及丢掉帽子，用左手撑住朝头上砸过来的棒子。凶狠的一击让他的手掌完全麻木，但他还是拼命地撑住了。然而，粗大的手指已经扣住他的喉咙，将他压在门板上。麦特的后脑猛地撞上门板，带着银边的黑点开始在他的视线中来回飞舞，让他只能模糊地看到一张满是汗水的脸。实际上，他只能看到一个大鼻子和一口黄色的牙齿，即使是这些也非常模糊。突然间，麦特感觉自己就快失去意识了，那些手指阻断了血液和空气的流通。麦特将右手伸进外衣里，摸索着那些小刀的刀柄，仿佛他的手指已经不记得那些是什么了。那根短棒挣脱了他的左手。麦特看见它被举了起来，感觉它就要砸在自己的头上。他集中全部精神，用力抽出一把小刀，戳了出去。

攻击他的人发出一声凄厉的尖叫，麦特依稀感觉到那根棒子打中他的肩膀，然后落在地上。但那个人并没有放开他的喉咙。麦特蹒跚前进着，向那人逼去，一只手撕扯着掐住他喉咙的手指，另一只手不停地将小刀刺进那个人的身体。

那名歹徒突然倒了下去，身体划过麦特的小刀，差点将小刀从麦特手里弄掉。麦特也差点跟着他一同倒在地上。他大口吸进甜美的空气，抓住某样东西（好像是门框），撑住身体。在地板上，一个面貌普通的男人睁大眼睛盯着麦特，但他永远也看不见任何东西了。那是一个体格魁梧的家伙，留着弯曲的莫兰迪胡子，穿着代表小商人或店铺老板身份的深蓝色外衣，根本没有半点盗贼的样子。麦特忽然意识到，他们刚才在打斗时，冲进了一道打开的门。这个房间比麦特的小，没有窗户，两张窄床旁的小桌上各放着一盏油灯，为这个房间提供了昏暗的光芒。一名浅色头发的瘦高男人从一个敞开的大箱子里站起来，用古怪的眼神盯着那具尸体。那个箱子占据了房间大部分的空地。

麦特张开嘴，想要为如此粗鲁的打扰道歉，而那名瘦子已经从腰带里抽出一把长匕首，从床上拿起一根棒子。他跳出箱子，朝麦特扑来，任何人看到一具陌生人的尸体都不会有这种反应。麦特一只手仍然颤抖地撑着门框，另一只手以不易察觉的动作掷出了小刀。刀柄刚刚离开他的手掌，他就伸手到衣服下面去摸索第二把小刀。射出的小刀正中对面男人的喉咙，麦特再一次差点跌倒，只不过这次是因为放松的心情。那个男人抓住自己的喉咙，鲜血从他的指间喷涌而出，接着仰面跌回到箱子里。

“运气可真好。”麦特沙哑地说道。

他踉跄地从那个人的喉咙上抽出小刀，在那个人的灰色外衣上擦净刀刃。这件外衣和那件深蓝色的一样都是羊毛质地，不过剪裁更好，配得上低阶贵族。根据领子的风格，麦特认出他是安多人。麦特躺倒在窄床上，皱起眉盯着那个瘫软在箱子里的人。一阵声响让他又抬起了头。

他的仆人正站在门口，徒劳地想要将一只大平底锅藏在背后。尼瑞姆拥有各种样式的锅碗盆罐，以及所有他认为领主的仆人在旅行时需要的对象。他和奥佛尔一同住在麦特隔壁的小房间里，即使对于凯瑞安人而言，他也是个矮个子，而且瘦得皮包骨。“老爷的外衣又溅上血了。”他忧郁地喃喃说道，如果哪一天他的音调变了，那一定是太阳从西边出来了。“真希望老爷穿衣服能更小心一些。想要把血渍洗干净其实是很难的，而且血渍很容易招来虫子，这个地方是我见过虫子最多的地方，老爷。”他自始至终都没提到那两个死人，或者他拿个平底锅要干什么。

那声尖叫也引起其他人的注意，流浪女人并不是那种尖叫声已经成为家常便饭的旅店。走廊里传来奔跑的声音。安南大妈用力推开尼瑞姆，拉起裙子跨过地上的尸体，她的丈夫紧跟在她身后。他是个方脸的灰发男人，左耳上戴着两只耳环，那是“古老与光荣鱼网公会”的标志。耳环挂着的铁环上镶着两块白色石头，说明他除了是一艘船的船长以外，还有其他的船。麦特很小心地不向安南大妈的女儿报以微笑，有一部分原因也是来自于贾斯菲·安南。这个男人在腰带上别着一把雕花匕首和一把弯刀，他穿着蓝绿色长马甲，露出手臂和胸口上在决斗中留下来的十字形伤疤。不过，他活下来了，而大多数给了他这些伤疤的人都死了。

另一部分原因来自于赛塔勒·安南。麦特以前不曾有因为某个女孩的母亲而避开这个女孩，即使那位母亲拥有他所住宿的旅店，但安南大妈有她自己的办法。她毫无惧色地低头检视那两个死人，挂在她耳朵上的大金耳环随着她的动作来回晃动，尽管头发上已经显露出灰色，她仍然是个漂亮女人。夹住她的婚姻匕首的丰满乳房总是会吸引麦特的目光，就像烛火吸引飞蛾。但用那种眼神看她就像……当然不是像看麦特自己的母亲，也许就像是看两仪师（不过麦特确实这样看过两仪师，当然，只是看看而已），或者是看泰琳女王。光明帮帮他吧！麦特并不知道这是为什么，但安南大妈确实有自己的办法，让麦特觉得想到任何冒犯这个女人的事都是很困难的。

“他们之中有一个人在走廊里袭击我。”麦特轻轻踢了一下那个箱子。尽管箱子里有一个死人，但麦特踢到的地方还是发出一记空洞的响声。“除了他之外，里面什么都没有，我想他们是要用能偷到的一切东西装满这个箱子。”也许是那些金子？他们不可能这么快就听说那场赌马的事，现在距离奥佛尔取得胜利还只有几个小时的时间。不过麦特已经决定要求安南大妈找一个安全的地方保管好那些金子。

安南大妈平静地点点头，浅褐色的眼睛如同两池静水。男人们在她的旅馆里行凶作恶并不会对她有丝毫滋扰。“他们坚持要亲手把这个箱子抬上来，说这里面装着他们的货物。在你进来之前，他们刚刚订下这个房间。他们说只是要在这里睡几个小时，就要赶往诺查森了。”那是东边海岸上的一个小村子。当然，他们说的不可能是实话，听安南大妈的语气，她显然也是这么认为的。她向那两个死人皱起眉，仿佛是希望他们能活过来，好让她揪着他们的脖子，逼问出实情。“他们挑房间的时候可是花了一番工夫。那个浅色头发的男人是头头。我们最先让他看的三间房都被他拒绝了，然后他挑中了这一间。我本以为他是个吝啬鬼。”

“即使是盗贼也可能是吝啬的。”麦特心不在焉地说道。这大概就是骰子在他脑海中旋转的原因了，如果不是运气让那个家伙踩中也许是整个旅馆唯一一块会响的地板，麦特的脑袋现在已经碎掉了。但那些该死的骰子还在翻转着，麦特不喜欢这样。

“那么您觉得这是巧合，大人？”

“还能是什么？”

安南大妈没有回答，只是皱起眉又看了那两具尸体一眼。也许她并不像麦特以为的那样自信，毕竟她不是艾博达本地人。

“最近城里有太多暴徒了。”贾斯菲用低沉的嗓音说道，他的语气总像是在渔船上发号施令一样。“也许您应该考虑雇用保镖。”安南大妈向她的丈夫挑起一侧眉弓，贾斯菲急忙防御般地举起双手。“平静，妻子，我这些都是无心之言。”艾博达女人很著名的一点，就是以过于激烈的方式向丈夫表达她们的不满，贾斯菲身上的一些伤疤很可能就是来自他的妻子，婚姻匕首有着许多实际的用途。

麦特一边感谢光明他没有和艾博达女人结婚，一边将小刀收回衣服里。要感谢光明的是他没有和任何女人结婚。他的手指碰到了一张纸。

安南大妈并没有轻易放过她的丈夫。“你经常这样，丈夫。”她一边说着，一边用手指拨弄着胸前的匕首柄，“有许多女人都不会容忍这种行为。爱丽德总是告诉我，我在你说话逾越权限时不够严厉，我需要为我的女儿做一个好榜样。”刻薄的表情变成一个小小的微笑。“就当作你已经受到惩罚了吧！我会管住自己，不告诉你该让谁拉起哪一艘船上的哪张网。”

“你对我真好，妻子。”贾斯菲冷冷地答道。艾博达旅店业没有公会，但每一家旅店都掌握在女人手里。在艾博达人的观念里，最糟糕的厄运总是跟随着男人的旅店和女人的船，所以渔夫公会里也没有女人。

麦特抽出那张纸，它雪白而坚硬，肯定是很贵的纸。它被折成很小一块，上面的几行字都是方形的印刷体，就像奥佛尔用的那些一样。或者是某个成年人不想让自己的笔迹被认出来。

> 伊兰和奈妮薇做得太过分了。记住，她们仍然受到来自白塔的威胁。警告她们要小心，否则她们还是会跪在爱莉达面前，乞求饶恕。

只有这些，没有签名。仍然受到威胁？这暗示着她们并没有新的危险，也指出她们并非受到那些叛徒的诱拐。不，这样想不对，是谁将这张纸条塞给他的？显然这个人认为不能当面把这张纸条交给他。从他早晨穿上外衣到现在，谁有这样的机会？他穿外衣时肯定没有看见这张纸条。是某个曾经靠近他的人，某个……

他发现自己正在哼着一段“她让我的眼睛瞎了，她让我的脑子傻了”，在艾博达，这段曲子被称作“忐忑不安，绕圈再绕圈”。麦特觉得只有艿丝琳和裘丽恩会这样做，但这是不可能的。

“坏讯息，大人？”安南大妈问道。

麦特将那张纸条塞进口袋里。“有没有男人能够懂得女人？我不是说两仪师，是所有的女人。”

贾斯菲大笑了一声，他的妻子意味深长地看了他一眼，却只是让他笑得更厉害了。然后安南大妈又以两仪师也及不上的平静看着麦特：“男人很容易就能做到，大人，只要他们愿意看一看，听一听。女人就困难多了，我们必须努力去理解男人。”贾斯菲扶住了门框，眼泪从他的黑脸上滚了下来。安南大妈瞥了他一眼，歪歪头，然后冷静地转过身，一拳打在贾斯菲的肋骨下。贾斯菲被打得膝盖弯曲了一下，他的笑声中夹杂着一阵喘息，却没有停下来。“在艾博达有一句俗话，大人，”她头也不回地对麦特说，“男人是黑暗中的荆棘迷宫，就连他们自己也不知道其中的路径。”

麦特哼了一声，这个女人说的话对他没有任何意义。嗯，艿丝琳或裘丽恩，或者其他什么人——一定不会是她们两个，但他又想不出会是谁——毕竟白塔还在很远的地方。贾西姆·卡林丁就在这里。他朝那两具尸体皱起眉。这里还有成千上百的歹徒。他一定要将那两个女人安全地带出艾博达。现在的问题是，他根本还没有任何线索。他希望那些该死的骰子会停下来，能够结束这一切。

裘丽恩和艿丝琳同住的居室非常大，其中包括了分属两人的卧室、仆人房和一个可以让布利瑞克和芬住得很舒服的房间。不过艿丝琳很难容忍裘丽恩的护法和她们住在一起。艿丝琳把所有男人都看成是随时都可能发狂的狼，而她的意愿是很难违逆的。她像爱莉达一样冷酷无情，一切挡在她面前的都会被她压倒。她们在很多实际的方面也是平等的，除非是占据明显的优势，否则没有人能压倒艿丝琳。裘丽恩走进来时，她正在起居室的写字台旁。她的笔尖发出一阵阵可怕的刮擦声，艿丝琳总是对墨水非常吝啬。

裘丽恩一言不发地走过她身边，来到阳台上。这里有点像一只漆成白色的长铁笼子，雕铁的漩涡花纹非常繁密，在三层楼下面的花园里工作的男人们很难看到这个阳台里是否有人。艾博达本来就是个天气炎热的地方，通常这里的花朵都会繁茂地开放，用各种色彩点缀这里，但现在她看不到任何美丽的颜色。下面的花园里，园丁们沿着石子小径走动，手中提着一桶桶清水，但几乎每一片叶子都是黄色或褐色的。她可以不承认这场灾难，但身边的高热已经在让她害怕了，暗帝正在碰触世界，而她们全部希望所寄托的男孩却还在四处乱跑。

“面包和水？”苔丝琳突然说道，“将那个叫麦特的男孩送去白塔？如果我们的计划真的有什么改变，你应该在告诉别人之前先告诉我。”

裘丽恩感觉到脸颊有点发热。“我们需要压倒茉瑞莉。我还是初阶生时，她已经在授课了。”苔丝琳也是这样——一个严厉的教师，用铁的手腕控制自己的课堂，她说的任何一句话都在提醒别人不要违逆她的意思。茉瑞莉则比她低调得多。“她经常让我们站在全班学生前面，不停地从我们嘴里挖出她想要的答案，直到我们在所有人面前挫败地哭泣。她会装出一副同情的模样，或者也许她真的是有些同情，但她愈是拍着我们说不要哭，我们的心情就愈糟。”裘丽恩突然闭上了嘴，她并没有想要说出所有这些话，这是苔丝琳的错——总是用那种眼神看着她，仿佛她应该为衣服上的一点污渍受到责备。但苔丝琳应该明白这些，茉瑞莉也是她的老师。

“你一直都记得这些？”苔丝琳的声音里毫不掩饰地显露出怀疑，“教导我们的姐妹只是在履行她们的职责。有时候，我确实认为爱莉达对你的看法是对的。”那种恼人的刮擦声又响了起来。

“这……只是我偶尔想起来的，我实在看不惯茉瑞莉那种仿佛真的是使节代表的模样。”而不是将自己视为一个叛徒。裘丽恩朝下方的花园皱起眉。她蔑视所有那些分裂了白塔，却又在全世界炫耀自己的女人们——她们和任何帮助她们的人。但爱莉达也有错误，非常严重的错误，只要一点努力，那些反叛的姐妹可能已经与白塔和解了。“她是怎么看我的，苔丝琳？”笔尖的声音还在继续，如同指甲刮过石板。裘丽恩回到起居室内。“爱莉达是怎么说的？”

苔丝琳将另一张纸放在她的信上，也许是要吸干上面多余的墨水，也许是要挡住裘丽恩的眼睛。她并没有立刻回答裘丽恩，却只是带着一脸怒容看着她——或者只是以平常的表情看着裘丽恩，这一点并不好区分。最后，她叹息一声：“好吧，如果你一定想知道，她说你还是个孩子。”

“孩子！？”裘丽恩的震惊丝毫没有对苔丝琳造成任何影响。

“有些人，”苔丝琳平静地说，“确实是从她们穿上初阶生白袍起就不会有什么变化了。爱莉达相信你还没有长大，而且永远不会长大。”

裘丽恩恼怒地扬起头，对于这种评价，她不想说些什么。更何况，在她得到披肩时，这样评价的人自己的母亲还只是个孩子！爱莉达还是一名初阶生时就受到了太多的宠爱，虽然她很有力量，学得很快，但她得到了太多不应该属于她的东西。裘丽恩怀疑正是因为这一点，爱莉达才会对伊兰、艾雯和那个野人奈妮薇如此恼火，因为她们比她更强，因为她们在初阶生阶段花费的时间远比她更少，而且她们的进境确实堪称神速。奈妮薇甚至完全没当过初阶生，裘丽恩从没听说过有这样的事情。

“既然你已经提到了这个问题，”苔丝琳继续说道，“也许我们应该试着利用现在的条件。”

“你这话是什么意思？”裘丽恩拥抱了真源，导引风之力提起了绿松石壁桌上的银酒罐，在一只银酒杯里倒满调味酒。像往常一样，拥抱阴极力的喜悦让她全身震撼，也安抚了她焦躁的心情。

“这很明显。我应该想到的。爱莉达早已下达了命令，一旦找到伊兰和奈妮薇，就要立刻让她们返回白塔。我先前同意再等一等，但也许我们不该再等了。很可惜，那个叫艾雯的女孩没有和她们在一起。但即使只有两个，也会让爱莉达热情地欢迎我们返回白塔。如果我们再加上那个叫麦特的男孩……我相信，这三个人会让我们受到爱莉达盛大的欢迎，就如同我们带回了兰德一样。而且那个艾玲达也可以成为一名好初阶生，不管她是不是野人。”

银酒杯随着风之力落进裘丽恩的手里。她不情愿地放开了至上力，她从没有失去过第一次碰触真源时的那种热情，蜜瓜调味酒根本无法代替阴极力。在离开白塔前她进行的苦修里，最令人难过的部分就是她没有权力碰触阴极力。所有那些苦修的内容都是她自己拟定的，但爱莉达已经明白地表示，如果她不让自己经历严厉的苦修，爱莉达会亲自给她拟定苦修内容。她毫不怀疑爱莉达会让她承受怎样的痛苦。“她的热情欢迎？苔丝琳，她无端羞辱我们，只是为了让其他人知道她有这样的能力。她把我们派到这个偏远的苍蝇窝里，来会见一名比阶下十几名贵族权力更小的女王。如果她做得到，她会把我们派到爱瑞斯洋的另一边。你却还想要得到她的恩宠？”

“她是玉座。”苔丝琳隔着放在上面的那张纸轻按她的信，将信纸朝这边移一点，再朝那边移一点，仿佛在组织她的思想。“保持一段时间的静默会让她明白，我们不是供她玩弄的玩赏狗，但保持静默太长时间就会被看成是反叛了。”

裘丽恩哼了一声：“荒谬！当她们返回白塔时，她们只会因为逃跑而遭受惩罚，现在她们却装扮成正式两仪师的样子。”她的嘴唇绷紧了。那两个女孩这样做是有罪的，那些允许她们这样做的人也是一样，其中一个女孩竟然宣称加入了她的宗派，这就和她脱不了关系。等到绿宗结束对伊兰的处置之后，坐上安多王座的一定会是个饱经磨练的年轻女子，但如果伊兰先掌握住安多王座也许会更好。不管怎样，她的训练一定要完成。裘丽恩不打算看到伊兰浪费掉她本身的能力，无论她做了什么。

“同时不要忘记，她们也加入了那些叛徒。”

“光明啊，苔丝琳，她们很可能只是像其他被拐出白塔的女孩一样被顺便带回去的。你真的很在意她们是在明天还是在明年开始清扫马棚吗？”这绝对会是那些跟随叛徒的初阶生和见习生最后得到的处罚。“即使是各宗派也会耐心等待这些女孩回到她们手中。不必担心她们会逃掉，她们很安心地留在我们触手可及的地方。就让我们留在爱莉达给我们安排的位置上，继续袖手旁观吧！直到她向我们发出亲切的询问为止。”裘丽恩没有说出她准备一直等到爱莉达像史汪一样被废黜为止。评议会肯定不会对爱莉达的专横跋扈和胡作非为一直容忍下去。但苔丝琳毕竟是红宗的，她听到这种话不会高兴的。

“我想，这确实不需要着急。”苔丝琳缓缓说道，但其中反感的意味是不言自明的。

裘丽恩用另一股风之力拉来一把球腿椅，坐了上去。她要说服她的同伴，保持沉默是最好的策略。仍然是个孩子？如果依照她的意愿，爱莉达将不会从艾博达得到任何一个字，除非爱莉达来乞求她。

桌上的那个女人向后弯曲起身体，直到她骨骼允许的极限。她的眼珠突出到眼眶外，喉咙中断断续续地发出凄厉的尖叫声。尖叫声突然变成一阵响亮而沙哑的哽咽声。她的全身开始抽搐，然后就无声地倒了下去。一双无神的眼睛大睁着，瞪着密布蛛网的地下室天花板。

用咒骂来泄愤是不理智的，否则法理恩会像任何马夫一样让空气里充满了脏话，她已经不止一次希望待在身边的不是伊丝潘，而是提麦勒了。被审问的人总是迫不及待地回答提麦勒的问题，在他们供出全部信息之前，没有一个会死掉。当然，提麦勒对这种事情总有些过于在其中，但这并不是重点。

法理恩再次进行导引，从脏污的地板上拿起那个女人的衣服，将它们扔在那具尸体上。一根红皮带掉了下来，她用手将它拾起，扔回到衣服堆里。也许她应该试试别的手段，但皮鞭、铁钳和烙铁都是那么……脏乱不堪。“找一条巷子把这东西丢掉吧！在她喉咙上划一刀，让她看上去像是遭到抢劫的样子。她荷包里的钱你们拿走就好了。”

蹲在石墙边的两个男人交换了个眼神。从外表看，埃宁和耐德也许是一对兄弟，他们全都有一头黑发，小珠子般的眼睛和伤疤，身上的肌肉比普通人要多出一半，但他们通常还有足够的脑子可以执行简单的命令。“请原谅，主人，”埃宁犹豫地说，“但没有人会相信——”

“照我的话去做！”法理恩断喝一声。风之力揪住埃宁，让他站了起来，又将他朝石墙上丢去。他的脑袋狠狠地撞了一下，但这肯定不会对他造成任何伤害。

耐德急忙向桌子跳过去，一边慌乱地说着：“是的，主人，听从您的命令，主人。”法理恩放开埃宁，埃宁什么都没说，只是蹒跚着跑到桌边，帮耐德抬起那具尸体，像垃圾一样把它搬了出去。嗯，它现在确实只是一堆垃圾了。法理恩很后悔自己刚才的暴怒，让情绪失控是不理智的。不过有时这样做似乎能产生不错的效果。这么多年之后，她仍然对此感到惊讶。

“魔格丁不会喜欢这种结果。”那两个男人离开后，伊丝潘说道。她摇头时，缀在许多根黑色细辫子上的蓝色和绿色珠子发出细碎的碰撞声。她一直留在角落的阴影里，被她的一个小结界包覆着，让她可以不用听到那些凄厉的叫声。

法理恩努力不去瞪她。如果由她自己选择，伊丝潘绝对不会成为她的同伴。伊丝潘是蓝宗的，或者说曾经属于蓝宗，也许她现在仍然是。法理恩同样不认为自己因为加入了黑宗就不再是白宗了。蓝宗的人都太狂热了，她们在应该冷静的时候，仍然会让个人的情绪影响自己。她想选择蕾娜——另一名白宗，但那个女人在逻辑上有一些古怪而荒谬的看法。“魔格丁已经忘记了我们，伊丝潘。或者你从她那里收到了某些私人讯息？不管怎样，我相信那个隐密的地方根本是不存在的。”

“魔格丁说它是存在的。”伊丝潘坚定地说，但她的声音很快又变得温暖了，“一个法器、超法器和特法器的仓库，我们也能够从中分一杯羹。我们自己的法器，法理恩，甚至也许还有超法器。她答应过我们。”

“魔格丁错了。”法理恩看到伊丝潘惊骇地睁大了眼睛。使徒也只是人。知道这一点的时候，法理恩也有同样的震撼，但总是有人拒绝明白这一点。使徒比她们强大许多，拥有她们无法企及的知识，而且很可能已经得到了暗帝不朽的奖赏，但种种迹象表明，他们之间的明争暗斗和争夺一张毯子的两个莫兰迪人没有两样。

伊丝潘的惊骇很快就变成了愤怒。“这里还有其他人在搜寻，难道他们全都在寻找子虚乌有的东西吗？这些搜寻的人里有暗黑之友，他们一定是其他使徒派来的。如果使徒们都盯着这里，你仍然认为这里一无所有吗？”伊丝潘难道不明白，如果一样东西不管怎样都找不到，那么明显的原因就是它并不存在。

法理恩等待着。伊丝潘并不傻，只是对力量有些过于敬畏。法理恩相信，只要耐心对待，人们自己会明白心里已经知道的事情。心智需要经过历练才能变得锐利。

伊丝潘开始来回踱步，皱起眉看着周围的尘土和蛛网，她的裙子随她的脚步沙沙作响。“这个地方全都是污秽和臭气！”她看见一只黑色的大蟑螂从墙上飞快地爬过去，打了个哆嗦。一片光晕出现在她身上，那只蟑螂在砰的一声中被压扁了。伊丝潘带着嫌恶的表情在裙子上抹了抹手掌，仿佛刚才她并不是用至上力将蟑螂打死的。她很容易感到反胃，幸好如果有需要的话，她还是可以控制住这个感觉。“我不会向使徒报告这种失败，法理恩，否则她就会让我们羡慕莉亚熏的遭遇了，不是吗？”

法理恩的身体没有颤抖，但她还是走过地下室，为自己倒了一杯李子调味酒。李子太陈，酒太甜，不过她的手能够保持稳定。对魔格丁的恐惧是非常明智的，但向恐惧屈服就不对了。也许那个女人已经死了，否则她早已该召唤她们，或者是在她们睡觉时把她们抓进特·雅兰·瑞奥德，质问她们为什么还没完成她的任务。但在看到她的尸体前，唯一符合逻辑的选择就是继续魔格丁的任务，做好魔格丁随时都会出现的准备。“倒是另有一个办法。”

“如何？审问艾博达的每一名智妇？这里有多少智妇？一百？也许两百？泰拉辛宫中的姐妹会注意到的。”

“忘记你那个拥有超法器的梦吧，伊丝潘，这里没有隐密的仓库，也没有宫殿下的地下密室。”法理恩的嗓音冰冷而稳定，也许伊丝潘表现得愈激动，她就会愈加稳定，她一直都很喜欢用嗓音将整班的初阶生催眠。“几乎所有智妇都是野人，她们很可能根本不知道自己的力量。没有野人愿意被发现私藏法器，更不可能是超法器，而且如果她们有私藏的话，我们早就找到了。根据所有的记录，任何野人在发现某样物品与至上力有关之后，都会立刻让自己离开它，她们害怕惹来白塔的怒火。只有那些被白塔遣返的女人似乎并没有这种畏惧，当那些女人在被遣返前接受搜身时，至少有三分之一的人藏匿了与至上力有关，或者是她们以为与至上力有关的物品。就我们目前已经证实的几名智妇里，卡莉是一个很好的例子，在四年前她被从白塔遣返时，她确实差点就偷到了一件小特法器。一件只能制造出花朵的幻象和瀑布的声音的没有用的东西，但那确实是一件和阴极力有关的物品。而且她还试图发现所有其他初阶生的秘密，结果她成功的比率非常大。如果艾博达真的有一件法器，你认为她会在四年时间里都毫无察觉吗？更何况那是一个仓库？”

“我也戴着披肩，法理恩，”伊丝潘用粗暴的声音说道，“我也知道你知道的这一切。你说有别的办法，是什么办法？”真是个不用脑子的女人。

“有什么会像那个宝藏一样让魔格丁感到高兴？”伊丝潘却只是盯着她，用脚板拍着地面，“奈妮薇·爱米拉，伊丝潘。魔格丁没有要我们继续猎捕她，但她显然是逃到了这里，如果我们将奈妮薇和那个叫伊兰的女孩献给魔格丁，即使我们丢掉了一百件超法器，她肯定也会原谅我们。”使徒当然也会失去理智。对付既没有理智，又比你强大的人，最好是保持极度的谨慎。当然，伊丝潘并不强大。

“我们真该在她刚刚出现时就杀死她。”伊丝潘啐了一口。她晃动着双手，大踏步走来走去，地上的沙砾在她的软鞋下不停地发出咯吱声。“是的，是的，我知道，我们的姐妹就在那座宫殿里，她们也许已经开始怀疑了，我们不希望引起她们的注意。但你忘记坦其克了吗？还有提尔？那两个女孩出现在哪里，灾难就随之而来。如果我们不能杀死她们，我们就应该尽量远离奈妮薇·爱米拉和伊兰·传坎，有多远就躲多远！”

“镇定，伊丝潘，镇定。”法理恩安抚的语音却似乎只是让伊丝潘更加躁动不安。但法理恩充满了自信，逻辑一定不能受到情绪的干扰。

这是一条偏僻、狭窄、被阴影覆盖的小巷，他坐在巷口一只倒扣的桶上，端详着拥挤街道对面的那幢房子。突然间，他发觉自己又在用手摸头了，他并没有头痛，但他的头有时候会感觉……很奇怪。在他思考那些他记不起来的事情时，这种感觉尤其明显。

用白色石膏粉刷的三层楼房，这幢房子是属于一名金匠的。现在正有两个朋友在拜访她。她告诉别人，那是她在数年前在北方旅行时遇到的朋友。她们只是刚来时被别人看到了一眼，以后就再没有人见过她们。查出这些信息很容易，查出她们是两仪师也不会多费多少力气。

一名瘦削的年轻人穿着一件破旧的马甲，吹着口哨向这里走来。这家伙对他来说没有任何意义。不过那个年轻人在看到他时停了下来。他的外衣和他所在的地方（他沮丧地承认，还有他身上的其他东西）也许让他看起来很具诱惑力。他伸手到衣服下面。他的手已经不再有用剑的力量和灵活了，但他携带超过三十年的那两把长匕首曾经让不止一名剑士吃惊。也许是因为他眼睛里闪烁的某些东西，那个瘦削的年轻人显然觉得还是继续吹着口哨走开来比较好。

在那幢房子旁边，通往那名金匠马厩的门打开了，两名粗壮的男人推出了一辆小车，车上堆满了土草和马粪。他们要去那里？埃宁和耐德并不是给马厩清理粪便的人。

他决定一直留在这里，直到天黑，然后再去看看是否能找到贾西姆的小美人杀手。

又一次，他将双手从头上放下来。迟早他能记起来。他没有太多时间了——这一点时间就是他拥有的一切，他只能记起来这么多。

第 18 章

破碎大地的犁

兰德抓住阳极力，解开他在前厅一角编织的结界，然后举起箍银的小杯子，说道：“再来些茶。”路斯·瑟林在他的脑海深处愤怒地嘀咕着。

覆金的雕花椅被整齐地排成两列，中间是六尺宽的走道，抛光的石板地上镶着初升朝阳的黄金图案。走道尽头的高台上是一把高大的座椅，从台基到椅子都布满了雕花，而且也全都包覆着黄金。但兰德盘腿坐在一块临时铺设的地毯上，地毯上用绿、金和蓝三色绣出了提尔迷舞的图案。坐在他对面的三名部族首领不会喜欢他坐在椅子上见他们，他们是另一座迷宫，需要谨慎对待。兰德只穿着衬衫，衬衫袖子也被卷起，露出盘绕在他前臂上闪烁金属光泽的金红色龙纹。三名艾伊尔人只露出了左臂。也许他们在提醒他是谁——他也像他们一样，经历过对大多数男人都是致命的鲁迪恩之旅。也许这种提醒是有必要的，也许。

当梅兰娜从她刚刚被封住的角落里走出来时，那三张面孔上看不到任何变化。强文满是褶皱的面孔仿佛是从老树上雕刻出来的，永远都是那个样子。如果他蓝灰色的眼睛里面如同聚集着风暴，那它们也一直都是如此，但他其实是一个脾气和缓的男人。英狄瑞安和一只眼的曼德兰也许是在思考着别的事情，除了他们不眨一下的眼睛一直在盯着她外。路斯·瑟林突然安静下来，就好像他也在看着那名两仪师，透过兰德的眼睛。

梅兰娜看不出年纪的面孔上表现出的情绪比部族首领们更少。她抚下浅灰色的裙子，跪到兰德身边，提起了茶壶，那是一只错金丝的球形白银大壶，有着老虎形状的壶足和提手，还有一只老虎盘据在壶盖上。梅兰娜要用两只手把它提起来，即使这样，给兰德斟茶时，她还是有些颤抖。她的神态似乎是在说，她这么做是因为她想要这么做。但因为某种在场男人们不明白的原因，他们都觉得她的神态正在大声疾呼她是一名两仪师。这是好事？还是坏事？

“没有我的允许，她们不能导引。”兰德说。部族首领们仍然保持着沉默。梅兰娜直起身，膝行到他们每个人身边。曼德兰用手捂住茶杯，表示不用了，另外两个人则递过了茶杯，蓝灰色眼睛和绿色眼睛都在审视着她。他们看见了什么？他还能做些什么？

梅兰娜将沉重的茶壶放在有老虎形握柄的厚托盘上，仍然保持着跪姿说：“我还能为真龙大人做些什么？”

她的声音沉着冷静，但在兰德示意她回到角落里，她站起来转过身时，一双纤细的手在裙子上紧抓了一下。这也许是因为她在转身的时候看见了柯朗·达西瓦和佳哈·那瑞玛。这两名殉道使（*精确地说，佳哈仍然只是士兵，是殉道使最低的阶层，他的衣领上既没有剑，也没有龙*）面无表情地站在两面镶在墙上的金框高立镜之间。那个更年轻一些的殉道使至少看上去是没有任何表情的，他将两根拇指插在剑带后面，对梅兰娜完全视而不见，对兰德和艾伊尔人似乎也没怎么注意。但仔细看去，你就会发现他那双大得过分的黑眼睛一直没休息，仿佛随时都在期待着有意外发生。又有谁敢说不会出意外？柯朗则似乎正陷在云雾中，他不停地眨眼、皱眉，嘴唇无声地翕动着，但这些动作都看不出有什么意义。

当兰德看着殉道使时，路斯·瑟林都会发出嚎叫，不过烦扰兰德脑海中这个死人的并不是殉道使，而是梅兰娜。只有傻瓜才会以为狮子和女人能够被驯服。

兰德焦躁地压下那个声音，让它变成模糊的嗡嗡声。路斯·瑟林能够突破他的压制，但绝不会很轻松。兰德抓住阳极力，重新编织出防止偷听的结界，将梅兰娜封在里面。放开真源让兰德感到更加焦躁，他脑子里的噪音就如同水滴落在热煤上的滋滋声，路斯·瑟林遥远的疯狂与愤怒不停地冲击着他的神经。

梅兰娜站在那道她既无法看到，也无法感觉到的结界后面，高昂着头，双手交叠在腰间，仿佛一条披肩正垂在她的臂弯里。从头到脚，她都是一名标准的两仪师。她冷冷地看着兰德和部族首领，那是一双亮棕色的眼睛，闪烁着些许黄色。*我的姐妹并没有全部认识到我们是多么需要你，今天早晨，就在这个房间里，她这么对兰德说道，但我们所有发过誓的人都会服从你的一切命令，只要那不违反*

三誓。当她在索瑞林的看管下来见他时，兰德刚刚醒来。那两个女人似乎都完全不在乎他仍然只穿着一件睡袍，并且才刚将早餐的面包咬了一口。我有很多谈判和仲裁方面的技巧，我的姐妹们有其他的技巧，请让我们为你服务。就像我们誓言中说的那样，让我们侍奉你。我们需要你，你也需要我们的能力。

埃拉娜一直都缩在他脑海中的一角。她又哭了，兰德不明白为什么她要一直哭。他禁止她出现在他身边，除非得到他的召唤，没有枪姬众的看管，她甚至不能离开房间（那些向他立誓的两仪师昨晚都在宫里住下了，这样方便兰德监视她们），但从她约缚兰德那一刻开始，兰德就感觉到了眼泪和深深的创伤。这种感觉时强时弱，但一直都是存在的。埃拉娜也对他说过，他需要那些发过誓的姐妹。最后埃拉娜甚至是在对他尖叫了。那时她满脸通红，泪水从她的脸颊上滚落下来，这种情况一直持续到她从他面前跑开。她也提到过侍奉兰德。但兰德怀疑梅兰娜是否想到会做现在这种事情。也许让她穿上一身制服能帮助她理清思路？

梅兰娜在看部族首领时，部族首领们也在看着她。他们的眉毛都没有动过一下，从他们的脸上看不出任何情绪。

“智者们已经告诉过你们这些两仪师效忠于谁了。”兰德直言道。索瑞林也告诉兰德他们已经知道了，而且他们在第一次看到梅兰娜为他们斟茶并行屈膝礼时，没有表现出任何惊讶。“你们见到她为我们倒茶，你们见到她依照我的吩咐做事。如果你们愿意，我会让她跳一段快步舞。”让这些艾伊尔人相信他并没有被拴在两仪师手中的链条上，正是这些两仪师现在要为他做的事。如果有必要，他会让所有两仪师来跳快步舞。

曼德兰调整了一下他右眼上的灰绿色眼罩，他在需要时间来思考时总会这么做，一道宽厚的伤疤穿过他的眼罩，从他的前额一直爬上光秃的头顶。当他最终开口说话时，生硬的语气并不比兰德好多少，“有些人说，两仪师做事是不择手段的。”

英狄瑞安垂下浓密的白眉毛，越过自己的长鼻子盯着茶杯。在艾伊尔人中，他的身高一般，大概要比兰德矮半拳，但他身上所有的东西都显得很长。荒漠的热风显然吹去了艾伊尔人身上所有多余的赘肉，甚至更多。英狄瑞安的颧骨甚至显得有些锋利，而双眼则有如深陷在洞穴里的翡翠。“我不喜欢谈论两仪师，”他那深重、浑厚的声音和这样一张脸配在一起，每次都会让兰德感到惊讶，“做过的就是做过了，让智者们去对付她们吧！”

“最好还是谈谈沙度狗。”强文的声音很温和，而和强文那张凶猛的面孔相比，他的声音也让兰德同样吃惊。“在几个月之内，顶多是半年内，每一名还是沙度的人都要死，或者是成为奉义徒。”他的声音并不能表现他的心意。另外两个人点点头，曼德兰露出渴望的微笑。

看样子，兰德并不能说服他们。沙度是他为了进行这次会谈而提出的原因。这件事很重要，但并不是最重要的事，肯定不是不重要的——沙度已经制造了太多的麻烦——但对于兰德来说，他们和两仪师是两件截然不同的事。现在，加上提摩兰的米雅各布马，四个部族已经靠近了弑亲者之匕山脉。也许他们能做到强文所说的事情，但兰德身边还有既不能成为奉义徒，也不能杀死的人。有些更加急迫的事情。“智者们怎么说？”兰德问。

片刻之间，首领们的表情变得无法捉摸。这件事两仪师都不可能比艾伊尔人做得更好。至上力吓不倒艾伊尔人。没有人能比死亡跑得更快，这是艾伊尔人的信仰。如果一名艾伊尔人戴上面纱，即使是一百名狂怒的两仪师也无法让他摘下来。但是，当他们知道智者们也参加了杜麦的井的战斗时，他们受到打击的样子就像是看见太阳在黑夜中升起，月亮在白昼血红的天空中高挂。

“沙林德告诉我，几乎所有智者都会和雅加德斯威共赴战场。”英狄瑞安最后不情愿地说道。沙林德是从聚居地红泉随他而来的智者，或者用“随”这个字眼形容智者并不正确，不管怎样，大多数柯代拉、锡安德和达茵智者都会与战士们一同前往北方。“沙度智者们可以……由智者们去处理。”英狄瑞安的嘴唇嫌恶地扭曲起来。

“一切都改变了。”强文的声音甚至比他平时更显柔和。他相信这一点，但肯定不想这样。智者们参与战争，这亵渎了与艾伊尔一样古老的传统。

曼德兰用显得过于谨慎的动作放下茶杯。“珂荔珲希望在梦醒之前再见到嘉珥，我也是。”像贝奥和鲁拉克一样，他有两名妻子，其他部族首领大多只有一名妻子，提摩兰则是个鳏夫。不过没有妻子的情况对部族首领一般都不会持续很久，即使首领自己不关心此事，智者们也会为他找一名配偶。“我们之中还能有人看见三绝之地的太阳升起吗？”

“希望你们都能看到。”兰德缓缓地说。如同破碎大地的犁，他将破碎众生的姓名，一切都将湮没在他眼中的火焰里。战争的号角将伴随着他的脚步，大乌鸦将在他的声音中掠食，他将戴上剑之王冠。除了对于暗帝可能的胜利以外，真龙预言没有给人类任何希望。而艾伊尔人的鲁迪恩预言则说他会毁灭艾伊尔人，因为他，荒季在各部族中蔓延，古老的传统被彻底遗弃。即使没有这些两仪师，如果一些首领开始思考追随兰德·亚瑟是否正确，兰德也丝毫不会觉得奇怪，不管他的手臂上是不是有龙纹。“希望能这样。”

“愿你总是能找到清水和阴凉，兰德·亚瑟。”英狄瑞安说。

首领们离开后，兰德仍然坐在原地，盯着手中的茶杯，紧皱眉头，但他在深褐色的茶水中找不到任何答案。最后，他将茶杯放在托盘旁边，放下了两侧的衣袖。梅兰娜的眼睛专注地看着他，仿佛是要把他的想法揪出来。她似乎也有一点不耐烦了，兰德曾经命令她一直站在角落里，除非是能听到说话的声音。很显然，她肯定认为既然首领们已经离开，她没理由还停留在角落里了。她要走出来，查清楚他们刚才说了些什么。

“你们认为他们相信我是两仪师操控的傀儡吗？”兰德问。

年轻的佳哈愣了一下，实际上，他比兰德还要大一点，但他看上去就像比实际年龄要小五六岁的男孩。他瞥了梅兰娜一眼，仿佛两仪师才有答案，然后他的肩膀不安地颤动了一下，“我……不知道，真龙大人。”

柯朗眨眨眼，停止喃喃自语，他侧过头，鸟一样的眼睛侧瞥着兰德。“这有什么关系？她们听话不就行了？”

“这有关系。”兰德说。柯朗耸耸肩，佳哈若有所思地皱起眉头，似乎也不明白。但兰德觉得佳哈也许能够明白他的意思。

各种地图散乱地铺在王座后面的石地板上，兰德用靴尖踢了踢它们。他竟然得同时看管这么多地方。凯瑞安北部和那片被称作弑亲者之匕的高山、凯瑞安城以及周围地区、伊利安和通往法麦丁的马瑞多平原、塔瓦隆和周围的村镇、海丹和阿玛迪西亚的一部分。各种行动和势力混杂在他的脑海里。路斯·瑟林在遥远的地方狂笑，呻吟、虚弱地吼叫着要杀死殉道使，杀死弃光魔使，杀死自己。埃拉娜停止了哭泣，正用一丝微弱的愤怒试图赶走心中的苦痛。兰德用双手紧抓住头发，用力压紧额角。他的脑海中只有自己的时候是什么样子？他已经不记得了。

其中一扇高大的房门被打开了，走进来的是一名守在走廊里的枪姬众。瑞亚玲有着一头鲜艳的橘红色头发和永远带着笑容的双唇，虽然同样是艾伊尔人，但她的身材确实可以说是丰腴，至少从枪姬众的角度看是这样的。“贝丽兰·苏·潘恩崔和安诺拉·勒瑞森希望能见到卡亚肯。”她用正式的语调说道。她的声音在念出第一个名字时友善又热情，到第二个名字时则显得冰冷刻板，不过她唇角的笑容并没有受到影响。

兰德叹了口气，开口想叫她们进来，但贝丽兰并没有等待。她像一阵旋风般冲进屋里。安诺拉紧跟在她身后，看上去比她要平静一些。看到柯朗和佳哈时，那名两仪师露出戒备的神态，而当她看见站在角落里的梅兰娜，似乎又有些好奇。贝丽兰的脸上则没有这么多变化。

“这是什么意思，真龙大人？”她亮出今天早晨送到她那里的信，大步走到兰德面前，将信纸在他鼻子下用力摇晃。“为什么我要返回梅茵？我以您的名义将这里治理得很好，这您知道的。我没能阻止克拉瓦尔戴上王冠，但我至少阻止了她更改您的法律。为什么我要被遣走？为什么只是以书信的方式通知我？而不是当面告诉我？只是一封信！感谢我的服务，然后像解雇一名税务官一样赶走我！”

虽然在盛怒之中，梅茵之主仍然是兰德见过最美丽的女子之一。黑发在她的肩头化作光泽闪烁的波浪，艳丽无俦的脸庞能让瞎子睁开眼睛，男人们都会淹死在她那双黑眸里，毫无抵抗的能力。今天，她穿着闪亮的银色丝裙，轻薄贴身，更像是与爱人幽会时穿的衣服，领口只要再低一根头发的宽度，她就绝不能在公众场合穿这件衣服了。不过兰德怀疑即使是那样，她仍然会把它穿出来。兰德在写这封信时，告诉自己利用信件是因为现在有太多事情需要处理，没时间和贝丽兰争论。而事实是，他有点喜欢见到她，以至于他开始觉得……这不该算是错误，但也差不多了。

贝丽兰一出现，路斯·瑟林的咆哮就变成轻柔的哼声，他在赞赏一名女人时总是会这样。突然间，兰德意识到自己正在揉着耳垂，不由得感到一阵惊恐。他凭直觉知道这是路斯·瑟林的另一个习惯，就像他那种轻哼一样。兰德用力将手放到身侧，但片刻之间，那只手又想回到他的耳边。*烧了你吧，这是我的身体！*他在心中发出一阵怒吼。*我的！*路斯·瑟林的轻哼在惊讶和困惑中停止了。他没有再发出任何声音，这个死人逃回到了兰德脑海中最深的阴影里。

兰德的沉默产生了效果。贝丽兰放下信纸，怒气也减弱了一点。她紧盯着兰德，吐出一口气，让兰德的面颊也感觉到了热度。“真龙大人——”

“你知道是为什么。”兰德打断了她的话。直视她的眼睛并不容易。奇怪的是，他此刻很希望明也在这里。这非常奇怪。明观察幻象的能力现在帮不了他。“当你今天早晨从海民船上回来时，码头上有一个人在等你，他还拿着一把刀。”

贝丽兰轻蔑地一扬头：“他还没走到我身边三步以内，有十二名翼卫队和加仑恩将军陪着我。”率领翼卫队前往杜麦的井的是海芬·努瑞勒，加仑恩则是全体翼卫队的统帅。除了被海芬带回来的人以外，贝丽兰还有另外八百名翼卫队护卫。“你认为我会被一个小偷吓破胆？”

“别傻了！”兰德咆哮道，“一名小偷？你就要用十二名士兵保护你？”她的脸颊变成了红色。是的，她知道，兰德没有给她反对、辩解，或是做其他任何傻事的机会。“多布兰告诉我，他已经在宫中听到人们悄声议论，说你背叛了克拉瓦尔，那些曾经支持她的人也许会在我面前战战兢兢，但他们会用匕首让你付出代价的。”根据多布兰的说法，同样要付出代价的还有菲儿，这也是要小心的。“但他们不会有机会，因为你要回梅茵了，多布兰会取代你在这里的位置，直到伊兰得到太阳王座。”

贝丽兰打了个哆嗦，如同兰德从她头顶浇下了一桶冷水，眼睛猛地睁大了。当贝丽兰不再害怕兰德时，兰德曾经感到很高兴，但现在，他对这一点不那么确定了。贝丽兰张开口，眼看就要爆发了，安诺拉却在这时碰了碰她的手臂。贝丽兰猛地转过头。她们对视良久，贝丽兰又打了个哆嗦，平静了下来。她用力地抚平裙子，挺起肩膀。兰德急忙将目光转向一旁。

梅兰娜开始在那道结界后面来回走动。兰德怀疑她曾经跨过了界限，只是立刻又退了回去——现在她正踩在那道结界的边缘上，虽然那肯定是她不可能察觉到的结界。兰德向她转过头去时，她立刻退回到几乎贴住墙壁的位置。她的视线一直没有离开兰德，从她的表情来看，如果能让她听到现在兰德所说的话，她宁可为兰德斟十年茶。

“真龙大人，”贝丽兰微笑着说，“这里还有亚桑米亚尔的问题。”她的声音如同温软的蜂蜜，嘴唇的曲线可以让一块石头燃烧出接吻的欲望。“波涛长哈琳妮在她的船上被忽视了这么久，所以非常不高兴。我已经去拜访过她几次，我可以抚平她的情绪，让我们与海民的合作变得更加容易，这点多布兰大人是很难做到的。我相信，不管真龙预言是怎样说海民的，他们对您十分重要。您在他们的预言中似乎也是至关重要的，只是他们似乎并不愿意对外人多说这件事。”

兰德愣了一下。为什么她要努力为自己争取这个困难的工作，她不但得不到凯瑞安人的感谢，现在甚至还有人想要杀死她。她是一名统治者，习惯于对付统治者和他们的使者，但不善于防备藏在暗中的流氓和匕首。不管是不是温软的蜂蜜，这并不代表她渴望留在兰德身边。她曾经……嗯，曾经试图向他献过身，但那是因为梅茵是个小国，贝丽兰不得不像男人用剑一样使用自己的美丽，以保护自己的国家不被她强大的邻居提尔给吞并，而现在，梅茵的命运已经落在兰德手中。“贝丽兰，我不知道该怎样做才能保证梅茵是你的，我会写下一切——”血液冲进他的头脑。他的舌头冻住了。路斯·瑟林发出一阵阵狂笑。明白这种危险却仍然不害怕的女人——只有疯子才会抛弃这样的珍宝。

“保证。”甜美中混入一丝凄冷，然后又是一股怒意。安诺拉扯着贝丽兰的袖子，但她完全没在意那个两仪师。“在我拿着你的保证待在梅茵时，会有其他人为你服务。他们会向你要求回报，他们所做的一切都光彩耀人，而我的努力只会变得陈旧，被丢弃，被遗忘。如果维蓝芒大君将伊利安献给您，要求得到梅茵作为回报，您会怎样说？如果他给您莫兰迪、阿特拉，和直到爱瑞斯洋的一切土地呢？”

“那么如果你虽然离开，但还会继续为我服务呢？”兰德平静地问，“你会从我眼前离开，但不会离开我的脑子。”

路斯·瑟林又笑了，那种笑声几乎让兰德红了脸。他喜欢看贝丽兰，但有时路斯·瑟林所想的……

贝丽兰用顽固的双眼盯着他，兰德能看出安诺拉正在谨慎地选择着问题，却不知道她到底想要问什么。

瑞亚玲再次打开了门。“一名两仪师来见卡亚肯了，”她的声音冰冷却又带着疑惑，“她的名字是凯苏安·梅莱丁。”一名光彩耀人的女子紧随她身后走进屋里，她的铁灰色头发在头顶上盘成一个发髻，上面垂挂着一些黄金小饰品。这一瞬间，所有的事情几乎同时发生了。

“我以为你死了。”安诺拉倒抽了一口气，眼珠几乎从眼眶里蹦了出来。

梅兰娜从结界里冲出来，伸开双臂。“不，凯苏安！”她尖叫着，“你绝不能伤害他！绝对不能！”

兰德感到皮肤传来一阵刺麻，这代表着房里的某个女人拥抱了阴极力，也许还不止一个人。他以迅捷的动作离开贝丽兰，抓住了真源，让阳极力猛地灌入体内，同时也感觉到殉道使体内充满了阳极力。柯朗扭曲着面孔逐一瞪向那些两仪师。尽管已经拥有了至上力，佳哈还是用两只手握紧剑柄，摆出虎豹踞树的姿势，做好了随时拔剑出鞘的准备。路斯·瑟林嚎叫着杀戮与死亡，要杀死她们所有人，现在就杀死她们。瑞亚玲戴上了面纱，喊了一声，十二名枪姬众突然出现在房里，全都戴着面纱，擎起了短矛。贝丽兰瞪大了眼睛，仿佛她身边所有人都疯了。

而这一切的肇因，凯苏安，似乎没有受到任何影响。她看着那些枪姬众，摇了摇头，挂在她发髻上的黄金星星、月亮和飞鸟也随之来回轻轻晃动。“想要在北海丹培育真正的玫瑰花几乎就等于死亡，安诺拉，”她冷冷地说，“但那里并不是坟墓。哦，镇静，梅兰娜，不要吓到什么人，你在脱掉初阶生白袍后应该要稳重一些了。”

梅兰娜的嘴唇张开又闭上，露出羞窘的模样。那种刺麻感也突然消失了，但兰德没有放开阳极力，殉道使们也没有。

“你是谁？”他问道，“属于哪个宗派？”红宗，这是根据梅兰娜的反应做出的判断，但一名红宗两仪师竟然这样孤身走进来，这可得要有寻死的勇气。“你想干什么？”

凯苏安的目光并没有在兰德身上停留很久，她也没有回答兰德。梅兰娜又张开嘴唇，但那名灰发女人看着她，挑起一侧眉弓，梅兰娜立刻红着脸低垂下眼睛。安诺拉一直在盯着这名女人，就像是在盯着一个鬼魂，或者是一个巨人。

凯苏安一言不发地朝两名殉道使走去，深绿色的骑裙随着她的步伐扫过地板。兰德觉得这个女人肯定一直都在用这种流畅而连续的步伐走路，优雅、不浪费任何时间、不允许任何人阻挡她的道路。柯朗上下打量着她，发出一阵冷笑。虽然直视着柯朗的面孔，她却仿佛完全没注意到这一阵冷笑；随后她也丝毫没有注意佳哈握剑的双手，却用一根手指挑起他的下巴，将他的脸左右挪动了两下，佳哈才来得及将头转回来。

“多么可爱的眼睛。”她喃喃地说道。佳哈不确定地眨眨眼。柯朗的冷笑消失了，与他现在脸上的凶恶笑容相比，那一阵冷笑就像是快乐的傻笑。

“什么都不要做。”兰德喝了一声。柯朗恼恨地看了兰德一眼，才带着阴郁的神色将一只拳头放在胸前，行了个殉道使的军礼。“你到这里要干什么，凯苏安？”兰德继续说道，“烧了你，看着我！”

凯苏安只是转过了头：“那么你就是兰德·亚瑟了，转生真龙，我本以为即使是沐瑞那样的孩子也能教会你一些礼仪的。”

瑞亚玲将右手的短矛收到左手的小盾后面，向其他枪姬众打着手语。这次总算没有枪姬众露出笑容。兰德确信，这一次的手语总算不是在开他的玩笑。“别紧张，瑞亚玲，”兰德抬起一只手，“所有人都不要紧张。”

凯苏安对这一切都没有注意，她微笑着转向贝丽兰：“那么这位就是贝丽兰了，安诺拉，她比我听说的更美丽。”她低下头，行了个屈膝礼，一个相当深的屈膝礼，但其中没有任何谦恭之意，只是个礼节。“梅茵之主，我必须和这个年轻男人谈一谈，而且我要留下您的资政。我听说您在这里有许多事务，我无意耽搁您的工作。”一个清晰的逐客令，就差她亲自为贝丽兰把房门拉开了。

贝丽兰优雅地点点头，然后她毫无滞涩地转向兰德，展开裙子，行了个深深的屈膝礼。她的衣服很轻薄，以至于让兰德开始担心她起身时，会不会变得衣衫褴褛。“真龙大人，”她以悠扬庄重的语调说道，“请允许我告退。”

兰德用有些生硬的动作向她鞠躬回礼。“当然可以，女士，如您所愿。”他伸出一只手，要牵贝丽兰站起来。“希望您能考虑我的建议。”

“真龙大人，我会依照您的意思为您服务，无论在什么地方，您要我去做什么。”她的声音又变得甜美亲切，兰德觉得这是凯苏安为他带来的好处。贝丽兰的脸上没有任何轻浮，只有坚决的意愿。“不要忘记哈琳妮。”她又悄声说了一句。

当房门在贝丽兰身后被关上时，凯苏安说：“看到孩子们的游戏总是让人感到愉快，是不是，梅兰娜？”

梅兰娜圆睁着眼睛，在兰德和那名灰发两仪师之间来回转着头。安诺拉似乎全凭意志在支撑着自己继续直立着。

大多数枪姬众都跟随贝丽兰出去了，枪姬众们显然已经确信这里不会出现暴力。不过瑞亚玲和另外两名枪姬众还守在门边，也仍然戴着面纱，也许是每一名枪姬众正在检视每一名两仪师。柯朗似乎也认为危险过去了，他靠在墙边，一条腿搭在另一条腿上，双臂抱在胸前，嘴唇无声地翕动着，两只眼睛盯住了两仪师。

佳哈带着疑问的神情朝兰德皱起眉，但兰德只是摇了摇头。这个女人是故意要激怒他。现在的问题是，为什么她一定要激怒一个能轻松地静断她，或是杀死她的男人？而她自己应该很清楚这一点。路斯·瑟林也在嘀咕同一件事情。为什么？为什么？兰德走上高台，从王座上拿起真龙令牌，坐了下去。他在等着看会发生什么事，这个女人不会得逞的。

“非常华丽，你说不是吗？”凯苏安一边对安诺拉说着，一边在房间里扫视了一圈，在镶嵌进墙壁的镜子上方，有一圈将近两尺宽的黄金墙围。“不知道在奢侈方面，凯瑞安人和提尔人谁做得更过分，但他们肯定都能让艾博达人脸红，甚至让匠民脸红。这是茶盘吗？我倒是想喝些茶，只要茶是新沏的，水是热的。”

兰德导引至上力，托起茶盘，将它向那三个女人送过去。他觉得这个金属盘子仿佛也会被阳极力中的污染腐蚀。梅兰娜送茶来时带来了额外的茶杯，因此现在茶盘里仍然有四只未用过的茶杯。兰德倒满了其中三只，放下茶壶，等待着。茶盘被阳极力支撑着飘浮在半空中。

这三个女人在外表上截然不同，她们的反应也截然不同。安诺拉看着那只茶盘，仿佛在看着一条蜷曲的毒蛇，她微一摇头，向后退了一小步。梅兰娜深吸一口气，用一只微微颤抖的手缓缓拿起了一杯茶。知道一个男人能导引和被迫观看这种导引是完全不一样的。凯苏安却轻松地拿起茶杯，带着愉悦的微笑吹去上面的热气。她不知道是房里三个男人之中的哪一个倒的茶，但她从茶杯后面直视着将一条腿搭在椅子扶手上的兰德。“真是个好孩子，”她说道。戴面纱的枪姬众们交换了一个惊诧的眼神。

兰德打了个哆嗦。不，她不能激怒他，不管原因是什么，这个女人就是要做到这一点，她不会成功的！“我再问一次，”兰德直起身体，他的声音是冰冷的，但他心中比最热的阳极力之火更热，“你想干什么？回答我，或者离开，门或窗子任你选。”

梅兰娜又流露出想说话的样子，凯苏安再次制止了她。这一次，凯苏安的目光没有离开兰德，只是向梅兰娜打了一个严厉的手势。“来看你。”她平静地说，“我是绿宗，不是红宗，但我比任何其他在世的姐妹更早戴上披巾，任何四名红宗所见过的能导引的男人加在一起也没有我见过的多。我没有猎捕他们，这你明白，但我见识过那些人。”她的语气就像是一个女人在谈论她一生中在市场上的经历。“有些人一直挣扎着，直到痛苦的结束，即使在被屏障、被束缚之后，他们仍然踢蹬着、尖叫着；有些人则是哭泣着哀求，愿意献出黄金，或是其他任何东西，只要不被带往塔瓦隆，他们甚至愿意献出自己的灵魂。但也有一些人会因为安心而落泪，他们像羔羊一样驯顺，感激自己终于能够摆脱它。光明的真实啊，他们最终全都会哭泣。到最后，除了眼泪之外，他们都变得一无所有。”

兰德心中的焦热变成怒火喷发出来。托盘和茶壶被甩过去，砸碎了一面镜子，然后伴随着一片玻璃雨点落在地上。半瘪的茶壶泼了一地热茶，撞弯的托盘在地面滑行了一段距离，除了凯苏安之外，所有人都吓了一跳。兰德从高台上一跃而下，紧握着真龙令牌的手指关节都痛了。“你是要吓唬我吗？”他咆哮道，“你以为我会求饶？或是感激？哭泣？两仪师，我合起双掌就能把你压碎。”他的另一只手愤怒地挥舞着。“梅兰娜知道我为什么会这样做，而只有光明知道我为什么不会这样做。”

那个女人从容不迫地看着破烂的茶具。“现在你明白了，”她说道，她的语气像刚才一样平静，“我知道你的未来，你的现在。光明从不曾怜悯能够导引的男人，有些明白这一点的人认为光明抛弃了那些男人，我不这样想。你开始听到声音了吗？还没有？”

“你这话是什么意思？”兰德缓缓地问。他能感觉到路斯·瑟林也在听。

那种刺麻感又出现在他的皮肤上，他差点又要开始导引。他只是看到茶壶从地面浮起，飘向凯苏安，在凯苏安面前缓缓转动。这名两仪师一边端详着茶壶，一边说道：“有些能够导引的男人会从听到声音开始。”她几乎是心不在焉地说着，朝那个被砸扁的金银球体紧皱双眉，“这是疯狂的一部分，声音会劝说他们，告诉他们要去做什么。”那只茶壶轻轻落到她脚边的地面上。“你有没有听到过什么？”

令兰德惊讶的是，柯朗发出一阵沙哑的笑声，甚至连肩膀也随之抖动起来。佳哈舔了舔嘴唇，刚才他也许并不害怕这个女人，但现在他紧盯着她，仿佛是盯着一只蝎子。

“提问的是我，”兰德坚定地说，“你似乎忘记了这点。我是转生真龙。”*你是真实的，不是吗？*让他奇怪的是，没有声音回答他。路斯·瑟林？有时候那个人不会回答，但两仪师总是会引他出来。路斯·瑟林？他没有疯。那个声音是真实的，却非出自想象。不是疯狂。他忽然有一种想笑的冲动，但这对他并没有帮助。

凯苏安叹了口气：“年轻人，你还不知道该做什么，为什么要做，也不知道前方的道路上有什么，你似乎是有些太紧张了。也许等你安定一些后，我们能好好谈谈，现在你能让我将梅兰娜和安诺拉带走一会儿吗？我有很长一段时间没见过她们了。”

兰德只是张着嘴看着她。这个女人毫无预兆地走进来，冒犯他，威胁他，轻松地宣布知道他脑子里的那个声音，而现在，她又想丢下他，与梅兰娜和安诺拉去谈话了？她疯了吗？路斯·瑟林仍然没有给他任何回答。*那个人是真的。是真的！*

“走吧！”兰德说道，“离开这里……”他没有疯。“你们所有人，出去！出去！”

柯朗对着他眨眨眼，侧过了脑袋，然后又耸耸肩，向门口走去。凯苏安还是带着那种微笑，让兰德以为她又要说他是好孩子了，然后她带着梅兰娜和安诺拉向枪姬众走去。那些枪姬众已经放下面纱，但是都担忧地皱紧了眉头。佳哈也在看着兰德，犹豫着，直到兰德用力打了个手势。最后，他们全都走了，只剩下他一个人。

兰德痉挛地掷出真龙令牌。那根短枪戳在一把椅子的椅背上，颤动不止。

“我没有疯。”他对空旷的房间说道。路斯·瑟林告诉了他许多事情，如果没有那个死人的声音，他将永远也无法逃脱盖琳娜的箱子。他在听到那个声音之前就已经开始使用至上力了。他自己摸索出了召唤闪电和火焰的方法。他也自己造出了一种特殊的物质构造，杀死了几百名兽魔人。但也许那也是路斯·瑟林做的，就像那些爬上李子树的记忆，那些进入使者殿堂的记忆，以及其他许多悄然进入他脑海中的记忆。也许这些记忆全都是他的幻想，疯狂的意识中疯狂的梦，就像那个声音一样。

兰德意识到自己在踱步，他不能停下来，他必须不停地活动，否则痉挛的肌肉就会从他的骨骼上剥离而去。“我没有疯，”他喘息着。*现在还没有。*“我不是……”开门的声音让他猛然转过身，心中期待着明的出现。

站在门口的还是瑞亚玲，一名穿深蓝色衣服的矮壮女人仿佛完全是被她撑起来的。那个女人的头发大多已经变成了灰色，面孔生硬鲁钝，但是相当憔悴，一双眼睛已经完全红了。

兰德想命令她们离开，让他一个人待着。他真的是一个人吗？路斯·瑟林只是个梦？只要她们离开他……这名矮壮女人叫伊迪恩·塔辛，是他在凯瑞安建立的学校校长，一个非常实际的女人，实际到很可能根本不相信至上力的存在，因为她既没有见过它，也没有接触过它。是什么让她变成现在这种样子？

兰德努力让自己看着她。不管是不是疯了，是不是一个人，没有人能够代替他，甚至是那些最小的事情也没有人能够代替。*责任重过高山。*“出什么事了？”他用力所能及的最温和的口吻问道。

伊迪恩突然哭了起来，她踹跚着跑到兰德面前，伏倒在兰德的胸膛上。当她能够清楚地说出事情的来龙去脉时，兰德也有了想哭的冲动。

剑之王冠

A CROWN OF SWORDS

罗伯特·乔丹（Robert Jordan）著
李镭 译

下

时光之轮

The Wheel of Time 7

中国出版集团
東方出版中心

目录

时光之轮7：剑之王冠（下）

艾博达
北丘大道
艾达河
伊利安大道
天堂舞台
达莱门
莫海拉广场
三塔门
艾博达
拉哈德
兰诺丘
摩丁拱门
白银舞台
海湾路
西点灯塔
东点灯塔
0 1 2 miles

第 19 章

钻石与星辰

梅兰娜跟在凯苏安身后，不过她并不敢太靠近这位姐妹。有上百个问题几乎要从梅兰娜的嘴里蹦出来，但凯苏安不是那种能随便被拉住袖子的人。该和谁说话，什么时候说话，这全由凯苏安一个人决定。安诺拉也保持着沉默。她们两个就这样跟随凯苏安走过一条条走廊和阶梯，先是抛光的大理石，然后是普通的暗色石头。梅兰娜与她的灰宗姐妹交换了个眼神，瞬间感到一阵苦闷。她并不真正了解这个女人，但安诺拉的眼里流露出一种坚强的神情，就像一个女孩正要去见初阶生师尊时那样，充满了想鼓起勇气的决心。但她们已经不是初阶生，更不是小孩子了。她张开嘴，又闭上。前方那个悬挂着月亮、星星、鸟和鱼的灰色发髻，压得她有些透不过气来。凯苏安就是……凯苏安。

梅兰娜以前见过她一次，虽然那次只是单方面听她讲话。那时梅兰娜还只是一名初阶生。所有宗派的姐妹都来拜访凯苏安，她们流露出的敬畏之情是显而易见的。凯苏安·梅莱丁曾经是被用来评判所有新初阶生的标准，在伊兰·传坎之前，梅兰娜不知道还有哪个初阶生能及得上这个标准，更遑论超越它了。在很多方面，凯苏安这样的两仪师都是千年来独一无二的。梅兰娜从未听说过有人拒绝成为宗派守护者，但她听说凯苏安曾经拒绝过姐妹们的推选，而且至少拒绝过两次，据说她也拒绝了成为绿宗的首脑。还有传闻说，当评议会打算推举凯苏安成为玉座时，她立刻从白塔消失了十年之久。除非有必要，否则她平时也不会在白塔多逗留一天。但不断会有关于凯苏安的讯息传到白塔，那些故事让许多姐妹瞠目结舌；其中的危险让许多梦想得到披肩的女孩不寒而栗。她是两仪师中的传奇。

当凯苏安宣布退休，彻底离开世事纷争时，梅兰娜已经戴上披肩超过二十五年了。又过了二十五年，艾伊尔战争爆发，那时所有人都认为凯苏安早已经死了。但是当那场战争进行到第三个月时，凯苏安重新出现，那时跟随她的两名护法早已人老齿疏，但仍刚硬如铁。有人说凯苏安一生中拥有过的护法比大多数姐妹穿过的鞋子还多。艾伊尔人从塔瓦隆撤退后，她又一次退休了。有人甚至相当认真地传说着，只要这个世界上还有一点冒险的火星，凯苏安就永远不会死。

这当然是初阶生们的胡说。梅兰娜坚定地提醒自己，*即使是我们，最终也会死亡*。但凯苏安就是凯苏安。如果她不是在兰德被虏获后才来到城里的两仪师之一，太阳就不会在今晚落下了。梅兰娜伸手想调整一下披肩时，才意识到披肩还挂在自己的房里。这太荒谬了，她不需要提醒自己是谁。如果面前的不是凯苏安……

两名智者站在走廊的一处十字路口上，看着她们走过。暗色头巾下，她们以冰冷的浅色眼睛盯着这些两仪师。她们是伊达拉和丽恩，两个人都能导引，而且力量相当强大。如果她们在小时候就来到白塔，可能已经晋升到很高的位置了。凯苏安径自走了过去，似乎根本没注意到这两名脸色阴沉的野人。但安诺拉却没有对她们视而不见，她皱起眉，低声说了些什么，细辫子随着她摇头的动作微微晃了晃。梅兰娜的眼睛则一直盯着地板。

毫无疑问，现在梅兰娜必须向凯苏安解释昨晚在她和其他人被带进宫之前与智者们达成的……妥协。安诺拉并不知道这件事，她没有参与其中。梅兰娜也不能指望蕾菲拉和维林，或是其他能让她推卸责任的人会出面帮她。这应该可以被看成是一种妥协，也许是现在这种情况下所能期望的最好结果了，但梅兰娜非常怀疑凯苏安是否能明白这点。她真希望自己不是那个说服凯苏安的人。也许为那些该诅咒的男人们斟一个月的茶也要比这个更好。她希望自己不曾对年轻的兰德说过那么多事情。她知道兰德为什么要让她奉茶，但这并不能让她的心情有所好转，兰德早已经封杀了任何能让她从这件事上获得优势的机会。梅兰娜宁可认为自己是陷进了时轴的漩涡里，也不愿相信自己不过是因为一看见那个年轻人的眼睛——如同两颗蓝灰色的宝石——就使得她心中泛起纯粹的恐惧，口中也开始不由自主地胡言乱语。但不管怎样，她已经把所有优势都放在托盘里，奉给了兰德。她希望……

希望是小孩子的奢想。梅兰娜曾经协商制定过无数的条款，其中有许多都达到了她预期的效果。她结束过三场战争，预先制止的战争更是超过二十场。她会见过许多国王和将军，让他们看清了轻重损益。即使这样……只要下一个墙角站的是森妮德，或是玛苏芮，或是费德琳，那么兰德无论让她做多久的女仆，她都不会有半句怨言——当梅兰娜意识到自己竟然会有这种想法时，她真希望自己能眨眨眼睛，然后发现自从离开沙力达后的这一切都只是场噩梦。

让梅兰娜惊讶的是，凯苏安直接将她们带到了碧拉和科鲁娜居住的小房间，这个房间在宫殿深处仆人居住区内。它只有一扇窗户，开在墙上很高的地方，但窗台却和外面庭院里的石砌路面等高。从窗口透进了一点阳光，但房里还是很昏暗。墙壁上粉刷的黄色石膏已经有了许多裂缝，挂钩上挂着斗篷、鞍囊和几件衣服。未经缀饰的木地板上有多处刮伤——虽然为了掩饰这些伤痕，地板经过了重新打磨。房间的一角放着一张破烂的小圆桌，另一角是一个同样破烂的盥洗架和有缺口的脸盆与水罐。梅兰娜看了房里的小床一眼，这张床看上去并不比她被迫与森妮德和玛苏芮合用的那张床窄多少（她们的房间和这个房间只隔两扇门）。她们的房间的长宽与这个房间比起来也许还要多出三四尺，但也绝不够三个人共享。那些被视作囚徒羁押在艾伊尔人帐篷中的姐妹们，也许住得比她们还要舒服些。

梅兰娜没有看见碧拉和科鲁娜，但戴吉安在屋里。她是一名圆胖、白皙的女人。她的黑色长发间系着一条白银细链，将一块圆形的月长石垂挂在额前。她的暗色凯瑞安长裙在胸前绣有四根细窄的有色纹饰，裙摆上有代表她所属宗派的白色条纹。戴吉安是一个小贵族的次女，她总是让梅兰娜想到球胸鸽——一种嗉囊异常膨大的家鸽。当凯苏安走进来时，戴吉安立刻期待地站了起来。

房间里只有一把椅子，或者说，是一张有靠背的凳子。凯苏安坐上去，叹了口气："请给我倒些茶，才喝两口那男孩倒的茶，我都能用我的舌头去垫鞋底了。"

阴极力的光晕立刻包围了戴吉安，不过不算是很亮的光晕。一只有凹痕的锡茶壶从桌上升了起来，火之力的能流开始加热壶中的水。戴吉安打开一只箍铜的茶盒。

梅兰娜别无选择，只好坐到床上。她一边在粗硬的床垫上调整着裙摆和坐姿，一边竭力整理自己的思绪。现在也许和她以前经历过的任何一次谈判同样重要。过了一会儿，安诺拉和她一起挨在毯子边。

"梅兰娜，既然你们在这里，我应该可以断言，"凯苏安突然说道，"那些关于那个男孩已经向爱莉达屈服的谣言是假的。不要那么吃惊，孩子，你以为我不知道你们的……关系？"她说出最后一个词时，语气里充满了厌恶，听起来就像是出自军人口中的咒骂。"还有你，安诺拉？"

“我在这里只是为了向贝丽兰提供建议，而实际情况是，她根本就忽视了我的建议，现在才会出现在这里。”这个塔拉朋女人高昂起头，声音很有信心，但她也在不停地揉搓着拇指。如果她一直都是如此容易暴露自己的情绪，那么她是不可能在谈判桌上有任何表现的。“至于其他，”她谨慎地说，“我还没有做出任何决定。”

“真是明智的决定，”凯苏安喃喃地说着，目光意有所指地转向梅兰娜，“看来在最近几年里，有太多姐妹忘记使用自己的大脑和判断力了。两仪师们曾经能够在平静的思考后再做出决定，在那个时候，白塔总是她们所考虑的第一位。记住小史汪和兰德搅在一起的下场，安诺拉，太靠近炉火，肯定会被烧伤。”

梅兰娜抬起下巴，想舒缓一下紧绷的脖子，但她立刻意识到自己在做什么，急忙制止自己。凯苏安的地位并没有比她崇高那么多；她不过比其他姐妹都要高出一些。“我能否问一下……”这样说显得很没自信，但如果停下来重新开始只会更糟糕，“你的目的是什么，凯苏安？”她竭尽全力让自己的仪态更庄重一些。“很显然，你一直在……保持中立。为什么你会在这个特殊的时刻决定来……会见……兰德？你刚才……对待他的方式……并不符合外交策略。”

“你就差直接甩他一耳光了。”安诺拉说。梅兰娜的脸红了。和梅兰娜相比，安诺拉现在的情势理应比她更羞窘，但她的表现显然比梅兰娜更加从容。

凯苏安以怜悯的方式摇摇头。“如果你想看出一个男人是如何塑造出来的，那么就从一个他想不到的地方去推动他。我想，那个男孩是块很好的金属，但想铸冶他绝不会是件简单的工作。”她将指尖搭在一起，越过它们看着对面的墙壁，似乎是陷入了沉思。“他的怒火足以烧毁世界，而他对于这股怒火的控制仅仅悬于一发。如果将他推得太远，让他失去平衡……呸！兰德不像洛根·埃布尔拉或马瑞姆·泰姆那么强硬，但恐怕和他相处要更加困难百倍。”听到这三个名字被放在一起，梅兰娜立刻有一种瞠目结舌的感觉。

“你也见过洛根和马瑞姆？”安诺拉吃惊地瞪大了眼睛，“我听说马瑞姆正在追随兰德。”梅兰娜努力咽下一个松了口气的叹息。杜麦的井的传闻还没来得及传播出去，但它们是不可能被控制住的。

“我也有耳朵能听到谣言，安诺拉。”凯苏安尖刻地说，“虽然在听说那两个人的事迹后，我倒很希望从来没听到过。如果是那样，我的一切努力都要重新来过了。其他人的也是一样，不过我比较关心我的那部分。而且这里还有那些穿黑衣服的，那些殉道使。”她从戴吉安手中接过一只茶杯，向她报以温暖的微笑，并低声向她致谢。那名圆脸的白宗姐妹似乎是准备要行屈膝礼了，但她只是退到角落里，将双手交叠在一起。她的初阶生和见习生阶段比起任何姐妹都来得久，她曾经差一点就被遣返回家，而她得到戒指和披肩也很勉强。戴吉安在其他姐妹面前总是非常谦逊。

吸着茶杯上方的蒸气，凯苏安忽然用闲聊般的愉快语气说道："实际上，真正跑到我门槛上来的是洛根，他让我因此离开了我的玫瑰。呸！就算是一群绵羊的打斗也能把我从那些光明诅咒的植物旁边引开。如果你用了至上力，却让每根玫瑰枝上长出一万根刺……呸！我甚至考虑去立下号角狩猎者誓言。当然，九人议会不会允许的。嗯，追捕洛根的那几个月，我确实过得不错，但当我真的抓住他，将他押往塔瓦隆时，那和种玫瑰一样无趣。我绕了些路，想看看能找到些什么，也许能找到一个新护法。不过这对洛根来说既不公平，也太迟了。这时我听说了马瑞姆，我立刻以最快的速度向沙戴亚策马飞奔。没有什么能比有导引能力的男人更让人兴奋了。"她的声音和目光突然变得严厉。"你们之中是不是有人参与了那个……邪恶的……就在艾伊尔战争之后？"

梅兰娜不禁流露出困惑的眼神，凯苏安的眼睛让她仿佛看到了断头台和刽子手的斧刃。"什么邪恶的？我不知道你指的是什么。"

而凯苏安的目光让安诺拉差点从床上跌下来。"艾伊尔战争？"她有些喘息地稳定着自己，"在那之后的几年里，我一直在努力让大联盟不仅是一个名字。"

梅兰娜饶富兴致地看着安诺拉。有许多灰宗姐妹在艾伊尔战争后从一个都城赶往另一个都城，徒劳地想要维持住对抗艾伊尔人的联盟。不过梅兰娜从来不知道安诺拉也是这些灰宗两仪师之一。那么安诺拉就不可能是这么差劲的谈判人。"我也一样。"梅兰娜说道。她尽力维持着庄重的神情。自从离开凯姆林来找兰德时起，她就没有多少尊严了，仅存的这一点尊严绝对不能丢弃。她让自己的声音平静而坚定："你所说的邪恶是指什么？凯苏安？"

那名灰发女人只是简单地一挥手，就好像她从没说过那个词一样。

片刻之间，梅兰娜怀疑凯苏安的脑子是不是坏了。她还没听说过有姐妹会发生这样的事，但大多数姐妹在余生将尽时都会选择隐退，远离只有两仪师才会知道的谋略与纷争，远离所有人。有谁能知道年迈体衰的两仪师会是什么模样？梅兰娜又看了看茶杯后面那双清澈、镇定的眼睛，立刻就知道自己错了。不管怎样，二十年前的邪恶，无论那是什么，其严重性肯定比不上这个世界现在所面对的问题。而且凯苏安仍然没有回答她最开始的问题。她要干什么？为什么是现在？

没等梅兰娜再次提问，房门打开了，碧拉和科鲁娜走了进来。珂丽勒·霍凡走在她们身后，似乎是在驱赶着她们。这名身材细瘦的黄宗两仪师有些男孩子气。她有着浓浓的黑眼眉和一头纯黑色的乱发，让她无论穿上多么典雅的衣装，都会流露出一种野性的感觉，更何况她总是穿着一身适合乡村舞蹈的衣裙，在袖子、胸衣和裙摆两侧都有大片绣花。现在屋子里几乎已经没有可以移动的空间了。

无论发生了什么事情，珂丽勒总是能从中看到有趣的地方，现在她脸上的微笑却似乎介于不相信和坦然大笑之间。科鲁娜的脸上冻结着傲慢，一双眼睛闪耀着怒意。碧拉则一脸恼怒，紧皱着眉头，前额堆积着皱纹，嘴唇抿得很紧。但当她们看见凯苏安时，表情全都变了，梅兰娜觉得那一定像是她的面前站着亚琳德·戴菲勒，或是瑟兰娜·麦西乌，或是玛瑞安姆·英·舍瑞德。她们的眼睛都突了起来，科鲁娜甚至吃惊得张大了嘴。

"我以为你已经死了。"碧拉喘息着说。

凯苏安恼怒地哼了一声："我早就听厌这句话了，下次我再听到哪个傻瓜这么说，我一定让她哀嚎一个星期。"安诺拉开始盯着自己软鞋的鞋尖。

"你绝对猜不到我是在什么地方找到她们两个的。"珂丽勒用轻快的莫兰迪音调说。她敲了敲上翘的小鼻尖，每次她要说笑话，或者看到笑话时都会这么做。碧拉的脸颊开始红了起来，科鲁娜几乎红了脸。"碧拉在六名艾伊尔野人的监视下，柔顺得像只老鼠般坐在那里。她们粗鲁地告诉我，除非有索瑞林的命令，否则我不能带她走。哦，那个索瑞林真是个能让你做噩梦的老妖婆。结果我一直等到索瑞林和她的另一名学徒结束私人谈话，而那名学徒就是我们亲爱的科鲁娜。"

科鲁娜和碧拉努力躲避着对方的视线，她们的头发都要变成红色的了。就连戴吉安也在瞪着她们。

松懈的心情浪潮般涌过梅兰娜的身子，不必由她来解释那个该死的兰德是如何命令她们必须服从那些智者，以及那些智者是如何解释那道命令的了。她们当然不是真正的学徒，这跟课程毫无关系。那些野人中的野人怎么可能比两仪师知道得更多？智者们只是要弄清楚她们之间的关系。兰德在知道这件事时，只是大笑着——大笑！——说他不在乎智者们会怎么做，而且他希望她们都会是听话的学生。幸好这些也都不必由她来告诉凯苏安了。当然，她们之中没有人愿意低下头，尤其是科鲁娜。

但凯苏安并没有要求她们解释。"我想这里的局面应该是一团糟，"她冷冷地说，"却没想到会变成一堆废渣。来看看我是否已经把状况搞清楚了。你们这些反抗一名合法玉座的孩子们现在把你们和那个叫兰德的男孩捆在了一起；如果你们会听从那些艾伊尔女人的命令，我想你们应该也会听从他的命令。"她又冷哼了一声，那种厌恶的模样仿佛是嚼了满嘴的烂李子。然后她摇摇头，盯着自己的茶杯，又将目光定在碧拉和科鲁娜身上。"嗯，怎样才算是叛变？评议会可以处罚你们进行苦修，让你们从现在一直跪到末日战争，但她们只能将你们的头拿下来一次。其他人呢？还在艾伊尔人的帐篷里？我想，那些人应该都是忠于爱莉达的。她们也……承认自己是学徒了？她们不允许我们靠近那些帐篷，艾伊尔人似乎对两仪师没什么好感。”

“我不知道，凯苏安。”科鲁娜涨红的脸似乎就要燃烧起来了，“我们一直是被分开来的。”

梅兰娜睁大了眼睛，她从没听过科鲁娜用如此恭顺的语气说话。

碧拉深吸一口气，挺直腰杆，仿佛要迎接一个不愉快的任务。“爱莉达不是——”她激动地开口说道。

“爱莉达的野心太大，这是我的结论。”凯苏安打断了她的话。她猛地向前一倾身体，让坐在床上的梅兰娜和安诺拉不由得都向后退了一下。不过凯苏安看的不是她们。“她也许正在招来大祸，但她是玉座，由白塔评议会推举，完全符合白塔的法律。”

“如果爱莉达是合法的玉座，为什么你没有遵从她的命令返回白塔？”碧拉的双手僵在身侧，虽然没有握紧或摩搓裙摆，但还是因为太过刻意而泄露了她焦躁的心情。

“你们之中毕竟还有人有一点骨气。”凯苏安轻声笑了起来，但她的眼睛里没有半点愉悦。她靠回到椅子里，呡了口茶。“现在坐下，我还有很多问题要问。”

梅兰娜和安诺拉站起身，让出床上的位置。但科鲁娜只是站在原地，忧虑地盯着凯苏安。碧拉瞥了她的朋友一眼，摇摇头。珂丽勒转动着一双蓝眼睛，不知道为什么在咧嘴笑着。只有凯苏安似乎对这一切完全不在意。

“我听到的半数谣言，”凯苏安继续说道，“都是关于弃光魔使逃出封印的事情。这件事即使发生了也并不令人惊讶，但你们有没有什么确实的证据，能够证明或反驳这种谣言的？”

过不了多久，梅兰娜已经很庆幸自己能继续坐着；过不了多久，她也明白了衣服通过洗衣房的轧干机时是什么感觉。凯苏安一直在提问，她的问题总是从一件事跳到另一件事，让人不知道待会儿要回答什么样的问题。珂丽勒除了偶尔笑出一两声，或者摇摇头之外，一句话也没说过。戴吉安则完全变成了一个木头人。梅兰娜、科鲁娜和碧拉则是处境最差的，安诺拉也没能幸免。每当贝丽兰的资政以为自己没事了时，凯苏安就会去榨取她的答案。

凯苏安想知道一切事情，从男孩兰德在艾伊尔人中的权威，到为什么会有海民的波涛长在城边的河道中泊船；从沐瑞是否真的死了，到那个男孩是否真的重新发现了穿行技巧，以及贝丽兰是否和兰德同床过，或者她是否有这样的企图。梅兰娜不知道凯苏安对这些问题预先有着什么样的答案，只有一次，当她得知埃拉娜已经约缚了兰德时，她的双唇顿时抿成一条细线，双眉紧锁的眼睛似乎要在墙上瞪出一个洞。尽管其他每个人的脸上都充满了厌恶，梅兰娜却想起自己刚才听到凯苏安说——她本来还想再找一名护法的。

她们的回答经常是没有任何有价值的信息，但如果只说一句不知道，是不可能让凯苏安满意的。凯苏安要得到每一分每一毫的信息，包括被她们忽略在记忆角落里的也要通通挖出来。不过她们还是努力隐瞒了一点信息，实际上，大多数事情都是应该隐瞒的，但还是有些事情被凯苏安挖掘出来，结果让她们自己大吃一惊。连安诺拉也被挖出许多信息：几乎是从贝丽兰启程赶往北方的那一天开始，她就一直收到贝丽兰写给她的内容详细的信件。凯苏安一直在索取答案，却没有回答任何问题，这让梅兰娜很担心。她看到其他人的表情从顽固到戒备，再到开始为自己辩护，不由得开始怀疑自己是否也变成这样。

“凯苏安，”她必须再做一次努力，“凯苏安，为什么你现在开始对他感兴趣了？”凯苏安的眼睛眨也不眨地瞪了她一会儿，然后又转向碧拉和科鲁娜。

“那么她们真的把他绑架带出宫殿了。”灰发女人一边说着，将空茶杯递给戴吉安，让她重新倒满茶水。别人都没有茶喝。凯苏安的表情和声音都不带一丝情感，让梅兰娜恨不得要撕扯自己的头发。如果兰德知道科鲁娜披露了绑架的事情，他肯定会不高兴的。凯苏安会抓住每个你说溜嘴的机会，从里面套出更多的东西来。不过，至少他在那次绑架中遭受的待遇还是被瞒住了。他明白地表示过，如果这些情况被泄漏出去，他将会有多么不高兴。梅兰娜只能感谢光明，这个女人不会在任何一个话题上停留太久。

“你确定那是马瑞姆？你确定那些穿黑衣的男人不是骑马来的？”碧拉不情愿地做了回答，科鲁娜则一脸阴沉。她们能确定的程度也是有限的，没有人真正看见那些殉道使的到来和离开，而那些……洞……很可能是兰德造成的。当然，这样的答案不能让凯苏安满意。

“想一想！你们不再是没脑子的女孩了。呸！你们一定注意到什么事吧！”

梅兰娜感到有些难受。她们曾经用半个晚上的时间争吵她们向兰德立下的誓言代表什么，最后她们的结论是那个誓言就表示它本身的意思，没有任何可以转圜的余地。最后，就连科鲁娜也承认，她们必须保护并支持兰德，以及服从他的命令，即使是最轻微的回避也不行。而当她们要面对爱莉达和那些忠于她的姐妹时，这个誓言又将产生什么样的效果，她们对此还没得出任何结论。至少，还没有人承认这两者有什么关联。她们做出结论的事情已经让她们头晕目眩了，而现在，梅兰娜很想知道碧拉和科鲁娜是否真的明白她们做了什么。她们也许正在对抗一个传奇，更不要说珂丽勒和戴吉安早已追随在她身边了。更可怕的是……凯苏安的目光落到她身上，没有透露任何讯息，却要索取一切。更可怕的是，梅兰娜确信凯苏安很清楚这一点。

明沿着宫殿的走廊快步前行，对于沿途枪姬众们的问候毫不理会，也完全没考虑这么做有多失礼。穿着有跟的鞋子小跑起来并不容易，这肯定也是女人们为男人做的蠢事之一！兰德并没有要她穿上这样的鞋子，但她在想到他时，立刻就把这双鞋穿上了。他喜欢这双靴子。光明啊，她在做什么，现在竟然还想着靴子的事！她绝对不应该去克拉瓦尔的住处的。明打了个哆嗦，眨眨眼，抑制住泪水，开始跑了起来。

像往常一样，一些枪姬众正蹲在那两扇雕刻着日升图案的镀金大门旁，束发巾披垂在肩头，短矛横放在膝上，但她们不会有半点懒散。她们是一群豹，正在等待送上门的猎物。枪姬众通常会让明感到不安，虽然她们都对明很友善。今天，即使她们戴上面纱，明也不在乎了。

“现在他的脾气很差。”瑞亚玲发出警告，却没有要阻止明的意思。明是少数几个能不经通报就接近兰德的人之一。明拉了拉外衣，努力让自己平静下来。其实她并不知道自己为什么要来。但兰德能让她感到安全。烧了他吧！她以前不需要任何人就能觉得很安全。

刚刚走进房间，明就惊讶地停住了脚步。她的手不自觉地把门在背后关上。这个房间已经变得一片狼藉，一些闪亮的碎片仍然挂在镜框上，但大部分玻璃已经碎了满地。房间尽头的高台侧翻了过来，上面的王座只剩下一些堆在墙边的金色碎片，一座沉重的灯架被扭折成环形，覆金剥落，露出里面的锻铁。兰德只穿着衬衫，坐在走道旁的一张小椅子上，双臂下垂，头向后仰着，眼睛茫然地盯着天花板。各种影像盘旋在他身边，伴随着不同颜色的光晕不断闪动，就像那些两仪师一样。在兰德和两仪师身上，明总是能看到比照明者的作品更加令她眼花缭乱的光影。当明走过来的时候，兰德完全没动一下。他似乎根本就没察觉到明的存在。破碎的玻璃在明脚下发出咯嚓的声音。他的脾气确实是很糟糕。

即使是现在，明也没有感到恐惧，她无法想象兰德会伤害她，她对他怀抱的深情足以让她摆脱掉在克拉瓦尔那里的记忆。从很久以前，她就已经说服自己已经彻底地坠入爱河了。现在一切都没有关系，不管他是不是不谙世故的乡下人，他是不是比她年轻，他是什么人，他是否会陷入疯狂，是否会死于疯狂。*我甚至不介意和别人分享他。*她想道。她知道自己已经陷得多么深，她不能对自己说谎。她强迫自己接受伊兰也拥有他的一部分，还有她素未谋面的那个叫艾玲达的女子。不能改变的事情就只有去接受，姜恩姑妈总是这么说。而且她已经变得柔软许多。光明啊，她一直都以自己犀利的智慧感到自豪的。

明停在一把椅子旁。真龙令牌的枪尖戳穿了这把椅子厚实的椅背，从后面透出有一拳的长度。这个男人不知道她爱他，如果他知道了，一定会把她送走。而她知道，这个男人爱着她，也爱着伊兰，还有那个艾玲达，她让这个念头飞快地掠过脑海。不能改变的……他爱着她，却拒绝承认。难道他以为只因疯子路斯·瑟林·特拉蒙杀死了心爱的女人，他就命中注定也会这么做吗？

“很高兴你来了。”兰德突然说话了，他的眼睛依旧盯着天花板。“我一直一个人坐在这里，一个人。”他痛苦而阴郁地笑了笑，“荷瑞得·菲死了。”

“不！”明悄声说道，“那个可爱的小老头怎么会死。”她的眼睛有一种刺痛感。

“他被撕成了碎块。”兰德的声音是那么疲倦，那么空洞。“伊迪恩在发现他时晕了过去，她整整晕了半个晚上，当她终于醒过来时，变得语无伦次。学校里的另一个女人给她服用了一些药，让她睡了一觉。她对此感到很惭愧。她来找我的时候，又开始哭了。那一定是暗影生物干的，除此之外，还有什么能将人体撕成碎块？”兰德没有抬头，而是一拳砸在椅子扶手上，让椅子发出了嘎吱声。“但为什么？为什么要杀死他？他能告诉我什么？”

明在竭力思考，她确实是在思考。荷瑞得是一名哲学家，他和兰德讨论一切问题，从真龙预言中一些片段的含意，到暗帝牢狱中那个空穴的真实状态。明也从他那里借过很多奇奇怪怪的书，当明搞不懂他们在说些什么的时候，他就会把这些书借给明看。现在他不在了，他也不会再借书给她了。他是一位很温和的老人，被完全包裹在自己思想的世界里，当他发现任何那个世界以外的东西时，都会大吃一惊。她还珍藏着一份他写给兰德的笔记。荷瑞得说过她很漂亮，这让他感到心烦意乱。而现在，他死了。光明啊，她已经见到太多死亡了。

“我不该告诉你的，不该像这样告诉你。”

明愣了一下，她没发觉兰德已经来到她身边。他的手指抚过她的双颊，抹去上面的泪水。她正在哭。

“抱歉，明，”他轻声说道，“我不再是个好人了。已经有一个人因我而死，我却只是在担忧他被杀的原因。”

明张开双臂抱住他，将脸埋进他的胸口，她无法停止哭泣，也无法停止颤抖。“我去了克拉瓦尔的住处。”影像在她的脑海中飘过。那个空荡荡的起居室，所有的仆人都不见了。那个卧室。她不想去回忆，但现在她已经开始讲述了，她无法让自己颤抖的声音停下来。“我那时候在想，既然你宣布流放她了，她或许可以避开我所预见的那种遭遇。”克拉瓦尔身上穿的一定是她最好的长裙装——闪亮的黑色丝绸，缀着精致的象牙色索瓦莱蕾丝。“我曾经以为应该不会那样的，你是时轴，你能改变因缘。”克拉瓦尔戴着祖母绿和火滴石的项链与手镯，珍珠和红宝石戒指，那肯定是她最好的珠宝。黄钻精巧地点缀在她的发丝之间，如同凯瑞安王冠一样。她的脸……“她在她卧室里一根床柱上吊死了。”突起的双眼和垂在嘴外的黑紫色舌头，肿胀的面孔，脚下是翻倒的凳子。明无助地抽泣着，瘫软在他的怀里。

他的手臂缓缓地环抱住她，非常温柔。“哦，明，你的天赋给予你的痛苦远比欢乐更多。如果我能承担你的痛苦，我会的，明，我会的。”

明渐渐感觉到他也在颤抖。光明啊，他是那么努力地想表现得更刚强，努力想成为转生真龙所应有的模样，但因他而死去的人仍然打击着他。克拉瓦尔带给他的打击也许不会小于荷瑞得。他在为每个受伤害的人流血，却要努力装作完全没事的样子。

“吻我。”明悄声说着。他并没有动。明抬头望去，看见他不确定地向她眨着眼，眼睛时而是蓝色，时而是灰色，就像清晨的天空一般。“我不是在开玩笑。”她会对他开玩笑，坐在他的大腿上，亲吻他，叫他牧羊人，因为害怕叫他的名字会让他听出关切的心意，这种情形有过多少次了？他会容忍这一切是因为他以为这些都是玩笑，只要她相信这些都不会影响他，她就会停下来。哈！姜恩姑妈和拉娜姑妈都说过，如果你不打算嫁给一个男人，就不该去吻他。只有梅伦姑妈似乎更经世事，她说不应该太随意去亲吻一个男人，因为男人很容易就会陷入爱河。“我的内心感觉很冷，牧羊人，克拉瓦尔，还有荷瑞得……我需要感觉到温暖的肌肤。我需要……可以吗？”

他的头缓缓低了下来，起初，那只是个亲人间的吻，像奶水般温和，让人感到安慰、舒适。然后那里又增加了别的一些什么感觉，完全不是抚慰。他猛地抬起头，努力想离开明。“明，我不能，我无权——”

明双手抓住他的头发，将他的双唇又拉回来。过了一会儿，他停止挣扎。明不确定是谁的双手先在解谁的衣带，但她绝对能确定一件事——如果他现在想停下来，她一定会跑出去抢下瑞亚玲的一根短矛，抢下她所有的枪矛，将兰德刺出几个洞来。

在离开太阳王宫的路上，凯苏安一直在暗中审视着那些艾伊尔野人。珂丽勒和戴吉安无声地跟在她身后。她们知道最好不要用闲谈去打扰她，但并非所有在阿瑞琳的小宫殿里短暂停留过的人都如此。她们一路上遇到了许多野人，每个野人都盯着她们，仿佛是在看着满身跳蚤和溃烂、正在寻找垃圾的恶犬，把新买的地毯踩得满是泥泞。有些人会用崇敬的目光看待两仪师，另一些人盯着两仪师的目光里则带有恐惧或恨意；凯苏安从不曾见过有人如此轻蔑地看着两仪师，连白袍众也不曾如此过。但产生出如此众多野人的族群，真该源源不断地将女孩送往白塔。

这件事迟早一定要做好，如果有需要，凯苏安会把那些传统全都扔进末日深渊里去，但这不是当务之急，她要继续吸引住兰德的兴趣，好让他允许她靠近。而且还要继续扰乱他的心神，以便在他不注意时轻轻将他推到正确的方向上。而任何可能会造成影响的因素都必须加以控制或压抑，不能让那男孩受到错误的影响，或因为错误的事情而感到不安，绝对不可以。

漆光闪亮的黑色马车正等在院子里，马车前头是六匹温顺、体型一致的灰马。一名男仆跑过来，打开了在红色和绿色条纹上有两颗银星的马车门，同时向三位两仪师深深鞠了个躬，光秃的头顶几乎都要和膝盖等高了。他只穿着衬衫和裤子。自从来到太阳王宫之后，除了几名多布兰的侍从外，凯苏安没有注意到任何人穿着制服。毫无疑问，这些仆人都不知道该穿什么，而且惟恐因为服饰惹祸上身。

“如果有机会，我会剥了爱莉达的皮。”马车启动时，凯苏安说道，“那个傻孩子差点让我的任务变得不可能。”

她突然笑了起来，让戴吉安不由得睁大了眼睛。珂丽勒的微笑变得更加灿烂，其中露出期待的神情。她们两个都不明白，不过凯苏安也不打算解释。在她这一生中，引起她兴趣的最好办法就是告诉她某件事是不可能的，但直到现在，她最后一个没能完成的任务已经是在二百七十年前了。现在的每一天都有可能是她的最后一天，但年轻的兰德将是一个合适的结尾。

第 20 章

因缘中的因缘

瑟瓦娜轻蔑地审视着她风尘仆仆的同伴们，她们一起围坐在一块小空地上，头顶上落光叶片的树枝为她们提供一点可怜的阴凉。兰德·亚瑟散播死亡恐怖的地方已经在她们西边百里之外，但这些女人之中仍然有人显露出想要回头观望的样子。没有了出汗帐篷，她们没办法妥善地清洁身体，只能在一天终了时草草洗一下脸和手。八只样式各不相同的小银杯摆放在她身边的枯叶上，另外还有一只盛着水的银罐，但这只银罐也在逃亡中被撞出了凹痕。

“也许是卡亚肯没有再继续追踪我们，”她突然说道，“也许是他找不到我们了，这两种情况都令我感到满意。”

这回她们之中确实有人吓了一跳，提盎的圆脸变得惨白。穆达拉拍了拍她的肩膀。穆达拉如果不是那么高，如果不总是对身边的人摆出一副母亲的姿态，她应该算是个美人的。奥拉里斯很不自然地整理着自己已经很平整的裙摆，显然是想要忽略掉她不想注意的那些事。莫莱的薄嘴唇角垂了下来，有谁知道那表情是在责怪他人对卡亚肯毫不掩饰的畏惧，还是因为她自己的恐惧？她们确实有理由害怕。

那场战役已经过去了整整两天，现在聚集在瑟瓦娜周围的枪矛还不到两万。

赛莱维和大多数去了西边的智者们都还没回来，那里面包括所有那些已经和她绑在一起的人。她们之中一定有人正在赶回弑亲者之匕山脉，但有多少人再也看不到太阳升起？没有人见过这样的屠杀，在那么短的时间里死了那么多人，即使是雅加德斯威也无法在那种事发生后很快就重新做好枪矛之舞的准备。她们有理由害怕，但没有理由将畏惧表现出来，只有湿地人才会将自己的灵魂和心赤裸裸地表现在脸上。

瑞埃勒至少是同样认知到这点。“如果我们要这么做，那就去做吧！”她喃喃说着，因为难堪而显得有些不自然。她是刚才那些表现出畏惧的人之一。

瑟瓦娜从口袋里拿出那只灰色的小匣，将它放在面前的枯叶上。莎莫林将双手放在膝上，身子向前倾过来，直到她仿佛要跌在地上，衣服也快要掉下来。她的鼻子几乎碰到那只小匣，匣子的每一面都覆盖着错综复杂的图案。如果仔细看，就能看到大花纹中套叠着小花纹、更小的花纹，以及虽然看不见，但似乎能感觉到的更加细小的花纹。它们是如何被制作出来的？如此精致、繁复，瑟瓦娜完全不知道。她曾经以为这个匣子是石雕的，但现在她已经不那么肯定了。昨天她失手将这只匣子掉落在岩石上，但却没有在那些雕刻上找到任何损伤——如果那真是雕刻的话。她们只知道这是一件特法器。

“必须用最小的火之力能流，以最轻缓的程度碰触它上面那个看起来像扭曲的月牙的图案。”瑟瓦娜开始对她们讲解，“再用另一股同样的火之力碰触顶部这个像闪电的标志。”莎莫林立刻直起身。

“会发生什么事？”奥拉里斯问。她的手指在梳理着头发，但她似乎并未注意到自己的这个动作，不过她总是会用各种方式提醒其他人，她的头发是黑色的，而不是一般的红或黄色。

瑟瓦娜露出微笑，她喜欢知道其他人所不知道的信息。“我会用它来召唤那个将它给我的湿地人。”

“这个你已经告诉过我们了。”瑞埃勒有些气恼地说。提盎则直接问道：“但它要怎么召唤那个人？”她也许是害怕兰德·亚瑟，但对其他事物并不容易感到畏惧，而且她肯定不怕瑟瓦娜。贝林德用一根干瘦的手指轻轻抚摸那只匣子，因日晒而变淡的眉毛低垂了下来。

瑟瓦娜努力保持着面容的平静，克制住双手去碰项链和披巾的冲动。“我已经把你们需要的都告诉你们了。”其实她已经说得太多了，虽然这是有必要的——否则这些人现在已经带着所有枪矛和其他智者们返回三绝之地，去啃硬面包和干肉了；或者至少正在西行的路上，寻找着任何其他的存活者——并且提防着追兵。如果她们这时决定开始向西移动，她们还有机会在停下休息前赶五十里路。“空话无法取得野猪皮，更不可能把野猪杀死。如果你们决定要窜回那些山里，让自己的余生都在逃亡和躲藏中度过，那么你们现在就走。如果你们不想，那就做你们必须做的事，我自然会做好我的那部分。”

瑞埃勒的蓝眼睛和提盎的灰眼睛都在冷冷地盯着她，流露出挑衅的神情。就连穆达拉也怀疑地看着她，她和莎莫林都是被瑟瓦娜控制得最紧的人。

瑟瓦娜等待着，外表显得非常平静。她不愿意再提出任何命令或要求，虽然早已怒火中烧了，但她绝不能因为这些女人的软弱而被打败。

“如果我们必须这样的话。”瑞埃勒最后叹了口气。除了缺席的赛莱维之外，她是最常反对瑟瓦娜的，但瑟瓦娜对她抱有希望。拒绝弯曲的脊骨一旦屈服，就是最能够听从命令的脊骨，男人和女人都是这样。瑞埃勒和其他人都在望着这只匣子，其中有些人皱起了眉头。

瑟瓦娜当然什么都看不到。实际上她心里清楚，如果这些人什么都不做，只是说这匣子没作用，她也永远不知道真相。

但是突然间，莎莫林呼喊了一声，而莫莱几乎是耳语着说道：“它吸收了更多，看！”她指着那只匣子。“在这里和这里是火之力、地之力、风之力和魂之力，它们充满了这些细缝。”

“并非全是如此，”贝林德说，“我想，它们能够被以很多方式充满，而且有些地方的能流似乎绕过了……一些看不见的东西。”她的前额出现了皱纹。“它一定也在吸收男性那一半的力量。”

有几名智者稍稍向后退去，整理着披巾，又掸了掸裙摆，仿佛那上面沾染了灰尘。如果能看到她们操控能流的情形，瑟瓦娜愿意付出一切代价，几乎是一切代价。她们怎么会这么懦弱？她们怎么能把这一切表现出来？

最后穆达拉说道：“我想知道，如果我们用火之力碰触别的地方会发生什么事。”

“向召唤匣中注入太多能量或者以错误的方式注入，它就有可能融化，”一个男人的声音凭空出现，“甚至有可能爆——”

围坐的智者们全都跳了起来，警戒地盯着周围的树林；那个声音也随之中断了。奥拉里斯和穆达拉甚至抽出了腰间的匕首，虽然拥有至上力的她们并不需要钢铁。那些斑驳的阴影中并没有任何动静，连一只鸟都没有。

瑟瓦娜没有动一下。对于那个湿地人告诉她的一切信息，她大概相信三分之一，其中并不包括现在这种情景。但她听得出凯达的声音，湿地人总是有很多名字，那个湿地人只告诉了她这个名字。瑟瓦娜怀疑这个男人有许多秘密。“回到你们的位置上，”她命令道，“继续那些能流。如果你们听到这个声音就会害怕，我又怎么能召唤他？”

瑞埃勒向周围看了一圈，嘴巴张得大大的，眼里流露出难以置信的神情。毫无疑问，她在惊诧瑟瓦娜怎么会知道她们已经停止了导引，这个女人的脑子现在并不是很灵活。她们缓慢而不安地又坐成了一个环形。瑞埃勒的脸上比其他人更多了一分生硬。

“你回来了，”凯达的声音又从空中传来，“你得到兰德了吗？”

他嗓音中的某些语调警告了她。他不可能知道的，但他真的知道了。瑟瓦娜抛开早已准备好的说辞：“没有，凯达，但我们必须谈一谈，十天内我要在我们第一次碰面的地方见你。”她能以更快的速度到达弑亲者之匕山脉中的那道山谷，但她需要时间准备。他是怎么知道的？

“说实话是好的，女孩。”凯达冷冷地说道，“你要明白，我不喜欢被欺骗。维持好这条路线，让我知道你的位置，我会来找你的。”

瑟瓦娜吃惊地盯着那只匣子。女孩？“你刚说什么？”她质问道。女孩！她无法相信自己的耳朵。

瑞埃勒故意不去看她。莫莱的嘴角扭曲成微笑的形状，这个表情显得很笨拙，因为她很少使用这样的表情。

凯达的叹息声充满了这片空地：“让你的智者们继续做她们正在做的事——不能做任何别的事——我会来找你的。”他的声音中强忍的耐心仿佛是正在磨碎谷物的石头。瑟瓦娜决定，等得到她想要的一切之后，她会给这个人穿上奉义徒的白袍，不，要给他穿上一件黑袍！

“你是什么意思，你会来找我，凯达？”回应她的只有寂静。“凯达，你在哪里？”还是寂静。“凯达？”

其他人都在交换着不安的眼神。

“他疯了吗？”提盎问。奥拉里斯嘀咕着说他一定是疯了。贝林德恼怒地要求知道她们还要继续这种蠢行多久。

“直到我说停为止。”瑟瓦娜轻声说道。她的眼睛一直盯着那只匣子，一丝希望在她的胸口蠕动着。如果他能做到这样的事情，那么他肯定能履行他的承诺，也许……她不能有太多的期望。瑟瓦娜抬头望着几乎完全覆盖这片空地的枝桠。太阳离天顶还有一段距离。“如果他到中午还没来，我们就走。”期望她们不会有任何怨言，那就是要求太多了。

“难道我们要像石头一样一直坐在这里？”奥拉里斯以熟练的动作一甩头，将头发全都甩到一侧肩膀上，“只为了一个湿地人？”

“无论他是怎么承诺你的，瑟瓦娜。”瑞埃勒的脸上显出怒意，“这样做并不值得。”

“他是个疯子。”提盎怒气冲冲地说道。

穆达拉对着那只匣子点点头。“如果他仍在听呢？”

提盎不屑地哼了一声。莎莫林说：“就算是有一个男人听到我们在说些什么，我们又何必在乎？但我可不打算在这里等着他。”

“如果他像那些穿着黑衣的湿地人一样呢？”贝林德咬着自己的嘴唇，直到它们几乎像莫莱的一样薄。“别那么荒谬了，”奥拉里斯冷笑着说，“湿地人只要看见这种人就会立刻杀掉。不管那些雅加德斯威是怎么说的，那一定都是两仪师们干的，还有兰德·亚瑟。”这个名字让大伙陷入一段痛苦的沉默，不过并没有持续很久。

“凯达一定也有一只这样的匣子。”贝林德说，“他身边一定也有个女人，能让这种匣子起作用。”

“一名两仪师？”瑞埃勒从喉咙里发出一个不屑的声音，“即使他有十名两仪师，那也让她们来吧！我们会让她们得到应有的下场。”

莫莱笑了，她的声音就像她的表情一样刻板。“我想你们几乎已经相信是她们杀死了迪赛恩。”

“注意你的发言！”瑞埃勒厉声喝道。

“是的，”莎莫林气恼地喃喃道，“疏忽的言论也许会传进错误的耳朵里。”

提盎的笑声短暂而阴郁。“你们这些人的勇气比一名湿地人还要少。”莎莫林和穆达拉当然是立刻予以反驳，而莫莱说的话——如果她们不是智者，她们之间会立刻开始一场决斗。奥拉里斯和贝林德的言辞更加激烈……

她们的争吵让瑟瓦娜心烦意乱，但这样能保证她们不会串通起来对抗她。不过瑟瓦娜还是抬起一只手，示意她们安静。瑞埃勒紧皱眉头对她张开了嘴。就在此时，她们也听到了瑟瓦娜听到的声音。林中的枯叶上传来一阵沙沙声，艾伊尔人不可能会发出这么大的脚步声，也不太可能在没有宣告的情况下接近智者；野兽也不会如此靠近人群。这一次，瑟瓦娜和其他人一同站起了身。

林中出现了两个人影，一个男人和一个女人，在他们脚下枯枝落叶断裂的声音足以惊醒石块。在空地边缘，他们停了下来，那个男人低头对女人说了些什么。那是凯达，穿着一件几乎是黑色的外衣，在领子和袖口上缀有镶边。至少他没有佩剑。看起来他们似乎是正在争论。在这么短的距离里，瑟瓦娜应该能听到他们的一些对话，但她却什么都听不到。凯达比穆达拉几乎要高出一拳，在湿地人中，甚至在艾伊尔人之中，他都算是高个子。而那个女人的头顶还不及他的胸口。她的深色皮肤和黑头发都与凯达相同，而且美丽得足以让瑟瓦娜抿紧双唇。她穿着亮红色的丝衣，胸口暴露的程度甚至比莎莫林还多。

仿佛想到她就能召唤她一样，莎莫林走到瑟瓦娜身边。“那个女人有天赋，”她仍然盯着那两个人，悄声对瑟瓦娜说道，“她编织了一个结界。”她咬了一下嘴唇，又不情愿地补充道：“她很强大，非常强大。”连她都这么说，那就意味着事实的确如此。瑟瓦娜一直都不明白，为什么智者们的尊卑排序和她们的力量完全无关——当然，这种情况对她有利，莎莫林一直引以为傲的就是从没有任何女人能像她一样强大。瑟瓦娜怀疑这个陌生女人比莎莫林还要强。

不过瑟瓦娜并不在乎那个女人是能够移动山脉，还是只能点亮一根蜡烛。她一定是两仪师，她没有两仪师的面孔，但瑟瓦娜见过的一些两仪师也没有。凯达一定是因为她才能够使用那件特法器，能够找到她们的位置，并且这么快就来到这里。她明白了原因，希望也更大了。但他们两个人之间谁是主人？

“停止导引。”瑟瓦娜发出命令。虽然有结界阻隔，但他也许能听到她们的说话声。

瑞埃勒几乎是怜悯地看了她一眼。“莎莫林早就已经停止了，瑟瓦娜。”

没有任何事能干扰瑟瓦娜的心情。她微笑着说道：“很好，记住我说过的话。让我负责全部交谈。”大多数智者都点了头，瑞埃勒哼了一声，瑟瓦娜仍然保持着微笑。智者不能被当成奉义徒，但已经有那么多传统都被破除了，剩下的也不一定能保得住。

凯达和那个女人向她们走了过来。莎莫林又悄声说道：“她仍然维持着至上力。”

“坐到我身边，”瑟瓦娜急忙对她说，“如果她导引了，就碰碰我的腿。”这实在是让人恼火，但她必须知道。

莎莫林盘腿坐了下来，其他智者也纷纷坐下，并给凯达和那个女人留了位子。莎莫林的膝头和瑟瓦娜的靠在一起。瑟瓦娜很希望自己能有一把椅子。

“你还活着，凯达。”瑟瓦娜用正式的语调说道，但她心里还在为凯达的无礼而感到不悦。“你和你的女人都坐下吧！”

她想看看那名两仪师会如何反应，但那名两仪师只是挑起一侧眉弓，露出慵懒的微笑，她的眼睛像凯达的一样黑，像大乌鸦一样黑。其他智者们的表情都变得冷若冰霜。如果在那处水井旁的两仪师没有让兰德·亚瑟打破囚禁逃走，这些智者肯定已经将她们全都杀死或俘虏了——这名两仪师应该也明白这点。凯达肯定已经知道发生了什么事，但她看上去却没有半点畏惧。

“这位是麦西亚。”凯达一边说一边坐到地上。他坐下的地方和智者们留给他的位置还有一段距离，因为某些原因，他不喜欢和其他人靠得太近。也许他是害怕智者们的刀子。“我告诉过你只使用一名智者，瑟瓦娜，而不是七个。如果换成别人，也许就会对你产生怀疑了。”不知为什么，他似乎显得很愉快。

那个叫麦西亚的女人本来还在抚平裙子上的皱褶，但当凯达提到她的名字时，她停了一下，用凶狠的目光瞪着凯达，就像是要剥下他的皮一样。也许她是想隐瞒自己的身份，不过她自始至终什么话都没说。过了一会儿，她坐到凯达身边，那种微笑突然又回到她脸上，仿佛从不曾消失过。瑟瓦娜又一次很高兴湿地人总是把情绪写在脸上。

“你带来能控制兰德·亚瑟的那样东西了吗？”瑟瓦娜甚至没有瞥那只水罐一眼。既然凯达如此粗鲁，她又何必继续保持礼节？她不记得凯达在他们以前见面时曾如此无礼，也许是那个两仪师让他的胆子变大了。

凯达只是带着嘲弄的神情看了瑟瓦娜一眼。“为什么要带来？你又没有得到他。”

“我会的。”瑟瓦娜冷冷地说道。凯达却微笑了，那个叫麦西亚的也是一样。

“那就等你做到的时候吧！”他的微笑里充满了怀疑和不信任，那个女人则是纯粹地讥笑着。也应该让她穿上黑袍。“只要将他逮住，我的东西就能控制住他，但不能仅凭那件东西就战胜他。我不会冒险让他发现我。”在承认这件事时，他没有表现出丝毫羞惭的样子。

瑟瓦娜努力压下心中的失望。一个希望完蛋了，但还有其他的。瑞埃勒和提盎交叠双手，眼睛直盯着前方——这个男人的话已经不值得继续去听了。当然，她们并不知道一切。

“那么两仪师呢？你的东西能控制她们吗？”瑞埃勒和提盎的目光从树林里转了回来。贝林德皱起眼眉，莫莱则直接盯着瑟瓦娜。瑟瓦娜只能在心里咒骂这帮缺乏自制力的家伙。

不过凯达像所有湿地人一样盲目。他扬头大笑起来：“你是说你丢掉了兰德，却捉住了两仪师？你本来想猎鹰，却捉住了几只云雀！”

“你能提供同样可以作用于两仪师的东西吗？”瑟瓦娜有种要咬牙的冲动。凯达以前确实是相当谦恭的。

凯达耸耸肩：“也许，如果价格合适的话。”他肯定不在乎这样的物品。麦西亚也没有表现出任何关注的模样。两仪师对这种话题会有这种表现很奇怪。但她一定是两仪师。

“你的舌头倒是鼓起不少漂亮的风沙，湿地人。”提盎冷冷地说道，“你能证明那里有什么真正的东西吗？”这一次，瑟瓦娜没有介意提盎不守规矩。

凯达的面孔紧绷起来，仿佛变成了部族首领，仿佛这句话冒犯了他，但眨眼间，他的脸上又浮现出微笑。“如你所愿，麦西亚，为她们玩一下这只召唤匣。”

莎莫林拉了拉裙子，用膝盖碰了一下瑟瓦娜的大腿。此时，那只灰匣子也升到三尺高的半空中，来回跳动，仿佛被两只手来回抛掷一样。然后它倾斜过来，以一角为中心，开始旋转，速度愈来愈快，直到众人再也看不清它的具体样貌。

“你们想看她用鼻尖顶着它吗？”凯达一边问，一边露齿微笑。

那个深色皮肤的女人立刻紧张起来，她紧盯着前方，脸上的微笑也变得非常勉强。“我想，我已经示范得够多了，凯达。”她的语音凛冽如冰，但那只被称作召唤匣的东西还在旋转。

瑟瓦娜缓缓地默数了二十下，然后才说道：“够了。”

“可以停下来了，麦西亚，”凯达说，“把它放回去。”这时，那只匣子才缓缓落回它最初所在的位置。那个女人黝黑的面孔现在已经变得苍白，并且散发着怒意。

如果没有那些智者，瑟瓦娜一定会大笑着跳起舞来，实际上，现在她也很难保持面容的平静了。幸好瑞埃勒和其他人只顾着用轻蔑的眼光去看麦西亚，并没注意到她脸上有什么变化。能够对一名有天赋的女人起作用的方法也会对其他有天赋的女人起作用。莎莫林和穆达拉也许不需要使用这个方法，但瑞埃勒，还有赛莱维……她不能表现得太过急切，特别是当她们清楚她们并没有两仪师俘虏的时候。

“当然，”凯达继续说道，“我需要一点时间才能把你想要的提供给你。”他努力想隐藏眼睛里狡黠的目光，也许在别的湿地人面前，他的掩饰会成功。“我警告你，这个价格不会很低。”

瑟瓦娜不由得向前倾过身体。“那么你是如何能这么快就到这里的？要付出什么样的代价来向她学习这个方法？”她仍然压抑着声音中的渴望，但她担心心中的轻蔑还是流露了出来。湿地人为了金子能做出任何事。

也许这个男人听出了瑟瓦娜的轻蔑，他的眼睛明显变大了，随后才恢复对自己的控制。他端详着自己的双手，嘴唇稍稍弯曲起来。为什么他的微笑似乎很愉快？“这不是她做的事，”他的声音就像他的手掌一样平顺，“不是她自己做的。那种工具和这只召唤匣差不多，我能为你提供几个，但它们的价格只会更高。我怀疑你从凯瑞安收集来的那些金银是否够用。不过幸运的是，你能用那些……穿行匣……到达更加富饶的地区。”

就连莫莱也为了控制心中的渴望而显露出吃力的模样。更加富饶的地区，不会受到兰德·亚瑟手下那批蠢货的阻挡。

“多告诉我一些，”瑟瓦娜冷冷地说，“富饶的地区听起来倒是挺有趣。”

但这并不足以让她忘记卡亚肯。凯达要将所允诺的一切给她，然后她就会宣布凯达为歹藏。他似乎喜欢穿着黑色，这样也很好，这样就不需要给他任何金子了。

监视者像鬼魅般穿梭在树林里，没有发出任何声音。能够通过一只召唤匣取得信息令人非常满意，特别是在一个只有两名旁人的环境中。那身红裙装很容易被看见，而且他们甚至一直没回头去看看那些所谓的艾伊尔是否在跟着他们。古兰黛仍旧维持着隐藏自己真实容貌的面镜，沙马奥则已经放下了，又恢复成金胡子和只是肩膀高过古兰黛头顶的模样。他也放开了他们之间的连结。监视者怀疑这样是否明智——在这样的环境下。他一直都在怀疑沙马奥所吹嘘的勇敢其实只不过是愚蠢和盲目。但那个男人确实还握持着阳极力，或许他并不是真的毫无警觉。

监视者跟随并倾听着，他们并不知道他的存在。直接从暗主那里汲取的真力不可能被看见，也不能被察觉，除非是它的使用者。黑色的斑点浮过他的视野。这力量肯定是有代价的，每次使用时，这种情况都会更严重；但如果有必要，他非常乐意付出代价。被真力充满的感觉，几乎就和跪倒在煞妖谷之下完全一样；暗主的荣光让他感到温暖幸福，为了它，什么痛苦都值得。

“我当然必须带着你。”沙马奥气恼地说着，脚下被一根枯藤绊了一下，他从来都不适应城市以外的地方。“你出现在那里，就回答了她们上百个问题，我几乎不能相信那个傻女孩真的会提出我想要的建议。”他发出一声吼叫般的大笑。“也许我自己就是时轴。”

一根挡住古兰黛的树枝向外弯曲，最后被折断下来。片刻之间，它悬浮在空中，仿佛古兰黛要抽打她的同伴。“只要有半点机会，那个傻女孩会挖出你的心脏，并吃掉它。”那根树枝被甩到一旁。“我也有几个问题。我想，只要不再有需要，你会立刻结束与兰德之间的休战，但这次……”

监视者挑起眉弓。停战？不管是真的还是假的，这种行为都是在冒险。

“我没有安排绑架他的事。”沙马奥看了古兰黛一眼。他大概以为自己现在脸上是一副嘲讽的神情，但那道伤疤让他的表情变得相当凶狠。“不过麦煞那插了一手，也许狄芒德和色墨海格也参与其中。或许你应该重新考虑暗主不允许伤害兰德的意旨。”

古兰黛确实在考虑这个问题，她甚至为此而踉跄了一下。沙马奥捉住她的手臂，帮她站稳。古兰黛一恢复平衡，就立刻甩开他的手。这很有趣，古兰黛的这种表现肯定不全是因为在那片空地上发生的事情，她真正的兴趣一直都是最有权势也最为美丽的人们，不过她也会为了打发无聊的时间和她要杀死的或是想要杀死她的男人调调情。她绝对不会调情的对象只有那些暂时位于她之上的使徒，她绝对不会接受在任何合作中处于从属地位。

“那为什么还要跟她们合作？”她的声音如同滴落的熔岩，古兰黛平时都能优雅地控制住自己的情绪。“兰德在麦煞那手中是一回事，在那些野蛮人手中就是另一回事了。虽然如果你真的要让那些人去烧杀抢掠，她也不再有很多机会去捉拿兰德。穿行匣？你到底在玩什么把戏？她们真的有俘虏吗？如果你真的以为我会教她们心灵压制，那最好放弃这种幻想。那些女人之中有一个人的力量是不能忽略的，我不会冒险让她们同时具有力量和技巧。或者你还对你的那些玩具隐藏着什么手段？而且，你之前在什么地方？我不喜欢等待！”

沙马奥停下来，向后瞥了一眼。监视者一动也不动地站着，全身除了眼睛之外都被包覆在幻光布中。他一直都不担心自己会被发现，这么多年来，他已经在许多被沙马奥轻蔑或喜爱的领域中学会了各种技艺。

他们面前突然打开了一个通道，将一棵树切成两半，也把古兰黛吓了一跳。被切开的树干歪歪斜斜地分开了。现在古兰黛也知道了沙马奥正握持着至上力。

“你认为我对她们说了实话？”沙马奥嘲讽地说道，“增加混乱，无论规模是大是小，都很重要。她们会去我要她们去的地方，做我想让她们做的事，并且学会满足于我给她们的一切，就像你一样，麦西亚。”

古兰黛褪去虚假的外表，恢复成那个金发美人。“如果你再这样叫我，我就杀了你。”她的声音中流露出的情绪比她脸上的更少，但她的这句话是认真的。监视者感到有些紧张。如果她这么做，这两个人中的一个就会死掉，他应该阻止他们吗？黑色斑点飞过他眼前，速度愈来愈快。

沙马奥用同样严厉的目光和古兰黛对视着。“记住谁将成为耐博力，古兰黛。”他说完，便走进了他的通道。

片刻之间，古兰黛只是站在原地，盯着那个开口。一道垂直的银色亮线出现在那个通道旁边，但在它展开成通道之前，古兰黛又放弃了编织，任由它缩成一个光点，最后消失掉。然后监视者皮肤上的刺麻感也消失了。他知道这是因为古兰黛放开了阴极力。古兰黛面无表情地走进沙马奥的信道，那个信道在她进去之后就闭合了。

监视者在幻光布头罩后面露出扭曲的笑容。耐博力。所以古兰黛会屈从于沙马奥，所以她没有杀死沙马奥。即使是古兰黛在这件事上也瞎了眼。而沙马奥这么做是比他宣布和路斯·瑟林停战更大的冒险。当然，除非这是真的。暗主喜欢让他的奴仆彼此对抗，看看谁更强大，只有最强大的奴仆才能站在他的荣光之下。但今天的事实不一定能维持到明天，监视者见到过事实在一次日出与日落之间改变了上百次，他也不止一次亲手改变过事实。他考虑过返回去杀死空地上的那七个女人，她们很容易被除掉，他怀疑她们根本不知道该如何组成连结。黑色斑点充满了他的眼睛，像是水平刮起的暴风雪。不，他可以让事情顺其自然，至少现在还可以。

在他耳边，这个世界正在哀嚎，因为他用真力撕破了一个小洞，走出了因缘。沙马奥不知道他的话有多么正确，微小的混乱就像巨大的混乱一样重要。

第 21 章

苏万夜

夜幕缓缓笼罩了艾博达，耀眼的白色建筑仍然在抵抗着黑暗的降临。已经有苏万夜的狂欢者们聚集成数群，头发间装饰着常绿树的小枝，在仍然缺了一角的月亮下载歌载舞。他们从狂欢场地的一边舞到另一边，从酒馆和宫殿中飘出的长笛、手鼓和号角的乐声成为了他们的伴奏。不过其余的街道就很空旷了。远处传来一阵狗吠，随后又有狗在更近的地方发出激烈的响应。突然间，那只后来的狗发出了一声哀嚎，接着狗吠声又全部停止了。

麦特踮起脚尖倾听着，眼睛不停地在月影中搜寻。只有一只猫溜过了街道。赤脚奔逃的声音渐渐远去，其中一个人显然瘸了，另一个人在地上留下了血迹。麦特弯下腰，他的脚踢到了石板地上一根手臂一样长的棒子，沉甸甸的铜钉反射着月光。这根棒子肯定能打破他的头骨。他摇摇头，在脚边那个男人的破烂衣服上擦净小刀。一张满是皱纹、肮脏的脸，两只眼睛仍然盯着天空，一名乞丐，模样和气味都是。麦特没听说过乞丐会攻击路人，但也许现在的局势比他想象的更糟糕。一只大黄麻袋掉在那名乞丐伸开的手旁边，这些家伙肯定认为能在他的口袋里找到一大笔钱，这只麻袋应该是用来套住他的脑袋的。

在北边，这座城市上方，光芒突然在空中绽放，伴随着一声震耳欲聋的轰鸣，一道耀眼的绿光扩散成一个球形，光芒在短暂地消失后，又有许多红色的小火花纷纷爆裂开来。然后是一道蓝光，一道黄光。是照明者的烟火。如果是在没有月亮的晚上，这些烟火一定会更加壮观夺目，但现在它们也让麦特不由得屏住了呼吸。麦特愿意一直这样看着那种美景，直到饿得晕倒。拿勒辛向他提起过照明者——光明啊，这真的是在今天上午才发生的吗？但在此之后就没有其他的烟火了。照明者能让夜空百花齐放，而绝对不会只种下这四朵。显然这是某个有钱人为苏万夜准备的，麦特希望知道那个有钱人是谁，能够卖出烟火的照明者一定能够卖出更多其他的东西。

麦特将小刀收回到袖里，从地上捡起自己的帽子，快步走开了。他脚步声的回音让这条街显得更加空寂。大多数窗户已经关上，透不出一丝光亮。这座城市里也许找不到比这里更好的杀人地点了。与这三名乞丐的遭遇只持续了一两分钟，并没有其他人看见。在这座城市里，即使不有意去挑衅，一天也可能卷入三四起打斗。但是一天之内就遭遇两伙强盗的几率，就像治安官拒绝贿赂的几率一样小。他的运气出了什么事？如果他脑子里那些该死的骰子能停止转动就好了。麦特没有试图逃跑，但也没有松懈下来。他的一只手握住外衣里的刀柄，睁大眼睛盯着所有阴影中的动静，但一路上，除了几群歌舞作乐的人之外，他什么也没看到。

流浪的女人大厅里，只有靠墙处还剩下几张桌子，中间的场地都已经被清空了，长笛手和鼓手演奏出高亢的乐曲。欢笑的人们排成了四队，脚下跳的半是节拍舞，半是快步舞。麦特看了他们一眼，依样跳了一步。穿着薄羊毛外衣的外地商人和穿着绸缎汗衫、将外衣甩在肩头的本地人正在一同舞蹈。麦特注意到其中两名商人，她们一个身材苗条，一个不是，但两个人的动作都显得轻盈优雅。还有几名麦特认识的本地女子穿着她们最好的衣服，深深的领口缀着一些蕾丝，或是大量的绣花，不过那些衣服都不是丝绸的。当然，他不会拒绝和穿丝绸衣裳的女人跳舞（他从不拒绝和任何年纪或身份的女人跳舞），不过真正有钱的人们今晚都还在宫殿和富商与放债人家里。那些坐在墙边的人们正在为迎接下一场狂欢的舞蹈喘口气，或者把脸埋进酒杯里，或是不停地从女侍的托盘里拿下新的啤酒杯。安南大妈在这个晚上卖出的葡萄酒，大概抵得上平时一个星期卖出的量了，还有淡啤酒——那些本地人一定都没有味觉。

试了一下舞步，麦特抓住正端着托盘想要跑过去的凯拉，然后用盖过音乐的喊声问了些问题，并点了晚餐——安南大妈的厨师拿手的浇汁鱼，一道滋味浓烈的餐点，男人跳舞时会耗费很多的体力。

一名穿黄色汗衫的家伙从凯拉的托盘上拿起一只酒杯，然后扔过去一个硬币，凯拉向他抛回一个放荡的笑容。但她没有朝麦特笑，实际上，她抿紧了嘴唇，脸色一点也不好看。“小野兔，这是在叫我吗？”她又哼了一声，才不耐烦地继续说道，“那个男孩已经上床去了，待在他应该在的地方。我不知道拿勒辛大人在哪里，也不知道哈南、车尔和其他人在哪里。厨师说除了汤和面包之外，她不会为这些把舌头淹在酒里的男人准备任何菜肴。而且，为什么大人您在房间里已经有个花枝招展的女人在等待时，还想要什么浇汁鱼呢？我是不知道。请大人原谅，我还得为糊口饭吃而忙碌呢！”她飞快地走开了，还一边不停地将微笑和托盘送到所有酒客面前。

麦特皱起眉看着她的背影。花枝招展的女人？在他的房间里？现在那一箱金子被放进厨房一座火炉前的地板下面一个小洞里。那些骰子在麦特的脑子里突然发出雷鸣般的轰响。

当麦特缓缓爬上楼梯时，嬉闹的声音消退了一点。在房门前，麦特停了一下，倾听骰子的声音。今天已经有两伙人想要打劫他了，他的脑袋经历了两次险些被敲破的危机。他确信那名暗黑之友没有看见他，她也不是那种会被形容成花枝招展的女人，但……他用手指抚弄着外衣里的刀柄，突然又把手抽回——一个女人在他的意识里闪动了一下。那是个身材高挑的女子，她倒在地上，胸口插着一把刀子，他的刀子。幸运还是要在他身边才好，他叹了口气，推开房门。

那名成为伊兰护法的狩猎者转过身来，手里还掂着麦特没上弦的两河长弓。她的金色发辫绕过肩膀，垂在胸前，蓝眼睛直盯着麦特，脸上露出坚决的神情，看样子，如果她得不到她想要的，她会用这把弓背打碎麦特的脑袋。

“这次大概不是和奥佛尔有关的事情吧！”麦特开口道。突然间，一个深藏的记忆被打开了，麦特生命中某一天某一个小时所覆盖的迷雾被吹散了。

已经没希望了，霄辰人从西方杀来，白袍众从东方杀来。没希望了，但是有一个机会，于是他举起那只弯曲的号角，用力吹响它。他并不知道应该期待些什么。黄金号角中飘出黄金般的声音，甜美的感觉让他不知道该哭还是该笑。号声引起阵阵共鸣，天地都随之一同歌唱。随着号音的播散，一片浓雾凭空出现，开始只是丝丝缕缕的薄烟，逐渐变得浓重，开始向上升腾，直到一切都变得模糊不清，仿佛云层覆盖了大地。在那片云层之下，他们在纵马奔驰，仿佛从山巅直冲而下，他们是传说中死去的英雄，受到瓦力尔号角的召唤回到世上。领军的是亚图·鹰翼，高大英武，有着鹰喙般的鼻子。跟随在他身后的人数只比一百稍多一些，他们都是随着时光之轮的转动一次又一次来到世间，引领因缘，制造传奇与神话的人。纯洁之心麦卡。猎人锡万依旧戴着他的黑色面具——传说中他是纪元结束的通报者，宣告旧日毁灭和未来新生的人。他的妹妹凯黎安被称为选择者，戴着红色面具骑马立在他身边。埃马苏的手中握着光芒闪耀的太阳剑。金舌的调解者帕迪格。

还有那名拿着银弓、从不会射失目标的……

麦特关上门，背靠在门上。他觉得有点头晕。“你是柏姬泰，真的柏姬泰。把我的骨头烧成灰吧！这不可能，到底是怎么回事？怎么回事？”

那个传说中的女人无奈地叹了口气，将麦特的长弓放回墙角他的黑矛旁。“我被错误地剥离出来了，号手，魔格丁将我抽出来，要置我于死地，是伊兰的约缚救了我的命。”她缓缓说着，一边仔细端详着麦特，仿佛在确认他是否明白。“我总是害怕你会记起我曾经是谁。”

麦特带着晕眩的感觉跌坐在桌边的扶手椅里。曾经的柏姬泰，确实。现在她正用拳头杵在腰上，用挑战的眼神看着他，和那一天策马驰出天空的女人没有丝毫差别，就连衣服的样式也完全一样，只是短外衣是红色，裤子是黄色的。“伊兰和奈妮薇知道你的事，却瞒着我，对不对？我已经厌倦了被隐瞒，柏姬泰，而她们藏起来的秘密却像谷仓里的老鼠那么多。她们已经成为两仪师，从里到外都是，就连奈妮薇现在也变得更加陌生了。”

“你也有你的秘密。”柏姬泰双臂抱胸，坐到床脚，她看着麦特的眼光就好像麦特是酒馆里的拼图。“首先，你没有告诉她们是你吹响了瓦力尔号角。我想，这还算是你最小的秘密。”

麦特眨眨眼，他本来以为她们已经告诉了她，毕竟，她是柏姬泰。“我有什么秘密？那些女人连我的脚趾甲和我做的梦都知道。”她是柏姬泰，当然。麦特向前倾过身子。“让她们明理一些吧！你是银弓柏姬泰，她们听你的话。这座城市在每个街角都有陷阱，而且现在埋在那些陷阱里的尖桩可能更锋利了。在还来得及之前，让她们赶快离开这里。”

柏姬泰笑了，她用手捂住嘴，竟然笑了！“你错了，号手，我不会命令她们，我是伊兰的护法，我只听从命令。”她的微笑中流露出沮丧。“银弓柏姬泰。光明的忠诚，我不知道自己还是不是那个女人了。自从我奇怪地重生以来，我所知道的一切就像夏日阳光下的薄雾般消退了。现在我不是英雄，只是另一个正在摸索道路的女人。至于说到你的秘密……我们现在用的是什么语言，号手？”

麦特张开嘴……又停了下来。他这时才注意到柏姬泰问出的那句话。Nosane iro gavane domorakoshi, Diynen' d' ma' purvene?——说我们什么语言，吹响号角的人？麦特脖子上的汗毛都要竖起来了。“古老的血脉，”他谨慎地说道，这次他没有用古语，“曾经有一位两仪师告诉我，古老的血脉流淌在——你该死的在笑什么？”

“你，麦特，”她努力不让自己笑得弯下腰去，这次她也终于没有再用古语了。她用指节从眼角抹掉一滴泪水。“在古老血脉还流淌的地方，也许会有人说出一两个自己也不明白的词汇，但你……在你说第一句话的时候，你还是爱隆尼的王子，但说出第二句话时，你已经变成曼埃瑟兰一名首席领主，口音和使用的方言都完全正确。不，不要担心，你的秘密在我这里是很安全的。”她犹豫了一下。“你会泄漏我的秘密吗？”

麦特摇了摇手，他还陷在震撼之中，没有回过神来。“我像是管不住舌头的人吗？”他低声嘟囔着。柏姬泰！就在他面前！“烧了我吧，我需要喝一杯。”这句话刚说出口，麦特就知道自己错了，女人们从不——

“这个主意不错，我也需要，”柏姬泰说，“我能喝下一整瓶葡萄酒。该死的，你认出我的时候，我差点要把自己的舌头给吞掉了。”

麦特猛然坐直了身体，盯着柏姬泰。

柏姬泰抛给他一个促狭的眼神。“大厅里有很多声音，在那里不必担心别人会听到我们说话。而且，我不介意看看那些跳舞的人们。每次我向男人递个眼神，伊兰的脸都会沉得像拓梵枢机团的成员一样。”

麦特点点头。这时有一个记忆告诉他，拓梵人都是一些沉闷刻板的家伙，生活节制到几乎可以算是苦修的程度。不过这些都是一千年前的事了。麦特不知道是该笑还是该痛哭一场。就某方面来说，他有机会和柏姬泰面对面交谈（柏姬泰！麦特怀疑自己永远也无法克服这种震撼），但另一方面，脑袋中那些骰子的轰鸣，让他怀疑自己根本听不进去楼下那些音乐。柏姬泰一定是这些骰子的关键。现在任何有脑子的男人都会从窗户跳出去，用最快的速度逃走。“一两瓶酒听起来很不错。”他说。

一阵带着盐味的滞重气流从海湾中吹来，带来一丝凉意，但这个夜晚仍然让奈妮薇感觉有些烦闷。音乐声和笑声不时飘进宫里，其中大概也有不少就是宫里的声音。泰琳女王曾经亲自邀请她、伊兰和艾玲达参加舞会，但她们都以不同程度的礼貌拒绝了。艾玲达说她只愿意和湿地男人跳一种舞，这让泰琳不确定地眨了眨眼。奈妮薇倒是很想去参加——只有傻瓜才会放弃跳舞的机会——但她知道，如果她去了，她也只会像以前一样，忧心忡忡地坐在角落里，几乎要把自己的指节给咬破。

所以现在她们都聚在她们的居所中，和汤姆与泽凌在一起，焦躁得如同一群被关在笼子里的猫，而艾博达中所有的人都在尽情狂欢。柏姬泰被什么事情耽搁了？通知一个男人早晨过来要多少时间？光明啊，而且现在早就过了上床时间。如果她能睡觉，至少她可以甩掉上午那段可怕的船上旅程。最糟糕的是，她对天气的感觉告诉她，现在应该有一场风暴正要袭来，窗外应该有飓风咆哮，骤雨泼洒在地面上，让人们看不清十尺之外。她总是很难适应这种被听风能力欺骗的情形，但至少她明白，另一场风暴正在到来，那将不止是大风和雨水。她没有证据，但如果这跟麦特·考索恩无关，她很愿意把自己的软鞋吃下去。她想要睡上一个月甚至一年，忘记所有担忧，直到岚用一个吻唤醒她，就像太阳王对塔丽亚那样。当然，这种愿望很荒谬，那只是个故事。而且非常重要的一点是，她不会成为任何男人的宠物，即使是岚也不行。但她还是会去找他，去约缚他。她要……光明啊！如果她不是害怕别人盯着她看，她肯定会一直来回踱步，直到把鞋底磨破！

时间不断地过去，她将麦特留给泰琳的那封信读了一遍又一遍。艾玲达像往常一样，盘腿坐在她的高背椅旁的浅绿色地板上，显得很平静。在她的膝头摊开着一本镀金皮封的《简·法斯崔德游记》，从她身上看不到半点焦躁，不过就算是这个女人的裙子里被塞进一条毒蛇，她也不会动一根头发。回到这座宫殿之后，她又戴上那条她几乎日夜都不离身的银丝项链，除了乘船时。艾玲达说不想拿它去冒险。奈妮薇心不在焉地想着艾玲达为什么不再戴那只象牙手镯了。奈妮薇记得无意间听到艾玲达说过，在伊兰戴上同样的东西之前，她不会再戴它，这一点道理也没有。当然，这不是什么大事。让她焦躁的是膝头的这封信。

起居室里的立灯让阅读很方便，但麦特那种孩子气的字迹实在是不太好认。这封信的内容几乎在奈妮薇的肠子上打了个结。

这里除了炎热和苍蝇之外什么都没有。我们在凯姆林也能找到这两样东西。

“你确定你没告诉他任何事？”奈妮薇问。

在房间对面，泽凌的手在石雕棋盘上停了一下，他用愤怒又无辜的眼神看着奈妮薇。“我还要说多少次？”愤怒无辜的表情是男人最擅长的手段之一，特别是当他们像溜进鸡舍的狐狸般犯下罪行时。有趣的是，雕刻在那个棋盘边缘的花纹就是一些狐狸。

汤姆坐在棋盘对面，他穿着精致的青铜色羊毛外衣，看起来既不像是走唱人，更不像是摩格丝女王曾经的情人。现在他已经满脸皱纹，发丝雪白，有着长长的胡子和眉毛。从他那双锐利的蓝眼睛到靴底，浑身都流露出疲于应付的耐心神情。“我看不出我们有什么能告诉他的，直到今晚，你几乎没有告诉我们任何讯息。你应该派我和泽凌出去。”

奈妮薇重重地哼了一声。自从他们来到这里之后，这两个人一直听从麦特的命令，像小鸡找虫子一样对她和伊兰的事情探头探脑。这三个家伙只要聚在一起就会立刻交换各种流言蜚语，男人都是这样，他们……但她只能不情愿地承认，她们确实没想到要借用这些男人的能力。“你们只会出去和他一起寻欢作乐，喝得烂醉，不要对我说你们不会。”麦特一定是那样，把柏姬泰丢在旅馆里，那个男人能把一切计划都搞乱。

“让他们出去又会怎样？”伊兰靠在一道高拱窗旁，透过白色的铁窗向外望去。她咯咯地笑着，脚尖在地面打着节拍。她是怎么分辨出这些混杂在一起的乐曲的？“这就是一个……寻欢作乐的夜晚。”

奈妮薇朝伊兰的背影皱起眉，伊兰今晚的行为变得很奇怪，如果是以前，奈妮薇肯定会怀疑她喝了酒。但现在她们都已经有了关于酒的糟糕经验，所以奈妮薇相信，伊兰现在一次喝酒的量绝对不会超过一杯。

“让我感兴趣的是贾西姆·卡林丁。”艾玲达合上书本，将它放在身边，她从没想过穿着一身蓝丝裙却盘腿坐在地板上的样子有多怪。“在我们之中，一旦有暗影跑者（艾伊尔人这样称呼暗黑之友）被发现就会立刻被处死，任何部族、氏族、战士团，甚至首姐妹都不能表示反对。如果贾西姆·卡林丁是暗影跑者，为什么泰琳·密索巴不杀死他？为什么我们不杀死他？”

“这里的情况有一点复杂。”奈妮薇对她说，但她其实也在思考同样的事情。当然，她想的不是为什么贾西姆没有被杀，而是为什么他仍然能如此随意地行动？就在今天，接到麦特的信以后，奈妮薇还在这座宫殿里见到过他。他和泰琳的交谈超过了一个小时，而在离开时，仍然像他到来时那样得到礼遇。奈妮薇本想和伊兰讨论这件事，但更让她关心的是，麦特到底知道什么样的信息，是怎么知道的。那家伙肯定会制造麻烦，奈妮薇非常清楚这一点。无论别人怎么说，这件事肯定会被导向错误的地方，坏天气就要来了。

汤姆清了清喉咙。“泰琳是一名弱小的女王，而贾西姆则是强权的使者。”他放下一颗棋子，眼睛还盯在棋盘上，正思考着什么。“白袍众裁判者不可能是暗黑之友，至少在圣光城堡的规定中是这样的。如果泰琳逮捕他，甚至是指控他，白袍众的军团会在眨眼间就开进艾博达。那时他们也许会将她留在王座上，但她将只是一个傀儡，随着真理圆顶对丝线的牵扯而动作。你还不打算认输吗，泽凌？”捕贼人瞪了他一眼，然后继续狂怒地研究着棋盘。

“我不认为她弱小。”艾玲达厌烦地说。汤姆给了她一个饶富兴味的微笑。

“你还不曾面对过你无法与之作战的力量，孩子。”他温和地说道，“有些力量非常强大，让你只能选择逃跑，否则就会被活活吞掉。不要急着对泰琳进行评判。”不知为什么，艾玲达的脸红了，平常她总是能完全隐藏住自己的情绪，让自己的脸如同石头一般。

“我知道，”伊兰突然说道，“我们要找到即使是培卓·南奥也必须接受的证据。”她步伐轻快地离开窗边，回到众人面前，或者不如说是迈着舞步。“我们要进行伪装，然后跟踪他。”

突然间，站在这里的不再是身穿绿色艾博达裙装的伊兰，而是一位穿着轻薄蓝色紧身裙的阿拉多曼女子。奈妮薇不由得跳了起来，气恼得连嘴唇都绷紧了——现在她看不见编织，但也不至于因为看到幻像术就惊讶成这样。她瞥了汤姆和泽凌一眼，就连汤姆也惊讶得张大了嘴巴。奈妮薇在无意中紧紧地抓住辫子。伊兰要泄漏她们的一切秘密吗？她到底怎么了？

施行幻像术的人如果静止在原来的位置，幻像术的效果才是最好的。当伊兰跑到房里一面大立镜前转动着身体检查自己的模样时，这身阿拉多曼服装又显现出一点艾博达裙装的样子，不过伊兰还是笑着拍起了手：“哦，他绝对不会认出我来。你也是，姐妹。”突然间，一名塔拉朋女人出现在奈妮薇的椅子旁边，她有一双棕色的眼睛，黄色的发辫上缀着红珠子，贴身长裙完全用褶皱丝绸缝制——这副模样的艾玲达用质疑的眼神看着伊兰，奈妮薇则抓紧了自己的辫子。“我们当然也不能忘记你，”伊兰还在胡言乱语，“我知道什么最适合你了。”

这一次，奈妮薇看见了伊兰周身的光晕，她已经气极了。尽管她看见了伊兰在自己身上编织的能流，却并不知道伊兰把她变成了什么模样。奈妮薇朝一面镜子里望去，看见一名海民女子正惊讶地盯着自己。在她的耳朵上缀着十几只宝石耳环，两倍于这个数量的黄金徽章挂在耳环与鼻环之间的细链上；她的身上只有一条宽松的绿色锦缎长裤，除此之外就没有别的衣物了——就像亚桑米亚尔女子远离陆地时的穿着。这只是幻像术，她本人仍然是衣着整齐的。但……在镜子里，她看见汤姆和泽凌正努力忍住笑意。

一阵吼声从仿佛被掐紧的喉咙里爆发出来：“闭上你们的眼睛！”她挥舞着手臂叫喊着，开始四处蹦跳，拼尽全力想让自己原本的衣服显露出来。“闭上眼睛，烧了你们！”他们终于闭上了眼睛。奈妮薇停止了蹦跳，只是她仍然感到怒发冲冠。男人们已经不再有笑容了，但艾玲达却仍毫不掩饰地大笑着，甚至还在来回摇晃着身体。

奈妮薇拉了拉自己的裙子——镜子里的那名海民女子正努力将自己的裤子往下拉。她瞪着伊兰：“不要这样，伊兰！”那名阿拉多曼女子也在盯着她，眼睛和嘴巴都难以置信地大张着。直到此时，奈妮薇才意识到自己是多么愤怒，真源就在她触手可及之处召唤着她。她拥抱了阴极力，想在伊兰和真源之间狠狠插进一道屏障。至少，她试着这么做。即使她比伊兰更强大，但真想要屏障正在导引的人是很困难的。还是女孩的时候，奈妮薇曾经用尽全力挥动卢汉师傅的铁锤，狠狠敲在铁砧上，随之而来的震动让她的脚趾都麻了起来。这次的力道足足是那次的两倍。“光明之爱啊，伊兰，你喝醉了吗？”

光晕从那名阿拉多曼女子身上消失，连同那名阿拉多曼女子也消失了。奈妮薇知道自己身上的编织也消退了，但她还是瞥了那面镜子一眼，重新看到穿着黄条纹蓝色裙装的奈妮薇·爱米拉之后，才放松地叹了口气。

“没有。”伊兰缓缓地说道。她的脸渐渐红了起来，但那不是羞愧，或者不完全是。她扬起下巴，声音如同覆盖了一层冰霜。“我没有。”

通往走廊的门猛然被撞开，带着笑意的柏姬泰踉跄地走了进来。嗯，也许她的脚步不是那么混乱，不过确实是不稳定。“没想到你们都还在等我。”她轻快地说，“嗯，你们一定想听听我要说的，但首先……”迈着醉鬼才有的那种步伐，她消失在她的房间里。

汤姆带着若有所思的微笑看着柏姬泰的房门，泽凌的脸上写满了怀疑，他们知道她是谁，知道她真正的身份。伊兰只是昂首瞪着她。柏姬泰的卧室里传来一阵溅水声，似乎是一只罐子打翻在地上。奈妮薇和艾玲达交换了一个困惑的眼神。

柏姬泰重新出现在起居室里，脸上和头发上都是水滴，外衣从肩膀到臂肘也都湿透了。“现在我的脑子清醒些了。”她叹了口气，一屁股坐进一张圆脚椅里，“那个年轻人的脚底下肯定有个洞，他甚至比贝瑟兰喝得还要多，我已经开始以为葡萄酒对那个小伙子来说像清水一样了。”

“贝瑟兰？”奈妮薇的声音提高了，“泰琳的儿子？他在那里干什么？”

“为什么你不管管他们，柏姬泰？”伊兰喊道，“麦特·考索恩会拉着那个男孩一起堕落，他的母亲会责备我们的。”

“那个男孩的年纪和你一样。”汤姆用正经的口气说道。

奈妮薇和伊兰交换了个疑惑的眼神。汤姆这句话是什么意思？每个人都知道，男人永远都比同龄的女人小十岁。

疑惑的神情很快就从伊兰的脸上消失，取而代之的是坚决和相当的愤怒，她的目光重新落在柏姬泰身上。她们将会争辩，而她们说出来的话会让双方在明天都后悔不已。

“汤姆、泽凌，现在离开吧！”奈妮薇飞快地说道。他们自己八成看不出现在应该怎么做。“你们需要好好睡一觉，好应付明天早晨的工作。”但他们却只是坐在那里，像两个没脑子的傻瓜般瞪着她。奈妮薇只好用更加严厉的语气说道：“快点！”

“这一局在二十子之前就结束了，”汤姆说着，瞥了棋盘一眼，“我们回自己的房里再开一盘如何？我会让你十子。”

“十子？”泽凌惊呼一声，将椅子往后一推，“你还不如去帮我端个鱼汤和牛奶面包来。”

他们一边争吵一边走了出去，但一出门口，他们都闷闷不乐地朝房里瞥了一眼。奈妮薇相信，他们大概整晚都无法入睡了。

“麦特不会让贝瑟兰堕落的，”房门被关上后，柏姬泰不带表情地说，“我怀疑即使是九名羽翎舞女和一船白兰地也无法让他堕落，他们会不知道从何下手。”

这番话让奈妮薇松了口气，但这个女人的嗓音让她感觉有些奇怪，也许是因为柏姬泰喝多了。当然，贝瑟兰并不是她们要讨论的主题。她把这个想法说了出来。伊兰也说道：“贝瑟兰并不重要。你喝醉了，柏姬泰！我能感觉到。如果我不集中精神的话，我还是会头晕。约缚不该有这样的作用，两仪师不该因为她的护法喝多了酒就变成傻子。”奈妮薇有种绝望的感觉。

“不要那样看我，”柏姬泰说，“你知道的比我更多，以前两仪师和护法都是女人和男人，也许这就是他们和我们的差别，也许是我们太像了。”她的笑容有些扭曲，那只罐子里的水大概还不够。“我想，也许这确实让人很难堪。”

“我们能不能谈一下重要的事情？”奈妮薇紧绷地说，“比如麦特？”伊兰本来已经张开嘴要对柏姬泰进行反击，此刻她急忙闭上了嘴，火红的双颊上却写满了懊恼。“那么，”奈妮薇继续说道，“麦特明天早上会来吗？或者他已经跟你一样灌了一肚子酒？”

“他也许会来。”柏姬泰说道，从艾玲达手中接过一杯薄荷茶。后者当然还是坐在地上。伊兰皱起眉看了艾玲达一会儿，然后，盘腿坐到她身边。

“你这话是什么意思，‘也许会’？”奈妮薇问。然后她开始导引，刚才她一直坐着的那把椅子朝她飘了过来，重重落在她身边。如果说椅脚撞击地面发出太大的声音，那也是她故意要这么做的。喝得太多了，坐在地板上，下一步又会是什么？“如果他想让我们爬到他面前……”

柏姬泰感激地啜了一口茶水，奇怪的是，当她再看向奈妮薇时，已经不那么神智不清了。“我已经说服他放弃那样要求你们了。我想，他应该不是认真的。现在他想要的只是一声道歉和谢谢。”

奈妮薇的眼睛瞪大。她说服他放弃了？道歉？对麦特·考索恩？“绝不！！”她咆哮道。

“为了什么？”伊兰想知道，这对她来说似乎非常重要。奈妮薇凶狠地瞪着她，她却装作没看见。

“提尔之岩。”柏姬泰说。奈妮薇猛一抬头，这个女人已经完全没有迷糊的样子了。“他说他和泽凌一起闯进那座城堡，将你们从那里的地牢中解救出来。”

她缓缓摇摇头，一副惊讶的模样。“我不知道除了加达之外，我会为了谁这么做。他说你们只是很粗暴地对待他，仿佛倒应该是他感谢你们没踢断他的肋骨。”

麦特说的不能算是假话，但他把一切都扭曲了。那时麦特只是带着他那种嘲讽的笑容，说什么要把她们这些栗子从火里掏出来，或者是诸如此类的话。他总是以为能指导她们该怎么做。“那座地牢里只有一名黑宗在看守，”奈妮薇嘟囔着，“而且我们已经把她制服了。”这是真的，她们当时只是还没有找到打开牢门的办法，因为她们都被屏障了。“不管怎样，拜拉奥对我们并没有真正的兴趣……他只是想引诱兰德，据我们所知，那时沐瑞应该已经把他杀死了。”

“黑宗，”柏姬泰的嗓音比地砖还要平板，“还有一名弃光魔使，麦特从没提到过他们。你真该跪在他面前谢谢他，伊兰，你们两个都是，这是他应得的。还有对泽凌也是一样。”

血液涌上奈妮薇的脸。他从没提到过……这个可恨透顶的男人！“我不会向麦特 · 考索恩道歉的，死也不会。”

艾玲达向伊兰倾过身体，碰了碰她的膝盖。“姐妹，我应该谨慎地对你说，”她的表情和声音都像一根石柱般谨慎，“如果这是真的，你们就对麦特 · 考索恩负有义，你和奈妮薇。而且根据我所见到的，你们现在让这个义更加沉重了。”

“义！”奈妮薇喊道。这两个家伙总是在谈论一些关于什么节义的蠢话。“我们不是艾伊尔人，艾玲达，麦特 · 考索恩是所有人脚底的一根刺。”

但伊兰却在点头：“我明白，你是对的，艾玲达，但我们必须怎么做？你要帮助我，姐妹。我不打算成为艾伊尔人，但我……我想让你因为我而骄傲。”

“我们不会道歉！”奈妮薇还在叫喊着。

“认识你就是我的骄傲。”艾玲达轻轻碰了碰伊兰的脸颊，“道歉是开始，但还不足以符合这个义。”

“你在听我说话吗？”奈妮薇问，“我说了，我——不——会——道歉！”

伊兰和艾玲达只是自顾自地交谈着，只有柏姬泰在看着奈妮薇，那个女人脸上的微笑几乎就要变成大笑了。奈妮薇用两只手揪着自己的辫子。她就知道，她们当初应该派汤姆和泽凌去的。

第 22 章

微小的牺牲

伊兰斜眼看了看这家旅店拱门上的招牌——一幅粗糙的画面上，一名女子拄着一根行路杖，正充满希望地向远方眺望。伊兰希望自己现在正躺在床上，而不是随着太阳一同爬起来，跑到这个地方。不过，即使她真的躺在床上，大概也睡不着。莫海拉广场上只有几辆吱嘎作响的牛车和驴车，还有一些顶着大篮子的女人正朝市场走去。一名独腿的乞丐拿着一口碗坐在这家旅店的一角，再过不久，广场上就会有很多这样的人了。伊兰给了他一个银币。以现在的物价，这足够让他吃上一个星期，但他只是将银币收进破烂的外衣里，用无牙的嘴向伊兰笑了笑，又继续坐在那里。天空还是灰色的，但阵阵热气已经扑面而来。今天早晨，伊兰觉得集中精神将炎热隔绝在意识外的技巧格外难以维持。

柏姬泰的宿醉感觉仍然残存在她的脑子里，如果她的医疗能力不那么弱就好了。她希望艾玲达和柏姬泰今天能查出一些关于贾西姆的信息，当然，她们都已经用幻像术进行了伪装。虽然贾西姆并不认识她们，但万事小心为妙。艾玲达并没有要求跟她一起来，甚至对她的这个建议感到惊讶，这让伊兰感到骄傲。艾玲达信任她，相信她不需要别人在后头监看着就会去做应该做的事。

伊兰叹了口气，将裙摆拉直，虽然这个动作实属多余。这身裙装的基色是蓝色和奶油色，装饰着一点奶油色的范达拉蕾丝。不过，这身衣服让她觉得有些……暴露。她唯一一次对于穿着当地风格服装有意见，是在她和奈妮薇搭乘海民船前往坦其克时，但艾博达的风格……她又叹了口气，她只是在拖延时间，艾玲达真应该来牵着她的手。

“我不会道歉的。”旁边的奈妮薇突然说道。她的两只手正紧抓着灰色的裙摆，瞪着流浪的女人旅店，仿佛魔格丁正等在里面。“不会的！”

“你真应该穿上一身白衣服。”伊兰嘟囔着，结果招来怀疑的一瞥。过了一会儿，伊兰又说道：“你说过那是葬礼的颜色。”奈妮薇满意地点点头。但这并不是伊兰的意思。如果她们甚至不能保持内部的和平，那简直就是一场灾难。为了解酒，今天早晨柏姬泰不得不喝下一剂苦药，因为奈妮薇说她并没有愤怒到能够导引的程度。她有些神经质地说葬礼的白色才是合适的颜色，坚持说她不会来，直到伊兰将她拉出她们的住所。从那时起，她至少声明了二十次她不会道歉。必须保持和平，但……“你答应了，奈妮薇，不，我不想再听你说什么我们在恐吓你。你答应了，所以不要再发牢骚了。”

奈妮薇显得有些慌乱，她的眼睛也因气恼而瞪大，其中还包含着一份强烈的怀疑。“发牢骚？”她咬着牙说，“我们需要对此再进行讨论，伊兰，这件事不需要这么急。这个主意之所以不会成功有一千个理由，不管麦特·考索恩是不是时轴，他就占了其中九百个原因。”

伊兰白了她一眼。“今天早晨你在茶里是不是放了世界上最苦的药草？”

因为气愤而瞪大的双眼变成无辜的大眼睛，不过奈妮薇的脸颊已经红了起来。伊兰推开旅店大门，奈妮薇跟在后面，嘴里还在不停地嘟囔着。如果她在背后对她吐舌头，伊兰也绝不会感到惊讶。

烤面包的香气从厨房里飘出来，大厅里所有的百叶窗都打开了，一名脸颊丰满的女仆踮着脚尖站在一张高凳子上，正将窗户上一簇枯萎的常绿树枝拿下来。还有一些女仆在把昨晚为准备舞会而搬走的桌椅摆放回原位。这么早应该不会有客人来。一名瘦小的女孩穿着白围裙，正心不在焉地扫着地。如果她不总是那样撅着嘴，她应该是很漂亮的。想到昨晚的狂欢，现在这里整洁得让伊兰感到吃惊，不过她倒也想看看当时的景象。

“能带我去麦特大人的房间吗？”伊兰带着微笑问那名瘦女孩，同时给了她两个银角子。奈妮薇哼了一声，她握住钱包的手就像新鲜苹果的表皮那么紧，刚才她只给那名乞丐一个铜子儿。

再次让伊兰感到惊讶的是，那女孩只是沉着脸看着她们和那些钱币，嘴里嘟囔着什么“昨晚是个花枝招展的女人，今天又是两位贵妇”，然后不情愿地为她们指示方向。伊兰本以为她会轻蔑地拒绝自己手里的钱币，但就在那女孩要转过身去时，她抓起那两个硬币，一声谢谢也不说，就把它们塞进衣领里，然后开始用扫帚使劲拍打地面。也许她是在衣领里缝了个口袋。

“看见了吗，”奈妮薇发着牢骚，“他的心思只是在那个年轻女人身上。你和我要向这种男人道歉？”

伊兰什么都没说，只是走上大厅后方的楼梯。如果奈妮薇不停止抱怨……像那个女孩说的一样，右手第一条走廊，然后是左边的最后一扇门。但在那扇门前，伊兰咬住下唇，犹豫了起来。

奈妮薇顿时喜形于色。“现在你知道这是个错误了，对不对？我们不是艾伊尔人，伊兰。我很喜欢那个女孩，虽然她总是对那把匕首爱不释手，但想想她说的话有多荒谬！这是不可能的，你一定也很清楚。”

“我们没有同意任何不可能的事情，奈妮薇。”伊兰费了很大的力气才保持声音的坚定。艾玲达郑重提出的一些建议……她甚至建议让麦特抽她们鞭子！“我们同意的都是我们能做到的。”应该能够做到的。她开始用指节敲击那扇木门。这块门板上雕刻着一条鱼，一种带着条纹和长鼻吻的球状鱼类，所有这些门上都有不同的雕刻，其中大多数是鱼。没有人应答。

奈妮薇吐出憋在胸中的一口气。“也许他已经出去了，我们以后再来好了。”

“这么早就出去了？”伊兰还在敲门，“你说过，他能躺在床上的时候绝不会去别的地方。”房里仍然没有动静。

“伊兰，如果柏姬泰说的没错，那么麦特昨晚一定是被酒给淹没了。如果我们现在叫醒他，他不会感谢我们的。为什么我们不离开，然后——”

伊兰拉开门闩走了进去，奈妮薇长叹一声，跟在后面。这声叹息几乎能传回泰拉辛宫去了。

麦特·考索恩正躺在床铺的红色棉被上，一块折好的布巾盖住他的眼睛，枕头上还能看见从那块布巾上滴下来的水渍。房里虽然一尘不染，却不显得有多整洁。一只靴子立在盥洗架上——盥洗架！在那只靴子旁，白色洗脸盆里的水丝毫没动过。一面立镜歪歪斜斜地靠在旁边，似乎是被他撞倒在那里。满是皱褶的外衣扔在梯形的椅背上。除此之外，他身上的衣服一件不缺，包括那条他似乎永远也不会解开的黑色丝巾，以及另一只靴子。那个银狐狸头从他解开的衬衫中垂了下来。

这个徽章让伊兰的手指有些发痒。如果他真的已经烂醉如泥，那么也许能在他不知道的情况下将这个徽章拿下来，伊兰很想弄清楚这东西是如何吸收至上力的。找出一切神秘物品的运作原理是件让她很痴迷的事情，而这个狐狸头几乎是这个世界上最让她感到困惑的东西。

奈妮薇捉住她的袖子，向门口一摆头，无声地用唇形说了些什么，伊兰只能辨认出一句“睡着了”，奈妮薇大概又在央求她离开了。

“走开，尼瑞姆，”麦特忽然含混地说道，“我告诉过你，除了一个新的脑袋，我什么都不想要。轻轻关上门，否则我就把你的耳朵钉在门板上。”

奈妮薇吓了一跳，急忙要将伊兰朝门口拖去，但伊兰没有挪动半步。“我们不是尼瑞姆，麦特大人。”

麦特从枕头上抬起头，两只手将盖住眼睛的布巾掀开一点，用一双通红的眼睛朦胧地看着她们。

奈妮薇笑了起来。显然，麦特这副可怜相让她感觉很愉快。伊兰不明白为什么自己也有点想笑。她曾经有过一次喝醉的经验，那只是让她对其他所有被酒俘虏的人多了一份同情与怜悯。在意识深处，她能感觉到柏姬泰的头仍然像针刺般疼痛，这种感觉让她瞬间明白了，她当然不可能喜欢柏姬泰喝得酩酊大醉，无论什么原因。但她也绝对不想看到别人比她的护法有更好的酒量。这是个荒谬的想法，让她感到羞窘，不过也确实让她感到满意。

“你们在这里干什么？”麦特哑着嗓子问，然后哆嗦一下，又放低声音，“现在还是半夜呢！”

“已经早晨了，”奈妮薇厉声说道，“你不记得和柏姬泰说过话吗？”

“你能不要那么大声吗？”麦特悄声说道，又闭上眼睛，但突然间，他猛地睁开双眼。“柏姬泰？”他的两条腿滑下床沿。好一段时间，他只是坐在那里，盯着地板，两只手肘撑在膝盖上，他脖子上那个徽章在皮绳上来回晃荡。最后，他转过头，凶恶地看着她们，也许只是那双遍布血丝的眼睛让他显得很凶恶。“她告诉你们什么了？”

“她告诉我们你的要求了，麦特大人。”伊兰庄重地说道，大概站在断头台前也就是这种感觉了。伊兰只能竭力高昂起头，努力让自己以傲然的姿态面对迎面而来的一切。“我衷心地感谢你在提尔之岩对我们的援救。”毕竟她已经开口了，而且感觉不是那么糟糕——至少不是非常糟糕。奈妮薇圆瞪着双眼，嘴唇愈绷愈紧。伊兰不可能放过她的。还没等她多想，伊兰已经拥抱了真源，用细细的风之力弹了奈妮薇的耳垂一下。奈妮薇急忙捂住自己的耳朵，转头瞪着伊兰，但伊兰只是冷冷地将目光转回麦特大人那里，等待着。

“我也感谢你，”奈妮薇终于阴沉着脸嘟囔道，“衷心地。”

伊兰不由得转了转眼珠。毕竟他刚才还要她们说话轻一些，而且他看上去确实是在听。奇怪的是，麦特仿佛很羞愧地耸了耸肩。

“哦，这个，这没什么，很可能，即使没有我，你们也能逃出来。”他用双手捧住脸，又一次用那块湿布捂住眼睛。“你们出去的时候，能不能请凯拉给我拿些调味酒来？就是那位苗条的女孩，很漂亮，有一双温暖的眼睛。”

伊兰打了个哆嗦。没什么？这个男人要求她们道歉，而当她卑躬屈膝地来满足他的要求，他却说那没什么？他真是不值得同情！她仍然握持着阴极力，现在正考虑用风之力狠狠敲他一记，那绝对会比她刚才用在奈妮薇身上的强劲许多。但只要他戴着狐狸头徽章，这么做就是白费力气。不过，现在它只是挂在他身前，并未触及他的身体，这样它也能为他提供同样的保护吗？

奈妮薇打断了伊兰的思绪——她已经张牙舞爪地朝麦特扑了过去。伊兰挡在他们中间，抓住奈妮薇的肩膀。很长一段时间里，她们只是面对面地站着，如果不论身高的话，她们的鼻尖几乎要碰在一起。终于，奈妮薇的面孔扭曲了一下，放松下来，伊兰觉得可以安全地放开她了。

麦特却仍然低着头，对她们的动作全无察觉。现在不管那个徽章是否能保护他，伊兰还是可以从角落里拿起那把弓，将他痛打一顿。她感觉脸颊发烫：她阻止奈妮薇将一切毁掉，只是为了自己能亲手将这些毁掉。更糟糕的是，奈妮薇脸上泛出得意的冷笑，看来她很清楚伊兰的脑子里在想什么。

“还不止这些，麦特大人。”伊兰挺直肩膀，继续以庄重的口气说道。奈妮薇脸上的微笑消失了。“我们还要为拖延了这么久才将你应得的感谢奉上感到抱歉，我们谦卑地……道歉……”她变得有些口齿不清，“为了我们一直以来对你的不公平对待。”奈妮薇恳求地伸出双手，却被伊兰完全忽略掉。“为了表达我们的悔意，我们向你许下诺言。”艾玲达说过，道歉只是个开始。“我们不会以任何形式轻视或贬低你，不会为了任何原因对你叫喊，不……不会试图命令你。”奈妮薇退缩了一下。伊兰的嘴唇也绷紧了，但她并没有停下，“我们承认你有权力关心我们的安全，因此只要我们离开宫殿，就会告诉你我们要去哪里，而且我们会倾听你的建议。”光明啊，她不希望当艾伊尔人，不希望做这种事，但她想得到艾玲达的尊敬。“如果你……如果你认为我们……”绝不是因为她考虑到要和艾玲达成为姐妹妻子——这个主意实在下流！——她确实喜欢艾玲达，“不必要让自己身处险境……”兰德抓住了她们两个人的心，这不是艾玲达的错。当然，还有明。“我们会接受你选择的保镖……”不管是命运还是时轴，不管是为了什么，她爱这两名女子，就像姐妹一样。“我们会尽可能让他们留在我们身边。”烧了那个如此对她的男人吧！——她指的不是麦特·考索恩。“我以安多的狮子王座立誓。”说完这句话，伊兰喘了口大气，就像跑了一里路，奈妮薇则像极了一只被逼到绝路的獾。

麦特非常缓慢地抬起头，又将那块湿布放低一点，露出一只通红的眼睛。“听上去好像有一根铁条卡在您的喉咙里，女士，”他嘲弄地说，“我允许你叫我麦特。”可恶的男人！必须敲敲他的鼻子才能让他知道什么是礼貌！那只血红的眼睛瞥向她。“你呢，奈妮薇？伊兰说了不少‘我们’，但我还没听你说句话。”

“我不会对你喊叫，”奈妮薇喊道，“还有剩下的那些，我答应，你这个……你这个……”奈妮薇仿佛是要吞掉自己的舌头，她大概是意识到如果现在喊出她以往对麦特的各种称呼，就是违背了她的承诺。现在她已经在用最大的力气克制自己不要喊出来了。

麦特哭嚎一声，哆嗦着丢掉那块布巾，用两只手抓住头，眼睛也从眼眶中突了出来。“该死的骰子！”伊兰觉得他应该说的是这句话，但他的声音很模糊。伊兰突然想到，如果想学习那些不堪入耳的话，麦特会是个好资源；他说话一直都很简洁洗练。相较之下，马夫之类的人在见到伊兰时，总是恨不得要把自己的舌头刮干净才敢和她说话。伊兰向自己承诺过，要让麦特变得文明些，要让他为兰德所用，但她似乎不必太费力去纠正麦特的言谈。实际上，伊兰意识到还有许多事情她并没有向麦特承诺，告诉奈妮薇这些一定能让她安心不少。

过了很长一段时间，麦特用空洞的声音说：“谢谢，奈妮薇。”他停了一下，费力地吞了口口水。“我本来以为你们两个一定是别人伪装的。既然我现在似乎是还活着，我们也许应该关注一下剩下的事情。我好像还记得柏姬泰说你们想让我为你们找一样东西，是什么？”

“你找不到的。”奈妮薇用坚定的口气对他说，也许用强硬形容会更加合适。不过伊兰并不想阻止奈妮薇，这么难受也是他应得的。“你要陪同我们，我们会找到它。”

“已经开始反悔了，奈妮薇？”他的脸上露出一丝嘲讽的冷笑，配上那双红眼睛，这副表情显得特别邪恶。“你们刚刚还许诺说要照我说的去做。如果你们想要一名被链子拴住的、驯服的时轴，那去问问兰德或佩林吧！看看能得到什么样的答案。”

“我们没有这么许诺过，麦特·考索恩。”奈妮薇喊道，她几乎跳了起来，“没有！”她看上去仿佛是要再度向麦特扑过去，连她的辫子似乎都要炸起来了。

伊兰的自我控制要好得多，用粗蛮的方式对付麦特是没有用的。“我们会‘倾听’你的意见，如果它有道理，我们会接受……麦特大……麦特。”她的话里还带着些责备的意味。麦特该不会真的相信她们会答应……但看着他的表情，伊兰知道他真是这么想的。光明啊！奈妮薇是对的，他真的会是个大麻烦。

伊兰仍然紧紧地控制着自己的脾气，她再次导引，将麦特的外衣从椅子上拉起来，挂在墙钉上，然后她坐进椅子里，后背挺直，同时仔细整理好自己的裙摆。遵守对麦特大人——麦特——和对自己的承诺一定会是非常困难的，但无论麦特说什么或做什么，都不可能影响她的思考。奈妮薇看了一眼房里仅有的另一处座位——一只低矮的木脚凳——便保持了站姿，她的一只手正要向辫子移去，幸好她在半途及时克制住了，但她的脚还是在不悦地敲打着地板。

“亚桑米亚尔称它为风之碗，麦特大……麦特，那是一件特法器——”

麦特憔悴的脸上闪过一丝兴奋。“那么要找的就是那个东西了，”他喃喃地说着，“在拉哈德。”他摇摇头，又哆嗦了一下。“我现在告诉你们，如果没有四五名我的红臂在你们每个人身边，你们之中的任何人都不能到河的另一边去，不能走出宫殿。柏姬泰有没有告诉你们被塞进我外衣里的纸条？我相信我告诉过她，这里还有贾西姆和他的暗黑之友，别告诉我他到这里来没有目的。”

“任何支持艾雯成为玉座的姐妹都会受到来自白塔的威胁。”无时无刻不跟随她们的保镖？光明啊！奈妮薇的眼里闪过一道危险的光，她的脚开始以更快的频率敲击地面。“我们不能躲起来，麦特大……麦特，我们也不会躲起来，我们会等到适当的时候再处理贾西姆·卡林丁。”她们并没有向麦特允诺过要让他知道一切，她们也不会让麦特转移注意力。“有比他更重要的事情需要去做。”

“适当的时候？”麦特带着不相信的神情提高了音量，但奈妮薇打断了他的话。

“每个人都带上四五名红臂？”奈妮薇语气尖刻地说，“这太荒——”她的眼睛闭上一会儿，嗓音变得柔和了些，只有一些。“我是说，这样没道理，伊兰和我，柏姬泰和艾玲达，你没有那么多士兵，不管怎样，我们真正需要的只有你。”最后这句话仿佛是从奈妮薇的喉咙里硬抽出来的，承认这点对她实在有些困难。

“柏姬泰和艾玲达不需要照看。”麦特不在意地说，“我想，那只风之碗应该比贾西姆更重要，但……放任暗黑之友不管应该是不对的。”

奈妮薇的脸慢慢变成了紫色。伊兰朝立镜里看了看自己的脸，看到自己仍然保持着平静，至少外表是如此，她才松了口气。这个男人真该被痛骂一顿！照看？伊兰不知道他丢出这种话是故意要惹怒她们，还是根本没想到她们会生气；她也不知道这两种情况哪种更糟糕。她又朝镜子里望了一眼，稍稍放低了下巴。照看！她要完全冷静下来。

麦特用那双血红的眼睛打量着她们，却仿佛什么都没看见。“柏姬泰就告诉了你们这些？”他问道。奈妮薇则狠狠地回答：“我想，这应该足够了，即使对于你也是。”不知为什么，麦特看上去有些惊讶，而且显然是很高兴。

奈妮薇愣了一下，然后抱紧双臂。“既然你现在的情势不适合和我们一同行动——不要对我摆出这种凶相，麦特·考索恩，这不是贬低你，只是简单的事实！——你可以在今天早晨搬进宫里来。而且不要以为我们会帮你搬东西，我没答应过要当一匹驮马。”

“流浪的女人就够好了。”麦特恼怒地说。然后他停了一下，一种惊诧的表情在他的脸上扩散开来。伊兰相信，那是一副被吓坏的表情。这总该让他明白，不要在自己头晕脑胀得像颗烂瓜时咆哮——至少伊兰在她的那次醉酒时是这么觉得的。当然，这个男人是不会接受教训的，男人们总是会去玩火，以为这一次不会烧起来。莉妮就是这么说的。

“我们不可能一次就找到那只碗，”奈妮薇继续说道，“不管你是不是时轴，如果每天你都要走过那片广场，就太麻烦了。”她嫌麻烦的显然是每天都要等麦特。根据她的说法，除了宿醉之外，麦特还能提出其他许许多多让他在床上赖个一整天的理由。

“而且，”伊兰又说道，“这样的话，你就能一直监视我们。”奈妮薇的喉咙里发出怪声，很像是呻吟。难道她不明白必须给麦特一些诱因？这样并不是真地答应麦特可以一直监视她们。

麦特似乎并没在听她和奈妮薇说些什么，那双憔悴的目光穿透伊兰的身体，盯着远处的某个地方。“为什么它们该死的偏偏现在停下来了？”他呻吟道，低微的声音让伊兰几乎无法听到。光明在上，他在说什么？

“为你准备的房间足以拿来接待国王了，泰琳亲自挑选了这些房间，就在她居所的隔壁，她对你很感兴趣。麦特，你不会让我们冒犯女王吧，对不对？”

看了麦特的脸一眼，伊兰急忙导引至上力打开窗户，将脸盆里的水倒了出去——这个双眼通红的家伙大概马上就要把肚子里的东西都吐出来了。

“我不明白为什么你要这么大惊小怪的。”伊兰说道。实际上，伊兰认为自己知道。在这里的一些女侍也许会让他搂搂抱抱的，但宫殿里很可能没有女孩会和他调情。他也不能在那里整晚喝酒赌钱了，泰琳肯定不会允许贝瑟兰身边出现这样一个坏榜样。“我们全都必须做出牺牲。”伊兰努力让自己的劝告仅止于此，而没有告诉麦特，他的牺牲是微小而正确的，她们的牺牲才是巨大而不公平的（虽然艾玲达似乎并不认同这点）。奈妮薇还在她身边为她们的每一项牺牲抱怨不已。

麦特又将头埋进了手掌里，肩膀颤抖着，嘴里发出仿佛被掐住喉咙的声音。他在笑！伊兰用风之力举起那只脸盆，考虑着要把脸盆砸在他脸上。但是当他再次抬起眼睛时，他看上去却非常愤怒。“牺牲？”他吼道，“如果我要你们做出同样的牺牲，你们一定会抽聋你们见到的每一只耳朵，然后把屋顶掀起来砸在我的脑袋上！”他还没清醒吗？

伊兰决定不去理会他可怕的瞪视。“说到你的脑袋，如果你想要治疗，我相信奈妮薇会帮你的。”奈妮薇现在的怒火肯定能让她进行导引了。奈妮薇稍稍哆嗦了一下，偷瞄了伊兰一眼，然后急忙说道：“当然，如果你想要的话。”她脸上的红晕确认了伊兰在今天早晨的所有怀疑。

麦特如往常般无礼地冷哼了一声：“忘掉我的脑袋吧，没有两仪师我也能做得很好。”然后，他又用犹豫的语气说道，“不过还是要谢谢你们的好意。”他这句话听起来像是真心的！这让伊兰又开始困惑了。伊兰努力不显出吃惊的样子，她对男人的了解仅限于兰德、莉妮和母亲告诉她的。兰德会像麦特 · 考索恩一样令人困惑吗？

在离开之前，她还记得要麦特保证会马上搬进宫里去。麦特承诺过的都会做到，就连奈妮薇也不情愿地承认了这点；但只要给他留下一道缝隙，他就会千方百计地溜过去——这点是奈妮薇迫不及待向伊兰强调的。麦特在做出这个保证时表情阴沉，充满怨恨，或者这也只是因为他的那双红眼睛。当伊兰将那只脸盆放到他脚边时，他确实露出了感激的神色。伊兰决定不同情这个家伙，绝不！

她们走出房间，待麦特的房门关上后，奈妮薇朝天花板挥了挥拳头。“那个家伙能让石头也对他发火！我很高兴他就那样头疼下去！听见我的话了吗？很高兴！他会制造麻烦的，他一定会的。”

“你们两个只会对他造成更多的麻烦。”说话的人正朝她们走过来。那是个在鬓角处有一些灰丝的女人。她有着坚毅的面孔和威严的声音，两道眉毛已经皱紧在一起，尽管胸前挂着婚姻匕首，但白皙的皮肤表明她并不是艾博达人。“凯拉告诉我的时候，我还无法相信，我真怀疑两套裙子里怎么能塞进这么多的愚蠢。”

伊兰上下打量了那个女人，就连她还在初阶生时，也不习惯别人用这种语气对她说话。“那么你是谁，妇人？”

“赛塔勒 · 安南，可以叫我安南大妈，我是这间旅店的老板娘，孩子。”女人冷冷地回答。说完，她打开走廊另一侧的门，抓住伊兰和奈妮薇的手臂，将她们推了进去。伊兰的软鞋差点掉在走廊里。

“你似乎是有些误解，安南大妈。”当那个女人松开她们，关上房门时，伊兰冷静地说道。奈妮薇则没有任何解释的心情，她举起手，露出巨蛇戒，语气激烈地说道：“现在，你好好看看——”

“非常漂亮。”那个女人说着，又用力推了她们一把，让她们肩并肩地坐到了床上。伊兰难以置信地瞪大了眼睛。这个叫安南的女人站在她们面前，双拳抵在腰间，表情严肃，完全像是一位正在教训女儿的母亲：“炫耀这种东西只能表明你们有多愚蠢。那个年轻人会把你们放在膝盖上逗弄一下——如果你们愿意，他把你们同时放在两只膝盖上也不会让我惊讶。他也会按照你们的意思，和你们亲吻几下，但他不会伤害你们，而你们却会伤害他，如果你们坚持要这么做的话。”

伤害他？这个女人竟然以为——她还以为他们在调情！——她以为……伊兰不知道是该笑还是该哭，但她站起身，一边掸平自己的裙子。“就像我说的那样，安南大妈，你误会了。”她的声音开始变得平稳，困惑被镇定所取代。“我是伊兰·传坎，安多的王女，绿宗两仪师，我不知道你是怎么想的——”安南大妈伸出一根手指抵在伊兰的鼻尖上，让她因为盯着那根指头而变成斗鸡眼。

“伊兰，如果这是你的名字，只是因为你们可能有导引能力，我才没有将你们拖到厨房去，给你们好好洗洗嘴巴。或者你们真的愚蠢到还没有这种能力，却戴上了这种戒指？我警告你们，这对泰拉辛宫中的那些两仪师们而言并没有差别。你们知道她们吗？坦白说，如果你们知道，那你们就不算愚蠢，而是瞎眼的白痴了。”

伊兰的火气愈燃愈烈。愚蠢的女孩？瞎眼的白痴？她无法容忍这些，特别是在被强迫向麦特·考索恩卑躬屈膝后。逗弄？麦特·考索恩？伊兰还算能维持外表的镇静，但奈妮薇就不行了。

奈妮薇的眼里早已喷出怒火，她跳起身，阴极力的光晕围绕着她。一股风之力的能流从安南大妈的肩头一直缠绕到她的脚踝，让她的裙子和衬裙紧贴在腿上，可能差点就要将她捏扁了。“我恰巧就是宫殿中的那些两仪师之一，黄宗的奈妮薇·爱米拉，现在你会不会喜欢我把你拖到厨房去？我知道一些洗嘴的方法。”伊兰从这位老板娘身前退了一步。

这个女人一定感觉到了风之力的压迫，即使是白痴也能明白这种看不见的力量是什么，但她甚至连眼睛都没有眨一下。她那双绿眼睛眯了起来，仅此而已。“那么，你们之中至少有一个人是能导引的。”她平静地说，“我应该让你们把我拉下楼梯，孩子。无论你们对我做了什么，你们很快就会落入真正的两仪师手中，我可以跟你们打赌。”

“你没听到吗？”奈妮薇喊道，“我——”

那个叫安南的女人甚至没有停一下：“你们将不仅是在今后的一年里以泪洗面，而且是在每个听过你自称为两仪师的人面前哭泣。她们会让你们承认，她们会让你们害怕得五脏六腑都要融化了。我应该让你们继续这样错下去，或者是等你们一松开我就立刻到宫里去。我没这么做的唯一原因是我不愿意引来她们对麦特大人的反感，即使她们只是怀疑麦特在帮助你们，而且就像我说的那样，我喜欢那个年轻人。”

“我说——”奈妮薇又开始做出努力。但老板娘没给她说话的机会，虽然这女人被绑得一动也不能动，但她却像是一块从山巅上滚下来的巨石，整座山坡仿佛都崩塌下来，要扫平沿途一切拦路的东西。

“坚持这种谎言并不好，奈妮薇。你看上去应该是二十一岁左右，如果你已经获得了那种迟滞的效果，也许你还要再大上十岁，甚至有可能已经戴上披肩四五年了。但是有个例外。”她的头现在是她身上唯一能动的部位，她缓缓将头转向伊兰。“你，孩子，还没有年长到迟滞的阶段，没有女人能在你这么年轻的时候戴上披肩，在白塔的历史上从没有过。如果你在白塔，我打赌你一定还穿着白裙装，为初阶生师尊瞥向你的每一眼而大惊小怪。你一定是找某个金匠为你打造了这个戒指——我听说这种蠢货还是有的，或者也许是奈妮薇替你偷来的，如果她真的有戴这种戒指的权利。不管怎样，你不是两仪师，奈妮薇也不可能是，没有两仪师会和另一名冒充的两仪师在一起。”

伊兰皱起眉头，没注意到自己正咬着下唇——迟滞，一名艾博达的旅店老板娘怎么会知道这些？也许赛塔勒·安南在小时候去过白塔，但她不可能在那里待很久，因为她显然不会导引。即使她的能力像伊兰的母亲一样弱小，伊兰也能感觉到，而当年如果摩格丝·传坎不是个强大家族的继承人，她很可能在几个星期里就被送走了。

“放开她，奈妮薇。”伊兰微笑着说道。现在她对这个女人有了一点好感。经过长途跋涉来到白塔，最后却被遣返一定是很糟糕的经验。这个女人没理由也没必要相信她们——这似乎让她想起了什么，但又说不上来——但如果她去过塔瓦隆，她也可以轻松地走过莫海拉广场。茉瑞莉或者其他姐妹能够让她明白。

“放开她？”奈妮薇喊道，“伊兰？”

“放开她。安南大妈，我看，唯一能让你相信的办法——”

“即使是玉座和守护者们也无法说服我，孩子。”光明啊，她就不能让别人说完一句话吗？“现在，我没时间玩游戏了。我能帮助你们两人，至少我知道谁能帮助你们，有些女人会接纳迷途的人。你们要感谢麦特大人，因为我会带你们去见那些女人。但我必须知道，你们是否曾在白塔待过？或者你们只是野人？如果你们去过白塔，那你们是遭到了遣返，还是逃出来的？那些女人对待不同的人有不同的方式。”

伊兰耸耸肩，她们已经完成了来此的目的，现在她不打算浪费时间了。“如果你不相信，那就这样吧！奈妮薇？我们该走了。”

缠绕旅店老板娘的能流消失了，随之消失的还有奈妮薇身周的光晕，但奈妮薇看着安南大妈的目光却在警戒中带着希望。奈妮薇舔了舔嘴唇。“你知道有一些能帮助我们的女人？”

“奈妮薇？”伊兰说，“我们不需要任何帮助，我们是两仪师，你忘了吗？”

安南大妈瞥了伊兰一眼，随手掸平了裙子和衬裙，但她真正的注意力在奈妮薇身上。伊兰一生中都不曾感觉到自己如此被忽略过。“我知道有几名女人会接纳野人、白塔的逃亡者，或者是在试炼中失败的人。她们现在一定至少有五十人了，不过她们的数量一直在改变，她们能帮助你们找到合适的人生，而不必冒着被真正的两仪师活剥掉你们的皮的危险。现在，不要再对我说谎了，你们去过白塔吗？如果你们是逃出来的，你们也许还是回去比较好。即使是在百年战争时，白塔也找回了大部分的逃亡者，不要以为现在这点小乱子就能让两仪师们罢手。如果真是那样，我的建议是，你们走过那片广场，去求得姐妹们的仁慈。这样的仁慈不会很多，但相信我，如果你们是被硬拉回去的，那你们能得到的仁慈还要少得多。在那之后，如果没有允许，你们也许今生都无法离开白塔的范围了。”

奈妮薇深吸一口气：“我们是被命令离开白塔的，安南大妈，无论你怎么问，我能对此发誓。”

伊兰难以置信地盯着自己的同伴：“奈妮薇，你在说什么？安南大妈，我们是两仪师。”

安南大妈笑了：“孩子，让我和奈妮薇谈谈，她至少是有些年纪，懂得一些事理。你如果这样告诉‘社’里的人，她们可不会仁慈地对待你！她们不会在乎你能导引，因为她们也能。如果你敢愚弄她们，她们会打烂你的屁股，或者直接把你扔到街上去。”

“这个‘社’是什么！”伊兰问，“我们是两仪师，你去一趟泰拉辛宫就知道了。”

“我会管好她的。”奈妮薇没好气地说。她一直朝伊兰皱眉，表情严肃，仿佛发疯的是伊兰。

安南大妈只是点点头。“很好，现在摘下那些戒指，把它们收起来。社不会允许这种伪装，她们会把这些戒指熔掉。不过看你们的穿着，你们应该是有钱人。如果衣服是你们偷来的，不要让黎恩知道。你们要学会的第一条规则是：即使饿死也不能偷窃。她们不想引起别人的注意。”

伊兰在背后握紧了拳头，奈妮薇却顺从地摘下戒指，放进腰间的口袋里——每次茉瑞莉和艾迪莉丝忘记奈妮薇是正式姐妹的时候，她都会大发雷霆的！“相信我，伊兰。”奈妮薇说。

伊兰觉得，如果她能明白奈妮薇想做什么，现在一定会更好过些。但她是信任奈妮薇的——在大多数时候是信任的。“一个微小的牺牲。”她嘀咕着。两仪师在有需要时是会摘下戒指的，曾经她也必须要拿下它，但现在这个戒指是合法地属于她。摘下这只黄金小环真的让伊兰感到很痛苦。

“和你的朋友谈谈，孩子。”安南大妈不耐烦地对奈妮薇说，“黎恩·柯尔力不会容忍她这种小姐脾气的。如果你们让我浪费了这个上午……来吧，来吧！我喜欢麦特大人，这是你们的运气。”

伊兰勉强维持着外表的冷静。小姐脾气？小姐脾气！！如果有机会，她一定要狠狠踢一下奈妮薇的痛处！

第 23 章

编织者的邻居

奈妮薇确实想和伊兰谈谈，但不是在这名老板娘面前。她一直没能找到机会，这个叫安南的女人仿佛是看守囚犯的狱卒般走在她们身边，表情严肃却又焦躁，最后，她还警觉地瞥了麦特的房门一眼。这间旅店背后有一段没有栏杆的石砌阶梯，通往一间宽大闷热、充满烘烤气息的厨房。在那里，一名奈妮薇见过的最圆胖的女人正挥舞着一把大木勺，仿佛挥舞一个令牌般，指挥另外三个女人将外壳焦黄的面包从炉子里取出来，然后再放进新鲜的面团。一大锅为早餐准备的麦片粥正在白瓦炉上冒着泡。“恩妮德，”安南大妈对那个圆滚滚的女人说，“我要出去一下，这两个孩子需要被送到有时间能正确照顾她们的人那里去。”

恩妮德一边在一块白毛巾上擦着沾满面粉的大手，一边不以为然地打量着奈妮薇和伊兰。她全身上下都是圆的，满是汗水的橄榄色圆脸，圆圆的黑眼睛，她的身子就像是被塞进衣服里的一堆大球。在她雪白色围裙外闪光的婚姻匕首上足有十二颗宝石。“她们就是凯拉一直叨念着的那对客人吗？要我说，那位年轻的大人应该有些特殊癖好，他大概很喜欢看她们扭屁股的样子吧！”从声音里能听出来，她觉得自己的这句话很有趣。

老板娘气恼地摇摇头：“我提醒过那个女孩要管住她的舌头，我不会让这种谣言影响流浪的女人。恩妮德，留意一下凯拉，如果有需要，就用你的勺子让她懂事些。”然后她瞥了奈妮薇和伊兰一眼，那种轻蔑的眼神让奈妮薇吃了一惊。“有哪个白痴会相信这两人是两仪师？她们把所有的钱都花在了衣服上，就为了吸引那个男人注意，现在如果她们不去取悦他，大概就要被饿死了。两仪师！”她没有给恩妮德回话的机会，直接揪住奈妮薇和伊兰的耳朵，几步就把她们拉进马厩院子里。

奈妮薇的震撼一直持续到这个时候，她用力要挣脱安南大妈的手，而那个女人也在此时将手松开来，结果让奈妮薇踉跄了好几步。奈妮薇愤怒地瞪着那个女人；在她答应的事里当然不包括被这样拖出来。伊兰的下巴扬了起来，她的蓝眼睛是那么冰冷，连她的发卷都仿佛结了冰。安南大妈将双手叉在腰上，似乎没注意到她们的表情，或者她根本就不在乎。“希望没有人会相信凯拉了。”她平静地说，“如果我能真的相信你们有足够的脑子闭上嘴，我就会做得更多一些。”她很平静，但没有半点愉快或温柔，她们毕竟给她找了很大的麻烦。“现在，跟着我，不要跟丢了。或者如果你们跑掉，就不要在我的旅店附近露脸了，否则我会派人去宫里向茉瑞莉和苔丝琳报告。她们是两位真正的两仪师，她们也许会把你们从中间切成两半。”

伊兰将目光从老板娘那里转到奈妮薇身上。她的眼神不算严厉，但也没有皱起眉头，不过那道目光确实是意味深长。奈妮薇很想知道她是否能够忍受这些。不过想到麦特，她的心里有了底，毕竟不可能有什么状况比那个更糟糕了。

“我们不会走丢的，安南大妈。”奈妮薇努力装出柔顺的模样，她觉得她已经做得很好了，毕竟柔顺对她来说实在是件陌生的事。“谢谢你帮助我们。”她向老板娘微笑着，同时竭力不去看伊兰。伊兰这时看着她的目光更加意味深长，几乎有些不信任她了。但不管伊兰怎么看，奈妮薇必须让安南大妈继续认为她们值得她费心费力。“我们真的很感激你，安南大妈。”

安南大妈斜睨了奈妮薇一眼，然后哼了一声，摇摇头。奈妮薇决定等这一切都结束之后，她要把这个老板娘拖进宫去，让其他姐妹当着安南大妈的面承认她的身份。

在这么早的时候，马厩院子里只有一名十来岁的男孩拿着一只水桶和勺子往地上洒水。用白色石膏粉刷的马厩门敞开着，前面停着一辆手推车，车上横着一柄粪叉。马厩里传出阵阵仿佛是大青蛙被踩到后发出来的叫声，奈妮薇认为那是个男人在唱歌。难道她们要骑马去那个地方？那就太糟糕了，她们本打算只是走过莫海拉广场，在太阳爬到天顶前就回去的，所以她们没带帽子、阳伞和有兜帽的斗篷出来。

不过，安南大妈领着她们走过马厩院子，进入马厩和一堵高墙间的一条窄巷里。墙对面能看到一排干枯的树冠，毫无疑问，那是某人的花园。窄巷末端有一道小门，门后是一条更加窄小的泥土巷子，它实在太窄了，初升的太阳甚至还无法照到这里。

“一定要跟上，孩子们。”老板娘一边对她们说，一边望着这条昏暗的街巷，“如果你们不见了，我发誓会亲自去宫里。”

奈妮薇跟在后面，用两只手抓紧辫子，以免它们会掐住前面那个女人的脖子。奈妮薇真有些渴望鬓角能有一绺灰发。先是其他的两仪师，然后是海民——光明啊，她真不愿意想到他们！现在又是一个老板娘！人们不会认真看待头上没有一点灰发的人，即使是两仪师的无瑕面容也比不上一根白发的分量。

伊兰拉高裙摆，以免沾到地上的尘土，但她的软鞋还是从地上踢起一些尘埃，弄脏了裙边。“让我弄清楚。”她直视着前方，轻声说道，声音很轻，但也很冷，非常冷。伊兰能够用冷静的声音将别人撕成碎片，这是一种奈妮薇很羡慕的能力，但现在这只让奈妮薇想甩她一耳光。“我们本来能回到宫里，喝着蓝莓茶，享受清凉的海风，等待麦特大人搬进宫里。也许艾玲达和柏姬泰已经带着有用的情报回来。我们能够在一起确定一下该如何利用他。我们是应该跟着他在拉哈德的街道中随意行走，看看会发生什么，还是带着他进入看起来与目标相似的建筑，还是让他自己选择？今天早晨有上百件值得去做的事情，包括决定回到艾雯身边是否安全——虽然我们有了那个海民从我们手中榨取的约定。我们迟早要讨论这件事，忽视它是没有用的，但我们却要在刺得睁不开眼的阳光下不知道走多少路，去拜访一群会照顾从白塔逃出来的女人的陌生人。至于我，我可没兴趣在今天上午或任何一个上午去捕捉从白塔逃走的人，但我相信你可以向我解释这一切，让我明白。我很想弄清楚，奈妮薇，我不喜欢想到要从莫海拉广场一路把你踢回去，却什么都得不到。”

奈妮薇的眼眉垂了下来。踢她？伊兰真的受到了艾玲达的影响，变得粗鲁了，应该有人给她们两个人的脑里塞一些理智进去。“太阳还没刺到我们的眼睛。”她低声说道，不幸的是，太阳很快就会升得很高了。“想一想，伊兰，五十名能导引的女人，她们在帮助野人和被白塔赶出来的女人。”有时候，奈妮薇在说出“野人”这个词时有一种罪恶感，在两仪师口中，野人是个冒犯的称谓，但迟早有一天，奈妮薇会让两仪师们将这个词当成是种尊敬与骄傲。“她管她们叫作‘社’，那听起来可不像是几个朋友组成的，听起来她们有点组织。”小巷一直在高墙和房屋背面之间蜿蜒曲折，有许多砖块从破损的石膏中裸露出来，随后是一些宫殿的后花园和一些店铺的后门，从敞开的后门里偶尔能看见正在工作的银匠、裁缝或木匠。即使是这样，安南大妈也经常会回头看一眼，好确定她们仍然跟在后面。奈妮薇只能不断地向她微笑点头，希望她能明白她们迫切要见到那些女人的心情。

“奈妮薇，即使只有两个能导引的女人结成团队，白塔也一定会像狼群般追捕她们，而且安南大妈怎么可能知道她们是否能导引？你知道，能够导引却又不是两仪师的女人不会暴露自己的，不管怎样，我看不出这会有什么差别。艾雯也许想要每个能导引的女人都进入白塔，但这不是我们来这里的目的。”伊兰嗓音中严霜般的忍耐让奈妮薇更加用力抓紧自己的辫子，这个女人怎么变得这么愚蠢？她又向安南大妈龇了龇牙，然后在安南转过头时努力不让自己在她背后怒目而视。

“五十个女人不是两个。”奈妮薇严厉地悄声说道。她们能导引，她们一定可以，这是一切的关键。“如果那个社真的在这座城市里，而她们对于处在同一座城市中充满法器的一间储藏室毫无察觉，这说不过去。而如果她们真的……”她的声音不由得变得欢快起来，“那样我们不需要麦特·考索恩大人也能找到那只碗了，我们也能忘记那些可笑的承诺。”

“那些承诺不是贿赂，奈妮薇。”伊兰心不在焉地说，“我会遵守它们，你也要，否则你就没有荣誉可言了，我知道你不会允许这样。”伊兰真是和艾玲达在一起太久了，奈妮薇希望自己能知道为什么伊兰会认为她们都要遵守那个荒谬的艾伊尔节义什么的。

伊兰咬住下唇，皱起眉，所有那些冰冷都消失了，她又变成她自己，至少在外表上是这样。最后，她说道：“没有麦特大人，我们永远也不会找到这家旅店，那么我们就绝对不会见到安南大妈，被带去拜访那个‘社’。所以即使真是那个‘社’带我们找到那只碗，我们也必须说，他是最根本的原因。”

麦特·考索恩，这个名字一直在奈妮薇的脑子里翻腾。她被自己的脚绊了一下，急忙放开辫子，拉高裙摆。这里的路面比不上石板路面，更比不上宫殿的地板。有时候，伊兰还是糊涂点比较好。“实在是令人难忘。”奈妮薇嘟囔着，“我会让她也觉得我们非常‘难忘’，还没有人这样对待过我们，伊兰。即使那些人也不相信我们，即使是那些海民，即使是一个十岁的女孩自称为两仪师，大多数人也不敢轻易去碰她。”

“大多数人并不知道两仪师的容貌是什么模样，奈妮薇。我想，她曾经去过白塔，否则她不可能知道这些事。”

奈妮薇哼了一声，眼睛一直瞪着在前面大步行走的女人。赛塔勒·安南也许去过白塔十次、一百次，但她一定要知道，奈妮薇·爱米拉是两仪师，还要为此道歉，她要知道被揪住耳朵是什么滋味！安南大妈回头瞥了她一眼，奈妮薇急忙又露出僵硬的微笑，点着头，仿佛她的脖子变成了门轴。“伊兰，如果这些女人真的知道那只碗在哪里……我们应该不必告诉麦特我们是怎么找到它的？”这句话不像是个疑问。

“我不知道为什么不必，”伊兰答道，然后她又加了一句，完全打消了奈妮薇的希望，“我必须问问艾玲达，确认一下。”

如果不是害怕那个叫安南的女人也许会把她们丢在这里，奈妮薇一定会不顾一切地尖叫出来。

蜿蜒的小巷变成一条街道，嘈杂的声音充满奈妮薇的耳朵。太阳在前方的屋顶上露出一道刺眼的光线，伊兰夸张地用手掌遮住眼睛。奈妮薇拒绝这么做，阳光还没强到那种程度，她甚至还不用眯起眼睛。一片亮蓝色的天空嘲讽着她对天气的感觉。她仍然感觉到一阵风暴正盘踞在这座城市上空。

即使在这么早的时候，这条曲折的街道上已经出现了几辆刷着亮漆的马车，和一些颜色更加鲜艳的轿椅。每张轿椅都由两名或四名身穿绿色和红色条纹背心的赤脚大汉抬着，轿夫们都是一路小跑，而他们的客人全躲在木格帘子后面，大车和马车在石板地上隆隆作响。街上的行人愈来愈多，店铺的大门纷纷打开，遮阳棚被架起来，穿背心的学徒在为各种差事而奔忙。一些男人的肩上扛着卷起来的大地毯。杂技演员、杂耍艺人和乐手在街角做好了准备。小贩们捧着装有针线缎带或干瘪水果的托盘来回巡行。鱼肉市场充满了叫卖声；所有鱼贩和大多数肉贩都是女人，只有那些卖牛肉的除外。

安南大妈穿过人群，躲开那些不会减速的马车、轿椅和大车，快步前进着，来弥补那些停下来讲话的时间，这种插曲发生了很多次。她似乎蛮有名望的，因此一路上不断有店铺老板、工匠和其他旅店老板娘跟她搭话。她会和老板与工匠们交换几句问候，微笑着向他们一点头，而对于旅店老板娘们，她总是要停下来和她们交谈一会儿。第一次这种交谈后，奈妮薇开始强烈地希望不要再有第二次了；第二次之后，她开始祈祷不要有第三次；到了第三次，她只是直视着前方，徒劳地努力不去听她们交谈的内容。伊兰的脸愈绷愈紧，愈来愈冰冷，下巴高扬到几乎无法看到路的程度。

奈妮薇只能不情愿地承认，这是有原因的。在艾博达，也有人会穿戴丝绸，但往往也只是衣服的一部分而已。现在她们看到的所有人都穿着羊毛或亚麻衣服，衣服上很少有刺绣，倒是偶尔能看见一名乞丐穿着破烂不堪的丝绸外衣。奈妮薇只希望安南大妈能够找些别的理由解释为什么她会带她们两个在这种街道上行走，她希望自己不再听到什么两个女孩把钱全都花在衣服上，只为了取悦一个男人的故事了。麦特也总是出现在这个故事里。烧了他吧！他变成一个优秀的年轻人了！如果安南大妈自己没结婚，大概也会视他为心仪的对象。他是个美丽的舞者，只是稍微有点野性。所有那些女人都会被安南大妈的故事逗笑，除了奈妮薇和伊兰之外。这些没脑子的小蝴蝶（安南大妈就是这么说的，奈妮薇能猜出她指的是谁！）为了追逐一个男人花光了身上的银币，现在她们的荷包里只剩下了一堆铜子儿和傻瓜才会要的锡币。如果不是安南大妈知道有人会雇她们在厨房里干活，她们迟早会沦落成乞丐或小偷。

“她不必在这座城里的每家旅店前都停下来吧！”奈妮薇一边从“上架鹅”旅店门前走开，一边发着牢骚。那是一家三层楼的旅店，尽管名字不算高雅，但它的老板娘在耳朵上戴着硕大的石榴石。安南大妈现在甚至都不回头看她们是否还跟在后面了。“你有没有想到，现在我们再也没办法在这些地方露脸了！”

“我怀疑这就是她的目的，”伊兰嘴里蹦出的每个字仿佛都是寒冰，“奈妮薇，如果你让我们跟着一头野猪——”伊兰不需要说完这个威胁，有柏姬泰和艾玲达帮忙，伊兰能让奈妮薇的人生悲惨到她满意为止。

“她们能带我们找到那只碗。”奈妮薇坚持着，一边挥手赶走一名一只眼睛上覆盖着可怕的紫色疤痕的乞丐，她看得出来，那道疤痕实际上是用蓝麦芽上过色的面粉假扮的。“我知道她们会的。”伊兰一脸阴云地哼了一声。

奈妮薇已经数不清她们走过多少座桥，大桥和小桥，驳船在桥下撑篙而行。太阳已经完全露出屋顶，又爬上一个太阳的高度，甚至连奈妮薇也觉得安南大妈在故意绕路了，不过他们大致还是在朝东走。当这名榛子色眼睛的女人向她们转过身时，奈妮薇觉得她们一定已经靠近河边了。

“现在，小心你们的舌头，只有被叫到时才能说话。你们让我感到难堪，而且……”她皱了皱眉，嘀咕了一句也许这样做是个错误，然后一摆头，示意她们跟上，就走到对街一栋平顶房子前。

这不是一栋大房子。两层的楼房都没有阳台，有几处的石膏还碎裂脱落，露出下面的砖块。房子的一边是一家织工铺，里面不断传出响亮的织布机碰撞声；另一边是一间染坊，从里面散发出一股刺鼻的气味。不过为她们开门的是一名女仆——一名有方下巴的灰发女人，肩膀像铁匠般壮硕，钢一样的眼神并没有因为脸上的汗水而有丝毫软化。当奈妮薇跟随安南大妈走进门内时，她微微笑了笑。在这栋房子的某处，有一名女人正在导引。

方下巴的女仆显然一眼就认出赛塔勒·安南，但她的反应很奇怪，她以真正的敬意行了个屈膝礼，不过安南的出现显然让她感到惊讶和疑虑。在让她们进屋时，她几乎有些仓皇失措，但她向奈妮薇和伊兰行礼时倒是没有那种矛盾的态度。她们两个被单独带进二楼的一间起居室，那女仆用严肃的口吻对奈妮薇和伊兰说：

“不要乱动，别碰任何东西，否则你们就会遭到那个古老的惩罚。”然后就离开了。

奈妮薇看着伊兰。

“奈妮薇，一个女人导引不代表——”那种感觉改变了，在一段时间里开始膨胀，然后又开始衰退，比刚才更微弱了。“即使是两个女人也不代表什么。”伊兰继续说了下去，但她的口气显得有些犹豫，“那真是我见过态度最差的女仆。”她坐进一把高背红椅子里。过了一会儿，奈妮薇也坐了下来，不过却只是坐在椅子边缘，倒不是因为她紧张，她只是有些渴望，但绝不是紧张。

这个房间并不豪华，蓝白两色的地砖光可鉴人，浅绿色墙壁也像不久前刚粉刷过的。任何地方都看不到丝毫镀金，不过沿墙壁摆放的红椅子上都有精美的雕刻花纹。几张小桌子是比地板砖更深的蓝色。灯架下垂挂着吊灯，显然都是黄铜打制的，被擦得闪闪发亮。经过打扫的壁炉里仔细放置着一些常绿树枝，壁炉台上也有雕刻图案。那些图案很奇怪，是被艾博达周围的人称作“十三罪”的情景：嫉妒——一个人的眼睛几乎充满了他的整张脸；饶舌——一个人的舌头垂到了脚踝；贪婪——一名牙齿尖利、表情狰狞的人将钱币抱在胸口；以及诸如此类的其他景象。不管怎样，这一切都让奈妮薇感到满意。能进行如此装饰的人肯定也有钱修缮房屋的外观，而不那么做的唯一理由肯定是要保持低调，避免被注意。

那名女仆在离开时没有关上门，说话的声音这时忽然从走廊里传了进来。

“实在无法相信你会把她们带到这里来。”说话人的声音在紧张中流露出愤怒和难以置信，“你知道我们是多么小心，赛塔勒，你真正知道的比你应该知道的更多，而这点你应该很清楚。”

“很抱歉，黎恩，”安南大妈僵硬地回答，“我没想那么多，我……愿意为那两个女孩担保，也服从你的判决。”

“我不是这个意思！”黎恩的语调因为震惊而提高了，“我是说……我是说，你不该这么做，但……赛塔勒，我为大声说话向你道歉。说一句原谅我吧！”

“不需要道歉，黎恩。”老板娘的声音同时带着悔恨和不情愿，“我带她们来是错了。”

“不，不是的，赛塔勒，我不该这样对你说话的，请一定要原谅我。”

安南大妈和黎恩·柯尔力走进房间。奈妮薇惊讶地眨眨眼，听刚才的对话，奈妮薇本以为会看见一个比赛塔勒·安南更年轻的女人，但黎恩的头发只差没有完全变成灰色。她的脸上满是笑纹，但现在那些纹路都因担忧而挤在一起。为什么年长者会对年轻者如此谦恭，而为什么年轻的那位又会接受？传统在这里果然是不同的。光明在上，这里的一些传统是奈妮薇很不愿意去想的，当然，她在家乡时从不曾对妇议团谦恭过，但这个‘社’……

当然，黎恩能够导引——奈妮薇早就想到这点，这也是她希望的，但她没想到黎恩会有多强。黎恩的力量比不上伊兰，甚至比不上妮可拉（烧了那个可恶的女孩吧），但她轻易就能与雪瑞安、珂娃米纱和科鲁娜相当。拥有这种力量的女人并不多，能在这里找到这样的人实在让奈妮薇感到惊讶。这女人一定是名野人，白塔绝对不会放过这样的女人，哪怕让她终生只穿着初阶生的白袍。

她们走进门时，奈妮薇站起身，用双手掸了掸自己的裙子。当然不是因为紧张，当然不是，哦，但假如能有她所希冀的结果……

黎恩锐利的蓝眸审视着她们两人，仿佛方才在她的厨房里发现了两头猪，而且这两头猪刚刚从猪圈里跑出来，身上还滴着泥水。黎恩用一条小手绢轻拍自己的脸，但实际上房间内比外面还要凉快。"我想我们必须对她们做些事了，"她喃喃地说，"如果她们就像她们自称的那样。"她的音量直到现在还是很高。不过她的声音很年轻，而且充满律动感。当她说完这几句话的时候，不知为什么，她微微打了个哆嗦，又偷瞥了身边的老板娘一眼。而安南大妈这时又不情愿地表示要道歉，黎恩则忙不迭地再次劝阻她。在艾博达，当人们真的变得礼貌时，这样的道歉和还礼往往要持续一个小时之久。

伊兰也站起了身，脸上带着一点僵硬的微笑。她向奈妮薇挑起一侧的眼眉，用一只手掌捧住另一侧的臂肘，一根手指抵在了脸颊上。

奈妮薇清了清喉咙："柯尔力夫人，我是奈妮薇·爱米拉，这位是伊兰·传坎。我们正在寻找——"

"赛塔勒已经把你们的事都告诉我了。"那名蓝眼睛的女人面色阴沉地打断她的话，无论她的头上有多少灰发，奈妮薇怀疑她仍然像岩石一样坚硬。"万事都要有坚韧的耐心，女孩，我会亲自负责你的。"然后她转身面对赛塔勒，又用手绢擦了擦脸，再一次勉强压下声音中的踌躇。"赛塔勒，请原谅，我必须询问一下这些女孩，而且——"

"看看谁在这么多年之后回来了。"一名矮小、结实的中年女子闯进房间，进房时，她朝自己的同伴点了点头。尽管她穿着红色条纹的艾博达裙装，闪着汗光的脸也是棕色的，但她的口音却完全像是凯瑞安人。她的同伴也是满脸汗水，身上穿着剪裁朴素的深色羊毛商人服。她比身边的矮女人要高出一个头，有一双眼角上翘的眼睛、鹰钩鼻和一张大嘴。"是嘉妮亚！她——"话音突然中断，那名矮壮的女人困惑地看着房里另外两位陌生人。

黎恩仿佛祈祷般合拢双手，或许是她确实想要举手打人。"波洛温，"她用绷紧的嗓音说道，"总有一天，你会因为不注意脚下而掉到悬崖外面去的。"

"抱歉，长——"那名凯瑞安人红着脸低垂目光，而那名沙戴亚人只是专注地盯着胸前衣服上的一圈红色小石头。

奈妮薇朝伊兰抛去一个胜利的眼神。这两名刚来的人都能导引，这个屋子里也仍然有人在使用阴极力。波洛温不是很强，而嘉妮亚甚至要超过黎恩，已经到达蕾兰和罗曼妲的水平，这个地方至少已经有五名能导引的女人了。伊兰顽固地挺着下巴，但最后她也不得不微微点了一下头。有时候，想要说服伊兰实在是不可思议的困难。

"你的名字是嘉妮亚？"安南大妈朝那女子缓缓皱起眉头，"你看上去……很像我遇到过的一个女人——泽亚·奥卡斯。"

那双上翘的黑眸惊讶地眨了眨，沙戴亚商人从袖子里抽出一条手帕拍了拍脸颊。"那是我祖母的妹妹的名字，人们都说我非常像她。你在见到她的时候她还好吗？她在成为两仪师后就彻底忘记她的家人。"

"你的祖母的妹妹。"老板娘轻笑一声，"当然，我看见她时她很好，但那已经是很久以前的事了，那时我比你现在还要年轻。"

黎恩一直抱着手臂，一副欲言又止的模样，现在她插话进来："赛塔勒，真的很抱歉，但我真的必须请你离开，你能原谅我不送你到门口吗？"

安南大妈也道了歉，仿佛黎恩不能陪她下楼是她自己的错一样。最后离开时，她又用非常怀疑的目光看了奈妮薇和伊兰一眼。

"赛塔勒！"那名老板娘离开后，嘉妮亚突然喊道，"那是赛塔勒·安南？她怎么……天堂之光啊！即使在七十年之后，白塔还会——"

"嘉妮亚！"柯尔力用极为严厉的声音喝道，她的目光也变得更加锐利，沙戴亚女子的脸红了。"既然你们两个在这里，我们就能有三个人进行询问了。你们两个站在这里，不要说话。"最后这句话是对奈妮薇和伊兰说的。其他女人都退到房间的一角，开始用很轻的声音交谈起来。

伊兰靠到奈妮薇身旁："我还是初阶生时就不喜欢被当成初阶生对待，你这个闹剧还要持续多久？"

奈妮薇发出嘘声要她安静。"我正在努力听，伊兰。"她耳语道。

当然，她们不能使用至上力，因为那三个人立刻就会知道。幸运的是，她们并没有编织结界，也许她们是不知道如何编织。有时候，她们的声音甚至会提高到能让奈妮薇听清楚的程度。

"……据说她们也许是野人。"这是黎恩的声音，其他人的脸上都露出震惊和反感的表情。

"那么我们就让她们出去，"波洛温说，"从后门出去，野人！"

"我还是想知道那个赛塔勒·安南是什么人。"嘉妮亚插嘴说。

“如果你总是想那些没用的事情，”黎恩说，“也许你应该到农场去待上一轮，亚莱丝很擅长让人的头脑清醒，现在……”她们的对话重新变得弱不可闻了。

另一名女仆出现在门口，她是一名身材苗条的女子，身上穿着粗羊毛裙和一条白色长围裙，她很漂亮，只是沉着一张脸。她将一只绿色的漆盘放在一张小桌子上，同时偷偷用围裙一角擦了擦脸颊，然后开始忙着摆弄起一套蓝色镀釉的茶杯和茶壶。奈妮薇挑起眼眉——这个女人也能导引，虽然她的力量并不大，但她为什么会成为一名女仆？

嘉妮亚回头瞥了一眼，立刻愣住了。“黛芮丝做了什么要让她进行苦修？我一直都相信如果连她都会打破规矩，那么鱼也能唱歌了。”

波洛温响亮地哼了一声，不过奈妮薇差点就没听清楚她的回答：“她想结婚。她要完成一轮苦修，然后在半月节的后一天跟随珂莱勒离开，这会让迪瑙师傅满意的。”

“也许你们两个都想去亚莱丝那里锄地？”黎恩冷冷地问。她们的声音又低了下去。

奈妮薇感到一阵狂喜。她对规矩不是很在乎，至少是对于其他人的规矩——其他人很少能像她一样看清形势，所以总是会制定一些愚蠢的规定。比如为什么这个叫黛芮丝的女人不能结婚？但规定和苦修表示这是个有组织的社团，她的推测是正确的。此外她又发现另一件事，她用手臂推了推伊兰，直到她低下头来。

“波洛温系着一条红腰带。”奈妮薇悄声说道，这说明她是智妇，传说中艾博达医疗者之一。她们声名远扬，被认为医疗能力仅次于两仪师，任何病患都能被她们医好，世人一直认为这是因为她们的草药知识，但……“我们见到了多少智妇，伊兰？其中有多少能导引？有多少是艾博达人，或者甚至是阿特拉人？”

“算上波洛温一共七个，”伊兰回答，“而其中我能确定来自艾博达的只有一个。”哈！其他那些显然都不是。伊兰深吸一口气，但她还是继续悄声说道：“但她们的力量都远不及这些女人。”至少她终于承认了——所有她们见过的智妇都能导引。“奈妮薇，你真的认为那些智妇……所有那些智妇……都……这实在太不可思议了。”

“伊兰，这座城市清扫广场的工人也有自己的公会！我想我们只是找到古老的智妇姐妹会而已。”

顽固透顶的伊兰却只是摇摇头：“那样的话，白塔早就会派一百名，不，是两百名姐妹来了，奈妮薇，任何这种事情都会被立刻镇压下去。”

“也许白塔不知道，”奈妮薇说，“也许她们一直非常低调，让白塔不认为她们会惹麻烦。白塔的法律并不禁止一般人导引，只是禁止一般人自称为两仪师，或者是滥用至上力，或者是诬蔑两仪师的名誉。”但真正的问题是，奈妮薇自己也不相信这些解释，白塔似乎知晓一切事情，而且即使是编织社团里的女孩能够导引，白塔也会将这个社团拆散。但这里一定有某种原因……

奈妮薇依稀感觉到有人拥抱了真源，突然间，这种感觉变得非常清晰。她张大嘴——一股风之力抓住她的辫子，将她拉起来，让她向前飞去，只有脚尖能轻触地面。伊兰也飘浮在她身边，脸色已经因为愤怒而变得通红。最糟糕的是，她们两个都被屏障了。

她们很快就被带到黎恩和另外两名女人面前，她们三个全都坐在靠墙的红色椅子里，三个人的身上全都围绕着阴极力的光晕。

“你们被告知要保持安静。”黎恩严厉地说，“如果我们决定要帮助你们，你们就必须明白，我们管束之严厉绝不亚于白塔。”说到最后几个字时，她的音调中充满了尊敬。“我要告诉你们，如果你们不是以这种非正常的方式找到我们，你们本来可以得到更温和些的对待。”抓住奈妮薇辫子的能流消失了，伊兰被放开时气恼地一甩头。

当奈妮薇意识到是波洛温在屏障她时，惊骇变成强烈的愤怒，大多数两仪师都比波洛温强，应该是所有两仪师都比她强。奈妮薇凝聚力量，朝真源猛扑过去，等着看波洛温的屏障变成碎片。她至少要让这些女人明白，她不是……那个编织……在伸展，圆胖的凯瑞安人露出微笑，奈妮薇的脸色则变得阴沉。屏障不停地伸展，最后突起成球状，但它没有破碎。这不可能。任何人都能趁奈妮薇不注意时隔绝她与真源的连系，而屏障的编织完成后，力量比较弱的人也能够维持住，但不可能是力量这么弱的人。而且屏障也不可能在弯曲到如此严重的程度时仍然没有破碎，这不可能！

“如果你继续这样做，你的血管也要破裂了。”波洛温的语气几乎可以算得上是友善。“我们不会做力所不能的事，但技艺是会随着磨炼而精进的，而这对我几乎已经是一种异能了。我大概可以屏障住一名弃光魔使。”

奈妮薇眉头紧锁，但她还是放弃了。她能够等，既然她没有选择，她可以等。

黛芮丝带着托盘走了过来，向在座的三名女人奉上颜色很深的茶水，然后行了个完美的屈膝礼，回到刚才的桌边，自始至终，她没有瞥奈妮薇和伊兰一眼。

“我们本来应该是在喝蓝莓茶的，奈妮薇。”伊兰一边说着，一边瞪了奈妮薇一眼，让奈妮薇差点要后退一步。也许是不该等待太久。

“安静，女孩。”黎恩的语调也许是平静的，但她用手绢擦脸的动作明白地表现出她的恼怒，“我们掌握的信息表明你们两个任性且好争吵，而且你们非常喜欢男人和谎言。从刚才的表现我可以推断出你们不可能听从简单的指示。如果你们寻求我们的帮助，那么这一切就必须改变，彻底改变，这实在让人不愉快，你们应该感谢我们愿意和你们说话。”

“我们确实在寻求你们的帮助。”奈妮薇说。她希望伊兰能不要再那样瞪着她，那比黎恩的瞪视还要可怕，嗯，至少是一样可怕。“我们正在努力寻找一件特法器——”

黎恩·柯尔力完全没理会奈妮薇在说什么。“通常我们会预先了解被带到我们这里的女孩，但我们必须确认你们自称的身份。初阶生能够使用白塔图书馆的几道门？是哪几道？”她啶了口茶，等待着。

“两道。”伊兰仿佛是一条正在喷出毒液的毒蛇，“东边的主门，必须得到姐妹的命令才能使用；或者是西南侧的小门，那被称作初阶生门，初阶生可以自行使用。还要多久，奈妮薇？”

嘉妮亚维持着伊兰的屏障，她又导引了一股细小的风之力能流，但她下手时却没有丝毫温柔。伊兰打了个哆嗦，然后又打了个哆嗦。奈妮薇退缩了一下，急忙在心中告诫自己不要用手抓住裙子。“礼貌的口吻是另一个要求。”嘉妮亚盯着茶杯，用嘲讽的口吻喃喃说道。

“回答得不错。”黎恩做出评价，仿佛其他事情都没发生过一样，不过她还是越过茶杯瞥了那名沙戴亚女人一眼。“现在，清水花园有多少座桥？”

“三座。”奈妮薇喊道，主要是因为她知道答案，她对初阶生该如何使用图书馆并不了解，因为她从没当过初阶生。“我们需要知道——”波洛温没办法再分出一道能流了，但黎恩可以。奈妮薇几乎无法保持面容的平静，她用力抓住裙摆才维持住身体的稳定。伊兰给了她一个小小的、冰冷的微笑，很刺人，但显得很满意。

随后又有十几个问题向她们轰过来，从初阶生宿舍有多少层（十二层），到什么情况下初阶生可以出现在白塔评议会中（送信过去或者是因为罪行而遭到流放），每次奈妮薇只有机会说出一个词作为回答。在黎恩的淫威之下，她们两人只能乖乖答完所有问题，奈妮薇开始有了初阶生站在评议会面前的感觉。奈妮薇知道的答案并不多，幸好伊兰总是能迅速填补她的空白。如果她们问的是关于见习生的问题，奈妮薇也许能回答得更好一点，但她们似乎只对初阶生感兴趣。奈妮薇很高兴伊兰愿意合作，但根据伊兰苍白的面孔和扬起的下巴判断，她的合作态度不会持续太久了。

“我想，奈妮薇真的在那里待过，”黎恩最后和另外两个人交换了一下眼神，“如果这些是伊兰事先教她的，她应该能回答得更好，有些人就是会对周围的东西视而不见。”嘉妮亚哼了一声，然后缓缓地点点头。波洛温点头的速度却太快了，奈妮薇一点也不喜欢。

“请原谅，”奈妮薇礼貌地说，如果有必要，她可以非常礼貌，“我们确实是需要找到一件特法器，海民称它为风之碗，它被放在拉哈德区一间积满灰尘的储藏室里。我想，你们的公会，你们的‘社’一定知道它在哪里，请帮助我们。”三个人同时瞪着她，面孔如同石雕一样。

“这里没有公会，”柯尔力冷冷地说，“只有几名在白塔里找不到位置的朋友……”又是那种尊敬的语气，“以及偶尔会向需要的地方伸一下手的蠢人。我们不知道任何特法器、法器或超法器，我们不是两仪师。”“两仪师”这个词也包含着尊敬的意味。“不管怎样，你们到这里来不是向我们提问题的。我们对你们还有更多问题，以确定你们已经走了多远。在此之后，你们会被带到乡下去，交由一位朋友照看，她会一直管理你们，直到我们决定下一步该怎么做。直到我们能确定两仪师没有寻找你们，你们的面前将有一个新的人生，一个新的机会，只要你们能看到它。在白塔压抑你们的东西在这里不存在，你们不必担心自己不够敏捷，或是对某些事心存恐惧，没有人会催逼你们学习或做你们力所不能之事。你们现在所拥有的就足够了。”

“够了！”伊兰用冬天般的声音说，“够久了，奈妮薇，或者你想无限期地待在乡下？她们没有那个东西，奈妮薇。”她从衣袋里拿出巨蛇戒，戴在手指上。现在她看着面前三个女人的模样，没有人会相信她是被屏障的，她是一位已经失去耐心的女王，是一位纯纯粹粹的两仪师。“我是伊兰·传坎，传坎家族的家主，安多王女，绿宗两仪师，我要求你们立刻放开我。”奈妮薇呻吟了一声。

嘉妮亚厌恶地扭曲了面孔，波洛温惊骇地瞪大眼睛，黎恩怜悯地摇摇头，但是当她开口时，声音像铁一样坚定：“我本来希望赛塔勒已经改变你对这个谎言的执着，我知道这很难——骄傲地前往白塔，最后却只能耻辱地承认失败，被赶回家，但这种谎言是不允许的，即使是玩笑也不行！”

“我没有开玩笑。”伊兰轻声说。雪也是很轻的。

嘉妮亚皱起眉，向前靠过来，一股风之力被编织出来，但黎恩抬手阻止了她。“你呢，奈妮薇？你也还坚持这种……疯狂行径？”

奈妮薇猛地吸了口气。这些女人一定知道那只碗在哪里，她们就是一定知道！

“奈妮薇！”伊兰焦躁地喊了一声，她绝不会让她忘记这次遭遇的，伊兰能够喋喋不休地指责一个人的每一点错误，直到那个人觉得自己陷进万劫不复的深渊，奈妮薇不打算成为跌进深渊的那个人，即使她们为此要准备从这里逃出去。“我是黄宗的两仪师，”她疲倦地说，“真正的玉座艾雯·艾威尔在沙力达授予了我们披肩，她并不比伊兰更年长，你们一定已经听说这件事了。”那三张强硬的面孔上没有丝毫改变。“她派遣我们来寻找风之碗，有了它，我们就能修正现在的天气。”仍然没有丝毫改变。奈妮薇努力控制自己的怒气，她真的做到了，怒气只是缓缓地从她的身体里渗出来。“你们一定也想这样！看看周围！暗帝正在扼杀这个世界！即使你们有一点线索，也请告诉我们！”黎恩向黛芮丝一招手，后者走过来拿起茶杯，同时睁大眼睛，畏惧地看了奈妮薇和伊兰一眼。等到她快步走出房间后，那三名女人缓缓起身，如同宣布判词的审判官。

“很遗憾你们不接受我们的帮助。”黎恩语音冰冷地说，“我对这次会面感到很遗憾。”她将三个银币放进奈妮薇手里，另外三个放进伊兰手里。“这些可以支撑你们一段旅程，我相信，你们的这身衣服也能换些钱，虽然可能及不上你们为它们花的钱。它们不适合长途旅行。到明天日出，你们就要离开艾博达。”

“我们不去任何地方。”奈妮薇对她说，“求求你，如果你知道——”她也许还是保持安静比较好。柯尔力宣判的速度没有丝毫减缓：

“到那时，我们会散布你们的相貌，我们会确保让泰拉辛宫中的两仪师知道你们。如果你们在日出后仍然被人看到，我们会确保两仪师和白袍众知道你们的所在，那时你们只能选择逃跑，向两仪师自首，或者是死亡。走吧，不要回来。如果你们放弃这种令人厌恶而且危险的谎言，你们应该能活得更长久些。我们和你们之间的关系已经结束了。波洛温，带她们出去。”黎恩从奈妮薇和伊兰中间走过去，离开房间，头也没回。

奈妮薇沉着脸跟随波洛温走到这幢房子的前门。现在抗争没有任何用处，也许只能让她们被直接扔出门外，但她不喜欢放弃。光明啊，她真的不喜欢！伊兰跟在她身边，浑身上下都散发着离开这里、结束这一切的决心。

在狭小的门廊上，奈妮薇决心再做一次努力：“求求你，嘉妮亚、波洛温，如果你们有任何一点线索，都请告诉我，任何信息都行。你们一定知道这有多重要，你们一定知道！”

“最盲目的人是那些只知道闭紧眼睛的人。”伊兰用不算小的声音说出了这个谚语。

波洛温犹豫了一下，但嘉妮亚毫不迟疑地将目光转向奈妮薇，“你认为我们是傻瓜吗，女孩？我要告诉你，如果我能做到，无论你说什么，我们都会把你们捆到农场去。被亚莱丝照顾几个月，你们就能学会该如何管住自己的舌头，以及知道感激别人好心的帮助，而不是随意唾弃。”奈妮薇开始考虑要揍扁她的鼻子，使用拳头不需要至上力。

“嘉妮亚，”波洛温厉声说道，“道歉！我们做事不会违背任何人的意愿，你很清楚这一点。道歉，立刻！”

让奈妮薇大感惊讶的是，嘉妮亚的脸立刻就红了。如果依照两仪师的尊卑次序，嘉妮亚会在组织的顶端，波洛温则只能处在组织的最底层。“我请求原谅，”嘉妮亚对奈妮薇嘟囔着，“有时候我会管不住自己的脾气，我无权说出刚才那些话，我衷心请求原谅。”嘀咕完这些，嘉妮亚又瞥了波洛温一眼，看到波洛温点了点头，才放心地吁了口气。

当奈妮薇还没收起因吃惊而张开的嘴时，她身上的屏障已经被解开了，她和伊兰被推到街上，屋门“砰”的一声被关上。

第 24 章

家人

难以置信，黎恩心想。她从窗口看着那两个奇怪的女孩消失在街上熙来攘往的人群之中。那两个女孩刚被送下楼，她就回到那间会客室里，她不知道该如何看待她们，而她们不顾现实坚称的那些东西只是加深了她的困惑。

“她们一直没出汗。”波洛温在她身边悄声说道。

“是吗？”如果不是因为做出了承诺，她现在应该着手安排传进泰拉辛宫中的讯息了，当然，这么做也是有危险的。恐惧在她的心中泛着泡沫。在她成为见习生的试炼中，她通过一道白银拱门时也有过这样的惶恐。往后的这些年来，每次这样的恐惧在她心底滋生时，她就会停下来重新把持住自己。实际上，她并没意识到这种对于自己也许会尖叫着逃跑的恐惧，早已征服任何让她这么做的可能性。她祈祷那些女孩会很快放弃她们的疯狂行径，她祈祷即使她们没有放弃，她们也会在远离艾博达的地方被捕，或者是一直默默无闻，不被人相信。她已经采取了多年未使用过的防范措施，但她的防范也许不会有任何用处——两仪师几乎是无所不能的，她从骨子里深深明白这点。

“长姐，有没有可能她们之中年纪较大的那个是……我们导引了，而且……”

波洛温的声音悲惨地低沉了下去，但黎恩不需要考虑这个问题，她根本不屑反驳这个年轻的女孩。为什么两仪师会装作如此卑微的身份？而且，任何真正的两仪师都会让她们跪在地上，哀求怜悯，而不是如此顺从地站在她们面前。

“我们没有在两仪师面前导引，”她坚定地说，“我们没有打破规则。”她要像其他任何人一样严格遵守那些规定，而规定的第一条就是她们是一体的，即使是她们之中某个人会暂时位于其他人之上，但居于高位者最终总会落下来。只有在不停流动和变化中，这些从白塔逃亡的人才能隐藏自己。

“但长姐，确实有谣言提到一名女孩成为玉座，而且她知道——”

“叛徒。”黎恩在这个词中灌注了全部的愤怒与难以置信，竟然有人敢背叛白塔！那种人去编造出如此荒谬的故事倒是很有可能。

“洛根呢，还有红宗呢？”嘉妮亚问。黎恩的目光定在她身上。那个女人在回来时又拿了一杯茶，现在她正挑战似地吮着茶水。

“无论事实如何，嘉妮亚，我们没资格评论两仪师的行为。”黎恩的嘴唇绷紧了。她真正厌恶的当然是那些叛徒，但两仪师怎么能做出这种事情？

沙戴亚人默然低下头，也许她是想隐藏自己愠怒的表情。黎恩叹了口气。她自己在很早很早以前就放弃了对绿宗的梦想，但仍然有像波洛温那样的人，悄悄坚信着终有一天能够返回白塔，成为两仪师。还有像嘉妮亚那样的人，可怜地隐瞒着她们的愿望。那些愿望才是真正要被禁止的——她们应该接受野人，甚至应该主动去寻找能被教导的女孩！

嘉妮亚还没说完，她总是在纪律的边缘晃动，而且经常会越界。“那么，那个赛塔勒·安南呢？那些女孩知道了社，一定是她说的，但她是怎么知道——”她打了个哆嗦。这个动作如果发生在别人身上，一定会显得过于矫情，但嘉妮亚从来都无法掩饰自己的情绪。“必须查出来是谁向她出卖了我们，一定要惩罚出卖我们的那个人，她是一名旅店老板娘，一定要让她管住自己的舌头！”波洛温睁大眼睛，倒抽了口气，一屁股跌进一张椅子里，差点连椅子一起翻倒在地。

“记住她是谁，嘉妮亚。”黎恩严厉地说道，“如果赛塔勒出卖我们，我们早就要爬到塔瓦隆去，还要在一路上不断地乞求饶恕。”当她第一次来艾博达时，就有人告诉她关于女人爬着去白塔的故事，根据她对两仪师的了解，她毫不怀疑这个故事的真实性。“感激之心会让赛塔勒紧守住她所知不多的那点秘密，我怀疑她的感激到现在是否曾有一点消退。如果不是‘家人’的救助，她在生第一个孩子时就会死了。她确实是在无意间听到了某些人粗心的交谈，而那些粗心的人已经在二十年前受到了惩罚。”不过，黎恩也希望自己刚才能要求赛塔勒更谨慎一些，赛塔勒一定已经向这些女孩泄漏了一些信息。

嘉妮亚再次低下头，但嘴角顽固地紧绷着。黎恩决定，至少这次嘉妮亚要在农场中度过一段时间，她那副顽固的表情要得到特别处置。亚莱丝只需一个星期就能让女人相信，顽固是非常不值得的行为。

但还没等她向嘉妮亚发出训令，黛芮丝出现在门口，行了个屈膝礼，报告说萨兰亚·维凡来了。像往常一样，没等黎恩允许，萨兰亚就走了进来，在黎恩眼里，这名俊俏耀眼的女子让嘉妮亚也变得像是个乖女孩。但萨兰亚·维凡却是个严格遵守所有纪律的典范。只是黎恩相信，如果可以，这个女人一定会把自己的头发编成辫子，再缀上铃铛，而绝不会顾忌这和她的红腰带是否相衬。不过，如果能够选择的话，这条红腰带在她的腰上大概连一轮都待不住。

当然，萨兰亚在进门时行了个屈膝礼，并跪在黎恩面前，低垂下头。但五十年的时间并没有让这名女人忘记，如果她能让自己返回故乡艾拉非，她将是一名拥有相当权势的女人，屈膝礼之类的动作只是一些妥协。当萨兰亚用她沙哑、强硬的声音开始说话时，她是否能成为一个顺从的女人，以及该怎么处置嘉妮亚等事情瞬间都被黎恩抛到了九霄云外。

"卡莉死了，长姐，她被割开喉咙，连长袜都被剥走了，但桑珂说她是被至上力杀死的。"

"不可能！"波洛温喊道，"家人不可能做出这种事！"

"那么两仪师呢？"嘉妮亚犹豫了一下，"但这怎么可能？两仪师会受到三誓的束缚，桑珂一定是搞错了。"

黎恩抬手示意她们安静。在这个领域，桑珂从不会有错，如果她不是在接受圣巾的试炼中搞砸了所有机会，她本来会成为黄宗两仪师的。而且，虽然遭受了无数的苦修，桑珂仍然违规偷学了许多知识。没有两仪师会做这种事情，也没有家人会这么做，但……那些坚持不懈的女孩，知道许多她们不应该知道的事。社已经持续了很久，为许多女人提供了援助，绝不能被毁掉。

"这件事必须查清楚，并得到妥善的处理。"黎恩说道。那种恐惧又开始在她心中悸动，但生平第一次，她几乎没注意到它。

奈妮薇带着满腔怒火从那栋屋子里走出来。这太难以置信了！那些女人肯定有她们的公会，奈妮薇很清楚这点。无论她们怎么说，她相信她们知道那只碗在哪里，她会做一切必要的手段让她们说实话。即使在她们面前装几个小时的乖乖女也是值得的，总比要容忍麦特·考索恩不知道多少天更好！

*我应该照她们所想那样顺从的，*她气恼地想，*她们一定以为我像旧布鞋般软烂！我本来应该可以……*这是个谎言，而且这个谎言带有一股似曾相识、令人厌

恶的味道，让奈妮薇根本无法相信。如果有半点机会，奈妮薇一定会把那些女人抓起来好好摇晃一阵，逼她们把一切都说出来。真应该用两仪师的方式对待她们，让她们好好尖叫一番！

奈妮薇皱紧眉头瞥了伊兰一眼，伊兰似乎正在沉思些什么。奈妮薇希望自己能够不知道伊兰在想什么。一个上午被浪费掉了，而且她们几乎蒙受了彻底的羞耻。奈妮薇不喜欢犯错，她还没有真正习惯承认自己的错误，而现在，她只能向伊兰道歉了。她真的非常痛恨道歉，嗯，等回到她们房里再道歉吧！那样已经很糟糕了。希望那时柏姬泰和艾玲达不在。她不打算在大街上道歉，谁知道这时候谁会从她们身边走过去。街上的人群变得密集了，但越过如云般聚集盘旋的海鸟往天空看去，太阳似乎并没有爬升多少。

找到回去的路并不容易。她们绕过了无数个街角，奈妮薇不得不一次又一次地向路人询问方向，而伊兰则总是把头转过去，装作漠不关心的模样。奈妮薇走过桥梁，在马车中间钻进钻出，跳着避开飞奔而过的轿夫。一路上，她只想听伊兰说些什么。奈妮薇知道，伊兰愈长时间不说话，等她说话时情况就会变得愈可怕。现在奈妮薇已经不知道当她们回到房里时，会是怎样一种阴森的情景了，这让奈妮薇不由得怒火中烧。她已经承认自己错了，虽然只是对自己承认，伊兰无权让她受这种罪。现在伊兰的表情让那些没看见她们戒指的人也会立刻为她们让开路；而那些看见巨蛇戒的人都会以最快的速度跑到别条街上，就连一些本来在飞步前奔的轿夫也会从伊兰面前让开。

“你觉得黎恩年纪多大？”伊兰突然问。奈妮薇差点跳起来，她们这时已经快回到莫海拉广场了。

“五十，也许是六十岁，怎么了？”奈妮薇转动着眼珠，观察身边是否有人在听她们说话。一名小贩从她们身边走过，她的托盘上放着一些被称为柠檬的黄色小水果。当奈妮薇的目光落在她身上时，她急忙吞下了自己的吆喝，却害得她不得不弯下腰，咳嗽了好几声。奈妮薇哼了一声。这个女人也许正在偷听她们说话，也许是要偷她们的钱包。“她们是一个公会，伊兰，她们知道那只碗在哪里，这点我很清楚。”这根本不是她打算说的话。如果她现在为了拖累伊兰而道歉，也许情况就不会那么糟糕了。

“我想她们是的，”伊兰不经意地说，“我想她们也许知道。但她怎么会有那么苍老的外表？”

奈妮薇停在了街中央。在那么多争辩之后，在被扔出来之后，她竟然还只是“我想……也许”？“嗯，我想她应该和我们一样，年岁会一天天增长。伊兰，为什么那时你要说出自己的身份，就像芮安诺在白塔时那样？”奈妮薇很喜欢那个故事，芮安诺女王得到的与她预想的可说是截然不同。

伊兰似乎没把这个问题听进去，虽然她一定也很清楚这个故事。她将奈妮薇拉到一旁，躲过一辆绿色窗帘的马车。现在她们正站在一家裁缝铺前，敞开的店门里立着几个穿戴半成品衣装的衣架模型。

“她们不会告诉我们任何信息，奈妮薇，即使你跪下去哀求她们也不可能。”奈妮薇愤怒地张开嘴，却又猛地合上。她从没说过任何哀求的话，而且，为什么要受到指责的只有她一个？任何女人都比麦特·考索恩更容易忍受。但伊兰似乎根本无意和她争论这种事情。“奈妮薇，按照年龄被迟滞的情况，她要到多少岁才会有五十或六十岁的外貌？”

“你在说什么？”奈妮薇一边说着，一边下意识地记下这家店的位置；她觉得这名裁缝的作品看上去很不错，值得仔细再看看。“她也许是害怕被当成一名姐妹，所以极少导引，她肯定是害怕自己的脸庞变得太平滑。”

“你从没认真听过课，对不对？”伊兰嘟囔着。她看见一名圆胖的女裁缝从店铺里走出来，对她们露出高兴的神色，便拉着奈妮薇走到角落里。从那个女裁缝衣裙上蕾丝的数量——合身的上衣已经被缀饰淹没，几缕蕾丝还垂到她袒露的衬裙边——看来，只要奈妮薇真的向她定做衣服，她应该不会在乎一些非常近距离的眼光。“先忘记漂亮衣服吧，奈妮薇，谁是你记忆中年纪最大的见习生？”

奈妮薇冷冷地看了伊兰一眼，这个女人说得仿佛她的心思总是在衣服上！而且她当然有听课，有时候有。“是艾琳·沃瑞吧，我想，她应该和我的年纪差不多。”当然，那名裁缝的衣服上蕾丝确实是太多了，如果能把领口提高到一个比较规矩的高度，减少一些蕾丝，也许效果会更好些。绿色的丝绸挺好的，岚喜欢绿色，但她肯定不会为岚选择自己的穿着。岚也喜欢蓝色。

伊兰突然大笑起来，让奈妮薇立刻开始害怕自己是不是把心里的想法说出来了。她红着脸，努力想要解释，她一定能解释的，但伊兰没给她说话的机会。“就在你第一次来白塔之前，艾琳的妹妹刚刚来看过她，奈妮薇。那个女人已经有灰发了，虽然还没到全白的程度，艾琳一定已经超过四十岁了。”

艾琳·沃瑞已经超过四十岁了？但……“你在说什么，伊兰？”

没有人在她们身边偷听，除了那名仍然在用期盼的目光看着她们的裁缝外，甚至没有人多看她们一眼，但伊兰还是将声音降低到耳语的程度：“我们的衰老都会减缓，奈妮薇，在二十岁到二十五岁之间，我们的衰老就会减缓，减缓的程度要看我们有多么强，但这个时间是不会变的。你知道，有灰发的姐妹年纪都是非常大的，那么，黎恩一定也是，她到底有多老了？”

奈妮薇不在乎黎恩有多老，她只是有种歇斯底里的感觉，怪不得所有人都拒绝相信她的年纪，怪不得家乡的妇议团总是用那种充满怀疑的眼神偷觑她，仿佛根本不相信她已经是个可以信任的成年人。能够得到两仪师的无瑕面孔是很好，但她要再过多久才能生出灰发？

奈妮薇气恼地转过头，同时却感觉有某样东西以很大的力道从后脑扫了过来。她踉跄了一下，惊诧地望向伊兰。伊兰为什么要打她？但伊兰已经软倒在地上，双眼紧闭，额头上瘀肿一块。奈妮薇歪歪斜斜地跪在地上，抱起她的朋友。

“你的朋友一定是病了。”一名长鼻子的女人说道。她跪在她们身边，完全不在乎自己黄裙装的胸口有多暴露，即使是以艾博达的标准来看，这身衣服也太暴露了。

“让我来帮忙吧！”一名高大英俊、穿着绣花丝绸汗衫的男人弯下腰搂住奈妮薇的肩膀，奈妮薇很不喜欢他脸上那种谄媚的笑容。“来吧，我有一辆马车，可以把你们载到比铺石子的路面更舒服的地方去。”

“请走开，”奈妮薇客气地说，“我们不需要帮助。”

但男人还是把奈妮薇扶起来，试图引领她朝一辆红色的马车走去，一名面露惊讶的蓝衣女子正在那里用力地挥着手。那名长鼻子女人一边努力撑起伊兰，一边感谢男人的帮助，又喋喋不休地念着到他的马车上会是个好主意。周围似乎凭空聚集了一群围观的人，女人们用同情的口吻嘀咕着高热让人晕倒；男人们纷纷自告奋勇要来扶女士。一个胆大的瘦子甚至在奈妮薇的鼻子底下伸手去偷她的钱包。

奈妮薇仍然有些头晕，让她很难拥抱阴极力，但是周围这群无聊的人正不停地增添她的怒火，而真正让她怒不可遏的则是落在地面上的一件东西——一支有着石制钝头的箭，她后脑的擦伤或是伊兰额头的肿块很可能就是这支箭造成的。她开始导引，那名干瘦的扒手弯下身子，紧缩成一团，尖叫得如同一头掉进荨麻丛的猪。又是一股能流，长鼻子的女人向后倒去，同时发出比那名扒手高两倍的尖叫声。穿丝绸汗衫的男人显然是认为她们已经完全不需要帮助了，所以飞快地转过身，朝那辆马车跑去。但奈妮薇还是给了他一点教训。当那名蓝衣女子揪着他的汗衫，把他拉进马车里时，他发出公牛般的吼叫声。

“谢谢你们，但我们不需要帮助！”奈妮薇喊道，她的语调仍然很客气。

但已经没有人在听她说话了，刚才那些围观的人一见有人开始使用至上力——当有人莫名其妙地跳起来或毫无理由地叫嚷时，很明显就是至上力的缘故了——都慌忙地跑掉了。长鼻子女人从地上跳起身，一下子冲到红色马车的背后，摇摇晃晃地攀在马车上。穿着暗色汗衫的马车夫鞭打着马匹，催赶它们从人群中冲了过去，逼得行人们纷纷跳到路边。那名扒手也蹒跚着，以最快的速度逃跑了。

但即使是地面突然打开，将所有这些人全都吞下去，奈妮薇也不会再看他们一眼。她忍住浮上胸口的恶心感觉，将纤细的风、水、地、火和魂之力能流注入伊兰的体内。这是一个简单的编织，虽然她还在头晕，但进行这样的编织还行。那处瘀伤并不严重，头骨没有裂。换作是其他时候，奈妮薇会进行更加复杂的编织，利用她自己发现的治疗方法治好伊兰，但现在她只能进行简单的编织了。她只导引了魂、风和水之力，开始施行黄宗姐妹从远古时代就已熟悉的治疗术。

伊兰猛地睁开眼睛，用力喘着气，似乎要把所有的空气都吸进身体里。她的全身都在颤抖，仿佛是一条困在网中的鳟鱼，一双穿软鞋的脚不停跺着石子路面。这一切只持续了很短一段时间，伊兰额头上的肿块很快就消失了。

奈妮薇帮助伊兰站稳身子。一只女性的手伸到她面前，手中是一只盛满水的锡杯。“即使是两仪师现在也会口渴的。”那名胖裁缝说道。

伊兰伸手去接杯子，但奈妮薇用手按住她的手腕。“不，谢了。”裁缝耸耸肩，当她转身离开时，奈妮薇又用另一种口气说道：“谢谢你。”似乎这样的话说多了就会比较容易说出口，虽然奈妮薇还不确定自己是否喜欢这样。

随着女裁缝一耸肩，那片蕾丝海洋掀起了一阵波浪。“我为所有人缝制衣服，我可以让你们衣服的颜色比现在更好一些。”她消失在裁缝铺里，奈妮薇一直皱紧眉盯着她。

“出了什么事？”伊兰问，“为什么你不让我喝点水？我又渴又饿。”

奈妮薇朝那名裁缝皱皱眉，弯腰捡起了那支箭头。

伊兰其实并不需要任何解释了，阴极力转瞬间已经闪耀在她身周。“苔丝琳和裘丽恩？”

奈妮薇摇摇头。最后一点晕眩感似乎也消退了。她不认为那两个人会下贱到做出这种事，她不这么想。“黎恩呢？”她低声说。那名裁缝站在门口，仍然用期待的目光看着她们，“她也许是想要确保我们会离开。或者情况更糟糕，也许是嘉妮亚干的。”这个想法几乎像苔丝琳和裘丽恩一样让她感到一阵寒意，而且更让她感到加倍愤怒。

伊兰虽然也是双眉紧蹙，但看上去仍然是那么秀美。“无论是谁干的，我们会对付她们的，你看着吧！”随后她就舒展开眉头。“奈妮薇，如果那个社真的知道碗在哪里，我们能找到它，但……”她犹豫着咬了咬嘴唇，“我只知道一个确认的方法。”

奈妮薇缓缓点点头，但要她那么做，她宁可吃下一把泥土。今天曾经让她那样兴奋欣喜，但结局却是如此凄惨，从黎恩到……哦，光明啊，她还要多久才能生出灰发？

“不要哭了，奈妮薇，麦特不可能有那么坏，他能在几天时间里就为我们查清楚，我知道。”

奈妮薇只是哭得更伤心了。

第 25 章

精神枷锁

魔格丁不想再做到那个梦了，她只想醒过来，只想尖叫，但一切都是徒然。睡眠比任何镣铐都更牢固地束缚着她。一开始过去得很快，只是一片突然掠过的模糊影子，这并不是什么幸运的事；这样她就必须更快重新体验接下来的一切。

那名女人走进她的帐篷——她的牢笼，自己却几乎没认出她来。哈丽玛，一名秘书，她为一个自称为两仪师的蠢货工作。那些蠢货。但她们确实用这段银色的金属绕住她的脖子，将她紧紧锁住，让她只能唯命是从。掠过的速度太快了，虽然她一直在祈祷能慢一些。那个女人导引出一点光亮，她却只能看到那一点光，那女人导引的只能是阳极力。不是阴极力，也不是真力，在所有生命中，只有使徒才知道如何触及真力——来自暗帝的力量。除非是有绝对必要，使徒们绝不会愚蠢到使用这种力量。但女人是不可能导引阳极力的！飞快地掠去。这个自称为亚兰加的女人直接称呼魔格丁的名字，她下达了末日深渊的召唤令，除去了罪铐，除下它的时候她似乎还感觉到女人不该会感受到的痛苦。又一次——她这样做已经有多少次了？——又一次，魔格丁在那座帐篷里编织了一个小通道，她要在浮行的无尽黑暗中理清自己的思路。但是她才踏上自己的平台（这个平台是一座封闭的大理石小阳台，上面还放着一把舒适的椅子），她所立足的地方就已经是煞妖谷黑色的山坡了。这里永远被昏暗的光线包覆着，无数隧道和洞穴不停向外喷发出烟尘和灼热的蒸气。一名穿着那种死黑色衣服的魔达奥向她走来，就像是一名蛆虫般惨白、没有眼睛的男人，但它比任何其他半人都更加高大许多。它傲慢地审视着她，不等她有所反应，就报出了自己怪异的名字，并且命令她跟着它走。这不是魔达奥对待使徒该有的态度。现在，魔格丁在内心深处发出尖叫，希望那些梦能够飞快逝去，希望它们能飞掠过去，快得让她看不到、意识不到。但现在，她跟随着赛夷鞑·哈朗走进末日深渊，现在所有流动都恢复到了正常状态，比特·雅兰 · 瑞奥德或梦的世界都更加真实。

泪水从魔格丁的眼里涌出，滑过已经闪着泪光的脸颊。她在坚硬的台子上来回扭动，手臂和双腿绝望、徒劳地抽搐着。她想要醒过来。她已经不再以为自己是做梦了，一切都是真的。但最深处的记忆没有被抹去，在那里，本能尖叫着、挣扎着想要逃出来。

她很熟悉这条倾斜的隧道，无数利齿般的石块从上方垂下来，石壁上闪烁着惨淡的光线。自从很久以前，她第一次前来觐见暗主，献上自己的灵魂后，她已经来到过这里许多次，但这次与以往任何一次都不一样，她的失败已经被彻底洞悉。即使是对于暗主，她也曾经不止一次地成功隐瞒了自己的失败。这里会发生其他任何地方都不会发生的事情，这里能够做到其他任何地方都无法做到的事情。

一根石牙拂过她的头发，让她打了个冷颤，她急忙尽力聚集起自己的心神。那些锋利的石块完全不会触及前面那只高大的魔达奥，虽然它的肩膀甚至超过了她的头顶，而她却不得不连连别开头，好躲过那些低垂的石牙。在暗主脚下，真实就如同黏土般可以随意塑造，而且暗主经常会让他不高兴的人清楚地感知到这点。一根石牙戳在她的肩上。隧道里已经没有足够的空间让她可以直起身走路了。她弯着腰，尽量跟紧那名魔达奥。魔达奥的步伐一直没有改变，但无论她跑得有多快，他们之间的距离却一直没变。隧道愈来愈低矮，暗主的利齿会撕裂背叛者和傻瓜。她手脚着地，向前爬行，最后只能用臂肘和膝盖支撑身体了。隧道前端透出一片光亮，那里一定就是深渊了。她趴在地上，向前爬行。石牙撕扯着她的衣服、她的皮肉，她忍着疼痛，挣扎爬过最后一段路程。而当她终于爬出来时，身后传来一阵布帛撕裂的声音。

回头望去，她痉挛般地打了个哆嗦，本该是隧道出口处现在却只是一片光滑的石壁。也许这只是暗主对她的警告，但也许，如果她的速度慢一点……

现在她所在之处是一座突出于崖壁之外的石台，下面是黑红色杂驳的熔岩湖，一人高的火焰不时从湖面上蹿起。头顶上方没有任何遮蔽，覆盖周围高峻大山的天空中堆积着永远狂野翻滚的云层，中间蹿动着红、黄和黑色的条纹，推动它们的仿佛是时间本身化成的飓风。这不是在外面煞妖谷中看到的被黑云遮蔽的天空，但她没有向上方瞥上一眼，并不是因为她已经看过它许多次。暗主牢狱的孔穴距离这里并不比距离世界上其他地方更近，但在这里，她能感觉到它；在这里，她能够沐浴在暗主的荣光之中。真力冲刷过她的身体，它在这里是如此强大，如果在这里引导它，肉身肯定会被烧成一片残渣。当然，即使是在别的地方，她也不想付出导引真力所需的代价。

她想要站起来，但有某样东西打在她肩胛骨之间，猛地将她按在石台上，将她肺中的空气都压了出来。她在晕眩中挣扎着想要呼吸，然后才回过头想看看是什么压住了自己。那名魔达奥的一只脚正踏在她的背上。她几乎要拥抱阴极力了，但没有得到明确的允许时，在这里导引的下场只有死亡。这名魔达奥刚才已表现了足够的傲慢但现在这种事绝不是魔达奥该做的！

“你知道我是谁吗？”她问道，“我是魔格丁！”在那种无眼的凝视里，她仿佛只是一只虫子，她经常见到魔达奥用这种目光去看普通凡人。

魔格丁。出现在她脑海中的声音冲散了所有关于这名魔达奥的想法，冲散了她所有的意识。与它相比，任何人类爱人最温暖的拥抱就如同一滴水与整个海洋相比。你的失败有多严重，魔格丁？使徒一直都是最强大的，而你却让自己成为了俘虏。你在教导那些反抗我的人，魔格丁。

她眨了眨双眼，努力维持住自己的清醒：“暗主，我只教了她们一点小东西，而且我一直在竭尽全力与她们作战。我教了她们一个所谓的感知男人导引的方法。”她努力笑了笑。“而每次练习这个方法都会让她们感到头痛，让她们连续几个小时无法导引。”随后是一片寂静，或许这样也好，她们在她逃离前很久就已经放弃学习这个方法，但暗主不需要知道这点。“暗主，您知道我是如何忠心侍奉您的，我一直在暗中侍奉您，您的敌人从不会感觉到我的螫咬，除非我的毒液开始发作。”她不太敢说自己是故意成为俘虏，要从内部攻击敌人，但她可以提供这样的暗示。“暗主，您知道我在至上力之战中毁掉了您多少敌人，我一直藏在阴影中发挥力量，不被敌人看见；或者即使被看见了也会忽略我，会认为我不构成威胁。”寂静，然后……

我的使徒永远都是最强的。我的手要发挥应有的作用。

这个声音回荡在她的脑袋中，让她的骨骼随之沸腾、酥软，让她的脑浆爆发成了火焰。那名魔达奥伸手握住她的下巴，强迫她抬起头，让她看清它另一只手中的匕首。只要那把匕首一划，她全部的梦就结束在这里了，她的身体将成为兽魔人的食物。也许赛夷鞑·哈朗也会选一块她的肉，也许……

不。她知道她快死了，但她绝不会让这名魔达奥吃她任何一块肉！她向阴极力伸展过去，她的眼睛立刻突了起来。什么都没有，什么都没有！难道她已经被隔绝了？她知道她没有。人们都说同至上力撕裂开来是最深痛的，是任何力量都无法弥补的痛苦，但——

在这个令人惊骇的时刻，那名魔达奥强迫她张开嘴，刀刃刮过她的舌头，割破她的耳朵。当魔达奥带着她的血和唾液站直身体时，她明白了。而当她明白的时候，那名魔达奥已经拿出一只似乎是用金丝和水晶制成的精致小笼子。有些事情只能在这里做到，一些只能对能够导引的人做出的事，她自己就曾经为此带来相当数量的男女。

“不！”她喘息着说道，她的视线无法离开那个柯索弗拉，“不，不是我！不要是我！”

赛夷韃·哈朗没理会她，专心将匕首上的液体刮进柯索弗拉里面。那块水晶变成了淡粉色，这是第一步。魔达奥一摆手腕，将那个精神枷锁扔到熔岩湖上，这是第二步。那只黄金和水晶的笼子沿着抛物线向湖中飞去，却突然在半空停了下来，就飘在那个孔穴所在的点上，那是因缘最薄的一点。

她忘记了那名魔达奥，只是朝那个孔穴拼命地挥舞双手。“请您垂怜，暗主！”她从不知道至尊暗主何时有过怜悯，但如果她被紧紧捆住扔进满是狂狼的笼子里，或者被扔到一头正在蜕皮的玳腊面前，她也会发出同样的哀求，即使这样的哀求是多么无用。柯索弗拉悬浮在半空中，缓缓地旋转着，在下方火舌的跃动中闪耀着光芒。“我一直在全心全意地侍奉您，暗主，我乞求怜悯。求求您！可怜可怜我！”

你仍然可以侍奉我。

那个声音让她陷入了超出知觉的迷乱，但就在同一瞬间，一直闪烁不定的精神枷锁突然变得像太阳般耀眼。在疯狂的欢喜之中，她清晰地意识到痛苦，就如同已经沉没在那座火焰湖泊中一般。这些感觉混杂在一起，她开始狂嚎，发了疯般挣扎抽搐，在无尽的痛苦中抽搐。直到无数纪元完结，万物寂灭，存留下来的只有痛苦和痛苦的回忆时，黑暗的一点仁慈才淹没了她。

魔格丁在台子上扭动着。*不要再来了，不要。*

那名女人走进她的帐篷——她的牢笼，自己却几乎没认出她来。

*求求你。*她在内心深处尖叫着。

那个女人导引出一点光亮，她却只能看到那一点光。

深陷在睡眠中，她从头到脚都在颤抖着，摇晃着。*求求你！*

这个自称为亚兰加的女人直接称呼魔格丁的名字，她下达了末日深渊的召唤令……

“醒过来！”如同腐朽的骨骼被碾碎的声音说道，魔格丁猛地睁开眼，却几乎希望还能继续刚才的梦境。

周围全都是没有任何特征的石墙，没有闪耀球，甚至连油灯都没有，但这里是有光线的。她不知道自己已经在这里过了多少天。这间囚室里会不定期出现没有味道的食物，那个用于排泄的桶子也会不定期被清空，偶尔还会出现肥皂和带有芬芳气息的清水供她清洗。她无法确定这是不是一种仁慈。看见一桶清水时那种欢喜的颤栗提醒着她已经堕落了多远。现在，赛夷鞑·哈朗正站在这间囚室里。

她急忙从台子上翻起身，跪倒下去，将脸贴在岩石地上，为了能活下去，她会做出一切有必要的事，而这名魔达奥显然很高兴让她明白什么是有必要的。“我忠心向您问候，米雅科瓦，”这个头衔烧灼着她的舌头，“我的拥有者，”或者简而言之，“我的主人。”她感觉不到赛夷鞑·哈朗在她身上使用的那种奇怪的屏障（这不是魔达奥能做到的，但它确实做到了），但她完全没有考虑过要导引。她当然无法使用真力，没有暗帝的祝福，她不可能导引它。真源就在她视野边缘的某处一直引诱着她，但她不会去想它。每次这名魔达奥到来时，都会带来她的精神枷锁。在靠近自己精神枷锁的地方导引是痛苦的，愈靠近就愈痛苦。在这么近的地方，她只要碰一下真源就会丧命，而这只是精神枷锁造成的最小的危险。

赛夷鞑·哈朗低声笑着，声音如同干燥的皮革被磨碎。和只知嗜血的兽魔人不同，魔达奥的残忍是冷静如冰的，而这名魔达奥经常会表现出饶富兴致的模样。现在魔格丁只是有一些瘀伤，这已经让她感到很幸运了，大多数女人在这种时候早就会陷入疯狂边缘，或者就是个疯子了。

“你会衷心遵从吗？”那个沙哑刺耳的声音问道。

“是的，我会衷心遵从，米雅科瓦。”怎样都行，只要能活下去。但是当那些冰冷的手指抓住她的头发时，她还是倒抽了一口气。她用最快的速度起身，却还是被魔达奥紧紧扯着头发，不过至少这一次，她的脚还留在地板上。那名魔达奥打量着她，面无表情。魔格丁想起它以前到来时的情景，努力压抑着不让自己颤抖、尖叫，或者是向阴极力伸展过去，一了百了。

“闭上眼睛，”魔达奥说道，“闭上眼睛，直到命令你睁开。”

魔格丁用力紧闭眼睛。赛夷鞑·哈朗的教训之一就是命令要立刻遵从。而且，闭上眼睛的时候，她能装作是正在别的地方，这对她是有必要的。

突然间，她头发里的那只手把她向前推去。尽管一直在强忍着，魔格丁还是尖叫了起来，那名魔达奥要把她撞到墙上！她抬起双手想要保护自己，赛夷鞑·哈朗却在这时放开了她。她踉跄着至少向前迈了十步，虽然她的囚室对角线的长度也没有十步那么远。她嗅到了一股淡淡的烧灼木头的烟气，但她只是更加用力地闭紧眼睛，她要努力让自己接下来不会得到比瘀伤更严重的伤害，并且尽量降低这些瘀伤的数目。

“现在你可以看了。”一个深沉的声音说道。

魔格丁小心地睁开眼。说话的是一名宽肩膀的高大年轻男人，穿着黑色的靴子、长裤和一件飘逸的白衬衫，衬衫领口敞开着，他的一双蓝眼睛正盯着魔格丁。魔格丁现在所在之地是个装饰着木头壁板的房间，家具上都有一些雕刻和镀金，看上去应该是富商或中等贵族的宅邸。那名男子正坐在大理石壁炉前一把大软垫扶手椅里，壁炉中的圆木上跳动着火焰，但魔格丁丝毫不怀疑这里是靠近煞妖谷的某个地方。这里不是特·雅兰·瑞奥德，因为她没有在那个世界的感觉。她飞快地转过头，不禁深吸了一口气——那名魔达奥不见了，紧勒住她胸口的克安德箍也消失了。

“在泡沫中过得好吗？”

魔格丁感觉到冰冷的手指挖进了她的头皮。她不是研究者，也不是制造者，但她知道这个词，她甚至没想过要问这次出现的年轻男人为什么也知道。有时候，因缘中会出现泡沫，但像麦煞那之类的人会说这种解释太过肤浅。泡沫是可以进入的，也像世界其他部分一样可以被控制、操纵。魔格丁依稀听说过，研究者们经常会在泡沫中进行大规模的试验。但泡沫实际上是在因缘之外的。有的时候，这种泡沫会彻底闭合，脱离因缘，到那个时候，泡沫中的一切都将永远从世界上消失。除此之外还会发生什么，就连麦煞那也说不清楚。

“有多久了？”魔格丁惊讶地发现自己的声音仍然如此稳定。她将注意力转向那个年轻男人，后者只是坐在椅子里，向她露出一排白牙。“我是说，有多久了？还是你并不知道？”

“我看着你在……”年轻男人停了一下，他从椅子旁边的桌上拿起一只银杯，举到口边啜饮，带着笑意望向魔格丁，“……前天晚上来到这里。”

魔格丁不禁松了口气。泡沫与因缘的唯一差异是那里的时间流不一样，有时候更慢，有时候更快。如果她发现暗主将她囚禁了一百年，或者是一千年才将她放回因缘里，让她只能在腐肉中挣扎，眼看着其他使徒站在权力的顶端，她也不会感到奇怪。她仍然是使徒之一，至少在她自己的意识中是这样的，暗主还没有亲口否认她的身份。她从没听说过有任何人能够脱离精神枷锁，但她会做到的。谨慎的人总会找到办法，称谨慎叫懦弱的人才会失败。她自己就曾经将几名所谓的勇士带进了煞妖谷，在他们身上用过柯索弗拉。

突然间，魔格丁意识到这个人身为暗黑之友，知道的似乎是太多了，更何况他看上去只不过二十多岁。在魔格丁审视的目光中，他将一条腿搭在椅子扶手上，懒散地晃荡着。如果他拥有一定的地位和权势，古兰黛肯定会抓他去当宠物，只是因为那过于坚硬的下巴，他才不会被看成是个美人。魔格丁不记得自己曾经见过如此湛蓝的眼睛。面对如此傲慢的小子，经受过赛夷鞑·哈朗的折磨和受着真源诱惑的魔格丁开始考虑给这个年轻的暗黑之友一个严厉的教训，毕竟，那名魔达奥已经走了。而且身上污秽的衣服更加重了她的坏心情。她的身体还留着沐浴水的芬芳，但她无法清洁从艾雯·艾威尔那里逃走时就穿在身上的粗羊毛衣服，在末日深渊中的被撕裂之处也都没有缝补。谨慎会获得成功——这个房间一定就在煞妖谷附近——但谨慎取得的成功总是有限。

“你叫什么名字？”她质问道，“你知不知道你在跟谁说话？”

“是的，魔格丁，你可以称我为莫瑞笛。”

魔格丁倒抽了口气，不是因为这个名字。蠢人即使管自己叫“死亡”，仍然只是个蠢人，但魔格丁看见一点细小的黑点在那双蓝眼睛中的一只里飘过，又以同样的路线飘过他的另一只眼睛。这个莫瑞笛已经碰触了真力，而且他浸淫其中的时间绝对不短。魔格丁知道现在除了兰德之外，有些能够导引的男人同样存活了下来——她眼前的这个男人与兰德的体型非常相似——但魔格丁从没想到暗主会赐予谁这样的荣誉。有荣誉就有代价，任何使徒都知道这一点。随着时间的推移，对真力上瘾的程度要比至上力厉害得多，到最后，需要很强的意志才能压抑导引更多阴极力或阳极力的欲望，但魔格丁不相信能有意志可以抵抗真力，特别是萨埃出现在眼睛里之后。虽然最终的代价和至上力的不一样，但恐怖的程度绝不会稍有逊色。

“你被赐予的已经超出了你的想象。”魔格丁对他说。她坐进那个男人对面的椅子里，仿佛身上并非衣衫褴褛，而是穿着最好的斯台瑟。“给我倒杯酒，我会让你明白，只有二十九个人曾经被赐予——”

让魔格丁语塞的是，那个男人竟然笑了起来。“你误会了，魔格丁，你仍然侍奉暗帝，但和以前不一样了。你为所欲为的时候已经过去了，如果你不是偶然做了些有用的事，现在你早该死了。”

“我是使徒，男孩。”怒火烧穿了魔格丁的谨慎，她坐直身体，直视着那个男人。她拥有一个纪元的知识，在一些涉及到至上力的领域，没有任何人能超越她，和她相比，这个小辈的时代与用泥土盖房舍的日子没什么差别。魔格丁差点就忽略了煞妖谷的距离，拥抱了真源。“你的母亲也许在不久以前还曾经用我的名字吓唬过你，即使是能轻易捏死你的成年人听到我的名字也会出汗，在我面前小心你说话的口气！”

莫瑞笛将手伸进敞开的衬衫领口里，魔格丁的舌头立刻僵住了，她的目光紧紧地盯在莫瑞笛从领口中拉出的一只金丝和血红色水晶的小笼子上。她觉得莫瑞笛似乎是又将另一只同样的笼子塞回领口里，但她的目光只是停留在她自己的那只上。那肯定是她的。莫瑞笛的拇指抚过那只笼子，魔格丁感觉到那拇指也抚过了自己的意识和灵魂。打破精神枷锁所需的力量并不比他抚摸时所用的力量更大，即使魔格丁逃到世界的另一端，甚至更远，结果也不会有任何变化。到那时，她将被分开，她的眼睛仍然能看见，耳朵仍然能听到，舌头仍然有味觉，皮肤仍然会感觉痛，但她将无法再控制自己的任何行动，她的身体会被掌握有柯索弗拉的人彻底操纵。不管她有没有机会摆脱精神枷锁，这件东西的作用和它名字的意思是一样的，魔格丁能感觉到血液从自己的脸上被抽走了。

“现在你明白了？”莫瑞笛说，“你仍然侍奉暗主，只是要听从我的吩咐。”

“我明白，米雅科瓦。”魔格丁机械般地说道。

这个年轻男人又笑了，深沉浑厚的笑声流露出对魔格丁的讥讽，他将精神枷锁放回衬衫里。“不需要如此，现在你应该已经得到了教训。我会称呼你魔格丁，你可以称我为莫瑞笛。你仍然是使徒之一，又有谁能取代你？”

“是的，当然，莫瑞笛。”魔格丁的声音平板得毫无生气。无论这个男人怎么说，她知道自己已经不再属于自己了。

第 26 章

不能撤销的话

摩格丝睁眼躺在床上，她的目光穿过屋顶，望向被月光笼罩的黑暗。她在心中努力地想着自己的女儿。一张白色的亚麻床单盖着她的身体，尽管天气炎热，她已经全身是汗，但她仍然穿着一件厚羊毛睡袍，系带一直系紧到脖子上。她不在意汗水，无论沐浴了多少次，无论洗澡水有多么热，她总是无法摆脱肮脏的感觉。伊兰在白塔一定是安全的。有时候，她觉得信任两仪师的时候似乎已经过去了许多年。虽然现在她心怀矛盾，但白塔对伊兰来说无疑是最安全的地方。她努力去想盖温，盖温应该和他妹妹一同在塔瓦隆，心中充满了对妹妹的骄傲，致力于成为妹妹需要的盾牌。还有加拉德，为什么他们不让她见加拉德？她关爱这个儿子，将他视如己出，而且在许多方面，加拉德比她的另外一双儿女更需要这种关爱。她竭力想着他们，但现在想任何事情都很困难，彻底占据她脑海的是……她睁大眼睛盯着黑暗，眼角闪烁着泪光。

她一直都以为自己可以勇敢地采取所有必须的行动，面对一切状况，她一直都相信能够随时重整自己，继续战斗。但在漫长的一个小时中，虽然拉丹姆·埃桑瓦只在她身上留下了很少的伤痕，却开始让她明白自己原来的想法是错的。而艾阿蒙·瓦达则用一个问题彻底教训了她，她的回答留在她心上的伤痕至今也无法退去。她应该回到拉丹姆那里，告诉他随便怎么做都可以，她应该……她祈祷伊兰是安全的，也许对伊兰比对加拉德和盖温希望得更多并不公平，但伊兰将成为安多的下一任女王。白塔不会错失将两仪师推上狮子王座的机会。要是能见到伊兰就好了，她真想看看她所有的孩子们。

黑暗的卧室里传来一阵轻微的声响，摩格丝屏住呼吸，努力不让自己发抖。微弱的月光让她勉强能辨别出床柱。艾阿蒙和拉丹姆昨天已经率领数千名白袍众向北方进军，去对付那名先知了。但如果他回来了，如果他……

黑暗中的人影靠近了她，她能看出那是个女人，但个子太矮，不是莉妮。“我想你可能还醒着。”布琳的声音很轻柔，“喝下这个，它能帮你入睡。”那名凯瑞安女子要将一个银杯放进摩格丝的手里。它散发着一股微酸的气息。

“要听到我的召唤你才能进来。”摩格丝喝道，同时将杯子推开，温热的液体泼溅在她的手掌和亚麻床单上。“你闯进来的时候，我几乎已经要睡着了。”她说了谎，“走开！”

那个女人并没有听从命令，只是站在床边，俯视着摩格丝，面孔沉陷在阴影里。摩格丝不喜欢布琳·塔波文，她不知道布琳是否像自称的那样出身贵族，只不过中道没落，或者只是一名编造自己祖先的仆人。她什么时候听从摩格丝的命令完全由她自己决定，而且从不管自己的舌头，就像现在这样。

“你哭得像只羔羊，摩格丝·传坎。”虽然压低了声音，她的语气里还是蕴含着怒气。她将杯子重重地放在墙边的小桌上，更多的液体泼洒而出。“呸！有许多人的情况比你糟多了，你还活着，你身上没有骨折，你的神智也还完整。你可以忍耐，让过去的过去，继续你的生活。你已经把你的人逼得快精神错乱了，就连吉尔师傅也是一样，而蓝格威已经有三晚没合眼了。”摩格丝恼怒地红了脸。即使在安多，仆人们也不会这样说话。她用力抓住布琳的手臂，但焦虑压倒了她的不悦：“他们不知道，对不对？”如果他们知道了，他们会为她报仇，援救她，他们会死，塔兰沃会死。

“莉妮和我为你隐瞒了事实。”布琳哼了一声，抓住摩格丝的手，想把它甩开。“如果我能救下蓝格威，我会让他们知道你哭泣的样子。蓝格威认为你是光明的化身，我却只看到一个没有勇气去接受明天的女人。我不会让你和你的懦弱毁掉他的。”

懦弱。愤怒从摩格丝的心底翻涌起来，她用手指抓紧棉被，一言不发。她不认为自己会出于冷血而和艾阿蒙·瓦达上床，但如果一定要这样，她就会撑过来。她认为她能。但让她说“是”的另一个原因是她害怕再次面对拉丹姆的绳索和针尖，害怕他使出更糟的手段。但无论她怎样在拉丹姆的手中尖叫，艾阿蒙才是真正让她看清自己勇气底线的人，而那条底线却比她想象的要低了许多。艾阿蒙的碰触，他的床，这一切都会随着时间淡去，但她永远都不能抹去那个“是”字从她唇间脱出时的羞耻。布琳将事实甩在她的脸上，她却不知该如何回答。

房外一阵靴子踏地声为她解了围，卧室的门被猛然推开，一个男人冲进来，停在她面前。

“你醒了，太好了！”塔兰沃的声音过了一会儿才传过来，这让摩格丝的心脏又开始跳动，让她能够重新开始呼吸。她努力放开布琳的手——她不记得自己何时抓住了布琳。但让她惊讶的是，布琳在放手之前又捏了一下她的手。

“有事情发生。”塔兰沃大步走到长窗前，站在窗边，仿佛是要避免被外面的人看到。然后他向夜色中窥视。他的身体在月光中成为一道高峻的剪影。“吉尔先生，说明你看到了什么。”

一颗脑袋从门口探了进来，秃顶在黑暗中闪着光，从门缝里还能依稀看见另一个巨大的身影在晃动，那是蓝格威·德尔。当贝瑟·吉尔意识到摩格丝仍然躺在床上时，秃头顶上的那道闪光立刻晃了一下，他肯定是把视线别开了，其实他顶多也只能看清床的轮廓。贝瑟的身子甚至比蓝格威还要宽，不过他的个子并不高。“请原谅，女王，我不是要……”他用力清了清喉咙，他的靴子在不停地摩擦着地板，如果他有帽子，他一定会在手里揉成一团。“那时我在长廊上，正要去……去……”去厕所，只是他没办法在女王面前说出这种字眼，“不管怎样，我向窗外瞥了一眼，看见……一只大鸟，我想是的……它停在南军营的顶上。”

“一只鸟！”莉妮高亢的嗓音让贝瑟一下子跳进房间里，将门口让了出来，但让他跳起来的原因也有可能是肋骨被她狠狠戳了一下。莉妮总是会尽情利用灰发为她提供的每一点优势。她一边大步走进来，一边还在系着睡袍的系带。“蠢货！牛脑子的笨蛋！你们叫醒我——”她的声音变成一阵响亮的咳嗽。莉妮从没有忘记自己是摩格丝的保姆，她同样是摩格丝母亲的保姆，但在外人面前，她从不会胡乱说话，至于摩格丝现在的情况，她根本不会在意。“你们叫醒女王，就为了一只鸟！”她拍拍发网，下意识地把几根睡觉时松落的发丝塞了回去，“你喝醉了吗，贝瑟·吉尔？”摩格丝自己也有这种怀疑。

“我不知道那是不是一只鸟，”贝瑟争辩说，“它看上去不像任何一种鸟，但除了蝙蝠之外，会飞的不都是鸟吗？它很大，男人们从它的背上爬下来。当它起飞的时候，它的背上还有一个男人。我拍打脸颊，想要让自己清醒过来，却又有一只……那种东西……着陆了，有更多男人爬下来。然后又来了一只。我认为必须立刻向塔兰沃大人报告这件事。”莉妮没有再发出哼声，但摩格丝几乎能感觉到莉妮瞪着贝瑟的目光。这名为了追随她而丢掉自己旅店的男人一定也感觉到了。“光明在上，我说的都是实话，女王。”他坚持着。

“光明啊！”塔兰沃的声音仿佛是对贝瑟的响应，“有什么东西……某种东西刚刚落在北军营上。”摩格丝从没听过他的声音如此惊骇。现在她只想让所有人都离开，不要来打扰独自伤神的她，但这个希望似乎很渺茫。塔兰沃在许多方面比布琳更糟糕得多。

“我的袍子。”摩格丝说道。这次，布琳飞快地将丝绸长袍递给了她。贝瑟急忙将脸转向墙壁。

摩格丝一边系紧袍带，一边走向窗口。北军营在宽阔的场院里排成长长一列，一切都被寂静所笼罩。“我什么都没看见，塔兰沃。”

塔兰沃将她向后拉了几步，“仔细看看。”

如果换作别的时候，摩格丝会因为塔兰沃的手离开她的肩膀而感到遗憾，同时又会因为这种遗憾以及他的语气而产生恼怒。现在，经历过艾阿蒙之后，她感到一阵放松，但这种放松以及他的语气同样让她感到恼怒。他太无礼，太顽固，太年轻了，他甚至不比加拉德大多少。

阴影随着月光而移动，但除此之外看不到任何动静。远处的阿玛多城中传来一阵狗吠，又有更多的狗随之应和。摩格丝想要告诉塔兰沃看错了，但军营顶上的一片黑暗却在此时隆起，并飞离了屋顶。

塔兰沃称它为“某种东西”，摩格丝也想不出更好的名字。她觉得有一个超过男人身高的颀长身躯，鼓起一双蝙蝠般的翅膀，飞落在院子里，一个人影就坐在那个身躯蜿蜒的脖子后面。那双翅膀又鼓起了风，然后那……某种东西……飞了起来，巨大的翅膀遮住月光，一根细长的尾巴吊在身后。

摩格丝缓缓闭上嘴，她能想到的只有暗影生物，妖境中并非只有兽魔人和魔达奥。她学过的课程中没有这样的内容，但白塔的课程让她知道，许多盘踞在妖境中的生物从没有人见过，或者没有活着的人能够形容它们的样子。但它们怎么可能出现在如此遥远的南方？

突然间，一片闪光伴随着一声巨大的爆炸从主门方向传来，然后沿着围墙又是两次爆炸。摩格丝相信，那两个地方也是大门。

“末日深渊啊，那是什么？”塔兰沃嘀咕了一声。此时，黑暗中传出的警报声打破了寂静，喊声和尖叫声随之在四处响起，其中还夹杂着仿佛是某种号角的刺耳声音。火焰随着一阵雷声在不同的地方跃起。

“至上力。”摩格丝喘息着说。她几乎不能导引，但她能分辨出这种力量，关于暗影生物的想法被打消了。“那……那一定是两仪师。”她听到背后有人屏住了呼吸，应该是莉妮或布琳。贝瑟·吉尔兴奋地嘟囔着“两仪师”，蓝格威的嘀咕声太小了，摩格丝听不到。黑暗中传来金属撞击的声音。烈火四处蔓延，闪电划过无云的天空，城市里终于响起了警铃，但出奇地稀少。

“两仪师。”塔兰沃的语气里充满了怀疑，“为什么是现在？为了援救你，摩格丝？我一直都认为她们的至上力不能用来攻击普通人。而且，如果那种有翅膀的怪物不是暗影生物，那我也不知道暗影生物还能是什么样子了。”

“你不知道你在说什么！”摩格丝生气地转过头，“你——”一支十字弩箭擦过窗棂，激起许多石屑。摩格丝感到一阵冷风吹过脸庞。那支弩箭从她和塔兰沃之间穿过，咚的一声戳在床柱上，如果这支箭再偏右几寸，摩格丝的全部麻烦就都结束了。

摩格丝没有动，但塔兰沃咒骂一声，把她拉离了窗口。在暗淡的月光中，摩格丝能看见他望着她，眉头紧锁，片刻之间，她以为他会伸手来摸她的脸。如果他这样做了，她不知道是该啜泣、尖叫，还是命令他永远离开她……

但他只是说：“更有可能是那些人，那些自称为沙铭或其他什么名字的人。”他还在相信那些古怪、不可思议的故事，现在这些故事甚至已经渗进了圣光城堡。“我想，现在我能带你出去，外面已经乱成一团了。跟我来。”

摩格丝没有纠正他，普通人不了解至上力，更不可能知道阴极力和阳极力的区别。不过塔兰沃的主意很有吸引力，他们也许能趁这场骚乱逃出去。

“把她带进外面的战场？！”莉妮尖叫道。窗外，耀眼的光芒掩盖了月光，雷声和爆炸声淹没了刀剑撞击声。“我以为你有更多的智慧，马泰恩·塔兰沃，‘傻瓜才会去亲吻黄蜂，舔食火焰’。你听到了，她说那是两仪师，你认为她不知道，是吗？”

“大人，如果那是两仪师……”贝瑟的声音弱了下去。

塔兰沃的双手从她身边落了下去，他低声嘟囔着，希望自己能有一把剑。培卓·南奥曾经允许他保留佩剑，但艾阿蒙·瓦达剥夺了这个信任。

在这一瞬间，失望在摩格丝的心中翻涌。如果他坚持，如果他硬将她带走……她是怎么了？不管什么理由，不管要去哪里，如果塔兰沃想要强制带走她，她一定会剥了他的皮。她需要控制住自己。艾阿蒙削弱了她的自信——不，艾阿蒙轻易就将这份自信撕成了碎片，但她必须将这些碎片粘起来，让它们重新成为一体。不管用什么方法。只要这些碎片还值得修补。

“至少我能查清楚到底出了什么事！”塔兰沃咆哮着，大步向门口走去，“如果那不是你的两仪师——”

“不！你要留在这里，求求你。”摩格丝很高兴暗淡的阴影遮挡了她火红的脸颊，她宁可咬断自己的舌头，也不愿意说出最后那句话，但它已经不知不觉从她的嘴里溜了出来。她急忙用更加严厉的语气说：“你要留在这里，守卫女王是你的责任。”

借着昏暗的光线，她能看见他的脸，和他郑重其事的鞠躬，但摩格丝愿意用自己的最后一个铜板打赌，塔兰沃非常生气。“我会留在前厅里。”摩格丝这次完全不在乎他有多么生气，或者是对自己的愤怒是多么不加掩饰。她很可能会亲手杀死这个让她气恼的男人，但今晚他不能死，如果他轻易死在某个士兵的刀下，那么她就永远也无法知道他真正的心思了。

现在继续睡觉已经不可能了，摩格丝没有点灯，只是在黑暗中洗脸刷牙，然后在布琳和莉妮的帮助下穿上衣服。那是一件有绿色丝绸饰带的蓝色裙装，在手腕和脖颈处还装饰着雪白的镶边，这样去会见两仪师应该是足够了。阴极力在夜幕中汹涌沸腾，她们一定是两仪师，不然还有可能是什么人？

当摩格丝走进前厅，重新见到那些男人时，他们都坐在黑暗中，屋里的照明只是从窗口透进来的月光和偶尔闪现的至上力火光，即使是一支点亮的蜡烛也会引起不必要的注意。蓝格威和贝瑟立刻充满敬意地从椅子里跳了起来，塔兰沃起立的动作更慢一些，摩格丝不需要灯光就知道他正在用愠怒的目光看着自己。但她对此只能视而不见，不管她对他有多么生气——她是他的女王！她用勉强能控制住的平静声音命令蓝格威将椅子拖到远离窗口的地方，然后他们就在寂静中等待着，至少在他们之间保持着寂静。而在窗外，雷声、喊叫声、号角声震耳欲聋。在其中，摩格丝能感觉到阴极力的起伏澎湃。

至少又过了一个小时，战斗的声音开始渐渐趋弱，最后终于消失，只剩下仿佛是在发出各种命令的喊声、伤者的哀嚎和偶尔发出的奇怪号角声。阴极力也退去了，但摩格丝确定，这座城堡里肯定还有女人连结着真源。不过城堡中肯定已经恢复了和平。

塔兰沃动了一下，但摩格丝挥手示意他坐回到椅子里。片刻之间，摩格丝以为他会违抗她的命令。夜色变淡了。阳光从窗户透进屋里，照亮了塔兰沃带着怒意的眼睛。摩格丝用力将双手压在膝上。耐心是这个年轻男人唯一需要学习的美德，对于一个高贵的人，耐心也是仅次于勇气的美德。太阳升得更高了。莉妮和布琳开始用愈来愈担忧的语气窃窃私语，并不时向摩格丝瞥上一眼。塔兰沃紧皱眉头，黑眼睛里燃烧着火焰，那套蓝黑色的外衣很适合他现在这种僵硬的坐姿。贝瑟则显得焦躁不安，两只手轮流抚过只是在周围有一圈灰发的秃头顶，又用手绢擦了擦脸颊。蓝格威懒洋洋地躺在椅子里，这名曾经是街头恶棍的男子有双厚重的眼皮，让他总是显出一副昏昏欲睡的模样。只有在他瞥向布琳时，满是刀疤、鼻梁断塌的脸上才会闪出一丝笑容。摩格丝只是将注意力集中在自己的呼吸上，几乎就像是她还在白塔时的样子。耐心。但她已经在思量着该用哪些尖利的言辞对付要走进这个房间的人了，不管他们是不是两仪师！

通往走廊的房门外响起震耳的撞击声，摩格丝不禁跳了起来。还没等她让布琳去看看谁在那里，房门已经狠狠地撞在墙壁上。摩格丝紧紧地盯着那个进来的人。

一名高大、黝黑、鹰钩鼻的男人也在冷冷地盯着她，一根长长的剑柄从他肩头伸出来，古怪的盔甲覆盖了他的胸膛，一层层甲叶上绘制着金色和黑色的漆光图案。他的一只手垂在腰侧，握着一只昆虫头般的头盔，上面同样绘着黑色、金色和绿色的花纹，顶端还插着三根细长的绿色羽毛。他身后还跟着两名穿戴同样盔甲的男人，只是他们的头顶没有羽毛，他们的盔甲只有图案，却没有漆光。这两个人的手中都端着上弦的十字弩，外面的走廊里站了更多的人，手中都擎着金色和黑色穗子的长枪。

塔兰沃、蓝格威，甚至是矮胖的贝瑟都以最快的速度跳起身，站在摩格丝和这群怪人中间，摩格丝不得不伸手把他们拨开。

没等摩格丝要求一个解释，那名鹰钩鼻男子已经朝她走来。“你是摩格丝，安多女王？”他的声音非常严厉，但他的语调显得圆润且模糊，让摩格丝差点就无法听清楚他在说什么。没等摩加丝回答，他就继续说道：“你跟我来，一个人。”最后这句话是他看见塔兰沃、蓝格威和贝瑟一起向前靠过来时说的。两名十字弩手端平了他们的武器，沉重的弩箭看上去足以洞穿重甲。

“我不反对让我的人留在这里，直到我回来。”摩格丝的声音比她料想得更平静。这些人是谁？摩格丝熟悉每个国家的口音，熟悉各国战士的盔甲。“我相信你们可以保障我的安全。队长……”

那个男人并没有告诉摩格丝该怎么称呼他，只是简单地一挥手，示意摩格丝跟在身后。让摩格丝大感轻松的是，塔兰沃虽然眼里几乎能喷出火焰，却没有采取任何实际行动。而让摩格丝极为愤怒的是，贝瑟和蓝格威都在看了塔兰沃一眼之后，才向后退去。在走廊里，士兵们将摩格丝包围在中央，那名鹰钩鼻军官和两名十字弩手领头走在前面。这只是代表尊敬的卫队——摩格丝竭力劝说自己。这里刚刚发生过战争，没有卫兵护卫着便行动是愚蠢的。也许周围就隐藏着白袍众的残兵，妄想胁持人质，或者是杀害他们能找到的所有人。她只希望自己能相信这套理由。

摩格丝试着询问那名军官。但他一个字都没有说，也没有减慢步伐，甚至没有转一下头。最后摩格丝只能停止了努力。没有一名士兵瞥她一眼。摩格丝以前的女王卫队里也有这样的人。这些刚硬的男人经历过不止一次的战争。但他们到底是谁？他们的靴子整齐划一地踏在地板上，如同预示凶兆的鼓声。这座城堡里很少有任何色彩，能看到的装饰只有零星散布的壁挂上，描绘着白袍众浴血奋战的情景。

摩格丝意识到她正在被带往最高领袖指挥官的房间。她的心里不由得感到一阵恶心。在培卓 · 南奥还活着的时候，她走在这条路上几乎已经有些愉快的心情了。在他死后的几天时间里，摩格丝在这里就只剩下了恐惧。转过一个拐角，她吃惊地看见一名军官率领着大约二十几名弓箭手。那些士兵穿着宽松的裤子和镶嵌铁钉的皮制胸甲，胸甲上绘着蓝色和黑色横纹。他们的头盔是圆锥形的。面孔被灰色的钢制炼甲覆盖，只露出一双眼睛。其中有几个人的面甲下缘露出了胡须。那名弓箭手军官向给摩格丝领路的军官一鞠躬。而后者只是稍一抬手作为应答。

也许是塔拉朋人。摩格丝已经有许多年没有见过塔拉朋士兵了。这些士兵虽然古怪，但只可能是塔拉朋人，否则摩格丝可以吃掉自己的软鞋。不过这并不合理。塔拉朋人以混乱著称。在那里，王位的觊觎者和真龙信众们正进行着不下一百场的内战。但塔拉朋人自己绝不可能发动这场对阿玛多城的突袭。除非，虽然非常不可思议，但一定是有一股势力胜过了其余的势力，也镇压了真龙信众，而且……这是不可能的，这也仍然无法解释那些穿着奇怪盔甲的士兵，还有那些有翼怪兽，还有……

摩格丝以为自己见识过奇异的景象，她以为自己知道什么是恶心。然后她和她的卫兵又转过一个拐角，遇到了两名女人。

其中一名身材苗条，像凯瑞安人一样矮，比提尔人更黑。她的蓝色裙摆离脚踝有相当长的一段距离，胸衣上镶着红色条纹，分叉的银色闪电从她的胸前一直延伸到宽松的裙裤上。另一名女人穿着单调的深灰色裙装。她比大多数男人还要高，有一头被梳得闪闪发亮的披肩金发，和一双充满畏惧的绿眼睛。一根银索连接着矮个子女人手腕上的一只手镯和金发女子脖子上的颈圈。

她们为摩格丝的卫兵让出道路。鹰钩鼻军官喃喃说了一句“Der’ sul’ dam”，模糊的语调让摩格丝很难听清楚。随后他又用像是对平辈应有的语调——像是，但不完全是——说了些什么。那名黑皮肤的女人微微一点头，拉了一下连接手镯的银索，金发女子立刻跪伏下去，手掌撑在岩石地板上，头几乎垂到膝间。当摩格丝一行人走过去时，黑皮肤的女人弯下腰，亲切地拍了拍她的头顶，就像是在抚摸一条狗。更糟的是，跪在地上的女子则用欢喜和感激的眼神看着她。

摩格丝努力让自己平稳地迈步，让自己的膝盖能够弯曲，让自己不至于吐出来。她可以确认，那名卑微怯懦的女子能够导引。不可能！摩格丝茫然地向前走着，怀疑这是不是一场梦，一场噩梦。她在祈祷这只是噩梦。她模糊地感觉到自己停在更多士兵前面，那些士兵穿着红色和黑色的盔甲，然后……

培卓·南奥的接见室——现在掌管这里的是艾阿蒙，或者是这座城堡真正的主人——装潢已经变了，地板上巨大的金色太阳还在，但所有培卓曾经虏获的战旗（艾阿蒙掌权之后保留了它们，作为自己的战利品）都已经消失了，家具也只剩下培卓和艾阿蒙都坐过的那把朴素的高背椅。高背椅的两侧摆放了两架色彩浓艳的屏风，其中一架上是一只有雪白冠羽的黑色猛禽，展开的翅膀尖端也是白色的。另一架屏风上绘着一头有黑色斑纹的黄猫，它的一只爪子按在一头仿佛是鹿的野兽身上。这只鹿只有那头黄猫的一半大，有两根长而直的角，身上有白色的斑纹。

房间里有几个人，但没等摩格丝逐一细看，一名面孔冷酷的女人已经向她走了过来。那女人穿着蓝色长袍，头顶的一侧完全被剃光，另一侧的头发被结成一根棕褐色的长辫子，从右侧的肩头垂挂下来。她的蓝眸里充满了轻蔑，和屏风上那只鹰或那头猫的眼睛没什么差别。“你受到了女大君苏罗丝的召见，她是先来者的统帅，是回归者的救星。”她的声音如同吟咏，音调同样充满了滑音，因此显得模糊难辨。

没有任何警告，鹰钩鼻军官抓住摩格丝的后颈，将她按倒在地，那名军官也同时跪伏在地上。摩格丝感觉自己肺里的空气都被压了出去，但让她惊讶的是那名军官竟然在亲吻地面。

“放开她，厄尔巴，”另一个女人用缓慢但带着怒意的声音说，“安多女王不能被如此对待。”

叫厄尔巴的军官直起身子，但仍然跪在地上，低着头：“我是卑微的，女大君，我乞求宽恕。”他的语调是圆润的，但声音冰冷而刻板。

“我对此不会有太多宽恕，厄尔巴。”摩格丝抬起头。苏罗丝的样子让她又吃了一惊。这个女人的两侧头发都被剃光了，只剩下头顶一道光亮润滑的黑色长发，一直垂到背后。“不过也许在你被处罚之后可以得到饶恕。快去报到！现在离开，快点！”苏罗丝挥了一下手，在摩格丝眼前掠过一道光亮，是她的食指和中指上那些一寸长指甲的亮蓝色闪光。

厄尔巴跪着鞠了个躬，然后迅速站起身，后退着出了房间。摩格丝这时才发现，其他士兵都没有跟他们走进房里。她还意识到一些别的事，厄尔巴在消失之前，最后瞥了她一眼，那道目光里并没有因为遭受惩罚而产生的怨恨，他只是在……思考。厄尔巴不会受到惩罚，这一切都是预先安排好的。

苏罗丝扫了摩格丝一眼，这个女人一直仔细地握着她的淡蓝色长袍，让自己裙子露出一角，裙子是雪白的，上面差不多有几百条皱褶。她的长袍上绣满了藤蔓枝叶与盛开的红色和黄色花朵。直到摩格丝站起身之后，她才向苏罗丝正式转过眼睛。

“你有没有受伤？”苏罗丝问道，“如果你受了伤，我会对他加倍处罚。”

摩格丝掸掸裙子，这样就不必去看苏罗丝脸上的假笑了，同时她也趁这个机会扫视了一下这个房间。四个男人和四个女人跪在墙边，全都非常俊美，全都穿着……她立刻将目光转向一旁。那种白色的长袍几乎是透明的！在屏风的外侧还跪着两对女子，都是其中一人穿着灰衣服，另一人穿着绣有闪电花纹的蓝色长裙，一条银索连接着前者的颈圈和后者的手环。摩格丝距离她们很远，无法确定，但那种心寒的感觉让她明白，戴着颈圈的两名女人是能够导引的。“我很好，谢谢——”一个巨大的形体趴伏在地板上，看上去很像一堆棕褐色的牛皮，却在这时候动了起来。“这是什么？”摩格丝努力不显出惊骇的样子，但她没能阻止自己喊出这个问题。

“喜欢我的劳帕吗？”苏罗丝的目光立刻转到这只怪兽身上，巨兽抬起硕大的圆形头颅，让苏罗丝搔了搔它的下巴。它让摩格丝想到了一头熊，但它的体积至少是最大的熊的一倍半，而且它的身上没有毛发，也看不清它的嘴在哪里，在它的眼睛周围环绕着一圈宽厚的骨脊。“我得到亚蛮达拉加时，它还是一只幼兽，那是在我的第一个正名日。它在那一年就第一次阻止了对我的暗杀，那时它只度过了成长期的四分之一。”她的这段话里确实是包含着感情。苏罗丝抚摸着这……劳帕……的头，它便将嘴唇噘起，露出粗大锋利的牙齿。它弯起前爪，每只爪子上有六根长长的爪趾，随着皮肉的收放，锋利的爪尖时隐时现。它发出一串叫声，低沉的声音如同一百只猫齐声嚎叫。

“很壮观。”摩格丝最后无力地说道。正名日？听这女人的口气倒是很轻松，她到底经历过多少次暗杀？

那头劳帕朝离开它的苏罗丝发出呜呜的叫声，不过很快又将头埋进爪子里。它没有再去看苏罗丝，而是将注意力集中在摩格丝身上，不时还会瞥一眼门口和箭缝般的窄窗户，它的目光让摩格丝感到有些惶恐。

“当然，无论一头劳帕是多么忠诚，它也不可能比得上罪奴。”这次苏罗丝的声音中没有任何感情，“普拉和金晶在亚蛮达拉加眨眨眼时就能杀死一百名刺客。”随着苏罗丝说出这两个名字，那两名穿蓝色裙装的女人立刻拉了一下银索，穿灰衣的女人立刻跪伏在地面上，就像那些穿着薄纱的人一样。“回归之后，我们的罪奴多了许多，这片土地真是个猎捕马拉斯达曼尼的好地方，”她又用不经意的语气说道，“普拉曾经是个……白塔的女人。”

摩格丝的膝盖摇晃了一下。两仪师？她审视着那个卑躬屈膝、被称作普拉的人，拒绝相信这一切。两仪师不可能成为这样的奴隶，不止是两仪师，任何能够导引的女人都应该能挣脱这根锁链，掐死折磨她的人，即使是普通人也能这么做。不，那个普拉不可能是两仪师。摩格丝思忖着自己是否敢要求一把椅子。“这很……有趣。”至少她的声音仍然是稳定的，“但我不认为你请我来这里是要和我聊两仪师的事。”当然，她不是被请来的。苏罗丝盯着她，除了左手的两根长指甲微微颤抖了一下之外，全身没有一根肌肉有丝毫抽动。

“瑟拉！”那名剃光半边头发、有着冷酷面孔的女人突然喝道，“为女大君和她的客人准备卡芙！”

一名穿薄纱长袍的女人（她是那四人当中最年长的，但仍然很年轻）以优雅的动作跳起身，她像玫瑰花蕾般的嘴唇显露出一点不悦的样子，但她还是以最快的速度跑到绘着鹰的屏风后面。片刻之后，她就捧着一只托盘走了出来，托盘上放着两只白色的小杯子。她在苏罗丝面前跪了下来，低垂下头，高举托盘。摩格丝摇摇头，安多的任何仆人如果被要求这么做，或者是穿这种衣服，都会在盛怒中和主人断绝关系。“你们是什么人？你们从哪里来？”

苏罗丝用指尖拈起一只杯子，将杯子上腾起的蒸气深深地吸进鼻子里。她向摩格丝一点头，仿佛是向她下达许可的命令。摩格丝不喜欢这样，但还是拿起另一只杯子，浅啜一口。她立刻以惊愕的眼神盯着杯中的饮料，这种液体比任何茶汁都要黑，也更苦，无论多少蜂蜜都无法调和这种苦味。苏罗丝却将杯子放到唇边，发出一阵愉快的叹息。

“我们有许多事情必须谈一谈，摩格丝，但我会让我们的第一次交谈尽量简短些。我们霄辰人回来是为了取回我们被偷走的东西，我们是至高王亚图·潘恩崔·塔瑞奥的继承人。”对于卡芙的喜悦在她的声音中变成另一种喜悦，其中蕴含着期待与笃定。她更加认真地看着摩格丝的脸。摩格丝无法避开她的目光。“我们的将再次属于我们，偷窃并不能拥有，我已经在塔拉朋开始了我的职责，那个地方的许多贵族已经发誓遵从、等待并侍奉。不久之后，所有人都会立誓。他们的国王——我记不得他的名字了——因为反对我而丧命。如果他被我活捉，为了他背叛水晶王座和王之血脉的罪行，他应该被钉到尖桩上。我还没找到他的家人，给予适当的处置，但新的塔拉朋国王和帕那克已经向女皇——愿女皇永生——和水晶王座立下了誓言。强盗们将被根除，塔拉朋不会再有战争和饥荒，人们将得到女皇羽翼的庇护。现在，我开始处理阿玛迪西亚。很快地，全部国家都将向女皇——愿她永生——跪倒，伟大的亚图·鹰翼的直系子孙将成为他们永远的主人。”

如果不是那名女仆已经带着托盘离开，摩格丝一定会把手中的杯子放回去。黑色液体的表面没有丝毫波动。那个女人的长篇大论对她而言大部分都毫无意义。

女皇？霄辰？一年多以前曾经有许多谣言说亚图 · 鹰翼的军队跨过爱瑞斯洋回来了，但只有最愚蠢的人才会相信，而现在，摩格丝认为即使是市场上最饶舌的人也不会谈论这个话题了。这会是真的吗？不管怎样，她真正明白的信息并不多。

“所有人都尊敬亚图 · 鹰翼之名，苏罗丝……”那个冷酷脸庞的女人恼怒地张开口，但她的女大君扬起一根蓝色的指甲，阻止她发出声音。“但他的时代早已过去，这里的每一个国家都有悠久的血脉传承，没有国家会欢迎你和你的女皇统治。如果你已经占据了塔拉朋的某些部分……”苏罗丝深吸了一口气，发出嘶声，双眼闪烁着光芒。“记住，这是一片诸多患难的土地，人们分裂割据，彼此攻杀。阿玛迪西亚不会轻易陷落，有许多国家在知道你们之后一定会来支持它的。”真的会这样吗？“无论你们有多少人，你们会发现你们的目标并不是那么容易实现。我们以前面对过许多巨大的威胁，并且克服了它们。我建议你在被毁灭之前恢复和平。”摩格丝记得那个阴极力沸腾的夜晚，她努力不去看那些……罪奴（苏罗丝是这样称呼她们的？）。她费了很大力气才没有去舔自己干涩的嘴唇。

苏罗丝的脸上又挂上了那副微笑的面具，她的眼睛如同宝石般烁烁放光。“所有人都必须做出选择。总有人会选择遵从、等待和侍奉，他们会在女皇的名义下统治诸国。愿女皇永生。”

她拈住茶杯的手微微一颤，两根长指甲晃了一下。那个冷酷的女人立刻喝道：“瑟拉！天鹅舞！”

苏罗丝绷紧了嘴唇。“不是天鹅，亚纹，你这个瞎眼的傻瓜！”她低声说道。模糊的发音让摩格丝难以听清楚她的话。那种冻结的微笑立刻又回到她脸上。

名叫瑟拉的女仆重新从墙边站了起来，以古怪的姿势跑到房间中央。她踮着脚尖，手臂伸展在背后，踩在圣光之子的金色太阳上，开始舞蹈。她的手臂像翅膀般一张一合，然后她弯腰屈膝伸出左足，双臂展开，直到手臂、身体和右腿变成一条倾斜的直线，仿佛在乞求什么。只裹着一层白纱的肉体充满了妖媚的气息。随着舞蹈的继续，摩格丝感觉自己的脸颊在发烫。

“瑟拉是个新人，还没完成训练。”苏罗丝喃喃地说，“这样的舞蹈经常是由十或二十名达科维共同表演的，他们必须是经过选择、血缘和身体都清洁而美丽的男女，但有时候看一个人的独舞也是件快乐的事。拥有美丽的东西是令人愉快的，不是吗？”

摩格丝皱起眉，人怎么可能是被别人拥有的东西？苏罗丝之前说“给予适当的处置”，摩格丝通晓古语，她对“达科维”这个词感觉很陌生，不过她还是想到了这个词的意思——“被拥有的人”。这实在是令人厌恶，太可怕了！“难以置信，”她干涩地说，“也许我应该离开，那样你就可以好好欣赏这个……舞蹈了。”

“等一下，”苏罗丝说，她还在一边微笑一边看着瑟拉，摩格丝则一直避免去看那个女仆，“就像我说的一样，所有人都要做出决定。塔拉朋的旧国王选择了反叛，以及死亡。那名旧帕那克成为阶下囚，却仍然拒绝立誓。我们都有属于我们的位置，除非受到女王的拔擢，那些拒绝留在正确位置上的人就是走上了穷途末路。瑟拉的姿态很优雅，亚纹教得很努力，所以我想，不需几年，瑟拉就能学会将这些舞蹈的技巧与她的优雅结合在一起了。”那张微笑的脸转向摩格丝，宝石般的眼睛闪烁着光泽。

这名霄辰女大君为什么要这样看着她？那名跳舞的仆人怎么了吗？苏罗丝一直提到她的名字，似乎是在强调什么。但……摩格丝猛地转过头，盯着那个女人。现在那个女人又踮起了脚尖，双手平伸合在一起，手臂伸展到了极限。“我不相信，”摩格丝惊愕地说，“我不相信！”

“瑟拉，”苏罗丝说，“你在成为我的财产前叫什么名字？你曾经有过什么头衔？”

瑟拉就以那种伸展的姿势停住了，她颤抖着，有些慌乱地向四周望着。看见亚纹时，她开始显露出恐惧；看到苏罗丝，她的眼里只剩下恐惧。最后她喘息着说：“瑟拉曾经被称为爱麦瑟拉，希望女大君喜欢，瑟拉曾经是塔拉朋的帕那克，希望女大君喜欢。”

摩格丝手中的茶杯掉落，在地板上撞成了碎片，黑色的卡芙溅了一地。摩格丝从没见过爱麦瑟拉，但她曾经听别人描述过爱麦瑟拉的样貌。不，有许多这个年纪的女人都会有黑色的大眼睛和玫瑰花蕾般的嘴唇。普拉绝对不是两仪师，这个女人……

“舞蹈！”亚纹喝道。瑟拉立刻收回瞥向苏罗丝的目光，又开始动作，无论她是谁，显然她现在只是在想着不要犯错。摩格丝努力压抑下自己呕吐的冲动。

苏罗丝向前迈了一步，面孔如同深冬般寒冷。“所有人都要面对选择，”她的声音能在钢铁上留下烙印，“我的一些俘虏说你在白塔中待过。根据法律，任何马拉斯达曼尼都不能逃脱制裁，但我发誓，你——虽然你直呼我的名字，并拒绝相信我说的话——不会遭受这样的命运。”她的声音清楚地表示出摩格丝没什么可供选择的命运，微笑的面具又回到她的脸上。“希望你会选择立下誓言，摩格丝，你将在女皇的名义下继续统治安多，愿女皇永生。”对话以来第一次，摩格丝可以确定这个女人在说谎。“明天我会再和你谈谈，或许后天吧！如果我有时间的话。”

苏罗丝转过身，不急不缓地走过那名孤单的舞者，坐回她的高背椅中，以优雅的姿势调整好自己的长袍。亚纹又在吼叫了，她似乎不知道别的说话方式：“全都起来！天鹅舞！”跪在墙边的年轻男女立刻跳起来跑到瑟拉身边，他们在苏罗丝的椅子前排成一条直线。现在，只剩下劳帕还在注意着摩格丝，摩格丝从未想过自己会如此被忽略，她拢起自己的裙子和尊严，离开了。

当然，她一个人没走多远，就看见那些穿着红色和黑色盔甲的士兵如同雕像般站在前厅，擎着红黑色穗子的长矛，被漆纹头盔裹住的面孔毫无表情，昆虫颚骨般的面甲下射出一道道严厉的目光。其中一名并不比摩格丝高多少的士兵一言不发地跟在她身旁，一直到了她房间。现在她房间门口站了两名佩剑的塔拉朋人，他们穿戴漆着横条纹的钢制胸甲，他们深深鞠了个躬，双手一直垂到膝头。摩格丝本以为这是在向她行礼。但这时她的护卫说话了：

“记住荣耀。”他的嗓音沙哑干涩。塔拉朋人直起腰，没有瞥摩格丝一眼，只是继续听他说道：“小心看着她，她还未立誓。”钢制面甲上的黑眼睛向摩格丝闪动了一下，然后他们又向霄辰人鞠了个躬。

摩格丝一直告诫自己不要着急，但是在她身后的房门一被关上，她立刻就靠在门板上，开始试着整理自己混乱的思绪。霄辰人和罪奴，女皇、誓言、违背誓言的人，莉妮和布琳站在房间中央看着她。

“你知道了些什么？”莉妮耐心地问，语气就像是问还是孩子的摩格丝今天的阅读功课做好了没。

“噩梦和疯狂。”摩格丝叹了口气。她忽然抬起头，焦急地望向房间各处。“他……那些男人去哪里了？”

布琳用嘲讽的语气回答摩格丝没有问出口的问题：“塔兰沃寻找线索去了。”她的拳头叉在腰间，一脸严肃。“蓝格威跟他一起走了，还有贝瑟。你知道了什么？那些……霄辰人是什么人？”她皱起眉，这个名字对她而言还很陌生。“我们只听到了这些。”莉妮的目光像针一样钉在她身上，她却装作没注意到的样子。“现在我们要怎么做，摩格丝？”

摩格丝从这两个女人中间冲了过去，跑到窗前。这里的窗户并不是狭窄的箭孔，从窗口可以俯瞰二十几尺外的院子。那里有一队没戴帽子、衣衫凌乱的男人，其中一些人身上还缠着带血的绷带，他们蹒跚地走过院子，旁边是擎着长矛的塔拉朋士兵。几名霄辰人站在附近的一座高塔顶端，从城垛间向远处眺望，其中一名霄辰人头盔上装饰着三根细长的羽毛。一名女子出现在院子对面的一扇窗前，闪电花纹和红色条纹在她的胸衣上非常显眼，她正皱紧眉头盯着下面的白袍众囚徒。那些蹒跚而行的囚徒看上去都很呆滞，似乎仍然无法相信发生了什么事。

他们要怎么做？摩格丝害怕做出决定。看起来，在最近几个月里，即使她只是决定早餐是否有水果，也会导致灾祸。只是一个决定，苏罗丝这样对她说，帮助这些霄辰人占领安多，或者……这是她能为安多做的最后一件事了。战俘队伍的末端出现了，后面也跟了一些塔拉朋人，那些在院子里站岗的塔拉朋人加入到后来的这群同胞之间，一同走过院子。只要跳下这段二十尺的距离，苏罗丝就会失去控制安多的钥匙，也许这是懦弱的行为，但摩格丝早就是名懦夫了。不过，安多女王不该就这样死掉。

摩格丝悄声说出那段不能撤销的话，在此之前，安多的千年历史中这段话只出现过两次。“光明在上，我将传坎家族的家主之位让与伊兰。光明在上，我断绝与玫瑰王冠的一切关系，由狮子王座上逊位，并将这一切交与伊兰——传坎家族的家主。光明在上，我将我自己交与安多的伊兰，我将服从她的一切意志。”这并不能真的让伊兰成为女王，但这至少可以将道路扫清。

“你在笑什么？”莉妮问。

摩格丝缓缓转过身。“我在想伊兰。”老保姆和她之间有一段距离，不会听到她刚才说的话。

但莉妮已经睁大眼睛，屏住了呼吸。“立刻离开那里！”她喊道，并且立刻付诸行动——抓住摩格丝的手臂把她从窗口拉开。

“莉妮，你忘记自己的身份了！你早就不是我的保姆！”摩格丝深吸一口气，让自己的声音平缓下来。直视莉妮那双被吓坏的眼睛并不容易，莉妮从不曾害怕过任何事。“我做的是最好的，相信我。”她温和地对莉妮说，“已经没有其他办法——”

“没有其他办法？”布琳恼怒的声音打破了寂静，她抓住裙子的双手不停地颤抖，很显然，她更想抓住的是摩格丝的喉咙。“你在干什么傻事？如果霄辰人认为是我们把你推下去的该怎么办？”摩格丝抿紧嘴唇，她的心思已经变得这么容易被识破了吗？

“闭嘴！”莉妮从没生气过，也没提高过音量，但这两样现在她都做了。她满是皱纹的脸涨红，一只干瘦的手也抬了起来。“管住你的嘴，否则我就一巴掌让你变得比现在更傻！”

“如果你想甩人巴掌，就找她吧！”布琳喊道，“摩格丝女王！她会把你、我和我的蓝格威送到绞刑架上去，还有她宠爱的塔兰沃，这都是因为她的心胸比老鼠还窄！”

门开了，塔兰沃走进来，这也让房里的吵嚷戛然而止，没有人想在他面前叫喊。莉妮假装检查摩格丝的袖子，仿佛它需要缝补，这时贝瑟和蓝格威也跟着塔兰沃走了进来。布琳装出一副轻快的微笑，掸了掸裙子。当然，男人们什么都没注意到。

摩格丝却注意到了很多，塔兰沃的腰间有了佩剑，还有贝瑟，连蓝格威也挂了一把剑，只是他的是短剑，比其他任何武器相比，蓝格威更喜欢使用他的双拳。还没等摩格丝开口询问，最后走进来的那名瘦小的男子已经谨慎地关好了门。

“陛下，”塞班·巴尔沃说道，“请原谅我的冒犯。”就连他的鞠躬和微笑也显得干瘪却精确无误。当他的目光离开摩格丝，闪到别的女人身上时，摩格丝相信培卓·南奥的私人秘书已经注意到房里的气氛。

“见到您让我很吃惊，塞班先生。”摩格丝说，“听说您和艾阿蒙·瓦达之间发生了一些不愉快的事情。”艾阿蒙曾经对摩格丝说过，如果他看见塞班，他一定会把那个老头子踢出城堡去。塞班微笑的表情扭曲了一下，他知道艾阿蒙说的话。

“他有一个让我们全部离开这里的计划，”塔兰沃插嘴说，“今天，现在。”他看了摩格丝一眼，仿佛她并不是一名女王。“我们接受了他的建议。”

“怎么做？”摩格丝缓缓地问，她努力让自己的双腿站直。这个胆小的老光棍能帮什么忙？逃走。她非常想坐下来，但她不能坐，特别是在塔兰沃以那种眼神看着她时，当然，现在她不是他的女王了，但他还不知道这点。这时，摩格丝又想到另一个问题：“为什么？塞班先生，我不会抛弃任何帮助，但为什么你要冒这种风险？霄辰人如果发现你的行动，一定会让你后悔莫及的。”

“在他们来到之前我就已经在安排计划了。”他小心地说，“把安多女王留在艾阿蒙手里似乎……很不明智，而且艾阿蒙也应该为他的行为付出代价。我知道我不像是个值得信任的人，陛下……”他谦逊地用手捂住嘴，咳嗽了两下。“……但这个计划会有效的，实际上，霄辰人让它的实行更容易了。如果没有他们，也许这几天里我还没办法把它安排好。在这座刚刚被他们征服的城市里，只要是向他们立誓的人都能得到相当大的自由度。就在日出后不到一个小时，我已经得到随意出入的许可。而且我可以最多带十人集体行动，只要这十个人都立下了弃绝阿玛多的誓言。他们相信我要去买酒，所以我能准备运酒的马车，就在东边。”

“一定是陷阱。”摩格丝的语气很苦涩。与其落入陷阱里，还不如从那扇窗口落下，“他们不会允许你把关于他们的讯息传出去。”

塞班揉搓着双手，把头侧向一边，然后他的动作突然停了下来。“实际上，陛下，我考虑过这点，给我许可令的军官说这没关系。他的原话是，‘向你遇到的任何人描述你见到的一切，让他们明白没有任何力量能阻挡我们。不管怎样，这片土地上的人很快就会明白这一点了。’今天早晨我已经看见几名立誓的商人带着他们的马车队走了。”

塔兰沃靠近摩格丝，有些太靠近了，摩格丝几乎能感觉到他的呼吸，他的目光。“我们接受了他的帮助。”他在她耳边悄声说道，“如果我必须捆住你，堵上你的嘴，他也会有办法带我们出去。他似乎有些门路。”

摩格丝直视着他的眼睛，那扇窗户，或者……一个机会。如果塔兰沃能管住自己的舌头，也许她早已经做出决定了。“非常感谢你的帮助，我接受它，塞班先生。”她向旁边跨了一步，这样就不必避开塔兰沃才能看见塞班了。靠近这个男人总让摩格丝感到困扰，他太年轻了。“首先要做什么？门口的那些卫兵应该不会让我们出去。”

塞班低下头，仿佛已经收到摩格丝的质疑。“恐怕他们必须遭遇一些意外，陛下。”塔兰沃握了一下腰间的匕首，蓝格威抖了抖拳头，就像刚才那只劳帕屈伸爪子。

摩格丝不相信事情能如此简单，但他们很快就收拾好一切能带走的东西，房门外那两名塔拉朋人也被顺利地塞进她的床底下。他们走到城堡大门时，摩格丝紧紧拉住防尘的亚麻斗篷，因为肩上的包袱而显得有些笨拙。她向门卫鞠躬，双手一直垂到膝头，就像塞班教她的那样，塞班则向卫兵说他们全都已经立誓遵从、等待和侍奉，摩格丝则一直在想该如何确保自己不会被活捉回去。直到他们骑着塞班备好的马，通过最后一道岗哨，离开阿玛多时，摩格丝才相信这个计划是可行的。当然，塞班也许会期待救出安多女王能得到某些好处，摩格丝还没告诉其他人这已经是历史了。她知道自己说了什么，这件事别人不需要知道，为这件事后悔是毫无意义的。现在，她要看看没有王座的生活可以是什么样子，而且这种生活应该远离一个太年轻、太令人困扰的男人。

“为什么你的微笑显得这么伤心？”莉妮问。她拉住缰绳，让她那匹两肋瘦瘪的棕色母马靠近摩格丝，那匹马看上去已经老得不能再老了。摩格丝的枣红马也好不了多少，他们之中没有人骑好马。霄辰人会放过塞班，但他们不会放过战争必须的良驹。

“前面还有很长一段路。”摩格丝对自己说，然后踢了一下坐骑，强迫它装出一副奔跑的样子，追上了塔兰沃。

第 27 章

孤身一人

将斧柄插进腰带的环扣里，佩林从墙角拿起没有上弦的长弓，将鞍袋甩到肩头，离开他曾经和菲儿共享的房间，没有回头看一眼。他们在这里曾经有过很多快乐的时光——大部分时光都是快乐的。佩林不认为自己还会回来，有时候他会怀疑，是否因为曾经在某个地方和菲儿有过许多快乐回忆，他就永远都无法回到那里。他希望不是这样。

宫殿走廊里的仆人们仍然穿着那种黑色的制服，也许是兰德的命令，也许只是仆人们想不到还有别的衣服可穿，没有制服，他们会感到内心不安，如同他们不知道自己属于哪里。而且黑色衣服似乎不会有什么问题，因为兰德手下的殉道使也都穿着黑衣。仆人们看到佩林时都会立刻逃走，连鞠躬和屈膝礼都没有。恐惧的气息从他们身上飘散出来，但这一次他们并不是害怕佩林那双黄色的眼睛，而是因为今天早上转生真龙刚刚在公开场合对这个人大发雷霆，所以在这个人身边逗留肯定是不安全的。佩林动了动鞍袋下的肩膀，被别人抓起来并丢出去对他来说已经是很久以前的记忆了，当然，以前没有人用至上力对他做过这种事。他绝对无法忘记那个时刻。

他抚住自己的肩膀，站起身，背靠在将他挡住的那根方柱上，他觉得也许有一两根肋骨断了。太阳大厅里，前来向兰德提出各种诉求的贵族们都努力注意着一些偏僻的角落，竭力装作他们正在别的地方。只有多布兰摇着满是灰发的头，看着他和正在走过这座大厅的兰德。

“我自己会对付那些两仪师！”兰德喊道，“你听到我说的吗，佩林？我自己会的！”

“你只是把她们交给了智者！”佩林同样叫喊着，猛地撑起靠在柱子上的身体，“你不知道她们是睡在丝绸床垫上，还是已经被割断了喉咙！你不是创世主！”

兰德仰头怒吼一声：“我是转生真龙！我不在乎她们受到什么样的待遇！她们应该被锁进地牢里去！”当兰德的目光离开拱形天顶，望向佩林的时候，佩林感到头皮一阵发麻。冰块和那双眼睛相比也显得温暖而柔软，那张面孔因为痛苦而完全变形了。“不要让我见到你，佩林，听到我的话了吗？离开凯瑞安！今天！现在！我永远都不想再见到你！”他转过身，大步走出太阳大厅。所有贵族立刻匍匐在地，恭送他离开。

佩林抹去嘴角的一丝血，他本以为兰德会杀死他。

佩林摇摇头，甩掉这些念头，接着绕过一个转角，差点撞在罗亚尔身上。这位巨森灵的背上系着个大包袱，挂在肩头的铺盖卷足以装下一只羊，他的手里拄着一把长柄斧，仿佛那是根行路杖，他外衣上的大口袋都因为塞满书本而显得方方正正的。

罗亚尔看见佩林时，满是茸毛的耳朵突然竖直起来，他的表情颓丧，眉毛一直垂到脸颊上。“我听说了，佩林。”他嗡嗡的说话声显得很哀伤，“兰德不该这么做的，草率的言辞会造成长久的祸患，我知道他会重新考虑的，也许等明天再看看。”

“没关系，”佩林对他说，“凯瑞安对我来说太……光鲜亮丽了，我是名铁匠，不是朝臣。到明天，我已经在离这里很远的地方了。”

“你和菲儿可以跟我一起走，凯尔玎和我打算去拜访聚落，佩林，我们要去所有的聚落，去察看那些道门。”一名窄脸、淡色头发的年轻人站在罗亚尔身后，时而看着佩林，时而看着巨森灵，只是他的眉头一直紧皱着。他也背着包袱和铺盖卷，腰上还别着一把剑，虽然穿着蓝色的外衣，但佩林认出他是一名殉道使。遇到佩林似乎并不让凯尔玎感到高兴，他的身上散发出冰冷和愤怒的气息。罗亚尔朝佩林背后的走廊瞧了一眼。“菲儿在哪里？”

“她……在马厩和我碰头，我们刚才有些不太愉快的对话。”这是事实，菲儿有时候似乎很喜欢朝他大声叫嚷。佩林压低了声音，“罗亚尔，我不会在别人能听到的地方谈论那个，我是说，道门。”

罗亚尔重重地喷了一下鼻息，那声音足以让公牛跳起来，但他也压低了声音："除了我们，我没看见任何人。"现在他的声音在十几步之外就听不到了，他的耳朵……只能说是猛烈地抖动了一阵，又带着怒意紧贴在脑袋上。"所有人都害怕靠近你，但你为兰德做了那么多。"

凯尔玎拉了拉罗亚尔的袖子。"我们必须走了。"他说着，又瞪了佩林一眼。在他眼里，任何被转生真龙斥骂的人都应该被远远地踢出去。佩林怀疑现在这个人是不是握持着至上力。

"好，好。"罗亚尔一边嘟囔，一边挥动着火腿般的大手，但他又靠在长柄斧上，沉思般地皱起眉。"我不喜欢这样，佩林，兰德将你赶走，他也支开了我，我该怎么完成我的书……"他的耳朵抖动了一下，然后咳嗽了几声。"嗯，当然，这不是现在该担心的事，但你、我，还有光明才知道麦特去了什么地方。下次他就要把明也送走了，今天早上他就在躲着明。他要我告诉明，他不在，我想明知道我在说谎，最后他就会变成孤身一人，佩林。'孤身一人是可怕的'，这是他对我说的话，他正计划着把所有的朋友都支开。"

"时光之轮按照它的意愿编织。"佩林说。罗亚尔眨眨眼。这句话最初是沐瑞说的，佩林最近常常会想到她；沐瑞一直都能遏制并稳定兰德。"再见，罗亚尔，路上小心，不要信任任何你不必去信任的人。"他的视线避开了凯尔玎。

"你不是说真的吧，佩林。"罗亚尔显得很吃惊，他似乎信任所有的人，"你和菲儿跟我一起走吧！"

"总有一天，我们会再见面的，"佩林温和地对他说。没等罗亚尔再开口，佩林已经快步走了过去，佩林不喜欢说谎，特别是面对一位朋友的时候。

在北马厩，情形和宫里完全一样，看见佩林走进来的马夫全都丢下了粪叉和马梳，争先恐后地从后门溜了出去。阁楼上传来一阵窸窣声，大概不少来不及逃跑的人都躲到了那里，佩林能听到焦虑、畏惧的喘息声。他从一座绿色条纹的大理石马栏中牵出快步，为它戴上笼头，把马缰系在一只镀金的拴马环上，然后从一个大理石工具间中取出马鞍和鞍垫，放在那里面的马鞍半数都镶金嵌银。这是一座典型的宫廷马厩，有着高高的方形大理石立柱和大理石地板，连干草下的地板也是大理石的。佩林很高兴自己就快离开这座宏伟的建筑。

到了城市北边，佩林沿着大道前行，几天前，他还跟着兰德在这条路上拼命飞驰，直到凯瑞安消失在地平线之外。他又转向东方。那里还残存着一大片树林，林地从一座高大的山丘开始，又覆盖了远处另一座更高的山丘。佩林才刚走进树林，菲儿就催赶燕子来到他面前。亚蓝跟在她身后，如同一条忠心的猎犬，一看见佩林，亚蓝的脸上立刻焕发出光彩。但这其实不是什么特别的事；他只不过是开始以那种忠犬的眼神轮流看着佩林和菲儿罢了。

“丈夫。”菲儿说。声音不算很冰冷，但她带着草药香皂味道的清凉体香中，仍然混杂着锋利的怒意和尖锐的嫉妒。她已经换上了旅行服装，一条薄防尘斗篷从她背后垂挂下来，红色的手套和颜色相配的靴子，黑色的骑乘窄裙裤，这是她喜欢的穿着。在她的腰带上藏着不少于四把匕首。

菲儿的背后还有贝恩和齐亚得，以及苏琳带着的另外十二名枪姬众。佩林的眉梢颤了一下，他很想知道高尔对这种情形会怎么想，艾伊尔男人们都说高尔正在努力与贝恩和齐亚得和谐相处。但让佩林更觉惊讶的是菲儿的另一些同伴。

“那些人在这里干什么？”佩林一边问，一边望着后面一小群骑在马背上的人，他认出其中的赛兰蒂、卡麦丽和那名高个子提尔女人，她们全都穿着男人的衣服，腰间佩剑。此外让佩林觉得有些眼熟的还有一名身材短粗的男人，穿着宽袖外衣，修尖的胡子上涂着油，头发被一根缎带绑在脑后。还有两名年轻的凯瑞安男人，佩林就完全不认识了，不过看他们用缎带绑住头发的模样，他们一定也是赛兰蒂的“战士团”成员。

“我将赛兰蒂和她的几名朋友收为我的侍从，”菲儿轻快地说，但她身上突然出现一种谨慎的意味，“他们留在城里迟早是要陷入麻烦的，他们需要有人指导。就把这个当成做善事吧！我不会让他们妨碍你的。”

佩林叹口气，搔了搔胡子，明智的男人不会当面指责自己的妻子对他有所隐瞒，尤其当这位妻子是菲儿的时候。菲儿正变得像她的母亲一样强大。妨碍他？她收了多少这样的……小娃娃？“一切都准备好了吗？城里很快就会有人以为能用我的脑袋到兰德那里邀功了，我不打算停留到那时候。”亚蓝的喉咙里发出一阵吼声。

“没有人会得到你的脑袋，丈夫。”菲儿朝他露了一下洁白的牙齿，然后又用只有他才能听到的微弱声音说道，“或许除了我之外。”接着用正常的声音说，“一切都准备好了。”

在树林外面平坦的山谷空地上，两河人站在他们的坐骑旁边，他们排成的两列纵队一直绕过了山丘。佩林又叹了口气。队伍的最前端，红狼头旗和曼埃瑟兰的红鹰旗在热风中轻轻飘扬，那两面旗帜下还有另外十几名枪姬众。在队伍的另一边，高尔的表情算是佩林在艾伊尔人的脸上见到的最近似于郁闷的样子了。佩林一下马，两名穿黑衣的男人立刻走到他面前，将拳头按在心脏的位置，向他行礼。“佩林领主，”朱尔·格莱迪说，“我们昨晚就到这里了，我们已经做好了准备。”

朱尔粗糙的农夫面孔让佩林几乎能对他感到安心，但费戈·尼尔德就是另一回事了。他大概比朱尔年轻十岁，就佩林所知，他原先也是一名农夫，但他现在却一副矫揉造作的模样，勉强留出的一点胡子被涂上油，修得尖尖的。朱尔是献心士，他的衣领上连剑徽都没有，只是一名士兵，但这并没有阻止他开口："佩林领主，我们真的有必要带着这些女人吗？她们只会添麻烦。她们一定会添麻烦的，你很清楚这点。"

他所说的那些女人正站在距离两河人不远的地方，其中一部分女人的手臂上都垂着披巾。伊达拉应该是这六位智者中年纪最大的，她面无表情地看着另外两名同样被费戈盯住的女人。实际上，这两名女人也让佩林很担心，森妮德·台韩穿着绿色丝裙，显得镇定矜持，一双高傲的眼睛竭力不去看那些艾伊尔女人（没有当自己是艾伊尔的凯瑞安人，大多也都装作这些艾伊尔女人不存在的样子）。当她看见佩林时，就把缰绳交到另一只手上，用臂肘推了推玛苏芮·索柯瓦。玛苏芮似乎吃了一惊（褐宗两仪师似乎总是会陷在白日梦里），她茫然地看了自己的绿宗姐妹一眼，然后将目光转向佩林。那种眼神更像是在审视一头非常罕见且有些危险的野兽。她们已经发誓效忠兰德·亚瑟，但她们会用什么方式服从佩林·艾巴亚？要向两仪师下达命令让佩林觉得很不自然，但至少比让她们对他下命令更好。

"所有人都过来，"佩林说，"我们要在被发现之前出发。"菲儿哼了一声。

朱尔和费戈又行了个礼，大步走到谷地中央。佩林不知道他们是怎么做的，但突然间，那道他已经见过许多次的银白色细线出现在半空中，飞速旋转成一个骑马能够勉强通过的通道，透过通道能看见一些和这里不同的树。朱尔立刻就要走过去，但他差点被苏琳率领的一小队蒙面枪姬众推倒在地上。枪姬众们似乎认为率先走过通道已经是属于她们的荣誉了，任何人都不能侵占她们的这项荣誉。

佩林脑袋里有上百个问题在打转，这些都是他以前从不曾想到的。他牵着快步穿过通道，走到一个地势平坦的地方，这里不是空地，不过林木并不茂密。树干比凯瑞安的更高，但也是同样枯干，就连松树也不例外。除了松树之外，这里的树木中佩林还认得的也只有橡树和羽叶木了，气温似乎比凯瑞安还要热一点。

菲儿跟在他身后，但是当他从左边回转过身时，菲儿却牵着燕子从右侧走了过去。亚蓝有些担忧地看着他们两人，直到佩林朝自己的妻子点点头，这名前匠民立刻牵着自己的阉马跟上了菲儿。尽管他的动作很快，贝恩和齐亚得还是超过了他；她们仍然戴着面纱。尽管佩林命令随后跟进的是两河人，但赛兰蒂和二十多名年轻的凯瑞安和提尔人已经拉着马从通道中涌了出来。二十多名！佩林摇摇头，停在朱尔旁边，后者正转着头，四处端详着稀疏的林地。

这时，丹尼才和高尔一起穿过通道，后面跟随着跑步通过的两河人。那两面猩红的旗帜就跟在丹尼的身后，一离开通道，它们就被高高竖立起来。那些男人们真该刮一刮他们愚蠢的胡子。

“女人真让人不敢相信。”高尔嘟囔着。

佩林张开嘴想为菲儿辩护，但他很快就意识到高尔一定是在说贝恩和齐亚得。为了掩饰自己的动作，他说道：“你有妻子吗，朱尔？”

“索拉。”朱尔漫不经心地回答，他的注意力还在周围的树干之间，佩林相信他现在还握持着至上力，虽然林木稀疏，但在这里安排伏兵并非不可能。“她正在想念我，”朱尔几乎是在自言自语了，“你一下子就能明白。真希望能知道她的膝盖为什么受伤了。”

“她的膝盖受了伤，”佩林语气平淡地重复了他的话，“现在很痛。”

朱尔似乎忽然意识到佩林正莫名其妙地瞪着他，而高尔也是。朱尔眨眨眼，但立刻又恢复了刚才那种警戒的神情。“请原谅，佩林领主，我需要戒备周围。”很长一段时间里，他什么都没说，然后才又缓缓开口道：“这是一个叫凯德尔的家伙研究出来的。米海峨不喜欢我们自己进行探索，不过只要我们有了成果……”他的面孔微微扭曲了一下，似乎是在说明即使在那时马瑞姆也不会善罢甘休。“我们认为那也许就像护法和两仪师之间的约缚。我们三个人里大概有一个是结了婚的，就是说，三分之一的人的妻子在知道丈夫是什么人之后并没有逃走。我们这些人在离开妻子时，就会感觉到她们，她们也能感觉到我们。男人喜欢知道自己的妻子是安全的。”

“确实。”佩林说。菲儿带着那群傻瓜到底要干什么？现在她正骑在燕子背上，那些傻瓜就聚在她周围，仰头看着她。佩林打定主意要阻止菲儿跳进那个所谓节义的胡闹里。

森妮德和玛苏芮以平稳的步伐跟在最后两名两河人之后，和她们在一起的还有她们的三名护法，当然，智者们跟在她们身后监视着她们。森妮德拉住缰绳，仿佛是要上马的样子，但伊达拉低声说了些什么，同时朝一棵倾侧的粗大橡树指了一下。两名两仪师看着她，不约而同地转过头，然后交换了一下眼神，才牵着马朝那棵树走去。如果那两个人一直都那样听话，以后的行动一定会顺利得多——虽然森妮德的脖子硬得如同一根棍棒。

随后过来的是替换的马匹，每十四马一队，由多布兰的领民看管着。佩林一眼就看到了毅力，它是其中一队的领头，佩林希望那个照看它的妇人能做得好一些。马队之后是许多高轮补给车，车夫都在尽力吆喝着，催赶马匹，大概是害怕通道在自己通过时突然关闭。补给车有许多辆，因为每辆车都不大——为了能穿过通道，所以不能使用真正的货车。费戈和朱尔都做不出兰德或柯朗能做出的那种大通道。

当最后一辆补给车驶过通道时，佩林打算下令关闭信道，但支撑信道的是费戈，他还在凯瑞安那一边。片刻之后，一切都来不及了，贝丽兰走了过来，她牵着一匹白色的母马——一尘不染的雪白就如同燕子毫无瑕疵的乌黑。虽然贝丽兰的骑马装领口高得贴住了下巴，但佩林的心情没有丝毫的轻松——她的胸衣紧贴在身上，完全像是塔拉朋的风格。佩林不禁呻吟了一声。跟着她的是海芬和翼卫队的将军贝坦 · 加仑恩——这名灰发男人似乎是把他的黑眼罩看成像头盔上的羽毛一样的装饰，后面是穿戴红色盔甲的翼卫队，总共超过九百人。海芬和所有去过杜麦的井的人都在左上臂系了一段黄色的绳索。

贝丽兰跨上坐骑，和贝坦一同走到一旁，海芬则开始在树林间整顿翼卫队的队伍。在贝丽兰和菲儿中间至少有五十步的距离和十几棵树，但她的位置正好可以和菲儿看到彼此。两个女人毫无表情的对视让佩林的皮肤一阵发麻。他将贝丽兰放在最后，想让她尽量远离菲儿，这应该是个好主意。但他每天晚上还是不可避免地要面对这个麻烦。该死的兰德!

现在，费戈从通道中跳了过来，他抚着那可笑的胡子，似乎是在向每一个观看通道消失的人炫耀自己，实际上，所有人的视线都不在那个通道上。最后他只能闷闷不乐地爬上马。

佩林骑上快步，走到一个比周围稍高一些的地方。因为树木的关系，不是所有人都能看到他，不过大家应该都能听到他说的话。当他勒住缰绳时，人群中出现一阵小波动，人们纷纷伸长脖子，想要将他看得更清楚些。

“现在你们在凯瑞安的眼线所听说的情况应该是，”佩林高声说道，“我被放逐了，梅茵之主则是踏上了回乡之途，而你们就是像日出后的朝雾般消失得无影无踪。”

让佩林惊讶的是，人们都笑了起来，有许多人高喊着“金眼佩林”，喊声并不全是来自两河人的队伍。佩林等待人们平静下来，这花了一点时间。菲儿既没有笑，也没有喊叫，贝丽兰也是一样。两个女人都在摇头，她们都不相信佩林只是想说这些，然后她们又对视了一眼，两个人摇头的动作都停住了，她们不喜欢和对方一样。不过当她们以同样的表情望向佩林时，佩林丝毫不觉得惊讶。在两河有一句谚语，不过怎么理解它就因人而异了——“永远都是男人的错”，现在佩林已经知道女人最擅长的一件事，就是让男人叹气。

当人群终于安静下来的时候，他才继续说道：“你们之中的一些人也许在纳闷我们到了哪里，还有为什么会在这里。”这又招来一阵轻微的笑声。“这里是海丹。”人群中传来几声惊叹，也许是因为不相信——他们一步就跨过了一千五百里的距离。“我们要做的第一件事就是让雅莲德女王相信我们不是侵略军。”贝丽兰是与雅莲德会面的最佳人选，但菲儿也许会因为这个决定而向他挥拳。“然后我们还要找一个自称为真龙先知的家伙。”这也不会是让人高兴的事，马希玛在还没发疯前就不是个和善的家伙。“那名先知已经造成了一些麻烦，但我们要让他知道，兰德·亚瑟不想让任何人因为受到胁迫和恐吓才愿意追随他。我们会将他和所有想跟他一起走的人带回到真龙大人那里去。”*如果有必要的话，我们会把他的裤子吓掉。*佩林讽刺地想着。

大家都开始欢呼，他们叫喊着要把那个先知带回凯瑞安，献给真龙大人，就连马夫和车夫们都加入了呐喊的行列。震耳的喊声让佩林开始希望这个地方附近最好不要有任何村庄。不仅如此，佩林几乎在为每一件事祈祷。他希望一切都能顺利进行，早日成功，这样他就能早一点将贝丽兰和菲儿分开。当他们向南方出发时，他就这么祈祷了。他是时轴，这一次时轴总该发挥些作用了吧！

第 28 章

面包和干酪

麦特知道，只要自己住进泰拉辛宫，就是一头掉进麻烦的漩涡。他本来可以拒绝的，那些该死的骰子无论是转还是停，都不能逼他一定要去做些什么，但往往是当它们戛然而止的时候，再想做些什么就来不及了。而且，他想知道为什么。虽然他在很久以前就想抓住自己的好奇心，一把将它掐死。

奈妮薇和伊兰离开他的房间后，麦特又等到自己能在地面站稳，便立刻将讯息告知了他的手下。似乎没有人认为这有什么不妥，麦特想让这些人做好准备，但没有人把他的话听进去。

“这很不错，大人。”尼瑞姆喃喃说着，将靴子套在麦特脚上，“您终于能有个像样的房间了，这很好。”片刻之间，他那副苦瓜脸消失了，只是一下子而已。“我会帮您把那件红绸外衣刷干净，那件蓝色的被您泼了不少酒，已经不成样子了。”麦特不耐烦地等待着，穿上外衣，然后朝门外走去。

“两仪师？”拿勒辛一边嘟囔着，一边从干净衬衫的领口探出头来。他圆胖的仆人罗平在他的周围忙来忙去。“烧了我的灵魂吧！我不那么喜欢两仪师，但……泰拉辛宫，麦特。”麦特哆嗦了一下。这个家伙即使在晚上喝了一桶白兰地，隔天早晨也看不出任何痕迹，那他为什么又会有这种笑容？“啊，麦特，现在我们可以忘记骰子，和我们的同类玩玩牌了。”他指的是贵族。除了贵族之外，能和贵族们赌上几场的，大概只有富商，但如果富商习惯像贵族那样下注，那么他们很快就不再是富商了。现在罗平正忙着为主人整理衣服上的缎带，拿勒辛则神采飞扬地揉搓着双手，就连他的胡子似乎也翘了起来。“丝绸床单。”他继续嘟囔着。丝绸床单？那些古老的记忆又在搔麦特的痒，他努力将它们压了下去。

“全都是贵族。”楼下，车尔发着牢骚，咬着嘴唇啐了一口。这个动作之后，他立刻开始下意识地向四处乱瞥，麦特知道他是在寻找安南大妈的踪影。然后，他一口吞下被当作早餐的粗酿葡萄酒。“但是能看见伊兰女士是件好事。”他一边说着，一边陷入了沉思，然后抬起一只手，仿佛是要敲敲额头，不过他显然没注意到自己这个动作。麦特呻吟了一声，那个女人彻底毁了个好男人。“你想要我继续监视贾西姆吗？”车尔的语气仿佛其他事情都已经不重要了，“车尔森宫前的街道上充满了乞丐，很难看到其他什么东西，但前去拜访他的人确实不少。”麦特告诉他这样就行了。车尔不在乎泰拉辛宫里是否充满了贵族和两仪师，比起整个白天他都要满头油汗地在人群中挤来挤去，泰拉辛宫算是舒服多了。

哈南和其他红臂完全不接受麦特的警告，他们全都在大口吃着白色的麦片粥和黑色的小腊肠，一边嘻笑着用臂肘互相轻推，眉开眼笑地谈论宫中的侍女们。各种街谈巷议让他们都相信宫中的女仆是千挑百选的美人，而且想做什么都非常随意。他们自己更是凭借想象给这些传闻添油加醋。

当麦特走进厨房找安南大妈结清账单时，情况也没有任何好转。凯拉在那里，她怒气冲冲地咬住下唇，瞪了麦特一眼，然后大步走出通往马厩院子的门，丝毫不在意自己的裙子被门框刮到。也许她遇到了什么伤心事，但麦特·考索恩没必要受她的气。

看样子，安南大妈出去了，现在她总是在忙着为难民们提供免费的餐点，或者是其他慈善工作。只有恩妮德不停地朝她的助手们挥舞着大勺，并伸出短胖的手，准备从麦特那里接过钱币。“你把太多瓜的蜜汁都挤出来了，年轻的大人，如果有一颗熟透的瓜在你手上破掉了，你也不该感到惊讶。”不知为什么，她说话时脸色阴沉得厉害。过了一会儿，她又补上一句，“或许是两个。”然后她点点头，向麦特靠过来，侧过满是汗水的圆脸，专注地盯着麦特。“如果你开口，就只会为你自己制造麻烦。你不会的？”这听起来不像是询问。

“我什么都不会说。”麦特说。光明在上，这个厨娘在说些什么？不过麦特的反应应该是正确的，因为她点了点头，然后就用力挥舞着大勺走开了，片刻之间，麦特还以为她会将那把大勺往自己的脸上砸过来。麦特的结论是，女人都有暴力倾向，而不仅仅是她们之中的少数人。

不管怎样，当麦特看见尼瑞姆和罗平正在为哪一位主人的行李应该先搬下楼而争吵不休时，他不禁松了口气。他和拿勒辛花了半个小时的力气才抚平他们的情绪，一名心藏怒气的仆人肯定会让主人的生活变得很悲惨。然后他又要安排哪些红臂队有荣幸去拖动那箱黄金，哪些红臂队要去备马。总之，他在该死的泰拉辛宫外耗费了不少时间。

但是当他在宫中的新房间里安置好之后，他一开始差点忘记自己还要面对的麻烦。他有一间宽大的起居室，还有一个附属的小房间，这里的人管这个房间叫“生闷气的房间”。他的卧室更加巨大，那张床是他见过最大的床，华丽的床柱被漆成红色，盘绕着花卉雕刻，大多数家具都被漆成亮红色、亮蓝色，或者镀了金。床边的一扇小门通向仆人尼瑞姆居住的小房间，虽然房里只有一张窄床，而且没有窗户，但尼瑞姆认为这个房间棒极了。麦特的房里有着高大的拱窗，拱窗外是可以俯瞰莫海拉广场的白漆铁栏杆阳台，立灯架和镜框都是镀金的。在生闷气的房间里有两面镜子，起居室里有三面，卧室里则有四面。起居室的大理石壁炉台上竟然还有一只镀金的座钟！洗脸盆和大水罐都是红色的海民瓷器。而当他发现床下的夜壶只是一只普通的白色陶罐时，居然有点失望。大起居室里还有一个书架，上面摆放着十几本书籍，虽然麦特并不怎么看书。

尽管墙壁、天花板和地板的颜色有些刺眼，但这个房间看起来仍然充满了富贵之气，如果是在其他时候住进这里，麦特一定会跳一段快步舞以示庆祝。不过他心里很清楚，在距离这里不远的另一个房间里，正有一个女人想把他推进滚水里，再使劲拉动灶火的风箱。而且，苔丝琳、茉瑞莉，还有其他那些两仪师肯定都在盯着他。狐狸头的徽章到底能保护他到什么时候，他没什么信心。为什么当伊兰提到这些该死的房间时，他脑海中的骰子突然停止了转动？这实在很奇怪。在家乡，当麦特做出某件他当时觉得很有趣的事情时，他曾经听一些女人说：“男人教会猫好奇，但猫也会有它们自己的理智。”

“我不是该死的猫。”麦特嘟囔着，从卧室走进起居室。不管怎样他都必须知道这是为什么。

“你当然不是猫。”泰琳说，“你是一只肉质鲜嫩的小鸭。”麦特愣了一下。鸭？还是一只小鸭！这女人的头顶还不到他的肩膀。

麦特压下心中的怒气，庄重地向她鞠了个躬。她是女王，麦特必须记住这点。“陛下，感谢您为我安排了如此精美的住所，我很喜欢和您谈一谈，但我必须出去一趟——”

泰琳微笑着，走过红绿相间的地板，一层层蓝色和白色的丝绸裙摆随着她的脚步微微摆动。一双黑色的大眼睛直盯着麦特。麦特完全不想去看那道幽深乳沟上面的婚姻匕首，或者是缀满宝石的腰带上那把同样缀满了宝石的大匕首。他向后退去。

“陛下，我有一个重要的——”

泰琳开始轻声哼了起来。麦特认得这段旋律，不久前他还对一些女孩哼过这首歌。他知道，不能清楚地把这首歌唱出来，更何况艾博达人为这首歌填的词就连他的耳朵也受不了。在这里，人们称这首歌为“我要用吻偷走你的呼吸”。

麦特紧张地笑着，想要躲到一张青金石镶嵌的桌子后面去，但泰琳不知何时已经绕过了桌子。“陛下，我——”

泰琳伸出一只手，按在麦特的胸口上，将他推进一张高背椅里，然后坐在他的大腿上，于是麦特被困在她的身体和椅背之间。其实，麦特大可将她扶起来，让她站好，但看着她腰间那把该死的大匕首，麦特怀疑如果用自己的方式把她推开，她也会毫不犹豫地使用那把匕首。这里是艾博达，如果没有特别的证据，女人杀死男人都会是正当行为。他能轻松地把她扶起来，除非……

麦特在这座城市里见过鱼贩在卖鱿鱼和章鱼这类多足怪物（艾博达人真的会吃这种怪物！），但它们也比不上泰琳，麦特觉得这个女人肯定有十只手。麦特挣扎着，徒劳地想要抵挡她，而她只是轻轻笑着。在热吻之间，麦特喘息着说也许会有人走进来，她却只是吃吃地笑着。麦特说自己很尊敬她崇高的身份，她又发出一阵咯咯的笑声。麦特宣称自己在家乡已经和一名女孩订婚，自己也把真心放在她手上，这回泰琳则是开怀大笑。

“她不知道的伤害不了她。”泰琳喃喃说着，一边朝麦特身上伸出二十只手。

有人敲门。

麦特从泰琳的双唇间挣脱开来，喊道：“是谁？”他确实是在喊叫，而且音调很高，毕竟他差点就喘不过气来。

泰琳立刻离开他的大腿，走到距离他三步之外的地方，快得就像她本来就站在那里一样。而这个女人竟然还责备似地瞪了他一眼，然后又走过来吻了他一下。

几乎就在他们的嘴唇刚刚分开时，汤姆就从门缝里探头进来。“麦特？我本来还不相信是你。哦！陛下。”这名骨瘦如柴却又相当自负的老走唱人虽然已经瘸了一条腿，却仍然以非常漂亮的姿势向女王鞠了个躬。泽凌无法像汤姆那样，但他还是摘下那顶可笑的红帽子，以尽量合乎礼仪的姿态向女王鞠躬。“请原谅，我们不会打扰——”汤姆刚开口，麦特却匆匆打断他的话。

“进来，汤姆！”麦特慌乱地拢起外衣，想要从椅子里站起来，却发现那个该死的女人已经解开了他的腰带。这两个老家伙也许不会注意到他的衬衫扣子已经被解开了，但如果他的裤子掉了，他们怎样也不可能视而不见。泰琳的蓝裙装却没有显出半点凌乱！“泽凌，进来！”

“很高兴你觉得这些房间还算合意，麦特大人。”泰琳现在简直就是庄严的化身，除了她的眼睛之外，因为汤姆和泽凌看不见她的眼睛，那样的眼神为她的一番官场话增添了别的含意。“我很高兴也很期待你的陪伴，我觉得这很有趣，一位时轴就在我身边，让我可以随意地去接触他。但现在我必须将你留给你的朋友了。不，请不要站起来。”说这句话的时候，她的脸上露出一丝嘲讽的微笑。

等泰琳离开后，汤姆抚着胡须开口了：“嗯，男孩，你的运气很不错，女王已经亲自张开双臂欢迎你了。”泽凌却把注意力全都集中在自己的小帽子上。

麦特警觉地看着他们，决定只要他们再多说一个字，立刻就要他们好看，但他们的话题很快就转到奈妮薇和伊兰身上——这两个女人到现在还没回来。听到这个讯息，麦特差点就忘记自己的裤子，从椅子上跳了起来。那两个女人现在就想要摆脱他们达成的协议了吗？他不得不向两个满腹狐疑的老家伙解释今天早晨发生的事情，同时又不由得对该死的奈妮薇·爱米拉和该死的王女伊兰发表一连串批评。没有他的陪同，她们应该不会去拉哈德区。但麦特同样不能允许她们擅自去刺探贾西姆——伊兰大概会直接走到贾西姆面前要求他认罪，并以为对方会听话地屈服；奈妮薇则会直接用拳头逼那个人招供。

“我想她们的目标可能不是贾西姆。”泽凌搔着耳朵说道，“我相信艾玲达和柏姬泰正盯着他，因为我们没看见她们离开。不必担心贾西姆会发现她们，即使他们擦肩而过，贾西姆也不会认出她们的。”汤姆为自己在一只金杯里斟满调味酒，然后向麦特做了解释。

麦特用手捂住眼睛。至上力的伪装，怪不得她们总是能像蛇一样从他的眼前溜走。那些女人真会惹麻烦，当然，这是女人最擅长的事情。当汤姆和泽凌告诉他，关于风之碗他们了解的并不比他更多时，他一点也不觉得惊讶。

汤姆和泽凌去做前往拉哈德区的准备后，麦特总算有机会开始整理自己的衣服。奈妮薇和伊兰还没回来，所以他有时间到楼下一层去看看奥佛尔。这个原本瘦骨嶙峋的男孩现在胖了一点，这大概都是恩妮德和流浪的女人中其他厨子的功劳，但他即使在凯瑞安人之中也永远都会是个矮子。而且即使他的耳朵和嘴都缩小一半，那鼻子也不会让他有半点英俊可言。当他盘起双腿坐在床上时，却至少有三名女仆正围在他身边。

“麦特，难道海瑟的眼睛不是最美丽的吗？”奥佛尔一边说，一边朝那个大眼睛女仆报以灿烂的笑容，麦特曾经在上次进宫时见过这女孩。海瑟一边抚摸着奥佛尔的头发，一边同样灿烂地对他笑了笑。“哦，但艾莉丝和萝亚都那么甜，我根本挑不出谁是最好的。”一名接近中年的胖女人从奥佛尔的鞍袋上抬起头，咧开嘴露出愉快的笑容。另一名身材苗条、嘴唇却厚得仿佛被蜜蜂螫过的女孩将毛巾放到盥洗架上后，突然跳到床上，开始挠奥佛尔的腰，直到他躺倒在床上，笑得喘不过气来。

麦特喷了一下鼻息。哈南那伙人就够糟的了，现在这些女人正在鼓励奥佛尔变得更坏！如果女人一直纵容他，他怎么可能学得乖？奥佛尔应该像所有十岁大的男孩那样，在街上自由玩耍。相反地，他自己的房间里没有任何女仆，这一定是泰琳干的。

他还有时间去看看哈南率领的红臂，他们住在距离马厩不远的一处长形房间里，床铺沿着房间排成一列。然后他蹓跶到厨房拿了点面包和牛肉，他一直没来得及在离开流浪的女人前吃一顿麦片粥。直到这时，奈妮薇和伊兰还没有回来。最后他检查了一下自己起居室里的书籍，然后开始阅读《简·法斯崔德游记》，但他半天也没读进几个字。汤姆和泽凌再次来找他的时候，那两个女人终于大呼小叫地也来找他了，似乎她们认为他不会遵守自己的诺言。

麦特轻轻合上书，又轻轻将书放在一旁的桌上。“你们去哪儿了？”

“怎么了，我们去散散步。”伊兰没好气地说，麦特从没见过她把一双蓝眼睛瞪得那么大。汤姆皱起眉，从袖子里滑出一把匕首，将它在手指间来回翻转。他显然是故意不去看伊兰。

“我们和一些女人喝了杯茶，你住的那家旅店老板娘认识那些人。”奈妮薇说，“我不会和你谈论女红的，你显然也不会喜欢。”

泽凌似乎是想摇头的样子，但奈妮薇的目光立刻止住了他的动作。

“很好，我确实不喜欢。”麦特冷冷地说。他相信奈妮薇知道针是什么样子，但他怀疑奈妮薇宁可吞掉一根针，也不愿意和其他人去谈论什么女红，而且这两个女人对他说话的态度也不是很礼貌，这更证实了他最糟糕的怀疑。“我已经各指派了两个人在今天下午分别跟着你们，从明天开始，每天就会各有四个人跟着你们。如果你们不在宫里，或者不在我能看见你们的地方，你们就要有保镖。他们已经知道他们的轮班次序了，他们会随时跟着你们，随时。而且你们要让我知道你们去了哪里，不要再让我担忧到头发都要掉下来了。”

麦特等待着怒火和争辩向他倾泻过来，他相信她们会用各种理由来欺哄他。如果他的要求算是一块面包，如果他的运气好，她们顶多会给他一小片面包，非常小片。奈妮薇看着伊兰，伊兰看着奈妮薇。

“嗯，保镖是个不错的主意，麦特。”伊兰夸张地表示道，她的脸颊上漾起一抹露出酒窝的微笑。“我认为你是对的。你已经为你的人定好日程表了，你真是很聪明。”

“这个主意不错，”奈妮薇用力点点头，“你很聪明，麦特。”

汤姆的匕首掉在地上，他闷声骂了一句，将手指放在嘴里用力吸吮着，一边盯着这两个女人。

麦特叹了口气。麻烦，他就知道，而她们立刻又给他增加了拉哈德区以外的新麻烦。

所以麦特现在坐在一间廉价酒馆前的长凳上，这间名叫“艾博达玫瑰”的酒馆距离河岸不远，麦特手里的锡杯上有不少凹痕，还用链子锁在长凳上。不过，至少他们在每一位客人用过杯子后会把杯子洗一洗。对街一家染坊传出的臭味只不过是更降低了这朵玫瑰的格调。这条路对来往的车辆行人而言，实在有些太窄了，有许多漆色光亮的轿椅在人群中来回晃荡。大多数行人身上都只穿着有许多磨损的羊毛衣和大概是某个公会的背心。一排排房屋和店铺粉刷着白色的石膏，大多很矮小，甚至有些已经倾颓了。麦特右侧的街角立着一幢富商的高大房屋，左边是一座小宫殿——比那幢富商的房子小——它只有一座绿色镶边的圆顶，没有尖塔。它旁边的两间酒馆和一家客栈虽然朴素，却显得很诱人。不幸的是，只有艾博达玫瑰能让酒客坐在外面，也只有它位于正确的位置上。这真的很不幸。

“我相信我从未见过如此壮丽的苍蝇，”拿勒辛一边抱怨，一边挥手赶走几只在他的酒杯旁乱转的优良品种，“我们又在干什么？”

“你在借着各种烂借口喝酒，像一头山羊一样在出汗，”麦特低声说着，拉下帽檐遮住眼睛，“而我在干一个时轴该做的事。”他瞪了那幢仿佛就要倒塌的房子一眼，那幢房子位于染坊和一座吵嚷的织布工场中间，这就是他要监视的目标。她们不是用请求的，而是直接告诉他该怎么做。她们确实是想要直接命令他，虽然她们用各种言词努力避开她们的承诺。她们故意装成恳求，甚至是哀告的模样，但他知道要她们哀求他就像看到狗跳舞一样不可思议。他非常清楚自己根本就是受到她们的威胁。“你是时轴，麦特。”他学着伊兰的语气说道，“我相信你知道该做什么，呸！”也许该死的王女伊兰和她那对该死的酒窝才知道；也许用那双该死的手拉着该死的辫子的奈妮薇也知道，但如果他知道，就烧死他吧！“如果那只猪碗在拉哈德，我在该死的河这边又怎么能找得到？”

“我不记得她们说过。”泽凌带着挖苦的神情说着，大大地喝了一口杯中的饮料，麦特知道这种饮料是用一种生长在乡间的黄色水果制成的。“你已经这样问过至少五十遍了。”他说这种浅色的饮料在炎热的气候里有提神解暑的作用，不过麦特尝过一点那种被称作柠檬的黄色水果后，就绝不再碰任何用这种水果制成的东西了。现在他仍然因为宿醉而有些头晕，所以他喝的是茶，那种味道就好像酒馆老板（他是个皮包骨的家伙，一双珠子般的眼睛闪烁着怀疑的光芒）自从这座城市建立那天开始，就一直在把新的茶叶和水加进前一天剩余的茶渣里。这很符合麦特现在的情绪。

“让我感兴趣的是，”汤姆将五对指尖搭在一起，“为什么她们问那么多关于那个旅店老板娘的事。”他似乎并不太关心那些女人到底隐藏了什么秘密，有时候，他的确非常奇怪。“赛塔勒 · 安南和那些女人到底跟那个碗有什么关系？”

确实一直有女人进出那幢破烂的房子，全都是女人，而且次数相当频繁。其中有一些人的衣着不错，不过没有人穿着丝绸，有三四个人系着代表智妇的红色腰带。麦特曾经考虑过跟踪其中的一些人，但这样做感觉上太有计划性了。他不知道时轴的作用是什么（他从不曾真正从自己身上看到过任何时轴的迹象），但只有他在完全随意的时候，他的运气才是最好的，就像骰子。而酒馆里的那种铁块的拼接游戏大多会难住他，不管当时他觉得自己的运气如何。

麦特没理会汤姆的问题，汤姆重复这个问题的次数绝不比他重复他的问题的次数少。奈妮薇当着他的面对他说，她没有承诺过要告诉他一切，她只是说过要告诉他需要他知道的。她说……光是看她努力把想要骂他的话吞回去，还不足以满足他想报复的心情。

“我想，我应该去巷子里走走，”拿勒辛叹了口气，“以免那些女人中有人会从花园的围墙爬出来。”和染坊相邻的巷道一直到另一端都一览无遗，但另一侧的巷道就一直延伸到店铺和房屋后面去了。“麦特，再告诉我一遍，为什么我们要待在这里，而不是去玩牌。”

“我可不会去玩牌。”麦特说。也许时轴会在那条巷子里起点作用，于是他去了那里，结果什么都没发现。

黄昏的阳光开始爬过街道时，哈南和另一名红臂（他是个光头细眼的安多人，名叫沃特）来找麦特。直到此时，麦特看见唯一可能是时轴发挥的作用，就是那名酒馆老板煮了一壶新茶，但新茶的味道和旧茶一样难喝。

回到宫中自己的房间里，麦特发现了一张纸条，应该是一个邀请。优雅的字迹落在厚实的白纸上，飘散出一股芬芳的花香。

我的小兔子，今晚我想在我的房间里拿你当晚餐。

没有签名，也不需要签名。光明啊！这个女人一点羞耻心都没有！通往走廊的房门上有一把漆成红色的铁锁，麦特找到钥匙，将它锁上。然后，他又将一把椅子顶在通往尼瑞姆房间把手下面。没有晚餐不是什么大事。就在他想要爬上床的时候，起居室的门锁动了动，然后走廊里传来一阵女人的笑声。

麦特本以为自己立刻就会睡死过去，但不知为什么，他只是躺在那里，听着自己的肚子咕噜直叫。为什么她要这么做？嗯，麦特知道为什么，但为什么是他？她肯定不是因为一个时轴就把自己所有的庄重都扔到了九霄云外。不管怎样，自己现在是安全的，泰琳毕竟不会把门砸烂，她会吗？阳台的雕铁栏杆即使是大一点的鸟也飞不进来，而且她如果想爬到这么高的地方，就非得要一座很高的梯子，而且还必须有很多人把梯子扛过来才行。除非她在屋顶上系一根绳子，爬下来，或者她可以……夜晚过去了，他的肚子一直在叫。太阳升上来了，而他一直没有真正合上眼。不过他做了个决定，他为那个生闷气的房间想到了一个用处，虽然他肯定没生过闷气。

在第一缕曙光中，他溜出自己的房间，看见另一名他见过的宫中仆役，一个名叫麦迪克的秃头男人。那种自鸣得意的神情和紧绷的嘴角说明他对现在的一切都心怀不满。一个能够收买的男人。但闪过他的方脸的惊讶神色，和随后他几乎不加掩饰的假笑，说明他很清楚为什么麦特会将金币塞进他手里。该死的！到底有多少人知道泰琳想干什么？

感谢光明，奈妮薇和伊兰应该不知道。但她们一见到他就责备他错过了和女王的晚餐——泰琳曾向她们询问他是否生病了。还有更糟的……

“求求你，”伊兰的微笑仿佛在证明她这样说话时完全不觉得痛苦，“你必须和女王好好相处。不要太紧张，你会很享受和她在一起的夜晚的。”

“请不要做任何冒犯她的事。”奈妮薇低声说道。毫无疑问，这种礼貌的说话方式让她觉得很难受。她的眉头紧锁，下巴紧绷着，两只手颤抖个不停，仿佛想要拉住辫子的模样。“就收敛一下你的……我是说，请记住她是个端庄的女人，不要想……光明啊，你知道我的意思。”紧张！端庄的女人！

这两个女人一点也不在意他已经浪费了一整个下午，伊兰安慰似地拍拍他的肩膀，求他再试一两天，还说这肯定比在如火的骄阳下走过拉哈德的街巷更好。奈妮薇说的话也没两样，只是没拍他的肩膀。她们干脆地承认她们今天打算和艾玲达一起去刺探贾西姆，但是当他问在那里她们可以认出什么人的时候，她们没有回答。奈妮薇无意间透露出这点讯息，而伊兰望向她的目光让麦特以为奈妮薇大概平生第一次会被甩耳光。

她们顺从地接受了麦特的叮嘱不要将保镖甩掉，也顺从地让麦特看了她们要伪装成什么模样。即使先前有过汤姆的说明，看见她们两个突然变成艾博达女人，也让麦特感到不小的震惊——程度几乎就如同麦特看见她们竟然会顺从他的时候。嗯，奈妮薇装出来的顺从确实很不自然，而且当他提起艾伊尔女人就不需要保镖的时候，奈妮薇的脸上已经堆满了怒容，不过她总算是没有爆发出来。不管怎样，这两个女人拢起双手，毕恭毕敬的模样只是让他感到紧张，所以他很高兴看到她们离开（让他震惊的是，艾玲达还对她们赞同地点了点头！）。不过为了确认，他还是要求她们在保镖面前展示她们的伪装，而对她们抿紧的嘴唇视而不见。车尔迫不及待地成为伊兰的第一名保镖，他在伊兰面前用指节碰了右侧额头，又碰了左侧额头，十足像个傻瓜。

这个胖男人的监视工作并没有取得什么效果，就像昨天那样，数量惊人的房客进出贾西姆的住宅，其中有些人穿着丝绸，但这并不能证明他们全都是暗黑之友。贾西姆是白袍众的使节，想要和阿玛迪西亚做交易的人也许会更中意他，而不是去找阿玛迪西亚的使节。车尔提到有两个女人一直在注意贾西姆的宫殿（当艾玲达突然变成另一名艾博达女子的时候，车尔吃了一惊）；此外还有一个人在监视着那座宫殿，车尔认为他是一名老人，但却又显露出令人惊讶的敏捷。虽然看到了他三次，但车尔始终没能对他进行仔细观察。车尔跟随伊兰离开后，麦特让汤姆和泽凌去看看他们能从贾西姆·卡林丁那里发现什么，同时也提醒他们注意一名驼背、白发，对暗黑之友很有兴趣的老人。如果这名捕贼人也不能找出贾西姆的破绽，那么他就不可能有破绽了。而汤姆有一种特殊的能力——将所有街谈巷议和宫中谣言汇总在一起，从中过滤出事实来。当然，这些对麦特来说都是容易的部分。

麦特连续两天只能坐在这张长凳上出汗，偶尔在染坊旁的巷子里溜上一圈，唯一改变的就是——茶更难喝了，葡萄酒的质量也在下降，逼得拿勒辛不得不开始喝麦酒。第一天，这里提供的午餐是鱼，但从味道上判断，这些鱼一定在上周就离开海水了。第二天的午餐是炖牡蛎，虽然肉里充满牡蛎壳的残渣，但麦特还是吃了五碗。柏姬泰两者都拒绝了。

当麦特和拿勒辛在第一天早晨快步走过莫海拉广场时，柏姬泰追上了他们，这让麦特很吃惊。那时太阳刚刚在屋顶上露出一道红光，不过广场上已经出现了一些行人和车辆。“我一定是迷糊了。”柏姬泰笑着说，“我一直在我认为你应该走的路上等你出来，不介意增加一名同伴吧？”

“我们有时候速度很快。”麦特支吾着说。拿勒辛只是瞪着麦特，他当然不知道他们为什么要从马厩旁的一扇小门里悄悄溜出来。麦特认为泰琳应该不会在光天化日之下将他堵在走廊里，但小心一点总是没错。“我们当然欢迎你，嗯，谢谢。”柏姬泰只是耸耸肩，低声嘟囔了些什么，然后就走到麦特的另一边。

麦特从没见过这样的女人，其他女人肯定会问麦特在谢什么，然后向他解释完全没有感谢的必要，或者是责备他胡乱道谢，有时候甚至还会要求一些比道谢更实际的东西，就这样一直唠叨下去，直到麦特想捂住耳朵。柏姬泰却只是耸耸肩。

在随后的两天里，麦特更是在柏姬泰身上看到了一些更让他吃惊的东西。

在麦特的观念里，女人都是需要赞美和微笑的；如果可以，就应该跟她们跳个舞，接个吻；如果运气再好些，就可以拥她入怀。决定哪名女子值得去追求，几乎和追逐她们一样有趣，当然能追到是最好。当然，有些女人只能当朋友，不过并不多。艾雯是其一，虽然麦特很怀疑当她成为玉座后，他们的友谊是否还能继续下去。奈妮薇也算是朋友，但如果她能在某一个小时里忘记曾经打过他的屁股，明白他已经是个成年人就好。但女性朋友和男性朋友是不一样的，她们的思考方式永远和男人不一样，看待世界的角度也完全不同。

柏姬泰在长凳上朝麦特靠过来，低声说道："最好机警些，那个寡妇正在寻找一名新的丈夫，她的婚姻匕首鞘是蓝色的，而且，那栋房子就在那里。"

麦特眨眨眼，急忙将目光从那个甜美丰满、一直以极夸张的程度扭动着屁股的妇人身上移开。柏姬泰则用明白的笑声回应了他尴尬的笑容，这时如果换成是奈妮薇，一定会用锋利的言语剥了他的皮，而就算是艾雯也至少会给他冷冷的批评。

在长凳上的第二天结束时，麦特才发觉自己的腰一直和柏姬泰的贴在一起，却从没想过要亲她一下。他很确定柏姬泰不想和他接吻（说实话，看到柏姬泰用那么兴致盎然的目光去看那名像狗一样丑陋的男人，麦特甚至觉得这时如果柏姬泰想与他接吻，也许是对他的冒犯），而且柏姬泰是一位来自传说中的英雄。对于那些英雄，麦特至今都还认为他们能纵身跳过一栋房子，能空手掐住两名弃光魔使的脖子。当然，事实不是这样，但麦特还是宁可去亲拿勒辛。那名提尔人肯定也和他一样，虽然拿勒辛确实喜欢柏姬泰。

在同一张长凳上坐了两天，偶尔在染坊旁的巷子里走两趟，看看那栋房子背后花园的高砖墙。柏姬泰应该能爬上去，但即使是她，如果穿着裙子，也有可能在这片光滑的墙壁下摔断脖子。有三次，麦特心血来潮跟踪了从那栋房子里走出来的女人们，其中两个女人系着红色的智妇腰带。他不知道自己的运气是不是真的能在一切偶然中起作用。只是两名智妇中的一名绕过街角，买了一捆枯萎的芜菁，就回到房子里；另一名走过两条街，买了两条有绿色条纹的大鱼。第三名女人身材高挑，皮肤黝黑，穿着整洁的灰色羊毛衣服，看上去像是提尔人。她过了两座桥，走进一家大商店，在那里有一名皮包骨的驼子带着微笑向她问好。她则开始监督工人将漆匣和漆盘装进填充了锯木屑的桶子里，再将这些桶子放在马车上。麦特听到她说希望这些货能在安多多卖些银币。随后麦特拒绝了店员向他推销的漆匣，匆忙走出了那家店。这就是至今为止他的运气。

其他人的运气也不好。奈妮薇、伊兰和艾玲达在贾西姆的小宫殿周围绕了一圈又一圈，却没发现任何她们认识的人。不过这并未让她们感到气馁。她们仍然拒绝说出她们在找谁，当然，这没关系，她们仍然没找到那个人。在和麦特说话时，她们龇牙咧嘴的模样让麦特看到比平时多两倍的牙齿，麦特相信那种不正常的表情应该是微笑。艾玲达几乎和那两个女人一样堕落了，真是羞耻。不过有一次当他向她们逼问答案时，伊兰高扬起头，言辞激烈地拒绝了他，这时那名艾伊尔女人在她耳边悄声说了些什么。

“请原谅，麦特。”伊兰认真地说，她的脸变得非常红，与之相比，她头发的颜色似乎都变浅了，“我真诚地请求你的原谅。如果你希望的话，我……会跪在地上乞求。”怪不得她说到最后会结巴。

“不需要这样，”麦特无力地说道，同时竭力不表现出瞠目结舌的吃惊模样，“我原谅你，这没什么。”但最奇怪的是，伊兰虽然是在对他说话，却一直看着艾玲达，甚至在他回答的时候，眼珠也没有朝他这里转一下。直到艾玲达点点头，伊兰才沉重而松懈般地叹了口气。女人真是奇怪。

汤姆说贾西姆经常会给乞丐们钱，除了这点之外，一切关于贾西姆的传闻都没什么价值——有人认为白袍众是杀人的怪物；有人则认为他们是这个世界真的救星。泽凌得知贾西姆购买了一份泰拉辛宫的地图，这也许意味着白袍众有意占领艾博达，也许意味着培卓·南奥想建造一座以泰拉辛宫作为参考的宫殿。不过也有谣言说培卓·南奥已经死了，其中半数谣言说他是被两仪师杀死的，另外一半说是兰德干的；而这就说明了这些谣言有多么荒谬。但泽凌和汤姆都没能搜集到任何关于一名白头发、面容丑陋的老人的信息。

对于贾西姆的行动失败了，监视那栋该死的房子失败了，还有泰拉辛宫里……

麦特在第一天处理完事情，好不容易回到宫里自己的房间时，就已经明白他接下来会遭遇到的状况。奥佛尔在房里，他显然已经饱餐了一顿，正蜷缩在椅子里，在灯光下读着《简·法斯崔德游记》，完全不因为被赶离自己的房间而不高兴。麦迪克果然言而有信，塞在他口袋里的那些金币很值得。现在奥佛尔的床就摆在生闷气的房间里。看看泰琳在一个孩子面前敢做些什么！不过女王大概也不会就此罢休。麦特像狐狸般溜进厨房——从一处墙角跑到另一处墙角，闪电般跃下台阶——但他在厨房里没能找到任何食物。

哦，烹调的香味弥漫在空气里，烤肉随着肉叉在大壁炉中旋转，一个个锅子在白砖炉上冒着气泡，厨子们将各种食物送进烤箱里，但就是没有麦特的食物。面带微笑的女人们穿着素白色的围裙，却都没理会麦特的微笑，而且还阻止了麦特取得那些美味食物的尝试。即使麦特想捏起一片面包或蜜渍芜菁，她们也会微笑着把麦特的手拨开。她们告诉麦特，因为他要和女王共进晚餐，所以绝不能破坏他的好胃口。她们知道。她们所有的人都知道！麦特几乎是被自己的羞赧赶回房间的，现在他极度后悔中午因为厌恶那些鱼的味道而没有多吃几口。他锁上房门。一个女人如果敢饿死一个男人，她就敢做任何事。

当第二张纸条从门缝底下滑进来时，麦特正躺在绿色丝绸地毯上，和奥佛尔玩着“蛇与狐狸”。

有人说应该追逐会高飞的鸽子，看它惊慌失措地振翅才有意思；但一只饥饿的鸟迟早会向指尖飞来。

“那是什么，麦特？”奥佛尔问。

“没什么。”麦特把那张纸条揉成一团，“再来一局？”

“哦，好啊！”这个男孩可以整天玩这个愚蠢的游戏，“麦特，你有没有尝尝他们今晚烧烤的火腿？我从没吃过那么——”

“扔骰子吧，奥佛尔，赶快扔那该死的骰子。”

到了在宫中的第三个晚上，麦特已经买好面包、橄榄和羊奶干酪。厨房仍然在执行女王的命令，当她们将香气四溢的鱼肉放进大盘子里，又将他挡在一旁，宣称不能破坏他那该死的胃口时，甚至还笑出了声。

麦特维持着自己的尊严，克制着抢过一只大盘子就逃的冲动。他摆出最漂亮的架势，想象着自己在挥动一件华丽的斗篷。“亲切的女士们，你们的热情好客真是令我感动。”

如果不是有一名厨师咯咯地大笑出来，麦特觉得自己还是赶快离开比较好。“女王很快就要享用烤小鸭了，小伙子。”非常好笑。其他女人同时发出了震耳的笑声，她们一定都滚翻在地板上了。非常该死地好笑。

面包、橄榄和咸干酪的味道很不错，麦特用了一点盥洗架上的水将它们冲下了喉咙。自从第一天以后，他的房间里就没有再出现过调味酒了。奥佛尔想要告诉麦特有一种加了芥末酱和葡萄干的烤鱼非常好吃，但麦特只是命令他好好读书。

那一晚，门缝里没有纸条塞进来，也没有人拨弄门锁，麦特开始觉得情况好转了。明天是飞鸟节。他听说过这个节日，而根据人们在这种节日的打扮，泰琳很可能会在这天为自己找到一只新的小鸭子。明天也许会有人从那栋该死的破房子里出来，将那只该死的碗放进他的手里。一切都会变好的。

当麦特在泰拉辛宫中的第三个早晨醒来时，骰子又在他的脑海中旋转了。

第 29 章

飞鸟节

麦特一醒来就感觉到飞速转动的骰子，他考虑了一下是否该继续睡觉，直到那些骰子消失，但最后他还是迷迷糊糊地下了床，就好像他并不是刚刚才饱睡一样。他赶走尼瑞姆，自己穿好衣服，吃了昨晚剩下的面包和干酪，然后去看奥佛尔。那个男孩仿佛是想赶快出门去，一副只要能把衣服套在身上，就算是撕破它也无所谓的样子。但他却又突然停下来，手里还抓着靴子或衬衫，向麦特问了一连串的问题。麦特只是心不在焉地回答着——不，他们今天不去赛马，不要再去想城北的天堂舞台了。也许他们会去看看马戏团，是的，会给他买一副节日的羽毛面具，只要他能快些穿好衣服——这让奥佛尔立刻又全神贯注地把衣服往身上套。

真正占据麦特全副心神的是那些该死的骰子，为什么它们又开始转了？麦特还不知道它们上次为什么会转！奥佛尔终于穿好衣服后，便跟着麦特走进了起居室，一边还在不停地问着各种问题。但他一下子撞在麦特的背上，因为麦特突然停住了。泰琳把奥佛尔昨晚读的书放在桌子上。

“陛下！”麦特的目光定在他昨晚死锁的门上，现在那扇门已经彻底打开了。“真让人吃惊。”他将奥佛尔从背后拉过来，挡在他身前。对面那个女人则露出一丝嘲讽的微笑，嗯，也许那不是真的嘲讽，但看起来很像。她肯定很喜欢现在这种情况。“我正打算带奥佛尔出去看看节庆，还有旅行马戏团。他想要一副羽毛面具。”麦特用力闭上嘴，克制自己的蠢话，一边将奥佛尔当作挡箭牌，朝门口慢慢移动。

“是吗？”泰琳喃喃地说着，透过睫毛看着麦特。她没有想要挡住麦特的意思，但她的笑纹变得更深了，仿佛她正等着麦特一脚踏进陷阱。“如果他有个同伴一定会好得多，那样他就不必和野孩子们乱跑了。刚好我这里有个人知道不少关于小孩子的事情。莉赛勒？”

一个女人出现在门口，让麦特吃了一惊。一副奇怪的面具——蓝色和金色的羽毛汇集成一团华丽的漩涡，遮住了她大部分的面孔，但她身上的其他羽毛却没有产生多少遮挡的作用。她的胸脯几乎是麦特所见到最为壮观的。

“奥佛尔，”她弯腰说道，“你想和我去看看庆典吗？”她举起一副红绿色的鹰面具，一看就是为男孩制作的。

还没等麦特开口，奥佛尔已经跑了过去：“哦，是的，求你快带我去，谢谢你。”那个女人将鹰面具戴在他脸上，用力抱了他一下，让那个不知感激的小混蛋发出了高兴的笑声。然后他们就手拉着手，离开目瞪口呆的麦特。

不过麦特很快就恢复了过来，因为这时泰琳对他说：“我不是个善妒的女人，这对你是件好事，亲爱的。”她从金银两色的腰带上取下麦特房门的铁制长钥匙，然后又拿出一把一模一样的钥匙，将它们在麦特面前来回摇晃。“没有人会想到也许会有两把钥匙。”一把钥匙回到她的腰带里，另一把被插进门锁中，喀哒一声将门锁住，然后回到了它的同伴身边。“现在，我的小乖乖。”她又露出微笑。

这太过分了，这个女人追猎他，想要饿死他，现在还把他们两个锁在一起，就好像……他找不到字眼来形容。小乖乖！那些该死的骰子在他的脑袋里用力地蹦跳着，他还有很多重要的事情要做，那些骰子根本帮不了他。但……他两步就走到泰琳面前，抓住她的手臂，在她的腰间摸索钥匙。“我没有该死的时间——”他的呼吸停住了。泰琳用匕首的锋刃顶住他的下巴，逼得他踮起了脚尖。

“放开你的手。”她冷冷地说，麦特努力压下眼睛看着她的脸，现在那张脸上没有任何微笑。他小心翼翼地放开泰琳的手臂，但泰琳并没有减轻匕首的力道。她摇了摇头。“啧啧啧，我一直在容忍你，因为你毕竟是个外地人，小鹅。但既然你想要来硬的……两只手放在背后，走！”匕首尖顶了一下，麦特踮起脚尖向后退去。

“你想干什么？”麦特从齿缝里挤出话来。他的声音变得很尖细，也许是因为他伸长了脖子，也许还有其他原因。“嗯？”他可以尝试抓住泰琳的手腕，他的动作一直很快。“你要干什么？”能快过抵住脖子的刀尖吗？“回答我！”他的声音里没有慌乱，他并没有陷入恐慌。“陛下？泰琳？”嗯，也许他是有一点乱了，所以才会喊出她的名字。在艾博达，你可以整天叫一个女人“小鸭子”或“甜心”，她会还给你一个又一个微笑，但如果未经许可就直呼她的名字，你所得到的响应将比你在任何地方当街轻薄一名女子更加强烈。即使是已经吻过了某个女人，也未必能得到这样的许可。

泰琳没有回答，只是继续逼他踮着脚尖向后退去，直到他的肩膀突然撞上什么东西，不得不停下来。那把该死的匕首却丝毫没有减轻力道，他不能移动头颈，但一直盯着泰琳的眼睛还能四处转动。他们正在卧室里，一根遍布花卉浮雕的红色床柱正顶在他的肩胛骨之间。为什么她要带他……？麦特的脸突然变得像那根床柱一样红。不，她不可能是要……这是不得体的！这是不可能的！

“你不能这样对我。”麦特低声对泰琳说。即使他的声音有些喘息和尖细，他也认为是完全可以理解的。

“好好学着，我的小猫。”泰琳一边说，一边举起她的婚姻匕首。

一段相当长的时间过后，麦特焦躁地将棉被拉到胸口，丝绸棉被，拿勒辛是对的。阿特拉女王在床边哼着轻快的小调，双手伸到背后系好裙装的扣子。现在麦特的身上只有那个被皮绳穿住的狐狸头徽章（这东西在这种时刻还真是一点也派不上用场），还有围住他脖子的黑色丝巾——那个该死的女人居然说这块丝巾是她礼物上的缎带。麦特一翻身，从床另一边的小桌子上抓起他的镶银烟斗和烟草袋，又用黄金火钳从铺着沙子的金碗里夹起一块热煤，将它点燃，用最大的力量喷了一口烟，紧皱眉头看着泰琳。

“你不该挣扎的，小鸭，你也不该这样噘嘴。”她从床柱上拔起自己的匕首，检查了一下匕首尖，然后将它插回鞘里。“怎么了？你知道你像我一样享受它，而且我……”她突然笑了，笑得非常满足，随后她又从床柱上拔下婚姻匕首，插回鞘里。“如果这也是时轴的作用，那你一定非常受欢迎。”麦特的脸像火一样红。

“这不对，”他猛地将烟斗从齿缝间拉开，“我才应该是主动者！”泰琳眼里惊讶的神情肯定也充满了他的眼睛。如果那样微笑的泰琳是一名酒馆女侍，也许麦特会试试自己的运气（当然，这名酒馆女侍不能有一个喜欢在别人身上戳洞的儿子），但不管怎样，他才应该是那个主动者，麦特从没想过这一点，他以前也从没遇过这种事情。

泰琳笑了出来，她摇着头，一边用手指抹着眼睛。“哦，小鸽子，我总是忘记这个，现在你是在艾博达。我在起居室里为你留下一点小礼物。”她隔着床单拍了拍他的脚。“今天吃好一点。好好补充你的体力。”

麦特用一只手遮住眼睛，竭力不让自己落泪。当他将手拿开时，泰琳已经走了。

麦特爬下床，用棉被裹住身子，不知为什么，现在他觉得赤身裸体很不舒服。那个该死的女人也许会突然从衣橱里跳出来。他的衣服都被摊放在地板上。能一刀把衣服割开的时候，为什么还要在意那些缀饰？他有些酸酸地想。泰琳根本就没必要那样把他的红色外衣割开，她似乎只是单纯想享受用匕首帮他剥去衣服的感觉。

麦特下床后的第一件事就是拉开红漆镀金的大衣橱。她没躲在那里。麦特的选择很有限，尼瑞姆将他大部分的衣服都拿去洗涤或修补了。他很快就穿上一件样式朴素的深青铜色丝绸外衣，然后将地上的碎布收集成一团，尽量塞到床底深处。他打算趁尼瑞姆看不见的时候悄悄把它们丢掉，也希望其他人都不要知道。所有人都已经知道他和泰琳之间的事情，如果这件事再泄露出去，他真不知道要怎么去面对了。

在起居室里，麦特掀门门旁的漆匣，然后叹口气，将它合上。他并没有真的以为泰琳会把钥匙再放进来。他靠在门上。没法锁上的门。光明啊，他该怎么办？再搬回旅店里？为什么他要搬来这里的时候，那些该死的骰子就停住了？而且，就算他真的住回去了，难道泰琳不会贿赂安南、恩妮德，或者是其他某位旅店老板娘？而且伊兰和奈妮薇也会说他破坏了他们的约定，堂而皇之地违背向他许下的承诺。烧了所有的女人吧！

在桌子上放着一只用绿纸精心包装的包裹。打开包裹，里面是副金黑色的鹰面具和一件覆盖着相同颜色羽毛的外衣。还有一只红色的丝绸荷包，里面放着二十个金币和一张散发着花香的纸条。

> 我应该给你买个耳环的，小猪，但我注意到你没耳洞。去穿个耳洞，并为自己买些好东西吧！

麦特差点要哭出来，应该是他送女人礼物才对。这个世界彻底反过来了！小猪？光明啊！过了一会儿，他真的戴上了那副面具。她还欠他一身外衣。

最后麦特终于到了他们每天早晨碰头的地方——一个覆盖着阴影的小院子，院子旁边有一座漂满百合花的圆形小池塘，池塘里能看见一些白色的鱼儿。麦特看见拿勒辛和柏姬泰已经做好飞鸟节的准备。那名提尔人只是戴了一副没有装饰的绿色面具，但柏姬泰的面具上装饰着华丽的黄色和红色羽毛，还有一簇飘逸的羽冠。她的金发垂在背后，一直到发梢都点缀着羽毛。她穿了一件有着黄色宽腰带的裙装，在更多黄色和红色的羽毛下有许多地方都是透明的。这身衣服总算没有莉赛勒的那么暴露，但柏姬泰只要一动，那身装扮就若隐若现得快要能够媲美莉赛勒了。麦特从没想过能看到柏姬泰像其他女人一样穿上裙子。

“有时候被别人注视是很有趣的事。”柏姬泰说着，捅了一下麦特的肋骨，她的微笑和拿勒辛在说捏女侍的屁股是多么有趣时露出的微笑简直一模一样。“我穿的是比羽毛舞者多了许多，但这不会妨碍我。而且，我看不出在这边的河岸行动有什么要匆匆忙忙的理由。”骰子在麦特的脑海里飞速地旋转。“是什么耽搁你了？”柏姬泰还在说话，“希望你不是为了跟漂亮的女孩打情骂俏才让我们等这么久。”麦特希望自己没有脸红。

“我——”麦特不知道自己能找出什么借口。但就在这时，六名穿着羽毛衣服的人走进了院子，他们全都在腰间佩着细剑，戴着精致的面具，彩色羽冠和鸟喙表现出一种人们从未见过的鸟。唯一的例外是贝瑟兰，他手指勾着面具的系带，将面具在空中旋转。“哦，该死的，他在这里干什么？”

“贝瑟兰？”拿勒辛将双手按在剑柄上，难以置信地摇摇头，“烧了我的灵魂吧！他说他要跟你一同度过这个节日，他说你们之间有过什么相关的约定。我告诉他这样很无聊，但他根本不听我的。”

“我可想象不出麦特身边会有无聊的时候。”泰琳的儿子说道。他向院子里的三个人一鞠躬，但他的黑眼睛一直在柏姬泰身上打转。“我从不曾经历过那么有趣的苏万夜，那一夜我和他，还有伊兰女士的护法喝了许多酒。不过说实话，那一夜的事情我没记住多少。”他似乎并没有认出被他注意的这个女人就是那天的护法。柏姬泰也向贝瑟兰报以笑容，并且似乎是很在意他的注视——考虑到柏姬泰表现出的对男人的品味，她现在的表现就很奇怪。贝瑟兰是个长得挺好看的男人，也许有点太好看了。

不过麦特现在并不在乎柏姬泰有什么异常的表现，很显然贝瑟兰并没有产生疑心，否则他的佩剑早就出鞘了。但光明在上，麦特现在最不希望的就是和这个男人共同度过一天，这肯定很折磨人，毕竟他还要面子，不管贝瑟兰的母亲是如何不讲这一套。

唯一的问题是贝瑟兰，他将所有的节日和庆典都严肃地套进了那个承诺里。麦特愈是和拿勒辛一起强调他们在一起只会度过无聊的一天，贝瑟兰的决心就愈坚定。没过多久，王子的脸就沉了下来，麦特开始考虑他的剑是否会出鞘了。嗯，承诺就是承诺。当麦特、拿勒辛和柏姬泰离开宫殿时，几名戴羽毛的傻瓜还一直跟在他们身边昂首阔步。麦特相信，如果柏姬泰穿上她平时的衣服，这些人就不会出现在这里了。他们全都在微笑盯着她看。

“为什么他一看你，你就那样骚首弄姿的？”当他们走过莫海拉广场时，麦特一边系紧鹰面具的系带，一边低声嘟囔着。

“我没有骚首弄姿，我只是动一动而已。”柏姬泰想要表现出严肃的样子，但失败了，如果换成其他时候，麦特一定会笑出来。“稍微，”她的脸上忽然又有了笑意，她将声音放低到只有麦特能听见的程度，“我告诉过你，有时候被别人注视很有趣，即使注视我的人很漂亮，也不代表我不能享受他的目光。哦，你肯定想看看那个人。”她伸手指着一名从他们身边跑过的细腰女子，那个女人戴着蓝色猫头鹰面具，身上的羽毛比莉赛勒还要少。这是柏姬泰非常不同于其他女人的一点，她会用手肘轻撞一下他的肋骨，指漂亮女孩给他看，就像男人们一样。而且她还总是期待麦特帮她挑出她想看的对象——一般都是人群中最丑的那个男人。不管她今天是不是接近半裸（严格来说，是四分之一），她……嗯，终究是朋友。这里真是个奇怪的世界，他竟然开始认为一个女人是可以一起喝酒的伙伴。还有一个女人对他紧追不舍，就像他追赶其他漂亮女人一样，或者比他更锲而不舍。无论是在那些古老的记忆中，还是他自己的记忆里，他都不曾追过他知道不想被追的女人。真是个非常奇怪的世界。

太阳刚升到天空的一半，街道、广场和桥梁上都已经拥满了庆祝节日的人。杂技演员、变戏法的和乐师都在衣服上编织了羽毛，在所有街角进行表演。音乐声常常被笑声和喊声淹没。小孩子和乞丐只能从街上捡一些鸽子羽毛，插在头发里。荷包愈鼓的人，面具和服装也就愈精致华丽，而愈华丽的服装往往也就愈暴露，麦特看见不少男人和女人在羽毛下面暴露出比莉赛勒更多的肌肤。今天在街道上和运河里都看不见任何从事买卖的人，所有的酒馆和旅店都生意兴隆，不过也有其他一些商店还在营业。不时能看见街上的马车和河中的驳船上撑起一座平台，年轻男女站在上面，戴着罩住整个头部的、颜色鲜艳的鸟头面具，其中有些面具的羽冠足有三尺高。他们都举起手臂，扇动巨大的彩色羽翼，使得他们身上其他部位的羽毛造型忽隐忽现。不过考虑到他们暴露出身体的程度，这样或许比较好。

据贝瑟兰的介绍，这些被称为舞台展示的演出，平时只在公会礼堂、私人宫殿和住宅里展示，实际上，往常这个节日的大部分庆祝活动都是在室内进行的。艾博达即使在冬天也不下雪（贝瑟兰说，总有一天他要去看看雪是什么样子），但冬天还是会阻止人们穿着如此暴露地跑到街上。今年的炎热让一切都涌到了街上。等到日落之后——贝瑟兰告诉麦特，那时候就能看到些有趣的东西了。阳光退去的时候，禁忌也就退去了。

麦特盯着人群中一名身材高挑的女子，寻思着这里的人到底还剩下什么禁忌——那个女人身上除了面具和一袭羽毛披风外，大概只有六七根羽毛了。麦特差点就要高声提醒那个女人注意用披风把身体遮好。她确实很有炫耀一下的本钱，但在大街上、光天化日之下这么做？

带有舞台展示的马车也吸引了不少人。一群群男女笑着喊着，挤开其他人，将钱币和一些纸条扔到马车上。麦特很快就习惯了从车旁远远逃开，拐到另一条街上，或者是等车先通过十字路口或桥梁。在等待的时候，柏姬泰和拿勒辛会将钱币扔给肮脏的街童和更脏的乞丐。确切地说，扔钱的是拿勒辛，柏姬泰只把钱给小孩，而且她会把每一个钱币放进他们的小脏手里，如同送出一件礼物。

在一次这样的等待中，贝瑟兰突然用手按住拿勒辛的胳膊，用压过所有噪音的喊声说："请原谅，提尔人，但不能给他。"一名衣衫褴褛、憔悴瘦削的人小心翼翼地在人群后面挤着，他找来插在头发上的羽毛似乎都已经掉光了。

"为什么不行？"拿勒辛问。

"他的小指上没有黄铜戒指。"贝瑟兰回答，"他不是公会的人。"

"光明啊！"麦特说，"在这座城市里，人们必须从属于公会才能乞讨吗？"也许是因为他的这句话，那名乞丐突然跳过来，肮脏的手中紧握一把匕首刺向他的喉咙。

麦特不假思索地抓住那个人的手臂转了一圈，将他摔进人群里。有些人朝麦特发出咒骂，有些人则在骂那个倒在地上的乞丐，还有人把硬币扔给了那家伙。

麦特从眼角看到第二名瘦骨嶙峋的人正拿着一柄长匕首，试图推开柏姬泰靠近他，他愚蠢地把柏姬泰当成了一名普通的女人。柏姬泰从那些轻薄的羽毛下面变出一把刀子，从他的胳膊下面刺了进去。

"小心！"麦特向柏姬泰喊道，但已经没时间发出警告了，麦特在大喊的同时，已经将袖子里的小刀朝侧面掷出。小刀擦过柏姬泰的脸，刺中另一名乞丐的喉咙，那名乞丐的刀刃差点就刺进了柏姬泰的肋骨。

突然间，他们周围到处都是拿着匕首和钉头棒的乞丐。欢笑和音乐变成惊慌的尖叫声，穿着奇装异服的人们四散奔逃。拿勒辛拿刀划过一名乞丐的脸，让他连打了几个转；贝瑟兰用剑刺穿了另一人的胸膛。他的同伴们也纷纷展开了战斗。

麦特没时间去观察别人，他正和柏姬泰背靠背地和几名敌人作战。他能感觉到柏姬泰的动作，听到她喃喃地咒骂，但他并没有去注意柏姬泰。柏姬泰能照顾好自己，而麦特看着自己面前的两名敌人，却不确定自己也能做到这样。那个笨重的家伙咧开的大嘴里已经没有了牙齿，他只有一只手，左眼也只剩下了一个窟窿，但他手里拿着一根两尺长的大棒，棒身打着铁箍，棒头立着许多钢钉。他的同伴长着一张老鼠脸，双眼俱全，嘴里也还有几颗牙齿。尽管他双颊下陷，手臂上似乎只有骨头和筋腱，但他的动作像蛇一样灵活，他舔着嘴唇，不停地将一把生锈的匕首从一只手换到另一只手。麦特将手中的小刀轮流指向这两个人。虽然是小刀，但它足以刺穿人体的任何要害。所以那两个人还只是在外围伺机，等待着同伴先发起攻击。

“老库利不会喜欢这样的，斯巴。”那名身材高大的歹徒咆哮道。老鼠脸男子向前冲了过来，生锈的匕首仍然在两只手中来回传递着。

但老鼠脸没想到麦特的左手中忽然又出现了一把小刀，他的手腕一下子被划开了，生锈的匕首掉落在石板街面上，但那名歹徒还是撞向了麦特。当麦特的另一把小刀刺进他的胸膛时，他瞪大眼睛，发出凄厉的尖叫，双臂痉挛地抱住了麦特。另外那名秃头大汉露出凶狠的笑容，他举起大棒，向前迈出一步。但他的笑容立刻又消失了，因为另外两名乞丐冲到他身边，一边叫喊着一边举刀向他刺去。

麦特难以置信地看着眼前的一切，同时用力将老鼠脸男子推开。附近五十步范围内只剩下互相打斗的人，到处都有乞丐滚在一起，两个、三个，甚至是四人一起对某人刀刺、脚踢，或用棍棒石头猛砸。

贝瑟兰捉住麦特的手臂，他的脸上带着鲜血，但他在笑。“我们走吧，剩下的事情由‘施舍兄弟会’处理，跟乞丐战斗没有荣誉可言，而且乞丐们的公会不会漏掉任何一个冒充者。跟我来。”拿勒辛紧皱眉头，毫无疑问，他也认为跟乞丐作战是没意义的事情。贝瑟兰的朋友们之中有几个人的衣服破损了，其中一个拿掉了面具，让他的同伴用手绢擦拭他前额上的一道割伤，他虽然受了伤，却带着笑脸。麦特没有在柏姬泰身上看到任何伤口，她的衣服也还像刚出宫时一样整齐。她的匕首又消失了。麦特不相信她能将一把匕首藏在那么几片羽毛下面，但她确实是那样做的。

麦特顺从地跟着贝瑟兰，但他气恼地说道：“这……这座城市里的乞丐总是会袭击别人吗？”他觉得如果自己说“这座该死的城市”，贝瑟兰也许会不高兴。

贝瑟兰笑了：“你是时轴，麦特，时轴周围总会有事情发生。”

麦特咬紧牙，也朝他笑着。该死的傻瓜，该死的城市，还有该死的时轴。嗯，如果一名乞丐划开了他的喉咙，他就不必回宫中去，任由泰琳将他像一颗梨子般给剥开来。他忽然想到她确实曾经叫他小梨子。一切都那么该死！

染坊和艾博达玫瑰之间的街道上也挤满了欢庆的人群，不过这里看不到穿着非常暴露的人，显然，想要展现诱人胴体就必须有点钱。不过在那座商人住宅附近的杂技表演和其他地方没有多大差别。赤脚坦胸的男人穿着紧身衣和颜色鲜艳的裤子，女人的衣裤更紧也更薄，他们的头发里都有一些羽毛。在那座小宫殿旁边演奏的乐师们同样在头发上装饰羽毛。一名女子吹着长笛，另一名女子吹着一种又长又大、上面有许多细杆的黑色弯曲管乐器。另外还有一个男人在敲鼓。他们一直监视的房子大门紧闭。

艾博达玫瑰的茶像以往一样糟糕，但总比它的葡萄酒好。拿勒辛只是一口一口地抿着带酸味的当地淡啤酒，柏姬泰说了声谢谢，却没说是为什么。麦特耸耸肩，当作是接受了。然后他们笑着碰了一次杯。太阳升得更高了。贝瑟兰伸直双腿坐着，用一只脚尖撑住另一只脚的脚跟，过一会儿又换过来。但不管他有多少次指出麦特是时轴，他的同伴们显然已经不耐烦了。一场和乞丐的混战并不能让人感到兴奋。这条窄街也不可能有花车通过。这里的女人没有其他地方的漂亮。即使柏姬泰也变得让人感到乏味，因为他们知道，她不打算吻他们其中的任何人。因为贝瑟兰不跟他们走，他们明白地表示遗憾，然后就跑到别处去找乐子了。拿勒辛向染坊旁边的巷子里蹓跶了过去。柏姬泰消失在艾博达玫瑰幽暗的内部，她说她要去那里找找看某个被遗忘的角落里，还有没有值得喝一杯的东西。

“我从没想过会看到一名护法穿成那种样子。”贝瑟兰说着，又将两只脚换了一次位置。

麦特眨眨眼。这家伙确实是目光敏锐。柏姬泰一直都没动过自己的面具。嗯，只要他不知道——“我想你一定能合我母亲的意，麦特。”

麦特呛咳着将茶水喷了出来。有几个人气恼地瞪了他一眼。一名身材苗条、有着形状漂亮的小胸部的女人向他抛了个媚眼，她戴着一副蓝色面具，麦特觉得那应该是一只鹪鹩。看见麦特并没有对她微笑，她跺了一下脚就大步走开了。很幸运地，其他被茶水喷到的人也都纷纷走开了，而不是采取更激烈的行动。或者这也许是麦特的不幸，现在如果有七八个人扑向他，他也不会在意。

“你这话是什么意思？”麦特声音沙哑地问。

贝瑟兰惊讶地睁大眼睛，猛地一抬头：“怎么了，她当然是选你当她的情人。为什么你的脸这么红？你生气了？为什么？”突然间，他拍了一下前额，笑了起来。“你认为我会生气。原谅我吧，我忘记你是个外地人了。麦特，她是我母亲，不是我的妻子。我父亲已经死去十年了，她一直都说自己太忙，没心思做其他事情，我很高兴她选了一个我喜欢的人。你要去哪里？”

直到听见贝瑟兰的问题，麦特才意识到自己已经站了起来。“我只是……需要让脑袋清醒一下。”

“但你在喝茶啊，麦特。”

麦特绕过一张绿色的轿椅，他瞥见那栋屋子的门打开了，一名用蓝色羽毛斗篷裹住身体的女人悄悄走了出来。麦特没有多想（他的脑袋一阵晕眩，让他根本想不清楚任何事），就开始跟在她后面走了。贝瑟兰也知道！他还赞成这件事。那是他自己的母亲，他还……

“麦特？”拿勒辛在后面喊道，“你要去哪里？”

“如果我明天不回来，”麦特心不在焉地回头喊，“告诉她们，她们就只能自己去找了！”他茫然地跟在那个女人身后，没再去听拿勒辛和贝瑟兰是否又喊了些什么。贝瑟兰竟然知道！麦特记得自己曾经以为贝瑟兰和他母亲都是疯子。实际上，他们比疯子更糟糕！所有艾博达人都疯了！麦特几乎已经注意不到脑袋里仍然在转动的骰子了。

透过会议室的一扇窗户，黎恩看着苏兰沿着街道向河边走去。有一名穿青铜色外衣的男人找上了她，但如果那个家伙想要打扰她，他就会发现，苏兰没有时间，更没有耐心对付男人。

黎恩不明白今天的感觉为什么会变得如此强烈。数日以来，它都是随日出而来，随日落而去，连续数日她都能战胜它（她们不太敢把她们严格的规矩称为法律，但命令是在月半时发出的，还要再等六个晚上），但今天……当时她不假思索就说出了那个命令，现在除非是到了正确的时间，否则她不能食言。不会有事的，没有人在这座城市里看见那两个自称为伊兰和奈妮薇的蠢女孩的任何痕迹。感谢光明，不需要冒什么风险。

黎恩叹了口气，转头看着其他人，她们等到她坐进椅子后，才纷纷入座。不会有事的，就像以前一样，秘密会被守住，就像她们一直以来一样。但，还是……她从没接触过预言或者类似的异能，但也许那种压倒性的急迫感确实告诉了她某些事情。十二个女人期待地看着她。“我想我们应该考虑让所有没腰带的人去农场避一避。”

没有人争辩。她们都是前辈，但她是长姐，而对于这件事，至少以两仪师的方式来处理，不会造成什么真正严重的后果。

第 30 章

第一杯

“我不明白，”伊兰反对道。她并没有被允许坐下，刚才她想坐下，但却被明白地命令她继续站着。有五双眼睛在盯着她，眼睛后面是五个女人严肃、冷峻的面孔。“你们仿佛是认为我们做了可怕的事情，但我们所做的只是寻找风之碗！”伊兰希望，至少她们的寻找已经接近成功了。拿勒辛跑着带回来的讯息并不是很清楚，麦特临走时喊的那句话应该是指他已经找到了，拿勒辛也承认至少应该是很接近的意思，但拿勒辛对这点显得愈来愈没把握了。柏姬泰还在监视黎恩的房子，她似乎对此感到疲惫且无聊。不管怎样，行动仍然在继续。伊兰想知道奈妮薇那里有什么进展，希望会比自己好。她绝对没想到，本来是要报告她们的成果，却落得如此下场。

“你们正威胁到一个秘密，两千年来，这个秘密一直被每一名戴披肩的女人严守着。”茉瑞莉僵硬地坐着，为了避免抽搐而紧绷住的嘴唇，几乎彻底破坏了她两仪师的平静。“你的神智一定是有问题！只有疯子才会做出这种事！”

“什么秘密？”伊兰问。

范迪恩阻止了茉瑞莉和她的姐妹，用力调整了一下浅绿色丝裙，说道：“等你得到正式晋升以后吧，孩子，我本以为你还是有些理智的。”艾迪莉丝穿着褐色镶边的深灰色羊毛裙，她不悦的模样几乎就像是范迪恩的翻版。

“这孩子不能因为揭露了一个她不知道的秘密，而被认为是犯错。”坐在伊兰右侧的凯瑞妮·佛朗西一边说，一边在镀金绿色扶手椅里挪动着身躯。她算不上肥胖，但也相当壮实，她的肩膀和手臂像大多数男人一样粗壮。

“白塔的法律不允许借口。”赛芮萨立刻插话进来，她的语气很高傲，平时充满好奇的棕色眼睛现在变得十分严厉。“一旦某个借口被接受，就会有愈来愈微不足道的借口冒出来，直到法律本身彻底消失。”她的高背椅在伊兰的右侧，众人之中，只有她戴着披肩。茉瑞莉的起居室已经被布置成了法庭的样子，只是迄今为止还没有人直接说出来而已。茉瑞莉、艾迪莉丝和范迪恩像审判官一样坐在伊兰的正前方，赛芮萨坐在指控席的位置，凯瑞妮坐在宽恕席的位置。但是当出身提尔的褐宗姐妹继续对伊兰进行指控时，原本应该维护伊兰的阿拉多曼绿宗姐妹也开始若有所思地点起了头。“她已经亲口承认了罪行。我建议让这个孩子在这座宫殿里禁足，直到我们离开，而且要有一些严格的工作占据她的思想和双手。我还建议应该每隔一段时间就让她接受一顿拖鞋的抽打，以提醒她不要以姐妹的方式行事。对于奈妮薇也该采取同样的措施。”

伊兰吞了口口水。禁足？也许她们不会称此为一场审判。赛芮萨也许还没有获得那种毫无瑕疵的面孔，但另外那些女人的年纪似乎都化成了重量压在伊兰身上。艾迪莉丝和范迪恩的头发几乎已经全白了，就连她们本应光洁无瑕的面容也显现出岁月的痕迹。茉瑞莉的头发仍然光亮乌黑，但伊兰知道，她戴上披肩的时间比一般人能活的年纪都要久。在这一点上，凯瑞妮也和她一样。她们之中的任何人在至上力上都无法与她相比，但……她们拥有丰富的经验和知识，还有……权威。她们总是在提醒她，她才十八岁，在一年前还穿着初阶生白袍。

凯瑞妮没有任何反驳赛芮萨的动作，伊兰觉得也许应该为自己辩护一下：“你们所说的秘密显然是和那个社有关，但——”

“家人与你无关，孩子！”茉瑞莉厉声喝道。她深吸一口气，抚平了有金色饰纹的银灰色裙子。“我提议进行判决。”她用冰冷的声音说道。

“我同意，并且我将服从你。”艾迪莉丝说。她紧皱眉头，失望地看了伊兰一眼，摇了摇头。范迪恩轻蔑地摇摇手：“我也同意并将服从你，但我赞同指控席的建议。”凯瑞妮的眼神里似乎有一点同情，也许真的有一点。

茉瑞莉张开口。

就在这一瞬间，门口轻微的敲门声显得非常响亮，如同寂静中的响雷。

“光明在上，出什么事了？”茉瑞莉气恼地说道，“我告诉过珀尔，不要让任何人打扰我们。凯瑞妮？”

凯瑞妮不是最年轻的，但是她们之中力量最弱的，她站起身，向门口快步走去。虽然体重不轻，但她移动起来总是像天鹅一样轻盈。

站在门口的是珀尔本人，她是茉瑞莉的女仆。门一开，她先向左右各行了个屈膝礼。这名身材苗条的灰发女子常常比她的主人更严守礼仪。她紧皱眉头，露出焦虑的神色——毕竟她在受到茉瑞莉的吩咐后还是闯进了房间。伊兰还从来没有如此高兴地看见一个人的出现……或者，只有当麦特·考索恩出现在提尔之岩时，她比现在更高兴——这真是个可怕的念头。如果不是艾玲达确认她已经承担了自己的义，伊兰也许真的会要求麦特抽她一顿鞭子，以解除她的苦恼。

“女王亲自带来了这个，”珀尔一边喘息着，一边呈上一封有着红色封蜡的信，“她说如果我不立刻把它交给伊兰，她就亲自交给她，她说这关系着那个孩子的母亲。”伊兰几乎咬碎了牙齿，这些女仆把她们主人称呼奈妮薇和她的口吻都学了起来。

没等茉瑞莉开口，伊兰已经怒气冲冲地抓起那封信，伸出拇指抠破了封蜡。

伊兰女士：

我要将一则令人欣喜的讯息告知安多王女。我刚刚获悉，您的母亲，摩格丝女王还活着，并前往阿玛多，成为了培卓·南奥的客人。现在她最大的心愿就是与您会合，一同胜利地返回安多。我可以提供军力，护卫您通过盗匪丛生的阿特拉，让您以最快的速度平安到达母亲身边。请原谅我的言辞粗陋，匆忙间不能达意，但我知道您一定想尽快知晓这个美好的讯息。希望能尽快将您送至母亲身边。

光明之印记

贾西姆·卡林丁

信纸被伊兰揉成了一团。他怎么敢这样做？哀悼母亲死无葬身之地的痛苦刚开始从伊兰心中消退，贾西姆却敢如此嘲弄她？伊兰拥抱至上力，一甩手将那团肮脏的谎言掷向远方。火焰凭空射出，最后蓝金色的地板上只落下了一点飞灰。她这么做是针对贾西姆·卡林丁，也是对这些……女人！安多女王的千年骄傲如同钢铁的毅力和勇气灌注在她的背脊之中。

茉瑞莉猛地站起身：“你没有得到允许导引！放开——”

“出去，珀尔。”伊兰说，“马上。”女仆愣了一下，但伊兰的母亲训练过伊兰如何使用命令的语调，那是女王在王位上所使用的语调。珀尔飞快地行了个屈膝礼，然后只犹豫了一下就跑出房间，并关上了房门。大概她都没想到自己的速度会这么快。当然，这个房间里的事情只与两仪师有关。

“你究竟在想什么，孩子？”茉瑞莉还维持着镇定，但怒火不停从她身上喷发出来。“立刻放开真源，否则我现在就拿拖鞋打你！”

“我是两仪师。”伊兰的声音如同深冬的寒风，丝毫不容辩驳。贾西姆的谎言和这些女人让她受够了。茉瑞莉要拿拖鞋打她？她们必须承认她是一名姐妹。她和奈妮薇找到了那只碗！至少是就要找到了。对于那只碗的使用安排也在进行着。“你们要惩罚我，因为我触及了一个只有姐妹们才能知道的秘密，但在我获得披肩时，没有人告诉我这件事。你建议要像对待初阶生或见习生那样惩罚我，但我是两仪师，是艾雯·艾威尔，你们发誓效忠的玉座赐予了我披肩。如果你们否认奈妮薇和我的两仪师身份，你们也就否认了派我们来寻找风之碗的玉座。而且我们就要完成这个任务了。我不会承认这种指控！我要求你认真考虑，茉瑞莉·辛德文，顺从玉座的意愿，否则我会要求以叛徒的罪名审判你！”

茉瑞莉的眼珠鼓了起来，她大张着嘴，但与凯瑞妮和赛芮萨相比，她还算是沉着的，那两个人几乎连呼吸都停住了。范迪恩似乎是有一些惊疑，她微微睁大眼睛，若有所思地用一根手指按在嘴唇上。艾迪莉丝在椅子中向前倾过身体，紧盯着伊兰，仿佛是第一次看到她。

伊兰导引至上力，让一把高背扶手椅飘到身后，坐了下去，将裙子整理得没有一丝皱褶。“你也可以坐下了，茉瑞莉。”她仍然在使用命令的语调——显然，这是唯一让她们听她说话的办法，但是当茉瑞莉真的缓缓坐回到椅子里，一边还用凸起的眼珠盯着她时，她也吓了一跳。

伊兰维持着平静冰冷的外表，但愤怒已经在她心中沸腾了。秘密，她一直认为两仪师有着太多秘密，即使在姐妹之间也是一样，也许姐妹之间隐瞒的秘密更多。实际上，伊兰自己也有一些秘密，但那都是不得不隐瞒的，而且她也会把它们告诉所有需要知道的人，而这些女人却要为了她们的秘密惩罚她！“你的授权来自白塔评议会，茉瑞莉；奈妮薇和我的来自玉座，我们所获得的授权在你之上。从现在开始，你将从奈妮薇和我这里得到指示，我们当然也会认真听取你所有的建议。”茉瑞莉的眼珠早已经鼓起来了，而现在……

“不可能，”灰宗姐妹仓促地说，“你们——”

“茉瑞莉！”伊兰厉声说道，她的身体向前靠了过去，“你仍然否认玉座的权威吗？你还敢继续这样做？”

茉瑞莉的嘴无声地翕动了两下，她又舔舔嘴唇，痉挛般地摇摇头。伊兰感觉到一阵喜悦的颤栗。所谓茉瑞莉要服从她的指示的话当然是无端的恐吓，但这样能制造压力。汤姆和母亲都说过，想得到一，就必须要求到十，但这并不足以让伊兰的怒火熄灭。她几乎想拿起拖鞋，看看自己到底能做出些什么来，不过这样会把一切事情都搞砸。她们很快就会记起她的年纪，以及她才脱下初阶生白袍不久，她在她们的眼中很快又会变成一名愚蠢的孩子了。想到这里，她的怒火又炽烈地燃烧起来，但她还是平静地说道："茉瑞莉，你可以先安静地想一下，身为两仪师，我还应该被告知些什么样的信息。艾迪莉丝和范迪恩可以先向我介绍我所威胁到的这个秘密。你们是否要告诉我，白塔一直都知道社，或者像她们对自己的称谓——家人？"可怜的黎恩和她躲避两仪师的愿望。

"我想，还有她们一直在依照姐妹的方式活动。"范迪恩回答。她的口吻很谨慎，现在她也开始像她的姐妹般专注地审视着伊兰了，但身为一名绿宗，她有许多和艾迪莉丝一样的怪癖。凯瑞妮和赛芮萨看起来很吃惊，她们带着难以置信的神情，目光在面红耳赤的茉瑞莉和伊兰之间不停地来回移动。

"即使在兽魔人战争时期，也会有人因为试炼失败、力量不够，或者其他原因被遣送出白塔。"艾迪莉丝的声音和她姐妹的一样，就像是在讲课，不过其中并无恶意，褐宗在解释某个问题时就是这样。"以当时那种状况，自然有一些人害怕单独返回白塔以外的世界，她们也许纷纷逃来巴莱斯塔——这是当时人们对这里的称呼，当时巴莱斯塔的主体部分位于现在的拉哈德区。当然，巴莱斯塔城到现在连一块石头都没留下，在大多数时间里，兽魔人战争都没有真正地波及艾哈隆，但到战争末期，巴莱斯塔也彻底陷落了，就像巴辛、沙峨姆，或者……"

"那些家人……"范迪恩温和地插话道。艾迪莉丝向她眨眨眼，然后点了点头。"那些家人们即使在巴莱斯塔陷落后依然坚持了下来，就像以前一样，收纳野人和离开白塔的人。"伊兰皱起眉。安南大妈也说过家人会收纳野人，但黎恩当时似乎是非常急于要让她和奈妮薇证明她们不是野人。

"没有人会在那里待太久。"艾迪莉丝补充说，"大概五年，或者，我想现在应该能到十年了。一旦她们认知到这个小组织不可能代替白塔，她们就会离开，成为乡村中的行医者、乡贤，或者类似职业的人。或者她们之中有人会放弃至上力，停止导引，开始以手工艺或贸易为安身立命之业。不管怎样，她们可以被称为是消失了。"伊兰很奇怪怎么能有人如此轻易地放弃至上力，导引的欲望，真源的诱惑，它们永远都在。但两仪师似乎相信有些人可以将它们置之度外，只要她们确认自己无法成为两仪师。

范迪恩又成为做解释的人。这对姐妹经常相互交替地说一段话，她们衔接的顺畅程度就如同那段话是同一个人说出来的。"白塔几乎从一开始就知道家人的存在。起初，毫无疑问，战争才是最重要的，尽管她们结成了组织，但她们所做的正是我们想让她们做的。她们一直躲藏在暗处，同时也竭力隐藏她们的导引能力，避开所有人的注意。经过许多年，她们甚至建立了传递讯息的手段——当然，是在谨慎而秘密的情况下——互相通报那些佯装是两仪师的人。你说什么？”

伊兰摇摇头：“凯瑞妮，壶里还有茶吗？”凯瑞妮稍稍愣了一下。“我想艾迪莉丝和范迪恩也许想润一下她们的喉咙。”阿拉多曼女子没有去看仍然在发呆的茉瑞莉，就走到了放银茶壶和茶杯的桌子旁。“但这并不能解释我的疑问，”伊兰继续说道，“为什么她们是需要如此严格保守的秘密？为什么不驱散她们？”

“为什么？”艾迪莉丝的语气仿佛这是全世界最显而易见的事情，“其他逃亡者的组织一经发现都立刻被驱散了——最后一个这样的组织是两百年前被发现的，但家人一直严格保持低调，与世无争。两百年前被驱散的那个组织自称为‘沉默的女儿’，但她们从没保持过沉默，她们一共只有二十三人，差不多全是野人，经过两名正式见习生的训练，但她们——”

“逃亡者。”伊兰一边重复艾迪莉丝的话，一边从凯瑞妮手中接过茶杯，并微笑着向凯瑞妮道了谢。伊兰并没有为自己要茶，但她不经意地发现凯瑞妮把第一杯茶端给了她。范迪恩和她的姐妹在前来艾博达的路上就说了不少关于逃亡者的事。

艾迪莉丝眨眨眼，然后回到了主题上。“家人帮助逃亡者。她们一直都派遣两到三个人在塔瓦隆盯梢，所以她们几乎能联络到所有被遣送出白塔的人，而且她们也能找到所有逃亡者，无论是初阶生还是见习生。当然，她们的方式一直都很慎重，但至少在兽魔人战争以后，如果没有她们的帮助，没有人能逃出塔瓦隆。”

“哦，是的。”当艾迪莉丝停下来从凯瑞妮手中接过茶杯时，范迪恩接口说道。那杯茶本来是要递给茉瑞莉的，但茉瑞莉只是颓然坐在椅子里，双眼空洞地盯着前方。“所以如果有人逃走，我们立刻就会知道该去什么地方找她。所以逃亡者几乎总是会回到白塔，并为自己的一念之差懊悔万分。只要家人不知道我们知道她们，事情就会一直这样继续下去。但如果这个秘密揭露了，一切就会回到家人出现之前的样子——逃离白塔的女人有可能消失在任何一个方向。当时逃亡者的数量比现在更多，有些年份里，会有三分之二的新人逃走；另一些年份里则会有四分之三。借着家人，我们能追回至少十分之九的人。你明白为什么白塔会如此重视家人的秘密了吧！”

伊兰当然明白，任何人都不能在白塔抛弃她之前先抛弃白塔，而且，这样白塔就拥有了不会放过任何逃亡者的名声。

伊兰站起身，令她吃惊的是，艾迪莉丝和范迪恩也站了起来。范迪恩甚至还摇手拒绝了凯瑞妮递过去的茶杯。赛芮萨也随之离开了椅子。过了一会儿，连茉瑞莉也起身了。她们全都期待地看着伊兰，就连茉瑞莉也不例外。

范迪恩注意到伊兰惊诧的的表情，微笑着说：“还有一件事你也许不知道。

我们两仪师在很多方面都是纷争不断的一群，我们都在嫉妒彼此的地位和特权，但只要有人被置于我们之上或者能自立于我们之上，我们大多会在相当程度上顺从她，不管我们私下会有多少埋怨。”

“是啊，我们就是这样。”艾迪莉丝愉快地喃喃说道，就好像她刚刚发现了什么。

茉瑞莉深吸一口气，专心地整理着自己的裙子，过了一会儿，她才说道：“范迪恩是对的，你以自身的力量立于我们之上。我也必须承认，你也已经被置于我们之上。如果我们将因为刚才的行为而进行苦修……嗯，如果真的是这样，你应该也会告诉我们。现在请容我问一句，我们将跟随你去何处？”她的话里没有任何讽刺和挖苦，甚至比刚才伊兰被审问时的口吻还要礼貌。

伊兰觉得任何两仪师如果能像她现在这样控制住表情，一定会骄傲得不得了。她只希望她们承认她是真正的两仪师。现在她甚至有一种冲动，想对她们承认自己还太年轻、太缺乏经验。她费了不小的力气才把这个冲动压下去。“你永远都不能把蜂蜜放回蜂巢里”，伊兰小时候莉妮经常这么对她说，况且艾雯也不比她更年长。

伊兰深吸一口气，露出温暖的微笑：“我首先要强调的是，我们都是姐妹，不管从任何角度去理解都是这样。我们必须同心协力。风之碗太重要了，我们对此不能有任何懈怠。”她希望当她告诉她们艾雯想要做什么的时候，她们也都会如此热心地点头。“也许我们应该再坐下来。”她们都等到伊兰先入座之后，才纷纷坐回椅子里。伊兰倒希望奈妮薇现在过得能有她的十分之一那么好。不过，如果奈妮薇看到这一幕，大概会立刻昏过去。“我也有一些关于家人的事情要告诉你们。”

没多久，茉瑞莉就一副要晕过去的样子，就连艾迪莉丝和范迪恩也显得很吃惊，不过她们立刻就说道：“是的，伊兰。”“如果你这样说，那就这样，伊兰。”也许从现在开始，她们就可以顺利合作了。

轿椅在码头边的狂欢人群中勉强前进着，魔格丁也在此时发现了那名女人。她正从一辆四轮马车里出来，登上一艘靠在岸边的小船，她的身边一直有一名穿白绿色制服的男仆搀扶着她，一副宽大的羽毛面具彻底覆盖了她的面孔，不像魔格丁只戴着半脸面具。但魔格丁从她坚定的脚步认出了她，无论从任何角度，在任何的光线下，魔格丁都能认出她。轿椅窗口的雕花栏杆也无法妨碍魔格丁。两名腰间佩剑的男人从马车后面跳下来，跟在那个女人后面。

魔格丁向轿椅捶了一拳，喊道：“停！”轿夫立刻停了下来。魔格丁差点向前栽过去。

向前移动的人群也因轿椅突然停下而发生了骚乱，有些人在骂轿夫挡了路，有些人则发出和善的喊声。河边的人潮比较稀疏，她可以轻易地从人群间看出去；而魔格丁的注意力一直集中在那艘船上。现在那艘船已经从岸边拉开，它非常引人瞩目，矮船舱的顶棚漆成了红色，石砌长码头上只有一艘这样的船。

魔格丁舔舔嘴唇，打了个哆嗦。她接受的命令很清楚，违抗命令的代价同样清楚得令人难以忍受，但稍微耽搁一下不会有什么害处，只要他不知道就行。

魔格丁推开轿门，走到街上，匆匆地向四周看了一眼。那家客栈就在码头旁边，还有这条河。她拉高裙摆，快步向前走去，完全不害怕也许会有人雇走她的轿子。只要她对那些轿夫的心灵压制没有解除，他们会拒绝一切新的雇主，并且一直站在这里，直到饿死。一条路在魔格丁面前展开，戴羽毛面具的人们和魔格丁还有一段距离时就会跳到一旁，一边还会发出尖叫，并伸手捂住身上他们以为被刺到的地方，或者说是真的被刺到的地方——对这么多个意识编织心灵压制需要相当长的时间，不过一阵用风之力编织的针雨也同样好用。

“自豪桨手”的矮胖老板娘看到魔格丁走进她的大厅时吓了一跳。魔格丁穿着华丽的猩红色丝裙，上面点缀着金线和如同黄金般闪光的黑色丝绸。她的面具边缘延伸出一根根黑色翎毛，中间是一只锋利的黑色鸟嘴——一只乌鸦。这是莫瑞笛的玩笑，这副面具和这身衣服都是出于他的命令。他说他的颜色是黑色和红色，魔格丁既然要侍奉他，自然也应该穿成这种颜色。无论多么华贵，魔格丁的身上只是一套仆人的服装。每想到此，魔格丁都恨不得杀死所有看见她的人。

不过，魔格丁现在只是立刻朝那名老板娘的圆脸上编织了心灵压制。老板娘猛地直起身子，眼睛也鼓了起来——现在没时间对编织精雕细琢。魔格丁要看看楼顶，老板娘立刻跑上了侧面没有扶手的楼梯。魔格丁微微笑了笑，那些披着羽毛的酒客们大概也看不出老板娘有任何不正常，毕竟这间客栈恐怕也从来没招待过她这种阶层的客人。

在楼顶平台上，魔格丁快速地估量了一下杀死或放过这名老板娘的危险。尸体最终总会提供出一条线索，如果要安静地藏匿在阴影里，就绝对不能进行没必要的杀戮。她飞快地调整了心灵压制，告诉老板娘下去，回到自己的房间里，好好睡一觉，忘记刚刚看到的一切。因为动作有些匆忙，可能会让这个老板娘睡上一整天，或者是在醒来后智力衰退。魔格丁有时也会怨恨，如果她对心灵压制这项异能更精通一些，她的人生一定会容易许多。但不管怎样，那个女人已经迫不及待地遵照她的命令跑走了，只留下她一个人。

通往屋顶的小门砰的一声被关上，魔格丁站在积满尘土的白色屋顶上，突然感觉到自己的思想和灵魂正被手指抚摸着。她不禁猛抽一口气，有时候莫瑞笛会这么做，他说这是对她的提醒，魔格丁几乎要回过头去看看他是不是正站在身后。她的皮肤上冒出了鸡皮疙瘩，仿佛被一阵突来的冷风吹过。抚摸的感觉消失了，她又打了个哆嗦。这确实提醒了她。莫瑞笛本人也能在任何时候出现在任何地方，她的动作一定要快。

魔格丁快步走到环绕屋顶的矮墙边，沿着下面的河道向远处搜寻。几十艘大小各异的小船伸开桨，在大船中间穿行。魔格丁所注意的那些小船舱的舱顶大多都是素色的，她看到了一个黄色舱顶，一个蓝色舱顶，在河中央，向南快速航行的……红色舱顶。一定就是那艘船。她不能继续在这里浪费时间了。

魔格丁抬起手，但是当烈火刚刚射出时，有什么东西在她旁边闪了一下，魔格丁猛地转过头。莫瑞笛来了，他就在这里，他会……魔格丁瞪着一群飞走的鸽子。鸽子！她几乎把胃里的东西吐了出来。随后她的视线转回到河面上，立刻怒吼了一声。

因为她刚才转头的动作，本来应该射向船舱和乘客的烈火射到了船中桨手和保镖们所在的位置。桨手们前一段时间在因缘中的命运丝线也被烧断了，小船剩下的两段全都回到了百多步外的河道上游。不过，她也许还没完全搞砸。因为那艘船中间的一段也随桨手们一同彻底消失了，河水立刻灌进了小船剩余的部分。结果船头和船尾很快就在一片泡沫中沉没，将它的乘客带到了河水深处。

突然间，魔格丁因为自己所做的事情大吃一惊，她一直在幽暗中活动，一直保持着隐匿的状态……而现在，城中所有能导引的女人都会知道有人使用了大量的阴极力，而这里所有的人都会看见一道如同液体的白色火焰横过半空。恐惧让她如同生出双翼，不是恐惧，而是惊恐。

魔格丁拉起裙子，跑下楼梯，冲过大厅，丝毫不在乎撞歪桌子，撞倒客人。她一直跑到街上，脑子里一片空白，所有挡在她前面的人都被她伸出双手用力地拨开。

“跑！”她一步跳进轿椅里，一边尖声高喊着，她的裙子卡在轿门上，也被她用力撕开。“跑！”轿夫们立刻依照她的命令开始行动，让她在轿子里饱受颠簸，但她并不在乎，她的双手紧紧抓住了雕花窗栏，身体却还在不受控制地颤抖。他没有禁止这种情况，他也许会原谅她，或者甚至不会在意她在这里的擅自行动，只要她能顺利地、有效率地完成他的命令。这是她唯一的希望。她要让法理恩和伊丝潘匍匐在她脚下！

第 31 章

马希亚拉

当小船离开码头时，奈妮薇将面具扔到身旁的软垫座位上，然后一屁股坐了下去，抱着双臂，一只手紧抓着辫子，气呼呼地望着前方。一切事情都让她生气。听风的能力仍然在告诉她，一场猛烈的风暴即将到来，那是能够掀起屋顶、推倒谷仓的狂风。她几乎相信河水马上就要掀起波澜了。

“既然天气没那么糟，奈妮薇，”她模仿着伊兰的样子，“应该去的人是你。如果我们之中最强的人不去，诸船长也许会认为受到了冒犯，她们知道两仪师很重视力量的强弱。呸！”当然，最后这个“呸”是奈妮薇自己加上去的。难道伊兰以为忍受茉瑞莉的胡言乱语会比对付耐丝塔更容易？不过，如果给某人的第一印象很糟糕，想要弥补确实很难（麦特·考索恩就是个例子！），而现在如果她们和耐丝塔·丁·瑞埃斯·双月的关系再差一点，她肯定就会赶她们去做各种杂役了。

“可怕的女人！”奈妮薇嘟囔着，在坐垫上挪了挪身子。当她建议艾玲达也来见海民时，艾玲达的反应不比伊兰好多少。其实那些人倒是对艾玲达很着迷。奈妮薇就算故意学艾玲达说话，声音还是完全不像，不过那副模样倒是学得惟妙惟肖。“这方面的信息我们该得到时就会得到，奈妮薇·爱米拉，也许我今天能在贾西姆·卡林丁那里搜索到一些信息。”如果不是知道这名艾伊尔女子不会害怕任何事情，奈妮薇一定会以为艾玲达是因为惧怕才想去监视贾西姆。天气这么炎热的时候还要挤在街上的人群里绝不是件好事，而且今天的节日只会让街上的状况更糟糕。奈妮薇本以为那个女人会很喜欢坐在船里乘凉的。

小船开始左右倾侧。这是一次清凉的乘船旅行，奈妮薇告诉自己。舒爽的凉风正从海湾里吹来，是充满了水气的微风，但小船几乎已经在翻滚了。“哦，该死的！”奈妮薇呻吟着。她吃了一惊，急忙用力将嘴捂住，又气恼地跺了一下船板。如果她一定要忍受那些海民，到最后她肯定会像麦特那样不停地从嘴里喷出脏话来。奈妮薇不愿意想到他，但只要继续在那个……那个男人面前假装顺从一天，她一定会把自己所有的头发都拉掉！麦特迄今为止倒是没提出过什么不讲道理的要求，虽然她一直在等他这么做，但他的态度……

“不！”奈妮薇坚定地说，“我要平静我的心神，而不是让它翻腾起来。”小船还在缓慢地摇晃，奈妮薇竭力让自己的精神集中在衣服上。她不像伊兰那样注重穿着，但想到丝绸和蕾丝，确实会让人感到心情愉快。

现在她这一身衣服完全是为了想给诸船长留下深刻的印象。她们想借此挽回一点颓势。绿色的丝裙上装饰着黄色丝带，绣金花纹贯通了两只袖子和前胸；裙摆下缘、袖口和领口都缀着金色蕾丝。也许领口应该更高一些，这样可以让她显得比较严肃，但这已经是她领口最高的衣服了。考虑到海民的风俗，这样也已经是非常正式的装扮。耐丝塔应该尊重她，奈妮薇·爱米拉不会为任何人改变自己。

她辫子上的蛋白石别针是她自己的（它是塔拉朋帕那克的礼物），但这条镶嵌着翡翠和珍珠、一直铺展到胸前的金项链是泰琳送的。奈妮薇做梦也没想过自己会有这么华美的首饰。作为酬谢带来麦特的礼物——泰琳这样称呼它。这个说法听起来很没道理，但也许女王认为送出这样一件贵重的礼物总需要某个理由。她手腕上的黄金和象牙手镯是艾玲达的。艾玲达有几件珠宝收藏，这让奈妮薇有些惊讶，平时艾玲达身上唯一的一件首饰只有她脖子上的银项链。奈妮薇本来想借她那只漂亮的、雕刻着玫瑰和荆刺图案的手镯，她从没见艾玲达戴过它。但艾玲达用力地将那只手镯抱在胸前，仿佛那是她最珍贵的财产一样。甚至要在伊兰的安慰下，艾玲达才重新定下心神。而当伊兰安慰艾玲达的时候，奈妮薇觉得她们两个似乎都很想抱住对方的肩膀大哭一场。她们肯定有什么古怪。幸好奈妮薇知道她们都是很有理智的人，否则以她的经验判断，她们的模样都很像是被某个男人把心偷走了。当然，艾玲达肯定是理智的，而伊兰毕竟还思念着兰德，奈妮薇不能因为这个挑她的错——

突然间，奈妮薇感觉到大量的阴极力波动几乎就出现在头顶，然后……

她挣扎在没顶的咸水中，拼命向上攀爬，想要呼吸到一点空气。裙摆缠住了她的双腿，但她的头终于还是探出了水面。她在四散飘浮的椅垫中间大口喘着气，困惑地望向周围。过了一会儿，她才摸索着辨别出倾斜在头顶上方的东西是船舱里的一个座位。这应该是船舱中残留下的一小块还有着空气的地方。这个空间很小，她不用伸直手臂就能碰到舱壁。到底是怎么了？她听到一声钝响，可能是船身碰到了河底。周围的舱壁在继续倾斜，她觉得空间又缩小了一点。

现在不是思考为什么的时候，得先要在这里的空气用光之前浮上河面。她知道如何游泳，在家乡时，她经常会去水林的池塘里玩耍，当然，现在不是想这些的时候。大吸一口气，她一头栽进水里，朝应该是舱门的地方游去。因为裙装的关系，她的两条腿有些吃力。如果脱掉裙子会好一些，但她不打算在冒出水面时身上只有贴身衣物、长袜和那些首饰。当然她不想把首饰丢掉，而且，如果要脱掉裙装，她就必须先丢掉腰带，但她宁可淹死也不会丢掉腰带的荷包里的东西。水里很黑，没有一点光线。她伸出的手指碰到了木头，然后她沿着船壁上的浮雕向前摸索，终于摸到了门框，接着是门的铰链。她暗自咒骂了一句，小心地向门框的另一侧摸去。是了！拴住的门把！她将它扳开，向外推去。门移动了大约两寸——就停住了。

她感到肺部一阵阵抽紧，便游回到那个小空间里，重新深吸了一口气，再潜下去。这一次，她用更短的时间找到了门。她将手指伸出门缝，想知道是什么挡住了门——船身陷进了泥里。也许她能挖开表层的淤泥，或者……她向更高的地方摸去。还是泥。她有些狂乱地从门缝的最底端一直摸到了最顶端，不敢相信自己的发现——从底至顶全都是黏胶般的淤泥。

这一次，当她游回到那个小空间时，她伸手抓住头顶上的座位，让自己吊住，大口喘息着，心脏剧烈地跳动。这里的空气感觉上更加……浊重了。

“我不会死在这里，”她喃喃地说道，“我不会死在这里！”

奈妮薇伸出拳头猛敲那个座位，直到感觉手掌已经瘀肿。她努力激起心中的怒火。她不会死，不会死在这里，孤单一个人。没有人知道她死了。没有坟墓，只有一具尸体腐烂在河底。她的手臂落进水里，溅起一片水花，她费力地呼吸着，黑色和银色的斑点在她的视野中跃动，而她的视野似乎也在逐渐缩小。没有愤怒，这是模糊的意识告诉她的。她一直努力想碰触阴极力，但现在她已经不相信自己能成功了。她真的要死在这里了。没有希望，没有岚。希望在意识的边缘渐渐熄灭，如同风中摇曳的烛火。于是她做了一生中从没做过的事情，她彻底屈服了。

阴极力流进她的身体，充满了她。

奈妮薇只是依稀感觉到头顶的木板突然爆开，伴随着充满泡沫的一股急流，她向上飞去，穿过船舱上的破洞，进入无尽的黑暗。她模糊地知道自己应该做些什么，她几乎能记起是什么了。是的，她开始虚弱地踢蹬双脚，尽量划动手臂，但它们仍然只是无力地漂在水中。

有什么拉住了她的衣服。她感到慌乱，那是鲨鱼、蝶鱼，还是天知道的什么栖息在这片黑暗中的东西？她的一点意识向她叫喊着至上力，但她只是绝望地挥舞手脚，感觉自己的手指碰到了什么坚硬的东西。不幸地，她同时开始尖叫，或者是想要尖叫。大量的水直冲进她的喉咙，卷走了尖叫、阴极力，和也许是她最后一点的意识。

有什么拉住了她的辫子，然后她又被拉到……某个地方。她已经没有意识争斗，甚至也已经不再害怕被吃掉了。

突然间，她的头冒出了水面。她被手掌托起。不是鲨鱼，是手掌，一只手掌以她最熟悉的方式用力按压她的肋骨。她咳嗽着，水从她的鼻子里喷涌出来。她只能痛苦地咳嗽，然后颤抖着吸进一口气。她从不曾品味过如此甜美的生命。

一只手托住她的下巴，她再次被突然拉起。疲惫感流过她的身体，她只能无力地躺着，呼吸着，望着天空。那么蔚蓝，那么美丽。双眼的刺痛感并非全部来自于带有盐分的河水。

然后她被拉到一艘船旁边，一只粗鲁的手抵在她的臀下，将她向更高处推去，直到两名戴着黄铜耳环、身材瘦高的男人俯下身子把她拖上船。他们扶她走了一两步。但是当他们放开她，去帮助那个捞起她的人上船时，她的两条腿就像浸满水的泥土一样软倒了。

奈妮薇用不稳定的双手和膝盖撑住身体，茫然中看见被扔在甲板上的剑、靴子和绿色外衣。她张开嘴，吐出了几乎整条埃达河的水，再加上她的午餐和早餐。即使她吐出的东西里有一两条鱼，或者是她的软鞋，她也不会感到奇怪。当她用手背抹嘴唇时，她听到上方传来的对话声。

“大人还好吗？您待在下面的时间实在太久了。”

“不用管我，”一个低沉的声音说，“找些东西让这位女士裹住身体。”那是岚的声音，是她每晚在梦中都会听到的声音。

奈妮薇睁大眼睛，几乎要失声痛哭。刚才她对死亡的恐惧也完全无法与她现在受到的震撼相比。根本无法相比！这一定是一场梦魇！不要是现在！不要是她这副模样的时候！她不要像淹死的老鼠般跪在这里，面前满溢着本来在她胃里的东西！

奈妮薇不假思索地拥抱了阴极力，开始导引。水分离开她的衣服、她的头发，飞快地带走她在刚才那场小灾难中留下的痕迹。她爬起身，匆匆扶正项链，尽力抚平身上的裙子和头发。但是在咸水中的浸泡和刚才迅速的干燥过程，还是在丝绸上留下几片污渍和许多皱褶，只有经验丰富的手才能洗净并熨平它们。一些头发仿佛急于离开头皮一样，怎么也压不下去，辫子上的蛋白石就好像挂在一只发火的猫尾巴上。

这没关系，她就是镇静的化身，冷静如同早春的微风，沉着、自信，如同……她急忙转过身，以免他从背后走过来，把她吓得失去所有的端庄典雅。

而岚现在才刚刚从栏杆那边跨出第二步。他是最俊美的男人，穿着被浸湿的衬衫、长裤和长袜，他是那么灿烂，还在滴水的头发贴在他的额角上，还有……一片紫色的瘀伤浮现在他脸上，好像是被打了一拳。奈妮薇用双手捂住嘴里的一声惊叹，她记起刚才拳头撞击的感觉。

“哦，不！岚，对不起！我不是有意的！”她不知道自己是怎样走过他们中间那段距离的。反正她已经踮起脚尖，用手指轻柔地抚摸着那块伤痕。混合五行之力的精细编织涓涓流出，岚脸上的伤痕立刻消失无踪。但他也许还有别的伤。她编织出对他身体的探察，每一道新的伤疤都让她的心颤抖。他的体内有些怪异，但应该是像一头年轻公牛那么健康。她驱走了浸湿他身上的水，河水滴落在他脚边的船板上，向四方流散开去。但她还是无法让自己的双手离开他。她抚摸着他脸颊的棱线，那双美丽的蓝眼睛，高挺的鼻子，坚定的嘴唇，还有他的耳朵。她用十指梳理他那丝绸般的黑发，重新系好束发的皮绳。她的舌头似乎自己有了生命。“哦，岚，”她喃喃地说，“你真的在这里。”有人发出傻傻的笑声。那一定不是她，奈妮薇·爱米拉不会这样傻笑。“这不是梦，哦，光明啊，你在这里，这是怎么了？”

“一名泰拉辛宫的仆人告诉我你到河边来了，码头上的一个人向我描述了你乘坐的小船。如果不是曼塔掉了一只蹄铁，我昨天就到这里了。”

“我不在乎，现在你已经来了，你已经来了。”她没有傻笑。

“也许她是两仪师，”一名桨手用不算低的声音喃喃说着，“但我仍然要说，她是一只愿意把自己送进狼嘴的小鸭。”

奈妮薇的脸霎时变得通红，她立刻将手收到身侧，脚跟稳稳地踏在甲板上。如果是在其他时候，等到她能够思考时，她一定会教训那家伙一顿。但现在岚已经占据了她全部的心神，将一切都挤出去了。她又抓住岚的手臂。“我们去船舱里说话吧！”那些桨手有没有在窃笑？

“我的剑——”

“我来拿。”奈妮薇急忙用风之力抓起甲板上岚的所有东西，另一股风之力拉开了舱门。她忙不迭地将岚和他的剑和他的一切推进舱里，然后用力关上舱门。

光明啊，她怀疑就算是家乡的卡勒·科普林也不会这么大胆，虽然见过卡勒胎记的商队保镖比见过她的脸的还要多。但这根本就不一样！完全不一样！不过，也许她确实不该那么……迫不及待。她的双手回到了他的脸上——只是为了再梳理一下他的头发，如此而已，但他用温柔的大手抓住她的手腕。

"现在是麦瑞勒拥有了我的约缚，"他低声说，"她将我借给你，直到你找到自己的护法。"

她平静地将自己的手收回来，用力甩了他一巴掌。他一动也不动。她又挥动另一只手，更加用力地打了他的另一侧脸颊。"你怎么能这样？"她的手掌再次挥动。"你知道我在等你！"又是一下。"你怎么能这样？你怎么能让她这么做？"又是一下。"你这个该死的，岚·人龙！该死的！该死的！你掉到末日深渊里去吧！该死的！"

那个男人，那个该死的男人！没有说一句话。当然，他什么都说不出来。他能为自己进行怎样的辩护？他只能站在那里，任凭她的掌击像雨点般落下。一双丝毫不曾眨动的眼睛里泛着特殊的情感，双颊在她的掌掴中变得火红，而奈妮薇的手掌已经开始感到火烧般的刺痛了。

她握紧拳头，用尽全身力气捶在他的肚子上，他微微哼了一声。

"我们要冷静、有条理地讨论这件事，"她从他面前退开，"就像成年人那样。"岚只是点点头，坐下来开始穿靴子。奈妮薇用左手拢起几根垂落在脸上的发丝，右手背到身后，偷偷活动着酸痛的关节。在她打他的时候，他无权让自己变得这么强硬。她真的很想至少打断他的一根肋骨。

"你应该感谢她，奈妮薇。"这个男人怎么还能如此平静！他用力套上一只靴子，又弯下腰捡起另一只，眼睛并没有看她。"你不会想让我和你约缚的。"

风之力抓住了他的一把头发，让他的头抬了起来。"如果你再敢胡说什么不想让我戴上寡妇的黑纱，岚·人龙，我就……我就……"她想不到还有什么更严厉的惩罚了，光是踢他当然不够。麦瑞勒。麦瑞勒和她的护法们。该死的！就算是一条一条剥掉他的皮也不够！

他的样子看起来并没有像他弯着脖子的姿势那样不舒服。他将前臂横抱在膝盖上，仍然带着那种奇怪的眼神望向她。"我想过也许不该告诉你，但你有权知道，"他的声音里出现了一点犹豫，岚从来不曾犹豫过，"当沐瑞死的时候，我和她的约缚断裂了。这种断裂会带来改变……"

随着他的讲述，奈妮薇用双臂紧紧环抱住自己，好让自己不会颤抖。她感觉下巴有些酸痛，因为她正紧咬着牙。她放开抓住他的能流，放开阴极力，但他只是直起身，继续解释那恐怖的事，继续望着她。突然，她看懂了他的眼睛，比寒冬之心更加寒冷的眼睛。一个人知道自己已经死了，并对此毫不关心。一个正在等待着，或者几乎是渴望着永远睡去的人。奈妮薇感觉眼里传来一阵刺痛。

“那么你明白了，”他用一个完全没有触及到双眼的微笑结束了这段讲述，那是一个听天由命的微笑，“当它结束的时候，她要经历一年或者更久的痛苦，而我仍然会是死的。你避开了这件事。这是我给你最后的礼物，马希亚拉。”马希亚拉，他失落的爱。

“在我找到另一名护法之前，你将是我的护法？”奈妮薇被自己平静的声音吓了一跳。现在她不能痛哭着倒下，比任何时候都更加不能。她必须聚集自己所有的力量。

“是的。”他慎重地说着，套上了自己的另一只靴子。他一直都像是一头半驯服的狼，而现在他的眼睛给他增添了更多的野性。

“很好。”奈妮薇调整了一下裙子，极力克制着冲向他的欲望。她不能让他看出自己的恐惧。“因为我已经找到他了——就是你。我等待过沐瑞，我不会再等待麦瑞勒。她要把你的约缚给我。”麦瑞勒会的，即使要扯着那个女人的头发把她拉到塔瓦隆去再拉回到这里，奈妮薇也一定会让她交出来。说到这个，或许她真的应该拖着她走一段路，为了原则问题。“什么都不要说。”当岚再次张开嘴时，她厉声喝止了他。她的手指抚过腰带里的荷包，岚沉重的金玺戒被裹在丝绸手帕中，就放在那里面。她努力地调整了一下自己的语调，岚病了，严厉的话语对病人永远都不会有好处。但每次想到他和那个女人，她都想狠狠地斥责他一顿，想扯断自己的每一根头发。她竭尽全力让自己的声音保持平静，继续说下去：

“在两河，当一个人送给另一个人戒指的时候，他们就算订婚了。”这是个谎言，其实这只是她从故事中听到的。她觉得他会愤怒地跳起来，但他只是警觉地眨了眨眼。“我们早已经订婚了，我们今天就要结婚。”

“我一直都在为此祈祷，”岚轻声说道，然后摇摇头，“你知道这是不可能的，奈妮薇。即使能这样，麦瑞勒——”

尽管奈妮薇一直在命令自己控制住脾气，要温柔，但她还是拥抱了阴极力，将一团风之力塞进了岚的嘴里，不许岚说出她不想听的话。只要他不说出来，她就可以假装什么都没发生。但她一定会去找麦瑞勒算账！蛋白石紧紧地压在她的掌心，她急忙松开辫子，仿佛被火烧到一样。当岚大张着嘴，愤怒地瞪着她的时候，她只是用手指不停地梳着头发。“这是给你一个小教训，让你明白妻子和其他女人的不同。”她轻快地说，虽然实际上费了很大的力气。“如果你不再对我提起麦瑞勒的名字，我会非常感谢你，你明白吗？”

岚点点头，她放开了能流。但是岚在活动了一下下巴之后，又说道：“不管说不说名字，奈妮薇，你知道她能够透过约缚感觉到我的一切。如果我们是夫妻——”

奈妮薇觉得自己的脸要着火了。她从没想过这个！该死的麦瑞勒！最后她说道：“有没有办法能让她知道那个人是我？”她的脸颊真的要喷出火焰了，特别是在看到岚一边惊讶地笑着，一边靠回到舱壁上时。

“光明啊，奈妮薇，你真是只鹰！光明啊！我以为自己已经不会笑了……”他的笑声渐渐退去，曾经有一瞬间在他眼中沉下去的冰冷又回来了。“我确实希望可以这样，奈妮薇，但——”

“可以这样，而且会这样的。”奈妮薇打断了他的话。如果让男人说太久，他们似乎就会占上风。奈妮薇走过去，一屁股坐进他怀里，他们还没结婚，但他比那些没有坐垫的凳子要柔软。奈妮薇又挪动了一下身子，让自己更舒服些。至少他不会比那些凳子更硬。“你应该让自己接受事实，岚·人龙，我的心是属于你的，而且你也承认，你的心是属于我的。你属于我，我不会让你跑掉的。你会是我的护法，我的丈夫，我们会在一起度过一段很长很长的时间。我不会让你死的，你明白吗！如果我需要变得多顽固，我就会多顽固。”

“我还没注意过。”岚说道。她眯起眼睛，他的语气听起来非常……冷淡。

“你看着就好了。”奈妮薇坚定地说道。她转头透过岚背后的窗户向外望去，然后又望向舱房前面的窗户。长长的石砌码头从石岸上伸进河道里，奈妮薇看见的只有更多码头，以及在午后阳光下亮白耀眼的城市。“我们要去哪里？”她喃喃地说。

“我告诉过他们，等我把你捞出来后立刻回到岸边去。”岚说，“看样子我们应该尽早离开水面。”

“你——”奈妮薇猛地合上嘴。岚还不知道奈妮薇要去哪里，为什么要去。岚凭借自己掌握的信息做出了最妥当的判断。而且他救了她。“我还不能回城里去，岚。”奈妮薇清清喉咙，改变了语调，她必须对他温柔，但那种做作的感觉让她差点又吐出来。“我必须去海民船上，去驰风号那里。”这次好多了，语气轻柔，但不是很轻柔，而且显得坚定。

“奈妮薇，我那时就在你的船后面。我看见发生的一切。你在我的五十步之前，然后突然出现在我的五十步之后，沉入水中。那一定是烈火。”他不需要再说什么了，奈妮薇对这状况的了解绝对比他更多。

“魔格丁。”奈妮薇喘了口气。那也可能是另一名弃光魔使，或是一名黑宗两仪师，但她知道是魔格丁干的。是的，她曾经两次击败过魔格丁，如果有必要，也会第三次击败她。但奈妮薇的表情显然并没有表达出这样的信心。

“别怕，”岚轻抚过她的脸颊，“我在你身边。即使你要与魔格丁作战，我也会让你有足够的怒火，我在这方面似乎还满有办法的。”

“你绝不能再让我生气了。”奈妮薇刚开口便停了下来，睁大眼睛盯着岚，然后缓缓地说：“我没有生气。”

“不是现在，但如果你需要——”

“我没有生气。”奈妮薇笑了，她轻快地踢着双脚，两只拳头不停地捶在岚的胸膛上。阴极力充满了她的身体，不止是生命和喜悦，还有敬畏。她用羽毛般的风之力抚过他的脸颊，悄声说：“我不生气，岚。”

“你的封锁消失了。”岚也笑了。他分享着她的喜悦，但那笑容并没有让他的眼里出现丝毫喜悦。

*我会让你好起来的，岚·人龙。*奈妮薇无声地许下承诺。*我不会让你死。*靠在岚的胸膛上，她很想亲吻他，甚至……*你不是卡勒·科普林。*她严厉地告诫自己。

突然间，一个恐怖的念头击中了奈妮薇的胸口，因为它的迟来，让她感到更加恐怖。“那些桨手呢？”她低声说，“我的保镖呢？”岚无声地摇摇头。她叹了口气。保镖。光明啊，是他们需要她的保护。魔格丁又欠下了四条性命；虽然被她杀死的人已不止成千上万，但这四个人是奈妮薇认识的，是奈妮薇关心的。不过现在并不是解决魔格丁的时候。

奈妮薇站起身，看看是否还能对自己的衣服做些什么。“岚，你能不能告诉桨手让船全速前进？”即便如此，她在日落之前也不可能看到泰拉辛宫了。“再为我找把梳子来。”她不能就这样去会见耐丝塔。

岚拿起外衣和剑，向她鞠了个躬：“听从您的吩咐，两仪师。”

奈妮薇咬住嘴唇，看着舱门在岚身后关闭。他刚才是在笑她吗？她敢打赌驰风号上一定有能为他们举行婚礼的人，而根据她的了解，那些海民的方式绝对会让岚·人龙明白，要听从她的命令。到时候他们就知道谁会笑了。

她的身体忽然歪了一下，小船开始颠簸起来，她的胃也开始随之抽搐了。

“哦，光明啊！”奈妮薇呻吟了一声，蜷缩在凳子上。为什么这种毛病不能跟着封锁一块消失？她还握持着至上力，但这让她能敏锐地感觉到流过肌肤的每一丝空气的至上力，只会让情况更糟糕。放开至上力也没什么帮助。她不要再呕吐了。她要让岚成为她的，永远永远。这是精彩的一天，但如果她能不再感觉到那蛰伏的风暴就更好了。

当伊兰轻叩房门时，太阳已经贴在了屋顶上。人们在她背后的街上纵情狂欢，笑声、歌声和香水的气味充满空气中。伊兰心不在焉地希望自己能有机会真正享受一下这个节日。如果像柏姬泰一样穿上那种衣服也许会很有趣，或者至少是穿得像莉赛勒那样也好。今天早晨她看见那位泰琳女王的侍从时，还吃了一惊。当然，穿那种衣服是一定要戴上面具的。她又用更大的力气敲了敲门。

那名灰发、方下巴的女仆开了门，当伊兰放下自己的绿色面具时，她的脸上一下子冒出了怒火："你！你回来干什么——？"而当茉瑞莉、艾迪莉丝和其他人也摘下面具时，那张愤怒的面孔变得死白。每张光洁无瑕的面孔出现，都会让那名女仆抽搐一下，即使在她看到赛芮萨时也不例外。当她拿下面具时，那个女仆大概已经知道自己会看到什么了。

那名女仆惊呼一声，用力想把门关上，但柏姬泰冲过伊兰身边，覆有羽毛的肩膀一下子将门撞开。女仆踉跄着后退了几步才重新站稳。没等她逃跑或再喊出声，柏姬泰已经来到她面前，抓住她的手臂。

"安静，"柏姬泰严厉地说，"我们不想惹任何麻烦，不是吗？"她的样子很像是在搀扶着那名女仆。女仆笔直地站着，睁大眼睛盯着柏姬泰脸上华丽的面具，缓缓摇了摇头。

"你的名字？"伊兰一边问，一边带着所有人走进屋子的前厅，关闭的屋门将一切噪音阻隔在外。女仆的视线扫过一张又一张光洁的面孔，仿佛她没办法朝其中任何一张面孔注视太久。

"赛……赛多拉。"

"带我们去见黎恩，赛多拉。"这一次，赛多拉点了点头，她看上去好像是要哭了。

赛多拉僵硬地朝楼上走去，柏姬泰仍然抓着她的手臂。伊兰本来想让柏姬泰放开她，但伊兰不想让躲在这栋房子里的人收到警报四散逃走，这也是宁可借用柏姬泰的肌肉，而没有导引的原因。赛多拉没有受伤，她只是被吓坏了，今天晚上，所有人都要多多少少承受一点惊吓。

"就……就在这里。"赛多拉一边说，一边朝一道红色的门点了点头，伊兰和奈妮薇就是在这道门后的房间里进行那次不幸的会面。伊兰打开门，走了进去。

黎恩果然就坐在房里，她的背后正对着那座雕刻着十三罪的壁炉，另外十二名伊兰不认识的女人占据了靠淡绿色墙壁摆放的所有椅子。这里的窗户全都紧闭着，窗帘被拉下，房里的人全都在出汗。她们大多穿着艾博达人的衣服，但只有一个人拥有橄榄色的皮肤，她们的脸上几乎都有皱纹，头发至少能看见一点灰丝。无一例外地，她们拥有不同程度的导引能力，其中七个人系着红色的腰带。

伊兰不由得叹了口气。当奈妮薇是对的时候，她会一直提醒你，直到你因为受不了而尖叫起来。

房门一被打开，黎恩立刻跳了起来，整张脸像刚才的赛多拉一样因愤怒而涨红。而她一张口说出的话几乎也和那名女仆一样：“你！你怎么敢再出现——”当茉瑞莉和其他人跟着伊兰走进房间时，她这句没说完的话连同她的怒火立刻消失得无影无踪。一名留着黄色发辫、系着红腰带、领口开得很深的女人虚弱地叫了一声，一翻白眼，从自己的红椅子上滑了下去。没有人去扶她，没有人瞥一眼柏姬泰（她将赛多拉拉到房间的一角，让她站在那里），甚至没有人在呼吸。伊兰有一种很强烈的冲动想大吼一声，看看会发生什么事情。

黎恩摇晃了一下，脸变得惨白。她显然是在努力恢复镇定，但显然不是很成功。她扫视了一下面前五位面容冷静的两仪师，很快就认出她们之中地位最高的那位。她踉跄着走到茉瑞莉面前，跪倒下去，头几乎低垂到了地面。“请原谅我们，两仪师。”她的声音充满了敬畏，像她的膝盖一样颤抖不止。实际上，现在她的话音并不比咿呀学语的孩童清晰多少：“我们只是几名朋友，我们什么都没做，我们绝对没有玷污两仪师的名誉，我愿意对此发誓。请不要轻信这个女孩的话，我们原本应该向您揭发她的，但我们害怕。我们只是见过面，说过一些话。她还有个朋友，两仪师，您也逮到她的朋友了吗？我可以告诉您她的模样，两仪师。无论您想怎样，我们都会去做，我发誓，我们——”

茉瑞莉大声清了清喉咙：“你的名字是黎恩·柯尔力，对不对？”黎恩哆嗦着悄声回答，眼睛仍然盯着那位灰宗两仪师的脚。“恐怕你必须把这些话向两仪师伊兰说，黎恩。”

黎恩猛地抬起头（她这个动作让伊兰感到很满意），瞪着茉瑞莉，然后一双瞪大的眼睛缓缓地转向伊兰，舔了舔嘴唇。她长而深地吸了一口气，转过身来朝向伊兰又一次低下头，以沉重的语气说道：“我乞求您的原谅，两仪师，我不知道，我不可能……”然后又是一阵长长的、绝望的喘息。“无论您施以什么样的惩罚，我们都会谦恭地接受。但求求您，我乞求您相信——”

“哦，站起来吧！”伊兰不耐烦地说。她本想让这个女人像承认茉瑞莉一样地给予她适当的尊重就可以了，但这种卑躬屈膝的样子让她感觉很不舒服。“你没有错，站起来吧！”她等到黎恩照她的话做了，才走过去坐在刚才黎恩的椅子里。伊兰不需要阿谀，但她也不会让别人对她的权威产生怀疑。“你仍然否认知道风之碗的存在吗，黎恩？”

黎恩摊开双手：“两仪师，我们绝对没有使用过特法器，更不要说法器和超法器了。”她的样子很坦白，同时又警觉得像来到城市里的狐狸。“我向您保证，我们绝对没有过任何哪怕是与两仪师相似的行为。正如您看到的那样，我们只是因为都曾进入过白塔的友谊而聚在一起的几名朋友，就是这样。”

“只是几名朋友，”伊兰将两手的指尖搭在一起，“当然，还有嘉妮亚，还有波洛温、黛芮丝和亚莱丝。”

“是的，”黎恩不情愿地回答，“还有她们。”

伊兰非常缓慢地摇摇头：“黎恩，白塔知道家人的存在，白塔一直都知道。”

房里一名皮肤黝黑、从样貌看来显然是来自提尔的女人穿着蓝白色的丝绸背心，上面绣着金匠公会的徽记，发出一声窒息的尖叫，将圆胖的双手捂在嘴上。一名系着红腰带的瘦削、灰发的沙戴亚人长叹一声，像那名黄色发辫的女人一样瘫倒在地上。还有两名女人微微一晃，仿佛也快昏倒了。

黎恩望向门口的两仪师，仿佛是在寻求证实，而那些两仪师显然是让她相信了这一点。茉瑞莉的表情已经在两仪师的端庄之中散发出寒气，赛芮萨皱了一下眉头，范迪恩和凯瑞妮都抿紧了嘴唇。连艾迪莉丝也在逐一打量着靠在墙边的那些女人们，仿佛对她们很不屑。当然，黎恩并不知道伊兰的底细。两仪师们确实接受了伊兰的决定，但一句“好的，伊兰……”并不能让她们喜欢她的主意。她们之所以没有在两个小时前就来到这里，正是因为她们说了很多“但是，伊兰……”。有时候，领导就意味着要让所有人服从自己。

黎恩没有晕过去，但恐惧堆满她的脸上。她抬起双手，做出恳求的样子：“您是要毁掉家人吗？为什么在这么久以后？我们做了什么，让您现在将惩罚降到我们头上？”

“没有人要毁掉你们。”伊兰对她说，“凯瑞妮，能不能帮忙把地上那两个人扶起来？”这句话立刻在房里引发了一阵骚动，没等凯瑞妮有动作，已经有两个人跑过去扶起晕倒在地的同伴，并将嗅盐瓶放到她们的鼻下。“玉座希望每一名能导引的女人都与白塔建立联系，”伊兰继续说道，“任何家人的成员都可以接受这份好意。”

即使伊兰编织出风之力捆住所有这些女人，她也无法让她们僵成现在这副德性。如果她勒紧能流，凸起的眼睛也不会比现在更多。一名晕倒的女人突然发出很大的喘息声，并咳嗽起来。她一把推开在自己鼻孔前放了太久的嗅盐瓶，这个动作打破了房里的寂静，那些女人纷纷开始说话了。

“我们终于可以成为两仪师了？”那名穿着金匠公会背心的提尔人兴奋地问道。与此同时，一名腰间的红腰带足有其他人两倍长的圆脸女人也说道：“她们会让我们学习吗？她们又会教我们了？”随后是一连串充满渴望的声音：“我们真的能……”“她们会让我们……”

黎恩朝她的同伴们转过身：“伊娃莱、苏梅珂，你们所有人！自重些！你们是在两仪师面前说话！你们……是在……两仪师面前！”她用一只发抖的手捂住脸颊，那些人立刻又红着脸垂下目光，陷入困窘的寂静。看着她们脸上的皱纹和灰白的发丝，伊兰想到的却是一群在末刻钟敲响之后，初阶生师尊来检查前，仍然在打枕头仗的初阶生。

黎恩犹豫着，越过指尖看着伊兰，双唇嗫嚅着："我们真的被允许返回白塔？"

伊兰点点头："能够通过学习成为两仪师的人将获得机会，而所有能够导引的女人都可以得到应得的地位。"

黎恩的眼里闪动着泪光。伊兰不太确定，但她相信自己听到这个女人在悄声说："我可以成为绿宗。"伊兰非常想扑过去拥抱她。

其他两仪师没有表现出任何情绪，茉瑞莉更是僵硬得如同一段木头。"我能否问个问题，伊兰？黎恩，我们需要接纳多少……你们这样的人？"毫无疑问，她本来想说的是"多少野人和失败者"。

不知道黎恩是否注意到了茉瑞莉的停顿，她只是喘息着说："我相信我们没有人会拒绝这个机会。也许让所有人知道这个讯息需要一些时间，您要知道，我们很分散，只有这样……"她笑出了声，虽然她的表情还有点紧张，眼睛里还闪动着泪水。"只有这样两仪师才不会注意到我们。现在我们的名单上有 1783 人。"大多数两仪师都学习过用冷静的外表掩饰内心的惊诧，所以只有赛芮萨稍稍睁大了眼睛，无声地动了动嘴唇。但伊兰能够从她的唇形中读出话来。*近两千名野人！光明助我！*伊兰用尽全力整理着自己的裙子，直到她确信能控制住自己的表情。光明确实需要帮助她们。

黎恩误解了两仪师的沉默："您认为应该有更多吗？确实，我们每年都会有一些意外，或者是自然死亡，就像普通人一样。而且我觉得在最近这一千年里，家人的增长变慢了。也许我们在与离开白塔的人们进行联系时太谨慎了，但我们总是害怕联系到的人会揭露我们，而且……而且——"

"我们一点也不失望。"伊兰一边挥着手，一边向她保证。失望？伊兰很想歇斯底里地笑起来。家人的数量几乎是两仪师的两倍！艾雯永远都不能说她在搜索有潜力的女人方面失职了。但如果家人不收容野人……现在不是想这些事的时候，接纳家人只是这次任务的附带成果。"黎恩，"她温和地说，"现在你能不能记起来风之碗在哪里？"

黎恩的脸红得如同黄昏前的太阳："我们从未碰过它们，两仪师伊兰。我不知道它们为什么会被收集在那里。我从没听说过风之碗，但这里确实有一间您所形容的那种储藏室——"

在楼下，出现了一个女人短暂的导引，有人发出一声极为恐怖的尖叫。

伊兰立刻站起身。柏姬泰从身上不多的几根羽毛下抽出一把匕首。

“那一定是黛芮丝，”黎恩说，“现在屋里的其他人都在这里了。”

伊兰冲过去，抓住正要朝门口跑去的黎恩。“你还不是绿宗两仪师。”她低声说道。黎恩向她露出微笑，惊讶、喜悦和胆怯同时充盈在她那双可爱的酒窝里。“我们会处理这件事，黎恩。”其他两仪师自动站成了两排，准备跟随伊兰冲出去，但柏姬泰已经抢先到了门口，嘴角带着笑意握住门把。伊兰吞了口口水，什么都没说。这是护法的光荣——盖丁们全都这么说——最先冲上去，最后撤退。但伊兰还是将阴极力提升到最大的限度，准备摧毁任何会威胁她的护法的事物。

没等柏姬泰转动门把，房门已经打开了。

麦特不急不徐地走进来，一只手推着伊兰见过的那名女仆。“我想你也许会在这里，”他得意地笑着，完全不在乎黛芮丝愤怒的瞪视，继续说着，“因为我看见不少该死的护法在我最不喜欢的那家酒馆喝酒。我刚刚跟踪一个女人去了拉哈德区又回来。严格来说，我爬到一栋空屋的顶楼上——那个顶楼倒是真够脏的，以至于在她离开后我还能从脚印看出她去过哪里。那栋空屋的门上有一把该死的大锈锁，我愿意用一千王冠赌在你屁股上踢一脚，你的碗一定就在那扇门后面。”黛芮丝的模样倒是很想在他的屁股上踢一脚。麦特将那个女人推开，从腰间拉出一把小刀，在手掌上掂着：“你们能不能告诉这只野猫我是站在谁那边的？这些日子，带着小刀的女人总是让我不舒服。”

“我们已经知道了，麦特。”伊兰说道。嗯，她们确实就要知道了。麦特脸上那种惊讶的表情倒是很值得一看。伊兰从柏姬泰那里感觉到了些什么，柏姬泰望着她，脸上没有任何表情，但在伊兰脑后的那一小团思想正散发着不赞成的情绪。不管怎样，艾玲达也许会对她现在的行动有意见，这让伊兰感觉到开口说话实在是件非常困难的事：“但我必须谢谢你，麦特，全都是因为你，我们才能找到那件东西。”麦特的脸上却只是显露出更大的震惊与困惑，这让伊兰觉得即使有一点苦恼也是值得的。

麦特立刻把刚刚张开的嘴闭上，但他很快又开口道：“那么就让我们雇一艘船，去找出那只该死的碗吧！如果运气好的话，我们今晚就能离开艾博达了。”

“这不行，麦特。我不是在贬低你的建议，我们不会进入黑暗中的拉哈德，而且我们在使用那只碗之前不会离开艾博达。”

当然，麦特想要反驳，但黛芮丝看准机会向他踢了过去。麦特躲到柏姬泰身后，叫喊着要别人来管管这个女人，而那名身材苗条的女子又朝他冲了过去。

“他是你的护法吗？两仪师伊兰？”黎恩怀疑地问。

“光明啊，不！柏姬泰才是。”黎恩惊讶得张大了嘴。伊兰不由自主地问了个问题——如果换成是其他两仪师，她绝对不敢这样问：“黎恩，如果你不介意，能不能告诉我你有多大年纪了？”

黎恩犹豫了一下，又瞥了麦特一眼。麦特还在绕着不住微笑的柏姬泰转圈，闪避着黛芮丝。“我的下一个命名日，将是我的第 412 个命名日。”她的口气仿佛这是世界上极普通的事。

茉瑞莉的身子晃了一下，晕了过去。

第 32 章

封于塔瓦隆之焰

爱莉达·德·艾佛林尼·亚洛伊汉庄严地坐在玉座的位子上，雕刻着藤蔓花纹的高大座椅现在只涂了六种颜色，而不是七种，六色圣巾披在她的肩头。她的目光扫过白塔中的这座环形大厅。不同颜色的宗派守护者座椅在高台下的大厅里呈环形排列，因为只有六个宗派，所以这些座椅也显得稀疏了。十八名宗派守护者毕恭毕敬地坐着，年轻的兰德一言不发地跪在玉座身边，除非得到允许，否则他不能说话，而今天他不会得到允许，今天，他只是玉座权威的另一个象征。十二名最强的宗派守护者正与她连结在一起，她的绝对力量让兰德只能对她俯首帖耳。

“伟大的一统已经完成，吾母。”奥瓦琳持着金焰手杖，谦卑地向她鞠躬。

在高台下，雪瑞安在白塔卫兵的押缚下狂乱地尖叫着，屏障她的红宗姐妹向她抛去轻蔑的冷笑。罗曼妲和蕾兰竭力维持着冷静庄重的外表。其他被屏障和看押在地上的人都只是在无声地哭泣，也许是为了只有四个人会受到最终的惩罚而松了口气，也许是在害怕自身还要遭受什么样的灾厄。最为死灰的三张面孔属于那三名代表现在已经被解散的蓝宗叛徒，所有叛徒都会被驱逐出宗派，除非得到爱莉达允许，否则不得返回宗派。而从前的蓝宗们知道她们要经过许多年的努力，才有可能积累足够的良好表现，被允许进入其他宗派。在那之前，她们全都被紧握在玉座的手心里。

爱莉达站起身，她的至上力沿着连结流过，体现了她的权势。“评议会服从玉座的意志，让罗曼妲第一个接受鞭挞吧！”罗曼妲猛地抬起头。爱莉达倒要看看等到静断后她还能维持多少庄重，她挥挥手：“将囚犯带走，先让那些被蛊惑的姐妹们上来，我会接受她们的投诚。”

囚犯中发出一阵哭喊声，一名囚犯挣脱卫兵的手，跑了过来，是艾雯·艾威尔。她倒伏在爱莉达脚下，伸出双手，泪如涌泉。

“请原谅我，吾母！”那个女孩边哭边说，“我为自己所做的一切忏悔！我把我的一切都交给您，求求您，不要静断我！”她的话语不停地被抽噎打断，肩膀在抽泣中颤抖。“求求您，吾母！我忏悔！我真的忏悔！”

“玉座自然有怜惜之心。”爱莉达一边说，一边压抑住心中的狂喜。为了以儆效尤，白塔不得不失去蕾兰、罗曼妲和雪瑞安，但她毕竟可以保留这个女孩的力量，她是白塔唯一的裁决，她就是白塔。“艾雯·艾威尔，你背叛了你的玉座，但我会以仁慈待你。你会再次穿上初阶生的衣服，直到我亲自决定你获得晋升的资格。但在今天，你首先要持誓言之杖立下第四个誓言——忠诚并顺从玉座。”

囚犯们纷纷跪倒下来，痛哭着乞求能立下这个誓言，以证明她们的忠心，蕾兰是第一个，罗曼妲和雪瑞安的速度也绝不比她慢。艾雯爬上台阶，亲吻了爱莉达的裙摆。

“我完全屈服在你的意志之下，吾母，”她一边流泪，一边低声说道，“感谢您，哦，感谢您！”

奥瓦琳抓住爱莉达的肩膀，摇晃着她，向她吼叫着：“醒过来，你这个傻瓜！”

爱莉达睁开双眼，看见奥瓦琳举着一盏光线昏暗的油灯，弯下腰，一只手按在她的肩头。爱莉达昏昏沉沉地问：“你刚才说什么？”

“我说：‘请起身，吾母。’”奥瓦琳冷冷地回答，“珂瓦拉·巴德尼已经从凯瑞安返回了。”

爱莉达摇摇头，竭力从脑海里清除那个梦的残余。“那么快？我以为她们至少还要再一周才会回来。你说是珂瓦拉？盖琳娜在哪里？”愚蠢的问题。奥瓦琳不会知道她是什么意思。

但那个女人只是用冰冷如水晶的语调说道：“她相信盖琳娜已经死亡，或者是被俘了，恐怕她带来的……不是好讯息。”

爱莉达立刻不再去理会奥瓦琳该知道些什么。“告诉我出了什么事。”她一把掀开丝绸被，跳下床，拉起丝绸睡袍裹在身上。在这个过程中，她只听清楚奥瓦琳的只言片语。一场战斗。大群能够导引的艾伊尔女人。兰德跑了。灾难。她隐约注意到奥瓦琳穿着整洁的绣银雪白色长裙，颈子上戴着撰史者圣巾，这个女人是梳妆打扮整齐后才过来的！

当爱莉达走进起居室时，书房里的座钟奏出一段音乐，表明时间已经到了初二刻，这种阴暗的凌晨时分真是接收坏讯息的最差时刻。珂瓦拉急忙从一张红垫扶手椅中站起身，跪倒在爱莉达面前，吻了她的戒指。她的脸上满是焦躁、疲倦和担忧，她的黑色骑装仍然显得风尘仆仆，她的浅色头发也需要好好梳理一番了。但她戴着历经的岁月和爱莉达的年龄一样久的披肩。

爱莉达几乎没等这个女人的嘴唇碰到自己的戒指就甩开了手。“为什么你先被派回来？”她一边说，一边拿起被自己留在椅子上的针织品，拨弄起象牙长针。针织和玩弄象牙小雕刻都能安抚她的心神，而现在的她绝不能有任何急躁，针织也能帮助她思考，她必须思考。“嘉德琳在哪里？”一旦捉住兰德，如果盖琳娜死了，嘉德琳应该比柯尔伦先获得指挥权，她格外强调过这一点，指挥权必须在红宗手中。

珂瓦拉缓缓站起身，仿佛还在怀疑自己是否应该站起来，她的双手紧抓着有红色流苏的披肩。“嘉德琳也失踪了，吾母，我现在是最高——”看着爱莉达的眼睛，她的声音低了下去。爱莉达拈着象牙针的手指已经停住了。珂瓦拉吞了口口水，挪动了一下脚步。

“还有多少人，女儿？”爱莉达最后问道。她无法相信自己的声音竟然会如此平静。

“我不确定有多少人逃出来了，吾母。”珂瓦拉犹豫地说，“我们不敢等太久，他们搜得很急，而且——”

“有多少？”爱莉达喊道，她颤抖着，用尽全身力气继续手中的编织，慢慢压制心中的怒火。卷起丝线，穿过、翻下，动作一定要流畅。

“我……我带回另外十一名姐妹，吾母。”珂瓦拉停了一下，她喘息得很厉害。看到爱莉达没有反应，她急忙又说道：“也许还有其他人回来了，吾母，盖温拒绝等太久。没有他和青年军，我们也不敢等在那里，那里的艾伊尔人太多了，还有——”

爱莉达没有听下去。回来了十二个人，如果还有人逃脱，她们一定会全速返回塔瓦隆，不会比珂瓦拉更迟。即使可能有一两个人身上带伤，速度受到影响……去了三十九个，却只回来十二个。即使在兽魔人战争时，白塔也不曾遭受过如此重大的打击。

“一定要给那些艾伊尔野人好好上一课！”爱莉达猛地喝止了珂瓦拉的话。

盖琳娜曾经想要用艾伊尔人去对付艾伊尔人，这个愚蠢的女人！“我们要去援救被他们俘虏的姐妹，并让他们知道，向两仪师挑衅的下场会是什么！我们会再次捉住兰德 · 亚瑟！”她不会放过那个男孩，即使她要亲自率领整个白塔去捉拿他！她的预言是确定无疑的，她会赢得胜利！

珂瓦拉不安地瞥了奥瓦琳一眼，又挪了挪脚步。“吾母，那些人……我想——”

“不必想了！”爱莉达喊叫着，她的两只手痉挛般地紧扣住编织针，用力向前倾过身子。珂瓦拉被吓得抬起一只手，仿佛是要抵挡她的攻击。爱莉达已经完全不考虑奥瓦琳的存在了。当然，奥瓦琳已经知道了她刚刚知道的事情，这件事可以稍后再去处理。“你对此一直严格保密，对不对？你是不是只让撰史者知道？”

“哦，是的，吾母。”珂瓦拉匆忙地说。她用力点着头，显然是很高兴这件事做对了。“我是单独进入塔瓦隆的，在找到奥瓦琳之前，我一直遮住自己的脸。盖温想陪我进来，但桥头卫兵拒绝让任何青年军的成员通过。”

“忘了盖温 · 传坎吧！”爱莉达没好气地说。那个年轻人还活着，这只会给她的计划带来干扰。如果盖琳娜确实还活着，她也要为这次的失败付出代价，更不要说她还放走了兰德。“你要像进入这座城市时一样隐密地离开这里，女儿，将你自己和其他人妥善地藏匿在桥头镇外的村庄中，直到我召唤你。多廉应该是个合适的地方。”她们在那个没有客栈的小村子里只能睡在谷仓中，这根本算不上对她们的惩罚。“现在就走，祈祷地位高过你的人快点回来吧！评议会将要对这次空前的惨败做出惩处。到那时候，如果你还是你们之中地位最高的，那就是你倒霉了，走吧！”

珂瓦拉的一脸惨白，她蹒跚着行了个屈膝礼，然后向外走去。爱莉达觉得她也许会跌倒在地上。笨蛋！她的周围全都是蠢货、逆贼和笨蛋！

外头传来关门的声音后，爱莉达扔下手中的针织，跳起来向奥瓦琳吼道：“为什么我之前没有听到这个讯息？如果兰德逃脱——你说什么？七天前？如果他在七天前就逃脱了，那么一定有眼线能看到他，为什么我没有得到报告？”

“我只能将宗派向我报告的信息向你报告，吾母。”奥瓦琳平静地调整了一下圣巾，确认上面没有一丝皱褶，“你真的要援救那些俘虏吗？即使这样有可能导致第三次崩解？”

爱莉达不屑地哼了一声：“你真的相信野人们能对抗两仪师？盖琳娜只是受到了伏击，一定是。”她又皱起眉。“你这话是什么意思？第三次崩解？”

“你没有认真听，吾母。”令爱莉达震惊的是，奥瓦琳没有得到允许就坐了下去，交叠双腿，又不急不徐地整了整裙子。“珂瓦拉认为如果只是野人的攻击，她们应该能予以压制。我相信她只是在为失败找寻借口，但那些男人确实不容忽视。几百名身穿黑衣的男人，全都能导引，她对这点确认无疑，其他人也和她一样。‘活着的武器’，她这么称呼他们，我想她只是因为回忆起那些人就已经在精神上受到了打击。”

爱莉达离开椅子，身子僵得如同一根矛杆。几百名？“不可能，不可能超过……”她走到一张仿佛全都是象牙和黄金打制成的桌子旁，为自己倒了杯调味酒。倒酒时，水晶酒罐口不停碰撞着水晶杯，倒在桌面上的酒几乎和倒在杯里的一样多。

“既然兰德能够穿行，”奥瓦琳突然说，“合乎逻辑的推测是，那些男人之中至少有一些人也能穿行，珂瓦拉很确定他们是如何出现在战场上的。我想兰德对自己受到的待遇很感困扰，珂瓦拉和一些姐妹似乎也对此感到不安，兰德似乎认为你欠他些什么。如果那些男人突然凭空出现在白塔里，肯定不会是让人高兴的事情，对不对？”

爱莉达猛地将杯中的酒全都倒进喉咙。她给盖琳娜的命令是温和地对待兰德，如果兰德来复仇……如果真的有几百个男人能够导引，即使只有一百个……她必须考虑清楚！

“当然，如果他们要来的话，我相信他们现在已经到了，不会等到我们已经掌握情报时才行动。也许即使是兰德也不愿意与全体白塔为敌。我想他们已经全部回到凯姆林，他们的黑塔去了。恐怕，这意味着托薇恩会遭遇到令她最不愉快而惊讶的事。”

“发出命令，要她立刻回来。”爱莉达嗓音沙哑地说，那杯酒似乎没什么用。她转过身，吃惊地看到奥瓦琳就站在她面前。也许不会有一百人——即使只有十个人，也是一件十足疯狂的事——但她不能冒险。“你亲自写信，奥瓦琳，立刻就写，就是现在。”

“那该怎么寄给她？”奥瓦琳侧过头，目光中带着冰冷的好奇，不知为什么，她的脸上出现了一层淡淡的微笑。“我们之中没有人能穿行。现在托薇恩和她的队伍很可能已经在安多离船上岸了，你命令她将队伍分成数个小队，沿乡村小路前进，以免被敌人发现。不，爱莉达，恐怕托薇恩要到凯姆林附近才会重新集结，然后立刻攻击黑塔。在此之前，我们不能将任何讯息传递给她。”

爱莉达吃惊地瞪大了眼睛。这个女人刚刚直呼她的名字！还没等爱莉达爆发出怒火，更糟糕的来了。

“我想你已经陷入了巨大的麻烦，爱莉达。”冰冷的目光仿佛戳进了爱莉达的身体，冰冷的话语流畅地离开奥瓦琳的嘴唇。“迟早，评议会将要得知兰德的灾难，盖琳娜也许能让评议会满意，当然，只是有可能，但我怀疑珂瓦拉是否也可以。她们想要的是……位置更高的……牺牲品，迟早我们都会得知托薇恩的命运，到那时候，你想将这个继续留在肩上，就有些困难了。”她随意地整理了一下爱莉达脖子上的玉座圣巾。“实际上，不是有些困难，而是不可能。你会被静断，成为你想让史汪·桑辰成为的那种范例。不过也许还有时间挽回这一切，只要你肯倾听你的撰史者给你的建议，你必须接受一些优秀的建议。”

爱莉达感觉自己的舌头冻住了，奥瓦琳声音里的威胁不可能更清楚了。“今晚你听到的都必须封于塔瓦隆之焰。”她严厉地说。但她知道，这些话不会有任何用处。

“如果你是要拒绝我的建议……”奥瓦琳停了一下，然后转过身去。

“等等！”爱莉达压下她不知不觉伸出的双手。被剥去圣巾。静断。即使在那以后，她们仍然会让她永远地哭嚎。“什么……”她又不得不吞了口口水，“我的撰史者会提供什么样的建议？”一定要想办法阻止这一切。

奥瓦琳叹息一声，重新向她走近，实际上是走得更近了，她们的裙摆几乎要贴在一起，任何人都不该如此靠近地站在玉座面前。“首先，恐怕你必须放弃托薇恩，至少在这个时候你必须放弃她，还有盖琳娜和那些被俘虏的。不管她们是落在艾伊尔人手里还是那些殉道使手里， 现在的任何援救都意味着这些失败被发现。”

爱莉达缓慢地点点头。“是的，我明白。”她无法让自己惊悸的眼睛从对面这个女人带有命令意味的注视中移开。一定要想办法！不能发生这种事！

“我想，现在你应该重新考虑关于白塔卫兵的决定。你真的认为卫兵不需要扩充？”

“我……很清楚这一点。”光明啊，她必须想一想！

“那很好。”奥瓦琳喃喃地说道。爱莉达的面孔因为无助和愤怒变得通红。“明天，你要亲自搜检琼赛恩的房间，还有安罗娜的。”

“光明在上，为什么我要——”

奥瓦琳又扯了扯爱莉达的圣巾，这次动作更加粗鲁，几乎就像是要把圣巾连同爱莉达的脑袋一起拉下来一样。“琼赛恩似乎是在数年前找到了一件法器，却从未将它上缴；安罗娜的错误恐怕更严重，她未经许可就从储藏室里拿走一件法器。当你找到它们的时候，你可以立刻宣布对她们的惩罚，惩罚一定要彻底而强硬。同时，你可以表扬多芮丝、姬育示和法瑞琳为遵守律法的模范，并给她们每人一件礼物，我想各一匹良驹就够了。”

爱莉达有些不确定自己的眼珠是否已经凸出眼眶之外。“为什么？”总是会有姐妹违犯律条私藏法器，因为这种罪行被判处的苦修并不重，所有姐妹都明白法器的诱惑。但这样做的效果是很明显的，所有人都会相信，是多芮丝、姬育示和法瑞琳告发了另外两个人。琼赛恩和安罗娜是绿宗，另外这三个人则分别属于褐宗、灰宗和黄宗。绿宗一定会因为这件事而怒不可遏，甚至发起反击，这自然又会刺激到那些宗派，然后……“为什么你要这样做，奥瓦琳？”

“爱莉达，这是我的建议，你知道这个就够了。”那种有些嘲讽、有些甜腻的冰冷微笑突然变成了铁一样的冰块。“我想听到你说你会这么做，我没有义务保护你脖子上的那条圣巾。说！”

“我……”爱莉达想要将视线转到别的地方。哦，光明啊，她必须思考！她的肠子已经纠成一团。“我会……这样……做。”

奥瓦琳继续着冰冷的微笑。“你明白，这么做不会有什么坏处。”她突然向后退了一步，展开裙摆，行了个中规中举的屈膝礼。“如果您许可的话，我就告退了，今晚您还可以再睡一会儿。恐怕明天您很早就要起床，向库班将军发布命令，并进行搜查。我们还必须决定什么时候可以让白塔知道殉道使的事情。”她的意思很清楚，这件事要由她决定。“还有，也许我们应该开始计划下一步应对兰德的方针，现在应该是白塔敞开胸怀，召唤他的时候了。您觉得呢？好好想一想。晚安，爱莉达。”

爱莉达看着她离开，感觉有些头晕，似乎是想要呕吐。敞开胸怀？这只能招致那些……奥瓦琳刚才怎么称呼那些人的？那些殉道使的攻击！她身上绝对不能发生那种事，绝对不能！她不由自主地将酒杯狠狠地丢出去，让它摔碎在一张花卉织锦上。然后她双手抓住酒罐，高举过头，凶狠地尖叫着把它砸在地上，在地面上溅起一滩酒浆。那个预言是那么笃定！她会——？！

突然间，她停了下来，皱起眉紧盯着粘在织锦上的水晶碎片。那个预言，它肯定地说明了她的胜利，她的胜利！奥瓦琳也许刚赢得了一点小优势，但未来是属于爱莉达的，只要能够摆脱掉奥瓦琳。当然，这件事必须悄无声息地完成，要让评议会也对此保持缄默。 让奥瓦琳察觉不到幕后的爱莉达，直到她最后败局难挽。

如果奥瓦琳现在看到爱莉达脸上的微笑，一定会软倒在地。到时候，奥瓦琳就会嫉妒盖琳娜现在的下场，无论她是死了还是活着。

奥瓦琳在走廊里停下脚步，借助灯光审视自己的双手。它们没有颤抖，这让奥瓦琳感到有些吃惊，她原本以为那个女人会更凶猛、更持久地反抗。不过既然已经开始了，她就不再有任何畏惧。除非爱莉达知道了不少于五个宗派已经在过去几天里和她谈过了兰德的事情，兰德放逐克拉瓦尔的事情让凯瑞安所有的宗派眼线都立刻放了信鸽回来。不，即使爱莉达知道了，她仍然是安全的。她的手中握着爱莉达的把柄，而且麦煞那支持着她。爱莉达已经结束了，不管她自己是否明白这一点。即使殉道使没能毁掉托薇恩的远征队（在麦煞那向她讲述过杜麦的井所发生的一切之后，她确信那支小队伍绝对逃不出殉道使的手心），凯姆林的眼线也会立刻将讯息告知她。如果没有奇迹发生，没有什么大规模叛乱发生，爱莉达在几个星期内就会重蹈史汪·桑辰的覆辙。不管怎样，已经开始了。她大可装作一无所知的模样，遵从命令，冷眼旁观，吸取教训，也许当一切都结束后，她就会戴上七色圣巾了。

早晨的阳光透过窗口倾泻进来，希安妮将笔尖蘸上墨水，但没等她写出下一个字，通往走廊的门被打开，玉座身穿红色条纹丝裙走了进来。希安妮厚重的黑色眼眉扬了起来，她预料中会走进来的人里绝不包括爱莉达，或许也不包括兰德·亚瑟。不过她镇定地放下钢笔，站起身，放下卷起的银白色长袖，以宗派守护者在自己的寓所中应有的程度向玉座行了个屈膝礼。

"我确实希望您没有找到任何白宗姐妹隐藏了法器，吾母。"她确实是这么希望的。爱莉达几个小时前刚刚去了绿宗那里，那时她们之中大多数人还在睡觉，直到现在，绿宗那里也许还在传出咬牙切齿的哀嚎声。在希安妮的记忆里，还没有姐妹因私藏法器而遭到鞭刑，而现在一下子就出现了两个，玉座心中一定正燃烧着她那著名的冰冷怒火。

但爱莉达的脸上看不出任何发怒的痕迹，片刻之间，她无声地看着希安妮，冰冷如同冬日的池塘。然后她缓步走到雕花壁柜前，那里放着希安妮家人的彩绘象牙小雕像，他们在多年前都已经去世了，但希安妮还是爱着他们每一个人。

"你没有支持我成为玉座。"爱莉达说着，拿起希安妮父亲的像，又匆忙放下，转而拿起她母亲的像。

希安妮几乎又提起了眉弓，但她早就为自己定下规则，一天里惊讶不能超过一次。"我是在事情发生之后才被告知举行了评议会，吾母。"这么多年了，她的声音里仍然带着一点卢加德乡音。

"是的，是的。"爱莉达放下人像，走到壁炉旁边。希安妮一直都很喜欢猫，壁炉架上放着各种姿态的木雕猫，其中一些的姿势非常有趣。玉座仍然皱着眉，端详着那些雕刻，然后用力闭上眼，微微摇了摇头。"但你留下来了，"她猛地转过身，"所有未被通知的守护者都逃离了白塔，加入反叛者之中，除了你之外，为什么？"

希安妮摊开双手。"除了留下，我还能怎样做，吾母？白塔必须是完整的。"

无论谁是玉座。她在心中这样说道。我的猫又怎么了？她当然可以直接问出这个问题。赛蕾勒·巴甘德在成为玉座之前就是个性格暴烈的初阶生师尊，即使爱莉达在牙疼时，脾气也不可能比她更坏，希安妮正是在她成为玉座那年戴上了披肩，也因为她而牢固地竖立了礼仪的观念，以及对那个女人的厌恶。一个人没有必要喜欢玉座。

“白塔必须是完整的，”爱莉达揉搓着双手，表示同意，“必须是完整的。”为什么玉座会这么紧张？希安妮在爱莉达身上看见过九十九种脾气，每一种都像匕首一样硬，且比匕首锋利两倍，但这个女人从未表现过紧张。“现在我对你说的必须封于塔瓦隆之焰，希安妮。”希安妮冷冷地扭曲了一下嘴唇。爱莉达耸耸肩，有些用力地拉了一下圣巾。“如果我知道该如何让塔瓦隆之焰的封印更强，我会的。”她的声音干涩得如同昨天的尘埃。

“我会将您的话埋在心底，吾母。”

“我想让你……我命令你进行一次调查，你必须只将这些话埋在心里。让错误的耳朵听到它，也许会导致白塔的死亡和灾难。”

希安妮的眉毛皱了起来。白塔的死亡和灾难？“深藏在我心底。”她应道，“您是否愿意坐下来，吾母？”这是在她自己的寓所里，是合乎礼仪的。“我能为您倒些薄荷茶吗？还是杏酒？”

爱莉达挥手拒绝了希安妮的好意，坐到房里最舒服的椅子中，那是希安妮得到披肩时，她的父亲亲手雕刻出来送给她的礼物，椅子上的软垫已经不知道更换过多少次了。玉座后背僵直，表情冷硬，坐在这把椅子上如同坐在王座上一样。她并没有允许希安妮也坐下来，这是非常不礼貌的。希安妮只能双手交叠，继续站着。

“自从前任玉座和她的撰史者逃亡后，我就一直在思考我们之中是否存在着叛徒，她们的逃亡明显是有人在暗中帮助。这点恐怕只有姐妹能做到——”

“这很有可能，吾母。”

希安妮的插话让爱莉达皱了皱眉。“我们无法确定是谁的心中有叛逆的阴影，希安妮，我怀疑有人安排了一些手段以取消我的命令，我有理由相信有人私自和兰德·亚瑟进行接触。结果如何，我并不知道，但这肯定是对我的背叛，对白塔的背叛。”

希安妮又等了一会儿，但玉座只是一言不发地看着她，缓缓地抚弄着有红色条纹的裙子。“您希望我进行什么样的调查，吾母？”最后，她谨慎地问道。

爱莉达立刻站起身：“我命令你去追踪叛徒的蛛丝马迹，无论你会查出什么身份的人，即使那可能是撰史者本人。是的，即使那可能是她。你要把叛徒单独带到我面前来，希安妮，绝对不能让别人知道。你明白我的意思吗？”

“我明白，吾母。”

随后爱莉达就离开了，速度比来时更快。希安妮开始思考自己明白了什么。为了能好好地思考，她坐到玉座刚才使用的椅子里，用两只拳头撑住下巴——她的父亲一直是这样坐着思考的。最后，她终于理清了思路。

她不会反对史汪·桑辰（当年就是她首先提议由这女孩接掌玉座职位的），但在一切已经成为定局后，即使帮助史汪逃走已经不会有任何害处，但这毕竟还是背叛行径；故意撤销玉座的命令同样是背叛。关于和兰德私自接触，这要看双方联系的内容以及用意。寻找是谁改变了玉座的命令很难，因为她并不知道真正的命令是什么。时间拖得太久，想要查清楚是谁帮助史汪逃走也不太可能。每天有大量的信鸽进出白塔，甚至让塔瓦隆的天空看上去总像是飘浮着雨云，从中找出写给兰德的信同样困难。如果爱莉达知道得更多，她早该采取行动了。现在她掌握的信息都没什么意义。叛徒应该让爱莉达怒火中烧，但她却没有任何愤怒的模样。她的样子更像是紧张，以及急于离开，还有心藏秘密，似乎并不想说出一切她知道的和怀疑的。她几乎是在害怕。什么样的叛逆会让爱莉达如此紧张和害怕？白塔的死亡和灾难。

拼图一片片落在位置上，希安妮的眉毛紧紧地纠在一起。是的，的确是的，她感觉到血液彻底从脸上流走，手和脚蓦然变得冰凉。封于塔瓦隆之焰。她说过，会把这些深藏在心底，但自从她说出这些话之后，一切都改变了。逻辑的推理只是让她恐惧，现在她已经被吓坏了。她无法单独面对这件事，但她还能找谁？在现在这种情况下？答案很容易就出来了。收拾好装束用去了一点时间，但她很快就离开了寓所，她迈步的速度比平时快了许多。

仆人像往常一样在走廊中匆匆而行，但她的速度更快，以至于他们根本来不及向她鞠躬或行屈膝礼。走廊中的姐妹比平常这个时候要少得多，只在每个宗派住所附近能看到三三两两聚在一起的姐妹。她们的表情维持着平静，眼睛后面却有蒸汽在升腾。她们虽然在交谈，锐利的目光却不停地向四周巡视，警戒着是否有人在偷听她们说话。凡是聚在一起的人都属于同一个宗派，即使在昨天，希安妮也能看见不少不同宗派之间的人友善地谈话。白宗应该将一切情绪置之度外，但希安妮从不像自己的一些同宗姐妹一样，认为这是让自己对外界视而不见的理由。怀疑的气氛充满了白塔，让这里的空气变得如同焦热的果酱。很不幸，它并不是刚刚出现在白塔的——正是玉座的严厉手段制造出这种气氛，关于洛根的谣言又让它更加恶化。但今天早晨，情况仿佛更糟了。

塔琳妮·明莱出现在走廊的转角，她的披肩摊开在臂弯里，似乎是要展示出上面的绿色流苏。希安妮忽然意识到，今天早晨她见到的每一名绿宗姐妹都是这样戴着披肩的。塔琳妮是一名雕像般可爱的金发女子，在希安妮还是见习生时来到白塔。她是赞成废黜史汪的人之一，但这并没有影响她和希安妮长久的友谊。希安妮可以接受塔琳妮的一些见解，虽然无法赞同。今天，她们的友谊终止了。塔琳妮望向她的目光中带着警觉，最近有许多姐妹都是用这种目光看着彼此。如果换成其他时候，希安妮也许会停下来，但现在她觉得自己的脑袋就要像熟透的瓜一样爆开了。塔琳妮是朋友，希安妮觉得自己能相信她，但她无法相信这种感觉。过些时候吧，如果有可能，她会接近塔琳妮，希望这是有可能的。她点一下头，就匆匆走了过去。

红宗住所的气氛更糟，也更凝重，像其他住所一样，这里的空房间比住户要多许多。在第一名叛徒逃出白塔之前就已经是这样了，但红宗仍然是最大的宗派，仍然在使用的楼层里住满了姐妹。红宗经常在没必要的时候也戴着披肩，而现在，这里的每一个女人都像是在挥舞旗帜般摇动她们披肩上的流苏。希安妮出现时，谈话立刻停止了，冰冷的眼睛在冰冷的寂静中盯着她。当她走过特殊花纹的地板时（泪珠状的红色塔瓦隆之焰铺在白色的地面上），她觉得自己仿佛是踏进了敌人的领土，——此时此刻，白塔中的任何地方都有可能是敌人的领土了。从另一个角度看去，那些猩红色的火焰就如同一颗颗红色的龙牙。她从没相信过那些关于红宗和伪龙的故事，但……为什么她们从没公开否认过？

她不得不问路。“如果她很忙的话，我不会打扰她，”她说道，“我们曾经是亲密的朋友，我很想和她再成为朋友。现在这种状况不能继续下去，宗派不能分裂。”她说的都是实话，现在宗派之间不仅仅是分裂，简直已经是对立了，但听她说话的那名阿拉多曼女子的面孔就像是硬币上的浮雕般冰冷。红宗内的阿拉多曼人并不多，而能够成为红宗的阿拉多曼人往往比关在笼子里的蛇更加阴冷。

“我会为你带路，守护者。”那女人最后说道，语气中没什么敬意。她带领希安妮到了目的地，看着希安妮敲门，仿佛是要继续监视希安妮的样子。门板上也雕刻着塔瓦隆之焰，同样被漆成了血红色。

“进来！”一个严厉的声音从门后传来，希安妮推开门，心里希望自己这么做是对的。

“希安妮！”佩维拉愉快地喊道，“是什么风把你吹来的？进来！关上门坐下来！”一切都好像她们还是初阶生和见习生时那样。佩维拉已经很胖了。对于一个坎多人而言，她的个子也不算高，但她还是很漂亮，黑眸里闪烁着欢愉的神情，脸上的模样仿佛随时都会笑起来。她选择了红宗是件很可惜的事情，因为不管表面的原因是什么，实际上她仍然喜欢男人。红宗总是会吸引天生对男人看法恶劣的女人，但也有人加入它的原因是认为寻找能够导引的男人非常重要。不过，不管她们最开始是喜欢男人，还是不喜欢男人，或者对此并不在乎，经过很长一段时间之后，几乎所有红宗都会对全部男人抱持某种偏见。希安妮有理由相信佩维拉在戴上披肩后不久，就曾经因为说想要一名护法而进行过苦修。在评议会中达到安全的位阶后，佩维拉更是公开地说过，红宗如果也有护法的话，进行工作时就会容易许多。当然，希安妮并不是因为这点而信任她，只是在白塔所有的姐妹之中，佩维拉是唯一一名她可以真正信任的。

“我真是说不出见到你有多高兴。”她们刚一在扶手椅中坐好，佩维拉立刻就说道。她的扶手椅都雕刻着螺旋形的花纹，这在一百年前的坎多十分常见。她们手中绘有蝴蝶图案的茶杯里盛着蓝莓茶。“我经常想去你那里看看。但我承认，在这么多年以后，我仍然害怕对于我们的断交，你会说些什么。对着利刃发誓，希安妮，我绝不愿意那么做，只是苔丝恩·琼哈德掐住了我的脖子。那时候我刚刚戴上披肩，还没有多少骨气。你能原谅我吗？”

“当然，”希安妮回答，“我明白。”红宗坚定地排斥一切本宗派之外的友谊，非常坚定，也非常有效率。“我们那时还很年轻，不能对我们的宗派有任何违逆，即使重来一次，我们大概也不会有别的选择。而最后我回忆过不止上千次的只有我们悄声密语的时候，哦，还有那些恶作剧！你是不是还记得我把发痒橡的粉末洒在瑟兰嘉的衬衣上？我真的想再和你做朋友。但我这次来却是因为有求于你，虽然羞于承认，但我现在遇到的事情让我感到恐慌，而且可能已经超出我的能力范围，你是我唯一能够信任的人。”

“瑟兰嘉那时候是个一本正经的人，现在仍然是，”佩维拉笑了，“灰宗很适合她。但我不能相信有什么事情会让你恐慌，你从不相信任何事情从逻辑上可以推导出害怕的成分。我无法对你承诺即使对情况一无所知，也会和你共同对抗评议会，但无论什么样的帮助，只要我能做到，你就跟我说吧！你需要什么？”

谈话就要进入正题，希安妮却犹豫了起来。她只是小口小口地喝着茶，并非她对佩维拉还有怀疑，但说出这种事情实在有些……困难。“玉座今天早晨去过我那里。”最后她说道，“她命令我进行一次调查，而这次行动必须封于塔瓦隆之焰。”佩维拉微微一皱眉，但她并没有说既然是这样，希安妮就不该把这件事说出来。她们小时候的恶作剧也许大多数都是希安妮筹划的，但它们的创意都是大胆的佩维拉首先提出来的，而且如果没有佩维拉的胆量，也许它们永远都只会处于计划的阶段。“玉座非常慎重，但是经过一些考虑之后，我已经明白她想要什么了，我要追猎……”最后，她的嗓音中失去了勇气，“白塔的暗黑之友。”

佩维拉的眼睛是纯净的黑色，正如同希安妮的眼睛是纯净的蓝色，但现在那双眼睛却如同石雕一般。佩维拉转头望向壁炉架，在那上面，她家人的小雕像被仔细地摆成一排，佩维拉还是初阶生时他们就都过世了，父母、兄弟、姐妹、姑妈、叔叔和其他所有人，他们死于一场很快就被镇压下去的暗黑之友暴动，那些暗黑之友相信暗帝即将打破封印，重临于世。正因为此，希安妮确定自己能信任她，这也是为什么佩维拉会选择红宗（虽然希安妮仍然认为如果她选择了绿宗肯定能做得一样好，而且会更加快乐），因为她相信红宗猎捕能够导引的男人是寻找暗黑之友最好的机会。她很擅长此道，那副丰满的外表下是一颗刚硬如铁的心。她的勇气足以让她平静地说出希安妮完全说不出口的事情。

“黑宗，嗯，怪不得爱莉达会如此慎重。”

“佩维拉，我知道她比任何其他姐妹都更加严厉地拒绝承认它的存在，但我确定这就是她的意思。如果就连她也相信——”

希安妮的朋友挥挥手，示意她不要再说下去。“你不需要说服我，希安妮，我一直都相信黑宗的存在……”奇怪的是，佩维拉也开始犹豫了，她盯着手中的茶杯，如同一名占卜者盯着水晶球。“据你所知，艾伊尔战争之后发生了什么事情？”

“两位玉座在五年时间内突然崩殁。”希安妮谨慎地说。她认为佩维拉所指的应该是白塔内部的事。实际上，在她成为宗派守护者之前，这段时间已经将近五十年了（佩维拉成为守护者的时间只比她早了一年），她都没有特别注意过白塔以外的事情，甚至也不很关心白塔内部的事情。“我记得那些年死了许多姐妹。你的意思是，你认为……黑宗与此有关？”现在她说出那个词的时候，舌头已经没有烧灼感了。

“我不知道，”佩维拉轻声说着，摇了摇头，“你一直深陷在你的哲学体系里。但……确实有一些事情……发生，而且是封于塔瓦隆之焰的。”她颤抖着吸了口气。

希安妮没有催她说下去，希安妮自己也背叛了封于塔瓦隆之焰的承诺。佩维拉该怎么做要由她自己决定。“查看报告要比不辨清对象的询问更安全。从逻辑上来说，一名黑宗两仪师一定是能够说谎的。”否则黑宗早已经露出痕迹了。“如果任何姐妹在报告中写下她做过某件事，而事实可以证明她在那时候正做着另一件事，那么我们就找到了一名暗黑之友。”

佩维拉点点头。“是的，也许黑宗并没有插手这次叛乱，但我不认为她们会放任这场动乱而什么都不做。我想，我们应该认真检查最近一年的情况。”

希安妮不情愿地承认了这一点。关于最近几个月，可以查阅的档案更少，需要问的问题却更多。决定还有谁能参加这次调查则是更困难的事。而这时佩维拉又说道：“你来找我是非常勇敢的，希安妮。我知道有的暗黑之友为了隐藏自己的行动，不惜杀死自己的兄弟、姐妹和父母。我喜欢你这点，你真的是非常勇敢。”

希安妮哆嗦了一下，仿佛一只鹅刚刚走过她的坟墓。如果她真的那么勇敢，她本来会选择绿宗的。她几乎希望爱莉达找的是别人，但现在已经没有回头路了。

第 33 章

洗澡

送走佩林后的日子对兰德而言似乎是没有尽头的，而晚上更加漫长。他只是留在自己的房间里，命令枪姬众不许让任何人进来，只有南蒂拉被允许通过那扇镶嵌着黄金太阳的大门，为他送饭。那名强健的枪姬众每次会端进去一个盖好的餐盘，以及一张要求觐见者的名单，等着他说不见任何人，然后责备地看他一眼。当南蒂拉开门时，他经常会听到外面枪姬众不赞成的评论。她们是有意要让他听见的，否则她们就会用手语了。但如果她们以为能靠说他几句坏话就把他引出去……枪姬众们不明白，即使是他解释了，她们还是不会明白。但他也没心思做这种解释。

他总是没什么食欲地挑几片食物丢进嘴里。他想阅读，但即使是在最开始的时候，他最喜欢的书也只能让他读几页而已。虽然他一再命令自己不要这么做，但每天至少会有一次，他会用风之力将卧室中沉重的乌木象牙书柜抬到一旁，小心地解开自己设置的陷阱和面镜术（这些编织都经过反转，只有他能够看到）。这时，原本平滑的墙壁上会出现一个小壁龛（这是他用至上力凿出来的），里面有两个大约一尺高的白石雕像，一男一女，两个雕像都穿着线条流畅的长袍，单手高举着一颗纯净无瑕的水晶球。在他派遣军队前往伊利安的那天夜里，他一个人去鲁迪恩把这两件特法器拿了回来，也许他需要在紧急情况下使用它们——当时他是这么对自己解释的。他的手总是会伸向那个留长须的男性雕像——这对特法器中只有男人能使用的那一件，但他终究能克制住冲动，虽然那时他的手还是在不停地颤抖。只要指尖碰到那个雕像，超乎想象的至上力就会注入他的身体。有了这个雕像，就没有人能够击败他，没有人能够抵抗他。兰飞儿曾经说过，有了这件特法器，他就能够挑战创世主。

“这理应是我的。”每次他都这样喃喃自语，颤抖的手停在雕像前方不远处。“我的！我是转生真龙！”

但每次他都退了回来，重新编织出面镜和能将任何人烧成灰烬的陷阱，然后将那只巨大的书柜移回原位。他是转生真龙，但这样就足够了吗？虽然他终究还是要使用它们。

“我是转生真龙，”他有时候会对着那面墙悄声低语，有时则是大声喊叫，“我是转生真龙！”无论是低声还是高喊，他针对的是那些反对他的人，那些看不见或者拒绝看见的瞎子，那些被野心、贪婪和恐惧塞满了的傻瓜。他是转生真龙，这个世界对抗暗帝的唯一希望，愿光明帮助这个世界。

但他在心中鼓起愤怒，鼓起对那件特法器的欲望，这些都只是因为他想逃避别的事情，他知道这点。一个人的时候，他挑捡着食物，每天都吃得更少；试着阅读，却读不下几个字；最后只能以睡眠打发时间。日复一日，他睡觉的时间愈来愈长，完全不理会是深更半夜还是日上三竿。睡眠也无法让他得到安宁，在他清醒时折磨他的思绪也同样潜入他的梦中，逼得他突然醒过来，无法得到休息。无论怎样的防护也无法将自己思绪里的东西赶出去。他要与弃光魔使作战，而最终的敌人将是暗帝本尊。同时还有许多傻瓜也在对抗他，或者是逃避他，而他们唯一的希望只有支持他。为什么他的梦也不放过他？他在一个梦刚开始的时候就会惊醒，然后躺在床上，脑子里充满了因为缺乏睡眠导致的混乱，以及其他的……这一切都是他应得的，他知道。

克拉瓦尔在他入睡时出现在他面前，她的面孔是黑色的，那根她用来吊死自己的丝巾仍然深嵌在她颈部的皮肉里。克拉瓦尔，在沉默中谴责着他，所有因他而死的枪姬众排列在克拉瓦尔身后，同样沉默地看着他。还有全部因他而死的女人。他认得她们的每一张脸，每一个名字，就如同认得他自己的。从这些梦中醒来时，他总是在哭泣着。

有一百次，他将佩林摔过太阳大厅。有一百次，他被恐惧和愤怒的火焰吞没。有一百次，他在梦中杀死了佩林，然后尖叫着惊醒过来。为什么那家伙要选择两仪师囚徒作为他们争吵的对象？兰德努力不去想她们，他从一开始就竭尽全力要忽视她们。她们太危险，不能长期当成俘虏看押，但兰德也不知道该如何处理她们，她们让他感到害怕。有时候，他会梦到又被锁在箱子里，盖琳娜、布莲安和嘉德琳把他从箱子里拉出来，拷打他。即使当他睁开眼睛，让自己相信已不在梦中时，他仍然会呜咽不止。她们让他感到害怕，他害怕他也许会因恐惧而愤怒，然后……他竭力不去想那时他会做出什么，但有时候他会梦到那种情景，在一身冷汗中惊醒过来。他不会那么做。无论他做过什么，他不会那么做。在梦里，他召集殉道使攻击白塔，惩治了爱莉达，他从通道中跳出来，充满了正义的愤怒和阳极力。他知道奥瓦琳的信只是谎言，看见她和爱莉达狼狈为奸。但他看见艾雯也和她们站在一起，还有奈妮薇，甚至还有伊兰。所有两仪师的面孔包围了他。因为他太危险，绝不能放他逃走。他看着殉道使被长年累月研究至上力的女人们一一摧毁。在这些梦里，他要一直到最后一个穿黑衣的男人死掉才会醒过来。而他那时只能一个人去抵抗两仪师的力量。他是一个人。

一次又一次，凯苏安谈论着疯狂的男人会听到古怪的话语，直到他在睡梦中四处躲避她，如同躲避抽来的鞭子。无论是梦中还是醒来，他召唤路斯·瑟林，向那个人高喊、尖叫，但得到的只有寂静。他是一个人，那个充满感情和情绪的小负担一直挂在他的脑后，让他对埃拉娜有一种触手可及的感觉。渐渐地，它已经变成了一种安慰，而因为很多原因，这反而是最让他害怕的。在第四个早晨，他昏昏沉沉地从一个关于白塔的梦中醒来，一边还在挥手抵挡着许多喷发着阴极力火焰的眼睛，浮尘在射进窗口的阳光中泛起点点微光。这张床的四根方形粗床柱是镶嵌着象牙的乌木，房间里的每一件家具都是用抛光的乌木和象牙制成的，方硬的棱角和沉重的形体也很符合他的情绪。片刻之间，他仍然躺在床上，即使睡眠回来了，也只会带给他另一个梦。

*你在吗？路斯·瑟林。*他不带任何希望地想着，一边疲惫地从床上起来，将身上褶皱的外衣抚平。自从把自己关进这房间以来，他就没换过衣服。

当他蹒跚着走进前厅时，一开始他以为自己又做梦了——那个梦总是会立刻让他从羞愧、内疚和嫌恶中醒过来——但明确实是坐在一张镀金椅子里，正抬头看着他，她的膝上放着一本皮封书。他没有醒过来。黑色的鬈发垂在明的脸颊旁，一双黑色的大眼睛专注地望着他，让他几乎以为自己感觉到了她的碰触。她的绿丝长裤紧裹在腿上，充分显露出少女的身姿，同样质料的外衣敞开着，奶油色的丝衫随着她的呼吸一起一伏。兰德祈祷能醒过来，他躲在这里不是因为恐惧或愤怒，或是对克拉瓦尔的负疚，或者是路斯·瑟林的消失。

“再过四天，将有一个节日，”明轻快地说，“在月半的时候，悔改日，他们这么称呼它，但那一晚人们将尽情起舞。我听说是稳重的舞蹈，但任何舞蹈总好过没有。”她小心地将一片薄皮革夹进书页里，把书放在身边的地板上。“如果我今天去找裁缝，应该刚好来得及做一件衣服，如果你愿意和我跳舞的话。”

兰德将惊愕的目光从明身上移开，落在门旁一个用布盖住的托盘上，现在他只要想到食物就会有作呕的感觉。南蒂拉不该让任何人进来，烧了她吧！她最不该放进来的就是明。兰德倒是没刻意提到过明的名字，但他说过不许任何人进来！“明，我……我不知道该说什么，我——”

“牧羊人，你看上去就像是斗殴过度的狗，现在我明白为什么埃拉娜是那么狂乱，她一直在求我和你说说话，枪姬众已经将她赶走五十次了。南蒂拉如果不是为了你不吃东西而焦虑，也不会让我进来。即使是这样，我还是必须先恳求一下，你欠我的，乡下男孩。”

兰德打了个哆嗦，关于他自己的影像飞快地在脑海中旋转。他撕裂明的衣服，如同野兽般扑向她，他欠她的，而且绝对还不清。他转过头看着明，明已经在椅子里盘起双腿，将两只拳头搁在膝盖上。她的眼神怎么能如此平静？“明，我无法为我所做的事寻找借口，如果还有公正存在，我真该被吊在绞刑架上。如果我能，我会亲手把绳索绕过我的脖子，我发誓我会的。”这些话带着苦涩。他是转生真龙，她的公正只能等到最后战争结束后才能实现了。他才是个傻瓜，自己怎么可能活到末日战争结束？那不是他应该妄想的。

“你在说什么，牧羊人？”明缓缓地说。

“我在说我对你做过的事。”兰德呻吟着。他怎么能做出这样的事，而且还是对明？“明，我知道你和我在同一个房间感觉会多么可怕。”他怎么能去回忆她的柔软，她那丝一般的皮肤？他那么凶狠地撕裂了她的衣服。“我从没想过自己会是一头禽兽，一只怪物。”但他是，他厌恶自己所做的事，现在他更加厌恶自己，因为他还想这么做。“我唯一能找到的解释是那时我疯了，凯苏安是对的，我真的听到了声音，我以为那是路斯·瑟林的声音。你能……不，不，我无权求你原谅我，但你必须知道我是多么抱歉，明。”他真的很抱歉。他的双手却拼命地想要再一次抚过她赤裸的背、臀部的曲线，他真的是只怪物。“非常非常抱歉，至少你要知道这一点。”

明坐在那里一动也不动地盯着他，仿佛以前从没见过他一样。现在，她不用再掩饰了，她能说出对他真实的想法，说他是多么恶劣。任何言辞都无法形容他的恶劣。“那么你就是因为这个一直躲着我。”最后明说道，“你听我说，你这个羊毛脑袋的蠢货。我那时几乎要哭倒在地上，因为我看到太多的死亡。你也正要做出相同的事，因为同样的原因。我们那时所做的，我纯洁的小羔羊，是在彼此安慰，朋友之间有时也会那样安慰对方。闭上你的嘴，你这个两河的干草头。”

兰德闭上了嘴，但只是为了能吞下一口口水。他觉得自己的眼睛就要掉在地板上了，当他再开口说话时，他几乎有些语无伦次。“安慰？明，如果我家乡的妇议团听到我们称这种事为安慰，她们一定会排队来剥我们的皮！”

“至少现在你是说‘我们’，而不是‘我’了。”明严肃地说。她蓦地站起身走到他面前，用力摇晃着一根手指。“你认为我是个玩偶吗，乡下男孩？你认为我会那么笨，不知道拒绝你？你认为我不能清楚地让你知道我不想要吗？”她从外衣下面抽出了一把匕首，向兰德晃了晃，又不留痕迹地把它藏了起来。“我记得是我从你背后割开了你的衬衫，因为你脱下衬衫的速度实在太慢。你以为我不想让你的双臂环抱我吗？我和你做了没有和其他任何男人做过的事情。你以为我没有受到你的诱惑吗？你说全都是因为你，仿佛我不在那里一样！”

兰德的腿碰到了椅子，他意识到自己正在后退。明紧皱眉头盯着他，嘴里喃喃地说：“我不认为现在我喜欢你这样俯视着我。”突然间，她狠狠地踢了他的胫骨一脚，双手用力推在他的胸口上。兰德重重地跌进椅子里，甚至差点连同椅子向后翻倒过去。明一甩头，整了整自己的外衣，细小的发卷随着她的动作来回晃动。

“也许是这样，明，但——”

“就是这样，牧羊人。”明坚定地打断了他的话，“如果你再有什么其他说法，你最好叫枪姬众来，再导引出你所有的能量。因为我要踢得你绕着这个房间乱跑，尖叫着喊救命。你需要刮刮胡子了，还有，洗个澡。”

兰德深吸一口气。佩林的婚姻真是平静，他的妻子是那么善解人意，那么温柔，为什么他身边的女人总是一副要扭断他脖子的模样？只要他能知道麦特对付女人的手法的十分之一，他就能知道该怎么说话了，但他却一直在犯下各种错误。“不管怎样，”他小心地说，“我能做的事情只有一件。”

“是什么？”明用力将双臂抱在胸前，用脚尖敲着地板，似乎是显露出某种凶恶的前兆。但兰德知道这样做是对的。

“送你走。”就像他对伊兰和艾玲达做的那样，“如果我还有自制能力，我是不会……”那脚尖敲打的频率更快了，也许最好还是离它远一点。安慰？光明啊！“明，任何接近我的人都会遇到危险，并不是只有弃光魔使会伤害我身边的人，用这种手段间接地伤害我。现在，我也是危险的，我不再能控制我的脾气了，明。我差点杀死了佩林！凯苏安是对的，我变得愈来愈疯狂，或者我已经疯了。我必须送你走，这样你才会安全。”

“谁是凯苏安？”明说道。她平静的语气让兰德愣了一下，才发现她的脚尖还是在敲打着地面。“埃拉娜总是提到这个名字，那语气就仿佛她是创世主的姐姐。

不，不必告诉我，我没兴趣。”明没有给兰德任何说话的机会。“我也不在乎佩林，你不会伤害我，就像你不会伤害他。我想，你们在公开场合的那场争执只是在做戏，我不在乎你的脾气，我也不在乎你是不是疯子。你不可能有多疯狂，否则你就不会为此而担心了，我在乎的只是……”

她弯下腰，那双又大又黑的眼睛注视着他。突然间，那双眼里闪过了一丝光芒，让兰德不由自主地抓住阳极力，准备保护自己。“为了我的安全送我走？！”她咆哮着，“你怎么敢这样？你有什么权力认为你必须送我去某个地方？你需要我，兰德·亚瑟！如果我告诉你，我看到的半数幻象都是关于你的；其中一半的幻象会让你吓得头发乱翘，另外一半会让你的头发掉光，你会怎么想？你竟敢这么做！你纵容枪姬众依照自己的想法去和危险战斗，你却想把我像个孩子一样送走？”

“我不爱枪姬众。”飘浮在虚空深处，兰德听到这句话从舌尖飘出。惊骇的心情打碎虚空，赶走了阳极力。

“嗯，”明说着，直起身子，一个小小的微笑让她嘴唇的弧度更大了些，“总算是直说了。”她坐进了他的怀里。

她说过，他不会伤害她，就像他不会伤害佩林，但他现在不得不伤害她了。他必须这样，这是为了她好。“我也爱伊兰，”他残忍地说道，“还有艾玲达，你看出我是什么样的人了？”不知为什么，这句话似乎完全没有干扰她的心情。

“鲁拉克爱的女人也不止一个，”明说道，她的微笑看上去就像两仪师的一样平静，“贝奥也是，他们都过着不错的生活。不，兰德，你爱我，你不能否认这点。为了你错误的想法，我应该把你吊起来，但……就像你知道的那样，我也爱你。”微笑消失了，她又皱起眉头，仿佛是内心正有某种争斗。最后，她叹口气，嘟囔了一句：“如果我的姑妈们没有让我懂得做事要公平，也许我的人生会容易一些。”然后她说道，“做事要公平，兰德，我必须告诉你，伊兰也是爱你的，艾玲达也是。如果曼德兰的两位妻子能够爱他，那么我想也可以有三个女人爱你。但我在这里，如果你再想送我走，我就把自己绑在你的腿上。”她的鼻子皱了皱。“不过，得先要让你洗澡。我不会走的，无论出了什么事。”

兰德只觉得她真的扭住自己的脖子，“你……爱我？”他难以置信地说，“你怎么知道伊兰的心思？光明啊！曼德兰能做他想做的事，明，我不是艾伊尔。”他皱起眉。“你刚才说看到的一半幻象都是关于我的？我以为你把一切都告诉我了，我还是要把你送到安全的地方去。不要再这样皱鼻子！我没有闻到！”他急忙将伸到衣服底下搔痒的手抽走。

明挑起的眼眉说明了很多，不过真正咬人的是她的声音：“你竟然用这种语气说话？就好像你不相信一样？”她的嗓音突然急遽升高，她还用一根手指戳着兰德的胸膛，仿佛要将它戳穿。“你以为我会和一个我不爱的人上床？你是这么想的吗？或者你认为你不值得爱？是这样吗？”她的声音就像是被踩到尾巴的猫。“我只是个没脑子的小可怜？爱上一个不值得爱的傻瓜？是吗？你就像是一头正张大了嘴、生了病的公牛，诽谤我的智力，我的品味，我的——”

“如果你不安静下来说些理智的话，”兰德也吼了起来，“我发誓，我会打你的屁股！”他不知道自己为什么会这么说，也许是因为长时间缺乏睡眠的关系吧！但还没等他组织好道歉的言辞，明微笑了。这个女人竟然在微笑！

“至少你不再那么死气沉沉的了。不要再自怨自艾了，兰德，这不符合你的气质。那么，现在你想要理智了？我爱你，我不会走。如果你想送我走，我就告诉枪姬众，你糟蹋了我，又把我抛弃。我会对所有的人这么说，我会——”

兰德抬起右手，看着掌心清晰的苍鹭徽记，然后又看着明。明也小心地看了他的手一眼，然后在他的大腿上调整一下坐姿，专心看着他的脸。“我不会走的，兰德，”她平静地说，“你需要我。”

“你怎么做到的？”兰德叹息一声，倒进椅子里，“即使你把我头下脚上吊起来，我的痛苦还是因为你而减少了。”

明哼了一声：“你需要经常被头下脚上吊起来一下。跟我说说艾玲达吧！我可不认为她会像南蒂拉那样瘦骨嶙峋，满脸伤疤。”

兰德不由得笑了，光明啊，他已经多久没有开心地笑过了？“明，我要说她像你一样美丽，但没有人能比较两个初升的朝阳哪个更美。”

片刻之间，明只是微笑看着兰德，仿佛她无法决定应该惊讶还是高兴。“你是个非常危险的男人，兰德·亚瑟。”她喃喃说着，缓缓靠近他的怀里。兰德觉得自己也许会落进那双眼睛里，永远不出来。每一次当她坐在他的腿上亲吻他，让他以为她只是在戏弄一个乡下男孩时，他都渴望着从自己的躯壳里冲出来，永远地亲吻她。现在，如果她现在亲吻他……

兰德坚定地扶起明，让她站好。他爱她，她也爱他，但他必须记住他也想永远地亲吻伊兰，还有艾玲达。无论明怎样说鲁拉克或者其他艾伊尔人，当她爱上他的时候，就是陷入一场不公平的爱情里。“你刚才说有一半幻象都是关于我的，”他镇定地说，“还有什么幻象你没告诉我？”

明的眼神中几乎带着挫败感，当然，实际上不会是那样的。“你爱上了转生真龙，明·法萨维，”她喃喃地说，“你最好记住这一点。最好你也记住，兰德。”说完，她向后退去。兰德不情愿地放开她。“你回凯瑞安已经有大半个星期了，而你仍然没有处理海民的事。贝丽兰早已经想到你也许会耽搁这件事，她留了一封信给我，要我提醒你。只是你不让我……嗯，不要再想这件事了。贝丽兰认为海民对你很重要，她说你也将实现他们的预言。”

“这些我都知道，明，我——”兰德一直思考的是如何让海民不要被卷进他的漩涡，在他找到的真龙预言中并没有提到海民。但如果他能让明留在身边，让她也承受危险……他意识到，明胜利了。他曾经看着伊兰离开，任凭自己的心沉下去；看着艾玲达离开，忍受着心中的痛楚。他不能再这样做了，明还在等着他。“我会去他们的船上，今天我就去。海民可以跪倒在转生真龙的光芒里，虽然我不认为这对他们有什么希望可言。他们或者是属于我的，或者是我的敌人，也许一直都会是这样。现在，你能不能告诉我你看到了什么？”

“兰德，你应该先研究一下那些海民，再去见——”

“那些幻象呢？”

明抱起双臂，透过睫毛看着他，然后又咬住嘴唇看了门口一眼，低声嘟囔了些什么。最后，她说道：“我有些夸张了，实际上我看到的只有一个。我看见你和另一个男人，我看不清你们的脸，但我知道其中一个是你，你和他接触，然后你们似乎是融入了彼此，然后——”她忧虑地闭紧嘴唇，又以很小的声音继续说道，“我不知道那是什么意思，兰德，我只知道你们有一个死了，有一个没有。我……你为什么在笑？这不是笑话，兰德，我不知道你们之中哪一个死了。”

“我会笑是因为你给了我很有价值的讯息。”兰德说着，摸了摸她的脸颊，另外那个人一定是路斯·瑟林。*我没有疯，也没有再听到声音*。他高兴地想，*一个活着，一个死了*。他很早以前就知道自己会死。至少他没有疯，没有疯到他所畏惧的那种程度，他还能控制住自己。“你知道，我——”

突然间，他意识到自己已经不止是在抚摸明的脸颊，而是用两只手捧起了她的脸。他急忙放开双手，仿佛是被烫到一样。明咬住嘴唇，责备地看了他一眼。但他不会这样轻薄她，这对她不公平。幸好他的肚子这时发出了咕噜的响声。

“如果我要去见海民的话，我需要吃些东西，门口有个盘子——”

明重重地哼了一声，转身走过去打开了房门。“如果我们要去见海民，你就需要好好洗个澡。”

南蒂拉高兴而热切地点着头，命令枪姬众们去准备，然后她靠到明身边说：“我应该在第一天就让你进去，我很想踢他一脚，但踢卡亚肯是不应该的。”她的语气却又像是在说，这样做的理由很充分。她的话音很轻，但没有轻到兰德听不见的程度，兰德相信她是故意的；当她说到不应该踢卡亚肯的时候，却相当凶狠地瞪了他一眼。

枪姬众们很快就笑着把黄铜大浴盆抬了进来，放好浴盆后她们就开始飞快地打着手语。她们太兴奋了，根本容不得太阳王宫的仆役们来做这些事。很快地，桶桶热水也被川流不息的枪姬众们提了进来。兰德很为难地脱下衣服，又很为难地开始洗澡，但他还是逃不过南蒂拉在他的头发上抹肥皂。亚麻色头发的索麦莱和火红色头发的安奈拉坚持要给他刮胡子，结果他只能一动也不动地坐在及胸的热水中，担心她们会割开自己的喉咙。他已经很习惯被枪姬众这样围观，被要求为他搓背和洗脚了。枪姬众们一言不发地用手语交流着，全身被埋在水中的景象仍然会让她们反感，而且他也还是有办法摆脱掉她们，至少他可以命令她们去执行各种任务。

他不习惯的是明，她盘腿坐在床边，双手支着下巴，着迷地看着这一切。因为簇拥在枪姬众中间，兰德直到全身一丝不挂了才发现明的存在。他只能以最快的速度坐进水里，结果将许多水溅到澡盆外面。明一定能当一名非常出色的枪姬众，她毫无顾忌地和枪姬众们谈论着他，竟然丝毫没有脸红！而他的脸早已经红到耳根了。

“是的，他很懂得谦让。”明在这一点上和麦灵黛达成了共识。麦灵黛比大多数枪姬众更加丰满，她的头发是兰德见过的艾伊尔人中最黑的。“谦让是一个男人最高的荣誉。”麦灵黛严肃地点着头，明却露出了灿烂的笑容。

然后明说：“哦，不，多梅勒，伤疤一定会毁掉那张漂亮的脸蛋。”多梅勒有一个向前突出的下巴，显得比南蒂拉更加坚硬和瘦削，她坚持说兰德不够漂亮，因为他的脸上还缺一道伤疤。其他的话只有更糟糕。枪姬众们似乎一直以让兰德脸红为乐，明肯定也是。

“你迟早要出来擦干身体，兰德。”明一边说着，一边双手拿起一条白色的长浴巾，站到距离澡盆三步远的地方。枪姬众们在她和澡盆周围站成了一圈。明的微笑是那么纯真，任何人都能看出她别有用心。“来擦干身子吧，兰德。”

兰德一生中从不曾以如此松了口气的心情穿上衣服。

此时此刻，他的所有命令正在被执行，一切都已准备就绪。兰德·亚瑟也许是被赶进澡盆的，但转生真龙将要让海民敬畏地跪倒在他面前。

第 34 章

时轴

就如同兰德所吩咐的那样，太阳王宫前的广场上一切已经准备就绪，至少是大部分都就绪了。这时，宫殿的阶梯状高塔仍然在早晨的阳光中拉出长长的影子，一直到高大的青铜宫门前十尺才有阳光照射在地上。柯朗、达莫和佳哈三名殉道使都牵马等候着，柯朗衣领上的白银剑徽和金红色龙徽闪闪发光，他还是在不停地摸着腰间的剑柄，仿佛是在惊讶自己也有佩剑。一百名多布兰的士兵骑在马上，由多布兰亲自率领，他们的队伍前面立着两面长形旗帜，黑色的盔甲反射着阳光，红色、白色和黑色的飘带装饰在他们骑枪柄端。当兰德出现时，他们发出一阵欢呼。兰德在腰间系着那根有镀金龙形带扣的剑带， 穿着一件有大片绣金花纹的红色外衣。

“兰德！兰德！兰德！”的呼喊声充满了广场。人们簇拥在宫殿的阳台上，这些身着锦缎的提尔人和凯瑞安人在一个星期前也用同样的腔调向克拉瓦尔欢呼过，其中想必有不少人曾经希望他永远不会返回凯瑞安，但他们一样挥着手高声呼喊着。兰德举起真龙令牌向他们致意，立刻引起更高的呼声。

欢呼声中响起一阵雷鸣般的鼓号声，鼓手和号手也是多布兰的部下，他们穿着猩红色的制服，胸口上有一个黑白两色的饼图案。其中一半人举着长号，另外一半的坐骑身旁各悬着两面圆鼓，装饰长号的丝巾和鼓面上绘着同样的图案。

当兰德走下宽阔的阶梯时，五名戴着披肩的两仪师迎了上来，或者可以说是向他滑行过来。埃拉娜探询地看了他一眼，那双黑色的大眼睛似乎能看穿他的一切。兰德脑后那一小团情绪告诉兰德，埃拉娜比他记忆中的任何时刻更加平静，更加放松。这时埃拉娜做了一个小手势，明轻触了一下兰德的手臂，走在埃拉娜身边。碧拉和其他两仪师都低下头，微微行了个屈膝礼。艾伊尔人跟随在兰德身后，结队走出宫门。南蒂拉率领着两百名枪姬众，她们是绝不会让“背誓者”们抢尽风头的。卡玛属于达茵艾伊尔倾峰氏族，他的灰发比南蒂拉更多，个子比兰德还要高出半个头，他率领着两百名赛亚东。他们也不打算让法达瑞斯麦抢尽风头，更不要说凯瑞安人了。这两队艾伊尔人分占两侧，在广场上围成一圈，将兰德和两仪师围在中间。碧拉和埃拉娜的披肩流苏是绿色的，她们一个像骄傲的农妇，另一个像橄榄肤色的王妃。身材丰满的蕾菲拉戴着蓝色流苏披肩，肤色比埃拉娜更黑，她望向兰德的目光里充满了忧虑。费德琳是另一名绿宗两仪师，她的细辫子上点缀着彩色小珠。身材苗条的梅兰娜属于灰宗，她紧皱的眉头彻底破坏了两仪师的平静。一共是五个。

“科鲁娜和维林在哪里？”兰德问，“我叫你们全都要来的。”

“你是那么说的，真龙大人。”碧拉平静地回答。她又行了个屈膝礼——只是稍微一弯身，但这已经引起兰德的警觉。“我们找不到维林，她在艾伊尔帐篷里，应该是在审问那些……”她流畅的声音在这里稍微停顿了一下，“那些囚犯，我们想知道那些囚犯计划在返回塔瓦隆之后采取什么行动。”或者说是将他带回塔瓦隆之后——这个两仪师很清楚不该在公众场合提到这种事。“科鲁娜正在……和索瑞林商议起草一份协议，但我相信，如果你派遣使者去索瑞林那里，她会很高兴前来。我就可以担任这项使者的任务，如果你——”

兰德挥手示意她退开。五个应该足够了。也许维林能查出些线索来，但他真的想知道吗？还有科鲁娜，一份协议！“很高兴你们能够和智者相处融洽。”碧拉仿佛是想要说话的样子，但她最后还是紧紧地闭上了嘴。埃拉娜对明说了些什么，明的脸颊上出现了红晕，又扬起了下巴，但她回答埃拉娜时却很平静。兰德怀疑明是否会把她们的对话告诉自己，他知道，每个女人都有一点心里的秘密，她们也许会将这一点秘密和另一个女人分享，但绝不会告诉男人。这是他对女人唯一能确定的一件事。

“我可不打算整天站在这里。”兰德不耐烦地说。两仪师们站立的顺序是碧拉站在前面，其他人站在她身后半步之处。这个位置上如果不是碧拉，就会是科鲁娜，这是她们自己的安排，不是兰德的。只要她们遵守自己的誓言，兰德对其他事情并不在意。如果不是因为明和梅兰娜，他根本就不会说出这些话。“从现在开始，梅兰娜将成为你们的代表，你们会从她那里接受命令。”

两仪师们立刻睁大了眼睛，梅兰娜也不例外，那种样子好像是兰德赏了她们每人一耳光。就连埃拉娜也转过了头。为什么她们会如此惊讶？自从杜麦的井以来，确实是碧拉和科鲁娜一直在主导这些两仪师的主导，但梅兰娜才是前往凯姆林来会见他的大使。

“准备好了吗？明？”他没等明回答，就大步走进广场。他在杜麦的井骑过的那匹目光炯炯、身姿高大的黑色阉马已经为他准备好了，高鞍尾的马鞍上覆满了黄金，红色的鞍褥在四角上绣着黑白两色的圆形。这匹马的名字叫泰戴沙，在古语中是光荣帝王之意，马匹和装饰都很适合转生真龙。

当他骑上马背时，明也走到她从杜麦的井骑回来的灰褐色母马身边，戴好骑马手套，翻上马鞍。“赛伊拉是一匹好坐骑，”她拍了拍那匹马弧形的颈子，“真希望它是我的。我也喜欢它的名字，这是巴尔伦一种蓝色小花的名字，它们在春天时到处开放。”

“它是你的了。”兰德说。无论这匹马原本属于哪一名两仪师，她不会拒绝将这匹马卖给他。为了泰戴沙，他会给科鲁娜一千个金币，她不能对这笔交易抱怨什么，最好的提尔牡马也不会卖到这个价格的十分之一。“你跟埃拉娜的谈话还愉快吗？”

“你不会感兴趣的。”明随兴地说道，但她的双颊上还是浮现出一点红晕。

兰德轻轻哼了一声，又提高声音说：“多布兰，我想，我已经让海民等待很久了。”

这支队伍行走在宽阔的大街上，围观的人挤满了临街的窗户和屋顶。二十名多布兰的枪骑兵作为前导，清出道路，随后是三十名枪姬众和同样数量的黑眼众，然后是鼓手和号手一路不停地演奏着进行曲。围观人群发出的呼喊声几乎淹没了鼓号声，听不出言辞的咆哮既像是欢呼，又像是怒吼。旗手高举着旗帜，他们身后是多布兰和更靠后一些的兰德，白色的真龙旗和猩红色的光明之旗，还有多布兰部队的旗帜。戴面纱的艾伊尔人跑在队伍两侧。不时会有一两支花束被抛向兰德，也许他们并不恨他，也许只是因为他们害怕他。但愿这样就够了。

“配得上任何一位国王的队伍。”梅兰娜的声音很大，为的是能让兰德听见。

“那么这对转生真龙也就足够了。”兰德尖刻地回答，“你是否应该退后点，还有你也是，明。”屋顶上会埋伏着刺客，今天指向他的箭矢不能再误射到女人了。

她们落在他身后三步之处，但很快又和他并肩同行了。明告诉他贝丽兰所写的关于船上海民的事情，关于真玳预言和克拉莫的事。梅兰娜又补充说明了她对真玳预言的了解，但她也承认，对此所知仅仅是比明多一点而已。

兰德看着屋顶，不甚用心地听着她们的话。他没有握住阳极力，但他能感觉到身后柯朗和另外两个人已经准备好了。他没有那种阴极力存在的刺麻感，他在出发前又向两仪师们强调了一遍，未经他许可，不得拥抱真源。也许他应该改一下这个命令，她们似乎确实在严守着她们的誓言。她们又怎么可能不遵守誓言？她们是两仪师。如果他被刺客的刀刃刺穿，同时他身边的两仪师却在犹豫是应该拯救他还是遵守他的命令，那就太讽刺了。

“你为什么在笑？”明想知道。赛伊拉向他靠近了一些，明仰起头朝他微笑。

“这不是可笑的事情，真龙大人，”梅兰娜在另一侧不高兴地说，“亚桑米亚尔非常吹毛求疵，任何族群对于涉及到自身预言的事情都会变得更加挑剔。”

“这个世界本身就很可笑。”兰德对她说。明和他一同笑了起来。梅兰娜只是哼了一声，就继续介绍海民的状况。

在河边，高大的城墙直接涉入河水之中，河岸上排列着灰色的石砌长码头，各种尺寸的小艇和驳船停泊其间，拥挤在码头上的人群都注视着这支队伍。不过兰德需要的船只已经在码头上准备好了，它的船尾被系在一座码头的末端，那座码头上的劳工也都被清空了。这种船被叫作长舟，它的形体低矮细长，没有桅杆。在船首有一根十二尺的长杆，顶端挂着一盏灯，船尾也有同样一根。全船长约九十尺，排列着大约三十对长桨。和同等规模的普通船相比，这种船无法运载很多货物，但它不需要风推动，并且因为有着倾斜幅度小的风帆，只要更换桨手，它就可以日以继夜地航行。长舟一般被用来在河道上运送需求紧急或重要的物品，它很能胜任这类工作。

当兰德挽着明，率领两仪师和殉道使走上船板时，船长再三向他鞠躬。他的名字是易维·舍恩，看上去比他的船更瘦，一件莫兰迪风格的黄色外套一直垂到他的膝头。“能够送您一程真是我的荣幸，真龙大人。”他一边用一块大手帕抹着光秃的头顶，一边低声说道，“这是我的荣誉，我的荣誉，真的是荣誉。”

很显然，他宁愿让自己的船上装满了活毒蛇。他朝两仪师的披肩眨眨眼，又盯着她们光洁的面容，舔舔嘴唇，然后将闪烁的目光转回到兰德身上。殉道使们让他张大了嘴，他肯定听说过那些关于黑衣人的谣言，随后他的目光一直在躲避着他们。易维看着多布兰率领旗手上了船，随后是号手和扛着鼓的鼓手。然后他又望着排列在码头上的骑兵们，仿佛在怀疑那些骑兵也会上船。接着上船的是南蒂拉率领的二十名枪姬众和卡玛率领的二十名黑眼众，他们全都用束发巾裹住头脸，只是没有戴上面纱。船长急忙退后几步，躲到两仪师身后。艾伊尔人全都满面怒容，他们在担心戴上面纱的动作会延缓他们的速度。但海民也许知道面纱对艾伊尔人意味着什么。如果现在就戴上面纱，海民很可能会认为自身遭到了攻击。兰德觉得易维的手绢也许要把他头顶仅剩的几根灰毛也擦下来了。

长舟在船桨的推动下离开了码头，两面旗帜飘扬在船首，鼓号声重新响起。在河面上，人们都上了甲板，朝这里望过来，甚至还有人爬到了桅杆上。海民船上的人同样都出来了，他们颜色鲜艳的服饰和其他船上人们色泽单调的穿着完全不同。白浪花号比其他的船都要大，船身的曲线圆润流畅，两根长长的桅杆向船尾倾斜，桅杆上固定着水平的横桁，其他船上都用比桅杆还要长的斜桁固定船帆。这艘船的一切都是那么与众不同，但兰德知道，在一件事上亚桑米亚尔肯定和所有人一样，他们一定要追随他，或者是出于自愿，或者是被逼着这么做。预言说他会将所有土地上的人结合在一起——“北方将被系于东方，西方将被捆在南方”，字面上就是这样——没有人能被允许袖手旁观。现在，他明白了这一点。

他在洗澡时发出命令，那时他没机会详细说明自己前往白浪花号的计划，现在他开始宣布自己的计划细节。这些细节让殉道使露出笑容，这是他所预料到的（的确，达莫和佳哈是在笑，柯朗只是心不在焉地眨着眼睛）。艾伊尔人皱起了眉，这也是他预料到的；他们不喜欢被丢在后面。多布兰点点头，他知道自己今天在这里只有大张声势的作用。兰德没预料到的是两仪师的反应。

“听从你的命令，真龙大人。”梅兰娜说着，行了个她们特有的那种小屈膝礼。另外四名两仪师交换了一下眼神，也跟随梅兰娜行了屈膝礼，低声说了“听从命令”。没有人反对，没有人皱眉，也没有傲慢的眼神，或者是用责备的语气说“既然他想这样，那么就只好这样”。他可以开始信任她们了吗？或者当他转过身去时，她们就会用两仪师的办法避开她们的誓言？

“她们会信守他们说过的话。”明忽然低声说道，仿佛她能读出他的心思。她的一只手臂环绕着兰德的手臂，两只手拉住他的袖子，说话的声音只有他能听见。“我刚看见了这五个人被掌握在你的手里。”似乎是害怕兰德不明白，她又补充了这么一句。即使这真的是明从幻象中看到的，兰德还是不确定自己能否完全相信这一点。

不过想要确认这点并不需要太长的时间。长舟迅速滑过水面，很快就在距离白浪花号六十尺的地方停住了。鼓号声安静下来，兰德开始导引，一道由火之力镶边的风之力桥梁将长舟和海民船连在一起。他挽着明的手臂，踏上桥面。除了殉道使之外，所有人都只能看见他们两个在悬空而行。

他担心明会脚步不稳，至少开始时会这样，但她轻快地走在他身旁，就好像绿跟的靴子下是一条坚固的石板路。

“我相信你。”她平静地说。她的脸上露出了微笑。一部分是在安慰他；另一部分，他觉得是她在为又一次读出他的心思而高兴。

兰德想知道，如果明发现这是他能力的极限，会不会仍然相信他。只要再长一尺，这东西在踏上第一步时就会彻底消失，那种情况下的编织就像是要用至上力举起自己，这是不可能的。甚至弃光魔使也不知道是为什么，正如同他们也不知道为什么女人能比男人编织出更长的桥，即使女人没有男人那么强大。这不是重量的问题，任何有重量的物体都能通过编织出来的桥。

就在白浪花号的栏杆前，兰德停住脚步，站在半空中。虽然梅兰娜已经向他描述过海民的状况，但站在甲板上的人们仍然让他吃了一惊。皮肤黝黑的女人和赤裸胸膛的男人穿着暗色的宽松长裤，系着各种颜色、一直垂到膝头的腰带。女人穿着色彩缤纷的宽松外衫，他们都戴着金银项链和耳环，一些女人的鼻子上也穿着金银小环。每个人脸上的表情都足以媲美努力维持镇定的两仪师。有四名女人虽然像其他人一样赤着脚，但身上颜色鲜亮的衣衫是丝绸做成的，其中两个人穿着锦缎。她们身上的项链和耳环也比其他人多，且在她们的鼻环和一只耳环间还连着一根细小的链子，上面缀着许多黄金徽章。没有海民说话，她们只是站在一起，看着兰德，一边将挂在项链上的雕花黄金小匣放到鼻子下面嗅着。兰德向他们做了自我介绍。

“我是转生真龙，我是克拉莫。”

全船的人不约而同地发出一阵叹息声，只有那四名女人无动于衷。

“我是哈琳妮·丁·托加拉·双风，梭玳茵部族的波涛长。”耳环最多的女子说道。她相貌俊美，嘴唇丰满，仪容高贵，穿着红色的锦缎上衣，每只耳朵上各有五个粗厚的小耳环。“我在这里代替诸船长发言，如光明所愿，克拉莫请上船来。”不知为什么，她自己仿佛是吃了一惊，另外三个人也是一样；不过她的语气很显然表示着允许。兰德和迫不及待的明踏上了甲板。

兰德放开了阳极力以及那座桥，但立刻感觉到另一座桥伸展了过来。殉道使和两仪师很快就到了他身边。两仪师们像明一样丝毫没有慌乱的表现，但她们之中也许有一两个人不必要地整理了一下裙子。在殉道使身边时，她们的内心仍然无法像表面上那样平静。

四名海民女子看了两仪师一眼，立刻聚在一起，悄声议论起来。其中说话最多的是哈琳妮和一名相貌美丽、穿着绿色锦缎、耳朵上一共有八只耳环的年轻女子，那两名身穿朴素丝衣的女子只是偶尔插进几句话。梅兰娜用手掩住嘴，微微咳嗽了几声，以这个姿势说道：“我听见她称你为克拉莫。我听说亚桑米亚尔都是精明的商人，但我想，她是无意间泄露了某些东西。”兰德点点头，又瞥了明一眼。明一直在端详着那些海民女人，看到兰德在注意她，她只是懊丧地摇摇头，她还没看见任何对兰德有帮助的影像。

哈琳妮平静地转回身，仿佛她们刚刚并没有进行过匆忙的争论。“这是纱罗·丁·托加拉·晨汐，梭玳茵部族的寻风手。”她说着，朝那名穿绿色锦缎的女子微一鞠躬，“这是黛兰·丁·希朗·升涛，白浪花号的领航长。”被她提到名字的女人都微一鞠躬，并用手指碰一下嘴唇。

黛兰是一名接近中年的女子，不过仍然相当俊俏，她穿着朴素的蓝色丝衣，也戴着八个耳环，只是她的耳环、鼻环和挂在其间的金链比哈琳妮和纱罗的细小。这时她说道：“我的船欢迎您，愿光明眷顾您，直到您离开他的甲板。”然后她向穿黄衣服的第四名女子微一鞠躬：“这是塔薇·丁·卡那·九鸥，白浪花号的寻风手。”塔薇的耳朵上只有六个耳环，也像她的领航长一样细小，她看上去比纱罗更年轻，甚至比兰德还要年轻。

哈琳妮重新开始说话，她指着高过甲板许多的船尾说道：“如果您愿意，我们去我的舱里说话吧！翔翼算不上大船，兰德·亚瑟，舱室也小，所以希望你可以单独过来，这里所有的人都会保证你的安全。”现在称谓已经从克拉莫变成兰德·亚瑟了，那么只要有可能，她也会收回她能够提供的一切。

兰德刚要表示同意，哈琳妮却已经向船尾走去，一边还在打着手势，示意兰德跟上来，其他三名女子也跟在她身后。梅兰娜这时又开始轻声咳嗽。

“两名寻风手都能导引，”她在手掌下面匆匆说道，“你应该带上两名姐妹，否则她们会认为她们占了上风。”

兰德皱起眉。上风？他是转生真龙。但……“我很高兴接受你的邀请，波涛长，但明会一直在我身边的。”他拍拍明的手（明仍然紧紧地搂着他的手臂）。哈琳妮点点头。塔薇已经打开舱门，黛兰微一鞠躬，抬手请兰德走进去。

“当然，还有柯朗。”那个男人听到自己的名字时愣了一下，似乎是他刚才已经睡着了，不过他至少没有像达莫和佳哈一样瞪大眼睛朝甲板四处乱看——他们的视线主要都集中在那些女人身上，在各种传说故事里都有提到体态优雅、美丽迷人的海民女子。现在兰德觉得那些故事并没有夸张，这些女子脚步袅娜，身姿摇曳，即使在行走时也像是在跳舞，但是他带男人来不是为了向女人抛媚眼的。“把眼睛睁大些！”他严厉地训斥那两个人。那瑞玛立刻红着脸站得笔直，同时将拳头按在胸前，达莫则只是敬了个礼。不过两个人都显得比刚才更警觉了。不知为什么，明抬头望着他，稍稍歪了一下嘴角。

哈琳妮有点不耐烦地点点头。一个男人从人群中走了出来，他穿着宽松的绿色丝绸长裤，腰带上插着象牙柄的佩剑和匕首。他头上的白发比哈琳妮的更多，每只耳朵上也有五个粗厚的小耳环。她更加不耐烦地挥手示意那个男人退后：“只要你愿意，兰德·亚瑟。”

“当然，”兰德仿佛忽然又想起来一样，“我必须带上梅兰娜和蕾菲拉。”他不确定为什么自己会说出这第二个名字，也许是因为那名圆胖的提尔两仪师是除了梅兰娜之外唯一不是绿宗的。但让他惊讶的是，梅兰娜向他露出赞许的微笑，而且碧拉、费德琳，甚至埃拉娜也点了点头。

哈琳妮显然不赞同这个提议，她的嘴唇在她能够控制以前已经绷紧了。“只要你愿意。”她的语气也不像之前那么愉悦了。

兰德走进船尾的舱室，这里除了几只箍铜箱子外，似乎一切都是嵌在舱壁上的。兰德有些怀疑这个女人让他进来这里有一部分原因是为了让他吃点苦头，比如，即使他把脑袋插在两根横梁（他不知道船上的人怎么称呼这种东西）之间，他也只能躬身站着。他读过几本关于船的书，却没有一本提到过这种事。哈琳妮邀请他在桌子一端的椅子上坐下，那把椅子是固定在甲板上的。明在教过他如何打开椅子扶手的插闩，将扶手转出来之后，他才能勉强坐进去，即使这样，他的膝盖也死死地顶在桌子下面。这里只有八张椅子。哈琳妮坐在桌子的另一端，背对着船尾的红色百叶窗，她的寻风手坐在她左侧，领航长坐在右侧，塔薇坐在领航长身边。梅兰娜和蕾菲拉坐在纱罗之后的位置。明坐在兰德左侧。柯朗毫不在意地站在门边，他的头顶几乎也要碰到横梁了。一名身穿亮蓝色外衫，只有两个细耳环的年轻女子为他们端上茶。茶水几乎是纯黑色的，而且很苦。

年轻女子离开以后，兰德暴躁地说：“让我们开始吧！”他喝了一口茶，然后将茶杯放在桌上。他没办法把腿伸开，他很痛恨这种拘束的环境，因为这让他想起被关在箱子里的时候，现在他要聚集起全部的力量才能控制住自己的脾气。“提尔之岩已经陷落，艾伊尔人越过了龙墙，你们的真玳预言已经成为现实，我就是克拉莫。”

哈琳妮端着茶杯，露出微笑，冰冷的微笑中没有任何愉悦。“如光明所愿，也许是这样，但——”

“就是这样，”兰德不顾梅兰娜警告的眼神，厉声喝断了哈琳妮。梅兰娜甚至用脚碰了一下他的腿，但兰德仍然置若罔闻。这间舱室似乎更加窄小了。“你还不相信什么，波涛长？向我效忠的两仪师？蕾菲拉，梅兰娜。”他向她们两个一挥手。

他只是想让她们走到他面前来，但她们立刻放下茶杯，动作优雅地站起身，以细碎而迅速的步伐走到他身侧，跪了下去。她们各用双手捧起他的一只手，亲吻他手背上那只金色鬃毛的龙头。兰德只能竭力掩饰住自己的震惊，不让自己的目光离开哈琳妮，哈琳妮的脸则有些灰白。

“两仪师向我效忠，海民也要如此。”他示意两仪师回到座位上，奇怪的是，两名两仪师似乎都有一点惊讶。“这正是真玳预言所记载的，海民将要侍奉克拉莫，我就是克拉莫。”

“是的，但这里有一个关于契约的问题。”哈琳妮在说到契约时，很明显地是在指一个特定的词汇，“真玳预言说你会带领我们迈向荣光，全世界所有的海洋都将是我们的。我们向你贡献，你也必须向我们贡献。如果我没有订好契约，耐丝塔一定会剥光我的衣服，捆住我的脚踝，把我倒吊在桅杆上，然后召集梭玳茵部族的十二首，任命新的波涛长。”一丝恐惧的神情溜过她的面孔，她的黑眼睛也睁得愈来愈大，仿佛完全不相信自己会说出这番话。她的寻风手同样睁大了眼睛看着她。黛兰和塔薇则只是盯着桌面，面容似乎都要崩碎了。

突然间，兰德明白了。时轴。他以前就见到过这种状况，因为他的靠近，最不可能的事情也会突然发生，以前他往往是在事情结束时才会知道发生了什么。他尽量放松双腿，将手臂支在桌面上。“亚桑米亚尔要效忠我，哈琳妮，这就是贡献。”

“是的，我们会效忠你，但——”哈琳妮从椅子里半站起身，将茶水也溅了出去，“你们在对我做什么，两仪师？”她颤抖着喊道，“这不是公平的契约！”

“我们什么也没做。”梅兰娜平静地说，她似乎并不觉得那种茶有多苦。“你在转生真龙面前，”蕾菲拉说道，“是预言中你们要效忠的克拉莫。”她将一根手指放在自己的圆脸上。“你说你代表诸船长，这是否意味着你的话对全体亚桑米亚尔都有约束力？”

“是的，”哈琳妮的声音低弱而沙哑，“我所说的对每一艘船，对每一名‘长’字辈的人都有约束力。”海民黝黑的面孔不可能变成白色，但哈琳妮盯着兰德，脸上的黑色几乎已经要褪尽了。

兰德对明笑了笑，与她共同分享这一时刻。终于能有个族群投向他，不需要他竭尽全力去拼争，也不会像艾伊尔人那样分裂。也许明认为他希望她能够帮助确定他们的成果，或者也许只是时轴的作用。明向那名波涛长倾过身子：“你将因为今天的事情受到惩罚，哈琳妮，但不像你所害怕的那么严重。总有一天，你会成为诸船长。”

哈琳妮皱起眉头看着她，然后瞥了她的寻风手一眼。

“她不是两仪师。”纱罗说。哈琳妮的样子则像是处在松了口气和失望之间，直到蕾菲拉开口说话：

“几年前，我听说有一名女孩拥有看见幻象的非凡能力，那就是你吗，明？”

明望着茶杯，面孔扭曲了一下，然后才不情愿地点点头。她总是认为知道她的人愈多，随之而来的灾厄也就愈多。她瞥了两仪师一眼，又叹息着低下了头。蕾菲拉点点头。梅兰娜目不转睛地盯着明，在平静的外表中，一双淡褐色的眼睛里却流露出渴望的神情，毫无疑问，她迫不及待地要查问明的能力；而明肯定也看出了她的企图。兰德感到一阵怒意，梅兰娜应该知道，明是受到他保护的。但这种怒意很快就过去了，取而代之的是因为能够保护明而感觉到的温暖。

“你可以信任明所说的，哈琳妮，”蕾菲拉说，“我得到的报告说她所见到的幻象肯定能成为现实。而现在虽然她并没有意识到，但她也同时看见了别的东西。”她歪过圆脸，露出微笑。“如果你将因为现在发生的事情受到惩罚，那就意味着你会同意你的克拉莫想要的。”

“或者是我什么都不同意，”哈琳妮喊道，“如果我不制定契约——”她的拳头抵在桌面上。她已经承认自己必须制定契约，她也承认了海民会效忠克拉莫。

“我对你们的要求并不多，”兰德说，在决定来这里时，他已经想到了这一点，“当我想用船只运载人员和供给时，海民要尽量提供。我想知道塔拉朋、阿拉多曼以及这两个国家之间地区的情况，你们的船能够搜集到我所需要的信息。它们正聚集在坦其克到班达艾班之间的上百个渔村和城镇河岸。你们的船能行驶到对于其他任何船只来说都是遥不可及的地方。海民要尽量监视爱瑞斯洋靠西的地方，爱瑞斯洋的对岸居住着霄辰人。总有一天，他们会发动军队企图征服我们，海民要让我知道他们已经到了什么地方。”

“你要求得太多了，”哈琳妮懊丧地低声说道，“我们知道那些霄辰人，看样子，他们是从死亡列岛来的。我们的一些船曾经和他们的船遭遇过，他们将至上力当武器使用。你对我们要求得比你想象得更多，克拉莫。”这一次，她在说出这个名号时没有停顿。“爱瑞斯洋上的一些海域已经被邪恶的黑暗占据，我们前往那些海域的船已经有许多个月没回来了，驶向西方的船只都消失了。”

兰德感觉到一阵寒意，他转动着真龙令牌，那原来是半根霄辰长枪。难道他们已经回来了？在法美镇，他们曾经遭到驱逐。兰德随身携带这支断枪，以提醒自己还有许多敌人埋伏在他看不见的地方。但他一直都以为转生真龙和被瓦力尔号角召唤回来的英雄们已经严重打击了霄辰人，他们在几年之内都不会大举来犯了。那只号角仍然在白塔吗？他知道瓦力尔号角是被送到那里去了。

突然间，他觉得自己已经无法忍受这个狭小的舱室。他摸索着椅子扶手上的插闩，却怎么也打不开它，他抓住经过抛光的椅子扶手，粗鲁地一把将它扯碎。“我们已经就海民向我效忠达成了一致。”他说着站起身，低矮的舱顶让他不得不向桌面俯下身，舱室变得更小了，“如果还有更多关于你的契约的问题，梅兰娜和蕾菲拉将会与你商谈。”没等回答，他转身向门口走去，在那里，柯朗似乎又在低声地自言自语。

梅兰娜抓住他的袖子，压低声音快速说道："真龙大人，你最好还是留下来，你已经看到时轴的效果。有你在这里，我相信她会继续泄露她在竭力隐瞒的信息，并同意我们提出的要求。"

"你属于灰宗，"兰德严厉地对她说，"去谈判吧！柯朗，跟我来。"

在甲板上，他深吸了一口气。无云的天空是如此清朗。

又过了一段时间，他才注意到留在外面的三名两仪师正期待地望着他。达莫和佳哈仍然在做着兰德进舱前要他们做的事——一边盯着船上，一边盯着岸上。一侧河岸上是城市，另一侧是半建成的谷仓，一艘在河中心的船很容易成为弃光魔使打击的目标。不过，如果他们真要攻击，应该也没什么地方是安全的。兰德一直都不明白，为什么那些弃光魔使没有摧毁太阳王宫。

明勾住他的手臂，让他哆嗦了一下。

"我很抱歉，"兰德说，"我不该丢下你的。"

"没事的，"明笑了，"梅兰娜已经开始谈判了。我想她是要替你把哈琳妮最好的外衣剥下来，也许还有她第二好的。波涛长看上去就像是被两只白鼬夹在中间的兔子。"

兰德点点头，海民是他的了，这点应该是可以确信的。谁管瓦力尔号角？他是时轴，他是转生真龙，是克拉莫。金色的太阳距离天顶还相当远。"天还早，明，"他能做到任何事，"想不想看我处理那些叛逆的凯瑞安人？一千金币对一个吻，她们在日落之前就会是我的了。"

第 35 章

进入林地

明盘起双腿坐在兰德的床上，看只穿着衬衫的兰德在巨大的嵌象牙衣柜前一件一件地试穿外衣。他怎么能在这种屋子里睡觉？这里全都是让人透不过气来、沉重的黑色家具。明心不在焉地想着要把这里的东西全都挪出去，换上一些凯姆林那种雕刻品，样式简单，有一点镀金、幔帐之类的也要换成浅色系的。这点让她感到奇怪，她以前从没关心过什么家具布匹之类的事情，但那幅绘着一名孤独的剑士就要被敌人吞没的壁挂一定要拿掉。不过，在大多数时候，她只是看着兰德。

在兰德天蓝色的眼睛里有一种专注的神情，他正探身到衣柜里翻找着，雪白的衬衫随着他的动作而在他宽阔的后背上绷紧。他有一双健美的长腿，强韧的曲线在黑色紧身裤中显露无遗，他的靴子上端是折起来的。有时候，他会皱起眉头，用手指梳过黑红色的头发，即使经过再多的梳理，它们看上去还是乱乱的，在他的耳边和后颈上总是有一些鬈发。明不是那种会把自己的头脑和心思一同扔到男人脚下的女人，但有时候，只要在他身边，清晰的思绪就会变成一团乱麻。只是这样而已。

一件件华丽的外衣被扔出来，堆在他去见海民时穿的那件外衣上。没有了时轴的作用，谈判还会顺利进行吗？如果她在海民身上看到的影像能有用就好了。

像往常一样，幻象和各色光晕在兰德周围闪烁，大多数瞬间便消失了，无法看清楚。现在她能看清楚的只有一个意义不大的影像，这个影像每天要重复出现上百次，当麦特和佩林出现时，这个影像也会包围住他们，偶尔也会包围其他人。一片巨大的黑影向兰德压过来，吞掉了数以千计萤火虫般的小光点，那些小光点也在不停地扑向黑影，似乎是要将它填满。今天，这些小光点已经达到了数以万计的程度，但黑影也更大了。这个幻象应该是他与暗影的战争，但他几乎从不想知道这个幻象的状况。明也无法向他解释清楚，唯一能确定的似乎只有暗影一直是胜利的一方。看到这个幻象消散时，明放松地叹了口气。

一点愧疚感让明不由得在床上挪动了一下身体，当兰德问她还隐瞒了什么影像时，她并没有撒谎，那不算是撒谎。如果没有一名女人，兰德几乎注定要失败，但那名女人已经死去，彻底消失了，现在告诉兰德这点又有什么用？而且在这件事上，兰德很容易就会消沉下去。她必须鼓起他的精神，让他记得该如何去笑，除非……

“我不认为这是个好主意，兰德。”提到这件事也许是个错误。男人在许多方面都是奇怪的生物，一分钟以前，他们会接受正确的建议，只过了一分钟，他们又会反其道而行之，而且他们这样做似乎还是故意的。但不知为什么，明觉得……要保护这个高塔般、能用一只手将她举起来的男人，这还是在他没有导引的时候。

“这是个不错的主意，”兰德说着，扔下一件绣银的蓝色外衣，“我是时轴，而且今天似乎一切都在随我的意愿改变。”一件绣金绿色外衣落在地板上。

“你难道不想再‘安慰’我吗？”

兰德停在原地，盯着明，一件嵌银丝的红色外衣挂在他手上。明希望自己没脸红。安慰，这个主意是打哪儿来的？她暗自寻思着。将她养育成人的姑妈们都是温和亲切的女性，但她们一直都极为强调女人要端庄有礼。她们不赞成她穿裤子，也不赞成她在马厩里工作；但那是她最喜欢的工作，因为她在那里可以接触到马。如果她们知道她还没结婚就和一个男人做这种事，明可以确定她们会有什么反应——她们肯定会骑马从巴尔伦赶来，剥了她的皮；当然，还有兰德的皮。

“我……需要做许多事，趁着现在还有用的时候。”他缓缓地说道，然后飞快地转向衣柜。“就是这件！”他高喊着拉出一件朴素的绿色羊毛外衣，“我都不知道它还在这里。”

那是他从杜麦的井返回时穿的衣服，明能看到他的手在不停地颤抖。明装作完全没注意到的样子，走到兰德面前，伸手环抱住他，将那件衣服压在身下，将头靠在他的胸口。

“我爱你。”明只说了这么一句。透过他的衬衫，明能感觉到他肋侧那个半愈合的伤口。她能回忆起他受伤时的样子，仿佛就是昨天发生的事情。那时，她第一次拥抱了他，而他却不省人事，濒临死亡。

他的双手按在明的背上，将明肺里的空气都压了出来，但让明失望的是，那双手很快就离开了。明觉得他似乎是低声说了一句“不公平”，难道他在拥抱她的时候还想着海民的事？确实，这很有可能。梅兰娜属于灰宗，但据说海民能让阿拉多曼人出汗。他应该考虑这些，但……明想踢他的踝骨，但他已经温柔地将她移开，开始穿衣服了。

“兰德，”明坚定地说，“你并不能确定哈琳妮会有这种反应就说明时轴对一切都有效。如果时轴总是能影响周围的一切，你早就已经让所有统治者跪倒在你面前了，即使是白袍众也不例外。”

“我是转生真龙，”兰德傲慢地回答道，“今天我能做到一切。”他拿起剑带，将它固定在腰上，这根剑带上只有一个朴素的铜带扣，那枚镀金的龙扣被放到了床上，一双黑色的薄皮手套覆盖住他手背上金色的龙头和掌心的苍鹭。“但我看上去不像他，对不对？”他微笑着伸开双臂，“他们不会看出来的。”

明差点就要无奈地摊开双手了。“你看上去也不像个傻瓜。”至少应该让他明白他在做什么。但那个白痴还在斜睨着明，仿佛不清楚明到底是什么意思。“兰德，只要他们看到了艾伊尔人，他们或者会逃跑，或者会立刻开始战斗。如果你不带上两仪师，至少带上那些殉道使吧！只要一支箭就能要你的命，不管你是转生真龙，还是个放羊的！”

“但我是转生真龙，明，”兰德严肃地说，“而且是时轴。我们要单独去，只有你和我，如果你还想跟我去的话。”

“没有我，你不能去任何地方，兰德·亚瑟。”明忍着没说出如果他不答应带她一起，他迟早会把自己绊倒。现在兰德这种兴奋的样子就像他那种消沉颓废般让明感到害怕。“南蒂拉不会喜欢这样的。”明并不真的知道兰德和枪姬众之间的关系（依照她的所见所闻，她认为这一定是一种很奇特的关系），但明要想尽一切办法阻止兰德胡作非为。现在兰德笑得就像是个从母亲身边逃开的男孩。

“她不会知道的，明。”他的眼睛还那样闪闪发光！“我一直都这么做，她们从来都不知道。”他向明伸出一只戴手套的手，那样子就像是他只要呼唤一声，明就会跟着他到任何地方去。

明相信自己真的是无能为力了，她只好整了整自己的绿色外衣，又从立镜中看了一眼自己的头发是否整齐，然后握住兰德的手。现在的问题是，即使兰德只是弯一弯手指，明也会立刻跳进无底深渊。明只希望他永远也不会发现这一点。

兰德在前厅地板上绘着金色朝阳的位置制造出一个信道，明由他领着从中走过，来到一片丘陵林地中，枯叶在他们脚下铺了厚厚一层。一只红色翅膀的小鸟从他们眼前一闪而过，一只松鼠出现在一根树枝上，向他们吱吱地叫着，甩动着尾端是白色的蓬松尾巴。

这不是明记忆中巴尔伦附近的林地。在凯瑞安城附近也没有多少真正的森林，大多数树木之间都隔着四五步，甚至是十步距离，高大的羽叶木和松树、更高的橡木和明不认识的树种分布在她和兰德站立的平地上，就连树下植被也比明家乡的更稀疏。灌木、藤蔓和石南一片片簇生在一起，不过其中有的面积并不小，一切都是干燥的棕褐色。明从袖子里抽出花边手绢，擦了擦脸上突然冒出来的汗珠。

“我们现在要去哪里？”明问道。根据太阳的位置，就在他们身旁几尺远处的一道向上的斜坡应该是朝向北方的，如果运气好，他们一路走回去不会遇到任何人。或者兰德在看到她的高跟靴和这里的地形后，会决定再做一个直接返回太阳王宫的通道，和这个地方相比，那座宫殿的房间里就凉快多了。但还没等兰德回答，细枝和枯叶碎裂的声音表明有人来了，出现在他们面前的是一名凯瑞安女人，她骑着一匹长腿灰色阉马，马具和缰绳上装饰着亮色的流苏。这个女人的身材矮小苗条，穿着一件深蓝接近于黑色的骑装，红色、绿色和白色的水平条纹从她的脖颈一直延伸到膝盖以下。她脸上的汗水丝毫没有影响她白皙美丽的面容。她的一双黑眼睛如同两潭清澈的池水，一根细金链从她的发际中垂下来，在她的额头上缀下一颗纯净的绿色小宝石。黑色长发在她的肩膀上卷起一朵朵浪花。

明吃了一惊，并不是因为那个女人戴着绿色手套的手举起了狩猎十字弓。有那么一刻，她相信那是沐瑞，但……

“我不记得在营地中见过你们两个。”那个女人用一种沙哑，几乎是性感撩人的声音说道。而沐瑞的声音像水晶般清澈。那张十字弓低垂了下去，女人的动作就像举起它时一样悠闲，最后箭尖稳定地对准了兰德的胸口。

兰德却丝毫不在意。“我也许会想要看看你们的营地，”他微一鞠躬，“我相信你就是卡莱琳·达欧崔女士？”那名女子点点头，承认了这个名字。

明遗憾地叹了口气，不过她并不会真的以为沐瑞能够死而复生。沐瑞是唯一与她的预见不符的变故，但卡莱琳·达欧崔是对抗兰德的叛军统帅，一个要夺取太阳王座的人……她的出现让明相信，兰德真的是把所有因缘丝线都拉到了自己身边。

卡莱琳女士又缓缓举起十字弓，随着弓弦骤然一响，宽头弩箭被射向半空。

“我想，用这东西对付你是没有用的，”她一边说着，一边催马向他们缓缓靠近，“我不喜欢让你认为我正在威胁你。”她又看了明一眼（只是从头到脚的一瞥，但明觉得自己已经被她一览无余了），除此之外，卡莱琳女士的目光一直固定在兰德身上。她一拉缰绳，退开三步，仿佛是在提防兰德发动突击。“一个灰色眼睛、有你这种高度的男人会突然凭空出现，这样的人我只能想到一个，或者你是某个艾伊尔人伪装的。不过，也许你愿意慷慨地报上姓名？”

“我是转生真龙。”兰德说道。他身上又散发出面对海民时的那种傲慢，但马背上那名女子并没有显示出任何受到时轴影响的样子。

她并没有跳下来跪倒在地，只是点点头，咬住嘴唇。“我已经听过不少关于你的传闻，我也听说你去了白塔，要臣服于玉座。我还听说你要将太阳王座交给伊兰·传坎，而又有传闻说你杀死了伊兰和她的母亲。”

“我不会向任何人臣服！”兰德厉声回答。他瞪着卡莱琳，凶狠的目光就像是要将她刺下马鞍。“伊兰正在前往凯姆林的路上，她首先要继承安多王座，在那之后，她也会得到凯瑞安的王座。”明哆嗦了一下，难道他一定要像个塞满了傲慢的枕头那样说话吗？明本来希望在经过海民的事情后，他会平静一些。

卡莱琳女士将十字弓横放在鞍头，用戴手套的手抚摸着它，也许她在后悔射掉了那支箭？“我能接受我的年轻堂亲坐上王座，至少她比其他人好，但……”那双本来是波光流转的黑眸突然硬得如同石块，“但我不确定我能接受你在凯瑞安，我不仅是说你对法律和传统做出的改变，你……你的出现就会改变人们的命运。你到来之后的每一天，人们都会死于难以置信的奇特意外。有那么多丈夫抛弃了妻子，妻子抛弃了丈夫，甚至现在已经没有人关注这种事了。只要你留在这里，凯瑞安就会因你而分裂。”

“这是平衡的。”明突然插口说道。兰德的表情变得非常阴暗，看上去，他就要爆发了。也许他来这里是正确的，但让这次会面毁在他的怒气里就不对了。明没有给他和卡莱琳说话的机会。“好和坏总是平衡的，这就是因缘运作的原理，即使他造成了改变也不会影响到这点。就像黑夜和白天平衡，收获与伤害也会平衡。自从他来了之后，凯瑞安城中出生的婴儿全都活下来了，甚至没有任何畸形儿。有些日子里举行的婚礼比以往一个星期里的都要多。虽然有男人被一根羽毛呛死，但也有女人失足翻下三层楼梯，却平稳地站直了身体，身上一块瘀伤都没有。你看到了危害，你也应当看到益处。时光之轮的转动需要平衡，他只是增加了自然状态下异常情况发生的几率。”明的脸忽然红了，她发觉另外两个人都在看着她，更确切地说，是在盯着她。

“平衡？”兰德喃喃地说着，挑起了眉弓。

“我曾经读过荷瑞得的一些书。”明最后说道，她不想让任何人以为她在假装是个哲人。卡莱琳女士坐在马鞍上，面带微笑看着她，手里玩弄着缰绳。这个女人在取笑她，明要让这个女人知道她能嘲笑些什么！

突然间，一匹仿佛是战马的高大黑色阉马从林木间冲了出来，骑在马上的是一名短发、留尖胡须的中年男子。尽管他穿着绿色条纹灯笼袖的黄色提尔外衣，但他满是汗水的黑脸上有一双光洁美丽的蓝眼睛，如同经过抛光的浅蓝宝石。他的相貌并不好看，鼻子显得过长，但那双眼睛补偿了这个缺陷。他戴着皮手套的手中也拿着一支十字弓，另一只手上挥舞着一支阔头箭。

“这支箭从我脸旁几寸的地方飞了过去，卡莱琳，这上面有你的标记！难道因为这里没有猎物——”他注意到兰德和明，手中张开的十字弓立刻指向了他们。“他们只是迷路的人？还是你找到了从城里来的间谍？我绝不相信兰德·亚瑟会继续容忍我们毫发无伤地留在这里。”

又有将近十名骑手出现在他背后，都是一些穿着锦缎装饰灯笼袖外衣的男人，和穿锦缎高圆领骑装的女人，他们全都拿着十字弓。还没等这队人的最后一个停下来，又有两倍数量的骑手从另一个方向的灌木丛中冲出来，靠近了卡莱琳。他们是身材矮小、皮肤白皙的男人和女人，都穿着暗色衣服，彩色横纹在他们的衣服上一直铺排到腰部以下，他们也都拿着十字弓。仆人们徒步追了上来，他们都大口喘着气，显然已经被这种炎热折磨得劳累不堪，他们只是在腰间插着一把剥皮匕首。明吞了口口水，不自觉地开始更频繁地用手帕抹去脸颊上的汗水，如果在兰德没发觉的时候，他们之中有人认出了他……

卡莱琳女士则没有丝毫迟疑。“不是间谍，达林。”她说着，转过马匹面对着那些提尔人。是达林·西斯尼拉大君！现在这群人中就差托朗姆·瑞亚丁了，明希望兰德牵扯因缘的能力能够不那么全面。“我的一位表亲和他的妻子，”卡莱琳继续说道，“他们从安多来看我。让我来介绍——托马斯·传坎，和他的妻子嘉希，他们属于那个家族的一个小分支。”明几乎要瞪她一眼。明认识一个叫嘉希的女人，那时她还不到二十岁。那个嘉希是个肮脏的蠢货，还有一副让人无法容忍的坏脾气。

达林的目光又扫过兰德，然后在明身上逗留了更长一段时间。他放低十字弓，头也稍微放低了一些，一名提尔大君对待低阶贵族就是这种态度。“欢迎你们，托马斯爵士，现在还会加入我们的人肯定是一位勇士。兰德随时都有可能命令那些野蛮人扑向我们。”卡莱琳女士恼怒地瞪了他一眼，他却摆出一副熟视无睹的样子。

但他注意到兰德向他回礼时并不比他有更多敬意，便皱起了眉头。在他身后的队伍里，一名皮肤黝黑相貌俊俏的女人气愤地嘟囔了些什么，她有一张严厉的长脸，表明她很习惯发怒。一名穿红色条纹袖淡绿色外衣的矮胖男人同样是堆了一脸的怒容和汗水，他催马向前走了几步，似乎是要将兰德踩倒在马蹄下。

“时光之轮按照它的意愿进行编织，”兰德冷冷地说，仿佛他什么都没注意到，他的样子就像……就像是转生真龙，站在山顶上威严地俯视着这些人，“我们的想象往往只是我们的想象。比如，我听说你在提尔，在哈登莫克。”

明希望自己能有勇气说话，有勇气说些安抚他的话，但她只能不停地拍拍他的手臂，就如同一名妻子（现在她突然觉得这个词非常顺耳）在随意地拍抚着自己的丈夫。丈夫这个词也很好。光明啊，但他这样不行！一定不能让他这样。

“达林大君最近刚刚和他的几位密友一同乘长舟前来，托马斯。”卡莱琳沙哑的声音没有丝毫改变，但她的坐骑忽然腾跃起来，那匹马肯定是突然被她踢了一脚。她很快恢复了自制，背对着达林向兰德警告地瞪了一眼。“不要惹大君生气，托马斯。”

“我不介意，卡莱琳。”达林说着，将十字弓挂在马鞍上。他策马向兰德靠近了一些，一只手臂撑在鞍头。“一个男人应该知道自己踏进了什么地方。你也许听到了兰德前往白塔的传闻，托马斯。我来是因为两仪师在几个月之前找到我，告诉我会发生这件事。你的表亲也告诉我，她收到了同样的讯息。我们本来想在克拉瓦尔篡位之前拥戴她坐上太阳王座。嗯，兰德不是傻瓜，我从不相信他是。在我看来，他玩弄白塔就像是在玩弄一架竖琴。克拉瓦尔上吊了，兰德稳稳地坐在凯瑞安城墙后面——不管有什么谣言，我打赌两仪师控制不了他。在我们找到办法脱离这个僵局之前，我们只能留在他的手心里，等着他先出招。”

“你是乘船来的，”兰德却说道，“你也可以乘船离开。”明忽然发觉他正在轻轻地拍着她的手。他在安抚她！

达林惊讶地仰头笑了起来，有许多女人会因为他的眼睛和笑容而忘记他的鼻子。“是啊，托马斯，但我已经向你的表亲求婚了。她没有答应，也没有拒绝，但一个男人不可能就这样将自己的意中人丢给艾伊尔人，而她又不愿意离开这里。”

卡莱琳·达欧崔在马鞍上坐直身体，表情显得比两仪师更加冰冷，但明忽然看到红色和白色的光晕闪耀在她和达林周围。明知道，他们将要结婚——在卡莱琳引他进行过一次愉快的追逐之后。明看到的还不止这些：一顶王冠出现在达林的头顶——他的眼眉上方有一个样式简单的金环和一把稍微弯曲的长剑。有一天他会戴上这顶国王的冠冕，但明说不出它代表哪个国家，提尔没有国王，只有大君。

当达林掉转过马头面对卡莱琳时，光晕和幻象都消失了。“今天没有什么猎物了，托朗姆已经返回了营地，我建议我们也这么做。”那双蓝眼睛迅速地搜索了一边周围的树林，“看来，你的表亲和他的妻子把马给弄丢了，他们实在是很不小心。”说这句话的时候，他的语气很温和，似乎是在表明他很清楚他们两个根本就没有马。“不过我相信罗瓦尔和伊恩丝会让出他们的坐骑，在这种空气里走动一下对他们的身体有好处。”

那名穿红色条纹袖外衣的矮胖男人立刻跳下他高大的枣红马，同时向达林奉上一个谄媚的笑容，也给了兰德一个冰冷油腻的微笑。那名面带怒容的女人迟疑了片刻才僵硬地爬下自己银灰色的母马，她的脸上没有半点高兴的表情。

明也没有。“你要去他们的营地？”她对领着她走向马匹的兰德悄声说，“你疯了？”看到兰德没有反应，她又不假思索地加了一句。

“还没有，”兰德轻声说着，用指尖碰了碰明的鼻子，“多亏有你，我知道这一点。”他先扶明上了马，然后自己跨上枣红马的马鞍，一夹双腿，来到达林身旁。

他们一直朝北偏西的方向前进，很快就越过了那道斜坡，只剩下罗瓦尔和伊恩丝站在树下，气恼地盯着对方。其他跟随在队伍后面的提尔人都大笑着祝他们能有一次愉快的徒步旅行。

明本来打算走在兰德身边，但卡莱琳伸手按在她的手臂上，将她拉到那两个男人身后。“我想看看他会做什么。”卡莱琳低声对明说，明却不知道卡莱琳口中的“他”指的是谁。“你是他的情人？”卡莱琳又问。

“是。”调匀呼吸之后，明确定地告诉她，她觉得两颊仿佛被火烧一样。但那个女人只是点点头，仿佛这是世界上最正常的事。也许在凯瑞安就是这样。有时候，明觉得自己努力寻找的一切借口和辩解都像自己的衬衫一样薄弱不堪。

兰德和达林并排地走在前面，年轻的比年长的要高出半个头，两人全都披着骄傲的外衣。他们一直在交谈着，但明很难听到他们在说什么。他们的声音不大，而马蹄踩踏枯叶断枝的声音持续不断，头顶和树梢上也不时传来鹰啸声和松鼠的吱吱声。明费了很大的力气才听到他们的只言片语。

“请容我说，托马斯。”达林在走下第一个斜坡时说道，“光明在上，我没有任何不敬，你有这么漂亮的一位妻子可真是好运。如光明所愿，我也会有一位同样美丽的妻子。”

“为什么他们不说些重要的事情？”卡莱琳嘟囔着。

明转过头遮住自己的微笑。卡莱琳女士并没有显露出任何不悦。明自己从没在意过别人是否认为她漂亮，直到她遇到了兰德。也许达林的鼻子并不是那么长。

“我不反对他从提尔之岩拿走凯兰铎，”又过了一会儿，达林在走上一道有稀疏林木的山坡时说，“但我不能容忍他率领艾伊尔人侵犯提尔。”

“我读过真龙预言，”兰德说着顶了一下枣红马的脖颈，催促它走快一些，那匹马很漂亮，但远远比不上它背上的人，“提尔之岩会在他拿到凯兰铎之前陷落，我听说其他提尔贵族都已经在追随他了。”

达林哼了一声。“那些势利的小人只会给他舔靴底！我本来会追随他的，如果他是那样想的，如果……”他叹息一声，摇了摇头，“太多如果了，托马斯。提尔有一句俗话，‘任何争斗都可以被原谅，但国王们从不会忘记’。自从亚图·鹰翼以来，提尔就没有过国王，但我想，转生真龙很像是个国王。不，他已经用叛逆的罪名侮辱了我，我必须完成我所开始的事情。如光明所愿，我要在死前看到提尔重新独立起来。”

明知道，这一定是时轴的作用，那种人是不会随意将这些话讲给陌生人听的，不管他是不是卡莱琳·达欧崔的表亲。但兰德会怎么想？她迫不及待地要把那顶王冠的幻象告诉兰德。

翻过脚下的小山，他们的面前突然出现了一群长矛手。这些士兵中有人穿戴着有凹痕的胸甲或头盔，大多数人的身上并没有盔甲。当他们看见这支队伍时，立刻鞠躬行礼。在两旁的树林里，明看到了其他岗哨。在下方，似乎永远会弥漫在空中的尘埃覆盖着一片营地，两座小山之间的整片谷地都被这座营地占据了。营地里的帐篷并不多，每座帐篷都很大，帐篷的尖顶上悬挂着代表某位贵族的旗帜，营地中成排拴住的马匹数量几乎和这里的人数一样多。几千名男人和少数女人在营火和马车旁走动，当他们的统帅进入营地时，没有人发出欢呼。

明一边端详着营地里的人，一边用手绢捂住鼻子，阻挡尘埃；她并不在意卡莱琳看见她的动作。到处都是沮丧或阴沉的面孔，人们知道自己掉进了陷阱。明不时会看到有人背上插着代表某个家族的小旗，但大多数人似乎把他们能找到的一切都挂在身上。明在他们身上经常能看到一两副不合适的盔甲。这里也有许多肯定不是凯瑞安人的高个子穿着红色的外衣和有破损的胸甲，明依稀看见一只肮脏的红袖子上绣着白狮图案。乘长舟而来的达林只可能带着身边的一些人，也许今天参加狩猎的那些提尔人就是他全部的随员了。卡莱琳目不斜视地在营地中走着，但是每次当他们靠近那些穿红色外衣的人时，她都会绷紧嘴唇。

达林在一座大帐篷前下了马，这是明见过的最大的帐篷，明从没想象过会有这么大的帐篷。这顶装饰着红色条纹的帐篷整体呈椭圆形，在太阳的照耀下熠熠发光，仿佛完全是丝绸制成的。四个圆锥形尖顶上都飘扬着绣有金色凯瑞安日升图案的蓝旗。帐篷里传来演奏竖琴的声音。仆人们跑过来把马匹牵走。达林向卡莱琳伸出手，经过很长一段时间的停顿，卡莱琳面无表情地将手指搭在他的手腕上，由他陪同走了进去。

“我的妻子大人？”兰德微笑着也伸出了手。

明哼了一声，抓住兰德的手腕。她真想揍他一拳，他无权开这种玩笑，也无权将她带来到这个地方，无论他是不是时轴，他可能会在这里被杀死。烧了他吧！他真的不在意让她的后半生在哭泣中度过吗？当他们走进这顶帐篷时，明摸了摸帐帘，惊讶地摇摇头。这是丝绸。一顶丝绸帐篷！

他们刚走进帐篷里，明就感觉到兰德身体一僵。达林和卡莱琳的随员们一边口是心非地道着歉，一边挤过他们身旁。在四根立柱之间，长桌上摆满了食物和饮料，桌下色彩绚烂的地毯只应该铺在宫殿的地板上。这里到处都是人。穿着奢华的凯瑞安贵族之间也有几名剃光额顶并敷了粉的军人，从衣着看来，他们应该都是高阶军官。几名吟游诗人拨弄着雕花镀金的竖琴，在人群中来回穿行，样子比贵族们更加高傲。但明的目光很快就定在令兰德忧虑的源头上——三名两仪师正在相互交谈着，她们的披肩上分别缀着绿色、黄色和灰色的流苏。各种影像飞快地从她们身边闪过，明却看不出任何有用的信息。这时人群一阵骚动，从中走出了另一名两仪师，那是一名面相慈和的圆脸女人，更多幻象，更多闪耀的光晕，但明所注意的是她肥胖的手臂上垂下来的红色流苏披肩。

兰德握住她的手掌，轻轻拍了拍。“不必担心，”他低声说，“一切正常。”明很想问他，这些两仪师在这里做什么，但明害怕他真的会告诉她。

达林、卡莱琳和他们的随从都已经消失在人群里。一名身穿袖口上装饰红、绿、白色条纹黑色制服的男仆走过来，向兰德和明奉上了放有银高脚杯的托盘。这时卡莱琳又出现在他们身边，她似乎是挥手拒绝了一个男人的强硬要求，那个男人面孔瘦长，身上也穿着那种红色外衣，他狠狠地瞪着卡莱琳的背。而卡莱琳只是拿起一杯调味酒，然后挥手示意那名仆人离开。明的呼吸停滞了——一片光晕闪现在那个男人身周，那是非常深的血红色，几乎已经接近黑色。“不要信任那个男人，卡莱琳女士。”她的话脱口而出，“他会杀死任何被他认为是阻碍的人，他会因为一时的心血来潮而杀死任何人。”她用力咬住牙，把剩下的话吞回到肚子里。

卡莱琳回头瞥了一眼，而那个男人立刻转过了身。“我相信戴维德·汉隆是这种人，”她冷冷地说，“他的白狮作战是为了钱，而不是凯瑞安，他们烧杀劫掠比艾伊尔人更甚。看起来，他们在安多已经容不下身了。”她又挑起眉弓，瞥了兰德一眼，“我想，托朗姆肯定向他们允诺了一大笔黄金，据我所知，他们还会得到领地。”然后她又看了看明。“你认识这个人，嘉希？”

明只能摇摇头，现在该如何解释她对戴维隆的了解？该如何说明在他死掉之前，他还会惹出更多奸淫烧杀的事？如果她能知道受害者是谁，会在什么时候发生……但她只知道那个男人会做出这些事。不管怎样，说出自己所看见的并不能改变事实，即使是她发出警告也没有用，有时候，正是因为她的警告，可怕的事实才会发生。

“我听说过那些白狮，”兰德也是冰冷地说道，“在他们之中找找暗黑之友，你不会失望的。”他们都曾经是加贝瑞的士兵，明知道这一点。而且明也知道，所谓加贝瑞大人的真名是雷威辛。侍奉弃光魔使的军队中自然会有暗黑之友。

“他是谁？”兰德朝一个出现在帐篷中的男人点点头，他黑色外衣上的横纹像卡莱琳裙子上的一样多，在凯瑞安人之中，他算是非常高的，也许只比兰德矮一个头。他的身材苗条，但肩膀很宽，相貌英俊得令人瞩目，他的下巴显得坚毅有力，黑色的鬓角显露出一点灰丝。不知为什么，明的视线很快就移到了陪在他旁边的那个人身上，那是个瘦骨嶙峋的小个子，鼻子和耳朵都很大，他身上的那件红丝外衣并不很合身。他一直在抚摸着腰间一把弯曲的匕首，那把匕首插在黄金鞘中，样式很奇怪，在握柄的末端嵌着一颗红宝石，周围的光线似乎都被那颗宝石吸进去了。明在他身上看不到任何光影，但他让明感到有点熟悉。现在那两个男人全都在看着明和兰德。

“那个，”卡莱琳的声音变得有些紧绷，“是托朗姆·瑞亚丁领主，还有最近一直和他形影不离的同伴，结拉·魔德斯先生，一个可憎的小个子。每次被他看到，我都想好好洗个澡，他们全都让我感到肮脏。”

她眨眨眼，似乎是在为自己所说的话而吃惊，但她很快就恢复了正常。明有种感觉，没有任何事情能让卡莱琳·达欧崔真正失去理智，在这一点上，她非常像沐瑞。“如果我是你，我会非常小心，托马斯表亲，你似乎是对我产生了某种巨大的影响，或者这就是时轴的作用。也许达林也受到了这种影响，但我还不能确定这会导致什么样的结果。我不会给你任何承诺。不过我可以告诉你，托朗姆对你有一种纯粹的恨意。在魔德斯来到他身边之前，情况还没那么糟，但自从……托朗姆要我们立刻就攻击凯瑞安城，就在今晚。他说，只要你死了，艾伊尔人就会离开，但我想他只是在渴求你的死亡，这甚至比太阳王座对他更具有吸引力。”

“魔德斯，”兰德说道，他的目光锁定在托朗姆·瑞亚丁和那个皮包骨的男人身上，“他的名字是帕登·范，对他脑袋的悬赏是十万金币。”

卡莱琳手中的高脚杯差点要掉在地上。“即使是绑架了女王也勒索不到这么多钱，他做了什么？”

“他毁了我的家乡，因为那是我的家乡，”兰德的面孔如同一块寒冰，他的声音也是，“他带来兽魔人，杀了我的朋友，因为他们是我的朋友。他是一名暗黑之友，是一个已经死定了的人。”他已经咬紧了牙关，高脚杯被他的手指捏扁，酒浆洒在地毯上。

因为他的痛苦，明感觉到伤心。明早已知道帕登在两河做的一切，但她还是有些慌张地用一只手按住兰德的胸膛。如果兰德现在爆发，开始导引，谁知道这里到底有多少两仪师……“为了光明，控制住你自己。”而这时，一个女人愉悦的声音在她背后响了起来。

“给我介绍一下你的高个子朋友，卡莱琳？”

明回头望去。一张看不出年纪的面孔，冰冷的眼睛，铁灰色的头发被结成一个发髻，上面装饰着黄金吊坠。明吞下一声尖叫，不由得咳嗽起来。卡莱琳一瞥似乎就能看清一切，而这双冰冷的眼睛似乎能把她遗忘在脑子里的事情也挖出来。这名两仪师边说边调整着绿色流苏的披肩，她的微笑并不像她的声音那样愉快。

“当然，两仪师凯苏安。”卡莱琳的语气也显得有些慌张，但她很快就以平和的声音介绍了来看她的“表亲”和他的“妻子”。“但恐怕凯瑞安现在并不适合他们，”她已经恢复了充分的镇定，脸上露出不能收容兰德与明的歉意微笑，“他们已经同意接受我的建议，返回安多了。”

“是吗？”凯苏安冷冷地说。明的心沉了下去，即使兰德还没告诉她，但从这名两仪师的眼神里就能看出，她认识兰德。随着她摇头的动作，小巧的黄金鸟雀、月亮和星星也在来回晃动。“大多数男孩只要被烧过一次，就会知道不能把手指伸进漂亮的火焰里，托马斯，但有些男孩就需要被狠狠打屁股才能明白道理，被打红的屁股总好过被烧焦的手指。”

“你知道我不是小孩了。”兰德对她厉声说道。

“是吗？”凯苏安的目光仿佛是将他从头到脚抚摸了一遍，“嗯，看起来我很快就能知道你是否需要被打屁股了。”那双冷眼转到明身上，又转向卡莱琳。最后她拉了一下披肩，不急不徐地走进了人群。

明咽下郁结在喉头的硬块，她很高兴地看见卡莱琳也和她做着同样的事。而兰德（这个瞎眼的傻瓜！）却盯着那名两仪师的背影，仿佛要跟上去一样。这一次，是卡莱琳伸手按住了兰德的胸口。

“我相信你认识凯苏安。”她喘息着说，“小心这个人，即使其他所有两仪师都在敬拜你，也要小心她。”卡莱琳沙哑的声音在此时变得异常沉重。“我不知道今天会发生什么事情，但无论会有什么发生，我想你现在应该走了，‘托马斯表亲’。我会准备好马匹——”

“这是你的表亲，卡莱琳？”一个圆润浑厚的男声说道。明又被吓了一跳。

托朗姆·瑞亚丁在近距离时看上去更加俊美，他的全身充满了男性阳刚之美，散发着一种女人几乎无法抗拒的气息。如果明没有遇到兰德，她应该会被他所吸引，甚至现在她仍然感觉到这个男人的吸引力，只不过无法和兰德相比就是了，他嘴唇上那种刚强的微笑也非常具有诱惑力。

托朗姆的目光落在卡莱琳手上，那只手仍然按着兰德的胸膛。“卡莱琳女士将成为我的妻子，”他懒洋洋地说，“你知道吗？”

卡莱琳的脸颊燃烧起愤怒的火焰：“不要这么说，托朗姆！我已经告诉过你，不会的，我不会的！”

托朗姆只是朝兰德微笑着：“我想女人永远不知道她们自己的心思，你只有让她们知道。你怎么想，结拉？结拉？”他向四周扫视了一圈，皱起眉头。明惊讶地盯着他，他是那么俊美，散发着那种气息……明希望自己能有主动召来影像的能力，她非常想知道这个男人的未来。

“我看见你的朋友朝那里溜掉了，托朗姆，”卡莱琳厌恶地撇撇嘴，随意向远处一指，“我想，你可以在放酒的地方找到他，或者他正在调戏那些女仆。”

“这个不急，我的宝贝。”他向卡莱琳的脸伸出手。看到卡莱琳向后退去，他却仿佛是觉得很有趣，然后他将带着消遣意味的目光转向兰德，还有兰德腰间的佩剑。“想不想进行一点运动，表亲？我这样称呼你是因为等到卡莱琳成为我的妻子，我们也就是表亲了。我们练练剑如何？”

“当然不好，”卡莱琳笑着说，“他还是个男孩，托朗姆，对这项技艺没什么了解。如果我允许他拔剑，他母亲绝对不会原谅我——”

“运动？”兰德突然说道，“我倒想看看会发生些什么，我同意。”

第 36 章

刀刃

明不知道是应该呻吟，应该大喊，还是应该坐在地上哭泣。卡莱琳睁大眼睛瞪着兰德，似乎也陷入了同样的窘境。

托朗姆笑着揉搓双手。“大家听着！”他高声喊道，“你们即将看到一场竞技。清理场地，清理场地。”他来回走动，将人们赶离帐篷中心。

“牧羊人，”明愤恨不已地说，“你不是羊毛脑袋，你根本就没有脑袋！”

“我现在无法回绝他的要求了，”卡莱琳用非常冷淡的声音说，“但我建议你马上离开。无论你会使用什么……办法……现在帐篷里有七位两仪师，她们之中的四位红宗两仪师最近刚从南方赶来，她们的目的地是塔瓦隆。如果她们之中有一个人起了疑心……我只希望那种事情永远不要发生，快走吧！”

“我不会使用……什么办法。”兰德解开剑带，将它交给明，“如果我以某种方式影响了你和达林，也许我能用另一种方式影响托朗姆。”人群已经退开，让出了两根粗立柱间大约二十步的空地。有些人在看着兰德，许多人用臂肘彼此轻轻碰了碰，并发出不怀好意的笑声。当然，两仪师都得到了最佳的位置。凯苏安和她的两名朋友在一边；四名戴着红流苏披肩的女人在另一边。凯苏安和她的同伴望向兰德的目光中都带着未加掩饰的不赞同，和两仪师允许程度的气恼，但那四名红宗两仪师的注意力还是大多集中在对面的三名两仪师身上。虽然她们站在对立的位置上，但她们至少能够做出忘记对方存在的样子。在这种情况下，没有人会轻举妄动。

“听我说，表亲。”卡莱琳压低的声音几乎要因为急迫的心情而碎裂了，她站在离兰德非常近的地方，仰起头直视着兰德，虽然还不及兰德的胸口高，但她却像是要甩兰德一耳光。“如果你不使用你的特殊办法，他很可能会重伤你，即使只是用训练剑他也能做得到，而且他会那么做的。他从不喜欢看到他认为是属于自己的东西被别人碰触，他更怀疑所有跟我说话的年轻英俊的男人都是我的情人。我们还都是孩子时，他把他的朋友德罗文推下楼梯，摔断了德罗文的后背，这只是因为德罗文没问过他就骑了他的小马！快走，表亲，没有人会小看你，没有人会认为一个男孩能与一名剑技大师对抗。嘉希……无论你的真名是什么……帮我劝劝他！”

明张开嘴，兰德却将一根手指挡在她的唇上。“我是我，”他微笑着说，“即使我不是我，我也不认为我能从他面前逃走。他是一名剑技大师吗？”解开外衣的扣子，他大步走进那片空地。

“为什么他们在你最不希望的时候却一定要这么顽固？”卡莱琳颓丧地悄声说道，明只能同意地点点头。

托朗姆已经脱下了外衣，并拿出两把训练剑，它们的“剑刃”是用数根细木条捆扎而成的。看到兰德只是将外衣敞开，他挑起了一侧眉弓。“你的动作会被衣服妨碍的，表亲。”兰德只是耸了耸肩。

没有任何警告，托朗姆扔出一把剑，兰德在空中抓住它的长剑柄。

“手套会让你的手打滑，表亲，你需要握牢剑柄。”

兰德用双手握住剑柄，稍微转动了一下，然后将剑锋指向地面，左脚迈到身前。

托朗姆摊开双手，仿佛是说自己能做的已经都做了。“好吧，至少他知道如何开始。”他笑着，当他吐出最后一个字时，他的身子已经猛然向前冲去，训练剑在他的全力推动下直刺兰德的头颅。

随着一记响亮的撞击声，木条和木条碰在一起，兰德则一动未动。片刻之间，托朗姆只是盯着他，他也平静地回视托朗姆。然后他们开始“舞蹈”。

明只能将他们的动作称作舞蹈。他们的动作流畅迅捷，木条四处闪现，或者画出一个个圆弧。明曾经见过兰德与他能找到的、最优秀的剑士对战，而且经常是两三名，甚至是四名剑士同时对抗他。这当然不能使明安心。只是他们的动作太美了，让人几乎要忘记如果这不是木条而是钢刃，也许现在已经血溅当场了。但明又觉得那些剑刃似乎一直也没能碰到皮肉。他们不停地舞蹈着，彼此旋绕，刺击劈砍，连续发出木条撞击的巨大声响。

卡莱琳紧紧抓住明的手臂，不眨眼地望着相互攻杀的两个人，喘息着说道："他也是剑技大师，他一定是，看啊！"

明也在看，她将兰德的剑带和长剑紧紧抱在怀中，仿佛它们就是他。兰德的身姿是那么迷人。托朗姆显然希望握在手中的是一把钢剑，炽烈的怒火从他的脸上喷发出来，他逼得愈来愈狠了，但他们的剑刃仍然无法碰到对方的身体。而现在兰德一直在后退，动作也全都是在防御。托朗姆向前逼进，不停地攻击，眼里闪烁着凶狠的光芒。

帐篷外传来一声恐惧的惨叫，突然间，巨大的帐篷飞向空中，消失在一片遮蔽天空的厚重阴霾里。浓雾从所有方向翻腾而来，里面充满了模糊的尖叫和呼吼，一缕缕烟尘如同触须般伸进了这一块仅存的透明空气。所有人都惊惑地彼此对望着——几乎是所有人。

托朗姆的木剑戳进兰德肋侧，发出一阵骨裂声，让兰德弯下了腰。"你死了，表亲。"托朗姆冷笑着，高举起剑准备劈下。但他忽然停住动作，盯着头顶上浓重的灰雾，那团雾……在凝结，一段末端有三根指头的粗大手臂伸了下来，抓住那名矮胖的红宗两仪师，转眼便将她提到了空中。

凯苏安是第一个从惊慌中恢复过来的，她掀落披肩，双手一翻，两只手掌上各喷出一个火球，射进了那团浓雾。浓雾中似乎有什么东西剧烈燃烧起来，随着一声转瞬即逝的凶暴嚎叫，那名红宗两仪师跌出浓雾，摔在兰德身边的地毯上。她的身子是趴在地上的，但她的头已经被拧转过来，两只无神的眼睛直视着空中的雾团。

人群中的最后一点镇定也彻底消失了，暗影似乎拥有了肉身。尖叫着的人们朝所有地方逃窜，掀翻了桌椅摆设，贵族推开仆人，仆人推开贵族。明用拳头和臂肘推开人潮，用兰德的佩剑殴打人们，拼尽全力朝兰德冲过去。

"你还好吗？"她搀扶紧抱住肋下的兰德站起身。卡莱琳这时出现在兰德另一边，让她吃了一惊；而卡莱琳也显得有些惊讶。

兰德从外衣下抽出手掌，感谢光明，他的手上没有血，那个无法完全愈合的伤疤非常脆弱，幸好这次它没有裂开。"我想我们最好离开这里。"兰德说着系上了剑带，现在透明空气存留的范围明显变小了，所有人都在奔逃，雾气中仍然不停地传出尖叫声，大多数尖叫声都是在一半时就突然中断了。

"我同意，托马斯。"达林说道。他的手中握着剑，面朝着灰雾，将卡莱琳拉到背后。"但问题是，往哪里跑？还有，我们必须跑多远才能离开这团雾？"

"这一定是他干的，"托朗姆啐了一口，"兰德。"他丢下训练剑，走过去捡起外衣，镇定地穿在身上。不管他是什么样的人，他不是懦夫。“结拉？”他一边固定剑带，一边朝浓雾中喊道，“结拉，光明烧了你，你在哪里？结拉！”魔德斯——帕登没有回答，他还在继续喊着。

现在唯一还留在原地的只有凯苏安和她的两名同伴了。黄宗和灰宗的两仪师面容还保持着平静，但双手却神经质地摸索着她们的披肩，凯苏安却像是在准备出门散步。“我想应该是北方，那个方向距离山坡很近，爬上高处也许能帮助我们越过这片雾。不要再叫了，托朗姆！你的人可能是死了，要不然就是他听不见。”托朗姆瞪了她一眼，但确实不再喊叫了。凯苏安则完全没有在意他的瞪视。“就选择北方吧！我们三个可以负责你们的钢刃无法处理的事情。”她这么说的时候目光直视着兰德。兰德稍一点头，扣好剑带，抽出了佩剑。明竭力不显出吃惊的样子，但她还是和卡莱琳交换了个眼神，卡莱琳的眼睛足有茶杯那么大。这名两仪师认识兰德，但她不打算泄露兰德的身份。

“真希望我们没有把护法丢在城里。”身材苗条的黄宗两仪师说道。她一摆头，装饰在黑色头发上的细小银铃发出悦耳的叮当声，她像凯苏安一样拥有一种居高临下的威严，这甚至掩盖了她的美丽动人，只是那种摆头的动作看上去确实……有一点……任性。“如果罗山在这里就好了。”

“要连结吗，凯苏安？”那名浅色头发的灰宗两仪师一边问，一边不停地扫视着雾气。她的尖鼻子和好奇的眼睛让她看上去就像是一只圆胖的麻雀。这只麻雀并没有受到惊吓，虽然她已经准备鼓起翅膀。

“不，妮安德，”凯苏安叹了口气，“现在我们需要的是迅速的应变能力，而不是你必须把看到的状况告诉我，再由我采取行动。萨弥苏，不要再去想罗山了，我们有三名优秀的剑士，其中两个是有苍鹭的，他们足够了。”

托朗姆看到兰德出鞘的剑刃上也有苍鹭铭文，向兰德龇了龇牙，如果这算是个微笑，那里面也没有任何欢喜可言。达林的剑刃是空白的，他郑重地看了兰德和他的剑一眼，尊敬地朝兰德一点头。当然，他如此礼遇托马斯·传坎，不是因为他属于传坎家族的分支。

很明显，灰发的绿宗两仪师成为这支小队伍的领导者。虽然达林和托朗姆都试图表示反对（前者像许多提尔人一样，对两仪师没多少好感；后者只是不喜欢从任何人那里接受命令），但他们显然无法撼动凯苏安的威严。卡莱琳对此也不很满意。凯苏安丝毫不理会她紧皱的眉头，就如同她不理会那些男人的抱怨。不过和男人们不同，卡莱琳明白口出怨言不会有任何作用。最让明感到惊讶的是，兰德顺从地站到凯苏安右侧，听由她的安排，实际上，还算不上是完全顺从。他俯视着凯苏安，如果他敢用那种从鼻子上面看人的样子来看明，明一定会赏他一个耳光。凯苏安则只是摇摇头，喃喃地说了些什么，结果他的脸立刻就红了。但至少他一直没说话——明几乎以为他要正式宣布他是谁了，也许他以为雾气会因为害怕他是转生真龙而消失呢？这时他向明露出微笑，仿佛在这种天气下的浓雾是很正常的事情，即使这团雾会抓走帐篷和人。

他们排成六角形的阵势走进雾中，凯苏安领头，托朗姆大声反对被安排在殿后的位置，直到凯苏安提到危险中殿后部队的荣誉，才让他安静下来。明并不反对和卡莱琳一同被安排在六角形中央，她的两只手各拿着一把匕首，却又不知道这到底能有什么用。看到卡莱琳紧握匕首的拳头在颤抖，她不由得松了口气，至少她自己的手是稳定的。不过她也怀疑自己是因为太害怕，以至于连颤抖都做不到了。

雾气中寒冷得如同冬天，灰色的漩涡包围了他们，让他们甚至无法看清同伴，在这时候，听觉却似乎变得更加灵敏。喊叫声从黑暗中飘出，男人女人的哀嚎和马匹的嘶鸣混杂在一起。幸好雾气阻碍了声音的传播，让这些声音都仿佛来自很遥远的地方。前面的雾气开始变得厚重。火球从凯苏安的手中射出，带着嘶嘶的声音穿过冰冷的灰幕，正在凝结的雾团发出一阵呼吼，变成了一团火焰。明的身后也传来吼声。闪电穿过浓雾——另外两位两仪师也开始了战斗。明不想回头去看，她看到的已经够多了。

走过倒塌的帐篷，走过完整或残缺的尸体，一条腿，一截手臂，一个腰部以下完全消失的人。明只能感谢雾气让她看不清周遭的景象。走过一辆倾覆的马车时，车厢上一个带着笑容的女人头颅让明心惊胆颤了许久。地面开始向上抬升，明终于看见了除她们之外的第一个活人，但明又希望没看见他。一个男人穿着那种红色外衣，蹒跚地向他们走过来，无力地向他们挥动左臂。他的另外一只手臂已经没有了，死白的骨头在曾经是半张脸的地方露出来。他的嘴里咕哝了些什么，就倒了下去。萨弥苏迅速跪到他身边，将手指放在他血肉模糊的前额上，然后站起身，摇了摇头，他们便继续向前走去。一直是上坡，明甚至开始怀疑她们不是走上一座丘陵，而是在攀登一座高山。

就在达林面前，雾气突然开始凝聚成形，那是一个人那么高的形体，但它的全身都是触角和长满利齿的嘴。达林不是剑技大师，但他的动作并不慢。他的剑刃从尚未固定的形体中间横斩过去，又返回来从那形体的头顶一直劈到地面。四团比周围雾气更加浓重的灰雾摔落在地上。“嗯，”他说道，“至少我们知道钢铁能够劈开这些……怪物。”

但那些雾块又开始聚合在一起，重新竖立起来。

凯苏安伸过手，火焰滴流从她的指尖落下，一道耀眼的火光烧灼着正在成形的雾气。“但看起来也只能劈开它们而已。”

在他们的正前方，一个女人突然出现在灰色的漩涡中，她将丝裙拉得很高，但还是只能跑一步跌一步地向他们靠近。“感谢光明！”她尖叫着，“感谢光明！我还以为只剩我一个人了！”就在她身后，雾气聚集在一起，一个如同噩梦般长满了牙爪的怪物正朝她扑了过去。如果跑过来的是个男人，明相信兰德一定会等一下。

没等凯苏安有所行动，兰德已经抬起了手，一道……比太阳更加明亮的……液态白火从那个女人头顶飞过。那头怪物消失了。片刻之间，沿着白火飞过的轨迹直到那片地方只剩下了透明的空气，不过雾气很快又将那个空间吞没了。而那个女人只是定定地站着，然后凄厉地尖叫了一声，转身向远处逃去。她是在坡下的营地逃跑，也许比起浓雾中的怪兽，她现在更害怕这群人。

“你！”托朗姆怒吼道。明立刻转过身，向他举起了两把匕首。托朗姆的剑现在已经指着兰德。“你就是他！我是对的！这是你干的！你抓不住我，兰德！”突然间，他拼命向坡上跑去，“你抓不住我！”

“回来！”达林向托朗姆喊道，“我们必须共同行动！我们必须……”他的声音低了下去，目光也转到兰德身上。“你是他，光明烧了我吧，你是！”他挪动脚步，看样子是要将卡莱琳挡在身后，但至少他没有逃跑。

凯苏安平稳地走到兰德面前，掴了他一耳光，力量大得让兰德将头甩到了一旁。明惊骇地停止了呼吸。“不要再做这种事，”凯苏安说道，她的声音里没有怒意，只有钢铁般的强硬，“听到我的话了吗？不要用烈火，绝对不要。”

更让明惊讶的是，兰德只是揉了揉脸颊。“你错了，凯苏安。他是真的，我确定这点，我知道他是。”听他的语气，他真的是在向凯苏安极力辩解，真的是希望她能相信，明觉得世界上没有其他事情能够再让她感到吃惊了。

明的心脏几乎也要因为他而跳出来，他所说的一定是他在脑子里听到的声音，一定是。她向兰德伸出右手，忘了那只手上还抓着一把匕首。她张开嘴，想说些安慰的话，虽然她不知道自己能否说出任何有用的辞句来。她张开嘴——帕登·范从雾中扑向兰德背后，钢刃在他的手中闪烁着光芒。

“背后！”明尖叫着将右手的匕首刺了出去，又掷出左手的匕首。一切似乎都在同时发生，灰雾让一切都变得模糊不清。

兰德开始转身，避向一旁，帕登也在转身，再次向兰德攻击。明的匕首落空了，但帕登的刀刃从兰德左肋下划过，看上去，它只是割开了兰德的衣服，但兰德发出一声嚎叫。那声音让明的心紧缩成一团。他倒在凯苏安怀里，拼命想要抓住凯苏安好让自己站起来，结果他们两个一同跌倒在地上。

“让开！”另一名两仪师高喊着，是萨弥苏。突然间，明离开地面，又重重地摔落在地上。卡莱琳也摔在她身边，窒息般地骂了一声：“该死的！”

一切都在同时发生。

“快！”萨弥苏又喊了一声。达林举剑冲向帕登，那个瘦子的速度却快得骇人，没等达林感觉到，他已经蜷缩身体滚下山坡。当他站起来向远处逃去时，他发出了嘎嘎的笑声。浓雾几乎立刻就淹没了他的身影。

明颤抖着站起身。

卡莱琳的精神比她要好得多。“我现在告诉你，两仪师，”她一边用冰冷的声音说着，一边用力掸着自己的裙子，“不许这样对待我。我是卡莱琳·达欧崔，达欧崔家族的家主——”

明没有再听下去。凯苏安坐在山坡上，将兰德的头靠在她的大腿上。那只是一道割伤，帕登的匕首不可能更深入……明哭着跑了过去。不管是不是两仪师，她推开那个女人，把兰德的头抱进怀里。兰德紧闭双眼，呼吸紊乱，他的脸烫得吓人。

“救救他！”她朝凯苏安嘶声吼叫着，那声音却像是在浓雾深处传来的回音，“救救他！”她残存的理智告诉她，这样做并没有用，但他的脸颊在她的手中似乎已经燃烧起来，烧尽她最后一点理智。

“萨弥苏，快！”凯苏安一边说，一边站起身，整理好披肩，“我的医疗能力对他已经没有用了。”她将一只手放在明的头顶。“女孩，我不会让这个男孩死的，我还没有教会他礼貌。不要再哭了。”

这很奇怪，明确信这个女人没有对她使用至上力，但她相信了这个女人的话。教会他礼貌？那一定会是一场精彩的争斗。明依依不舍地松开紧抱着兰德的双臂，膝行向后退去。真是奇怪，她甚至一直没发觉自己在哭，而凯苏安的安慰真的让她停止了流泪。她抽泣着，用手抹着脸颊。萨弥苏此时已经跪到兰德身边，将指尖放在他的额头上。明有些诧异为什么她不是像沐瑞那样，用双手捧住他的头。

兰德突然全身开始抽搐。他大声喘息着，拼命甩动双臂，甚至打到了黄宗两仪师的背。当萨弥苏的手指离开他时，他才平静下来。明又爬到他身旁。他的呼吸轻松了许多，但双眼仍然紧闭着。明碰了碰他的脸颊，温度比刚才低了，但还是很热，而且非常苍白。

“出了些问题。”萨弥苏坐起来，焦急地说道。她将兰德的外衣掀开，抓住血污的衬衫，用力将它撕开。

帕登的匕首造成的割伤长不过明的手掌，深也不及明手掌的厚度，直穿过那个圆形的旧伤口。即使一切在雾中都显得模糊不清，明还是能看到伤口的边缘全部剧烈地肿胀起来，就好像这个伤口已经许多天，而且一直没得到任何照料一样，它已经不再出血了，但两仪师的能力却无法使它消失。

“这个，”萨弥苏轻轻碰了碰那个圆形伤疤，用讲解课程般的语调说道，“很像是囊肿，但淤积在里面的不是脓液，而是邪恶，还有这个……”她的手指沿那道割伤划过，“似乎是充满了一种不同的邪恶。”她忽然皱起眉看着站在自己面前的绿宗两仪师，声音中流露出忧愁和辩解的意味，“我不知道该怎么形容，凯苏安，我从没遇过这种情形，从没有。但我要告诉你，我认为如果我稍迟一会儿，也许如果你一开始没有立刻采取措施，他现在就已经死了。而现在……”黄宗两仪师叹息一声低垂下头，连身子似乎也缩小了。“即使是这样，我相信他还是会死。”

明摇摇头，竭力想要说不，但她却没有力量挪动自己的舌头。她听到卡莱琳在低声祈祷。那个女人用两只手抓住达林的一只袖子，达林紧锁眉头盯着兰德，仿佛正在尽全力要弄清楚自己看到的是什么。

凯苏安弯腰拍了拍萨弥苏的肩膀：“你是在世的姐妹中最优秀的，也许是所有姐妹中最优秀的，”她镇定地说，“没有人的医疗能力能与你相比。”萨弥苏点了一下头，站起身。身体还没完全站直的时候，她已经恢复了两仪师的沉静雍容。凯苏安却双手叉腰，满面怒容地看着兰德。“呸！我可不会让你死在我手里，男孩。”听她的口气，仿佛这全都是兰德的错。这一次，她没有抚摸明的头顶，而是在明的额头上敲了一下。“站起来，女孩，傻瓜也知道你不是个胆小鬼，不要再惺惺作态了。达林，你背着他，现在应该来不及包扎伤口了。这片雾不会慢慢等我们的，我们最好先离开这里。”

达林犹豫着，也许是因为凯苏安不容置疑的气势，也许是因为卡莱琳举到他面前的手。他突然收剑入鞘，一边低声嘟囔着什么，一边将兰德扛在肩头。

明捡起那把有苍鹭铭文的剑，小心地将它放回兰德腰间的剑鞘里。“他会需要它的。”她对达林说。片刻之后，达林点点头。实际上，达林这么做对他自己而言是件好事。现在明已经将全部的信心放在那位绿宗两仪师身上，她绝不能容忍任何人有其他想法。

当凯苏安重新安排队伍时，卡莱琳用她那种特有的嗓音说：“小心点，达林，在我身后跟紧，我会保护你。”

达林笑得直到喘不过气，当他们重新开始攀爬山坡，身边再一次只剩下尖利的凄嚎时，他仍然在咯咯地笑着。现在他背着兰德走在正中间，女人们围绕他形成了一个圈。

明知道自己能有帮助的只有一双眼睛，就像走在凯苏安另一边的卡莱琳一样。她手中的匕首对这些雾中的怪物没有作用，但帕登·范也许还潜伏在周围，这一次，她不会错过目标了。卡莱琳也拿着匕首，她不时会回过头去看一眼背着兰德、在斜坡上步履蹒跚的达林，也许她也想要保护转生真龙，但也许她更注意的是另一个男人，一个女人会因为那种笑声而原谅任何形状的鼻子。

雾气一直凝结成不同形状的怪兽，再被火焰烧掉。曾经有一头巨大的怪兽在他们右侧将一匹马撕裂成两半，随后才被两仪师杀死，明为那匹马感到难过。人们在死亡，但至少这些人是自己选择来到这里的，即使是最低等的士兵，也可以选择在晚上逃走，但那匹马却不行。怪兽被除掉一头又会重新出现一头，而人们却只是接二连三的死亡，尖叫声连续不断，他们的脚下一直会被残缺的肉体绊到。明开始怀疑他们还能不能再次看见太阳。

毫无预兆地，明惊讶地一步跨进了阳光里。刚刚还被寒冷的浓雾包裹，现在蓝天上金色的太阳却洒下灼人的强光，一切都是那么明亮耀眼，让她不得不用手遮住眼睛。方正的凯瑞安城矗立在远处，与这里间隔大约五里的稀树丘陵，一切看上去都是那么不真实。

明回头看了那片浓雾的边缘一眼，不由得打了个哆嗦。翻腾的雾浪形成了一道垂直的墙壁，在她背后向两侧延伸，高耸的墙壁看不到尽头，也看不到薄弱的地方。仅是一线之隔，一边是澄清的空气，一边是混浊的浓雾。在她眼前，一棵树逐渐露出一点清晰的形体，让她察觉到这片雾正在后退，也许是因为阳光照射的缘故，但后退的速度非常慢。其他人也都在盯着这片雾，就连两仪师也不例外。

他们左侧二十步之外的地方，一个男人突然从雾里爬了出来。他的前额是剃光的，身上穿着有残缺的黑色胸甲，他是一名普通士兵。他狂乱地四处张望，却好像没看见他们，然后他仍然是四肢并用地向山坡下爬去了。在右侧更远的地方跑出两个男人和一个女人，那个女人的衣服前面有彩色横纹，但因为她已经把裙子彻底拉高，所以看不到那些横纹延伸到了什么地方。她奔跑的速度一点也不比那两个男人慢。三个人全都目不转睛地一直朝山坡下跑去，即使偶尔跌倒，他们也会立刻爬起来继续奔跑。

卡莱琳仔细看了自己手中的细长匕首一眼，然后用力将它插进鞘内。“那么我的军队已经没了。”她叹了口气。

达林仍然背着不省人事的兰德，眼睛望着她。“在提尔有一支军队，听候你的调遣。”

卡莱琳瞥了麻袋般的兰德一眼，说了一声：“也许吧！”达林也转过头看着兰德的脸，为难地皱起眉头。

凯苏安则很是实际。“大路在那边，”她指着西方说道，“那要比穿过野地更快，而且走起来也比较轻松。”

明完全感觉不到任何轻松。经过雾中的寒冷之后，现在的天气更让她感受到了双倍的炎热，汗水不停地从她脸上滚落下来，也带走了她的体力，她觉得自己的两条腿在不停地摇晃。树根将她绊倒在地，石块也将她绊倒在地，最后那双高跟靴直接把她摔倒在地上。有一次，她从山坡上一直滑下了四十步远，直到她抱住一棵小树，才让自己停下来。卡莱琳摔倒的次数也许比她更多，因为她的长裙非常不适合这种崎岖的道路。没过多久，在她重重地扑倒在山坡上，裙摆都已经掀到头上之后，卡莱琳开始询问明是哪位裁缝为她做了这一身外衣和长裤。达林没有跌倒过，虽然他也是一路步履蹒跚，跌跌撞撞，但只要他一失去平衡，似乎就有某种力量捉住他，重新将他扶稳。一开始，他还会瞪两仪师一眼——骄傲的提尔大君不需要任何帮助也能把兰德背到凯瑞安城——但三位两仪师却似乎完全看不到他一样。她们从没有过步履不稳的时候，只是不急不徐地向前走着，一边还在低声交谈。等他们终于走上大道时，达林的表情既有感激，又有狐疑。

站在能俯视旁边河道的硬土路中央，凯苏安伸手挡住了他们见到的第一辆车。这辆摇摇晃晃的破车被两头气喘吁吁的骡子拉着，赶车的是一名骨瘦如柴、穿着补丁衣服的农夫，他立刻就拉住了缰绳。明暗自思忖，这个没牙的家伙会认为他遇到的是怎样一群人？三位看不出年纪的两仪师，全都戴着披肩。一名汗流满面的凯瑞安女人，从衣着看来应该属于位阶极高的贵族，也可能是在战乱中偷了一件破衣服穿在身上的乞儿。还有一个显然是提尔贵族，他却像扛麻袋般扛着一个人，搞得自己从鼻尖到胡尖不停地向下滴汗。还有明自己，膝盖全都从裤子里露了出来，裤子在屁股上也破了一个大洞。感谢光明，全都靠外衣勉强遮挡着，但有一只袖子和衣服只连着几根线了，而她身上的泥土脏污更是多得已经让她不想去数了。

没等别人有所反应，她从袖子里抽出一把匕首（也拉断了所剩不多的几条线中的大部分），依照汤姆·梅里林教她的方法，将刀柄在五根手指间来回转动着，让刀刃迎着太阳烁烁放光。“我们需要赶往太阳王宫。”即使是兰德也不可能比她现在更显傲慢了，有时候蛮横一点可以省去许多麻烦。

“孩子，”凯苏安用责备的语气说，“我相信科鲁娜和她的朋友们会尽力而为，但她们之中没有黄宗两仪师。萨弥苏和珂丽勒是最优秀的两名黄宗姐妹。阿瑞琳女士将她在城中的宫殿借给我们居住，所以我们要带他——”

“不！”明不知道打哪儿来的勇气对那个女人说出了这个字。只是……现在关系到的是兰德。“如果他醒过来……”明吞了口口水。他会醒过来的，“如果他在一个陌生的地方醒过来，周围又是一群陌生的两仪师，我无法想象他那时候会做出什么来，你们不会想见到那种情况的。”很长一段时间里，明只是迎着两仪师冰冷的目光与她对视。最后，两仪师点了点头。

“那么就去太阳王宫，”凯苏安对那名农夫说，“让这一对睡袋尽量走得快些。”

当然，命令执行起来总比下达时困难，即使那是两仪师的命令。安德尔·托尔本来运了一车干瘪的芜菁想到城里去卖，他根本不想到靠近太阳王宫的地方去，而且他还极力劝说他们也不要去那个地方。转生真龙在那里吃人，活人被十尺高的艾伊尔女人放在平底锅里煎熟。即使是两仪师，最好也不要到靠近那座宫殿一里内的地方去冒险。凯苏安扔给他一个钱袋，他向里面瞧了瞧，立刻瞪大了眼睛。然后凯苏安告诉他这些钱用来买下所有的芜菁，并雇用他和他的车，如果他不喜欢这笔交易，可以立刻把钱袋还回来。而凯苏安的表情仿佛是在说，如果他敢把钱袋还回去，他就必须把这辆车子一口一口吃下去。结果证明安德尔—卢瓦尔省·托尔是个有理智的男人。萨弥苏和妮安德开始将车上的货品卸下，所有的芜菁都飞到半空中，在路边整齐地摆成了一堆，看她们冰冷的表情，大概从没想过至上力会被用在这种地方。达林仍然背着兰德站在一旁，看他的表情，两仪师没让他去干这个活儿让他真的松了口气。安德尔—卢瓦尔省·托尔坐在骡车上，下巴几乎要落在膝盖上，他的手指不停地摸索那个钱袋，仿佛在怀疑自己为了这么点钱就去冒这种险是否值得。

移开所有芜菁之后，两仪师们又聚集起车上所有的稻草，铺成一个像床铺般的位子，才让达林将兰德放了上去。凯苏安和明坐在兰德两侧。安德尔—卢瓦尔省刚一抖缰绳，却发现那两头骡子开始以惊人的速度向前疾奔。骡车一路颠簸震荡，车轮滚动的速度几乎已经赶不上车行的速度了。明现在很希望自己也能分一点稻草垫在屁股下面，但是看到萨弥苏和妮安德随着骡车一上一下地跳着，面孔愈绷愈紧，明还是不禁感觉好笑。卡莱琳则是直接把笑容挂在脸上，达欧崔家族的家主完全不打算掩饰看到两仪师的窘境给她带来的快乐。不过实际上，因为她的身体更加轻盈，所以每次颠簸她也跳得更高。达林抓住车门护板，似乎完全没受到颠簸的影响，但他一直紧皱眉头，时而看看卡莱琳，时而看看兰德。

凯苏安是另一个似乎完全不在意在颠簸中牙齿撞得咯咯响的人。“我要在日落之前赶到那里，托尔先生。”她喊道。安德尔—卢瓦尔省立刻更加用力地抽起鞭子。然后她转向明：“现在，告诉我，上次这个男孩在陌生的两仪师中间醒过来时发生了什么事？”她的眼睛看着明，让明无处可逃。

兰德一直把那些事当作秘密保守着，虽然他自己也不知道能保守多久，但现在他就要死了，这是他唯一的机会。明看着三位两仪师，也许让她们知道不会有好处，但也许她们知道了就能对他有更多一些了解。“她们将他放在一只箱子里。”她开始说道。

明不知道自己是如何讲述的（她只知道自己必须说下去），也不知道自己是如何挡住一直要夺眶而出的泪水。兰德需要她，她不会再软弱了。她讲述了兰德遭受的禁闭和刑罚，声音中没有颤抖，最后一直到科鲁娜等两仪师跪倒在他面前，向他立誓。达林和卡莱琳完全吓呆了。萨弥苏和妮安德脸上露出了恐惧，但这恐惧并非来自于明猜想的原因。

"他……静断了三位姐妹？"萨弥苏的声音变得尖细。突然间，她捂住嘴，转身靠在颠簸的车门上，发出呕吐的声音。妮安德几乎比她更快地将头伸到车门外，这两位两仪师全都将胃里的东西一股脑儿吐了出来。

而凯苏安……凯苏安摸了摸兰德苍白的脸，将几绺散乱的头发从他的额头上拨开。"不要害怕，男孩。"她柔声说道，"她们让我的任务更加艰难，还有你的，但我不会没必要就伤害你。"明的心中仿佛结了一块寒冰。

城门卫兵高声喊着命令骡车停下来，但凯苏安不许安德尔—卢瓦尔省停车，所以他只能更加用力地抽打骡子。街上的人们纷纷跳到一旁，以免被这辆疯狂的骡车撞倒。骡车在一片喊声和骂声中一路前冲，掀翻了许多顶轿椅，逼得许多马车撞进了路边的商店，最后它终于冲上了通往太阳王宫的宽阔坡道。多布兰大人的士兵纷纷冲出来，仿佛是要与大批敌人作战。安德尔—卢瓦尔省用最大的声音喊叫着是两仪师逼他这么做的。不过士兵们看见了明，然后他们又看见了兰德。明以为自己早就见识过最混乱的场面，但她错了。

二十几个人同时想要挤到车边，将兰德抬下来，那些真正碰到兰德的人都小心翼翼地举着双手，仿佛是在抬起一个婴儿，最后兰德两边各有四个人捧着他。凯苏安已经重复了上千遍他还没有死。士兵们捧着兰德在宫殿的走廊中一路飞奔，这些走廊比明记忆中长了许多。更多的凯瑞安士兵簇拥在他们身后。贵族们从所有屋门和岔道中涌了出来，全都面无血色地盯着经过他们面前的兰德。明没有再看见卡莱琳和达林，才意识到他们下了骡车就不见踪影。明在心里向他们祝福过后，就将他们抛在脑后，兰德是她唯一关心的，是这个世界上她的唯一。

南蒂拉和法达瑞斯麦仍然守在那扇镶着黄金朝阳的大门前，当那名灰发枪姬众看见兰德时，艾伊尔人石块般的沉着立刻破碎了。"出了什么事？"她哀嚎着，双眼圆睁，"出了什么事？"其他一些枪姬众也发出呻吟声，那种低沉的声音如同一曲挽歌，让人不由得毛骨悚然。

"安静！"凯苏安断喝一声，将两手一拍，发出雷鸣般的巨响，"你，女孩，我们要把他放在床上，快点！"

南蒂拉立刻跳起来，兰德在眨眼间就被剥去衣服，放在床上。萨弥苏和妮安德全都陪在床边，凯瑞安人被轰了出去。南蒂拉在门口传达了凯苏安的命令，任何人不得打扰转生真龙。众人行动速度之快，让明感到一阵晕眩。明希望有天能看到凯苏安与智者索瑞林对峙的样子，那一定是值得纪念的一天。

但如果凯苏安以为她的命令真的将所有人挡在外面，她就错了。当她用至上力拉过一把椅子，坐到兰德身边时，科鲁娜和碧拉走了进来。和往常一样，她们一个像是宫廷的领袖，一个像是农场的主人。

“到底出了什么——”科鲁娜气势汹汹地开口道，但她看见了凯苏安，碧拉也看见了凯苏安。让明感到惊讶的是，她们都停住脚步，愕然地张大了嘴。

“他已经得到最好的照料，”凯苏安说，“或者你们突然拥有了比我记忆中更好的医疗异能？”

“你说的对，凯苏安，”她们顺从地说，“我们没有，凯苏安。”明闭上了嘴。

萨弥苏选了一把靠墙摆放的象牙镶嵌座椅，展开自己深黄色的裙子坐了下去，将双手交叠在腿上，看着兰德的胸口在棉被下面一起一伏。妮安德走到兰德的书架前，挑了一本书，坐到窗口。她竟然还有心思阅读！科鲁娜和碧拉先是看着凯苏安，直到后者不耐烦地点点头，才坐了下去。

“为什么你们不做些什么？”明喊道。

“这也是我要问的。”艾密斯走进了房间。这位容貌年轻的白发智者看了兰德许久，然后整了整深褐色的披巾，转向科鲁娜和碧拉。“你们可以走了，还有，科鲁娜，索瑞林想再见你们一次。”

科鲁娜深色皮肤的面孔发白，但她们两个都站起来，行了屈膝礼，同时低声说道：“是的，艾密斯。”她们的神态甚至比对凯苏安更加柔顺。最后她们又羞窘地瞥了绿宗两仪师一眼，才离开房间。

“有趣。”房门关上以后，凯苏安说道。她的黑眼睛和艾密斯的蓝眼睛对视着，仿佛看着什么让她心情愉悦的东西，不管怎样，她肯定是在微笑。“我应该会很喜欢见见那个索瑞林，她很强大吗？”她特意强调了“强大”这个词。

“是我所知道最强大的。”艾密斯答道。她们都是那么平静，几乎让人无法相信兰德就躺在她们身边，距离死亡只有一步。“我不知道你的医疗能力如何，两仪师，我相信你已经做了一切能做的事？”她的声音冰冷漠然，明怀疑艾密斯到底有多么相信这一点。

“能做的都已经做了。”凯苏安叹了口气，“现在我们能做的只有等待。”

“等着他死去？”一个男人沙哑的声音响起，让明吓了一跳。

柯朗走进房间，他那张没什么特色的脸因愤怒而扭曲了。“达莫！”他喊道。

妮安德的书落在地板上。她盯着身穿黑衣走进房间的三个男人，就像是盯着暗帝本尊。萨弥苏面色苍白地嘟囔着，明觉得她是在祈祷。

随着柯朗的命令，那名头发花白的殉道使跛着腿从凯苏安的对面走到床边，将双手举到兰德上方一尺的位置，沿着兰德的身体平行移动。年轻的佳哈站在门边，皱着眉，手指在剑柄上来回滑动，那双黑色的大眼睛一直盯着三位两仪师以及艾密斯，他没有半点畏惧，就如同正信心满满地等着那些女人证明自己是他的敌人。不像那些两仪师，艾密斯的注意力只放在达莫一个人身上，对另外两名殉道使完全不在意。她的目光一直跟随着弗林，光洁的脸上没有半点表情，只有她的拇指一直在腰间匕首的握柄上滑动着。

“你在干什么？”萨弥苏从椅子里跳起来。无论她对殉道使有什么样的不安，但是在她心中对病人的关心显然是最重要的。“你这个叫达莫或是其他什么的……”她向床边走去。佳哈走过来挡住了她。她皱起眉，想要绕过去，但殉道使伸出一只手握住她的手臂。

“另一个没礼貌的男孩。”凯苏安喃喃地说着。在这三位两仪师中，只有她没有对殉道使表现出任何恐慌，她只是将指尖搭在一起，审视着他们。

那瑞玛脸一红，放开了手，但是当萨弥苏再次想绕过他的时候，他立刻跨步挡在两仪师面前。

萨弥苏越过殉道使的肩头向床边瞪去。“你，达莫，你在干什么？我不会让你的无知杀死他的！你听到我说的吗？”明不停地在两脚之间移动着重心，她不认为殉道使会杀死兰德，至少他们不会故意这么做，但……兰德信任他们，但……光明啊，就连艾密斯似乎也没了信心。智者紧锁眉头，目光在达莫和兰德之间来回晃动。达莫将棉被掀开到兰德的腰际，露出那个伤口，伤势看上去既没有恶化，也没有好转，红肿裂开的伤口没有一滴血流出，横亘在那个圆形旧伤上面。兰德看上去像是睡着了。

“他不会让兰德的状况更糟。”明说道。没有人注意她。

柯朗的喉咙里响了一声，达莫转过头看着他。“你看出什么了？殉道使？”

“我没有医疗能力，”柯朗冷冷地撇了撇嘴，“你是接受了我的建议——”

“什么建议？”萨弥苏问道，“我要强调，你——”

“安静，萨弥苏。”凯苏安说，她似乎是房间里除了艾密斯外唯一保持平静的人，而且她也不像艾密斯那样一直在摸着刀柄。“我想他最不愿做的事情就是伤害这个男孩。”

“但是凯苏安，”妮安德急迫地说，“那个人是——”

“我说了，安静。”灰发两仪师坚定地说。

“我向你们保证，”柯朗的声音显得既油滑又严厉，“达莫知道他在干什么，他能做到的事情是你们两仪师绝对想象不出来的。”萨弥苏响亮地哼了一声，凯苏安只是点点头，就坐回到椅子里。

达莫的手指抚过兰德肋侧肿胀的伤口和那个圆形疤痕，那里确实显得更加柔软了。“这两个很相似，但是不同，就好像同时存在两种感染。不过它们不是感染，是……黑暗，我想不出更恰当的形容了。”他耸耸肩，看了一眼紧皱眉头望着他的萨弥苏和那位两仪师黄色流苏的披肩。

“继续，达莫，”柯朗喃喃地说，“如果他死了……”他的鼻子皱了一下，仿佛是嗅到某种非常不好的气味。他的目光似乎完全无法离开兰德，他翕动的嘴唇，仿佛是在对自己说话。他又从喉咙里发出一阵声音，半像是哭泣，半像是痛苦的笑声；但他脸上的表情却没有丝毫改变。

达莫深吸一口气，向房里环视一周，目光扫过两仪师，扫过艾密斯。当他看到明的时候，他愣了一下，那张满是皱纹的脸变红了。他急忙重新将棉被一直盖到兰德的脖子，只露出肋侧的伤口。

“我希望没有人介意我说一些以前的事，”他满是老茧的手还在兰德的肋侧移动，“说话能有些帮助。”他斜睨着那些伤口，手指缓缓拨动，明觉得那种动作非常像是在编织丝线。他的语气显得心不在焉，显然他的心思并不在所说的话上。“可以说，是医疗让我来到黑塔。我曾经是一名士兵，直到一根长枪刺进了我的大腿，从那之后，我就没办法在马鞍上坐稳，甚至也没办法走远路。那是我在女王卫队服役的四十年里受的第十五处伤，至少是我记得的第十五处。但如果你既不能走，也不能骑马，那就一切都完了。这四十年里，我见到过许多朋友死去。所以我来到黑塔。米海峨教会我医疗，还有其他能力。我曾经接受过两仪师的治疗——哦，那是三十年以前的事情了——米海峨传授的比两仪师的更粗糙，不过也有效果。有一天，柯朗——请原谅，殉道使柯朗说他很奇怪为什么治疗的手法都是一样的，无论是治疗断腿还是治疗感冒。我们开始谈论，然后……嗯，他对此毫无感觉，但我，似乎我获得了诀窍，就是你们所说的异能。所以我开始思考，如果我……嗯，这是我能做得最好的了。”

柯朗发出一阵鼻音，达莫突然跌坐在地上，用手背擦抹着额头，汗水从他的脸上渗出来，这是明第一次看见殉道使出汗。兰德肋侧的割伤并未消失，不过它看上去小了一点，红肿也消退了一点。他仍然在睡觉，但他脸上仿佛已经有了一点血色。

萨弥苏飞速冲过佳哈，让那个男孩甚至没机会阻拦。“你是怎么做的？”她一边问，一边将手指放在兰德的额头上。她的两道眉弓全都扬了起来，音调也从紧迫变成了惊疑。“你做了什么？”

达莫沮丧地耸耸肩：“做的不多，我无法触及真正的伤害，我只是将它们与他隔离了，但我所做的不会持续很久。现在这两种黑暗也在彼此作战，也许它们会将彼此杀死，剩下的就要他自己治愈了。”他叹息一声，摇摇头。“我不能说它们不会杀死他，但我想，他已经有了一个更好的机会。”

柯朗高傲地点点头：“是的，他现在有了机会。”那样子就好像是他在治疗转生真龙。萨弥苏转过来，扶达莫站起身，这显然让达莫吃了一惊。“告诉我，你做了什么，”她的声音仍然尊贵威严，但她的手指却飞快地整理好那位老人的衣领，抚平他衣服上的皱褶，那情形简直是怪异透了。“如果我能看到你的示范就好了！但你至少可以向我描述一下。一定要跟我说说看！我会把我全部的金子给你，或是给你生孩子，无论你想要什么都行，但你要把你能做到的全部告诉我。”大概她自己也不知道这番话是命令还是乞求。她很快就将呆掉了的达莫牵到窗户旁边，　达莫不止一次想要张口说话，但她只是不住口地催促着要让达莫讲解给她听。

明根本不在乎别人会怎么看，她以最快的速度爬上床，将兰德的头抱在怀里。一个机会。她偷偷打量着聚在床边的三个人。凯苏安还坐在椅子里。艾密斯站在她对面，柯朗站在床脚的方形床柱边。他们身边全都飞速变幻着无法解读的光晕和幻象，他们的眼睛全都盯着兰德。毫无疑问，艾密斯看到的是如果兰德死了，艾伊尔人将要蒙受的灾难。柯朗（他是这三个人里唯一有表情的，那是一种阴郁焦虑的怒容）看到的是殉道使的灾难。而凯苏安……凯苏安让碧拉和科鲁娜如幼童一样俯首帖耳，即使对她们已经发誓效忠的兰德，她们也不曾如此。凯苏安不会“没必要”就伤害兰德。

凯苏安迎向明的目光，和她对视了一会儿。明打了个哆嗦。不管怎样，当兰德无法保护自己的时候，她会保护兰德，不管要伤害兰德的是艾密斯、柯朗，还是凯苏安。她一定会的。不知不觉间，她开始哼起了摇篮曲，温柔地摇动着兰德。一定。

第 37 章

宫中的纸条

飞鸟节过后的第一天，从黎明开始就从风暴海刮来了强风，真正吹走了艾博达的酷热。但是无云的天空和从地平在线升起的金红色太阳都让人们明白，只要风一停，炎热立刻就会回来。麦特在泰拉辛宫中匆匆走着，他的绿色外衣敞开，衬衫的钮扣也只扣了一半。并不是任何声音都会让他吓一跳，但他确实有些神经紧张，眼睛也睁得比平时更大。每一名经过他身边的女仆都会甩甩裙摆，朝他露出微笑，她们全都在微笑，而且还有那种……特别的……故意装作不知道的表情。麦特只能努力控制住脚步，不让自己跑起来。

最后，他几乎是蹑手蹑脚地走在马厩广场旁的长廊里。这条长廊两侧是有凹槽的圆柱，其间装饰着种植浅黄色芦苇的红色大陶碗。圆柱上用链环固定着金属篮子，从中垂挂出有着红色斑纹宽叶片的藤蔓，在廊柱间交织成一片薄幕。麦特在无意间拉低帽檐，挡住自己的脸，他的双手沿着他的长矛上下滑动（柏姬泰称这根长矛为艾杉玳锐），仿佛是打算用它保护自己。骰子在他的脑海中猛烈地打转，但这与他的不安无关，真正让他不安的是泰琳。

六辆在车门上绘着密索巴家族锚剑徽章的大马车，已经等在马厩广场高大的拱门外。麦特能看见拿勒辛穿着黄色条纹外衣，正在马车队首那儿打着哈欠。车尔懒洋洋地坐在拱门旁不远处一只倒扣的桶上，看上去像是睡着了。其余的大多数红臂都坐在广场的石板地面上，有几个在巨大白色马厩投下的阴影中玩着骰子。伊兰站在麦特和马车之间，和麦特只隔着那重藤蔓组成的帐幕。黎恩·柯尔力和她在一起，她们身边还有另外六名女子，他在昨天闯进的那栋房子里都见过她们，黎恩是她们之中唯一没有系智妇红腰带的人。麦特并没有想到她们今天也会来，从外表上看来，她们都是那种习惯于控制自己和他人生活的人，她们的头发至少也都能看见一些灰丝，但她们全都用期待和尊敬的眼神看着小伊兰，似乎伊兰的任何一句话都会被她们奉为金科玉律。不过麦特并没有太注意她们，她们都不是那个让他随时准备溜之大吉的女人。泰琳让他觉得……嗯……无力，大概只有这个词能形容他的感觉，虽然这显得很荒谬。

“我们不需要她们，黎恩。”伊兰说。王女的口气就像是一名妇人在拍着一个孩子的头。“我已经要她们留在这里，直到我们回来。没有外貌明显的两仪师在身边，我们就不会吸引太多的注意，特别是在河那一边。”她戴着一顶装饰有大簇羽毛的绿色宽边帽，背后披一件绣着金色螺旋花纹的绿色亚麻防尘轻斗篷，身上穿着高领绿丝骑装，胸口处暴露出很大一块卵圆形的皮肤，它的周围和裙裤上也都用金丝绣着繁复华丽的花纹。她的脖子上甚至还挂着一把婚姻匕首。麦特有些怀疑这身装扮比起两仪师更容易在那种无法无天的地方惹人注意，而且除了腰间的一把小匕首之外，她的身上没有任何武器。拉哈德区的盗贼看到那些金色缀饰一定都会手痒起来。不过能够导引的女人大概也不需要什么特别的武器，那些系红色腰带的女人们也只是在腰间插着一把匕首，黎恩的雕花皮腰带上则什么都没有。

黎恩拿下头顶的蓝色大草帽，皱起眉看看它，然后才重新把它戴上，在下巴上系好系带。伊兰的语气显然不曾让她有任何反感，她的脸上带着另一种微笑，用有些胆怯的语气说：“但为什么两仪师茉瑞莉认为我们在说谎，两仪师伊兰？”

“她们全都这么想。”另一名系红腰带的女人喘息着说。她们全都穿着冷色调的艾博达衣服，有着窄而深的领口，一侧的裙摆向上翻起，露出一层层衬裙，但只有这个长发中白发多过黑发的骨感女子有艾博达人的橄榄色皮肤和黑眼睛。“两仪师赛芮萨当着我的面说我是骗子，说我们——”黎恩的一句“安静，泰玛拉”让她立刻皱起眉头闭上了嘴。黎恩会微笑着向任何两仪师行屈膝礼，即使那位两仪师只是个孩子，但她一直都在严格管束着她的同伴们。

麦特对着那些能俯瞰马厩广场的窗户皱起眉。那些窗户中有一些被精致的白色雕铁围栏遮挡着，另外一些则覆盖着雕花白木百叶窗，泰琳应该不会在那里，她应该也不会来马厩广场。麦特在穿衣服时很小心地没有惊醒她，而且，她在这里也做不了什么。但那个女人昨晚还命令六名女仆在走廊里抓住他，把他拖进自己的卧室里，又有谁知道她还会干出什么事？那个该死的女人把他像玩具一样玩弄！他不会再忍受下去了，他不会的，光明啊，他能做得到吗？还是他只不过在安慰自己？如果她们没办法找到那只风之碗，把它弄出艾博达，泰琳今晚还会捏着他的屁股，叫他小鸽子。

“是因为你们的年纪，黎恩。”伊兰的语气不是犹豫，她从来没有犹豫过，但她肯定是非常小心，“在两仪师中谈论年纪被认为是相当无礼的行为，但……黎恩，自从世界崩毁以来，还没有任何两仪师能比你们女红团的成员活得更久。”这是家人的成员为她们的领导组织取的奇怪名字。“而你本人比在世的所有两仪师都要年长至少一百岁。”系红腰带的女人们都吃惊地张开嘴，瞪大眼睛。一名身材苗条、头发是浅蜂蜜色、眼睛是浅褐色的女人神经质地笑了一声。黎恩瞪她一眼，说了一声：“费梅勒！”她立刻捂住了嘴。

“这不可能，”黎恩压低声音对伊兰说，“两仪师肯定——”

“早安。”麦特走过那一片藤蔓。这种讨论真是白痴，所有人都知道两仪师活得比别人更久。她们现在应该启程去拉哈德了，而不是在这里浪费时间。“汤姆和泽凌在哪里？还有奈妮薇呢？”奈妮薇昨晚一定是回来了，否则伊兰早就六神无主地团团转了。“该死的，我也没看见柏姬泰，我们要出发了，伊兰，光是站在这里不会有任何益处。艾玲达来了吗？”

伊兰朝他微微一皱眉头，又目光闪烁地看了黎恩一眼。麦特知道，伊兰正在决定该以什么样的态度对待他。无论是无辜地睁大眼睛，还是朝他闪动酒窝，都会影响伊兰在那些女人眼中的形象。虽然那对酒窝经常被伊兰用来克服各种麻烦的家伙，比如麦特。现在她微微抬起了下巴：“汤姆和泽凌正在帮艾玲达和柏姬泰监视贾西姆的住所，麦特。”她还不敢摆出十足的王女架势，因为她知道麦特对此会有什么样的反应，但她的确是使用了不容置疑的口气，蓝眼睛里放射出威严的冷光，那张美丽的脸上也挂起了寒霜。即使她的心里有任何骚乱，也都被冻结在傲慢之下了。这个世界上到底有没有始终如一的女人？“我相信，奈妮薇很快就会下来。你知道你是不需要来的，麦特，拿勒辛和你的士兵已经足以胜任保镖的工作了。你可以继续享受宫中的时光，直到我们回来。”

“贾西姆！”麦特喊道，“伊兰，我们来艾博达不是为了对付贾西姆·卡林丁，我们是来找那个碗，然后你或者奈妮薇就可以做个通道，我们就能离开了。我说得够清楚吗？我要跟你去拉哈德。”享受宫中的时光！只有光明知道如果他留在宫里，泰琳还会干出什么事来。麦特很想为此歇斯底里地大笑一场。

那些智妇们向他投来冰冷的目光。矮壮的桑珂气恼地咬住了嘴唇。梅萝尔双拳叉腰，脸上堆满了雷雨云（她是一名身材丰满的阿拉多曼女子，昨天麦特瞄了她的胸部好几眼）。她们昨天就知道这个家伙不害怕两仪师的力量，但黎恩看着他的眼神让他怀疑这个女人大概会给自己一巴掌。很显然，她们认为所有人都应该像她们一样尊敬两仪师。

伊兰抿紧嘴唇，她的脑子里显然翻腾着各种心思。麦特必须承认，伊兰非常聪明，甚至能推动许多不可能的事情成为可能，但她也是个高傲到骨子里的女孩，无论她如何努力掩饰。现在，其他女人都在看着她。“麦特，直到我们使用那只碗之前你不能离开。”傲慢的下巴还是抬得高高的，她的语气精确地位于解释和命令之间，“我们也许需要几天时间才能确定如何使用它，也许是半个星期，或者更久。在这段时间里，我们可能也会处理掉贾西姆。”说出那个白袍众的名字时，伊兰的语气中充满了憎恶，就好像她和贾西姆有什么深仇大恨。但麦特只注意到一点。

“半个星期！”麦特感到一阵窒息。他将一根指头插进脖子上的丝巾里，将它拉松了一些，泰琳昨晚趁他不注意时用这段黑丝巾绑住了他的双手。半个星期，或者更久！尽管尽了最大的努力，他的声音还是变得有点狂乱。“伊兰，你肯定能在所有地方使用那只碗，不必非要在这里，艾雯一定希望你尽可能赶回去。我打赌，身边有一两名朋友对她肯定有帮助。”他最后看见艾雯时，他相信艾雯恨不得在身边有一百个朋友。也许当他把这些女人带回去时，艾雯就会放弃成为玉座的愚蠢想法，与伊兰、奈妮薇和艾玲达一起，由他带到兰德那里。“而且你怎么向兰德交代，伊兰？凯姆林，狮子王座。该死的，你知道你一直在想着要回凯姆林去，那样兰德就能把狮子王座交给你了。”不知为什么，伊兰的表情愈来愈阴沉，眼里闪烁着危险的光芒。那种表情应该算是愤怒，但她明明没理由发怒。

麦特的话一结束，伊兰就怒不可遏地想要和他争论，但麦特明显已经做好了准备，要把她做过的承诺一条条列出来。只有末日深渊知道那样她在黎恩那群女人眼里会变成什么样子，而那些家人们都蠢蠢欲动地要斥责麦特的无礼了。

但没等任何人发出声音，一名穿着密索巴家族制服的灰发圆胖女人依次向伊兰和系红腰带的女人们各行了个屈膝礼，最后又向麦特行了个屈膝礼（麦特认得她叫拉伦），然后她说道：“这是泰琳女王送来的，麦特大人。”她一边说着，一边捧出一只篮子，篮子上盖着一块条纹布，沿把手处绣了一排红色的小花。“您没有吃饭，您一定要保持体力。”

麦特的脸变得通红，而那名女仆还在看着他，比起她第一次在宫中为麦特引路，她现在的眼神丰富许多，的确是丰富许多。昨晚她将装晚餐的托盘送到麦特的房里时，麦特正努力把自己藏在丝绸棉被下。麦特不明白，这些女人总是把他吓得心惊胆颤，又让他像女孩一样脸红，他完全不明白这是为什么。

“你确定你不愿意留在宫里？”伊兰问，“我相信泰琳肯定会很喜欢与你共进早餐。女王说她发现你让人非常愉快，而且非常亲切温和，善解人意。”她的声音里充满了怀疑。

麦特一只手抢过早餐篮，另一只手拿着他的艾杉玳锐，向马车逃了过去。

“所有北方男人都是那么害羞吗？”拉伦说。

麦特一边逃，一边冒险回头看了一眼，确认拉伦已经拢起裙子，走进那片藤萝帐幕，黎恩和智妇们重新在伊兰身边围成一圈，他才叹了口气。但他还是打了几个哆嗦，他将来一定会死在女人手里。

绕过距离他最近的马车，他差点把手上的篮子扔在地上。贝瑟兰正坐在那辆马车的台阶上，检视着自己的佩剑，剑刃上反射出耀眼的白光。“你在这里干什么？”麦特喊道。

贝瑟兰将佩剑收回鞘内，朝麦特咧嘴一笑：“跟你一起去拉哈德，我觉得你在那里会为我们找到更多的乐子。”

“那里最好能有什么乐子。”拿勒辛又打了个哈欠，“昨晚我就没怎么睡，现在你又把我拉到这里，不让我有机会去找海民女人。”车尔坐在桶上向四周望了一圈，没看到任何异常，便又坐稳身子，闭上眼睛。

“如果可以，那里最好没有任何乐子。”麦特嘟囔着。拿勒辛没怎么睡？哈！那帮人全都跑出去狂欢了。他过得也并不是不快活，但如果他能忘记那个女人是如何玩弄他的就好了。“什么海民女人？”

“昨晚两仪师奈妮薇回来的时候，带来十几名海民女人，麦特，”贝瑟兰吐了口气，竖起两只手掌模拟出婀娜摇曳的样子，“她们的那个模样啊，麦特——”

麦特摇摇头，现在他不太能想其他事情，他的脑子里爬满了泰琳。奈妮薇和伊兰跟他提过寻风手的事，她们非常不情愿告诉他这些，而且还要求他发誓保守这个秘密，甚至她们要求他对奈妮薇的行踪也要保密，更没告诉他为什么要这样鬼鬼祟祟的，而且她们这么要求他时没有半点脸红。“女人会以她们的方式信守承诺。”麦特知道这句俗话。麦特忽然想起，他一直没有在红臂中看见拉维汀和贝尔文，也许奈妮薇还听话地把他们带在身边。“……以她们的方式。”但如果奈妮薇已经将寻风手带进宫，她们肯定不需要半个星期去对付那只碗了。光明啊，让她们快一点吧！

麦特想到了奈妮薇，奈妮薇也在这时悠然穿过藤萝帐幕，走进马车广场。麦特的下巴简直要掉了下来：那名穿深绿色外衣，挽着奈妮薇的是岚！奈妮薇的双手搂着岚的手臂，望着他的眼睛里绽放着笑容。那种表情如果出现在别的女人脸上很正常，因为女人都爱做白日梦，但那是奈妮薇啊。

看到周围的状况，奈妮薇愣了一下，然后急忙向旁边挪了一步，但她还是继续牵了岚的手一会儿才放开。她为便装出行选择的衣服也不比伊兰好，蓝色的丝裙上装饰着绿色刺绣，低胸衣领露出了够多的乳沟，一个被细金链穿住的沉重金戒指正躺在那里，即使她把两根拇指伸进那个戒指里，还是没办法将它填满。她头顶的宽边帽上装饰着染成蓝色的长羽毛，绿色的防尘斗篷绣着蓝色花纹，其他只穿着羊毛衣裙的女人完全被淹没在她们的光辉中了。

不管奈妮薇刚才的表现有多奇怪，现在她已经彻底恢复成原来的奈妮薇了。她将辫子甩到背后，以命令的口吻说道："岚，去其他男人那里吧，我们要出发了，后面四辆马车是男人乘坐的。"

"好的。"岚答道，一边手按剑柄鞠了个躬。

奈妮薇看着岚大步向麦特走去，脸上露出惊讶的表情，仿佛是不相信岚会如此听从她的命令。然后她一摇头，恢复镇定的神态，走到伊兰和那群女人身边，催促她们向前两辆马车走去，就像是一名牧鹅少女在驱赶她的鹅。当她高喊着命令马夫打开马厩大门时，没有人会以为她才是耽搁出发的原因。然后她又开始喊喝车夫们，要他们立刻拉起缰绳，举起鞭子，仿佛他们不会等任何人上车，就已经要出发了一样。

在岚、拿勒辛和贝瑟兰上了第三辆马车后，麦特也笨拙地爬了上去。他才刚将黑矛横放在车门后面，就因为马车出发的冲力一屁股坐进座位里，幸好那只篮子稳稳地落在他的大腿上，没有翻倒。"你是从哪里来的，岚？"帮大家相互介绍过后，麦特立刻就问道，"真想不到你会来，你一直都在哪里？光明啊，我还以为你死了，我知道兰德一直都很害怕你会有危险。而且你还那么听奈妮薇的话，光明啊，这是为什么？"

石脸护法似乎在考虑应该先回答哪个问题。"奈妮薇和我昨晚在诸船长的主持下结婚了，"最后他说道，"亚桑米亚尔的……婚姻习俗……很不一样，我们两个都感到很惊奇。"他的嘴角露出一点微笑，麦特觉得那应该是微笑，他微微耸耸肩，仿佛这就是他打算提供的一切答案。

"光明祝福你和你的新娘。"贝瑟兰礼貌地说道，并在车厢允许的空间内向岚鞠了个躬。拿勒辛也嘟囔了些什么，但是看他的表情，他显然是认为岚一定是个疯子，因为拿勒辛在奈妮薇身边度过不少时间，了解她有着什么样的个性。

麦特只是随着马车来回摇晃，发着呆。奈妮薇结婚了？岚和奈妮薇结婚了？这个男人疯了，怪不得他的目光显得那样消沉，麦特宁可把一只发狂的狐狸塞进衬衫下面，也不会和奈妮薇结婚。只有傻瓜会结婚，只有疯子才会和奈妮薇结婚。

不知道岚是否注意到车厢里真正高兴的人并不多，至少他对此没有任何表示，实际上，除了他的眼睛之外，他的样子和麦特记忆中的没什么差别。如果有，那就是他变得更加刚硬了。“还有些更重要的事情，”岚继续说道，“奈妮薇不想让你知道，麦特，但你需要听一听。你的两名手下死了，是被魔格丁杀死的，我很抱歉。但如果这算是一点安慰的话，他们至少是在不知不觉间死的。奈妮薇认为魔格丁一定是逃走了，否则她那时会再次进行攻击，但我不那么肯定。看样子，她对奈妮薇有着特别的仇恨，不过奈妮薇一直没告诉我是为什么。”还是那种微笑。岚似乎并没有发觉这一点。“至少她没有全部告诉我，这没关系，只是你应该考虑一下我们在河对岸也许会遇到什么。”

“魔格丁？”贝瑟兰大喘一口气，眼睛泛起亮光，那个男人也许是找到乐子了。

“魔格丁！”拿勒辛喘息着，他的声音更像是呻吟，他用力拉了一下自己的尖胡子。

“那些该死的女人。”麦特嘟囔着。

“我希望你所说的不包括我的妻子。”岚冷冷地说，他的一只手握住了剑柄。麦特急忙抬起双手。

“当然没有，我只是在说伊兰还有……还有那些家人。”

片刻之后，岚点点头。麦特悄悄松了口气。为了隐瞒这座城市里有弃光魔使的事实，奈妮薇大概会让她的丈夫（*她的丈夫！*）杀死他。他并不害怕魔格丁，只要那枚个徽章还挂在他的脖子上，但徽章保护不了拿勒辛和其他人。毫无疑问，奈妮薇认为她和伊兰能对付魔格丁。她们任由他派遣红臂保护她们，却用袖子捂着嘴，笑话他……

“你不打算看看我母亲的纸条吗，麦特？”如果不是贝瑟兰提醒，麦特不会发现篮子里有一张纸条，它被折叠得很小，只够印上有锚剑纹样的绿色封蜡。

麦特用拇指抠掉封蜡，打开纸条，将它举到眼前，这样贝瑟兰就看不见里面的内容了。但考虑到贝瑟兰思考问题的方式，麦特觉得这么做对自己大概也没什么好处。不管怎样，麦特不想让别人看见这些文字。逐行读下去，他的心也渐渐沉了下去：

我甜蜜的麦特：

我已经将你的物品搬到我的房间，这样我们就方便多了。等你回来的时候，莉赛勒会去你原先的房间，照看小奥佛尔。他似乎很喜欢她。我已经命令裁缝来为你量身，我想你量身时的样子一定非常好看。你需要短一点的外衣，还有新的长裤。你有个可人的屁股，小鸭子。我让你想到的九月之女是谁？

我已经想到了几种美妙的方式好让你告诉我。

泰琳

其他人全都在目不转睛地看着他，岚也在看着他，但他的目光让麦特感到的压力比另外两个人更大，那双眼睛就像是……已经死了。

“女王认为我应该有新衣服。”麦特说着，将纸条塞进外衣的口袋里，“我想我应该小睡一会儿。”他用帽子遮住眼睛，但他并没有将眼睛闭上。他盯着车窗，系紧的窗帘不时还会飘进一些尘土，但也会有一些风吹进来，那比车厢中的闷热要好得多。

魔格丁和泰琳，她们两个人，他更愿意面对魔格丁。他碰了碰衬衫里的狐狸头，至少在魔格丁面前有东西能保护他，但对于泰琳，他就像对那个该死的九月之女一样毫无办法；虽然他还不知道那到底是谁。除非他能想办法让奈妮薇和伊兰在今晚以前离开艾博达，否则所有人都要知道了。他郁闷地把帽子又拉低了一些，那些该死的女人真的让他变得像个女孩了，他害怕再过一会儿自己就要哭了。

第 38 章

六层

如果可以的话，麦特很想跳到外面去推马车，只要能让马车再快一些。太阳还没爬多高，街道就已经被挤满了，马车和大车在人群中艰难地穿行着，伴随着车夫和路人的一连串喊叫与咒骂。许多驳船密布在运河中，人们甚至可以踩着它们在河面上散步了。各种嘈杂的声音弥漫在这座白色城市的上空。艾博达似乎在努力争取回迎新日、圣光节和昨天流失的时间，而且明天就是灰烬节，两天后是庆祝阿特拉立国的麦丁日，麦丁日后面又紧跟着半月节。南方人以勤奋而著称，不过麦特觉得那是因为他们必须努力工作，才能补偿那么多的节日。让麦特惊讶的是，他们竟然有这么好的体力进行如此频繁的狂欢。最后马车终于停到河边的一座石砌长码头上，这些码头边缘全都有上下船用的台阶。麦特在口袋里塞了一块深黄色的奶酪和面包，然后将那只篮子放到座位底下，他很饿，但厨房里那些人一定是太匆忙了。篮子里的大部分空间被一只装满牡蛎的陶罐占据着，厨子们却没有将这些牡蛎煮熟。

麦特跟在岚身后下了车。拿勒辛和贝瑟兰正在帮助车尔和其他挤在最后一辆车上的人下车。那辆车里一共有十二个人，即使是其中的凯瑞安人也都不算是小个子，他们挤得就像是桶里的苹果，爬出来的时候身体都僵了。麦特大步走向领头的马车，把岚甩在后面。奈妮薇和伊兰至少要重视一下他吧，竟然向他隐瞒魔格丁的讯息！更何况他的人已经死了两个！他要……突然间，他感觉到岚如同山岳般立在他背后，他甚至感觉到岚腰间的剑。麦特立刻改变了自己的想法。那个王女一定要听听他的话。

奈妮薇站在码头上，一边系上帽子的系带，一边转头和马车里的人说着话。麦特刚好听见她说："……当然会起作用，但谁会想到海民会要求这个，即使只是私底下？"

"但是奈妮薇，"伊兰一边说着，一边拿着她的绿色羽毛帽走下马车，"如果昨晚像你说的那么辉煌，你又怎么能抱怨——"

她们看到麦特和岚的时候，立刻闭上了嘴，真正让她们闭嘴的也许是岚。奈妮薇的眼睛愈睁愈大，脸庞比两个，也许是三个太阳还要红。伊兰停止了动作，一只脚还踩在马车台阶上。她皱起眉看着那名护法的模样，就好像岚正悄悄溜过来要偷袭她们。岚望着奈妮薇，脸上的表情并不比他举起剑准备防御时更多。奈妮薇的样子却像是准备躲到马车下面藏起来，但她的眼睛也凝视着岚，仿佛这世界上其他的一切都已经消失了。意识到自己皱眉的表情没有任何用处，伊兰移开仍然踩在台阶上的那只脚，让路给黎恩和另外两名智妇（泰玛拉和一名叫作简奈拉的沙戴亚女人）走出来。但王女并没有放弃，她将恼怒的脸转向麦特·考索恩，而且怒容似乎比刚才更甚了。麦特哼了一声，摇摇头，一般在女人犯错时，她们总是能找到许多借口责备她们身边的男人，直到男人们开始怀疑也许真的是自己犯了错。根据麦特的经验，无论是他自己的还是那些古老记忆的，只有两种情况下女人会承认自己错了：当她想要某件东西的时候，当夏天下雪的时候。

奈妮薇抓住自己的辫子，不过这次她确实只是因为失神而随意抓住的。她的手指颤抖了一下，松开辫子，然后她又开始用力扭着双手。"岚，"她不安地说道，"你一定不会认为我会对别人——"

护法向她一鞠躬，伸出手臂。"我们是在公众场合，奈妮薇，无论你想在公众场合说什么都行。我能护送你上船吗？"

"是的。"奈妮薇用力点着头，直到麦特觉得她的头就要掉下来了。然后她用两只手抱住岚的手臂："是的，在公众场合，你要护送我。"握紧岚的手臂后，她恢复了一些镇定，至少从她的表情上看来是这样。她伸出一只手拢住防尘斗篷，几乎是拉着岚穿过码头，朝停船的地方走去。

麦特怀疑奈妮薇是不是病了，他是蛮喜欢看奈妮薇这种魂不守舍的模样，但如果她总是这样就不好了。两仪师不能医疗自己。也许他应该建议一下伊兰注意奈妮薇的状况。麦特一直在逃避至上力的治疗，正如同逃避死亡和婚姻，不过他从不以自己的标准去要求别人。但他还是觉得应该先和伊兰说一说关于隐瞒事实的问题。

他摆出忠告的架势摇动着一根手指，张开口……

……伊兰已经用手指将他戳到了一旁，她在羽毛帽下的满脸怒容让麦特连脚趾都打了个哆嗦。伊兰用女王宣布判决般的冰冷声音说道："黎恩已经向奈妮薇和我说明了一个有红花的篮子代表什么，而你竟然还把它摆在众人面前炫耀。"

麦特的脸霎时变得比奈妮薇的更红。几步之外，黎恩和另外两个女人正在系上帽带，调整衣裙，就像任何站起、坐下，或者走动了三步的女人一样。尽管她们将注意力集中在衣服上，却仍然会不时向他瞥上一眼，而且现在她们的目光里看不到任何惊讶或不以为然。他根本不知道那些该死的花代表什么意思！现在十个落日也不比他的脸更红了。

"那么！"伊兰的声音很低，只有他一个人能听到，但那里面充满了厌恶和藐视。她拉了一下自己的斗篷，好让它不会碰到他的身体。"这是真的了！我不敢相信你竟然会做出这种事，即使是你也不该这么做！奈妮薇肯定也不能相信。我对你做出的任何承诺都无效了，我不会给一个随便和女人上床的男人任何承诺，尤其那个女人还是盛情款待他的一位女王——"

"我随便和她上床！"麦特喊道。只是他的喉咙被哽住了，所以并没有发出多大声音，他抓住伊兰的肩膀，将她拖到远离马车的地方。码头工人上身只穿着脏污的绿色皮背心，扛着麻袋、滚着大桶，或推着装满柳条箱的手推车来回忙碌着，但他们为这些马车让出了很大一片空地。阿特拉女王的权力或许有限，但有她的徽章的马车还是会受到平民的尊重。拿勒辛和贝瑟兰一边聊着天，一边率领红臂走到登船区。车尔走在队伍最后方，面色阴沉地看着波浪起伏的河面，他说自己很容易晕船。智妇们从两辆马车中走下来，聚集到黎恩身边，看着他和伊兰。他们应该听不见他和伊兰的对话。于是他嗓音沙哑地悄声开口了：

"听我说！那不是个知道退让的女人，我拒绝了她，但她只是对我的拒绝笑了笑。她让我挨饿，逼迫我，像追猎一头鹿一样追我！她比我遇到的任何女人更难对付六倍。她威胁我，如果不让她脱衣服，她就让女仆们把我的衣服脱下来。"突然间，麦特意识到自己在说什么，以及是谁在听他说话。他努力闭住能吞下一只苍蝇的嘴，开始兴致盎然地盯着雕刻在艾杉玳锐柄上的一只黑色金属乌鸦，这样他就不必去看伊兰的眼睛了。"我要说的是，你对实际情况完全不了解，"他继续嘟囔着，"你全都误解了。"他冒险从帽檐下瞥了伊兰一眼。

一层淡淡的红晕爬上伊兰的双颊，但她的表情庄重得如同大理石雕像。"看起来……我可能是误解了，泰琳这样……实在是很糟糕，"麦特觉得她的嘴角似乎是有些抽搐，“你有没有试过在镜子前面练习不同的微笑？”

麦特惊讶地眨眨眼：“什么？”

“我知道的确有年轻女性这么做，为了吸引国王的注意，”她庄重的声音中似乎出现了一些裂纹，这一次她的嘴唇抖动得更厉害了，“你也可以试试夹一下睫毛。”她用牙齿咬住下唇，转过身，肩膀不停地颤动，然后大步向登船区跑去，背后的防尘斗篷都飘了起来。麦特最后听到她嘟囔了一句：“这也算是自食其果。”黎恩和智妇们跟在伊兰身后也跑了起来，那样子就好像一群母鸡在追着一只小鸡。当那些智妇经过时，赤裸胸膛的船夫们都停下手中的活计，尊敬地低下了头。

麦特拿下自己的帽子，他很想把帽子扔在地上，再跳上去拼命乱踩一通。女人！他早就应该知道，自己不可能得到同情。他要掐死那个王女，还有奈妮薇，当然，掐奈妮薇的时候应该轻柔一点。但他不能这么做，他已经许下了诺言，而且那些骰子显然已经把他的脑壳当作骰盅了，它们很可能意味着弃光魔使就埋伏在这附近。麦特将帽子戴正，快步超过那些智妇，追上伊兰。伊兰仍然在努力克制住笑意，但每次她瞥麦特一眼，她脸上的红晕就会变得更深，还会发出一阵咯咯的笑声。

麦特双眼直瞪着前方，该死的女人！该死的承诺！他从头顶拿起帽子，摘下脖子上的皮绳环，极不情愿地将它递到伊兰面前。那个银狐狸头在他的拳头下来回晃动着。“你和奈妮薇去决定谁戴上它吧！不过我希望你们在离开艾博达时能把它还给我，你明白吗？我们离开——”

他忽然意识到自己只是一个人在向前走着，转过身，他发现伊兰定定地站在两步外盯着他看，黎恩和智妇们都聚在她身后。

“现在又怎么了？”麦特问，“哦，是的，我知道这跟魔格丁有关。”一个戴着嵌红石坠黄铜耳环的瘦子正在码头上弯腰拉着一根缆绳，听到麦特喊出这个名字，他急忙一回头，结果一个重心不稳，掉进了水里。麦特已经不在乎会有谁听到了。“你们还想隐瞒吗？你们对我有过承诺的。更何况我已经有两个人死了！好吧，我们以后再说这件事，我也有过承诺，我承诺过要让你们两个活下来。如果魔格丁出现，她一定会把你们两个当作目标。这个拿去。”他再次将那个徽章推到伊兰面前。

伊兰困惑而缓慢地摇摇头，然后转身和黎恩嘀咕了几句。等到那些年长的女人朝正在向她们招手的奈妮薇走过去之后， 伊兰接过狐狸头，将它在手指间转动着。

“你知不知道，我是多么想研究它，愿意为这个机会付出什么样的代价？”她低声说，“你可能根本想象不到。”在女人中，伊兰算是高个子，但她仍然要抬起头看着麦特，看她的表情，她就好像从没见过麦特。“你是个麻烦的男人，麦特·考索恩，莉妮会说我又在干蠢事，但你——”她压抑住剧烈的呼吸，伸手摘下麦特的帽子，把皮绳圈套回他的脖子上，将狐狸头放进麦特的衬衫里，又拍了拍，才将帽子还给他。“如果奈妮薇和艾玲达没有同样的东西可以戴，我就不会戴上它，我相信她们也会这样想。你戴着它吧！毕竟，如果魔格丁杀了你，你就无法履行诺言了，不过我不认为她还在这里。我想她相信已经杀死了奈妮薇，这也很可能是她来这里的目的。但你一定要小心，奈妮薇说有一场风暴即将到来，她说的不是现在的这场风。我——”刚才那层浅浅的红晕又回到她的脸颊上，“很抱歉取笑你。”她清清嗓子，向旁边望去，“有时候我会忘记自己对研究对象的责任。你是有价值的材料，麦特·考索恩，我会让奈妮薇明白……你和泰琳之间的真实状况，也许我们能帮上忙。”

“不，”麦特慌乱地说，“我是说，好的，我是说……这是……哦，如果我知道自己是什么意思，就让我去和该死的山羊亲嘴吧！也许你们还是不知道这些会比较好。”奈妮薇和伊兰与泰琳一同喝茶，谈论他——他还能活到那个时候吗？以后他还会再见到她们吗？但如果她们没有……麦特知道自己是被两只猫夹在中间的老鼠，已经无处可逃了。“哦，羊屁股！羊屁股上的该死的奶油洋葱！”他几乎希望伊兰会像奈妮薇那样训斥他满口脏话，这样他们至少可以改变一下话题。

伊兰的嘴唇动了几下，却没有发出声音，麦特甚至有一种奇怪的感觉，伊兰刚刚好像把他说的话重复了一遍。伊兰当然不会这样，她立刻就大声说道：“我明白。”那口气就好像她真的明白一样。“走吧，麦特，我们不能在这里浪费时间。”

麦特张大了嘴，看着伊兰拉起裙摆和斗篷，向登船区走去。她明白？伊兰明白，而且没有给他任何刻薄的评价，没有任何武断的结论。是这样吗？他是她的研究对象，有价值的材料。一边用手指抚着那个徽章，麦特跟了上去，他一直以为想要拿回这个徽章一定会经过一番艰苦的争斗。即使他活到了两仪师寿命的两倍，他还是无法完全理解女人，而贵族女子肯定是最难理解的。

当麦特来到伊兰走下的船梯前面时，戴着两个黄铜耳环的桨手们已经在用长桨把船推离岸边了。伊兰正带着黎恩和智妇们走进船舱，岚和奈妮薇一起站在船头。贝瑟兰在另一艘船上喊着他，那艘船上装了除了护法外的所有男人。

“奈妮薇说那艘船上装不下我们，”当那艘船摇摆着驶进埃达河时，拿勒辛说道，“她说我们只能和他们挤一下。”贝瑟兰大笑着看着他们的船。车尔坐在舱门旁，双眼紧闭，似乎是在假装自己在别的地方。哈南和泰德·坎戴尔（他是一名安多人，但肤色比船上的两名桨手都更深）爬上了舱顶，剩下的红臂都挤在甲板上，一边努力给桨手让出地方。没有人进舱里去，他们显然是把舱中的位置让给了麦特、拿勒辛和贝瑟兰。

麦特站到了高高的船首柱旁，看着前面缓缓行驶的另一艘船。风吹过起伏不定的黑色水面，吹起他的围巾，他不得不用一只手按住帽子。奈妮薇想干什么？那艘船上的另外九名女人都进了船舱，把甲板留给了她和岚。他们站在船头，岚的手臂拥着奈妮薇，奈妮薇打着手势，仿佛正在解释什么，但麦特知道，奈妮薇从不会向任何人做任何解释。

不过奈妮薇的这种状态并没有持续很久，麦特能远远地望见海湾里有许多白色的帆影，海民的风剪子、掠浪和翔翼正在被海浪来回推动。河道里的情形要好得多，但这艘船颠簸的程度还是超过了以前麦特每一次渡河的时候。很短一段时间后，奈妮薇就爬到船栏上，由岚扶着将早餐全都吐了出来。这让麦特想到了自己的胃，他将帽子塞到手臂下，伸手掏出那块奶酪。

“贝瑟兰，我们从拉哈德回来之前，风暴会开始吗？”他咬了一点味道辛辣的奶酪；艾博达的奶酪有五十种不同的味道，全都很好吃。奈妮薇仍然趴在船栏上，这个女人早上吃了多少东西？“如果在那之前风暴到来，我不知道我们该躲到哪里去。”麦特不记得拉哈德区的哪家客栈能让那些女人容身。

“不会有风暴，”贝瑟兰说着，坐到船栏上，“这是冬季信风。信风一年会来两次，在冬末和夏末时，但它们远远到不了风暴的程度。”他不高兴地看了海湾一眼。“每年这些风都会带来塔拉朋和阿拉多曼的商船，不知道它们还会不会再来了。”

“那要由时光之轮决定。”麦特被奶酪的碎屑呛得直咳嗽。该死的，他现在说起话来就像是那些把酸痛的关节放到火炉前烤的灰发老头子了，他还在担心着该如何带那些女人去那种粗陋的小客栈。一年前，甚至是半年前，他肯定会心情轻松地把她们带到那里，然后看着她们凸出的眼眶、瞪大的眼睛开怀大笑，嘲笑她们的洁癖。“嗯，不管怎样，也许我们真的会在拉哈德区找到你所谓的乐子，至少会有人想要割开那些女人的口袋，或者是拉掉伊兰的项链。”也许他这么说是为了清除掉舌头上那股严肃的味道。严肃，光明啊，什么时候这个词会和麦特·考索恩发生关系了！泰琳一定把他吓得不轻，甚至比他想象的更厉害。也许他真需要一些贝瑟兰所谓的乐子，这太疯狂了，他以前总是尽量避开麻烦的，但也许……

贝瑟兰摇摇头：“能找到那种乐子的人莫过于你，但……我们的身边会有七位智妇，麦特，七位。即使只有一位智妇和你在一起，即使是在拉哈德区，你也可以随意去甩一个男人的耳光，他只能不说一句话地走开，对女人也是一样。如果你去亲吻一个女人，她却不想用刀子把你捅穿，那又有什么意思？”

“烧了我的灵魂吧！”拿勒辛低声嘟囔着，“看样子我是白从床上爬起来了。”

贝瑟兰同情地点点头。“不过……如果我们运气好，保安官有时候的确会去拉哈德区巡逻，追缉走私犯。他们会穿上普通人的衣服，但他们似乎以为十几个带剑的男人聚在一起不会引起任何人的注意。所以当走私犯伏击他们的时候，他们总是会大吃一惊，一直以来都是这样。也许麦特时轴的运气能够让别人把我们当成保安官，也许会有些走私犯在看到红色的腰带前就攻击我们。”拿勒辛立刻眼睛一亮，揉搓起双手。

麦特瞪了他们一眼，也许他并不需要贝瑟兰说的那些乐子，那些带刀的女人就已经够他受的了。奈妮薇还在船栏边，这能教会她不要暴饮暴食。吞下最后一块奶酪，麦特开始啃面包，并且竭力不去注意脑子里的骰子。还是一次不会遇到任何麻烦的平安旅程会比较好，快点找到东西，离开艾博达。

拉哈德区还是麦特记忆中的那个样子。现在的情况也和贝瑟兰最害怕的一样。他们走上登船区的灰色石台阶时，强风为他们增添了不少危险。岸上的状况并不好，像对岸一样，这里的运河四处纵横，但这里的桥梁上没有装饰，肮脏的石栏杆有许多也断裂破碎了。半数运河都已经因为水位下降而淤塞，甚至有男孩直接从那些齐腰深的水中涉过，运河上很难看见一艘驳船。高大的建筑物拥挤在一起，曾经粉刷白色石膏的墙壁已经露出大片的红砖。狭窄的街道上，铺路石板多有破碎，有些街道上连铺路石都没有，上午的阳光甚至还没照进一些阴暗的巷子里。除了一些空无一人的房屋外，所有建筑物的三层都晾晒着邋遢的衣物，而那些空屋的窗户就像是髑髅上的黑眼窝。空气中弥漫着一股酸腐的甜味，随意弃置的垃圾和排泄物到处都是，这里的苍蝇至少是河对岸的一百倍，聚集成一片片蓝色和绿色的云雾。麦特看见“天堂金冠”那扇漆皮剥落的蓝色门板，想到如果风暴到来就要带着女人们走进那种地方，不由得打了个哆嗦，然后他想到竟然为这种事打哆嗦，立刻又打了个哆嗦。他变了，但他不喜欢这种改变。奈妮薇和伊兰坚持要走在最前面，黎恩在她们中间，智妇们紧随其后。岚守在奈妮薇身旁，一只手始终放在剑柄上，眼睛不住地向四下搜寻，浑身都散发着危险的气息，他一个人大概就能保护二十名美丽的十六岁女郎，即使是在这种地方，即使她们身上还各扛着一袋黄金。但麦特仍然向车尔和红臂们再三强调要睁大眼睛。那名曾经是盗马贼和偷猎者的车尔一直紧随在伊兰身侧，让任何人都有理由相信他是伊兰的护法，虽然护法中似乎没有像他那么肥胖和邋遢的。贝瑟兰在麦特发号施令时翻了翻白眼，拿勒辛则不耐烦地抚着胡子，嘟囔着说他应该继续待在床上。

男人们在这些街道上昂首阔步地走着，他们上身往往连衬衫都没有，只穿着一件破损的背心，戴着粗大的黄铜耳环和镶嵌彩色玻璃的黄铜戒指。他们的腰带上总是会插着一两把匕首，他们的手也总是放在这些匕首旁边，目光四处乱扫，仿佛随时等待着有人向他们投去冒犯的一瞥。也有一些人用兜帽罩住头脸，从一个街角溜到另一个街角，从一个门洞溜到另一个门洞，就像是那些躲藏在窄巷子里，不时会吠叫几声的瘦狗。这些人的怀里也都藏着匕首，没有人知道他们是想要逃跑还是会用匕首杀人。而女人们几乎让所有的男人都显得谦卑低下，她们总是迈着炫耀的步伐，虽然身上衣裙破旧，但她们的黄铜首饰是男人的两倍。她们当然也都带着匕首，她们野性的黑眼睛的每一瞥都能引起不同的争斗。简而言之，拉哈德区是那种穿丝绸的人走出不到十步就会被敲破脑袋的地方，而在那以后，这种人最好的下场是被剥到身上只剩下皮肤，然后被扔进窄巷的垃圾堆里，或者就彻底连命都没了。但……

孩童不停地从房子的后门跑出来，手里拿着盛有清水的缺口陶杯。他们的母亲让他们送水过来，以免智妇们会口渴。脸上带着伤疤、眼里闪动着凶光的男人都惊讶地看着七位智妇同时出现，然后忙不迭地向她们鞠躬，礼貌地询问是否可以提供服务，是否有什么重物需要搬运？女人们（其中有人脸上的伤疤比男人还多，目光甚至能让泰琳发抖）笨拙地行着屈膝礼，带着喘息问道是否可以为智妇们指路，有什么人造成了这么大的麻烦，需要这么多智妇来解决？言下之意就是，智妇们不需要如此烦劳，只要说出麻烦制造者的名字，她们就会为智妇们解决掉他。

对于麦特他们，这里的人一如既往地保持着敌意与警戒，但即使是最强横的人只要看岚一眼也会闪到一旁。让麦特奇怪的是，车尔似乎也能引起和岚同样的作用。一些男人凶狠地瞪着贝瑟兰和拿勒辛，因为他们的视线总是停留在女人们的低胸领上。有些人也会瞪麦特，麦特不知道这是为什么，他从没瞥过那些女人的胸部一眼，他知道应该要谨慎些。奈妮薇和伊兰则与他完全相反，她们的衣装华美，神态更为华贵，就连穿着红色羊毛裙的黎恩也和她们一样，而这三个人并没有系红腰带。麦特确认了贝瑟兰的说法。他可以将口袋里的东西全部倒在地上，也没有人会从中捡走一个铜板，只要智妇们在他身边，他就能捏这里所有女人的屁股，即使那个女人为此气得中风，也会一言不发地走开，如果她还能走得开的话。

“多么令人高兴的散步啊！”拿勒辛冷冷地说，“这么多有趣的东西和气味，我有没有告诉过你昨晚我没怎么睡，麦特？”

“你想要死在床上吗？”麦特低声说道。他们也许真的应该留在床上，他们在这里真是该死的没用。提尔人气恼地哼了一声。贝瑟兰笑了，但他也许以为麦特是别的意思。他们一直在拉哈德区行走着，直到黎恩终于停在一幢模样平庸的房子前，这幢石膏剥落、砖块碎裂的房子正是麦特昨晚跟踪那名智妇所找到的房子，它与众不同的地方就是它的窗口看不到晾晒的衣服，里面的住户大概只有老鼠。“就是这里。”她说。

伊兰的目光缓缓升到房子的屋顶上。“六层。”她以极为满意的语气喃喃说道。

“六层。”奈妮薇叹了口气。伊兰拍拍她的手臂，仿佛是与她达成了共识。

“我也不是非常确定。”伊兰说，奈妮薇也微笑着拍了拍她。麦特不明白她们说的是什么意思。这幢房子确实有六层。女人的行为总是很奇怪，至少大多数时候是这样。

走进大门，是一条满是灰尘的长走廊，走廊末端消失在阴影里，走廊两侧的房门口只剩下几个还留有粗木门板。走进走廊大约三分之一的长度，有一扇门敞开着，门后是一道又陡又窄的石砌台阶。其实昨天麦特一直沿着灰尘上的脚印探到了楼上，那时他没有时间仔细察看，因为这幢建筑物太深太大，一层里不可能只有一个入口，一条走廊。

当麦特命令哈南和半数红臂找到这幢房子的其他入口，并守在那里的时候，奈妮薇对他说：“麦特，现在不需要这样，不是吗？”岚一直紧贴在她身边，两个人仿佛被胶水黏在一起。

奈妮薇的声音是这么温和，麦特相信伊兰一定已经把他和泰琳的事告诉她了，这让麦特的心情更糟糕。他不该让任何人知道这件事的。该死的！他觉得自己很没用，而且那些骰子还在疯狂地撞击着他的脑袋。“也许魔格丁喜欢走后门。”他冷冷地说。有什么东西在这条黑暗的走廊末端发出响声。一名跟随哈南的红臂大声地咒骂着老鼠。

“你告诉他了。”奈妮薇对着岚喘着粗气，她的一只手抓住了辫子。

伊兰气恼地说：“现在没时间吵架，奈妮薇，那个碗就在楼上！风之碗！”一个小光球突然浮现在她面前，伊兰没等其他人，便提起裙子向楼上走去。车尔紧跟在她身后，他的肥胖身躯能有这么快的速度实在让人吃惊。随后跟上的是黎恩和大多数智妇。圆脸的桑珂和皮肤黝黑、高挑漂亮、只是眼角已经有鱼尾纹的爱伊恩犹豫了一下，留在奈妮薇身边。

麦特本来也要跟上去的，但奈妮薇和岚挡住了他的路。“能让我过一下吗，奈妮薇？”他问道，至少他应该看看那只该死的碗是怎么被找出来的。“奈妮薇？”她的注意力全都集中在岚身上，似乎已经忘记其他人了。麦特和贝瑟兰交换了个眼神，后者面带笑容，与柯力芬率领的另一半红臂蹲坐在一起。拿勒辛靠在墙上，夸张地打着哈欠，但在这种满是灰尘的环境里打哈欠显然是种错误的行为，哈欠很快就变成了一阵剧烈的咳嗽，最后让他咳得弯下了腰。自然，他的脸色也好不到哪去。但即使是这些也丝毫无法转移奈妮薇的注意力，她小心地把手从辫子上移开。“我没有生气，岚。”

“你生气了，”岚平静地回答，“但他一定要知道这件事。”

“奈妮薇？”麦特还在说话，“岚？”他们根本没有向他瞥上一眼。

“我准备好之后就会告诉他的，岚·人龙！”她猛地闭上了嘴，但她的嘴唇仍然在嗫嚅着，仿佛在对自己说话。“我不会对你生气的。”她用温柔了许多的声音继续说道，但这句话听起来还是非常不情愿。她用力将辫子甩到背后，将蓝羽毛帽拉直，然后双手在腹前握在一起。

“如果你这样说，那就这样吧！”岚也温和地说。

奈妮薇打了个哆嗦。“不要这样对我说话！”她喊道，“我告诉你，我没有生气！你听到了吗？”

“该死的，奈妮薇。”麦特吼道，“他不认为你生气了，我也不认为你生气了。”这是女人教给他的，说谎时一定要显出坦荡的样子。“现在我们能不能上楼去找那个该死的风之碗了？”

“非常不错的主意，”通往街道的门口传来一个女人的声音，“我们能不能一同上楼去，给伊兰一个惊喜？”

麦特从没见过这两个沿走廊走过来的女人，但她们都有两仪师的面孔。说话的人像她的声音一样冰冷瘦长；她的同伴将头发编成几十根黑色的细辫子，上面点缀着彩色小珠。差不多有二十多个男人簇拥在她们身后，都是些身材高大的家伙，手里还拿着棍棒和匕首。

麦特调整了握住艾杉玳锐的姿势，他知道什么是麻烦，他胸前的狐狸头变得冰冷，表示有人握持着至上力。

留在楼下的两名智妇一看到那两张不显年纪的面孔立刻就行了个屈膝礼，但奈妮薇肯定也知道麻烦来了。她盯着那两个逐渐靠近的女人，嘴唇无声地翕动着，脸上全都是惊惶和自责的表情。麦特听到身后有剑刃出鞘的声音，他不必回头就知道是谁。岚肯定已经做好了杀人的准备。

“她们是黑宗，”奈妮薇最后说道，她的声音变得很虚弱，但她很快就恢复了力量，“法理恩·波达和伊丝潘·舍法尔，她们在白塔里犯下了谋杀的罪行，那以后她们又做了更多坏事，她们是暗黑之友，而且……”她的声音停顿了一下。“她们把我屏障了。”

那两个女人只是不急不徐地向前走着，“你有听过比这个更无聊的谎话吗，伊丝潘？”那名长脸的两仪师问她的同伴，后者不再一脸厌恶地看着周围的灰尘，转过脸来对奈妮薇露出嘲讽的笑容。“伊丝潘和我是从白塔来的，而奈妮薇和她的朋友都是对抗玉座的叛徒，她们要为此受到严厉的惩罚，一切帮助她们的人也等同获罪。”麦特忽然意识到这两个女人只是把他、岚和其他人当成是奈妮薇和伊兰雇佣的保镖。法理恩向奈妮薇抛去一个微笑，即使是暴风雪也比这个微笑更有暖意。

“等我们带你回去的时候，奈妮薇，一定有人会为此而大喜过望，她本来以为你已经死了。你们其他人最好现在就离开，你们不想被卷进两仪师的事情吧！我的人会送你们到河边的。”法理恩的视线一直没有离开奈妮薇，她只是招手让身后的人上前来。

岚开始行动了，他并没有拔出剑，如果拔剑对抗两仪师，他就彻底没机会了。他刚刚还站在奈妮薇侧后，只是一眨眼，他已经扑到那两个人面前。还没等他的拳头落下，他沉闷地哼了一声，仿佛被狠狠地打中了，但他还是撞在她们的身上，将两名黑宗两仪师压倒在满是尘土的地板上。激烈的冲突由此开始。岚爬起身，如同酒醉般摇晃着脑袋。一名身材粗壮的家伙举起箍铁大棒，要砸碎岚的脑袋，但他的肚子立刻被麦特的长矛戳穿了。贝瑟兰、拿勒辛和五名红臂一起冲过来挡住了暗黑之友的攻杀。岚摇摇晃晃地站起身，剑刃一挥，将一名暗黑之友从胯下到脖颈切为两半。狭窄的走廊没有足够的空间施展长剑和艾杉玳锐，却也让暗黑之友一时无法发挥人数上的绝对优势压倒他们。这些人一边口齿不清地怒骂着，一边用臂肘顶着同伴，想挤出更大的空间好挥舞刀子和棍棒。

两名黑宗两仪师的身周还留着一小片空地，奈妮薇周围也是一样，她们都只是在注意着对方。一名身材瘦高的安多红臂差点撞到法理恩身上，但他突然抽搐着跃入空中，撞翻两名魁梧的暗黑之友后，才撞到墙上，又在地面上滑出很远的距离，他的后脑在墙壁破碎的石膏上留下了一片血污。一名秃头的暗黑之友挤过红臂的防线，举着匕首冲向奈妮薇，但他的脚忽然被一股力量拔起，他的面孔狠狠地撞在地上，甚至让他的头又弹了起来，而他的惊叫声也随着撞击戛然而止了。

很显然，奈妮薇已经不再受到屏障了，她和黑宗两仪师们互相用凶狠的目光瞪视着。麦特胸前如同冰块般的银狐狸头表明她们正在用至上力进行着激烈的战斗。两名智妇显得惊恐万分，她们的手里握着弯曲的匕首，后背却紧贴在墙上，瞪大的眼睛在奈妮薇和刚刚出现的两位两仪师之间来回转动着。

“作战啊！”奈妮薇朝她们喊道。她稍微将头转过一点，这样才能像法理恩和伊丝潘一样看见那两名智妇。“我一个人赢不了，她们连结起来了，如果你们不和她们作战，她们会杀死你们的，你们知道黑宗，快呀！”而两名智妇只是睁大眼睛盯着奈妮薇，仿佛奈妮薇正要求她们把口水吐到女王脸上。在一片吼声和怒骂声中，伊丝潘仪容优雅地笑着，而一声凄厉的尖叫从楼上传了下来。

奈妮薇急忙朝那个方向一转头，突然间，她踌跚了一下，她的头向后摆去，仿佛一只受伤的獾。她瞥了麦特一眼，然后用杀人的目光盯着法理恩和伊丝潘；

看到那种眼神，任何明理的人都应该知道马上闪开。“楼上有人在导引，”她咬紧了牙说道，“那里有麻烦了。”

麦特犹豫着，很可能是伊兰看见一只老鼠，很可能……他将一把刺向自己肋骨的匕首挡到一旁，但他没有足够的空间用矛刃回击或用矛杆格档。贝瑟兰的剑从他身旁掠过，刺穿那名暗黑之友的喉咙。

“求求你，麦特。”奈妮薇用紧绷的声音说。奈妮薇从不曾乞求过，她宁可割断自己的喉咙也不会求别人。“求求你。”

麦特骂了一句，脱出战团向楼上跑去。楼梯很窄，一直通到六楼，其间没有任何透出亮光的窗户。如果那只是一只老鼠，他一定会把伊兰的牙齿全都摇下来……他飞一般地冲到顶楼。又是一条走廊，只有走廊末端一扇深处在巷子里的小窗口透进一点光线，而麦特依靠这点光线看到一副噩梦般的场景。

到处都是躺在地上的女人，伊兰是其中之一，她半身靠在墙上，眼睛紧闭着。车尔蜷缩着跪在地上，正无力地想扶墙站起身，鲜血从他的耳鼻中淌流出来。最后一名保持着站姿的女人是简奈拉，一看见麦特，她立刻逃一般地向他跑了过来。麦特一直觉得这个有尖鼻子和高颧骨的女人像一头鹰，但现在她的脸上只有纯粹的恐惧，那双睁大的黑眼睛里流露出绝望的神情。

“救救我！”她向麦特尖叫着。一个男人从她背后追了上来，他穿着一件没有装饰的灰色外衣，相貌很普通，年纪也许比麦特大一点，像麦特一样瘦，身高也和麦特一样。他带着微笑握住简奈拉的头，飞快地一拧，颈骨碎裂的声音听起来如同树干断成了两截。他盯着软倒在地上的简奈拉，脸上的微笑中充满了……愉悦。

房里突然出现了灯光。一小群男人在车尔对面推开一扇门，随之响起了一阵锈蚀铰链的磨擦声，但麦特丝毫没注意到这些。他的目光从简奈拉的尸体上移向伊兰，他答应过兰德要保护伊兰的安全，大吼一声，他挺起艾杉玳锐向杀人凶手冲去。

麦特曾经见过战斗中的魔达奥，但这家伙比魔达奥更快，力量大得更让人难以置信。他仿佛是突然出现在麦特长矛的前面，抓住矛杆，将麦特甩过头顶，让他一直跌落到五步之外的地上。

麦特撞在地板上，扬起一片尘土，他感觉自己无法呼吸，长矛也脱手落在地上。他挣扎着想要吸进一口气，努力站起身，狐狸头从敞开的衬衫里垂挂出来。他从外衣里抽出一把匕首，再次向那个男人扑去。而拿勒辛这时也出现在楼梯口，手中拿着剑。现在他们堵住他了，不管他怎么快……

那个男人让魔达奥看起来都仿佛是僵硬的木头，他柔软地闪过拿勒辛的攻击，就好像没有骨头一样，右手抓住了拿勒辛的喉咙。当他的手离开时，也带起一阵液体喷溅的声音。鲜血染红了拿勒辛的胡子，他的剑锵的一声落在石头地板上。他用两只手捂住撕裂的脖颈，但鲜血立刻从他的指缝间渗涌出来，他跌倒在地上。

麦特撞在杀人凶手的背上，将他推倒在地。必须袭击一个人的后背时，麦特不会受任何良心的谴责，特别是这个人可以撕裂别人的喉咙。他应该让拿勒辛留在床上的。他狠狠地将刀刃刺进凶手的后背，内心却只感觉到哀伤，一次，又一次。

凶手也在用力挣扎着。麦特觉得不可能，但他确实翻过身来，反将麦特压在下面，而麦特的匕首也留在了他身上。拿勒辛瞪大的眼睛和鲜血淋漓的喉咙就在麦特眼前不远处。麦特拼命地抓住那个人的手腕，但从那个人手上流下来的血让他的手指有点打滑。那个人还在对着麦特微笑，有一把刀子就插在肋侧，而他还在微笑！“他想让她死，同样也想让你死。”他的声音很轻。他的双手向麦特的头移过去，就好像麦特完全没抓住他一样，而麦特的手臂逐渐被推了过来。麦特疯狂却又徒劳无功地抵抗着。光明啊，这就像是一个孩子在与成年人作战！这个人从容不迫，视他如同儿戏，他的双手已经碰到了麦特的头。他该死的运气到哪里去了？麦特拼出最后一点力气——那个徽章落在那人的脸颊上，灰衣人立刻发出一声骇人的尖叫。狐狸头的边缘升起一股烟尘，同时响起烤肉般的滋滋声。他抽搐着将麦特扔了出去，这一次，麦特连飞带滑，足足被抛出了十步远。

当麦特晕眩地爬起身时，那个人已经站了起来，双手颤抖着捂住了脸，在狐狸头碰到的地方出现了一片血红的烙印。麦特小心地碰了碰那个徽章，它是凉的，但不是那种有人在附近导引时产生的冰凉（也许楼下至上力的战争还没结束，但距离他已经太远了），只是银本身的凉。麦特不知道这家伙到底是什么，但他肯定不是人类。他已经受了一处烫伤和三处刀伤，刀子还插在他的肋侧，他的速度至少应该能慢下来，能让麦特穿过他回到楼梯上了。他要为伊兰报仇，要为拿勒辛报仇，但现在不是做这些事的时候，而且如果需要别人为麦特·考索恩报仇就更不好了。

那个人从肋侧抽出匕首，向麦特掷过来，麦特没多想就伸手将它接住。汤姆教过麦特杂耍，那时汤姆说麦特是他见过手最快的人。麦特将匕首一转，握住刀柄。他朝刀刃上瞥了一眼，心立刻沉了下来，没有血。那上面至少应该有一抹血红，但麦特只看见钢铁的光泽，闪亮洁净。也许那三刀根本没伤到……这个东西。

麦特冒险回头瞥了一眼，另外那些人正从昨天他来到的那扇门中鱼贯而出，他们似乎是运出了一堆垃圾：朽烂的小箱子、装满了用布裹着的物件的一只桶，还有一把残缺的椅子和一面碎镜子，命令他们的人一定是要让他们将所有的东西都拿走。他们完全没注意到麦特，只是匆匆地向走廊远处跑去，消失在一个转角里。他们一定会从另一个出口离开这栋房子，也许他应该跟踪他们，也许……就在他们刚才出来的那个门口，车尔又一次想要站起来，却又跌倒了。麦特骂了一声。车尔看样子是没救了，也许他只会浪费麦特的时间，然而麦特的运气……他的运气没有保护好伊兰，但也许……麦特从眼角看到伊兰在动，她用一只手抚摸着头。

那名灰色人也看到了。他微笑着转向了伊兰。

麦特叹口气，将无用的匕首收回衣服里，大喝一声：“不准靠近她！”他答应过的。他一把扯下脖子上的皮绳，银狐狸头在他拳头下面一尺处摇晃着。他甩动项链，转成圈的徽章发出咻咻的响声。“该死的给我离她远一点。”他向前迈了一步，第一步是最难的，但他要信守诺言。

那个家伙的微笑退去了。他警觉地看着银光闪烁的狐狸头，一步步向后退去，他已经退到楼梯口，一步步靠近走廊末端的窗户。如果麦特能把他逼到那里，也许他们就能确认一下一把刀子做不了的事情六层楼能不能办到。他脸上那块烙伤已经变成了青紫色，他还在后退。有时他会伸一下手，仿佛是要试图夺取那个徽章。突然间，他冲向走廊的一侧，进了一个房间，然后，麦特听到门闩拴上的声音。麦特被关在了外面。

也许现在就应该离开，但麦特未经思索就抬起腿，一脚踹在门板正中间，灰尘从粗木板上扬起。又是一下，锈蚀的铰链断开来，门板向里面倒落，悬在最后一根铰链上。

走廊里的光线透了一些进房间。一面破成三角形的镜子斜靠在门对面的墙上，让麦特不必进房就能看见里面的情况。但房里除了那面镜子和一把椅子外什么都没有，镜子旁边还有一扇门，那个灰衣人已经离开了。

“麦特——”伊兰虚弱地喊道。麦特急忙向她跑去。下面也传来了喊声，但奈妮薇他们只能先自求多福了。

当他跪在伊兰身边时，她坐起了身，活动着下巴，哆嗦了一下。她的裙子上满是尘土，帽子歪在一旁，上面有许多羽毛断掉了，金红色头发变得像扫把一样。“他打得真重，”伊兰虚弱地说道，“应该没有骨折，但……”她的眼睛盯住了麦特，麦特觉得自己在她眼中完全变成了一个陌生人。“我看到你做的事，麦特，你对他做的，他对付我们就像黄鼬对付笼子里的鸡。至上力碰不到他，能流在半路上就融解了，就像碰到你的徽章那样……”瞥了仍然挂在麦特拳头上的徽章一眼，她深吸一口气，让胸前那片卵圆形的开口更加诱人。“谢谢你，麦特，我为我所做过和想过的一切道歉。”听她的口气，她似乎是真心的。“我亏欠你的义愈来愈多，”她露出楚楚可怜的微笑，“但不会让你击败我的。你至少要让我救你一次，才能让我们互不相欠。”

“我会注意的。”麦特冷冷地说着，将徽章塞进外衣口袋。义？击败她？光明啊！这个女人和艾玲达待在一起实在太久了。

麦特帮伊兰站起身，伊兰看着走廊，看着车尔血污的面孔，还有那些躺在地上的女人，面孔抽搐了一下。“哦，光明啊！”她喘息着说，“哦，该死的！该死的！”麦特不禁打了个寒颤——不仅是因为他绝对没有想到伊兰会说出这些话。而且伊兰似乎只知道怎么说，但并不知道确切的意思。不知为什么，当她这么说的时候，她听起来比看上去显得要年轻了。

伊兰甩开他的搀扶，快步跑到距离她最近的黎恩身边，跪下去用双手捧住她的头。那个女人仍然只是瘫软地趴着，脸朝下，手臂伸开。除了简奈拉外，所有人都是面朝那个房间倒下的，他们甚至没来得及逃跑。

“我的能力不够。”伊兰喃喃地说，“奈妮薇在哪里？为什么她没跟你一起上来，麦特？奈妮薇！”她朝楼梯口喊道。

“不需要叫得像猫一样。”楼梯口传来奈妮薇气恼的喊声。奈妮薇一边走上来，一边还在回头看着：“你紧紧抓住她，听到我的话吗？”她的尖叫声倒是和猫差不多。她的手里拿着帽子，朝她叫喊的方向用力挥舞着。“如果你再让她挣脱开来，我就赏你一巴掌，直到你明年都有铃声在耳边响！”然后她转过身，眼睛差点凸出眼眶外。“光明照耀我们！”她喘息着，跑过来俯身去看简奈拉。只是碰了一下简奈拉的身子，她就直起腰，悲痛地颤抖着。麦特知道那个女人死了，而奈妮薇看见她死，就像是自己也死了一样。她用力摇摇头，走到泰玛拉身边。这一次，她似乎是能够挽救伤者了，但泰玛拉的伤势明显也不轻，因为奈妮薇皱紧眉头跪到她身边。“出了什么事，麦特？”她头也不回地问道。奈妮薇的腔调让麦特暗自叹了口气，他就知道，奈妮薇一定会认为这都是他的错。“麦特？出了什么事？你能不能说句话，或者我只能——”麦特没来得及知道她会给出什么样的威胁。

岚出现在楼梯口，桑珂就在他身后。那名矮个子智妇一看到楼上的情形，立刻拉高裙子朝黎恩跑了过来。她先是担忧地瞥了伊兰一眼，才跪下身，开始将双手以一种奇怪的方式在黎恩身上移动。她的举动立刻引起奈妮薇的警觉。

“你在做什么？”奈妮薇严厉地说道。她并没有停止对泰玛拉的治疗，只是偶尔瞥一眼那名圆脸智妇，不过她的目光像她的声音一样锐利。“你在哪里学到这些的？”

桑珂哆嗦了一下，但她双手的移动并没有停止。“请原谅，两仪师。”她气喘不停，声音显得杂乱无章，“我知道我不应该……但如果我不这样她会死的……我知道我不应该一直……我只是想学习，两仪师，求求您。”

“不不，继续，继续。”奈妮薇心不在焉地说着，她的大部分心神都集中在她手掌下的人体上，“你似乎知道一些就连我……就是说，你掌握能力的方式非常有意思。我想，你会发现有许多姐妹会想要向你学习。”她又低声地喃喃说，“也许现在她们不需要我也行了。”桑珂不可能听到最后那句话，但她听见的已经让她的下巴几乎要垂到胸口了，不过她的双手仍然在毫无停顿地动作着。

“伊兰，”奈妮薇继续说道，“你去找一下那只碗好不好？我想应该就是那扇门。”她朝那扇门点点头，那扇门现在和其他几扇门一样敞开着。麦特眨眨眼，看见两个小布包掉在那扇门前，一定是刚才那伙人丢下的。

“是的。”伊兰喃喃地说，“是的，至少这是我能做的。”她朝车尔抬起手，但看到车尔仍然跪在地上，她叹息一声，自己走进了那扇门。很快就有烟尘从那个房里弥漫出来，还伴随着一阵阵咳嗽声。

跟随奈妮薇和岚的智妇并非只有胖胖的桑珂一个人。爱伊恩这时走上了楼梯，她的前面走着伊丝潘，这名塔拉朋暗黑之友的一只手臂被爱伊恩扭在身后，另外一只被扭在颈后。爱伊恩的下巴扬着，嘴唇紧闭。她的脸上半是恐惧，半是无论如何也要坚持住的决心，有时奈妮薇对别人就是会产生这样的影响。那名黑宗两仪师睁大的眼睛里，除了恐惧之外一无所有，如果不是爱伊恩在撑着她的身体，她肯定已经倒下去了。她肯定已经被屏障了。也许她宁愿选择被剥皮，也不愿意遭到如此的下场。泪水不停地从她的眼眶里落下，她的嘴唇颤抖着，看上去正在无声地抽泣。

她们身后是贝瑟兰，看到拿勒辛，他悲伤地叹了口气；看到躺在地上的女人，他的叹气声显得更加悲伤。他的后面是哈南和三名红臂——费尔金、高德蓝和梅特温，他们三个是守在房子前面的。哈南和他们之中的两个人在衣服上沾有血污。奈妮薇一定在楼下已经为他们进行过治疗了，他们行动已然无碍，只是看上去非常虚弱。

“后门出了什么事？”麦特低声问。

“烧了我吧，如果我知道就好了。”哈南回答，“我们走过去的时候，正碰见一群暗藏着匕首的家伙，他们之中有一个，动起来就像是一条蛇……”他耸耸肩，茫然地碰了一下外衣上那处血污的破损。“他们之中有人用刀子捅了我，当我再次睁开眼睛时，两仪师奈妮薇正俯身看着我，蒙丹和其他人都已经死得像昨天被宰的羊了。”

麦特点点头。动起来像蛇一样的家伙，刚刚从房子里逃出去的那个人也是这样。他环顾走廊，黎恩和泰玛拉已经站起身（当然，她们又开始平整自己的裙子了），还有车尔，现在他正向伊兰走进去的那个房间里窥望着。伊兰似乎又在试着说脏话了，不知道是因为她迄今为止尚未成功，还是被灰尘呛得太厉害。奈妮薇站起身，也扶起了茜贝拉（她是一名瘦削的黄发女子）。桑珂在救治费梅勒（她有一双褐色的大眼睛，头发是浅蜜色的），但麦特相信自己再也无法欣赏梅萝尔的胸部了。黎恩跪下来，让她的身体平躺，合上了她的眼睛，泰玛拉也在为简奈拉做着同样的事。两位智妇死了，还有麦特的六名红臂。杀死他们的是一个……至上力不能碰触的……人。

“我找到了！”房里传来伊兰兴奋的喊声。她大步走了出来，双手抱着一只宽大的圆形包裹，包在外面的布都已经朽烂了。车尔想要替她拿着，她却紧紧地抱着它不放，现在她从头到脚都是灰色的，就好像刚刚在灰尘中洗过澡一样。“我们拿到风之碗了，奈妮薇！”

“既然如此，”麦特说道，“我们该死的最好现在就离开这里。”没有人反对。只是奈妮薇和伊兰坚持让所有男人都把外衣脱下来，把她们从那个房间里翻出来的东西全都包起来，最后连智妇和她们自己的斗篷都用上了。黎恩不得不去楼下雇了人，才将死者运到码头上，但没有任何人反对麦特的话。麦特怀疑拉哈德区的居民们是否见过如此奇怪的队伍，或者是否曾经有什么人走得比他们更快。

第 39 章

信守的诺言

“该死的，我们最好现在就离开这里。”过了一会儿，麦特又说了一遍。这次却引来了争论，其实争论在半小时前就开始了。在外面，太阳已经越过天顶，信风将闷热减少了些，固定在高窗上的黄色窗帘被吹进窗内，有的甚至被吹得撕裂了。他们回到泰拉辛宫已经有三个小时，但骰子还是在麦特的脑海中旋转着，刺激得他很想砸碎些什么东西，或者踢上某人几脚。他拉了拉脖子上的丝巾，那种感觉就像给他脖子留下伤疤的绳子又回来了，而且在缓缓地勒紧。“光明垂怜，你们都瞎了吗？还是聋了？”

泰琳提供的房间很大，地上铺着红黄亮色的地砖，墙壁是绿色，高大的天花板是蓝色的。房间里有三座大理石壁炉，除了镀金座椅和镶嵌珍珠贝的小桌子外，没有别的家具，但已经显得很拥挤了。泰琳双腿交叠地坐在一座壁炉前，慵懒地轻踢着自己黄色和蓝色的多层衬裙，慵懒地玩弄着宝石嵌柄的弯曲匕首，那双鹰一般的黑眼睛看着麦特，嘴角还带着一丝微笑。麦特怀疑伊兰或是奈妮薇已经和她谈过了，她们正坐在女王两侧，全身上下整洁清新，一尘不染。实际上，麦特觉得她们回宫后不在他眼前的时间大概只有几分钟而已，但现在她们的典雅尊贵几乎与泰琳不相上下。麦特完全不知道她们为什么要摆出这副模样，在身上装饰那么多蕾丝和刺绣——她们看上去像是要参加一场宫廷舞会，而不是一次旅行。麦特自己还是刚才那副打扮——落满尘土的绿色外衣敞开着，银狐狸头挂在脖子上，衬衫的钮扣也没有扣上几个。挂狐狸头的皮绳因为又打了一个结，所以变短了，但他想让狐狸头碰到自己的皮肤，毕竟他正被能够导引的女人包围着。

说实话，这三个女人也许就能把这个房间挤满，麦特甚至觉得泰琳自己就能做到这一点。如果奈妮薇或伊兰已经和她谈过了，那么他最好是赶快逃走，这三个人自己就能处理一切了，只是……

“这太荒谬了，”茉瑞莉说道，“我从没听说过任何被称作古蓝的暗影生物，你们听过吗？”她问的是艾迪莉丝、范迪恩、赛芮萨和凯瑞妮，她们都面对着泰琳，这五名平静冰冷的两仪师让她们的高背扶手椅看起来都像是王座。麦特不明白，为什么奈妮薇和伊兰只是同样平静冰冷地坐着，却始终不发一语。而且不知为什么，现在茉瑞莉那帮人在跟她们说话时语调都变得谦逊许多，而麦特·考索恩对她们而言只是一个耳朵长毛的傻瓜，现在这五个女人都摆出了一副要教训他的样子。

“我看见了，”麦特用不容置疑的声音说，“伊兰看见了，黎恩和智妇也看见了，问问她们啊！”

黎恩和五名生还的智妇蜷缩在房间的一端，如同一群躲避主人目光的母鸡。只有桑珂除外，这位圆胖的女人将拇指插在红色的长腰带里面，皱起眉看着两仪师们，不时会摇摇头。奈妮薇回来时在船舱里和她进行过很久的谈话，麦特相信那肯定是因为桑珂的能力，他听到她们不止一次提及两仪师。这并不是因为麦特在偷听她们说话。现在那些智妇似乎都在考虑是否应该去为屋中坐着的人端茶。茜贝拉一直用细瘦的手为自己扇着风，仿佛是很快就要晕过去的样子，只有桑珂甚至好像是想要一个座位。

“没有人否认两仪师伊兰的话，麦特大人。”蕾耐勒·丁·考隆·蓝星用深沉清晰的声音说。在她被介绍之前，麦特已经凭借嵌入脑中的古老记忆知道这位穿红黄色丝衣的威严女子是诸船长的寻风手，因为她的耳朵上戴着十个粗大的黄金耳环，两侧耳朵上的耳环分别被一根黄金细链连在一起，金链一直延伸到鬓角已经雪白的黑色直发之中。连接鼻环和耳环的一条更细的黄金链上悬挂的徽章，和她娟秀手掌上的刺青让麦特了解到她来自于哪个部族，以及其他一些信息。“我们要问的是他有什么危险，我们不喜欢在没必要的情况下离开水面。”

几乎有二十名海民女子聚集在她的椅子后面，她们身穿各色丝衣，戴着无数首饰徽章，而首先引起麦特注意的是她们对待两仪师的态度。她们对待两仪师很尊敬，至少在表面上是这样，但麦特以前从没见过任何人会以自鸣得意的眼神看着两仪师。第二件让他感到古怪的事是因为那些古老的记忆。那些记忆让他对海民的了解不多，但也足够了。每一名亚桑米亚尔，无论是男人还是女人，都要从最低级的甲板水手开始做起，即使他们将来要成为锋刃长或诸船长，他们也要经历过这其中的每一个位阶。海民对于等级的执着让任何国王或两仪师都会相形见绌，而现在蕾耐勒身后的那群人怎么看都不合规矩。波涛长的寻风手和翔翼上的寻风手并肩而立，而且她们之中还有两个人穿着用普通羊毛缝制的亮色外衫和甲板水手穿的暗色油布裤子。这两个人的左耳上只有一个小耳环，右耳上的第二和第三个耳环表明她们将被训练为寻风手，但还差两个耳环，更不要说鼻环了。她们还会有很长一段时间被甲板主人命令去拉帆索，如果她们的速度不够快，甲板主人的皮鞭就会落在她们的屁股上。麦特从不记得这样的人能够和其他在场的海民同时出现，甚至诸船长的寻风手根本不会和这样的人说话。

“很可能像我说的一样，并没有什么重大危险，蕾耐勒。”茉瑞莉冰冷的语气显得很是屈尊俯就。她肯定注意到了那些得意的眼神，当她将注意力转移到麦特身上时，她的腔调改变了。“不要使性子，麦特大人，我们愿意听听你的理由，如果你有的话。”

麦特考验着自己的耐心，他希望能控制住自己，但也许这要用到他的两只手和两只脚。“古蓝是在传说纪元，至上力之战中期被制造出来的。”他的开头几乎和柏姬泰向他讲述的开头一样，他必须从最开始说起。他向屋中环视一周，目光扫过每一群女人，如果他让这些女人中的任何一群觉得在他眼里比其他人更重要，那就烧了他吧！他也不是在该死的向她们乞求什么，特别是现在。“它们被制造出来的目的是刺杀两仪师，杀死能够导引的人，没有其他原因。至上力帮不了你们，它碰触不到古蓝。实际上，如果它们靠近到你们五十步以内，它们就可以感觉到导引的能力，它们也能感觉到你们力量的强弱。除非古蓝主动攻击，否则你们无法察觉它们。它们的外表和普通人没两样，而在身体内部……古蓝没有骨骼，它们能从门缝里钻过去，它们的力量也足以将门板从钢制铰链上拉开。”或者是撕裂喉咙。光明啊，他应该让拿勒辛留在床上的。

压抑住一阵颤抖，麦特继续说了下去。所有女人都在盯着他，几乎没有人眨眼，他不会让她们看见他在发抖。“只有六个古蓝被制造出来——三男三女，至少它们的外表是这样。显然，即使是弃光魔使也对它们感到了一点不安，也许弃光魔使们认为六个就够用了。不管怎样，我们知道其中一个在艾博达，也许是因为它被放进了停滞匣里，所以才能活过世界崩毁。我们不知道是否还有其他古蓝被放进了停滞匣，但一个就足够了，不管是谁派它来的——那一定是弃光魔使——那人肯定是让它跟踪我们过了河，而且他的目标肯定是风之碗。还有，根据那个古蓝的说法，他要杀死奈妮薇和伊兰。”麦特飞快地看了她们两个一眼，目光中带着抚慰和同情，没有人在知道这种事情后还能保持心情轻松。作为响应，伊兰困惑地皱着眉（实际上只是她一点小小的皱纹），奈妮薇则不耐烦地朝他微微摇摇手。

“而由此也可以推测，”他又瞪了那两个女人一眼，同情女人就是没用，“派来古蓝的人也一定知道了那只碗就在泰拉辛宫。如果古蓝来到这里，你们之中一定有人会死，也许会死很多人，我不能同时保护你们所有人。也许古蓝能抢到这个碗，这肯定也是法理恩·波达现在想要做的事，即使她的同伴伊丝潘已经成了我们的俘虏。这就意味着我们除了弃光魔使和古蓝之外，还要担心黑宗。”当麦特提及黑宗时，黎恩和智妇们显然比两仪师更加愤怒，而那些两仪师都僵硬地拢着裙子，仿佛要一溜烟离开这个房间一样。施加更大的压力，这是麦特现在唯一能做的。“现在你们是否能够明白，为什么你们全都要离开这座宫殿，并将风之碗带到那个古蓝和黑宗不可能知道的地方去？你们是否明白为什么一定现在就要开始行动？”

蕾耐勒的鼻息声肯定能吓跑隔壁房子里的鹅（如果有的话）：“你只是在重复你的话，麦特大人，两仪师茉瑞莉说她从没听说过这种古蓝。两仪师伊兰说那是一个奇怪的男人，一个怪物，但也没有提供更多的信息。而那个……停滞匣是什么？你至今还没解释，你怎么知道你声称自己知道的这些事？为什么我们仅凭一个男人的信口胡言就要离开水面？”

麦特看着奈妮薇和伊兰，但他心中并没有多少希望。如果她们愿意开口，这一切早就结束了，但她们只是向他摆出那副两仪师的臭脸，也不怕自己的下巴绷得太紧而裂开来。麦特完全不理解为什么她们要保持沉默，她们只是将拉哈德区发生的事情不加任何解说地讲述了一遍。麦特打赌，如果不是因为那个被捆绑并被屏障的两仪师，她们甚至不会提到任何关于黑宗的事。伊丝潘正被关押在宫中的另一个房间里，只有屈指可数的人知道她正在泰拉辛宫。奈妮薇调配出一些药剂灌进了她的喉咙，那种可怕的草药味道先是让那个女人的眼珠凸了起来，然后她就开始不停地傻笑，胡言乱语。现在女红社其余的成员都在看守她，她们并不愿意接受这份工作，但她们的工作态度都很认真。奈妮薇让她们很清楚，如果伊丝潘跑了，她们最好立刻就逃到奈妮薇绝对不可能到得了的地方去。

麦特很小心地不去看柏姬泰。柏姬泰和艾玲达一同站在门旁，那名艾伊尔女子穿着艾博达风格的衣裙，不是那种朴素的羊毛衣服，而是银灰色的丝绸骑装，不过她的腰间仍然插着她那柄没有装饰的角柄小匕首。柏姬泰回来之后则很快就脱去深蓝和深绿色的裙装，重新换回她常穿的外衣和宽短裤，腰间挂上了箭囊。就在今天之前，她还是麦特对于古蓝和停滞匣全部信息的来源，但即使把麦特放到烤肉叉上，他也不会泄露这一点。

“我读过一本书——”麦特说。蕾耐勒立刻打断了他的话。

“一本书！”她哼了一声，“如果有两仪师不知道的书，我还不如相信自己不需要盐。”

突然间，麦特想到自己是这里唯一的男人。岚已经在奈妮薇的命令下离开了；泰琳则轰走了贝瑟兰，两个人都走得不情不愿。汤姆和泽凌也离开了，现在他们大概已经全都收拾好行李了，虽然他们可能又要把行李摊开。他是唯一的男人，被一群女人包围着，而这群女人现在让他只想用自己的脑袋去撞墙，直到把脑浆撞出来。当然，这没用的，她们还在看着他，等待着。奈妮薇穿着黄色蕾丝镶边的蓝丝裙，她已经将辫子放到了胸前，但她很仔细地没让辫子遮住岚的那个金戒指。她的面孔平静安详，双手放在膝盖上，只是手指偶尔会抽动一下。伊兰穿着绿色的艾博达丝裙，尽管一抹轻纱一直覆盖到她的下巴，但这身衣服还是让奈妮薇的穿着显得非常保守。她回视着麦特，眼睛如同两潭深蓝色的池水。她的手也放在膝盖上，只是不时会用指尖抚摸裙子上的金线刺绣，然后突然又停在中途。她们为什么不说些什么？她们是在报复他吗？她们是否正在盘算着“麦特那么想掌控一切，就让他看看如果没有了我们能做些什么”？他也许能相信奈妮薇会这么做，但奈妮薇不会以这种态度对待这样的事，而伊兰更不会这样想。那她们又是为了什么？

黎恩和智妇们并不像畏惧两仪师那样畏惧他，但她们对他的态度已经改变了。泰玛拉会尊敬地向他点头，蜜色头发的费梅勒则会向他友善地微笑，奇怪的是，黎恩看他时会脸红，虽然只是浅浅的，但她们对他没有半点反感。这六名女人走进这个房间后，私下里的谈话不超过十个字，只要奈妮薇或者伊兰弹个手指，她们立刻就会跳起来，并且一直跳下去，直到被命令停下来。

麦特转过头去看其余的两仪师，她们的面孔保持着绝对的平静，绝对的耐心，只是……茉瑞莉的眼睛闪过他，向奈妮薇和伊兰瞥了一下。赛芮萨在他的注视下缓缓抚平裙摆，却又仿佛不知道自己正这么做。麦特心头升起一团疑云。抚裙子的双手。黎恩的脸红。柏姬泰挂在腰间的箭囊。怀疑的结果让麦特非常不悦。他其实什么都不知道，他一直都走错了方向。他严厉地看了奈妮薇一眼，又更加严厉地看着伊兰。奶油都不会在她们该死的舌头上融化。

他缓缓走向海民，他只是在走着，但她听到茉瑞莉的哼声，听到赛芮萨低声说：“无礼！”那他就让她们看看什么是无礼吧！如果奈妮薇和伊兰不喜欢，她们至少应该信任他。光明啊，他痛恨被利用，尤其是他被利用得不明不白。

停在蕾耐勒的椅子前，他先是审视着后面那些肤色黝黑的亚桑米亚尔女子，然后才将目光落在蕾耐勒身上。蕾耐勒皱起眉，伸手按住腰带上的月长石镶嵌匕首，她是一名俊俏更多于美丽的中年女子。如果换作别的时候，麦特也许会好好欣赏一下她的眼睛，那是一对晶莹的黑色宝石，任何男人都愿意整晚凝视着它们，但那只能是在别的时候。麦特觉得海民就像一只飞进奶油罐里的苍蝇，让他不知道该怎样对付。他努力控制着自己的火气，但非常勉强。该死的，到底该怎么做？

“你们都能导引，这我明白，”他低声说，“但这对我没什么意义。”不如一开始就直说吧！“你可以问问艾迪莉丝或范迪恩，我是否在乎能够导引的女人。”

蕾耐勒越过他朝泰琳望去，但她说话的对象不是女王。“两仪师奈妮薇？”她冷冷地说，“我相信在和你的契约里，并没有提到我必须听这个年轻的采麻工说话，我——”

“我该死的不在乎你和其他任何人的契约，你这个沙子的女儿！”麦特吼道。他快要控制不住自己的火气了，一个男人也只能做到这种程度。

蕾耐勒身后的女人们纷纷张大了嘴，大约一年前，一名海民女子曾经称呼一名埃森尼安的士兵叫作沙子的儿子，然后就将一把刀子刺进他的肋骨中。这个回忆浮现在麦特·考索恩的脑海里，这不是亚桑米亚尔之中最恶劣的侮辱，但也差不多了。蕾耐勒立刻面孔充血，口发嘶声，狂怒地瞪大了眼睛，她跳起身，那柄镶嵌月长石的匕首在她的手里闪着光。

麦特从她的手中抢走匕首，将她推回椅子里。他的速度非常快。他也还能控制自己的脾气，不管有多少女人以为能把他当成傀儡玩弄，他能控制自己。“你听我说，你这个压舱石，”好吧，也许他终究还是很难控制自己，“奈妮薇和伊兰需要你们，否则我就会把你们丢给古蓝去折断你们的骨头，再让黑宗收拾你们剩下的东西。我告诉你，我是锋刃长，我的锋刃已经袒露。”他不知道这句话真正的含意，他只是知道另一句话——“当锋刃袒露时，诸船长也要向锋刃长鞠躬”。“这是你和我的契约，你们要去奈妮薇和伊兰想要你们去的地方，而作为回报，我不会把你们捆在马背上拉到那里去！”

这种办法根本就是错的，诸船长的寻风手不该受到这样的对待，就算是从沉船上逃下来的底舱水手也不可能接受的。蕾耐勒颤抖着，努力不让自己空着两只手就扑向他，也丝毫没去注意留在他手中的匕首。“光明在上，成交！”她也吼道，她的眼睛几乎要从眼眶里迸出来了，她的嘴唇翕动着，困惑和难以置信在她的脸上爆发开来。这一次，她背后传来的惊叹声如同所有的窗帘同时被信风撕裂了。

“成交！”麦特立刻说道。他用手指一碰嘴唇，又将它们在蕾耐勒的嘴唇上碰了一下。

过了一会儿，蕾耐勒也做了同样的动作，手指颤抖着靠在麦特的嘴唇上。麦特将匕首还给她，她目光阴郁地盯着那把匕首，片刻之后才从麦特手中拿起它，将它插回到镶嵌珠宝的刀鞘里。杀死一个已经与之签订契约的人是不礼貌的，至少不能在条约履行前杀死他。她背后的女人们开始窃窃私语，而且声音愈来愈大。蕾耐勒用力一拍手，从波涛长的寻风手到那两名训练期间的甲板水手立刻恢复安静。

"我想我刚刚和一名时轴订了契约。"她用那种清澈低沉的声音说道，这个女人肯定能教会两仪师该如何迅速恢复镇定。"但总有一天，麦特大人，如光明所愿，我相信你会为我走绳子的。"

麦特不知道那是什么意思，不过这个女人的声音相当不怀好意。他尽力挺直腰杆。"如光明所愿，万事皆可能。"毕竟他现在应该表现出一定的礼貌了，不过蕾耐勒的微笑总让他感到一丝不安。

当麦特转回身去看大厅里的其他女人时，他开始有些怀疑是不是自己已经长出了犄角和翅膀。"还有什么人反对吗？"他面色不善地问道，但并没有等待回答，"我想是没有了，既然这样，我建议你们找一个远离此地的地方。你们收拾好行李之后，我们立刻就要上路了。"

众人立刻开始无意义的讨论。伊兰提到凯姆林，而且她的语气至少有一半是认真的。凯瑞妮建议去黑丘的一些偏远村落，只要借助通道就很容易到达，光明啊，任何地方通道都很容易到达。范迪恩认为可以考虑艾拉非。艾玲达则认为鲁迪恩是最好的，它在艾伊尔荒漠里。人们提出的地方距离海洋愈远，海民的表情就愈阴沉。而麦特则注意到奈妮薇只是不耐烦地玩弄着辫梢，完全没加入这场热闹的讨论。

"请容我说一句，两仪师？"最后黎恩胆怯地说道，她甚至举起了一只手，"家人在河对岸有一处农场，就在北方几里外，所有人都知道那是个为女人提供平静安宁生活的地方，但没有人认为它和我们有关系。那里的房屋宽大舒适，可以长期居住，而且——"

"是了，"奈妮薇打断了她的话，"是了，我想的就是这个。你说怎样，伊兰？"

"听起来很不错，奈妮薇，我知道蕾耐勒很想留在靠近海的地方。"另外五名两仪师全都一致表示赞同，认为这个建议要比其他建议好得多。

麦特瞪着天花板。泰琳仿佛完全不知道身边正在发生什么事情，但蕾耐勒就像鲑鱼叼住草蛉般叼住了这个建议。她大概不知道奈妮薇和伊兰事先已经把一切都安排好了。没等奈妮薇和伊兰改变主意，她已经率领海民们去收拾她们带来的东西了。

奈妮薇和伊兰本来打算和其他两仪师一起离开，但麦特朝她们勾了勾手指，她们交换了个眼神（这个眼神里的信息如果由麦特来表达，也许要说上一个小时），令麦特惊讶的是，她们真的走了过来。艾玲达和柏姬泰从门口看着他们。泰琳坐在椅子上也看着他们。

“我很抱歉利用了你，”没等麦特说话，伊兰已经抢先开了口，她还向他露出了酒窝，“但我们确实是迫不得已，麦特，你一定要相信这一点。”

“有些事情是你不需要知道的。”奈妮薇强硬地说道。她将辫子甩到身后，熟练地一扬头，那个金戒指在她的胸前跳了一下。岚一定是疯了。“但我必须说，我绝对没想到你会那么做。你怎么会想到可以那样威逼她们？你差点就把一切都毁了。”

“如果你不碰碰运气，那还算什么生活？”麦特神清气爽地说。如果她们认为计划比他的脾气重要，那就最好听他的，她们又一次没告诉他就利用了他，他想讨回一点公道来。“下次如果你一定要和海民签订契约，就让我为你代劳吧！也许那样就不会像你的上一个契约那么糟糕了。”奈妮薇脸颊上绽出的红晕让麦特知道自己说中了，虽然他是蒙着眼睛孤注一掷，但成绩显然不错。

伊兰只是用懊丧却又有些愉快的口气嘟囔了一句：“真是个需要警觉的研究对象。”麦特觉得受到她的好评也许比受到她的批评更糟糕。

她们没有再等麦特说话，便走向了门口。麦特也并没有以为她们会真的向他解释一切，她们两个从骨子里就是两仪师。男人必须学会接受自己遭遇的一切。

泰琳只是轻轻滑过他的思维，而他在她心中却好像不是这样。没等麦特走出两步，她已经追上来。

奈妮薇和伊兰刚与门口的艾玲达和柏姬泰会合，她们都看见泰琳正捏住麦特的屁股，有些事情实在是谁也无法接受的。伊兰的脸上露出同情的神色；奈妮薇则瞪着一双眼睛，一脸不以为然；艾玲达努力想压抑住笑容，但不是很成功；柏姬泰则公然咧开了嘴。她们该死的全都知道。

“奈妮薇认为你是个需要保护的小孩，”泰琳以略为沙哑的声音说道，“我知道你已经是个男人了。”她撩人的笑声让麦特觉得这是自己听到过的最淫荡的一句评价。门口四个女人的脸霎时变得像甜菜根一样红。“我会想念你的，鸽子，你对蕾耐勒做的简直是棒极了。我最喜欢专横的男人。”

“我也会想念你的。”麦特嘟囔着。让他震惊的是，他知道这是实话，看来现在的确是他应该离开艾博达的时候了。“但如果我们再见面，我会是那个主动者。”

她发出咯咯的笑声，那双黑鹰眼烁烁发光。“我喜欢专横的男人，小鸭子，但不喜欢他们对我专横。”她揪住他的耳朵，把他的头拉低，亲吻了他的嘴唇。

麦特不知道奈妮薇她们是何时离开的。他迈着不稳定的步伐走出房间，一边将衬衫扎回进裤子里。他又不得不返回去从角落里拿起长矛，还有他的帽子。这个女人简直毫无羞耻，一点都没有。

他发现汤姆和泽凌正走出泰琳的寓所，他们身后跟着尼瑞姆和罗平——拿勒辛矮壮的仆人，他们各背着一个当作鞍囊用的大柳条篓，麦特知道那里面是他的东西。泽凌的一边肩膀上还扛着麦特没有上弦的长弓和箭囊。是了，泰琳说过她把他的东西都搬过来了。

“我在你的枕头上找到了这个。”汤姆说着，将麦特在艾博达买的那个玺戒扔给他，那似乎已经是一年前的事情。”看样子，像是一件分离的礼物，在那两个枕头上都绣着爱人结和其他一些花草。”

麦特将那个戒指套在手指上，“烧了你吧，这是我的，我自己花钱买的。”

老走唱人用手抚着胡子，想用咳嗽掩饰住脸上突然的笑容。泽凌从头顶上拉下那只可笑的塔拉朋帽子，开始全神贯注地盯着帽子里面。

“该死……”麦特深吸了一口气，“希望你们两个用一点时间去收拾一下你们的东西。”他用刻板的声音说，“等我抓住奥佛尔后，我们就要上路了，即使我们恰巧丢掉了一只发霉的竖琴或一把生锈的锯齿匕首也无所谓的。”泽凌用一根手指拉了拉眼角。不管这个动作是什么意思，汤姆已经皱起了眉头，侮辱汤姆的长笛和竖琴就是在侮辱他自己。

“大人。”罗平哀伤地说。他是个皮肤黝黑的秃头男人，比桑珂还要胖。他和泽凌一样，都穿着黑色的提尔平民外衣，只是他的衣服紧绷在肚子上，平时他都像尼瑞姆一样神情庄重，现在他双眼通红，仿佛刚刚哭过一样。“大人，我能不能留下来照顾拿勒辛主人下葬？他是一位好主人。”

麦特痛恨说出拒绝的话。“任何被留下的人也许都会被留下很长时间，罗平。”他温和地说，“听着，我需要有人帮助照顾奥佛尔。你知道，尼瑞姆需要回塔曼尼那里一趟，如果你愿意，我会把你带在身边。”麦特已经习惯身边有一名仆人，而现在这个时候想要找新的工作已经很困难了。

“我很愿意，大人，”罗平仍旧哀伤地说，“年轻的奥佛尔总让我想起我最小妹妹的儿子。”

只是，当他们走进麦特原先的房间时，他们只找到了莉赛勒女士。现在她的衣装已经比麦特第一次看见她时严肃多了，房里只有她一个人。

“为什么我要把他拴在我身边？”莉赛勒说道。她将双拳叉在腰间，引人瞩目的胸部随之挺了起来。看起来，女王的小鸭子是不该用急躁的语调对女王侍从说话的。“如果将男孩的翅膀拴得太紧，他就没办法成长为合格的男人了。他已经坐在我的膝盖上大声地读过书，也做好了算数，所以我让他出去走走，我不能让他一整天都读书和做算数。为什么你看起来这么困扰？他答应过日落前就会回来，而且他是很守信用的。”麦特将艾杉玳锐放到原先摆放它的角落里，让其他人也放下背上的东西，去找车尔和红臂。然后他离开莉赛勒美观的胸部，全速朝那些女人的寓所跑去。她们全都聚在起居室里，岚也在，而且他已经披上了护法斗篷，鞍囊也扛在肩头，看样子是他和奈妮薇两个人的鞍囊。有许多包衣服和不算很小的箱子堆放在地板上。麦特不禁开始思忖她们是不是要岚把这些都带上。

“你当然必须找到他，麦特·考索恩。”奈妮薇说，“你认为我们会丢下那个孩子吗？”听她的语气，好像麦特就是那个有心要把奥佛尔丢掉的人。

麦特一下子得到了大量的帮助，不仅是奈妮薇和伊兰建议延迟前往农场的计划，而且岚、柏姬泰和艾玲达都要帮麦特去找奥佛尔。岚的外表仍然像一块石头，柏姬泰和艾玲达却已经……

“如果那孩子出了事，我的心一定要碎了。”柏姬泰说。

艾玲达也同样热心地说道：“我一直说你没有好好照看他。”

麦特咬着牙，在这座城市的街道里，即使有八个男人去找奥佛尔，他也很可能是在日落时自己回来。他确实是个守信的孩子，但他也不会自愿放弃任何一点玩耍的时间。如果有更多的人去找，当然也许能早一点把他找回来，特别是如果所有智妇们也参与寻找的话。麦特犹豫了一下。他有自己的承诺要遵守，他不会让这件事干扰到自己的承诺。

“那只碗非常重要，”他对他们说，“古蓝也仍在附近出没，也许魔格丁和黑宗也在伺机偷袭。”骰子在他脑中发出雷鸣般的震响。也许艾玲达不喜欢被看成是和奈妮薇、伊兰一样的弱女子，但麦特不在乎这个。他对岚和柏姬泰说：“保护她们的安全，直到我再找到你们，保护她们所有人的安全。”

但令他惊诧的是，艾玲达立刻就接口说道：“我们会的，一定。”她用手指抚摸着腰间匕首的握柄，显然她没弄清楚她也是需要被保护的人之一。

不过奈妮薇和伊兰肯定明白自己的身份。奈妮薇用能够射穿脑袋的目光瞪着麦特，麦特以为她会拉扯住辫子，而她的手却只是朝辫子晃了一下，就紧紧地被压在了身侧。伊兰高扬起下巴，那双蓝眼睛蒙上一层冰霜。这回她的酒窝不见了。

岚和柏姬泰完全明白麦特的意思。

“奈妮薇是我的生命。”岚将一只手放在奈妮薇肩头。奇怪的是，奈妮薇突然显得非常哀伤，然后她又突然挺起下巴，仿佛下定决心要走过一堵石墙，还要在上面撞出一个大洞。

柏姬泰宠爱地看了伊兰一眼，嘴里对麦特说着：“我会的，这是我真实的荣誉。”

麦特不舒服地拉了拉外衣，他仍然不知道自己在喝醉时对柏姬泰都说了些什么，光明啊，但那个女人却丝毫不差地全都记住了。尽管如此，他还是正确地以巴拉山达领主的方式做出响应，接受柏姬泰的誓言："血之荣誉，血之真实。"柏姬泰点点头。奈妮薇和伊兰露出惊诧的神色，这让麦特知道，柏姬泰还在为他严格保守着秘密。光明啊，两仪师知道了他的那些记忆，她们也许还会知道他曾经吹响过圣号角。那时不管他有没有狐狸头，她们一定会把他所知道的一切都挖出来。

当他转身要走时，奈妮薇拉住了他的袖子。"记住那场风暴，麦特，它就要来了，我知道。你要照顾好你自己，麦特。听到我说的吗？等你带着奥佛尔回来的时候，泰琳会安排人带你前往那座农场。"

麦特点点头，离开了那个房间，他脑海中的骰子仿佛在回应着他奔跑的脚步声。所谓的照顾好自己是在他寻找奥佛尔的时候，还是在他去找泰琳要向导的时候？奈妮薇这家伙！不过她的听风能力到底告诉了她什么？难道她认为一点小雨就能融化麦特·考索恩？不过，一旦她们使用了风之碗，雨水就会再次落下，从上一次看到雨水到现在可能已经有超过好几年了。有些什么东西拉扯着他的思绪，关于天气，关于伊兰，他耸耸肩，甩掉它们。一次只要想一件事就好了，现在的事情是奥佛尔。

男人们都等在红臂居住的靠近马厩的长宿舍里。除了车尔以外的所有人都是站着的，只有车尔在床上躺着，双手搭在肚皮上。车尔总是说，人在能够休息时就一定要休息。麦特走进来时，他一甩腿坐了起来，他像其他人一样关心奥佛尔，麦特甚至还一直担心这家伙会不会教奥佛尔盗马偷鸡的事。七双眼睛都盯到了麦特身上。

"莉赛勒说奥佛尔穿着他的红色外衣，"他对他们说，"奥佛尔有时候会把自己的衣服送给别人，但任何穿着漂亮红外衣的小孩也许就会知道他去了哪里。所有人都走不同的方向，以莫海拉广场为中心进行环状搜索。尽量过一个小时就回来，等到所有人回来以后再重新出去寻找，这样，如果有人找到他了，其余的人至少不必一直找到明天。所有人都明白了吗？"他们点点头。有时候，这会让麦特感到奇怪。瘦高的汤姆头发和胡子都已经雪白，曾经是女王的情人，如果他说过的话有一半是真的，那么那位女王对他的爱远远不止于一个情人。方下巴的哈南在脸上刺着一头鹰，身上其他地方还有更多的刺青，他一生都是一名士兵。泽凌拿着细竹杖，腰间佩着锯齿匕首，他认为自己不比任何领主差，虽然他并不是那么喜欢在腰间佩上一柄长剑。还有肥胖的车尔，他让泽凌看上去像是一根鞋拔。皮包骨的费尔金，肩膀几乎像佩林一样宽的高德蓝；还有梅特温，他比麦特还要大几岁，但那张白皙的凯瑞安面孔看上去仍然像个男孩。他们之中的一些人跟随麦特是因为他们认为麦特有好运气，因为麦特的好运气能够让他们在枪林箭雨中活下来。而有些原因麦特自己也不知道，但他们都是忠心不二地追随他，就连汤姆也没有反对过他的命令。也许蕾耐勒的事情不止是他的运气，也许时轴的作用不止是让他永远陷在麻烦之中。突然间，他感觉到了……对这些人的……责任。这是一种不舒服的感觉，麦特·考索恩和责任从来就是沾不上边的，这太不正常了。

“照顾好自己，注意观察周围，”麦特继续说道，“你们知道这里都有些什么，而且一场风暴就要来了。”他为什么会说这些？“行动吧！我们在浪费时间。”

海风仍然强劲，大片灰尘扫过莫海拉广场中心喷泉上的雕像（纪念一位早已去世的女王，娜瑞妮女王以诚实著称，虽然这并不代表她生前也是一直这样袒露着胸膛），但除此之外没有任何风暴的迹象。下午的太阳在没有一丝云彩的天空中燃烧，人们在广场上快步行走，一如他们在清冷的早晨时那样。现在虽然还刮着同样的强风，但任何凉意都已经不存在了。石板路面让麦特有种踩在煎锅上的感觉。

麦特瞪了广场对面的流浪的女人一眼，迈步向河边走去。当他们还住在旅店里时，奥佛尔并不经常去找街上的小孩，他很喜欢与那些女侍和赛塔勒·安南的女儿眉来眼去。那些骰子让他相信自己必须搬进宫里去。而他离开旅店之后所做的一切（想到泰琳的眼睛和她的手，他不得不承认，那些也是他想做的），即使留在旅店里，结果也不会有差别。那些骰子还在旋转着，他只希望它们能够立刻消失。

麦特尽量加快脚步，不耐烦地闪着车辆，咒骂直冲而过、几乎要撞倒他的漆光轿椅和大马车。他一直在搜寻红色外衣，但街上拥挤的行人阻碍了他。如果能把果仁从宫中的马厩里牵出来就好了。他皱起眉看着川流不息的人群，骑马并不能加快前进速度，但能够给他一个较佳的观察点。不过在马背上询问路人不是个好主意，没有多少人会骑马进入这座城市，而不少人往往会对马背上的人采取回避态度。

麦特第一个询问的是莫海拉广场旁边一座桥下的小贩，那名小贩的胸前顶着一只大托盘，用挂在脖子上的皮带固定住，托盘里摆着蜂蜜烤苹果。“你有没有看见一个男孩，大约这么高，穿着红色的外衣？”奥佛尔很喜欢甜食。

“男孩？”那名小贩一边说着，一边露出他所剩不多的几颗摇晃的牙齿，“我看见过上千个男孩，但我不记得他们穿着外衣。大人是否想要一两颗苹果？”他用细瘦的手指拿起两颗苹果，送到麦特面前，那苹果软烂的样子似乎不是因为经过烘烤的关系。“大人听说暴动了吗？”

“没有。”麦特没好气地说了一声，就继续向前走去。在桥的另一端，他叫住一名顶着一托盘缎带的丰满妇人。缎带对奥佛尔没有吸引力，但那名妇人左侧的裙摆几乎被缝到屁股的高度，只剩下红衬裙闪闪动人，她的紧身胸衣和莉赛勒在飞鸟节那天穿的那件一样暴露。“你有没有见过一个男孩……”

这个女人也向他提到了暴乱，他问到的人有半数都会提及暴乱，麦特怀疑这个谣言的源头就来自于今天上午拉哈德区的一栋房屋。一名将长鞭子挂在脖子上的车夫甚至告诉麦特，那场暴乱已经蔓延到河这边来了，不过他也承认，他从没有注意过任何男孩，除非他们正好跑到他的骡子前面。一名出售蜂巢（干瘪到难以置信的蜂巢）的方脸男人说暴乱就发生在东侧海港的港口大道末端灯塔附近。一座城市里总会有上千条谣言，而麦特今天大概把所有这些谣言全听齐了。一名麦特所见过的最光彩夺目的女子站在一家旅店外面——麦玲是老绵羊旅店的女侍，但她唯一的任务似乎就是站在外面吸引客人。她告诉麦特，今天上午发生了一场战争，就在城市西边的克戴丘那里，只是战事不算很激烈。奥佛尔也许会连续几个小时盯着她，即使她不和他说上一个字，但麦玲不记得看见过有男孩穿着……能不能再说一遍是什么颜色？麦特听到许多关于暴乱和战争，关于天空和山丘上出现妖境怪兽的事情。他听说了转生真龙要降临在这座城市，跟随在他身边的是数千个能够导引的男人。艾伊尔人也要来了，还有一支两仪师的军队——不，那是一支白袍众的军队。培卓·南奥死了，圣光之子要为他报仇，但为什么报仇对象会是艾博达还不是很清楚。任何人也许都会以为沉浸在这么多谣言中的艾博达肯定已经是一片恐慌了，但实际上，那些传播谣言的人们自己对此也不怎么相信。而麦特在听了一堆谣言后，却没听到任何关于红衣男孩的信息。当他走到距离河边还有几条街的地方时，他听到了雷声，巨大的声响似乎正从海面上翻滚而来。人们纷纷抬起头，带着诧异的神情看着无云的天空，然后搔搔头皮，又开始为各自的营生而忙碌。麦特也是一样，他询问着所有卖甜食和水果的小贩、所有徒步而行的漂亮女人，但一无所获。最后他走到沿着城市中整条河岸排列的石码头前面，停下脚步，看着灰色的石砌码头延伸到河面上，还有系在上面的船只。强风吹得那些船剧烈地摇晃着，不停撞在码头边用来当成缓冲的填羊毛袋子上。船只不像马匹那样能引起奥佛尔的兴趣，除非奥佛尔能坐在上面从一个地方到另一个地方，而且在艾博达，船只纯粹是男人的事情，即使船上搭载的可以是女人。码头上的女人或者是只盯着自己货物的商人，或者是肩宽膀厚的货运公会成员。这里不会有甜食小贩。

当麦特打算转头回去时，他忽然意识到这些人几乎没有一点动作。码头总是忙乱不堪的地方，但在他的视野范围内，水手们或者站在船栏边，或者爬上桅杆，都在向海湾的方向眺望。大桶和木板条箱被随意搁置，赤裸着上身的男人和只穿着绿色皮背心的强健女人簇拥在码头末端，透过河上的船只也在向南方看着。那是雷声传来的方向，一股股粗大的黑色烟柱升腾在空中，在强风中急遽向北方倾斜。

麦特只是犹豫了一瞬，就朝最近的一座码头跑去。一开始，船只挡住了他的视线，不过，因为河口的地理形状，每座码头都要比前一座更向河道里突出一块。当他挤进码头末端议论纷纷的人群中时，眼前出现了一片开阔的视野，浪花起伏的绿色河面连接着波涛翻滚的海面。

至少有二十多艘船在宽阔的海湾里燃烧着，也许还有更多，只是它们已经被火焰彻底吞没了。能看到几艘正在沉没的船，只有船首或船尾还露在水面上。一艘飘扬着红、蓝、金三色阿特拉旗帜的宽大双桅船船首忽然在震耳欲聋的爆炸声中变成了碎片。当那艘船的船尾翘起，开始慢慢沉入水中时，迅速升腾起来的烟柱也随风飘散了。在整片海湾里，三桅的海民风剪子和掠浪、双桅的翔翼；挂着三角帆的海岸船；用帆篷和船桨作动力的河船，几百艘船在同时移动着，有些向河道中驶来，但大多数都向海面逃去。还有另外几十艘船正乘着信风冲进海湾，它们的高大不亚于那些风剪子，巨大的方形船首如同一面面断崖。涌起的浪涛撞在它们上面，变成一团团白色的飞沫。麦特的呼吸停滞了，他看见了那些方形的如同肋骨般排列着一根根横桁的船帆。

“该死的，”他在惊骇中嘟囔着，“是该死的霄辰人！”

“什么？”一名长脸女人挤到他身边。她身上剪裁精良的蓝黑色羊毛长裙，手上放票据单簿的皮夹和胸前的公会胸针，以及一根银羽毛笔表明她是一名商人。“那是两仪师！”她用确信无疑的口气说，“我见过导引，就是这种样子。圣光之子会对付她们的，只要她们上了岸，圣光之子就会消灭她们。你们看着吧！”

一名身穿脏污的绿色背心、身材细瘦的灰发女人转过身来看着那名女商人，同时用手指抚摸着腰间匕首的木制握柄。“闭上你的嘴，你这个挖钱的，不许侮蔑两仪师，否则我就把你切开，再把白袍众塞到你的身体里去！”

麦特撇开那两个彼此挥舞手臂大喊大叫的女人，挤出人群，向岸上跑去。他已经看见了三只，不，是四只巨大的蝙蝠般的怪兽在城市南部盘旋。那些怪兽的背上有一些人影，他们显然是坐在一些类似马鞍的装置上。天空中又多了一只飞兽，随后又有更多。在它们下方，火焰和爆炸不停出现在屋顶上。

人们开始四散奔逃，麦特必须拼尽全力才能在街道中前进。“奥佛尔！”他高喊着，希望自己的喊声能在所有那些尖叫和噪音中传得更远一些，“奥佛尔！”

突然间，所有人都开始朝反方向奔逃，毫不在意地冲撞着麦特。麦特拼命地迎着人潮逆流而上，最终来到了一条街上，这条街上的行人已经全部逃干净了。

麦特看见一支霄辰部队，一百多名士兵穿戴着昆虫般的头盔和全身护甲，骑着马一样高大的巨猫，只是那些巨猫身上覆盖的不是皮毛，而是青铜色的鳞片。他们在鞍桥上向前倾斜身体，挂着蓝色飘带的骑枪指向前方，一直冲向莫海拉广场。不过，他们给人的感觉不像是“冲”，虽然速度极快，但看那些巨猫的动作，那种感觉更像……滑行。现在该是离开的时候了，实际上已经迟了，但他必须找到……

就在队伍的末端闪过了一抹红色，大概只到一般人腰那么高，那是在和这条街道交叉的另一条街的人群里。“奥佛尔！”麦特几乎是跟着最后一头巨猫的后腿冲了过去，他挤进人群，却看见一名瞪大了眼睛的女人正抓起一个穿红裙子的小女孩，拼命向远处跑去，那个孩子也紧紧地抱着女人的胸部。麦特狂野地向前挤着，将身边的所有人都挤到一旁。“奥佛尔！奥佛尔！”

他又见到两股火柱从屋顶上升起，另外有十几个地方向空中冒起黑烟。他听到几次爆炸声，他确信这些爆炸全都发生在城内，而不是海湾里。他脚下的地面不止一次地震颤着。

街道又一次变得空无一人，人们朝各个方向逃跑，钻进巷子、房屋和店铺里。远处出现了骑马的霄辰人，但其中并非所有人都是重甲士兵。在靠近那一小队枪骑兵队首的地方，有一名肤色黝黑、穿一袭蓝色裙装的女人，麦特知道她裙摆和胸前的大片红色上绣着银色的闪电，一条反射着阳光的银色长索从她的左腕一直连接到另一名灰衣女子的脖颈上。一名罪奴，她跑在罪奴主的马旁，如同一条宠物犬。麦特在法美镇已经见过了太多的霄辰人。不知不觉间，他停在一条巷子的巷口，眼睛一直盯着这些霄辰人。火焰和呼吼声表明城市中有人在进行抵抗，现在，麦特就要看到艾博达人的这种努力了。

霄辰人不是街上行人全部逃光的唯一原因。在街道的另一端，百余名全副武装的骑兵举着长矛冲了过来。他们穿着宽松的白色长裤和绿色外衣，军官头盔上的金结饰闪闪发亮。随着一声呐喊，百余名泰琳的士兵开始向侵略者突击，他们的数量至少是面前这队霄辰人的两倍。

“该死的傻瓜，”麦特嘟囔着，“罪奴主会——”

霄辰人中唯一采取行动的就是那个衣服上绘着闪电图案的女人，她抬手一指，如同向自己的猎鹰指明猎物的所在。银索另一端的金发女子向前迈了一小步，麦特胸前的银狐狸头立刻变冷了。

在艾博达军队领头的位置，士兵脚下的地面突然爆裂开来，铺路石板、人和马匹在震耳欲聋的爆炸声中飞上半空。震波将麦特推倒在地，或者是地面突然从麦特脚下被抽走了。麦特急忙站起身，恰好看见一座客栈倒塌在街面上，掀起一片尘土。

人群和马匹摔得到处都是，而且大多已经残缺不全，那些仍然活着的只是在地上徒劳地挣扎。这片惨状的正中心是一个占据了半个街面的大坑。到处都传来伤者的尖叫声。只有不到一半的艾博达人蹒跚着站起身，却仍然头晕目眩，无法行动。有些人拉住马缰，笨拙地爬上马鞍，踢着马腹想要逃走。更多的人只是徒步逃离战场，他们能够与枪剑对敌，但他们抵挡不了这个。

麦特认为现在唯一应该做的只有逃跑。他回头瞥了那条巷子一眼，看见泥土和碎石在巷口堆积了至少有一层楼高，他沿着街道跑下去，速度比骑马的艾博达人还要快。同时他尽量贴着街边，希望霄辰人不会以为他也是一名泰琳的士兵。他再也不穿绿色的外衣了。

罪奴主显然并不满意，狐狸头再次变冷了。在麦特身后，另一阵爆炸将他推倒，又将地面盖在他身上。透过严重的耳鸣，他听见大地的呻吟声。在他头顶，涂着白色石膏的砖墙开始倾倒下来。

“我该死的运气怎么了？”他喊道。这是他唯一有时间做的事情。砖块和木材纷纷落下，他脑海中的骰子这时稳稳地定住了。

第 40 章

枪矛

盖琳娜·卡斯班周围环绕着起伏的山峦，她背后的小山都只是比山丘更高一些的小山，而前面却是有雪帽的峻岭，以及远方更加高大的巨峰，不过盖琳娜对这些只是视而不见。岩石山坡磨破了她的赤足，她喘息着，感觉自己的肺叶已经不堪重负。太阳不知从多久以前就在灼烤着她，从她身上榨取了能够填满一条河床的汗水，任何能够迈出步伐的东西都会超过她。奇怪的是，虽然汗水不停地从她体内冒出，但她嘴里却没有一丝一毫的潮气。

她成为两仪师还不到九十年，她长长的黑发中还没有一根灰丝，但她身为红宗的首脑已经有将近二十年时间了。其他红宗姐妹都称她为至高者，视她等同于玉座，但实际上，在她戴着披肩的漫长岁月中，除了一开始的五年外，她都是属于黑宗，她仍然会履行红宗的义务，但黑宗凌驾一切。她在无上庭中的位置仅次于奥瓦琳，她是知道蒙面会议领导者名字的仅有的三个人之一，她能够在那些会议中提出任何一个名字，并确认这个名字已经被列入死者名单，即使那名字属于某个国王。她参与过颠覆两任玉座的行动，两次让这个世界上最有权势的女人在尖叫声中迫不及待地说出自己所知的一切，然后让她们一个看上去像是在睡梦中自然死亡，另一个遭到废黜和静断。这些都是她的责任，就像她要消灭有导引能力的男人；她最大的快乐就是任务圆满完成，不过她也从主导对史汪·桑辰的静断中得到莫大的享受。所有这些都意味着盖琳娜·卡斯班是这个世界上最强大、最有权势的人之一，她是的，她一定是的。

她的双腿如同失去韧性的弹簧般摇晃着，她重重地跌在地上，因为双臂被紧紧地绑在身后，她没办法将自己撑起来。她身上只剩下一件曾经雪白的丝绸衬裙，现在却已经被岩石磨得破烂不堪，又不停地摩擦她的伤口，增加她的痛苦。一棵树挡住了她，她的脸压在地面上，她开始抽泣。“为什么？”她用粗重的声音呻吟着，“为什么我会变成这样？”

过了一段时间，她意识到自己并没有被拉起来。以前不管她怎样跌倒，都不曾得到过片刻休息。眨了眨眼睛，拨开泪水，她抬起了头。

几百名艾伊尔女人覆盖了整个山坡，她们站在干枯的树木之间，面纱挂在胸前，只需一眨眼就能挂在脸上。盖琳娜有些想笑，枪姬众，他们居然将这些凶暴的女人称作“姬”。她希望自己能笑得出来，至少这里没有男人，也许这能算是一个小小的仁慈。男人让她的皮肤发麻，而如果有男人看到她现在这副衣不蔽体的模样……

她满腹忧愁地寻找着赛莱维，但那七十多名智者中的大多数人都聚在一起，山坡挡住了她的视线。她们前面不时传来一些模糊的说话声，也许智者们正在商量着什么。智者，她们用残酷的手段教会她使用这些正确的称号，而不只是艾伊尔女人，更不能是野人。她们能闻到她竭力隐藏的轻蔑，当然，那么强烈的轻蔑是根本无法掩饰的。

大多数智者在看着前方，但并非全都如此，阴极力的光晕包覆着一名年轻俊秀的红发女子，她有一副精致的嘴唇，一双蓝色的大眼睛专注地看着盖琳娜。也许是出于她们的轻蔑，这些智者在今天上午选派了她们之中最弱的一个负责屏障她。麦卡拉在至上力上并不弱（这些智者都不算弱），但即使盖琳娜像现在这样浑身痛楚，她还是轻易就能打破麦卡拉的屏障。她脸颊上的某块肌肉不受控制地抽搐着，当她想到再一次逃跑时总会这样。第一次已经够糟糕了，第二次……她打了个哆嗦，竭力不让自己再哭出来。直到她能够确认肯定可以成功之前，她不会再进行尝试了。一定要非常确定才行，要绝对确定。

智者们分开了，纷纷跟随在赛莱维身后，这名鹰脸女人正大步朝盖琳娜走来。突然间，盖琳娜又喘息起来，她心怀忧惧地挣扎着想要站起身，但因为双手被绑，肌肉酸痛，所以当赛莱维向她俯下身子时，她只是跪了起来。智者的象牙和黄金项链在她面前轻轻地碰撞着。赛莱维一把抓住盖琳娜的头发，迫使她仰起头，这个女人比大多数男人更高，即使是盖琳娜站着，她也能这样做。她用力压弯盖琳娜的脖子，让盖琳娜必须仰视她的脸。赛莱维在至上力上也比盖琳娜更强，没有几个女人能强到那种程度，但这些都不是让盖琳娜颤抖的原因。冰冷的深蓝色眼睛盯进盖琳娜的眼睛里，比那只粗糙的手更紧地抓住了她，那道目光似乎剥光了她的灵魂，就如同她们剥光她的身体那样轻松。她一直没有求饶，虽然她们逼她整日走路，逼她跟着她们连续奔跑几个小时，却难得给她一滴水喝，甚至在她们用鞭子让她大声嚎叫的时候，她也不曾求饶。而现在赛莱维那张残忍刚硬的面孔，毫无表情地看着她，却让她有了哀求的冲动。有时候，她在夜里醒来，身体被紧紧地拉在她们钉在地上的四根树桩之间。那时她往往是哭醒的，因为她梦到自己的一生都要在赛莱维的掌心里度过。

“她已经垮掉了，”这名智者的声音像石头一样坚硬，“给她浇些水，然后带上她。”然后赛莱维转过身，调整了一下披巾，就彻底遗忘了盖琳娜·卡斯班。直到以后有需要，她才会被叫来；对赛莱维而言，盖琳娜·卡斯班不如一条丧家犬。

盖琳娜没有再努力站起来，被“浇水”是她现在唯一能喝到水的方式了。喝水的过程同样让她感到痛苦，但她没有抗拒；一名粗壮的枪姬众揪住她的头发，像赛莱维那样把她的头拉向背后，她只是尽其所能地张大了嘴。另一名枪姬众的脸上有一道横过鼻梁的褶皱伤疤，她缓缓地倾过水囊，向盖琳娜的口中倒进去。这些水寡淡温热，却让盖琳娜觉得美味无比，她抽搐着、笨拙地吞咽着，努力张开口。她渴望将自己的脸也挪到这股滴流下，让水流过她的脸颊和额头，这种渴望几乎像她饮水的渴望一样强烈。但她努力保持着姿势的稳定，让每一滴水都能落入她的喉咙。如果将水溅出去，她又会遭到一顿毒打，即使身边就有一条六步宽的溪流，只要她将一点水溅到下巴上，她们还是会打她。

当水囊终于被拿走时，那名粗壮的枪姬众扯着她站起来。盖琳娜呻吟着。智者们都把裙摆拢在手臂上，甚至露出了她们齐膝软皮靴上面很长一截的大腿。她们不要现在奔跑啊，不要再跑了，不要在这种山路上奔跑了。

智者们迈开大步，开始慢跑，轻松得如同在平地上一样。一名盖琳娜看不见的枪姬众用鞭子向盖琳娜的大腿后面猛抽了一记，盖琳娜只能踉跄着向前跑去。那名粗壮的枪姬众手里还拉着她的头发，每次盖琳娜脚步不稳时，鞭子立刻会抽在她的腿上。如果这一天剩下的时间都要跑步，她们会轮流负责这份工作——一名枪姬众挥舞鞭子，另一名拉住她的头发。盖琳娜在崎岖的山坡上奋力奔跑着，几次差点跌倒。一头浑身布满褐色斑点的茶色山猫从上方的一片岩脊上向她们吼叫着，它肯定比一个人更重，是一头母山猫，因为它没有耳边的簇毛和宽大的下巴。盖琳娜想要警告它离开，不要被赛莱维抓到。艾伊尔人从那头吼叫的野兽面前跑过，对它毫不理睬。盖琳娜只能哭泣着嫉妒那头山猫的自由。

当然，她最终一定会得救的，她知道这点。白塔不会允许一名姐妹成为俘虏，爱莉达不会允许红宗姐妹被别人囚禁，奥瓦琳肯定也会派出援军。总会有人将她从这些怪物手中救走，特别是从赛莱维的手中，她会许诺给救援她的人任何报酬，她甚至会遵守这些诺言。加入黑宗的时候，她已经从三誓中被解放出来了，取而代之的是一个新的三位一体。但此时此刻，她真的相信自己会履行诺言，只要她能够得救。她会遵守一切诺言，无论解救她的是谁，哪怕是一个男人。

盖琳娜终于看到低矮的帐篷，那些暗色帐篷与周围的树林山石融为一体，几乎就像那头山猫一样难以被发现。这时盖琳娜已经需要两名枪姬众撑着才能前进。喊声从所有地方传来，是问候的欢呼，而盖琳娜只是被拖着跟在智者们身后。她们进入营地，仍然在奔跑，盖琳娜也只能继续跌跌撞撞地跟着。

没有任何警告，撑住她身体的手突然离开了，盖琳娜向前扑倒。好一段时间里，她只能脸朝下趴着，鼻子埋在尘土和枯叶中，只能用嘴大口喘息着。一片枯叶让她咳嗽起来，但她太虚弱了，没办法转动头脸。血液冲击着她的耳膜，嘈杂的声音传入她耳中，过了一会儿，她才分辨出其中的意思。

“……你倒是不着急，赛莱维，”一个熟悉的女人声音响起，“九天，我们早就回来了。”

九天？盖琳娜摇摇头，在地上擦抹着脸。自从她的马被艾伊尔人射杀后，她的记忆中就只剩下了饥渴、奔跑和被殴打，这段时间一定比九天更长。一定有几个星期，一定有一个多月了。

“带她进来！”那个熟悉的声音不耐烦地说道。

几只手将她拉起来，把她向前推去，又按下她的头，让她钻进一座四边都被掀起的大帐篷。她被扔在许多层地毯上，在她鼻子底下是边上衬着华丽花卉的提尔迷舞图案。她艰难地抬起头。

一开始，她只看见了瑟瓦娜，那个女人坐在她面前一只黄丝穗大软垫上，头发如同纤细的金丝，双眼仿佛清澈的翡翠。背信弃义的瑟瓦娜，先是向她传递假讯息，以分散兰德的注意力为名派兵进入凯瑞安，然后又突然打破盟约，想要将兰德救出。但瑟瓦娜至少能够让她离开赛莱维的手心。

她挣扎着跪了起来，才意识到帐篷里还有其他人。赛莱维坐在瑟瓦娜右侧的软垫上，位于环绕帐篷排列的智者首位，一共有十四名能够导引的智者，而仍然屏障着她的麦卡拉只是站在这个行列的末端。这些智者中有一半参与了捕捉她的行动，她们都对她表现出同样的轻蔑，她绝不会对智者掉以轻心了，绝对不会了。面孔白皙、身材矮小的男人和女人穿着白色长袍，一言不发地在那些智者身后走动着，不停地端上放着小杯子的金银托盘，更多的这种人在帐篷的另一边做着同样的事情。一名穿着艾伊尔外衣长裤的灰发女人坐在瑟瓦娜左侧，排列在她后方的是一列十二名岩石面孔的艾伊尔男人。男人。而她现在只穿着一件破烂不堪的衬裙。盖琳娜用力咬紧牙，压抑住尖叫的冲动。她强迫自己挺直后背，而不是缩进那一点破布里，躲避男人们的视线。

“看来两仪师也是能够说谎的。”瑟瓦娜说道。盖琳娜的脸上立刻失去了血色，这个女人不可能知道，不可能。“你订立了盟约，盖琳娜·卡斯班，然后又打破它们。你以为你能谋杀一位智者，然后逃出我们枪矛所及范围之外吗？”

片刻之间，放松的心情冻住了盖琳娜的舌头，瑟瓦娜不知道黑宗的事，如果不是盖琳娜早已经背弃了光明，现在她一定要感谢光明了。但她心中还是难免被激起一点气愤的火花。艾伊尔人攻击两仪师，却在这里拿他们之中某个人的死亡当作声讨的借口？但也只是一点点气愤而已，尽管瑟瓦娜扭曲了事实，却又怎能和她连日来遭受的殴打和赛莱维的眼睛相比？她向这个荒谬的指控抛去一个痛苦、嘶哑的笑声。她的喉咙实在太干了。

“幸好你们还有些人活了下来，”笑声过后，她努力继续说道，“即使是现在，你们要修正错误还不算晚，瑟瓦娜。”她费力地咽下沮丧的笑声，不让它变成泪水。“当我回到白塔时，我会记住那些帮助过我的人，即使是现在帮助我的人。”她很想再加一句，“还有另一些人，”但赛莱维毫不动摇的注视让她内心感到恐惧，就她所知，到目前为止赛莱维仍然是可以为所欲为的。一定要想办法引诱瑟瓦娜……将管教自己的权力移到瑟瓦娜手中。这让她感到痛苦，但任何人都要好过赛莱维。瑟瓦娜有野心，而且贪婪，虽然她一直紧皱眉头看着盖琳娜，但她仍然会偶尔带着欣赏的眼神偷瞥一眼自己的手，那上面戴着巨大的翡翠和火滴石戒指；她的一半手指上都戴着戒指。珍珠、红宝石和钻石项链铺满在她丰满的胸前，就连女王也很少有如此奢华的装束。瑟瓦娜是不可信任的，但也许她能被收买，赛莱维则仿佛是无法抗拒的自然力量，任何人也不会想要收买洪水或者雪崩。“我相信你会做出正确的事，瑟瓦娜，白塔对于友谊的回报是丰厚的。”

很长一段时间里，帐篷中只有白袍仆人移动时的窸窣声。然后……

“你是歹藏。”瑟瓦娜说道。盖琳娜眨眨眼。她是一个受鄙视者？她们一直在所有事情上蔑视她，但为什么……

“你是歹藏。”一名她不知道名字的圆脸智者重复了这句话。一名比赛莱维高出一拳的女人又重复了一遍：“你是歹藏。”

赛莱维鹰一样的面孔如同木头雕刻出来的，但她盯着盖琳娜的眼睛里闪烁着控诉的光芒。盖琳娜觉得自己被钉在了地上，无法移动一根肌肉，如同一只被催眠的鸟看着大毒蛇一点点靠近。没有人曾经给过她这种感觉，没有。

“已经有三位智者说过了。”瑟瓦娜露出满意的微笑。赛莱维则依旧板着面孔，这个女人不喜欢刚刚发生的事情，肯定有事情发生了，即使盖琳娜不知道那是什么，但看样子，她似乎是从赛莱维手里解脱了。这一瞬间她真是感到心满意足，真是太好了。

当枪姬众们割断她的绳子，给她套上一件黑羊毛长袍时，她由衷地庆幸着，甚至不介意她们在那些目光冰冷的男人们面前先剥去她身上最后一点衬裙。粗糙的羊毛布料闷热刺人，刮磨着她的伤口，但她欢迎这身衣服，如同它是用丝绸做成的。尽管麦卡拉仍然屏障着她，但是当枪姬众们带她走出帐篷时，她差点就笑出了声。但没过多久，她的期待就彻底失落了。她开始怀疑，是否应该跪在瑟瓦娜脚下，不顾尊严地向她苦苦哀求。如果她能再见到瑟瓦娜，她一定会这么做，但麦卡拉已经让她明白，除非接到命令，否则她不能去任何地方，不能说一句话。

瑟瓦娜抱着双臂，看着那名两仪师——那名歹藏——蹒跚着走下山坡，停在一名手握鞭子、蹲坐着的两仪师旁边，将手中人头大小的石块放下。那张黑色兜帽下的脸向瑟瓦娜这边转了一下，但那名歹藏很快又抱起一块更大的石头，转过身朝山上走了五十步，停在麦卡拉和另一名枪姬众身边，放下石头，又捡起另一块，返过头向坡下走去。没有价值的劳动是对歹藏的羞辱，除非绝对有必要，否则她连一杯水都不能端，她的全部时间都要被没有目的的工作占满，直到她在耻辱中崩溃。太阳还有很久才会到达天顶，以后还有许多日子等着她。

“我认为她不会亲口承认罪行，”瑞埃勒在瑟瓦娜身边说道，“艾法林等人都相信她公开承认是她杀死了迪赛恩。”

“她是我的，瑟瓦娜。”赛莱维的下巴紧绷着。她也许曾经占有过那个人，但歹藏不属于任何人。“我本来打算让她穿上奉义徒的白袍，”她喃喃地说着，“你的目的是什么，瑟瓦娜？我本来以为我们要争论的是该不该划开她的喉咙，而不是这个。”

瑞埃勒扬起头，侧目瞥了瑟瓦娜一眼。“瑟瓦娜想要让她彻底崩溃。关于抓住两仪师之后该怎样处理，我们已经商讨了很久，瑟瓦娜想要一名驯服的两仪师穿上白袍侍奉她，但一名穿黑袍的两仪师应该也足够了。”

瑟瓦娜整了整披巾。这个女人的腔调让她气恼，瑞埃勒的话算不上是讽刺，但她显然清楚瑟瓦娜想要利用两仪师导引能力的用心，而且不加掩饰地指明了这一点。这当然是有可能的。两名奉义徒从这三名智者身边走过，他们抬着一只箍黄铜的箱子。这对白皮肤的矮子是一对夫妻，他们曾经是毁树者们的贵族。他们低着头，比任何穿白袍的艾伊尔人更加柔顺，只要听到一句训斥，他们的黑眼睛里立刻会充满恐惧，更不要说鞭打了。湿地人可以像马一样驯服。

“那个女人已经被驯服了，”赛莱维仍旧发着牢骚，“我已经看到了她的眼睛。她是一只在手掌中抖动翅膀，却又害怕飞起来的鸟。”

“只用了九天时间？”瑞埃勒难以置信地问。瑟瓦娜用力摇了摇头。

“她是两仪师，赛莱维。你也看到了，当我指控她的时候，她的脸因为愤怒而失去了血色，你听到她在谈论杀害智者时发出的笑声，”瑟瓦娜的声音变得焦急而气恼，“你听到她在威胁我们。”那个女人像毁树者一样狡猾，口中说着回报，却清晰地传达出威胁的意味，两仪师不就是这种样子吗？“她还需要很长的时间才会服输，比如说一年，但这个两仪师迟早会求我们让她侍奉的。”

只要她做到了……当然，两仪师不能说谎，她本以为盖琳娜会否认她的指控。但只要她让盖琳娜发誓效忠……

“如果你想让两仪师服从你，”一个男人的声音从她身后传来，“也许这个能有些用处。”

瑟瓦娜怀疑地转回身，发现凯达就站在她面前，在他身边是那个叫麦西亚的女人。如同六天前一样，他们穿着装饰细致花边的暗色丝衣，每个人肩上都背着一只鼓胀的麻袋，和他们的衣服完全不协调。凯达的手上还拿着一根大约一尺长的光润白色短杖。

“你们怎么到这里来了？”瑟瓦娜问。然后她又气恼地抿紧嘴唇，他一定是以之前的方式前来的，但让瑟瓦娜惊讶的是，他怎么会出现在营地中央。瑟瓦娜抓过他递来的白色短杖。像以往一样，凯达退到瑟瓦娜伸手可及的范围之外。“为什么你会来？”瑟瓦娜又问道，“这是什么？”这根短杖比她的手腕细一点，除了在它扁平的一端雕刻着一点奇怪的飘逸符号外，整根手杖非常光滑。它感觉上不太像象牙，也不太像玻璃，几乎像冰一样凉。

“你可以称它为誓言之杖。”凯达说着，龇了龇牙（那看上去并不像是微笑），“昨天我刚拿到它，就立刻想到了你。”

瑟瓦娜用双手紧握着那根短杖，以免自己忍不住将它丢出去，所有人都知道两仪师的誓言之杖。她尽量不让自己多想，把短杖插进腰带，才松开双手。

瑞埃勒皱起眉头看着瑟瓦娜的腰间，然后缓缓抬起头，冰冷的目光转到瑟瓦娜脸上。赛莱维调整了一下披巾，手上的手镯响起一连串撞击声，然后她露出严厉冰冷的微笑。这两个人不可能为她握住这根短杖，智者们可能也不会，但她还有盖琳娜·卡斯班，总有一天她会被驯服的。

眼睛如同乌鸦羽毛一般黑的麦西亚站在离凯达不远的后方，她的微笑几乎像赛莱维一样冰冷。瑟瓦娜知道她看穿了自己的心思。身为湿地人，她的目光相当敏锐。

“来吧！”瑟瓦娜对凯达说，“去我的帐篷喝些茶。”她肯定不会与他分享清水。瑟瓦娜提起裙子，向山坡下走去，让她惊讶的是，凯达似乎也明白她的心思。“你要做的就是让你的两仪师……”他迈开长腿，轻松地走在瑟瓦娜身边，却突然对瑞埃勒和赛莱维露齿一笑，“……或者任何能导引的女人握住这根手杖，说出你希望她们立下的誓言，同时让另一个人向那个数字里导引一点魂之力——或者换种说法，就是杖端上的符号。”他又以一种足以冒犯她的方式挑起眼眉，“你也能用它释放发誓的人，但就我的理解，这么做更加痛苦。”

瑟瓦娜的手指轻轻碰了一下那根手杖。比起象牙，它更像玻璃，而且非常冷。“它只对女人有用？”她在那个男人之前钻进帐篷。智者和战士团的代表们都走了，只有二十几名毁树者奉义徒跪在一旁，静候命令。以前一个人拥有的奉义徒顶多不过十来名，她当然要拥有更多，但应该给这些人取一个新名字，因为他们永远也不会脱下白袍。

“能够导引的女人，瑟瓦娜。”凯达说着，跟随她走进了帐篷。这个男人傲慢得令她难以置信，他丝毫也不掩饰眼神中消遣她的意味。“直到你得到兰德的时候，我才会把能够控制他的东西给你。”

他放下肩头的麻袋，坐在软垫上——并非靠近瑟瓦娜的软垫。不过麦西亚似乎并不害怕自己的肋骨间突然被刺进一把刀子，她几乎就躺在瑟瓦娜身边，慵懒地用一只手臂撑着身子。瑟瓦娜瞥了她一眼，然后有意无意地解开了外衫上的另一个钮扣，她不记得这个女人的胸部是如此浑圆挺拔，而且，她的面孔似乎也更漂亮了。瑟瓦娜只能竭力不咬紧牙齿。

“当然，”凯达继续说道，“如果你是说其他一些男人——有一种东西叫约缚椅，约缚不能导引的人通常比约缚能导引的人更难。也许大崩毁没有毁掉所有约缚椅，但你要等我把它找出来。”

瑟瓦娜又碰了碰那根短杖，然后不耐烦地命令一名奉义徒端茶上来。她能等待，凯达是个傻瓜，他迟早会把她想要的一切都拿出来。而现在，这根短杖能够把麦西亚从他手中夺过来，那时这个女人就不会保护他了，因为他的傲慢无礼，最终等待他的只有黑袍。瑟瓦娜从奉义徒捧上的托盘中拿起一只绿色的小瓷杯，双手递给那名两仪师。“这里面加了薄荷，麦西亚，它将让您觉得清新宜人。”

那个女人微笑着，但那双黑眼睛……嗯，能对一位两仪师做的事情，也同样能用在两个或更多的两仪师身上。

“穿行匣怎么样了？”瑟瓦娜又问道。

凯达挥退奉义徒，拍了拍身边的口袋。“我带来了能找到的一切耐巴哈——

这是它的名字，如果你动作快一点，它们足以在黄昏之前将你们全部送走。如果我是你，我就会这样做。看起来，兰德要彻底干掉你们，已经有两个部族从南方向这里前进了，而另外两个部族正从北方过来。他们的智者已经全部做好了导引的准备，他们的命令是杀死或者俘虏你们所有人。”

赛莱维哼了一声：“当然，我们需要移动，但不是逃跑。即使是四个部族也不可能在一天之内扫荡弑亲者之匕山脉。”

“我刚才是怎么跟你说的？”凯达的微笑中没有任何愉悦，“兰德似乎已经拥有了一些两仪师，而且她们教会了智者们如何不需借助耐巴哈的穿行，至少是短距离穿行，比如二十到三十里。看起来这是最近重新被发现的异能。今天她们能利用这个手段来到这里，四个部族全部。”

也许他在说谎，但这其中的风险……瑟瓦娜完全能够想象自己落在索瑞林手中会是什么样子。压抑住颤抖的冲动，她派瑞埃勒去召集所有智者。她的声音仍然镇定如常!

凯达将手探进口袋，拿出一只灰色的石匣，它比那只瑟瓦娜用来召唤他的召唤匣更小，也朴素得多，上面没有花纹，只是在其中一面上有个亮红色的圆盘。“这就是耐巴哈，它要利用阳极力，所以你们看不到它的运作，而且它是有限制的。如果被女人碰到，它在随后几天里都无法产生作用，所以我只能亲手把它拿出来。它还有其他限制，一旦被打开，通道将持续一段固定的时间，这段时间可以允许千余人通过，如果他们不浪费时间的话。随后耐巴哈需要三天时间来恢复力量。我带来的数量足够将我们送往我们今天要去的地方，但——”

赛莱维专注地向前倾过身子，几乎就要趴倒地上了，但瑟瓦娜却几乎没在听。她不是在怀疑凯达，凯达不敢背叛他们，他还在渴望从沙度那里得到黄金。但瑟瓦娜注意到了一些小事。麦西亚似乎正越过茶杯审视着凯达，为什么？而且如果他们要迅速行动，为什么凯达的声音中又不见任何急迫感？凯达不会背叛，但瑟瓦娜还是会保持警觉。

马里克紧皱眉头盯着湿地人交给他的这只石匣，然后又盯着那个……洞口……那是他在按下匣子上的红点时突然冒出来的。马里克不喜欢与至上力有关的东西，特别是与男性至上力有关的。瑟瓦娜则已经跟那两个湿地人一起走进另一个更小一些的洞口，在她之前有几位被瑟瓦娜和瑞埃勒挑选出来的智者已经走过去了，现在只有屈指可数的几名智者仍然和莫山沙度留在这边。通过另一个洞口，马里克能看见瑟瓦娜和本督因在交谈，马里克相信，绿盐氏族那里的智者应该也不会太多。

黛瑞勒碰了碰她的手臂，轻声说道："丈夫，瑟瓦娜说过，它只会敞开很短一段时间。"

马里克点点头，黛瑞勒总是很清楚眼前应该做什么。戴上面纱，他向前跑去，越过他刚刚弄出来的洞口。无论瑟瓦娜和湿地人怎么说，他在确定这是安全的之前不会让他的莫山氏族通过。

他重重地落在一片覆盖着枯草的山坡上，而且被绊得差点头下脚上地摔跌出去，不过他立刻就恢复了平衡。他回过头去看那个洞口，在这边，这个洞口悬挂在距离地面一尺高的空中。

"妻子！"他喊道，"这边是高出地面的！"

黑眼众纷纷跳了过来，每个人都戴着面纱，准备好了短矛，和他们在一起的还有枪姬众，想让枪姬众离开前锋比喝下沙子还要难。其余的莫山氏族纷纷跑步跟随在后面。雅加德斯威、女人和孩子、工匠、商人和奉义徒，大多数人都牵着驮载物品的驮马和骡子。他们一共有将近六千人，他的氏族，他的部众。当他前往鲁迪恩时，他们仍然会追随他。瑟瓦娜不可能再继续阻挠他成为部族首领了。

斥候们立刻开始分散行动，氏族成员还在源源不绝地从这个洞口涌出。马里克放下面纱，派出一队雅加德斯威分别登上周围山丘的顶端。谁也不知道这一圈山丘外面是什么。湿地人总是夸耀他们的土地是丰饶的，但这里在马里克眼里可不算什么丰饶。

洞口中如同洪水般涌出一群雅加德斯威，马里克不信任这些人——他们因为不相信兰德 · 亚瑟是真正的卡亚肯而逃离了自己的部族。马里克不确定自己到底相信什么，但男人不该丢弃自己的氏族和部族。这些人称自己为幂拉丁——无兄无弟之人，马里克认为这个名字很合适，而他有两百——

那个洞口突然闭合成一道垂直的银光，十名正在通过的幂拉丁被切成了碎片，腿、手和躯干的残片落在地上，一个男人的上半身几乎碰到了马里克的脚。

马里克盯着那个洞口曾经存在的地方，拇指紧紧地按着匣子上的红点。没有用的，他知道，但……他的长子戴英是岩狗众，他和他的同伴还等在后卫上。他的长女苏蕾勒也和岩狗众在一起，在她想要为之放弃枪矛的人身边。

马里克的目光和黛瑞勒的交会在一起，那双眼睛一如她将花冠放在自己脚边时那样翠绿、美丽，那时如果他没有拿起花冠，也许她会割开他的喉咙。"我们可以等待。"他轻声说。湿地人说过，三天之后匣子会恢复作用，但也许他是错的。他的拇指又按下了那个红点。黛瑞勒平静地点点头，马里克希望当他们躲开众人的时候，不必倒在对方的怀里痛哭。

一名枪姬众从上方掠过山坡飞奔而下，娜伊丝一把扯下面纱，带着沉重的喘息声说道："马里克，东边出现枪矛，距离只有一两里，正跑步朝我们前进。我想他们是雷恩部族，至少有七到八千人。"

马里克也看到其他雅加德斯威向他跑来，名叫卡尔丁的年轻鹰血众跑到他面前，没有停稳脚步便说道："你还活着，马里克。北方不到五里处有枪矛，还有骑马的湿地人，也许两支部队各有一万人。我不认为我们有人暴露出行踪了，但有一些枪矛已经转向我们这边。"

没等寻水众雷莱德张开嘴，马里克已经大致知道他要说什么。"枪矛出现在南方三四里外的山丘上，有八千名或更多，他们之中有人看到我们的一名男孩。"雷莱德从不会浪费言辞，他也绝不会说出是哪个男孩，对雷莱德来说，任何头上没有灰发的人都是孩子。

马里克知道已经没有时间浪费言辞了。"哈冒！"他喊道，也没时间对一名铁匠表示应有的谦恭了。

那名大汉知道出事情了，他爬上山坡。自从拿起铁锤后，他还不曾跑过这么快。

马里克将那只石匣交给他："按这个红点，一直不停地按它，不管发生什么，不管它会让那个洞口敞开多久，这是你们逃生的唯一方法。"哈冒点点头，但马里克甚至来不及听他的答话。哈冒会明白的。马里克抚摸着黛瑞勒的脸颊，完全不在乎周围有多少双眼睛看着他们。"我心灵的阴凉，你一定要做好穿上白袍的准备。"她的手已经向腰间的匕首移了过去。在编结花冠之前，她曾经是一名枪姬众，但马里克坚定地摇摇头。"你一定要活下去，妻子，顶主妇，你要照顾我们剩下的一切。"黛瑞勒点点头，也将手指放在他的脸颊上。马里克吃了一惊，她在众人面前总是非常保守的。

马里克戴起面纱，将短矛高举过头："莫山！我们起舞！"

众人随他跑上山坡，男人和枪姬众，将近一千人，随后是无兄无弟之人；或许他们也能被算是这个氏族的成员。他们沿着山坡一路向西，这个方向上有最靠近他们、数量最少的枪矛。也许他们能争取到足够的时间，虽然马里克并不真的相信这一点，他开始怀疑瑟瓦娜是否早已知晓这些。啊，自从兰德·亚瑟到来，世界就变了，变得陌生了，但有些事是不会改变的。他笑着开始歌唱：

洗净枪矛，太阳升起。
洗净枪矛，太阳落地。
洗净枪矛，谁惧死期？
洗净枪矛，非我知悉。

莫山沙度歌唱着，冲向他们的死亡之舞。

古兰黛紧皱眉头，看着通道在最后一名祖矛沙度身后关闭，这个通道让祖矛氏族和许多智者通过了。与其他通道不同，沙马奥并没有固定住编织，也没有让编织在一段时间以后自行拆散，而是一直将这个信道维持到了最后。至少古兰黛是这样推测的，否则通道随着最后一名身穿灰褐色衣服的男人通过而立刻关闭显然是太巧合了。沙马奥笑着扔掉了那只袋子，那里面还有几颗无用的石块；古兰黛自己的空袋子早已经被丢掉了。太阳已经低垂到了西方的山后，只剩下半个燃烧的红球。

“总有一天，”古兰黛冷冷地说，“你会被自己的自作聪明给害了。愚弄匣？如果他们之中有人听懂了呢？”

“不可能。”沙马奥仍然揉搓着双手，盯着那个通道曾经存在的地方，或者是朝那个方向眺望着。他仍然维持着面镜，这让他的形象比实际上更高，而在那个通道关闭时，古兰黛就已经消去了自己的面镜。

“你确实让他们陷入了混乱。”他们周围的景象就是证据——几座矮帐篷没有被收起，毯子、一只煮食罐、一只破烂的布娃娃，还有各种垃圾被扔得到处都是。“你把他们送到哪里去了？我想，应该是兰德军队的面前？”

“其中一些是，”沙马奥不经意地说，“数量足够了。”他突然收起瞪着远方的目光，还有他的伪装，那道横过他面孔的伤疤看上去特别显眼。“足以制造一些麻烦，特别是还有那些能够导引的智者，但不是很多，这样我也不至于受到怀疑，剩下的被分散至从伊利安到海丹各处。至于说为什么？也许是因为兰德那样做了，他有他的原因。但如果是我，我肯定不会浪费那么多人力。我会吗？”他又笑了。显然他对自己卓越的计划感到自豪。

古兰黛整了整胸衣，以掩饰自己的惊讶。她为此告诫过自己一万次，却仍然忍不住要计较这种愚蠢的小事。不过，这件裙子确实不合适，这与她的惊讶无关。沙马奥并不知道瑟瓦娜将所有能导引的沙度女人都带在了身边。现在是不是终于到了放弃他而投向狄芒德……

沙马奥仿佛是读出了她的心思。“你已经紧紧地绑在我身上，就像我的腰带一样，古兰黛。”一个通道打开，眼前出现他在伊利安的私人房间。“事实已经没有关系了，如果真的有所谓事实的话。你和我共享胜利，也会和我分担失败。暗主只奖赏胜利者，而且他从不曾在意胜利是如何获得的。”

“你说的对。”古兰黛回应道。狄芒德没有半点宽容之心，而色墨海格……“我和你荣辱与共。”当然，她还是得想办法找条出路。暗主奖赏胜利者，但古兰黛不会和失败的沙马奥一同沦落。她打开前往她居住的阿拉多曼宫殿的通道，在那座装饰着细长圆柱的殿堂里，她的宠物们还在尽情嬉戏。“但如果兰德亲自来找你呢？那时该怎么办？”

“兰德不会去找任何人，”沙马奥笑着说，“我要做的只有等待。”他笑着走进通道，让它在自己身后合上。

魔达奥从更深的黑影中走出来，它的眼睛能看见通道的残余——三片闪光的薄雾，它无法分辨能流，但它的嗅觉能辨识阳极力和阴极力。阳极力闻起来像刀刃，像荆刺；阴极力要柔软得多，但感觉上如果施加足够的压力，它会比阳极力更坚硬。其他魔达奥嗅不出这种区别，赛夷鞑·哈朗不是其他魔达奥。

捡起一根被丢弃的短矛，赛夷鞑·哈朗挑翻被沙马奥丢弃的袋子，然后拨弄了几下那些滚出的石块。计划外的事情太多了，它们是会加重混乱，还是……

恼恨的黑色火焰从赛夷鞑·哈朗的手中倾泻到矛柄上——暗影之手的手。眨眼间，木制矛柄焦黑扭曲，矛锋掉落在地。这名魔达奥松手抛掉黑色的残枝和掌心的黑灰。如果沙马奥侍奉混乱，那么一切都好，如果不是……

一阵突然的疼痛爬上颈后，微微的虚弱感扫过它的四肢。离开煞妖谷太久了，不管怎样，一定要想办法截断那个连结。它怒吼一声，转身去寻找黑影的边缘，那是它需要的，那一天就要来了，它会来的。

第 41 章

剑之王冠

兰德挣扎着，他在做梦。在那些疯狂的梦境里，他与佩林争论，乞求麦特要找到伊兰。各种颜色在他视野的边缘闪过，帕登·范举着闪光的锋刃扑向他。有时他觉得自己听到了声音，在一团浓雾的中心有人在为一名死去的女子哭泣。他在梦中竭力向伊兰解释，向艾玲达解释，向明解释，同时向她们三个人解释，而即使是明也只是轻蔑地看着他。

“……不能被打扰！”是凯苏安的声音。这也是梦的一部分吗？

这个声音吓到了他。在梦里，他向路斯·瑟林喊叫，喊声回荡在一片雾中，那里有无数的影子在晃动，人和马尖叫着死去。在一片雾中，凯苏安锲而不舍地跟着他，即使他已经跑得气喘吁吁。埃拉娜竭力要安慰他，但埃拉娜也害怕凯苏安，他能感觉到埃拉娜的恐惧就像他自己的一样强烈。他感觉头痛，感觉肋侧的疼痛，那处旧伤如同火焰般烧灼着他。他感觉到阳极力。有人握持着阳极力，是他吗？他不知道。他挣扎着醒了过来。

“你要杀死他了！”明喊道，“我不会让你杀死他！”

兰德睁开眼睛，看见了明的脸。明没有看他，她正将他的头抱在双臂之中，瞪着床边的某个人。她的双眼通红，她一定是哭过了，不过哭得不久。是的，他正躺在自己的床上，在太阳王宫他的房间里。他能看见沉重的乌木方床柱，上面镶嵌着象牙花纹。明只穿着乳白色的丝绸衬衫，躺在他身旁，将他护在怀里，只有一条一直盖到他脖子的亚麻棉被将他们两个分开。埃拉娜很害怕。他脑后的那团思绪在颤抖，埃拉娜是在为他害怕，虽然不知道为什么，但他确定是这样。

“我想他醒了，明。”艾密斯温柔地说。明低头看过来，点缀着黑色鬈发的脸颊上绽放出笑容。

兰德小心地（因为他感觉很虚弱）移开明的手臂，坐了起来。他仍然在头晕，但他强迫自己不要再躺下去了。他的床边上围满了人。

床的一侧站着艾密斯，她身旁还有碧拉和科鲁娜。艾密斯过于年轻的面孔上没有任何表情，但她整理着白色长发和暗色的披巾，仿佛刚刚经过一番奋力搏杀。从外表上看来，那两名两仪师都很平静，但那种坚毅的平静如同女王要捍卫王座，村妇要保护田园。最让兰德感到奇怪的是，兰德觉得这三个女人站在了一起，不止是表面上站在一起，而是三个人正散发出一种齐心协力、同仇敌忾的气势。

在床的另一侧，是头发上装饰银铃的萨弥苏；还有一名身材苗条的两仪师，一双粗黑的眉毛和鸦黑色的头发为她增添了一种野性的感觉。凯苏安双拳叉在腰上，站在她们两个之间。萨弥苏和鸦黑色头发的两仪师都戴着黄流苏披肩，像碧拉和科鲁娜一样高扬着下巴，而凯苏安的气势仍然将她们四个压了下去。这两组女人都在盯着一组男人——站在床脚、佩戴剑徽和龙徽的柯朗，还有达莫和佳晗，三个人全都面色严峻，同时看着床两侧的六个女人。乔南·艾德利也出现在他们身边，阳极力充满在这四个男人身上。柯朗的力量几乎已经不亚于兰德了。兰德看着乔南，后者微一点头。

兰德忽然意识到自己除了腰间的绷带之外，在棉被下面什么都没穿。“我睡多久了？我怎么活下来的？”他小心地碰了碰雪白的绷带。“帕当的匕首来自煞达罗荷斯，我曾经看见它只磨破了一个人的皮肤，就让那个人迅速死去了，而且死状极为痛苦。”柯朗骂了一句夹杂着帕登·范名字的脏话。

萨弥苏和另一名黄宗姐妹交换了个惊讶的眼神，凯苏安则只是点点头，铁灰色发髻上的黄金缀饰随之摇晃。“是了，煞达罗荷斯，这能解释许多问题。关于你活下来这件事，你应该感谢萨弥苏和达莫。”她甚至没有向那名花白头发的男人瞥上一眼，但达莫却笑得仿佛凯苏安刚刚向他鞠了个躬。让兰德惊讶的是，萨弥苏却向达莫点了点头。“当然，还有珂丽勒。”凯苏安继续说道，“他们都为你尽了不少力，包括一些我相信自从世界崩毁以来就不曾再出现过的事情。”她的声音变得严肃了。“缺了这三个人中的任何一个，你现在就死了，但除非你完全顺从地接受指引，否则你仍然会死。你一定要休息，不能有任何耗费精力的行为。”兰德的肚子突然大声响了起来，凯苏安点点头：“你受伤之后，我们只能喂你喝一点水和肉汤，对于一个受伤的男人，两天未进食显然是拖得太久了。”

两天。仅仅两天。兰德的视线避开了乔南：“我要起来。”

“我不会让他们杀死你，牧羊人，”明的眼里闪烁着倔强，“我也不会让你把自己杀死。”她将双臂压在他的肩头。

“如果卡亚肯希望起床，”艾密斯直接地说，“我会命令南蒂拉率领走廊中的枪姬众进来，索麦莱和安奈拉将会非常高兴帮助卡亚肯做他需要做的事。”她的嘴角抽动了两下，有点像是微笑。艾密斯自己也曾经是枪姬众，她知道在这种情况下枪姬众们会怎么做。科鲁娜和碧拉的脸上没有半点笑容，她们只是皱紧眉头盯着兰德，就好像他是个彻底的傻瓜。

“男孩，”凯苏安用冰冷的语气说，“我已经见过你没毛的屁股了，当然，那并不是我想看的。如果你想在我们六个人面前炫耀那东西的话，也许会有人喜欢看。但如果你摔了个狗吃屎，我就要狠狠揍你一顿屁股，再把你放回床上去。”而萨弥苏和珂丽勒的表情仿佛是在说她们很愿意协助凯苏安。

那瑞玛和乔南惊愕地盯着凯苏安，达莫拉着外衣，仿佛不知如何是好。柯朗却发出一阵粗野的笑声。“如果你想让我们把这些女人轰出去——”这名相貌平常的男人已经开始准备能流了。不是屏障，而是由魂之力和火之力构成的复杂编织，兰德怀疑这种编织能够让任何人痛苦到完全不想去导引。

“不！”兰德立刻就说道。碧拉和科鲁娜只需要一个简单的命令就会离开，而如果珂丽勒和萨弥苏也帮忙救活了他，他就欠了她们很大的人情。不过，如果凯苏安以为赤身裸体能让他老实地躺在床上，那么她就要大吃一惊了。枪姬众早已剥走了他全部的羞耻心，半点也没留给他。他对着明一笑，拿开她的手臂，掀开棉被，从艾密斯那一侧下了床。

智者紧绷着嘴唇，兰德几乎能看见她正在考虑是否要叫枪姬众进来。碧拉烦恼而犹豫地看了艾密斯一眼，科鲁娜则早已转过了身，脸色沉了下来。兰德缓慢地朝衣柜走去，之所以缓慢，是因为他害怕如果走快了，凯苏安也许就能有打他屁股的借口了。

“呸！”凯苏安在他背后喃喃说着，“我发誓，我一定要打这个坏孩子的屁股。”喃喃自语的不止有凯苏安一个人，另外那些声音好像是在赞成凯苏安，也好像是在批评兰德。

“啊，但那真是漂亮的屁股，不是吗？”又有一个人带着轻快的莫兰迪口音说道，那一定是珂丽勒。

兰德很高兴自己的头正埋在衣柜里，也许枪姬众并不像他以为的那样拿走了他全部的羞耻心。光明啊！此刻他的脸好像火炉一样热，他匆匆穿上衣服，心中希望别人不要看出他动作的不稳。他的剑立在衣柜后面，剑带缠绕在黑色的野猪皮剑鞘上，他碰了碰长剑柄，又将手挪开来。

他赤着脚，转过身看着众人，两只手正扣着衬衫上的钮扣。明仍然盘着穿绿色丝绸紧身裤的双腿坐在床上，她的表情说不出是赞同还是颓丧。“我需要与柯朗和其他殉道使谈一谈，单独谈谈。”

明跳下床，跑过去抱住了他，她抱得并不是很紧，且小心避开他肋侧的绷带。“我等了那么久，你才醒过来，”她说着，一只手臂环抱住他的腰，“我要跟你在一起。”她的语气只稍微加重了一点，她一定是看到了什么，或者她只是想帮他站稳身子，想用手臂撑住他。兰德点点头，他的脚步还不是那么稳，他将一只手放在明的肩膀上，但又忽然意识到自己不想让殉道使知道他是多么虚弱，就如同他不想让凯苏安和艾密斯知道一样。

碧拉和科鲁娜不情愿地行了个屈膝礼，向门口走去。看到艾密斯并没有挪动脚步，她们又开始犹豫了。“只要你不打算离开寓所就可以。”智者说道，语气丝毫不像是在对她的卡亚肯说话。

兰德抬起一只光脚：“我看上去像是要去哪里的样子吗？”艾密斯哼了一声，又瞥了乔南一眼，然后就带着碧拉和科鲁娜离开了。

凯苏安和另外两位两仪师只多逗留了一会儿，灰发的绿宗两仪师同样瞥了乔南一眼，他从凯瑞安失踪多日的事情不可能是秘密。在门口，她停了下来。“不要做任何傻事，孩子。”她的语气就像是一位严厉的姑妈在教训自己不中用的侄子，心里却很清楚这个孩子根本听不进她的一句话。萨弥苏和珂丽勒跟随她走出房间，她们都双眉紧皱，向兰德和殉道使各瞥了几眼。等到她们消失之后，柯朗又笑了起来，他摇摇头，笑声如同尖利的喘息，但其中竟然带着愉悦。

兰德从明身边走开一步，在衣柜侧面拿出靴子，从里面掏出卷起来的长袜。“我穿好鞋就去前厅找你们，柯朗。”

容貌平凡的殉道使愣了一下，他皱起眉看着乔南。“听从命令，真龙大人。”他说着，将拳头按在胸口。

等到那四个人离开，兰德一派轻松地坐进椅子里，开始套上长袜。他相信刚才走的那几步已经让自己的双腿有了力量，不过，它们仍然不是很稳。

“你确定这样是明智的吗？”明问。她跪在兰德的椅子旁，兰德惊讶地看着她。如果他在这两天里说了什么不该说的梦话，两仪师肯定会知道，艾密斯肯定会命令安奈拉和索麦莱率领五十名枪姬众紧紧围住他。

兰德将长袜拉好。“你有没有看到幻象？”

明坐到自己的脚跟上，抱起双臂，坚定地看着他。片刻之后，明相信这没有用，只能叹口气。“是凯苏安的幻象，她要教你些什么，你和殉道使，我是说，所有的殉道使，那是你必须学习的，但我不知道那是什么。只是你们之中没有人愿意向她学习那些，你们根本就不会喜欢那个。”

兰德拿着一只靴子停住了，过了一会儿，他才慢慢把脚探进去。凯苏安能教殉道使什么？两仪师能教殉道使什么？女人不能教导男人，男人也不能教导女人，这点就像至上力本身一样不容置疑。“我们等着瞧吧！”他只说了这么一句话。

很显然，这不能让明满意，明知道这件事一定会发生。兰德也知道，明从来没错过。但凯苏安能教他什么？他会让她教什么？那个女人让兰德对自己产生了怀疑。自从提尔之岩陷落以来，兰德还不曾有过这样的不安。

将第二只穿好靴子的脚落在地上踏稳，兰德从衣柜后面拿起剑带，以及一件绣金的红外套，这是他去见海民时穿的衣服。“梅兰娜为我制定了什么契约？”他问道。明的回答中带着显而易见的火气。

“没有，至少到今天上午为止都是这样，”明烦扰地说，“她和蕾菲拉至今都还没有离开那艘船，但她们已经送来了六封信，询问你是否能够回到船上去。没有你在，我想条款的制定大概很不顺利，但我想你大概是不可能去的。”

“现在还不行。”兰德应声道。明没有再说话，但她很清楚地表达了自己的意见——她将双拳叉在腰间，高高地挑起一侧眉弓。是啊，她很快就能知道结果了。

在前厅里，除柯朗外的所有殉道使一看到兰德和明出现，立刻就从椅子里跳了起来。柯朗则只是茫然地盯着远方，喃喃自语，直到兰德走到地板的朝阳图案上，他才注意到兰德，然后眨了几下眼，站了起来。

兰德一边系上龙形带扣，一边对乔南说：“军队到达伊利安的山丘堡垒了吗？”他很想坐进一把镀金扶手椅里，但他不允许自己这么做。“是怎么做到的？即使以最快的速度，也还要再过几天才能到啊！”弗林、那瑞玛和柯朗都显得很惊讶，他们不知道乔南、霍普维和费德文都去了哪里，决定谁可以信任永远都是最难的事情，而所谓的信任也只有剃刀刃那么薄。

乔南挺直身子，在那双浓眉之下，他的眼睛里闪烁着某种东西。依照凯瑞安人的说法，他是见过狼的人。“维蓝芒大君将步兵甩在后面，率领骑兵一直急行军，”他用同样刚硬的语气报告着，“当然，艾伊尔人跟随着骑兵。”这时他又皱起了眉。“昨天我们遇到了艾伊尔人，是沙度部族，我不知道他们怎么到了那里。他们一共大约有九千到一万人，不过他们的队伍里没有任何能导引的智者，所以他们没有减慢我们的行军速度，我们今天中午到达了山丘堡垒。”

兰德只想怒吼。丢下步兵？难道维蓝芒以为他能用骑兵攻下建立在山丘上的木栅壁垒？也许他真的这么想。那家伙如果能超越艾伊尔人，一定也会把艾伊尔人甩在后面。愚蠢的贵族和他们愚蠢的荣耀！不过，这没关系，只是因为维蓝芒大君对于步兵的藐视，会有更多的人失去生命。

“艾本和我一到那里就开始攻第一道木栅，”乔南继续说道，“维蓝芒不喜欢这样，我以为他会阻止我们，但他害怕我们。我们让火焰落在原木上，在墙上炸出大洞，但我们才开始，沙马奥就来了。至少是个导引阳极力的男人，而且他比我和艾本都要强得多。我必须说，他像您一样强，真龙大人。”

“他立刻就到了那里？”兰德难以置信地说，但他很快就明白了。他本来相信沙马奥会躲在伊利安，躲在许多重至上力的防御之后，太多弃光魔使试过与他对抗，而他们之中大多已经死了。兰德不由得笑了起来。这牵动了他的肋侧，让他感到疼痛。一切精心的布置都是为了让沙马奥相信他可能在任何地方，但肯定不会在那支军队里，目的就是为了把那家伙从伊利安引出来，而帕登·范的刀子让这一切布置都失去了意义。两天。到这个时候，所有在凯瑞安有眼线的人（肯定也包括弃光魔使）都会知道，转生真龙正处在死亡的边缘。与其要挽救烧焦的饭，不如想想别的办法。“男人订计划，女人设计谋，但时光之轮只按照自己的意愿编织。”这是一句提尔谚语。“继续！”兰德说道，“费德文昨晚和你们在一起吗？”

“是的，真龙大人，费德文每晚都来，就像计划中安排的那样。昨晚我们已经确定今天会到达壁垒，就如同艾本的鼻子一样明显。”

“我不明白，”柯朗的声音里充满困扰，他脸颊上的一根肌肉在抽搐着，“你把他引诱出来，但这是为了什么？只要他感觉到有接近你的力量在导引，他就会逃回伊利安，躲进他编织的那些陷阱里。你在那里抓不到他，只要在距离伊利安城一里处打开通道，他就会知道。”

“我们能拯救那支军队，”乔南急迫地说道，“这是我们能做的。我离开时，维蓝芒还在派遣军队冲锋。尽管艾本和我尽了全力，沙马奥仍然把我们的士兵全部割成了碎肉。”他抬起手臂，那上面的袖子已经烧焦了。“我们只能进行反击，然后立刻逃开，即使这样，他不止一次差点将我们烧成焦炭。艾伊尔人也遭受了严重的伤亡，他们只是在与冲杀过来的伊利安人作战，那些伊利安人一定是从其他壁垒来的，我离开时，他们已经在那里聚集成大军了。但每次沙马奥的攻击都会杀死我们五十人，艾伊尔人或非艾伊尔人，都被他撕成了碎片。如果那里有三个沙马奥，或者是两个，可能等我回去时，我们的军队已经不会有人活下来了。”柯朗盯着他，仿佛在看着一名疯子。乔南突然耸耸肩，似乎是在这名戴着剑徽和龙徽的前辈面前意识到自己空无一物的衣领。“请原谅，殉道使，”他不安地嘟囔着，然后又用更低的声音说，“但我们至少可以拯救那些人。”

“我们会的。”兰德向他保证，乔南显然没想到他会这么说。“今天你们都要帮我去杀死沙马奥。”只有柯朗露出惊讶的神色，另外两个人则只是点点头，即使是弃光魔使也不会让他们感到害怕。

兰德以为明会反对他，也许至少会要求和他一起去，但明的话让他吃了一惊：“我想，你最好尽快出发，不要让别人知道，牧羊人。”兰德对着叹气的明点点头。也许弃光魔使和其他人一样，也必须依靠眼线和鸽子，但太过于相信这点也许会是致命的。

“枪姬众如果知道了一定也会要去，明。”她们肯定想去，但他必须严厉地拒绝，如果他能拒绝的话。而如果南蒂拉和她所守护的人都消失的话，就太难以掩饰了。明又叹了口气。“我想我可以去和南蒂拉聊聊，我也许能让她们留在走廊里大约一个小时，但如果她们发现了，她们肯定就不会喜欢我了。”兰德几乎又笑了出来，不过这次他记起了肋侧的伤口。她们肯定不会喜欢他们两个了。“我还要说，乡下男孩，艾密斯也不会高兴的，还有索瑞林，这都是我纵容你的下场。”

兰德本来想对她说，他并没有向她提出任何要求，但没等他出声，明已经移到他眼前，透过长睫毛看着他。她将一只手放在他的胸膛上，指尖轻轻地敲着，她的微笑和声音都是那么柔润温暖，只有指尖流露出另外一些情绪。“如果你再出什么事情，兰德·亚瑟，我就会帮助凯苏安，不管她需不需要。”她又露出一个灿烂的、几乎是快活的微笑，才转身向房门走去。兰德看着她的背影。有时她会让他感到晕头转向（几乎他遇到的每个女人都让他有过这种感觉），但他永远都看不厌她走路时的身姿。

兰德忽然发觉柯朗也在看着明，而且还舔着嘴唇，他急忙大声清了清喉咙。不知为什么，那个相貌平凡的男人防御般地举起了双手。他当然没有对柯朗使什么脸色，他总不能因为别人看明穿着紧身裤走路就对那个人怒目而视。他用虚空包围自己，抓住阳极力，强迫冻结的火焰和熔融的污秽进入通道的编织。当通道打开时，柯朗向后跳了一步。也许应该切掉那家伙的一只手，让他知道不能像头山羊般舔嘴唇。有什么扭曲赤红的东西像蜘蛛网般纠结在虚空外面。

兰德走过通道，站在土地上，柯朗和其他人紧随在他身后。当最后一个人离开通道时，他立刻放开了真源，一种失落感随着阳极力的离开而涌入。埃拉娜在他脑海中的存在也同时缩小了，当路斯·瑟林还在的时候，这种失落感似乎没有这么强烈、巨大。

头顶上，金色的太阳正处在天顶和地平线之间，一阵风卷起他脚下的灰尘，却没有任何凉爽。他们站在一片空地上，周围有四根木头立柱和绳子围住这片地方，每根木柱旁都有两名卫兵，他们穿着短外衣和宽松的裤子，裤脚塞进靴子里，腰侧的佩剑微有些弯曲，其中有些人留着浓密的胡子。所有人都是高鼻子、黑眼睛、眼角稍稍上翘。兰德一出现，他们之中立刻有一个人跑了过来。

“我们来这里做什么？”柯朗的语气中充满了狐疑。

在他们周围分布着几百座尖顶帐篷，无论它们原先是灰色还是白色，现在都已经覆满了尘土，帐篷旁边排列着上鞍的战马。凯姆林就在不远的地方，只是被森林遮住了。黑塔距离这里更近，但除非马瑞姆派出间谍探察，否则他不会知道这个地方。费德文·毛尔的任务之一就是听查（或者是感觉）任何刺探这里的间谍。营地中，随着一阵纷纷的议论声，许多高鼻子、佩弯曲马刀的人都踮起脚尖，带着期待的眼神望着兰德。男人之中也夹杂了不少女人。沙戴亚女人经常和她们的丈夫一同驰骋沙场，至少在贵族和军官们之中是如此。只是今天他们不会参加战斗。

从绳子下面钻出来，兰德直接朝一顶帐篷走去，这顶帐篷没有任何与众不同之处，只是在帐篷前面插着一根旗子，蓝色的旗面上绘着三朵简单的红色小花。这种花被称作王者小珠，即使在沙戴亚的严冬，它们也不会被冻死，被野火烧过的森林中，这些红色小花总是最先绽放的生命。杀不死的花朵——这就是巴歇尔家族的家徽。

在帐篷里，巴歇尔已经在靴子上安好了马刺，佩剑也挂在腰间上。不过黛拉也和他在一起，她穿着和丈夫的灰色外衣同样颜色的骑装，虽然没有佩剑，但她的腰带上有一把箍银柄的大长匕首，别在她腰带上的皮手套说明她做好了长距离骑乘的准备。当然，这一切都不是兰德希望见到的。

“我还以为要过几天才会有行动，”巴歇尔说着从折叠行军椅中站起身，“实际上，我希望再过几个星期才好。我希望大部分被马瑞姆留下的人能够依照麦特和我所计划的进行武装。我已经尽量召集了制作十字弓的工匠，他们全都不停手地在生产，就像老母猪生小猪一样，但即使这样，现在装备了十字弓并知道使用方法的人也不超过一万五千人。”他带着询问的眼神，从覆盖折叠桌的地图上拿起一只只罐。“我们有时间喝一杯吗？”

“不必了！”兰德不耐烦地说。巴歇尔刚才谈到了马瑞姆确认无法学习导引的那些男人，但兰德几乎没在听。巴歇尔是否认为他们已经完成训练，由他自己去决定就好了。“柯朗和另外三名殉道使正等在外面，只要费德文加入他们，我们就要出发了。”他看了黛拉一眼，这个女人比她的小个子男人高出许多，有着鹰钩鼻，一双眼睛甚至比鹰眼更加锋利。“不必喝酒了，巴歇尔，也不要带上妻子，今天不行。”黛拉张开嘴，她的黑眼睛突然放射出光芒。

“不带上妻子，”巴歇尔说着，用指节抚着夹杂灰色的浓密胡子，“我会把这个命令传达下去。”然后他转向黛拉，伸出手，温和地说：“妻子。”兰德退缩了一下，等着她的爆发。

黛拉抿紧嘴唇，皱起眉头盯着自己的丈夫，样子像极了一只要捕食老鼠的鹰。当然，巴歇尔看上去完全不像只老鼠，而是另一只形体小很多的鹰。黛拉深吸一口气，那种架势似乎大地也要随着她的呼吸颤抖，然后她解下腰带上的匕首，放在丈夫的手上。“我们以后再谈，巴歇尔，要好好谈一谈。”

兰德决定，以后有时间时，他会要巴歇尔解释一下是怎么做到这点的，如果有时间的话。

“好好谈一谈。”巴歇尔将匕首插进自己的腰带里，胡子下露出笑意。也许这个人天生就有点自杀的倾向。

木柱上的绳子都已经去掉，兰德和殉道使们等待着九千名沙戴亚骑兵在巴歇尔身后排成三列纵队，在他们后面是一万五千名自称为真龙军团的步兵，他们身上蓝色外衣的衣扣都在肋侧，胸前完整地绘着一条金红色游龙。其中大多数人都带着钢背十字弓，还有一些人扛着沉重的盾牌；但没有人武装枪矛。不管麦特和巴歇尔有什么奇想，兰德希望这支军队不会因此而遭到屠杀。费德文露出迫不及待的笑容，很像是要跳起来呐喊一番的模样，也许他是因为能穿回别着剑徽的黑色外衣而高兴。乔南和那瑞玛脸上的笑容几乎完全一样，达莫的也和他们相去不远，他们知道要去的地方是何种状况，在那里要做什么。柯朗像往常一样皱紧眉头，茫然地盯着远方，嘴唇无声地翕动着。同样紧皱眉头保持沉默的是那些聚集在黛拉身后的沙戴亚女人，这些鹰隼们都只能焦躁不安地抖动着羽毛。兰德不在乎她们双眉紧锁、目露凶光的模样，如果他能阻止南蒂拉和枪姬众参与，沙戴亚男人们也应该能忍受一切的责难和争吵。今天，光明在上，不要有任何女人因他而死。

这么多人自然不可能在一分钟内就做好出发的准备，即使他们一直在等待出发的命令。不过他们确实只用了一段短得惊人的时间就准备就绪了。巴歇尔举起剑，喊道：“真龙大人！”

一阵喊声在他身后的巨型队伍中迅速传播着：“真龙大人！”

兰德抓住真源，在两根柱子间制造出一个十二尺宽、十二尺高的通道，固定住编织后，他立刻冲了过去。殉道使紧随在他身后，通道另一边是一片方形大广场，环绕广场竖立着巨大的白色圆柱，每一根柱子顶端都有大理石雕刻的橄榄枝花冠。在广场的两端各有一座宫殿，它们的紫色屋顶、圆柱走廊、居高临下的阳台和细瘦的尖塔几乎毫无差别，它们是王宫和稍小一点的议会大厅。这里是塔玛兹大广场，伊利安的正中心。

一名穿着蓝色外衣、剃光上唇、只有下巴留着胡须的瘦子，张大了嘴看着兰德和穿黑衣的殉道使从一个凭空出现的洞里跳出来。一名裙装、软鞋和长袜都是绿色的矮个子女人用双手捂住脸，盯着突然出现在眼前的男人，一双黑眼睛几乎凸出了眼眶。周围所有人都停止了动作，盯着他们，小贩举着托盘，车夫拉住了牛骡，无论男人、女人，还是小孩都张大了嘴巴。

兰德举起双手开始导引。“我是转生真龙！”这句话经过风之力和火之力的放大，震颤着广场。火焰从他的双手射出，直冲向百尺的高空。在他身后，殉道使用火球充满了天空。只有柯朗制造出一片蓝色闪电的密网，覆盖住整座广场。

不需要再做什么了，尖叫着的人潮向广场外围冲去。他们逃得正是时候。兰德和殉道使从通道前跃开，达弗朗·巴歇尔统率的沙戴亚人高呼着冲进伊利安，挥舞马刀的骑兵们源源不绝地从通道中涌出，一切都像早已计划好的那样。巴歇尔率领三队骑兵中间的一队一直向前冲去，另外两队分头冲向两侧。他们很快又分成小队，冲进所有与广场连通的街道里。

兰德没等骑兵全部冲出，当只有三分之一骑兵离开通道时，他立刻编织了一个更小的通道。如果只是要进行很短距离的穿行，就不需要对这个地方有什么了解。他感觉到柯朗和其他人分别编织出了通道，而他此时已经一脚踏进了通道。关闭通道后，他站在王宫中一座尖塔的顶端。他不在意地想起了马汀·斯戴潘诺·德·巴尔加，伊利安国王，不知道那家伙现在是不是正在他脚下的某个地方。

尖塔顶端只有一片不超过五步的地方，被一堵不到他胸口高的红石矮墙环绕着，这座一百五十尺高的尖塔是全城的制高点。在太阳的照耀下，一片片红、绿和其他各种颜色的屋顶闪闪发光，一直延伸到漫长的实土大道旁。正是这些大道穿过包围城市和港口的高草湿地，将伊利安城与外界连接起来，空气中弥漫着一股浓郁刺鼻的盐味。伊利安人不需要墙壁，大片的沼泽湿地足以阻挡任何侵略者——任何无法凭空制造出信道的侵略者。但对于这种侵略者来说，墙壁也是没用的。

这是一座美丽的城市，建筑物主要由浅色的石块构成。城里的运河像街道一样多，从这个高度俯瞰下去，那些运河仿佛组成了一片蓝绿色的经纬框格。但兰德没有心情欣赏这些，他向那些酒馆、店铺和宫殿释放出风、水、火、地、魂五行之力的能流，一边这样做，一边转动身子。他不是在编织能流，只是让能流扫过城市和直达数里外的湿地。另外五座高塔上也出现同样的能流。每当两股能流不受控制地彼此碰触时，就会闪耀出光芒和火星，五彩缤纷的云雾喷薄而出，任何照明者都会对这种景象称羡不已。这大概能更有效地让城里的人躲在床下，不要和巴歇尔的士兵发生冲突。兰德原先并没想到会有这种效果，这也不是他这么做的目的。

很早他就确信沙马奥一定布置了遍及全城的结界，任何人只要在这附近导引阳极力，他就会接到警报，而且这种结界一定已经被反转，只有沙马奥本人能察觉到它们。它们可以让沙马奥知道导引者的具体位置，让他能立刻摧毁入侵的敌人。运气好的话，现在所有这些结界都已经被触动了。路斯·瑟林曾经确信沙马奥能够立刻感觉到它们，无论他身在何处，而这些结界现在也没用了，它们一旦被触发，就必须重新编织。沙马奥会回来，他的一生中从不曾放弃过任何他认为是属于他的东西，无论他为了占据而宣称的理由是多么不可靠，无论要经过多么激烈的争夺，这些全都是路斯·瑟林告诉他的。如果这个路斯·瑟林是真的。他一定是真的，那些回忆有着太多细节。但难道不能幻想出无数细节吗？

路斯·瑟林！他无声地喊道。回应他的只有吹过伊利安的风。

在下面，塔玛兹广场上已经空无一人，只有一些车辆被到处抛弃。他恰好处在最初那座通道的侧面，所以看不见那座通道，只能看见它的编织。兰德解开了那个编织，当那个通道缩小消失时，他也不情愿地放开了阳极力，所有能流都从空中消失了。也许有的殉道使还握持着真源，但他已经命令过他们不许这样做。他已经警告过他们，当他停止导引后，任何仍然在伊利安进行导引的人，只要被他感觉到，他就会不加警告地将其杀死，他不希望那个被他杀死的导引者会是他的殉道使。他靠在围墙上，等待着，一边还在希望着能坐下来。他的双腿感到酸痛，而且不管他用什么样的站姿，肋侧都会像火烧般疼痛。但他在感觉编织的同时最好也充分使用双眼。

这座城市已经陷入完全的寂静，只有几个地方传来微弱的呼喊声和金属撞击声。即使将那么多军队都集中在边境上，沙马奥仍然没有抽走伊利安全部的兵力。兰德在塔顶转动身体，尽量看到每一个方向。他认为沙马奥会从王宫或议会大厅出现，但他无法确定。在一条街道上，他看见一队沙戴亚人正在和另一支数量相当、同样骑在马上、穿戴闪亮胸甲的士兵发生冲突。更多沙戴亚人突然从一旁飞驰而至，那场战斗消失在他视野之外的建筑物背面。在另一个地方，他看见一些真龙军团的士兵正走过一条运河的矮桥，一名在头盔上插着红色长羽毛作为标记的军官走在队伍最前面，他身后是大约二十个人扛着大约与他们肩膀齐高的宽盾，最后面是二百多名架着重十字弓的士兵。他们如何战斗？喊声和钢铁撞击声又在远处响起，随之而来的是濒死者的尖叫声。

太阳逐渐滑了下去，城市里的阴影在逐渐加长。没多久，太阳已经变成西方地平线上的一个红色半球，天空中出现了几颗星星。他错了吗？沙马奥会不会只是逃到别的地方，再找一个国家控制在手中？他是否应该听取一下别人的意见，而不是自己脑袋里疯子的梦呓？

有男人在导引。兰德立时僵住了身子，他的目光落在议会大厅那里，在这么远的距离都能清楚地感觉到，那么强的阳极力足以打开一个通道。一定是沙马奥。

转瞬间，兰德已经抓住真源，编织出通道跳了进去，同时做好释放闪电的准备。这是一个大房间，装配大反光镜的立灯和天花板下的吊灯都已经点燃了，雪白的大理石墙壁上雕刻着战争和港口中群帆并集的场面。在房间远端，九张纹饰华丽的镏金扶手椅如同王座般立在白色台基上，中间那张椅子的椅背比另外八张都要高。没等兰德放开身后的通道，刚才他所在的那座高塔顶端被炸碎了。兰德感觉到火之力和地之力，同时一阵碎石和尘土从通道中冲出，将他击倒在地上。疼痛刺激着他的肋侧，一根锐利的红色长矛插进了他飘浮着的虚空——也许他正是因此才立刻放开了信道。另外某个人的疼痛；另外某个人的虚弱。他能忽略它们，只要他还在虚空中。

他挪动着，强迫另一个人的肌肉发出力量，将他撑起来，踉跄着向那些座椅跑去。这时，数百条红丝从天花板上直贯而下，烧穿了一大片海蓝色大理石地板，而那片地方的中心正是那个还没彻底消失的通道。一道红丝穿透兰德的靴子，穿过他的脚跟。他倒在地上，听到自己发出的嚎叫。不是他的疼痛，无论是脚跟上的还是肋侧的，都不是他的。

翻过身子，兰德能看见那些红丝的残余，以及仍然清晰可辨的火之力和风之力编织，那是他还不知道的编织，不过他能够追溯到这些编织的源头。地板和装饰着精美花纹的白石膏天花板上留下了无数黑色的孔洞，仍然在不停地发出燃烧和碎裂的声音。兰德举起双手，开始编织烈火，但立刻有另一个人记起了脸颊被掌掴时的疼痛。凯苏安的声音如同那些红丝般戳进他的脑袋。不要再这样做，孩子，绝对不要再这样做。他似乎听到路斯·瑟林在远处恐惧的呜咽，为了他要释放的力量，那股力量几乎摧毁了世界。除了火之力和风之力以外的能流都消失了，兰德开始做出他刚刚见到的那种编织。一千根红色的细丝从他手中爆开，略微散开地向上飞去，一片两尺直径的圆形天花板变成岩石和石膏的碎块掉落下来。

兰德这样做过之后才意识到在他和沙马奥之间还有东西挡着，他一定要让沙马奥死在今天，但最好不伤到其他人……他又一次站起身，跛行着向大厅侧面的大门跑去，那里的每一扇门上都镶嵌着九只如他拳头大小的黄金蜜蜂。

一股细小的风之力在他之前推开了一扇门，这么小的能量别人是完全感觉不到的。他蹒跚着走进走廊，单膝跪倒，另一个人的肋侧像是被火烧一般，他的脚踝却在困扰着他。兰德用剑撑起身子，靠在上面，等待着。一名剃光胡子、双颊丰满粉嫩的家伙躲在走廊转角处，向这边窥望着，他的衣服表明他是一名仆人，至少一侧是绿色，另一侧是黄色的衣服很像是仆人的制服。他看到了兰德，便以极为缓慢的动作（也许他认为只要动作够慢，就不会被注意到）缩进了转角。沙马奥迟早会……

“伊利安是我的！”那个声音回荡在空气中，从所有方向传来。兰德咒骂了一声。这一定是他在塔玛兹广场上使用过的那种编织，这种编织需要的至上力非常少，即使做出编织的人就在兰德附近三十尺内，兰德也未必能察觉出来。“伊利安是我的！我不会为了杀你而毁掉我的东西，我也不会让你去毁掉它。你有胆来这里袭击我？那么你有没有勇气跟我去另一个地方？”那个雷鸣般的声音里流露出狡诈的嘲讽。“你有这个勇气吗？”在上面的某个地方，一个通道打开又闭合了。兰德知道那是谁的。

勇气？他有这个勇气。“我是转生真龙，”他喃喃地说道，“我要杀了你。”编织出一个通道，他走进去，到了数层以上的一个地方。

这是另一条走廊，排列在这里的壁挂描绘着海上的船只。走廊另一端连接着可以眺望远景的柱廊，从那里能看到太阳只剩下最后一抹红色。沙马奥通道的残余仍然挂在半空，正在解开的能流闪着微光，如同无数只鬼魂，兰德还能辨认出它们。他开始编织，却在半途停了下来。他不假思索地跳到这里，却没有想到这可能是个陷阱。如果他重复了沙马奥刚刚进行的编织，他会走进沙马奥已经到达的地方，或者至少是那附近。只要他稍微更动一下，他不确定这个更动是会相差五十尺还是一百尺，但也足够了。

垂直的银线开始旋转着张开，露出一片覆盖着阴影的巨大废墟，比这条走廊还要明亮一些。通道对面的太阳似乎比这里的还要高一点，半掩映在一座破碎的圆顶后面。他知道这个地方，上次他来到这里的时候，脑海中的名单上又增加了一个枪姬众的名字。第一次他去的时候，帕登·范跟了进去，变成了比暗黑之友更可怕的东西。沙马奥逃到了煞达罗荀斯，兰德却觉得这似乎解释了很多疑点。但现在不是浪费时间的时候，没等通道彻底张开，他一步跨进这个曾经被称为爱瑞荷的饱受蹂躏的城市。他放开编织，跛着腿向前跑去，靴子踩碎了破裂的铺路石板和黑色的枯草。

他转过见到的第一个街角，地面开始在他的脚下震颤。他刚才所在的地方传来巨大的爆炸声，阴暗的黄昏中划过一道又一道闪电。兰德感觉到地之力、火之力和风之力的激荡，雷声中夹杂着尖叫和呼吼的声音，阳极力在他的体内激荡。他头也不回地蹒跚向前，虽然周围已经被阴影覆盖，但阳极力让一切的景物在他眼中纤毫必现。

这是一座异常宏伟的城市，巨大的大理石宫殿通常都拥有四五座不同形状的圆顶，落日在其上染出了一层猩红。每个十字路口上都有一座青铜喷泉和雕像。

圆柱数组一直延伸到可以俯瞰夕阳的高塔前，不过那些高塔往往已经从中断裂，只剩下犬牙交错的末端，圆顶也只存一两处。雕像大多倒在地上，摔成了碎片，或者至少残缺了手臂或头。迅速变深的黑暗淹没了一堆堆瓦砾。仅剩的几棵矮树歪斜扭曲，如同骷髅的手指伸向天空。

一片砖石碎块铺散在路上，路边的建筑也许是一座小宫殿，它的一半已经消失了，剩下的立柱前墙向街道倾斜着。兰德停在街道中央，距离那片瓦砾不远的地方，等待着，感觉着另一个使用阳极力的人。贴在街边前进不是个好主意，不仅仅是因为建筑随时都有可能坍塌，一千双看不见的眼睛似乎正从髑髅眼窝般的空窗户中窥望过来——充满饥渴的窥视。在遥远的地方，他感觉到肋侧新的伤口在跳动。煞达罗苟斯每一颗尘埃中的邪恶都在与那道伤口产生共鸣，让它喷发出火焰般的痛苦，而那处旧伤却像拳头般紧缩起来，脚上的痛处似乎已经到了极远的地方。在更近的地方，虚空在他周围脉动着，暗帝对阳极力的污染与那伤口一同冲击着他的肋侧。白日，煞达罗苟斯是个危险的地方，到了晚上……

在前面的街道上，一座尖顶纪念碑奇迹般地直立着，它的下面有什么东西在移动——一个被黑影遮住的形体。兰德几乎要导引了，但他不相信沙马奥会以如此仓皇的模样行走。当他第一步踏进这座城市时，当沙马奥向他的通道施放雷电时，他已经听到可怕的嚎叫声，虽然那声音差点就被彻底淹没在震耳的雷声里。煞达罗苟斯没有活物，连老鼠也没有，沙马奥一定是带来了党羽，而且是他可以随意杀死的、无足轻重的部下，也许这些部下会让沙马奥知道他的位置。兰德尽量快而无声地向那里跑去，破碎的石板路在他脚下发出如同骨骼碎裂的声音，他希望只有自己被阳极力加强的耳朵能听到这些声音。

他很快就跑到那座尖碑下，这座石碑如同一根粗长的石针，上面覆盖着流水般的铭文。兰德向前望去，刚才在这里的东西已经不见了，只有傻瓜和疯子会在夜晚进入煞达罗苟斯，杀死爱瑞荷的邪恶并没有随着爱瑞荷死亡，而是浸透了暗影之城。在街道远方，一缕银灰色的雾气从一扇窗户里飘出来，另一缕同样的雾从一座石砌高墙的裂缝中钻出来，两股雾气仿佛在摸索着相互靠近。那道宽阔的墙壁裂缝中闪耀着白光，仿佛里面藏了一个月亮。日落后，魔煞达就会在它的这座城市监狱中游荡，它是一个巨大的存在体，可以在一百个地方同时出现。魔煞达的碰触将导致痛苦的死亡。在兰德体内，阳极力的污染更加凶狠地激荡着，肋侧遥远的火焰仿佛变成一万道闪电，一根接着一根砸下来，就连地面似乎也在撞击他的双脚。

他转过身，有些想要离开这里。魔煞达出现时，很可能沙马奥已经走了，很可能沙马奥把他引诱到这里只是为了让他在这片废墟中枉自苦寻，直到魔煞达将他杀死。他转过身停了下来，蜷身躲到尖塔下。两名兽魔人正爬过这条街道，它们粗大的身体上裹着黑色的盔甲，比他高出半个身子或更多。从它们肩头和臂肘的铁甲上伸出一根根长钉。它们拿着有黑色长尖和丑恶钩子的长矛，面孔清晰地呈现在兰德被阳极力充满的眼睛里，其中一个有着鹰喙，另一个从长嘴里伸出了野猪的獠牙。它们的每一点动作都流露出恐惧。兽魔人喜欢杀戮和流血，但煞达罗苟斯同样让它们感到畏惧。这里一定也有魔达奥，没有魔达奥的驱赶，兽魔人绝不会进入这座城市；而如果没有沙马奥的驱赶，魔达奥也绝对不敢进入这里。这意味着沙马奥一定还在这里，否则这些兽魔人一定会立刻逃向城门，而不是继续在这里找他。它们确实是在找他，因为那只猪嘴兽魔人正努力地嗅着空气。

突然间，一个衣衫褴褛的人影从一扇窗户中跳出来，落在那两名兽魔人面前，手中的短矛已经向它们刺了过去。是一名艾伊尔人，一个女人，她用束发巾裹着头脸，却没有戴上面纱。鹰喙兽魔人被她的矛锋连续几次插进肋侧，发出一阵凄厉的尖叫，倒在地上，无力地挣扎着。猪嘴兽魔人嚎叫着转过身，凶狠地向她攻来。她蹲下身避开黑色的钩矛，手中的短矛斜向上刺进兽魔人的肚子。这只兽魔人最后也倒在了同伴身边。

兰德已经在朝那边跑过去了。“莉艾！”他高喊着。他本以为莉艾已经死了，被他抛弃在这里，为他而死。柯赛达·查林的莉艾，这个名字总是像刀刃般割划着他的心神。

她转过身，看着兰德，再次将短矛和圆盾端起，兰德记得她那张漂亮的面孔，但现在那张脸上的伤疤都已经在暴怒中扭曲了。“我的！”她咬着牙，用威胁的语气说道，“我的！没有人能到这里来！没有人！”

兰德停住了脚步，那支短矛正在等待着，同样渴望刺穿他的身体。“莉艾，你认识我，我带你回到枪姬众那里去，回到你的枪之姐妹中去。”他伸出手。

莉艾脸上的怒容消失了，她皱紧眉头，将头侧向一旁，缓缓地说道：“兰德·亚瑟？”她的眼睛睁大了。她低头看了一眼死去的兽魔人，恐惧的表情出现在她的脸上。“兰德·亚瑟，”她低声说着，刚才还拿着短矛的手颤抖着将黑色面纱戴在脸上。“卡亚肯！”她哀嚎一声，向远处跑去。

兰德跛着脚追过去，他爬过一堆堆瓦砾，跌倒在地上，撕裂了衣服，再次跌倒，几乎扯掉了外衣。他翻滚着爬起来，又开始奔跑。肉体的虚弱和疼痛都还在远方，他飘浮在虚空中，即使这样，他也只能将自己逼到这种程度了。莉艾消失在夜幕中，他觉得她是拐过前面那个被黑影覆盖的十字路口。

他用最快的速度跛行着绕过那个路口，几乎冲进一只魔达奥和四只黑甲兽魔人之中。死黑色的斗篷垂挂在隐妖背后，虽然隐妖在不停地移动，但那片斗篷永远都不会有任何波动。兽魔人惊讶地发出吼声，但它们的惊讶持续的时间还不到一下心跳。钩矛和弯剑举了起来，魔达奥的黑刃也在它的手中闪出，这种黑刃几乎像帕当的匕首一样致命。

兰德甚至没有想从腰间抽出有苍鹭铭文的佩剑，他已经化身成为穿着红衣的死亡，一柄火焰剑出现在他的手中，随着阳极力的脉动忽明忽暗，光芒一闪，一颗无眼的头颅已经离开了它的肩膀。如果使用殉道使在杜麦的井用过的手段，毁灭这些怪物是一件很简单的事，但在这个时候导引那么大量的阳极力也许会导致严重的后果。兰德在阴暗的光线中起舞，双手擎着火焰。脸上的影子不停地闪过他的眼前，狼的面孔和山羊的面孔。当火焰剑如同切过水面般切过黑色铁甲和铁甲包裹的血肉时，那些面孔也在嚎叫中扭曲着。兽魔人在以众暴寡时极为凶残，但现在它们和待宰的牲畜没有差别。

火焰剑从兰德掌中消失，兰德仍然以扭风式站在暗影生物的尸体中央。最后一个倒下的兽魔人仍然在抽搐着，一双羊角不停地磨着石板路面。无头的魔达奥也还在甩着手臂，穿着靴子的脚狂乱地踢蹬着。半人的死亡总是来得非常缓慢，即使是在没有头的时候。

火焰剑刚刚消失，银色的闪电已经从无云的星空中落下。

第一道闪电落在距离兰德十尺远的地方，发出震耳欲聋的爆炸声，世界变成了白色。虚空碎裂了，地面在兰德脚下震动着，另一道闪电劈落下来，然后是第三道。直到此时，兰德才意识到自己已经趴在了地上，空气中充满了电击的劈啪声。他晕眩着爬起身，跌跌撞撞地逃离了雨点般落下的闪电，他的背后是连续不段的雷声和建筑物倒塌的轰鸣。他踉跄着一直向前跑去，丝毫不在乎自己会跑向哪里。

突然间，他的头脑清晰了，他看清楚自己所在的地方。这是一片宽阔的岩石地板，覆盖着各种形状的大石块，其中一些石块像他一样大。铺地的石板上有许多黑色的凹陷，四周围全都是高大的墙壁，墙壁向高处逐渐收窄，上面突出着一排排阳台。原本很巨大的天花板只在一角留下很少一部分，星光洒落在兰德的头顶上。

兰德又拖着一条腿向前走了一步，他脚下的地板突然陷了下去，他拼命地伸出双手，右手抓住了粗糙的石板边缘。他在一片彻底的黑暗中晃荡着，如果他松开手，也许他落下几幅高度就会碰到地下室的地板，也许他落下一里后仍然悬在半空。他可以用风之力将自己挂在这些锯齿般的石板边缘上，把自己挂上去，只是……刚才他只是导引了那么少量的阳极力，就已经被沙马奥感觉到了。闪电确实是等了一段时间之后才落下来的，但兰德不知道自己杀死那些兽魔人用了多久时间。一分钟？几秒？

他用力将左臂摔上去，试着抓住坑洞边缘。没了虚空，肋侧的疼痛如同正戳进一把匕首，他的视野中飞舞着许多星星。更糟的是，他的右手正从石板边缘上滑脱，他能感觉到手指的软弱，他就要……

一只手抓住了他的右腕。“你是个傻瓜。”一个男人的声音传进兰德耳里，“我没让你今天去死是你的运气。”那只手开始将他拉上来。“你不能用些力气吗？”那个声音带着质问的语气，“我不打算把你背在肩上，或者为你杀了沙马奥。”

兰德压抑住惊骇的心情，伸出左手抓住了石板，忍着肋侧的疼痛将自己向上拉去。他在剧痛中恢复虚空，抓住了阳极力。他没有导引，但他要做好准备。很快地，他的头肩到了坑洞以上，能看到那个拉他上来的男人。那个人身材高大，不比兰德年长多少，他的头发像周围的黑夜一样黑，身上的外衣像殉道使的制服一样黑，兰德从没见过他，但至少他不是弃光魔使。兰德现在知道所有弃光魔使的相貌——至少他认为自己知道。于是兰德问道：“你是谁？”

那个人一边拉起兰德，一边大笑一声：“就当我是个路过的流浪者吧！你现在真的想要聊天吗？”

兰德要咬住牙，将上半身撑到坑洞上。突然间，他发现他们所在的地面上被洒了一层白光，如同满月就在他们头顶。

他转过头，看见了魔煞达，不是一丝一缕，而是一片闪耀的银灰色波浪从一座露台上翻滚而下，正朝他们的头顶扑来。

没多想，兰德举起左手，一股烈火向上射去，白色流体火焰切穿涌向他们的银灰色波浪。他依稀察觉到另一股白色流体火焰从那人没抓住他右腕的手中升起，从另一边扫过魔煞达。两股火焰碰在一起。

兰德仰起头，浑身的筋骨都在剧烈地震颤着。阳极力和虚空粉碎了，他眼中的一切，那些露台、塌倒在地上的石块，都变得虚幻模糊。他的眼前似乎有两个相互重叠的人影，两个人影都在用双手抱着头。兰德眨眨眼，又去搜寻魔煞达，闪光的波浪已经消失了，只是在露台上留下一片暗淡而逐渐隐没的光晕。这时，兰德的视力逐渐恢复了。看样子，即使是没有思想的魔煞达也会逃离烈火。

兰德摇摇晃晃地站起身，伸出一只手。“我想我们最好尽快离开这里。到底出了什么事？”

那个人站起身，皱起眉看了兰德伸过来的手一眼。他的身高和兰德差不多，除了艾伊尔人之外，很少有人会有这么高的身材。“我不知道出了什么事，”他咆哮着，“跑吧！如果你还想活下来。”他自己已经迈开双腿，向一排拱门跑去，那并不是离他们最近的门；距离他们最近的一个门就是魔煞达出现的那个。兰德摸索着重建虚空，以最快的速度拖着腿跟在那人身后。但没等他们跑到门口，闪电已经再次落下，这次，一团团银色的利箭形成一场密集的风暴。电墙紧追在两人身后，将他们刚刚跑过的地面一片片击成碎粉，激起浓雾般的尘土和冰雹般的碎石。兰德躬着身子，用一只手臂遮住脸，跑过已经在颤抖着落下瓦砾的拱门。

在他发觉以前，他已经跑到了街上，又踱行了三步，他才停住，肋侧的疼痛让他几乎无法直起腰。但他觉得，如果自己现在无法站直，那他的双腿也许就要立刻跪下去了。他的脚上也传来阵阵刺痛，似乎那道红线将他的足跟刺穿已经是一年前的事情了。救起他的那个人在他旁边看着他，虽然从头到脚都覆满了灰尘，但他仍然表现出帝王的气质。

"你是谁？"兰德再次问道，"马瑞姆的部下？或者这些都是你自己学会的？你可以去凯姆林，去黑塔，你不必害怕两仪师——"兰德说这些话时，他皱起了眉，兰德不明白是为什么。

"我从没害怕过两仪师，"那个人打断兰德的话，然后深吸了一口气，"你现在也许应该离开这里，但如果你要留下来杀死沙马奥，也许你最好试着按照他的方式思考，你已经表现出了这个能力。要摧毁某个人的时候，他总是喜欢将地点选在那个人曾经赢得胜利的地方。如果不行，他也会选择一个有那个人标志的地方。"

"道门。"兰德缓缓地说，那是他在煞达罗苟斯唯一做了标志的地方，"他等在道门附近，设下陷阱。"看起来，他在这里布置了和伊利安城中一样的结界，男人任何程度的细微导引都能被他感知。沙马奥计划得很周详。

那个人的脸上露出一丝冷笑。"看起来，如果有正确的指导，你是能抓住重点的。不要再犯错，如果你现在被杀死，有许多计划将不得不进行更改。"他转过身，朝对街一条小巷走去。

"等等！"兰德喊道，但那个人连头也没有回一下。"你是谁？你说的计划是什么？"那个人消失在黑暗的巷子里。

兰德摇摇晃晃地追了过去，但是当他走到巷口时，巷子里已经没有人了。这里的墙壁保持着完整，一直延伸到百步外的另一条街道上。对面巷口处的闪光表明那里有魔煞达的另一部分，但那个人已经消失了，这绝对是不可能的。那个人有时间编织通道，但兰德肯定会看见那些编织的残余，而且在这么近的距离内，兰德一定也能感觉到编织通道时导引的至上力。

突然间，兰德意识到从那个人导引烈焚火之后，自己就再没有感觉到阳极力了。想到那时两股烈火相撞，一切都变得模糊的样子，兰德仿佛又看见了那个人的脸，在一切都恍惚不清时，唯有那张脸锐利得刺眼。兰德摇着头，整理着自己的思绪，悄声说道："光明在上，你是谁？"过了一会儿，他又说了一句："你到底是什么？”

但不管怎样，那个人已经消失了，沙马奥却仍在煞达罗苟斯。兰德努力地再次恢复了虚空，现在，阳极力的污染疯狂地蠕动着，渗进他体内更深处的地方。虚空本身也在不停地颤动，但肌肉的虚弱和伤口的疼痛又被推远了。他要在今晚杀死那名弃光魔使。

他拖着伤腿，无声地走过夜色中的街道，每迈出一步都十分地小心。他无法完全消除自己的脚步声，但黑暗中的煞达罗苟斯已经充满了声音，凄厉或悲惨的嗥吼声不绝于耳。没有思想的魔煞达杀死它找到的一切，像很久之前的那个夜晚，兽魔人死在煞达罗苟斯。有时兰德会在街上看见三五成群的兽魔人，偶尔会有魔达奥率领它们，但这种情况并不多。它们都没看见兰德，兰德也没有打扰它们。不只是因为沙马奥会感觉到他的导引，即使魔煞达没有杀死这些兽魔人和魔达奥，它们也已经死了。沙马奥肯定是从道中把它们带出来的，但他显然并不知道兰德在这里的道门上做了什么样的标志。

到了距离道门所在的那座广场不远处，兰德停下脚步，向四周观望了一下。附近有一座塔看样子还是完整的，虽然比不上真正的高塔，但它的顶端距离地面也超过了一百五十尺。木制的塔门早已烂光，铰链也变成锈土，黑暗的门洞里只有一点微弱的星光。兰德走进去，缓步攀上螺旋楼梯，他的靴子底下扬起了小团的尘土。每走一步，腿上都会传来刺痛感，遥远的疼痛。终于到了塔顶，他靠在光滑的栏杆上，调整着呼吸。他忽然想到，如果明知道这些，也许他的耳朵也会被抽聋。明、艾密斯，或凯苏安，结果一定都是一样。

这座广场曾经是爱瑞荷最重要的广场之一，它曾经被巨森灵的树林覆盖。巨森灵在建成这座城市最古老的部分后离开了这里，随后不到三十年时间，这里的人们为了城市的扩张砍伐了这片森林，残缺不全的宫殿围绕着这座巨大的广场。魔煞达的光从一些窗口后面渗透出来，广场的一侧堆积着山一般的瓦砾，道门就矗立在广场正中心，看上去如同一块高大宽阔的石板。从这么远的距离，兰德无法看清覆盖它的栩栩如生的叶片和藤蔓浮雕，不过他能看到曾经围绕道门的栏杆都已经倒覆在地上，至上力制造的金属变成了废墟，只是在这样的黑夜里，它们没有任何锈蚀的表面仍然熠熠生辉。兰德还能看见自己在道门周围做出的编织，那些编织经过反转，只有他的眼睛能看到。他无法确定那些兽魔人和半人是否真的走过了这座道门，但如果它们是从那里出来的，过不了多久，它们必死无疑，那是个凶恶的东西，他看不到沙马奥设置了什么样的陷阱，但那是一定的。

一开始，他看不到沙马奥在哪里，就在这时，一座宫殿的柱廊上有人影晃动了一下。兰德等待着。他要有十足的把握，他只有一次机会。那个人影走出柱廊，又迈了两步，就站定在广场上，然后他开始环顾四周。那是沙马奥，兰德甚至能看清楚他脖子周围雪白的蕾丝高领。他在等着兰德走进这座广场，走进他的陷阱。在他身后，那座宫殿的窗口透出亮光。沙马奥望着广场上的黑暗。魔煞达从那些窗户里流淌出来，翻涌着的银灰色浓雾在沙马奥头顶汇聚成团。沙马奥向前走了几步，那些浓雾降落下来，速度愈来愈快。

兰德摇摇头。沙马奥是他的。要成为烈火的能流迫不及待地开始凝聚。虽然凯苏安的警告仍然在耳际回响，兰德已经抬起了手。

一声尖叫撕裂了黑暗，那是一个女人在表达超乎想象的痛苦。兰德看见沙马奥转身望向那座巨大的瓦砾山，兰德自己的目光也不由自主地转向那里。在瓦砾山的顶端站着一名穿外衣和长裤的女子，一根魔煞达的细长蔓须碰到了她的腿，她的双臂挥舞着，却无法从站立的地方迈出一步。她那令人听不清内容的哀嚎似乎在呼喊兰德的名字。

“莉艾。”兰德悄声说着。他不由自主地伸出手臂，仿佛是要越过这段遥远的距离，将莉艾拉过来。但任何力量都无法解救被魔煞达碰到的生灵，正如同如果帕登的匕首刺进他的心脏，任何力量也将无法再解救他。“莉艾。”他悄声说着，烈火从他手中射出。

不到一下心跳的时间里，莉艾所在之地已经变成一片刺眼的雪白和绝对的黑暗。莉艾消失了，在她感到痛苦以前就死了。

兰德吼叫着将烈火扫向广场，瓦砾山崩塌了，烈火释放着脱离时间的死亡。当白光就要碰到翻滚过广场的魔煞达浪潮时，兰德放开阳极力。大片魔煞达涌过道门，与另一座宫殿中流出的一股魔煞达汇聚在一起。沙马奥死了，一定是死了，他没有足够时间逃跑，没时间编织通道。而且，他没有感觉到任何阳极力的运作。沙马奥死了，被一种几乎像他一样强大的邪恶杀死。各种情绪在虚空外疯狂地蹿动，兰德想笑，或是想哭。他来这里是为了杀死弃光魔使，但他杀死的却是一名被他丢弃在这里的女人。

很长一段时间里，兰德站在塔顶，在苍白的下弦月光中看着魔煞达彻底充满了广场，直到只有道门的顶端露在浓雾之上。缓缓地，魔煞达开始消退，去其他地方搜寻猎物。如果沙马奥还活着，他在这段时间里能轻松地杀死转生真龙，兰德不确定现在自己是否在乎那种事情发生。最后，他张开一座用于浮行的通道，这次他登上的平台是一个有栏杆的圆盘，圆盘的一半是白色，另一半是黑色。浮行比穿行的速度慢，他用了至少半个小时的时间才到达伊利安。这一路上，他将莉艾的名字一次又一次地烙印在自己的意识里，用它来鞭挞自己。他希望自己能哭，他觉得自己已经忘记该怎么哭了。

巴歇尔和柯朗率领的殉道使都在王宫的王座大厅里等着他，这座大厅和兰德在塔玛兹广场对面那座建筑里看到的大厅几乎完全一样，甚至连灯架、大理石墙壁上的浮雕和白色的长高台也完全一样，只是每样东西的尺寸要稍大一点。高台上不是九张座椅，而是只有一张巨大的镀金王座，王座的扶手被雕刻成老虎的形状，九只拳头大小的黄金蜜蜂镶嵌在王座靠背上方。兰德疲惫地坐到王座前的台阶上。

“我大概可以认为沙马奥已经死了。”巴歇尔说道。他的眼睛不停地上下打量着衣衫破烂、满身灰尘的兰德。

“他死了。”兰德说。柯朗重重地长吁一口气。

“这座城市是我们的了，”巴歇尔继续说道，“或者我应该说，是你的了。”他忽然笑了起来。“这里的人发现来的人是你之后，战斗就停止了，整体来说，战斗并不多。”巴歇尔外衣的袖子有一只被撕破了，上面还有黑色的血污。“议会热切地期盼着你回来，或者也可以说是忧心忡忡地。”

八名满脸是汗的人正站在王座大厅的另一端，他们穿着黑色的丝绸外衣，在翻领和衣袖上装饰着金银线刺绣，袖口和领口缀着蕾丝。其中有几个人剃光上唇，只在下巴上蓄着胡须。他们的胸前全都斜披着一条绿色丝绸宽带，上面绣着九只金色的蜜蜂。

巴歇尔一招手，他们向前走过来，每走三步就向兰德一鞠躬，仿佛兰德现在是全世界最华丽尊贵的人。他们之中的一名高个子似乎是他们的首领，他蓄着胡须，一张圆脸上的庄重表情却因为担忧而显得过分做作。“真龙大人，”他一边说一边又鞠了个躬，同时将双手按在胸前，“请原谅，但布兰德大人已经失踪了，而且——”

“他不会回来了。”兰德冷冷地说。

那个人脸上的肌肉随着兰德的声音跳了一下，他咽了一口口水，喃喃地说道：“您说得对，真龙大人。”

“我是瑞格林·登·鲁申诺领主，真龙大人，布兰德大人不在的时候，我是九人议会的代言人，我们向您奉上……”他放在身侧的手用力摆动了几下，另一个人走到了前面，他的手中捧着一只覆盖绿色丝绸的软垫，“我们向您奉上伊利安一国。”随后走上来的那个人掀开绿绸，露出一顶两寸宽、月桂树叶形状的黄金王冠。“当然，这座城市已经是您的了，”瑞格林继续焦急地说道，“我们已经平息了一切抵抗，我们将王冠、王座和整个伊利安奉献给您。”

兰德盯着软垫上的那顶王冠，纹丝未动。提尔人以为他会在提尔称王，凯瑞安人和安多人都害怕他成为他们的国王，但从没有人将王冠献到他面前。“为什么？马汀·斯戴潘诺那么喜欢放弃他的王座吗？”

“马汀王两天以前就消失了，”瑞格林说，“我们有一部分人担心……我们担心布兰德大人与此事有关，布兰德……”他停下来，咽了口口水，“布兰德确实曾经对国王有很大影响，不少人都认为他的影响实在有些太大了。但最近几个月，马汀开始不再遵循他的话，更多地坚持自己的主张。”

兰德伸手拿起月桂王冠，褴褛的布条从他手臂上垂挂下来，在灯光的照耀下，盘绕在他手臂上的龙纹和黄金王冠一样光彩耀人。他用双手旋转着那顶金冠。“你们还没有告诉我是为什么，因为我征服了你们？”他征服了提尔，也征服了凯瑞安，但这两个国家里仍然有人在反抗他。至今为止，他对待诸国的方式似乎只有征服一种。

“这的确是一部分原因，”瑞格林嗓音干涩地说，“即使是这样，我们也可以从我们之中选出国王，议会成员成为国王是有先例的。但您从提尔运来的谷物让所有人都为您的名字加上了光明的祝福，没有那些粮食，许多人会死于饥饿。布兰德强行将每一条面包都送到军队去了。”

兰德眨眨眼，忽然他感觉指尖一阵刺痛，急忙将手指放到口中吮了一下。在那些月桂树叶下隐藏着许多锋利的小剑。他在多久以前命令提尔人将谷物卖给他古老的敌人？那时他给提尔人的命令大概是如果不出售谷物，就要丢掉性命。他并未意识到当他开始准备入侵伊利安后，提尔人还在奉行他的命令。也许他们害怕向他提起这件事，他们肯定更害怕擅自停止交易。也许他确实有些权力得到这顶王冠。

他小心翼翼地将那一圈月桂树叶放在头顶，树叶后的剑锋半数向上，半数向下，任何头颅都不可能轻松随意地戴着这顶王冠。

瑞格林再次鞠躬。“光明照耀兰德·亚瑟，伊利安之王。”另外七个人随他一同鞠躬，一同赞颂道，“光明照耀兰德·亚瑟，伊利安之王。”

巴歇尔向兰德低了一下头（毕竟，他是一位女王的叔叔），柯朗则高声喊道：“一切向兰德·亚瑟欢呼，世界之王！”其他殉道使也齐声喊道。

“一切向兰德·亚瑟欢呼，世界之王！”

“一切向世界之王欢呼！”

这个称号听起来还真不错。

这个故事像所有故事一样广为流传，也像所有故事一样，随着时间和距离而改变。航船、商队和密探的鸽子将它带出伊利安，如同石子落入水面，波纹扩散开去，激起新的波纹，更新的波纹。故事里说，一支军队来到伊利安，艾伊尔人的军队，两仪师从空中出现，能够导引的男人骑着有翼的怪兽。甚至其中还有沙戴亚骑兵，不过最后这一点并没有多少人相信。有些故事说，九人议会将伊利安的月桂王冠献给了兰德，其他故事里说马汀·斯戴潘诺跪倒在兰德面前。有些故事里说转生真龙将王冠从马汀的头顶拉了下来，然后将马汀的头颅插在矛尖上。不，转生真龙已经将伊利安夷为平地，将它的国王埋在瓦砾堆下。不，转生真龙和他的殉道使军队已经将伊利安彻底烧光了。不光是这样，他在伊利安之后还摧毁了艾博达。

但有个事实在一个又一个故事中始终未变，伊利安的月桂王冠已经有了个新名字——剑之王冠。

不知为什么，无论男人或女人在讲述这些故事时，都会加上一句几乎完全一样的话。大风暴要来了。他们一边说，一边忧虑地望着南方。大风暴要来了。

闪电的主人，风暴的驾驭者，
剑之王冠的主人，命运的操控者，
以为自己在转动时光之轮，
也许在明白事实的时候，一切已经无可挽回。

真龙预言残篇
译者：曼格瑞·克朗明领主
——亚朗玛的佩剑诗人，卡黎韩·马康那的护法
（《剑之王冠》完，敬请期待《时光之轮8：匕首之路》）

名词解释

雅加德斯威（algai'd'siswai）：古语意为“持枪战斗者”或“枪矛战士”，这个名字被用来称呼艾伊尔人之中持枪矛参与战斗的人，与艾伊尔工匠和商人等作区分。

阿特拉（Altara）：风暴海沿岸的一个国家，但除了有统一的国名之外，这个地方不再有其他任何的统一可言。阿特拉人都只认为自己从属于某座城镇或某个乡村，应当向某位领主效忠，而阿特拉人只是他们一个次要的身份。很少有贵族会向国王纳税，对于国王的各种命令也都是敷衍了事。阿特拉的现任统治者是是泰琳·青泰拉女王，她出身于密索巴家族。和她以前的历代阿特拉国王一样，她只能算是这片土地上最有力量的贵族之一，甚至可能还算不上是最有力的贵族。劲风王座所代表的权力微不足道，有许多强大的贵族在能够得到它的时候却会对它嗤之以鼻。

殉道使（Asha'man）：①古语中“卫士”或“守护者”之意，带有强烈的捍卫真理和正义的意思。②一批转生真龙追随者的自称。这些男人前往现在被称作黑塔的地方，学习导引。虽然导引对男性而言危险重重，但这些男人之中有许多仍然梦寐以求地想要操控至上力。也有一些人留在黑塔只是因为他们通过了掌握至上力的测试，所以必须在被至上力杀死之前学会控制至上力。他们接受的训练不仅包括使用至上力，还包括剑术和徒手搏击。殉道使穿着黑色的制服，根据掌握至上力的程度被分为三个等级：最低一级是士兵；第二级是献心士，献心士的外衣领子上别着一个银制剑徽作为标记；最高一级才是殉道使，他们的衣领一侧别着剑徽，另一侧别着一个涂金红色珐琅釉的龙形徽章。两仪师为了避免过快掌握至上力而产生危险，往往会尽量延长训练期，但殉道使从一开始就全力加快训练速度，特别是在利用至上力作为武器方面，这导致了截然不同的结果。在白塔中，每一起初阶生因意外而亡或毁断（指突发事故导致至上力消失）的案例都会被胆战心惊地谈论许多年；而相当数量的殉道使士兵会在训练中死亡或毁断。殉道使的出现，以及他们和转生真龙的关系，让两仪师们开始重新评估驯御的必要性。不过许多两仪师完全没有改变她们的观点。

红手队（Band of the Red Hand）：①传说中一支由英雄组成的军队（古语称申鞍卡汉），在兽魔人战争中，曼埃瑟兰陷落时，在亚以蒙之乡全军覆没。②一支以麦特·考索恩为统帅的军队，现在这支军队正跟在反叛两仪师的屁股后头。因为麦特命令他们要将艾雯·艾威尔安全护送到兰德·亚瑟那里，同时也要提防艾雯和两仪师们谋划半路逃跑。

凯丁瑟（cadin'sor）：艾伊尔战士的服装，包括易隐没于岩丛和阴影中的灰褐色衣裤，以及齐膝的镶边软皮靴。在古语中意为“工作服”，当然，这并不是一个确切的翻译。

历法（calendar）：时光之轮的世界每星期有十天，一个月有二十八天，一年有十三个月。有几个节日并不是依照月份而规定的，它们包括阳之日（一年里最长的一天）、感恩节（每隔四年的春分日）、灵魂救赎日，简称为救赎日（每隔十年的秋分）。有许多节日是诸国普遍要庆祝的，比如圣光节（结束旧一年，开始新一年的日子）。每个国家，甚至一些独立的城镇和乡村也有自己的节日。一般来说，边境国的节庆最少，伊利安和艾博达的则最为繁多。

暗黑之友（Darkfriends）：追随暗帝之人。他们相信一旦将暗帝从封印中释放，自己就会获得莫大的权力和奖赏，甚至获得永生。他们组成一个个被称为“社”的秘密组织，除非必要，否则一个社内的成员极少会知道其他社的暗黑之友。暗黑之友在社会上的公开地位在社中没有任何意义，即使一名暗黑之友是国王，他也必须服从公开身份是乞丐的暗黑之友上级。他们在彼此之间有时会使用古老的称呼：黑暗友人。

真龙信众（Dragonsworn）：对于转生真龙支持者的称谓。一般使用这个称谓来称呼他们的，都是反对转生真龙或是想要保持中立的人。实际上，有许多被冠以这个称谓的人从不曾向转生真龙立下过效忠的誓言，那些人往往只是一些强盗，他们希望用这个名号恐吓人群，镇压人们的反抗。有许多暴行都被归罪到被称为真龙信众的人身上。

驯御（gentling）：这是由两仪师执行的工作，它的目的是将拥有导引能力的男性和至上力之间的联系切断。由于所有学习导引能力的男性都会因阳极力所受到的污染而疯狂，且在疯狂之后他们会利用至上力做出许多恐怖的事情，因此这样的处置是必要的。被驯御的男性依旧可以感应到真源，但是再也碰触不到它了。驯御可以阻止这些男性利用至上力的疯狂行为，但是无法治疗他们的疯狂。不过，如果及时将他们驯御，通常可以帮助他们避免死亡，但被驯御的男人都会绝望地放弃生存的欲望。即使他们无法自杀，往往也只能再活上一两年的时间。曾经所有人都相信驯御的结果是无法挽回的，但现在已经找到了恢复导引能力的方法。

白塔评议会（Hall of the Tower）：两仪师的立法机构。传统上，评议会需要由七个宗派各三名守护者组成。现在，白塔中的评议会没有蓝宗守护者；反叛两仪师中的评议会没有红宗守护者。根据法律，玉座在白塔的权力是绝对的，但实际上，玉座的权力一直取决于她如何领导、操控以及压制评议会，因为评议会有许多方法可以抵制玉座的一切计划。评议会通过决议的方式有两种：少数一致和多数一致。多数一致需要所有出席的姐妹表示同意，举行一次评议会至少需要十一名姐妹，而且每个宗派都要有姐妹出席。唯一的例外就是当需要通过的决议是废黜玉座或撰史者时，玉座和撰史者原先所在的宗派将不会得到通知，直到评议会结束，决议得到执行。要通过少数一致决议时也必须至少有十一名姐妹出席，但不必每个宗派都有成员参加，而且只需要三分之二的姐妹同意，决议就能通过。如果讨论的决议是白塔对外宣战，也只需要少数一致即能通过，但必须是所有宗派都有成员出席。宣战决议是少数几个许多人认为需要多数一致才能通过，却仍然执行少数一致通过的决议种类之一。玉座能免除任何宗派守护者的职位，也就是说，玉座能同时免除所有守护者。玉座的这个权力当然一直被评议会警戒着。不过这种事极少发生，因为只是在传统上，被免职的姐妹不应该再次成为守护者，但没有任何法律条文规定宗派不能重新选定被免职的姐妹回到守护者的位置上。这样的事件据信在白塔三千年的历史上只发生过四次，其中两次导致评议会完全或是几乎完全重组。另外两次则使当时的玉座遭到流放。

瓦力尔号角（Horn of Valere）：在《寻猎号角史诗》中描述的神器，据说这只号角可以召唤英雄的亡灵回来和暗影作战。伊利安已经发起了一次新的号角狩猎，狩猎者们共同在伊利安立下誓言，现在许多国家里都能找到这些人。但只有几个人知道瓦力尔号角已经被吹响，而它现在被收藏在白塔。

海民（Sea Folk）：更精确地说，应该是亚桑米亚尔，海之一族。他们居住在爱瑞斯洋和暴风海中的小岛上，不过，他们大部分的时间都远离家园，驾着船只在海上航行，而且他们不喜欢前往任何远离海洋的地方。陆地上居住的人们对于他们所知甚少，所以他们被披上了一层神秘的面纱，而且从他们身上产生出许多充满幻想的故事。大多数的海上贸易都是通过海民的船只来运输，大陆国家船只的航速和载货量都无法与海民船相比。海港城市的居民都知道，海民制定契约的手腕和对于契约的重视程度甚至要超过阿拉多曼人。亚桑米亚尔严格地遵循着他们的等级制度，但这其中又有一些令人惊讶的变动性，这一切都是因为海上严峻而且随时可能出现危险的生活环境。亚桑米亚尔被分为诸多部族，规模有大有小，每个部族由一名波涛长率领，波涛长的下一级是领航长，她们是部族所属每艘船上的船长。波涛长拥有巨大的权威，她由十二位部族中资历最深的领航长推选出来，这十二位领航长被称为部族的“十二首”，而亚桑米亚尔的诸船长也可以下令免除某个部族的波涛长。诸船长的权威是任何陆上的国王都无法比拟的，每名诸船长都是经由十二位资历最深的波涛长一致同意后被选出，并终身担任此职。这十二位波涛长被称为亚桑米亚尔的十二首（“十二首”这个词被用来称呼任何海民团体中资历最深的十二位波涛长或领航长）。锋刃长的职位由男人担任，他有可能是诸船长的丈夫，也有可能不是。他的责任是保卫海民，并进行贸易。在他之下是诸船长的掌剑手、领航长的管货员。他们的职责都是类似的。而在他们职责之外，他们只能代表他们所效忠的女人行使权威。船只航行的目标和时间只能由领航长决定，但既然贸易和财政权力完全掌握在这些男人手上，所以他们在一切行动上通常都会密切合作。所有海民船只，无论多么小，都会有一名寻风手，每名波涛长身边也会有一名寻风手。寻风手都是女人，她们几乎都能导引，而且擅于编织风之力，亚桑米亚尔称此为操控天气。诸船长的寻风手有着超越波涛长寻风手的权威，后者的权威自然也高过本部族领航长的寻风手。海民的一个特异之处是所有人必须从最低等阶做起，通过自己的努力逐渐升等。除了诸船长之外，任何人都有可能被他的上级贬斥到下一等阶，甚至一直贬斥到最低等阶。

斯威峨门（siswai'aman）：古语中“龙之枪矛”之意，而且这其中有很强的“属于”意味。现在艾伊尔人中有很多人被冠以此名，不过这些人中没有女人。这些人并不真正承认这个名字（实际上，其他人也没有正式承认），但他们都在额上绑了一条红头巾，头巾正中央画着一个半白半黑的饼图案。虽然奉义徒在原则上禁止穿戴任何与雅加德斯威相同的服饰，但已经有大量奉义徒系上了这种头巾。

静断（stilling）：这是由两仪师执行，封闭女性导引能力的行为。遭到静断的女性依旧可以感应到真源，却无法碰触到它。受到静断的两仪师非常罕见，初阶生们都会被要求记住她们的名字和罪行。在原则上，遭受静断的女人需要先接受审讯，并被判以罪行，最后一次这样的判罪发生在新纪 859 年。如果有女性在导引时因为意外事故而失去了导引能力，这种情况被称为“毁断”，但一般人们也会统称为静断。无论静断是以何种原因发生的，遭受静断的女人都不会活得太久，她们似乎是已经失去生存的欲望。想要活下去的女人，就必须找到某种东西替代失去的至上力。人们一直相信静断的后果是无法挽回的，但最近已经有新的治疗手段可以治愈静断，只是被治愈的人导引能力会大打折扣。也许这其中仍然有需要探索并解决的问题。

异能（Talents）：在特定领域使用至上力的能力，不同的人对于各种异能会有不同的潜质，而这很少与那个人的导引能力有关。有许多很强大的异能，其中最广为人知的就是治疗能力，其他的例子还有控制天气的云舞，和控制地质运动的地歌（可以利用地歌阻止或导致地震和塌方）。也有一些作用微小，甚至没有名字的异能，例如能看清特法器构造的能力；或者是在某种程度上复制特法器效果的能力，不过这样复制出来的效果大概只能在几尺的范围内有效。有许多异能只流传下名字或一些模糊的描述。而另外一些异能，比如穿行异能中可以将自身从一个地方直接传送到另一个地方的能力，现在才刚刚被重新发现。其他像预言（预见到未来的事情，不过只是有个模糊的概念）等异能也变得非常少见。一种被认为消失已久的异能——梦卜，梦卜者的梦在经过诠释后可以显现出未来的状态，而且比预言的效果更加详尽。一些梦卜者拥有进入特·雅兰·瑞奥德——梦的世界的能力，他们甚至能（据说）进入别人的梦境。最后一个有记载的梦卜者是珂芮宁·尼达，她死于新纪 526 年。但现在又有了一个拥有这种异能的人，只是只有极少几个人知道这件事。

弃光魔使（the Forsake）：这是史上十三名最强的两仪师在舍弃光明、投身暗帝以换取永生不死后所获得的称号，他们对自己的称谓是“使徒”。根据传说和史料的片段显示，他们在暗帝再度被封印时也跟着一起遭到囚禁。至今他们的名号依旧会被拿来吓唬不乖的小孩。他们是：阿极罗、亚斯莫丁、巴萨摩、拜拉奥、狄芒德、古兰黛、伊煞梅尔、兰飞儿、麦煞那、魔格丁、雷威辛、沙马奥和色墨海格。一些最近与弃光魔使打过交道的人相信，男性弃光魔使中只有狄芒德和沙马奥还活着，女性中则只有古兰黛、麦煞那、魔格丁和色墨海格还活着。但最近发生的一些诡异事件表明或许暗帝已经遴选出新的弃光魔使，或者坟墓之王通过某种手段，唤回了已死的人物。

智妇（Wise Woman）：艾博达著名的疗者，她们都系着红腰带，以便和普通人有所区别。她们对草药和医疗的知识就连边境国人都有耳闻，人们都认为她们的医疗能力仅次于白塔。虽然艾博达是一个国际性的城市，城中的各个公会也多有外地人加入，但智妇组织中真正的艾博达人非常稀少，这点的确很奇怪。

编后记

随着美剧《冰与火之歌》的4月献映，2011年，充满瑰丽想象的奇幻小说又一次成为焦点。于是，继《魔戒》、《哈利·波特》之后，《时光之轮》、《冰与火之歌》引领新的一轮奇幻风潮，尤其是仍然在创作过程中的“时轮”和“冰火”系列，让粉丝们翘首盼望。“时轮”续写者布兰登·山德森的最新两部力作依旧是一出版就高踞图书销售排行榜首，日益接近尾声的故事更加牵动遍布世界四千多万“龙之人众”们的心；马丁大叔的冰火第五部则据传将于今年7月出版，再次为书迷们献上一道声色大餐……

从《世界之眼》到《剑之王冠》，我的阅读体会已随着乔丹对故事的敷衍开来而一次次改变，被错综复杂而又精心编织的情节深深迷住：我必须承认，并不是所有的改变我都喜欢，但这是乔丹的世界，它如此宏大，必须囊括更多的真实，美好与丑陋，忠诚与背叛，倔强与善变，享乐与责任，成长与冷酷，贪婪与野心，静悄悄的权力争夺与时刻对自由的向往……

每一个人都在其中绽放独特个性，那些微妙而俏皮的心理描述，更显示了乔丹创作时的愉快和自由，让人不时会心一笑，多少缓解了紧张情节带来的过分专注。

一个故事，为何能让全球无数读者追逐二十年，苦苦期待下一部呢？答案已经豁然开朗——源于作品本身。这是一部注定要流传久远的奇幻经典，饱含着极为丰富、深刻的生命体验和深邃、博大的解读空间。作为编辑者，我们既愉快又痛苦。愉快的是对这样一部皇皇巨著，可以先读为快，所有读者关心的人物命运与故事，抢先一步了然于胸；痛苦的是没法在编辑阶段畅快地和读者交流——憋闷之苦也；面对如此浩繁体量的书稿，恨不能长上百双眼睛，以提高作品的出版质量——尽责之苦也；封面设计仁者见仁，智者见智，不断与美编、读者等进行沟通中——完美之苦也；如何保证图书内容与图书的装帧形式匹配得体——这更是难言之苦也……

一定还有很多方面需要继续改进，因为出版是永远有遗憾的工作，但我们一直在尽力将内容的差错率减少到很低，将方便读者的工作做到很细，希望这套每卷都超过60万字的巨著，能成为中国畅销书出版中最不敷衍的奇幻作品之一，这也是在《时光之轮》研讨会上很多专家读过此书后的共同感受：你们“是用做学术著作的认真态度来做奇幻小说”。

感谢译者李镭出色的翻译和尽心负责的合作态度，在《时光之轮》研讨会上，他的翻译能力得到了翻译界前辈们的一致称赞；感谢为本书的编辑和宣传付出心血的吴旭倩、李霆、杨懿晶、付艺曼、李亚昕、刘皓滢、程令仪、宋莎莎、倪俊、谈心、李丽、张晨等人，他们所展现的卓越的个人能力让人叹服；感谢“龙骑士城堡”这一中国奇幻界的标志性网站，为《时光之轮》提供了良好的沟通平台；感谢《时光之轮》官方QQ书友群（86571871）上的众多朋友，他们是当之无愧的坚强后盾和智囊团；感谢上海河马之家桌游俱乐部对《时光之轮》书友会的鼎力支持。时光之轮旋转不息，因缘之中有你有我——毫无疑问，是时光之轮编织的因缘联结了大家。

让我们继续出发，去《时光之轮》的世界里体验另一种人生和历险吧！

附：《时光之轮》网络世界的森林版图——

* 时光之轮官方微博：http://weibo.com/wheeloftime（时光之轮）
* 时光之轮官方博客：http://blog.sina.com.cn/wheeloftime
* 时光之轮百度贴吧：http://tieba.baidu.com/f?kw=%CA%B1%B9%E2%D6%AE%C2%D6
* 时光之轮豆瓣小组：http://www.douban.com/group/wheeloftime/
* 时光之轮人人小组：http://xiaozu.renren.com/xiaozu/200739?home
* 时光之轮人人网主页：http://page.renren.com/600634826
* 时光之轮官方QQ书友群：86571871
* 时光之轮官方周边淘宝店：http://shop66172134.taobao.com/
* 时光之轮龙骑士城堡据点：http://www.cndkc.net/bbs/forum-45-1.html
* 时光之轮译者微博：http://weibo.com/1683513523（时光李镭）
* 时光之轮责编微博：http://weibo.com/shujianghu（东方刘琼）

欢迎来《时光之轮》的网络森林里旅行……

读者热评精选

从第六卷起，每一卷《时光之轮》出版前夕，我们都会综合所有喜爱《时光之轮》的读者们在各处——网上书店、豆瓣、龙骑士城堡、时光之轮百度贴吧、博客、微博、QQ 空间甚至其他相关的奇幻、科幻 BBS 上——留下的评论，精选出其中的 20 条，交给读者在时光之轮的百度贴吧上投票，然后将第一名录于腰封，前十名（因为有并列得票数的情况，所以可能不止十条）录于书后，以作纪念。

也许文字不是最精炼，也许词句不是最优美，但打动我们的，是其中的热情。

一个故事，两个世界，三位少年，书写着本不该属于他们的史诗，承担着注定属于他们的命运；怯懦中强大，彷徨中坚定。奇迹依然在书写，为你，为每一位发现此书的人。

——强大的小度

我更愿意将这部气势恢宏的作品比作一座圣殿、一片森林、一条大河。圣殿里有无数活的柱子，森林里生息着无数鸟兽，巨大的河流裹挟着无数的小溪往前流动；而我，只是一个来自东方的行人，将我浮光掠影的感受写在这里。要想真正倾听“来自远方的悠长回音”，你得准备好，像我一样，到罗伯特·罗丹的森林里去旅行。

——海若

Jordan 规划出了他的整个系列。只有他知道书的结局——他反复强调他知道，因此似乎他仔细地构划了每一书。象一个解迷大师，他仔细地安排了他的作品的每一个情节和片段，精巧得即使是最死硬的书迷们也要化上年把的时间去分析它。象一个 16 世纪的钟表匠，他可能从最微小的地方架构了每一个角色间的误会、每一场战斗，以及每个元素，以拼织成一副让人眼花缭乱的织锦，只有到系列的结尾人们才能完全看清楚。已经有许多这样的明显故意设计的情节点，给故事带来了重要的子情节。

——Abby Goldsmish

乔丹有能力精准地抓住整个故事的起伏节奏，即使故事情节再怎么复杂，读者都可以很明显地看出来作者依然游刃有余地掌握着整个情节的运作和进展。

——索斯爵士

他事无巨细的描绘，让这个世界越来越清晰，也让阅读者经常在情节中迷失，出神之后，再回来。

——因因缘而来

当你看到这句话时，你已然被编织于因缘之中。或有患难，或有欢喜，或有热血，或有柔情。当你翻开这一页时，你定会有心成为龙之人众。你会期待，你会兴奋，你会沉思，更会启发。当然，这一切，全凭汝之旨意。

——转生真龙

时轮是一场编织，把整幅人生画卷织入你我心中。

——水鳞 lida

时光之轮虽是奇幻小说，但结构严谨、气势宏大，文笔优美、描写生动，人物刻画更是丝丝入扣，是一本不可多得的经典之作。它使读者在沉醉于史诗般的梦幻奇境的同时，不知不觉被主人公的正义坚强、不屈不挠的精神所感染。是青少年开拓视野、树立宏伟世界观的首选！

——kathychenwei

大家不断地分分合合，故事似乎又重回起点，但一切都完全不一样了，这就是经典长篇的魅力吧。

——lagusiter

从读第一开始感觉作者的文笔纯熟、风格特别。真正入迷从第二部开始，无论是构思还是描写、叙述全都让人拍案叫绝！这是我看二十多年科幻、奇幻类作品读到最好的一部书！用爱不释卷来形容我对时光系列的喜欢不为过。

——七只小羊

罗伯特·乔丹是我见过的最能放线和收线的作者，在每一部结尾处，当故事达到高潮，一系列冲突集中爆发的时候，都不由得给人回肠荡气，痛快淋漓之感。

——恕我疏离_三藏